GOLDMANN

Buch

China im 7. Jahrhundert. Buddhistische Mönche nutzen die Unruhe im Land, um ihren Einfluß auf den konfuzianischen Hof auszudehnen. Eine Verbündete für ihre Intrigen finden sie in der kaiserlichen Konkubine Wu. Von Ehrgeiz zerfressen ist diese außergewöhnlich schöne Frau sogar bereit, ihre eigenen Kinder zu opfern, um den ihr hörigen Kaiser zu zwingen, sie zur Kaiserin zu machen. Und so wird ihr Weg an die Macht von rätselhaften Morden gesäumt. Als sie es endlich geschafft zu haben scheint und das Land im eisernen Griff hält, erwächst ihr unvermutet in dem berühmten Richter Di, einem standhaften Konfuzianer, ein listenreicher Gegenspieler. Er macht sich an die Lösung des Komplotts, das sich offenbar hinter den Morden verbirgt, und schleust den befreundeten Mönch Hsueh in den kaiserlichen Hof ein. Doch auch Hsueh verfällt der übermächtigen Anziehungskraft der Kaiserin. Um das Land vor ihrem blutigen Regime zu bewahren, bleibt Richter Di schließlich nur noch ein Ausweg: Er begibt sich selbst in die Höhle der Löwin.
Vor dem Hintergrund der vielleicht bewegendsten Epoche der chinesischen Geschichte löst der gerissene Richter Di einen seiner schwierigsten Fälle.

Autoren

Eleanor Cooney und Daniel Altieri legen mit »Die eiserne Kaiserin« bereits ihren zweiten gemeinsam geschriebenen Roman vor. Eleanor Cooney ist Schriftstellerin, Daniel Altieri ist Sinologe und Maler. Beide leben in Mendocino, Kalifornien.

ELEANOR COONEY
DANIEL ALTIERI

Die eiserne Kaiserin

Ein Richter Di-Roman

Deutsch von Hans Bangerter,
Sonja Göttler und Verena Koch

GOLDMANN VERLAG

Die amerikanische Originalausgabe erschien 1993 unter dem Titel
»Deception« bei William Morrow & Co., New York

Umwelthinweis:
Alle bedruckten Materialien dieses Taschenbuches
sind chlorfrei und umweltschonend.
Das Papier enthält Recyclinganteile.

Der Goldmann Verlag
ist ein Unternehmen der Verlagsgruppe Bertelsmann

Genehmigte Taschenbuchausgabe November 1995

Umschlaggestaltung: Design Team München
Umschlagmotiv: Beate Brömse / Ag. Xing
Druck: Elsnerdruck, Berlin
Verlagsnummer: 43197
T.T. · Herstellung: Heidrun Nawrot
Made in Germany
ISBN 3-442-43197-2

3 5 7 9 10 8 6 4 2

In Erinnerung an Michael Harwood

He was a man, take him for all in all,
I shall not look upon his like again.

VORBEMERKUNG

Die Autoren legen Wert auf die Feststellung, daß sie mit diesem Buch nicht die Absicht verfolgen, den Buddhismus in irgendeiner Weise zu verunglimpfen. Sie halten den Buddhismus in seiner Vielfalt und höchsten Ausdrucksform für das fortschrittlichste Denkgebäude, das der menschliche Geist bei der Beschäftigung mit dem Mysterium des Lebens hervorgebracht hat. Aber wie jede Philosophie, Religion oder sonstige Lehre ist auch der Buddhismus nicht gegen menschliche Schwäche und Habgier gefeit: Die Mißbilligung der Autoren gilt nicht den Anhängern des wahren buddhistischen Glaubens, sondern den Scharlatanen und Opportunisten, die im China jener Zeit, in der unsere Geschichte spielt, verbreitet waren.

Um es dem verehrten Leser zu erleichtern, den historischen Ereignissen folgen zu können, haben wir uns entschlossen, die Jahreszahlen der westlichen Zeitrechnung anzugleichen.

Prolog

Im Jahr 651
Ein buddhistisches Kloster
im Hochhimalaya Tibets

Die flackernden Öllampen in den Ecken und auf dem Altar tauchten den Raum in ein gelbes Licht, und ein Sonnenstrahl fiel schräg durch das kleine Fenster auf Hundejunges Gesicht. Hundejunge kniete auf dem Boden und starrte auf das einzelne schwarze Haar, das aus dem Leberfleck auf seinem Unterarm sproß. Der Totengesang von hundert Mönchen erfüllte die Luft und vermischte sich mit Klängen der Hörner, Glocken und Handtrommeln.

Ohne zu blinzeln starrte Hundejunge das Haar an, bis alles um ihn herum, der Festsaal und die knienden Mönche, verblaßte und schließlich verschwamm. Seine Augen begannen zu brennen, doch er ignorierte den Schmerz und fixierte weiter den einen Punkt. Das Haar und der Leberfleck wurden zum Mittelpunkt des Universums. Die Stimmen der Mönche umfingen ihn und drängten ihn tiefer in diesen unendlichen Punkt. Wenn die Mönche sangen, veränderte sich die Zeit und schmolz wie ein Klumpen Butter über dem Feuer.

Die Seele des toten Mönchs, so hatten sie ihm gesagt, werde sich gegen eine Wiedergeburt sträuben. Ein interessanter Gedanke, über den er gern mit jemandem gesprochen hätte. Aber mit wem? Es mußte jemand sein, der schon an der Schwelle des Todes stand. Linker Fuß war alt – sehr alt. Der zwölfjährige Knabe vermochte nicht zu schätzen, wieviele Jahre den alten Mönch niederbeugten, aber er wußte, daß Linker Fuß dem Tod sehr nahe war. Sein eigener Tod lag für ihn in unvorstellbar weiter Ferne. Jedenfalls kam es ihm so vor, wenn er die glänzenden Schädel der verstorbenen Mönche betrachtete, die auf dem Bord im Festsaal aufgereiht waren und deren schwarze Augenhöhlen die unendliche Leere des Universums widerspiegelten: Der Tod ist so fern, er wird niemals kommen.

Linker Fuß war bereit, mit Hundejunge über seinen Tod zu sprechen.

»Ja, ich werde bald sterben«, sagte er und fügte stolz hinzu: »Ich weiß genau, wieviele Herzschläge mir noch bleiben. Ich zähle die Zeit rückwärts. Paß genau auf, wenn ich nicht spreche oder esse, dann wirst du es hören.« Sie stiegen langsam den steinigen Pfad hinunter und ließen das Kloster, das von einer hohen Felsspitze in den blauen Gebirgshimmel ragte, hinter sich.

»Und wenn du stirbst«, fragte Hundejunge, »wirst du dann gegen die Wiedergeburt kämpfen müssen?«

»Wiedergeburt?« Der alte Mann schnaubte verächtlich. »Ich werde erst wiedergeboren, wenn ich es will.« Er hielt sich mit dem Finger ein Nasenloch zu und schneuzte kraftvoll den Schleim aus der Nase.

»Und, willst du es?« fragte Hundejunge.

»Ächzende Knochen, ein Körper, der ständig gefüttert werden will? Das bereitet nur Verdruß, Hundejunge. Viel Verdruß. Nein, ich glaube nicht, daß ich wiedergeboren werden will. Das Leben ist eine einzige Plackerei, von Anfang an, schon als Säugling, als Kind. Nein! Das dauert mir zu lange. Nein, diesmal werde ich es wohl anders machen.«

»Du Aufschneider«, sagte Hundejunge, »du weißt doch gar nicht, was du im nächsten Leben sein wirst.«

»So, weiß ich das nicht?« entgegnete der alte Mann. »Ist das die gelehrte Meinung des jungen Meisters?« Er lachte. »Die Entscheidung liegt ganz allein bei mir, du altkluges Bürschchen, das versichere ich dir. Ganz allein bei mir.«

Der Junge blickte über die Schulter und fragte: »Und wofür wirst du dich entscheiden, Linker Fuß?«

»Ich werde mir wohl einen Erwachsenen aussuchen, der bereits viele schlechte Angewohnheiten hat, der ehrgeizig, selbstsüchtig und geil ist. Ich schleiche mich bei ihm ein wie ein Dieb, stülpe meine Seele über die seine und verwandle ihn in einen gütigen, verständigen Menschen. Nicht daß mir Güte besonders wichtig wäre«, fügte er schnell hinzu. »Ich könnte es ebensogut umgekehrt machen. Nur meine ich, daß die Herausforderung so größer sein wird. Und interessanter.«

Hundejunge hörte aufmerksam zu. Da kam ihm eine Idee. »Linker Fuß«, sagte er eifrig. »Auch ich kann tun, was ich will. Ich werde dich finden. Ich werde dich finden, wo immer du dich versteckst, und ich werde deinen Einfluß zunichte machen. Während du versuchst, diesen schlechten Menschen in einen guten zu verwandeln, werde ich versuchen, ihn noch schlechter zu machen!«

Linker Fuß blieb stehen und warf lachend den Kopf in den Nacken. »Du schlägst also eine Wette vor, du Erleuchteter? Und was ist dein Einsatz? Der Einsatz muß hoch sein, sonst wird aus der Sache nichts. Was willst du mir geben, wenn du die Wette verlierst?«

»Ich werde nicht verlieren, Linker Fuß. Du wirst verlieren. Du wirst dir überlegen müssen, was du mir gibst.«

»Nein, mein Junge, du wirst bezahlen müssen. Und der Preis muß hoch sein, so hoch, daß er jeden von uns beiden dazu anspornt, den anderen zu schlagen.«

Hundejunge wußte, daß er dem Alten weder Geld noch Juwelen anbieten durfte. Linker Fuß wollte ihn nur dazu verleiten, eine Dummheit zu begehen, um ihn dann mit Hohn und Spott zu überhäufen. Doch so leicht ließ er sich nicht ködern. Aber worum sonst sollte er wetten?

»Nenne du den Einsatz, Linker Fuß«, sagte er vorsichtig.

Sie gingen schweigend weiter, und während Hundejunge auf eine Antwort wartete, zählte Linker Fuß: »Fünf Millionen einhundertachtzigtausendsechshundertzweiundsiebzig, ... sechshunderteinundsiebzig, ... sechshundertsiebzig ...«

»Lebenszeit, mein hündischer Freund«, sagte der alte Mann endlich. »Ich wette nur um Lebenszeit. Mit Vergnügen werde ich zusehen, wie du zur Strafe für deine Dreistigkeit ein langes schreckliches Leben nach dem anderen durchleidest. Wie würde dir beispielsweise ein Leben als Krüppel gefallen, der sich auf einem kleinen Brett mit Rädern bettelnd durch die Straßen einer großen Stadt schleppt? Oder das Leben eines Mannes, der dazu verdammt ist, seine Lust bei Haustieren zu befriedigen? Und danach, damit du für deine Keckheit auch wirklich gedemütigt wirst, ein langes Leben als Idiot, der von seiner Familie in einen dunklen Keller gesperrt wird, damit er ihr keine Schande macht. Oder hundert Leben als ein Schwein, das zum Schlachten gemästet wird. Nun? Was sagst du dazu, Junge? Bist du mit den Bedingungen der Wette einverstanden?«

»Natürlich!« antwortete Hundejunge eifrig. »Weil du nämlich verlieren wirst!«

»Und ich bin einverstanden, weil du verlieren wirst«, sagte Linker Fuß. »Heute nennen sie dich Hundejunge, aber eines Tages wirst du am eigenen Leib erfahren, was es heißt, eine stumme, leidende Kreatur zu sein, die auf Gedeih und Verderb den grausamen Menschen ausgeliefert ist.«

»Nein, Linker Fuß«, widersprach Hundejunge gutgelaunt, »der Mensch, von dem du Besitz ergreifst, wird durch mein Wirken so verwerflich werden, daß du die Wette verlierst. Doch bevor du ein Krüppel oder ein Idiot wirst, sollst du tausend Leben als Huhn leben. Dein Kopf liegt auf dem Schlachtblock, und du riechst das Blut deiner Leidensgenossen. Und jedesmal wird es neu für dich sein. Wie wird dir das gefallen?«

»Sehr gut«, antwortete Linker Fuß, »denn ich werde der Schlächter sein, und du das Huhn. Nun? Nimmst du die Wette an? Aber vergiß nicht, in der Astralwelt kann sich niemand davor drücken, sein Wort einzulösen. Ich werde dich finden. Die Abrechnung ist unvermeidlich.«

Hundejunge hörte, wie Linker Fuß hinter ihm langsam über den Pfad schlurfte, und blickte auf die weißen Wolken, die sich vor ihm in vollendeter geometrischer Ordnung am Himmel türmten und ihre Schatten auf die schneebedeckten Gipfel warfen. Die Zeit schien sich zur Unendlichkeit zu dehnen. Leichtfüßig und behende stieg er den steilen Pfad hinab und spürte dabei die Geschmeidigkeit und Spannkraft seiner jungen Glieder.

»Ich bin bereit!« Er sprang von einem hohen Felsen und landete fest und sicher auf den Füßen.

Und hinter ihm murmelte Linker Fuß leise: »Fünf Millionen einhundertvierundachtzigtausendvierhundertsiebenundneunzig, ... vierhundertsechsundneunzig, ... vierhundertfünfundneunzig ...«

ERSTER TEIL

Gar zu hoch erhoben
Sitzt der König auf dem Grat:
Er hüte sich vor dem Falle!
Denn unter dem Rade lesen wir:
Königin Hecuba'.

Carmina Burana

1

Im Jahr 653
Yangchou, eine Handelsstadt am Zusammenfluß von Großem Kanal und Jangtsekiang
Zur Zeit der Herrschaft Seiner Unsterblichen Exzellenz Yung Hui

Die Zähne des armen Gärtners gingen dem Hilfsrichter Di Jenchieh nicht aus dem Sinn. Ohne jene verfärbten Zähne wäre ihm vielleicht niemals der Verdacht gekommen, daß ein unschuldiger Mann einem baldigen und zu frühen Tod entgegensah.

Nach Dis Empfinden symbolisierten nur wenige Dinge die Sterblichkeit so eindrücklich wie Zähne; Zähne waren wie Steine, nicht wirklich ein Teil von uns, eher eine Leihgabe, Minerale aus der Erde, die in unseren Köpfen steckten, härter noch als Knochen. Wie oft hatte er auf die erbärmlich vorstehenden gelben Zähne eines Mannes gestarrt und dann gewaltsam seine Aufmerksamkeit wieder dem Gespräch zuwenden müssen, um nicht völlig in der Betrachtung des grausigen Gebisses des anderen zu versinken? Kein Leiden war vergleichbar mit den Schmerzen, die ein böser Zahn bereiten konnte.

Im Gerichtssaal hatten zuerst die vorstehenden, auffallend häßlichen Zähne des Gefangenen Dis Aufmerksamkeit erregt. Er hatte den Gefangenen beobachtet, während dieser die Fragen beantwortete. Wenn der arme Kerl sprach, zuckte Di mitfühlend zusammen, denn er kannte die nuschelnde Sprechweise und die besorgte Aufmerksamkeit, die jener der rechten Seite seines Kiefers widmete, aus eigener leidvoller Erfahrung. Der Mann litt unter heftigen Zahnschmerzen und gab sich gleichzeitig alle Mühe, Fragen zu beantworten, an denen sein Leben hing. Da keimte der erste unangenehme Zweifel in Di auf.

Doch er sagte nichts. Er war schließlich nur Hilfsrichter am Gerichtshof des ältesten und angesehensten Richters der Stadt Yangchou. Er hielt den Mund und redete sich ein, seine düstere Einbildungskraft habe ihn in die Irre geleitet. Erst bei der Hinrichtung, die erstaunlich schnell auf die Urteilsverkündung folgte, durchlebte Di einen schrecklichen Augenblick, in dem ihm alles klar wurde, und von da an verfolgten ihn die Zähne des Gärtners. Wenn sein furchtbarer Verdacht stimmte – daß nämlich die Zähne den Gefangenen in jeder seiner wachen Stunden gemartert hatten – und wenn gewisse andere im Prozeß vorgebrachte Hypothesen ebenfalls der Wahrheit entsprachen, dann konnte der Gefangene den Mord unmöglich begangen haben.

Am Morgen nach dem Prozeß hatten die Gerichtsdiener den Häftling unsanft durch die Tore in den kahlen Gerichtshof gestoßen. Der Gärtner stolperte unter dem Gewicht des schweren Halsbretts, das man ihm angelegt hatte. Er schrie und weinte nicht wie andere Verurteilte und verharrte auch nicht in trotzigem Schweigen, sondern sprach schnell und leise mit sich selbst, die Augen fest geschlossen.

Di Jen-chieh hatte schon viele Hinrichtungen miterlebt und glaubte zu wissen, wie sich Männer im Angesicht des Todes verhielten. Manche gaben sich großspurig und hochmütig, andere riefen nach ihren Müttern und machten in die Hosen. Doch nie hatte er einen Mann gesehen, der scheinbar unbeteiligt Selbstgespräche führte.

Als der Gefangene näher kam, drängte sich Di in die vorderste Reihe der Beamten. Dann ging der Mann vorüber, und seine Worte waren deutlich zu verstehen, doch Di bezweifelte, daß jemand außer ihm auf sie achtete.

»Meine Kinder, meine Frau«, murmelte der Mann mit leiser Stimme. »Was soll nur aus ihnen werden? Sie müssen doch essen, sie müssen doch leben ... doch sie haben nur Schande zu erwarten ... es wird schrecklich sein ... und meine tote Mutter, mein toter Vater ... ihre Seelen werden durch die Finsternis ewiger Schande irren ... das haben sie wahrlich nicht verdient ... das darf nicht sein, niemals ...«

Die Wachen zwangen den Gärtner niederzuknien. Er wankte leicht und hielt die Augen immer noch fest geschlossen. Di stellte sich vor, wie die letzte Hoffnung des Gefangenen auf eine Begnadigung in diesem Moment dahinschwand. Er konnte das ganze Gewicht des Todes spüren, das den armen Kerl nun zu Boden drückte.

Der Henker und seine beiden Gehilfen lösten das Halsbrett, rissen dem Gefangenen die Hände auf den Rücken und fesselten sie mit einem dicken Strick aus Seide. In diesem Moment öffnete der Unglückliche die Augen, und Di wich überrascht zurück. Es war, als sitze in diesen Augen ein böser, verängstigter Geist, der zum erstenmal diese Welt erblickte und jetzt verzweifelt versuchte zu entkommen.

Einen Augenblick später, als der Mann wieder zum Aufstehen gezwungen und an die hintere Mauer des Gerichtshofes gedrängt wurde, sah Di, wie der Geist aus den Augen verschwand. Die Augen waren nun starr und leer.

»Sagt meinen Kindern, daß ich keine Schuld trage!« schrie der Gefangene plötzlich mit schriller Stimme. »Sagt es ihnen! Sagt meinen Kindern ...« Die Gehilfen versetzten ihm einen solchen Stoß, daß er auf die Knie fiel. »Sagt ihnen, daß sie im Unrecht sind! Daß sie unrecht haben ... Sie haben unrecht! ...« Der Henker wickelte sich die Garrotte aus geflochtenem Leder um seine Hände, straffte sie und ließ sie knallen, um die Festigkeit zu prüfen. Zufrieden nickte er den beiden Gehilfen zu, die daraufhin den Kopf des Gefangenen zu Boden drückten. Der Mann preßte das Gesicht seitlich gegen die kalten Steine, als ob er dort Trost finden könne. Die Gehilfen traten beiseite und verneigten sich vor dem alten Richter, der vor einer Gruppe finster dreinschauender Beamter stand. Der alte Mann zog ein dünnes Blatt Papier aus einer seidenbespannten Mappe.

Der Henker trat über den Verurteilten, ging in die Hocke und drückte mit seinem Knie den Oberkörper des Unglücklichen zu Boden. Dann zog er die Garrotte zwischen Boden und Wange des Gärtners durch und riß den Kopf mit einer jähen Bewegung nach oben.

»Wegen Verbrechen gegen den Sohn des Himmels und des irdischen Reiches, wegen Verbrechen gegen den Präfekten von Yangchou und der Provinz Huai-nan ...«, verkündete der alte Richter, wobei er so tat, als verlese er das Dokument, doch Di bemerkte, daß er weder auf das Papier noch auf den Todgeweihten blickte. » ... wegen schweren Raubes aus Habgier, der den grausamen und vorzeitigen Tod unseres hochverehrten und geachteten Verkehrsministers zur Folge hatte ...«

»Ihr haltet Euch für unfehlbar ...«, keuchte der Gärtner mit dem letzten bißchen Luft, das ihm der Riemen um den Hals noch ließ. »Die Behörden ... Geist meiner Mutter ... meines Vaters ...«

»Bring ihn jetzt zum Schweigen, Henker«, befahl der Richter.

»Der Mörder seid Ihr ...«, stieß der Mann noch hervor, dann schnitt ihm der Henker jedes weitere Wort ab.

Er straffte nun die Garrotte mit ruhiger, geübter Hand und zwang den Kopf des Gefangenen noch weiter zurück. Seine Knöchel wurden weiß vor Anstrengung. Di hörte, wie die Beamten in seiner Nähe leise die Luft einsogen. Einen langen, qualvollen Moment verharrte der Henker in dieser schrecklichen Haltung über dem sterbenden Mann. Die Muskeln und Sehnen an seinen Gelenken und Armen traten hervor wie bei einer bemalten Holzfigur. Die Augen des Gefangenen quollen aus dem purpurrot angelaufenen Gesicht, der Mund schloß und öffnete sich krampfartig, so daß sich Di an einen sterbenden Fisch erinnert fühlte.

Eine schreckliche, entwürdigende Art zu sterben, dachte Di und schloß die Augen. Viel schlimmer als die Enthauptung. Wie unsinnig war doch das Vorurteil, daß der Körper entweiht sei, wenn der Kopf vor dem Begräbnis vom Körper getrennt werde. Das war nichts im Vergleich zu dieser unerhörten Beleidigung von Körper und Seele. Gegen seinen Willen öffnete er die Augen wieder.

Die Beine des erstickenden Mannes zappelten und zuckten in heftigen Krämpfen, während seine Arme unwillkürlich an den seidenen Fesseln zerrten. Mit letzter Kraft zog der Henker den Riemen zusammen, und der Kopf fiel zur Seite. Dann endlich, dem Himmel sei Dank, ließ der Henker die Garrotte los. Als der Körper des Gärtners zu Boden fiel, entfuhr seiner Kehle ein rasselndes Geräusch. Di kannte die Ursache dieses Geräuschs: Ch'i und Äther entströmten den inneren Lungengefäßen und brachten Blut und Schleim zum Vibrieren wie das dünne Fell einer Trommel.

Di blieb, wo er war, bis der Richter die Urteilsverkündung beendet hatte und die Leiche aus dem Hof geschleift worden war. Er beobachtete, wie Leben und Tatkraft in seine Kollegen zurückkehrten. Wenige Minuten zuvor hatte er noch das Gefühl gehabt, sie alle spürten das Knie des Henkers zwischen ihren Schulterblättern und die Garrotte um ihren Hals. Jetzt nahmen sie die üblichen Gespräche wieder auf, flüsterten miteinander und vergewisserten sich der Normalität. Doch als sie den kleinen Hof verließen, bemerkte Di, wie sich der eine oder andere unbewußt an die Kehle faßte, während er mit einem Kollegen über Banalitäten sprach.

Am nächsten Morgen, als alles im Haus noch schlief, saß Di am Schreibtisch, glättete mit einer Hand das Papier vor sich und tauchte mit der anderen den Pinsel in das Tuschefaß. Er strich die überflüssige Tusche von den Haarspitzen und betrachtete nachdenklich das leere Blatt, das vor ihm lag.

Sein Großvater hatte die meiste Zeit seines Lebens Tagebuch geführt. Der alte Mann hatte einen detaillierten, unzählige Seiten umfassenden Bericht hinterlassen, und nach seinem Tode waren zwei kräftige Diener nötig gewesen, um die schweren Tagebücher aus dem Haus des Großvaters in das Haus des Vaters zu tragen.

Di seufzte. Er versuchte nicht zum erstenmal, dem Beispiel seines Großvaters zu folgen und in schwierigen Augenblicken seine Gedanken niederzuschreiben, doch noch nie war seine Lage so qualvoll und verwickelt gewesen wie heute. Zwar teilte er nicht ernsthaft die Ansichten seines Großvaters über die reinigende Wirkung von Tagebuchaufzeichnungen, aber heute fühlte er sich besonders hilflos und niedergeschlagen. Erst vor einer Woche war er aus Pien Chou nach Yangchou, der großen Stadt am Kanal, versetzt worden, und schon lastete eine schwere Bürde auf ihm. Die Ungewißheit lähmte ihn. Er mußte etwas tun.

Aufgezeichnet im Tagebuch von Di Jen-chieh, in der Stunde des Hasen, am fünften Tage des zehnten Monats des zweiten Jahres der Regierungsperiode von Yung Hui – gesegnet sei sein Haupt –, unserem Göttlichen Souveränen Sohn des Himmels, Kaiser Kaotsung:

Beim Aufwachen heute morgen fühlte ich mich bedrückt. Gestern wurde ein armer Gärtner hingerichtet, ein Mann, der auf dem Gut des Verkehrsministers von Yangchou gearbeitet hatte. Wenige Wochen vor meiner Ankunft wurde der hochgeschätzte Minister ermordet. Die Umstände des Mordes sind keineswegs geklärt, aber der Gärtner wurde in aller Eile abgeurteilt. Und obwohl seit zwei Wochen das höchste Justizorgan in der Hauptstadt seine jährliche Herbstsitzung abhält, mußte dieser Vater von sechs Kindern durch Erdrosselung sterben. In Wahrheit bezweifle ich, daß diese ehrwürdige und erlauchte Versammlung es überhaupt für nötig befunden hätte, den Fall eines so unbedeutenden Mannes zu prüfen. Das Schicksal des armen Gärtners lag bis zum Schluß in den Händen des Gerichts von Yangchou. Die Tragödien der Armen schlüpfen immer unbemerkt durch das weitmaschige Netz der Justiz.

Das Gesicht des Gärtners geht mir nicht aus dem Sinn. Was habe ich in ihm gelesen? Auch wenn ich mich um die Wahrheit herumdrücke und um keinen Preis den Tatsachen ins Auge sehen will, so weiß ich doch mit quälender Gewißheit, was ich auf seinem Gesicht gesehen habe: die Erkenntnis, schmählich verraten worden zu sein. So etwas kann man nicht vortäuschen. Zumindest nicht im Angesicht des Todes, wenn nur noch die Wahrheit zählt. Aber wer, oder was, verriet den unschuldigen Gärtner? Die Antwort ist zu schrecklich, um darüber nachzudenken: das Leben selbst. Ein wenig tröstet mich der Umstand, daß der alte Richter Lu sich bald zur Ruhe setzen wird. Andernfalls würde ich bei Hof um meine Versetzung ersuchen.

Die Haltung dieses alten Mannes zeugt von einer gefährlichen Nachlässigkeit. Er trifft übereilte Entscheidungen, obwohl er über das Leben anderer Menschen gebietet. Mit dem alten Richter Lu und den Schrecken der gestrigen Hinrichtung will ich nichts mehr zu tun haben. Obwohl …

Irgendwie ist dem alten Lu anzumerken, daß er nicht immer so war. Schon am ersten Tag als Gehilfe in der Kanzlei des Richters spürte ich, daß er einmal ein sehr gewissenhafter Beamter gewesen sein muß. Ich studierte sorgfältig die Akten seiner Fälle und fand meinen Eindruck bestätigt. Doch die Zeit hat ihn offensichtlich müde gemacht. Die Zeit und gewisse Versuchungen, denen wir erliegen, wenn wir bemerken, wie wenig Zeit uns noch bleibt. Viele meinen, der Mensch werde im Alter weiser. Vielleicht. Aber er kann auch müde werden. Und Korruption und Bestechlichkeit sind wie ein weiches Kissen unter den alten Knochen.

Außerdem gibt es noch einen einfachen Grund, der zumindest teilweise die Eile bei diesem Prozeß erklärt: Jemand mußte für den Mord an dem Verkehrsminister mit dem Leben büßen. Sonst wäre der größte und wichtigste Fall in der

Laufbahn des alten Lu ungelöst geblieben. »Begrabt die Leiche, bevor sie zu stinken beginnt«, sagt ein altes Sprichwort. Hier stimmt etwas nicht, und selbst wenn ich wollte, ich kann nicht aufgeben.

Ich muß herausfinden, ob mein Verdacht, was die Zähne des Gärtners angeht, begründet ist. Das einzige, was ich tun kann, ist ein Besuch bei der Witwe, auch wenn ich ihr ungern noch mehr Kummer bereite.

Als Di das Schreibbrett beiseite schob, überfiel ihn plötzlich das Gefühl, versagt zu haben. Nacken und Schultern schmerzten. Die Verspannung war heute morgen noch schlimmer als sonst. Er hob die Achseln und drehte den Kopf nach rechts und links. Die kleinen Halswirbel knackten unangenehm laut. Für einen Augenblick dachte er an den Hals des Gärtners, verscheuchte den Gedanken aber wieder.

Nicht nur in der großen Welt vor seinen Toren hatte er versagt, sondern auch zu Hause. Oder hatte er etwa nicht seine Pflichten als Vater, Lehrer und vor allem als moralischer Zuchtmeister seiner Kinder vernachlässigt? Als letzterer hatte er eindeutig am schlimmsten versagt: Wäre er ein guter Vater und Lehrer gewesen, davon war er jetzt überzeugt, so hätte sich das dritte Problem nie gestellt. Doch der Verfall war schon so weit fortgeschritten, daß er nur das Haus zu verlassen brauchte – wie auch am Morgen der Hinrichtung –, und schon brach das Chaos aus. Wie sagte schon Konfuzius: »Ist der Herr rechtschaffen, geht alles seinen geregelten Gang, auch wenn er nicht da ist, um Befehle zu erteilen. Doch ist der Herr nicht rechtschaffen, so ist es ohne Bedeutung, ob er Befehle erteilt, denn sie werden ohnehin nicht befolgt.«

Und wo stand er angesichts dieses Spruches aus der Morallehre mit seinem ungeordneten Haushalt und seinen aufsässigen Kindern? Ein Richter, der nicht einmal imstande war, sein Haus in Ordnung zu halten, sollte sich eigentlich nicht in der Öffentlichkeit zeigen. Ja, ein solcher Richter sollte sich nicht der Illusion hingeben, er sei ein würdiger Diener des Staates und ein Vorbild für die anderen. Die beiden Jungen hatten offensichtlich keinen Respekt vor dem Vorbild, das er ihnen, wie er einst geglaubt hatte, so deutlich vorlebte. In seiner Abwesenheit benahmen sie sich keineswegs wie vornehme junge Herren, eher wie kleine Dämonen.

Di schwang die Beine über den Rand des Sofas. Er verspürte großen Hunger. Die beiden Jungen würde er sich noch vorknöpfen müssen, aber zuvor wollte er etwas zu sich nehmen.

Die Diener servierten Di im Gartenpavillon leicht aromatisierten Orangen- und Rosentee, Sesamkuchen und Obst. Sie schlichen auf leisen Sohlen um ihren Herrn herum und achteten beim Absetzen des Tabletts behutsam darauf, daß die Teller und Schüsseln nicht klirrten. Di musterte ihre abgewandten Gesichter und fragte sich, ob ihm seine düstere Stimmung so deutlich anzumerken war.

Als die Diener das Geschirr bis auf die Obstschale wieder abgeräumt hatten und gerade den Gartenpavillon verlassen wollten, rückte Di den Stuhl vom Tisch weg und stand auf.

»Bringt mir jetzt die kleinen Quälgeister«, sagte er müde. Der zweite Diener drehte sich um und gab durch eine Verbeugung zu verstehen, daß er die Anweisung gehört hatte. »Zwei Augenblicke des Genusses, und das ist der Preis«, murmelte Di und schüttelte den Kopf. Der Diener antwortete mit einem unbehaglichen Lächeln, verneigte sich leicht und eilte davon.

Di schob die Obstschale über den Tisch zu den beiden Jungen, die ihm gegenüberstanden, aber sie zeigten nicht das geringste Interesse an dem Angebot.

Das also sind meine Söhne, dachte er. Der Ältere würdigt mich nicht einmal eines Blickes, starrt unverwandt auf den Boden und ballt störrisch die Fäuste. Der Jüngere hält sich am Jackenärmel seines Bruders fest und sieht mich mit leeren Augen an.

Woher hatten sie nur diesen trotzigen Eigensinn? Von seiner Linie der Familie jedenfalls nicht. Auch die Art, wie sie sich geschickt vor jeder Verantwortung drückten, hatten sie nicht von ihm geerbt. Der Ältere war kaum neun Jahre alt, und doch spielte er schon so mühelos und überzeugend das aufrichtig gekränkte Kind, daß selbst sein sechsjähriger Bruder, eben noch sein Komplize bei einer Missetat, fest an seine Unschuld glaubte. Der Ältere war ein Ausbund an Gerissenheit, der Jüngere ein Muster an unerschütterlicher Loyalität, ein Kind, das sich ganz und gar der Aufgabe verschrieben hatte, seinem älteren Bruder zu gefallen.

Als Di gestern abend zu später Stunde nach Hause gekommen war, hatte ihm seine zweite Frau, einem hysterischen Anfall nahe, von der Missetat der Jungen berichtet: Am Morgen des Hinrichtungstages hatten sie ein Schwein, das sein Wasser nicht halten konnte, in eine der Schlafkammern gebracht und dort einen unsagbar wüsten Streich gespielt.

Nun, da er seinen Söhnen gegenüberstand, war er eindeutig im Nachteil, denn er mußte seine Augen vor der Sonne schützen, wenn er die Jungen im Blick behalten wollte.

Er trat ein paar Schritte zur Seite, bis ihm die Sonne nicht mehr direkt ins Gesicht schien. Die Jungen taten es ihm nach und wahrten so den Abstand zu ihrem Vater. Dis langer, durchdringender Blick blieb ohne Wirkung. Der Ältere sah nur kurz auf und warf dem Vater einen frechen Blick zu. Di erkannte sofort, daß er nicht die leiseste Spur von Reue empfand. Und der Jüngere erwiderte seinen strengen Blick ohne ein Blinzeln. Sein kleines Gesicht blieb stumpf und ohne Angst. Di war überzeugt, daß sie in diesem trotzigen Dreieck bis zum Abendtrommeln hätten verharren können, also zog er es vor zu sprechen:

»Junger Herr Young«, sagte Di und trat ans andere Ende des Tisches. Diesmal blieben die Jungen, wo sie waren. »Ich rede mit dir. Schau deinen Vater an, wenn er mit dir spricht.« Er legte einen Finger unter das Kinn des Älteren und zog ihm langsam den Kopf nach oben. »Schau deinen Vater an, wenn er mit dir spricht«, wiederholte er. Der Ältere sah ihm nun direkt in die Augen. »Kaum verlasse ich das Haus und gehe meinen Pflichten in der Stadt nach, stiftest du Unfrieden. Habe ich recht?« Wie schwach und gekünstelt dieses Verhör klang. »Wie sagt Konfuzius: ›Laß nichts Böses in deinen Gedanken sein.‹ Eines Tages wirst du wie ich dem Staat dienen. Aber wie, junger Mann?«

Die Augen des Jungen verengten sich unmerklich. Es war, als ob die Tore einer Festung zufielen, weil eine lange Belagerung bevorstand. Di zog noch stärker an dem kleinen Kinn, fühlte den zierlichen Knochen zwischen seinen Fingern und spürte einen leichten, aber entschiedenen Widerstand.

»Wer sich im Privatleben gegen Vater, Mutter und ältere Menschen nicht anständig benimmt, neigt auch im öffentlichen Leben dazu, sich der Autorität seiner Vorgesetzten zu widersetzen ... Und was Männer angeht, die eine Revolte anzetteln ...« Er hielt inne. Er hatte einen Fehler begangen. Ein leichtes Zucken umspielte die Mundwinkel des Älteren. Der Junge hatte Mühe, einen Lachanfall zu unterdrücken!

Der Jüngere neben ihm prustete. Di ließ das Kinn des Älteren los, doch der reckte den Kopf weiterhin nach oben – ein eindeutiger Akt der Aufsässigkeit. Am liebsten wäre Di einfach weggegangen und hätte die beiden nichtsnutzigen jungen Hunde hier stehengelassen. Doch das konnte er sich nicht erlauben.

Di legte beide Hände auf den Tisch und tat so, als untersuche er seine gespreizten Finger. Er seufzte und wandte sich dem Jüngeren zu. »Denk daran, was der Meister sagt: ›Ein vornehmer Mann ist kein Werkzeug, dessen sich ein anderer von niederer Gesinnung bedienen kann.‹« Di beugte sich vor und stützte sein volles Gewicht auf den Tisch. »Versteht ihr eigentlich, was ich sage?« Er wartete. Plötzlich merkte er, wie ein Damm brach. Er war mit seiner Geduld am Ende.

»Antwortet mir!« brüllte er wütend und schlug mit der Hand auf den Tisch, selbst überrascht von seiner Heftigkeit. Die beiden Jungen zuckten zusammen. Er registrierte es mit Genugtuung.

»Ich weiß es nicht, Vater«, sagte der Ältere schließlich kleinlaut. Endlich lag Bestürzung in seinen Augen.

»Ich weiß es nicht, Vater«, äffte Di ihn nach. Er hatte jetzt Oberwasser. »Was soll das für eine Antwort sein?« Der Junge sah ihn nun flehentlich an, als suche er nach einer Antwort.

»Ehrlichkeit ist der erste Schritt.« Di hielt inne und ließ ihm Zeit zum Nachdenken. Dann sagte er betont langsam: »Wer ist für die widerliche Schweinerei in der Schlafkammer im Westflügel verantwortlich?« Darauf folgte ein langes Schweigen. Die Brüder blickten abwechselnd einander an und auf den Boden. Schließlich begann der Ältere: »Wir haben die Schweinerei in der Schlafkammer nicht gemacht.«

»Wer dann?« Di hob die Augenbrauen.

»Das Schwein.«

Stunden später, nachdem er die Knaben streng ermahnt und »bestraft« hatte – eine Woche lang mußten sie dem Hausverwalter zu Diensten sein und niedere Arbeiten im Haus verrichten – schmerzte seine Hand noch immer leicht von dem kräftigen Schlag auf den Tisch. Woher rührte nur diese Heftigkeit? Er starrte auf seine Handfläche. Er war nicht sicher, aber er vermutete stark, daß die Angelegenheit ganz anders ausgegangen wäre, wenn er die beiden vor und nicht nach der Hinrichtung ins Verhör genommen hätte.

In dem Fall würde er wahrscheinlich jetzt noch im Pavillon stehen, hilflos in ihre frechen kleinen Gesichter blicken und sich in Allgemeinplätzen ergehen. Die Vorstellung erfüllte ihn mit Abscheu.

Aber was er statt dessen getan hatte, erfüllte ihn ebenfalls mit Abscheu. War das die Art, wie er in Zukunft mit seinen Söhnen umgehen wollte? Brüllen und auf den Tisch hauen?

In Yangchou fand das Leben auf dem Wasser statt. Die Stadt lag am Zusammenfluß des Großen Kanals mit dem Jangtsekiang, der sich hier nach seiner neuneinhalbtausend *li* langen Reise durch China ins Meer ergoß, und war mit ihrem Gewirr aus zahllosen Wasserwegen ein bedeutendes Zentrum für den Binnen- und Seehandel. Di genoß die Gerüche und den Lärm des Schiffsverkehrs und die damit verbundene Betriebsamkeit, und dies um so mehr, als er die vorangegangenen zehn Jahre mit seiner Familie in Pien Chou, einer vergleichsweise langweiligen Stadt, verbracht hatte. Zwar hatte er bei der erstbesten Gelegenheit um seine Versetzung ersucht, doch erst, als er Yangchou gesehen und gerochen hatte, war ihm bewußt geworden, wie überdrüssig er seiner alten Umgebung gewesen war.

Als junger Hilfsrichter Anfang Dreißig wurde Di vor allem mit Zivilfällen betraut, die zu unbedeutend waren, als daß sie das Interesse seiner Vorgesetzten hätten wecken können. Wenn er in solchen Bagatellfällen ermittelte oder Präzedenzfälle aufspürte – meist ging es um Volkszählungsdaten, Steuerlisten und ähnliches mehr, wobei er die Betroffenen bisweilen in ihren Häusern aufsuchte –, fand er häufig Gelegenheit, die Kanzlei zu verlassen und durch die Straßen der Stadt zu streifen. Viele Richter klebten träge an ihren Stühlen und überließen solche Gänge ihren Gehilfen. Di hingegen bereitete es Vergnügen, sie selbst zu besorgen und dabei die Stadt zu erkunden.

Heute war er strenggenommen nicht dienstlich unterwegs, denn es gehörte keineswegs zu seinen Aufgaben, in abgeschlossenen Fällen zu ermitteln. Eine Wiederaufnahme und eine Revision des Urteils seines Vorgesetzten wäre nur über eine Petition und ein langes, kompliziertes Verfahren zu erreichen. Aber nichts konnte ihn davon abhalten, der Sache zu seiner eigenen Befriedigung nachzugehen. Falls er den Fall später neu aufrollen mußte, dachte er grimmig, während er die Brücke eines träge dahinfließenden, verdreckten Kanals überquerte, konnte er immer noch den üblichen Dienstweg einschlagen.

Je weiter er in den Westbezirk vordrang, desto schmaler und schmutziger wurden Kanäle und Gassen. Unbekannte Gerüche hingen in der Luft. Wahrscheinlich, dachte Di, hatte der Gefangene in der Nacht vor seiner Hinrichtung in der Todeszelle voller Sehnsucht von solchen Straßen geträumt.

Di fand das Haus der Witwe und stellte sich vor. Aus ihren Augen schlug ihm kaum verhohlener Haß entgegen. Wie anders sollte sie auf Amtsroben jeglicher Art reagieren, nachdem ihr die Gerichte so übel mitgespielt hatten? Obwohl es ihm schwerfiel, verschwieg er ihr den eigentlichen Zweck seines Besuches.

So stand er also vor ihr, kleinlaut angesichts ihres Schmerzes und ihrer Wut, die ihn frösteln ließen wie ein eisiger Wind am offenen Fenster, und fragte sie nach den Zähnen ihres Mannes. Sie sah ihn verblüfft an. Zweifellos überlegte sie, welches neue Unglück nun über sie hereinbrechen würde – Steuern vielleicht, berechnet nach der Anzahl der Zähne, die der Ernährer der Familie mit ins Grab genommen hatte, als man ihn zum Verlassen dieser Welt zwang. Dann überwältigte sie die Erinnerung, und ihre Verblüffung wich neuem Kummer.

»Er hatte solche Zahnschmerzen.« Sie weinte und schüttelte den Kopf. »Jeden Tag. Der arme Mann. Die Zähne peinigten ihn jeden Tag.« Sie blickte Di in die Augen, ohne sich ihrer Tränen zu schämen. »Wie einem Säugling habe ich ihm das Essen zubereitet. Ich habe alles zerkleinert und zerdrückt, bis es so weich war, daß er es essen konnte.« Und leise fügte sie hinzu: »Manches habe ich ihm sogar vorgekaut.«

Dann brach sie in hemmungsloses Schluchzen aus. Di dankte ihr, obglcich er bezweifelte, daß sie ihn überhaupt hörte, und verabschiedete sich. Er wollte sie in ihrer Trauer nicht länger stören. Er hatte jetzt ein Ziel und brannte vor Ungeduld.

Es war nicht allzu schwierig, Einblick in die Prozeßunterlagen zu bekommen. Als einer der vier Hilfsrichter des alten Richters Lu verstieß er nicht direkt gegen die Vorschriften, wenn er Gerichtsakten überprüfte. Da er aber neu war und keine Vollmacht seines Vorgesetzten besaß, mußte er sich an Sekretäre und Hilfssekretäre unterschiedlichen Ranges wenden. Schließlich fand er den Sekretär, der für die Akten zuständig war, nach denen er suchte, und trug ihm sein Anliegen vor. Der Mann schaute ihn verdrießlich an, führte ihn jedoch an Dutzenden von Schreibern, Sekretären und Gerichtsgehilfen vorbei in die Registratur, öffnete die Tür zu seinem Reich und trat beiseite. Seine Miene gab deutlich zu verstehen, daß er Di für einen Eindringling hielt. Da Di daran gelegen war, den Mann als diskreten Mitarbeiter zu gewinnen, bedankte er sich überschwenglich und behandelte ihn wie eine Autorität, der er den schuldigen Respekt zollte. Daraufhin wurde der Mann merklich zugänglicher. Zu guter Letzt saß Di gemütlich vor einem Lesetisch, während der andere eifrig die Dokumente herbeischaffte und dem Richter vorlegte. Di nahm die Schale heißen Tees, die ihm angeboten wurde, und machte sich an die Arbeit.

Er notierte sich die wichtigsten Fakten. Das Schicksal hatte den Verkehrsminister in seinem Amt ereilt. Er wurde von hinten erschlagen, als er bei seinem üblichen Nachmittagsimbiß mit Tee und süßem Kuchen saß. Man fand seine Leiche ausgestreckt auf dem Boden, mit dem Gesicht nach oben. Der Teppich war mit den Kuchenkrümeln übersät. In lebhaften Farben hatte man beim Prozeß das Bild des kaltblütigen Mörders gemalt, der sein Opfer mit dem Fuß zu Boden stieß, sich über ihn stellte, gierig den restlichen Kuchen des toten Mannes verschlang und dabei gleichgültig und respektlos Krümel auf den Leichnam und den Teppich fallen ließ.

Würde ein Mann, der solche Zahnschmerzen hatte, daß ihm das Sprechen Mühe bereitete, und dem die Frau das Essen vorkaute, damit er überhaupt etwas zu sich nehmen konnte, freiwillig in einen mit Honig glasierten Kuchen beißen? Nur wer wie Di diese Qualen kannte, konnte diese Frage eindeutig und ohne Zögern beantworten: Nein. Er würde nie in einen solchen Kuchen beißen. Es sei denn, ein anderer setzte ihm ein Messer an die Kehle und zwang ihn dazu. Wenn es also stimmte, daß der Mörder über seinem Opfer stehend den Kuchen verschlungen hatte, dann konnte diese Person nie und nimmer der arme Gärtner gewesen sein, der das Verbrechen mit dem Leben bezahlt hatte. Die Frage war also, ob die Ausgangshypothese von dem gierigen Mörder, der die Mahlzeit seines Opfers verschlang, richtig war.

Er dachte über die Krümel nach. Nur wegen der Krümel war

man überhaupt auf diese Vermutung gekommen. Laut Bericht fanden sich die Krümel auf dem Boden rings um die Leiche und vorn an der Robe des Mannes. Ein Mörder, der zuerst eine Bluttat beging und dann den Imbiß seines Opfers verschlang – eine solche Vorstellung war natürlich unwiderstehlich. Alle im Gerichtssaal hatten sofort an diese Version geglaubt. Und tatsächlich gab es auch einige Indizien, die diese Theorie untermauerten, doch Di wußte, daß letztlich nur der Wunsch der Leute, daran zu glauben, den Ausschlag gegeben hatte. Die Menschen hatten nun einmal ein unersättliches Verlangen nach makabren Geschichten.

Hätte die Leiche mit dem Gesicht nach unten gelegen und hätten die Krümel an ihrem Rücken geklebt, dann wäre der Fall eindeutig gewesen; so schlechte Manieren konnte niemand haben, daß er sich beim Essen den Rücken bekleckerte. Wenn Di sich also von der Richtigkeit seiner Theorie überzeugen wollte, mußte er den unwiderlegbaren Nachweis erbringen, daß die Krümel von den Lippen des Mörders gefallen und nicht durch eine Nachlässigkeit des Opfers selbst auf die Robe gelangt waren. Jetzt wußte er, was er zu tun hatte, um die letzten Zweifel an der Unschuld des Gärtners auszuräumen. Er dankte dem Sekretär und verließ das Gerichtsgebäude. Seinen beiden Gehilfen hinterließ er die Nachricht, daß er in Bälde zurück sein werde.

Als Di in die Kanzlei zurückkehrte, trug er zwei Pakete unter dem Arm. Das eine roch gut und enthielt Kuchen aus der Bäckerei, in der der Verkehrsminister Stammkunde gewesen war. Es waren die gleichen Kuchen, die sich der ermordete Beamte am Nachmittag seines Todes hatte bringen lassen. Der Inhalt des zweiten Pakets war etwas makaber: Es enthielt das Gewand, das der Verkehrsminister bei seiner Ermordung getragen hatte. Di hatte unglaubliches Glück bei der Beschaffung dieses Beweisstücks gehabt. Er hatte die Leichenhalle aufgesucht, wo man den Leichnam gewaschen hatte, bevor er der Familie zurückgegeben worden war. Auf seine Frage, ob das Gewand noch im Haus sei, hatte er eigentlich eine abschlägige Antwort erwartet, doch nach wenigen Minuten tauchte der Wächter wieder auf und drückte es ihm in die Hand. Es war die Amtsrobe des Toten. Man hatte sie in einem Schrank verwahrt für den Fall, daß die Angehörigen sie zurückverlangten. Wochen waren vergangen, ohne daß die Familie sich gemeldet hatte. Di hatte dem Mann ein paar Münzen gegeben und überschwenglich gedankt.

Jetzt öffnete Di das Paket, nahm das Gewand heraus, schüttelte es aus und bürstete es sorgfältig, bis kein Stäubchen mehr darauf zu sehen war. Während er die Robe überstreifte, versuchte er, nicht daran zu denken, daß er in Ärmel schlüpfte, in denen zuvor die Arme eines Toten gesteckt hatten. Zusammen mit seinem jungen Gehilfen stellte er die Möbel in seiner Kanzlei genau so, wie sie in der Amtsstube des Verkehrsministers gestanden hatten. Dann setzte er sich mit dem Rücken zur Tür in einen Sessel, Kuchen und Tee in Reichweite auf dem Schreibtisch, und spielte einen älteren, hohen Beamten, der nach vollbrachtem Tagwerk seine Teepause genoß, den Kopf noch voller Zahlen und Statistiken.

Widerwillig biß er in den Kuchen. Der Zahn, der ihm so viel Pein bereitet hatte, war zwar schon vor über einem Monat gezogen worden, doch ein Geschöpf, das Schmerzen erlitten hat, hält meist länger als nötig an seinen schützenden Gewohnheiten fest. Er kaute vorsichtig, stellte jedoch bald fest, daß der Zahndoktor seine Sache gut gemacht hatte. Er hatte keine Schmerzen mehr. Nun ließ er sich vollends in die Rolle des Verkehrsministers fallen und aß den süßen Kuchen so sorglos und entspannt, wie es zweifellos auch sein Vorgänger getan hatte. Der Kuchen war köstlich. Bald hatte er das erste Stück vertilgt und griff nach einem zweiten.

Er trank einen Schluck heißen Tee und blickte an sich hinunter: Die Krümel waren auf seine Brust und in seinen Schoß gefallen und klebten am Brokat der Robe. Er rutschte noch tiefer in den Sessel und aß ausnahmsweise so unmanierlich wie seine Söhne, wenn sie zu Hause die Küche plünderten. Die Krümel rieselten an ihm hinunter wie Schneeflocken ins Tal. Er schaute auf den Boden. Kein einziger Krümel war zu sehen, sie hingen alle an den glänzenden Stickereien der Brokatrobe.

»So«, sagte Di zu seinem jungen Gehilfen, »und jetzt sei bitte so nett und schlag mich tot.« Gehorsam hob der ›Mörder‹ seine Waffe, eine Keule aus zusammengerolltem Papier, und zog Di von hinten einen Schlag über den Schädel.

Di stürzte vornüber, landete zuerst auf den Knien, sackte dann zusammen und lag ausgestreckt mit dem Gesicht nach unten auf dem Boden. Der ›Mörder‹ trat neben ihn, drehte ihn mit dem

Fuß auf den Rücken und betrachtete sein Gesicht, um festzustellen, ob er auch wirklich tot war. Di hob vorsichtig den Kopf, blickte prüfend um sich auf den Boden und dann auf seine Kleidung: Die Krümel, die dank der Frische und Qualität des Kuchens ziemlich feucht waren, klebten immer noch vorn an seiner Robe, wenn auch inzwischen zerdrückt. Sie hatten sich nicht auf dem Boden um ihn herum verteilt. Nun trat der Mörder, dessen Lippen ein schwaches, zufriedenes Lächeln umspielte, mit einem Bein über den Toten, nahm den restlichen Kuchen vom Teller auf dem Schreibtisch und biß hinein. Er stand über seinem Opfer, verlagerte aber sein Gewicht auf eine Seite, weil das die bequemste Haltung für ihn war. Sanft rieselten die Krümel auf Dis Gesicht und auf den Boden.

Di war zugleich befriedigt und niedergeschlagen. Es war, wie er vermutet hatte: Der Gärtner konnte unmöglich der Mörder sein. Allerdings wußte er, daß er mit seiner Entdeckung kaum auf Begeisterung stoßen würde.

Das belastende Material, das dem Gericht vorgelegt worden war, hatte in Wahrheit keinerlei Beweiskraft. So hatte man im Haus des Hingerichteten einige Wertgegenstände gefunden, die dem Mordopfer gehörten – Elfenbeinschnitzereien und ein paar kleine, aber wertvolle Porzellanvasen. Der Angeklagte selbst hatte vor Gericht ausgesagt, er habe diese Dinge beim Umgraben in der Nähe des Hauses gefunden. Natürlich hatte man diese Geschichte für eine Lüge gehalten und nicht weiter beachtet, doch Di wußte, wie wahrscheinlich es war, daß der Gärtner die Wahrheit gesagt hatte. Es war ein leichtes, diese Wertgegenstände aus der Kanzlei des Verkehrsministers zu stehlen, ohne daß dieser den Verlust überhaupt bemerkte, und sie anschließend in einem Blumenbeet zu vergraben, wo der Gärtner früher oder später darüber stolpern mußte und sie mit nach Hause nahm. Später, nach dem Mord, entdeckte man sie in seinem Haus, und der Verdacht fiel auf ihn.

Woran mag es liegen, dachte Di, daß man einem Mann aus dem Volk, einem ungebildeten Menschen, der mit seiner Hände Arbeit seinen Lebensunterhalt verdient, eher einen Mord zutraut? Warum haftet die Schuld so mühelos an einem Mann, der Dreck unter den Fingernägeln hat? Woher rührt unser Argwohn und unsere heimliche Verachtung? Interessante Überlegungen, aber von untergeordneter Bedeutung gemessen an der zentralen Frage, wer der wahre Mörder war. Di hatte keine fertige Theorie, nicht einmal die leiseste Vermutung. Er wußte nur, daß er sich zunächst einmal mit dem anderen bedauernswerten Opfer dieses Dramas beschäftigen mußte, dem Mann, dessen Robe er jetzt auszog. Er hielt das Gewand hoch, betrachtete es einen Augenblick, strich dann fest mit der Hand über den Stoff und sah zu, wie die Krümel auf den Teppich tanzten.

Als wohlhabender Kaufmann verkleidet schritt der Hilfsrichter durch die belebte Hauptstraße neben einem der am stärksten befahrenen Kanäle der Stadt. Jetzt, am späten Nachmittag, herrschte auf dem Kanal reger Verkehr. Bug an Heck und Schandeck an Schandeck lagen die Lastkähne tief im öligen Wasser, schwer beladen mit edlen Hölzern, aphrodisierenden Mitteln, Eisen, Salz, Korn, Früchten, Seide, Leinen, Tee, Bambus, Ziegelsteinen, Firnis, Ginseng und Gewürzen.

Di bahnte sich vorsichtig einen Weg durch die lärmende Menge der Fußgänger, die an den Schleusen entlang dem östlichen Bezirk zustrebten, immer wieder behindert durch Leute, die am Ufer des Kanals stehenblieben, den Schiffern Anweisungen zuriefen, lautstark vor Gefahren warnten oder einfach nur ungefragt ihre Meinung zum besten gaben. Die Besatzungen der überladenen Kähne schrien sich gegenseitig an und versuchten vergeblich, mit Ruderstangen Kollisionen zu verhindern. Di wußte, daß dieselben Leute, die vom sicheren Ufer aus Kommandos brüllten, auf ein wenig Unterhaltung hofften: Vielleicht verunglückte ja eine der kopflastigen Barken. Es war immer ein aufregender Anblick, wenn die hölzernen Schiffsrümpfe ineinander krachten, schweres Frachtgut umkippte, aus der Verankerung riß und in die schmutzige Brühe glitt, begleitet von den Flüchen der Schiffsmeister, die wütend die Fäuste gen Himmel ballten.

Das war jetzt Dis Welt, das pulsierende Handelsleben der Stadt Yangchou mit ihrem dichten Netz aus Wasserwegen. Tag für Tag ergoß sich ein unermeßlicher Warenstrom in diese große Stadt, eine Stadt voller Korruption, eine Stadt, in der alles möglich war.

Auf dem Kanal entbrannte ein Streit. Zwei Kähne blockierten sich gegenseitig, weil keiner dem anderen die Vorfahrt lassen wollte. Bald nahmen die Stimmen eine bedrohliche Lautstärke an, und eine Welle der Erregung erfaßte die Menge am Ufer. Die beiden Kahnführer funkelten einander zornig an, während ihre Mannschaften sich hinter ihnen versammelten, schwangen drohend die Fäuste und stießen Schmähungen aus. Die Schaulustigen drängelten sich um die besten Plätze und ergriffen sofort für eine Seite Partei, als seien sie mit den beiden Kontrahenten bekannt und hätten ein persönliches Interesse am Ausgang des Streites. Di eilte weiter, glücklich darüber, daß er seine Amtskappe heute im Ärmel versteckt hatte und nicht auf dem Kopf trug. Womöglich hätte jemand aus der Menge »Richter, Richter« gerufen und ihn zum Eingreifen genötigt.

Was er heute vorhatte, war nicht direkt ungesetzlich. Es bestand eigentlich kein Grund, warum ihn die Beamten im Verkehrsministerium, wohin er unterwegs war, daran hindern sollten, Akten zu studieren oder sich einfach nur umzusehen. Nicht weil sein Tun den Beigeschmack des Verbotenen gehabt hätte, trug er an diesem Spätnachmittag das Gewand eines Geschäftsmanns und schritt inkognito durch die Menge, sondern weil ihm sein Instinkt sagte, daß es besser war, kein Aufsehen zu erregen. Zum einen brauchte der alte Richter nicht zu erfahren, daß ein Mitarbeiter seiner Behörde in einem abgeschlossenen Mordfall ermittelte, zum anderen hatte es im Leben des Verkehrsministers sicher allerlei Verwicklungen gegeben. Wie sollte es auch anders sein, dachte Di, als er den hektischen Betrieb um sich herum betrachtete, der ja die Domäne des Ermordeten gewesen war. Ein solcher Mann sollte wegen ein paar wertloser Schmuckstücke umgebracht worden sein? Nie und nimmer. Zweifellos verfolgte der wahre Mörder das Geschehen noch immer. Es war also ratsam, möglichst wenig Aufmerksamkeit zu erregen. Di spürte ein halb angenehmes, halb unangenehmes Prickeln im Nacken, als er in die kühle, dunkle Gasse trat, die zum Hintereingang des Verkehrsministeriums führte. Er wußte, daß das Gebäude um diese Zeit praktisch menschenleer war.

Sein Herz klopfte. Er schrieb diese Erregung einem plötzlichen und unverhofften Gefühl von Freiheit zu. Aber was war es genau? Er fühlte sich beinahe ausgelassen. Selbst die Erinnerung an den Tod des armen Gärtners konnte seine Stimmung nicht trüben. Dann erkannte er das Gefühl: Es war die Freiheit, der Wahrheit nachzuspüren. Armer Freund, sagte Di zu dem toten Gärtner, ich war dir im Leben keine große Hilfe, aber vielleicht kann ich dir im

Tod eine Hilfe sein. Ich werde deine Familie und deinen Namen von der Schande befreien und dafür sorgen, daß deine Ahnen wieder Ruhe finden.

Er bog um die Ecke in eine noch kleinere, noch dunklere Gasse. Eine Frau scheuchte einen streitlustigen Hahn von ihrer Türschwelle. Dieser Stadtbezirk am unteren Ende der Kanäle und Schleusen war ein Labyrinth aus schmalen Gassen und staubigen, gepflasterten Höfen. Kein guter Ort für einsame nächtliche Gänge, überlegte Di, doch die langen Schatten zwischen den hohen, engen Mauern sagten ihm, daß es höchstwahrscheinlich bereits dunkel sein würde, wenn er auf dem Rückweg wieder hier vorbeikam. Noch eine Straße weiter, dann hatte er sein Ziel erreicht.

Er hatte dem Wachmann eine Nachricht geschickt und ihn gebeten, ihn am rückwärtigen Tor einzulassen. Außerdem hatte er ihm mitgeteilt, daß er nicht in der Robe eines Richters erscheinen würde. Di sann noch einmal über diese List nach und fragte sich einen Augenblick lang, ob die Verkleidung als Kaufmann überhaupt notwendig war. Wer wußte schon, welche vielfältigen Beziehungen der Verkehrsminister gepflegt hatte? Vielleicht war der Anblick eines Beamten in Richterkappe und Robe hier etwas Alltägliches.

Er überquerte den schmalen gepflasterten Hof und zog an der Klingelschnur, die neben dem schweren Holztor in einem Loch in der Wand verschwand. Es berührte ihn eigenartig, an dieser stummen Schnur zu ziehen, den Widerstand in der Hand zu fühlen und zu wissen, daß irgendwo im Innern des Gebäudes eine Glocke anschlug, der Klöppel das Metall zum Schwingen brachte, ohne daß er hier draußen einen Ton hörte. Während er wartete, versuchte er, seine Gedanken zu ordnen.

Es war die Stunde des Hundes, als Di allein im zweiten Stock in der Kanzlei des toten Verkehrsministers saß, die Ellbogen auf den reich verzierten Rosenholzschreibtisch gestützt. Wer war der Mann, der so viele Jahre lang an diesem Platz gesessen hatte?

Es dämmerte bereits. Di saß reglos hinter dem Tisch und starrte auf die verblassenden Umrisse der exotischen Skulpturen im Raum. Ab und zu drang Lärm von der Straße herauf. Er stand auf, trat ans Fenster und sah hinunter auf den verlassenen Hof. Dann schloß er die Fensterläden und entzündete mehrere Lampen des Ministers, die tanzende Schatten gegen die Wände warfen. Er studierte die hölzernen Tempelreliefs, die den oberen Teil der Wände begrenzten: sinnlich verrenkte, sich umschlingende Körper, erigierte männliche Glieder, offene, empfängliche weibliche Schamteile, geschwollene Brüste, harte Brustwarzen in höchster sexueller Erregung. Er griff nach einer Lampe und hielt sie hoch über den Kopf, um die Stücke genauer zu betrachten: Alle Schnitzereien waren aus altem, trockenem, rissigem und schmutzig-farbenem Holz, das Richter Di an heilige Stätten in fernen Ländern gemahnte. An der Wand neben der Tür lehnte ein großes, achtspeichiges Holzrad. Es trug fremdartige Inschriften und war an mehreren Stellen zerbrochen. Er hielt die Lampe so, daß sie die Rückseite beschien. Sie war rauh und teilweise abgesplittert, als sei das Rad irgendwo befestigt gewesen, dann aber losgebrochen und mutwillig beschädigt worden.

Diese sakralen Gegenstände konnten nur von Tempelwänden entfernt worden sein, einige davon hastig und gewaltsam. Die Priester und Mönche, denen sie anvertraut waren, hatten sicherlich daran gehangen. Oder waren auch solche Menschen bestechlich? Di dachte darüber nach. Natürlich gab es selbst unter Geistlichen den einen oder anderen, dem der Makel normaler menschlicher Habgier anhaftete ... Wie auch immer, die Gegenstände im Zimmer des Ministers ließen auf einen verbotenen Handel schließen. Zu diesem Zeitpunkt lediglich eine Vermutung, und doch ...

Im Schein der Lampe betrachtete Di die Stücke auf dem Tisch in der Mitte des Zimmers. Er nahm eines in die Hand und untersuchte es. Er wußte, was es war, weil er so etwas schon gesehen hatte: Es war ein Lingam, ein aus Stein gemeißelter Phallus indischer Herkunft, ein mächtiges Symbol der göttlichen Lebenskraft. Er stellte die Lampe ab, griff nach einem weiteren Lingam und verglich die beiden. Der Lingam in seiner rechten Hand war viel gröber als der andere, Umriß und Form waren nur symbolisch angedeutet. Der zweite, den er in der Linken hielt, war auf unangenehme Weise realistisch, bis hin zu den geschwollenen Adern, die sehr plastisch aus dem erigierten Schaft gemeißelt waren. Er legte ihn mit einem kurzen Schauder des Abscheus schnell wieder hin. Den anderen wollte er mitnehmen. Als er das Stück in seine Tragetasche steckte, kam er sich vor wie ein Dieb. Er beruhigte sich mit dem Gedanken, daß er ja nur ein Beweisstück beschlagnahmte. Er nahm die Lampe wieder auf und wandte sich den anderen Ikonen zu, die der Minister so liebevoll in seiner Kanzlei verteilt hatte. Wie hatte sich der Mann in dieser Umgebung nur auf seine Arbeit konzentrieren können?

Die anderen Stücke, die Dis Aufmerksamkeit erregten, waren noch seltsamer als die Lingams: Plastiken aus Bronze, die Paare beim Liebesakt darstellten. Di stellte drei Öllämpchen im Halbkreis auf und betrachtete die Skulpturen genauer.

Die glänzenden Oberflächen wirkten fast lebendig: Kleine weibliche Figuren umklammerten mit den Beinen die Hüften ihrer übergroßen männlichen Partner, die mit gekreuzten Beinen dasaßen. Dabei umschmeichelten die Frauen ihre männlichen Partner mit allerlei eigenartigen symbolischen Objekten, die sie in den ausgestreckten Armen wiegten. Die riesenhaften männlichen Figuren schienen sich in einem Gegenrhythmus zu winden, hatten riesige Köpfe und trugen einen aufwendigen Kopfschmuck aus Totenschädeln und menschlichem Gedärm, den Symbolen ihres tantrischen Zaubers. Ihre Gesichter waren dämonisch, und in den Händen hielten sie seltsame Glocken und Zepter.

Jede Skulptur für sich genommen war schon seltsam genug. Kultgegenstände eines fernen Landes. Alles, was fremd war, wirkte eigenartig, besonders alles Indische: andere Symbole, andere Metaphern, die eine andere Welt widerspiegelten. Das war Di bekannt, und er rieb sich nachdenklich das Kinn. Doch dieser Raum barg so viele Figuren und Phalli, daß ihre Wirkung geradezu überwältigend war, ihre Exotik nicht mehr nur eine einzelne Kuriosität, sondern ein Strom, der ihn magisch anzog.

Männerstimmen und das Geratter von Holzrädern ließen Di aufschrecken. Er war mit den Gedanken weit weg gewesen. Er kannte dieses Gefühl unbeschreiblicher Verwirrung aus seiner Kindheit, wenn er aus schwerem, fiebrigem Schlaf erwachte und sich nur mühsam erinnerte, wer und wo er war – in welchem Zimmer, an welchem Ort. Fieber, so hatte ihm ein Arzt gesagt, verursache schwere Träume, denn es sei die Pforte zum Tod. Einige Augenblicke lang hatte er zugelassen, daß die Obsession des Ministers – wenn es denn eine war – fast auch von ihm Besitz ergriffen hätte.

Di trat an das Fenster, das nach Osten hinausging, und stieß die

Läden auf. Er lehnte sich hinaus und atmete tief die kühle Abendluft ein. Zwischen den Stäben des Balkongeländers hindurch blickte er in Richtung Kanal und reckte den Hals, um festzustellen, ob von der Kanzlei des Verkehrsministers aus vielleicht sogar ein dünner Streifen Wasser zu sehen war.

Er zog den Kopf wieder zurück, schloß die Läden, ging durch das Zimmer bis zum Schreibtisch des Ministers und blickte sich ein letztes Mal um. Das flackernde Licht huschte über die Skulpturen und Wandschnitzereien. Dann löschte er alle Öllampen bis auf die eine, die er in der Hand hielt.

Der Raum und sein Inventar hatten Di aus seiner gewohnten Welt entführt. War das alles? War er schon so engstirnig und beschränkt, daß er wie ein Bauer auf alles Exotische und Ungewöhnliche reagierte? Nein, es lag nicht daran, daß die Gegenstände seltsam und fremd waren, auch nicht daran, daß sie in dieser Anhäufung eine Atmosphäre erzeugten, in der man kaum einen Atemzug tun konnte, ohne ihren Geist in sich aufzunehmen. Gewiß, sie waren exotisch: hinduistisch, buddhistisch, indisch, tantrisch. All das, natürlich. Aber es war etwas anderes, das ihn störte. Schließlich begriff er: Nicht, was diese Gegenstände waren, störte ihn, sondern wo sie waren. Einfach die Tatsache, daß sie hier waren – in fremden Händen, weit von ihrem Ursprungsland entfernt, durch die Herauslösung aus einem uralten Zusammenhang ihrer Bedeutung beraubt. Was hatten sie dem Verkehrsminister bedeutet?

Er ging zur Tür, blies die letzte Flamme aus und eilte den Gang entlang zur Treppe. Er spürte körperlich den leeren Raum hinter sich.

Der Wachmann, der in der rechten Hand eine Laterne hielt, begleitete Di schweigend hinaus. Eigentlich hatte Di dem Mann einschärfen wollen, mit niemandem über seinen heutigen Besuch zu sprechen. Doch nun, da er auf den kühlen Ziegelsteinen stand, besann er sich anders. Vielleicht war es gar nicht so schlecht, wenn er eine schwache Fährte hinterließ, gerade genug, um die Person oder die Personen, die möglicherweise zusahen, aus ihrem Versteck zu locken. Di dankte dem alten Mann, gab ihm eine Münze und trat hinaus in die dunkle Gasse. Hinter ihm fiel rasselnd das alte Tor ins Schloß.

2

Im Jahr 653
Yangchou

Di mischte sich unter die Menge, die durch die Hauptstraße strömte. Er hatte letzte Nacht schlecht geschlafen und voller Erwartung dem Morgen entgegengefiebert. Gestern hatte er dem Hausverwalter des Verkehrsministers seine Visitenkarte überbringen lassen und binnen einer Stunde die Antwort erhalten, daß man ihn heute morgen empfangen werde. Erst als er nicht einschlafen konnte, hatte er begriffen, wie sehr ihn dieser erste Fall aufwühlte und beschäftigte – und jetzt war er im Begriff, noch einen Schritt weiter zu gehen. Die frische Morgenluft vertrieb seine Müdigkeit. Er schritt kräftig aus, verließ die Hauptstraße und bog in eine belebte Seitenstraße, in der Händler ihre Waren feilboten.

Da er in Gedanken vertieft war, bemerkte er nicht sogleich, daß er verfolgt wurde. Ein dürrer kleiner Hund hing mit gesenktem Kopf an seinen Fersen und ließ seine Krallen über das Pflaster schleifen. Probeweise ging Di langsamer, dann wieder schneller. Der Hund, ein bemitleidenswertes, häßliches Geschöpf, blieb immer dicht hinter ihm, und Di sah, wie seine kurzen Beine vor Anstrengung zitterten. Er ging noch ein ganzes Stück weiter, bis er schließlich ein Einsehen hatte und stehenblieb. Er kauerte nieder, streckte die Hand aus und schnalzte leicht mit der Zunge, um das Tier anzulocken.

Er sah, daß in dem Hund ein heftiger Kampf tobte. Er wollte zu ihm kommen, konnte sich aber kein Herz fassen. Er klemmte den Schwanz zwischen die Hinterläufe und schlich davon, warf jedoch aus traurigen Augen immer wieder ängstliche Blicke über die Schulter zurück. Nach mehreren Versuchen gab Di auf, richtete sich auf und ging weiter. In Gedanken schon wieder bei dem Mord, den Zähnen des Gärtners und den seltsamen Tempelschnitzereien, bemerkte er nach etwa hundert Schritten, daß der Hund erneut an seinen Fersen hing. Er blieb stehen und sah ihn an.

»Du willst bestimmt etwas zu fressen, nicht wahr?«

Der Hund blieb ebenfalls stehen und duckte sich, zog den Schwanz ein und senkte den Kopf. Doch diesmal wich er nicht zurück, solange auch Di sich nicht rührte.

»Also gut. Ich besorge dir etwas.« Er sah sich um und suchte die Marktstände zu beiden Seiten der Straße ab. Sein Magen knurrte. Erst jetzt fiel ihm auf, daß auch er Hunger hatte. »Weißt du, du erinnerst mich sehr an meine Söhne.« Er nahm ein paar Münzen aus seiner Geldbörse. »Jetzt machen wir ein Frühstück wie mit meinen Söhnen. Auch sie hängen ihrem Vater an den Fersen, solange er sie füttert. Aber das ist dann auch schon alles.«

Nach dem gemeinsamen Frühstück ging Di weiter. Der Hund folgte in gebührendem, aber gleichbleibendem Abstand. Di erlaubte sich einen heimlichen kleinen Tagtraum. Er stellte sich vor, wie er seine beiden Jungen auf die Straße warf und wie sie zwei Wochen später frierend, schmutzig und völlig ausgehungert zu ihm gekrochen kamen und sich wie artige, wohlerzogene Kinder benahmen.

Di stand in einem der weitläufigen Gärten, die zu dem riesigen und luxuriösen Anwesen des Verkehrsministers gehörten, und folgte mit den Augen vier anmutigen Mädchen, die etwa hundert Schritte entfernt unter einem riesigen, in wunderbaren Herbstfarben leuchtenden Baum wandelten.

»Mein Herr war ein wirklicher Kenner«, sagte der Verwalter und fügte wichtigtuerisch hinzu: »Ihn interessierte nur beste Qualität. Waren zweifelhafter Güte ließen ihn kalt.« Di, der immer noch die Gruppe unter dem Baum beobachtete, wandte sich widerwillig dem Verwalter zu. Offensichtlich wartete dieser darauf, daß Di den exquisiten Geschmack seines toten Herren lobte.

»Als ich Euch vorhin durch das Haus führte, habt Ihr sicherlich die Qualität des Mobiliars bemerkt«, fuhr der Verwalter in ernstem Ton fort. »Mein Herr erlaubte nur wenigen auserwählten Bediensteten, die Möbel und Kunstwerke in Ordnung zu halten. Wir mußten seidene Handschuhe tragen, wenn wir etwas anfaßten.«

»Mir ist aufgefallen, daß er eine besondere Vorliebe für importierte Waren hatte«, sagte Di. »Anscheinend hatte er einen guten Blick für ausgefallene Stücke aus dem Ausland.«

»O ja«, sagte der Verwalter stolz. »Es war meine spezielle Aufgabe, diese wahrlich seltenen Stücke in Ordnung zu halten. Ich mußte immer darauf achten, daß die Polituren aus Öl und Wachs frisch und rein waren und daß jedes Stück mit der richtigen Politur behandelt wurde. Das ist wichtig, wie Ihr sicherlich wißt. Er hatte mir aufgetragen, die Tischplatten so lange zu polieren, bis sich unsere Gesichter darin spiegelten.«

»Faszinierend!« Di setzte eine interessierte Miene auf, obwohl er beileibe nicht über Tischplatten nachdachte. »Das muß ein wahres Vergnügen für Euch gewesen sein! Doch zweifellos bedurften auch die Skulpturen besonderer Pflege, insbesondere die sehr alten Stücke, nicht wahr?«

»Gewiß«, antwortete der Mann. »Er hat mich persönlich in diese Aufgabe eingewiesen. Natürlich stellte er die ältesten, äußerst seltenen Arbeiten nicht offen aus.«

»Was Ihr nicht sagt!« rief Di aus. »Dann müssen sie wirklich sehr wertvoll sein!«

»Dafür hatte er einen speziellen Raum«, sagte der Verwalter voller Stolz. »Wollt Ihr ihn sehen?«

»Aber gewiß, ich danke Euch.«

Sie verließen den Garten auf einem hübsch verzierten Kiesweg. Kurz bevor sie ins Haus traten, kamen sie an zwei Mädchen vorüber, die Hand in Hand neben dem Weg standen und den Unbekannten staunend ansahen. Sie waren etwa so alt wie seine Söhne. Di lächelte ihnen zu, und das eine Mädchen lächelte kokett zurück. Ihr kleiner Mund glich einer vollendet schönen Rosenknospe. Das andere Mädchen blieb ernst. Töchter brauche ich, dachte Di und lächelte dem Kind mit den hübschen Grübchen über die Schulter hinweg noch einmal zu. Söhne stellen die Geduld auf eine harte Probe.

Sie durchschritten das kühle, dunkle, von allerlei Wohlgerüchen erfüllte Haus des toten Verkehrsministers. In den tadellos gepflegten, äußerst geschmackvoll und harmonisch eingerichteten Räumen herrschte Stille. Selbst ein Fremder wie Di spürte die dauerhafte Abwesenheit des Herrn dieser Gemächer. Die dicken Teppiche schluckten sogar das Geräusch ihrer Schritte.

»Der Raum befindet sich am anderen Ende des Anwesens«, flüsterte der Verwalter. »Er ist auf drei Seiten von Fels umgeben, so bleibt die Temperatur immer gleichmäßig kühl.« In diesem Moment huschte vor ihnen eine schöne junge Frau über den Korridor. Bevor sie in dem Zimmer gegenüber verschwand, warf sie den beiden Männern einen kurzen Blick zu. Der Verwalter verneigte sich leicht.

»Wißt Ihr«, fuhr er dann fort, »die Figuren vertragen keine Temperaturschwankungen. Am allerwenigsten die Holzfiguren. Sie trocknen aus, das Holz bekommt Risse und verliert seinen Glanz.«

»In der Tat.« Di gab sich Mühe, lebhaftes Interesse zu zeigen. »Wer alte Kunstgegenstände in seine Obhut nimmt, trägt in der Tat eine große Verantwortung.«

Als sie an der Stelle vorbeikamen, wo die junge Frau ihren Weg gekreuzt hatte, hing ein zarter Hauch von Blumenwasser in der Luft. In der Hoffnung, sie noch einmal zu sehen, warf Di einen verstohlenen Blick nach links durch die Tür, in der sie verschwunden war, doch zu seiner Enttäuschung sah er nur einen weiteren leeren Flur.

Zwar trug Di heute Kappe und Robe eines Richters und hatte sich auch als solcher vorgestellt, doch über seine Vermutungen oder die seltsame und zweifellos illegale Sammlung in der Kanzlei des Ministers hatte er kein Wort verloren. Statt dessen hatte er einen indirekten Weg eingeschlagen, der ihn, wie er hoffte, schließlich zum Ziel führen würde: Er plauderte ganz allgemein über die Gegenstände, die am Mordtag aus der Kanzlei des Verkehrsministers entwendet worden waren, über Möbel, Inventarlisten und ähnliches, doch nun mußte er zielstrebiger vorgehen, zu oft drohte das Gespräch eine Wendung zu nehmen, die seinen Zwecken nicht förderlich war. So hatte er das Gefühl, daß er im letzten Moment eine ausführliche Diskussion über die Vor- und Nachteile unterschiedlicher Politurrezepturen abgewendet hatte.

Sie verließen das Hauptgebäude und durchquerten einen weiteren Garten. Die Sonne blendete nach dem gedämpften Licht im Innern des Hauses. Di hörte Kinderstimmen, die ein Wiegenlied sangen. Mit der Hand die Augen beschattend, blickte er in die Richtung, aus der die Stimmen kamen, und sah zwischen niedrigen Ziersträuchern, die um eine kleine Lichtung gepflanzt waren, sechs oder sieben Köpfchen in der Sonne blitzen. Es waren kleine Mädchen, die in einem versteckten Winkel des Gartens saßen und sangen. Di war entzückt. Hatte er jemals erlebt, daß seine Söhne sich so zusammensetzten und Lieder sangen? Niemals.

Wenn sie zusammensaßen, heckten sie Streiche aus oder stifteten Unheil.

»Die Kleinen müssen sich natürlich nicht so benehmen, wie es in der Trauerzeit eigentlich geboten ist«, sagte der Verwalter entschuldigend. »Sie verstehen noch nicht, daß ihr Vater niemals zurückkehren wird.«

»Natürlich nicht. Wie sollten sie auch?« Di empfand Mitleid. »Warum sollte man ihnen den Spaß verderben? Sie werden die Sorgen dieser Welt noch früh genug kennenlernen.«

Sie waren wieder im Hausinneren und gelangten an eine gewaltige Holztür. Ehrfürchtig schob der Verwalter den Riegel zurück, als beträten sie einen Tempel. Der Raum war dunkel, eine richtige Höhle. Der Verwalter entzündete eine Lampe und lächelte Di an.

»Hier seht Ihr seine größten Schätze. Alle sind sehr alt. Und einzigartig.«

Di schaute sich um. Er sah geschnitzte Figuren von Pferden und Reitern, von Elefanten und verschiedenen Affengöttern. Alle waren von auserlesener Qualität und stammten aus dem Ausland, größtenteils aus Indien. Doch es waren keine geheimnisvollen Tempelerotika darunter.

Der Verwalter hielt die Lampe hoch, sein Gesicht erstrahlte in Besitzerstolz. Di ging tiefer in den Raum, betrachtete einzelne Stücke und gab bewundernde Laute von sich, um den Mann nicht zu enttäuschen.

»Diese indischen Stücke sind außergewöhnlich schön. Wirklich außergewöhnlich schön. Ich habe eine besondere Schwäche für indische Kunst.« Di tat so, als habe er diese Vorliebe gerade erst entdeckt. »Wenn ich mich nicht irre, habe ich schon andere Stükke indischen Ursprungs gesehen. In der Kanzlei des Ministers. Eine ausgesprochen interessante Sammlung. Gibt es hier noch mehr von dieser Art?« fragte Di. »Mehr ... wie soll ich sagen? Geheimnisvolle Arbeiten? Wahrhaft exotische Stücke?«

Der strahlende Besitzerstolz wich jetzt einem vorwurfsvollen Blick. Augenscheinlich wußte der Verwalter genau, was Di meinte.

»Mein Herr, Ihr werdet das sicher verstehen. Der Minister war ein welterfahrener Mann, in vieler Hinsicht ein Kenner. Er hatte vielfältige Interessen. Aber seiner Töchter wegen konnte er solche ... solche Kunstwerke schwerlich hier im Haus behalten. Er verwahrte sie nur so lange unter diesem Dach, bis wir sie von den anderen Stücken getrennt und für den Transport verpackt hatten. Solche Dinge sind nichts für die Augen junger Mädchen.« Der Verwalter verstummte vor Verlegenheit.

»Ja, natürlich«, warf Di rasch ein. »Darum hat er diese Stücke in seiner Kanzlei aufbewahrt. Natürlich.« Da kam ihm eine Frage in den Sinn, eine wirklich interessante Frage, die er sich bis zu diesem Augenblick noch nicht einmal selbst gestellt hatte. »Wieviele Töchter hinterläßt denn der Minister?« Di hatte bei seinem kurzen Besuch schon mindestens zehn junge Mädchen gesehen. Und die junge Frau auf dem Korridor?

»Siebenunddreißig«, antwortete der Verwalter stolz.

»Siebenunddreißig!« Di war verblüfft. »Und wieviele Söhne?«

»Keine, Richter. Nur Töchter.«

»Siebenunddreißig Töchter und keine Söhne!« sagte Di ungläubig. »Wie ist das möglich? Wieviele Frauen hatte er?«

»Nur zwei, mein Herr.«

»Zwei Frauen, siebenunddreißig Töchter und keine Söhne! Verzeiht mir, aber das ist wirklich alles sehr seltsam!«

Der Verwalter wirkte wieder verlegen. »Nun, Ihr müßt wissen, der Minister hat ... oder hatte, muß ich wohl sagen, keine eigenen Nachkommen. Er hat die Mädchen alle adoptiert.«

»Er hatte keine Nachkommen und adoptierte nur Töchter?« Jetzt verstand Di überhaupt nichts mehr.

Der Verwalter zuckte die Achseln. »Töchter waren ihm lieber. Es war eine Frage des Geschmacks. Er hatte gerne Mädchen und Frauen um sich.«

Di dachte darüber nach. Waren ihm nicht eben noch ähnliche Gedanken gekommen, als er im Garten die zarten kleinen Stimmen singen gehört hatte? Aber natürlich hatte er es nicht ganz ernst gemeint. Seine Söhne machten ihm zwar das Leben schwer, und er bekam ihretwegen schon graue Haare, doch sie waren seine Söhne, sein höchstes Gut auf Erden. Oder etwa nicht?

»Nun, die Waisenhäuser waren ihm sicherlich sehr dankbar«, sagte Di. »Siebenunddreißig Mädchen? Es ist nicht einfach, für Mädchen ein Zuhause zu finden – noch dazu ein so prächtiges Haus wie dieses!«

»Oh, er holte sie nicht aus Waisenhäusern«, antwortete der Verwalter. »Ein Herr brachte sie ihm.«

»Ein Herr? Was für ein Herr?«

»Ein ... farbiger Herr.«

»Was meint Ihr damit, ein farbiger Herr? War der Herr Afrikaner, ein Mohr?«

»Aber nein. Er war Inder, glaube ich. Er kam zwei- oder dreimal im Jahr mit einer exquisiten Sammlung kleiner Mädchen. Manche waren noch Säuglinge, keines älter als ein oder zwei Jahre. Insgesamt waren es zehn bis zwölf. Mein Herr sah sie sich sehr genau an und traf dann seine Wahl. Manchmal nahm er ein Mädchen, manchmal drei, manchmal gar keines.«

»Und was geschah mit den anderen, die er nicht wollte?«

»Der indische Herr nahm sie wieder mit. Wir wissen nicht, wo sie hinkamen oder was aus ihnen wurde.«

»Und woher kamen sie?«

»Auch das wissen wir nicht. Mein Herr sprach nie darüber, und wir fragten nie.«

»Habt Ihr eine Ahnung, wer der indische Herr war? Wie er hieß? Wißt Ihr etwas Näheres über ihn? Behandelte er die Kinder gut?« Die Fragen sprudelten nur so aus Di heraus. Die Rolle des Beamten, der das Mobiliar inventarisierte, war vergessen.

»Nein, nein«, antwortete der Verwalter nervös. »Ich meine, ja, er behandelte sie sehr gut und war sehr auf ihr Wohlergehen bedacht. Sie waren sauber, hübsch angezogen und gut genährt, das sah man. Er war auch nett zu ihnen. Aber wie er heißt, weiß ich nicht, und auch sonst weiß ich nichts über ihn. Er tauchte hier auf, ging mit den Kindern in die Privatgemächer meines Herrn und verschwand dann wieder. Ein- oder zweimal im Jahr, manchmal auch dreimal. Das ist alles, was wir wissen.«

»Aber Ihr habt ihn doch gesehen. Ihr müßt wissen, wie er aussieht.«

»Verzeiht«, antwortete der Verwalter achselzuckend, »aber für mich sehen alle Inder gleich aus. Vielleicht hatte er Verbindungen zu einem Kloster in der Stadt. Dort gibt es viele Inder«, fügte er kleinlaut hinzu.

Es war zum Verzweifeln. Der Mann war überhaupt keine Hilfe. Soviel war gewiß: Wenn er selbst zum Hauspersonal des Ministers gehört hätte und zweimal im Jahr ein sonderbarer Inder mit einer Schar kleiner Mädchen aufgetaucht wäre, aus denen sich der Herr des Hauses dann einige auswählte, dann hätte er versucht, soviel wie möglich über diese Sache herauszufinden, schon allein aus purer Neugier. Könnte er doch die Kinder fragen, wo sie herkamen! Doch die waren bei ihrer Ankunft noch zu klein gewesen.

»War er alt? Jung? Dick? Dünn?« Di blieb hartnäckig. »Wieviele Jahre ging das so? Manche Mädchen sehen schon ziemlich erwachsen aus.«

Der Verwalter kramte in seinem Gedächtnis. »Er war weder alt noch jung. Er war nicht dünn, aber man kann auch nicht sagen, daß er dick war.« Ausgezeichnet, dachte Di im stillen, das ist sehr hilfreich. »Er war chinesisch gekleidet, wenn Euch das etwas nützt«, fuhr der Verwalter fort. »Und das ging seit mindestens zehn Jahren so. Vielleicht länger, aber ich bin erst seit zehn Jahren hier. Ja, die älteste Tochter meines Herrn ist jetzt siebzehn. Also nehme ich an, daß er vor siebzehn Jahren zum erstenmal kam.«

»Ihr habt vermutlich auch keine Ahnung, woher die Sammlung indischer Kunst stammt, die der Minister in seiner Kanzlei aufbewahrte?«

»Ganz gewiß nicht, Richter.« Wieder warf ihm der Mann einen mißbilligenden Blick zu. »Und ich möchte es auch nicht wissen.«

Di schritt noch einmal durch die Gänge, Räume und Gärten, bevor er sich verabschiedete. Im Haus hörte er Gekicher und das Trippeln kleiner Füße, im Garten sangen noch immer die Kinder.

Der kleine Hund wartete an derselben Stelle, wo Di ihn verlassen hatte. Er hob ruckartig den Kopf, als er Di durch das Tor kommen sah, und trottete dann hinter ihm her.

Wo fange ich an, fragte sich Di, wenn ich etwas über einen indischen Herrn herausfinden will, der weder jung noch alt, weder dick noch dünn ist und seit mindestens siebzehn Jahren regelmäßig in die Stadt kommt? Er dachte lange nach, während hinter ihm die Krallen des Hundes über die Pflastersteine kratzten. Da hatte er eine Idee. Vielleicht war die Aussage des Verwalters doch nicht völlig unnütz gewesen. Zumindest war es ein Anfang.

Di verlagerte sein Gewicht. Alles tat ihm weh. Bei der Fahrt auf dem schwerfälligen Ochsenkarren wurde er gehörig durchgerüttelt, und heftige Stiche schossen ihm das Rückgrat hinauf bis ins Genick. An eine Beuge Brennholz geklammert, versuchte er, eine möglichst schmerzfreie Stellung zu finden und gleichzeitig den Holzstücken auszuweichen, die auf ihn niederfielen.

Auch wenn der Bauernkarren unbequem war, so zog er es doch vor, die letzten fünf *li* vom Westtor der Stadt bis zum Kloster der Goldenen Wolke auf einem fahrbaren Untersatz zurückzulegen. Weit hätten ihn seine Füße heute nicht mehr getragen. Unterdessen trottete der kleine Hund ohne ein Anzeichen von Müdigkeit neben dem rechten Hinterrad her. Manchmal verschwand Strolch – so hatte Di das Geschöpf getauft – aus dem Blickfeld, und Di rechnete schon damit, den kleinen Körper zerquetscht auf der Straße liegen zu sehen, doch im nächsten Augenblick tauchte der Hund unversehrt wieder auf und lief auf seinen kurzen Beinen hurtig neben dem Karren her.

Nach dem Besuch im Haus des Verkehrsministers war Di nach Hause gegangen, hatte sich umgezogen und den Rest des Tages damit zugebracht, dem vagen Hinweis des Verwalters nachzuspüren und die vier buddhistischen Klöster der Stadt aufzusuchen, die, wie sich unglücklicherweise herausstellte, allesamt in den entlegensten Vierteln lagen. Bislang war er keinen Schritt weitergekommen, und mehr und mehr beschlich ihn das Gefühl, daß die Suche vergeblich war.

Die kleinen Klöster hatten etwas gemeinsam: Sie waren alle grau, düster und heruntergekommen. Die Farbe blätterte von den rissigen Wänden, die Altardecken waren verblichen, die Statuen abgenutzt und glanzlos durch den häufigen Gebrauch.

Der Besuch der Klöster hatte keine neuen Erkenntnisse gebracht, allerdings hatte er Di einen Einblick in den Zerfallsprozeß eröffnet, den Vernachlässigung und Gleichgültigkeit in Gang setzten. Die Menschen, die er in diesen Tempeln getroffen hatte, verrichteten mechanisch ihre täglichen Rituale. Niemand wußte etwas über einen Fremden. Niemand hatte auch nur die Augenbraue gehoben oder mit der Wimper gezuckt, wenn er mit bewundernswerter Unverfänglichkeit, wie er meinte, ein oder zwei Bemerkungen über einen farbigen Herrn, einen Inder, in das Gespräch einfließen ließ. Di wußte nicht immer, ob man ihm etwas verheimlichte, aber er meinte mit hoher Wahrscheinlichkeit sagen zu können, wann dies nicht der Fall war.

Der Verwalter hatte die Wahrheit gesagt – viele Inder kamen mit Unterstützung buddhistischer Einrichtungen nach China.

Wenn das auch für den Mann galt, den Di suchte, so mußte er die Unterstützung eines Klosters genießen, das es sich leisten konnte, seine Reisekosten und Auslagen zu bezahlen: Vielleicht brachte er neue Lehren, restaurierte eine uralte Reliquie, stellte neue Schriften vor, übersetzte Sutras – all das war, wie Di wußte, momentan in Mode. Wer auch immer der Inder war, er mußte etwas derartiges getan haben, bevor er seine heimliche Geschäftsbeziehung zu dem verstorbenen Verkehrsminister geknüpft hatte. Beim Anblick der traurigen kleinen Klöster in der Stadt aber war Di klar geworden, daß er nicht am richtigen Ort suchte. Statt noch mehr Zeit auf die restlichen kleinen Tempel in der Stadt zu verschwenden, hatte er beschlossen, sich aufs Land hinaus zu begeben und dem Kloster der Goldenen Wolke einen Besuch abzustatten, das laut Auskunft verschiedener Personen, mit denen er heute gesprochen hatte, um einiges größer und wohlhabender war.

Am Ende der staubigen Straße kam der alte, gekrümmte Baum in Sicht, hinter dem Dis Ziel liegen mußte. Natürlich, so dachte er, bestand auch die Möglichkeit, daß der geheimnisvolle farbige Herr überhaupt nichts mit dem Buddhismus zu tun hatte. Dann allerdings waren all seine ermüdenden Fußmärsche heute umsonst gewesen.

Der Bauer brachte seine Ochsen zum Stehen, Di sprang von der Ladefläche des Karrens, dankte dem Mann und gab ihm ein paar Münzen. Dann rumpelte der Karren weiter, und Di blickte ins Tal hinunter. Der Bauer hatte recht gehabt: Das Kloster der Goldenen Wolke war tatsächlich vom Weg aus zu sehen. Doch nach den Eindrücken des heutigen Tages war Di auf diesen Anblick nicht gefaßt.

In einem langgestreckten Tal lag mitten in Wiesen und Feldern ein riesiges, imposantes Gebäude. Zwischen den Baumwipfeln blitzten hier und dort verzierte Dachfirste hervor, wie man sie von Palästen kannte, und wunderschöne rote und goldene Stege spannten sich über Bäche. Diese große und eindrucksvolle Goldene Wolke hatten Menschen gestaltet, doch sie war ihnen so vortrefflich gelungen, als hätten sie die Natur veredelt. Vor Di schlängelte sich ein einladender Pfad ins Tal. Er klopfte den Staub aus seinen Kleidern und machte sich auf den Weg. Der Hund folgte ihm auf den Fersen.

Beim Abstieg zum Kloster der Goldenen Wolke dachte Di daran, wie eigenartig es doch war, daß er der buddhistischen Religion bislang kaum Beachtung geschenkt hatte – einer Religion, die zwar aus einem fremden Land stammte, jedoch tief in das Herz und die Seele Chinas eingedrungen war: einer Lehre oder einer Vielzahl von Lehren, die das Denken und Handeln, das Verhalten und Leben vieler Chinesen prägte. Angesichts der zahlreichen buddhistischen Einrichtungen im ganzen Reich war es verwunderlich, wie selten er auf eine gestoßen war. Meist hatte er gar nicht zur Kenntnis genommen, ob jemand buddhistische Ikonen auf dem Familienaltar stehen hatte oder nicht. Wie Steine auf dem Acker oder welke Blätter auf dem Weg waren solche Dinge für ihn alltäglich und allgegenwärtig, und damit praktisch unsichtbar.

Vor dem Kloster der Goldenen Wolke machte Di halt und setzte sich auf eine Bank, die unter einer Gruppe alter Bäume stand. Der Hund legte sich hechelnd zu seinen Füßen und ließ die lange rosa Zunge aus dem Maul hängen. Der Blick durch das Haupttor bot ebenfalls Erstaunliches: Im Unterschied zu den anderen Klöstern war der Innenhof voller Leben. Unzählige Mönche strömten von einer Halle zur anderen. Einige standen in kleinen Gruppen beieinander, redeten und lachten, andere gingen allein und mit gesenktem Kopf ihres Weges. Bei all diesem Treiben hatte man den Eindruck, als werde hier eine Gottheit angebetet und verehrt. Di wußte zwar nicht viel über den Buddhismus, aber doch genug, um zu wissen, daß dies nicht der Fall war.

Strolch hob argwöhnisch den Kopf und spitzte die Ohren: Eine runde Gestalt in einem safrangelben Gewand stolzierte durch das gekachelte Tor des Klosters.

»Habt Ihr Hunger, Wanderer?« rief der Mann, obwohl er noch fünfzig Schritte entfernt war. Die anderen Mönche, denen der Richter heute begegnet war, hatten einen demütigen und bescheidenen Eindruck auf ihn gemacht, doch dieser hier strahlte in einer Weise Diensteifer und Besitzerstolz aus, wie ein toter Fisch in der Sonne sein Aroma verströmte. Kein Zweifel – es mußte der Abt sein. Di erhob sich zur Begrüßung.

Als der Abt näher kam, schnalzte er mißbilligend mit der Zunge. »Eure Kleider! Wie Ihr ausseht!« Er schüttelte den Kopf und trat näher, ein aufgeblasener Dickwanst mit einem breiten, dümmlichen Grinsen auf dem runden Gesicht. Der kleine Hund sprang auf und ging hinter Di in Deckung. »Eure Kleider sind schmutzig, Reisender. Ihr braucht etwas Frisches zum Anziehen. Wollt Ihr vielleicht ein Bad nehmen?«

Di war den ganzen Tag gewandert und hatte in verstaubten Heiligtümern vor unzähligen Bildern von Bodhisattwa-Erlösern, die auf Elefanten und Löwen saßen, gekniet. Und erst jetzt fiel ihm auf, wie schmutzig er war. Nun gut! Um so überzeugender war seine Verkleidung als einfacher Mann. Seltsam nur, daß dieser Asket seine äußere Erscheinung so wichtig nahm. Es kamen doch bestimmt des öfteren staubbedeckte müde Wanderer in ein so großes und wohlhabendes Kloster wie dieses, weit draußen vor den Toren Yangchous. Und warum bestaunte ihn der Abt dann wie eine Kuriosität? Dabei hatte er noch nicht einmal das Klostergelände betreten.

»Kommt Ihr von weit her?« fuhr der Abt ohne Atempause fort. Aus seiner Stimme klang nicht nur Freundlichkeit. In den Ton vermeintlicher Besorgtheit mischte sich unüberhörbar lebhafte Neugier.

»Vielen Dank«, sagte Di, »aber ich fühle mich ganz wohl. Ein bißchen müde, gewiß. In den letzten Tagen bin ich sehr weit gewandert. Ich will beten und diesen …«, Di durchwühlte die Taschen seiner Überziehweste, kramte ein zerdrücktes Päckchen billigen Weihrauchs hervor und hielt es dem Abt hin, »diesen Weihrauch vor den Altären der barmherzigen Bodhisattwas entzünden.« Di ließ seine Hand ein wenig zittern und legte ein ängstliches Beben in seine Stimme – eine List, die er keinesfalls übertreiben durfte. Jetzt kam es darauf an, daß er ganz behutsam vorging.

»Ihr scheint Sorgen zu haben«, sagte der Abt und neigte den kahlgeschorenen Kopf zur Seite. »Kann ich vielleicht etwas für Euch tun?« Es folgte ein kurzes Schweigen. Di blickte zu Boden, als überlege er, ob er antworten solle oder nicht.

»Nein …«, sagte er schließlich unsicher.

»Nichts? Überhaupt nichts?«

»Ich habe nur Angst, meine Freunde zu enttäuschen.«

»Eure Freunde zu enttäuschen? Warum das?«

»Ich komme von sehr weit her. Sie haben mir einen Großteil ihrer Ersparnisse gegeben, damit ich die Reise machen und im Kloster der Goldenen Wolke beten kann.«

»Diese Freunde, von denen Ihr sprecht, haben sie Euch etwas aufgetragen?«

»Ja.«

»Aber es gibt doch sicherlich auch in der Nähe Eures Dorfes buddhistische Tempel?«

»Gewiß«, antwortete Di, »aber man sagte mir, im Kloster der Goldenen Wolke könnten meine Gebete vielleicht ... wie soll ich sagen ...«

»Mehr bewirken?« fiel der andere begeistert ein. »Wolltet Ihr das sagen?«

Di nickte stumm und senkte wieder demütig den Blick.

»Kommt herein in die große Halle und verrichtet Eure Gebete«, sagte der Abt und ergriff Di am Arm. Di ließ sich gehorsam durch das Tor führen.

»Euer kleiner Hund ist auch willkommen«, setzte der Abt hinzu, »er ist bestimmt ebenso hungrig wie Ihr.«

»Habt Dank, ja«, sagte Di und steckte das schmale Päckchen Weihrauch wieder in die Tasche. Als sie das prachtvoll gekachelte Tor passiert hatten, ließ der Abt ihn los, und Di folgte ihm in einen prächtigen buddhistischen Steingarten. Schmale Pfade schlängelten sich durch gekrümmte Pinienhaine, und in schwarzen Teichen spiegelten sich Sandsteinfelsen und Bambusgewächse. In den hinteren Winkeln des Gartens, geschickt unter schattenspendenden Kiefern verborgen, standen die vier Himmlischen Könige, die Hüter der vier Himmelsrichtungen. In der Mitte, das Gesicht dem Eingang zugewandt, saß auf seinem erhobenen Lotossitz der freundliche Maitreya – der zukünftige Buddha –, mit gewaltigem Hängebauch und einem uralten, knorrigen Knüppel in der Hand. Über seine breiten Schultern und seinen faltigen Bauch kletterten unzählige Arhat-Schüler, dargestellt als kleine Kinder. Am Ende des Steingartens, an dem gewundenen Lauf eines künstlichen Baches, ruhte in genießerischer Ruhmespose eine große hölzerne, mit Blattgold überzogene Kuan-yin. Di kannte diese Figuren des buddhistischen Pantheon von den wenigen Nachforschungen, die er heute vor dem Aufbruch angestellt hatte. Hier, in dieser verführerischen Umgebung und in Lebensgröße wirkten sie natürlich ganz anders als gezeichnet.

»Um was, wenn ich fragen darf, geht es bei Eurer Mission?«

fragte der Abt schließlich. Ja, mein Freund, dachte Di, ich wußte, daß dir die Frage auf der Zunge brannte, doch ich hätte erwartet, daß du dich wenigstens noch hundert Schritte geduldest.

»Ich bin hier, um für die kleine Tochter meiner Freunde zu beten.« Während er diese Worte sprach, lauerte er auf eine Reaktion seines Begleiters, ein Zögern vielleicht, oder eine Geste. Doch wenn der Mann tatsächlich überrascht war, dann hatte er sich bewundernswert unter Kontrolle.

»Ist das arme Kind krank?« fragte er ohne Pause, und seine Stimme klang immer noch sehr besorgt. Sie näherten sich dem Eingang der Halle. Widerlich süßer Weihrauchgeruch, vermischt mit dem reichen, erdigen Duft von Pinien und feuchten Steinen, stieg Di in die Nase.

»Wir wissen nicht, wie es ihr geht.«

»Ihr wißt nicht, ob sie krank ist?« Der Abt legte einen Arm um Dis Schulter und schaute ihn mit einer Mischung aus Besorgnis und Verblüffung an. »Ist das Kind vielleicht ... von Dämonen besessen?«

»Nein, nein, gewiß nicht«, stotterte Di. »Wir hoffen es zumindest! Es ist nichts dergleichen. Nein, sie ist verschwunden. Sie wurde entführt.«

»Entführt?«

»Sie war noch keine zwei Jahre alt.«

»Keine zwei Jahre alt«, wiederholte der Abt und schüttelte mitleidig den Kopf. »Fast noch ein Säugling ...«

»Ja«, sagte Di traurig, »fast noch ein Säugling. Wer kann ein so kleines Kind wollen? Was könnte ein kleines Mädchen zum Wohlergehen eines Mannes beitragen ... ein Säugling, ein nutzloses Mädchen?« Di betrachtete bekümmert seine Hände.

»Wie sonderbar und grausam die Welt doch mitunter ist«, sagte der Abt mitleidig. »So fremd und so gleichgültig gegen unsere Gefühle als anständige, moralische Geschöpfe.« Di begleitete die Worte des Mannes mit einem traurigen Nicken und warf dabei einen verstohlenen Blick in das Gesicht des Mannes. »Auch wenn diese Welt nur eine materielle Illusion ist«, fuhr der Abt fort, während sie die Treppe zur Großen Halle hinaufstiegen, »so ist sie doch sehr überzeugend, und wir, die wir in ihr leben, haben lange zu leiden. Sie ist eine Traumwelt, und doch ist sie greifbar und vielgestaltig, nicht wahr? Aber Ihr seid ja gekommen, um der harten Wirklichkeit zu entfliehen ... um Eure Seele aufzurichten ...«

»Um für die unversehrte Rückkehr des Kindes zu beten«, verbesserte Di ihn nachdrücklich.

»Ja, natürlich. Der eigentliche Zweck Eurer Gebete versteht sich von selbst. Das Kind ... das kleine Mädchen. Die barmherzigen Bodhisattwas wissen, was Euer Herz bewegt. Ihr müßt sie nur anrufen.« Der Abt verwies mit ausladender Geste auf die prächtige Innenausstattung der Halle.

Der prunkvolle Reichtum der Großen Halle erstaunte Di noch mehr als alles, was er bisher gesehen hatte. Auf dem großen Altar, der die gesamte Breite der hinteren Wand einnahm, saßen vier mächtige vergoldete Statuen – die vier heiligen Bodhisattwas Chinas: Kuan-yin, Wen-shu, P'u-hien und Ti-tsang. Hinter jeder dieser prächtigen, mit gekreuzten Beinen dasitzenden Gottheiten glänzte eine mächtige Aureole aus Silber und Gold. Und in jeden dieser Strahlenkränze aus Edelmetall waren Szenen von Dämonen und Engeln getrieben, denen Legenden aus dem Leben Buddhas und seiner Heiligen zugrundelagen. Rund um diese Szenen schlangen sich Hunderte kleiner Blumensymbole, deren entfaltete Blüten und Blätter wie die vielen dargestellten Flammen der göttlichen Erleuchtung mit unzähligen Edelsteinen besetzt waren.

Am anderen Ende der Großen Halle, in einer separaten Nische, saßen die drei Inkarnationen des heiligen Buddhas – Vergangenheit, Gegenwart und Zukunft. Um ihre Münder spielte ein rätselhaftes, teuflisches Grinsen, und ihre wilden, vorquellenden Augen erhellten das Feuer unerreichbaren Wissens. Inmitten dieser überwältigenden Symbolik spürte Di deutlich den Besitzerstolz des Abtes, als werde er durch das prachtvolle, teure Haus eines reichen Mannes geführt. Und in gewissem Sinn war das ja auch der Fall.

Als Di und sein Begleiter eintraten, kreuzten einige Mönche ihren Weg, blickten ehrfürchtig zu Boden und sprachen so leise, daß sie nicht zu verstehen waren. Sie überquerten den Gang der Großen Halle und verschwanden durch eine Tür zwischen den vier riesigen Bodhisattwa-Figuren, auf die der Abt jetzt liebevoll zeigte.

»Sie werden Euch erhören. Aber sagt mir: Wer hat Euch von dem Kloster der Goldenen Wolke erzählt?« Wieder lag die Hand des Mannes auf Dis Schulter. »Wir halten dieses Kloster für einen abgeschiedenen Ort ... weniger was die Entfernung zur Stadt angeht als vielmehr unsere Herzen und unser Denken. Wir sind ein kontemplativer Orden, das Kloster ist ein Ort des Studierens und Lernens. Ein Refugium. Wir haben eine umfangreiche Bibliothek mit alten Schriften und Sutras und eine Sammlung von Reliquien und seltenen Kunstgegenständen ...«

»Dann kommen also nicht viele Pilger und Gläubige hierher?« Die letzten Worte des Abts hatten Di neugierig gemacht: Reliquien und Kunstgegenstände, hatte er gesagt. Nach dem, was Di bereits gesehen hatte, war das interessant.

»Selten«, antwortete der Abt. »Gelegentlich ein müder Wanderer wie Ihr, das ist alles. Es ist selten, daß jemand, der nicht zum Kloster gehört ... nun ja ...« Der Abt zuckte die Achseln. Nicht zum Kloster gehört? Di merkte, daß der Mann, dessen Herzlichkeit gezwungen und gekünstelt war, sich verplappert hatte. »Ihr werdet warmes Wasser und saubere Kleidung brauchen.« Der Abt gab sich alle Mühe, zu seiner huldvollen Pose zurückzufinden.

»Nein, ich möchte beten, meine Gaben darbringen und dann weiterziehen, doch vielen Dank für Euer freundliches Angebot«, sagte Di bescheiden.

»Dann wißt Ihr, wohin Ihr Euch wenden könnt, mein Freund?«

»Mein Schwager wohnt mit seiner Familie in Yangchou. Er hat mir großzügigerweise angeboten, mich aufzunehmen. Er ist Möbeltischler und Mitglied in der Zunft. Er macht sehr hübsche Schränke und Vitrinen. Da ich auch ein wenig mit Hobel und Säge umgehen kann, werde ich bei ihm in die Lehre gehen. Ich hoffe, daß ich mir bei ihm meinen Unterhalt verdienen kann. Er wird Hilfe brauchen. Sein Geschäft geht zur Zeit recht gut.« Sicherheitshalber fügte er hinzu: »Ich habe gehört, daß es hier reichlich Arbeit gibt. In Yangchou sollen sich viele reiche Leute jetzt Häuser bauen. Ist das richtig?«

»In der Tat!« antwortete der Abt fröhlich. »Die Kanäle haben der Stadt zu einem blühenden Handel verholfen. Viele Menschen haben unter den gnädigen Augen des freundlichen Bodhisattwa Kuan-yin davon profitiert. Doch sagt mir«, fragte er diesmal bestimmter und blickte Di direkt in die Augen, »warum haben Eure trauernden Freunde – Ihr werdet ja nun für die gesunde Rückkehr ihrer kleinen Tochter beten – Euch zu diesem Kloster geschickt?

Woher haben die Unglücklichen von uns erfahren?« Das war Dis Stichwort. Er holte tief Luft und wagte den Vorstoß.

»Von einem Herrn aus Indien«, antwortete er und beobachtete die Miene des Abts. »Sie erinnern sich noch genau an den Tag, an dem sie ihn trafen ... In unser kleines Dorf verirrt sich nämlich nur selten ein Fremder, und noch seltener ein farbiger Herr aus dem fernen Westen. Normalerweise begegnen wir solchen Fremden eher mit Mißtrauen, weil sie so anders sind als wir. Doch, wie ich schon sagte, meine Freunde sind aus Sorge um ihre kleine Tochter völlig verzweifelt ...«

»Ein Herr aus Indien?« wiederholte der Abt, als denke er über eine interessante, aber nebensächliche Neuigkeit nach. »Und dieser indische Herr erwähnte dieses Kloster? Habt Ihr ihn auch gesehen, diesen sonderbaren Fremden?«

»Nein, ich weiß nur durch meine Freunde von ihm.«

»Und er hat der Familie geraten, zu uns zu kommen?« fragte der Abt geduldig, als gelte es, ein raffiniertes, verwirrendes Rätsel zu lösen.

»Er riet ihnen, im Kloster der Goldenen Wolke Erlösung von ihrem Kummer zu suchen. In ihrer Verzweiflung brauchten sie eine Hoffnung. Sie wollten Opfer darbringen und beten ...« Di hatte sich aus den wenigen Tatsachen, die ihm bekannt waren, eine Geschichte zurechtgelegt, die, wie er hoffte, so plausibel klang, daß er durch sie etwas Greifbares erfuhr. »Dieser indische Herr hatte offenbar eine Schwäche für Kinder. Mädchen schien er ganz besonders zu mögen. Außerdem meinte er, daß Gebete für das Kind hier sicherlich erhört werden würden ...«

»Aber gewiß doch! Er hat recht. Ganz gewiß werden sie erhört. Keine Frage.« Der Abt wirkte jetzt zerstreut und abwesend, als denke er beim Sprechen über etwas ganz anderes nach. »Die Gnade der Vier ... ihre Gnade ist allmächtig und währet ewiglich. Sie erhören alle Gebete, ob es sich nun um Gebete für Kinder oder um Gebete von Kindern handelt ...« Er unterbrach sich. »Nun müßt Ihr mich aber entschuldigen. Ich überlasse Euch jetzt Euren Meditationen und Gebeten.« Seine gönnerhafte Geduld war erschöpft. Er wirkte jetzt wie ein Mann, der zu lange aufgehalten worden war und nur noch fort wollte, um sein Abendessen einzunehmen. Di konnte der Versuchung nicht widerstehen, noch eine direkte Frage zu stellen.

»Kennt Ihr einen Mann wie diesen Inder?«

Der Abt schüttelte abwesend den Kopf. »Ich überlasse Euch jetzt Euren Meditationen und Gebeten«, wiederholte er. »Da Ihr nicht die Absicht habt, lange zu bleiben, wollt Ihr sicher vor Einbruch der Dunkelheit wieder in Yangchou sein. Entlang der Straße ist es sehr dunkel.«

Di betrachtete den Abt, der irgendwie beunruhigt und besorgt wirkte, doch er mußte sich hüten, voreilige Schlüsse daraus zu ziehen. Was wie eine auffällige Zerstreutheit anmutete, deren Gründe im verborgenen lagen, konnte ebensogut das Ergebnis eines knurrenden Magens sein, der den Mann an die bevorstehende Mahlzeit erinnerte. Und nach Dis Einschätzung war der dicke, selbstgefällige Abt durchaus ein Mann, der sehr an seinen kleinen Gewohnheiten hing.

»Ich wünsche Euch viel Glück«, sagte der Abt mit einem freundlichen Lächeln und ging davon.

Während Di den Beutel Weihrauch aus der Tasche holte, blickte er ihm nach. Täuschte er sich, oder hatte es der Abt wirklich eilig, aus der Halle zu kommen? Oder schlug er nur die gleiche geschäftige, wichtigtuerische Gangart ein, die Di gleich aufgefallen war? Er seufzte. Er war seit heute morgen keinen Schritt weiter gekommen. Außerdem hatte er Hunger. Das großzügige Angebot des Abts von vorhin war wohl hinfällig. Doch so müde und enttäuscht er auch war, er konnte jetzt nicht einfach gehen.

Er mußte weiter seine Rolle spielen, denn solange er auf dem Klostergelände weilte, wurde er höchstwahrscheinlich beobachtet. Am Fuß des Bodhisattwa Kuan-yin fand er ein kleines bronzenes Weihrauchfaß in Gestalt eines Ochsen. Er hob den Deckel, pustete den Staub hinaus und stellte die kleinen parfümierten Kegel bis auf einen im Halbkreis auf. Er hielt die Spitze des letzten Kegels an eine Kerze, wartete, bis er brannte, und zündete damit die anderen an. Dann blies er die Flammen aus, so daß die Spitzen nur noch glühten. Nun stellte er den letzten Weihrauchkegel dazu und legte den schweren bronzenen Deckel zurück an seinen Platz. Farbiger Rauch kringelte sich aus den Nasenlöchern des Ochsen und anderen kleinen Öffnungen, die auf dem Rücken des Tieres ein hübsches Muster bildeten. Ohne sich umzusehen, fiel Di, wie es sich gehörte, auf die Knie und murmelte leise Unsinn vor sich hin, der mit dem Rauch gen Himmel stieg.

Di nahm ein Tempelrelief aus der Kiste, betrachtete es kurz und stellte es dann auf ein Bord hoch über seinem Schreibtisch. Auf dem Boden standen noch mehrere Kisten.

Er hatte die Sammlung des Verkehrsministers sorgfältig verpakken und in seine Kanzlei bringen lassen, denn im Privathaus des Ministers hatte sie offensichtlich keinen Platz, und der Nachfolger, der nächste Woche das Amt des Toten übernehmen sollte, hatte den Wunsch geäußert, man möge sie sofort entfernen. Außerdem, so sagte sich Di, waren sie immer noch Beweisstücke.

Doch der eigentliche Grund war ein anderer: Die Besuche in den Tempeln hatten seine Neugier geweckt. Er wollte mehr über die geheimnisvolle Seele Indiens erfahren, in der das Heilige und das Profane anscheinend miteinander verflochten waren.

Di nahm das Stroh aus einer geöffneten Kiste. Ein geschnitzter Fries kam zum Vorschein: ein wildes Knäuel von Körpern, die sich umarmten, von vorne und hinten begatteten, zur Fellatio niederknieten. In der Mitte paarte sich ein Mann mit einem Pferd. Di betrachtete das Stück in aller Ruhe, nahm es dann aus der Kiste und lehnte es gegen eine Wand. Es war interessant, hatte aber nicht die gleiche Wirkung wie die Reliefs von Paaren, die ihn im Innersten berührten.

Auf einem dieser Reliefs umarmte ein breitschultriger, athletisch gebauter Mann eine grazile, sinnliche Frau, die ihre Brüste gegen seine Brust drückte und gleichzeitig anmutig ein Bein um seinen Leib schlang. Er hielt mit der einen Hand ihr Bein und umfaßte mit der anderen ihr Kinn, legte ihren Kopf zurück und blickte in das ihm zugewandte Gesicht. Di sah sich die anderen Stücke an, studierte Hände, die zart und sanft über Beine, Arme und Brüste strichen, Liebespaare, die einander tief in die Augen blickten. Mimik und Gestik der Figuren waren so ... menschlich. Er wußte nicht, wie er sie sonst hätte beschreiben sollen. Er war tief bewegt.

Di hatte schon viel erotische Kunst gesehen, denn die chinesischen Meister widmeten der Darstellung des Liebesaktes oft genug ihre Aufmerksamkeit. Er kannte auch die Vorstellung, nach der Sinnlichkeit eine Form religiöser Meditation sei. Er wußte um die verlockenden esoterischen Praktiken bestimmter taoistischer Sekten, die vorgaben, durch die körperliche Liebe in den unendlich weiten Strom des Lebens einzutauchen. Doch diese Taoisten wurden oft als Sektierer und Außenseiter beschimpft, die ihre fleischliche Lust unter dem Deckmantel spiritueller Versunkenheit befriedigten. Di hatte den Eindruck, daß in Indien alles ganz anders war, daß die Künstler, die diese Werke geschaffen hatten, Augenblicke göttlicher Inspiration erlebt haben mußten. Er hielt sich eine der Schnitzereien an die Nase, sog den Geruch des Holzes ein und stellte sich vor, er atme die Luft Indiens.

Vielleicht würde er eines Tages sogar dorthin reisen. Soviel er wußte, war die indische Gesellschaft auf allen Ebenen von Erotik durchdrungen. Er fragte sich, ob das, was er gehört hatte, stimmte – daß in Indien praktisch jeder Atemzug, jede Mahlzeit, selbst das Betrachten einer vorbeiziehenden Wolke am Himmel eine erotische Dimension hatte, die den Menschen ständig bewußt war. Häufiger und ausgiebiger Geschlechtsverkehr war sozusagen Pflicht, wenn die Weltordnung fortbestehen sollte. Frühe hinduistische Schriften waren voller Anspielungen auf lustvolle irdische Sinnlichkeit und sollten die Götter zur Kopulation mit ihren Göttinnen anregen, damit sie das Universum – wie den Himmel bei einem Gewitter – mit göttlicher Energie aufluden, die dann wieder direkt an die Menschen auf der Erde zurückfloß. Was für ein Austausch, dachte Di.

Die Künstler, die diese Stücke angefertigt hatten, mußten wahrlich inspiriert gewesen sein. Di fand in den Gesten und Umarmungen der männlichen und weiblichen Figuren seine eigenen Sehnsüchte und seltenen Augenblicke der Erfüllung wieder, in denen er den Liebesakt als etwas Erhabenes, Übersinnliches und Harmonisches empfunden hatte. Ja, er kannte die Quelle, aus der diese Figuren ihre Kraft schöpften. Und allmählich verstand er auch, warum ein Gebetstempel, der solche Gefühle in den Menschen wachrief, durchaus angemessen sein konnte.

Er entzündete eine Lampe und stellte sie auf den Schreibtisch. Es dämmerte noch nicht, doch es war ein wolkenverhangener Tag gewesen und der Nachmittag neigte sich dem Ende zu. Vorsichtig hob er den Deckel einer weiteren Kiste und entfernte die Verpakkung. Lingams in allen Formen und Größen lagen im Stroh, manche recht grob, andere sehr kunstvoll gearbeitet. Er nahm einige heraus und stellte sie so auf den Schreibtisch, daß sie in überzeugendem Realismus gen Himmel wiesen.

Im Lingam steckte eigentlich die ganze Geschichte der indischen Seele, dachte er und betrachtete die herausfordernd nach oben weisende Kurve eines Stückes. China hatte sein Yin und Yang, das weibliche und das männliche Prinzip des Universums, die ineinander verschlungen und miteinander verbunden waren. Doch im Vergleich mit diesem hier war die chinesische Lehre nüchtern und abstrakt, dem Leben entrückt. Dieses Symbol des indischen Hinduismus glühte vor Leidenschaft und strotzte vor Kraft. Genau genommen war das Lingam das Symbol eines Symbols – denn das erigierte männliche Glied, das es darstellte, galt ohnehin schon als fleischgewordenes Abbild göttlicher Kraft.

Ein gelehrter indischer Mönch hatte Di einmal berichtet, daß man in jenem fernen Lande sogar Gläubige treffe, die sich mit dem sekundären Symbol, dem Lingam, gar nicht erst abgaben und nur ihr eigenes erigiertes Glied anbeteten. Derselbe Mönch erzählte von Tempeln mit speziellen Räumen, in denen Hunderte und Aberhunderte von Lingams ausgestellt waren. Kein Haus ohne Lingam auf dem Familienaltar – wo es angebetet, umsorgt, mit geschmolzener Butter gesalbt und mit Blumen geschmückt wurde. In Indien, so hatte ihm der Mönch zugeflüstert, gebe es sogar Orte, wo die Braut nicht von ihrem Ehemann, sondern mit Hilfe eines rituellen Lingams entjungfert werde – auf diese Weise gehöre sie zuerst der Gottheit, dann ihrem Gatten.

Nun gut, dachte Di, der Verkehrsminister hatte seine Sammlung göttlicher Phalli zweifellos in einer Art und Weise aufgestellt, die eines Tempels würdig gewesen wäre. Di hatte ihre überwältigende Wirkung selbst erfahren. Doch das Interesse des Toten an diesen Stücken wie auch an den anderen erotischen Kunstwerken barg noch viele Rätsel: War er für ihre Macht empfänglich gewesen? Hatte er sie aufgestellt, weil sie ihn stimulierten, erregten, zum Träumen animierten? Oder schätzte er sie lediglich als kuriose exotische Raritäten, die ohne Frage sehr wertvoll waren und ihrem Besitzer ein besonderes Ansehen eintrugen? Er entzündete eine zweite Lampe und wandte sich wieder den prachtvollen Tempelreliefs zu.

Apsaras. So hießen, laut Auskunft des Mönches, die Frauen, die auf diesen Reliefs dargestellt waren. Sie waren so etwas wie göttliche Kurtisanen, himmlische Nymphen, deren Schönheit, Anziehungskraft und Liebeskünste für irdische Frauen ebenso unerreichbar waren wie die Weisheit und Lebensspanne der Götter für sterbliche Männer. Die Apsaras, so hieß es, lebten im Jenseits, verzehrten sich vor Sehnsucht nach tugendhaften Toten, die sie, und das war ihr einziges Streben, für alle Ewigkeit belohnen wollten. Die Belohnung begann schon auf Erden, so schien es: Der Mann mußte im Leben ein Meister in der Liebeskunst sein, wenn er sich auf ewig in den Armen einer solchen göttlichen Kurtisane wiederfinden wollte.

Di beugte sich über eine Plastik, die noch in der Kiste lag. Eine einzelne himmlische Kurtisane, üppig und wollüstig, die wohlgerundete Hüfte etwas seitwärts verschoben. Die Form ihrer unnatürlich straffen Brüste wurde durch eine Halskette betont, die sich sanft jeder Rundung anschmiegte bis hinunter zu ihrem Bauch, wo zarte horizontale Linien eine verschwenderische Fülle von Fett andeuteten, die das tiefe Dreieck zwischen ihren Beinen noch zusätzlich betonte. Bis auf die prächtigen Juwelen, die Arme, Füße, Knöchel und Kopf schmückten, war sie nackt, und ein geheimnisvolles Lächeln umspielte ihren Mund. Ihre ganze Haltung ließ erkennen, daß sie wartete ... und bereit war. Eine himmlische Kurtisane, in der Tat. Di zwinkerte mit den Augen und versuchte, nicht das trockene alte geschnitzte Stück Holz zu sehen, sondern lebendiges Fleisch. Er konzentrierte sich angestrengt auf die weiche braune Haut, auf der das Gold des Schmuckes glänzte, auf das schwarze Haar und die dunklen Augen. Er lächelte. Im weichen Licht der Lampe hatte die Phantasie wenig Mühe. Einen Augenblick lang sah er sie wirklich. Sie hatte dieselbe weiche braune Haut wie jene Kurtisane, die ihm an seinem fünfzehnten Geburtstag ein junger Verwandter zugeführt hatte, ohne daß der Rest der Familie davon wußte. Eine Inderin, deren Haut nach Rauch und Patschuli gerochen hatte. Er hatte eine lange, heiße Nacht mit ihr verbracht, und noch heute konnte er sich an jede Minute, an jede Einzelheit erinnern.

Er nahm die Figur in die Hand und überlegte gerade, daß sie eigentlich einen Ehrenplatz verdient habe, als mehrere Papierröllchen zu Boden fielen, die vermutlich an der Rückseite des Holzes befestigt gewesen waren. Er stellte die Plastik auf einen Stuhl und hob die Papiere auf. Er legte eines neben die Lampe auf den Schreibtisch, strich es glatt und las:

> ... ihre Schenkel sind ein heiliger Altar, die Haare dazwischen das heilige Gras, in dem der Mann niederkniet, ihre Haut ist

der heilige Saft, den der Mann trinkt, um sich zu berauschen. Die beiden Lippen zwischen ihren Schenkeln sind der Ort, wo der reibende Stab das heilige Feuer entzündet. Wahrlich, die Welt des Mannes, der darum weiß und die Kunst der Liebe praktiziert, ist so erhaben wie die Welt jenes Mannes, der das heilige stärkende Trankopfer auf sich nimmt ...

Di hob die Augen, weil ihm ein Schwall warmen Blutes durch den Körper bis hinauf ins Gesicht schoß. Offenbar handelte es sich hier um Übersetzungen heiliger indischer Schriften. Wie es schien, hatte sich der verstorbene Verkehrsminister auch für sprachliche Bilder interessiert. Himmel, diese Worte wirkten ja sogar noch stärker als die Figuren. Viel stärker. Er stand da, allein in seiner Kanzlei, fühlte deutlich das Pochen seiner körperlichen Erregung, sein Gesicht glühte, Puls und Atem gingen schneller, und das alles wegen einiger Worte auf einem Stück Papier.

Er dachte an seine Frauen. Heute nacht würde er eine aufsuchen. Doch welche? Seine zweite Frau hatte zur Zeit das Vorrecht. Sie hatte als nächste Anspruch auf seine Aufmerksamkeiten, und er stand in ihrer Pflicht. Doch seine erste Frau war phantasievoller und liebte die Abwechslung. Sie würde ihm eher dorthin folgen, wohin er heute nacht zu gehen wünschte. Wenn er heute nacht seine erste Frau aufsuchte, mußte er auch seine zweite Frau zufriedenstellen, und zwar bald. Er schloß die Augen, und verlokkende Bilder gingen ihm durch den Sinn. Er fühlte sich stark. Er brauchte dringend Entspannung, mußte neue Kraft schöpfen. Vielleicht konnte er ja heute nacht zu beiden Frauen gehen. Ja, natürlich. Warum nicht? Er sah noch einmal auf das Blatt vor ihm: »... der Ort, wo der reibende Stab das heilige Feuer entzündet ...«

Hätte er nicht das leise Knarren einer Fußbodendiele hinter sich gehört, so hätte ihn der Schlag direkt auf den Hinterkopf getroffen. Doch sein Körper reagierte, bevor sein Verstand die Situation erfaßt hatte. Er drehte sich zur Seite und spürte die volle Wucht des Schlages auf der Schulter. Gleichzeitig schnellte seine Hand in die Höhe, bekam ein rauhes, splitteriges Stück Holz zu fassen und hielt es fest. Mit der anderen Hand fuhr er blitzschnell nach hinten, schlug wie wild um sich und packte den Angreifer an seinem Gewand. In dieser eigenartigen Umarmung, bei der keiner das

Gesicht des anderen sah, taumelten sie durch den Raum, stürzten über Möbel und Figuren und verursachten einen höllischen Lärm. Di zog mit aller Kraft an dem Knüppel, doch der Winkel war zu schlecht. Splitter bohrten sich in sein Fleisch. Er spürte den heißen Atem seines Gegners im Nacken. Schließlich schob er sich rückwärts zur Wand und stieß den Körper des anderen hart dagegen – einmal, zweimal, dreimal, bis der Unbekannte den Knüppel losließ. Di schleuderte die Waffe durch den Raum. Dann wandte er sich, ohne das Stück Stoff loszulassen, dem Angreifer zu, preßte ihm den Unterarm gegen den Hals und drückte ihn an die Wand.

Was er sah, war so verblüffend, daß sein Herz wohl drei Schläge aussetzte: Ein Junge, nicht älter als zwölf oder dreizehn, ein hagerer, zäher Bursche mit kurzem stoppeligem Haar, dessen Füße kaum bis zum Boden reichten, funkelte ihn aus wilden Augen an und schnappte nach Luft. Di lockerte den Griff, damit der Junge Luft bekam. Für Sekunden ließ seine Wachsamkeit nach, und das genügte dem Jungen. Er biß tief in Dis Arm, und als dieser vor Schmerz aufheulte, duckte er sich unter ihm weg und hechtete, bevor Di überhaupt begriffen hatte, was geschah, zur Balkontür. Di sprang ihm nach, trat aber auf einen runden Gegenstand, und der Boden glitt unter seinen Füßen weg. Er stürzte und landete unsanft auf dem Rücken. Als er sich endlich wieder aufgerappelt hatte und über die Balkonbrüstung schaute, war der Junge verschwunden.

Zitternd und mit schmerzendem Rücken ging Di wieder nach drinnen. Die Figur der schönen Apsaras lag mit dem Gesicht nach unten auf dem Teppich. Die Lingams waren zu Boden gefallen und in alle Richtungen gerollt. Das war es gewesen, natürlich: Ein heiliger Phallus hatte ihn zu Fall gebracht. Ein Wunder, daß er sich nicht das Genick gebrochen hatte. Mit zittrigen Händen stellte er alles wieder an seinen Platz, voller Angst, daß etwas beschädigt worden sein könnte. Doch die Stücke waren unversehrt, sie lagen nur überall verstreut. Allerdings hatte sich auch seine Stimmung von vorhin unwiederbringlich verflüchtigt. Er hob die Apsaras auf und schaute sie an. Ihr Lächeln war unverändert. Kein irdisches Handgemenge, kein Kampf auf Leben und Tod konnte ihrer ewigen, unberührbaren Lust etwas anhaben.

In der gegenüberliegenden Zimmerecke entdeckte er den Knüppel, der auf seinem Hinterkopf hätte landen sollen und den er weggeschleudert hatte: Dieses rohe und schwere Stück Holz, halb so lang wie der Arm eines Mannes und ebenso dick, war bestens dazu geeignet, einem Mann, der gedankenverloren am Schreibtisch saß, den Garaus zu machen – genau so war der Verkehrsminister gestorben. Di war fast sicher, daß er die Waffe in der Hand hielt, die dem Unglücklichen den Tod gebracht hatte. Und der kleine Teufel, der über den Balkon geflüchtet war? Kein Zweifel, er hatte den wahren Mörder gesehen.

Er untersuchte seine Hände. In der einen, mit der er den Knüppel gepackt hatte, steckten zahlreiche Splitter, die jetzt zu schmerzen und zu stechen begannen. Wenn er heute abend zu einer seiner Frauen ging, dann würde er sie bitten, sie möge in ihrer grenzenlosen weiblichen Geduld jeden einzelnen dieser peinigenden Splitter aufspüren, aus seinem Fleisch ziehen und mit ihren kühlen, sanften Händen lindernde Salbe in seine Wunden reiben.

Tagebucheintrag:

In meinen geprellten Schulterknochen und Rippen und in meiner verbundenen Hand spüre ich, wie sehr der tote Gärtner nach meiner Aufmerksamkeit verlangt. Er ist jetzt in jeder wachen Minute bei mir. Ich humple wie ein alter Mann. Wenn ich unter Schmerzen vom Bett aufstehe, mich ungelenk bücke, um einen Hausschuh anzuziehen, ja, selbst wenn ich einen Pinsel in die Hand nehme, um zu schreiben, spüre ich bei jedem Schmerz und Stich seinen aufgebrachten Geist. Ich habe nicht viel erreicht, doch meine Theorie hat sich bestätigt: Durch mein ungeschicktes Vorgehen habe ich offensichtlich die Aufmerksamkeit der wahren Mörder erregt.

Wer ist der Junge, der mich fast umgebracht hätte und dessen Zahnabdruck ich auf meinem Arm spazieren trage? Ich glaube nicht, daß er ein Einzeltäter ist. Aus dem mysteriösen Leben des Verkehrsministers, auch wenn es vorläufig nur eine schemenhafte Gestalt in der Nacht für mich ist, schließe ich, daß der Knabe ein gedungener Mörder sein muß, ein behender, totbringender Affe, der ungestraft und unsichtbar durch Ritzen schlüpft, auf Balkone klettert, über Dachfirste hüpft.

Ich kann mich nicht in jeder wachen Minute diesem Fall widmen, so gern ich es auch täte. Ich muß mich um viele andere Dinge kümmern, denn ich bin zum ersten Gehilfen des Bezirksrichters befördert worden. Es gibt sogar weitere Mordfälle. Nach den Vorgängen der letzten Zeit werde ich mich eingehend mit ihnen beschäftigen müssen. Ich darf nicht zulassen, daß noch mehr unschuldige Männer dem Henker überantwortet werden. Meine Wunden und blauen Flecken werden heilen, und der ruhelose Geist des Gärtners wird wahrscheinlich ein wenig von mir lassen, doch ich werde ihn nicht vergessen. Ich werde in jeder Menschenmenge nach dem blutrünstigen Knaben Ausschau halten. Auch ihn werde ich mit Sicherheit nicht vergessen. Ich muß künftig besser auf knarrende Dielen achten, auf Türen, die sich leise öffnen, auf den Hauch eines Atems in meinem Nacken.

Was, wenn er sein Ziel erreicht hätte? Wenn man meine bedauernswerte Leiche auf dem Teppich gefunden hätte? Hätte man wieder einen Gärtner beschuldigt, oder hätte man diesmal sorgfältiger ermittelt und die Wahrheit aufgedeckt? Ich fürchte die Antwort auf diese Frage.

3

Im Jahr 653
Loyang, die östliche Hauptstadt,
Sitz der Kaiserlichen Regierung und
Kaiserlicher Palast

Gewiß trieb das Licht, das an diesem Morgen durch den Vorhang in Frau Yangs Schlafgemach drang, sein Spiel mit ihrem Spiegelbild. Eine andere Erklärung konnte es nicht geben. Es verwandelte ihr jugendliches Antlitz in eine verhärmte Maske. Abgespannte und erschöpfte Augen, die tief in ihren schattigen, knochigen Höhlen lagen, schauten sie an. Es waren die Augen einer alten Frau. Mühelos konnte sie die faltige Gesichtshaut unter ihren hohen Wangenknochen sehen, und ihr Teint war übersät mit Leberflekken und vereinzelten Härchen, wie sie so häufig am Kinn alter Großmütter sprossen. Das bist du nun, sagte sie zu ihrem Spiegelbild – eine alte Großmutter. Zumindest wirst du bald eine sein. Dann hatte sie eine Eingebung. Aber natürlich, dies war der Grund für die ungewöhnliche Erscheinung: Sie war ein Zeichen, daß die Geburt bevorstand.

Sie neigte den Kopf zur Seite und betrachtete das alte Weib im Spiegel. Über Nacht war sie zu ihrer eigenen Mutter geworden. Es stimmte also, was alle sagten, daß man nämlich nach und nach zum Ebenbild eines Elternteils wurde. Aber eine so plötzliche und erschreckende Wandlung hatte sie nicht erwartet.

Sie verließ das Schlafgemach und trat ins Empfangszimmer. Hier fingen die geschliffenen Spiegel dasselbe Bild ein und vervielfachten es. Natürlich neckte sie nur das wenig schmeichelhafte Licht, sagte sich Madame Yang. Eine Prophezeiung ohne Gehalt. Etwas, das sie sich nur einbildete. Und doch wußte sie, daß Prophezeiungen sich erfüllten, wenn man ihnen Glauben schenkte und Leben einhauchte. Sie versuchte, diesen beunruhigenden Gedanken aus ihrem Kopf zu verscheuchen, wandte sich ab und dann ruckartig wieder einem Spiegel zu, als wollte sie ihr Spiegelbild überrumpeln.

Mit hochgezogenen Brauen und aufgerissenen Augen hob sie kokett ihr Kinn und besah sich, wobei sie den Kopf zuerst dahin, dann dorthin drehte, aus verschiedenen Winkeln im Spiegel. Sie wußte, daß sie in Wahrheit noch jung und schön war und keineswegs aussah wie ihre Mutter. Aber der Eindruck des Alterns, diese Sinnestäuschung, die ihr seit einiger Zeit zunehmend Verdruß bereitete, war an diesem Morgen besonders schwer zu zerstreuen. Ja, sagte sie sich, dies konnte nur eines bedeuten. Der Augenblick war sehr nahe. Näher, als sie gedacht hatte! Beunruhigt hielt sie inne. Vielleicht war es schon zu spät! Vielleicht war das der Grund, warum sich ihre Tochter an diesem Morgen verspätete!

Ruhelos schritt sie auf und ab. Ihre Nerven waren zum Zerreißen gespannt. Sie ging bis zum Tagessofa, machte kehrt und durchquerte abermals das Zimmer. Diesmal versuchte sie, ihr Spiegelbild zu ignorieren, ging direkt zum Fenster, schob die schweren Brokatvorhänge beiseite und spähte durch die schmalen Holzlatten der Läden hinunter auf den Hof. Er war leer.

Sie verließ das Empfangszimmer, hatte aber das Vorzimmer erst halb durchmessen – einen Herzschlag lang wurde sie wieder von diesen ermüdenden und zudringlichen alten Gesichtern heimgesucht –, als sie erneut kehrtmachte und wieder dem Empfangszimmer zustrebte. Der Vorhang bewegte sich noch von ihrer letzten Berührung. Diesmal packte sie ihn, zog ihn an der hölzernen Stange ganz beiseite, stieß die zierlichen kleinen Holzläden auf und ließ das helle Licht in alle Winkel des Raumes strömen.

Im Hof war es ruhig. Kein vielversprechendes Geräusch kam von der Straße jenseits des hohen Holztores, kein entferntes Hufgetrappel, nichts. Sie schnupperte. Ungeduldig sog sie die Luft durch die Nasenlöcher. Ihr war, als würden die schweren Tore nie wieder aufschwingen.

Sie drehte sich um und rief nach den Dienern vor dem Empfangszimmer. Entschlossen verdrängte sie das tote, lähmende Gefühl der Enttäuschung. Sie schrie nach den Dienern. Sie hatte die Gegenwart ihrer Tochter gespürt.

Tochter Wu Tse-tien kam in einer von acht Männern getragenen Sänfte. Wie alle Mitglieder der Familie verschmähte sie eine andere Art der Fortbewegung. Was nicht leicht und mühelos vonstatten ging, hatte Mutter Yang immer wieder gesagt, konnte nicht für ihre Tochter bestimmt sein.

Allerdings war die gehobene Stellung, die die Familie einstmals genossen hatte, unter der früheren Sui-Dynastie und dem ersten T'ang-Kaiser Kaotsu ein wenig ins Wanken geraten. Erst unter Kaotsus Usurpator T'aitsung, dem verstorbenen Kaiser und Vater des derzeitigen Kaisers Kaotsung, hatte die Familie einen Teil ihres früheren Status zurückgewonnen. Dank Wu. Sie war die Lieblingskonkubine des alten Kaisers gewesen – jung, berückend und phantasievoll. Und nun, da T'aitsungs Frau tot war und sein Sohn Kaotsung auf dem Thron saß, war nach Ansicht von Yang die Zeit reif, der Familie wieder voll und ganz zu altem Glanz zu verhelfen. Unter Vater T'aitsung war Wu lediglich eine Konkubine gewesen, doch unter Kaotsung standen ihr alle Möglichkeiten offen. Wenn auch nur unter beträchtlichen Mühen und Opfern. Die Arbeit, die Mutter und Tochter bevorstand, war schwer, aber durchaus achtbar und standesgemäß. Frau Yang wußte, daß ihr Gatte, Wus lieber verstorbener Vater, ihr Vorhaben guthieß. Wenn wir schon arbeiten müssen, sagte sie sich, dann besser als alle anderen. Sie und ihre Tochter würden der Welt zeigen, wie das ging.

Tochter Wu entstieg vorsichtig der Sänfte, wobei sie ihre Finger mit den langen Nägeln sachte in die hilfreich dargebotenen Hände der Zofen zu beiden Seiten legte. Erleichtert nahm Frau Yang den Bauch ihrer hochschwangeren Tochter zur Kenntnis, der sich immer noch unter der glänzenden Seide ihres Gewandes wölbte. Gut. Noch war Zeit.

Die Tochter hatte kaum ihren zierlichen Fuß auf das Pflaster gesetzt, als ein gewaltiger, mit Fransen besetzter Parasol aufgespannt und über ihren Kopf gehalten wurde, um sie vor der Sonne zu schützen. Vor ihr wurde ein in kräftigen Farben leuchtender Teppich ausgerollt. Die Blicke von Mutter und Tochter trafen sich. *Denke wie eine Königin. Benehme dich wie eine Königin. Sei eine Königin.* Frau Yang hatte ihre Tochter gelehrt, diese Worte täglich im stillen zu beschwören, so wie die Nonnen des Mahajana-Buddhismus die Namen unzähliger Erlöser beschworen. Dies war eine Form der Selbstbeschwörung. Nichts anderes meinten die Buddhisten mit der Überwindung der Materie durch den Geist. Sie verstand es sehr gut.

Mutter und Tochter saßen allein an dem großen Tisch im Schatten des Gartenpavillons. Die Mutter hatte die Zofen weggeschickt, damit sie völlig ungestört waren. Die sechs Frauen saßen nun außer Hörweite neben dem Teich, kicherten und plauderten leise miteinander. Frau Yang schenkte ihrer Tochter kühlen Wein ein. Dazu aßen sie mit Ingwer gebratenes Schweinefleisch und Früchte in Honig.

»Ist er noch zufrieden?« fragte Frau Yang mit vollem Mund und zeigte mit einem Eßstäbchen auf den Bauch ihrer Tochter.

»Sehr zufrieden«, antwortete die Tochter lächelnd. »Alles macht ihn zufrieden.« Sie nahm einen kräftigen Bissen. »Du hattest natürlich recht, Mutter.«

»Womit hatte ich recht?« fragte Frau Yang und spießte ein Stück Fleisch auf.

»Du weißt, daß er die Vorlieben seines Vaters geerbt hat.« Wu strich mit der flachen Hand anzüglich über die abgerundete Ecke des Tisches. »Aber beim Sohn sind es mehr als Vorlieben.«

»Eine gute Zucht ist alles, bei Pferden wie bei Menschen. Alle Eigenschaften kommen mit der Zeit zum Vorschein«, antwortete Frau Yang. »Die Vorlieben des Vaters werden am Ende zu den Gewohnheiten des Sohnes. Bei entsprechender Pflege, versteht sich.«

Träge streckte die Tochter ihre rechte Hand über die glänzende Tischplatte. Frau Yang sah, daß nur vier Fingernägel lackiert waren. Der Mittelfinger aber trug eine exquisite, mit Gold überzogene Kappe auf der Spitze. Mutter und Tochter lächelten einander zu.

»Gewisse Dinge, die dem Vater gefielen, gefallen auch dem Sohn«, sagte die Tochter. »Aber beim Sohn sind diese Vorlieben – wie soll ich sagen – deutlicher ausgeprägt.«

»Vollkommener entwickelt«, half Madame Yang nach.

»Natürlich dank meiner Hilfe«, ergänzte Tochter Wu. Sie hob die Hand mit der goldenen Fingerspitze, beugte sich über den Tisch zu ihrer Mutter und flüsterte: »Dieser Finger treibt Kaiser Kaotsung zum Wahnsinn.«

Frau Yang warf den Kopf zurück und brach in schallendes Gelächter aus. Die Tochter stimmte ein, und beide Frauen wiegten sich vor und zurück, so daß die Zofen am Teich beunruhigt herüberschauten. Frau Yang legte ihr Eßbesteck weg und wischte sich die Tränen aus den Augen. Die Tochter stützte das Kinn in eine Hand und beobachtete ihre Mutter nachdenklich.

»Es stimmt, Mutter«, sagte Wu schließlich, »die Kaiserin steht ihm zwar zu Diensten, aber nur mechanisch. Sie tut es nicht aus Vergnügen, sie erfüllt nur ihre eheliche Pflicht. Sie muß tun, was ihr kaiserlicher Gemahl verlangt. Aber er spürt das und sagt zu mir, daß ihre Einstellung seiner Lust abträglich sei. Ich hingegen ...« Sie zuckte mit den Achseln. Sie brauchte den Satz nicht zu beenden. Wieder hob sie den Finger, entfernte die wertvolle Kappe von seiner Spitze und bot ihn dem kritischen Blick ihrer Mutter dar. »Ich habe den Nagel von den kaiserlichen Ärzten wegoperieren lassen, damit er nicht nachwächst.« Mutter Yang verzog bei dieser Mitteilung das Gesicht. Wu nahm die kleine Kappe auf und betrachtete sie bewundernd. »Ich habe mehrere solcher Utensilien in Auftrag gegeben – in verschiedenen Farben und Formen. Sie schützen meine empfindliche Fingerspitze. Und dieser Anblick erinnert ihn natürlich ständig ... « Wieder lachten beide, und Wu setzte die Kappe übertrieben anzüglich an ihren Platz zurück. Mutter Yang lächelte anerkennend.

»Ich habe für ihn eine ganz raffinierte Technik entwickelt und eingeübt, Mutter, die seine Leidenschaft so anstachelt, daß er sie nicht mehr zu zügeln vermag. Sein Wille wird völlig ausgeschaltet. Sein Glied wird so starr, daß es ›von Sandstein zu Jade‹ wird.« Liebevoll streichelte sie ihren Finger.

»Kein Opfer ist zu groß«, bemerkte Mutter Yang.

»Sein Schmerz und seine Erregung erreichen einen Grad von so erlesener Qual und Ekstase, daß er völlig hilflos wird. Völlig hilflos! Wie ein Säugling, der die Mutterbrust braucht. Verließe ich ihn in diesem Augenblick, so würde er wahrscheinlich den Verstand verlieren. Er wird zu einem Spielzeug ... zu einem Spielzeug mit einem steinharten Ding zwischen den Beinen ...« Ihre Stimme verlor sich für einen Augenblick, während ihre Gedanken zu der hilflosen Lust des Kaisers schweiften.

»Es ist eine exquisite Form der Folter«, fuhr sie dann fort. »Die Säfte in den unteren Gefäßen seines Körpers werden richtiggehend blockiert und zurückgehalten. Er ist außerstande, den Druck, der sich in ihm aufbaut, abzulassen. Außer ... « Sie machte eine bedeutungsvolle Pause. »Außer ich befreie ihn davon. Weißt du, Mutter, ich habe ihn schon oft in diesen Zustand getrieben und dann sich selbst überlassen – nur um ihn zu reizen! Ich habe ihn bis zu dieser wundervollen Härte getrieben und ihm dann die Hände – ganz spielerisch, verstehst du – mit den Seidenschärpen meiner Kleider an die Bettpfosten gefesselt.« Wu demonstrierte es mit ausgebreiteten Armen. Seufzend vor Vergnügen, aber mit sittsam niedergeschlagenen Augen, spießte sie ein Stück Obst auf.

»Und dann ... und jetzt kommt der spaßigste Teil, Mutter ... dann tanze ich für ihn und schürze dabei meine Röcke bis weit über die Knie. Manchmal räkle ich mich auch nur verführerisch auf dem Sofa. Ich winde und drehe mich vor seinen Augen und liebkose mich selbst. Das ist einfach zuviel für ihn. Er sagt, daß keine andere ihn in einen solchen Zustand bringen könne. Er versucht, mich zu fangen, oder tut wenigstens so. Das erregt ihn am meisten. Die gefesselte Bestie. Wie ein wildes Tier versucht er, die Schärpen zu durchbeißen, er reißt und rüttelt so stark an den Pfosten, daß ich jeden Augenblick mit dem Einsturz des Bettes rechne. Ich glaube, er könnte sich befreien, wenn er es wirklich wollte. Aber er tut es nicht. Er treibt es nie so weit, daß er sich verletzt oder die Möbel beschädigt. Das Spiel dient nur dazu, ihn bis zum Wahnsinn zu erregen. Er liebt diese völlige Selbstvergessenheit, und sein Jadestengel bebt und ist bis zum Zerbersten geschwollen ... sein Schildkrötenkopf ist so rot und glänzend wie die zinnoberroten Säulen seines Portals.«

»Ich bin sicher«, bemerkte Mutter Yang, »daß er diese neckische Verderbtheit schon in dir sah, als er noch Kronprinz war und dich aus der Ferne beobachtete. Da war etwas, das ihn zu dir hinzog. Er verstand es selbst kaum. Aber ich wußte es. Ich beobachtete ihn dabei, wie er dich beobachtete. Schon damals gehörte er dir.«

Mutter Yang fuhr fort, als erzähle sie ihrer Tochter eine Geschichte über Menschen, die vor langer Zeit und in einem fernen Land gelebt hatten. »Zuerst wußte er nicht, was in deiner Gegenwart mit ihm geschah. Vielleicht hielt er es einfach nur für Erregung, für Lust, die gestillt sein würde, sobald er dich im Bett hätte. Aber das ging natürlich nicht, solange du eine Konkubine seines Vaters warst. Also mußte er den bloßen Gedanken daran aus seinem Kopf verscheuchen, da er nichts ändern konnte. Dann jedoch kam der Augenblick, als er erkannte, daß der Weg frei war und daß du eine Sendbotin des Schicksals warst.« Sie deutete mit dem Zeigefinger auf ihre Tochter. »Er konnte dich nicht aus seinem Kopf verbannen.« Wu saß kerzengerade da und sog gierig jedes Wort dieser schon so oft gehörten Geschichte ihres Aufstiegs ein. Sie konnte sie gar nicht oft genug hören.

»Es stimmt, Mutter. Er kann seine Augen nicht von mir wenden, sogar wenn die Kaiserin dabei ist. Aber sie duldet es. Ich glaube, daß sie sein Interesse an mir für eine vorübergehende Laune hält. Oder daß wir ihn uns einfach teilen werden – sie als Kaiserin und ich als Lieblingskonkubine.« Sie lehnte sich zurück, und ihre Augen verengten sich zu Schlitzen. »Sie duldet es. Nicht aber der Hof ... Die sechs alten Hofräte, die T'aitsung hinterlassen hat, beaufsichtigen Kaotsung wie sechs alte Kindermädchen. Sie sind die schlimmsten von allen. So etwas gehöre sich einfach nicht, sagen sie in törichter Einhelligkeit und wackeln dazu mit den Köpfen. Es verstoße gegen die Etikette. Am liebsten würden diese alten Aristokraten mich oder jede andere Frau, die zu T'aitsungs Leben gehörte, in einen fernen Palast oder in ein Kloster verbannen. Mit dem Tod eines kaiserlichen Gemahls werden wir als erledigt betrachtet, als seien wir mit ihm gestorben. Sie haben keinen Zweifel daran gelassen, daß es ihnen so am liebsten wäre. Meine Anwesenheit wird gerade noch geduldet, und auch nur deshalb, weil ich Kaotsung darin bestärkt habe, ihnen die Stirn zu bieten. Doch sie dulden mich nur, solange ich nicht allzu sehr auffalle und mich im Hintergrund halte. Solange er über die Hintertreppe zu mir schleicht, machen sie von der Sache nicht viel Aufhebens. Aber es gefällt ihnen nicht, Mutter. Ganz und gar nicht. Und mir gefällt nicht, wie sie sich einmischen, diese abscheulichen Greise!« Sie unterbrach sich, um ihre Empörung auszukosten. »Was für ein Unsinn, Mutter! Sechs alte Männer, die längst im Grab liegen sollten, teilen sich die Macht und Herrschaft mit ihm. Es ist Unsinn ... einfach Unsinn!«

Wu schlug so heftig mit der flachen Hand auf den Tisch, daß das Geschirr hüpfte. »Sollen sie doch allesamt zur Hölle fahren, Mutter!« brauste sie auf und erregte damit erneut die Aufmerksamkeit der Zofen am Teich. »Sie sind alt und sollten sterben, anstatt mir im Weg zu stehen!«

»Bist du endlich fertig?« fragte Mutter Yang ruhig und beherrscht. Sie kannte diese Zornesausbrüche ihrer Tochter zur Genüge. »Vielleicht wird sich das Blatt ja wenden«, sagte sie mit vielsagendem Lächeln. »Wann wirst du endlich begreifen, daß der Hof nicht zählt! Was der Hof will und was er vom jungen Kaiser und seiner Konkubine verlangt, ist nicht maßgebend.«

Wu sah in das schöne Gesicht ihrer Mutter, lauschte ihren ruhigen Worten und ihrer selbstsicheren Stimme, die stets wie Balsam auf ihr leicht erregbares Temperament wirkte. Sie beruhigte sich. Auf ihre Mutter war immer Verlaß.

»Du hast ihn doch schon beinahe, Wu Tse-tien«, sagte Frau Yang.

»Was willst du damit sagen, ich habe ihn schon *beinahe*? Was meinst du damit, Mutter?«

»Ich will damit sagen, daß du ihn noch nicht erobert hast, meine Liebe. Bisher ist dir nur das Tier ins Netz gegangen, das in ihm steckt. Aber der Mann selbst sitzt noch nicht in deiner Falle.« Frau Yang hob bedeutungsvoll den Finger bis zur Nase. Mit zugekniffenem Auge, als wollte sie ein Juwel begutachten, betrachtete sie ihre Tochter. »Kaotsung ist dir noch nicht völlig ergeben. Du bist erst seit kurzem mit ihm zusammen. Das genügt nicht, und dann ist da noch die Kaiserin. Sie steht dir im Weg. Der Sechserrat ist das geringste Problem. Die sechs sagen ihm, was er zu tun und zu lassen hat. Wen er heiraten soll. Wahrscheinlich würden sie ihm am liebsten auch vorschreiben, wann er zu atmen oder seinen Darm zu entleeren hat ... und ich bin mir nicht sicher, ob unser junger Kaiser den Willen aufbringen würde, sich ihnen zu widersetzen, wenn es soweit käme ...« Frau Yang schüttelte den Kopf und verstummte.

Wu hatte das Kinn in die Hände gestützt und wartete gespannt darauf, daß ihre Mutter weitersprach. Da packte Mutter Yang ohne Vorwarnung ihre Handgelenke und riß sie ihr unter dem Kinn weg. »Du kannst das alles ändern! Die Gelegenheit war noch nie so günstig«, erklärte sie eindringlich.

»Und wie?« Wu war verblüfft.

»Du hast etwas, das dem Kaiser am Herzen liegt. Etwas, das ihm sehr am Herzen liegt. Er ist sehr stolz auf das Kind, das du ihm gebären wirst. Dieses Kind«, Frau Yang beugte sich vor und legte die Hand auf den Bauch ihrer Tochter, »ist die Fügung des Schicksals, auf die wir gewartet haben.« Wu betrachtete die Hand auf ihrem Bauch, dann blickte sie ihrer Mutter in die Augen.

»Wovon sprichst du, Mutter?«

»Ich will dir sagen, meine Tochter, daß du den Augenblick nutzen mußt«, flüsterte Mutter Yang und zog ihre Hand zurück. »Du kannst Kaotsung gegen den Widerstand des Sechserrats auf deine Seite bringen, so daß er dir mit Leib und Seele gehört, und gleichzeitig kannst du das kleinere Hindernis, das die Kaiserin darstellt, aus dem Weg räumen. Vorausgesetzt ...«, sie zögerte, um die Wirkung ihrer Worte zu verstärken, »alles wird zügig und zweckmäßig erledigt.« Sie machte eine Pause und musterte ihre Tochter. »Du weißt, was ich meine?«

Wu nickte. »Aber gewiß, Mutter«, sagte sie langsam. »Kurz nach der Geburt meines Kindes ...«

»Spätestens nach vierzehn Tagen«, sagte Frau Yang gebieterisch. »Spätestens.«

Wu sagte nichts. Sie saß nur da und nickte nachdenklich mit dem Kopf.

»Du mußt wissen«, fuhr ihre Mutter fort, wobei sie wieder die Stimme senkte und sich vorbeugte, »daß dein Vater heute nacht wieder bei mir war. Er sagt, daß er nicht ruhen werde, bis er alles für dich getan hat, was in seiner Macht steht.« Mit einer weiten Geste deutete sie auf das Gelände ringsum. »In all das hätte sein Geist schon eingehen können: in die Steine, die Mauern, die Bäume, die Teiche, die Fische ... doch er wartet noch. Er entreißt sich dem Äther, nimmt für Augenblicke flüchtig Gestalt an, hält sich in einem sensiblen Gleichgewicht zwischen Wirklichem und Unwirklichem, Materiellem und Immateriellem, Sein und Nichtsein, Substanz und Schatten, und *Atman* – und all das tut er nur für seine Tochter. Für dich.« Wieder beugte sie sich flüsternd über den Tisch. »Die Werke der Hinajana-Buddhisten haben mir dabei geholfen, diesen Vorgang zu verstehen. Es steht alles im Diamant-Sutra. Aber die Tibeter gehen natürlich noch einige Schritte weiter ...«

»Mutter, was genau hat er zu dir gesagt?« fragte Wu ungeduldig.

»Er kann in die Vergangenheit und in die Zukunft sehen ... Für jemanden wie deinen Vater, der die elementaren materiellen Bande abgestreift hat, ist die Zeit keine träge lineare Bewegung. Für ihn ist alle Zeit wie ein seidenes Band. Man kann die beiden Enden verknüpfen und eine Schleife bilden. Sieh her.« Mutter Yang nahm eine seidene Serviette, rollte sie zusammen und verknotete die beiden Enden, so daß eine Schleife entstand. »Vergangenheit und Gegenwart laufen ineinander. Und für den, der in der Mitte steht ...«, sie hielt ihr Modell in die Höhe, » ... ist jede Zeit, sind alle Ereignisse gleichermaßen sichtbar. Unsichtbarkeit ist ein Begriff, an dem nur der Blinde festhält. Es besteht keinerlei Unterschied zwischen dem bereits Geschehenen, dem augenblicklich Geschehenden, dem künftig Geschehenden und dem, was noch nicht geschehen ist. Für denjenigen, der in der Mitte steht, ist das alles dasselbe.«

Die Dämmerung senkte sich über den Garten und verlieh Frau Yangs Worten einen fremdartigen Klang. Die Gärtner und Zofen hatten sich längst ins Haus zurückgezogen, und die Diener wußten, daß ihr Erscheinen unerwünscht war. Hie und da versuchte sich schon ein Nachtvogel an einer Melodie, Insekten stimmten im hohen Gras beim Karpfenteich ihre kratzigen Lieder an, Frösche quakten, und die Abendluft war kühl und angenehm.

»Manchmal zittert seine Erscheinung, als könne sie sich in der materiellen Sphäre nicht recht halten«, fuhr die Mutter fort. »Dann ist sie wieder ganz körperlich, so daß ich meine, seinen warmen Atem zu spüren«, sagte sie liebevoll. »Er hat die Zukunft und die Geburt deines Kindes gesehen.«

»Wird es ein Junge oder ein Mädchen, Mutter?«

»Das sagte er nicht.«

»Und du hast ihn nicht gefragt?«

»In einem solchen Zwischenzustand stellt man einer Seele keine Fragen«, sagte Frau Yang mit der Würde eines großen Gelehrten, der einen Schreibfehler korrigiert, und fuhr mit leiser, eindringlicher Stimme fort: »Aber er sagte: Du sollst nicht länger als vierzehn Tage warten. Die Gelegenheit, die sich dir bietet, ist wie eine Tür in einem fensterlosen Haus mit harten Granitwänden. Nur die Tapfersten schreiten durch solche Türen, wenn sie sich auftun.«

»Keine Sorge, Mutter«, sagte Wu nüchtern. »Ich werde mich um alles kümmern.« Sie glaubte nicht unbedingt an die Visionen ihrer Mutter, wohl aber an die Unfehlbarkeit ihrer Worte.

»Das übrige wird sich ergeben. So lautet seine ...«

»Prophezeiung?« sprach Wu für sie weiter.

»Himmel, nein, mein Kind, Prophezeiungen sind etwas für Blinde«, korrigierte sie Frau Yang und erhob sich. »Dein Vater stellt Tatsachen fest.«

Dame Wu saß im Licht des frühen Morgens im Kinderzimmer und hielt ihre neugeborene Tochter auf dem Schoß. Staunend betrachtete sie die vollkommen ausgebildeten Körperteile des

Kindes: die winzigen, wunderschön geformten Lippenbögen, die glänzenden Wimpern, die auf den Wangen ruhten, die durchscheinende Haut. Sachte öffnete sie eines der Fäustchen, bog die Finger gerade und untersuchte die Falten und Linien in der Handfläche und an den Fingerspitzen. Dann drehte sie die Hand und inspizierte die unvorstellbar kleinen, aber makellosen rosa Fingernägel, die aussahen wie Perlmuttsplitter. Das Mädchen lag auf dem Rücken, in jenem seltsamen Zustand der Trägheit, der Neugeborenen eigen ist: nicht schlafend, aber auch nicht wach, mit zuckenden Armen und Beinen wie eine Träumende und mit einem Stirnrunzeln zwischen den Brauen, als konzentriere sie sich auf ein inneres Unwohlsein. Wu legte ihren Zeigefinger zwischen die Augen ihrer Tochter und glättete das Sorgenfältchen. Das Kind ballte die Händchen zu Fäusten und fuchtelte mit ihnen herum.

Wu schlug ihr Gewand auf und stillte das Kind im Schein der Morgensonne. Ihr Blick ruhte auf dem kleinen Gesicht, dessen Augen sich beim Trinken zuweilen öffneten. Als die Kleine genug hatte und einnickte, stand Wu vorsichtig auf, um sie nicht zu wecken, und legte sie in ihr Bettchen.

Sie lauschte. In der Vorhalle waren weder Stimmen noch Schritte zu hören. Sie war ganz allein. Sie nahm eine dicke, gesteppte Decke und trat an das Kinderbett. Sie sah auf ihre Tochter hinab und prägte sich ihre schlafenden Gesichtszüge ein. Du wirst deinem Vater helfen, ein großer Mann zu werden, flüsterte sie, legte die Decke über den Kopf des Kindes und drückte sie mit ihrem ganzen Gewicht nieder.

Viel später hatte sie das Gefühl, als erwache sie aus einem Traum. Sie öffnete die Augen, sah, daß sich das Kind nicht mehr rührte, und hob die Steppdecke hoch. Sie drehte das Kind auf den Bauch, brachte seine Glieder in eine natürliche Schlafposition und deckte es mit seinem Deckchen zu.

Sie lag in ihrem Bett, auf mehrere Kissen gestützt, das Haar lose und zerzaust, als sei sie gerade erst erwacht. Sie hörte Kaotsungs Schritte und sein höfliches Klopfen an der Tür.

»Mein Herr braucht nicht an meine Tür zu klopfen«, rief sie, wie sie es immer tat, und er spähte um die Tür und lächelte sie an, bevor er ins Zimmer trat.

»Ich dachte, du wolltest heute morgen vielleicht ein wenig länger ruhen«, sagte er fürsorglich.

Ihre Augen folgten ihm durchs Zimmer. Sie wußte, daß man ihn allgemein für einen Schwächling hielt, dem es im Gegensatz zu seinem Vater T'aitsung, der geliebt und nahezu wie ein Gott verehrt worden war, an Entschlußkraft fehlte. Doch die Anmut des jugendlichen Kaisers und die Ebenmäßigkeit seines Körpers machten ihn in ihren Augen zumindest äußerlich zu einem befriedigenden Abbild männlicher Kraft. Mit allem übrigen konnte sie ihn ausstatten. Sie hatte Kraft für zwei, das wußte sie, und er sollte einen Teil davon bekommen. Sie würde einen starken Mann aus ihm machen. Sie lächelte.

»Ich fühle mich sehr wohl«, sagte sie und nahm seine Hand, als er neben ihrem Bett niederkniete. »Ich bin eine rundum glückliche Frau.« Sie ließ seine Hand los, packte ihn an den Ohren und zog seinen Kopf auf ihren noch weichen Bauch herab. »Aber ich fürchte, ich habe Euch enttäuscht«, sagte sie mit trauriger Stimme.

»Mich enttäuscht?« rief er und hob den Kopf. »Das wäre unmöglich. Wie denn?«

»Nun, das Kind ist ja sehr hübsch ... «

»Das hübscheste Ding, das ich jemals gesehen habe«, erklärte er.

»... aber es ist ein Mädchen. Ich hätte Euch so gerne einen Sohn geschenkt.«

»Ich will keinen Sohn«, sagte er leidenschaftlich und küßte ihre Hände. »Ich will Töchter von dir, die heranwachsen und werden wie du.«

»Wie könnt Ihr so etwas sagen«, sagte sie lächelnd und schüttelte den Kopf. »Ein Kaiser, der keine Söhne möchte. Ihr wollt mich nur schonen.«

»Nein. Es ist wahr«, sagte er. Die Kissen dämpften seine Stimme.

»Dann liebt Ihr sie also?« fragte sie.

»Sie ist ein Teil von dir und ein Teil von mir. Ich liebe sie«, sagte Kaotsung gefühlvoll.

»Dann wollen wir sie uns zusammen ansehen«, sagte Wu, als sei ihr dieser Einfall gerade erst gekommen. »Wir wollen unsere Tochter bringen lassen und ihre Vollkommenheit bewundern. Und dann könnt Ihr mir alles zeigen, was Euch an ihr gefällt.«

Sie läutete mit dem Glöckchen nach der Zofe und schickte sie ins Kinderzimmer, um das Mädchen zu holen.

»Sorge dafür, daß sie sauber ist und hübsch aussieht«, rief sie der Zofe nach. Lächelnd sah sie Kaotsung an. »Und sage ihr, daß ihr Vater sie sehen will.«

Die Sonnenstrahlen fielen schräg über das Bett. Kaotsung, der immer noch kniete, schob den Oberkörper halb über Wu, und sie streichelte ihm den Nacken und die Schultern. Er rutschte ein Stück höher, so daß fast sein ganzes Gewicht auf ihr ruhte, und strich mit seinen Lippen über die Haut unter ihrem Ohr.

»Wie lange noch ...?« flüsterte er.

»Oh, mindestens noch vierzehn Tage«, antwortete sie. »Vielleicht noch länger.«

Er stöhnte enttäuscht auf. »Aber seit der Geburt sind doch schon zehn Tage vergangen«, hauchte er schwach protestierend gegen ihr Schlüsselbein und drückte die Hüften ganz sachte gegen ihren Körper.

»Wenn mein Herr es wünscht, geht es auch früher«, sagte sie unterwürfig. »Doch ich könnte eine Verletzung davontragen, wenn sein Verlangen nach mir so groß ist, daß er nicht warten kann.«

»Nein, nicht doch!« wehrte er ab. »Ich kann warten. Wenn es sein muß. Aber ...«

Sie zog seinen Kopf an den Ohren hoch und lächelte ihn verschwörerisch an.

»Aber macht Euch keine Sorgen«, sagte sie verschmitzt. »Ich werde mich schon um Euch kümmern. Eine einfallsreiche Frau wie ich ...« Sie berührte sein Augenlid mit ihrer Zungenspitze. »Es gibt ja so viele andere Foltermethoden. Mir würde da allerhand für Euch einfallen.« Sie ließ ihre Hände nach unten wandern und kitzelte ihn an den Rippen. Zappelnd und lachend vergrub er sein Gesicht in den süß duftenden Laken.

»Herrin?« Eine zitternde weibliche Stimme ertönte von der Tür her. Wu hielt abrupt inne, und Kaotsungs Lachen erstarb auf den Lippen. Beide sahen zur Tür hin. Auf der Schwelle stand die Zofe mit einem Bündel auf dem Arm. Sie war kreidebleich vor Schreck.

Aus Ehrfurcht vor Dame Wus schrecklichem Kummer schlichen die Diener nur noch auf Zehenspitzen umher. Sie jammerte und weinte nun ununterbrochen Tag und Nacht. Auf lange, durchdringende Schreie des Schmerzes folgten leise, schwere Seufzer tiefster Verzweiflung. Die Stimme schwoll an, wurde schneidend und spitz, bevor sie wieder zu Schluchzern zerfiel. Und dann hoben von neuem die Schreie an, heiser und schrill.

Die Diener fragten sich, woher sie nur die Kraft nahm. Denn sie warf auch Möbelstücke umher, zerbrach Gegenstände, trat gegen die Wände. Sie tobte wie ein wildgewordenes Tier.

Am Tag zuvor hatte sie nach ihrer Mutter verlangt, und Frau Yang war unverzüglich aus der Stadt geholt worden. Tadellos gekleidet und wie für einen besonderen Anlaß zurechtgemacht war sie gestern nachmittag in den Palast gerauscht und hatte sogleich die Gemächer ihrer Tochter aufgesucht. Jetzt war es Morgen, und Frau Yang weilte immer noch bei ihr. Einige Diener meinten, zwei Stimmen unterscheiden zu können, die abwechselnd jammerten und schrien. Andere verwarfen diese Vorstellung als lächerlich: Welche Mutter würde ihre Tochter noch darin bestärken, so maßlos und verzweifelt zu trauern?

Als Frau Yang tags zuvor im Palast aufgetaucht war, hatten alle über die verblüffende Ähnlichkeit zwischen Mutter und Tochter gestaunt. Und nicht nur das – obendrein war keinerlei Altersunterschied zu erkennen. Dame Wu war, wie alle wußten, siebenundzwanzig Jahre alt, doch ihre Mutter sah keinen Tag älter aus. Sie sei einundvierzig, hatte Dame Wus Zofe den anderen zugeraunt, und habe Dame Wu bereits mit vierzehn zur Welt gebracht. Sie seien praktisch ein und dieselbe Person!

Und wo war der Kaiser? Hilflos, erschüttert und benommen durchstreifte er den Palast. Von Zeit zu Zeit erschien er mit bleichem Gesicht vor der verschlossenen Tür, klopfte und bettelte darum, eingelassen zu werden, aber die beiden Frauen im Zimmer beachteten ihn nicht. Ihr Wehklagen war die reinste Folter für ihn. Er hielt sich die Ohren zu und stöhnte, das Gesicht zu einer Maske ohnmächtigen Elends verzerrt. Dann ging er fort, kam aber nach kurzer Zeit wieder und klopfte erneut.

Wie schrecklich, ihn so auszuschließen, flüsterten die Diener einander zu. Wo er doch alles für sie tun würde. Glaubten die Frauen denn, fragten manche, daß er nicht ebenso trauerte? Doch, sagten andere, aber die Trauer einer Mutter sei schlimmer. Niemand könne den Schmerz einer Mutter nachempfinden.

Am frühen Nachmittag hörte das Wehklagen abrupt auf. Wenig später öffnete sich die Tür zu Dame Wus Gemächern, und heraus trat Frau Yang, in tadellosem Putz wie am Vortag bei ihrer Ankunft. Mit raschelnden Seidenkleidern eilte sie wortlos aus dem Palast.

Kaotsung umklammerte Dame Wus Hände und starrte in ihr verquollenes Gesicht. Ihr Haar war zerzaust und hing in Strähnen herunter, und auf Armen, Brust und Beinen hatte sie lange Kratzwunden, die sie sich selbst beigebracht hatte. Ihr Gesicht war ausdruckslos, ihre Augen müde und stumpf. Im Zimmer herrschte ein heilloses Durcheinander. Die Vorhänge waren heruntergerissen, Vasen zertrümmert, Wandteppiche und Steppdecken zerfetzt, Möbelstücke zerschlagen und umgeworfen, die Wände fleckig von Speisen, die dagegen geschleudert worden waren. Dame Wu saß mit halbgeschlossenen Augen da und schwieg.

»Bitte«, flüsterte Kaotsung. »Sag mir, was ich tun kann, um dich wieder glücklich zu machen. Ich flehe dich an.«

Sie hob die Augen und sah ihn böse an. »Bringt mir mein Erstgeborenes wieder. Erweckt sie zum Leben und legt sie mir in die Arme.«

»Ich würde es tun, wenn ich könnte«, rief er. »Tausendmal würde ich es tun!« Kaotsung ließ den Kopf hängen und schluchzte.

»Oder ...«, begann Dame Wu mit leiser Stimme.

Eifrig hob er den Kopf. »Was? Ganz gleich, was es ist, ich werde es tun.«

Sie sah ihn an.

»Macht mich zu Eurer Kaiserin.«

Kaotsung starrte sie mit offenem Mund an, zu keiner Antwort fähig.

»Aber ...«, stammelte er schließlich.

»Macht mich zu Eurer Kaiserin, und Ihr werdet mir damit eine Freude machen. Nichts wird mich von diesem Schmerz erlösen können. Er wird immer lebendig bleiben, wie eine Schlange wird er sich für den Rest meines Lebens in meinem Inneren einnisten. Aber diese eine Freude könntet Ihr mir machen.«

»Ich habe doch schon eine Kaiserin«, protestierte Kaotsung schwach. »Das weißt du. Mein Vater hat sie für mich ausgewählt. Ich kann nicht ...«

»Ihr ekelt mich an«, sagte sie. »Erst sagt Ihr, Ihr wollt alles für mich tun, und nun wollt Ihr mir nicht einmal diesen kleinen Gefallen erweisen.«

»Das kann ich genausowenig wie dein Kind von den Toten erwecken«, protestierte er. »Es ist unmöglich. Ausgeschlossen. Ich ... ich müßte die Kaiserin absetzen, und so etwas gab es noch nie. Ich müßte ihr großen Kummer bereiten und mich über den Willen des Sechserrates und meines toten Vaters hinwegsetzen! Ich würde die Familie der Kaiserin gegen mich und alle meine Nachfahren aufbringen. Wahrscheinlich auf Generationen hinaus! Was du verlangst, würde mich in tiefste Gewissensnot stürzen!«

Schweigend senkte sie die Lider, ließ die Schultern hängen und sah zu Boden.

»Nun gut«, sagte sie leise. »Nun gut.«

Kaotsung war aufgesprungen und ging hilflos und verzweifelt im Zimmer auf und ab. »Bitte«, flehte er mit demütig ausgebreiteten Armen.

Sie sagte nichts. Kaotsung blieb stehen und sah sie an. Dann entdeckte er den einzigen Gegenstand im Raum, der noch nicht zertrümmert worden war – einen leeren Nachttopf. Er packte ihn und schleuderte ihn an die Wand.

Die alten Männer des Tsai-hsiang, des Sechserrates, sahen aus wie weise, ehrwürdige Schildkröten. Mit schlaffen, runzligen Gesichtern saßen sie Kaiser Kaotsung gegenüber und blickten ihn ungläubig, verstört und zornig an.

»Das können wir nicht zulassen«, sagte Sui-liang, ihr Ältester, und die harten Falten unter seinem Kinn bebten. »Euer Vater hat uns die heilige Pflicht auferlegt, nach seinem Tod an seiner Statt auf Euch achtzugeben.«

»Ihr würdet an so etwas nicht einmal denken, wenn Euer Vater hier vor Euch säße«, sagte Wu-chi, mit sechzig das jüngste Ratsmitglied. »Wer sich uns widersetzt, widersetzt sich Eurem Vater. Jawohl, wir *sind* Euer Vater!« rief er und streckte Kaotsung die Fäuste entgegen. »Sie ist eine vollkommene Kaiserin. Euer Vater liebte sie. Das Volk liebt sie.«

»Sie ist frei von allen weiblichen Lastern«, sagte der alte Hanyuan. »Sie hat sich nichts zuschulden kommen lassen. Sie ist weder ehrgeizig noch eitel, noch ist sie eine Intrigantin. Sie ist nicht eifersüchtig. Sie ist anmutig und bescheiden. Sie ist schön. Und sie hat Euch einen Sohn geschenkt!« Seine brüchige alte Stimme hob sich vor Erregung. »Was denkt Ihr Euch nur?«

Kaotsung schwieg und kaute nervös an seiner Lippe. »Ich brauche mich vor niemandem zu rechtfertigen«, sagte er schließlich. »Wenn ich die Kaiserin absetzen will, so brauche ich meine Gründe nicht darzulegen. Es muß euch genügen, daß ich meine Gründe habe.«

»Ihr seid ein Narr!« rief Lai-chi. »Seht Eurem Vater ins Gesicht und sagt ihm das! Denkt Ihr denn gar nicht an Eure Nachkommen? Oder an die Familie der Kaiserin? Wollt Ihr sie für viele Generationen zu Feinden machen? Worauf, glaubt Ihr, beruht die Stabilität eines gesunden Staatswesens? Etwa auf den Wünschen eines selbstsüchtigen jungen Mannes?« Er war äußerst erregt.

»Denkt doch wenigstens an das Volk«, sagte Wu-chi in einem freundlicheren Ton und legte seine Hand beschwichtigend auf den zitternden Arm seines Ratskollegen. »Die Menschen aus dem Volk sind in gewissem Sinne wie Kinder. Sie müssen das Gefühl haben, daß das Leben ihrer Herrscher in festen Bahnen verläuft und nicht den Wechselfällen des Leben und menschlichen Launen unterworfen ist wie ihr eigenes. Ihr tragt ihnen gegenüber eine Verantwortung!«

»Mit anderen Worten«, sagte Min-tao kopfschüttelnd, »Euer Leben gehört Euch nicht allein. Das solltet Ihr nie vergessen. Ihr gehört dem Volk, Ihr seid dem Andenken Eures Vaters und der Geschichte verpflichtet.«

»Einen Augenblick«, sagte Ho-lin, der bis jetzt geschwiegen und seine wachsamen Augen die ganze Zeit auf Kaotsung gerichtet hatte. »Ich möchte den jungen Kaiser etwas fragen. Hat er eine ... Nachfolgerin im Sinn? Möchte er die Kaiserin wegen etwaiger Unzulänglichkeiten absetzen, oder möchte er den Thron nur für eine andere freimachen?«

Kaotsung rutschte unruhig hin und her. »Ich habe persönliche Gründe«, sagte er knapp und wich dem Blick des alten Mannes aus.

»Es wäre besser, Ihr nennt sie uns«, meinte Ho-lin.

»Ja«, sagte Lai-chi. Er war immer noch zornig, aber seine Stimme klang jetzt ruhiger. »Ihr solltet uns alles erzählen.«

»Es ist Wu Tse-tien«, antwortete Kaotsung widerstrebend. »Dame Wu. Ich möchte, daß sie meine Kaiserin wird.«

Die sechs alten Männer hätten nicht verstörter ausgesehen, wenn er ihnen eröffnet hätte, daß er seine Mutter zu heiraten wünsche.

»Wu Tse-tien!« rief Han-yuan und sah sich ungläubig um. »Aber ... aber sie war doch eine Konkubine Eures Vaters! Es ist schändlich genug, daß Ihr mit ihr ins Bett gegangen seid. Das allein ist schon ein furchtbarer Skandal. Sie aber zu Eurer Kaiserin machen! Ein heiliges Ehegelübde brechen, um eine mit einem Makel behaftete Liebschaft aufzuwerten, und alles nur wegen Eurer... Eurer zügellosen Leidenschaften ... Eurer selbstsüchtigen, schmutzigen Bedürfnisse ... Eurer ...«, stotterte er, unfähig, den Satz zu Ende zu bringen.

»Das wäre schlicht und einfach Inzest«, erklärte Min-tao kategorisch und stand mühsam auf. »Genausogut könntet Ihr auf das Grabmal Eures Vaters urinieren. Ich will nichts mehr davon hören«, sagte er, drehte sich um und verließ den Raum. Auch die anderen erhoben sich murmelnd und kopfschüttelnd von ihren Plätzen.

Kaotsung stand auf und stieß ärgerlich seinen Stuhl zurück. Sui-liang, der älteste Minister, kam um den Tisch, ergriff ihn am Arm und sah ihn an. Seine alten, wässrigen Augen funkelten vor Leidenschaft.

»Überlegt Euch genau, was Ihr tut«, sagte er eindringlich. »Und denkt daran, daß Ihr über alles mit mir reden könnt. Über alles! Deshalb bin ich hier! Ich bin in allererster Linie Euer Freund!« Er beugte sich vor und sagte in vertraulichem Ton. »Ich war nicht immer der vertrocknete alte Kadaver, den Ihr jetzt vor Euch seht. Auch ich war einmal jung.«

Kaotsung sah den alten Mann einen Augenblick an, als könnte er dieser grotesken Behauptung beinahe Glauben schenken. Aber er konnte nicht sprechen. Der alte Freund seines Vaters sah ihn so ernst, so beschwörend und voller Vertrauen darauf an, daß er zur Vernunft kommen würde, daß er sich wie gelähmt fühlte. Kaotsung schüttelte nur bekümmert den Kopf. Wu-chi trat an die Seite des alten Sui-liang und legte ihm die Hand auf die Schulter. Sui-liang ließ den Arm des Kaisers los, sah Wu-chi in die Augen und nickte.

»Sui-liang hat recht!« sagte Wu-chi. »Und auch mit mir könnt Ihr reden. Ihr kommt und besucht mich allein, ja? Ihr kommt und erzählt Wu-chi alles, bevor Ihr einen übereilten Schritt tut. Das werdet Ihr tun, ich weiß es.« Er drückte Kaotsung freundschaftlich den Arm, bevor er ging.

Unglücklich setzte sich Kaotsung wieder. Er wußte, daß die alten Männer recht hatten. Es war unmöglich. Furchtbares Leid und Aufruhr wären die Folge, wenn er auf seinem Ansinnen bestünde. Wu mußte sich mit anderen Tröstungen begnügen. Er konnte sie im Rang befördern – sie vielleicht zur Lieblingskonkubine machen. Er konnte ihr sogar einen eigenen Palast bauen lassen, wenn sie es wünschte. Und sie konnte ja noch mehr Kinder bekommen. Der Schock über den Verlust ihres Erstgeborenen hatte sie offenbar aus dem Gleichgewicht gebracht. Aber mit der Zeit würde sie darüber hinwegkommen. Sein Entschluß stand fest: Er würde ihr sagen, daß es unmöglich war.

Er ging jedoch nicht sofort zu ihr. Er saß lange allein da und brachte den Willen nicht auf, von seinem Stuhl aufzustehen. Er fühlte sich wie ein Schlafender, der aufwachen will, dem aber Arme und Beine nicht gehorchen.

Dame Wu hörte ruhig und gefaßt zu, als Kaotsung ihr seinen Entschluß mitteilte. Ihre Gemächer waren wieder in Ordnung gebracht worden, und sie selbst sah wieder gepflegt aus. Lange Ärmel bedeckten die Kratzer auf ihren Armen.

»Wir müssen an meinen Vater denken«, sagte er. »Wir haben ihn doch beide geliebt. Für einen Konfuzianer wie mich wäre das die schlimmste Form der Undankbarkeit, die ein Sohn seinem Vater entgegenbringen kann. Ich kann doch nicht warten, bis er tot und begraben ist, und dann sein Werk rückgängig machen. Dies wäre eine unverzeihliche Beleidigung seines Andenkens.«

Er wurde ruhiger, während er sprach. Sie hörte zu. Seine Worte klangen vernünftig. Er fühlte sich stark. Sie mußte einsehen, daß er ihre Forderung nicht erfüllen konnte. »Ich weiß, daß du mich niemals bitten würdest, das Andenken meines Vaters zu beleidigen«, schloß er. »Denn ich weiß, daß du ihn auch geliebt hast.« Er wartete, hielt ihre Hand und streichelte sie sanft.

»Ich weiß, wer das Kind getötet hat«, sagte sie.

»Was sagst du da?« rief er entsetzt und beunruhigt. »Niemand hat das Kind getötet. Es ist einfach gestorben. Das haben die Ärzte gesagt. So etwas kommt vor. Ihre Lebenskraft ist noch schwach, noch nicht richtig verwurzelt, und sie … sie sterben einfach!«

Sie hob die Augen und sah ihn an. Er spürte, wie in diesem Augenblick alle Stärke und Entschlossenheit aus ihm wichen.

»Mein Kind ist nicht einfach gestorben«, sagte sie mit einer Stimme, die ihn erschauern ließ. »Es wurde ermordet.«

»Aber ... aber ... von wem?« stammelte er wie gelähmt. Sein Herz pochte wie rasend. Sie schaute ihn einen Augenblick an, bevor sie antwortete.

»Von der Kaiserin.«

»Was?« rief er und ließ ihre Hand los. »Du bist ja nicht bei Sinnen!«

»Es ist wahr«, sagte sie und fuhr flüsternd fort: »Ich habe Beweise. Sie wurde gesehen.«

Kaotsung stand auf, stapfte ans andere Ende des Zimmers und kam wieder zurück.

»Du stellst die ganze Welt auf den Kopf«, sagte er. »Du bringst mich noch dazu, daß ich mich selbst für verrückt halte! Die Kaiserin eine Mörderin!« Er setzte sich wieder und schüttelte sprachlos den Kopf.

»Ich habe Beweise«, wiederholte sie. »Aber ich bin bereit, sie zu schonen.« Kaotsung hob ungläubig den Kopf. »Ich habe eine Möglichkeit gefunden, ihre Tat zu vertuschen. Auch mir liegt am Andenken Eures Vaters. Diese Angelegenheit darf unter keinen Umständen bekannt werden. Der schlimmste Skandal wäre die Folge. Und ich bin bereit, dieses Opfer zu bringen. Euch zuliebe, so sehr es mich auch nach Rache für den Tod meines Kindes dürstet«, sagte sie mit kummervoll gepreßter Stimme und senkte demütig den Kopf.

»Aber ich kann es nicht begreifen«, sagte er hilflos.

»Wir werden folgendes tun«, sagte sie. »Wir beide werden einen Pakt schließen. Wir werden dieses entsetzliche Wissen für uns behalten. Die Kaiserin muß natürlich abgesetzt werden, doch der Welt werden wir einen ganz anderen Grund liefern. Einen Grund, der das Andenken Eures Vaters nicht beschmutzt und gegen den niemand etwas einwenden kann. Wir werden sie mit einem Minimum an Demütigung und Streit aus dem Weg schaffen.«

»Und wie?« fragte er erschüttert.

»Ganz einfach«, antwortete sie, nahm seine Hand und drückte sie an ihre Brust. »Ihr werdet eine öffentliche Erklärung abgeben.

Ihr werdet einfach sagen, daß Ihr eine körperliche Abneigung gegen die Kaiserin hegt.«

»Ich glaube, jetzt verliere ich vollends den Verstand«, rief er und entzog ihr seine Hand. »Lieber ließe sie sich eine Mörderin schimpfen! So eine schreckliche Demütigung hat sie nicht verdient!«

»Eine Mörderin hat keine Demütigung verdient?« sagte Wu grimmig. »Den Tod hat sie verdient, aber eine Demütigung nicht? Die Frau, die meine Tochter – Eure Tochter – umgebracht hat, hat keine Demütigung verdient?«

»Aber ich kann nicht glauben, daß sie eine Mörderin ist!« schrie er.

»Psst!« zischte Wu und hielt ihm den Mund zu.

»Ich kann es nicht glauben«, sagte er mit leiser, krächzender Stimme.

»Ihr wißt nicht, wozu eine eifersüchtige Frau fähig ist«, sagte sie traurig. »Aber ich.« Sie ergriff wieder seine Hand. »Jetzt ist es an mir, Euch zu beschwören. Bedenkt doch die Schmach. Die Frau, die Euer Vater zur Kaiserin bestimmt hat, ist eine Mörderin. Sein Andenken hat sie in den Schmutz gezogen. Diese Schande für Eure Familie. All das will ich Euch ersparen.« Sie führte seine Hand auf ihrer Brust auf und ab. »Andernfalls bin ich gezwungen, die Wahrheit zu sagen, denn ich kann nicht zulassen, daß eine Mörderin auf dem Thron bleibt. Das verbietet mir mein Gewissen.«

Kaotsung war fassungslos und brachte kein Wort heraus. Mit wirrem Blick biß er auf seine Unterlippe.

»Gebt die Erklärung ab«, sagte sie besänftigend, »so bringt Ihr die Angelegenheit leicht und schnell hinter Euch. Aber laßt mich einen Vorschlag machen, der es Euch und ihr leichter macht.«

»Ja?« fragte er benommen.

»Geht zuerst zu ihr und sagt es ihr persönlich.«

Wu-chi schritt nachdenklich neben Kaotsung her und hielt ihn dabei voller Zuneigung am Arm. Die väterliche Berührung dieser Finger ging Kaotsung so nahe, daß er dem alten Mann am liebsten alles erzählt und sich dann irgendwo verkrochen hätte. Das leise Schluchzen der Kaiserin ging ihm nicht aus dem Sinn. Er hatte es durch die Tür gehört, nachdem er sie verlassen hatte: ein leises, stetig wiederkehrendes Geräusch, das ihn verwirrte, weil er es im ersten Moment für ein Lachen hielt. Erst als er das Ohr an die Tür drückte, erkannte er seinen Irrtum. Beschämt und verwirrt schlich er sich davon, denn irgendwie glaubte er inzwischen an Wus Beschuldigung. Er verspürte sogar eine leichte Abneigung gegen die Kaiserin, als sie vor ihm saß und ihm zuhörte. Ihr Schmerz und ihre Demütigung ekelten ihn an, und ein Widerwille überkam ihn bei dem Gedanken, sie jemals wieder anzurühren.

Anschließend war er zu Wu-chi gegangen, weil er nicht wußte, an wen er sich sonst hätte wenden können. Und nun schlenderten sie durch den Garten des alten Mannes.

»Auch wenn man verliebt ist, darf man einer Frau nicht jeden Wunsch erfüllen«, sagte Wu-chi weise und vernünftig. »Euer Vater wußte das. Ich weiß es. Und ich bin sicher, daß auch Ihr es wißt, tief in Eurem Inneren. Gebt ihr, was sie will, und sie wird den Respekt vor Euch verlieren. Ihr dürft ihren Hunger niemals ganz stillen!« Eine Weile gingen sie schweigend nebeneinander her. Kaotsung merkte, daß Wu-chi sich zuweilen auf ihn stützte und seinen Arm fester umklammerte. »Vielleicht habt Ihr den Eindruck, Ihr könntet Wu Tse-tien glücklich machen, wenn Ihr ihr gebt, was sie möchte, aber da irrt Ihr Euch. Tatsächlich tragt Ihr damit nur zu ihrer Unzufriedenheit bei. Sie wird mehr wollen. Und was könnt Ihr dieser Frau noch bieten, wenn Ihr sie erst zur Kaiserin gemacht habt? Dann hat sie nichts mehr, wonach sie streben könnte. Ihr seht also, Ihr würdet ihr kein zufriedenes Leben schenken, sondern ein Leben voller Enttäuschung.«

Bei der Erwähnung von Wus Namen spürte Kaotsung, wie er sich innerlich verhärtete. Und je mehr Wu-chi redete, desto stärker wurde sein Widerstand. Der Wunsch, sich dem alten Mann anzuvertrauen, schwand.

»Wenn Ihr wollt, daß sie glücklich wird«, fuhr Wu-chi fort, »laßt sie Eure feste Hand spüren. Im Grunde will sie nichts anderes. Frauen sind widersprüchliche Wesen. Ihnen fehlt die einfache Direktheit des Mannes. Wenn Ihr das nicht begreift, werdet Ihr Euch in den verschlungenen Windungen des weiblichen Denkens verfangen und ... «

»Es ist zu spät«, unterbrach Kaotsung und schnitt dem alten Mann das Wort ab. Wu-chi sah ihn scharf an.

»Was meint Ihr damit? Wieso zu spät?«

»Die Kaiserin hat mir gesagt, daß sie freiwillig abdanken will.« Wu-chi blieb stehen und starrte ihn an. »Sie will nicht länger meine Kaiserin sein. Wir passen körperlich nicht mehr zusammen.« Er wich Wu-chis Blick aus.

»Ihr seid ein Narr!« rief Wu-chi entsetzt aus. »Dann laßt Ihr uns keine andere Wahl. Ich hatte gehofft, es würde nicht so weit kommen. Ich hatte gehofft, ich könnte an Eure Vernunft und an Euer Urteilsvermögen appellieren. Nun merke ich, daß Ihr so etwas nicht besitzt. Deshalb müssen wir Euch vor Eurer eigenen Torheit schützen, wie es auch Euer Vater getan hätte. Ich werde gemeinsam mit den anderen Mitgliedern des Tsai-hsiang direkte zensorische Maßnahmen gegen Eure Entscheidung einleiten.«

»Ihr könnt nichts tun, Wu-chi«, sagte Kaotsung. »Ihr könnt keine Eingabe beim Thron machen. Der Thron bin ich.«

»Euer Vater T'aitsung ist der Thron!« entgegnete der alte Mann.

»Mein Vater ist tot.«

»Sein Leib mag tot sein, aber ich versichere Euch, daß er lebt. Er kannte Euch gut. Er traf eine Reihe von Vorkehrungen für Fälle wie diesen.«

»Er ist tot«, wiederholte Kaotsung.

»Nicht, solange ich noch lebe«, erklärte Wu-chi zornig. »Wenn Euer Vater in diesem Augenblick vor Euch stünde und Euch den Befehl gäbe, von Eurem Vorhaben abzulassen, würdet Ihr es tun.«

»Aber das kann er nicht«, sagte Kaotsung geduldig.

»Doch, das kann er! Er lebt in mir! Sein Wille ist in mir lebendig! Auf dem Sterbebett übertrug er mir die Verantwortung für Euch. Ich besitze ein handschriftliches Dokument von ihm, einen Brief an Euch, seinen Sohn. Darin steht, daß Ihr mir gehorchen müßt, als sei ich selbst T'aitsung!« Wu-chi musterte Kaotsung scharf, um festzustellen, wie seine Worte auf ihn wirkten. Der junge Mann war verblüfft und sprachlos und sah Wu-chi an, als erkenne er hinter den Zügen des alten Mannes tatsächlich das Gesicht seines Vaters. Einige Augenblicke lang bohrten sich ihre Blicke ineinander. Dann atmete Kaotsung hörbar aus.

»Nein«, sagte er kopfschüttelnd. »Niemand, nicht einmal mein Vater, kann mit seinem Willen über das Grab hinaus wirken. Das Dokument meines Vaters ist nur von Belang, wenn ich es zulasse. Sein Wille lebt nur, wenn ich daran glaube. Ohne meinen Glauben, ohne meine Einwilligung ist der Brief nur ein Stück Papier. Ich bin nun der Kaiser. Mein Vater ist tot!«

Wu-chi sah ihn eindringlich an.

»Woher rührt nur dieser Eigensinn? Eine solche Entschlossenheit habe ich noch nie an Euch bemerkt. Noch nie! Wie schade, daß sie auf das falsche Ziel gerichtet ist! Wie schade, daß sie Euch vernichten wird!«

Kaotsung drehte sich um und verließ den Garten, aber die Stimme des alten Mannes holte ihn ein.

»Min-tao hatte recht. Ebensogut könntet Ihr auf T'aitsungs Grabmal urinieren.«

Kaotsung richtete es so ein, daß er an dem Tag, an dem die Kaiserin den Palast verlassen sollte, auf einem Jagdausflug weilte. Doch er war mit dem Herzen nicht bei der Sache, und nachdem er mehrere aufflatternde Fasane trotz günstiger Schußgelegenheit hatte entkommen lassen, gab er seinem Haushofmeister den Bogen und ritt nur noch den schattigen Pfad entlang.

Das ausdruckslose Gesicht, mit dem ihn sein Haushofmeister am Morgen begrüßt hatte, hatte ihm nicht gefallen. Normalerweise war der Mann gesprächig und umgänglich. Doch heute wandte er die Augen ab, sobald er in seine Richtung sah. Und so erging es ihm schon seit Tagen mit allen anderen Bediensteten am Hofe. Die Eunuchen sprachen kaum noch ein Wort, und viele Dienerinnen hatten rote und verquollene Augen. Überhaupt schienen alle Frauen im Palast zu trauern. Am Abend zuvor hatte er am Eingang zum Frauentrakt gelauscht und sich geärgert, als er Schluchzen und Weinen vernahm. Überall begegnete er leeren, kummervollen Gesichtern und Augen, die seinen Blicken auswichen.

Die einzigen Augen, die ihn ansahen, gehörten Dame Wu. Seit sie wußte, daß er mit der Entfernung der Kaiserin wirklich ernst machte, schenkte sie ihm mit jedem Tag mehr Aufmerksamkeit. Ich genese an Körper und Seele, hatte sie ihm noch am Morgen gesagt und dabei ihre langen Fingernägel über seinen Hals wandern lassen, so daß er vor Vorfreude erschauderte. Die eitrige Wunde meines Kummers trocknet aus, hatte sie geflüstert, und das habe ich Euch zu verdanken, denn Ihr seid ein starker Mann, Ihr habt es für mich getan. Nun schloß Kaotsung die Augen und ließ sich auf dem Rücken des Pferdes wiegen. Er stellte sich vor, wie sie diese Worte zu ihm sprach, und wieder überkam ihn dieser wohlige Schauder der Vorfreude. Sollten sie doch jammern und die Augen abwenden, sollten sie doch flehen und hadern.

Und sollten sie doch Eingaben machen. Zwei Tage zuvor hatten Wu-chi und die anderen Mitglieder des Sechserrates ihm feierlich eine lange Liste mit den Namen hoher Beamter vorgelegt, die vielfach schon unter seinem Vater Ämter bekleidet hatten. Unter jedem Namen stand ein wortreich formulierter Absatz, in dem der Betreffende seine Meinung zu Kaotsungs Maßnahme darlegte. Mit beeindruckender Eloquenz warnten sie vor den möglichen Folgen. Da war von der Untergrabung der Einheit des Staates die Rede, von der Unzufriedenheit des einfachen Volkes, ja, sogar von der Gefahr einer Rebellion. Sie zeichneten erschreckende Bilder seines moralischen Verfalls, unter dessen Auswirkungen noch Generationen zu leiden haben würden.

Waren diese Schreckensbilder schon beunruhigend genug, so brachte ihn der kurze und knappe Beitrag eines ehemaligen Ministers völlig aus der Fassung. Der alte Mann beschwor den Geist seines Vaters, der vergeblich und mit gebrochenem Herzen versuche, seine Gespensterhand auf die Schulter seines irregeleiteten Sohnes zu legen. Als Kaotsung das las, wurde ihm innerlich ganz kalt. Nur Dame Wus Berührung vermochte ihn zu wärmen. Und im gleichen Moment sagte sie zu ihm, er solle immer daran denken, daß T'aitsung sie besonders gemocht habe, als sie eine seiner Konkubinen gewesen sei. Auch er habe es gemocht, so berührt zu werden. So ... Und der Vater könne dem Sohn wohl schwerlich vorhalten, was er selbst gemocht habe, flüsterte sie und pfählte ihn dabei auf eine Weise mit ihrem Finger, die ihn an den Rand der Ekstase trieb.

Später hatte er das zerknitterte und mit seinem Schweiß befleckte Schriftstück des Sechserrates zwischen den zerknüllten Bettlaken hervorgeholt, glatt gestrichen und zusammengerollt. Eines Tages, so hatte er sich dabei gesagt, würde er es wieder hervorholen und ihnen beweisen, wie sehr sie sich getäuscht hatten.

Die Nachmittagsschatten wurden jetzt länger. Er wollte noch eine Stunde reiten und dann im Schutz der Dämmerung leise in den Palast zurückkehren, wo ihn die neue Kaiserin erwartete.

Manchmal war Kaiserin Wu Tse-tien in Hochstimmung. Dann wieder war sie voller Zorn. Sie konnte die beiden Gefühle nicht immer voneinander trennen. Zorn, aufmerksam genährt wie die Flammen eines Feuers, war für sie ein Quell des Vergnügens, das ihr ganzes Wesen mit einer berauschenden Lebendigkeit durchflutete.

Sie konnte ihren Zorn regelrecht kultivieren und bis zu gefährlicher Reife gären lassen. Sie bereute ihren Zorn nie, sie war vielmehr stolz auf ihn. Er war etwas Herrliches: ihre Macht und ihr Reichtum.

Kaiserin Wu saß auf ihrem Tagessofa und fühlte sich frisch. Sie hatte Appetit an diesem Morgen. Worauf? Sie wußte es nicht genau. Sie hatte erstaunlich gut geschlafen. Sie lehnte sich zurück, verschränkte die Hände hinter dem Kopf und schwelgte, während die Sonnenstrahlen ihr Gesicht wärmten, in der Erinnerung an einige ihrer schönsten Wutausbrüche. Im Augenblick war sie heiter gestimmt, doch einen kleinen, ganz kleinen belebenden Zornesausbruch wollte sie sich gestatten.

Ein letztes Hindernis stand ihrem Glück im Weg. In den Nachtstunden hatte sie nicht daran gedacht, da ihre Träume sie abgelenkt und unterhalten hatten. Nun aber fiel ihr das Hindernis wieder ein. Genauer gesagt waren es sechs Hindernisse – sechs lästige alte Männer, die in keinem ihrer Träume Platz hatten. Sie würden abtreten müssen.

Wu Tse-tien stand von ihrem Sofa auf und warf sich eilig ein Gewand über. Für heute war Schluß mit dem trägen Sonnenbaden. Ihre Bewegungen wurden entschlossen und zielstrebig. Sie ging zur Tür, rief zunächst nach ihrer Zofe und dann, bevor das arme Mädchen reagieren konnte, nach mehreren anderen Dienerinnen des inneren Hofstaats. Sucht meinen Mann, rief sie. Sofort!

Der Klang ihrer eigenen Stimme verstärkte ihre ruhelose Ungeduld. Sie mußte unverzüglich mit ihm reden. Sie brauchte ihn für ihr Vorhaben, und die Ungeduld brannte schlimmer in ihr als jemals zuvor. Sie würde ihn suchen lassen. Sie würde den Palast und die Regierungsgebäude auf den Kopf stellen. Wenn nötig, würde sie alles niederreißen lassen.

Die Morgenaudienz in der Halle der Großen Einigkeit mußte doch schon längst vorüber sein. Es war schon fast Mittag! Wo steckte er nur?

Als sie erfuhr, daß er immer noch bei der Morgenaudienz weilte, wurde sie wütend. Sein Platz war neben ihr! Die Sitzung dauerte schon viel länger als gewöhnlich. Da fiel ihr ein, daß Kaotsung letzte Nacht, als sie schon fast eingeschlafen war, über Kornspeicher, Überschwemmungen oder dergleichen in der Provinz Kiangsi gesprochen hatte. Sie hatte sich aber nichts dabei gedacht. Natürlich, dachte sie jetzt, das war es, was ihn aufhielt.

Mit jedem Augenblick wurde sie wütender. Sie stürmte durch ihre Gemächer. Was ihr Blut in Wallung brachte, war weniger der Ärger über Kaotsungs Abwesenheit als vielmehr die wachsende Überzeugung, daß Kaotsung sie vernachlässigte, wenn er nicht an ihrer Seite war. Es gab nur zwei Orte, wo der Kaiser von China sein konnte: an ihrer Seite oder nicht. Und letzteres war auf jeden Fall ein Ärgernis und wurde von Mal zu Mal unentschuldbarer.

Wu dachte an die Morgenaudienz: an die vielen, in Roben gekleideten alten Männer, die ihn mit ernsten und gewichtigen Mienen umringten, jeder mit einem langen und öden Gesuch in der verschrumpelten Kralle, das endlos und Punkt für Punkt vorgelesen, debattiert und Wort für Wort auseinandergenommen werden mußte ... Ihr Zorn steigerte sich immer mehr und berauschte sie.

Sie ließ ihren Blick durch das Zimmer schweifen. Die Gegenstände störten sie. Stühle, Lampen, Vasen, Statuetten – ihr dumpfes Hochgefühl verlangte nach einer gerechten Bestrafung. Sie stieß ein paar bronzene Räuchervasen und Kerzenhalter um, die mit einem lauten Klirren zu Boden fielen. Durch den Lärm aufgeschreckt, eilten Diener herbei. Erst da wußte Wu, was sie zu tun hatte.

»Sagt dem Kaiser, daß ich sehr krank bin!« befahl sie. Eine Hand stützte sie auf den Tisch, die andere preßte sie an ihre Brust.

»Aber, Herrin ... er ist bei der Morgenaudienz! Vielleicht könnten die Ärzte ...«

»Bleibt mir fort mit den Ärzten!« knurrte sie. »Die Ärzte sollen auf den Rücken ihrer toten Mütter in die Hölle reiten! Es ist mir völlig egal, wo er ist. Sagt ihm, seine Kaiserin sei sterbenskrank!«

»Ja, natürlich ...« Der Oberhofmeister wich eingeschüchtert ein paar Schritte zurück, während die anderen Diener sich hinter seinem Rücken versteckten. Drohend ging Wu auf sie zu, eine schwere Blumenvase in der Hand.

»Holt ihn, und zwar sofort!« rief sie. »Schickt Boten in die

Audienzhalle. Sie sollen ihn auf der Stelle zu mir bringen!« Die Diener machten, daß sie zur Tür hinaus kamen, und rempelten sich in ihrer Panik gegenseitig an. Sie schmetterte die Vase auf den gefliesten Boden, und die fliehenden Diener hörten, wie sie ihnen mit überschnappender Stimme nachschrie: »Holt ihn! Holt ihn sofort! Ich bin todkrank! Ich sterbe! Versteht ihr?«

Nie zuvor in der Geschichte war die Morgenaudienz in der Halle der Großen Einigkeit – jene feierliche Versammlung, bei der Hunderte von hohen Beamten in türkisfarbenen, purpurroten und goldenen Amtsroben, streng nach Rang geordnet, beisammen standen – gestört worden, nicht einmal zu Kriegszeiten. Sogar die Nachricht von der Niederlage der Garde hatte warten müssen, bis der Kaiser den Thron verlassen und die Versammlung aufgelöst hatte.

Die Eunuchen des inneren Hofstaats überbrachten die unglaubliche Meldung von der bevorstehenden Tragödie dem fassungslosen Vorsteher des inneren Hofstaats, der seinerseits die Hohen Räte in den kaiserlichen Vorzimmern informierte. Atemlos stürzte der unglückliche Bote die drei Stufen zur Halle der Großen Einigkeit hinauf und riß die großen Türflügel zum Mittelgang auf, wo er sofort auf Hände und Knie fiel. Ihm gegenüber, am anderen Ende des langen Mittelgangs und der überfüllten Audienzhalle, thronte der Sohn des Himmels. Ehrerbietig drückte der Bote die Stirn gegen den Boden. Kaotsung flüsterte erstaunt mit seinem Hofrat. Dann schritt der Hofrat die Stufen des Pfauenthrons herab, ging an der knienden Gestalt eines Beamten vorüber, der gerade ein Gesuch vorgetragen hatte, und befahl dem am anderen Ende der Halle hingestreckten Boten, näher zu treten. Unzählige Köpfe fuhren herum, als die einsame Gestalt den Gang entlang kam, und in das Rascheln von Seide mischte sich ein dumpfes Murmeln, das wie eine Welle durch die Reihen der Anwesenden lief.

»Der Sohn des Himmels befiehlt dir zu sprechen. Unser göttlicher Kaiser ist höchst begierig darauf zu erfahren, welche Nachricht so wichtig sein könnte, daß du die Morgenaudienz unterbrichst!« ertönte die Stimme des Hofrats.

Wieder fiel der Bote auf die Knie. Ungläubig schüttelte der Kaiser den Kopf. Der Hofrat bedeutete dem Boten, wieder aufzustehen. Der Mann gehorchte und richtete seinen Blick fest auf Kaotsungs Füße. »Ich bin gekommen, um unserem Erhabenen Sohn des Himmels zu sagen, daß seine hochverehrte Kaiserin todkrank danieder liegt ...«

»Der ganze Hof ist in Aufruhr«, sagte Kaotsung schließlich ruhig und müde. Er saß auf dem Rand des Sofas, auf dem Wu lag.

»In Aufruhr?« fragte sie, als verstehe sie die Bedeutung des Wortes nicht ganz.

»So kurz nach dem Begräbnis meines Kindes und der Absetzung meiner ersten Kaiserin ...«

»Deiner ersten was?« fragte sie, als sei auch dies ein unbekanntes, geheimnisvolles Wort.

»Meiner ersten Kaiserlichen Gemahlin«, verbesserte er sich. »Du bist natürlich die einzige wahre Kaiserin. Aber ich verstehe nicht recht, was du von mir willst«, sagte er geduldig.

Sie ließ ihren Kopf in die Kissen sinken.

»Es genügt, daß ich krank bin«, sagte sie. »Ich brauche dich an meiner Seite. Die Ereignisse der letzten Monate ...« Ihre Augen füllten sich mit Tränen. Er nahm ihre Hände und drückte sie an sein Gesicht. Auch seine Augen wurden naß. Wu stieß einen heiseren Seufzer aus. »Aber du, du bist den ganzen Morgen bei der Audienz, als sei ich überhaupt nicht vorhanden.«

»Die Überschwemmung in Kiangsi, dieses furchtbare Leid unter den Menschen ...«, begann er mit matter, sorgenvoller Stimme.

»Und ich ... leide ich vielleicht nicht«, rief sie und schlang die Arme um seinen Hals.

»Sie sterben zu Tausenden«, sagte er in ihr Haar hinein. »Der Regen hat Deiche brechen lassen ...«

»Bauern können nur einmal sterben«, sagte sie. »Verglichen mit meinem Herzen sterben sie einen leichten Tod. Die Leiden der Großen gehen viel tiefer, entsprechend ihrer Stellung im Universum. Das ist die Bürde, die wir Mächtigen zu tragen haben. Die sechs rücksichtslosen alten Männer deines Vaters lassen mich furchtbar leiden.« Sie entzog sich ihm und sah ihn bekümmert an.

»Was soll ich denn tun?« fragte er hilflos. »Den Sechserrat entlassen, der meine Last mit mir teilt? Ich weiß nicht mehr weiter.«

»Lieber würdest du mich fallenlassen, nicht wahr?« fragte sie traurig, und nun rannen ihr Tränen über das Gesicht. »Du würdest mich genauso leicht verstoßen, genauso willkürlich, wie du die arme Kaiserin verstoßen hast. Nur weil sie dir körperlich zuwider war.«

»Weil sie *mir* körperlich zuwider war?« Kaotsung war verblüfft.

»Der Himmel hat dich wie jedes andere Geschöpf mit Ohren ausgestattet. Benutze sie gefälligst.«

»Mir soll die Kaiserin körperlich zuwider gewesen sein? Bin ich denn verrückt? Diese Worte stammen von dir!«

»Ach, dann war ich es wohl, der sie körperlich zuwider war? Ich war es, die ihr Fleisch nicht mehr ertragen konnte? Dann muß ich ja auch das Bett mit ihr geteilt haben. Ist es das, was du mir sagen willst?«

»Aber ...«, begann Kaotsung, kam aber nicht weiter.

»Dann habe ich sie wohl auch verstoßen? Und in die Geschichte wird eingehen, daß eine Konkubine die Kaiserin verstoßen hat, weil sie schlecht roch? Zukünftige Generationen werden nicht glauben, daß ich eine solche Macht über den großen Sohn des Himmels ausgeübt haben soll.« Sie schüttelte den Kopf. »Eine Frau und sechs alte Männer, so wird die Geschichte urteilen, sagten dem großen Kaotsung, was er zu tun hatte. ›Die Tragweite solcher Ereignisse‹, werden die Gelehrten sagen, ›ist unerklärlich und wahrhaft verblüffend.‹ «

Kaotsung stand auf und schlug sich mit den Händen an den Kopf. »Du verdrehst alles so, daß man es nicht wiedererkennt! Ich kann dir nicht mehr folgen!«

»Du vergißt meine Angst und meinen Schmerz. Du redest immer nur von dir.« Wieder flossen Tränen.

Kaotsung ging verzweifelt zum Fenster und machte wieder kehrt. Er wußte nicht, wohin er sich wenden sollte, und rieb die schweißnassen Hände an seinen Schenkeln. »Was willst du von mir?« fragte er schließlich. »Bitte, sag mir, was du willst!«

»Es besteht kein Grund, mich so anzuschreien, mein Gatte«, antwortete sie fast unterwürfig. »Ich will doch nur, was du auch willst. Ich will das Beste für das Reich.«

»Und das wäre?«

»Du mußt den Sechserrat deines Vaters loswerden«, sagte sie nüchtern. »Diese sechs häßlichen alten Schildkröten. Diese alten

Männer, die mich nicht als rechtmäßige Kaiserin anerkennen und mich nicht an deiner Seite dulden wollen.«

»Sie sind doch nur dazu da, um mich zu beraten«, nahm Kaotsung den Sechserrat in Schutz.

»Sie mischen sich rücksichtslos in alles ein«, gab sie zurück. »Und sie hetzen die Aristokraten am Hof gegen mich auf.« Sie hielt inne und faßte sich. »Aber das ist nicht der Grund, warum sie gehen müssen. Nein. Sie müssen gehen, weil das eine Prüfung ist, die dein Vater von dir verlangt! Du mußt ihm beweisen, daß du ein wahrer Kaiser bist!«

»Mein Vater?« stammelte Kaotsung, nunmehr völlig verwirrt.

»Hat er nicht seinen eigenen Vater zur Abdankung gezwungen?« fragte sie. »Nun mußt du dasselbe tun. Du mußt den Geist deines Vaters zur Abdankung zwingen.« Sie ergriff seine Hände und ließ sich nach hinten fallen. »Und der Geist deines Vaters wohnt nicht an einem, sondern an sechs Orten«, flüsterte sie und zog ihn zu sich herunter.

Sie strömten aus der ganzen Stadt und sogar aus den umliegenden Provinzen herbei: Handwerker und Baumeister, die dem Aufruf der neuen Kaiserin Wu Tse-tien gefolgt waren und sich nun an den Palasttoren drängten.

Jeder von ihnen hoffte darauf, sein Glück zu machen. Wenn seine Entwürfe nur den Gefallen der Kaiserin fanden! Wenn er nur den Auftrag bekam! Nach der Bekanntmachung einige Wochen zuvor waren einige Baumeister in die Bibliotheken der buddhistischen Klöster geeilt und hatten sich dort in aller Eile kundig gemacht, während andere durch ein lebenslanges Studium bereits gut vorbereitet waren. Was die Kaiserin wünschte und was ihr jeder der Wartenden leidenschaftlich gerne geliefert hätte, war der Plan für einen einzigartigen Stupa, einen buddhistischen Begräbnisschrein, wie ihn die Welt noch nie gesehen hatte.

Gerüchten zufolge war der Schrein für ein Mitglied ihrer Familie bestimmt. Nein, sagten andere, er diene dem Andenken des früheren Kaisers T'aitsung, der selbst den Bau vieler Stupas in Auftrag gegeben hatte – zu Ehren der Männer, die auf dem Schlachtfeld für ihn ihr Leben gelassen und ihm zum Sieg verholfen hatten. Nein, sagten wieder andere, das wäre der reinste Hohn, wenn sie für den früheren Kaiser einen Stupa bauen ließe.

Sein Geist sei ohnehin schon außer sich vor Wut und vermutlich drauf und dran, wieder in die modernden Knochen in seinem Grabmal zu fahren, sich mit ihnen zu erheben und wütend in den Palast zu marschieren. Hatte Wu T'aitsung nicht verspottet und entehrt, indem sie Kaiserin wurde?

Niemand konnte es glauben, als die Entscheidung schließlich bekanntgegeben wurde. Aus Hunderten von Entwürfen für den Stupa war einer ausgewählt worden, und der Glückliche, auf den die Wahl gefallen war, wurde davon in Kenntnis gesetzt, für wen der Gedenkschrein bestimmt war. In der Tradition von Kaiser Kaotsungs verstorbenem Vater T'aitsung, der mit solchen Schreinen die gefallenen Helden des Schlachtfelds geehrt hatte, sollte der neue Stupa, prächtiger und größer als alle bisherigen, einem namenlosen, zehn Tage alten Mädchen gewidmet werden: Wu Tsetiens Erstgeborener, die in der Wiege gestorben war.

Die Leute schüttelten die Köpfe und stellten einander immer wieder dieselbe Frage: Was war das nur für eine Frau?

4

Im Jahr 655
Loyang

Wu erhielt das Schreiben mehrere Monate nach Fertigstellung des Stupa. Es trug das offizielle Siegel des Amtes für Historische Aufzeichnungen. Andernfalls hätte sie es kaum eines Blickes gewürdigt.

Sie durchtrennte das Siegel mit ihren langen Fingernägeln, legte das Pergament zwischen Salbentöpfchen und Parfümfläschchen auf ihren Frisiertisch und strich es glatt. Sie las langsam und sorgfältig, fast mühsam. Obwohl sie beim Lesen ständig Fortschritte machte, hatte sie noch immer das unbefriedigende Gefühl, daß sie so manche Nuance oder Andeutung nicht begriff. Sie begutachtete jedes Schriftzeichen mit scharfen Augen, denn nichts sollte ihr entgehen.

> An die Erhabene, Rechtmäßige und Hochgeschätzte Kaiserin der Großen T'ang, Wu Tse-tien, möge sie tausend Jahre leben:
>
> Das Erscheinen der wahren Königin hat diesen bescheidenen Diener veranlaßt, nach der Wahrheit der Wahrheiten zu suchen, die in den Schichten der Geschichte eingebettet ist, so wie Gold in der Erde liegt und darauf wartet, von der Hand des Schürfers befreit zu werden. Dieser bescheidene Diener glaubt, daß der Vergleich zwischen Wahrheit und Gold sogar noch erweitert werden kann: Denn was ist Gold? Es ist das Metall, das der widerspenstigen Erde, die eifersüchtig über ihre Schätze wacht, am schwierigsten abzuringen ist. Aber hat man es ihr erst einmal unter großen Mühen abgerungen, so blendet es durch seinen Glanz, beflügelt die Sinne und ist doch, zur Freude des Handwerkers, das gefügigste und formbarste aller Metalle. Es kann so dünn getrieben werden wie der Flügel einer Motte, und doch lassen sich auch Skulpturen von solch heroischer Größe daraus formen, daß sein Glanz mit dem Licht der Sonne wetteifert. Es ist seine Bestimmung zu dienen. Und dasselbe gilt für die Wahrheit.

Wu legte den Brief weg und rieb sich die Augen. Sie stand vor einem Rätsel. Wenn sie sich nicht täuschte, hatte dieser Brief mit der Kunst der Metallverarbeitung rein gar nichts zu tun. Sie überflog noch einmal die letzte Zeile und las dann weiter:

… Und dasselbe gilt für die Wahrheit.

Wozu führen wir genaue historische Aufzeichnungen? Nun, damit die Nachwelt erfährt, wer wir waren. Es liegt auf der Hand, daß wir etwas so Lebenswichtiges nicht dem Zufall überlassen können. Oder würdet Ihr, Majestät, auch nur daran denken, Eure königlichen Gewänder von blinden Näherinnen fertigen zu lassen? Würdet Ihr es zulassen, im Dunkeln für einen Staatsakt gekleidet zu werden, ohne daß Ihr die schmückenden Farben und Muster erkennen könntet? Natürlich nicht. Und so sollte es auch mit den Worten sein, die künftige Generationen über uns lesen werden.

Majestät, zweifellos habt Ihr Friseure, Näherinnen und Juweliere, die Euch dienen und Euren Wünschen nachkommen. Auf ähnliche Weise möchte ich, Shu Ching-tsung, ein großer Bewunderer der wahren Königin Wu Tse-tien, meinen Scharfsinn und Einfallsreichtum in Euren Dienst stellen und Euer persönlicher Geschichtsschreiber werden.

Wu hob den Kopf und betrachtete nachdenklich ihr Spiegelbild. Wer dieser Mann auch war, er hatte praktisch ihre Gedanken gelesen. Tatsächlich hatte sie in letzter Zeit ähnliche Überlegungen angestellt. Die Menschen am Hof gaben ihr immer noch das Gefühl, unwillkommen zu sein, verglichen sie in jedem Satz mit der ersten Kaiserin. Was konnte sie dagegen tun? Sie hatte schon verschiedene Möglichkeiten erwogen. Am liebsten hätte sie ihre Vorgängerin kompromittiert und »Beweise« für ihre mangelnde Tugendhaftigkeit beigebracht. Vielleicht, so hatte sie überlegt, konnte sie einen Mann dazu bewegen, daß er öffentlich erklärte, er sei der heimliche Liebhaber der Kaiserin gewesen, am besten einen Mann von niederem Stand, vielleicht sogar einen Diener. Doch dann hatte sie diese Idee wieder verworfen. Sie konnte keinem Mann so viel Geld bieten, daß er sich selbst eines Vergehens bezichtigte, das mit erzwungenem Selbstmord bestraft wurde.

Sie stand von ihrem Frisiertisch auf, wobei sie sorgsam auf

ihren prallen Bauch achtete – sie war wieder schwanger, im sechsten Monat. Ein persönlicher Geschichtsschreiber. Sie dachte darüber nach. Von ihrem Gatten hatte sie bereits allerhand über »Geschichte« erfahren, und seine Belehrungen über konfuzianische Pietät endeten ausnahmslos bei der Verehrung der toten Ahnen, aber sie selbst sah nicht ein, warum die Toten besser sein sollten als die Lebenden, nur weil sie tot waren. Doch vornehme Abstammung war anscheinend alles. Nun denn, jetzt bot sich ihr eine Gelegenheit. Nur zu gern hätte sie nachgewiesen, daß die Kaiserin eine Hure war, doch mit etwas Überlegung ließ sich bestimmt eine Lösung finden, die noch besser war.

Sie setzte sich wieder hin, drehte den Brief des Geschichtsschreibers Shu um, nahm einen feinen Pinsel zur Hand, tauchte ihn in ein Töpfchen mit wässriger schwarzer Augentusche und begann, die leere Rückseite zu beschreiben. Langsam und sorgfältig, denn auch im Schreiben war sie keineswegs firm, malte sie die Zeichen für »erste Kaiserin« und »Vater«. Dann setzte sie nacheinander die restlichen Worte hinzu, die, wie sie hoffte, ihre Wünsche und alles, was der Empfänger wissen mußte, in befriedigender Form zum Ausdruck brachten. Wenn dieser Shu der Mann war, für den sie ihn hielt, so würde er ihre Botschaft mühelos begreifen. In diesem Moment regte sich das Kind in ihrem Bauch. Es gefiel ihr, daß es auf ihre Gedanken reagierte und immer dann am heftigsten strampelte, wenn sie angestrengt nachdachte. Das Strampeln war wie das geheime Signal eines Mitverschwörers. Dieses Kind, das fühlte sie, war ein Verbündeter.

Sie rollte das Papier zusammen und schlug es in ein Stück Seide ein. Es sollte umgehend an Shu zurückgeschickt werden. Hoffentlich antwortete er schnell – eines konnte sie nämlich auf den Tod nicht ausstehen, und das war, wenn man sie warten ließ.

Die ansprechend gebundene Broschüre zirkulierte am Hof so schnell wie Gerüchte über einen drohenden Krieg. Jedes Gespräch, das der alte Wu-chi im Palast und in der Stadt aufschnappte, drehte sich um die Broschüre, und jedesmal, wenn er unfreiwillig Zeuge einer solchen Unterhaltung wurde, fuhr ihm der Schreck in die Glieder.

Jetzt saß er in seiner Kanzlei und hielt ein Exemplar in der Hand. Er hatte beschlossen, sich an einen ruhigen Ort zurückzuziehen, wo er sie sorgfältig und ungestört lesen konnte. Neben ihm stand eine Schale Tee, und draußen auf einem Ast vor dem Fenster sang ein Vogel. Er versuchte, seine zitternden Hände ruhig zu halten.

Als erstes fiel ihm der Stempel des Amtes für Historische Aufzeichnungen auf, zweifellos echt. Die Schrift selbst war in teuerstes und bestes Seidenbrokat gebunden, und auch das Papier war von feinster Qualität. Man hatte keine Kosten gescheut, und allein diese Tatsache versetzte Wu-chi in Schrecken. Er schloß einen Augenblick die Augen, öffnete dann die Broschüre und glättete das Papier. Sein Blick fiel auf einen Namen und einen Titel – wer war dieser Shu Ching-tsung, der sich Leiter des Amtes für Historische Aufzeichnungen nannte?

Eine berichtigende Darstellung des Lebens von Wang Chu-i, dem Vater der früheren Kaiserin Wang.

So traurig und bekümmert wir über die unlängst erfolgte Absetzung der Kaiserin Wang auch sein mögen, so schöpfen wir doch Trost aus der Tatsache, daß wir nur Zeugen einer Selbstkorrektur der Geschichte sind, für die wir dankbar sein sollten. Den gleichen wundersamen Vorgang erleben wir, wenn der Körper sich in seiner unergründlichen Weisheit aus eigener Kraft von Krankheit und Verletzung kuriert. Die Absetzung der Kaiserin war ein natürlicher Vorgang, durch den sich die Natur von einem Leiden befreite, das den kaiserlichen Stammbaum befallen hatte. Seien wir also von Herzen froh, daß die Natur auf so rasche und zweckdienliche Weise ein Leiden im kaiserlichen Stammbaum kuriert, denn dadurch zeigt sie uns, daß der kaiserliche Stammbaum etwas ebenso Wirkliches, Notwendiges und von der Natur Verordnetes ist wie das Blut, das in unseren Adern fließt, wie die Sonne, die auf- und untergeht, und wie die Flüsse, die sich ins Meer ergießen.

Das Leiden, das unseren erhabenen kaiserlichen Stammbaum befallen hatte, war durch einen Fall von Betrug hervorgerufen worden. Wie wir alle wissen, ist eine Kaiserin wie eine Blüte an einem Baum. Soll die Blüte sich in makelloser Schönheit entfalten und süßen Duft verströmen, so muß der Baum gesund sein, aus dem der Ast wächst, aus dem wiederum der Zweig sprießt, der die Blüte trägt. Was nun unsere frühere Kaiserin betrifft, so lag es nicht an ihr, daß der Ast, aus dem der Zweig sproß, nicht gesund war.

Weiter hieß es in der »Lebensdarstellung«, daß man unlängst Tagebücher vom Vater der abgesetzten Kaiserin entdeckt habe, aus denen hervorgehe, daß er, der verdiente und angesehene Minister von Kaotsungs Vater T'aitsung, in Wahrheit von niederer Herkunft gewesen sei. Er komme zwar aus dem Hause Wang, sei mit dieser vornehmen Familie jedoch nicht blutsverwandt, sondern nur der Sohn eines gewöhnlichen Hausdieners gewesen. Schon in seiner Jugend sei er übertrieben ehrgeizig gewesen und habe alles getan, um voranzukommen. Später habe er dann allerlei skrupellose Geschäfte getätigt und sei auch vor offenem Verrat nicht zurückgeschreckt. So seien die Streitwagen, mit denen die verräterischen Truppen gegen Kaiser T'aitsung ins Feld gezogen waren und Blut und Tod über das Haus T'ang gebracht hatten, aus Holz gefertigt gewesen, das kein anderer als Wang Chu-i aus den westlichen Provinzen geliefert habe. Der Holzhandel habe ihm ein Vermögen eingebracht. Nach dem endgültigen Sieg des Kaisers habe er den guten Namen des Hauses angenommen, in dem sein Vater gearbeitet habe, und sich eine hohe Stellung in der neuen Regierung erschlichen.

Der Verfasser des Machwerks schloß mit den Worten, daß es kein Wunder sei, wenn der junge Kaiser Kaotsung eine körperliche Abneigung gegen Kaiserin Wang empfunden habe. Er selbst habe es zwar nicht wissen können, aber im Grunde habe man es hier nur mit einer »Selbstkorrektur der Natur« zu tun.

Wu-chi schloß die Broschüre. Seine Hände zitterten, und die Schmerzen krochen ihm bis in den Magen und ringelten sich dort zusammen wie eine Schlange. Eine solche Gründlichkeit hatte er Kaiserin Wu nicht zugetraut. Die Toten, die Lebenden – für Wu gab es da keinen Unterschied. Sie holte die Toten aus ihren Gräbern oder brachte die Lebenden unter die Erde, ganz wie es ihr gefiel. Und wohin gehörte er, Wu-chi? Zu den Toten oder zu den Lebenden? Er wußte es nicht. Er wußte überhaupt nichts mehr.

Er schaute noch einmal auf den Titel des Machwerks. Shu Ching-tsung. Wer um Himmels willen war das?

Der Geschichtsschreiber Shu war ein winziges Männlein, und das gefiel Frau Yang. Er kam ihr vor wie ein Schoßhund, und wie ein Schoßhund gehorchte er ihr aufs Wort. Sein ganzes Wesen bebte vor wachsamer Bereitschaft, ihr jeden Wunsch von den Augen abzulesen. Und das gefiel ihr noch mehr. Sie lächelte. Nur mit Mühe unterdrückte sie die Vorstellung, wie sie ein Stöckchen warf und Geschichtsschreiber Shu mit flatternder Robe hinterherrannte und mit seinen Füßchen Schmutz und Staub aufwirbelte. Vom ersten Moment an fühlte sie sich in seiner Gesellschaft wohl.

Niemand wußte etwas über Shus Vergangenheit, niemand erinnerte sich an die Umstände seiner Ernennung. Er war ein unbedeutender Mann gewesen, bis er mit einem Mal aus der Anonymität zum Obergeschichtsschreiber und Leiter des Amtes für Historische Aufzeichnungen aufgestiegen war – eine Stellung, die mit einem stattlichen Gehalt verbunden war. Jetzt wurde er beachtet, dachte sie vergnügt.

Er behauptete zwar, er habe die Titel Ming Ching und Chin Shih erworben, aber Frau Yang mochte ihm das nicht so recht glauben. Die letzte Prüfung, der sich jeder unterziehen mußte, der in den zivilen Staatsdienst treten wollte, war ein Gespräch mit der Kommission für Examina und Ernennungen. Hier wurden andere Qualitäten als akademische Leistungen beurteilt: Auftreten, Umgangsformen, Selbstsicherheit, sogar die Qualität der Stimme – all das war wichtig bei einem Mann, der die Beamtenrobe der größten Staatsmacht zwischen Himmel und Hölle tragen wollte. Doch wenn Frau Yang Shus lächerliche Fistelstimme hörte und seinen trippelnden Gang beobachtete, kamen ihr erhebliche Zweifel, daß die Kommission ihm die vollen Titel zuerkannt haben sollte.

Aber sie wußte, daß die Wahrheit über Shu keine Rolle spielte, und sah deshalb keine Veranlassung, ihr weiter nachzuspüren. Wozu auch? Schließlich waren sie heute zusammengekommen, um über das biegsame Wesen der Wahrheit zu sprechen. Wenn Geschichtsschreiber Shu imstande war, die Vergangenheit anderer zu korrigieren, warum dann nicht auch seine eigene? Sie wußte, daß er aus eigenem Antrieb zu ihrer Tochter, der Kaiserin Wu, gekommen war, und das genügte ihr. Der Mann war rührig und hatte Phantasie, und das war Empfehlung genug.

Mit Genugtuung hatte sie zur Kenntnis genommen, wie schnell Shus Diener am Nachmittag die Visitenkarte seines Herrn zum

Anwesen ihrer Familie gebracht hatte. Gewiß, Shu Ching-tsung konnte es sich kaum leisten, eine Einladung der Kaiserinmutter zu mißachten, gleichwohl hatte sie das Gefühl, daß sein Eifer und seine Begeisterung echt waren. Es schmeichelte ihr, mit welchem Ernst er die ihm gestellten Aufgaben anpackte, und sie spürte, daß sich zwischen ihnen eine fruchtbare Beziehung anbahnte.

Sie brauchten nicht lange, um auf das anstehende Thema zu sprechen zu kommen: das Wesen der Wahrheit.

»Großartig, Frau Yang, Euer Garten ist wirklich herrlich«, sagte die Fistelstimme, während ihr Besitzer versuchte, mit der Gastgeberin Schritt zu halten. Frau Yang war großgewachsen wie ihre Tochter, und in ihrer Begeisterung darüber, Shu die Sehenswürdigkeiten ihres Besitzes zu zeigen, fiel sie unwillkürlich in den für sie bequemsten, weit ausgreifenden Schritt, so daß der kleine Mann kaum mitkam. »Es stimmt, daß man den Rang und die Lebensart des Herrn – Hausbesorger verzeiht, in Eurem Fall der Herrin – eines Anwesens an der Eleganz der Anlage ablesen kann. Alles befindet sich in einem vollkommenen Gleichgewicht. Jeder Strauch, jeder Stein, jede Statue, jeder Baum ...« Shu keuchte, als sie eine Brücke erreichten, die sich grazil über einen Miniatur-Wasserfall spannte. Frau Yang verlangsamte ihren Schritt gerade so, daß er sie einholen konnte.

»Die Pracht, die Ihr hier seht, ist das Erbe meines verstorbenen Mannes. Es war sein Wunsch, daß auch sein Haus und sein Besitz den Adel und die Größe widerspiegeln sollten, von denen wir umgeben sind.«

»Ah ... Wu Shih-huo, der verstorbene Herr! Der erhabene Vater der Kaiserin Wu!« Shu nickte sinnend. »Natürlich!«

»Ich bin nur die Verwalterin meines Mannes, wenn ich so sagen darf«, sagte Frau Yang mit falscher Bescheidenheit.

Sie bogen in einen langen Säulengang ein und kehrten aus den hinteren Gärten zur prachtvollen Empfangshalle des Anwesens zurück. »Herr Shu, ich muß Euch sagen, daß ich ein gutes Gefühl habe, was Euch betrifft. Mein Mann hatte recht. Er sagte, daß ich in Euch einen sehr einfühlsamen Verbündeten finden würde.«

»Verzeiht bitte, Frau Yang. Aber sagtet Ihr soeben, daß Euer Mann mit Euch über mich sprach? Er ist doch schon seit ...«

»... zehn Jahren tot«, vollendete Frau Yang seinen Satz.

»Seit zehn Jahren«, wiederholte Shu. »Bedauerlicherweise kann er mich dann unmöglich gekannt haben. Ich bin erst seit sieben Jahren hier …« Er unterbrach sich für einen Augenblick und hastete hinter seiner Gastgeberin her. Diese hatte verträumt das Kinn nach oben gereckt, und um ihre Lippen spielte ein heiteres Lächeln. »… Allerdings bedaure ich zutiefst, daß wir einander nicht kennenlernen konnten.«

»Vergebt mir, Herr Shu«, unterbrach sie ihn. »Vielleicht hätte ich Euch schon früher alles erklären sollen.« Sie blieb mitten im Säulengang stehen, wandte sich um und sah ihm in die Augen. »Das war eine unverzeihliche Nachlässigkeit meinerseits. Denn seht, es war mein Gatte, der Euch hierher eingeladen hat.«

»Aber, Frau Yang, Euer Gatte ist tot«, sagte Shu vorsichtig und beobachtete dabei ihr Gesicht.

»Für manche, Herr Shu. Nicht jedoch für andere, die begreifen, daß es noch andere Sphären des Daseins gibt …«

Bei diesen Worten entspannte sich Shus Gesicht. Er lächelte.

»Dann seid Ihr also eine überzeugte Buddhistin?«

Sie überhörte Shus Frage und sprach weiter. »Es war mein Gatte, der Eure Talente als Literat und Historiker von Anfang an auf meine Tochter lenkte.« Shu schwieg und wartete. »Ihr mochtet meinen, selbständig zu handeln, als Ihr meiner Tochter Eure Dienste anbotet. Aber da habt Ihr Euch getäuscht.« Frau Yang trat an die Balustrade und strich mit den Fingern über das glatte Holz, während sie wie geistesabwesend in den Hof blickte.

»Vielleicht verstehe ich nicht alles so gut, wie ich sollte, Frau Yang«, sagte Shu mit wohlerwogener Bescheidenheit.

Sie schaute ihn wieder an und lächelte mitleidig. »Ein wirkliches Verständnis dieser Dinge kann selbst von unseren glühendsten Anhängern kaum erwartet werden.«

»Gewiß …«

»Alles, was Ihr hier seht, Herr Shu, all die Größe und Schönheit dieses Hauses und seiner Gartenanlage, die Einrichtung, der buddhistische Tempel, der Steingarten, die große Empfangshalle … alles, was Ihr so wohlwollend bewundert habt, repräsentiert in Wahrheit nicht die Familie meines Gatten, sondern das einstmals so große Haus Yang, also meine Familie. Eine Familie, deren Wurzeln über die jetzige T'ang-Dynastie hinaus bis in die Sui-Dynastie, ja sogar bis zu den Nördlichen Chou und den großen Familien zurückreichen, die Buddhas Lehren unterstützten.«

Frau Yang löste sich von der Balustrade und ging weiter. Ihr Blick war nun von Trauer umwölkt. »Die Geschichtsschreibung gedenkt zwar des Hauses Yang, nicht aber meines verstorbenen Gatten, Herr Shu. Das Geschlecht der Wu läßt sich zwar bis zur Wei-Dynastie vor dreihundert Jahren zurückverfolgen, doch heute zählt es nicht zur Aristokratie des Reiches. Die einzige Hoffnung meines Gatten war, sich durch eine Heirat mit dem Hause Yang, also meiner Familie, zu verbinden. Nun aber ist für ihn die Zeit wahrer Größe angebrochen. Er ist der Vater einer Kaiserin. Es geht nicht an, daß unsere Feinde meiner Tochter vorwerfen, sie sei von niederer Geburt. Der Name Wu muß den gleichen guten Klang bekommen wie der Name Yang. Mein Gatte Wu Shih-huo, Wus Vater, muß ein großer Mann werden, Geschichtsschreiber Shu!« sagte sie eindringlich. »Versteht Ihr?«

Nun zeigte Shu ein breites Lächeln.

»Ich verstehe vollkommen, Frau Yang.«

»Ihr wurdet uns durch die wundersame Fügung einer Welt zugeführt, die versteht, daß die Geschichte den Gegebenheiten unserer Zeit angepaßt werden muß. Das ist die Aufgabe – nein, ich sollte sagen, die Bestimmung – eines Mannes, der dazu auserwählt wurde, unsere Namen und Leben für die Nachwelt aufzubereiten und unauslöschlich für die Ewigkeit festzuschreiben.«

Shu warf sich stolz in die Brust, trat neben Frau Yang an die Balustrade und betrachtete bewundernd ihr Profil. Sie war, wie ihre Tochter, eine elegante und schöne Frau. Der Altersunterschied, der beide trennte, war kaum sichtbar. Was sie über das Wesen der Wahrheit gesagt hatte, entsprach weitgehend seiner eigenen Auffassung. Wer, so fragte er sich, kann behaupten, daß das, was hätte geschehen können, weniger wahr ist als das, was wirklich geschehen ist? Und wenn das, was wirklich geschehen ist, offensichtlich ein Irrtum ist, oder wenn es nicht faszinierend genug ist oder in eine unliebsame Richtung führt, liegt es dann nicht in unserer Verantwortung, es zu berichtigen? Errichten wir ein Haus auf einem brüchigen Fundament, oder bessern wir das Fundament zuerst aus und stabilisieren es, damit es die Mauern tragen kann, die wir auf ihm errichten?

Gemeinsam schauten sie über den Karpfenteich. Das Schilf über dem Wasser bildete zusammen mit seinem Spiegelbild seltsame, eckige Linien, die wie geheimnisvolle Schriftzeichen aussahen.

»Gestattet mir eine Frage, Frau Yang.« Shu wählte seine Worte so diplomatisch wie möglich. »Wie kommt es, daß Euer Gatte ...«

»Er besucht mich oft in meinen Träumen, Herr Shu«, antwortete sie, noch bevor er seine Frage beenden konnte. »Er hat die Schranken zwischen den Welten überwunden.«

Shu nickte. »Der Tod ist sicherlich die höchste Form der Transzendenz.« Er wußte selbst nicht recht, was er damit meinte, er wollte nur das Gespräch in Gang halten.

»Wohl kaum die höchste Form, Herr Shu, nur die erste Stufe«, korrigierte sie ihn höflich. »Ich würde gerne über diese Dinge mit Euch reden, Herr Shu. Es steht alles in den göttlichen Sutras des Vijnanavadin. Wir werden später noch viel Zeit für philosophische und ontologische Spekulationen haben ... viel Zeit. Aber jetzt haben wir Wichtigeres zu tun. Mein Gatte ist mir erschienen, weil er nicht will, daß man sich wie bisher seiner erinnert.«

Bei diesen Worten nahm die Miene des kleinen Geschichtsschreibers sogleich einen geschäftigen Ausdruck an.

»Frau Yang, verzeiht die Frage, aber was war der verstorbene Wu Shih-huo wirklich?« Er sprach nun mit der gleichen Offenheit wie sie.

»Er war ein Niemand«, erklärte sie ohne Zögern. »Zumindest, was seine Herkunft anging. Sie entsprach durchaus nicht dem, was Tradition, Sitte und Moral vom Vater einer Kaiserin verlangen.«

»Dann war er also kein Gründervater der T'ang-Dynastie, wie Kaiserin Wu uns glauben machen möchte?«

»Aber nein, auch wenn meine Tochter fast schon selber daran glaubt.« Sie hatten nun die Galerie betreten und standen in dem großen, überwölbten Raum. Frau Yangs Stimme hatte einen belustigten Ton angenommen, als spreche sie über kleinere Widrigkeiten, die sie bald aus dem Weg räumen würde. »Wu Shih-huo hat Kaotsu nicht dabei geholfen, die T'ang-Dynastie zu gründen und gegen Yang-ti, den verrückten Kaiser der Sui, zu kämpfen. Im Gegenteil, Herr Shu, statt Kaotsu und T'aitsung dabei zu unterstützen, das Land unter den T'ang friedlich zu einen, verkaufte mein verstorbener Gatte dem verrückten Yang-ti Holz für den Bau von zweitausend Streitwagen. O nein, er war kein Gründerheros der T'ang«, sagte Frau Yang lachend. »Durch seine Lieferungen an die Feinde des Reiches hat er ein Vermögen angehäuft, von dem dieses große Haus noch heute zehrt.«

Nun strahlte Shu geradezu vor Bewunderung.

»Ich habe verstanden, Frau Yang. Und den Familiennamen Wu nahm Euer geschätzter Gemahl erst später an?«

»So ist es. Übrigens, Herr Shu, nicht alles, was Ihr für uns tun sollt, wird von so ernsthafter Natur sein. Meine Tochter und ich planen bereits ein neues Vorhaben. Nach dieser ernsten Arbeit wird es Euch wie eine Belohnung vorkommen.«

»Ausgezeichnet, Frau Yang«, sagte Shu mit einer Verbeugung. »Im Grunde meines Herzens bin ich nämlich ein humorvoller Mensch.«

Der alte Hofrat Wu-chi saß an seinem Schreibtisch und blickte Kaotsung an. Seine klugen, schwarzen Augen musterten den jungen Mann, der ihm zappelnd gegenübersaß und nicht wußte, was er mit seinen Armen anfangen sollte. Auf dem Tisch zwischen ihnen lagen drei schön gebundene Broschüren, jede mit einem seidenen Band umwickelt. Wu-chi stieß ein Exemplar von sich wie einen verfaulten Fisch.

»Was soll ich jetzt noch sagen, Sohn meines guten Freundes?« sagte er kopfschüttelnd. »Ihr könnt doch lesen, nehme ich an? Ja? Dann habt Ihr diese literarischen Meisterwerke doch sicherlich in Augenschein genommen und Euch eine Meinung gebildet!«

Kaotsung schaute weder auf die Broschüren noch in Wu-chis Gesicht.

»Ich hatte keine Zeit, sie zu lesen, Wu-chi«, sagte er.

»Ihr hattet keine Zeit?« antwortete Wu-chi kalt. »Dann habt Ihr sie gewiß von einem Eurer Berater studieren und Euch berichten lassen.«

Kaotsung scharrte unruhig mit den Füßen.

»Nun gut, Ihr erlaubt«, sagte Wu-chi und griff nach der Broschüre, die ihm am nächsten lag.

»Wu-chi, bitte«, sagte Kaotsung ärgerlich und drehte den Kopf zur Seite.

Aber Wu-chi ließ sich nicht beirren: »Die hier ist am interessantesten. Es ist die ›Biographie‹ des Vaters der abgesetzten Kaiserin Wang, Wang Chu-i. Faszinierende Lektüre. Sehr aufschlußreich, was so ein gelehrter Schreiberling zustande bringt. Da meint man, es gebe nichts mehr im Universum, das man noch lernen könnte, und siehe da! Noch ein bedeutendes Geschichtswerk!« Er hielt die zweite Broschüre hoch, fixierte den Kaiser und knüpfte das seidene Band auf. »Die Lebensgeschichte von Wu Shih-huo, dem Vater der Kaiserin Wu Tse-tien.« Er warf sie über den Tisch, so daß sie gegen Kaotsungs Arm prallte, doch der Kaiser machte keine Anstalten, sie in die Hand zu nehmen. »Es ist doch faszinierend zu erfahren, daß Wu Shih-huo – und nicht etwa Wang Chu-i – ein enger Freund und unschätzbarer Verbündeter deines Vaters T'aitsung war. Er war es, der den T'ang zur Macht verholfen hat, und Wang Chu-i, der Mann, den ich kannte, war nur ein Amtserschleicher und Opportunist! Ist das nicht erstaunlich? Da kennt man einen Mann viele Jahre, arbeitet mit ihm zusammen und muß dann feststellen, wie wenig man doch über ihn wußte!«

»Was spielt das denn für eine Rolle, Wu-chi?« fragte Kaotsung kraftlos. »Beide Männer sind tot. Sie werden diese dummen Geschichten niemals lesen.«

»Es ist nicht zu fassen.« Wu-chi schüttelte den Kopf. »Wie kann ein Konfuzianer wie Ihr tatenlos zusehen, wenn ein Toter verleumdet wird? Die Wahrheit, junger Kaiser Kaotsung, ist so peinlich, daß man sie kaum auszusprechen wagt. Ihr habt Angst!« Diese letzten Worte hatte er grimmig hervorgestoßen. Jetzt senkte er die Stimme wieder und beugte sich vor. »Angst vor Eurer Frau!« zischte er. »Warum? Warum gebietet Ihr Eurer Frau nicht Einhalt?«

»Wir wissen nicht, ob sie etwas damit zu tun hat«, protestierte Kaotsung ohne Überzeugung in der Stimme.

»Bitte«, sagte Wu-chi, »machen wir uns nichts vor. Ihr wißt sehr gut, daß sie dahinter steckt. Sie und diese Hexe, Frau Yang. Märchen! Geschichtsverfälschung! Unrechtmäßige Ernennungen!« Bei den letzten Worten übermannte ihn wieder der Zorn. »Sagt mir wenigstens, daß *das* nicht stimmt. Daß der Kaiser von China einer Frau erlaubt hat, sich unbefugt in seine Amtsführung einzumischen. Sagt mir, daß Ihr selbst diesen ... Shu Ching-tsung ernannt habt. Das wäre zwar eine schlechte Entscheidung, aber wenigstens Eure eigene! Eine Entscheidung, die Ihr rückgängig machen könnt!«

Kaotsung erwog einen Augenblick, ob er den alten Mann belügen und behaupten sollte, daß er den anonymen Märchenerzähler tatsächlich selbst zum Leiter des Amtes für Historische Aufzeichnungen ernannt habe. Er öffnete den Mund, besann sich aber im letzten Moment eines anderen. Er blickte Wu-chi in die Augen und sah ihm an, daß er genau wußte, was ihm gerade durch den Kopf gegangen war.

»Wenigstens belüge ich Euch nicht, Wu-chi«, sagte er müde.

»Dafür bin ich auf jeden Fall dankbar«, erwiderte Wu-chi. »Obergeschichtsschreiber Shu Ching-tsung! Als seien öffentliche Ämter ein Spaß ... ein Zeitvertreib für eine Frau!« Er hielt inne und lehnte sich wieder zurück. »Nein, Zeitvertreib ist das falsche Wort. Die Sache ist todernst. Sie führt Krieg gegen dieses Herrscherhaus. Krieg gegen diesen Hof. Krieg gegen mich und meine Ratskollegen.«

»Gegen Euch? Aber ... die Geschichten handeln doch nicht von Euch«, stammelte Kaotsung.

»Das stimmt, mein junger Kaiser. Sie handeln von ›toten Männern‹, wie Ihr so treffend formuliert habt. Aber Ihr habt sie nicht gelesen. Ich habe Euch gesagt, was in den ersten beiden Broschüren steht. Aber von der dritten habe ich noch nicht gesprochen.« Langsam und behutsam schob er sie über den Tisch. »Ich werde nichts dazu sagen. Lest selbst. In einem Punkt stimme ich Euch zu: Es sind Geschichten über tote Männer. Meine Ratskollegen und ich liegen zwar noch nicht im Grab, aber wir sind schon so gut wie tot.«

Kaotsung ergriff den Arm des anderen. »Ich werde mit ihr reden, Wu-chi. Ich werde sie zur Vernunft bringen. Das verspreche ich Euch.«

»Hexen bringt man nicht zur Vernunft«, erklärte Wu-chi, entzog sich Kaotsungs Griff und stand auf. Er kam um den Tisch, nahm die Broschüre und ließ sie dem Kaiser in den Schoß fallen. »Jedenfalls nicht, solange man in ihrem Bann steht.«

Einige Zeit später, als Kaotsung allein war, faßte er endlich den Mut, die Broschüre aufzuschlagen. Während er das seidene Band löste, zog sich sein Magen zusammen. Er mußte aufstoßen und schluckte den sauren Geschmack, der ihm die Kehle heraufstieg, sogleich wieder hinunter. Diese Reaktion seiner Innereien auf ein offizielles Dokument war nicht ungewöhnlich: Schon seit geraumer Zeit verursachten ihm Eingaben, Denkschriften, Ernennungsurkunden und Versetzungsgesuche Bauchgrimmen und Kopfschmerzen.

Gestern abend hatte er mit Ingwer zubereiteten Fisch, seit langem seine Lieblingsspeise, gegessen, aber er war ihm ebensowenig bekommen wie das Obst heute morgen, das ihm ein heftiges Brennen in der Brust verursacht hatte. Seine Leibärzte hatten diese Unpäßlichkeit zwar mit einer geschickten Massage vertrieben, doch noch immer hatte er den Geschmack des Bohnenquarks auf der Zunge. Ein unangenehmes Gefühl. Essen diente der Ernährung des Körpers, und eigentlich sollten Essen und Verdauen doch harmonische Vorgänge sein.

Er schloß die Augen und stellte sich sehnsüchtig vor, wie er durch den Wald ritt. Er spürte die warme Sonne auf seinem Rükken, Blätter, die sein Gesicht streichelten, er hörte den dumpfen Hufschlag auf dem mit Kiefernnadeln bedeckten Pfad. Alles wäre ihm jetzt lieber als das, dachte er, während er widerwillig die Augen aufschlug und die Broschüre in seinen Händen betrachtete. Sein Magen ließ ein langes und tiefes Knurren vernehmen.

Kaotsung öffnete den Deckel. Das Papier war sogar noch feiner, als er erwartet hatte, der Text sorgfältig und sauber gedruckt. Der Titel – und das war sehr ungewöhnlich – nahm allein eine ganze Seite ein: *Das Märchen von den sechs alten Narren.* Auf der nächsten Seite stand ein kurzer Vermerk: »*Die sechs alten Narren* sind lediglich eine Erfindung des Verfassers, des Leiters des Amtes für Historische Aufzeichnungen. Das Werk ist nicht der Wirklichkeit nachempfunden und will nicht mehr sein als eine vergnügliche Parabel.«

Kaotsung holte tief Luft, stieß einen langen Seufzer aus und blätterte um. Wieder las er: *Das Märchen von den sechs alten Narren.* Seine Augen begannen ihre erzwungene Reise über die Seiten.

Es waren einmal sechs Männer. Ob sie von Jugend an befreundet oder miteinander verwandt waren, ist nicht bekannt. Auf jeden Fall waren sie in den letzten Tagen der erloschenen, korrupten Dynastie bereits recht alt, und entsprechend älter, als die neue Dynastie gegründet wurde. Schon zu Beginn ihres unbedeutenden Lebens waren sie nutzlos und dumm, und ein jeder von ihnen litt an einem seltsamen Gebrechen, von dem entweder die Augen oder das Gehirn betroffen waren. Kurz gesagt, sie waren entweder teilweise blind oder vollkommen wirr im Kopf.

Diese sechs Männer hatten sich zu drei Paaren zusammengetan, um ihre körperlichen und geistigen Mängel auszugleichen, doch der Versuch mißlang. Das erste Paar bestand aus einem Mann, der gut in die Ferne sah, aber in der Nähe nichts erkennen konnte, und einem anderen, der auf kurze Entfernung gut sah, sonst aber praktisch blind war. Der erste des zweiten Paares sah nur das, wofür er auch einen Namen hatte: Konnte er einem Ding keinen Namen geben, so vermochte er es auch nicht zu sehen, und da er es nicht sah, stolperte er so lange darüber, bis es jemand für ihn benannte. Der andere vergaß ständig die Namen der Dinge, die er sah, und verwechselte deshalb alles. Wenn er einen Kerzenhalter sah, so hielt er ihn beispielsweise für einen Baum, und wenn er eine Ziege sah, so hielt er sie für die Frau seines Nachbarn, auf die er ein Auge geworfen hatte. Aber wenigstens konnte er den Dingen Namen geben (wenn auch falsche), so daß sein Partner sie sehen konnte. Und dann war da noch das dritte Paar. Der erste konnte alles deutlich erkennen und wußte von allem, was es war, nur leider konnte er weder sprechen noch schreiben. Der andere schien in jeder Hinsicht normal zu sein, aber wenn er über etwas berichtete, brachte er alles durcheinander.

Eines Tages nun saßen diese sechs Männer in einer Weinschenke in Loyang beisammen, sprachen über den Sinn des Lebens und fragten sich, wie sie sich betätigen könnten. Um Essen und Unterkunft brauchten sie sich nicht zu sorgen, denn die Menschen hatten Mitleid mit ihnen und nahmen sich stets ihrer an. Gleichwohl trachteten sie nach Beschäftigung. Als sie so einige Zeit in der Weinschenke gezecht hatten und vom Turm schließlich das Abendtrommeln ertönte, waren sie vom Reiswein schon recht betrunken.

Sie machten sich auf den Heimweg, stellten aber bald fest, daß sie sich verlaufen hatten, torkelten hinunter zum Kanal und setzten sich auf das Geländer, doch wirrköpfig, wie sie waren, wähnten sie sich am grasigen Ufer des Flusses Lo.

Nach einiger Zeit kam ein hübsches junges Mädchen mit einem doppelten Haarknoten vorbei. Es war ärmlich, aber sauber gekleidet und trug einen kleinen Weidenkorb. Offensichtlich kam es vom Markt und wollte vor Einbruch der Nacht zu Hause sein. Doch die sechs sahen etwas ganz anderes. Als das Mädchen an ihnen vorüberkam, nickte es höflich und entbot ihnen einen Abendgruß. Wahrscheinlich hielt es die sechs für ehrwürdige Gelehrte von der Kaiserlichen Akademie. Aber die sechs Narren hörten etwas ganz anderes.

Kaum war das Mädchen ihren Blicken entschwunden, entbrannte zwischen ihnen ein heftiger Streit darüber, wer das Mädchen gewesen sei. Sie wurden sich nicht einig, denn jeder hatte etwas anderes gesehen und gehört. Schließlich traf jener, der ganz normal wirkte, beim Erzählen aber immer alles durcheinander brachte, für die anderen folgende abschließende Feststellung:

Nach dem Aussehen zu urteilen, erklärte er, müsse es die Göttin des Flusses Lo gewesen sein. Schließlich sei sie wie eine Königin gekleidet gewesen – mit goldenem Kopfputz, Eisvogelfedern und perlenbesetztem Leibchen, wie in den alten Schriften beschrieben. Und saßen sie nicht am Ufer des Flusses Lo? Die anderen nickten verwirrt und stimmten seufzend zu. Und hatten sie die Göttin nicht gefragt, was sie tun sollten? Wieder bejahten die anderen. Und hatte sie nicht zu ihnen gesprochen und gesagt, sie sollten als Minister und Hofräte in die Dienste des Kaisers treten? Wieder nickten alle zustimmend. Und die Göttin Lo, Tochter des Großen Fu Hsi, könne sich doch nicht irren! Tatsächlich wußte keiner von ihnen, daß sie nur von einem Bauernmädchen begrüßt worden waren. Am nächsten Morgen machten sich die sechs alten Narren auf den Weg zum Palast, und wohin sie auch kamen, sie stifteten allenthalben nur Verwirrung.

Die Schrift entglitt Kaotsungs Hand und fiel auf den Boden. Er konnte nicht weiterlesen. Er krümmte sich vor Schmerzen und preßte die Augen zusammen. Alles, was er jetzt wollte, waren Wus Hände auf seiner Haut. Nur ihre Berührung konnte Krämpfe lösen und Feuer löschen. Tief in seinem Innern wußte er zwar, daß sie die Ursache des Feuers war, doch er konnte nicht anders. Er stellte sich vor, wie ihre kühlen und samtweichen Hände seine Haut streichelten, und allein der Gedanke linderte seine Bauchschmerzen ein wenig. Immer noch vornüber gebeugt, öffnete er die Augen. Vor ihm auf dem Fußboden lag der elegante Brokateinband und glitzerte in der Nachmittagssonne.

Frau Yang hielt das eine Kind, Wu das andere. Wu strahlte vor Stolz. Sie wußte, daß ihr die Natur als Wiedergutmachung für das geopferte Mädchen ein üppiges Geschenk gemacht hatte. Nicht nur einen Sohn, der schon Ersatz genug gewesen wäre, sondern gleich zwei!

Sie sah ihre Mutter an, die einen der Jungen in die Höhe hielt und mit einem abschätzenden Blick musterte, als handele es sich um eine Gans, die für das Abendessen geschlachtet werden sollte.

»Dieser hier ist dein wahrer Erbe«, sagte sie. »Er hat deinen Mut.«

Wu verstand nicht, was Frau Yang an dem rosigen, häßlichen Geschöpf fand, das sich vor ihren Augen wand, aber sie glaubte an die Wahrheit dieser Worte, denn sie kamen aus dem Mund ihrer Mutter. Um das kleine Handgelenk des Säuglings war ein rotes Seidenbändchen geknüpft, damit man ihn von seinem Bruder unterscheiden konnte.

»Er heißt Hung«, sagte Wu zu ihrer Mutter. »Er ist der neue Kronprinz. Und dieser hier«, sie zeigte auf das Bündel auf ihrem Schoß, »heißt Hsien. Er ist meine Reserve, falls dem ersten etwas zustößt.« Die beiden Frauen lächelten. »Oh, Mutter«, sagte Wu und machte es sich bequem, »ich fühle mich so stark. Ich habe das Gefühl, als ob ich hundert Söhne in mir hätte, die nur darauf warten, herauszukommen!«

»Das hast du auch«, antwortete ihre Mutter. »Aber laß sie nicht alle heraus. Behalte ein paar drin.« Sie beugte sich vor und sagte mit verschwörerischer Stimme: »Du mußt einen Teil ihrer Lebenskraft für dich behalten. So habe ich es auch gemacht.«

Sie sahen einander an, warfen die Köpfe zurück und lachten. Keine Frage, das Leben war schön. Sehr schön.

Der Kaiser glotzte die beiden schlafenden Kinder an, als seien sie vom Himmel direkt in die mit Gaze verhüllte Wiege gefallen. Die Kaiserin stand neben ihm auf der luftigen, von Blütenduft erfüllten Veranda und schmiegte sich an seine Schulter. Seine Zunge war wie gelähmt, aber er zwang sich zum Sprechen.

»Mein Liebes«, begann er widerstrebend, »mir sind da ein paar Dinge zu Ohren gekommen.«

»Ja?« antwortete sie leise.

Er betrachtete die runzeligen Gesichter der Säuglinge, holte tief

Luft und fuhr fort. »Hofrat Wu-chi ist sehr betroffen über gewisse ... Schriften, die am Hof und in der Stadt die Runde machen.«

»Was für Schriften?« fragte sie beiläufig, faßte durch die Gaze und streichelte das spärliche schwarze Haar des einen Prinzen.

Kaotsung seufzte. »Die Schriften eines gewissen Shu Chingtsung, der sich Obergeschichtsschreiber nennt, obwohl dieser Posten seit vielen Jahren offiziell nicht mehr besetzt wurde.«

»Wu-chi soll sich keine Sorgen machen«, antwortete sie. »Das ist doch nichts Ernstes. Nur amüsante Geschichten, nichts weiter. Sie haben doch mit ihm und seinen Freunden nichts zu tun.«

»Er hält sie aber für mehr. Er meint, es seien ... versteckte Satiren auf ihn und die anderen Ratsmitglieder.«

»Nun, er wird nur auf seine eigene Dummheit aufmerksam machen, wenn er meint, daß zwischen ihm und den alten Narren aus den Geschichten eine Ähnlichkeit besteht. Es ist doch nichts dabei! Es sind nur Geschichten, die vor den Torheiten einer schlechten Regierung warnen und gleichermaßen belehren wie unterhalten sollen. Ich kann auch nichts dafür, wenn Wu-chi und die anderen sich selbst in diesem Spiegel erblicken. Und Shu nennt sich Obergeschichtsschreiber, weil ich ihm dazu geraten habe. Natürlich ist das nicht offiziell. Über so etwas hast allein du zu entscheiden. Aber ich dachte, seine Arbeit würde dir gefallen. Er ist ein hochtalentierter kleiner Mann und wird uns eine große Hilfe sein.«

»Mir gefallen?« fragte Kaotsung ungläubig. »Und was ist mit der ... ›berichtigenden‹ Biographie des Vaters der früheren Kaiserin?« Er verachtete sich selbst für den entschuldigenden Ton, der sich schon wieder in seine Stimme geschlichen hatte.

»Was soll mit ihr sein?« erwiderte sie. »Dir müßte doch klar sein, worum es dabei geht. Ich tue das alles nur für dich. Nur für dich.« Sie sah ihn durchdringend an. »Ich sorge dafür, daß du das Gesicht nicht verlierst. So einfach ist das. Das Volk wird erfahren, daß sie nie hätte Kaiserin werden dürfen. Auf diese Weise wird es ihre Absetzung akzeptieren. Und es wird nie erfahren, was sie getan hat. Das wird unser Geheimnis bleiben.«

Die Vorstellung, daß die frühere Kaiserin eine Mörderin war, lähmte ihn. Er brachte kein Wort heraus und blickte in die Wiege. Erstaunt sah er im nächsten Augenblick eine Träne auf die seidenen Deckchen fallen.

»Was ist los?« fragte er schnell und blickte beunruhigt Wu an.

»Nichts«, sagte sie. »Nur fürchte ich, daß meine Söhne verloren sind.«

»Verloren!« rief er. »Ihr Leben hat doch gerade erst begonnen! Sie werden noch hundert Jahre leben!«

»Meine Tochter lebte nur zehn Tage«, sagte sie traurig und sah aus tränennassen Augen zu ihm auf. »Hast du das vergessen?«

»Nein«, sagte er und seufzte resigniert. »Nein, das habe ich nicht vergessen. Aber wer sollte ...« Er unterbrach sich verwirrt und fuhr dann fort: »Die Kaiserin ist doch ...«

»Ja, sie ist fort«, unterbrach ihn Wu. »Aber das bedeutet nicht, daß sie keinen Einfluß mehr hat. Immerhin ist ihr Sohn Jung der Kronprinz. Und er ist immer noch hier. Wie diese alten Männer. Auch sie sind noch hier.«

»Das kann doch nicht dein Ernst sein«, protestierte Kaotsung kraftlos. Er spürte, wie sich sein Magen zusammenzog.

»Die Jungen sind so gut wie tot«, sagte sie mit tiefer Resignation in der Stimme. »Ebensogut könnte ich sie auf der Stelle eigenhändig umbringen. So würde ich ihnen wenigstens die Schmach ersparen, durch die Hand eines Fremden zu sterben.«

Kaotsung packte sie an den Armen. »So darfst du nicht reden«, sagte er verzweifelt. »Das kann ich nicht ertragen. Den Kindern wird nichts geschehen.«

Sie schmiegte sich wieder an seine Schulter und flüsterte: »Ich will doch nur, daß du ein großer Kaiser wirst. Mehr wollte ich nie. Und ich verlange doch nur so wenig dafür.«

Kaotsung spürte, wie sein Widerstand zusammenbrach.

»Was?« fragte er tonlos.

»Wachen«, sagte sie. Mit einem Mal klang ihre Stimme wieder entschlossen und gebieterisch.

»Wachen?« fragte er verständnislos.

»Ich will, daß zwei, nein, vier Wachen jedem Mitglied des Sechserrates auf Schritt und Tritt folgen, und zwar Tag und Nacht. Man darf sie keinen Moment aus den Augen lassen.«

»Aber das ist doch Wahnsinn ... «, protestierte er.

Sie schnitt ihm das Wort ab. »Wahnsinn? So hältst du es also für Wahnsinn, wenn ich deinen neugeborenen Söhnen das Schicksal deiner Tochter ersparen will?«

»Aber ... ich kann doch diese ehrenwerten Herren keiner solchen Demütigung aussetzen.«

»Die alten Männer und Prinz Jung müssen ständig streng bewacht werden. Ständig!«

»Auch Prinz Jung? Aber er ist doch noch ein Kind.«

»Auch Prinz Jung!« wiederholte sie scharf. »Wir werden kein Risiko eingehen! Er ist der in Ungnade gefallene Sohn einer in Ungnade gefallenen Kaiserin.«

Kaotsung sah sich traurig um, als erwarte er Hilfe vom Himmel, der sich friedlich über ihnen wölbte, oder von den Vögeln, die in den Bäumen zwitscherten.

»Ich weiß nicht, was ich tue, wenn diesen Kindern etwas zustößt«, sagte sie leise und ernst. »Ich weiß es nicht. Es wäre wahrscheinlich mein Ende.«

»Nein, schweig«, sagte er kopfschüttelnd. »Ich kann es nicht ertragen, wenn du so etwas sagst. Also gut, du sollst deine Wachen haben. So viele, wie du willst.«

»Da wäre noch etwas«, sagte sie. »Eine Kleinigkeit, die mir bei meiner Arbeit sehr helfen würde.« Er sagte nichts und wartete. »Ich will, daß du Shu Ching-tsung offiziell ernennst. Schenke ihm die Legitimation durch den Kaiser, dem er so inständig zu dienen wünscht.«

Kaotsung antwortete nicht sofort. Zuerst mußte er eine Welle galliger Übelkeit niederkämpfen, die aus seinem rebellierenden Magen hochstieg. Er schloß die Augen und spürte kalten Schweiß auf seiner Stirn. Als er die Augen wieder öffnete, sah ihn Wu mit zufriedenem Gesicht an, als habe er bereits seine Zustimmung gegeben. Hatte er sie etwa schon gegeben? Er war völlig verwirrt.

»Du bist wunderbar«, sagte sie glücklich, ohne seine Antwort abzuwarten. »Ich werde es Shu gleich heute nachmittag berichten.« Sie nahm zärtlich seine Hände, hob sie an ihre Lippen und küßte seine Finger. »Wir arbeiten an einigen wunderschönen Geschichten, die dir bestimmt gefallen werden. Wer behauptet, daß in unserem Staat kein Platz für Frohsinn und Heiterkeit sei? Wir werden das Volk zum Lachen bringen, bis in die hintersten Winkel des Reiches.«

Er riß sich von ihr los. »Entschuldige mich, meine Liebe«, sagte er, trat ans Geländer und beugte sich hinüber, weil er glaubte, er müsse sich übergeben, doch sein Magen beruhigte sich wieder. Er schloß die Augen und holte tief Luft, dann hörte er Wus Schritte und spürte, wie ihre kühlen Finger über seine Stirn strichen und den letzten Rest der Übelkeit vertrieben.

»Das Volk wird stets deiner gedenken und dich lieben!«

Kaotsung stand unbeweglich im Schatten eines Zierbaums im Garten und horchte auf die Stimme, die aus der Ferne seinen Namen rief. Er hoffte, daß man ihn nicht finden würde, wenn er sich ganz still verhielt.

Die Stimme gehörte Wu-chi, und Kaotsung konnte selbst auf diese Entfernung hören, daß der alte Mann zornig war. Er blickte hinauf in die Zweige über seinem Kopf. Sollte er auf den Baum klettern und den Rest des Nachmittags dort oben verbringen? Dort oben würden sie ihn bestimmt nicht finden. Versuchsweise hob er den Arm und rüttelte an einem Ast. Er war stark genug, sein Gewicht zu tragen.

Die Stimme kam näher, und mit ihr das Geräusch wuchtiger, stiefelschwerer Schritte. Kaotsung stand da, die Hand noch am Ast, und wartete, vor Unentschlossenheit wie gelähmt. Dann kam Wu-chi, seinen Namen rufend, um eine Biegung des Pfades und blieb überrascht stehen, als er nur wenige Schritte entfernt den jungen Kaiser erblickte.

Wu-chi war nicht allein. Die schweren Schritte stammten von vier Soldaten, die ihn mit ausdruckslosen Gesichtern flankierten. Kaotsung und Wu-chi sahen einander verblüfft an, und der Kaiser nahm verlegen die Hand von dem Ast.

»Da seid Ihr ja«, sagte Wu-chi tonlos. »Könntet Ihr mir einen Gefallen tun und mich von meinen aufdringlichen Liebhabern befreien? Ich habe mit Euch über dringende Angelegenheiten zu sprechen.«

Kaotsung befahl den Wachen, in einiger Entfernung zu warten. Sie zögerten, und erst, als er einen schärferen Ton anschlug, wichen sie etwa hundert Schritte zurück.

»Habt Ihr es bemerkt?« sagte Wu-chi. »Fast hätten sie Euch nicht gehorcht! Dem Himmelssohn! Sie haben ihre Befehle von einer Person erhalten, deren Autorität sie mehr beeindruckt als Eure.«

»Unsinn«, sagte Kaotsung. »Sie haben mich nur nicht richtig verstanden.«

Wu-chi hob spöttisch eine Augenbraue und setzte sich auf eine

Steinbank. »Habt Ihr das gelesen?« fragte er ruhig und hielt Kaotsung eine gebundene Broschüre hin. Der Kaiser öffnete den Mund, aber Wu-chi kam ihm zuvor. »Ich spreche nicht von dem ›Märchen von den sechs alten Narren‹ oder von der fesselnden Geschichte über Wu Chu-i, den glorreichen Helden der T'ang-Dynastie. Nein, dies hier übertrifft alles.« Der ruhige, unheilvolle Ton in Wu-chis Stimme brachte Kaotsung aus der Fassung.

»Wie es scheint, vollbringen die sechs alten Narren immer neue Heldentaten. Wie? Ihr habt sie noch nicht gelesen? Das erstaunt mich. Jeder bei Hof und in der Stadt kennt sie bis in alle Einzelheiten. Manche können sogar ganze Passagen auswendig.« Wu-chi zitterte, und da der Kaiser keine Anstalten machte, die Broschüre anzufassen, löste er selbst das Band. »Nun gut«, sagte er. »Ich werde es Euch vorlesen. Wo soll ich anfangen?« Er blätterte. »Es spielt eigentlich keine Rolle. Ich kann eine beliebige Stelle herausgreifen. Setzt Euch«, befahl er. Gehorsam sank Kaotsung zu Boden und hörte zu, wie Wu-chi mit wütender Stimme las.

> Ein typischer Vertreter der alten Narren war ›Lahmer Esel‹, dessen Begierde weit größer war als sein Taktgefühl. Nicht selten ertappte ihn sein Kanzleivorsteher dabei, wie er, die Robe über den Kopf gezogen und die Hose um die Knie schlotternd, schwitzend und stöhnend versuchte, sich in den unreifen Pfirsich eines jungen Dienstmädchens zu zwängen, das keine Wahl hatte, als den Forderungen des hohen Regierungsbeamten nachzugeben …

Wu-chi sah auf und bemerkte den schmerzhaft verzerrten Ausdruck auf dem Gesicht Kaotsungs, der die Augen fest geschlossen hatte und sich ein seidenes Taschentuch vor den Mund hielt. Er wußte, daß der Kaiser in letzter Zeit Magenbeschwerden hatte, und mit Genugtuung sah er nun, daß die Geschichte ihre Wirkung offenbar nicht verfehlte.

»Das ist grotesk«, flüsterte Kaotsung mühsam durch sein Taschentuch. »Wie konnte das geschehen?«

»Oh, das ist längst nicht alles. Hört Euch das an.«

> Statt zum Begräbnis seines Vaters zu gehen, suchte ›Lahmer Esel‹ einige Zeit später das Gehöft seiner Familie auf, um

nach seiner Schwester zu sehen. Doch es war weniger die Sorge um ihr Wohlergehen, die ihn dazu bewegte, als vielmehr seine Begierde nach ihr, und so jagte er sie durch das ganze Haus. Da er aber unfähig war, die Dinge voneinander zu unterscheiden, trieb er Unzucht mit einer Ziege, die er fälschlicherweise für seine Schwester hielt. Die Wachtmeister am Ort hätten ihn wegen Sodomie auf frischer Tat festnehmen können, doch auch sie wußten um seinen verwirrten Geist. Als sie den alten Mann mit hochgezogener Robe und heruntergelassener Hose auf dem Hof antrafen, nahmen sie deshalb an, er suche nach einem geeigneten Örtchen, um seine Notdurft zu verrichten, und der Alte bestärkte sie in diesem Glauben, da er wußte, daß ihn der Kaiserliche Gerichtshof zum Selbstmord zwingen würde, wenn seine wahre Absicht ans Licht käme.

Schon beim Lesen hatte Wu-chi seltsame Grunzlaute vernommen. Jetzt hob er den Blick und sah, wie der Kaiser hinter seinem Seidentaschentuch nach Luft schnappte. In den Winkeln seiner zusammengepreßten Lider standen Tränen, und sein Gesicht war rot und verzerrt. Ob er weinte? Es dauerte eine Weile, bis Wu-chi begriff, daß der Kaiser nicht weinte und auch nicht unter Magenkrämpfen litt, sondern daß er lachte.

Wu-chi saß drei oder vier Herzschläge lang sprachlos da, dann sprang er auf die Füße. »Es freut mich, daß Ihr Euch so köstlich amüsiert«, brüllte er. »Wie jedermann im ganzen Reich, der diese abscheulichen Verleumdungen liest!«

Kaotsung bemühte sich, seine Fassung wiederzufinden, hob entschuldigend eine Hand und drückte mit der anderen weiter das Tuch an seinen Mund. Seine Schultern bebten. »Verzeiht, Wu-chi«, sagte er. »Ich bin wirklich untröstlich.« Ein weiterer Lachanfall schüttelte ihn.

»Dann findet Ihr vermutlich auch dies sehr komisch«, sagte Wu-chi kalt. »Heute morgen haben mich Min-tao und Ho-lin davon unterrichtet, daß sie ihr Rücktrittsgesuch eingereicht haben. Sie wollen aus dem Sechserrat ausscheiden.« Kaotsungs Lachen erstarb, und er starrte Wu-chi mit glasigen Augen an. »Und«, fuhr dieser grimmig fort, »Ho-lin ist bereit, sich das Leben zu nehmen. Gestern abend hat er einen Brief an seine Familie aufgesetzt. Ich habe Sui-liang gebeten, einzuschreiten und Ho-lin zu sagen, daß Ihr diesem Treiben ein Ende macht. Ich habe ihm versichert, daß Ihr die geeigneten Maßnahmen ergreifen werdet.«

»Ich bin entsetzt ... Ich finde keine Worte ...«, stammelte Kaotsung.

»Das Märchen hat noch weitere Kapitel«, schnitt ihm Wu-chi das Wort ab. »Schließlich sind noch vier ›alte Narren‹ übrig, die ihr Fett bekommen müssen ... Soll ich fortfahren? Der äußere Rahmen variiert in jeder Geschichte. Der Verfasser beweist einen bemerkenswerten Erfindungsreichtum. Aber das durchgängige Thema ist die Erniedrigung und Demütigung der alten Narren: Immer haben sie die Robe über den Kopf gezogen und die Hosen heruntergelassen. Vielleicht wollt Ihr noch einmal herzlich lachen?«

»Nein ... es genügt mir, Hofrat«, sagte Kaotsung, stand auf und tupfte sich Stirn und Gesicht ab.

»Ein kaiserliches Dekret muß diesem Spuk ein Ende machen«, sagte Wu-chi langsam und bestimmt. »Man muß die Märchen zurücknehmen und Min-tao und Ho-lin wieder in ihre Ämter im Sechserrat einsetzen. Ihr seid der einzige, der das bewerkstelligen kann. Nur Ihr könnt dem Sechserrat seine rechtmäßige Stellung zurückgeben und die Übeltäter bestrafen.« Er hielt inne, um zu sehen, welche Wirkung seine Worte hatten. »Ihr seid der einzige, der Ho-lin das Leben retten kann. Ich lasse Euch nun allein, damit Ihr in Ruhe nachdenken könnt.« Wu-chi verließ den Obstgarten, und die Wachen, die abseits gewartet hatten, nahmen ihn wieder in ihre Mitte. Kaotsung sah der seltsamen Gruppe nach, aber Wu-chi drehte sich kein einziges Mal nach ihm um.

Der Schmerz, der vorhin bei seinem Lachanfall nachgelassen hatte, flammte nun von neuem wieder auf. Es war dumpfer Schmerz, mit einem schwachen Brennen darin, das sich allmählich durch das dumpfe Pochen fraß. Kaotsung dachte an Wu, und tief in seinem Rachen schmeckte er Blut.

Sie hatte ihn überrascht. Kaotsung hatte den ganzen Abend vergeblich auf sie gewartet und schließlich seinem unwiderstehlichen Schlafbedürfnis nachgegeben. Und nun stand sie über ihn gebeugt und lächelte. Wahrscheinlich stand sie schon eine ganze Weile dort, denn es gefiel ihr, wenn sie das erste war, das er nach dem Aufwachen erblickte.

Er sprang auf. Er hatte ihr etwas Wichtiges zu sagen, und dabei wollte er lieber stehen, doch im selben Moment, als er aufstand, setzte sie sich. Er sah sie an. Seltsam: Die Strapazen von Schwangerschaft und Geburt schienen ihr nichts anzuhaben. Andere Frauen, die er kannte, verloren mit jeder Niederkunft ein wenig an Glanz, doch Wu blühte geradezu auf, ja, sie strotzte vor Lebenskraft.

»Ich habe meine Mutter besucht«, sagte sie. »Es war sehr nett, aber ich konnte es kaum erwarten, dich wiederzusehen. Hoffentlich stört es dich nicht, wenn ich einfach so bei dir hereinplatze.« Sie lächelte. »Ich war so ungeduldig!«

Sprich schnell, sagte er sich, sonst ist alles verloren. Er spürte, daß sie etwas im Schilde führte, und trat einen Schritt zurück. »Du bist zu weit gegangen«, sagte er ruhig. »Das ist kein Spaß mehr. Menschen haben darunter zu leiden. Ich muß der Sache ein Ende machen.«

Sie schenkte ihm ihr boshaftestes Lächeln. »Dann hat es dir also gefallen«, sagte sie. »Ich wußte es.«

»Gefallen!« sagte er erbost. »Zwei der ältesten und engsten Freunde meines Vaters wollen sich das Leben nehmen. Minister und Beamte sehen mich an, als hätte ich völlig den Verstand verloren.«

»Ist dir noch nie der Gedanke gekommen, daß es möglicherweise einen Grund gibt, wenn diese alten Männer meine unschuldigen Geschichten so persönlich nehmen?« Sie sprach mit ruhiger Stimme und sah ihn schelmisch an. »Es könnte doch sein, daß sie irgendwann in ihrem langen, nutzlosen Leben genau die Missetaten begangen haben, die in den Geschichten von den alten Narren beschrieben werden. Warum sonst sollten sie so empfindlich reagieren und so lautstark protestieren?«

»Ich habe Wu-chi ein Versprechen gegeben«, fuhr er entschlossen fort. »Ich habe ihm versprochen, daß es künftig keine Märchen mehr geben wird. Und ich halte mein Wort!«

»Einen Augenblick«, sagte sie, legte den Kopf auf die Seite und sah ihn durchdringend an. »Bist du sicher, daß wir von denselben Geschichten reden? Das wollen wir klarstellen, damit es keine Verwirrung gibt.« Sie stand auf und kam auf ihn zu. Er wich noch einen Schritt zurück. Er wußte nicht, was sie vorhatte, doch ihm schwante nichts Gutes. »Sprechen wir von der Geschichte, in der sich die alten Männer in der Weinschenke betrinken und dann zum Kanal torkeln?«

»Du weißt genau, daß ich nicht diese Geschichte meine«, antwortete er und versuchte, hart zu bleiben.

»Die Geschichte, in der die sechs alten Narren betrunken am Kanal sitzen und glauben, es sei der Fluß Lo?«

»Nein, die meine ich auch nicht«, sagte er nervös.

Sie trat noch einen Schritt näher. »Die Geschichte, in der sie das hübsche Bauernmädchen treffen und für eine Göttin halten?« fragte sie mit sanfter, verführerischer Stimme und streckte ihm die Hände entgegen.

Kaotsung hob abwehrend die Arme. Es war absurd. Er fürchtete, sie könnte anfangen, ihn zu kitzeln! »Du weißt ganz genau, welche Geschichten ich meine!« wiederholte er und wehrte ihre Finger ab, die auf die empfindlichen Stellen seitlich an seiner Brust und unter seinen Achseln zielten. Er spürte, wie ein Lächeln an seinen Mundwinkeln zupfte. Sie packte seine beiden Hände mit der Linken und piekste ihn mit der Rechten hier und dort in die Seite. Je mehr er gegen das Lachen ankämpfte, desto nachdrücklicher forderte es sein Recht.

Wu grinste ihn an, und ihre Augen tanzten. »Oh, ich glaube, jetzt weiß ich, welches Märchen du meinst!« sagte sie und ließ seine Hände los. Ihre Finger tasteten sich langsam seine Brust hinab. »Laß mich überlegen.« Ihre Finger wanderten weiter nach unten. »Du kannst nur die Geschichte meinen, in der einer der alten Narren in seiner Kanzlei mit dem jungen Dienstmädchen erwischt wird. Habe ich recht?«

Er konnte nicht antworten. Das Kichern stieg in ihm hoch wie eine Flutwelle.

»Der alte Narr, der sich – wo will er sich gleich ›hineinzwängen?‹ – ach ja, in ihren ›unreifen Pfirsich‹!« Bei den letzten Worten legte sie einen anzüglichen Ton in ihre Stimme.

Nun kicherte er hilflos. Während sie sprach, hatte sie sich langsam vor ihm niedergekauert, aber keine Sekunde den Blick von ihm gewendet, bis sie mit den Händen den Saum seiner langen Robe erreichte. »Und der alte Narr wird mit hochgezogenem Gewand und heruntergelassenen Hosen erwischt. Genau so!« rief sie und riß ihm mit einem Ruck die Robe nach oben und gleichzeitig die Seidenhosen herunter, wickelte die Robe um seinen Kopf, so daß er nichts mehr sehen konnte, und kitzelte sein nacktes Fleisch. Hysterisch lachend torkelte er durchs Zimmer, stieß an Möbel und versuchte, ihren unbarmherzigen Fingern zu entfliehen.

»Oder war es die Geschichte von dem Narren, den es nach seiner Schwester gelüstete und der sie durchs ganze Haus jagte?« hörte er sie sagen. Ihre Hände waren nun überall, trieben ihn hierhin und dorthin, während er sich wand und drehte und nach Luft schnappte, bis sie ihn schließlich zum Bett drängte und er der Länge nach hinfiel. »Und der aus Versehen mit einer Ziege Unzucht treibt, weil er sie für seine Schwester hält? Sind das die Geschichten, von denen wir reden?« fragte sie lachend, setzte sich rittlings auf seinen Bauch und drückte ihm die Arme aufs Bett. »Meinst du die? Sag es mir!«

»Ja, ja, ja, die meine ich«, keuchte er lachend und strampelnd unter dem Brokat hervor, voller hilfloser Scham und dankbar für die Dunkelheit, die ihn umgab.

Im Jahr 657

Eine so vorbildliche Mutter hatte die Welt noch nie gesehen. Das sagten die Menschen über die Kaiserin Wu und strömten zu Tausenden herbei, um der Krönung der Kaiserin beizuwohnen, mit der zugleich auch der zweite Geburtstag der geliebten Kronprinzen Hung und Hsien gefeiert werden sollte.

Wu war zu einer Göttin der Mutterschaft aufgestiegen, und die stolze Wölbung unter ihren Gewändern verriet, daß sie abermals schwanger war. Die Untertanen verehrten sie und nahmen sich ihr nährendes, gütiges Wesen zum Vorbild. Wohlhabende Frauen umsorgten ihre Kinder mit der allergrößten Aufmerksamkeit, und begüterte Familien folgten dem Beispiel des Hofes und feierten die Geburtstage ihrer Sprößlinge mit kostspieligen Festen in zauberhaften Gartenanlagen.

»Wie man den Setzling biegt, so wächst der Baum« – wenn dieses Sprichwort der Wahrheit entsprach, dann mußten Wus Söhne zu edlen Prinzen heranwachsen, die den hohen menschlichen Idealen ihrer Mutter nacheiferten und sich ihre strahlenden Tugenden zu eigen machten. Besonders der kleine Prinz Hsien, der bei der Krönung mit seinen Patschhändchen die Krone ergriff und seiner Mutter aufs Haupt setzte, war ihr vollkommenes Ebenbild.

5

Im Jahr 657
Yangchou und Umgebung

Jeder im Dorf kannte den kleinen Mann, der aus der Kutsche kletterte, die soeben über den Dorfplatz gerumpelt war und jetzt neben dem Brunnen hielt. Auf seinem Gesicht lag ein ungewohnter Ausdruck des Abscheus. Nach ihm entstiegen zwei bewaffnete Polizisten der Kutsche, gefolgt von einem Beamten, der die Amtsrobe und Kappe eines Richters trug. Der kleine Mann schulterte einen bauchigen Sack mit klirrendem Inhalt, zupfte mit der freien Hand umständlich sein Abtsgewand glatt und stapfte dann die Straße hinunter, ohne die Umstehenden eines Blickes zu würdigen. Die Polizisten und der Richter schlossen sich ihm an, und die Leute folgten in respektvollem Abstand.

Der Mann mit dem Sack bog in eine Gasse ein und blieb vor einem der kleinen, schäbigen Häuser stehen. Er warf den beiden Polizisten einen flehentlichen Blick zu, und als sie keine Miene verzogen, hob er zögernd die Hand und klopfte so verhalten an die Tür, daß man meinen konnte, niemand im Haus würde es hören. Doch die Tür ging auf, und eine alte Frau erschien, die, kaum hatte sie den Besucher erblickt, völlig aus der Fassung geriet und immer wieder ehrerbietig den Kopf neigte. Leise fluchend setzte der Mann den Sack auf den Boden, durchwühlte seinen Inhalt und zog endlich eine silberne Schmuckschatulle mit Perlmutteinlagen heraus. Er warf einen wehmütigen Blick auf das herrliche Stück, dann hielt er der Frau die Schatulle hin. Obwohl sie demütig die Augen niedergeschlagen hatte, vermied er es, sie anzusehen, und redete über ihren Kopf hinweg.

»Mein richtiger Name ist Chang Feng-tsui«, sagte er mit hochmütiger Stimme. »Ich bin kein richtiger buddhistischer Mönch und bin es auch nicht wert, für einen solchen gehalten zu werden. Ich …« Er räusperte sich und zögerte fortzufahren, während die Dorfbewohner ungläubige Blicke austauschten. Einer der Polizisten stieß ihm seinen Stock in den Oberarm, und mit einem vernichtenden Blick auf seinen Peiniger fuhr er fort: »… ich bin ein Dieb und verbreite falsche Sutras. Ich habe Euch und alle anderen im Dorf bestohlen. Ich habe ... Eure Gutgläubigkeit ausgenutzt und mich an Euch bereichert. Ich möchte ...«, er schaute voller Bedauern auf die Kostbarkeit in seiner Hand, »... ich möchte Wiedergutmachung leisten und Euch deshalb diese bescheidene Schatulle schenken.«

Die Leute starrten auf das herrliche Stück, das gut und gerne zehn Jahresernten wert war, genug, um ein Leben lang Steuern zu bezahlen. Die Frau war völlig verwirrt, senkte den Kopf noch tiefer und verweigerte die Annahme des Geschenks.

»Bitte nehmt es an, gute Frau«, sagte der Richter, und seine Stimme ließ alle verstummen. »Es steht Euch zu. Es gehört Euch. Wenigstens einmal in seinem Leben sagt er die Wahrheit.« Sie blickte mit gequälter Miene in die Runde, während ihr der Besucher die Schatulle entgegenstreckte und das entschlossene Gesicht eines Menschen machte, der sich geschworen hatte, alles Leid zu erdulden.

»Nun gut«, sagte sie schließlich, »ich werde sie für Euch verwahren.« Sie nahm die Schatulle und schlüpfte durch die Tür ins Haus zurück.

Der Besucher ließ langsam die Hand sinken und stieß einen verzweifelten Seufzer aus. »Das wäre erledigt«, sagte er mit gereizter Stimme und schulterte den Sack. »Machen wir also weiter mit dieser Posse.« Der Zug setzte sich in Bewegung und hielt vor einer anderen Haustür. Wieder hob er die Hand und klopfte.

Es war bereits dunkel, als Di seinen Kutscher bat, ihn einige Straßen von seinem Haus entfernt abzusetzen. Er hatte seit dem frühen Morgen in der Kutsche gesessen und wollte noch ein bißchen frische Luft schnappen. Chang Feng-tsui und seine beiden Bewacher waren bereits bei der Polizeiwache ausgestiegen. Morgen und vielleicht auch noch übermorgen würde der Gefangene erneut seinen Sack füllen und draußen auf dem Land und in der Stadt an verschiedene Haustüren klopfen und sein Sprüchlein aufsagen. Und jedesmal würde sein Sack leichter und sein habgieriges Herz schwerer werden.

Di vergewisserte sich mit einem Griff, daß seine Kappe richtig saß, denn seine Frauen waren über seinen kahlen Schädel ganz und gar nicht erfreut. Eine Woche war es jetzt her, daß er draußen im Garten den Kopf zurückgelehnt hatte, während seine Frauen mit säuerlichen Mienen und seine Söhne mit frechem Grinsen zusahen, wie der Diener ihm den Kopf einschäumte und mit dem schärfsten Messer, das er im Haus aufgetrieben hatte, das Haar schor.

Di hatte es im Lauf der Jahre immer wieder als ungemein nützlich empfunden, in eine andere Identität zu schlüpfen, wenn er unerkannt durch die Straßen schlendern und seine Neugier befriedigen wollte. Er war ein Meister in der Kunst des Verkleidens. Als Junge hatte ihn sein Onkel, der jüngere Halbbruder seiner Mutter, hin und wieder auf einen Streifzug durch ihre Heimatstadt Ch'ang-an mitgenommen. Als Bettler oder Bauern verkleidet, waren sie dem Familienanwesen entflohen und hatten Dinge gesehen, die sie als wohlerzogene junge Männer der Oberschicht sonst nie zu Gesicht bekommen hätten.

Als erwachsener Mann und Richter hatte er sich bisher immer damit begnügt, in fremde Kleidung zu schlüpfen und sich als Händler oder Bauer zu tarnen. Seine Frauen hatten es zwar geduldet, aber nie wirklich gebilligt, denn es war ihnen peinlich. In ihren Augen vertrug sich das nicht mit seiner Würde als Beamter – schon gar nicht seit seiner Beförderung zum Bezirksrichter nach der Pensionierung des alten Richters Lu vor zwei Jahren. Aber das war nicht der einzige Grund, warum sie dagegen waren. Seine erste Frau hatte ihm einmal erklärt, in Verkleidung komme er ihr wie ein Fremder vor, und er wußte, daß sie recht hatte. Er selbst kam sich auch wie ein Fremder vor, obwohl er zugeben mußte, daß ihm dieses Gefühl nicht immer mißfiel. Es war durchaus angenehm und lehrreich, für eine gewisse Zeit das eigene Ich abzustreifen und in eine andere Haut zu schlüpfen.

Doch nie zuvor war er so weit gegangen und hatte sich den Kopf scheren lassen. Daß seine Frauen darüber entsetzt waren, tat ihm zwar leid, war aber nicht zu ändern. Er hatte nämlich erfahren, daß sein alter »Freund« Chang Feng-tsui, in einschlägigen Kreisen besser unter seinem Namen »Diamantenauge« bekannt, in seinem Bezirk sein Unwesen trieb. Und um diesen Verbrecher zur Strecke zu bringen, hatte er sich in einen Mönch verwandelt. Hinter ihm lag eine aufreibende, aber auch sehr befriedigende Woche. Er hatte in derben Ledersandalen unzählige Kilometer zurückgelegt, sich die Füße wundgelaufen, geschuftet, bis seine Hände mit Blasen übersät waren, und sich beim endlosen Beten die Knie aufgescheuert. Aber schließlich war es ihm gelungen, den Verbrecher dingfest zu machen und ihm eine Strafe aufzuerlegen, die so gut zu ihm paßte, daß er jetzt noch vor Vergnügen lachte, wenn er daran dachte.

Alles hatte zwei Wochen zuvor mit einem Steuervergehen begonnen, oder, um genau zu sein, mit mehreren Steuervergehen. Die Ernte war in diesem Jahr besonders gut ausgefallen, und obwohl die Karren und Kähne unter der Last der Erträge knarrten, konnten sieben Bauern aus einem Dorf vor den Außenbezirken der Stadt ihre jährliche Abgabe nicht entrichten. Die »Getreidesäcke«, die sie ablieferten, waren bis auf eine dünne Schicht mit Sand und Heu gefüllt.

Als er die Bauern verhörte und sie ihm nur ausweichende Antworten gaben, fühlte er sich an die vielen Gespräche erinnert, die er mit seinen Söhnen geführt hatte, nur mit dem einen Unterschied, daß die Bauern von einer geradezu rührenden Naivität waren und daß er ihnen, anders als seinen Söhnen, keine wirklichen kriminellen Absichten unterstellte. Ihre Unbedarftheit und ihr plumper Versuch, den Staat um die Steuer zu prellen, sprachen für sich. Hinzu kam, daß sie beim Verhör immer wieder die Namen des heiligen Maitreya und des heiligen Amitabha riefen. Di wußte natürlich, daß viele Bauern auf dem flachen Land dem Mahajana-Buddhismus und seinem Erlösungsgedanken anhingen, aber diese Männer waren offenbar besonders glühende Anhänger dieser Lehre.

Neugierig geworden, schickte er die Bauern für ein paar Stunden weg und beauftragte seinen Gehilfen, die Zensuslisten und das Tempelregister zu durchforsten. Wieviele Menschen wohnten in dem Dorf? War es im großen und ganzen wohlhabend? Gab es ein Kloster in der Nähe? Wenn ja, wie hieß es und wieviele Mönche lebten dort? Während der Gehilfe die gewünschten Informationen einholte, blieb Di in seiner Kanzlei und wuchtete vom obersten Regalbrett einen voluminösen Band, den er seit dem mysteriösen Tod des Verkehrsministers vor vier Jahren hatte ausgiebig studieren wollen, weil der Mord in irgendeinem religiösen Zusammenhang mit Indien stand. Sein Blick fiel auf das Titelblatt, und er erinnerte sich, warum er die Lektüre bislang immer wieder hinausgeschoben hatte: *Übersetzung der Texte des heiligen Mahajana-Buddhismus aus dem Sanskrit: das Sukhavati-vyuha-*

Sutra, das Vajrakkhedikka-Sutra, das Prajna-Paramitahridaya-Sutra, das Amitabha-dhyana-Sutra. Der Text war so umfangreich, daß er nicht wußte, wo er beginnen sollte, also beschloß er, sich das Sukhavati-Sutra vorzunehmen. Er kannte dieses Wort noch von seinen früheren Studien, zudem war es mindestens zweimal bei der Vernehmung der Bauern gefallen.

Di hatte sich gut eine Stunde in den Text vertieft, als sein Gehilfe zurückkehrte und Bericht erstattete: In dem fraglichen Dorf lebten ungefähr dreihundert Menschen. Nennenswerte Schwierigkeiten mit der Steuer hatte es nie gegeben, und in der Nähe war erst vor ungefähr zwei Jahren ein neuer Tempel erbaut worden. Er hieß »Land der Glückseligkeit«, und der Abt hatte früher den Namen Chang Feng-tsui getragen.

Di wiederholte diesen Namen laut, sah erneut auf die aufgeschlagene Seite des Buches und fuhr überrascht in die Höhe. Im nächsten Moment war er zur Tür hinaus und rannte die Straße hinunter. Eine Stunde später war er wieder zurück. Unter dem Arm trug er ein Bündel mit Wertgegenständen, die er auf Regalen, Tischen und Kommoden in seinem Haus zusammengerafft hatte, wobei ihm seine Frauen von Zimmer zu Zimmer gefolgt waren und jedesmal einen Schrei des Entsetzens ausgestoßen hatten, wenn wieder ein Schmuckstück in seiner Tasche verschwunden war.

Dann rief er die Bauern einzeln zu sich in die Kanzlei und beruhigte sie, indem er die barmherzige Kuan-yin anrief und jeden einzelnen bat, er möge dem Bodhisattwa erlauben, durch ihn tätig zu werden. Waren die Männer schon erstaunt, aus dem Mund eines konfuzianischen Beamten den Namen einer der mächtigsten Gottheiten des Mahajana-Buddhismus zu hören, so verschlug es ihnen vollends die Sprache, als er jedem einen kleinen Schatz aus seinem Privatbesitz überreichte: eine silberne Eidechse, goldene und mit Rubinen besetzte Haarnadeln, einen aus Elfenbein geschnitzten und mit wertvollen Edelsteinen verzierten Elefanten, eine Brosche, die seiner Großmutter gehört hatte, silberne Tabletts, Haarschmuck und eine über sechshundert Jahre alte, mit Perlmutt besetzte Schmuckschatulle.

»Nimm es, versetze es und zahle damit deine Steuern«, sagte er feierlich zu jedem der verdutzten Männer. »Mit dem Rest kannst du die Steuern im nächsten Jahr bezahlen. Aber«, fügte er leise hinzu, »das muß unser Geheimnis bleiben. Verstecke es in deinem Beutel oder unter deiner Jacke. Nicht einmal deinen Gefährten darfst du davon erzählen. Sag ihnen, daß ich dir eine hohe Strafe auferlegt habe.«

Bei diesen Worten sah er die Männer scharf an, aber insgeheim hoffte er, daß sie zumindest einen Teil ihres Versprechens nicht halten würden. Es versetzte ihm jedesmal einen Stich, wenn er sah, wie die unersetzlichen Schätze unter schmutzigen Hemden oder in schäbigen Taschen verschwanden, und er tröstete sich mit dem Gedanken, daß jedes Stück wieder an seinen angestammten Platz zurückkehren würde, wenn sein Plan vollständig funktionierte.

Er wartete eine Woche. Dann machte er sich mit geschorenem Schädel und einer Kutte, deren grober Stoff ihm die Haut aufscheuerte, auf den Weg zum Kloster des Landes der Glückseligkeit. Es war ein langer Weg, und er legte die ganzen zwölf *li* zu Fuß zurück, damit er, wie es sich für einen Mönch gehörte, schmutzig und mit schmerzenden Füßen im Kloster ankam. Und um sich in die richtige Gemütslage zu versetzen, murmelte er unterwegs Merksätze aus den heiligen Schriften, die er gelesen hatte: Form ist Leere, Leere ist Form ... Leere unterscheidet sich nicht von Form, und Form unterscheidet sich nicht von Leere ... Wahrnehmung ist Leere, Vorstellung ist Leere, und Wissen ist Leere ... hier in dieser Leere gibt es keine Form, keine Wahrnehmung, keinen Namen, keine Vorstellung, kein Wissen ... kein Auge, kein Ohr, keine Nase, keine Zunge, keinen Körper, keine Seele ...

Schon nach kurzer Zeit bekam er Blasen an den Füßen. Es war eigenartig, die Straße entlangzulaufen, den Staub in den Augen und zwischen den Zähnen zu spüren, den Geruch von Dung und Blumen einzuatmen und Männern und Frauen zu begegnen, die Ochsenkarren fuhren oder Körbe mit Gemüse schleppten, und dabei so zu tun, als sei dies alles nicht real.

Schon von weitem erkannte Di, daß das »Land der Glückseligkeit« tatsächlich sehr neu war. Rund um das Kloster waren Mönche und Bauern noch mit Bauarbeiten beschäftigt, hoben Löcher aus und karrten Steine und Dreck fort. Im Gehen ließ er seinen Blick über das Gelände schweifen, murmelte das Sutra von der Form und der Formlosigkeit und entdeckte unter den Arbeitern mindestens zwei der Männer, die vor seinem Richtertisch gestanden hatten. Bauern, die jetzt eigentlich ihre Felder hätten bestellen sollen, waren mit Garten- und Verschönerungsarbeiten beschäftigt. Di sah auf Anhieb, daß auf diesem unkultivierten Stück Land schon bald eine friedliche Oase mit Karpfenteichen, schattenspendenden Bäumen, eleganten Steinmauern und Brunnen erblühen würde: ein privater Lustgarten, Formlosigkeit in ihrer geschmackvollsten und geordnetsten Form.

Und nichts anderes hatte er erwartet.

Um nicht aufzufallen, trat er zu einer Gruppe von Bauern, die gerade damit beschäftigt waren, große Steine wegzuschleifen, und trug ihnen seine Hilfe an. Nach einer Weile legten die Mönche, die ganz in der Nähe arbeiteten, ihre Schaufeln weg, ließen ihre Karren stehen und gingen zum Eingang des Tempels. Einer nickte freundlich in Dis Richtung. Offenbar lud er ihn ein, sich ihnen anzuschließen, also folgte er ihnen und trat ins Innere des Tempels. Talglichter flackerten in den Haltern an der Wand und tauchten den Gebetsraum in ein mattes Licht. Di kniete nieder. Das Halbdunkel und die monotonen Stimmen der Mönche übten einen starken Zauber auf ihn aus. Er sprach das Gebet der Mönche nach, wobei er nur immer den Bruchteil einer Silbe hinterherhinkte:

> genannt Amitaprabha, im Besitz unendlicher Pracht; Amitaprabhsaa, im Besitz unendlichen Glanzes; Asamaptaprabha, dessen Licht nie verlischt; Asangataprabha, dessen Licht absolut ist; Prabhasikhotsrishtaprabha, dessen Licht von Flammen gespendet wird; Sadivyamaniprabha, dessen Licht dem eines himmlischen Juwels gleicht …

Di, dessen Augen sich inzwischen an die Dunkelheit gewöhnt hatten, sah kurz auf und erblickte auf dem Altar einige kleine, glitzernde Gegenstände.

Die Mönche gingen zum Sukhavati-Sutra über, das Di in seiner Kanzlei gelesen hatte. Sukhavati: das Land der Glückseligkeit, das Edelsteinparadies und – dessen war sich Di sicher – Namensspender für das Kloster.

> Oh, Ananda, diese Welt Sukhavati ist erfüllt von Wohlgerüchen, reich an mannigfaltigen Blumen und Früchten, geschmückt mit Edelsteinbäumen, in denen sich Scharen herr-

lich zwitschernder Vögel tummeln ... und, Ananda, diese Edelsteinbäume sind aus Gold, Silber, Beryll, Kristall, Korallen, Perlen und Diamanten ... und, die Wesen, die in diese Welt Sukhavati geboren werden, erhalten Kleidung, Schmuck, Gärten, Paläste, Pavillons und andere Annehmlichkeiten ... und wünschen sie sich Zierrat wie Kopfschmuck, Diademe, Ohrringe, Armbänder, Armreifen und Halsketten, Gold und Juwelen, so werden sie sehen, daß die Bäume in Buddhas Land funkeln von diesem Geschmeide ...

Das lange Gebet endete mit einer Ermahnung an jene, die den Wunsch hegten, die Bäume aus Kristall, Beryll, Korallen und Diamanten zu sehen, Juwelen an Armen und Beinen zu tragen, auf den mit Edelsteinbäumen gesäumten Wegen zu wandeln, dem herrlichen Vogelgezwitscher zu lauschen und dabei den süßen Duft des Windes einzuatmen, der mit den Edelsteinen spielte, die wie Früchte in den Bäumen hingen und beim Aneinanderstoßen eine himmlische Musik erklingen ließen. Wollten sie all diese Herrlichkeiten schauen, so mußten sie zuerst eine Treppe aus dem irdischen Reich errichten, eine Treppe aus irdischen Juwelen und Schätzen, die sich im Vergleich mit den himmlischen Schätzen im Land der Glückseligkeit natürlich wie Steine und Erdklumpen ausnahmen.

Di erhob sich mit tauben Beinen, ging mit den anderen Mönchen nach vorn zum Altar und betrachtete die rätselhaft glitzernde Auslage, eine Ansammlung von Juwelen und Kostbarkeiten, die mit den Schätzen von Sukhavati zu konkurrieren schienen. Mit Schrecken entdeckte er darunter die silberne Eidechse, die er eine Woche zuvor einem der Bauern gegeben hatte. Doch als er nähertrat, fiel ihm auf, daß mit dem Tier etwas nicht stimmte. Die smaragdgrünen Augen waren ausdruckslos und tot, die Schuppen sehr unbeholfen gearbeitet. Im nächsten Augenblick war es ihm, als werde ein Schleier von seinen Augen gezogen: Die Schmuckstücke auf dem Altar waren Imitationen, auf Straßenmärkten gekaufte Fälschungen billigster Art, die Edelsteine buntes Glas, die Perlen polierte Seemuscheln, das Elfenbein bemaltes Holz. Im Schein der Kerzen mußte für ein ungeschultes Auge die Sammlung allerdings wie der Schatz einer Kaiserin aussehen.

Und wo waren die echten Stücke? Wieder im Freien, blinzelte

Di ins gleißende Sonnenlicht und trat dann zu einer Gruppe von Männern, die mit langen Stangen und Holzplanken einen mächtigen Felsblock wegzustemmen versuchten. Er setzte ein falsches Lächeln auf, stellte sich neben einen der Männer und preßte die Schulter gegen den Stein. Mit vereinten Kräften gelang es ihnen, den Block von der Stelle zu bewegen und im Gleichgewicht zu halten. Di spürte die Kälte des harten Granits an seiner Wange und empfand dies als perfektes Sinnbild für das irdische Leben. Ohne die qualvolle Anstrengung von Muskeln, Knochen und Sehnen gab es in dieser Welt keine Lustgärten. Und auch keine Weizen- oder Reisfelder.

Di stemmte sich immer noch mit gesenktem Kopf gegen den Felsblock, als er zwei Stimmen näherkommen hörte. Eine kam ihm bekannt vor, obwohl es mehr als zehn Jahre her war, daß er sie zum letzten Mal gehört hatte. Ihr Besitzer dozierte über die nachteiligen Eigenschaften gefleckter Karpfen gegenüber ihren einfarbigen Artgenossen. Die zweite Stimme tat nur hin und wieder beflissen ihre Zustimmung kund und redete die erste Stimme mit »Eure Heiligkeit« an. Die beiden Sprecher blieben neben schwitzenden, stöhnenden Männern stehen, höchstens drei oder vier Schritte von Di entfernt.

Dis Blick fiel auf ein Paar tadellos gepflegter und manikürter Füße, die in Sandalen steckten und unter einer safrangelben Robe hervorlugten. Die Stimme, die ihm so vertraut war, ermahnte die Männer in freundlichem Ton, vorsichtig zu sein und sich nicht zu verletzen. Sie sollten diese Arbeit als eine Meditation betrachten, jeden kleinen Ruck als Gebet und das Gewicht des Steins als das Gewicht von Menschenleben.

Di konnte der Versuchung nicht länger widerstehen. Er war sich ziemlich sicher, daß sein geschorener Schädel, die vielen Jahre, die inzwischen vergangen waren, und die Tatsache, daß an einem solchen Ort niemand mit seiner Anwesenheit rechnen konnte, ihn vor dem Erkanntwerden schützten. Er hob die Augen und blickte in das runde, sympathische Gesicht des Klosteroberhaupts. Es war das Gesicht, das er erwartet hatte, doch er sah länger hin, als die Vorsicht gebot, denn die Brosche an der Robe des Abtes hielt seinen Blick gefangen. Zwei glutrote Rubine funkelten in einer herrlichen Goldfassung, beides zweifellos echt.

Die Brosche seiner Großmutter.

Während Seine Heiligkeit Anweisungen gab, wie die Steine aufgestellt werden sollten – sie sollten zwei großen lauschenden Köpfen gleichen, wie er sich ausdrückte –, grinste ihn Di blöde an und senkte wieder den Kopf. Tags darauf wurde Chang Feng-tsui verhaftet.

Di tat es beinahe leid, die Übereinkunft zwischen Chang und den Dorfbewohnern zu stören, denn sie war für beide Seiten befriedigend: Dem Leben der Bauern gab sie Sinn und Trost, und Chang verhalf sie zu einem Lebensstil, auf den er Anspruch zu haben glaubte. Für Chang Feng-tsui, den Di unter dem Namen »Diamantenauge« gekannt hatte, war ein Leben ohne Luxus, ohne schöne Häuser, elegante Kleider und Schmuck nicht lebenswert.

Di war ihm zum erstenmal vor über zehn Jahren begegnet, als er noch ein junger Hilfsrichter in der westlichen Hauptstadt Ch'ang-an war. Chang Feng-tsui war ein wohlerzogener junger Mann aus einer alten, jedoch verarmten Familie. Kurz vor Abschluß seiner Ausbildung, die ihm einen gutbezahlten Posten eingebracht hätte, warf er in einem Anfall von Ungeduld alles hin und widmete sich fortan nur noch der Pflege von Freundschaften unter den Reichsten. Jahrelang betätigte er sich mit großem Erfolg als Kunsthändler. Am meisten aber liebte er schönen Schmuck.

Eines Abends wurde er bei einem Fest im Hause eines wohlhabenden Ministers festgenommen und durchsucht. In seinen Ärmeln fand man den Schmuck der Gastgeberin. Nun kam alles ans Licht. Über Jahre hinweg hatte er mit dem Schmuck, den er bei seinen reichen Freunden zusammengestohlen hatte, einen regen Handel betrieben und sich ein stattliches Auskommen gesichert. Die schönsten Stücke hatte er behalten. Er wurde vor Gericht gestellt und zu mehreren Jahren Zwangsarbeit verurteilt, obwohl viele Freunde, die er bestohlen hatte, ein Gnadengesuch eingereicht hatten. Eines Tages, nur wenige Monate nach der Verurteilung, setzte er sich von seinem Arbeitstrupp ab, und nicht wenige vermuteten, daß ihm einer seiner reichen und mächtigen Freunde zur Flucht verholfen habe. Durch sein Verschwinden war er zu einer Art Legende geworden, und erst danach hatte er seinen schillernden Beinamen bekommen.

Di waren an jenem Tag die Augen aufgegangen, als er die sieben Bauern verhörte, genauer gesagt, in dem Moment, als sein

Gehilfe in die Kanzlei zurückkehrte. Di hatte gerade das Sukhavati-vyuha-Sutra gelesen, in dem das Land der Glückseligkeit und das Edelsteinparadies beschrieben wurden. Wie benommen von dem Glanz blickte er auf und sah seinen Gehilfen an, der soeben den Namen des Mannes genannt hatte, für den ein solches Land wie geschaffen schien. Wie sonst hätte dieser Mann sein Kloster nennen können, wenn nicht »Land der Glückseligkeit«?

Eine Woche später wurde Chang Feng-tsui verhaftet. Noch am selben Tag wurde seine Wohnung durchsucht, und Di bekam seinen Familienschmuck zurück, einschließlich der Brosche seiner Großmutter. Am Abend zuvor hatte Di erschöpft und mit schmerzenden Füßen zu Hause gesessen und noch einmal das Sukhavati-Sutra gelesen. Dabei hatte er festgestellt, daß der Teil, den die Mönche an jenem Nachmittag im Gebetsraum gesungen hatten, im Originaltext fehlte. Diamantenauge hatte seine vielfältigen Talente offensichtlich auch dazu verwendet, Sutras zu schreiben und dem alten, ehrwürdigen Text eine authentisch klingende, aber gefälschte Passage einzufügen. Es war die Stelle, an der es hieß, daß die Menschen zuerst eine Treppe aus dem irdischen Reich bauen müßten, eine Treppe aus Gold und Edelsteinen …

Auf diesem unscheinbaren, aber doch bedeutungsvollen Satz hatte Diamantenauge sein kleines Reich errichtet. Die Bauern gaben ihm bereitwillig Naturalien und Bargeld, weil er ihnen weisgemacht hatte, er könnte ihnen helfen, ins Edelsteinparadies zu kommen, und so konnte er wieder sein altes Gewerbe aufnehmen: den Handel mit seltenen Schmuckstücken. Er hatte alles klug eingefädelt. Machte ein Bauer dem Kloster eine Schenkung, so kaufte er vom Erlös ein wertvolles Stück, das ihm gefiel, zeigte es dem Bauern und erklärte ihm, es werde einen Ehrenplatz auf dem Altar erhalten. Je prächtiger der Altar sei, desto gnädiger werde sich Kuan-yin ihrer annehmen und für ausreichend Regen und eine gute Ernte sorgen – und ihnen schließlich zum Eintritt ins Paradies verhelfen. In der Zwischenzeit ließ Diamantenauge ein wertloses Duplikat des Stückes anfertigen und auf den stets nur schwach erleuchteten Altar legen. Das Original gliederte er entweder seiner Privatsammlung ein oder schaffte es in sein Warenlager, um es gegen ein anderes Stück einzutauschen oder zu verkaufen.

Di hatte die Machenschaften noch nicht in allen Einzelheiten durchschaut, als er den Bauern seine persönlichen Schätze anvertraute, aber er war überzeugt, daß sie auf Umwegen in die Hände ihres »geistlichen Führers« gelangen würden. Er baute darauf, daß Diamantenauges Einfluß auf die Männer so groß war, daß sie keinen Versuch unternehmen würden, den Schmuck zu versetzen und ihre Steuern damit zu bezahlen. Das war der riskanteste Teil seines Planes gewesen, aber er hatte recht behalten.

Selbst mehrere Jahre Zwangsarbeit hätten einen Mann wie Chang Feng-tsui nicht auf den Pfad der Tugend zurückgeführt. Aus diesem Grund hatte sich Di eine Strafe ausgedacht, die ihn viel härter treffen mußte: Er zwang ihn, die Schätze zurückzugeben und sich in aller Öffentlichkeit zu entschuldigen. Di konnte sich kaum etwas Schändlicheres vorstellen, als die Hoffnungen schwer arbeitender Bauern auf einen Platz im Paradies für selbstsüchtige Zwecke auszunutzen.

Di hatte den langen Abendspaziergang genossen, und als er jetzt in die ruhige und menschenleere Straße einbog, in der er wohnte, überkam ihn ein Gefühl der Dankbarkeit. Er ging an den großen herrlichen Grundstücken vorbei, die mit hohen Toren gesichert waren, und dachte bei sich, wie schutzlos die einfachen Leute doch allem ausgesetzt waren – dem Wetter, der Natur, dem Schicksal, der Politik und all den abergläubischen Lehren, die augenblicklich das Land überschwemmten.

Der Wächter am Tor erwartete ihn bereits, ließ ihn ein und leuchtete ihm mit einer Laterne den Weg. Wie, so fragte sich Di beim Betreten seines kleinen Reiches, konnte man auf eine gerechtere, vernünftigere und moralischere Gesellschaft hoffen, wenn die Menschen, von trügerischen Visionen gelockt, immer nur auf das Jenseits starrten?

Und welche Mächte schufen einen Menschen wie Diamantenauge, der gewissenlos ihre Schwächen ausnutzte?

In dem Vorraum, der in die Empfangshalle führte, überraschte Di seine Söhne, wie sie miteinander tuschelten. Kaum war er eingetreten, fuhren ihre Köpfe hoch, und das Getuschel verstummte. Ihre Schultaschen lagen hinter ihnen auf dem Boden. Die Jungen bauten sich nebeneinander auf wie zwei kleine Soldaten und sahen ihn an.

Di versuchte, ein Gespräch mit ihnen zu beginnen, und fragte sie, was sie heute in der Akademie gelernt hätten. Sie gaben ausweichende Antworten, und er hatte den Eindruck, daß sie nur mit

Mühe ein Grinsen unterdrücken konnten. Anscheinend amüsierten sie sich immer noch über sein Aussehen. Aber er blieb freundlich, klopfte ihnen auf die Schultern und verabschiedete sich. Er wußte genau, daß sie wieder miteinander tuscheln würden, sobald er ihnen den Rücken gekehrt hatte.

»Was soll das …?« Di blieb in der Mitte der Eingangshalle stehen und schaute von einer Statue zur nächsten. »Da bin ich kaum einen Tag weg, und was muß ich vorfinden, wenn ich nach Hause komme?« Sein Blick ruhte auf einer großen stehenden Buddhafigur.

»Wenn mein Mann diese Statuen hier in der Eingangshalle nicht wünscht, dann stellen wir sie eben in unsere Gemächer zu den anderen«, sagte Dis erste Frau mit Bestimmtheit.

»Zu den anderen?« Er sah die beiden Frauen an. »Willst du damit sagen, daß ihr noch mehr davon habt?« Di schritt durch die Eingangshalle hinaus auf den Korridor, der von der Bibliothek zu den Schlafgemächern führte, und strebte gerade dem Treppenabsatz zu, als er wie angewurzelt stehen blieb. Sein Blick fiel auf einen Stapel Bücher und Broschüren, der auf einem niedrigen Tisch an der Wand lag. Auf den Einbänden prangten Drucke von Lotosblumen und sitzenden Buddhas, dazu Texte in Sanskrit und Chinesisch.

»Was sind das für Bücher?« Er hob wütend die Stimme. Seine erste Frau stürzte herbei und hielt schützend die Hände über den Stapel.

»Sutras und Gebetbücher«, sagte sie. »Sie kamen mit den Statuen.« Und nach einer Pause fügte sie freudig hinzu: »Und zwar umsonst. Ein Mönch vom Kloster der Herrlichen Blume hat sie vorbeigebracht. Sie machen alles selbst. Sie sind handwerklich ja so geschickt.«

»Na wunderbar«, höhnte Di. »Sehr schön. Die Gebetbücher haben mich also gar nichts gekostet. Wenn das kein Grund zur Freude ist.« Er schüttelte den Kopf. »Wie konnte ich dem Haushofmeister, den Dienern und den Köchen nur erlauben, mit den Lebensmittelhändlern selbst über den Preis zu verhandeln. Euch hätte ich das überlassen sollen! Ich hatte ja keine Ahnung, daß ihr auf diesem Gebiet so begabt seid. Die Bücher haben mich also nichts gekostet. Dann stört es euch sicherlich nicht, wenn ich das mit ihnen mache.« Bei diesen Worten warf er die Broschüren auf den Boden.

»Sie sind doch dazu da, umherziehenden Bettlern etwas Trost zu spenden«, protestierte seine zweite Frau.

»Wo sind wir denn hier? In einem Kloster?« fragte Di. »In einer Herberge für Meditierende? Wenn ich nächstens nach Hause komme, liegen vielleicht schon umherziehende Asketen in meinem Bett. Das werde ich nicht zulassen!« schrie er und stapfte in Richtung der Schlafgemächer.

Er stand im Zimmer seiner ersten Frau und sah sich um, als hinter ihm ein Kichern ertönte. Er fuhr herum und sah, daß seine beiden Söhne die Köpfe zur Tür hereinsteckten. Er warf ihnen einen warnenden Blick zu. »Habe ich nicht schon genug Ärger mit meinen Söhnen? Jetzt machen mir auch noch meine Frauen das Leben schwer«, sagte er und deutete auf die Statuen, die überall im Zimmer verteilt waren.

»Rühre sie nicht an«, warnte ihn seine erste Frau, als er an ihren Toilettentisch trat. »Was hast du vor?«

Di räumte vorsichtig alle Gegenstände zur Seite, dann nahm er das große Seidentuch, auf dem die Sachen gestanden hatten, ergriff zwei kleine Buddha-Statuen und legte sie in das Tuch, ging zu einem anderen Tisch und räumte auch dort alle Statuen ab.

»Das sind Lohans und Lokopalas«, kreischte seine zweite Frau. »Unsere Heiligen und Beschützer!«

»Das ist mir bekannt«, sagte Di und ließ zwei weitere Statuen in sein Tuch fallen. »Ich glaube nicht, daß es in dieser verfluchten Stadt ein Götzenbild gibt, das ich noch nicht gesehen habe.« Seine zweite Frau wollte ihm das Bündel entreißen, aber er entwand sich ihrem Griff.

»Stell sie sofort zurück!« rief sie verärgert und schnappte erneut nach dem Tuch, doch Di zog es weg. Die Statuetten klirrten. »Paß doch auf«, rief sie. »Du wirst sie noch kaputtmachen.«

»Genau das habe ich auch vor. Und dann werde ich sie zusammen mit den Gebetsschnüren und Gebetbüchern auf einen großen Haufen werfen und den ganzen Plunder verbrennen.«

»Das wirst du nicht tun. Du wirst dich hüten!« rief seine erste Frau und bedrängte ihn von der anderen Seite. »Sie helfen und spenden Trost.«

»Nichts als leere Versprechungen«, entgegnete Di und riß an dem Tuch.

»Du tust mir weh!«

»Gut. Opfer tun weh.« Er näherte sich der Figur auf dem Fenstersims: Kuan-yin, die Göttin der Barmherzigkeit. Seine zweite Frau ahnte, was er vorhatte, und stürzte zum Fenster.

»Nein, du wirst sie nicht anrühren. Sie gibt uns jeden Morgen den Segen.«

»Hör sich einer diesen Unsinn an!«

Sie wiegte die Statue im Arm wie einen Säugling. Di bekam die Göttin am Kopf zu fassen. Seine Frau zog sie mit einem Ruck zurück, und er hatte den sauber abgetrennten Kopf aus Rosenholz in der Hand.

»Schau, was du angerichtet hast«, jammerte sie.

»Ich dulde sie nicht in meinen Räumen!« sagte er und warf den Kopf zu den Statuen in das Tuch.

»Aber sie sind doch gar nicht in deinen Räumen«, protestierte die erste Frau, »sondern in unseren Schlafgemächern. Du brauchst nicht einmal zu wissen, daß sie hier sind.«

»Da ich nun aber Bescheid weiß, ist es zu spät.«

»Dann tu eben so, als wüßtest du es nicht.«

»Die ganze Stadt da draußen erwartet dasselbe von mir. Ich soll wegsehen! Aber das kann ich nicht! Und ich werde es auch nicht! Ich werde nicht zulassen, daß ihr diesen ganzen Unsinn mitmacht. Nicht unter meinem Dach. Mein Vater hat auch keinen Aberglauben in seinem Haus geduldet. Deshalb hatte er Schwierigkeiten mit meiner Mutter. ›Ein anständiges Haus ist ein konfuzianisches Haus‹, pflegte er immer zu sagen. ›Der Buddhismus ist etwas für die Dienerschaft.‹ Wie würde das denn aussehen? Diese ... diese fremdländische Religion«, stotterte er, »ist doch nur etwas für Eunuchen und alte Damen!«

»Und alte Damen werden wir bald genug sein«, erklärte seine zweite Frau. »Es ist doch alles ganz harmlos! Etwas Trost, mehr nicht. Das kannst du uns doch unmöglich verweigern!«

Später am Abend saß Di in seinem Arbeitszimmer und dachte über die fruchtlose Diskussion mit seinen Frauen nach, in deren Verlauf er den beiden widerwillig erlaubt hatte, wenigstens ein paar Statuetten in ihren Schlafgemächern zu behalten. Er wollte gerade in sein Tagebuch schreiben, als er ein Kratzen und Scharren vernahm. Als er die Tür öffnete, die zum Garten hinausging, trottete Strolch herein und legte sich hechelnd auf seinen Platz unter dem Schreibtisch. Di kauerte sich nieder und kraulte den Hund am Kopf. Das einzige Familienmitglied, das nicht zum allgemeinen Unfrieden im Hause beitrug, dachte er und stand müde auf.

Di hatte seine zweite Frau vor zehn Jahren geheiratet. Es war nicht ungewöhnlich, daß ein wohlhabender konfuzianischer Beamter zwei oder drei Frauen hatte, im Gegenteil, es wurde geradezu von ihm erwartet. Aber Di hatte nicht ein zweites Mal geheiratet, weil er der Meinung gewesen wäre, dies sei für einen aufstrebenden Mann wie ihn unerläßlich, sondern weil seine Mutter darauf bestanden hatte. Ja, er hatte seine zweite Frau nur geheiratet, um seine Mutter zufriedenzustellen, wie es sich für einen konfuzianischen Sohn gehörte.

Seine Mutter hatte ihn überredet, die Tochter eines aristokratischen und wohlhabenden Freundes aus ihren Kindertagen zur Frau zu nehmen. Zum Zeitpunkt der Heirat hatte Di bereits einen kleinen Sohn von seiner ersten Frau, und innerhalb von einem Jahr brachte auch seine zweite Frau einen Jungen zur Welt. Bald wurde offenbar, daß die Kinder wie füreinander bestimmt waren, und von dem Tag an, als der kleinere seine ersten Gehversuche unternahm, bildeten er und sein Bruder ein unzertrennliches Paar, sahen die Welt mit denselben Augen und sprachen dieselbe Sprache. Di entsann sich noch sehr gut, wie der jüngere, damals kaum drei Jahre alt, zum erstenmal seine innige Verbundenheit mit seinem Bruder demonstriert hatte. Der ältere sagte ihm, er solle eine Grille zerkauen und hinunterschlucken, und der jüngere tat es, ohne zu zögern. Kurze Zeit später befahl ihm der ältere, die Tagesdecke vom Bett zu nehmen und in den Nachttopf zu stopfen, und auch das tat der kleine Kerl bereitwillig.

Solche Streiche führten zu heftigen Auseinandersetzungen zwischen seinen Frauen, weil jede behauptete, der Sohn der anderen sei der eigentliche Anstifter. Aber wenn sie gerade nicht miteinander zankten, waren sie ein Herz und eine Seele, und zuweilen beschlich Di das Gefühl, daß seine Anwesenheit im Haus von seinen Frauen und seinen Söhnen nur geduldet wurde, mehr nicht. Und die Ereignisse des heutigen Abends hatten ihn in diesem Gefühl wieder einmal bestätigt.

Di seufzte und nahm seinen Pinsel zur Hand. Da klopfte es an der Tür. Gereizt legte er den Pinsel wieder weg.

»Herein!« rief er laut. Schüchtern steckte der Haushofmeister den Kopf zur Tür herein.

»Besuch, Herr!« erklärte er.

»Es tut mir leid, Euch am Feierabend stören zu müssen, Richter«, sagte eine Stimme, und Di erkannte einen seiner Bezirkspolizisten. »Aber wir haben da ein Problem.« Hinter dem Polizisten stand ein alter Mann mit demütig gesenktem Blick.

»Das ist der alte Holzschnitzer Ling. Er hat einen kleinen Laden im nächsten Bezirk.« Mit zitternden Händen seinen dicken Holzstock umklammernd, machte der alte Mann Anstalten, auf die Knie zu sinken, doch Di bedeutete ihm mit einem Wink, daß er keinen Wert auf diese unnötige Kraftanstrengung lege. Darauf richtete sich der Mann wieder auf und beugte leicht den Kopf, sah Di aber nicht an.

»Dieser alte Mann hat bestimmt kein Verbrechen begangen, das wir ihm nicht verzeihen könnten!« sagte Di, aber selbst diese Bemerkung entlockte dem Polizisten kein Lächeln.

»Richter, Meister Ling hat kein Verbrechen begangen. Er ist das Opfer eines Verbrechens.«

»Ist er bestohlen worden?«

»Ja, Richter. In seiner Werkstatt ist etwas gestohlen worden. Einige kleinere Stücke, wie er sagt. Die beiden Täter sind nach der üblichen Methode vorgegangen. Einer hat Meister Ling abgelenkt, derweil hat sich der andere bedient.«

»Sind die Täter bekannt?«

»Ja, Richter, ich glaube schon.« Es folgte eine längere Pause. Der Polizist suchte anscheinend nach den rechten Worten. »Es handelt sich um zwei kleine Jungen. Der eine ist ungefähr neun oder zehn Jahre alt, der andere zwischen dreizehn und vierzehn. Beide ordentlich gekleidet und aus gutem Hause.« Erneut eine Pause. »Man hat sie bis in diese Gegend verfolgt.«

Di starrte den Wachtmeister und den alten Mann einen Augenblick lang an. Er mußte daran denken, wie seine beiden Söhne sich im Vorraum vor ihren Schultaschen aufgebaut und ihm die Sicht versperrt hatten.

Er warf den Pinsel auf den Teppich, stürmte zur Tür und rief ihre Namen in den leeren Flur.

6

Im Jahr 658
Loyang

Wu-chi machte sich ernsthaft Sorgen um den alten Sui-liang, denn er sah, daß sein Freund litt. Es war der zehnte Morgen dieser aufreibenden Verhandlung, die ganz offenkundig nur dem einen Zweck diente, die alten Ratsmitglieder zu zermürben und ihren Widerstand zu brechen. Schon bei ihrer Ankunft war Sui-liang ganz blaß gewesen, und Wu-chi hatte ihn die Treppe hinauf und durch den Gang zu seinem Platz in den Saal des Hohen Gerichtshofs führen müssen.

Wu-chi ergriff die trockene Hand, die im Schoß des alten Mannes zu seiner Rechten lag, und drückte sie beruhigend. Er spürte die Knochen, die so zart waren wie die eines Vogels, und er sah, wie Tränen über Sui-liangs gegerbte Wangen rannen, tat aber so, als habe er nichts bemerkt.

Mit seinen vierundachtzig Jahren war Sui-liang das älteste Ratsmitglied, und Wu-chi wußte, daß sein Freund den nächsten Geburtstag nicht mehr erleben würde. Schon seit geraumer Zeit ging er nicht mehr auf den schattigen Wegen im Kaiserlichen Park spazieren, obwohl ihm solche Spaziergänge früher viel Vergnügen bereitet und Trost gespendet hatten. Auch hatte er schon lange nicht mehr auf der sechzehnsaitigen *chin* gespielt, die ihm sein Sohn vor über dreißig Jahren geschenkt hatte. »Musik«, so hatte er immer gesagt, »ist die Blüte der Tugend«, und für Wu-chi war es ein böses Omen, daß er jetzt nicht mehr musizierte.

Tugendhaftigkeit und Ehrlichkeit waren die hervorstechendsten Eigenschaften dieses alten Mannes, und selbstverständlich galt das auch für Han-yuan und Lai-chi, die beiden anderen Kollegen Wu-chis im Sechserrat, die an diesem Morgen im Hohen Gerichtshof zu seiner Linken saßen. Heute war der letzte Verhandlungstag. Heute sollte das Urteil verkündet und verlesen werden.

Wer hätte das voraussehen können? Nicht einmal der Sechserrat existierte mehr. Zwei Ratsherren hatten in ihrer Verzweiflung keinen anderen Ausweg mehr gesehen, als sich das Leben zu nehmen.

Wu-chi kannte den neuen Vizepräsidenten des Zensorats nicht, der soeben vor ihnen den Saal durchschritt. Seine Ernennung war nur eine von vielen Merkwürdigkeiten der letzten Wochen. Wu-chi hatte den Mann nie zuvor gesehen, obwohl er selbst Präsident des Obersten Zensorats war, ein Amt, das er neben seiner Arbeit im Sechserrat ausübte, oder besser gesagt, ausgeübt hatte, bis vor zwei Wochen gegen die überlebenden vier Ratsmitglieder Anklage erhoben worden war.

Das Zensorat war neben dem Kaiserlichen Ministerium für Bestrafungen und dem Hohen Gerichtshof das höchste Justiz- und Ermittlungsorgan, und eigentlich hätte niemand anders als Wu-chi über einen Angeklagten zu Gericht sitzen dürfen, dem Verleumdung der Regierung oder Hochverrat vorgeworfen wurde. Aber überall war die Hand der Kaiserin Wu und ihres Hofgeschichtsschreibers Shu Ching-tsung zu spüren, und letzte Woche hatte Wu-chi entdeckt, daß zumindest noch eine weitere Person ihre Finger mit im Spiel hatte: Lai Chun-chen, der kürzlich zum Leiter des Ministeriums für Beamtenernennungen und Wus Geheimpolizei »ernannt« worden war. Eine interessante Kombination, überlegte Wu-chi. Dieser Herr Lai war für die Auswahl der Beamten zuständig – und besetzte die drei höchsten Justizorgane mit Männern, die das richtige »Verständnis« und die richtige »Gesinnung« mitbrachten.

Jetzt durchmaß ein korpulenter Mann mit langsamen, aber zielstrebigen Schritten den Saal, unter dem Arm eine Rolle mit amtlichen Dokumenten. Der Atem pfiff durch seine Nasenlöcher, als er vorn am Richtertisch Platz nahm. Auch ihn kannte Wu-chi nicht. Han-yuan und Lai-chi erwiderten seinen ratlosen Blick.

Wu-chi machte eine beschwichtigende Geste in Richtung Lai-chi, um ihm Mut zu machen. Außerdem mußte er ihm unbedingt noch etwas anderes sagen, obwohl er fürchtete, daß es dazu bereits zu spät war.

Seit zehn Tagen, seit Beginn der Verhandlung, standen die vier noch lebenden Mitglieder des Sechserrats Tsai-hsiang unter Hausarrest, doch die Vorwürfe waren völlig haltlos: Man beschuldigte sie, zusammen mit dem dreizehnjährigen Sohn der abgesetzten Kaiserin Wang, dem ehemaligen Kronprinzen Jung, eine Verschwörung gegen Kaiser Kaotsung angezettelt zu haben. Aber die Form des »Hausarrestes« war doch äußerst merkwürdig: Sie wurden wie Fürsten behandelt.

Sie wohnten auf einem palastartigen Anwesen, und jedem von ihnen standen Privatgemächer, eine Schar von Dienern und Leibärzte zur Verfügung. Alle vier Luxuswohnungen hatten einen rückwärtigen Ausgang, der in einen herrlichen Garten führte, in dem sich die vier Hofräte treffen und ungehindert miteinander sprechen konnten.

Die Wachen, die sie fast ein Jahr lang auf Schritt und Tritt verfolgt hatten, waren nicht mehr zu sehen. Zuerst hatte Wu-chi sich eingeredet, daß ihre Verfolger allmählich wieder zur Vernunft kamen und eingesehen hatten, wie haltlos die Vorwürfe einer Verschwörung gegen den Thron waren. Was hätten vier Greise schon ausrichten können? Wu-chi nährte einen vorsichtigen Optimismus, aber dieses vage Fünkchen Hoffnung erlosch, als die »Anklagepunkte« verlesen wurden. An jenem Morgen war ihm mit einem Mal alles klar geworden.

Jetzt räusperte sich der korpulente Richter und entrollte das Pergament. Eine angespannte Stille legte sich über den Saal, und der Mann begann zu lesen:

> Die höheren und niederen Richter der drei Hohen Gerichtshöfe sind zu einem einstimmigen Urteil bezüglich der Taten der vier Ratsmitglieder des Tsai-hsiang gelangt. Das Gericht spricht die vier Ratsmitglieder, Diener des erhabenen höchsten Sohnes des Himmels, des Kaisers Kaotsung, und vormals treue und hochgeschätzte Staatsräte unter seinem Vater, dem verstorbenen göttlichen Kaiser T'aitsung, von allen Vorwürfen der Konspiration gegen die Regierung frei. Sie haben weder mit Prinz Jung, dem edlen Sohn der tugendsamen früheren Kaiserin Wang, kollaboriert, noch haben sie zusammen mit Kaiserin Wang, die jetzt auf Staatskosten in friedlicher Abgeschiedenheit lebt, eine Konspiration angezettelt …

Was für ein schmutziger Trick war das jetzt wieder, fragte sich Wu-chi und sah verdutzt seine Kollegen an, die wie versteinert auf ihren Bänken saßen.

»Soll das ein Scherz sein?« zischte Sui-liang. Wu-chi faßte hinüber und ergriff Sui-liangs Hände, die zu Fäusten geballt in dessen Schoß lagen. Der Redner warf einen Blick ins Publikum und fuhr dann fort:

... ebensowenig haben sie sich einzeln oder gemeinschaftlich des Versuchs schuldig gemacht, dem Wohlergehen des Staates zu schaden oder den Thron zu stürzen und dadurch widerrechtlich das göttliche Mandat des Himmels an sich zu reißen. Das Gericht spricht sie von allen Anklagepunkten frei und ...

Eine kleine Blase weißen Speichels quoll zwischen Sui-liangs zusammengepreßten Lippen hervor, und um den alten Freund vor den Blicken der anderen zu schützen, hielt ihm Wu-chi die Hand vor den Mund, doch im selben Moment kippte Sui-liangs Kopf nach vorne. Unwillkürlich folgte Wu-chis Blick dem langsamen, tranceartigen Fall seines Freundes, bis er schließlich am Gewand des alten Mannes hängenblieb. Der Stoff in seinem Schoß glänzte naß und dunkel, und ein stechender Geruch stieg Wu-chi in die Nase. Peinlich, dachte er. Warum hatte der alte Sui-liang sein Wasser nicht halten können? Verrückter alter Mann. Da sackte Sui-liang mit weit aufgerissenen Augen in sich zusammen, und Wu-chi erkannte, daß sein Freund tot war.

Wu-chi drückte ihn an den Schultern zurück, denn er wollte unbedingt verhindern, daß sein Körper vom Stuhl glitt und beim Aufschlagen auf den Holzboden ein lautes Geräusch verursachte. Er fühlte den knochigen Brustkorb seines Freundes und die schlaffen Hautfalten an seinem Hals. Das fleckige Fleisch war weich und warm, und Wu-chi wußte, daß soeben der letzte Rest Leben aus dem Körper des alten Mannes entwich.

Wu-chi sah zu Han-yuan und Lai-chi hinüber. Han-yuan zeigte wie gewöhnlich kaum eine Regung, aber Lai-chi lächelte und nickte ihm zu. Während der Richter vorn unbeeindruckt weiterlas, lief ein Murmeln durch die dicht besetzten Reihen, und die Köpfe der Gerichtsdiener, Schreiber und Beamten fuhren herum. Verwirrt und fasziniert vom plötzlichen Anblick des Todes starrten sie einen Moment lang herüber, wandten sich dann aber wieder pflichtgemäß dem Richtertisch zu. Als ob nichts geschehen sei, fuhr der Richter mit der Urteilsverkündung fort.

... Die drei Hohen Gerichtshöfe sind übereinstimmend zu dem Urteil gelangt, daß die vier Mitglieder des Tsai-hsiang aufgrund der schweren Wahnvorstellungen, unter denen sie seit dem selbstverschuldeten Tod zweier Ratsmitglieder vor fast einem Jahr leiden, geistig nicht imstande waren, Hochverrat an der Krone zu begehen, eine Verschwörung anzuzetteln oder Konspirateure anzustiften …

Diener erschienen und bahnten sich einen Weg durch die Bankreihen zu Wu-chi und Sui-liang. Hälse reckten sich, Stühle wurden gerückt, das Getuschel und das Rascheln von Gewändern wurden lauter. Einer der Diener wischte die Lache auf Sui-liangs Sitz weg, und die anderen trugen den Leichnam hastig davon.

… Aus diesem Grunde und aufgrund der vorbildlichen Dienste, die sie der Krone erwiesen haben, werden die überlebenden vier Ratsmitglieder – ich berichtige: *drei* Ratsmitglieder; das Protokoll muß hier geändert werden, ab jetzt ist nur noch von *drei* Ratsmitgliedern die Rede …

Bei diesen Worten traf Wu-chi der ganze Schock über das Geschehene. Die Diener hatten den leblosen Körper noch nicht aus dem Saal geschafft, und schon war Sui-liang mit einem Pinselstrich, einem Tropfen Tusche ausgelöscht worden. Ohne den geringsten Respekt vor dem Toten fuhr der Richter, dieser aufgeblasene Fettwanst mit dem rosigen Schweinsgesicht, in seinen Ausführungen fort. Seine Stimme hallte wider wie in einer riesigen Höhle.

… auf Dauer aller ihrer Pflichten entbunden und von jedem weiteren Dienst an der Krone ausgeschlossen. Sie sollen auf Staatskosten bis ans Ende ihrer Tage ein Leben führen können, das ihrer hohen Stellung und ihren Verdiensten entspricht …

Von nun an hatten die Kaiserin und ihre ›Beamten‹ freie Hand. Die Drei Hohen Gerichte würden das Urteil dem Kaiser zur Zustimmung vorlegen, und Kaotsung würde es selbstverständlich bestätigen. Ein Mann, der im Bann zweier Hexen stand, konnte – nein, Wu-chi korrigierte sich – ›durfte‹ nichts anderes mehr tun.

Kaotsung. Das war nicht mehr der Name eines Kaisers, das war der Name eines verängstigten Mannes, den eine Frau zugrunde gerichtet hatte.

Wu-chi wußte, daß sein Leben jetzt keinen Pfifferling mehr wert war. Er war einundsechzig und hatte gehofft, wie sein Vater noch zwei Jahrzehnte zu leben, doch daraus wurde nun nichts mehr. Ihm blieben allenfalls noch ein paar Monate. Bald war die Gerichtsverhandlung vergessen und Gras über die Sache gewachsen. Und dann …

Han-yuan und Lai-chi hatten keinerlei Regung gezeigt. Wu-chi versuchte erneut, Blickkontakt zu ihnen aufzunehmen, doch sie stierten nur vor sich hin. Wu-chi mußte unbedingt noch vor dem Abend mit den beiden sprechen.

Der Richter fuhr fort, und während er weiterlas, hob er hin und wieder den Ärmel seiner Robe und wischte sich die Schweißperlen von der Stirn.

> … Damit die Verwaltung ihre Arbeit ohne Unterbrechung und in geordneter Form fortsetzen kann, halten es die Drei Hohen Gerichte für erforderlich, für die Übergangszeit, bis würdige und dauerhafte Nachfolger gefunden sind, folgende Ernennungen zu bestätigen: Shu Ching-tsung, dessen Verdienste im Kaiserlichen Amt für Historische Aufzeichnungen bereits große Beachtung gefunden haben, wird zusätzlich die Leitung der Kaiserlichen Kanzlei übernehmen – dieses Amt hatte bisher der ehemalige Hofrat Han-yuan inne, der mit dem heutigen Tag von allen seinen öffentlichen Pflichten entbunden wurde. Lai Chun-chen, der Leiter des Ministeriums für Beamtenernennungen und der Geheimpolizei der Kaiserin, soll das Richteramt im Zensorat übernehmen, das bislang unser ehrenwerter Ratsherr Wu-chi bekleidete, der nun nicht mehr in der Lage ist, seinen Aufgaben …

Wu-chi konnte unmöglich alle seine Peiniger hassen. Die meisten hatten sich nur im Intrigennetz der Kaiserin verfangen. Ob sich einer von ihnen als Mörder fühlte? Ob sie verstanden, daß sie mitschuldig waren am Tod eines alten Mannes, dem die langwierige Verhandlung die letzte Kraft geraubt hatte?

Am Hohen Gerichtshof und im Zensorat gab es Diener, Schreiber, Wachen und eine große Zahl niederer Beamter, die ganz einfach der Meinung waren, daß sie ihre Pflicht erfüllten – was ja auch stimmte. Niemals wäre ihnen in den Sinn gekommen, daß sie möglicherweise selbst Verbrecher waren. Und doch, wenn er ihre Gesichter studierte, meinte er hier und da Anzeichen eines schlechten Gewissens zu entdecken. Aber andererseits zweifelte er nicht daran, daß sie diese unangenehme Regung verscheuchten, bevor sie sich zum Abendessen setzten und ihrer Frau oder ihren Kindern ins Gesicht sahen. Die meisten belogen sich selbst. So war nun einmal die menschliche Natur.

Der Richter hatte inzwischen die letzten Ernennungen verlesen, und während die Mitglieder des Hohen Gerichtshofs aus dem Saal geleitet wurden, bahnten sich die Diener langsam einen Weg zu den drei alten Männern ...

Draußen war die Luft schneidend kalt, und die Kiefern im Kaiserlichen Park wirkten erstaunlich grün gegen den wolkenlosen blauen Himmel. War dies das letzte, was Wu-chi von der Welt zu sehen bekommen sollte?

Zwischen den Pflastersteinen unter seinen Füßen sprossen Unkrautbüschel hervor, die sich spiralförmig drehten und nach außen hin immer größere Blätter entfalteten. Der Wind strich durch die Kronen der Bäume, spielte mit dem Saum seiner Robe und brachte die Troddeln an den wartenden Sänften zum Tanzen. Kiefernnadeln wurden aufgewirbelt und erfüllten die Luft mit ihrem harzigen Duft.

Han-yuan und Lai-chi waren bereits in Richtung Palast weggetragen worden und mit ihren Palankinen hinter den Bäumen verschwunden. Die acht Träger Wu-chis schulterten im Hof die Sänfte und warteten geduldig. Wegen eines Arthritisanfalles im rechten Knie hinkte Wu-chi die Treppe hinunter und stöhnte jedesmal, wenn er das Knie belastete. Sein junger Diener stützte ihn mitleidig am Ellbogen.

Wenn er erst einmal in dem Palankin saß, war alles verloren. Er ließ sich keine Regung anmerken, während er auf die wartenden Diener zuging, doch das Blut schoß ihm durch die Adern, und seine Gedanken überschlugen sich. Da kam ihm ein Bild aus dem Märchen von den sechs alten Narren in den Sinn: die lüsternen alten Ratsmitglieder mit heruntergelassenen Hosen. Warum kam er ausgerechnet jetzt auf diese groteske Geschichte? Doch schon im nächsten Augenblick wußte er, warum.

»Ich möchte Euch mein Beileid zum plötzlichen Ableben Eures Freundes ausdrücken«, sagte der Diener und unterbrach Wu-chis Gedanken.

»Die Welt hat einen großen Verlust erlitten, aber es ist sinnlos, jetzt zu trauern. Herr Sui-liang war klug genug, vor uns auf die Welt zu kommen, und noch klüger war es von ihm, die Narren zu verlassen, die hier zurückbleiben. Er hat nun seine Ruhe, und wir werden ohne ihn zurechtkommen müssen.« Wu-chi hielt inne und unterdrückte die Trauer, die ihn zu übermannen drohte. »Sein Tod kam für uns nicht ganz unerwartet.« Er blieb stehen, und Tränen stiegen ihm in die Augen.

»Hilft Akupunktur gegen die Schmerzen in Eurem Knie, Herr Wu-chi?« fragte der Diener verlegen, um das Thema zu wechseln.

»Ein wenig«, erwiderte Wu-chi schroff und ging weiter, wobei er jedesmal aufstöhnte, wenn er den Fuß auf die nächste Stufe setzte. Er wußte jetzt genau, was er zu tun hatte. Hatte ihm der Geist des alten Sui das Bild der alten Narren eingegeben? Er wandte sich an den Diener und sagte mit leiser, vertraulicher Stimme: »Aber das harntreibende Mittel, das mir der hilfsbereite Arzt verabreicht hat, bereitet mir größte Probleme ... wenn du verstehst, was ich meine. Der Morgen war sehr lang ...«

Zuerst schien der Diener nicht zu verstehen, dann aber warf er Wu-chi einen mitfühlenden Blick zu.

»Selbstverständlich, Herr«, sagte er und schlug die Augen nieder. »Ich verstehe. Zum Glück beginnt da vorn gleich der Wald des Kaiserlichen Parks.«

»Ja, da habe ich wirklich Glück gehabt«, stimmte Wu-chi zu. »Du wirst doch einem alten Mann ein bißchen Zeit lassen. Meine Gefäße haben nicht mehr die Kraft der Jugend.«

»Aber gewiß, Herr. Ich warte hier beim Palankin.« Der Diener ging zurück zu den Trägern und bedeutete ihnen zu warten. Stöhnend setzten sie ihre Last auf dem Boden ab und ließen sich im Gras nieder.

Wu-chi ging zuerst ganz langsam, weil er wußte, daß sie ihm möglicherweise nachblickten. Dann drehte er sich vorsichtig um und sah, daß der Diener, an die prunkvolle Sänfte gelehnt, auf dem Pflaster saß und in ein Puzzle vertieft war, das Sui-liang ihm vorige Woche geschenkt hatte. Er dankte Suis Freigebigkeit und gelobte, dem Geist des verstorbenen Freundes ein Opfer darzubringen.

Kaum war er im Schutz der Bäume, begann er zu laufen. Kleine Zweige blieben am Saum seiner Robe und seiner Weste hängen.

Einem Ast konnte er noch ausweichen, doch ein anderer fegte ihm die gestärkte Kappe vom Kopf. Gut! Soll doch der Wald das nutzlose Ding haben, dachte er und rannte noch etwas schneller, die Schmerzen in seinem Knie vergessend. Das graue Haar fiel ihm in Strähnen ins Gesicht. Er drang tiefer in den Wald vor, erklomm steinige Hänge und setzte mit neugewonnener Gelenkigkeit über moosbewachsene Baumstümpfe.

Er rief sich die Anlage des Kaiserlichen Parks ins Gedächtnis. Vor vielen Jahren hatte er Ausflüge hierher unternommen, und nun fiel ihm wieder ein, daß das hügelige Waldgelände nördlich der Hauptstadt in flacheres Ackerland überging. Es war jetzt kurz nach Mittag, er mußte also darauf achten, daß die Sonne immer links von ihm stand, aber vor allem mußte er die Reitwege meiden. Der Geruch des vermodernden Laubes stieg ihm in die Nase und erinnerte ihn an längst vergangene glücklichere Tage.

Stimmen und Hufgetrappel rissen Wu-chi abrupt aus seinen Erinnerungen. Er war den Reitwegen zu nahe gekommen. Schnell wich er zur Seite aus, bemerkte aber sogleich, daß das Gelände steil abfiel. Vor sich sah er ein großes Stück freien Himmels. War dort eine Lichtung? Von weit unten hörte er Wasser plätschern. Da fiel es ihm wieder ein: die Schlucht! Ein tiefer Graben zog sich wie eine riesige Narbe von Osten nach Westen quer durch den Park, und auf seinem Grund wand sich ein kleiner Fluß, der um diese Jahreszeit vermutlich mehr aus Schlamm denn aus Wasser bestand. Könnte er auf dem Trampelpfad bleiben, käme er bald an eine Brücke. So aber gab es für ihn nur einen Weg auf die andere Seite der Schlucht – auf der einen Seite hinunter und auf der anderen wieder hinauf.

Wu-chi stolperte den felsigen Hang hinunter, wobei er sich immer wieder an Zweigen und Sträuchern festhielt. Unter seinen Füßen lösten sich kleine Steine, polterten den Hang hinunter und blieben unten im dichten Gestrüpp hängen. Er rutschte aus, verlor den Halt, glitt talwärts. Nach einigen Metern bekam er einen Zweig zu fassen und zog sich wieder auf die Beine. Der Zweig brach, Steine krachten gegeneinander und verursachten einen Höllenlärm. Panik überkam ihn, aber dann beruhigte er sich mit dem Gedanken, daß er inzwischen weit genug von den Reitwegen entfernt war und von niemandem gehört werden konnte. Zudem war es unwahrscheinlich, daß sie jetzt schon nach ihm suchten.

Und wenn ihn doch jemand hörte, so mußte der Betreffende annehmen, er habe ein Tier aufgeschreckt. Womit er ja auch recht hatte, dachte Wu-chi.

Wu-chi erreichte das sumpfige Farnwäldchen. Ein paar Meter unter ihm plätscherte der Fluß über die Felsen. Er watete durch das Wasser und erklomm die andere Seite der Schlucht. Oben auf der Kuppe angelangt, legte er eine kurze Pause ein und inspizierte sein Äußeres. Seine Robe war überall zerrissen, Kletten klebten an den Säumen, und der dicke Schlamm hatte ihm die Pantoffeln von den Füßen gezogen und trocknete jetzt wie Gips zwischen seinen Zehen. Er befühlte sein Haar. Es war ein Gewirr aus Kiefernharz, Nadeln und Zweigen und stand ihm vom Kopf ab wie bei einem Irren.

Zitternd stand er auf. Wohin jetzt? Wer würde einen armen Irren aufnehmen? Wo in der Stadt war er sicher? Nirgends – denn die Agenten der Kaiserin würden noch vor Einbruch der Nacht nach ihm suchen. Eine Familie kam von vornherein nicht in Frage, denn jeder, der so hilfsbereit war, ihn aufzunehmen und ihm Unterschlupf zu gewähren, brachte sich in Gefahr.

Wu-chi stöhnte unter den Schmerzen, die jetzt von seinem Steißbein in seine Hüften ausstrahlten, und versuchte, sein Äußeres in Ordnung zu bringen. Er zupfte an seinen Kleidern, fuhr sich mit den Fingern durchs Haar, hielt aber plötzlich inne. Er hatte eine Idee. Das war es! Ein Irrer. Gab es denn eine bessere Tarnung? Er wußte, wer einen armen Irren aufnehmen würde – einen Irren, der sich nicht einmal mehr an seinen Namen erinnern konnte.

Im Jahr 658
Kloster des Reinen Lotos
Im Norden Loyangs

Wu-chi hatte jedes Zeitgefühl verloren, doch es mußte mittlerweile über einen Monat her sein, daß die mitfühlenden Mönche und Nonnen ihn bei sich aufgenommen hatten. Er lebte jetzt im buddhistischen Kloster des Reinen Lotos im Norden des Kaiserlichen Parks, etwa zehn *li* vor den Toren Loyangs. Innerhalb dieser Mauern floß die Zeit dahin wie ein ruhiger, heiterer Strom.

Aber das war nicht immer so gewesen. Anfangs, als er noch neu war, kamen ihm die Stunden so endlos vor wie der unentwegte Singsang der Mönche. Selbst die Fürsorge der Nonnen und ihr grenzenloses Mitleid für diese arme verlorene Seele, die vorgab, sich weder an ihre Vergangenheit noch an ihren Namen zu erinnern, erschienen ihm übertrieben und maßlos. Das Glockengeläut und die Flöten, die immerfort zum Gebet und zur Meditation in die Haupthalle riefen, zerstückelten jeden Tag in nicht zu bewältigende Zeitblöcke, und oft lag er in seiner Zelle und sah zu, wie die Schatten gemächlich und träge über die Wände krochen.

Doch dann änderte sich alles: Wu-chi legte allmählich den glühenden konfuzianischen Eifer ab, der ihn durch sein Leben begleitet hatte, wurde ruhiger und gelangte so auf eine, wie gute Buddhisten es nannten, höhere Seinsebene. Er war nun nicht mehr der Kaiserliche Hofrat, den das Gewicht und die Vielzahl seiner Pflichten niederdrückten, sondern ein alter Mann, der mit seinen einundsechzig Jahren endlich die Zeit fand, die Freuden der Kindheit neu zu entdecken. Das Summen der Insekten, ihre Schönheit und Vielfalt, der anregende Duft, den Bäume, Gräser und Blumen im Sommer verströmten, dann der kalte Atem des Spätherbstes – nichts entging seinen aufmerksamen Sinnen. Der Gedächtnisverlust, den er vorgetäuscht hatte, war längst nicht mehr nur Einbildung. Es gab Tage, an denen er kaum noch an seine Vergangenheit dachte, auch wenn er sich Mühe gab, sie niemals ganz zu vergessen.

Er hatte sich mit dem Abt Liao angefreundet. Liao war ein belesener Mann, ungefähr in seinem Alter, und nahm lebhaften Anteil an allem, was in der Welt außerhalb der Klostermauern geschah. Wu-chi vermutete, daß er die Nachrichten, die täglich aus der Hauptstadt eintrafen, mit derselben Gründlichkeit studierte wie einstmals die Sutras, und schützte ein ähnliches Interesse vor. Er hatte den Abt glauben gemacht, daß er sich nur sehr bruchstückhaft an seine Vergangenheit erinnern könne und früher wohl ein kleiner Provinzamtmann oder etwas ähnliches gewesen sei, vielleicht auch nur Schreiber in einer abgelegenen Provinz. Der Abt selbst fürchtete zuerst, daß die Neuigkeiten aus der Außenwelt das Glück seines verwirrten Freundes trüben und unliebsame Schatten der Vergangenheit heraufbeschwören könnten. Doch Wu-chi zerstreute seine Bedenken. Außerdem wußte er, daß der Abt einen intelligenten Partner zu schätzen wußte, mit dem er über die Politik in der Hauptstadt, die immer befremdlichere Züge annahm, diskutieren konnte.

Die erste Nachricht, die ihm Abt Liao überbrachte, war sein eigener Nachruf: Wie es schien, hatten die drei restlichen Mitglieder des abgesetzten Tsai-hsiang Selbstmord verübt, obwohl für ihre Bequemlichkeit und ihr Wohlbefinden bestens gesorgt worden war.

> … der plötzliche Wahnsinn, der die ersten beiden Mitglieder des Sechserrats vor über einem Jahr befallen hatte, war offenbar ansteckend. Die drei überlebenden Ratsmitglieder, die Herren Han-yuan, Lai-chi und Wu-chi, wurden in ihren Gemächern tot aufgefunden, nachdem sie sich selbst das Leben genommen hatten … Keiner ihrer Diener hat vor den tragischen Ereignissen eine Krankheit oder andere Unpäßlichkeiten bemerkt, was den Hofarzt zu der Vermutung veranlaßt, daß der Wahnsinn sie schließlich alle hinweggerafft hat …

Wu-chi erwog alle Möglichkeiten. Hatte man seine Flucht überhaupt bekanntgegeben, oder hatte man sie vertuscht, damit die Kaiserin nichts erfuhr? Wu-chi dachte mit Bedauern an den jungen Diener, der so freundlich zu ihm gewesen war und ihm erlaubt hatte, zum Wasserlassen in den Wald zu gehen. Zweifelsohne hatte ihn kein angenehmes Schicksal erwartet. Aber war ihm denn eine andere Wahl geblieben?

Und was hatte Kaiserin Wu Tse-tien dem Kaiser über die armen alten Ratsmitglieder erzählt? Vermutlich, daß sie allesamt verrückt seien und unter hysterischen Anfällen und Halluzinationen litten. Und der Kaiser, der arme, nutzlose Kaotsung? Wahrscheinlich hatte er sie verteidigt und erklärt, daß den alten Männern überhaupt nichts gefehlt habe …

Dann fragte sich Wu-chi, wessen Leiche am Ort des vermeintlichen Selbstmords seinen Platz hatte einnehmen müssen. Welcher arme Kerl hatte das Pech gehabt, ihm ähnlich zu sehen? Und seine alten Freunde Lai-chi und Han-yuan? Mit Tränen in den Augen betete er für sie und hoffte, daß sie keinen allzu schweren Tod gehabt hatten.

Wu-chi fand bis spät in die Nacht keinen Schlaf. Immer wieder schreckte er hoch, gepeinigt von schrecklichen Bildern. Erst gegen Morgen fiel er in einen tiefen, traumlosen Schlaf.

Am frühen Nachmittag erwachte er: Die Bettlaken, die Risse an den Wänden und an der Decke, ja selbst seine fleckige Hand, die neben seinem Gesicht auf der Decke lag, dies alles sah er durch einen trüben, grauen Schleier, den er nicht wegzuziehen vermochte. Erschöpfung und Kummer lasteten so schwer auf seiner Brust, daß er meinte, nie wieder aufstehen zu können.

Er war ein Verbrecher. Er konnte nie wieder in sein Leben zurückkehren, weil er gar keines mehr hatte.

Aber er hatte den Abt, und er spürte, wie zwischen ihnen eine tiefe Freundschaft entstand.

Im Jahr 659

Als Abt Liao mit einem Essenskorb in der Hand seine Zelle betrat, blickte Wu-chi, der gerade einen Brief schrieb, nicht auf. »Ihr bringt mir das Frühstück heute aber spät«, sagte er.

»Verzeiht, alter Hofrat, aber wir haben da draußen jeden Morgen zu viele hungrige Mäuler zu stopfen«, sagte Liao und stieß einen tiefen Seufzer aus. »Wir füttern täglich hundert schmutzige kleine Bettler. Auf jeden, den wir füttern, kommen tausend andere, die um eine Mahlzeit und unseren Segen betteln. In dieser Reihenfolge.«

»Eine Mahlzeit allein, ohne den Segen, würde es auch tun. Mehr wollen sie nicht. Seien wir doch ehrlich. Ein guter Buddhist darf von den Armen, denen er hilft, nicht mehr erwarten. Die Notleidenden wollen Eure frommen Sprüche nicht. Gebt ihnen zu essen und damit genug«, erklärte Wu-chi, die Augen immer noch auf sein Blatt Papier geheftet.

»Köstlich«, sagte der Abt. »Ihr seid schon fast so zynisch wie ich.«

»Ich halte mich nicht für besonders zynisch«, entgegnete Wu-chi, legte seinen Pinsel beiseite und sah den Abt an. »Die Armen zu füttern ist die weltliche Aufgabe dieses Klosters.«

»Wohl eher unsere Buße. Zweifellos waren wir alle in einem anderen Leben wohlgenährte, fette Schweine. Und dies hier ist unser Lohn.«

»Apropos wohlgenährt, wie steht es nun mit meinem Frühstück, alter Priester?«

»Hier ist Euer Frühstück«, sagte der Abt geduldig und stellte den Korb auf den Tisch. »Heute«, grummelte er und beugte sich über den Korb, »habe ich Euch einen besonderen Leckerbissen mitgebracht.«

»Ich will keine besonderen Leckerbissen«, erwiderte Wu-chi gereizt. »Verschont mich mit Euren kulinarischen Überraschungen. Alles was ich will, ist ein ganz normales Frühstück. Trockene Reiskuchen! Etwas anderes esse ich nicht.« Wu-chi wühlte im Essenskorb, dann zog er angewidert mehrere vor Fett triefende Sojaküchlein heraus. »Von diesen durchweichten, fettigen Dingern bekomme ich Blähungen.«

»Nein, nein. Ihr mißversteht mich. Im Korb werdet Ihr keine Überraschung finden, Hofrat«, sagte Liao beschwichtigend. »Die Überraschung, von der ich spreche, halte ich hier in meinen Händen.« Damit öffnete er ein kleines Päckchen und entfaltete mehrere Papiere.

»Es handelt sich nämlich um Träume unserer Kaiserin Wu, Träume, die in der Hauptstadt in Umlauf gebracht werden, um alle Untertanen von der erhabenen Wahrheit ihrer göttlichen Größe zu überzeugen.« Der Abt schmatzte. »Und um uns armen Nichtgläubigen zu zeigen, wo ihr Platz ist im großen Weltenplan.«

»Bitte, fahrt fort«, sagte Wu-chi, mittlerweile hellhörig geworden.

»Wie es scheint, hat unser kleiner Geschichtsschreiber Shu Ching-tsung – der Leiter des Amtes für Historische Aufzeichnungen und Vorsteher der Kaiserlichen Kanzlei – den Wahren Aufzeichnungen über unseren armen, geplagten Kaiser Kaotsung noch einiges hinzugefügt. Omen und Wunder. Immer, wenn man meint, jetzt sei wirklich Schluß, entdeckt unser Meister Shu in seiner nie ermüdenden Schöpferkraft wieder etwas Neues, das aufgrund irgendwelcher Umstände in den Wahren Aufzeichnungen über Kaotsungs Vater, T'aitsung, vergessen wurde. Ich frage mich, wie es zu solchen Nachlässigkeiten kommen konnte.« Sein Blick fiel auf Wu-chi. »Warum eßt Ihr denn die Sojaküchlein, wenn sie Euch nicht bekommen?«

»Laßt das meine Sorge sein und erzählt weiter.«

»Der erste Traum«, sagte der Abt und kramte in den Papieren, »wird dem Vater von Kaiserin Wu, Wu Shih-huo, zugeschrieben.«

»Ah, Wu Shih-huo. Einer der ruhmreichen Gründerväter der T'ang-Dynastie.«

»Danach hat Wu Shih-huo das Schicksal seiner Tochter im Traum vorausgesehen. Dieser Teil beginnt mit den Worten ›... und während seines langen und aufopferungsvollen Dienstes für den Sohn des göttlichen Kaotsu, den erhabenen Kaiser T'aitsung, hatte der ehrenwerte Gouverneur von Ching-chou, Herzog Wu Shih-huo ...‹ «

»Oha! Jetzt ist Vater Wu also auch noch Herzog!«

»› ... Herzog Wu Shih-huo einen Traum, in dem er auf einer parfümierten Wolke schwebte.‹ «

»Aber natürlich! Was denn sonst!«

»Um es kurz zu machen«, sagte Liao und überflog die Zeilen, »hier steht, daß Vater Wu in den Himmel schwebte und dort die Gestirne umkreiste. Oben angelangt, berührte er Sonne und Mond mit einem goldenen Stab. Angeblich berührte er zuerst den Mond, dies bedeutete, daß der Gründer der Neuen Dynastie *yin*, also weiblich, sein würde. Als nächstes berührte er die Sonne, und das wiederum bedeutete, daß sie mit *yang*, also mit männlicher Kraft, ausgestattet sein würde.«

»Wu wird demnach also eine neue Dynastie gründen. Obwohl mir nicht bekannt ist, daß die alte, die der T'ang, untergegangen wäre. Das hat weitreichendere Folgen als die Wiedergeburt Buddhas.« Wu-chi lachte fast und wischte sich die fettigen Finger unbekümmert an der Jacke des Abtes ab. »Aber ich sollte mich nicht allzu sehr wundern.«

»Merkwürdig, daß Ihr von der Wiedergeburt Buddhas sprecht.« Abt Liao blätterte weiter. »Es scheint, daß der Vater des armen Kaotsung, Kaiser T'aitsung, ebenfalls zu prophetischen Träumen neigte, oder wie es hier heißt, ›geisterhafte Stimmen‹ hörte, die ihm allerhand Unsinn ins Ohr flüsterten und vorhersagten, daß eines Tages ein großer kriegerischer Prinz kommen und die T'ang-Dynastie stürzen werde. Dieser Prinz wird eine neue Dynastie gründen, die tausend Jahre überdauert, und zwar mit dem Segen des zukünftigen Buddha Maitreya und seiner irdischen Vertreter, der Bodhisattwas Avalokitesvara und Kuan-yin, die lediglich zwei Erscheinungsformen – eine weibliche und eine männliche – desselben Bodhisattwa-Erlösers sind. In diesem Wesen, das halb Mann, halb Frau ist, so heißt es, fließt männliches Blut durch weibliche Adern. Der Prinz, der in Menschengestalt regieren und vom Volk geliebt werden wird, ist also in Wirklichkeit eine Frau, die in die Rolle eines Mannes schlüpft.« Der Abt sah von dem Blatt auf. »Und nun rate mal, wer das sein könnte?«

»Nun gut«, erklärte Wu-chi nach einer Weile, »dann werden die T'ang, oder wie auch immer man sie nennen will, einen neuen Herrscher bekommen, ein Wesen, das einer Laune der Natur entspringt. Aber das wissen wir ja schon lange.«

Die Kaiserinmutter trug heute morgen ein schlichtes Gewand und dazu nur ein oder zwei dezente, aber geschmackvolle Schmuckstücke. Ihre makellose Haut war ungeschminkt, und ihr Haar war zu einem einfachen, glänzenden Knoten hochgebunden, der ihre feinen Züge gut zur Geltung brachte. Für den Geschichtsschreiber Shu war sie die schönste Frau, die er je gesehen hatte.

Frau Yang saß mit der Kaiserin und dem Geschichtsschreiber in dem neu eingerichteten Meditationsraum in ihrem Stadthaus, aus dem sie alle Möbel, Kunstgegenstände und anderen Schnickschnack hatte entfernen lassen. Nur ein eleganter Teppich bedeckte den Boden, und mehrere bestickte Seidenkissen lagen vor dem Altar, auf dem zwischen zwei flackernden Öllampen ein kleiner, vergoldeter Buddha thronte. Die Wände waren kahl, und der Duft von frisch geöltem Holz vermischte sich mit dem Geruch der Lampen.

Frau Yang kniete mit entrücktem Gesicht vor dem Altar und hielt die Augen starr auf den Papiertalisman gerichtet, den sie jetzt in die Öllampe hielt, bis er Feuer fing. Einen Moment lang betrachtete sie die Flamme, dann ließ sie den Talisman auf einen goldenen Teller zu Füßen des Buddha fallen. Sie wandte sich dann an ihre Tochter und den Geschichtsschreiber.

»Ich hatte einen Traum«, verkündete sie, obwohl alle wußten, daß sie aus ebendiesem Grund hier waren. Der Geschichtsschreiber hatte ein kleines Schreibpult auf dem Schoß und hielt einen Pinsel in der Hand. Frau Yang schloß für einen Augenblick die Augen und begann zu erzählen. »In dem Traum saß ich zwischen zwei riesigen Felsen und blickte in einen Teich mit klarem Wasser. Ich fand es sehr seltsam, daß ich mein Spiegelbild nicht im Wasser sah, sondern nur den blauen Himmel und die weißen Wolken über mir. Daher beugte ich mich weit über das Wasser, doch ich sah mich immer noch nicht. Ein kleiner Stock lag am Boden, und ich hob ihn auf und hielt ihn über das Wasser, aber auch der Stock hatte kein Spiegelbild. Ich sah nur den Himmel und die dahinziehenden Wolken.« Sie hielt inne und schloß wieder die Augen, als wolle sie ganz in diese Traumwelt eintauchen. Der Geschichtsschreiber saß über das kleine Pult gebeugt und ließ eifrig seinen Pinsel über das Papier fliegen.

»Und dann kam ein Wind auf«, fuhr sie fort und wiegte sich dabei wie in Trance hin und her. »Ich bekam Angst, denn der Wind wurde immer stärker und wirbelte um mich herum allerhand Dinge auf – Stöcke, Steine, kleine Tiere und ähnliches. Ich hielt mir die Hände schützend über den Kopf und sprach ein Gebet. Ich rollte mich wie eine Kugel zusammen und wartete, denn ich wußte, daß ich nichts tun konnte, und bald war außer dem Heulen des Windes nichts mehr zu hören.« Sie schürzte die Lippen und ahmte das Geräusch eines gewaltigen Sturmes nach, zunächst laut und ungestüm, dann immer leiser, bis schließlich nur noch ein Wispern zu hören war, dann schlug sie die Augen auf und sah ihre Tochter und den Geschichtsschreiber an. »Der Wind legte sich, und ich hob den Kopf und blickte mich um. Ich sah, daß die Welt leer, sauber und rein war wie der Himmel. Der Wind hatte alle toten und unnützen Dinge fortgeblasen und nur die sauberen, mächtigen und schönen Felsen übriggelassen. Ich blickte abermals ins Wasser, und diesmal sah ich das Spiegelbild der steilen Felsen, die rings um mich aufragten. Ich schaute genauer hin und entdeckte eine Gestalt, die hoch oben auf den Felsen saß, umrahmt vom strahlenden Blau des Himmels.« Sie senkte die Stimme zu einem ehrfurchtsvollen Flüstern. »Obwohl er sehr weit weg war, wußte ich sofort, daß ich den heiligen Maitreya, den zukünftigen Buddha, vor mir hatte. Er war deshalb so weit weg, weil er noch nicht ganz bereit war, in diese Welt zu kommen. Doch da tauchte ein kleiner goldener Frosch aus der Tiefe des Teiches auf und sah mich mit seinen grünen Augen an. Er hatte einen wohlgeformten menschlichen Mund und sprach zu mir mit einer zarten, zittrigen Stimme.«

Die Kaiserin lauschte gebannt. Shu hatte bereits eine ganze Seite mit winzigen Zeichen vollgeschrieben, riß nun das oberste Blatt herunter, ohne es vorher abzulöschen, und schrieb auf dem nächsten weiter.

»Der kleine goldene Frosch sagte mir, daß die baldige Ankunft Maitreyas bevorsteht und daß wir durch einen Monarchen erfahren werden, wenn die Zeit gekommen ist. Dieser Monarch wird die verderbte Welt reinigen und auf den zukünftigen Buddha vorbereiten. Wie der Wind, der allen Unrat fortgeblasen hat, erklärte mir der Frosch. Aber woran, fragte ich den Frosch, werden wir erkennen, daß der Monarch gekommen ist? Am Namen des Monarchen, antwortete der Frosch, an seinem Namen, denn er wird genauso lauten wie das Wort für Ichlosigkeit, für Nichtsein. An dem Namen, den der Wind gerufen hat, sagte der Frosch.« Und wieder schürzte sie die Lippen und ahmte das Geräusch des Windes nach, dann blickte sie lange und vielsagend ihre Tochter an. »Es gibt mehrere Wörter für Nichtsein. Aber es gibt nur ein Wort, das so klingt wie der Wind, und dieses Wort ist *wu.*«

7

Im Jahr 660
Yangchou

»Weißt du«, sagte Richter Di zu seinem Gehilfen und übersah geflissentlich das sauber gefaltete Papier in der ausgestreckten Hand des anderen. »Ich lehne ja Einladungen zu Banketten nicht deshalb ab, weil ich ein ungeselliger Mensch wäre. Nein, ich habe triftige Gründe dafür.«

»Aber Ihr habt Euch die Einladung nicht einmal angeschaut, Herr«, erwiderte der Gehilfe.

»Das brauche ich auch nicht. Zu viele Leute laden ...«

»... und die Visitenkarte auch nicht«, fügte der Gehilfe bestimmt hinzu.

»... zu viele Leute laden den Obersten Magistrat von Yangchou nur ein, damit er sich in seiner Eigenschaft als höchste juristische Instanz der Provinz persönlich um ihre Belange kümmert, bei denen sie allzu oft nur ihren eigenen Vorteil im Auge haben ...«

»Ich glaube nicht, daß Yangchou sehr oft Besuch von einer so hochgestellten Persönlichkeit bekommt«, warf der Gehilfe rasch ein, als Di eine Pause machte, um Luft zu holen.

»... ihren eigenen Vorteil, Vergünstigungen oder, noch schlimmer, ihren Profit. Das ist der Grund, warum die Reichen immer reicher werden und nur selten für ihre Verbrechen oder ihre Habgier bezahlen müssen.« Di war in Fahrt gekommen. Das hatte er schon lange einmal loswerden wollen.

»Diese Einladung verdankt Ihr zweifelsohne dem Ansehen, das Ihr Euch durch die Bekämpfung der Mißstände in den Klöstern und Tempeln erworben habt.«

»Und die Armen haben nicht einmal so viel, daß sie, ohne in Not zu geraten, einen zusätzlichen Esser ernähren können«, fuhr Di fort. »Es ist eine Schande, daß die Armen unter einem Rechtssystem zu leiden haben, in dem Einfluß, Reichtum und Bestechung häufig mehr zählen als die Wahrheit.«

»Wie es scheint, habt Ihr bei den Hohen Tieren in der östlichen Hauptstadt beträchtliches Aufsehen erregt.«

»Aber sie sollen wissen, daß es auch Leute gibt, die nicht käuflich sind.«

»Insbesondere bei einer so wichtigen und angesehenen Persönlichkeit wie dem Leiter des Opferamtes im Ritenministerium«, sagte der Gehilfe ruhig.

Di hielt inne und sah auf. Der Gehilfe reichte ihm die Pergamentrolle. Di warf einen kurzen Blick auf das amtliche Siegel und sah dann seinen Gehilfen mit einem Ausdruck größter Überraschung an.

»Soeben erst eingetroffen, Herr.«

»Ist er hier? In Yangchou? Der Leiter des Opferamtes …?« Für einen Moment versagte ihm die Stimme. »Warum hast du das nicht gleich gesagt?« Er wedelte mit der Einladung.

»Der Leiter des Opferamtes lädt mich auf das Anwesen einer der einflußreichsten Familien von Yangchou ein. Was glaubst du, warum er mich treffen will?«

»Woher soll ich das wissen, Herr«, erwiderte der Gehilfe und räusperte sich. »Jedenfalls ist es eine große Ehre.«

Das Opferamt war das höchste Regierungsorgan zur Überwachung jeder Form von Religionsausübung im Reich und kontrollierte die staatlich sanktionierte Götterverehrung ebenso wie die Praktiken, Riten und Feste der unzähligen nicht-chinesischen, barbarischen Glaubensrichtungen. Ausländische Religionen wie der Nestorianismus, Manichäismus, Parsismus und Islam, die für den Staat keine Bedrohung darstellten, wurden dank der Großzügigkeit des Himmelssohns geduldet, denn in Wirklichkeit war der Kaiser auch der Herrscher über die barbarischen Völker, auch wenn sie diese Tatsache nicht immer anerkannten.

Das Opferamt war die höchste Schiedsstelle und zugleich die höchste Bestrafungsinstanz bei Mißbräuchen. Außerdem gewährte und widerrief es Lizenzen für die unterschiedlichen Sekten, dic im Reich zugelassen waren.

Eine dieser Sekten, der Buddhismus, hatte langsam, aber sicher eine beherrschende Stellung in der Gesellschaft errungen, besaß Tausende von Klöstern und riesige Ländereien, war von kaiserlichen Steuern und Abgaben befreit und hatte eigene Vorschriften und Disziplinarregeln. Kurzum, er war zu einer einflußreichen politischen Kraft geworden. Allein schon deshalb widmete ihm das Opferamt größte Aufmerksamkeit, und der Leiter dieser Behörde war neben dem Kaiser die höchste Autorität in religiösen Angelegenheiten.

Aber welches Interesse mochte der Leiter dieses Amtes daran haben, daß Di an einem Fest seines Gastgebers teilnahm? Irgend etwas an der Sache gefiel ihm nicht.

»Ah, da haben wir sie ja«, rief der Gehilfe hinter dem Papierberg auf seinem Schreibtisch hervor und riß Di aus seinen Gedanken. »Die Visitenkarte des Amtsvorstehers, Herr. Hier steht auch wann und wo.«

»Aber kommt dir das Ganze nicht auch ... merkwürdig vor?« fragte Di und nahm die Visitenkarte in Augenschein.

»Merkwürdig? Warum? Ihr seid die höchste Autorität in Yangchou.«

»Nein, ich meine nicht die Tatsache, daß der Leiter des Opferamts mich zu sehen wünscht. Aber es ist doch seltsam, daß er mir keinen offiziellen Besuch in meiner Kanzlei abstattet. Schließlich verwahren wir hier die Unterlagen über Mißbräuche, Lizenzen und ähnliches. Warum will er mich in einem Privathaus treffen?«

»Wahrscheinlich ist der Gastgeber ein alter Freund von ihm«, meinte sein Gehilfe. »Zweifelsohne besitzt er ein herrliches Anwesen, das für ein schönes Fest bestens geeignet ist. Was haben wir dagegen zu bieten? Ein paar alte, schmutzige Gebäude.«

»Ich finde es trotzdem ein bißchen ungewöhnlich, daß er nicht zuerst hierherkommt.«

»Vielleicht holt er das später nach.«

»Vielleicht, aber ...«, Di zuckte mit den Achseln. »Na ja, wir werden es bald erfahren.«

Di sah dem Treffen voller Zuversicht entgegen. Der Amtsvorsteher und er waren vernünftige Konfuzianer und sprachen eine gemeinsame Sprache. Wenn es schon nicht möglich war, dem Gang der Ereignisse eine entscheidende Wendung zu geben, so konnte man doch zumindest versuchen, ihn in geordnete Bahnen zu lenken, und er zweifelte nicht daran, daß sie sich auf die Zahl der neu zuzulassenden Klöster einigen würden, oder zumindest auf einige maßvolle Regelungen, um das Betteln, Predigen und Almosenverteilen außerhalb der Tempelbezirke einzudämmen. So wie bisher konnte es jedenfalls nicht weitergehen, denn die Straßen der Stadt waren außer Kontrolle geraten. Die Behörden mußten dafür sorgen, daß die Religion »rein« und frei von materiellen Interessen blieb, was im übrigen auch ganz im Sinne des wahren buddhistischen Glaubens war, und der Amtsvorsteher würde ihn dabei gewiß unterstützen. Kurzum, er freute sich auf die Begegnung mit diesem Konfuzianer.

Er schickte sich gerade zum Gehen an, als er an der Tür, die zum Garten hinausführte, ein vertrautes Scharren hörte.

Strolch trottete steifbeinig ins Arbeitszimmer und legte sich wie gewohnt auf seinen Platz unter dem Schreibtisch. Di ging zu ihm hin und strich ihm über den Kopf. Die Haare an seiner Schnauze waren bereits grau, sein Rumpf fast kahl, und wenn das Licht in einem bestimmten Winkel in seine Augen fiel, sah Di darin eine weißliche Trübung. Aber der Hund saß hechelnd vor ihm, erfrischt von seinem Streifzug, und roch nach Garten und Nachtluft. Nur ein Tier konnte angesichts der Sterblichkeit so gleichmütig sein.

Di erhob sich wieder, und während er zur Tür ging, sagte er zu seinem Gehilfen: »Kann ich dem Amtsvorsteher etwas von dir bestellen?«

Der Haushofmeister holte den Obersten Magistrat von Yangchou am Ende des hellerleuchteten Weges ab und geleitete ihn schweigend zum Haus. Di bewunderte das Anwesen seines Gastgebers. Zierliche Brücken spannten sich über einen kleinen, von einem Kiefernwäldchen gesäumten Bach, und an den knorrigen Stämmen und Ästen hingen kleine Laternen, die tanzende Schatten auf den Weg warfen. Der Ort übte auf Di einen verführerischen Reiz aus, und eine Weile gab er sich der Illusion hin, er habe den Grund seines Kommens vergessen.

Aus einem kleinen Pavillon ertönte Orchestermusik, und die Klänge der Instrumente vermischten sich harmonisch mit dem Plätschern des Baches. Das sanfte und rhythmische Zupfen der *chin*-Saiten gab eine heitere Melodie vor, die gleich darauf von Bambusflöte und Rohr-Sheng in einem kunstvollen Kanon aufgegriffen wurde. Eine ansprechende Komposition, dachte Di. In diesem phantasievoll gestalteten Garten verlieh die Melodie dem Abend eine angenehm melancholische Note.

Plötzlich vernahm Di Stimmen. Es hörte sich so an, als führe eine größere Gruppe von Menschen irgendwo hinter den Felsen und Bäumen ein angeregtes Gespräch. Der Haushofmeister geleitete ihn über einen weiteren Steg und folgte dann einem mit Steinplatten ausgelegten Weg, der sich durch ein Labyrinth aus Hecken schlängelte. Di vernahm die Stimmen jetzt deutlicher und konnte einige Sätze sogar verstehen.

»... der Umfang ist gar nicht das Problem ...«

»... aber das Mahaprajnapar hat sechshundert Kapitel ...«

»... was die Yogacara-Stufen betrifft, so sollten wir uns nur auf die einleitende Abhandlung beschränken ...«

»Das Problem ist, daß die Araber den westlichen Teil der Überlandrouten geschlossen haben ...«

»Hsuan-tsang täte gut daran, sich zu beeilen ...«

Di spitzte die Ohren, aber der Haushofmeister ging in Richtung des Orchesters, und Di wußte, daß er bald nur noch das Schlagen der Trommel und das Klimpern der Pipas hören würde.

»... und dennoch hat er ungefähr sechshundertsiebenundfünfzig Sutra-Bände mitgebracht, in fünfhundertzwanzig Kisten verpackt ...«

»Das wäre völlig unmöglich. Mit einhunderttausend in klingender Münze wären die Kosten kaum zu decken ...«

»Die Übersetzungsprobleme sind gewaltig ...«

»Das Problem beim Abhidhar ist selbstverständlich der seltsame Dialekt ...«

Der Haushofmeister führte Di durch ein zweites Tor und dann zu einer Halle, die in der entgegengesetzten Richtung lag.

»... es ist alles sehr teuer ...«, meinte eine aufdringlich klingende Stimme mit deutlich ausländischem Akzent. »Aber ich frage Euch, wenn das nicht die Pflicht der Wohlhabenden ist, was dann?«

Mehr konnte Di nicht verstehen, denn nun wurden die Stimmen vollends von dem Orchester übertönt. Die Musik wurde ihm lästig. Mit einem Mal empfand er sie so schrill wie die Stimme einer nörgelnden Großmutter.

»Richter Di Jen-chieh, wie ich mich freue, daß Ihr endlich da seid.« Di drehte sich um. Vor ihm stand ein großer Mann mit Bart, gutaussehend, ungefähr Ende Fünfzig, und lächelte ihn übertrieben herzlich an. Di versuchte, ein ebenso übertriebenes Lächeln aufzusetzen. Der Haushofmeister verbeugte sich, überreichte dem Bärtigen Dis Visitenkarte und ging, aber der Mann warf nicht einmal einen Blick auf die Karte. Offensichtlich kannte er Di vom Sehen. Di selbst konnte sich nicht daran erinnern, ihm schon einmal begegnet zu sein oder ihn auch nur gesehen zu haben.

»Glaubt Ihr nicht auch, daß der große Konfuzius heute abend Gefallen an der Musik und dem Garten finden würde?« fragte der Mann immer noch lächelnd.

»Zweifellos!« antwortete Di höflich, doch in Gedanken war er noch immer bei den Gesprächsfetzen, die er im Garten aufgeschnappt hatte. Warum sprachen Gäste im Hause eines Konfuzianers über die Kosten von Sutra-Übersetzungen und Pilgerreisen? Der Name Hsuan-tsang war gefallen. Di kannte den Namen. Hsuan-tsang war einer der einflußreichsten lebenden Mönchs-Gelehrten. Er war unzählige Male in den fernen Westen gepilgert und hatte heilige Schriften von dort mitgebracht. Nimm dich zusammen, sagte sich Di, vielleicht wird der Abend ja doch interessanter, als du erwartet hast. »Wirklich sehr schön«, fügte er hinzu, »und ein so herrlich lauer Abend.«

»Unsere Gebete hätten nicht großzügiger erhört werden können«, erwiderte der andere. »Dieser Abend ist für uns alle wichtig, nicht wahr?«

»Ja, in der Tat«, antwortete Di ausweichend, da er keine Ahnung hatte, was der andere meinte.

»Entschuldigt ... oh, bitte entschuldigt, Herr Di Jen-chieh. Ich habe völlig vergessen, was sich gehört. An einem Abend wie diesem vergißt man die einfachsten Dinge. Wir werden wie die Kinder. Zu peinlich! Selbstverständlich kennen wir alle unseren guten und gewissenhaften Richter von seiner Arbeit in unserer Stadt, aber woher soll er uns kennen? Wie rücksichtslos von mir. Ich bin Lu Hsun-pei, Ihr untertänigster Gastgeber und Eigentümer dieses bescheidenen Besitzes. Und das ist ...«

»Ihr seid also der ... der brillante junge Richter Di Jen-chieh«, sagte eine Stimme hinter ihnen, und Di drehte sich um. Ein kleiner Mann kam die Stufen der Haupthalle herunter und gesellte sich zu ihnen auf die Terrasse. Er trug das glänzende, türkisfarbene Seidengewand und die gestärkte Kappe der höchsten konfuzianischen Beamten. »Ich habe schon viel von Euch gehört«, sagte der Neuankömmling. »Ihr seid ein würdiger Ersatz für Euren Vorgänger. Ein Beamter mit Durchsetzungsvermögen ... ehrlich und integer! Herr Di Jen-chieh, wir können uns glücklich schätzen. Die Stadt Yangchou ist stolz auf Euch. Und sie braucht Euch.«

»Ich weiß nicht, was ich sagen soll«, erwiderte Di und verneigte sich.

Der kleine Mann bedeutete ihm mit einer wegwerfenden Handbewegung, daß er auf Förmlichkeiten keinen Wert lege, und schüttelte den Kopf. »Aber nicht doch, Herr Di, ich sollte mich vor Euch verbeugen«, sagte er und hob flehentlich beide Arme. »Wir leben in einer schwierigen Welt. Alles ist so kompliziert. Besonders in einer Stadt wie der Euren. Dieses ständige Kommen und Gehen ... der Seehandel, die Kanäle. All die ausländischen ... die barbarischen Einflüsse, mit denen Ihr hier zu tun habt. Ihr seid ein außergewöhnlicher konfuzianischer Beamter. Ihr habt Euch um so viele Dinge zu kümmern ... wenn ich nur an die Zahl und Art der Vergehen denke. Wir im Ritenministerium, an der Spitze der kaiserlichen Verwaltung, können uns das gar nicht mehr vorstellen. Wir sind von all dem gewissermaßen abgeschirmt. Geschützt vor den kleinen Krisen.« Das war also der Vorsteher des Opferamtes, dachte Di abschätzend.

»Es sind die alltäglichen, die kleinen unbedeutenden Dinge, die einem das Leben schwer machen«, sagte der Mann und schüttelte mitfühlend den Kopf.

»Wie Ihr sicherlich bemerkt habt, Herr Di, sprecht Ihr mit dem ehrenwerten Herrn Fu Yu-i, dem Vorsteher des Opferamtes«, erklärte der Gastgeber. Di nickte mit dem Kopf in Richtung des hohen Beamten. Keiner der beiden liebte offensichtlich Förmlichkeiten, und das imponierte Di.

»Mein Gastgeber hat mir bereits berichtet, wie Ihr, Herr Di, die Gerichte von der Laxheit Eures Vorgängers befreit habt«, sagte der Amtsvorsteher.

»Ich fürchte, meine Herren, ich kann ein solches Lob nicht annehmen«, wandte Di ein. »Mein Vorgänger hatte sich einen hervorragenden Ruf aufgebaut und ausgezeichnete Mitarbeiter um sich geschart. Ich profitiere nur von seiner Weisheit.« Di antwortete so bescheiden, wie es von ihm erwartet wurde, denn es wäre unschicklich gewesen, den alten Lu gleich zu Beginn des Gesprächs anzugreifen.

»Ihr seid zu freundlich, Herr Di, ein Konfuzianer, wie er sein sollte«, entgegnete der Amtsvorsteher und trat dicht an ihn heran.

»Der Oberste Magistrat Lu war ein korrupter alter Narr, und es ist gut, daß er tot ist und Ihr sein Amt übernommen habt. Wir brauchen uns nichts vorzumachen. Auf höchster Ebene erleben wir es leider allzu oft, daß Beamte um eine Beförderung bitten, die sie gar nicht verdienen, oder eine Versetzung beantragen, wenn sie sich unbeliebt gemacht haben und ...«

»Meine Herren ... ich überlasse Sie Ihrem Gespräch über Politik und Moral«, sagte Lu Hsun-pei zu Di und dem Amtsvorsteher und verbeugte sich. »Ich muß mich um unsere verehrten Gäste im Garten kümmern. Ihr entschuldigt mich.« Di wurde sofort hellhörig. Gäste im Garten? Ganz offensichtlich waren damit die Leute gemeint, die er vorhin auf dem Weg zum Haus gehört hatte. Doch dann wandte er sich wieder dem Amtsvorsteher zu, der immer noch auf ihn einredete.

»... stets sind sie die bestechlichsten. Ihr alter Richter Lu war eine solche nichtsnutzige Kreatur. Nehmt ihn nicht in Schutz, Richter. Ein vorbildlicher konfuzianischer Beamter wie Ihr hat es nicht nötig, für einen solchen Kleingeist, der weit unter ihm steht, nach Entschuldigungen zu suchen. Wir wissen Bescheid.« Er senkte die Augen langsam zu Boden, als denke er über etwas Trauriges nach, hob sie dann schnell wieder und schaute Di freundlich an. »Auf jeden Fall habt Ihr Euch durch Eure Arbeit einen guten Ruf erworben, Herr Di.«

Plötzlich hörten sie in der Ferne die Schreie von Wildgänsen und blickten zum Abendhimmel. Im Westen, hoch über den Bäumen, war soeben eine unregelmäßige Winkelform aufgetaucht. Bald waren einzelne Vögel zu erkennen, und kurz darauf flogen sie, aufgereiht wie die Perlen einer Kette, über die Köpfe der beiden Männer hinweg nach Süden. Die Baumwipfel bogen sich, und die dunklen Äste der Koniferen wippten wie die Finger eines Tänzers. Die beiden Männer sahen den Herbstvögeln eine Weile nach, dann fuhr der Amtsvorsteher fort.

»Was unseren Gastgeber, Herrn Lu Hsun-pei, und mich selbst am meisten interessiert, Richter Di«, sagte er und strich sich mit den Fingerspitzen nachdenklich über die glatte Wange, »ist Ihr bewundernswertes Einschreiten gegen religiöse Scharlatane.« Di wurde hellhörig, denn er hatte schon darauf gewartet, daß sein Gegenüber auf den Amtsmißbrauch buddhistischer Lehrer zu sprechen kam. Die Präliminarien und Förmlichkeiten waren also vorüber. »Höchst lobenswert!« sagte der Amtsvorsteher. »Höchst lobenswert!«

»Danke, Herr Fu, aber ich habe lediglich meine Pflicht getan, ohne Ansehen der Person. Ein Krimineller ist ein Krimineller, ganz gleich, wie fromm er ist.«

»Ohne Ansehen der Person? Aber nicht doch, Herr Di. Es ist sehr wichtig, daß wir die Scharlatane in den buddhistischen Einrichtungen entlarven, die sich die Leichtgläubigkeit der Bauern zunutze machen.«

»Da stimme ich Euch voll und ganz zu.«

»Nur frage ich mich, Herr Di, ob Euch auch klar ist, daß diese Arbeit noch wichtiger ist, als es auf den ersten Blick scheinen mag«, sagte der Amtsvorsteher.

»Ich habe sie von Anfang an sehr wichtig genommen«, entgegnete Di vorsichtig.

»Ich spreche nicht nur von der Notwendigkeit, die Guten von den Bösen zu trennen und auf dieser Welt Ordnung zu schaffen. Nein, es geht um mehr. Hier geht es um die höheren Reiche.«

Höhere Reiche? Di war verblüfft und sagte nichts.

»Die Lehre wird ihren Aufgaben nicht nachkommen können, wenn wir zulassen, daß Scharlatane uns vom rechten Wege abbringen. Die wahre Arbeit der buddhistischen Lehrer darf nicht durch selbstsüchtige Leute in Mißkredit gebracht werden, Herr Di. Zu diesem Zweck sind wir doch heute abend hier zusammengekommen. Habe ich nicht recht?« Di sagte nichts und gab sich alle Mühe, seine Überraschung zu verbergen, während der Amtsvorsteher fortfuhr. »Wir sind hier, um dafür zu sorgen, daß die Lehre ungehindert ihrer Arbeit nachgehen kann. Und diese Arbeit ist mit hohen Kosten verbunden.«

Kosten? Das war interessant. Di war sicher, daß die Worte ›teuer‹ und ›Kosten‹ bei der Unterhaltung im Garten gefallen waren.

»Herr Di Jen-chieh«, sagte der kleine Mann und schlug einen förmlichen Ton an, »wißt Ihr, was es kostet, Sutras aus dem Sanskrit zu übersetzen? Der Himmel scheint unüberwindliche Barrieren zwischen unseren Sprachen errichtet zu haben – ohne Zweifel will er damit unsere Entschlossenheit auf die Probe stellen. Hier die Sprache der Menschen, dort die Sprache der höheren Reiche. Ah! Und dabei haben wir die übrigen Kosten noch gar nicht erwähnt. Zum Beispiel die Kosten der Pilgerreisen ins heilige Indien und wieder zurück. Viele beginnen übrigens hier auf Ihren Kanälen.« Er hielt inne und schloß die Augen, als denke er über die Schwere einer solchen Aufgabe nach. »Die Wahrheit muß gefördert werden, Herr Di. Und das erfordert Geld. Sehr viel Geld.« Der Amtsvorsteher breitete die Arme aus und richtete den Blick auf den Richter, der ihn neugierig und interessiert anlächelte.

»Wie wahr«, entgegnete Di nachdenklich, beugte sich vor und sagte in vertraulichem Ton: »Ich würde jetzt gern unsere verehrten Gäste kennenlernen.«

»Aber selbstverständlich, Richter Di Jen-chieh! Entschuldigt! Ich rede und rede, und dabei wartet eine so gelehrte Gesellschaft auf uns. Folgt mir in den Garten.« Es war mittlerweile ziemlich dunkel geworden, und der Amtsvorsteher hieß einige Diener, die Stablaternen anzuzünden und sie durch das Labyrinth von Brükken und Pavillons zu geleiten.

Der Steingarten, die Rasenflächen und Terrassen im hinteren Teil des Anwesens waren voller Menschen. Im Licht der Laternen sah Di prächtig gekleidete Männer und Frauen, die zwischen den Felsen und Pavillons wandelten wie Gespenster aus glänzender Seide. Es waren weit mehr Menschen hier versammelt, als er angenommen hatte, und wenn sie in den Schein der Laternen traten, leuchteten Farbblitze auf wie von herrlichen exotischen Insekten. Bald hatten sich Dis Augen an die Dunkelheit gewöhnt, und er sah, daß rings um den Garten lange Tische aufgereiht waren, auf denen Platten aus Silber und Jade mit den köstlichsten Speisen standen. Der Amtsvorsteher nahm Di sachte am Arm und führte ihn mitten unter die Versammelten wie ein stolzer Vater sein schüchternes Kind.

»Kommt, Richter ... hier sind viele Menschen, die ihren neuen Richter kennenlernen möchten. Die Herren und Damen der angesehensten Familien Yangchous sind heute abend hier versammelt. Jeder ist auf seine Weise ein Förderer des Profunden.« Er sprach das letzte Wort sehr liebevoll aus und ließ es sich auf der Zunge zergehen, als sei es ein wohlschmeckender Leckerbissen.

Der Amtsvorsteher zog Di zu einer Stelle, wo zwei kahlköpfige Mönche gerade lebhaft mit einem hageren Mann diskutierten. Der Mann trug einen Schnurrbart und war sehr gut gekleidet, sein reich besticktes Brokatgewand war mit Hermelin besetzt, und der obere Teil seines Gesichtes verschwand unter der breiten Krempe eines Roßhaarhutes, die sich beim Sprechen senkte und hob wie eine riesige Augenbraue. Der Amtsvorsteher stellte sich mit Di zu der Gruppe, unterbrach das Gespräch aber nicht, sondern hörte nur zu, als lausche er einem schönen Musikstück und sei stolz darauf, den Richter mit solchen Genüssen bekannt zu machen.

»Aber das eigentliche Problem, Herr Li ...«, sagte einer der Mönche gerade zu dem hageren Mann, »ist die Übersetzung der seltenen Sutras. Das gilt besonders für jene Sutras, die bei der Überflutung des Godovari und der Nebenflüsse des Tapti im südlichen Zentralindien beschädigt wurden ...« Seine Fistelstimme klang sehr wichtigtuerisch, und Di erkannte sie sofort als diejenige wieder, die er bei seiner Ankunft gehört hatte. Jetzt sah er deutlich, daß der Mann eine dunkle Hautfarbe hatte und Ausländer war. Ein Inder.

»Mein Bruder spricht von den großen Pergamentrollen aus den Tempeln von Elura und Ajanta. Die Kosten für ihre Restaurierung lassen sich noch gar nicht abschätzen«, fügte der zweite Mönch, ein Chinese, in einem leisen, ruhigen Bariton hinzu.

»So ist es. Insbesondere, wenn man bedenkt, daß die Sanskrit-Ligaturen aufgrund des schlechten Zustands einiger älterer Pergamentrollen kaum zu entziffern sind«, sagte wieder der erste. »Viele Stellen sind völlig unleserlich. Teile des heiligen Dharma – die höchsten Inhalte der buddhistischen Lehre – drohen für immer verloren zu gehen. Das erklärt die Verwirrung unter unseren Anhängern in China.«

Herr Li nickte mit dem Kopf, nahm seinen Hut ab und wischte sich mit der Hand über die feuchte Stirn. Seinem sorgenvollen Blick war zu entnehmen, wie sehr ihm diese Probleme am Herzen lagen.

»Die Wahrheit ist so schon schwer genug zu begreifen, selbst wenn sie uns in der klarsten Übersetzung nahegebracht wird«, fuhr der Inder fort, blickte in die Runde und hob besorgt die Schultern. »Die Wege zur Erleuchtung bleiben selbst in der besten aller Welten noch dunkel.«

»Was ist denn mit den Schriften, die neulich in unseren buddhistischen Höhlen bei Tunhuang gefunden wurden?« fragte Herr Li.

»Ah! Die Funde in unserem Land sind ein großer Segen!« rief der chinesische Mönch mit zuversichtlicher Stimme. »Aber um es noch einmal zu sagen: Die notwendigen Restaurierungs- und

Übersetzungsarbeiten werden viel Geld kosten.« Er schüttelte den Kopf. »Ihr seht nun, vor welchen Problemen wir stehen.«

Ja, dachte Di, während er den blank polierten Schädel des Mönches betrachtete und zusah, wie dieser einen Becher Wein an die Lippen führte. Ja, dachte er, jetzt sehe ich, vor welchen Problemen wir stehen.

Das Ganze war kaum mehr als eine bessere Form der Kuppelei – eine Zusammenkunft wohlhabender buddhistischer Förderer mit ihren potentiellen Günstlingen. Es war schon entmutigend genug, daß ein hoher konfuzianischer Beamter sich vom rechten moralischen Weg abbringen ließ. Doch jetzt begriff er, daß man auch ihm, dem Obersten Magistrat von Yangchou, den Hof machte. Warum?

Der Amtsvorsteher nutzte die Unterbrechung der hochgeistigen Unterhaltung und schaltete sich ein.

»Darf ich die Herren mit dem ehrenwerten Richter Di von Yangchou bekannt machen ... dem würdigen Nachfolger unseres alten Richters Lu.« Inzwischen hatte der Gastgeber Di bei der Gruppe gesichtet und eilte herbei. Unterdessen wandte sich der Amtsvorsteher an den hageren Mann in dem pelzbesetzten Gewand und fuhr mit der Vorstellung fort. »Herr Li, darf ich Euch Richter Di vorstellen – das wachsame Auge dieser Stadt. Richter Di, das ist der ehrenwerte Herr Li, Mitglied einer der wohlhabendsten Familien der Stadt. Und hier zwei der bedeutendsten Äbte unseres Bezirks.« Er deutete auf die beiden Mönche, die sofort gegen das Kompliment protestierten und bescheiden die Hände vors Gesicht hielten. Di nickte ihnen höflich zu.

»Zweifelsohne habt Ihr unserem Gespräch entnommen, daß wir mit der Aufgabe betraut sind, die ungeheuren Summen aufzubringen, die für die Übersetzung und für die Bergung heiliger Schriften aus überfluteten Tempeln und Stupas nötig sind«, erklärte der Mönch mit der Fistelstimme. »Der Leiter des Opferamtes hat uns mit freundlicher Unterstützung unseres Gastgebers an diesem herrlichen Abend hier zusammengeführt. Am liebsten würde ich meine ganze Kraft der heiligen Sache widmen, aber«, fügte er in einem verächtlichen Ton hinzu, »wir müssen uns dieser Welt stellen. Sie ist teuer und sehr real, solange wir auf ihr weilen.«

»Sehr real«, stimmte ihm Di zu. »Und pekuniäre Verpflichtungen sind zweifellos ein wesentlicher Bestandteil dieser grausamen Realität?«

»So ist es, Herr Di«, sagte der Mönch mit Bedauern. »Deshalb sind wir heute abend hier.«

»Und ist das auch der Grund, warum Ihr heute abend hier seid, Amtsvorsteher Fu Yu-i?« fragte Di.

»Unser Gastgeber«, sagte der Angesprochene, »hat uns freundlicherweise die Gelegenheit gegeben, heute abend die größten Gönner mit der größten Not zusammenzuführen. Der berühmte Pilger Hsuan-tsang ist mit sechshundertsiebenundfünfzig Bänden in fünfhundertzwanzig Kisten aus Indien zurückgekehrt. Und alle diese Bände müssen übersetzt werden.«

»Heute abend«, schaltete sich der Gastgeber ein, »bringen wir Wohlstand und Rechtschaffenheit zusammen. Wohlhabende Gönner der buddhistischen Lehre schließen sich uns an und unterstützen uns mit Spenden, Richter Di.«

»Und genau hier müssen sich unsere Wege trennen, Herr Lu«, sagte Di höflich zu seinem Gastgeber. »Es ist ja nicht so, daß ich, ein einfacher Richter, die philosophische Brillanz und hohe Gesinnung des Buddhismus leugnen oder die Hingabe der Männer in Abrede stellen würde, die das Schicksal dazu auserkoren hat, darüber nachzudenken. Aber ... was mich anbelangt, so erfordert diese Welt meine ganze Aufmerksamkeit.«

»Diese Welt ist eine Welt der Leiden, Richter«, dozierte der zweite Mönch in väterlichem, fast schon herablassendem Ton.

Dis Augen verengten sich zu Schlitzen. »Das mag sein, aber es ist die einzige Welt, die wir wirklich kennen, und die einzige, auf die wir wirklich einwirken können. Und der Staat wird die wohltätigen Einrichtungen, Spitäler und Garküchen der Klöster auch künftig unterstützen und gutheißen, wie immer ...«

»Herr Di ...« Der bärtige Gastgeber Lu Hsun-pei drängte sich in den Kreis der Versammelten und hob beschwörend die Arme. »Herr Di, das ist bedauerlich, höchst bedauerlich«, sagte er und schüttelte in übertriebenem Kummer den Kopf. »Die Leiden und Pflichten dieser Welt oder unsere Verpflichtungen dieser Welt gegenüber sind doch völlig belanglos.«

»Herr Lu Hsun-pei hat recht. Wir sind nur den höheren Reichen der Seele verpflichtet«, rief der Vorsteher des Opferamtes, hob die Arme und packte den Richter an den Schultern. »... und anderen Welten als dieser.« Di spürte den sauren Atem des kleinen Beamten auf seiner Wange. Seine Abneigung gegen den Mann wuchs mit jeder Sekunde.

»Richter Di, ich als Leiter des Opferamtes gewähre unserem Gastgeber und seinen Bemühungen um höhere Erleuchtung meine uneingeschränkte Unterstützung.«

»Herr Lu Hsun-pei«, sagte Di an den Gastgeber gewandt. »Euch steht es selbstverständlich frei, Eurem Gewissen zu folgen. Aber ihm nicht!« Di richtete den Blick wieder auf den Amtsvorsteher. »Solange Herr Fu Yu-i sein Amt und seinen Titel behält, ist er nichts anderes als ein konfuzianischer Beamter, und das, und nur das, ist seine oberste Pflicht zwischen Himmel und Erde. Ihr seid dieser Welt verpflichtet, Amtsvorsteher Fu Yu-i, Eurem Kaiser, seinen Untertanen und allen Menschen unter dem Himmel.«

»Hört, Richter Di«, sagte der Amtsvorsteher und sah in die Runde. »Konfuzius war gut für seine Zeit. Aber jetzt leben wir in einer neuen Welt! Der Buddhismus kommt zu uns, schließt uns in die Arme, läßt die Entfernungen schrumpfen ... glaubt mir, wir leben in einer neuen Welt!« Er genoß sichtlich jedes Wort, faltete die Hände und wandte sich hilfesuchend an den Gastgeber.

»Mir kommt diese Welt durchaus nicht neu vor«, entgegnete Di angewidert. »Ich begegne jeden Tag den gleichen Narren. Nichts hat sich verändert. Ich sehe Beamte, die ihr Amt der Lächerlichkeit preisgeben.« Di verschränkte die Arme, und sein Blick wanderte langsam vom empörten Gesicht des Amtsvorstehers nach unten und blieb an den ängstlich baumelnden Händen des kleinen Mannes hängen. Dann nickte er den vier anderen mit freundlicher Bestimmtheit zu und ließ sie stehen.

Di war schon fast bei den Stufen zum Gartentor angelangt, als ihn der Gastgeber eingeholt hatte und leicht am Ärmel zupfte. »Richter Di, es täte mir leid, wenn Ihr uns so verlaßt. Macht mir zumindest die Freude und kostet von den erlesenen Köstlichkeiten.« Er führte Di zu einem der Tische in der Nähe des Tores. Im flackernden Kerzenlicht spiegelten sich die Silber- und Jadeplatten in der herrlich polierten Rosenholzplatte. »Einen Becher Wein vielleicht, Richter? Turfan, Chrysantheme, Pfeffer, Stutenzitzentraube? Nur vom Besten. Was darf ich Euch anbieten?«

Di war zornig, aber der Mann schien so aufrichtig besorgt, daß ein Gast unzufrieden sein Haus verlassen könnte, daß er Mitleid empfand und nachgab.

»Gern, Herr Lu Hsun-pei«, sagte Di und zwang sich ein freundliches Lächeln ab. »Einen Becher Wein. Vielleicht einen Pfeffer, der würde mir jetzt am besten munden.«

Der Gastgeber bedeutete dem Diener mit einem Kopfnicken, zwei Becher Wein zu bringen. Er erhob seinen Becher und senkte ihn dann, wie es beim Zuprosten üblich war, und forderte Di auf zu kosten. »Köstlich«, sagte Di nach dem ersten Schluck, und der Gastgeber führte ihn in eine ruhige Ecke hinter den Kiefern.

Eine Weile nippten sie schweigend an ihrem Wein, dann ergriff der Gastgeber wieder das Wort.

»Richter, ich verstehe ja, daß Ihr Eure Arbeit tun müßt. Aber darf ich Euch um einen Gefallen bitten? Es steht so viel auf dem Spiel. Bedenkt nur die viele Mühe, die Zeit ... Die vornehmsten Familien von Yangchou ...«

»Das vornehmste Geld, meint Ihr wohl«, entgegnete Di knapp und nahm einen kräftigen Schluck. »Ich bin überrascht, sollte es aber eigentlich nicht sein. Ich hätte es besser wissen müssen. In gewisser Weise bin ich Euch sogar dafür dankbar, daß Ihr mir die Augen geöffnet habt.« Sein Gastgeber sah ihn verdutzt an und wartete. »Mir ist klar geworden, daß der religiöse Opportunismus offenbar keine Grenzen kennt. Die Reichen werden gegeneinander ausgespielt und wetteifern gierig um das Privileg, daß man dieses oder jenes bedeutende Sutra oder Dokument mit ihrem Namen verknüpft.« Er schüttelte verwundert den Kopf. »Sie erkaufen sich den Einzug ins Paradies durch immer höhere Spenden! Und das alles unter dem Deckmantel einer vorübergehenden Mode.«

»Richter Di, ich habe eine einfache Bitte«, sagte Lu Hsun-pei nach einer Weile, und ein berechnender Ausdruck huschte über sein Gesicht. Er nahm Di am Arm und führte ihn in einen kleinen Pavillon in der Nähe. »Ich kann Euch zu einem wohlhabenden Mann machen. Was für Herrn Lo von der bekannten Reederfamilie gilt, gilt auch für mich: Meine Mittel sind nahezu unerschöpflich, und ich habe sie fest im Großen Kanal angelegt.« Hier machte er eine kurze Pause. »Ich werde Euch jetzt nach Eurem Preis fragen, und ich verspreche Euch, daß ich ohne Zögern jede geforderte Summe zahlen werde. Wie wäre es mit einer Million Geldschnüre für den Anfang?« Er wartete. »Zwei? Drei?« Als er sah, daß seinem Gegenüber damit keine Antwort zu entlocken war, holte er tief Luft und fragte forsch: »Dann vielleicht zehn Millionen?« Di antwortete immer noch nicht, und der Gastgeber verbarg sein Unbehagen über Dis Schweigen. »Ich bitte Euch ja nur darum, daß Ihr Euer im Grunde sehr löbliches Vorgehen gegen die Mißstände im klerikalen Bereich auf die niederen Schichten der Gesellschaft beschränkt. Belaßt es dabei, dann gibt es keine Probleme. Schützt die armen Bauern vor den Scharlatanen, die ihren Aberglauben ausnutzen wollen. Völlig einverstanden. Spielt ruhig den väterlichen Richter. Aber es wäre für alle Beteiligten besser, wenn Ihr Euch darauf beschränktet. Ihr solltet uns bei unserer Arbeit keine Steine in den Weg legen ...«

»Das hängt doch wohl davon ab, worin diese Arbeit besteht, nicht wahr, Herr Lu?« sagte Di und musterte das Gesicht des anderen. »Die Armen müssen vor den Machenschaften religiöser Scharlatane beschützt werden, und die Reichen müssen vor sich selber beschützt werden. Das ist die Ironie – beide, reich und arm, unterstützen dieselbe Sache und werden schließlich Opfer desselben Irrglaubens.«

»Hier irrt Ihr, Richter«, lachte Lu Hsun-pei und schüttelte den Kopf. »Die Reichen sind von einem anderen Schlag. Es gibt auf dieser Welt eine unbestreitbare Tatsache: Die Armen versinken immer tiefer in Armut, weil sie sich nicht genügend anstrengen. Bei den Reichen ist das, wie Sie wissen, ganz anders. Sie haben es im Leben aus eigener Kraft so weit gebracht. Sehen Sie sich doch um!« Lu Hsun-pei machte eine weitausholende Bewegung, aber Di tat ihm den Gefallen nicht, sondern hielt die Augen gesenkt und gab ihm auf diese Weise zu verstehen, daß er genug gesehen hatte. »Nein, ich bin ganz sicher kein Narr, der nur trügerischen, unsichtbaren Welten nachjagt«, fuhr Lu Hsun-pei fort, der nun jeden Anschein von Pietät abgelegt hatte. »Wir kümmern uns auch um die Belange in dieser sehr realen Welt. Im selben Maße, wie die Armen ärmer werden, werden die Reichen reicher, und wenn wir die Übersetzung wichtiger Schriften und Pilgerfahrten finanzieren, die durch unsere Kanäle führen, so verfolgen wir damit durchaus auch handfeste Interessen. Sie wissen ja, wer die Musikanten bezahlt, bestimmt auch, was gespielt wird. Die Armen in ihrer naiven Frömmigkeit werden zwangsläufig immer ärmer, und wir Reichen zwangsläufig immer reicher. Und«, fügte er lachend hinzu, »die Armen würden uns sogar ihre Töchter verkaufen, wenn nur der Preis stimmt.«

»Diesen Ausspruch fand ich noch nie besonders amüsant, nicht einmal im Scherz«, entgegnete Di scharf. »Aber ich bin dankbar für Eure Ehrlichkeit, auch wenn mir Euer Standpunkt ganz und gar nicht gefällt. Es ist wahrscheinlich das erste ehrliche Wort, das ich heute abend gehört habe. Aber es gibt noch einen weiteren Unterschied zwischen Arm und Reich. Die Reichen haben die Mittel, den Irrglauben noch weiter zu verbreiten.«

Der andere verbeugte sich, als habe Di ihm ein großes Kompliment gemacht. »Was sagt Ihr zu meinem Angebot?« fragte er dann. »Wollt Ihr es Euch noch überlegen?«

»Ja«, sagte Di. »Ich würde es mir gern überlegen.« Di wandte sich von seinem Gastgeber ab, als wolle er den Gartenpavillon verlassen. »Oh ... verzeiht, Herr Lu Hsun-pei, aber ich habe anscheinend meine guten Manieren vergessen.« Er nahm den irdenen Becher von dem Geländer, auf dem er ihn vorhin abgestellt hatte, wog ihn in der Hand, hob ihn ins flackernde Licht und prüfte die Qualität von Blumenmuster und Glasur. Sein Blick wanderte von dem Becher zu einer Gruppe von Gästen, die an einem der Tische in der Nähe standen. Er entdeckte unter ihnen den Amtsvorsteher Fu Yu-i, der offensichtlich begierig darauf war zu erfahren, was zwischen Lu Hsun-pei und ihm gesprochen wurde.

Di tat ihm den Gefallen und rief: »Herr Fu Yu-i! Seid doch so nett und leistet uns Gesellschaft.«

Die Augen des kleinen Mannes leuchteten auf. Er legte die silbernen Eßstäbchen beiseite und kam flink zum Pavillon herübergelaufen.

»Ist das nicht ein herrlicher Becher?« fragte Di. »Ein ganz besonders schönes Stück!« Er hielt den Becher ins Licht, damit ihn Fu Yu-i besser sehen konnte.

»Nun ja. Doch, ganz hübsch ... aber ...«, stammelte der Vorsteher. Er lächelte immer noch, war jetzt aber auf der Hut und überlegte, was hier gespielt wurde. »Bei Herrn Lu Hsun-pei ist alles von bester Qualität. Sehr schön, doch!«

»Glaubt Ihr, daß er wertvoll ist?« fragte Di unschuldig.

»Das nehme ich doch an!« antwortete der kleine Mann und

schaute verunsichert von Di zu seinem Gastgeber und wieder zurück. »Aber was hat es damit auf sich?«

»Nichts, Herr Fu Yu-i«, antwortete Di. »Wir reden nur über Kunst und ihren Wert.«

»Ihren Wert?« fragte der Vorsteher.

»Ja, ich wollte nur wissen, wieviel er wert ist. Unser charmanter und wohlhabender Gastgeber hat mir ein Geschenk angeboten.« Der kleine Mann sah fragend zu Lu Hsun-pei, der ihm einen beruhigenden Blick zuwarf, dann wandte er Di den Rücken zu, lehnte sich auf die Brüstung des Pavillons und sah zu den Gästen im Garten hinaus. »Aber das Geschenk war zu großzügig«, fuhr Di fort. »Viel zu großzügig. Eine Riesensumme, Amtsvorsteher Fu Yu-i. Ich mußte leider ablehnen. Statt dessen werde ich den Becher behalten. Es ist ein herrlicher Becher. Er ist bestimmt mehr wert als die Tusche, die ich bei der Abfassung meiner Denkschrift für den Thron brauchen werde. In dieser Denkschrift werde ich vor der moralischen Verderbtheit vermeintlich verantwortungsbewußter Beamter warnen und darlegen, daß sie für verführerische ausländische Lehren genauso empfänglich sind wie der ärmste, unwissendste Bauer. Und ich werde keinen Moment zögern, Amtsvorsteher Fu Yu-i als Beispiel für die moralische Verderbtheit auf höchster Ebene zu nennen. Mein Herr«, sagte er und verbeugte sich vor dem hohen Beamten, »nehmt bitte zur Kenntnis, daß ich allen Mißständen im klerikalen Bereich nachgehen werde, wo sie auch vorkommen mögen. Und sollte die Spur in Eure ehrenwerte Kanzlei im Opferamt führen, so werde ich auch dort meinen Nachforschungen nachgehen.«

Nach dieser zündenden Rede wandte sich Di zum Gehen, befriedigt darüber, daß er die beiden Männer beeindruckt hatte, doch er hatte den Pavillon noch nicht verlassen, da hörte er den Gastgeber lachen und zum Vorsteher sagen:

»Eine Denkschrift für den Thron? Gut! Hoffen wir, daß er sein Versprechen einlöst. Und hoffen wir, daß er es bald tut.« Der Vorsteher stimmte in das Lachen ein, wenn auch nervös und ohne die arrogante Selbstsicherheit des anderen. Di drehte sich nicht noch einmal um, aber während er durch das Gartentor zu seiner wartenden Kutsche schritt, gingen ihm die rästelhaften Worte nicht mehr aus dem Sinn.

Als Di am nächsten Morgen erwachte, hatte er eine Idee. Am Vorabend war er wütend und aufgebracht zu Bett gegangen. Lu Hsun-peis arrogantes Lachen hatte ihm noch lange in den Ohren geklungen, und die ganze Zeit hatte er daran denken müssen, wie schamlos der Mann mit seinem Reichtum und seiner privilegierten Stellung geprahlt hatte, so als hätten die Götter selbst ihn über seine Mitmenschen erhoben und von allen geltenden Regeln befreit. Dis Verstand mußte im Schlaf gearbeitet haben, denn als er aufwachte, war seine Wut verflogen. Er war voller Tatendrang und konnte es kaum erwarten, in seine Kanzlei zu kommen.

Sein Gehilfe war wie immer bereits da. Als Di in die Kanzlei stürmte, schaute der junge Mann von seinem Schreibtisch auf und blickte ihn fragend an, aber Di ließ ihm keine Zeit zum Sprechen.

»Erinnerst du dich noch an den Mord am Verkehrsminister vor einigen Jahren?« fragte er im Vorübergehen.

»Selbstverständlich«, antwortete der Gehilfe überrascht. »Ein Gärtner hat dafür mit dem Leben bezahlt.«

»Und ich beinahe auch«, sagte Di und setzte sich an seinen Schreibtisch. »Der Fall hat mich fast um den Verstand gebracht. Ich bekam ihn einfach nicht in den Griff. Jede Spur endete in einer Sackgasse, es war zum Verzweifeln. Und dann hätte ich in meiner Kanzlei beinahe eins über den Schädel bekommen. Der Fall läßt mir einfach keine Ruhe.«

»Habt Ihr eine Spur?« fragte der Gehilfe interessiert.

»Das nicht gerade. Aber ich denke wieder über den Fall nach. Der gestrige Abend war hochinteressant. Ich habe einen Mann kennengelernt, der möglicherweise mehr über den Mord weiß als ich. Jedenfalls bringt er alle nötigen Voraussetzungen mit: Er ist reich, arrogant, und er kennt keine Skrupel.«

»Das trifft auf viele Leute zu.«

»Wie wahr«, gab Di zu. »Aber dieser Kerl hat eine interessante Bemerkung gemacht. Er hat unter anderem damit geprahlt, daß er einen Großteil seines Vermögens in das Verkehrsnetz der Stadt investiert hat. Und«, fügte er bedeutungsvoll hinzu, »er hat regelmäßig Kontakt zu Ausländern. Zu Indern, um genau zu sein.« Er fischte nach einem leeren Bogen Pergament und tauchte einen Schreibpinsel ein, dann warf er in schnellen Strichen den Namen des Mannes auf das Blatt und zeigte es seinem jungen Gehilfen. »Lu Hsun-pei. Ein wohlhabender Mann, der die unterschiedlichsten Leute kennt. Wir sollten nachprüfen, ob zwischen ihm und dem Verkehrsminister eine Verbindung bestand. Dieser Fall hat viel zu lange geruht. Sogar der Geist des toten Gärtners hat aufgegeben. Früher hat er sich ab und zu in meine Träume eingeschlichen, aber im Laufe der Jahre immer seltener.« Er schüttelte den Kopf. »Ich will, daß du dir die Handelsregister, Transportregister und Steuerregister ansiehst. Versuche herauszufinden, wo und wann sich die beiden Männer geschäftlich oder privat getroffen haben könnten. Ich weiß nicht, was wir finden werden oder ob wir überhaupt etwas finden werden, aber wir müssen es versuchen.«

»Der gestrige Abend muß wirklich interessant gewesen sein«, sagte der Gehilfe neugierig.

»Die Welt ist immer für eine Überraschung gut«, räumte Di lakonisch ein. »Ich habe meine Augen und Ohren offengehalten. Und was ich dort zu sehen bekam, übertraf alles, was man in den Puppenspielen auf den Basaren der Stadt zu sehen bekommt. Alles war vertreten – Diebe, schöne Damen, korrupte Beamte, heilige Männer und reiche Schurken.«

»Heilige Männer?« fragte sein Gehilfe ungläubig.

»Selbstverständlich. Was sonst?« anwortete Di sarkastisch. »Heilige Männer, die großzügig bewirtet und hofiert wurden. Was konnte ich auch anderes erwarten von einem Fest, dessen Ehrengast ein hoher konfuzianischer Beamter ist, der eigentlich die Pflicht hat, dafür zu sorgen, daß der Aberglaube nicht überhand nimmt. Der eigentliche Ehrengast, über den alle sprachen, war nicht gekommen. Offensichtlich lassen ihm seine kostspieligen Pilgerfahrten in den fernen Westen für so etwas keine Zeit mehr. Er schürft im Westen eifrig nach der Wahrheit und verkauft sie dann wie einen Klumpen Gold.«

»Und wer ist das?« fragte der Gehilfe lächelnd.

»Ein reisender Mönch namens Hsuan-tsang, der es verstanden hat, sich den reichen Müßiggängern dieser Stadt unentbehrlich zu machen. Den einflußreichsten Familien. Die Gästeliste des Festes würde sich wie ein nationales Sippenregister lesen. Gütiger Himmel – wir wollen doch nicht, daß sie sich völlig nutzlos vorkommen, oder?«

»Hsuan-tsang?« murmelte der Gehilfe nachdenklich. »Diesen Namen habe ich schon einmal gehört.«

»Bestimmt«, erwiderte Di, »das hat jeder.«

»Nein, ich meine, ich habe den Namen gelesen. Und zwar erst vor kurzem. Heute erst!« Er durchwühlte die Papiere auf seinem Schreibtisch. »Es muß hier irgendwo sein, Richter. Es ist heute morgen angekommen. Ich hielt es nicht für besonders wichtig, deshalb habe ich es Euch nicht sofort gezeigt. Hier ist es ja!« Er zog ein gefaltetes gelbes Dokument hervor und hielt es gegen das Fenster. Das kaiserliche Siegel leuchtete im Morgenlicht. »Es war einem zweiten Brief beigefügt«, erklärte er und hielt ein zweites, schlichteres Blatt Papier hoch. »Anscheinend ist jemandem daran gelegen, Euch dies zur Kenntnis zu bringen.«

»Zeig sofort her!« sagte Di und sprang von seinem Stuhl auf. Er riß seinem verdutzten Gehilfen die beiden Dokumente aus der Hand und stellte sich zum Lesen ans Fenster.

»Das eine Schreiben ist ein Dekret der Familie der Kaiserin Wu«, sagte er und schaute hoch. »Um genau zu sein, von der Mutter der Kaiserin Wu, der ›verehrten‹ Frau Yang. Das andere ist von ... ich weiß nicht, von wem.« Er las laut vor:

An Richter Di Jen-chieh:

Ihr kennt mich nicht, aber ich hoffe, daß wir uns noch kennenlernen werden. Ich kenne Eure hervorragende Arbeit, die Euch weit über die Grenzen Eurer Stadt hinaus bekannt gemacht hat. Ich hatte von einem Verwandten, der in einer anderen Stadt wohnt, von den jüngsten Vergehen des Verbrechers Diamantenauge gehört. Der betreffende Verwandte gehört selbst zu den Opfern dieses Verbrechers. Ich war sehr froh zu hören, daß Ihr ihm und seinem unehrlichen Treiben unter den Frommen ein Ende gesetzt habt. Und ich bin mir, wie Ihr, darüber im klaren, daß er kein Einzelfall ist. Da ich um Eure Arbeit weiß, bin ich überzeugt, daß das beiliegende Dokument für Euch von großem Interesse sein wird. Bis vor kurzem bekleidete ich selbst einen nicht unbedeutenden Posten im kaiserlichen Dienst. Ich bin der festen Überzeugung, daß niemand so hochgestellt ist, als daß er nicht genauestens überprüft werden sollte.

Es entbehrt sicher nicht einer gewissen Ironie, daß ich unter dem Dach eines buddhistischen Klosters Zuflucht gesucht und gefunden habe. Es wird von einem guten Abt geführt, der mich durch sein Beispiel gelehrt hat, daß es auch ehrliche Menschen gibt. Im Laufe der Zeit habe ich vollstes Vertrauen zu ihm gefaßt und ihm meine Lebensgeschichte erzählt.

Da Tote keine Namen brauchen, tut meiner nichts zur Sache. Für Euch bin ich einfach

Ein alter Narr

Di drehte das Blatt Papier um und sah es sich genau an. Dann hielt er es gegen das Licht. »Ah, da haben wir's!« rief er aus. »Dieser Mann ist sehr mutig, wer immer er auch ist.« Sein Gehilfe trat näher, um zu sehen, was er meinte. Di zeigte auf drei matte Wasserzeichen in der linken oberen Ecke des Blattes. »Der Name des Klosters. Einem normalen, unaufmerksamen Betrachter wäre diese versteckte Botschaft vermutlich entgangen, aber er wußte genau, daß sie mir nicht entgehen würde.«

Der Gehilfe las die Buchstaben laut vor. »Stadt ... Stern ... Blume ...« Er sah Di fragend an.

»Loyang«, sagte Di. »Die Sternenstadt. Die Hauptstadt. Blume kann nur Lotos bedeuten, die heiligste aller Blumen in der buddhistischen Mythologie. Wir brauchen nur nach einem Tempel zu suchen, dessen Name das Wort ›Lotos‹ enthält. Er hat dafür gesorgt, daß ich Verbindung zu ihm aufnehmen kann. Warte. Laß mich kurz nachdenken«, sagte er und betrachtete den Brief nochmals. »Alter Narr ... du lieber Himmel!« Er sah seinen Gehilfen an. »Weißt du immer noch nicht, von wem dieser Brief stammt?« Der leere Ausdruck im Gesicht des Gehilfen war Antwort genug, aber Di hatte die lächerlichen Geschichten von den sechs alten Narren gehört. Zwei Jahre war das jetzt her. Die dienstältesten Beamten, führende Staatsmänner aus der Regierungszeit T'aitsungs, waren angeblich wahnsinnig geworden und hatten nach der Verbreitung der Geschichten gemeinsam Selbstmord verübt.

Di besah sich den Brief nochmals von allen Seiten. Tote brauchen keine Namen, stand da. Demnach war zumindest einer der alten Beamten noch am Leben und hatte jetzt Verbindung zu ihm aufgenommen.

Aufgeregt öffnete er den zweiten Brief und las laut vor:

... Die heilige Mutter unserer großen und geliebten Kaiserin, Frau Yang, begrüßt und feiert mit der größten Freude und

Genugtuung die Rückkehr der Pilger-in-der-Wahrheit, Hsuan-tsang und seiner Schüler Tsu-en und I-tsing, aus den Westlanden, den buddhistischen Königreichen auf dem Südlichen Archipel und dem Mutterland Buddhas. Und da Frau Yang sich das Wissen, das sie nach China gebracht haben, zu eigen machen will, hat sie dank der Großzügigkeit der Kaiserin Wu Tse-tien alle Mittel des Hofes des göttlichen erhabenen Kaisers Kaotsung zur Verfügung gestellt, um Übersetzungen der großartigen Texte zur Erscheinungswelt der Dinge des *Vijnaptimatratasiddhi* und des *Madhyantavibhagatika* anfertigen zu lassen. Die verehrte Mutter Yang hat das Vorhaben unterstützt, eine Abhandlung in sechzig Bänden über die höhere Metaphysik der esoterischen Hinajana-Schule des Kleinen Fahrzeugs in eintausenddreihundertunddreißig Kapiteln zu verfassen, im Namen der glorreichen Dynastie der T'ang, des Kaisers Kaotsung und Frau Yangs Tochter, der Kaiserin Wu Tse-tien. Sie tat dies zu Ehren des Thrones und im Namen des zukünftigen Buddha Maitreya …

Di ließ das Blatt sinken und sah seinen Gehilfen an.

»Habe ich von den Reichen gesprochen? Den oberen Schichten? Den reichen Müßiggängern? Ich hätte genauso gut von barfüßigen Drecksbauern reden können, denen der Mist zwischen den Zehen klebt.« Er seufzte lang und entmutigt. »Aber ich hätte es selbstverständlich wissen müssen. Was hatte ich eigentlich erwartet?«

Wieder mußte er an das arrogante Lachen Lu Hsun-peis denken. Es kam ihm jetzt noch unverschämter vor, weil er verstand, was dahintersteckte. Wie hatte Lu Hsun-pei hinter seinem Rücken gehöhnt? Hoffen wir, daß er sein Versprechen einlöst und eine Denkschrift für den Thron verfaßt. Und hoffen wir, daß er es bald tut.

Di ärgerte sich. Sein selbstgerechter Abgang nach seiner kleinen Rede mußte ziemlich lächerlich gewirkt haben. Genausogut hätte er erklären können, er werde sich beim König der Wölfe beschweren, weil er sich durch das Zermalmen von Knochen gestört fühle. Ja, er hatte sich zum Narren gemacht.

8

Im Jahr 661
Loyang

Der Tod der sechs ehrwürdigen Ratsmitglieder hatte in der Stadt selbstverständlich große Bestürzung ausgelöst. Noch Wochen später drehten sich viele Gespräche in den Weinschenken und Teehäusern der Hauptstadt um die mysteriöse Krankheit, welche die alten Männer wie eine Seuche heimgesucht, ihres Verstandes beraubt und schließlich in den Selbstmord getrieben hatte. Die Gerüchte und Spekulationen überschlugen sich, und das Thema war Gegenstand hitziger Debatten. Die einen nickten wissend mit dem Kopf und sagten, solche Dinge seien ganz und gar nichts Ungewöhnliches, denn der Verstand des Menschen sei wie sein Körper anfällig für ansteckende Krankheiten. Andere wußten von Dörfern zu berichten, deren Bewohner sich einer nach dem anderen das Leben genommen hätten, bis keiner mehr übriggeblieben sei. Für gewöhnlich fange es bei den Alten an, sagten sie und fragten, ob nach dem Tod der Ratsmitglieder denn niemand die Zahl der Selbstmorde in der Stadt gezählt habe? Ohne Zweifel werde man bei einer solchen Zählung einen Anstieg feststellen, behaupteten sie, und tatsächlich hatten sich nach den ersten Selbstmorden mehrere Greise das Leben genommen, aber zur großen Enttäuschung der Unheilspropheten wurde daraus nicht die von ihnen vorausgesagte Epidemie.

Die meisten nahmen die Sache freilich gelassen. Die Existenz des Menschen, so sagten sie, sei wie die Existenz von Weltreichen einem jahreszeitlichen Wechsel unterworfen. Eine bestimmte Jahreszeit sei nun vorüber, und eine andere habe begonnen. Jedermann wußte, wie sehr die Tragödie der Kaiserin Wu zu Herzen ging. Sie war ihrem Mann zu Hilfe geeilt und linderte seinen Schmerz, indem sie zusammen mit ihm den offiziellen Audienzen beiwohnte und ihm bei wichtigen Entscheidungen mit Rat und Tat zur Seite stand, unterstützt vom Geschichtsschreiber und neuen Leiter der Kaiserlichen Kanzlei, Shu Ching-tsung, und dem Leiter des Amtes für Beamtenernennungen, Lai Chun-chen. Unter ihrem eigenen Namen hatte sie öffentliche Bauvorhaben in Auftrag gegeben, die den Hungernden zu Nahrung und den Armen zu Arbeit verhelfen sollten. Das Volk war begeistert: War das nicht die wiedergefundene Lebenskraft der T'ang, die dem verstorbenen Kaiser T'aitsung im Traum versprochen worden war? Und handelte die Kaiserin nicht nach dem Gebot der Nächstenliebe, das der heilige Maitreya den Menschen auferlegt hatte? Und handelte sie, obwohl sie eine Frau war und Jahr um Jahr einen neuen Prinzen gebar, nicht genau wie ein Mann? War es jetzt nicht an der Zeit, Klatsch und Sorgen hinter sich zu lassen und freudig das neue Zeitalter der Menschlichkeit und des Wohlstandes zu begrüßen?

Doch selbst an der Schwelle zu einem goldenen Zeitalter mochten einige unverbesserliche Zyniker und respektlose Spaßvögel nicht verstummen. Makabre Geschichten über den Verbleib des Kopfes von Ratsmitglied Wu-chi machten ebenso schnell die Runde wie die Nachricht von den neuen Hilfsmaßnahmen der Kaiserin für die Armen. Die einen behaupteten, der Kopf sei in einem Restaurant im Ostteil der Stadt in einem Suppenkessel aufgetaucht und dann mit den Küchenabfällen weggeworfen worden. Zuletzt sei er im Fluß treibend gesehen worden und habe Passanten zugerufen, daß er von Loyang genug habe, unterwegs zum Meer sei und nie wieder zurückkehren werde. Soso, meinte ein alter Witzbold geheimnisvoll, er hingegen habe gehört, daß die Kaiserin den Kopf Wu-chis als Kopfkissen benutze, auf daß er ihre Träume versüße.

Eines Wintermorgens erwachte ein Mann noch vor Tagesanbruch aus einem wirren Traum und konnte sich nicht mehr erinnern, wer oder wo er war. Er lag in einem kalten Zimmer, starrte mit offenen Augen in die Dunkelheit, die er für den Nachthimmel hielt, und lauschte dem Pochen seines Herzens und dem Brausen des Blutes in seinem Kopf. Sein Körper war starr und so fern, daß es ihm schien, als schwebe sein Bewußtsein in einer großen Leere. Er bekam Angst und wollte um Hilfe rufen, doch er konnte sich weder an Namen noch an irgendwelche Worte erinnern, und so blieb er lange stumm liegen, bis er wieder in seine Traumwelt versank. Er träumte von rotem, glühendheißem Feuer, und das mächtige Dröhnen seines Herzschlags erfüllte das Universum wie die Schläge einer riesigen Trommel.

Als er erwachte, sah eine Frau auf ihn herunter, in deren Gesicht er Ungeduld las. Sie schüttelte ihn an den Schultern und befahl ihm, er solle sofort mit ihr sprechen. Er kannte die Frau, ihr Gesicht war ihm vertraut, und doch vermochte er sich nicht zu erinnern, wer sie war. Er wollte lächeln und spürte, wie ihm warmer Speichel aus dem Mundwinkel lief, dann über die Wange zum Kinn und schließlich den Hals hinunter. Das schien die Frau zu verärgern. Sie warf ihm vor, ein abscheuliches Spiel zu treiben, und schüttelte ihn abermals. Aber jetzt hatte sie wohl etwas anderes in seinem Gesicht gesehen, denn genauso schnell, wie ihr Ärger gekommen war, verschwand er wieder aus ihren Zügen und machte einem Ausdruck des Erschreckens Platz. Sie sagte, sie werde sofort den Kaiserlichen Arzt holen, und rannte aus dem Zimmer. Er wollte sie davon abhalten, fand aber keine Worte, um diesen Gedanken auszudrücken. Bald erkaltete das Rinnsal auf seiner Wange und seinem Hals. Er wollte es wegwischen und versuchte, die rechte Hand zu heben, stellte aber fest, daß sie ihm nicht mehr gehorchte. Er versuchte es mit der linken Hand. Zitternd gehorchte sie seinem Willen. Er wischte sich die Backe ab, spürte einen kalten Schauer, zog sich mit der intakten Hand die Decke über den Körper und blieb in der Dunkelheit liegen.

Gegen Nachmittag konnte Kaiser Kaotsung seine rechte Hand wieder benutzen, aber sie blieb so schwach wie die eines Säuglings. Der Arzt betrachtete den Kaiser mit sorgenvollen Augen und bat ihn inständig um die Erlaubnis, eine Akupunktur vorzunehmen. Doch Kaotsung lehnte ab, wobei er sich mit Gesten verständlich machte, denn noch immer wollten ihm nicht die richtigen Worte einfallen. Inzwischen wußte er, wer er war und daß die Frau, die sich am Morgen über ihn gebeugt hatte und jetzt besorgt mit dem Arzt tuschelte, seine Gattin, die Kaiserin, war. Auch ihr Name war ihm inzwischen wieder eingefallen, aber er war noch immer nicht imstande, ihn von seinem Gehirn zu seiner Zunge zu befördern. Wörter und Sätze türmten sich in seinem Kopf auf, stießen aber gegen dieselbe Barriere, und da er sich nicht vorstellen konnte, daß sein Mund etwas anderes als unverständliche Laute hervorbringen würde, unternahm er erst gar nicht den Versuch, etwas zu sagen.

Nachdem der Arzt gegangen war, setzte sich die Kaiserin zu ihm aufs Bett, ergriff seine Hände und sah ihn an.

»Sprich mit mir«, bat sie ihn. Er öffnete den Mund, um ihr zu antworten, brachte aber nur einen undeutlichen Laut hervor. Er war so überrascht, daß er schnell wieder den Mund schloß. Die Kaiserin erschrak. »Was ist mit dir los?« fragte sie halb ängstlich, halb verärgert und ließ seine Hände fahren, als sei er ihr plötzlich verhaßt. Er schüttelte den Kopf und sah sie hilflos an, beschämt und ohne den Mut, es noch einmal zu versuchen. Da wurden ihre Augen hart. »Das tust du nur, um mich zu demütigen«, sagte sie. Erneut schüttelte er den Kopf.

Dann entspannte sich ihr Gesicht, und sie begann zu weinen. Während ihr Tränen über das Gesicht liefen, ergriff sie erneut seine Hände und streichelte sie. »Mein armer Liebling«, sagte sie. »Mein armer, armer Liebling. Mach dir keine Sorgen. Ich werde mich um dich kümmern, bis wir das schreckliche Wesen, das in dich gefahren ist, wieder ausgetrieben haben. Ich werde für dich sorgen wie für meine kleinen Prinzen.« Dann drückte sie ihre süß duftende Brust an ihn und bettete ihren Kopf an seine Schulter, so daß ihr parfümiertes Haar direkt unter seine Nase zu liegen kam. So verharrte sie leise weinend, während er resigniert die Augen schloß.

In den folgenden Wochen versank Kaiser Kaotsung immer tiefer in der Stille, die von ihm Besitz ergriffen hatte. Da er aufgrund der Schwäche seiner rechten Körperhälfte nicht reiten konnte, unternahm er lange, ausgedehnte Spaziergänge im Park des Palastes und versuchte, langsam wieder zu Kräften zu kommen. Auf diesen Spaziergängen brachte er Stunden damit zu, sich Begebenheiten aus seiner Kindheit ins Gedächtnis zu rufen, und zwar in solcher Klarheit, daß er bestimmte Lebensabschnitte gewissermaßen noch einmal durchlebte. Es war wirklich erstaunlich, woran er sich noch erinnern konnte – ganze Tage, längst begraben und vergessen, lebten wieder auf und standen deutlich vor seinem geistigen Auge. Auch das Bild des Vaters erschien ihm wieder, und er erinnerte sich genau an den Tag, als der Kaiser ihn beiseite genommen und ihm eröffnet hatte, daß er der Kronprinz sei und eines Tages seine Nachfolge antreten werde.

Sein Vater hatte ihm ausführlich alle seine Stärken und Schwächen erklärt und betont, daß der Sechserrat ihm in den ersten Jahren beratend zur Seite stehen werde. Die meisten Ratsmitglieder, sagte er, seien bis dahin zwar alte Männer, doch erfreuten sie sich bester Gesundheit und würden gewiß ein hohes Alter erreichen. »Mein guter Freund Wu-chi«, sagte er, »ist der jüngste von allen und wird bestimmt noch leben, wenn du selbst schon ein wenig Schnee auf dem Haupt hast.« Bei diesen Worten war er ihm mit der Hand durchs Haar gefahren.

Inzwischen war Kaotsung Mitte Dreißig, und sein Haar war immer noch so dicht und schwarz wie damals, aber er war schwach wie ein Greis, und Wu-chi war tot. Scham, Kummer und Wehmut überkamen ihn und füllten seine Augen mit Tränen, so daß der Wald ringsum zu einem wässrigen Grün verschwamm.

Manchmal, wenn er ganz allein durch den Wald ging und sicher war, daß niemand ihn hören konnte, versuchte er, ein paar Worte zu sagen, zuerst nur flüsternd, dann immer lauter. Er ging Kilometer um Kilometer und führte Selbstgespräche, sang zuweilen auch ein Lied oder sagte ein Gedicht auf. Eine Zeitlang flossen die Worte ungehemmt, dann stieß seine Zunge gegen ein Hindernis, und er nahm noch einmal Anlauf. Wenn es ihm nach mehrmaligem Versuch nicht gelang, das widerspenstige Wort auszusprechen, dann mußte er einen Umweg um das Wort suchen und ein anderes mit ähnlicher Bedeutung finden, das er aus unerfindlichen Gründen problemlos aussprechen konnte, während das andere sich beharrlich sträubte.

Er hielt seine Sprechübungen geheim. Wenn er in den Palast zurückkehrte und unter Menschen war, schwieg er. Die Erinnerung an Wu-chi quälte ihn, und allmählich gelangte er zu der Überzeugung, daß seine Stummheit und die sich daraus ergebende Isolation die gerechte Strafe für seinen Verrat seien.

War er selbst ruhig und still, so war die Kaiserin jetzt noch lebhafter und rühriger als sonst. Während seiner Genesung stand sie bei Tagesanbruch auf, ging zu den Morgenaudienzen, sprach mit Beamten, hörte die Minister an, die dem Thron ihre Anliegen vortrugen, und erließ Gesetze und Dekrete. Anschließend kam sie zu ihm, setzte sich auf sein Bett und erzählte ihm, was sie getan hatte. Er mußte ihr zähneknirschend Bewunderung zollen. Sie hatte ein gesundes Urteilsvermögen, entwickelte neue Ideen und betrieb eine fortschrittliche Politik, die den Menschen zugute kam. Selbst sein Vater T'aitsung wäre beeindruckt gewesen.

Und sie versäumte es nie, ihn aufzusuchen und ihm Bericht zu erstatten, denn sie wollte ihm das Gefühl geben, daß er an allem

Anteil habe. Und während sie zu ihm sprach, streichelte sie sein Gesicht und sah ihm mit zärtlicher Besorgnis in die Augen.

Doch nach einigen Wochen schwand diese zärtliche Besorgnis aus ihrem Blick. Wenn sie ihm jetzt in die Augen sah, erinnerte sie ihn an einen Menschen, der mit einer Laterne in eine dunkle Höhle leuchtete, um festzustellen, was darin verborgen war. Manchmal war er überzeugt, daß sie für einen kurzen Augenblick das Bild Wu-chis gesehen hatte, das direkt hinter seinen Augen lauerte, denn sie kniff ärgerlich die Augen zusammen und befahl ihm erneut, mit ihr zu sprechen. Tat er es nicht, so stand sie auf und verließ das Zimmer.

Eines Abends, nach einer solchen Szene, kam sie später wieder in sein Schlafzimmer zurück. Er hatte bereits geschlafen, wachte aber auf, weil er spürte, daß sie an seinem Bett saß. Sie drehte die Lampe ein wenig hoch, und er merkte, daß ihre Wut und Ungeduld von vorhin verflogen waren. Sie war nett und zärtlich und streichelte ihm das Gesicht, dann hob sie seinen schwachen linken Arm und fuhr damit über ihren weichen Busen.

»Ich werde dir deine Stärke zurückgeben«, sagte sie. »Ich werde dir die Kraft der Sprache zurückgeben.«

Er zwang sich, ihr zu widerstehen, blieb ganz still liegen und versuchte, an Wu-chi und die anderen Männer zu denken. Er versuchte, an den zornigen und enttäuschten Geist seines Vaters zu denken. Er versuchte, an sein eigenes schändliches Ich zu denken. Es nutzte alles nichts. Er spürte, wie er hart wurde, und sie spürte es auch, denn sie lächelte verschlagen und siegesgewiß. »Siehst du?« sagte sie und bestieg ihn. Er schnappte nach Luft. Dann bewegte sie sich langsam auf und ab, und als er bei den ersten schmerzvollen Wellen der Wollust die Augen schloß, sah er, daß Wu-chi, sein Vater und all die anderen da waren und die demütigende Vorstellung beobachteten.

Am Abend darauf ließ sie das Abendessen in ihre Privatgemächer bringen. Sie sprühte vor Leben und Energie – eine Nachwirkung, die er nur allzu gut kannte. Und wie schon so viele Male zuvor fühlte er sich von ihrem Willen förmlich erdrückt.

»Du siehst gut aus heute abend, mein Gatte«, sagte sie. »Ich glaube, wir sind durch Zufall auf ein Mittel gestoßen, das selbst deinem Arzt nicht eingefallen ist.« Er antwortete nicht, senkte den

Blick und aß einen Bissen. Sie mußte ihm etwas angesehen haben, denn sie wechselte rasch das Thema und sagte mit einem veränderten Ton in der Stimme. »Ich habe heute schwer gearbeitet. Es standen viele interessante Gesetze zur Debatte, und ich brauche deinen Rat.«

Sie lud sich eine ordentliche Menge auf den Teller und begann zu essen. Ihr Appetit hatte ihn schon immer beeindruckt. Sie aß nicht wie die meisten Frauen – in kleinen Happen und so wenig, daß nicht einmal eine Feldmaus davon satt wurde. Sie aß genauso viel wie er, kaute mit sichtlichem Genuß und sprach oft mit vollem Munde. »Wir sind uns allgemein darin einig«, sagte sie und zerkaute einen Kloß, »daß Ansporn und nicht Bestrafung die Grundlage unserer Gesetzgebung sein sollte.« Sie schluckte. »Auf jeden Fall sollten wir zuerst ein System von Anreizen in unsere Gesetze einbauen, damit sie den Menschen einen Nutzen bringen und damit es ihnen leichter fällt, sich an sie zu halten. Nimm zum Beispiel das Aushebungssystem«, sagte sie, schob sich erneut einen Bissen in den Mund und kaute, ohne die Augen von ihm abzuwenden. »So wie die Dinge im Moment liegen, betrachten die Menschen eine Einberufung zum Militär als Strafe. Vielleicht sollten wir an dieser Einstellung etwas ändern. Anstatt mit der Einberufung Steuersünder oder Leute zu bestrafen, die sich nicht in die Zensuslisten einschreiben lassen, sollten wir für die Familien der Eingezogenen ein System von langfristigen Vorteilen ausarbeiten. Vergabe von Land etwa, Steuersenkungen, eine garantierte Menge von Saatgut – irgend etwas in der Art. Die Vergünstigungen könnten vielfältiger Natur sein ...« Sie sah den abwesenden Ausdruck in seinen Augen und hörte auf zu sprechen. Eine Weile aßen beide stumm weiter. »Oder nimm die Zölle auf Einfuhrwaren. Sollen wir sie erhöhen, um die heimische Produktion dieser Güter anzukurbeln, oder sollen wir sie senken, um den freien Handel zu fördern? Was meinst du?«

Er schüttelte den Kopf. Er konnte sich unmöglich auf die Bedeutung ihrer Worte konzentrieren, wenn sie so gar nichts mit der dahinterliegenden Absicht zu tun hatten. »Auf den ersten Blick mag es besser erscheinen, die heimische Produktion anzukurbeln«, fuhr sie fort. »Aber ein Weltreich, das sich vom freien Handel abschneidet, läuft meiner Meinung nach Gefahr, sich abzuschotten. Ich weiß natürlich, daß die damit verbundenen Fragen sehr schwierig sind, deshalb wollte ich ja auch mit dir darüber sprechen. Du hast darin viel mehr Erfahrung.«

Sie trank einen Schluck Wein und aß weiter. Er spürte, wie sein Gesicht rot anlief. Er versuchte zu begreifen, was sie sagte, doch es kostete ihn zu viel Anstrengung, ihre Fragen zu verstehen oder gar eine Antwort darauf zu finden. Warum, so fragte er sich, sollte er überhaupt antworten? Was sie sagte, spielte ohnehin keine Rolle. Sie tat das alles nur, um ihn aus sich herauszulocken. Um ihn herauszulocken und dann zu verschlingen. Er preßte fest die Kiefer zusammen.

Außerdem hatte er kein Vertrauen mehr in seine Zunge. Wenn ein Unwetter drohte, blieb man am besten zu Hause, wo man geschützt und im Trockenen war. Er sah sie an.

Sie erwiderte seinen Blick und stellte ihr Weinglas auf den Tisch. Während der restlichen Mahlzeit sagte sie kein Wort mehr. Schließlich wischte sie sich den Mund ab, stand auf und kam um den Tisch herum auf ihn zu. Sie berührte ihn noch nicht, sondern blieb eine Handbreit vor ihm stehen, und er spürte, wie ihm die Hitze in den Kopf stieg, hielt den Blick aber gesenkt und sah auf die Essensreste auf seinem Teller, konzentrierte sich auf die kleinen Fleisch- und Fettbrocken und die glitzernden Nudeln, die in einem kleinen See gelbbrauner Soße schwammen. Sie kniete sich nieder und streckte den Kopf vor, als wolle sie unter das Tischtuch schauen, doch dann drehte sie plötzlich den Hals und sah ihm von unten direkt ins Gesicht. Sein Herz raste und hämmerte wie eine Faust von innen gegen seinen Brustkorb. Er war sicher, daß sie es hörte. Sein Gesicht war jetzt glühendheiß, als stehe er neben einem lodernden Feuer, und als sie ihre Hand ausstreckte und mit ihren kalten Fingern über seine Wangen fuhr, hatte er das Gefühl, er stehe in Flammen.

»Du glühst ja, mein Liebling«, flüsterte sie und begann die Bänder an seinen Kleidern zu lösen. Sie schlug sein Gewand zurück, so daß seine feuchte Brust der kühlen Zimmerluft ausgesetzt war, hauchte ihn an und strich dann mit den Lippen über seinen Körper. Er legte den Kopf in den Nacken und ließ alle Luft aus seinen Lungen entweichen. Wirre Bilder jagten ihm durch den Kopf, zerstückelte und sonderbar verschmolzene Bilder vom Gesicht seines Vaters und vom Gesicht Wu-chis, von seinem eigenen nackten Körper und dem nackten Körper der Kaiserin. Und dann war ihre Hand in seinem Schoß. Sie hatte ihn gefunden.

Am folgenden Abend sprach sie kein Wort. Sie ließ ihn nicht einmal essen, sondern kletterte sofort auf seinen Schoß, bog ihm den Kopf so weit zurück wie nur möglich und pflanzte ihren Mund auf seinen Hals, als wolle sie ihn verschlingen. Sie war erbarmungslos, packte sein Fleisch mit den Zähnen und bearbeitete empfindliche Körperstellen solange mit den Händen, bis sie ihn schließlich auf dem Boden hatte und rittlings auf ihm saß. Dann bewegte sie sich langsam auf und ab und sah ihm tief in die Augen, und wieder erinnerte sie ihn an einen Menschen, der angestrengt in eine dunkle Höhle blickt, um festzustellen, was sich darin verbirgt.

Als es vorüber war, brachte sie ihm einen Teller mit Essen und fütterte ihn mit den Händen. »Ich bin so einsam«, sagte sie, und ihre Stimme erschreckte ihn. »Oh, ich weiß, du hältst mich für albern. Ich habe meine Mutter, ich habe den Geschichtsschreiber Shu, ich habe Minister und Diener und Ratgeber.« Sie lachte. »Ich habe meine Kinder. Aber wenn ich nicht mit dir sprechen kann, bin ich ganz allein. Ich möchte von dir hören, daß du mich liebst, daß du die Arbeit, die ich für dich mache, anerkennst. Ich möchte, daß du mir sagst, ob du mit dem, was ich sage oder tue, zufrieden bist. Ich muß einfach deine Stimme hören. Ich spitze ständig die Ohren, sperre alle anderen Geräusche aus und sehne mich nur danach, deine Stimme wieder zu hören, obwohl es hoffnungslos ist. Wo, sag mir, wo ist sie geblieben?« flehte sie und sah mit Tränen in den Augen an die Decke.

»Manchmal«, flüsterte sie, »wenn ich allein bin, tue ich so, als ob ich mich mit dir unterhielte. Ich frage dich etwas, oder sage etwas zu dir, und antworte mir dann mit deiner Stimme. Es ist zwar ein schlechter Ersatz, aber besser als gar nichts.« Er sah sie beunruhigt an, denn die Vorstellung, daß sie ihm Worte in den Mund legte, wollte ihm gar nicht gefallen. Es hatte etwas Bedrohliches. Ein Bild tauchte vor ihm auf: er selbst, stimmlos und starr, eine lebensgroße Marionette, deren leblose Arme und Beine zuckten, während der Mund mechanisch auf und zu klappte und die Stimme der Kaiserin ertönte. In panischer Angst fuhr er hoch, so daß ihre Hand von seiner Brust rutschte.

»Was ist los?« fragte sie beschwichtigend, drückte ihn wieder auf den Boden und wischte ihm den Schweiß von der Stirn. »Ruh dich aus. Sei unbesorgt. Du hast nichts zu befürchten. Gar nichts.

Wir sind zusammen.« Sie strich mit den Fingerspitzen über seine Augenlider und schloß sie. Ihr Gesicht war so dicht über ihm, daß er ihren Atem auf seinem Kinn spürte.

»›Ja, wir sind zusammen‹«, sagte sie jetzt in einem anderen Tonfall und mit einer tieferen Stimme. »›Und ohne dich wäre ich verloren, mein Liebling.‹« Er hielt die Augen geschlossen, abgestoßen und fasziniert von ihrer Imitation seiner Stimme. »›Versprich mir, daß du bei mir bleiben wirst, daß du dich von meiner Krankheit nicht abgestoßen fühlst‹«, fuhr sie mit der tiefen Stimme fort. »Abgestoßen?« antwortete sie mit ihrer eigenen Stimme, wobei sie ihr einen Ton ungläubigen Schreckens verlieh. »Das ist unmöglich. Völlig unmöglich!«

»›Das freut mich zu hören‹«, antwortete die andere Stimme. »›Die Liebe ist so unergründlich und seltsam. Leidenschaft und Abneigung liegen so eng beieinander, daß man sie oft gar nicht auseinanderhalten kann. Das eine kann über Nacht ins andere umschlagen. Wie Milch, die sauer wird, kann sie sich plötzlich von etwas Süßem und Köstlichem in etwas Saures und Übelriechendes verwandeln.‹ «

»Nein«, antwortete sie mit ihrer eigenen Stimme. »Das mag für die gewöhnliche Liebe gelten, aber nicht für das, was ich für dich empfinde. Meine Liebe kann nur noch stärker werden.«

»›Dann findest du mich also nicht abstoßend?‹ «

»Nein, ganz im Gegenteil.«

»›Und ich bin dir nicht zuwider?‹ «

»Nein, dazu könnte es nie kommen. Unmöglich. Ganz im Gegenteil, ich fürchte, daß ich dir verhaßt geworden bin, mein geliebter Mann«, sagte sie, anwortete diesmal aber nicht selbst, sondern wartete, ob er etwas sagen würde. Er spürte durch die geschlossenen Augenlider, wie sie auf ihn herabschaute. Die Versuchung, die Augen zu öffnen, ihr in die Augen zu sehen und darin zu lesen, war groß, doch er zwang sich, in völliger Bewegungslosigkeit zu verharren.

Sie waren an einem toten Punkt angelangt und blieben so, wie sie waren, viele Minuten lang liegen. Dann hörte er, wie ihr Atem immer wieder von Schluchzen unterbrochen wurde.

»Dann stimmt es also«, flüsterte sie. »Du findest mich abstoßend. Du haßt mich.« Eine Träne fiel auf sein Gesicht. Er öffnete die Augen, richtete sich auf und wollte ihr widersprechen. Ihre

Tränen waren das Schlimmste. Er konnte es nicht ertragen, wenn sie weinte. Er mußte jetzt sprechen, er mußte etwas sagen, ganz gleich was, wenn sie nur zu weinen aufhörte.

Doch als er den Mund öffnete, kam nichts weiter heraus als das idiotische Zischen, genau wie beim erstenmal, als er zu sprechen versucht hatte. Sie wich zurück und sprang auf die Füße.

»Gib in meiner Gegenwart nie wieder diesen gräßlichen Laut von dir, hörst du!« schrie sie. »Es ist widerwärtig. Ich kann es nicht ertragen!« Sie funkelte ihn zornig an. »Du bist kein Mann mehr«, zischte sie zwischen den Zähnen hervor, schürzte die Lippen und schlang sich das lose Gewand wieder enger um den Leib. »Du widerst mich an!« Sie machte auf dem Absatz kehrt, lief aus dem Zimmer und knallte die Tür hinter sich zu. Er blieb eine Weile reglos liegen und lauschte ihren Schritten. Es war unwahrscheinlich, daß sie an diesem Abend noch einmal zu ihm kam.

»Nein«, sagte er mit einer Stimme, die kaum mehr war als ein Flüstern. »Nein, ich hasse dich nicht.«

Am nächsten Abend ließ sie ihn allein. Er erwartete sie am darauffolgenden Abend, doch sie kam wieder nicht. Und auch die nächsten Abende blieb sie fort. Es hieß, sie sei zu ihrer Mutter in die Stadt gegangen. Er nahm seine Mahlzeiten allein ein, was ihn nicht weiter störte, unternahm in der Abenddämmerung lange Spaziergänge, führte Selbstgespräche und probierte sogar das Spiel aus, das sie ihm gezeigt hatte. Er stellte Fragen mit seiner eigenen Stimme und antwortete dann mit ihrer. Bei diesen imaginären Unterhaltungen war sie geduldig, liebevoll, verständnisvoll und sprach mit unendlicher Zärtlichkeit über die unterschiedlichsten Themen, die rein gar nichts mit ihnen zu tun hatten: über seine Krankheit, die Staatsgeschäfte oder das Wesen der Liebe.

Als er sie wiedersah, war sie nicht allein. Zuerst erschrak er heftig, weil er meinte, die Frau, die an ihrer Seite durch den Garten spazierte, sei ihre Mutter, doch als sie näherkamen, erkannte er, daß es nicht Frau Yang war, sondern eine Unbekannte. Jetzt waren sie so nahe, daß er das Gesicht der Fremden sehen konnte, und eine seltsame Erregung überkam ihn. Die Frau sah der Kaiserin sehr ähnlich, aber etwas an ihr war anders. Ihr Gesicht war so, wie das der Kaiserin hätte sein können, wenn Geduld und Freundlichkeit, Güte und Großzügigkeit ihre prägenden Eigenschaften gewesen wären. Die Fremde war für ihn wie eine Offenbarung, und es war schon fast unhöflich, wie lange er sie anstarrte. Als er endlich wieder zu sich kam, hörte er gerade noch, wie die Kaiserin ihm ihre Halbschwester Wu Ssu-lin vorstellte, eine Tochter ihres Vaters aus einer früheren Ehe.

Die Frau lächelte ihn an, und er spürte, wie sein Gesicht sich zu einem breiten und törichten Grinsen verzog. Er hob die Hand zum Mund und wischte sie unsicher über die Mundwinkel, weil ihn plötzlich die Angst überkam, Speichel könnte herausfließen. Aber die Angst war unbegründet. Alles war in Ordnung, und er stand da und strahlte. Wie aus der Ferne hörte er die Stimme seiner Frau, die ihm erklärte, daß Ssu-lin aus Ch'ang-an gekommen sei, um die Kaiserin und Frau Yang zu besuchen.

»Wie oft habe ich schon meinen Schoßhunden in die Augen geschaut – auch wenn sie noch so dumme, lächerliche kleine Kreaturen sind – und mich gefragt, was sie wohl sehen. Wie klingen unsere Stimmen in ihren Ohren? Wie sehen sie unsere Gesichter? Wie nehmen sie die Welt, in der sie mit uns leben, wahr?«

»Genau!« antwortete Kaotsung fröhlich. »Wenn ich ausreite, frage ich mich oft, was mein Pferd wohl denkt und empfindet. Wie fühlt sich mein Gewicht auf seinem Rücken an? Wie meine Füße, die sich ihm in die Flanken bohren? Wie meine Stimme, die ihm Befehle erteilt?« Er sprach langsam und wählte sorgsam seine Worte, doch sie flossen mit erstaunlicher Leichtigkeit von seinem Gehirn zu seinem Mund.

»Manchmal glaube ich, es mir vorstellen zu können«, sagte Herzogin Wu Ssu-lin. »Manchmal habe ich das Gefühl, ich könnte mich in die Lage des Tieres versetzen, mit seinen Augen sehen, mit seinen Ohren hören. Aber im Grunde weiß ich, daß ich es nie genau wissen werde. Es ist ein Geheimnis, das ich nie ganz ergründen werde.«

»Aber es gibt Leute, die genau wissen, was ein Tier empfindet«, sagte er. »Die Anhänger des Taoismus können Tiergestalt annehmen. Sie streifen nachts als Katze umher oder fliegen am Tag über die Baumwipfel und betrachten die Welt mit den Augen einer großen schwarzen Krähe.«

Wu Ssu-lin schmunzelte. »Glaubt Ihr das tatsächlich?« fragte sie ohne jeden Anflug von Überheblichkeit oder Ironie. Sie gingen weiter, und er dachte einen Augenblick lang schweigend nach. Es war früher Nachmittag. In den Morgenstunden hatte es geregnet, und der tiefhängende graue Himmel sah so aus, als könne er jeden Moment wieder seine Schleusen öffnen. Sie waren durch das nasse hohe Gras der Wiese im Kaiserlichen Park geschlendert, und der Saum ihrer Überkleider war naß.

»Wenn ich ehrlich bin, nein«, sagte er. »Aber ich möchte es glauben.«

»Ja«, meinte sie. »Die Anhänger des Taoismus kennen die Seele und das Herz der Menschen. Sie kennen unsere brennende Neugier, mehr über die Natur zu erfahren. Sie verstehen unsere Sehnsucht, gelegentlich aus unserer menschlichen Haut zu schlüpfen. Deshalb tun sie es gewissermaßen an unserer Stelle. Sie sind wie Abgesandte, die fremde Länder bereisen.«

»Aber tun sie es wirklich?« fragte Kaotsung. »Oder tun sie es nur in der Phantasie und machen uns etwas vor?«

»Ich vermag es nicht zu sagen«, antwortete die Herzogin nachdenklich. »Wie mir scheint, verstehen die Taoisten die menschliche Natur besser als wir anderen. Mensch sein heißt nach ihrer Lehre, jede Art von Tier zu sein, und deshalb können wir uns in die Lage jedes Tieres versetzen. Wir müssen sie nur finden, diese tierische Natur, die wir schon in uns haben, wir müssen in sie hineinschlüpfen und das jeweilige Tier sein – Wolf, Krähe, Katze, Schlange.«

»Oder Schwein, Strauß oder Schoßhund«, meinte Kaotsung lachend.

»Wiesel, Kröte, Fliege«, fügte sie ebenfalls lachend hinzu. »Also wenn ich an gewisse Leute denke, die mir in meinem Leben begegnet sind, dann bin ich überzeugt davon, daß es stimmt.«

»Aber wenn all diese Tiere in uns leben«, fragte Kaotsung, »welcher Teil von uns ist dann rein menschlich?«

Sie lächelte über seine Frage. »Darüber habe ich viel nachgedacht«, antwortete sie. »Und ich glaube, daß ich die Antwort jetzt kenne.« Sie gingen weiter durchs nasse Gras. Die Luft war frisch und angenehm nach dem Regen.

»Stellt Euch vor, Ihr striegelt Euer Pferd«, sagte die Herzogin. »Ihr bewundert sein geschmeidiges Fell, die kräftigen Muskeln, die grazile Linie seines Nackens. Ihr blickt in seine großen dunkelbraun-violetten Augen, und sie erinnern Euch an ein schönes Glas. Stellt Euch vor, Ihr betrachtet eine Bergkette und seid fasziniert von den Veränderungen des Lichts, das im Verlauf eines Tages aus verschiedenen Winkeln auf sie fällt. Stellt Euch vor, Ihr haltet den Flügel eines Käfers unter das Licht einer Lampe, um die zarten grünen Adern zu betrachten. Dann seht Ihr Euch die Adern an Eurem Arm an und stellt fest, daß sie das gleiche Muster aufweisen, die gleiche Struktur. Es kommt Euch so seltsam und so wunderschön vor, daß Ihr eine Zeichnung von den Adern des Käfers anfertigt. Eure Augen sind die Augen, die die Natur geschaffen hat, damit sie sich selbst betrachten kann. Dieser Teil von Euch ist rein menschlich.«

»Die sich selbst betrachtende Natur«, sagte er erstaunt. Es war so einfach, so naheliegend, und doch war er nie auf diesen Gedanken gekommen. »Und warum? Warum sollte die Natur sich selbst betrachten wollen?« fragte er aufgeregt.

»Ich weiß es nicht«, antwortete sie. »Vielleicht hat sie keine andere Wahl.«

»Keine andere Wahl«, meinte er nachdenklich. »Vielleicht hat es etwas mit der Macht des Schönen zu tun. Es verlangt, gesehen zu werden.«

»Vielleicht möchte es nicht nutzlos vergeudet werden«, warf sie ein.

»Ja! Ja!« sagte er lachend. »Das ist es. Unser Leben, all diese Kämpfe und Schmerzen und die gelegentlichen Augenblicke des Glücks – all das existiert nur deshalb, weil die Schönheit der Natur nicht nutzlos vergeudet werden will.«

»Das wäre durchaus möglich«, meinte sie.

Sie hatten die Wiese verlassen und folgten nun wieder dem langen Steinweg, der in vielen Windungen zu den Palastgärten zurückführte. Sie hatten sich fast den ganzen Nachmittag unterhalten: über die Bewegung der Sterne, ihre Kindheit, den Ursprung von Märchen und Sagen, die Sprachen fremder Völker und die Definition des Geldes, über die Möglichkeit, sich auf andere Weise durch die Zeit zu bewegen als andere Menschen, über Insekten, Träume, Krankheit, Häßlichkeit und Tod. Zum Thema »Pferde« hatte Kaotsung gesagt, daß das Verhältnis zwischen Reiter und Pferd etwas ganz Einmaliges sei, das in der Natur nicht seinesgleichen habe. Die Seele des Mannes und die Seele des Pferdes würden eins, und so beherrsche entweder der Mann das Pferd, wenn das Pferd seine Überlegenheit spüre, oder aber das Pferd den Mann, wenn es seine Unsicherheit spüre. Sie erwiderte darauf, daß der Mann und das Pferd füreinander bestimmt seien und sich gegenseitig ergänzten, und er mußte ihr recht geben. Erst nachdem sie über eine Stunde lang gegangen und sich unterhalten hatten, fiel ihm auf, daß er bei keinem einzigen Wort ins Stocken geraten war. Aber selbst dieses bemerkenswerte Phänomen war schon bald vergessen, als sich eine Diskussion über die Frage entsponnen hatte, ob der Mensch – wenn er tatsächlich jede Tierart in sich barg – nicht auch die Fähigkeit zu fliegen haben müsse.

Sie spazierten jetzt durch die Palastgärten und bemerkten kaum, daß es wieder zu regnen begonnen hatte, zunächst nur ganz leicht, dann jedoch immer heftiger. Und sie nahmen auch kaum von den Dienern Notiz, die plötzlich wie aus dem Nichts auftauchten und auf leisen Sohlen herbeieilten, große seidene Schirme über ihren Köpfen aufspannten und ihnen folgten.

Gab es nicht Hexenmeister und heilige Männer, fragte er, die von sich behaupteten, sie könnten fliegen? Hatten nicht schon Pilger, die aus dem fernen Westen zurückkehrten, von Jogis berichtet, die sich vom Boden erhoben und stundenlang in der Luft schwebten? Ja, sagte sie, auch sie habe davon gehört, aber für sie liege die eigentliche Bedeutung dieser Geschichten in der Faszination, die sie auf die Menschen ausübten. Solange sie es nicht mit eigenen Augen gesehen habe, müsse sie annehmen, daß die Berichte von fliegenden oder schwebenden Menschen ein Ausdruck menschlicher Sehnsüchte seien. Ja, sagte er, aber vielleicht deuteten diese Sehnsüchte darauf hin, daß der Mensch seine Möglichkeiten nicht ausgeschöpft habe.

Vielleicht, antwortete sie.

Ja, vielleicht, sagte er glücklich.

Der Regen fiel jetzt schwer vom Himmel, trommelte auf die Schirme über ihren Köpfen, rann in kleinen Bächen um ihre Füße und durchnäßte die Diener, die ihnen schweigend folgten, bis auf die Haut.

»Fliegen wollen sie also?« schrie Wu. »Ich werde sie fliegen lehren. Sie sollen mich kennenlernen!« Sie warf eine Jadestatuette der Göttin Kuan-yin an die gegenüberliegende Wand, aber sie zerbrach nicht, sondern prallte von der Wand ab und flog in eine Gruppe von Elfenbeinminiaturen, die lärmend zu Boden fielen. »Sie werden fliegen. Ja, sie werden fliegen, und zwar schneller als ihnen lieb ist!« tobte sie und suchte nach einem anderen Gegenstand, an dem sie ihre Wut auslassen konnte.

Ihre Mutter saß da und ließ sie gewähren, paßte aber auf, nach welchen Gegenständen sie griff. Die Kuan-yin-Statuette war ersetzbar, auch die Elfenbeinminiaturen, doch als sie sah, daß ihre Tochter nach einem wertvollen Pferd aus Keramik greifen wollte, stand sie auf, packte sie am Arm und drehte sie so geschickt um die eigene Achse, daß sie in die entgegengesetzte Richtung schaute. Wus Blick fiel nun auf einen glasierten Krug und einen Mops aus Terracotta. Sie ergriff beide, und im nächsten Augenblick lagen sie zerschmettert an der gegenüberliegenden Wand.

»Die Möglichkeiten nicht ausgeschöpft«, höhnte Wu mit kalter Stimme. »Was wissen die denn davon? Die haben doch nicht die leiseste Ahnung!« Sie blitzte ihre Mutter mit funkelnden Augen an. Im nächsten Moment zerfloß ihr Gesicht zu einer schmerzverzerrten Maske, und Tränen stürzten ihr aus den Augen. »O Mutter!« rief sie mit hoher, von Kummer entstellter Stimme und sank auf den Teppich. »Er hat gesprochen! Gesprochen! Ich habe sie gehört. Sie sind direkt unter meinem Balkon vorbeigegangen. Bei mir ist er stumm und blöde wie ein Tier, ein Stein, ein widerliches totes Ding! Doch mit ihr plaudert er wie ein altkluges kleines Kind, wie ein schlauer kleiner Affe, wie eine kluges, unschuldiges Geschöpf! Oh, ich ertrage es nicht«, jammerte sie und warf sich der Länge nach auf den Boden.

Hemmungslos schluchzend blieb sie einige Minuten liegen. Dann hob sie den Kopf und sah ihre Mutter an. Ihr tränennasses Gesicht war müde und verzerrt. Ihre Wangen waren von der schwarzen Augenschminke verschmiert, und von der Nase hing ein langer glänzender Faden. »Wie kann er es wagen?« fragte sie mit leiser Stimme. »Nach allem, was ich für ihn getan habe. Wie kann er nur?«

Frau Yang trat zu ihrer Tochter und wischte ihr mit dem Ärmel ihres Kleides den peinlichen Faden von der Nase.

Sie war ungeschminkt und trug ein einfaches, hübsches Kleid. Das schwarze Haar hatte sie sich glatt nach hinten gekämmt und mit einer Spange am Hinterkopf befestigt. Sie lächelte Kaotsung an, der ihr an dem kleinen Tisch gegenüber saß, und wenn er die Hand nach einer der Platten ausstreckte oder auch nur mit einer der aufgetragenen Speisen zu liebäugeln schien, kam sie ihm rasch zuvor und bediente ihn. Und jedesmal, wenn er einen Schluck Wein getrunken hatte und den Becher wieder absetzte, schenkte sie ihm aus dem Weinkrug nach, der in ihrer Reichweite stand.

»Der Regen ist einfach herrlich«, sagte sie. »Ich liebe es, wenn es nachts regnet. Wenn ich frühmorgens aufwache, höre ich, wie der Regen nachläßt, und schlafe wieder ein. Wenn ich dann später wieder aufwache, höre ich, wie er erneut vom Himmel prasselt.« Sie trank einen Schluck Wein und sah dann über ihn hinweg, als gebe sie sich ganz dieser Erinnerung hin. Er antwortete nicht. »Und dann die Luft hinterher. Einfach herrlich!« fuhr sie fort. »So sauber, so frisch. Auch die Vögel scheinen ihre Freude daran zu haben. Sie zwitschern und singen und plätschern fröhlich in den Pfützen. Vögel müssen in ihrem kurzen Leben schwer arbeiten, aber ein Regentag ist für sie wie ein Feiertag«, fügte sie fröhlich hinzu. Er hatte soeben sein Glas geleert, und sie schenkte ihm nach.

Er hielt die Augen gesenkt, und sie beobachtete, wie sein Kehlkopf sich beim Schlucken bewegte, sah, wie er wieder einen Bissen zum Mund führte, kaute und schluckte. Hin und wieder blickte er mit müden Augen vom Teller hoch, sah sie kurz an und starrte dann wieder auf sein Essen. Sie räusperte sich.

»Ich wäre gern ein Vogel«, sagte sie. »Für einen Tag oder zwei. Nur um zu sehen, wie es ist, in den Baumwipfeln zu sitzen und in der Luft nach Insekten zu schnappen. Aber dann müßte ich ja wohl Käfer, Würmer und Raupen essen.« Sie verzog angewidert das Gesicht, dann lächelte sie wieder. »Aber wenn ich ein Vogel wäre, würde mir das ja schmecken, oder was meinst du? Ich würde Käfer und Würmer genau so gern essen wie diese herrlichen Speisen.« Er schob seinen Teller weg, und sie merkte, daß sie einen Fehler begangen hatte. Ihre Worte hatten seinen Widerwillen geweckt.

»Selbstverständlich werden Vögel auch gefressen«, fuhr sie schnell fort. »Eine Katze oder ein Wiesel könnten mich fangen, oder eine große fette Eule, und mich, so wie ich bin, hinunterschlucken.« Sie lachte, ärgerte sich darüber, wie gequält ihr Lachen klang, und trank schnell noch einen Schluck Wein. »Vögel sind sehr musikalisch. Was meinst du: Ob sie es gern hören, wenn es regnet?« Er schüttelte den Kopf und stieß einen Grunzlaut aus. »Ja? Meinst du? Glaubst du, daß es sie glücklich macht?«

Sein Kehlkopf bewegte sich. Schluckte er oder versuchte er, etwas zu sagen? Sie wußte, daß er nichts mehr im Mund hatte, also konnte er nicht schlucken. Sie wartete, ihr fröhliches Lächeln gefror auf den Lippen und eine eiserne Hand hielt den wachsenden Unmut zurück, den sie beim Anblick des bebenden und zuckenden Kehlkopfs empfand.

»Selbstverständlich macht es sie glücklich«, sagte sie immer noch lächelnd, stand auf, ging um den Tisch und setzte sich auf seinen Schoß, nahm sein Gesicht in ihre Hände und sah in seine trüben Augen. »Wie könnte es auch anders sein?« Sie spürte seine Erektion an ihren Schenkeln. Sie kam ihr vor wie ein kleines Tier, das vorwitzig unter dem Stoff seines Gewandes herumschnüffelte.

»Selbstverständlich macht es sie glücklich«, wiederholte sie.

Frau Yangs Koch hatte soeben seine Spezialität, klare Haifischflossensuppe, auftragen lassen, als Wu Ssu-lin ganz bleich im Gesicht wurde und verstört ihre Schale auf den Tisch zurückstellte, als sei ihr plötzlich eingefallen, daß sie etwas Wichtiges vergessen habe.

Frau Yang sah sie scharf an und setzte dann die Unterhaltung mit dem alten buddhistischen Gelehrten fort, der heute abend bei ihr zu Gast war.

»Das Zeitalter des Gesetzes vom endgültigen Verfall ist noch längst nicht angebrochen«, sagte der alte Mann gerade mit krächzender Stimme und schlürfte seine Suppe. »Alle, die das Gegenteil behaupten, sind Unzufriedene und Nörgler, die sogar Buddha der Hochstapelei bezichtigten, käme er zu ihnen ins Haus und setzte sich zum Tee. Die Suppe ist übrigens vorzüglich, Frau Yang!« sagte er und füllte sich gierig die Schale nach.

Mit einem abwesenden Gesichtsausdruck hatte die Herzogin ihre Schale wieder in die Hand genommen und trank. »Ich muß Euch sagen«, fuhr der alte Gelehrte schlürfend fort, »daß ich persönlich von diesem Gesetz nie viel gehalten habe. Für mich kommt es einer Beleidigung des Weisen gleich, auch nur anzudeuten, daß seine Lehren mit der Zeit an Einfluß verlieren könnten.«

»Für mich«, antwortete Frau Yang, während sie mit einem Auge nach der Herzogin schielte, »kommt darin ein weises Abwägen zum Ausdruck, ein Wissen um die unvermeidliche Schwäche der Menschheit, die mit den besten Absichten und ausgestattet mit vollkommenen, erleuchteten Lehren ans Werk geht, diese am Ende aber so verfälscht und verdreht, daß man sie nicht wiedererkennt.« Die Herzogin, die gerade ihre Schale zum Mund führen wollte, hielt auf halbem Weg inne, verharrte kurz und stellte die Schale dann vorsichtig auf den Tisch zurück. Auf ihrer Stirn zeigte sich eine Sorgenfalte.

»Aber das hieße doch«, erklärte der Gelehrte, wobei er sich genüßlich die Lippen leckte, »daß man die Lehren Buddhas insgeheim für ... unvollkommen erklärt. Ich meine, wenn er die menschliche Schwäche nicht voraussehen kann ... wenn er nicht dafür sorgen kann, daß wir unsere angeborenen Fehler überwinden ...«

»Vielleicht wollte er wissen, wie weit es eine unvollkommene Rasse mit seinen Lehren bringt«, entgegnete Frau Yang. »Vielleicht wollte er den Grad unserer Unvollkommenheit messen. Vielleicht hat er das, was uns zur Vollkommenheit fehlt, mit Absicht weggelassen.« In diesem Moment beugte sich die Herzogin mit weit aufgerissenen Augen nach vorn und ballte die Fäuste.

»Das wäre natürlich möglich«, erklärte der Gelehrte, »aber auch das würde bedeuten, daß Buddha nicht allwissend ist. Sonst würde er nämlich die Höhe, Breite und Tiefe unserer Unvollkommenheit ganz genau kennen. Welchen Nutzen hätte ein allwissendes Wesen von Experimenten jedweder Art ...?« Sein Redefluß wurde von Frau Yang unterbrochen, die ganz plötzlich und unerwartet von ihrem Stuhl aufstand. Der Gelehrte blinzelte, sah sich um und bemerkte jetzt zum erstenmal, daß mit seiner Tischgenossin etwas nicht stimmte. Sie berührte mit ihrer Stirn beinahe die vor ihr stehende Schale und preßte sich die Hände gegen den Bauch.

»Vielleicht ist es gar kein Experiment«, erklärte Frau Yang und eilte an die Seite der Herzogin. »Vielleicht nützt es uns ja auf irgendeine Weise, die nur er kennt und die sich uns erst offenbart, wenn wir die Erleuchtung erlangen.«

»Vielleicht ...«, sagte der Gelehrte besorgt und verwirrt, während Frau Yang ihre Hände tröstend auf die Schultern der Herzogin legte. Die Frau stöhnte auf, hob ihr schmerzverzerrtes Gesicht vom Tisch und schaute dem Gelehrten in die Augen. Der alte Mann erschrak und fuhr so abrupt in die Höhe, daß sein Stuhl umfiel. »Gütiger Himmel! Was ist denn geschehen?«

»Es ist nichts«, sagte Frau Yang und beugte sich über die Herzogin. »Sie hat des öfteren Magenverstimmungen. Damit plagt sie sich schon ein Leben lang herum. Es ist meine Schuld, ich hätte sorgfältiger auf die Auswahl der Speisen achten sollen. Solche Dinge darf man nicht den Köchen überlassen. Man muß sich selbst darum kümmern. Ein zweites Mal wird mir das nicht passieren! Diener!« rief sie, während die Herzogin mit der Hand über den Tisch tastete und nach den dort stehenden Gegenständen griff. Frau Yang stellte sie mit erstaunlicher Kraft auf die Beine und zog sie vom Tisch weg. Der Diener, der soeben ins Zimmer trat, eilte ihr zu Hilfe. »Bring sie zu Bett«, befahl Frau Yang. »Morgen früh wird es wieder bessergehen. So ist es jedesmal.«

Die Herzogin krümmte sich und knickte in den Beinen ein, so daß sie der Diener stützen mußte. Der Gelehrte, mit Essensresten am Kinn, stand verängstigt und hilflos da und sah zu, wie die Herzogin buchstäblich aus dem Zimmer getragen wurde. Frau Yang schloß hinter dem Diener die Tür und wandte sich wieder ihrem Gast zu.

»Vielleicht wissen wir gar nicht wirklich, was der Weise mit ›Erleuchtung‹ gemeint hat«, sagte sie. »Vielleicht gibt es ja etwas, das er uns nur durch harte und bittere Erfahrungen lehren kann.« Sie stellte behend den Stuhl des Gelehrten wieder an seinen Platz und setzte sich dann auf den ihren. Der Gelehrte sank auf seinen Stuhl, fuhr sich mit dem Handrücken über den Mund und blickte auf die geschlossene Tür, den leeren Stuhl gegenüber und dann auf seine Gastgeberin.

»Wie?« fragte er, denn er hatte den Gesprächsfaden verloren.

»Vielleicht bedeutet Erleuchtung etwas ganz anderes als das, was wir darunter verstehen«, wiederholte sie geduldig.

»Ja?« sagte er. »Ja, ja. Zweifelsohne, zweifelsohne«, sagte er, ohne zu wissen, wozu er seine Zustimmung äußerte.

Frau Yang hatte ihre Schale wieder aufgenommen und schlürfte zufrieden ihre Suppe. Der Gelehrte besann sich auf seine guten Manieren und ergriff die seine, mußte aber feststellen, daß ihm der Appetit gründlich vergangen war.

»Giftmörder«, sagte Kaiserin Wu zu Geschichtsschreiber Shu. »Wir haben Giftmörder unter uns, und ich weiß genau, auf wen sie es abgesehen hatten.«

»Sprecht es nicht aus, Kaiserin«, erklärte Shu und schüttelte den Kopf. »Allein schon die Vorstellung ist zu schrecklich.« Während er sprach, führte er flink den Pinsel über das Papier.

»Meine Schwester – auch wenn sie nur meine Halbschwester war – ähnelte mir sehr. Unbekannte beobachteten an jenem Tag, wie sie den Palast verließ und zum Haus meiner Mutter ritt. Sie verschafften sich heimlich Zugang zur Küche und vergifteten das Essen. Aber wie? Wie konnten sie wissen, welche Portion meine Mutter, welche der Gelehrte und welche meine Schwester, die Herzogin, bekommen würde?« Sie sprach schnell und ging dabei im Zimmer auf und ab.

»In der Küche eines großen Hauses herrscht viel Betrieb, da kann jeder unbemerkt ein- und ausgehen«, gab Shu zu bedenken.

Wu dachte einen Moment lang darüber nach. »Aber warum war nur ihr Essen vergiftet? Auf diese Frage habt Ihr mir noch keine befriedigende Antwort gegeben.«

»Laßt mich überlegen«, sagte Shu und leckte nachdenklich an seinem Pinsel. »Entscheidend ist die Wahl des richtigen Zeitpunkts, Kaiserin. Dann ist es sicher möglich. Die Wahl des richtigen Zeitpunkts in Verbindung mit genauer Beobachtung.«

»Vielleicht«, sagte sie. »Obwohl ich das für weit hergeholt halte, Geschichtsschreiber.«

»Es ist gar nicht so weit hergeholt, wenn Ihr davon ausgeht, daß der oder die Giftmörder dem Hauspersonal bereits bekannt waren. Oder«, sagte er geheimnisvoll und hielt einen Moment mit Schreiben inne, »daß der oder die Giftmörder zum Hauspersonal von Frau Yang gehören.«

»Ja! Natürlich!« sagte Wu. »Das ist durchaus möglich. Ich schlage vor, daß wir auf der Stelle den Haushofmeister verhaften lassen.«

»Und den Koch«, schlug Shu vor.

»Nein!« Wu schüttelte den Kopf. »Nicht den Koch. Er ist unersetzlich! Meine Mutter würde mir das nie verzeihen.«

»Dann eben den Diener.«

»Es gibt da allerdings noch eine andere Möglichkeit«, sagte Wu und beobachtete den Pinsel des Geschichtsschreibers. »Möglicherweise ist sie gar nicht vergiftet worden. Vielleicht ist sie an Verdauungsproblemen gestorben. Eine besonders robuste Natur hatte sie nämlich nie, müßt Ihr wissen.«

»Natürliche Todesursache«, sagte Shu und fing ein neues Blatt an. »Durchaus möglich. Sie wurde krank, und obwohl Frau Yangs Diener alles in ihrer Macht Stehende für sie taten, starb sie, bevor der Arzt eintraf. Höchst bedauerlich.« Er sah von seinem Blatt auf. »Es war also fast unvermeidlich, in Anbetracht ihrer schwachen Konstitution und so weiter.«

»Aber gewiß«, sagte Wu und sah den Geschichtsschreiber an, »vielleicht ist sie ja auch nur an etwas erstickt.«

Kaotsung erkannte Wu schon an ihrem Gang; ihre Schritte waren für ihn so leicht zu verstehen wie Worte: forsch, überschwenglich und hochmütig, kompromißlos und zielstrebig. Und auch eine Spur von unschicklicher Freude schwang darin mit. War ihr unbeirrbarer Wille der Grund für ihre Ungeduld, oder war ihre Ungeduld der Grund für ihren unbeirrbaren Willen? Über diese Frage hatte er schon oft nachgegrübelt, und auch heute fand er keine Antwort darauf, doch er konnte beides hören.

Er rollte sich auf die Seite und ließ sich in der schmalen Lücke zwischen der Wand und dem Bett zu Boden fallen. Die Schultern fest eingezwängt, den Staubgeruch des Teppichs in der Nase, lag er da und freute sich an dem merkwürdigen Anblick des Bettes und der gewölbten Decke aus dieser ungewohnten Perspektive. Hier könnte er für immer liegen bleiben, dachte er bei sich.

Er rührte sich nicht, als er hörte, wie die Tür aufging. Ihre Gegenwart füllte augenblicklich das Zimmer. Nicht, daß sie viel Lärm gemacht oder schwer geatmet hätte, auch hatte sie kein aufdringliches Parfüm aufgelegt. Nein, so etwas Banales war es nicht. Es war ihr Wille, der den Raum füllte. Er spürte ihn, und im selben Augenblick wußte er, daß ihr Wille zuerst dagewesen war, und dann erst ihre Ungeduld. Er schloß die Augen und wartete.

Er hörte das Bett quietschen und die Decken rascheln. Und dann spürte er, daß er nicht mehr allein war und daß ihn jemand ansah. Er öffnete die Augen. Ihr Gesicht war direkt über ihm. Sie blickte über den Rand des Bettes auf ihn herunter, und ihre Augen waren ruhig und unergründlich.

Sie sahen einander lange an, bevor sie seinem Blickfeld wieder entschwand. Er wartete. Als nächstes bemerkte er, wie sie das Bett von der Wand wegrückte und so mehr Platz schuf. Dann kam sie um das Bett herum, kuschelte sich wortlos an ihn und drückte ihr Gesicht an seinen Hals, so daß er ihren Atem spürte.

»Dir ist doch klar, daß der Anschlag mir galt«, sagte sie ihm direkt ins Ohr. »Meine arme Schwester ist eine Heldin. Sie stand ihnen im Weg und ist für mich gestorben. Ich bin todunglücklich. Wer könnte mich umbringen wollen? Wer? Ich habe solche Angst!« Sie schlang die Arme um ihn. »Laß uns für immer hierbleiben. Wir werden uns verstecken, und niemand wird uns je finden.« Bei diesen Worten legte sie ein Bein über ihn und schob es langsam an seinen Schenkeln hinauf zu seinem Bauch. Dort ließ sie es einen Augenblick liegen, dann schob sie es sanft hin und her.

Er spürte, wie sie sich konzentrierte, wie sie ihre ganze Aufmerksamkeit seinen Lenden widmete und auf seine Reaktion lauerte. Als diese ausblieb und sein Fleisch sich nicht rührte, zog sie flink sein Gewand hoch, öffnete seine seidenen Unterhosen und preßte ihren nackten Schenkel gegen ihn, während ihre Zunge mit seinem Ohr oder seinem Hals spielte. Er bewegte sich nicht. Ich bin ein toter König, dachte er bei sich. Ich liege seit dreitausend Jahren in meinem Grab. Es ist schon so lange her, daß ich die Sonne gesehen, eine andere Stimme gehört oder die Luft an einem Sommermorgen gerochen habe, daß ich mich an nichts mehr erinnern kann. Ich kenne nur noch die Dunkelheit, vage Erinnerungen an Gesichter und die feuchten Wände meines Grabes.

Er spürte ihre Hände, sie drückten und kneteten sein schlaffes Fleisch. Dann ihren Mund und ihre Zunge, die energisch eine Erektion von ihm forderten. Ein toter König in seinem Grab, ohne Erinnerung, ohne Wünsche, dachte er.

Sie arbeitete jetzt mit grimmiger Entschlossenheit. Sie zog ihr Kleid hoch und setzte sich rittlings auf ihn, beugte sich dann wieder zu ihm hinunter und bearbeitete ihn mit dem Mund, liebkoste ihn mit der Zunge, reizte ihn sanft mit den Zähnen, dann wieder mit der Zunge. Sie rieb, drückte, leckte, kitzelte, streichelte und versuchte sogar, ihn mit Gewalt in sich hineinzuzwängen. Aber es ging nicht. Er öffnete die Augen und blickte hinunter, sah, daß sie etwas in der Hand hielt, das aussah wie eine ertränkte Schlange, schlaff und nutzlos wie sein Arm an jenem Morgen, an dem er den Schlaganfall erlitten hatte. Mit einem Ausdruck absoluten Widerwillens starrte sie auf das häßliche Ding in ihrer Hand.

9

Im Jahr 662
Yangchou

Es war ein kühler Morgen, und Richter Di stand gähnend an einem der unzähligen Kanäle von Yangchou und starrte in das öligschwarze Wasser. Kleine Wellen schwappten sanft gegen den Steinpfeiler unter ihm, und Küchenabfälle und Müll tanzten auf der Oberfläche. Das Wasser in seinen Bewegungen bleibt immer sehr anmutig, dachte Di, ganz gleich wie schmutzig es ist und wie übel es riecht. Diese eklige Brühe zu meinen Füßen plätschert mit derselben Unschuld gegen den Stein wie das reinste und klarste Quellwasser.

Mehrere Männer fuhren jetzt mit einem kleinen flachen Kahn zur Mitte des Kanals, und die Wellen schlugen heftiger gegen die Mauer. Die wenigen Schaulustigen, die sich um Di versammelt hatten, sahen schweigend zu, wie die Männer auf dem Kahn mit einem langen Haken nach der Leiche fischten, die mit dem Gesicht nach unten im Wasser trieb.

Der Haken verfing sich in dem Gewand des Toten. Die Männer drehten ihn um und zogen ihn zu sich heran. Als er in Höhe des Kahns war, zerrten sie ihn unsanft an Bord, so daß sein Kopf krachend gegen die Planken schlug. Dann steuerten sie den Kahn auf Richter Di und den neben ihm stehenden Polizisten zu.

Di sprang an Deck und kniete neben der Leiche nieder. Der Mann war ungefähr Anfang Fünfzig und gutgenährt. Sein Gewand war aus feinster Seide, und Machart und Schnitt ließen vermuten, daß es sich bei dem Toten um einen wohlhabenden Kaufmann handelte. Di stieß einen Seufzer aus. Der Kanal führte durch eine Gegend, in der es viele Bordelle und Weinschenken gab, und es war durchaus nicht ungewöhnlich, daß hier Ertrunkene im Wasser trieben. Meist waren es Fremde, die in dem Viertel ihr Vergnügen gesucht hatten. Di fand bei dem Toten keinerlei Anzeichen für einen Schlag auf den Kopf, dafür aber einen Beutel voller Kupfermünzen. Der Mann war also nicht ausgeraubt worden und vermutlich von selbst in den Kanal gefallen. Möglicherweise war er betrunken durch die ihm unbekannten Gassen getorkelt und hatte die schwarze und glatte Wasseroberfläche für einen Weg gehalten. Di stellte sich vor, wie der Fuß des Mannes festen Untergrund gesucht hatte, dann die Überraschung, das Schwindelgefühl, das Aufblitzen der Erkenntnis und schließlich der Schock des eiskalten Wassers.

Ja, so konnte es gewesen sein, aber irgend etwas an der Sache wollte Di nicht gefallen. Wäre nicht knapp zwei Wochen zuvor ganz in der Nähe bereits eine andere Leiche gefunden worden, hätte Di den Fall ohne viel Aufhebens zu den Akten gelegt. Auch bei dem ersten Toten hatte es sich um einen wohlhabenden Geschäftsmann gehandelt, und seine prallgefüllte Geldbörse war so schwer gewesen, daß sie ihn fast auf den Grund des Kanals gezogen hatte. Es hatte damals viel Aufsehen erregt, als ein Bauer frühmorgens mit seinem Kahn zum Markt stakte und plötzlich in das blasse Gesicht einer Wasserleiche sah, die ihn aus einem halben Meter Tiefe anstarrte.

Der Tote war als ein langjähriger Bewohner Yangchous identifiziert worden, und das Ergebnis der Ermittlungen war denkbar einfach: Unfall nach einer durchzechten Nacht. Wenige Tage später tauchte die Witwe des Ertrunkenen in Dis Kanzlei auf und klagte ihm ihr Leid. Der Tote hatte ihr fast nichts hinterlassen. Sie stand praktisch mittellos da und mußte innerhalb eines Jahres ihr Haus räumen. Ihr Gatte hatte einen Mann zum Erben eingesetzt, dessen Namen sie nie zuvor gehört hatte und der im Testament als »Adoptivsohn« bezeichnet wurde, obwohl ihr Mann ihres Wissens gar keine Söhne hatte, weder angenommene noch leibliche. Sie selbst war kinderlos und die einzige Frau ihres Mannes.

Di erklärte der verzweifelten Frau, daß begründete Zweifel an der Rechtmäßigkeit eines solchen Testaments bestünden, und versprach ihr, sich um die Angelegenheit zu kümmern. Nach dem Erbrecht, so erklärte er, sei zwar der Sohn der Haupterbe und nicht die Ehefrau, doch für gewöhnlich gelte das nicht für einen Adoptivsohn – es sei denn, die Frau habe in irgendeiner Form gegen die guten Sitten verstoßen. Die Frau sah ihn daraufhin mit so ungespielter Empörung an, daß er diesem Gedanken in ihrer Gegenwart nicht weiter nachging, obwohl er sich vornahm, auch diese Möglichkeit zu überprüfen. In den Tagen darauf mußte er sich dann aber um andere, vordringlichere Angelegenheiten kümmern, so daß im Fall der enterbten Frau nichts weiter geschah. Da sie erst in einem Jahr ihr Haus verlassen mußte, machte Di seinen Gehilfen mit den Einzelheiten vertraut und beauftragte ihn, sich in die diffizilen Fragen des Erbrechts einzuarbeiten. Am Ende des Gesprächs mit der Witwe hatte er versprochen, Kontakt zu dem »Adoptivsohn« aufzunehmen und an seinen Gerechtigkeitssinn zu appellieren, doch bislang war es ihm nicht gelungen, den Betreffenden ausfindig zu machen. Außerdem hatte er dem Fall kein sonderlich großes Gewicht beigemessen – bislang jedenfalls nicht.

Di sah auf die triefende Leiche zu seinen Füßen, betrachtete die wässrigen Augen hinter den halbgeschlossenen Lidern und wurde das Gefühl nicht los, daß dort ein Geheimnis verborgen lag. Er stand auf und wandte sich an den Polizisten, der etwas abseits wartete.

»Bringt ihn in die zentrale Leichenhalle«, befahl Di und kletterte wieder die Steinmauer hinauf. »Verteilt ein Amtsblatt mit einer Personenbeschreibung – Alter, besondere Kennzeichen, Kleidung und Fundort der Leiche. Falls sich jemand meldet, der über die Identität des Mannes Auskunft geben kann, dann schickt ihn unverzüglich zu mir.«

Der Wachtmeister nickte und gab den beiden Trägern ein Zeichen, die daraufhin hinunterkletterten, den Leichnam ans Ufer hoben und von dort aus auf den bereitstehenden Handkarren legten. Dann bedeckten sie ihn mit einem groben Tuch und machten sich auf den Weg. Di blickte ihnen nach und sah, wie die Füße des Toten unter dem Tuch hervorlugten. Er gähnte und zog sich den Mantel enger um die Schultern. Am liebsten wäre er jetzt nach Hause gegangen und hätte sich wieder in sein Bett gelegt, doch statt dessen schlug er den Weg zur Kanzlei ein. Heute würde er sich besonders früh an die Arbeit machen.

Di legte den Pinsel beiseite und rieb sich die müden Augen. Es war inzwischen früher Nachmittag, und er spürte nun die Nachwirkungen der fehlenden zwei Stunden Schlaf. Er sah hinaus auf den wolkenverhangenen Himmel und dann hinüber zu der bequemen Liege an der Wand seines Arbeitszimmers. Warum auch nicht, dachte er, heute war einer dieser trüben und langweiligen Tage, die Geist und Körper lähmten. Ein kurzes Nickerchen oder einfach nur ein paar Minuten mit geschlossenen Augen daliegen und seinen Gedanken freien Lauf lassen, das war jetzt genau das richtige.

Er legte sich hin, deckte sich mit seinem Mantel zu und streckte seine schmerzenden Glieder. Er hörte das angenehme Knacken seiner Gelenke und dachte an Knochen – an Knochen, die würdevoll in Mausoleen aufgebahrt waren oder verstreut in der Wüste lagen. Knochen faszinierten den Menschen und verängstigten ihn, denn sie waren ein Symbol für das menschliche Unbehagen gegenüber dem Tod. Und Religion und Mystizismus waren die natürliche Antwort auf dieses Unbehagen. Eine Kompensation für die einfache Angst des Tieres vor dem Tod. Für die Todesangst des Tieres? Er dachte an Ratten, die, in die Enge getrieben, wie wild ums Überleben kämpften, oder an die Schreie von Tieren im Schlachthaus. Flüsterte der instinktive Widerstand der Tiere dem Menschen nicht eine unheilvolle Botschaft über seine Aussichten auf ein Leben nach dem Tode ein? Aber dann dachte er an Strolch, der völlig gefaßt und gelassen zum Sterben in den Garten hinausgegangen war. Allein und in Würde. Di hatte nach ihm gesucht und den kleinen Kadaver später genau an der Stelle begraben, wo er ihn gefunden hatte. Strolch hatte sich den Ort selbst ausgesucht, und Di dachte an die kleinen gelben Knochen, die jetzt in der schwarzen Gartenerde lagen.

Er döste lange vor sich hin, aber plötzlich riß ihn das Weinen einer Frau aus dem Schlaf. Gleich darauf klopfte es an der Tür. Er stand rasch auf, strich sein Gewand glatt und rief »Herein!«.

Eine schluchzende Frau trat ein, und Di mußte gleich an den Toten denken, den sie am Morgen aus dem Kanal gezogen hatten. Er hatte sich nicht getäuscht; sie war tatsächlich die Witwe des Toten. Unter Tränen erklärte sie ihm, daß sie dreißig Jahre verheiratet gewesen seien. Er ließ Tee für sie bringen und forderte sie auf, Platz zu nehmen.

»Erzählt mir von Eurem Mann«, sagte Di und hielt ihr eine dampfende Teeschale hin.

»Er war ein guter Mann«, sagte sie. »Großzügig und gütig.« Sie stockte und schluchzte kurz auf. Di wartete geduldig. Alle Toten waren großzügig und gütig. Im Augenblick des Todes machten sie eine erstaunliche Verwandlung durch.

»Er war ... wohlhabend, nicht?« wagte sich Di behutsam vor.

»Er hat immer bestens für mich gesorgt«, erklärte sie traurig.

»Erzählt mir mehr«, ermunterte sie Di. »Womit hat er sein Geld verdient?«

»Oh, es ist eine schreckliche Ironie des Schicksals«, jammerte sie, »daß er sein Leben ausgerechnet im Kanal lassen mußte.«

»Soll das heißen, daß er geschäftlich mit dem Kanal zu tun hatte?« fragte Di interessiert. Der andere ertrunkene Geschäftsmann hatte mit Getreide gehandelt und war stark auf das Kanalsystem der Stadt angewiesen gewesen. Aber andererseits waren fast alle Geschäftsleute von Yangchou irgendwie auf die Kanäle angewiesen. Das war kaum zu vermeiden. Gleichwohl registrierte sein Gehirn diese weitere Gemeinsamkeit zwischen den beiden Toten.

»Er vermietete Lastkähne an Bauern und Kaufleute«, erklärte sie. »Er hat sich dieses Geschäft in jahrelanger, mühsamer Arbeit aufgebaut. Er war ein ehrlicher und geachteter Mann. Und er war gerecht.«

»Dann hatte er also keine Feinde?«

»Nicht einen einzigen!« antwortete die Frau, als sei sie überrascht, daß Di so etwas auch nur in Betracht ziehen konnte.

»Hat er diesen Teil der Stadt ... häufiger besucht?« fragte Di vorsichtig. Normalerweise gab es für einen Mann nur einen Grund, diese verwinkelten Seitengassen aufzusuchen. Die Frau hob den Kopf und warf dem Richter einen beleidigten und hochmütigen Blick zu.

»Nur wenn es aus geschäftlichen Gründen nicht anders ging, mein Herr«, entgegnete sie kalt.

»Aber gewiß, selbstverständlich«, antwortete Di und dachte darüber nach, daß es nahezu unmöglich war, von Ehefrauen ehrliche Auskünfte über das Leben ihrer Männer zu bekommen. Stets neigten sie dazu, seine Vorzüge zu übertreiben, während sie seine Fehler vertuschten, damit sie sich ihrer nicht zu schämen brauchten. Der Tote aus dem Kanal konnte ohne weiteres ein verlogener Schurke gewesen sein, der tagsüber seinen Kunden das Fell über die Ohren gezogen und des Nachts gezecht und gehurt hatte.

»Nun gut«, sagte Di abschließend, »wenn er also keine Feinde hatte, dann war er zweifelsohne geschäftlich unterwegs, als er in den Kanal stürzte. Es war also offensichtlich ein Unfall.«

Die Frau wollte schon vom Stuhl aufstehen, sank dann aber resigniert wieder zurück und reichte Di wortlos einen Zettel.

Di nahm den Zettel und las laut vor:

»Ich, Fang Yu-chih, vermache im Angesicht des Todes meinen

gesamten Besitz einem gewissen Chong-lo aus der Provinz Yangchou. Er wird das Erbe binnen Jahresfrist antreten.«

Er ließ das Blatt sinken und sah die Frau verwundert an.

»Ich wollte es eigentlich niemandem zeigen«, flüsterte die Frau, »und beinahe hätte ich es auch nicht getan. Diese Schande, diese Schmach. Vom eigenen Ehemann enterbt! Das kann doch nur bedeuten, daß ich eine ... eine Ehebrecherin oder Schlimmeres war. Niemand darf erfahren, daß er mich völlig mittellos zurückgelassen hat. Lieber verhungere ich. Ich wollte den Brief keiner Menschenseele zeigen. Aber wenn ich es nicht getan hätte ...« Sie brach mitten im Satz ab und machte eine müde Handbewegung.

»Wenn Ihr es nicht getan hättet«, sagte Di mitfühlend, »dann hättet Ihr nicht die geringste Aussicht, wenigstens einen Teil des Vermögens zurückzubekommen und Euch ein Auskommen zu sichern. Ich verstehe vollkommen.« Er beugte sich vor. »Aber wer ist Chang-lo?«

Die Frau schüttelte traurig den Kopf. »Ich weiß es nicht. Ich habe diesen Namen noch nie im Leben gehört.«

»Sagt mir, habt Ihr Söhne?« fragte Di, einer plötzlichen Eingebung folgend.

»Nein«, antwortete sie traurig. »Wir hatten zwei Söhne, aber sie starben schon als Kinder. Mein Mann war sehr unglücklich darüber.«

Als Richter Di an diesem Abend nach Hause kam, war seine Familie in hellem Aufruhr. Seine erste Frau hatte sich in ihrem Schlafgemach eingeschlossen und sprach mit niemandem ein Wort. Seine zweite Frau war in Tränen aufgelöst und ging im Empfangsraum auf und ab.

Der Grund des häuslichen Unfriedens war schnell gefunden. Ernste Mißstimmungen dieser Art ließen sich gewöhnlich auf seine Söhne zurückführen, und so war es auch heute. Und Probleme mit den beiden Jungen, die inzwischen zu jungen Männern herangewachsen waren, führten unweigerlich zu Streit zwischen seinen Frauen. Jede war Mutter eines Jungen und warf dem Sohn der anderen vor, einen schlechten Einfluß auf ihren Sprößling auszuüben. Aber welcher von beiden hatte nun wirklich die Schuld? Di war es bislang nicht gelungen, eine befriedigende Antwort auf diese Frage zu finden. Aus naheliegenden Gründen hätte man annehmen können, daß der ältere den jüngeren vom rechten Weg abbrachte, aber Di glaubte nicht, daß es so einfach war.

Und was war heute das Problem?

»Er wird Schande über uns bringen, und das kümmert ihn nicht im geringsten«, sagte seine zweite Frau unter Tränen. »Schande und Verderben!« Und selbstverständlich meinte sie den älteren, denn ihr Sohn war der jüngere. »Und sie will nicht zugeben, daß es ihre Schuld ist.«

Er versuchte sie zu trösten, aber seine Worte klangen selbst in seinen Ohren hohl. Dann klopfte er respektvoll an die Tür seiner ersten Frau, doch hinter der schweren Holztür blieb alles still. Er klopfte ein zweites Mal, und da riß sie plötzlich die Tür auf und funkelte ihn zornig an.

»Deine Söhne entwickeln sich zu Verbrechern«, sagte sie. »Ich lehne jede Verantwortung ab. Nur weil mein Sohn älter ist, gibt sie ihm die Schuld. Wir haben immer gewußt, daß der kleinere den größeren an der Nase herumführt. Er stachelt ihn zu immer frecheren Taten an«, erklärte sie, bevor sie die Tür wieder zuschlug. »Ich wasche meine Hände in Unschuld.«

»Ich werde langsam alt und grau«, sagte er zu den beiden Jungen, »und aus euch sind zwei stattliche Burschen geworden. Aber sonst merkt man nicht, daß zehn Jahre vergangen sind. Ich sehe mich immer noch genötigt, zwei aufsässige Knaben zurechtzuweisen.« Er beobachtete genau, ob sie vielleicht ein Kichern oder ein freches Grinsen unterdrückten, doch zu seiner Befriedigung stellte er fest, daß sie ihn mit ernster Miene ansahen – aber gerade das gab ihm plötzlich zu denken.

Auf dem Schreibtisch zwischen ihm und seinen Söhnen lagen ein Dolch mit gebogener Klinge, eine bemalte und mit Federn verzierte Affenmaske, eine Statuette der Göttin Kuan-yin und zwei Lingams aus Jade. Die beiden Jungen würdigten diese Gegenstände keines Blickes.

»Wir wollen nur wissen, woher ihr diese Sachen habt«, sagte Di geduldig. »Vor allem ich will es wissen. Wir beschuldigen euch nicht. Wir sind nur neugierig.«

»Wir haben sie gefunden, Vater«, antwortete der Ältere.

»Und warum habt ihr sie mir nicht gezeigt?« fragte Di.

»Nun ...«, begann der Jüngere und warf seinem Bruder einen Blick zu.

»Wir wollten sie verkaufen«, unterbrach ihn der Ältere.

»Ich verstehe«, erwiderte Di. »Ist euch nicht in den Sinn gekommen, daß es sich um Diebesgut handeln könnte? Habt ihr eigentlich nie darüber nachgedacht, was für einen Eindruck das macht, wenn die beiden Söhne des Obersten Magistrats von Yangchou dabei erwischt werden, wie sie Diebesgut verkaufen?« fragte er ruhig, aber seine Söhne zuckten nur mit den Achseln.

Er sah sie an. Sie wirkten heute ganz verändert. Zum erstenmal begriff er, daß er zwei erwachsene Männer vor sich hatte, die er überhaupt nicht kannte. Ihre Gesichter ähnelten zwar den Gesichtern der beiden Kinder, die er großgezogen hatte, aber im Grund kamen sie ihm vor wie Fremde.

»Wäre es euch lieber, wenn wir uns vor meinem Richtertisch unterhalten, wo ihr meine Autorität nicht so ungestraft ignorieren könnt wie hier?« fragte er mit kalter Stimme.

»Nein, Vater«, sagte der Ältere, wobei seine Stimme kaum wahrnehmbar zitterte.

»Also gut«, meinte Di müde. »Ihr werdet euch jetzt bei euren Müttern entschuldigen. Dann werdet ihr die Sachen dorthin zurückbringen, wo ihr sie gefunden habt, und ihr werdet euch in Zukunft nicht mehr bis nach der Sperrstunde draußen herumtreiben und erst nach Hause kommen, wenn es euch paßt. Das ist in letzter Zeit oft vorgekommen, und ich kann nicht umhin, einen Zusammenhang zu sehen zwischen dem hier«, er deutete auf die Sachen auf dem Schreibtisch, »und eurem häufigen Ausbleiben.« Er sah sie an und wartete auf eine Antwort, aber sie schlugen die Augen nieder und preßten den Mund fest zusammen. Es war offensichtlich, daß sie Geheimnisse vor ihm hatten.

Ich wäre nicht überrascht, wenn ich eines Tages meine eigenen Söhne verurteilen müßte, dachte Di und erinnerte sich daran, wie er mit den beiden gespielt hatte, als sie gerade laufen gelernt hatten. Das Leben war schon seltsam. Bald, dachte er, während er zusah, wie sie wortlos die Sachen auf dem Tisch zusammenpackten, werdet ihr selbst für euer Leben verantwortlich sein. Und dann werdet ihr euch vollends in Fremde verwandelt haben. Und ich werde aufatmen.

Obwohl er sehr müde war, konnte er an diesem Abend nicht einschlafen. Er hörte, wie in einem anderen Teil des Hauses seine Frauen und seine Söhne miteinander stritten. Er konnte ihre Worte zwar nicht verstehen, doch er wußte, was sie bedeuteten: Unfriede und Zwist waren in sein Haus eingekehrt.

Er zog sich eine dicke Decke über die Ohren. Wie friedlich es jetzt im Haus wäre, wenn diese beiden männlichen Erben nicht wären. Er könnte ungestört schlafen, den Alltag vergessen oder im Traum einen Ausflug in eine andere Welt machen. Statt dessen wurde er gegen seinen Willen in dieser Welt festgehalten, war verärgert, nervös und erschöpft. Er dachte an die weinende Witwe von heute morgen, die ihm erzählt hatte, wie traurig ihr Mann über den Verlust seiner Söhne gewesen sei. Durfte er so etwas auch nur denken? Ja, dachte Di gereizt und wälzte sich auf die andere Seite, wenn er sie als Säuglinge ertränkt hätte, dann könnte er jetzt friedlich schlafen. So friedlich, wie der Verkehrsminister zweifellos in seinem Haus voller Mädchen geschlafen hatte.

Er hatte in letzter Zeit oft an den Verkehrsminister gedacht. Sein Gehilfe hatte herausgefunden, daß der Ermordete und Lu Hsun-pei, der Gastgeber bei dem Fest vor einem Jahr, weit mehr als nur entfernte Bekannte gewesen waren. Sie hatten sich seit frühester Jugend gekannt und des öfteren Geschäfte miteinander getätigt. Ihre beiden Familien waren sogar miteinander verwandt. Und wie es der Zufall wollte, pflegte Herr Lu zahlreiche Kontakte mit Indern. Mindestens drei von ihnen konnten der mysteriöse Herr sein, der regelmäßig mit einer Gruppe von kleinen Mädchen im Haus des Verkehrsministers aufgetaucht war.

Di dachte an die beiden Ertrunkenen, die ebenfalls keine männlichen Erben hatten und aus denselben Kanälen gefischt worden waren, denen sie ihren Wohlstand verdankt hatten. Beide hatten ihre Frauen mittellos zurückgelassen, sie ausdrücklich vom Erbe ausgeschlossen und ihr Vermögen Fremden vermacht, fragwürdigen Adoptivsöhnen. Sie hatten alle weiblichen Wesen aus ihrem Leben verbannt. Ganz anders als der Verkehrsminister, der sich mit ihnen umgeben hatte.

In Dis Gehirn arbeitete es wie in einem Bienenstock, während er sich herumwälzte und mit den Bettlaken kämpfte. Die Lingams, die seine Söhne nach Hause geschmuggelt hatten, erinnerten ihn an die exotische Sammlung des Verkehrsministers. Er dachte an Frauen mit schwarzen Augen, die nichts am Leibe trugen außer Juwelen, an Inder in Mönchsroben und kostbaren Seidengewändern und an die stinkenden Kanäle von Yangchou, die sich durch die Stadt und das Leben ihrer Bewohner schlängelten.

Schließlich begann Di sanft zu treiben, wie ein Boot, das vom Ufer ablegte. Er spürte die reißende Strömung und überließ sich den Fluten, und kurz bevor er fortgetragen wurde, hörte er aus irgendeinem Zimmer im Haus ganz deutlich die Stimme seines älteren Sohnes, der in beleidigtem Ton fragte:

»Warum denkt er immer nur das Schlechteste?«

In der Nacht hatte es zu regnen begonnen, und Di hatte nur wenige Stunden geschlafen, als er zum zweitenmal in dieser Woche in aller Frühe von seinem Haushofmeister geweckt wurde. Der Mann rüttelte ihn sanft an der Schulter.

»Herr«, flüsterte er zögernd. »Herr!« Di lauschte auf den trommelnden Regen und überlegte, ob er sich schlafend stellen sollte, damit der Mann wieder wegging, aber dann besann er sich eines anderen und richtete sich auf.

»Was ist denn nun schon wieder?« fragte er unendlich müde.

»Wieder eine Leiche, Herr.«

»Eine Leiche?« Er verstand zunächst nicht.

»Ja. Ertrunken. Im Kanal.«

Als er am Ort des Geschehens eintraf, keine zwei Straßen vom Fundort der gestrigen Leiche entfernt, hatten sie den Toten bereits aus dem Wasser gezogen und auf einen Karren gelegt. Der Polizist und die Träger von gestern standen neben dem Karren und warteten geduldig, obwohl der Regen erbarmungslos niederprasselte. Als Di aus der Kutsche stieg, konnte er selbst aus der Entfernung erkennen, daß der Tote außerordentlich dick war. Die große Wölbung seines Bauches zeichnete sich unter dem Tuch ab, das man über ihn geworfen hatte, und kleine, mit Pantoffeln bekleidete Füße ragten über den Karren hinaus. Warum, fragte er sich, als er näher trat, warum lassen sie nur immer die Füße heraushängen?

Er zog das Tuch weg. Das Gesicht kam ihm bekannt vor. Er dachte kurz nach, dann fiel es ihm wieder ein: Der Mann war letztes oder vorletztes Jahr bei ihm im Gericht gewesen. Ja, kein

Zweifel. Di hatte den Mann sogar zu Hause aufgesucht, um mit ihm die Einzelheiten des Falls zu besprechen – der Mann hatte einen Geschäftspartner verklagt, der ihm Geld schuldete. Di betrachtete das blasse, feiste Gesicht des Toten. Wieder ein wohlhabender Geschäftsmann. Er schlug das Tuch noch weiter zurück und fand, was er erwartet hatte – eine volle, unberührte Geldbörse. Mit einem Seufzer zog er dem Toten das Tuch wieder übers Gesicht. Er erinnerte sich plötzlich wieder daran, wie aufgeregt der Mann bei ihrem Gespräch gewesen war und wie sein Kinn vor Empörung gezittert hatte. Di hatte schon viele Tote gesehen, aber es berührte ihn jedesmal besonders, wenn er einen Toten sah, den er, wenn auch nur flüchtig, gekannt hatte.

»Wir brauchen ihn gar nicht erst ins Leichenhaus zu schaffen«, sagte Di zu dem Polizisten. »Wir bringen ihn gleich nach Hause.«

Di hatte nicht den Eindruck, als sei die Witwe besonders überrascht, daß man ihren Mann tot auf einem Karren nach Hause brachte. Sie war herausgekommen und stand nun unter dem Vordach. Di schlug das Tuch zurück, und sie betrachtete reglos das Gesicht des Toten.

»Wo ist seine Geldbörse?« fragte sie barsch. Di zog das Tuch weiter hinunter und zeigte sie ihr. »Nimm sie«, befahl die Frau in scharfem Ton ihrem Haushofmeister, der bestürzt seinen toten Herrn anstarrte. »Gib her. Zumindest das wird er mir nicht mehr nehmen können.« Damit ging sie ins Haus, wobei sie Di bedeutete, ihr zu folgen.

»Verzeiht, wenn ich frage«, sagte Di höflich und nahm dankend die Schale mit heißem Tee entgegen, »aber das plötzliche Ableben Eures Gatten scheint Euch nicht besonders zu überraschen.«

»Allerdings nicht«, entgegnete sie knapp.

»Dann ... dann habt Ihr damit gerechnet?« fragte er vorsichtig.

»Lassen wir es dabei, daß es mich nicht überrascht hat. Und es tut mir auch nicht besonders leid, sieht man einmal von gewissen Unannehmlichkeiten ab.« Ohne eine Träne in den Augen saß sie steif und aufrecht in ihrem Stuhl und nippte an ihrem Tee. Di war beeindruckt. Zwei in Tränen aufgelöste Witwen, und jetzt eine, die so tat, als sei es völlig normal, wenn ihr Mann tot nach Hause gebracht wurde.

»Verzeiht«, begann Di, »aber sagtet Ihr nicht, daß Euer Mann

Euch betrogen habe?« Jetzt blitzten ihre Augen. Die erste Gefühlsregung, die er an ihr bemerkte. Sie setzte ihre Teeschale ab.

»Damit kommt er nicht durch«, erklärte sie entschlossen. »Entschuldigt mich bitte einen Augenblick.« Sie erhob sich und verließ das Zimmer. Wenig später kehrte sie zurück und ließ eine Dokumentenrolle in Dis Schoß fallen. »Nein, ich war nicht überrascht. Nicht, nachdem er das Haus gestern nachmittag verlassen hatte und ich das hier in meiner Schmuckschatulle fand.« Di sah in ihr ausdruckloses Gesicht, entrollte das Dokument und las:

> Ich, Chou Lu-ti, scheide aus freiem Willen und durch eigene Hand aus meiner nichtswürdigen, durch Wohlstand verunreinigten Existenz. Ich vermache meinen gesamten irdischen Reichtum und Besitz (mit Ausnahme des Schmucks meiner Frau, den sie behalten mag) einem gewissen Chang Fang-chi, der das Erbe binnen Jahresfrist antreten wird.
>
> ›Befreit aus dem Gefängnis der irdischen Existenz, im Besitz vollkommen reiner Naturen, wirst du das Nirwana erlangen. Du, der du von Frauen besiegt, gehe hin und besiege diese Erde!‹

»Selbstmord!« sagte Di und blickte zufrieden auf. In seiner Stimme hatte wohl mehr Begeisterung gelegen, als in dieser Situation angebracht war, denn trotz aller Teilnahmslosigkeit sah ihn die Frau befremdet an. »Gnädige Frau«, sagte er schnell, während er im Kopf bereits Theorien aufstellte und eine List ersann. »Vermute ich richtig, daß Ihr und Euer Mann keine Söhne habt ...?«

»Nein«, entgegnete sie kalt.

»Nein?« sagte Di enttäuscht.

»Einerseits ist Eure Vermutung falsch, denn mein Mann und ich haben einen Sohn, aber in gewisser Weise habt Ihr auch wieder recht.« Di wartete fasziniert, während sie nach Worten suchte. »Unser Sohn lebt nicht hier. Er lebt bei einer Bauernfamilie auf dem Land. Wir kommen für seinen Unterhalt auf und zahlen der Familie eine bescheidene Summe dafür, daß sie ihn bei sich aufgenommen hat. Sehen Sie, Richter, er hat den Körper eines Mannes, in dem das Gemüt eines Kindes wohnt. Er ist ein Idiot.«

Es regnete immer noch ohne Unterlaß, als Di in seiner Kanzlei eintraf, aber er nahm kaum Notiz davon. Er schüttelte seinen nassen Regenumhang aus, warf ihn beiseite und hetzte dann, immer zwei Stufen auf einmal nehmend, die Treppe hinauf. Er konnte es kaum erwarten, seinem Gehilfen von seiner Entdeckung zu berichten.

Der junge Mann war zwar da, doch war er offensichtlich nur wenige Minuten vor Di angekommen, denn sein Haar und Gesicht waren noch naß. Auch er war aufgeregt und außer Atem.

»Wieder ein Ertrunkener«, sagte Di, bevor der andere den Mund aufmachen konnte. »Aber diesmal haben wir einen Anhaltspunkt. Sonst ist alles wie gehabt.« Er goß sich etwas Tee ein und rieb sich die Hände. »Wieder ein reicher Kaufmann. Tot im Kanal mit einer prallgefüllten Geldbörse. Ein Testament, das seine Frau von der Erbschaft ausschließt. Kein geeigneter männlicher Erbe, dem er seinen Besitz vermachen könnte. Wieder ein Fremder als Begünstigter. Aber dank der Leiche Nummer drei wissen wir jetzt, wer diese Männer umgebracht hat!«

»Wer?« fragte sein Gehilfe gespannt.

»Zumindest wissen wir«, verbesserte sich Di lächelnd, »wer Nummer drei auf dem Gewissen hat. Und ich habe nicht den leisesten Zweifel, daß die anderen auf die gleiche Weise aus dem Leben geschieden sind, denn alles paßt zusammen. Selbstmord, mein junger Freund. Diese Männer sind freiwillig in den Kanal gestiegen. Es war kein Unfall.« Er warf das Testament des Mannes auf den Tisch, und sein Gehilfe hob es auf und las es mit zunehmender Verwunderung. »Der Rest ist ganz offensichtlich eine Anspielung auf irgendein Sutra. Ohne Zweifel der Schlüssel zu dem Rätsel. Ich hätte wissen müssen, daß Religion dahinter steckt«, erklärte Di.

»Ich habe auch einiges herausgefunden«, sagte der Gehilfe und legte das Dokument zurück. »Deshalb bin ich auch gerade erst gekommen.«

»Und? Etwas Wichtiges?« fragte Di neugierig.

»Nun, ich habe herausgefunden, daß der Begünstigte in dem zweiten Testament ebenfalls ein ›Adoptivsohn‹ ist.«

»Tatsächlich? Sehr gut. Und bei dem hier wird es bestimmt genauso sein«, sagte er und wies auf die feuchte Rolle Papier auf dem Tisch.

»Ich habe mich etwas genauer mit dem Erbrecht beschäftigt«, fuhr der junge Mann fort. »Es ist höchst fragwürdig und umstritten, ob man die eigene Ehefrau zugunsten eines Adoptivsohnes enterben kann. Die Frauen und ihre Familien können die Testamente zweifelsohne anfechten. Die Frau muß allerdings den Nachweis erbringen, daß sie über jeden Vorwurf erhaben ist, daß sie weder eine Verbrecherin noch eine Ehebrecherin ist und daß sie es ihren Schwiegereltern gegenüber nie am schuldigen Respekt hat fehlen lassen oder ähnliches.«

»Und gibt es Hinweise darauf?«

»In den Akten steht nichts. Und ich halte es auch für unwahrscheinlich, daß wir an anderer Stelle fündig werden.«

»Gut, dann können wir die Ehefrauen beruhigen, daß sie nicht mittellos auf der Straße stehen werden. Wir werden die ›Söhne‹ ausfindig machen und ihnen klarmachen, daß sie sich durch den Tod ihrer ›Väter‹ nicht die Taschen füllen werden. Wir werden sie verhören und herausfinden, welche frommen Machenschaften hinter der Sache stecken. Vielleicht können wir verhindern, daß noch eine verwirrte Seele einen armen Bauern zu Tode erschreckt, der frühmorgens auf dem Kanal zum Markt stakt.« Er raffte die Papiere auf seinem Schreibtisch zusammen.

»Vielleicht«, erklärte sein Gehilfe. »Aber es gibt da ein Problem. Es ist durchaus möglich, daß die Frauen das Geld trotzdem nicht bekommen.«

»Warum denn das?« Di schaute überrascht auf.

»Bei der Durchsicht der Papiere in zwei Bezirksämtern habe ich eine weitere Entdeckung gemacht. Keines der Opfer war zum Zeitpunkt seines Todes mehr verheiratet. Beide hatten sich wenige Tage vor ihrem Tod heimlich von ihren Frauen scheiden lassen.«

Es regnete den ganzen Tag über und bis in die Nacht hinein. Am Abend saß Di in seinem warmen, gemütlichen Arbeitszimmer. Neben ihm stand eine Schale mit heißem Tee, und vor ihm ausgebreitet auf dem Tisch lagen mehrere schwere Bände mit übersetzten heiligen Schriften. Im Haus war es heute so still wie in einem Tempel. Seine Söhne waren angeblich in ihre Lektionen vertieft und seine Frauen zumindest vorübergehend besänftigt. Nach seiner Rückkehr hatte er zunächst seine nassen Kleider gewechselt, dann ein herrliches Mahl zu sich genommen und sich dankbar der

Lektüre zugewandt. Sein geschmackvoll und doch bequem eingerichtetes Heim war für ihn eine Art Zufluchtsort. Von Zeit zu Zeit schaute er von dem Buch auf und ließ einen zufriedenen Blick durch das Zimmer schweifen.

Zweifelsohne hatten auch die Männer, die sich ertränkt hatten, ein bequemes Zuhause, weiche trockene Kleider und gutes Essen gehabt. Er versuchte sich vorzustellen, wie es wäre, das alles gegen das schmutzige, kalte Wasser des Kanals einzutauschen. Welche Kraft könnte ihn dazu bewegen, aufzustehen, in die Nacht hinauszugehen und nie wieder zurückzukehren? Es müßte schon eine sehr starke Kraft sein. Befreit aus dem Gefängnis der irdischen Existenz, hatte der letzte Mann in seinem Brief geschrieben, wirst du das Nirwana erlangen.

Di sah wieder auf die aufgeschlagene Seite vor ihm. *Ich fürchte weder Schlangen noch vom Himmel fallende Blitze, noch vom Wind zusammengeblasene Flammen so sehr, wie ich diese weltlichen Dinge fürchte,* las er da. *Diese vergänglichen Freuden, die Räuber unseres Reichtums und Glücks, die leer und Trugbildern gleich durch die Welt treiben, verwirren den Geist des Menschen, selbst wenn sie nur ersehnt sind, und viel mehr noch, wenn sie ihren Aufenthalt in der Seele nehmen ... welcher Mensch mit Selbstbeherrschung könnte an diesen Freuden Befriedigung finden, die einer bösen, grausamen Schlange gleichen, dem Griff nach einer heißen Kohle, den Freuden eines Traums – die ihren Empfängern nach vielen Pilgerreisen und Mühen zuteil werden und dann in einem Augenblick vergehen?*

Ja, fragte sich Di, welcher Mensch könnte darin Befriedigung finden? Andererseits, wie konnte man im Brustton der Überzeugung behaupten, daß weltliche Freuden ein Tal der Lügen seien? Gewiß, wenn es sich als unumstößliche Wahrheit erwiese, daß solche vergänglichen Genüsse den Menschen zum Sklaven seiner Begierde machten und so den Kreislauf von Geburt und Tod, von Wiedergeburt und Leiden verewigten, dann müßte man in der Tat noch einmal darüber nachdenken. Aber Di wußte, daß er diesen Sprung ins Ungewisse niemals tun könnte. Wie konnte man etwas anderes wissen als das, was man in diesem Augenblick in den Händen hielt? Alles andere war Spekulation. Und was müßte das für eine grausame Welt sein, die mit den armen gutgläubigen Seelen der Sterblichen spielte und sie mit Tröstungen in Versuchung führte, die in Wirklichkeit nichts weiter waren als ein Korb voller Schlangen? Und ihnen dann sagte, daß der einzige Weg zu wahrer Freude der Verzicht auf die Freude und die Kasteiung des Fleisches sei? Wie könnte ein Mensch in einer solchen Welt noch in irgend etwas Vertrauen haben? Angenommen, es stimmte, daß die irdischen Freuden nur eine Falle und Täuschung waren, war es dann nicht auch möglich, daß gerade die religiösen Lehren ebenjene Unwahrheiten, Lügen und Trugbilder waren, die den Menschen von den einzig wahren Freuden ablenkten, die für Kreaturen aus Fleisch und Blut erreichbar waren?

Religiöse Schriften, so überlegte er, bezogen einen Großteil ihrer verführerischen Kraft aus ihrer poetischen Sprache. Füllte nicht die Poesie selbst eine Leere in der menschlichen Seele, und konnte sie deshalb nicht ganz nebenbei so manches andere in diese Leere tragen? So kam es ihm jedenfalls vor: *Hirsche werden mit Liedern ins Verderben gelockt, Insekten fliegen um des Lichtes willen ins Feuer, Fische schnappen gierig nach dem Köder und schlucken dabei den Haken – deshalb bringen weltliche Dinge am Ende immer nur Leid.*

Darin lag eine gewisse philosophische Logik, die durchaus überzeugend war. Und in den folgenden Versen wurde sehr treffend der Begriff »Freude« definiert. *Was die gängige Meinung anbelangt, daß sinnliche Genüsse Vergnügungen sind, so stellt sich bei näherer Betrachtung heraus, daß keiner es wert ist, genossen zu werden. Schöne Gewänder und ähnliche Dinge sind nur Beiwerk. Sie sind kaum mehr als Heilmittel gegen den Schmerz. Wasser ist dazu da, den Durst zu löschen. Nahrung ist dazu da, den Hunger zu stillen. Ein Haus ist dazu da, den Wind, die Hitze, die Sonne und den Regen abzuhalten.* Di sah erneut auf und ließ den Blick über die bequemen Möbel in seinem Zimmer wandern. War das alles nur ein Heilmittel gegen den Schmerz und nicht bereits für sich genommen ein wirklicher Genuß? Er las weiter: *Da alle Genüsse ihr Gegenteil in sich tragen, können wir sie nicht als Freuden bezeichnen. Die gleichen Bedingungen, die den Genuß ausmachen, bringen auch Schmerz mit sich. Warme Kleidung und duftendes Aloenholz sind in der Kälte angenehm, aber in der Hitze eine Plage, und Sandelholz ist in der Hitze angenehm, aber in der Kälte eine Plage.*

Di konnte all dem nicht zustimmen. Er verstand zwar die philosophische Stoßrichtung dieses Arguments, aber er konnte nicht einsehen, warum eine wahre Freude nicht relativ sein sollte – Ruhe, wenn der Körper müde war, Kälte, wenn man vor Fieber glühte, oder Feuer, wenn man vor Kälte zitterte. Solchen Dingen den Charakter wahren Vergnügens abzusprechen, erschien ihm als ein mißglückter Versuch, ein sich ständig veränderndes Universum festschreiben zu wollen – ein mißglückter Versuch, die wahre Bedeutung von Genuß zu erkennen. Er wandte sich wieder dem Text zu, übersprang einige Seiten, bis sein Blick auf einen Vers fiel, der ihn nachdenklich stimmte. *Ich, der ich die Angst vor Alter und Tod erlebt habe, schlage in meinem Wunsch nach Befreiung diesen Weg der Religion ein. Ich lasse meine lieben Angehörigen mit Tränen in den Augen zurück.* Die letzten Worte paßten ohne Frage zu den trauernden Witwen, mit Ausnahme der Dame, die er heute getroffen hatte.

Und wie stand es mit Frauen? Er wußte, daß diese Lehre eine – um es milde auszudrücken – komplizierte Haltung zu Frauen einnahm. Zwar konnten sich Frauen ebenso wie Männer auf den Weg zur Erleuchtung machen, doch ihr Ausgangspunkt war allem Anschein nach erheblich ungünstiger. Di erinnerte sich an eine bedeutsame Passage aus dem Sutra vom Land der Glückseligkeit. Er ging seine Notizen noch einmal durch, überblätterte mehrere hundert Seiten im Text und machte sich auf die Suche. Es war in der Beschreibung von Sukhavati gewesen. Er ließ seine Finger Zeile für Zeile über den Text gleiten, überflog die sich monoton wiederholenden Verse, dann hatte er es gefunden: *Bhagavat, sollten die Frauen in den buddhistischen Ländern, nachdem sie meinen Namen gehört, Zügellosigkeit einkehren lassen, und sollten sie, wenn sie frei von Geburt sind, ihre Weiblichkeit nicht verabscheuen und nach ihrer Wiedergeburt eine zweite weibliche Natur annehmen, so kann ich nicht die höchste vollkommene Weisheit erlangen ...*

Er nahm nochmals das Schreiben des Ertrunkenen von heute morgen zur Hand und las: *Du, der du von Frauen besiegt, gehe hin und besiege diese Erde!* Überall in diesen Schriften erschienen die Frauen als ein schweres Gewicht, das den Mann zurück auf die Erde zog, ihn davon abhielt, die vollkommene Weisheit zu erlangen, und daran hinderte, ins Paradies einzugehen. Wie irdische Güter boten sie ein trügerisches und vergängliches Paradies.

Di dachte lange nach, während der Regen auf das Dach trommelte und die herrlichste Musik der Welt machte – eine Musik, die dem logischen Denken höchst förderlich war. Obwohl noch viele Details fehlten, begannen sich die größeren Teile des Rätsels in seinem Kopf bereits zusammenzufügen. Er verspürte bereits die vertraute Erregung, die ihn jedesmal überkam, wenn einer seiner kleinen Ausflüge bevorstand. Er trank seinen Tee aus, goß sich aus einer Karaffe süßen Pfirsichlikör ein und ließ ihn genüßlich durch die Kehle in den Magen rinnen, wo er sich wie eine Blume entfaltete. Genuß ist Genuß, gerade wegen seiner Vergänglichkeit, dachte er und nahm noch einen Schluck, wobei er die Augen schloß und dem Regen lauschte.

Sein Plan nahm immer deutlicher Gestalt an. Er lächelte. Diesmal würden seine Frauen keinen Grund haben, ihm zu grollen. Diesmal brauchte er sich nicht den Kopf scheren zu lassen.

Die Kutsche war der wichtigste Teil seiner Verkleidung. Zwar stand Di von Standes wegen eine Kutsche zu, doch der höchste kaiserliche Beamte in Yangchou war in der ganzen Stadt als leidenschaftlicher Fußgänger bekannt, und die meisten Leute hatten ihn noch nie anders gesehen. Heute schien die Sonne, und die Luft war frisch – ein idealer Tag für einen Spaziergang –, und doch saß Di in einer reich mit Satin ausgeschlagenen Kutsche, der nobelsten, die er so kurzfristig hatte auftreiben können.

Di wußte, daß er bei jeder Verkleidung vor allem den Charakter der Person zu berücksichtigen hatte, die es zu täuschen galt. Insofern würde ihm die luxuriöse Kutsche gute Dienste erweisen. Und hinter ihm holperte ein zweites, ebenso prachtvolles Gefährt über die staubige Straße, die aus Yangchou hinausführte. In ihrem Innern befand sich eine elegante Sänfte nebst vier kräftigen Trägern, die ihn vom Tor des Klosters der Goldenen Wolke zum Haupttempel tragen sollten, ohne daß er einen Fuß auf den Boden zu setzen brauchte. Schon allein deshalb würde der Abt nie auf den Gedanken kommen, den wohlhabenden Kaufmann von heute mit dem armen Reisenden von einst in Verbindung zu bringen. Eine andere Stimme, ein anderer Tonfall und ein anderer Gesichtsausdruck, dazu der dünne graue Bart, den er sich an Kinn und Oberlippe geklebt, die Polster, die er sich unter das Gewand gestopft, und schließlich die vorstehenden Zähne aus Elfenbein, die er über die eigenen gesteckt hatte – dies alles machte aus ihm einen völlig anderen Menschen. Di hatte die Verkleidung an seiner ersten Frau ausprobiert. Er war im Garten lautlos von hinten an sie herangetreten und hatte sie angesprochen, und sie war vor Schreck zurückgesprungen, weil sie den Fremden, der sich auf dem Grundstück der Familie herumtrieb, im ersten Moment nicht erkannt hatte.

Und selbstverständlich, so überlegte Di, als sie sich der letzten Biegung der Straße näherten, würde der Abt ihn diesmal mit ganz anderen Augen sehen – mit Augen, die den Wohlhabenden vorbehalten blieben und blind waren für alle, die müde und abgerissen daherkamen.

Als sie die Umfriedung des ausgedehnten Klostergeländes erreicht hatten, holten die Träger die Sänfte heraus, und der einsame Kaufmann, der reiche »Herr Lao«, kletterte hinein.

Anders als vor Jahren, als er den steilen und gefährlichen Abstieg zu Fuß bewältigt hatte, wurde er diesmal getragen, und die vier starken Männer beförderten ihn mit sicheren Schritten zu Tal. Dennoch war es ein seltsames Gefühl, anderen Leuten das Gehen zu überlassen, und Di hielt sich ängstlich an den Armlehnen fest, da er jeden Moment damit rechnete, unsanft auf dem Boden zu landen. Bald waren sie unten im Tal angelangt, und als er die Vorhänge etwas zur Seite schob, sah er vor sich das Klostertor.

Der Abt der Goldenen Wolke war bereits zur Stelle, als habe er geahnt, daß eine wichtige Persönlichkeit nahte. So trifft man sich wieder, mein Freund, dachte Di, als er den Vorhang vollends zurückzog und ausstieg.

»Guten Tag, Eure Heiligkeit«, sagte er mit verstellter Stimme zu dem Mann, der freundlich lächelnd auf ihn zukam. »Vielleicht könnt Ihr mir helfen. Ich suche Erlösung.«

10

Im Jahr 662
Loyang

Die Diener folgten ihm, während er durchs Zimmer schlurfte, und einer von ihnen versuchte, die Schnurverschlüsse seines Morgenmantels zu schließen, die immer wieder aufgingen, so daß er der Zugluft ausgesetzt war. Zum wiederholten Male ging er vom Stuhl zum Sofa, vom Tisch zum Fenster und wieder zurück zu Sofa und Stuhl.

Er nahm wieder Platz und zog sich mit der linken Hand den reglosen rechten Arm in den Schoß, ohne zu bemerken, daß ihm die Decke von der Schulter rutschte. Die Diener sprangen herbei, um sie ihm wieder über die Schulter zu legen, doch bevor sie bei ihm waren, hatte er sich schon wieder erhoben und setzte seine sinnlose Wanderung durch das Zimmer fort.

»Könnt ihr Idioten ihn nicht ruhighalten?« fragte Wu barsch und schlug auf den Tisch, auf dem verschiedene Papiere ausgebreitet lagen. »Wie soll ich ihm die Pläne zeigen, wenn ihr ihn nicht ruhighalten könnt?« Ihre Stimme klang noch beherrscht, nahm aber eine bedrohliche Lautstärke an.

»Wir tun unser Bestes, Majestät, aber ...« Der kleine Eunuch war vor Aufregung ganz rot im Gesicht.

»Aber er scheint geistig abwesend zu sein«, erklärte der alte Vorsteher des Inneren Hofstaates. Inzwischen hatte Kaotsung seine Runde beendet und saß wieder auf dem Stuhl in Wus Ecke, gleich neben dem Schreibtisch, auf dem die Pläne lagen. Wieder zog er sich den leblosen Arm in den Schoß, dann legte er den anderen achtlos auf den Tisch, wobei er die Papiere verschob und zerknitterte.

»Er ist krank im Kopf«, sagte Wu angewidert. »Bindet ihn fest.«

»Majestät?« Der Oberste Eunuch tat so, als habe er sie nicht verstanden.

»Bindet ihn am Stuhl fest!« wiederholte sie, wobei sie jedes Wort betonte. »Bindet ihn mit den Bändern seiner Kleider fest. Egal womit. Hauptsache, er kann nicht mehr aufstehen und im Zimmer umherwandern.«

»Aber Majestät«, protestierte der Leibarzt des Kaisers, »ein Mann in seiner Verfassung muß mit äußerster Rücksichtnahme behandelt werden.«

»Dann werdet Ihr ihn eben mit äußerster Rücksichtnahme an seinen Stuhl fesseln«, sagte sie und äffte wütend seine Stimme nach. »Und stopft ihm sein sabberndes Maul. Ich kann es nicht mehr mit ansehen.« Sie warf den Kopf herum und funkelte den Obereunuchen und seinen Gehilfen böse an. »Und zwar sofort!«

»Aber Majestät ...«, fühlte sich der Arzt bemüßigt zu protestieren.

»Tut, was ich sage!« schrie sie so laut, daß alle zusammenzuckten.

Während Kaotsung sitzenblieb, rannten die Diener durch den Raum, entfernten von den überall im Zimmer verstreut liegenden Kleidungsstücken des Kaisers die Bänder und rissen sogar die Schnüre von den Vorhängen. Dann reichten sie die Bänder dem Obereunuchen, der sich murrend an die wenig beneidenswerte Aufgabe machte, den kranken Monarchen an seinen Stuhl zu fesseln, wobei ihm sein Gehilfe zur Hand gehen mußte. Inzwischen hatte der Arzt, ohne daß Wu auch nur Notiz davon nahm, wütend das Zimmer verlassen. Offenbar wollte er nicht mitschuldig werden an diesem abscheulichen Verbrechen gegen den Himmelssohn.

Sie fesselten Kaotsungs intakten Arm an die Seite des Stuhles, seine Knöchel an die Stuhlbeine und seinen Oberkörper in Brusthöhe an die Rückenlehne. Am Ende konnte er nur noch den Kopf bewegen. Die Diener brachten es nicht über sich, ihn zu knebeln, und so nahm Wu schließlich selbst ein Tuch in die Hand und band es ihm um den Mund. Die Diener traten zurück, während sie sich über ihren Ehemann beugte.

Sie nahm sanft seinen Kopf in ihre Hände und drehte sein Gesicht so, daß er sie anschauen mußte. Ihr Blick wurde milder, Tränen traten ihr in die Augen.

»Weißt du«, sagte sie mit warmer, fürsorglicher Stimme, »das alles geschieht nur zu deinem Besten. Ich denke nur an dich. In diesem Zustand könntest du dich selbst verletzen – wie leicht könntest du stolpern oder dir an den scharfen Kanten der Möbel die Schienbeine stoßen.«

Dann strich sie über die auf dem Tisch ausgebreiteten Pläne und sagte voller Eifer und Entschlossenheit: »So, jetzt werde ich dir zeigen, was ich zum Ruhme der T'ang und für dich, meinen Ehemann, den Kaiser, geplant habe. Wir werden einen neuen Herrschertitel annehmen und auch dem Palast einen neuen Namen geben. Wir werden ihn Peng-lai nennen. Der Geschichtsschreiber sagt, daß in den alten Legenden der Han-Dynastie von einer Insel namens Peng-lai die Rede sei, die irgendwo in den östlichen Meeren lag, einer Insel mit nymphenähnlichen unsterblichen Wesen und Korallenbäumen. Ein Märchenland! Und wir werden die Kaiserstadt in Loyang in ein Märchenland verwandeln!«

Zum erstenmal schien sie seine volle Aufmerksamkeit zu haben. Er sah sie mit strahlenden, wachen Augen an, während sein Körper in einer absurden Parodie der Unterwerfung an den Stuhl gefesselt war.

Im Jahr 663

Mit einem unzurechnungsfähigen Ehemann an ihrer Seite präsentierte sich Wu Tse-tien an einem strahlend hellen Frühlingsmorgen auf einem kunstvoll gearbeiteten Altar, um die vier Lokapala-Wächter-Tore zu taufen, welche die äußeren Ecken des Baugeländes mit dem Tempel des Weißen Jambhala in seiner Mitte markierten.

Kaotsung starrte, auf einen dicken Gehstock gestützt, stumm über die Minister hinweg, die auf dem Platz des Pfauenkönigs versammelt waren. Wu wußte, daß er heute zum erstenmal die Bauarbeiten für die Beamtenstadt zu sehen bekam. So weit das Auge reichte, lagen neue Gebäude vor ihnen, und um sie herum war ein Gewirr aus halbfertigen Mauern und Bambusgerüsten, Erdhaufen, Holzstößen und grob aufgeschichteten Ziegelsteinen, Feldern mit frisch verlegten Pflastersteinen und Kisten mit gebrannten Kacheln, Zierporzellan und irdenen Figuren für die Dachvorsprünge und die Ziergiebel der neuen Bauten.

Die jahrhundertealte Ikonographie des Taoismus, der traditionellen Religion der T'ang-Dynastie, bestand aus Kranichen, Schildkröten und Drachen. Was aber sollten die Beamten von den großen goldenen Mahasiddhas, den fliegenden tantrischen Zauberern mit ihren seltsamen Ohren und mißgestalteten Köpfen, halten? Was von den Kirittimukha, die halb Mensch, halb Tier waren, oder von den geflügelten Garudahs und den reptilienartigen Makaras? Sie alle gehörten in das exotische Reich Buddhas und mochten in Tempeln und Klöstern ihren Platz haben, aber doch nicht hier im traditionellen Zentrum der konfuzianischen Verwaltung, protestierten die Beamten, allerdings nur hinter vorgehaltener Hand, denn der ›Selbstmord‹ der sechs Ratsmitglieder war noch nicht vergessen. Also würden sie einfach die Augen abwenden oder an etwas anderes denken, wenn sie an diesen befremdenden Gestalten mit ihren rüssel- und tentakelartigen Formen vorbeigingen.

Wu sprach für die Versammlung die Segenssprüche von zehntausend Jahren, dann segnete sie das Kaiserreich der T'ang für ein Kalpa – ein Jahrtausend – des Friedens des zukünftigen Buddha. Sie erschuf die Welt des Menschen neu und gestaltete das Universum um. Und die ganze Zeit über stand Kaotsung, dem man den leblosen Arm auf Bauchhöhe in eine Lasche gesteckt hatte, damit er nicht schlaff an der Seite herunterbaumelte, reglos und stumm neben ihr.

»Aber alles ist eins mit dem Universum, Majestät«, sagte der dunkelhaarige junge Mann und wirbelte graziös im Kreis, so daß unter seinem Gewand ein Paar wohlgeformter muskulöser Waden zum Vorschein kam. Trotz seiner Kraft war er erstaunlich gelenkig und leichtfüßig – das war Wu sofort an ihm aufgefallen. »Ich beziehe meine Kraft aus dem Universum und gebe sie ihm tausendfach zurück«, sagte er, blieb abrupt stehen und schwang seine Arme durch die Luft, während seine zu Zöpfen geflochtenen Haare um sein hübsches braunes Gesicht flogen. »Und so trägt mein Wachstum zum Wachstum des Universums bei, und wir befruchten uns gegenseitig. Es ist eine unbegrenzte Stimulanz durch den Geist und den Körper.« Er ließ die Hände über seinen breiten Brustkorb nach unten gleiten und machte an den Hüften halt, so daß sich sein Gewand um die Lenden spannte und sich unter dem Stoff für einen Augenblick ein stattliches Geschlechtsteil abzeichnete.

Er warf die Arme wieder in die Höhe und begann dann langsam und majestätisch durchs Zimmer zu stolzieren, als vollziehe er ein magisches Vogel-Ritual. Wus Augen folgten seiner eigenartigen

Prozession. Dann plötzlich wandte sich sein Blick von ihr ab und verlor sich in der Ferne. »Wir stoßen in die Unendlichkeit vor, Kaiserin, in die unendlichen Formen der Natur, wir tragen unsere Seelen in diese Welt und wieder aus ihr heraus, ohne dabei mehr zu denken als eine alte Frau, die nach einer Teekanne greift.«

Angeblich war er ein Gomchen, ein Priester der Tantra-Magie, ein Nagaspa – ein Magier einer sehr kleinen und mysteriösen tibetanischen Sekte, obwohl er Inder war und aus Gandhara stammte. Außerdem hatte er Wu erzählt, daß er hierher gekommen sei, um in den Kaiserlichen Bibliotheken zu studieren. Sie hatte sich darüber gewundert, denn die Kaiserlichen Bibliotheken waren zwar auf dem Gebiet des indischen Buddhismus gut bestückt, besaßen bislang aber nur wenige Schriften über den tibetanischen Tantrismus. Wu glaubte dem akrobatischen jungen Mann nur wenig von dem, was er ihr erzählte, aber es bereitete ihr Vergnügen, sich mit ihm über schwierige Themen zu unterhalten. Und sein Anblick erfreute ihr Auge.

Sie hatte ihm die Erlaubnis erteilt, mehrmals in der Woche die Bibliothek in ihren Gemächern zu benutzen. Dort sprach er mit ihr über alte heilige Texte und mystische Rituale, über die Geschichte verschiedener Gompa-Klöster, über diesen und jenen berühmten Gomchen-Magier, über Trugbilder und Halluzinationen, über den Geist und die Realität, über das Erwecken von Toten. Er beschwor die Welt ferner Bergregionen, und er beschwor Kampfszenen mit realen und imaginären Dämonen – obwohl er behauptete, daß es zwischen ihnen eigentlich keinen Unterschied gebe.

Und er tanzte. Mit der ›Kraft eines Tigers und der Leichtigkeit eines Vogels‹, wie er sich selber rühmte, ohne daß Wu den leisesten Anflug von Bescheidenheit in seinen leuchtenden dunklen Augen entdeckte. Dann hüpfte und wirbelte er mit tranceartiger Inbrunst durchs Zimmer, so daß sie die Diener anwies, Tische und Bücherregale an die Wand zu schieben und die Teppiche zusammenzurollen, bevor er kam. Wu genoß seine Vorstellungen, obwohl sie den Magier im Verdacht hatte, daß er seine Trance nur vortäuschte. Wenn das, was sie zu sehen bekam, ein Abglanz von Dingen war, die er in fernen und exotischen Gegenden mit eigenen Augen gesehen hatte, dann störte es sie herzlich wenig, wenn seine ›Besessenheit‹ nur gespielt war. Gespielt oder nicht, sie faszinierte Wu. Vor allem aber schmeichelte es ihr, daß er sich so große

Mühe gab, Eindruck auf sie zu machen. Sie fühlte, wie Leben in ihr Dasein zurückkehrte.

»Majestät, ich bin ein *lung-gom-pa*«, verkündete er plötzlich zwischen mehreren gekonnten Pirouetten auf den Fußballen. »Wißt Ihr, was das ist?« Er bog anmutig seinen Hals, hielt die Hände vors Gesicht und folgte mit Armen und Fingern einem rhythmischen Trommeln, das nur er hören konnte. Wu antwortete nicht, sondern lächelte nur bescheiden und wartete. Er tanzte weiter und sagte dann: »Es ist ein uralter und wenig bekannter Brauch. Ich bezweifle, daß es irgendwo im Reich einen Menschen gibt, der die Antwort weiß. Aber selbstverständlich wird die Kaiserin von China das Geheimnis erfahren.«

Er sprang mit ausgestrecktem Arm nach vorn, als wolle er mit seinem rituellen Phurba-Dolch auf einen Dämon losgehen. Dann riß er den Arm wieder zurück und zog die ›Schneide‹ siegreich aus den durchbohrten Eingeweiden des Dämons. Er machte einen Satz und wirbelte um die eigene Achse, so daß beide Füße während mehrerer Drehungen in der Luft blieben. Wu musterte die klare Linie seiner schmalen Taille und seine festen Hinterbacken und dachte wieder, was für ein attraktiver junger Mann er doch war.

»Die alte Praktik des *lung-gom*«, fuhr er fort, »stammt aus dem fernen Shalu Gompa. Durch ausgiebiges und hartes Üben wird der Naljopa-Meister so flink und schnell wie ein Pferd, Majestät.«

»Wie ein Pferd«, sagte sie nachdenklich.

»Aber viel ausdauernder. Derjenige, der das *lung-gom* erreicht hat – der *lung-gom-pa* –, kann tagelang laufen und hüpfen. Er kann in zwei Tagen eine Strecke zurücklegen, für die ein Ungeübter zwei Wochen braucht. Ein Meister kann in Trance tagelang ohne Unterbrechung über die Grasebenen Tibets laufen, vorausgesetzt, der Trancezustand wird nicht unterbrochen. Sein Körper wird so leicht, daß sein Rennen zu einem Hüpfen und sein Hüpfen zu einem bloßen Schweben wird.«

»Tagelang ohne Unterbrechung?« wiederholte sie. »Erstaunlich. Aber das Ganze dient doch gewiß einem höheren Zweck?« fragte Wu höflich und betrachtete ihre Hand mit der funkelnden Juwelenkappe am Mittelfinger.

»O ja«, sagte er und sah ihr tief in die Augen, »selbstverständlich dient es einem höheren Zweck.« Ihre Augen folgten seiner

Hand, die grazile Bogen in der Luft beschrieb und dann auf seiner Brust liegen blieb. »Der *lung-gom*-Läufer strebt nach körperlicher Vollkommenheit, damit er einer überaus wichtigen Aufgabe nachkommen kann. Er muß der bösen Gottheit Shinjed, dem Herrn des Todes, und seinen dämonischen Günstlingen eine Einladung überbringen.« Der junge Nagaspa wirbelte durch die Luft und ließ sich aus der Bewegung heraus auf einen der bestickten Hokker fallen, die an den langen Tischen in der Bibliothek der Kaiserin standen.

»Dieses Ritual muß alle zwölf Jahre vollzogen werden. Sonst vernichten Shinjed und seine Schüler alle empfindungsfähigen Lebewesen auf der Erde, um ihren unersättlichen Hunger zu stillen. Die frühen Magier mußten den Gott dazu zwingen, sich mit einem Ersatzmahl zu begnügen. Zu diesem Zweck zauberten sie eine unendliche Zahl von Geistervögeln herbei und beförderten sie in sein Maul. Aber der Gott Shinjed hat mittlerweile viele Schüler um sich geschart, und der Läufer muß weite Strecken bis in die hintersten Winkel des nördlichen Tibet zurücklegen, um alle zum Opfermahl der Geistertauben einzuladen. Und wenn der Hunger der gierigen Dämonen gestillt ist, hat die Menschheit wieder elf Jahre Ruhe vor ihnen.«

»Und die Einladungen müssen von Läufern überbracht werden ...?« fragte Wu. »Könnte das nicht auch ein Mann auf einem schnellen Pferd erledigen?«

»Das würde sich bei einem Dämon kaum schicken, Majestät«, entgegnete er.

»Wohl kaum!« entgegnete Wu. »Und du – du bist selbst ein *lung-gom*-Läufer?«

»Ja, Kaiserin«, sagte er und richtete sich stolz auf. »Und zwar ein besonders ausdauernder. Es kommt vor allem darauf an, daß man die ›innere Luft‹ zu kontrollieren lernt. Ich glaube, ihr Chinesen bezeichnet sie als *ch'i.*« Er hielt inne, schloß die Augen und sog diese lebensspendende Substanz tief in seine Lungen, dann öffnete er die Augen wieder und sah sie eindringlich an. »Wenn ich einmal stehe, lege ich mich tagelang nicht wieder hin. Ich mache keine Pause. Ich bleibe in Bewegung, bis die Aufgabe vollbracht ist und alle Beteiligten restlos zufriedengestellt sind.«

»Davon bin ich überzeugt. Ich würde dich gern einmal rennen sehen«, sagte sie und blickte ihn herausfordernd an, wobei sie sich mit der Fingerspitze über die Lippen fuhr. »Bestimmt könnte ich eine Menge dabei lernen.«

Kaotsung wußte, daß er viel Zeit verloren hatte. Wu war fleißig gewesen. Sehr fleißig. Während seiner Krankheit hatte er es an Wachsamkeit fehlen lassen, und Wu hatte die Zeit dazu genutzt, eigene Projekte durchzuführen und viele Entscheidungen ohne ihn zu treffen. Außerdem hatte er keine Berater mehr. Aber völlig hilflos war er nicht. Sein Schweigen war eine vorzügliche Waffe.

Er sprach überhaupt nicht mehr, nicht einmal, wenn er allein war. Sein Schweigen war wie ein Geschenk, das er sich selbst gemacht hatte. Es war ein sicherer Ort, an den er sich zurückziehen und von wo aus er beobachten konnte, was ihm und allen anderen widerfuhr.

Natürlich haßte sie sein Schweigen, aber das war nicht zu ändern. Er wollte seine Stimme nie wieder hören. Es war, als sei in seinem Innern ein Band zerschnitten worden, als seien sein Wille und seine Zunge nun für immer getrennt. Und er fühlte sich in seinem Schweigen immer wohler, denn es war sein bester Schutz gegen sie.

Kaotsung betrachtete sie schon lange nicht mehr als seine Frau, denn sie verkörperte all das, was er nicht war und was er vernachlässigt hatte. Sie war stark und mächtig, weil er es nicht war. Und deshalb mußte er schweigen: Worte waren das offene Fenster, die unverschlossene Tür, der Spalt in der Wand, durch den sie schlüpfen und in sein Versteck gelangen konnte.

Er streifte seinen Morgenmantel bis zur Hüfte ab und ließ ihn dann auf den Boden fallen. Er wollte sich nackt in dem ovalen Spiegel hinter der Liege betrachten, wollte sehen, wie schwach er geworden war. Sein Gesicht wirkte schlaff. Mit den Muskeln war auch jede Vitalität aus ihm verschwunden. Mit der Fingerspitze hob er das Lid des rechten, dann des linken Auges. Das Weiß seiner Augen war gelblich und blutunterlaufen. Wie die Augen eines alten Vagabunden, dachte er. Er fand, daß ihm das einen gewissen Ernst und eine gewisse Würde verlieh, obwohl ihm die Ärzte heute morgen nach einer eingehenden Untersuchung versichert hatten, daß das Weiß seiner Augen wieder klar werden würde.

Der rechte Mundwinkel hing ihm zwar längst nicht mehr so

stark herunter wie zu Beginn, doch diese Gesichtshälfte war für immer gezeichnet. Kaotsung mochte sein Gesicht nicht, obwohl ihm die Tatsache, daß nun immer ein leichtes Grinsen um seine Lippen spielte, ein seltsames Gefühl der Befriedigung gab.

Sein rechter Arm war immer noch schlaff und leblos, und an seiner Schulter hatte sich eine Vertiefung gebildet. Aber der andere Arm war kräftig und wurde mit jedem Tag kräftiger, denn bei jeder sich bietenden Gelegenheit bestand er gegen den Protest seiner Diener darauf, sich selbst den Tee einzuschenken, das Wasser zum Waschen zu holen und sich anzuziehen, so schwer ihm das auch fallen mochte.

An diesem Morgen fühlte er sich wie neugeboren und voller Tatkraft. Er hatte seinen alten *Tai ch'i*-Lehrer heute früher als sonst entlassen, weil er sich ein wenig umsehen wollte. Und dabei wollte er nicht einmal von seiner Yü-lin-Palastwache gestört werden. Die Luft war frisch und klar, und er fühlte sich wie ein kleiner Junge, der das Abenteuer suchte. Er wollte heute eine Welt erforschen, die ihm neu und fremd war: seinen eigenen Palast.

Kaotsung war zwar aus eigenem Willen stumm, aber nicht taub. Er hatte Gerüchte über die unterschiedlichsten religiösen Aktivitäten gehört, und natürlich wußte er alles über die Neubauten und Umbenennungen, schließlich war er bei den Einweihungen und Feierlichkeiten ja immer dabeigewesen. Aber ihn interessierte etwas ganz anderes – die unglaublichen Geschichten über die ›spirituellen‹ Aktivitäten der Kaiserin und ihrer Mutter. Neuerdings trieben sich in der Palaststadt alle möglichen Asketen herum. Auf Schritt und Tritt begegnete man Mönchen, Äbten, Einsiedlern und anderen Glaubenseiferern, die betend umherliefen und in fremden Sprachen ihre Litaneien herunterleierten. Seit der Sechserrat nicht mehr existierte, hatte sich die Welt um ihn herum verändert. Dies war nicht mehr der Palast, den er von früher kannte.

Als Kaotsung auf den langen Korridor hinaustrat, der die Kaiserlichen Gemächer, die Thronsäle und privaten Bibliotheken der Kaiserlichen Familie miteinander verband, bebte er vor Erregung, denn es gab viele neue Dinge zu entdecken. Vom Korridor gingen unzählige Räume ab – einige hatte er seit Jahren, andere seit seiner Kindheit nicht mehr betreten, und manche hatte er noch nie in seinem Leben aufgesucht. Das sollte sich jetzt ändern.

Auf seinen Gehstock gestützt, betrachtete er die glänzenden schwarzen Fliesen und das reich verzierte Holz an beiden Wänden und atmete tief ein. Der Geruch von Lack und Öl, den die Schnitzereien und das Mobiliar verströmten, stach ihm als erstes in die Nase. Dieser Geruch war ihm vertraut und der stärkste von allen. Dann roch er noch etwas anderes, etwas Fremdes und Neues: eine süßliche Schicht von Weihrauch, die von einem schwachen Schimmelgeruch überdeckt wurde. Und schließlich war da noch ein ganz schwacher Geruch, den er als gesunder Mensch wohl gar nicht wahrgenommen hätte, der seinen geschärften Sinnen jedoch nicht verborgen blieb. Es war der Geruch von feuchtem Gestein.

Warum war ihm das noch nie aufgefallen? Es war wie eine Metapher für das Leben. Ganz oben lagen, alle anderen überdeckend, die freundlichen und appetitlichen Gerüche der Möbel und des Öls – die Tünche der Zivilisation. Darunter lagen andere, die bereits vom Tod kündeten, aber immer noch lebten und vom Leben herrührten – Schimmel, vermischt mit den Düften parfümierter Opfergaben. Das, so überlegte er, war die menschliche Seite des Todes, vom Standpunkt des Lebens aus wahrgenommen. Er atmete nochmals tief ein und konzentrierte sich. Ja, da war er wieder, der zuunterst liegende Geruch, unergründlich, wie aus dem Inneren eines Grabs: der kalte, feuchte Geruch der Ewigkeit, der Geruch des Gesteins. Das war die vom Tod aus wahrgenommene Seite des Todes.

Kaotsung vernahm Geräusche hinter einer der Türen zur Bibliothek der Kaiserlichen Familie, aber es waren keine Geräusche, wie sie normalerweise in einer Bibliothek zu hören sind. Er trat näher und lauschte. Lange Zeit blieb es still. Dann regte sich wieder etwas hinter der Tür: leises, sanftes Stöhnen einer Frauenstimme, das tiefere Stöhnen einer Männerstimme, dann Geraschel, das kratzende Geräusch von Möbelstücken, die über den Steinfußboden geschleift wurden, heftiges Atmen, und dann wieder dieses Stöhnen, als versuche jemand, einen schweren Gegenstand zu verrücken. Eine kurze Stille trat ein, dann das Keuchen einer Frau. Bald mischte sich in das Keuchen der Frau das rhythmische Stöhnen eines Mannes.

Kaotsung war gleichermaßen irritiert wie fasziniert. Diese Bibliothek war schon von seinem Vater und seinem Großvater benutzt worden. Er legte die Hand auf die Türklinke. Die Yü-lin-Wachen, die ihm in diskretem Abstand folgten, hatten sein Zögern bemerkt, traten vor und postierten sich stumm neben der Tür. Kaotsung schüttelte den Kopf und bedeutete ihnen, sich wieder zu entfernen, wobei er ihnen mit einem Augenzwinkern zu verstehen gab, daß kein Grund zur Sorge bestehe. Eine Zofe und ein Diener vielleicht? Eine hochrangige Konkubine mit Zugang zum Inneren Palast? Offensichtlich ein Diener, der kein Eunuch war, aber welcher?

Die männliche Stimme klang jetzt angestrengt und gequält, während das Hecheln und Winseln der Frau in laute Schreie der Wollust übergingen. Ein schwerer Gegenstand aus Holz stieß in einem ständig schneller und wilder werdenden Rhythmus gegen die Wand. Der Mann stöhnte, die Frau wimmerte.

Kaotsung drückte leise die Klinke und stieß die Tür auf. Das Paar lag auf einem der langen Bibliothekstische, die Gesichter der Tür abgewandt. Dunkle, muskulöse Hinterbacken zogen sich zusammen und stießen nach vorne, entspannten sich wieder und spreizten sich nach hinten. Vor und zurück. Vor und zurück. Dem Rhythmus nach zu urteilen waren die Liebenden dem Höhepunkt nahe. Kaotsung wollte sie die Sache zu Ende bringen lassen und dann nackt auf den Korridor hinausjagen. Das war Strafe genug.

Die Frauenbeine schlangen sich jetzt enger um den Rücken des Mannes, und die Hinterbacken zogen sich abermals zu einem Stoß zusammen. Die zierlichen Frauenfüße glitten etwas tiefer und verkeilten sich dort in einem letzten, abschließenden Erzittern. Sie kam zum Höhepunkt, während die Hinterbacken ihres Liebhabers sich in einem schönen Bogen zusammenzogen und wieder spreizten. Der Mann verstand etwas von seinem Geschäft, wie Kaotsung anerkennend bemerkte.

Jetzt hielt die Frau in der Bewegung inne. Ihre Ekstase war vorbei. Ihre Hand strich über den Rücken des Liebhabers, und Kaotsung sah an der Fingerspitze des Mittelfingers etwas Farbiges aufblitzen. Wie gebannt blieb er stehen und beobachtete, wie die Hand nach unten glitt und die »Eiertasche« des Mannes streichelte. In einer plötzlichen Erregung preßte der Mann die Hinterbakken zusammen, so daß sich tiefe Falten in sein Fleisch gruben, und unter heftigen Zuckungen kam schließlich auch er. Stöhnend ließ er sich auf die Frau sinken.

Kaotsung betrat den Raum und ging auf das »Liebeslager« zu. In diesem Moment fing er Wus Blick auf. Der Mann, wer immer er auch war, sah nur die in Pantoffeln steckenden Füße des Kaisers und blieb wie versteinert liegen.

Kaotsung stieß mit aller Kraft seinen schweren Gehstock auf den Holzboden. Angelockt durch den Lärm, stürmten die vier Yü-lin-Palastwachen in die Bibliothek. Verwirrt starrten sie auf die beiden Körper, die ineinander verschlungen auf dem Tisch lagen. Kaotsung, dessen Augen vor Feuer sprühten, deutete wortlos auf das Paar.

»Tötet ihn!« befahl der Hauptmann, und seine Männer richteten ihre Lanzen auf den nackten Inder. In diesem Moment ging Kaotsung mit seinem gesunden Arm dazwischen und schüttelte den Kopf. Er versuchte zu sprechen und zeigte erregt auf die Kaiserin. Wofür hielten sie ihn? Glaubten sie, er sei wie sie? Man tötete doch keinen Mann, den die Kaiserin verführt hatte. Was hätte der arme Kerl denn tun sollen? Werft ihn hinaus und tötet *sie,* gab er ihnen wütend zu verstehen. Und sie verstanden.

Die Wachen rissen den schweißnassen Körper des Nagaspa unsanft von Wu herunter und warfen ihn nackt zur Tür hinaus. Kaotsung hörte, wie er den Korridor hinunterrannte. Wie er um sein Leben rannte.

Dann wandte er sich Wu zu.

Sie lag immer noch in derselben Position, in der sie ihr Liebhaber zurückgelassen hatte, und sah ihn verblüfft an. Kaotsung war außer sich, und der Anblick der nackten Kaiserin, die mit gespreizten Beinen dalag, völlig entblößt und vor Schweiß glänzend, machte ihn noch wütender. Wu trotzte seinem Blick, schlug die Beine übereinander und wollte sich aufrichten, doch er stieß sie zurück auf den Tisch. Sie versuchte es erneut, und diesmal schlug er ihr mit dem Handrücken ins Gesicht. Die Wucht des Schlages riß ihr den Kopf auf die andere Seite, und sie fiel wieder flach auf den Rücken. Er schlug noch einmal zu. Sie schwieg und wehrte sich nicht. Blut sickerte aus ihren Nasenlöchern. Er starrte sie an. Sie setzte sich auf und sah ihm ungerührt in die Augen.

»Sollen wir sie jetzt töten, Kaiserlicher Vater?« fragte der Hauptmann der Palastwache, die Lanze zum Stoß bereit. Kaotsung hob die Hand und bedeutete ihm, noch einen Moment zu warten. Ein Wort von mir genügt, sagten seine Augen. Nur ein

Wort. Und niemand wird Fragen stellen. Ich muß mir nichts Besonderes ausdenken. Keine raffinierten Pläne aushecken. Ich kann dich töten lassen oder für den Rest deines irdischen Lebens in den hintersten Winkel dieser Erde verbannen. Ganz wie es mir beliebt.

Sie wollte mit einem Kleidungsstück ihre Blöße bedecken, aber er entriß es ihr und starrte auf das glänzende schwarze Haar und das weiche offene Fleisch darunter, auf das vollkommene Weiß ihrer Schenkel. Wut brannte in seiner Brust, doch jetzt verwandelte sie sich in etwas anderes und fuhr hinunter in seinen Bauch. Er ballte die Fäuste. Tränen traten ihm in die Augen, und alles um ihn herum verschwamm. Sein Atem ging schneller. Sein Körper rebellierte gegen seinen Willen. Seine Augen wanderten von Wus Rücken zu ihren Augen. Da war sie wieder, diese Herausforderung, die immer dagewesen war. In diesem Moment wurde Wut zu Begierde und Begierde zu Wut. Sein Glied war härter als je zuvor in seinem Leben, sein Atem rasselte. Er drehte sich zu den Wachen um, die mit großen Augen dastanden und ihre nackte Herrscherin anstarrten.

Holt sie vom Tisch herunter, befahl er mit einer ausholenden Bewegung seines Armes. Die Männer ließen ihre Lanzen fallen, faßten Wu unter die Achselhöhlen und hoben sie in die Höhe. Ohne Vorwarnung trat sie um sich und traf den Wächter zu ihrer Linken voll zwischen die Beine. Laut aufheulend ging er in die Knie, die Hände unter dem Bauch verkrallt. Sie entwandt sich dem anderen Wächter, aber im selben Moment trat ein dritter hinzu. Gemeinsam packten sie Wu an den Armen und drückten sie gegen das wacklige Bücherregal, so daß ihre Beine frei in der Luft baumelten. Wieder versuchte sie, nach ihnen zu treten, aber diesmal hielten sie sie fest. Der Hauptmann hob seine Lanze vom Boden auf und wartete auf weitere Anweisungen des Kaisers. Kaotsung war wie berauscht. Der Anblick der kämpfenden nackten Wu versetzte ihn in höchste, qualvolle Erregung.

»Du verdammter Krüppel!« schrie sie ihren Mann an. »Ist das alles, was du kannst? Mich von deinen schwachsinnigen Schlägern prügeln zu lassen wie ein Tier? Ist dein Gehirn schon so schlaff wie dein ›alter Herr‹?« höhnte sie.

Wieder holte sie mit den Beinen aus und traf den Hauptmann oberhalb der Knie. Die Lanze des Mannes fiel klirrend zu Boden. Die anderen beiden rissen Wu die Arme über den Kopf und drückten ihre Handgelenke gegen das oberste Regalfach. »Ein impotenter Idiot von einem Kaiser ruft seine abgerichteten Hunde! Und sie tun, was er befiehlt, weil sie nicht anderes können. Hast du etwa geglaubt, ich würde mich vor Lust nach dir verzehren? Vor Lust nach einem stummen, sabbernden Schwachkopf? Ich konnte nicht länger warten!« schrie sie zur Decke.

Kaotsung war wie betäubt. Das Blut schoß ihm aus dem Kopf in den unteren Teil seines Körpers. Er zeigte auf den Boden. Alle wußten, was er meinte.

Wu stieß kräftig mit den Füßen nach unten und bog den Körper zurück. Das Regal kippte nach hinten weg, und sie und die beiden Wachen stürzten zu Boden. Sie schlug um sich, doch die Männer warfen sich auf sie und drückten sie zwischen den verstreut liegenden Büchern zu Boden. Der Hauptmann spreizte ihre strampelnden Beine, während die beiden anderen ihre Arme festhielten und ihre Beine über ihre Schenkel grätschten.

»Ihr dreckigen impotenten Mistkerle! Ihr Schweine! Ihr Hunde!« brüllte sie.

Kaotsung warf seinen Stock weg, zog sich das Gewand aus und stand nackt über ihr. Sein erigiertes Glied glänzte blaurot und zuckte bei jedem Pulsschlag. Er machte wieder ein Zeichen und zeigte auf ihren Mund. Wieder verstanden die Wachen, was er wollte. Auch Wu hatte ihn verstanden. Sie spuckte und funkelte ihn zornig an. Der Wächter, der immer noch stöhnend und ächzend am Boden saß, beeilte sich, dem Befehl des Kaisers nachzukommen. Er rappelte sich mühsam auf und humpelte vornübergebeugt zu der Liege hinüber, auf der die Kleider des Paares lagen. Er ergriff eine Schärpe der Kaiserin und warf sie dem Hauptmann in die ausgestreckte Hand.

»Ich werde euch alle in Stücke reißen lassen!« rief sie. »Jawohl, in Stücke! Kastrieren lasse ich euch! Rädern und Vierteilen! Ich lasse Euch den Hunden zum Fraß vorwerfen!« Dann stopfte ihr der Hauptmann die Schärpe in den Mund.

Gestützt auf seinen gesunden Arm, ließ sich Kaotsung zwischen ihre Beine sinken und drang mit einem brutalen Stoß seiner Hüften in sie ein. Die Wachen glotzten ihn an, als wollten ihnen die Augen aus dem Kopf fallen.

Er stieß ein dutzendmal so brutal zu, wie er nur konnte, dann blieb er reglos liegen. Er genoß es, wie sich ihr Körper unter ihm wand, wie sich ihre wütenden schwarzen Augen in die seinen bohrten. Seine Wollust steigerte sich zu einem schmerzhaften Höhepunkt. Er fühlte, daß er bald kommen würde, und gab sich alle Mühe, es zurückzuhalten. Dann sprach er. Seine Stimme, die seit Monaten niemand mehr gehört hatte, erfüllte den Raum und erschreckte ihn selbst kaum weniger als Wu und die Wachen, und er begleitete jede Silbe mit einem heftigen Stoß. »Kluge Männer bauen Städte, kluge Frauen reißen sie ein!« zitierte er keuchend die alten Worte aus dem *Buch der Lieder.*

Dann schloß er die Augen und ließ sich nach vorn fallen. Er spürte den heißen Atem aus ihrer Nase auf seiner kalten Wange. Gegen ihren Willen schloß auch Wu die Augen, als sich die warme Wut so vieler langer und stummer Monate in sie ergoß.

11

Im Jahr 662
Yangchou

»Die Erlösung ist keine ganz einfache Sache, Herr Lao«, sagte der Abt, während er langsam und nachdenklich neben seinem Besucher herging und ihn dabei am Arm hielt. »Es gibt kein Rezept, kein unfehlbares Ritual, keinen Text, den man mechanisch aufsagen kann und der einem das Tor zum Paradies öffnet. Eher könnte man die Erlösung mit einem Kleidungsstück vergleichen. Was dem einen paßt, paßt dem anderen möglicherweise überhaupt nicht. Wenn ich Euch helfen soll, müßt Ihr mir schon Euren Geist und Euer Herz öffnen.« Er schwieg einige Augenblicke. »Wenn Ihr dazu bereit seid ...« Er verstummte, als sie die Große Halle betraten.

Di hatte die Halle als prunkvoll in Erinnerung, aber diesmal wurde er vom Glanz des Goldes fast geblendet. Die vier sitzenden Bodhisattwas meditierten immer noch mit untergeschlagenen Beinen, doch die Mauer hinter ihnen war inzwischen mit zahllosen kleinen Nischen versehen worden, in denen jeweils ein goldener Buddha saß. Die Nischen in den anderen Mauern waren noch leer, aber es war klar, daß der Abt mit der Zeit jede einzelne zu füllen gedachte.

»Ich bin dazu durchaus bereit, Euer Gnaden«, sagte Di und gab sich den Anschein, als nehme er die Pracht ringsum kaum wahr. »Ich habe keine Geheimnisse.« Bei diesen Worten stieß der Abt einen leisen, befriedigten Seufzer aus, und Di warf einen raschen Seitenblick auf den seltsamen kleinen Mann. Mit einer theatralischen Geste öffnete der Abt nun eine Tür. Es war dieselbe Tür, durch die er vor vielen Jahren verschwunden war, als Di nach seinem fruchtlosen Besuch im Haus des ermordeten Verkehrsministers zur Goldenen Wolke gereist war, um nach dem mysteriösen Inder zu suchen. Nach ihrer letzten Begegnung hatte Di zu Füßen der Göttin Kuan-yin ein Opfer dargebracht.

Wenig später saß ›Herr Lao‹ bequem in den Privaträumen des Abtes und ließ sich von seinem Gastgeber mit Tee bewirten.

»Es wäre nicht damit getan«, sagte der Abt, »Euch einen Stoß

Gebete in die Hand zu drücken, einige eindrucksvoll klingende Worte herunterzuleiern und Euch dann Eures Weges ziehen zu lassen. Was, wie ich fürchte, einige meiner Kollegen tun würden. Ich aber nicht. Es ist eine viel zu ernste Sache, wenn ein Mann zu mir kommt und meinen geistlichen Rat erbittet. Mein Gewissen schreibt mir vor, jeder Angelegenheit, so unbedeutend sie auch sein mag, meine vollste Aufmerksamkeit zu schenken.« Der Abt goß sich eine Schale Tee ein, raffte seine Gewänder zusammen und setzte sich.

Außer natürlich, dachte Di, meine Kleider wären schäbig und meine Taschen leer wie bei unserer letzten Begegnung.

»Ihr seid ein sehr vielseitiger Mann«, fuhr der Abt schmeichlerisch fort. »Das sehe ich auf den ersten Blick. Ich sehe Euch an, daß Ihr ein bewegtes und interessantes Leben geführt habt. Ich weiß, daß ich keinen gewöhnlichen Mann vor mir habe.« Ja, dachte Di, und du bist ein ganz gerissener Bursche, der begriffen hat, daß man mit Schmeicheleien einen Menschen am schnellsten dazu bringt, von sich zu erzählen.

»Mein Leben war vielleicht sogar zu bewegt und abwechslungsreich«, sagte Di traurig.

»Zögert nicht, mir alles zu sagen«, ermutigte ihn der Abt. »Ich bin nicht immer der einfache Asket gewesen, den Ihr heute vor Euch seht. Auch ich habe gelebt«, sagte er mit vertraulichem Unterton, »wenngleich ich bei Euch eine Tiefe spüre, die ein Mensch wie ich niemals kennenlernen konnte. Wenn man so lebt wie ich jetzt, nur von Männern umgeben, kann man manchmal vergessen ...«, er zuckte mit den Achseln. »Ich habe nie geheiratet. Das hat mich allerdings nicht davon abgehalten, gewisse Erfahrungen zu machen. Ja, ich habe gelebt. Wie Ihr zweifellos auch.« Der Abt sah auf. »Ihr seid verheiratet, nehme ich an?« fragte er.

»O ja, durchaus«, antwortete Di, verwundert über die unerwartete Wendung, die das Gespräch nahm.

»Aber Eure Erfahrungen beschränken sich nicht auf die Ehe, nehme ich an.«

»Nein, nicht ausschließlich«, antwortete Di vorsichtig.

»Ich habe nämlich eine Theorie, müßt Ihr wissen«, sagte der Abt. »Das irdische Leben ist ein großes, tiefes Meer, und wir schwimmen darin. Entweder bewegen wir uns nur in seinen finstersten Tiefen, ohne auf das Licht zu achten, das von oben gedämpft durch die Dunkelheit dringt, oder aber wir möchten mehr von diesem Licht sehen und schwimmen ihm entgegen. Am wenigsten achten wir auf dieses Licht von oben, wenn wir die ... die fleischliche Vereinigung vollziehen.« Der Abt leckte sich die Lippen. »Und wer mag uns dafür tadeln?« fügte er rasch an. »Sind diese Augenblicke irdischer Verzückung nicht eine vorübergehende Erhellung der Düsternis? Glauben wir in diesen Augenblicken nicht, im vollen Licht zu stehen? Ach ja.« Scheinbar gedankenverloren saß er einen Moment da. Di wartete. »Sagt mir, Herr Lao, steht Ihr mit Eurer Frau ... oder habt Ihr mehrere Frauen?« Ein fragender Blick traf seinen Gast.

»Nur eine«, antwortete Di, denn ihm fiel ein, daß die beiden ertrunkenen Männer auch nur eine Frau gehabt hatten.

»Steht Ihr mit Eurer Frau noch ... wie soll ich sagen ... in gutem Einvernehmen?«

Di war unsicher, worauf sein Gegenüber hinaus wollte, und überlegte einen Augenblick. »Als wir jung waren, waren wir unzertrennlich. Aber die Zeit und die Gewohnheit haben ihren Tribut gefordert. Ab und zu kommt es allerdings immer noch vor, daß wir ...«

»Ach ja, Zeit und Gewohnheit, die größten Feinde der irdischen Liebe«, sagte der Abt. »Aber Ihr seid doch gewiß mit den verschiedenen Mitteln vertraut, mit denen die Leidenschaft wiederbelebt werden kann?«

»Mittel?« fragte Di vorsichtig.

»Aber ja! Mittel aller Art – man kann beispielsweise alte Gewohnheiten abstreifen, potenzstärkende Mittel einnehmen oder Abwechslung bei einer anderen Frau suchen!« sagte der Abt mit Begeisterung. »Es gibt Möglichkeiten, mein Freund! Es gibt Möglichkeiten! Ich persönlich zog es seinerzeit vor, einfach eine neue Frau zu suchen, so wie ein Schmetterling zur nächsten Blüte flattert, wenn er sich an einer sattgetrunken hat.«

»Tatsächlich«, sagte Di.

»Das war natürlich, bevor ich Geistlicher wurde«, fügte der Abt eilig hinzu.

»Natürlich«, sagte Di trocken.

»Frauen sind interessante Geschöpfe«, fuhr der Abt fort. »Ein Mann mag glauben, daß er die Frau führt, aber in Wahrheit ist sie es, die ihn führt. Ich bin sicher, daß Ihr versteht, was ich meine, oder?« Bei diesen Worten verzog sich das Gesicht des Abtes zu einem lüsternen Grinsen.

»Nun, ich könnte sagen, ich selbst habe ...«

»Sie führt Euch in die Tiefe, mein Freund«, unterbrach ihn der Abt mit leuchtenden Augen und feuchten Lippen. »Hinab in die Düsternis. Weg vom Licht. Aber während es geschieht, ist es entzückend, nicht? Ja, überaus entzückend. Das war einer der Gründe, warum ich das weltliche Leben floh. Ich war anfällig – sehr anfällig. Aber wir sind nicht hier, um über mich zu sprechen, nicht wahr? Ihr seid es, mein Freund, dem ich meine Aufmerksamkeit zuwenden sollte.« Fasziniert wartete Di, was wohl als nächstes kam.

»Ihr seid ein vermögender Mann, das steht fest«, fuhr der Abt fort. »Darf ich fragen, womit Ihr Euren Lebensunterhalt bestreitet?«

»Ich importiere und handele mit seltenen Hölzern«, antwortete Di. »Es vergeht kein Tag in der Woche, an dem nicht mindestens zehn meiner Lastkähne auf den Kanälen unterwegs sind.«

»Aha«, sagte der Abt nachdenklich. »Ihr seid wohlhabend, und das bedeutet, daß Ihr mit allen weltlichen Dingen zu tun habt. Im Gegensatz zu mir, der ich ein enthaltsames und asketisches Leben führe, das der Meditation über die Unendlichkeit gewidmet ist.«

Und dabei hatten sie gerade einen Raum durchquert, der vor Gold nur so glänzte. Asketisches Leben? Di sah sich um. Die Privaträume des Abtes waren ebenso komfortabel ausgestattet wie das Haus eines reichen Kaufmanns. »Es stimmt«, sagte er. »Ich bin reich. Aber wonach es mich wirklich verlangt, sind Reichtümer ganz anderer Art.«

»Dann müssen wir diesem Verlangen ein Ziel geben«, sagte der Abt.

»Ich habe sogar daran gedacht«, fuhr Di fort, »alles von mir zu werfen und selbst Mönch zu werden. Und vielleicht nach Indien zu reisen, zu wandern, zu lernen und zu beten.« Bei diesen Worten lauerte er auf eine Reaktion im Gesicht des Abtes, doch alles, was er entdeckte, war Abscheu.

»Das haben natürlich schon viele getan«, sagte der Abt fast verächtlich. »Aber einfach ein grobes Gewand überzuziehen und sich Asche aufs Haupt zu streuen ist kein Freibrief für das Paradies. Ich fürchte, es ist etwas schwieriger. Es gibt andere Wege. Ich bitte Euch, laßt Euch von mir führen. Ich glaube wirklich, daß ich Euch helfen kann.«

Di stieß einen Seufzer aus, der den Abt glauben machen sollte, ›Herr Lao‹ sei mehr als dankbar dafür, daß er einen Teil der Last auf die Schultern des anderen abwälzen konnte.

»Als erstes möchte ich Euch eine Frage stellen: Wenn Ihr, hm, sagen wir, Beziehungen zu Eurer Frau pflegt, erlangt sie dann, äh, vollständige Befriedigung?« Di spürte, wie er bei dieser persönlichen Frage errötete, obwohl sie an den erfundenen Herrn Lao und nicht an ihn selbst gerichtet war, und sah dem Abt, der gespannt auf eine Antwort wartete, mit wachsender Neugier ins Gesicht.

»Seid nicht verlegen«, sagte der Abt beruhigend. »Ich frage aus einem ganz bestimmten Grund. Und vergeßt nicht, auch ich habe einst ...«

»Gewiß«, sagte Di hastig. »Aber um auf Eure Frage zurückzukommen: Ich denke schon, daß sie es tut. Zumindest gelegentlich«, ergänzte er befangen.

»Und empfindet Ihr selbst ein stärkeres Interesse und Verlangen, wenn sie es tut?« hakte der Abt nach.

»Nun, vielleicht, ich würde sagen ...«

»Natürlich tut Ihr das, natürlich. Und genau darauf kommt es mir an.« Der Abt sah nachdenklich auf seine Hände hinab. »Mein Freund«, sagte er ernst, »wir müssen irgendwo anfangen. Nun, da ich Euch ein klein wenig kenne, sehe ich den Pfad vor mir, den Ihr Euch mit meiner Hilfe durch den Dschungel des irdischen Lebens schlagen müßt. Ja, ich sehe ihn vor mir.« Er erhob sich und ging zu einem Regal, in dem verschiedene Handschriften lagen. Er wählte einige aus, nahm wieder Platz und legte die Papiere umständlich vor sich auf den Tisch.

»Ich gebe Euch einige Schriften und bitte Euch, sie zu lesen und darüber nachzudenken. Es wird nötig sein, daß Ihr Euch läutert – das heißt, Ihr müßt Euch die nächsten Wochen jeglicher Beziehung zu Eurer Frau enthalten, und auch, ich bitte um Verzeihung, zu jeder anderen Frau. Ich möchte, daß Ihr in zehn Tagen wieder zu mir kommt. Und Ihr müßt die Schriften diskret behandeln und darauf achten, daß sie niemand sonst in die Hände bekommt. Das ist doch nicht zuviel verlangt, oder?« Ermutigend legte er Di seine Hand auf die Schulter, dann wurde seine Miene wieder ernst. »Ich bin froh, daß Ihr zu mir gekommen seid. Ich fühle deutlich, daß die barmherzige Kuan-yin Eure Schritte gerade noch rechtzeitig zu meiner bescheidenen Pforte gelenkt hat.« Die Hand auf Dis Schulter übte einen leichten Druck aus. »Außerdem habe ich das Gefühl, daß wir gute Freunde werden.«

Di lehnte sich im Innern der Kutsche mit dem ärgerlichen Gefühl zurück, viel Zeit und Mühe vergeudet zu haben. Es hatte ihn gelinde gesagt befremdet, wie geschickt und hartnäckig ihn der Mann über die intimsten Einzelheiten ausgefragt hatte. Er war es keineswegs gewohnt, über solche Dinge zu sprechen, und selbst in der Rolle des Kaufmanns Lao war es ihm peinlich gewesen, auf solche Fragen zu antworten.

Er betrachtete die Papiere in seiner Hand, zog den Vorhang am Fenster zurück, um die letzten Strahlen der Nachmittagssonne hereinzulassen, und begann zu lesen, so gut es in der holpernden Kutsche ging.

Es war die Geschichte eines edlen jungen Prinzen, der von seinem Vater, einem mächtigen König, sehr geliebt wurde. Ein heiliger Mann hatte dem König erzählt, daß der Knabe dazu bestimmt sei, die Erde von allem Leid zu befreien und die gepeinigten Geschöpfe aus dem Meer des Elends zu erretten, das man Leben nannte. Ausführlich wurde berichtet, wie der Prinz als Knabe und dann als junger Mann ein behütetes und glückliches Leben führte. Dank ihm herrschten Wohlstand und Glück im Königreich. Der König selbst war ein Vorbild an Tugend und Barmherzigkeit, begnadigte zum Tode Verurteilte und erzog sie zu besseren Menschen, ließ die Waffen ruhen und sorgte für Ruhe im Land. Er bekämpfte alle Leidenschaften, die zu moralischer Verderbtheit führten, und tat keiner Kreatur ein Leid an. Dann, eines Tages, beschloß der junge Prinz, in die prächtigen Wälder des Königreiches hinauszuziehen.

Als der König von dem Vorhaben seines Sohnes erfuhr, traf er die entsprechenden Vorkehrungen – und dazu gehörte auch, daß er alle »leidenden Menschen« von den Straßen entfernen ließ. Der Ausflug des Prinzen sollte nicht durch den Anblick menschlichen Leids verdorben werden. Mit »großer Behutsamkeit« ließ er deshalb die Kranken, Altersschwachen, Gelähmten und Bettler fortbringen, damit sich die Straße dem empfindlichen Auge des Prinzen von ihrer heitersten Seite zeigte. Aber die Götter hatten andere Pläne.

Sie stellten einen gebeugten Greis mit schlohweißem Haar an den Straßenrand, und so kam es, daß der verblüffte Prinz zum erstenmal in seinem Leben dem Phänomen des Alters begegnete. Als nächstes stellten ihm die Götter einen kranken, zitternden Mann in den Weg, und schließlich ließen sie ihn einen Toten sehen. Auf diese Weise erfuhr der junge Mann von Alter, Krankheit und Tod und erkannte, daß kein Geschöpf von alldem verschont blieb. Und reagierte auf diese Erkenntnis wie »ein Stier, neben dem ein Blitz in den Boden gefahren ist«. »Welches vernunftbegabte Wesen«, so fragte er verstört, »das um Alter, Krankheit und Tod weiß, könnte noch ruhig dasitzen, schlafen oder gar lachen?« Eine ausgezeichnete Frage, die sich auch Di mehr als einmal gestellt hatte, wie er zugeben mußte. Er hob die Augen vom Blatt, blickte kurz hinaus in die vorbeiziehende Landschaft und las dann weiter.

Der Prinz in der Geschichte gelangte in düsterer und nachdenklicher Stimmung an den Rand des Waldes, wo ihn eine Schar schöner Frauen erwartete, die ihn zu verführen trachteten. Und dann folgten ausführliche Beschreibungen ihrer »vollen Brüste«, ihrer »von dünnen Stoffen verhüllten Hüften«, ihrer »roten, nach geistigen Getränken duftenden Münder«, ihrer »Lotosblütenaugen«. Die Frauen versuchten, »sachte mit ihm zusammenzustoßen«, drückten ihre Brüste an ihn und fesselten ihn mit Blumengewinden, ließen ihre Gewänder von Schultern und Brüsten gleiten und »bestraften« ihn mit Worten wie mit dem »Stecken eines Elefantentreibers – sanft und doch tadelnd«.

Doch ihre Mühe war vergebens. Der Prinz, der soeben Alter, Krankheit und Tod kennengelernt hatte, war nicht in der Stimmung für derlei Zerstreuungen. Voller Ingrimm kehrte er in den Palast zurück, wo er seinem Vater, dem König, mitteilte, er wolle alles aufgeben und den Pfad der geistigen Erleuchtung einschlagen, um den Kreislauf von Geburt und Tod zu durchbrechen. Natürlich versuchte der Vater, den geliebten Sohn zurückzuhalten, und schloß ihn im Palast ein, doch eines Nachts hielten die Götter die Zeit für gekommen, sich seiner anzunehmen, und ließen alle Menschen in seiner Umgebung in einen tiefen Schlaf fallen, auch die Haremsfrauen. Der Prinz ging eine Weile umher und betrachtete die schlafenden Frauen, die mit offenen Mündern schnarchten und auf wenig anmutige Art ihre Gliedmaßen von sich streckten. Nun sehe ich sie, wie sie wirklich sind, dachte er und fühlte nur Verachtung, Abscheu und Bedauern. Und diese Empfindung war so stark, daß er, bevor er sein Pferd bestieg und durch die von den Göttern geöffneten Tore aus seines Vaters Palast ritt, folgenden Ausspruch tat: »So ist die Natur der Frauen: Sie sind unreine und häßliche Geschöpfe. Von Kleidung und Schmuck geblendet, läßt sich der Mann von den weiblichen Reizen betören. Würde er nur den natürlichen Zustand der Frauen und die Veränderung, die der Schlaf bei ihnen bewirkt, betrachten, so wäre er gegen solche Narrheiten gefeit, aber er läßt sich hinreißen, kann seinen rechten Willen nicht finden und wird so ein Opfer der Leidenschaft.«

Das Licht wurde schwächer, und Di ließ die Schrift sinken und zog die Vorhänge zu. Es war wirklich seltsam. Das unbehagliche Gefühl, das die nur dürftig verborgene Lüsternheit des Abtes bei ihm hinterlassen hatte, hielt immer noch an. Wenn er an die peinlichen Fragen, die bohrende Neugier und die glänzenden Augen des Mannes dachte, fühlte er sich wie besudelt. Ekelhaft. Er glaubte nicht, daß der Abt solche Schriften mit dem inneren Abstand des enthaltsamen und gelehrten Asketen las.

Als die Kutsche die Stadttore erreichte, senkte sich die Dämmerung herab. Di war müde und fragte sich mit wachsendem Abscheu, ob das alles der Mühe wert gewesen war. Was hatte er schon entdeckt? Einen lüsternen alten Mönch. Er konnte sich lebhaft die Privatbibliothek des Abtes vorstellen, die heiligen Schriften, in denen gewisse Seiten angestrichen, zerfleddert und abgegriffen waren. Und nicht minder lebhaft konnte er sich vorstellen, wie der Mann hinter den verschlossenen Türen seiner Privaträume immer wieder die Geschichten von Frauen las, denen die Kleider von den vollen Brüsten und nackten Schultern rutschten oder die hilflos dalagen und schliefen, nichtsahnend und schutzlos. Und dabei hatte der Abt gewiß ganz andere Dinge im Sinn als die Verfasser der Geschichten.

»Nicht daß ich die Frauen dafür verantwortlich machen würde, wie sie sind«, sagte der Abt. »Gütiger Himmel, nein. Kann man einem Tier vorwerfen, daß es nicht sprechen kann, oder einem Stein, daß er sich nicht von der Stelle rühren kann? Natürlich nicht. Sie sind, wie sie sind, und das gilt auch für die Frauen.«

Inzwischen waren zehn Tage vergangen, und wieder saß ›Herr Lao‹ im Gemach des Abtes und hatte eine Schale Tee vor sich stehen. Heute drehte sich das Gespräch um die Armseligkeit alles Irdischen im Vergleich zu den Freuden des Paradieses – inbesondere um Frauen. Der Abt war bei bester Laune, schlagfertig und redselig, und vermischte seine Phantasien und Obsessionen munter mit seinen Auslegungen der heiligen Schriften.

»Arme Geschöpfe – fast könnte man meinen, sie wüßten instinktiv, daß ein rechtschaffener Mann sie von Natur aus eher meidet, anstatt sich ihnen zu nähern. Es ist, als ahnten sie etwas von den himmlischen Apsaras, neben denen die schönsten irdischen Frauen aussehen wie ein Steinklumpen neben einer Perle. O, nein. Sie möchten nicht, daß Ihr diese Perlen seht, Herr Lao. Sie möchten nicht, daß Ihr das Ausmaß ihrer Unvollkommenheit erkennt. Sagt mir, seid Ihr meinen Anweisungen gefolgt? Habt Ihr Euch der Beziehungen zu Eurer Frau enthalten?«

»Ja, Euer Gnaden«, erwiderte Di.

»Und wie hat Eure Frau … reagiert?«

»Ich glaube, für mich war es viel schwieriger als für sie, Euer Gnaden. Ich fürchte, je mehr ich die Schriften studierte, die Ihr mir gabt, desto … stärker wurde mein Verlangen.«

Bei diesen Worten strahlte das Gesicht des Abtes beinahe vor Vergnügen, obschon es ihm gelang, einen ermahnenden Unterton in seine folgenden Worte zu legen. »Nun, das lag gewiß nicht in meiner Absicht«, schalt er. »Ihr müßt strenger mit Euch sein. Ich hoffe doch, daß die Lehre, die diese Schriften enthalten, nicht an Euch vorübergegangen ist!«

»Gewiß nicht, Euer Gnaden«, antwortete Di. »Ich habe sie durchaus verstanden. Nur sind die Beschreibungen der Frauen so …«

»Ergötzlich. Peinigend. Ich weiß«, sagte der Abt und leckte sich auf eine Weise die Lippen, die Di inzwischen unangenehm vertraut war. »Genau darum geht es mir. Die heiligen Worte sind einfach meisterhaft geschrieben! Und wart Ihr von den Frauen in den Geschichten nicht ebenso abgestoßen wie der junge Prinz, als er sie schlafen sah? Habt Ihr da nicht Eure Frau im Schlaf betrachtet und Euch gleichermaßen abgestoßen gefühlt?«

»Nun …«, begann Di. Auf diese Frage war er nicht vorbereitet und konnte nur wahrheitsgemäß antworten. »Eigentlich hat mich der Anblick einer schlafenden Frau immer sehr angenehm berührt.«

»Mein Freund, Ihr habt noch einen weiten, weiten Weg vor Euch«, sagte der Abt und schüttelte mitleidig den Kopf. »Ich bin froh, daß Ihr zu mir gekommen seid. Es gehört zur natürlichen Negativität einer Frau, daß sie durch ihre Hilflosigkeit Mitleid im Manne erregt. Mit dem Reiz der weltlichen Dinge ist es ganz ähnlich. Denkt nur an Luxusgegenstände und materielle Vergnügungen. All das dient nur dazu, Euch von der wirklichen Welt, die uns erwartet, abzulenken. Stellt Euch den sonnigsten, schönsten, strahlendsten Tag vor, den Ihr je erlebt habt, die glänzendsten Seidenstoffe, die lieblichste Musik, das schmackhafteste Essen, die schönste Frau, die Ihr je zu Gesicht bekamt – und dann Euch selbst, in der Blüte Eurer Jugend, strotzend vor Kraft und Gesundheit. Und doch: Verglichen mit einem ganz normalen Tag im Paradies würdet Ihr einem altersschwachen Wrack von einem Mann ähneln, einem armseligen, zerlumpten Buckligen, der unter einem häßlichen Himmel steht, das Gekreisch von Bussarden in den Ohren und Fäulnisdünste in der Nase. Und die Frau gliche einer abscheulichen Hexe mit grindigem Kopf und Pusteln am Mund! So schön, mein Freund, ist das Paradies!«

Di war beeindruckt von der anschaulichen Beschreibung des Abtes und hätte sie unter anderen Umständen amüsant gefunden. Doch er brannte vor Ungeduld. Der falsche Bart an seinem Kinn juckte, seine Gesichtsmuskeln schmerzten von der Anstrengung, ständig ›Laos‹ Miene beizubehalten, und die Fahrt zum Kloster war lang gewesen. Bevor er zu viel Zeit mit diesem Menschen vergeudete, wollte er endlich wissen, ob er überhaupt auf der richtigen Fährte war. Er mußte das Gespräch schleunigst in eine andere Richtung lenken. Er hatte eine Idee.

»Aber alle Freuden des Paradieses wären mir gleichgültig, Euer Gnaden, wenn ich dort meinen Sohn nicht wiedersehen könnte«, sagte er traurig.

»Oh, das tut mir leid«, sagte der Abt mitfühlend. »Ihr habt einen Sohn verloren?«

»Es ist schon sehr lange her. Er war noch sehr klein. Aber ich habe den Verlust bis heute nicht überwunden.«

»Das kann sehr schmerzlich sein. Doch gewiß habt Ihr andere Kinder, die Euren Kummer gelindert haben.«

»Ich habe keine anderen Kinder. Er war mein einziges.«

Der Abt saß eine Weile grübelnd da, dann sagte er: »In gewisser Weise habt Ihr Glück. Wer Nachkommen hat, ist an die Welt gebunden. Und solche Bande sind sehr stark. Ich bin der Überzeugung, daß Nachkommen einen Menschen an den Kreislauf von Geburt und Wiedergeburt binden können. Sie ziehen uns in das irdische Leben hinein, sie fordern unsere Zuwendung. Wer Kinder hat, muß sich ständig Sorgen machen – um ihre Gesundheit, ihr Wohlergehen, ihre Zukunft.« Wie wahr, dachte Di und sah sein Gegenüber an. »So gesehen, vergebt mir, könnten wir den frühen Weggang Eures Sohnes von dieser Welt auch als Segen verstehen. Zumindest für jemanden wie Euch, der ernsthaft nach dem Paradies sucht.«

»Aber werde ich ihn wiedersehen?« hakte Di nach.

»Möglicherweise, möglicherweise«, sagte der Abt, als stimme er ein Sutra an. »Zu diesem Thema gibt es unterschiedliche Lehrmeinungen. Ich selbst neige zu der Ansicht, daß Ihr ihm begegnen werdet. Vielleicht in einer veränderten Gestalt. Im Paradies, müßt Ihr wissen, existieren wir in unserer reinsten, idealsten, entwickeltsten Form. Nicht als die unvollkommenen Wesen, die wir heute sind. Vergeßt nicht – in einer anderen Inkarnation wart Ihr vielleicht der Sohn und er der Vater!« Das kam Di eher wie ausweichendes Wortgeklingel vor, aber als trauernder ›Herr Lao‹ gab er seinem Gesicht einen hoffnungsvollen Ausdruck.

»Kann Eure Frau noch Kinder bekommen?« fragte der Abt unvermittelt.

»Nun«, zögerte Di. »Ja, ich denke doch.«

»Um so wichtiger ist es, enthaltsam zu sein, mein Freund. Der endlose Kreislauf von Geburt und Wiedergeburt – denkt darüber nach: Alles nur wegen der Frauen! Sie ziehen einen Mann in ihren negativen Bann, in ihre ... Unzulänglichkeit, und was ist das Ergebnis? Eine Geburt! Noch eine Seele, die wieder in die Welt hineingezogen wird, um zu leben, zu leiden und zu sterben! Das ist die Natur der Frau. Sie ist süß und liebreizend, aber sie ist wie die Grube, die ausgehoben wurde, um den Löwen hineinzulocken! Eine dunkle, gefährliche Grube, in die ein Mann unversehens hineinstolpern kann! Und alles, um seine irdischen Fesseln zu verstärken. Hütet Euch, mein Freund!« Der Abt schüttelte den Kopf. »Dies wäre für Euch ein sehr ungünstiger Zeitpunkt, Euch stärker zu binden. Eine Frau kann ohne weiteres instinktiv spüren, daß Ihr die Wahrheit sucht, und Euch dabei behindern. Nicht vorsätzlich oder bewußt. Nein, sie tut es in bester Absicht. Es ist einfach ihre Natur, einen Mann zu behindern, so wie es die Natur eines Krokodils ist, nach der Beute zu schnappen, oder die Natur eines Affen, schnatternd von Baum zu Baum zu springen.«

Wehmütig schüttelte der Abt einige Augenblicke lang den Kopf, blickte seinen Besucher an und stand dann entschlossen auf. Di wußte, daß sein Besuch damit beendet war. »Ich werde Euch weiteres Material zum Lesen und Studieren mitgeben«, sagte der Abt, nahm einen Stoß Papiere aus einer Schublade, legte ihn vor sich auf den Tisch und sprach dann weiter, während seine Hand ehrfurchtsvoll auf den Papieren ruhte. »Ich glaube, daß Ihr glänzende Fortschritte macht. Ich spüre es ganz deutlich. Zuweilen kommt ein Suchender des Weges und bittet mich um Unterweisung, doch dann stellt sich heraus, daß er der eigentliche Lehrer ist, und ich der Schüler.«

Wie er so dastand, eine Hand auf die Papiere gestützt, als berühre er eine Reliquie Buddhas, mit geschlossenen Augen Luft durch die geblähten Nasenlöcher einsog und dann zischend durch den Mund wieder ausatmete, wirkte er wie ein Yogi, der Atemübungen machte. Di war fasziniert von den Schauspielkünsten des Mannes.

Der Besuch hatte länger gedauert als der letzte, so daß es in der Kutsche zu dunkel zum Lesen war. Erst als Di wieder zu Hause war und sich Herrn Laos Bart vom Kinn gezogen hatte, breitete er die Papiere des Abtes vor sich aus und begann mit der Lektüre. Es war eine Fortsetzung der Geschichte vom Prinzen.

Nachdem der Prinz Familie, Freunde und Königreich verlassen hatte und in die Wälder gezogen war, erklärte er seinem treuen Diener, der ihn begleitet hatte, daß jeder Versuch, ihn aufzuhalten, vergeblich sei. Wozu, fragte er, sollte er bleiben, da es doch das Schicksal eines jeden Geschöpfes sei, irgendwann einmal zu scheiden? Tapfer versuchte der Diener, an die Gefühle und das Pflichtbewußtsein des Prinzen zu appellieren. Würde der alte König nicht vor Gram sterben? Hatte ihn seine Mutter nicht unter Schmerzen zur Welt gebracht und ihm das Leben geschenkt? Warteten seine hübsche junge Frau und sein kleiner Sohn nicht sehnsüchtig auf seine Rückkehr? Doch der Entschluß des Prinzen war unerschütterlich. Liebhaber, Freund, Ehefrau, Ehemann, Mutter, Vater, Schwester oder Bruder zu sein, erklärte er dem weinenden Diener, führe unweigerlich irgendwann zu Trennung und Trauer – welchen Sinn habe es also, das Unvermeidliche aufzuschieben? Damit legte er seine Prinzengewänder ab, schnitt sich mit dem Schwert das Haar ab, zog ein einfaches Gewand aus grobem Stoff an und schritt davon in die Wälder, ohne sich auch nur einmal umzusehen. Der Diener und das treue Pferd blieben weinend zurück. Bei der Vorstellung, daß ein Pferd seinem Herrn nachweinte, mußte Di lächeln. Die meisten Pferde wären sicherlich mehr als froh, ihre menschlichen Herren loszuwerden.

Der Diener mußte ohne den Prinzen zum Palast zurückkehren. Jeder im Reich trauerte – vom gemeinen Mann auf der Straße bis hinauf zum König. Die Eltern des Prinzen schrien und jammerten, aber am schlimmsten litt wohl die hübsche junge Frau des Prinzen. Warum nur, klagte sie, hat er mich verlassen? Warum hat er mich nicht in die Wälder mitgenommen wie die alten Weisen, die ihre Frauen doch auch mitnahmen? Steht ihm der Sinn nach den Reizen der himmlischen Nymphen statt nach mir, obwohl ich ihn liebe?

Di rieb sich die müden Augen. Soweit ging die Geschichte für heute. Das war es, was der Abt ›Herrn Lao‹ zum Lesen und Studieren aufgetragen hatte.

Di war sich unschlüssig, ob er dem Kloster einen dritten Besuch abstatten sollte. Er hatte dieses Kloster aus Gründen ausgewählt, die ihm stichhaltig erschienen waren, doch inzwischen hatte er große Zweifel, daß er dort jemals etwas anderes erfahren würde als das ganze Ausmaß der Lüsternheit des Abtes. Die Fragen des Mannes wurden immer persönlicher und, wie es Di vorkam, immer belangloser.

Er ging noch einmal die Gründe durch, die ihn zur Goldenen Wolke geführt hatten. Vor Jahren, bei seinem ersten Besuch, hatte der selbstgefällige Abt auf Di einen merkwürdigen Eindruck gemacht. Das allein war ein starkes Motiv gewesen, zum Kloster zurückzukehren, aber nicht das wichtigste. In der Stadt verlief das Leben der Stände bekanntermaßen in streng geordneten Bahnen. So würde ein wohlhabender Kaufmann, so reich er auch sein mochte, nur selten zum Abt eines Tempels Beziehungen unterhalten, der für die Beamten da war, und ganz bestimmt würde er keinen Tempel betreten, der dem Bauernstand diente. Nein, die Goldene Wolke gehörte zweifellos zu jener Sorte von Tempeln, in denen Männer wie die ertrunkenen Kaufleute verkehrten.

Natürlich kam auch ein Abt oder Heiliger in Frage, der zu keinem bestimmten Tempel gehörte, ein Einzelgänger. Weit hergeholt, aber nicht undenkbar. Wenn die toten Männer zur Goldenen Wolke gereist waren, dann nicht in ihren eigenen Kutschen und mit ihrem eigenen Personal. Soviel hatte Di durch Befragung der Dienerschaft herausfinden können. Bisher hatte er angenommen, sie hätten aus Gründen der Diskretion Fahrzeuge gemietet, aber vielleicht hatte er sich auch getäuscht. Vielleicht waren sie niemals dort gewesen.

Ein letztes Mal, sagte er sich. Ein letztes Mal wollte er die mühsame Reise unternehmen, die peinlichen Fragen und weitschweifigen Vorträge über sich ergehen lassen. Wenn sich auch dann noch nichts Handfestes ergab, an das er anknüpfen konnte, wollte er seine Nachforschungen in eine andere Richtung lenken. Als er an diesem Abend die Papiere zusammenrollte, konnte er nur eines mit Bestimmtheit sagen: Er wußte mehr über die persönlichen Eigenheiten des Abtes der Goldenen Wolke, als ihm lieb war.

Es war spät am Morgen, und Di erwog, seine Kanzlei für heute zu verlassen. Der strahlend blaue Himmel draußen lenkte ihn von den trockenen und langweiligen Aufgaben ab, die drinnen auf ihn warteten. Er dachte an den verlockenden Duft der Essensbuden und an das fröhliche Treiben auf dem Marktplatz und verspürte den starken Drang, am Nachmittag durch die Straßen der Stadt zu schlendern und die Eindrücke auf sich wirken zu lassen. Am Morgen hatte er nüchterne Routinearbeiten erledigt: eine kleinere Steuersache, eine Zivilklage, einen einfachen Diebstahl. Heute würde sicherlich nichts mehr passieren, was sein Gehilfe nicht alleine bewältigen könnte.

Er lehnte sich aus dem Fenster und atmete tief ein. Sein Entschluß stand fest. Er ging zu seinem Schreibtisch, schob die Akten, die er gelesen hatte, zu einem ordentlichen Stoß zusammen und verschnürte sie, um sie mitzunehmen. Es gab überhaupt keinen Grund, warum er hier sitzen sollte.

Er öffnete die Tür seiner Kanzlei und hielt nach seinem Gehilfen Ausschau, da hörte er das Schreien eines Säuglings und eine weibliche Stimme. Er wollte schnell wieder in die Stube zurückschlüpfen, zögerte aber einen Augenblick zu lange – er war gesehen worden. Eine arme Bauernfamilie, bestehend aus Mann, Frau und Kind, saß auf der Bank im Vorzimmer. Die Frau sprang auf und kam, das Kind wie eine Opfergabe vor sich hertragend, lächelnd auf ihn zu.

»Wir möchten dieses Mädchen verkaufen«, sagte sie. »Wir haben gehört, daß Ihr es kaufen würdet.«

Di hatte immer noch die Hand an der Tür, als ihm die Frau das wimmernde Kind wie zur Begutachtung vor das Gesicht hielt. Es war etwa ein Jahr alt, sauber und ordentlich gekleidet.

»Und wer, wenn ich fragen darf, hat euch auf eine solche Idee gebracht?« fragte er verblüfft.

»Ein Mann in unserem Dorf«, antwortete sie. »Er sagte, Ihr hättet vor vielen Jahren einmal die Steuern für ihn bezahlt.«

›Herr Lao‹ und der Abt des Klosters der Goldenen Wolke schlenderten nachdenklich durch die tadellos gepflegte Tempelanlage. Gnädigerweise lenkte der Abt das Gespräch in eine andere Richtung als bei den bisherigen Besuchen. Di fand es weit weniger peinlich, die Vor- und Nachteile des Wohlstands zu erörtern, als sich über intime sexuelle Fragen aushorchen zu lassen.

»Es ist keineswegs nur von beiläufiger Bedeutung«, sagte der Abt, »daß der Prinz in der Geschichte von königlicher Abstammung und ein wohlhabender und bedeutender Mann ist. Es ist ganz wichtig, daß wir diesen Umstand in seiner ganzen Tragweite begreifen. Ich will Euch eine Frage stellen, mein Freund. Was tut jemand, der nach der Wahrheit sucht, als erstes, wenn er es ernst meint?«

»Er entsagt den materiellen weltlichen Dingen«, antwortete Di vorsichtig.

»So ist es!« rief der Abt begeistert. »Er legt seine feinen Gewänder ab, läßt sich den Kopf scheren, schläft auf dem harten Boden. Aber ich möchte Euch etwas klarmachen, das viel wichtiger ist als der bloße Verzicht auf weltliche Bindungen.«

Auf ihrem Weg durch den Garten waren sie zu den schattigen Grünanlagen gekommen, die den Haupttempel umgaben, und Di konnte den gedämpften Singsang der betenden Mönche hören. Der Abt zügelte beim Reden seinen Schritt und blieb zuweilen sogar stehen, wenn er den einen oder anderen Punkt besonders betonen wollte, und Di paßte sich seinem Tempo an. Jetzt machte der Abt unter einem Baum halt. Seine Augen glänzten, und er gestikulierte beim Reden mit den Händen.

»Daß der Prinz ein gesegnetes Leben in Wohlstand führen konnte, ist von entscheidender Bedeutung. Er verfügte über unermeßliche irdische Reichtümer und gab alles auf. Reichtum, mein Freund, ist ein wahrer Segen. Wißt Ihr warum?« fragte er und ging weiter.

»Nun«, versuchte sich Di mit einer Antwort, »er macht das Leben angenehmer.«

»Gewiß, auch das«, fuhr der Abt fort, »aber wenn ich von Segen spreche, so meine ich das in einem spirituellen Sinn. Reichtum ist ein spiritueller Segen. Ihr haltet das für einen Widerspruch, nicht wahr?«

»Ich weiß nicht, Euer Gnaden, aber ich bin höchst begierig zu erfahren, worauf Ihr hinauswollt«, sagte Di wahrheitsgemäß.

»Es ist nur ein Widerspruch, wenn man die wahre Bedeutung von Reichtum nicht begreift.« Der Abt blieb wieder stehen, wandte seinem Besucher das Gesicht zu und sprach mit besonderem Nachdruck weiter. »Der Reichtum, den ein Mensch anhäuft oder mit dem er geboren wird, ist ein Zeichen seiner Auserwähltheit. Er ist der irdische Ausdruck des Reichtums und Wertes seiner Seele. Er ist kein Zufall, mein Freund, und nichts, wofür man sich schämen müßte. Manche Menschen werden Euch sagen, Reichtum sei ein Hindernis auf dem Weg zu wahrer geistiger Befreiung – aber das stimmt nur, wenn Ihr Euch Reichtum zum Zweck setzt, statt ihn zum Mittel zu machen, und wenn Ihr die einfache Wahrheit nicht erkennt: Eure Kleidung, Euer prächtiges Haus, Eure Ländereien, all das ist ein Maß für die Größe Eurer Seele. Betrachtet es einmal so: Euer Reichtum ist ein wunderschönes Ei, aus dem Ihr eines Tages schlüpfen werdet!«

Sie waren dem Tempel immer näher gekommen, und die Stimmen der Mönche waren nun deutlich zu hören. Die Heiterkeit der Gärten und der einschläfernde Gesang übten einen unwiderstehlichen Zauber auf Di aus, und er überlegte, ob es ein Zufall war, daß sie ausgerechnet an diesem Punkt des Gesprächs an diese

Stelle gekommen waren. Oder hatte der Abt alles so geplant? Ein paar Augenblicke standen sie schweigend da, und Di gab sich den Anschein, als sinne er über die Weisheiten des anderen nach, während der Abt nachdenklich zu Boden schaute.

»Ich habe Euch etwas recht Erstaunliches zu sagen«, sagte der Abt schließlich in nachdenklichem Ton. »Ich war unschlüssig, ob ich Euch damit behelligen sollte oder nicht. Aber ich habe lange darüber nachgedacht und mir den Kopf zerbrochen und bin zu dem Schluß gekommen, daß Ihr es erfahren solltet. Ihr werdet es zumindest interessant finden.« Er lächelte. »Folgt mir.«

Er ging voran in den Tempel. Leise betraten sie den Gebetsraum, in dem die Mönche mit gekreuzten Beinen und geschlossenen Augen auf dem Boden saßen und beteten.

»Seht Ihr den Mönch in der vierten Reihe, den siebten von rechts?« flüsterte der Abt. Di zählte und sah einen unscheinbaren jungen Mann, der wie alle anderen mit kahlgeschorenem Schädel dasaß und sich beim Beten langsam vor- und zurückwiegte. »Bei Eurem letzten Besuch hat er Euch zufällig gesehen. Ein paar Tage später suchte er mich auf und vertraute mir an, daß er Euch wiedererkannt habe.« Di hob schnell den Kopf, behielt aber seinen gefaßten Gesichtsausdruck. Wiedererkannt?

»Er kannte Euch aus einem Traum«, flüsterte der Abt. »Seht Ihr, dieser junge Mann war ein Waisenkind. Seine Eltern hat er nie gesehen, aber seit Jahren träumte er immer wieder von einem Mann, der in einer früheren Inkarnation sein Vater war – sein wahrer Vater, sagte er, der gut zu ihm war und ihn nicht wie sein Vater in diesem Leben im Stich ließ. Er hatte den Träumen nie viel Bedeutung beigemessen. Er dachte, daß sein Geist sich auf diese Art Trost verschaffe. Bis er Euch sah«, schloß der Abt vielsagend.

»Mich?« fragte Di verblüfft.

»Euch. Er erkannte Euch als seinen wahren Vater aus einem anderen Leben.« Der Abt zuckte mit den Achseln. »Vielleicht möchtet Ihr mit ihm sprechen.«

Di sah den Abt an. Er hatte Mühe, ein strahlendes Lächeln des Dankes zu unterdrücken, denn in diesem Augenblick waren alle Bedenken, ob er nach dem heutigen Besuch überhaupt noch einmal ins Kloster zurückkehren sollte, wie weggeblasen.

»Ja«, antwortete Di. »Ich würde sehr gerne mit ihm sprechen.«

Di las die Schriften des Abtes sehr sorgfältig und aufmerksam noch einmal durch, bevor er sich an das neue Material machte, das er am Ende des heutigen Besuchs bekommen hatte. Pinsel und Tusche lagen bereit, damit er wichtige Stellen abschreiben konnte. Im Haus war es ganz still. Alle anderen waren schon zu Bett gegangen.

Di tauchte den Pinsel ein und schrieb eine einzelne Passage ab:

> Wenn der Tod in dem Augenblick, da wir den Mutterleib verlassen, zu einem untrennbaren Teil unseres Lebens wird, warum hast du dann gesagt, ich sei zum falschen Zeitpunkt in die Wälder gezogen? Eher würde ich ins lodernde Feuer oder ins tiefste Wasser springen, als unverrichteter Dinge nach Hause zurückzukehren.

Der Raum, in den der Abt ihn führte, war dunkel, und ein starker Geruch von eingeöltem Holz lag in der Luft. Während Di darauf wartete, daß der Abt die Lampe anzündete, stand er in der Dunkelheit und sog den angenehmen Duft ein, der ihn an das Arbeitszimmer im alten Haus seines Großvaters erinnerte.

»Ihr seid sehr geduldig«, sagte der Abt und rieb immer wieder an einem Feuerstein. »Ich habe aber nicht die Absicht, Euch ewig im Dunkeln stehen zu lassen.« Wieder hörte Di das Reibgeräusch, dann flammte die Lampe auf. Dis Augen mußten sich erst an das Licht gewöhnen. Einen Augenblick lang fühlte er sich in die Kanzlei des ermordeten Verkehrsministers zurückversetzt. Die vier Wände waren von Schulterhöhe aufwärts rundum mit Reliefs geschmückt: Frauen, Männer und Tiere in jeder erdenklichen Stellung der geschlechtlichen Liebe, wollüstige Apsaras, die Männer mit unnatürlich breiten Brustkörben mit ihren Beinen umschlangen, ihre Brüste an sie drückten und in völliger Hingabe ihre Köpfe nach hinten warfen oder in schmachtender Sinnlichkeit dastanden und ihre Hüften aufreizend zur Seite schoben. Der Raum war doppelt so groß wie die Kanzlei des Verkehrsministers und mit Tischen, Regalen und Altären ausgestattet, die von Lingams und anderen Skulpturen indischer Herkunft förmlich überquollen. Jeder Winkel, jeder freie Raum war genutzt. Hier drückte eine schmollmundige Himmelsnymphe ihre Brüste heraus, dort ragte ein ganzes Heer von Lingams in die Höhe. Dis spontane

Erinnerung an das Arbeitszimmer seines Großvaters verflog wie ein Traum.

Stolz lächelnd stand der Abt da, die Lampe in der Hand, und beobachtete seinen Gast. Augenscheinlich wußte er, welche Wirkung die tanzenden Schatten der Flamme auf den Betrachter hatten.

»Mein privater Meditationsraum«, sagte er.

Di wandte sich zu ihm um und lächelte ihn an. Seine Dankbarkeit kannte nun keine Grenzen. »Das sind wunderschöne Kunstwerke«, sagte er und sah sich langsam im Raum um. »Aber sagt«, fragte er dann und warf seinem Gastgeber einen verschmitzten Blick zu, »wären einige davon käuflich zu erwerben?«

Der Abt schürzte einen Augenblick die Lippen, als müsse er über einen völlig neuen Gedanken nachdenken. »Bei jedem anderen würde ich nein sagen«, antwortete er dann schmeichlerisch. »Aber bei Euch könnte ich eine Ausnahme machen. Ihr gehört ja mittlerweile praktisch zur Familie.«

Di hob fragend seine Augenbrauen.

»Ich wollte es Euch eigentlich erst später sagen. Erinnert Ihr Euch an den jungen Mönch, den ich Euch bei Eurem letzten Besuch vorgestellt habe? Die Begegnung hat ihn sehr bewegt. Er wünscht sich, daß Ihr ihn zu Eurem Sohn macht.« Er lächelte wieder. »Es wäre eine große Ehre für ihn, wenn Ihr ihn adoptiertet.«

Von nun an fanden alle Treffen im ›Meditationsraum‹ des Abtes statt, und bei jedem Treffen bot der Abt seinem Gast Wein an, sehr guten Wein aus seinen privaten Beständen, wobei er stets darauf achtete, daß der Becher des anderen nie leer wurde. Es bereitete ihm ein besonderes Vergnügen, laut vorzulesen. Er hatte eine ausgezeichnete Vorlesestimme und erweckte stets den Eindruck, als habe er die Geschichte, die er gerade vorlas, selbst noch nicht gekannt.

Viele Geschichten waren Di vertraut. Besonders gern las der Abt längere Auszüge aus den Beschreibungen von Sukhavati, jenem Land der Glückseligkeit und Edelsteinparadies, das auch der bedauernswerte Diamantenauge so geliebt hatte, der nach der erzwungenen Rückgabe seiner ergaunerten Schätze aus Yangchou verschwunden und seitdem nie wieder gesehen ward. Di hatte in letzter Zeit des öfteren an ihn gedacht. Im Vergleich zu dem Abt erschien er ihm wie ein harmloser Geschäftemacher.

Mit großem schauspielerischem Talent las der Abt noch einmal die Geschichte des Prinzen vor, wobei er jeder Person eine andere Stimme verlieh. Zuerst war er der alte König, der den Verlust seines Sohnes betrauerte, dann die junge Königin, die ihrem Ehemann nachweinte, der sie auf Nimmerwiedersehen verlassen hatte, um, wie sie glaubte, bei himmlischen Nymphen Erfüllung zu suchen. Die Geschichte endete damit, daß der Prinz, der sein Leben einem neuen Zweck verschrieben hatte, die »dahineilenden Fluten« des Ganges überquerte. Mit ausgesuchter Liebe zum Detail las der Abt auch aus alten religiösen Schriften, in denen die Schönheit und die sublimen Liebeskünste der Apsaras beschrieben wurden, die den rechtschaffenen Mann im Paradies erwarteten.

Und Di saß da, nippte an seinem Wein, lauschte der Stimme des Abtes und sah zu, wie die Schatten die Tempelschnitzereien umschmeichelten. Er wußte noch sehr gut, wie er verzaubert in der Kanzlei des Verkehrsministers und dann in seiner eigenen Amtsstube gesessen hatte, bis das Knarren einer Bodendiele ihn aufgeschreckt hatte. Er verstand nun die Macht des Zaubers, den dieser Mann ausübte und sicherlich schon früher ausgeübt hatte.

»Heute werde ich Euch bitten, Euch einer Prüfung zu unterziehen«, sagte der Abt zu Beginn des siebten Besuchs von ›Herrn Lao‹. Sie saßen wie gewohnt im Meditationsraum, doch diesmal ließ der Abt die Papierrollen in seinen weiten Ärmeln stecken, während er ruhig und bestimmt weitersprach. »Ich bin überzeugt, daß Ihr nun versteht, wie wichtig es ist, sich von irdischen Bindungen zu lösen. Am Beispiel des Prinzen, der sich, fest entschlossen, wie er war, auch von den flehentlichen Bitten seiner Familie nicht erweichen ließ, habt Ihr gewiß begriffen, welche Opfer dem wahrhaft Suchenden abverlangt werden.«

Di nickte nachdenklich. Langsam begreife ich, welche Opfer du verlangst, dachte er und beobachtete das strenge Gesicht des Abtes.

»Heute werde ich nichts vorlesen. Vielmehr möchte ich, daß Ihr etwas aufschreibt. Ich möchte, daß Ihr Euch in den Prinzen hineinversetzt, der sich auf den Weg in die Wälder macht.« Er hielt inne, schloß die Augen und atmete mehrmals ein und aus wie ein Yogi. »Ich weiß, woran Ihr jetzt denkt. Ob ich Euch auftragen werde, tatsächlich in die Wälder zu gehen, nicht wahr? Nein, mein Freund. Ich werde Euch symbolisch mit den Opfern des Suchenden vertraut machen. Ich möchte, daß Ihr anfangt, Euch mit solchen Gedanken vertraut zu machen. Es soll eine reine Übung sein. Ein Lernexperiment für einen Mann, der dem Irdischen verhaftet ist wie Ihr. Ihr werdet in die Wildnis ziehen. Aber nur im Geiste.« Der Abt tippte sich an die Stirn. »Ihr werdet Euer Leben weiterführen, aber innerlich werdet Ihr wissen, daß Ihr in mancher Hinsicht von ihm getrennt seid. Dies, mein Freund, wird Euer erster Schritt sein.«

Der Abt schob seinem Gast ein Schreibbrett und einen Pinsel zu. »Schreibt einen kurzen Brief, in dem Ihr in klaren Worten darlegt, daß Ihr auf das ganze Drum und Dran dieses Lebens verzichtet. Und denkt daran: Welches sind die beiden Dinge, die Euch an diese Welt binden und hier festhalten? Frauen und Wohlstand, mein Freund. Auf beides müßt Ihr verzichten. Aber vergeßt nicht: Dies wird Euer Geheimnis bleiben, Euer Schatz, den Ihr in Euch tragt, selbst wenn Ihr bei Eurer Frau sitzt oder Euren Geschäften nachgeht. Ein prächtiger Widerspruch, ein Paradoxon in Euch selbst, das wirkt und wächst wie das Sandkorn in der Auster, aus dem schließlich eine Perle wird.«

Gehorsam nahm Di den Schreibpinsel zur Hand und strich ein Blatt Papier vor sich glatt.

»Noch eines. Euer Brief darf nicht so klingen, als wolltet Ihr Eure Angehörigen entschädigen, indem Ihr ihnen Euer Vermögen hinterlaßt. Die Trennung muß vollständig sein. Denkt daran, Euer Reichtum ist auch Euer geistiger Schatz. Einen solchen Schatz dürft Ihr niemals einer Frau hinterlassen.«

»Aber Euer Gnaden«, fragte Di so treuherzig wie möglich, »was soll ich denn mit meinem Vermögen tun, wenn ich in die Wälder aufbreche? Rein hypothetisch gesprochen, natürlich.«

Zum erstenmal an diesem Tag lächelte der Abt.

»Nun – vielleicht könntet Ihr es Eurer geistigen Familie vermachen.« Er zuckte mit den Achseln. »Eurem Adoptivsohn zum Beispiel.«

»Euer Gnaden«, sagte Di zum Abt, als sie in der Dämmerung zu ›Herrn Laos‹ wartender Kutsche gingen. »Mir liegt etwas auf dem Herzen, das ich gerne mit Euch besprechen würde.«

»Natürlich«, antwortete der Abt freundlich. »Ihr könnt über alles mit mir sprechen.«

»Nun«, sagte Di und wog seine Worte sorgfältig ab, »mir scheint, daß Ihr recht hattet, als Ihr von der angeborenen Neigung der Frau spracht, den Mann zu behindern. Ihr habt mich zwar gewarnt, doch ich muß zugeben, daß ich Euch damals keinen rechten Glauben schenkte.«

»Ja?« sagte der Abt, hellhörig geworden.

»Meine Frau hat in letzter Zeit davon gesprochen, daß sie sich Kinder wünscht.«

Der Abt schnalzte mit der Zunge.

»Was habe ich Euch gesagt? Sie spürt Eure geistige Suche. Sie ahnt etwas, ohne sich dessen bewußt zu sein.« Er schüttelte den Kopf. »Seid auf der Hut, mein Freund. Ihr müßt aufpassen. Ihr wißt, was ich meine.«

»O ja, ich weiß«, antwortete Di. »Aber ich denke, ich habe eine ausgezeichnete Idee. Natürlich ist es nur eine Idee. Ich würde sie nie in die Tat umsetzen, ohne vorher Euren Rat einzuholen.« Nun imitierte er die Angewohnheit des Abtes, stehenzubleiben, um seinen Worten Nachdruck zu verleihen. »Wie wäre es, wenn meine Frau eine Tochter bekäme?«

Der Abt sah ihn einen Augenblick entsetzt an, ehe er seine Fassung wiederfand.

»Mein Freund, ein solches Risiko könnt Ihr nicht eingehen. Was habe ich Euch über Nachkommen und über die Beziehungen zu Frauen gesagt? Was Ihr sucht, ist Loslösung, und keine zusätzliche Bindung!«

»Aber seht, eine Tochter könnte die Sehnsucht meiner Frau stillen, ohne mir weitere Verantwortung aufzubürden. Es wäre nicht dasselbe wie ein kleiner Sohn, für den ich planen und für dessen Zukunft ich Opfer bringen müßte. Was ist denn eine Tochter anderes als ein hübsches Spielzeug?«

Der Abt blieb stehen und sah ›Herrn Lao‹ an. »Woher wollt Ihr denn wissen, daß Eure Frau eine Tochter zur Welt bringen wird? Nur weil das Euer Wille ist? Das Risiko könnt Ihr nicht eingehen! Ihr seid auf Eurer geistigen Suche schon zu weit fortgeschritten!«

»Es gibt da gewisse Möglichkeiten. Die Dienerin der Tante meiner Frau kennt eine alte Frau, eine Art Schamanin«, sagte Di nicht ohne Schadenfreude, da er wußte, daß der Abt für eine solche Person nur heftigste Abneigung empfinden konnte. »Es heißt, daß man von ihr gewisse Elixiere bekommt, mit denen man festlegen kann, ob es ein Junge oder ein Mädchen wird.«

»Und ein solches Risiko würdet Ihr eingehen?« Di hörte der Stimme des Abtes an, daß er seinen Ärger und seine Enttäuschung nur mit Mühe unterdrücken konnte. Nach all den sorgfältigen Vorbereitungen käme es ihm natürlich mehr als ungelegen, wenn ›Herr Lao‹ plötzlich einen Erben produzierte. Sie waren nun an der Kutsche angelangt und standen neben ihr im fahlen Abendlicht.

»Die alte Frau hat beachtliche Erfolge vorzuweisen, Euer Gnaden! Wie es heißt, hat ihre Methode noch nie versagt. Ich finde, es ist eine gute Idee. Ich habe meiner Frau schon gesagt, sie solle alles Notwendige in die Wege leiten. Ich bin der festen Überzeugung, daß meine geistige Suche dadurch nicht beeinträchtigt wird.« Di drehte sich um, als wolle er in die Kutsche steigen, doch der Abt streckte seine Hand aus und packte ihn am Arm.

Einen Augenblick schauten die beiden Männer einander in die Augen, und Di sah, daß der andere fieberhaft überlegte. Dann erschien ein zaghaftes Lächeln auf dem Gesicht des Abtes.

»Ich habe eine bessere Idee«, sagte er. »Warum ... warum adoptiert oder kauft Ihr Eurer Frau keine Tochter?«

Di tat so, als komme dieser Vorschlag für ihn völlig unerwartet. »Diese Idee hat ihre Vorzüge«, sagte er nachdenklich. »Aber ich wüßte nicht, wie ich so etwas anpacken und wo ich überhaupt anfangen sollte. Die alte Frau behauptet, daß ihr niemals ein Fehler unterläuft ...«

Der Abt schnitt ihm das Wort ab. »Ich habe gute Verbindungen«, sagte er schnell. »Ich werde Euch helfen, die passende Tochter für Eure Frau zu finden.«

Di hielt die kleinste, dünnste Porzellanschale in der Hand, die er je gesehen hatte, schlürfte dann den heißen, fremdartig gewürzten Tee und setzte die Schale auf dem Tisch ab. Er war umgeben von indischen Skulpturen, an den Wänden hingen indische Seidenstoffe und Teppiche, und in der Luft hing ein süßlicher Weihrauchduft, der ihn mit leichtem Ekel erfüllte.

Der schwergewichtige Mann, der chinesische Kleidung trug, dessen Gesicht aber mit dem roten Punkt auf der Stirn so dunkel war wie das eines Mohren, lächelte ihn an und schenkte ihm Tee nach.

»Ihr habt Glück, Herr Lao«, sagte er in seinem melodischen Akzent. »Ich kann eine solche Auswahl anbieten, daß Euch die Wahl zur Qual wird! So entzückend, so wunderschön und vollkommen sind die kleinen Lieblinge, die ich Euch heute morgen zeigen werde.« Der Inder hatte tiefe, pflaumenfarbene Ringe unter seinen dunklen Augen und sprach genießerisch wie ein Feinschmecker, der von einem Festschmaus schwärmt. Di konnte sich unschwer vorstellen, daß ihn mit dem Abt eine herzliche Kameradschaft verband.

Lächelnd stand der Inder von seinem Kissen auf, und jede seiner Bewegungen setzte weitere Wolken des aufdringlichen Duftes frei. Er ging zur Tür, klatschte in die Hände, kehrte zurück und nahm wie ein Pascha wieder Platz.

Vier indische Frauen, die aussahen wie lebendig gewordene Apsaras von den Holzreliefs im Tempel, betraten das Zimmer, und jede führte ein chinesisches Mädchen an der Hand. Die Kinder waren höchstens zwei Jahre alt und schauten die beiden sitzenden Männer mit ernsten Gesichtern an, während die Frauen artig die Augen niederschlugen. Di war von der Schönheit der Frauen überwältigt, und gleichzeitig hörte er, wie der Inder vor Entzücken seufzte. Das ist einfach der Reiz des Exotischen, dachte er und lächelte seinen Gastgeber an.

»Wünscht Ihr, daß ich sie zur Begutachtung entkleiden lasse?« fragte der Inder seinen Gast zuvorkommend. »Ich handle nur mit bester Ware. Ich bin in der Tat stolz auf die Qualität, die ich anbieten kann.«

Di schüttelte den Kopf. »Das wird nicht nötig sein«, sagte er. »Das Kind, das ich heute aussuche, soll ein Geschenk für meine Frau sein.«

»Natürlich«, sagte der Inder. »Aber in zehn oder zwölf Jahren ...« Er ließ seinen Satz unvollendet, hob aber anzüglich die Augenbrauen. Di ließ sich seinen Abscheu nicht anmerken und sah sich den Mann genauer an. Der Abt und sein ausländischer Freund – da hatten sich wirklich die richtigen gefunden. Aber da war noch jemand, den Di mit seinem Gastgeber in Verbindung bringen wollte, jemand, der viel Macht und Einfluß besaß. Er hob seine Schale und trank einen Schluck Tee.

»Nein, das wird nicht nötig sein«, wiederholte er, und dann erwähnte er den Namen des Mannes, der ihn so dreist zu bestechen versucht hatte: »Herr Lu Hsun-pei hat mir versichert, daß es bei Euch nur erste Wahl gibt. Und seinem Urteil vertraue ich blind.« Di lauerte auf eine Reaktion im Gesicht des Inders, aber der Mann ließ sich nichts anmerken. Entweder kannte er Lu Hsun-pei nicht, was Di bezweifelte, oder der beruhigende Balsam seiner Worte war stärker als jede Überraschung, die der Inder bei der Erwähnung des Namens empfunden haben mochte. »Er ist, genau wie Ihr, ein Mann von unfehlbarem Geschmack«, setzte Di hinzu.

Der Inder zögerte nur kurz mit seiner Antwort. »In der Tat, das ist er«, sagte er lächelnd.

Ganz ruhig, ohne seine Erregung zu zeigen, stellte Di seine Schale auf den Tisch. »Ich denke, ich habe meine Wahl getroffen«, sagte er, hob die Hand und deutete auf das kleine Mädchen, das ihn, seit es hereingeführt worden war, unverwandt angesehen hatte.

»Oh, ausgezeichnet«, rief der Inder entzückt. »Ich hätte mich ebenfalls für sie entschieden. Alle kleinen Kinder sind anziehende Wesen, aber manche werden gewöhnlich, ja geradezu reizlos, wenn sie heranwachsen. Aber der Knochenbau dieses Mädchens läßt hoffen, daß später eine große Schönheit aus ihm wird. Ich ...« Er unterbrach sich, denn in der Tür war ein Diener erschienen und hatte ihm ein Zeichen gegeben. »Bitte entschuldigt mich einen Augenblick«, sagte der Inder höflich und stand auf. »Eine geschäftliche Angelegenheit verlangt nach mir. Ich bin sogleich wieder bei Euch.«

Kaum war Di mit den Kindern und Frauen allein, fühlte er sich gehemmt und ein wenig verlegen. Wie, überlegte er, nahmen sie ihn wahr? Natürlich, rief er sich in Erinnerung, war er für sie nicht der bekannte Richter Di Jen-chieh, sondern ein Fremder namens ›Herr Lao‹.

Laute Stimmen ertönten aus der Vorhalle und rissen Di aus seinen Gedanken. Der Singsang des Inders mischte sich mit einer anderen Stimme, deren gereizter Ton Di nur allzu vertraut war. Er lauschte einen Augenblick und traute seinen Ohren kaum. Ein paar Worte schnappte er auf: Es ging um Geld. Der Mann mit der gereizten Stimme war der Ansicht, daß er für seine Dienste nicht ausreichend entgolten worden sei, während der Inder behauptete, er habe das Doppelte der angemessenen Summe bezahlt. Di konnte nicht anders – er stand auf, ging leise zur Tür und trat ein kleines Stück auf den Korridor hinaus, so daß er den Besucher des Inders deutlich sehen konnte, ohne selbst gesehen zu werden. Der Mann wandte ihm das Profil zu und bemerkte nicht, daß er beobachtet wurde. Jetzt sah Di, daß es zwei Besucher waren. Der andere lehnte an der Wand und überließ seinem Begleiter das Reden.

Damit hatte Di nicht gerechnet – obwohl ihm sein Verstand im nachhinein sagte, daß er es eigentlich hätte wissen müssen. Ja, ich hätte es wissen müssen, dachte er, als er sich zusammenriß und den Kopf zurückzog, bevor einer seiner beiden Söhne zufällig in seine Richtung blickte.

Die beiden Männer schwankten im Halbdunkel durch die enge, stinkende Gasse, und Di spürte den heißen und nach Wein riechenden Atem des Abtes in seinem Nacken. Sie hatten sich untergehakt, und der Abt bugsierte ihn mit sanftem Druck in die von ihm gewünschte Richtung. Wäre ich tatsächlich so betrunken, wie der Abt annimmt, dachte Di, dann würde mir wahrscheinlich nicht auffallen, daß er meinen Arm benutzt wie ein Steuerruder.

Di kicherte, geriet ins Straucheln und riß seinen Begleiter mit zu Boden. Während der andere beim Aufstehen half, tastete Di mit seiner freien Hand nach der Mauer, um sich abzustützen. Es war fast komisch: Di spielte dem Abt den Betrunkenen vor, und der Abt, der ebenfalls torkelte und lachte, war ebenso nüchtern wie er. Einer beobachtete scharf den anderen, mit einem Unterschied allerdings, dachte Di: Du, mein Freund, hältst meine Vorstellung für echt.

Sie hatten stundenlang miteinander gezecht, und jeder hatte sorgfältig darauf geachtet, daß er nicht betrunken wurde. Als der Abt ihn zu einem Ausflug in die Stadt eingeladen und ihm aufgetragen hatte, zuvor den Verzichtsbrief in das Schmuckkästchen seiner Frau zu legen, hatte Di gewußt, daß ihm kein gewöhnlicher Abend bevorstand, und zur Vorbeugung eine halbe Tasse Öl getrunken, obwohl ihn das große Überwindung gekostet hatte. Wie der Abt es anstellte, nüchtern zu bleiben, hatte er noch nicht durchschaut. Der Mann konnte einen Becher Wein nach dem anderen trinken und spielte seine Rolle als Betrunkener glänzend, aber Di spürte die eiskalte Selbstbeherrschung hinter der Schauspielerei.

Sie waren auf einem Zickzack-Kurs, der aber doch deutlich nach Osten führte, in den heruntergekommensten Teil der Stadt gelangt und unterwegs in mehreren schäbigen Weinschenken eingekehrt. Was einem Betrunkenen wie ein zielloser Streifzug erscheinen mußte, führte in Wahrheit unerbittlich zu den einsamen Kanälen, in denen die reichen Männer ertrunken waren – in die Tiefe gezogen von ihren vollen Geldbörsen. Dis Hand tastete nach der schweren Geldtasche, die er um die Hüfte geschnallt trug. Der Abt selbst hatte sie im Lauf des Abends gefüllt und dabei zu ›Herrn Lao‹ gesagt, daß er ihn für jeden Becher Wein, den er trinke, und für jeden Schritt, den er mache, bezahle, weil er sich, so der Abt, mit jedem Becher und jedem Schritt in größere Gefahr begebe, dem Ruhm dabei aber immer näher komme.

»Was sind wir doch für niedere, verabscheuenswerte Geschöpfe«, lachte der Abt atemlos und zog Di weiter. »Und wir sinken mit jedem Tag tiefer.« Er blieb vor einer schwach erleuchteten Tür stehen. Di widerstand dem Wunsch, nach hinten zu blicken. Er hatte den beiden Polizisten, die ihnen in einiger Entfernung folgten, eingeschärft, größte Vorsicht walten zu lassen, damit der Abt sie nicht bemerkte. Und bisher hatten sie sich streng daran gehalten – zu streng, dachte Di mit einem unbehaglichen Gefühl. Wo steckten sie nur – hatten sie sich in Luft aufgelöst? Seit gut einer Stunde hatte er nichts mehr von ihnen gesehen. Bestimmt hatten sie ihn aus den Augen verloren.

»Heute nacht begeben wir uns in Gefahr«, sagte der Abt. »Für eine Nacht verlaßt Ihr die Sicherheit und Bequemlichkeit Eures gewohnten Lebens. Euer Brief liegt im Schmuckkästchen Eurer Frau. Ihr glaubt, Ihr werdet ihn wieder herausnehmen, bevor sie ihn findet. Was aber, wenn sie ihn findet, bevor Ihr morgen früh nach Hause kommt? Was, wenn Ihr zu spät kommt? Das kann durchaus passieren. Wenn der Morgen graut, liegt Ihr vielleicht bewußtlos auf dem Pflaster in irgendeiner Seitengasse. Oder Ihr habt Euch verirrt und findet nicht mehr nach Hause. Ihr wißt, der Brief liegt dort, in Eurem Haus, und stellt eine Gefahr dar. Diese Gefahr ist Eure Macht, mein Freund. Sie ist Euer Geheimnis, und daraus bezieht Ihr Eure Stärke. Dieser Brief könnte das annehmliche Leben zerstören, das Ihr bisher geführt habt, und ihr wißt es.

Jawohl, Ihr wißt es! Und doch geht Ihr das Risiko ein, und das ist Eure Macht. Denn im Geist, in Eurem Geist, löst Ihr Euch unerbittlich von alledem. Das ist Eure Art, in Sack und Asche zu gehen und in die Wälder zu ziehen.« Er sah seinen Schützling scharf an. »Und nun frage ich Euch: Seid Ihr bereit, durch eine weitere Tür zu gehen?«

»Ich bin bereit, Eure Heiligkeit«, lallte Di, schwankte ein wenig und tat so, als koste es ihn gewaltige Anstrengung, den anderen anzusehen. Der Abt stieß die Tür auf.

Der Raum, den sie betraten, unterschied sich stark von den Weinschenken, in denen sie zuletzt eingekehrt waren. Er war sauber und hübsch möbliert und erinnerte Di an die Salons seiner Frauen, obwohl die Möbel ein klein wenig schäbig waren, der Teppich kahle Stellen aufwies und der widerwärtige Geruch indischen Weihrauchs in der Luft hing. Eine Frau erhob sich lächelnd von einem Stuhl. Sie hatte mahagonischwarzes Haar, trug ein leuchtendes Seidengewand und sah wirklich hübsch aus. Di starrte sie einen Augenblick verdutzt an.

»Das ist Herr Lao«, sagte der Abt zu der Frau. »Er möchte die Freuden des Paradieses kennenlernen«, setzte er mit einem verschlagenen Grinsen hinzu und zuckte mit den Achseln. »Ich habe ihm gesagt, daß es dafür nur ein sicheres Mittel gibt.«

»Wir schätzen uns glücklich, daß wir Euch unsere bescheidenen Dienste anbieten können«, sagte die Frau in demselben Singsang wie der indische Kinderhändler. Sie musterte Di, und er errötete gegen seinen Willen.

»Aber wartet«, sagte der Abt und legte seine Hand auf Dis Arm. »Ihr seid doch verheiratet, oder? Es wäre äußerst unziemlich, scheint mir, wenn Ihr …« Er lächelte. »Ah, ich glaube, mir fällt da eine Lösung ein.« Er wandte sich wieder der Frau zu. »Einen Becher Wein für unseren Freund. Und wie wäre es dann mit einem Besuch im ›Läuterungsraum‹?« Die Frau verbeugte sich. Di bekam einen Becher Wein und tat so, als nehme er einen Schluck – er wollte unter keinen Umständen etwas trinken, das ihm in diesem Etablissement aufgedrängt wurde. Nur ein paar Ecken weiter schlängelte sich ein Kanal durch den Stadtteil. Es wäre eine Leichtigkeit, einen Mann mit einer Droge zu betäuben und dann leise ins Wasser gleiten zu lassen …

»Läuterung«, flüsterte der Abt wichtigtuerisch in Dis Ohr und schob ihn durch eine Tür am anderen Ende des Zimmers in einen finsteren Flur. Di hatte einen Dolch in seinem Wams verborgen, hoffte aber auch inbrünstig auf seine beiden Polizisten. Im Flur kippte er heimlich seinen Becher über dem Teppich aus, und als sie durch eine weitere Tür traten, hielt er ihn an die Lippen, als trinke er gerade die letzten Tropfen. Dann sah er sich um.

An einem kleinen Schreibtisch, der komplett mit Papier, Tinte und Pinseln ausgestattet war, saß ein Mann in der Amtsrobe eines Beamten. Der ganze Raum war eingerichtet wie eine Kanzlei. Der Mann und der Abt lächelten einander zu, und der Abt schob Di nach vorne.

»Das ist Herr Lao«, sagte er. »Er möchte sich von seiner Frau scheiden lassen.«

Als Di eine Stunde später draußen in der Gasse die kühle Nachtluft einsog, meinte er für einen kurzen Augenblick, er müsse sich übergeben. Die Hitze und der süßliche Rauch hatten ihm zugesetzt.

Hätte es wirklich einen ›Herrn Lao‹ gegeben, so wäre er jetzt ein geschiedener Mann. In dem kleinen Kerl am Schreibtisch hatte Di einen korrupten Beamten aus einer untergeordneten Bezirkskanzlei erkannt. Er hatte die notwendigen Formalitäten erledigt und sein Siegel unter die Papiere gesetzt, nachdem Herr Lao lallend seine mündliche Erklärung abgegeben und seinerseits sein Siegel unter die Papiere gesetzt hatte. Daß das Siegel in Wahrheit dem Richter Di Jen-chieh gehörte, spielte keine Rolle – der kleine Mann und der Abt würden ohnehin bald die Wahrheit erfahren. Dann hatte ihm der Abt seine Glückwünsche ausgesprochen und unter viel Aufhebens noch eine Handvoll Münzen in die Börse gesteckt.

Aus der falschen Kanzlei waren sie in das Zimmer zurückgekehrt, wo sie von der Inderin erwartet wurden. Von dort schob man Herrn Lao in die Kammer eines blutjungen, wohlriechenden indischen Mädchens. Als die Tür hinter ihm zufiel und das Mädchen behutsam versuchte, ihm die Robe zu öffnen, bedeutete er ihr mit einer Geste, still zu sein, und gab ihr aus seiner Börse ein paar Münzen. Er zeigte auf seinen Bauch, als sei ihm schlecht, und legte sich zum Ausruhen auf das Bett. Fast eine Stunde blieb er dort. Dabei hielt er die ganze Zeit über die Hand des Mädchens, damit es die Kammer nicht verlassen konnte. Schließlich stand er auf, gab ihr abermals Geld, ermahnte sie flüsternd, nichts zu sagen, und torkelte dann, die Hand griffbereit am Dolch, in das hell erleuchtete Zimmer zurück, wo der Abt und die Frau auf ihn warteten. Der Abt grinste, zog noch eine Handvoll Münzen hervor, öffnete Dis Geldbörse und ließ mit theatralischer Geste eine Münze nach der anderen hineinfallen, wobei er jedesmal ein kurzes Gebet murmelte. Dann waren sie wieder in die Nacht hinaus getaumelt.

Jetzt lehnte sich Di an eine Hauswand, holte tief Luft und begann zu singen. Das war das Zeichen für seine Polizisten, die, wie er hoffte, in Hörweite waren und irgendwo in der Dunkelheit warteten. Der Abt stimmte in den Gesang mit ein, und sie zogen weiter.

»Ihr habt den Übergang schon vollzogen«, sagte der Abt unvermittelt in Dis Ohr und unterbrach damit ihr Lied. »Ihr habt Euer altes Leben schon so weit hinter Euch gelassen wie der Prinz, als er dem Palast für immer den Rücken kehrte. Ihr weilt mitten unter ihnen, aber Ihr könntet ebensogut eine Million *li* von ihnen entfernt sein. Sie können Euch riechen«, flüsterte er heiser, »aber sie können Euch nicht finden. Eure Frau erwacht in diesem Augenblick in ihrem Bett. Sie schnüffelt in die Dunkelheit und fragt sich, woher der schlechte Geruch in ihren sauberen, freundlichen Gemächern kommt. Sie fragt sich, ob ihr jemand einen verdorbenen Fisch unters Bett gelegt hat, um ihr einen Streich zu spielen. Es ist aber kein Streich. Ihr seid es, mein Freund. Ihr riecht nach Paradies, und sie riecht es mit ihren weiblichen Sinnen so deutlich, daß sie aus dem Schlaf erwacht.« Er verstummte, stand einen Augenblick still und sog die Luft durch die Nase ein wie ein Hund. »Ich kann es jetzt sogar selbst riechen. Ihr riecht nach der himmlischen Hure. Ihre Säfte kleben noch an Euch. Ihr seid gesalbt. Eurer weltlichen Bindungen beraubt und gesalbt!«

In der Luft hing nun wirklich ein Geruch, aber Di wußte, daß er nicht von seiner Person ausging. Es war der Gestank, der vom Kanal aufstieg, dem sie nun rasch näher kamen. Die Stimme des Abtes war jetzt ein ständiges Brummen in seinen Ohren.

»Ihr könnt den Geruch niemals abwaschen. Auch die Apsaras im Paradies können Euch riechen, und sie verlangen nach Euch. Sehnsüchtig strecken sie Euch ihre braunen Arme entgegen. Für sie riecht ihr nach Jasmin, Ambrosia und Pfirsichblüten. Doch für Eure Frau riecht Ihr nach Mist und verfaultem Fisch. Sie liegt wach im Bett und kann Euch riechen. Die Apsaras im Paradies liegen auf weichen Blütenteppichen, unter Edelsteinbäumen am Ufer smaragdgrüner Gewässer, und sie riechen Euch und verlangen nach Euch mit jeder Faser ihres Leibes.«

Nun hörte Di das Wasser des Kanals an die Uferbefestigung schwappen. Der Abt hielt seinen Arm beim Gehen fest umschlungen. Mit der freien Hand umklammerte Di den Griff seines Dolches.

»Auch die kleinen Fische, die wie Diamanten in den Gewässern des Paradieses blitzen, singen von ihrer Sehnsucht nach Euch«, sprach der Abt weiter. »Und die Vögel in den Edelsteinbäumen öffnen ihre Schnäbel und singen von unstillbarer Begierde. Sie fliegen herab, landen auf den juwelengeschmückten Fingern der Apsaras und trinken die süßen Tränen, die aus ihren großen, reinen Augen fließen. Tränen des Verlangens nach Euch.« Nun waren sie nur noch ein paar Schritte vom Wasser entfernt, und der ekelhafte Gestank von Abfall und Exkrementen stieg ihnen in die Nase. »Die ›dahineilenden Fluten‹ des Ganges«, flüsterte der Abt. »Der Ganges, der heiligste Fluß Indiens. Er ist braun vor Schmutz und trägt auf seiner breiten Brust das verwesende Fleisch der Toten, doch seine Wasser sind süß und rein, denn er ist der Weg zum Paradies.«

Beim Reden löste der Abt seine Hand von Dis Arm. »›Eher würde ich in ein loderndes Feuer oder ins tiefste Wasser springen, als nach Hause zurückzukehren, ohne mein Vorhaben ausgeführt zu haben‹«, flüsterte er und schob ›Herrn Lao‹ sachte ans Wasser. »Berührt es. Riecht es. Salbt Euch«, flüsterte er. Sie standen hart am Ufer des Kanals.

Der Hieb in seine Kniekehlen ließ Di zusammenknicken, aber noch im Fallen drehte er seinen Oberkörper und bekam die Kleider des Abtes zu fassen. Während sie gemeinsam vom Ufer stürzten, stieß Di einen lauten Hilferuf aus. Kaum im Wasser, begann der Abt zu kämpfen und versuchte, ihm den Kopf unter Wasser zu drücken. Di stieß ihm das Knie in den Leib, setzte ihn damit aber nur vorübergehend außer Gefecht, denn schon im nächsten Augenblick hatte der Abt wieder seinen Kopf gepackt und drückte ihn nach unten. Di ruderte mit den Armen, fand die Ohren des Abtes, krallte sich an ihnen fest und zog mit aller Macht. Nun war auch der Kopf des Abtes unter Wasser. Für eine kleine Ewigkeit schwebten sie in der Finsternis, dann ließ einer den anderen los, sie schossen nach oben und schnappten nach Luft. Di füllte seine Lungen und konnte gerade einen zweiten Schrei ausstoßen, bevor ihn der Abt wieder nach unten drückte. Er trat nach dem Unterleib seines Gegners und verfehlte nur knapp das Ziel. Dann warf er sich auf den Abt und nahm ihn in den Schwitzkasten, während ihre Beine im tiefen, grundlosen Wasser strampelten. Wo war das Ufer? Di hielt den Kopf des Abtes wie einen Rammbock umklammert und wollte ihn gegen die Uferbefestigung stoßen. Töte ihn nicht, warnte ihn eine innere Stimme. So sehr du es auch willst, töte ihn nicht. Du brauchst ihn lebend.

Der Abt zappelte, sie sanken wieder. Dis Kopf geriet erneut unter Wasser, so daß er seinen Griff lockern mußte. Der Abt riß sich los, legte sich mit seinem massigen Körper auf ihn und drückte ihn nach unten, und Di spürte, wie ihm allmählich die Sinne schwanden.

Dann plötzlich lockerte der Abt seinen Griff, und Di stieß durch die Wasseroberfläche nach oben und schnappte gierig nach Luft. Ringsum spritzte Wasser auf. Er war nicht mehr allein mit seinem Feind. Seine beiden Polizisten waren im Kanal. Einer hielt den Abt in einem Würgegriff, der andere kam Di zu Hilfe. Der Abt gab schreckliche Gurgellaute von sich und zerrte an dem Arm, der fest um seinen Hals lag.

»Bring ihn nicht um!« keuchte Di. »Und paß auf, daß er sich nicht selbst das Leben nimmt!«

Der Polizist mußte seinen Griff ein klein wenig gelockert haben, denn der Abt fand seine Stimme wieder. »Nehmt den Mann fest!« rief er dreist. »Er wollte mich ermorden!«

Sie brachten ihn schnell zum Schweigen und zogen ihn aus dem Wasser. Bald lag er mit dem Gesicht nach unten und mit gefesselten Armen und Beinen auf dem Pflaster. Mit zitternden Beinen kniete Di vorsichtig neben ihm nieder und beugte sich zu seinem Ohr.

»Danke, daß Ihr mir das Paradies gezeigt habt«, sagte er. »Jetzt habt Ihr etwas gut bei mir.«

An diesem Morgen hatte Di beträchtliche Sorgfalt auf sein Äußeres verwandt. Er hatte seine beste Amtsrobe angelegt und sich von seinem Haushofmeister sogar die spärlichen Haare seines Bartes stutzen lassen. Er war nämlich auf dem Weg zu einer Dame, und er verspürte einen Hauch jener Vorfreude, die er aus den Tagen kannte, als er seiner ersten Frau den Hof gemacht hatte. Und das war seltsam, denn er hatte die Dame, die er aufsuchen wollte, nur einmal kurz gesehen, und auch das lag schon Jahre zurück. Außerdem war sie vermutlich eine Mörderin.

Auf die Idee zu diesem Besuch hatte ihn die Aussage des Abtes der Goldenen Wolke gebracht, den man inzwischen seines Amtes enthoben hatte und der seitdem nur noch der Mörder Chu-sin war.

Chu würde für seine Verbrechen nicht hingerichtet werden. Statt dessen sollte er seine feine Kutte gegen ein Sträflingshemd eintauschen und sich bis ans Ende seiner Tage mit Spitzhacke, Schaufel und Schubkarre nützlich machen. Er hatte den Tod mehr als verdient, doch aus mehreren Gründen war ihm die Todesstrafe erspart worden.

Di hatte schon lange vor seinem nächtlichen Ausflug mit dem falschen Abt begriffen, daß der Mann zwar gerissen und habgierig, aber beileibe kein Einzeltäter war. Er war nur einer von vielen, die in Yangchou und Umgebung kriminellen Geschäften nachgingen. Da Chu-sin zweifellos eine Menge über diese Geschäfte wußte, hatte ihm Di nach der Festnahme ein mildes Urteil in Aussicht gestellt, wenn er bereit war, dem Gericht zu helfen.

Und das hatte der Verbrecher umstandslos und gründlich getan. Darauf hatte Di zwar gehofft, aber die Bereitwilligkeit, mit der Chu seine Komplizen und andere »Geschäftspartner« verraten hatte, um seine eigene Haut zu retten, hatte ihn doch abgestoßen. Dank seiner Aussagen konnte Di viele Verbrecher dingfest machen, Grundstücke und Häuser ihren rechtmäßigen Eigentümern zurückgeben und ein weitgespanntes Netz gesetzwidriger Unternehmungen zerstören, an denen einige der mächtigsten und einflußreichsten Bürger Yangchous, Beamte und Geistliche, beteiligt waren. Hochmütige Männer wurden gedemütigt, Witwen vor der Enterbung bewahrt, und schließlich war auch noch ein alter Mordfall wieder aufgerollt worden. Es war sehr gut möglich, daß man der Familie des zu Unrecht hingerichteten Gärtners bald eine finanzielle Wiedergutmachung zusprechen würde.

Und genau dies war der Grund für Dis Erregung an diesem Morgen. Innerhalb der nächsten Stunde hoffte er zu erfahren, wer fast zehn Jahre zuvor den Verkehrsminister ermordet hatte.

Dies alles verdankte er einer schicksalhaften Begegnung, die ihm den entscheidenden Hinweis geliefert hatte – einer Begegnung, die um ein Haar nicht zustande gekommen wäre. Es war an jenem Nachmittag kurz nach seinem zweiten Besuch in der Goldenen Wolke gewesen. Damals saß er in seiner Kanzlei und dachte darüber nach, ob sich ein weiterer Besuch im Kloster überhaupt lohnen würde. Ein wunderschöner blauer Himmel spannte sich über der Stadt, und er wollte gerade seinen Akten entfliehen und zu einem langen Spaziergang aufbrechen, als das Bauernpaar auftauchte und ihm sein Töchterchen zum Kauf anbot. Hätte er damals seine Kanzlei einen Augenblick früher verlassen, wäre er jetzt wahrscheinlich nicht auf dem Weg zu besagter Dame, und viele Verbrecher würden hinter einer Maske der Wohlanständigkeit oder Frömmigkeit immer noch ihren dunklen Geschäften nachgehen.

Er hatte die beiden nicht fortgeschickt, sondern aufgefordert, Platz zu nehmen und ihm alles zu erzählen. Und das taten sie dann auch. Sie erzählten ihm, daß sie einige Jahre zuvor schon einmal eine Tochter gehabt hatten. Aber natürlich hatten sie sich einen Sohn gewünscht. Dann kam ein Inder – ein »heiliger Mann« – durch ihr Dorf und kaufte ihnen das Mädchen für eine bescheidene Summe ab. Außerdem ließ er ihnen einen Gegenstand da, ein unfehlbares Potenzmittel, wie er sagte, das ihnen, zusammen mit einem besonderen Gebet, das er ihnen ebenfalls gab, zu einem Sohn verhelfen würde. Sie hatten den Gegenstand mitgebracht und zeigten ihn Di. Es war ein aus Holz geschnitztes Lingam. Sie hätten das Ritual getreulich vollzogen, sagten sie, aber wieder nur eine Tochter gezeugt. Da sei es natürlich zu spät gewesen, den »heiligen Mann« zu suchen, doch ein Bauer aus ihrem Dorf habe ihnen gesagt, Richter Di aus der Stadt habe ihm einmal großzügig geholfen, und deshalb seien sie nun zu ihm gekommen.

Di drehte das Lingam in den Händen und überlegte. Er war überzeugt, daß es sich um denselben Inder handelte, der den ermordeten Verkehrsminister regelmäßig mit einer Auswahl von

Kindern aufgesucht hatte. Der Mann betrieb offenbar einen Handel mit kleinen Mädchen, die er vermutlich als Sklavinnen, Dienerinnen oder Lustobjekte verkaufte – an wen, wußte Di damals noch nicht. Seinen Nachschub holte er sich von den Armen. Di saß immer noch mit dem Ehepaar zusammen, als ihm plötzlich etwas einfiel, das ihn auf den Gedanken brachte, daß der Inder möglicherweise gar nicht allein arbeitete: Und zwar hatte Herr Lu Hsun-pei, jener Mann, der ihn bei dem Fest zu bestechen versucht hatte, eine besonders widerwärtige Bemerkung gemacht: Die Armen, hatte er gesagt, seien sogar bereit, ihre Töchter zu verkaufen. Damals hatte sich Di von der Bemerkung nur abgestoßen gefühlt, aber nun dämmerte ihm ihre wahre Bedeutung. Zum erstenmal erkannte er, daß der Handel zwischen dem Inder und dem Verkehrsminister weit mehr als nur eine private Abmachung gewesen war. Welch unsägliche Arroganz, dachte Di am Ende seines Gesprächs mit dem Ehepaar. Wahrscheinlich hatte ihm Lu Hsun-pei im selben Atemzug, als er ihm Geld angeboten hatte, indirekt von seinen kriminellen Machenschaften erzählt.

Kleine Mädchen, der Inder, das Lingam, die Verbindungen des Verkehrsministers, die indische Tempelkunst – zweifellos hatte der indische Kinderhändler, der Lingams an leichtgläubige Bauern verteilte, nicht nur mit den Töchtern des Verkehrsministers zu tun, sondern auch mit dessen Kunstsammlung.

Bis zu diesem Zeitpunkt hatte Di den Abt der Goldenen Wolke mit all dem noch nicht in Verbindung gebracht. Im Gegenteil, er glaubte im Grunde nicht mehr daran, daß der Abt etwas mit den Toten im Kanal zu tun haben könnte. Aber er ließ nicht locker, und bei einem der nächsten Besuche kam ihm die Erleuchtung: Der Abt entzündete in seinem dunklen »Meditationsraum« eine Lampe, und diese Lampe erleuchtete nicht nur die Kunstwerke, sondern auch Dis Geist.

Du also auch, dachte Di und lächelte still in sich hinein. Dann stellte er Chu mit der schlauen Frage auf die Probe, ob die Gegenstände verkäuflich seien, und als der Mann bejahte, hätte er sein ganzes Hab und Gut darauf gewettet, daß der Abt mit dem Inder in Verbindung stand und wahrscheinlich auch mit dem Verkehrsminister Geschäfte getätigt hatte.

Wie er so im »Meditationsraum« stand, erinnerte er sich noch gut an das ausweichende Verhalten des Abtes bei seinem allerersten Besuch. Damals hatte er ihm eine erfundene Geschichte über das vermißte Kind eines Freundes erzählt, war aber zu keinem klaren Urteil gelangt, ob der Abt etwas zu verbergen hatte oder nur an die nächste Mahlzeit dachte. Doch als er dann die Sammlung des Abtes im »Meditationsraum« sah, wurde ihm klar, daß der Mann alles andere als sein Abendessen im Sinn gehabt hatte.

Warst du es, dachte er bei sich, der das Kind in meine Kanzlei geschickt hat, um mich zu ermorden? Oder jemand anders, dem ich an diesem Tag oder an einem der Tage zuvor begegnet war? Du weißt, wer den Verkehrsminister getötet hat, und deine »Partner« wissen es sicherlich auch.

Und im selben Augenblick hatte er dann seine Erleuchtung: Mit einem Mal wußte er, wie er die Geschäftsverbindung zwischen dem Abt und dem Inder beweisen und letzteren aufspüren konnte. Er erfand die Geschichte von ›Herrn Laos‹ Frau, die sich angeblich nach einem Kind sehnte. Der Abt wähnte sich seinem Ziel nahe, einen reichen Glaubensbruder in seine Klauen zu bekommen, und schnappte prompt nach dem Köder.

Und so war es gekommen, daß Di in den Gemächern des Inders Tee trank und über die ungewöhnlichen Zusammenhänge nachdachte, die sich ihm enthüllten. Ohne jede Mühe, nur durch eine eingestreute Bemerkung, erhielt er eine Bestätigung für seinen Verdacht, daß Lu Hsun-pei dem Inder bekannt und an dessen Machenschaften beteiligt war. Außerdem erfuhr er an jenem Tag mehr über das Ausmaß der Korruption in Yangchou, als ihm lieb war. Fast wäre sein Alptraum wahr geworden, und er hätte über seine eigenen Söhne zu Gericht sitzen müssen. Doch im letzten Moment gelang es ihm, den Fall an einen Hilfsrichter abzutreten. Seine Söhne bekamen eine gerechte Strafe, die gewährleistete, daß er sie auf Jahre hinaus nicht mehr zu sehen brauchte – genausowenig wie sie ihn. Sie wurden zum Militärdienst in die äußersten westlichen Provinzen geschickt. Aber welche Rolle sie bei den kriminellen Machenschaften in Yangchou auch gespielt hatten – Di wußte, daß auch er einen Teil der Verantwortung trug. Das war der zweite Grund gewesen, warum er Chu-sin die Todesstrafe erspart hatte.

Chu-sins Enthüllungen waren faszinierend. Er und der Inder hatten tatsächlich seit langem zusammengearbeitet. Der Inder hatte jahrelang einen einträglichen Handel betrieben, hatte seltene

Tempelkunstwerke mit erotischen Motiven und andere wertvolle gestohlene Stücke aus Indien importiert und sie an wohlhabende Chinesen verkauft, und im Gegenzug hatte er kleine Mädchen nach Indien exportiert und sie als Gespielinnen an Radschas und ähnliche Leute veräußert. Ein paar Mädchen wurden auch in Yangchou verkauft – an Männer, die sie von klein auf zu sexuellen Spielzeugen erzogen.

Chu-sin half bei der Beschaffung der Kinder. Er nutzte seine Kontakte zur korrupten Geistlichkeit dazu, den Inder auf günstige Gelegenheiten aufmerksam zu machen. Als Gegenleistung bekam er einen Teil der erotischen Kunstwerke, die er ganz nach Belieben behalten oder verkaufen konnte. Der Inder wiederum half Chu-sin dabei, wohlhabende Männer zu finden, die er »bekehren« und beerben konnte, und strich dafür einen Teil der »Erbschaft« ein. Herr Lu Hsun-pei schließlich machte sich nützlich, indem er den Inder mit reichen Kunstsammlern oder Männern aus Yangchou zusammenführte, die am Kauf eines Kindes interessiert waren, und wurde dafür mit einem erklecklichen Anteil am Gewinn entlohnt.

Der Verkehrsminister wiederum hatte als Herr über das Kanalsystem von Yangchou als Kontaktmann zu den korrupten Beamten der Stadt gedient und dafür gesorgt, daß die heiße Ware frei und ungehindert auf den Wasserwegen transportiert werden konnte. Der Inder stattete ihm dafür vor jeder Abreise aus der Stadt einen Besuch ab und zeigte ihm seine neueste Auswahl an kleinen Mädchen, und der Minister suchte sich ein oder zwei von ihnen aus, bevor sie nach Indien geschafft wurden. Ähnlich war es nach der Rückkehr des Inders aus seiner Heimat: Der Verkehrsminister war der erste, der sich aus den importierten Kunstwerken einige Stücke auswählen durfte.

Diese Männer standen natürlich an der Spitze der Organisation, die ganz unterschiedliche Geschäfte tätigte, und hatten viele Mitarbeiter unter sich: Geschäftsleute, Schreiber, Vermittler, Bordellwirtinnen, Kurtisanen, Geistliche und Beamte.

Ganz unten in der Hierarchie standen die Botenjungen. Sie waren sozusagen die Lehrlinge des Gewerbes. Es war eigentlich wenig verwunderlich, daß auch die Söhne des Obersten Magistrats von Yangchou der Organisation angehörten. Im Lauf der Zeit hätten sie sich ohne Zweifel nach oben gearbeitet. Aber wie weit?

Wären sie reiche Unternehmer geworden wie Lu Hsun-pei – oder hätten sie es nur zu einer ähnlich bescheidenen Position gebracht wie der korrupte Beamte, der in seiner falschen Kanzlei im Hinterzimmer eines Bordells Scheidungen aussprach und dafür vom Abt Schmiergelder bekam? Es war müßig, darüber nachzudenken.

Die wichtigste Frage hatte sich Di für den Schluß aufgespart. Er fragte Chu-sin, den falschen Abt, nach dem Verkehrsminister. Hatte der Mord mit seinen Geschäften zu tun gehabt?

Chu überlegte einen Augenblick und antwortete dann: »In gewissem Sinne schon.«

»Was willst du damit sagen?« fragte Di.

Und da hatte Chu mit einem verschlagenen Grinsen den Kopf gehoben und gesagt: »Warum fragt Ihr nicht seine Tochter?«

Dis Polizisten warteten in der Empfangshalle. Draußen vor dem Haus standen zwei Kutschen – eine gehörte Di, die andere war für die älteste Tochter des Verkehrsministers bestimmt, denn Di ging davon aus, daß er sie würde mitnehmen müssen.

Das Haus und das Grundstück waren genau so, wie sie Di in Erinnerung geblieben waren: heiter, geschmackvoll und harmonisch. Und obwohl inzwischen fast zehn Jahre vergangen waren, hatte er immer noch das Gefühl, daß der Hausherr erst vor kurzem dahingegangen sei. Auch die Weiblichkeit war noch präsent: Überall in den Hallen und im Garten sah er Mädchen und junge Frauen. Das einzige männliche Wesen, das er zu Gesicht bekam, war jener Haushofmeister, mit dem er schon bei seinem ersten Besuch gesprochen hatte. Die Tochter selbst war über sein Erscheinen keineswegs überrascht. Im Gegenteil, Di hatte den Eindruck, als habe sie ihn schon seit langem erwartet.

Er saß nun von Angesicht zu Angesicht dem Phantom gegenüber, das im Lauf der Jahre zahllose Male durch sein Gedächtnis gehuscht war. Sie war immer noch eine junge Frau, denn damals, als er einen Blick von ihr erhascht hatte, war sie erst siebzehn gewesen. Ihr hübsches Gesicht und ihre vornehme Haltung ließen eine aristokratische Herkunft vermuten. Doch in Wahrheit, so vergegenwärtigte sich Di mit Staunen, konnten ihre Eltern nur hart arbeitende Bauern vom Land gewesen sein.

»Ihr fragt mich, warum mein Vater nur Töchter adoptierte«, sagte sie. »Das war eine persönliche Vorliebe von ihm, nicht mehr und nicht weniger. Er hatte gern weibliche Wesen um sich. Er war mit sieben Brüdern aufgewachsen.«

»Und wie ich sehe, habt Ihr seine Gepflogenheiten fortgesetzt«, sagte Di.

»Meine Schwestern und ich sind sehr glücklich hier. Sie dürfen jederzeit heiraten, wenn sie möchten. Ich lege ihnen keine Steine in den Weg. Aber die meisten von ihnen wollen lieber hier bleiben. Wir kommen gut miteinander aus. Wir verspüren nicht den Wunsch, unser Heim zu verlassen, uns von einer Schwiegermutter tyrannisieren zu lassen oder uns den Forderungen eines Ehemannes zu unterwerfen.«

»Wenn ich Euch richtig verstehe, Gnädigste, so seid Ihr gewissermaßen das ... äh ... Oberhaupt der Familie?«

»In der Tat«, versetzte sie kühl und sah Di durchdringend an. »Mein Vater hatte verfügt, daß ich, seine älteste Tochter, seinen gesamten Besitz erben sollte.«

»Ist das der Grund«, fragte Di ganz behutsam, »warum Ihr ihn ermorden ließet?«

Sie sah ihn lange schweigend an, und er hielt ihrem Blick stand, aber sein Herz schlug schneller. Dann seufzte sie und schien ein wenig auf ihrem Stuhl zusammenzusacken.

»Ich wäre nicht dazu gezwungen gewesen, wenn er die Dinge so belassen hätte, wie sie waren.« Bedauernd schüttelte sie den Kopf. »Aber mit einem Mal beschloß er, einen Sohn zu adoptieren. Das konnte ich natürlich nicht zulassen.«

Nein, dachte Di, natürlich nicht. Sonst hätte der Sohn alles geerbt.

Di hatte einen Einfall. »Könntet Ihr mir sagen«, fragte er, »ob der Abt Chu-sin eine Rolle bei dem Entschluß Eures Vaters spielte?«

»So ist es«, sagte sie kalt. »Er überzeugte meinen Vater davon, daß es falsch sei, seine irdischen Güter einem Weib zu hinterlassen, und überredete ihn, einen seiner jungen Mönche zu adoptieren. Chu-sin wollte mir mein Eigentum wegnehmen.« Sie machte eine Pause. »Ich war wütend auf meinen Vater und wollte ihn mit allen Mitteln dazu bringen, die ursprüngliche Regelung beizubehalten.«

»Und deshalb habt Ihr dann vor der geplanten Adoption ...«

»Ja«, bestätigte sie mit fester Stimme. »Aber ich habe dafür büßen müssen. Der Geist meines Vaters sitzt nachts auf meinem Bett und weint. Es hat mir meinen ... inneren Frieden geraubt.« Bei diesen Worten bemerkte Di zum erstenmal die schwachen blauen Ringe unter ihren schönen Augen und den verhärmten Zug um ihren Mund. Er begriff, daß die Frau seit Jahren nicht mehr ruhig geschlafen hatte.

Dem Gärtner den Mord anzuhängen war kein großes Problem gewesen, ein Schmiergeld an Dis korrupten Vorgänger, den alten Richter Lu, hatte genügt. Chu-sin hatte zwar gewußt, daß die Tochter den Mörder gedungen hatte, da sie aber über seine kriminellen Machenschaften genau Bescheid gewußt hatte, war er gezwungen gewesen, es für sich zu behalten.

»Offensichtlich«, fuhr Di fort, »habt Ihr Euren Vater nicht selbst beseitigt. Darf ich fragen, wer ...?«

»Ein Niemand. Ein Bengel, der sich immer in unserer Küche herumtrieb, wo er zu essen bekam. Ein schlauer und flinker Bursche, der für Geld alles tat.«

Derselbe, den du auf mich gehetzt hast, weil ich in deinem Haus herumgeschnüffelt hatte, dachte Di. Derselbe, der mich fast ins Jenseits befördert hätte.

»Und wo ist er jetzt?« hakte Di nach.

»Das kann ich Euch nicht sagen«, antwortete sie. Ihre Stimme und ihre Haltung wurden abweisender. »Ich habe ihn seit Jahren nicht mehr gesehen.«

Was las Di in diesem Augenblick in ihrem Gesicht? War der Bengel zum Mann herangewachsen, hatte sie nach Kräften geschröpft und war dann verschwunden? Ja. Das war es, was er sah.

Der Mordfall war gelöst, aber noch nicht restlos aufgeklärt. Der eigentliche Mörder entzog sich nach wie vor Dis Zugriff. Und nun war er – vorausgesetzt, er lebte noch – zu einem jungen Mann herangewachsen.

Eine perfekte Tarnung.

Im Jahr 663, Frühjahr

An meinen Freund, den alten Narren.

Da ich weiß, daß Ihr kein Narr seid, nehme ich einmal an, daß Ihr auch gar nicht so alt seid. Zumindest nicht so alt, daß

Ihr in vier Jahren, wenn ich nach Loyang reise, nicht mehr am Leben sein werdet. Ich gehe also davon aus, daß wir uns von Angesicht zu Angesicht gegenüberstehen werden. Aufgrund meiner jüngsten Tätigkeit wird mein Name allenthalben mit großer Hochachtung ausgesprochen: Man nennt mich einen Helden, einen mutigen Kämpfer für die Gerechtigkeit. Aber was habe ich davon? Ein Berg von Arbeit liegt noch vor mir.

Mir ist zu Ohren gekommen, daß in Loyang ein großer Disput von historischer Bedeutung stattfinden soll. Die Frage, die buddhistische Geistliche und hohe Staatsbeamte aus dem gesamten Reich anlocken und in zwei große Lager spalten wird – in ein weltliches und in ein geistliches –, ist folgende: Schulden die Buddhisten der konfuzianischen Staatsregierung Respekt und Gehorsam – wie Individuen ihren Eltern – oder unterstehen sie keinem anderen Gesetz als ihrem eigenen Dharma?

Ich glaube, ich werde diesem Ereignis beiwohnen müssen. Ich bin nämlich von führenden Vertretern der konfuzianischen Beamtenschaft mit der Ehre bedacht worden, dort die Stadt und die Präfektur Yangchou zu repräsentieren. Schon seit geraumer Zeit trage ich mich mit dem Gedanken, eine Denkschrift gegen die Exzesse der beim Volk so beliebten buddhistischen Kirche aufzusetzen – und nun habe ich mehr Grund denn je, diese Aufgabe anzugehen. Ich werde die Denkschrift natürlich vortragen, bevor der Disput beginnt. In diesem Augenblick, da ich Euch schreibe, habe ich bereits viel Zeit damit zugebracht, meine bescheidenen Zeilen für diese erhabene Versammlung zu Papier zu bringen.

Die Versammlung in Loyang hat übrigens schon einen Namen: Der Pai-Disput.

Bis zu unserer Begegnung bleibe ich Euer

Di Jen-chieh

12

Im Jahr 664
Loyang

Kaotsung bückte sich und hob einen kleinen seidenen Schuh vom Gartenweg auf, hielt ihn sich unter die Nase, schnupperte an ihm und schloß die Augen. Er schob die Finger hinein und befühlte den glatten Satin, dann hob er den Blick und ließ ihn durch den blühenden Garten schweifen, der still unter der warmen Frühlingssonne lag.

Er steckte den Schuh in die Tasche und ging leise weiter, wobei er vorsichtig den Spazierstock auf den Boden setzte. Als der Pfad sich teilte, blieb er stehen. Links ging es einen sanften Abhang zu einer kleinen Gruppe von Zierobstbäumen hinunter, rechts wand sich der Weg ein Stück weit durch blühende Büsche und führte dann zu einem kleinen Steinpavillon. Kaotsung überlegte nur kurz und wandte sich dann nach links. Prüfend betrachtete er die Blätter und Blüten, die von beiden Seiten über den Weg hingen, und suchte dann den Boden nach Blütenblättern ab, die vom Saum eines vorübereilenden Gewandes abgestreift worden sein könnten. Vor ihm lag ein Häuflein bläulich-weißer Blätter auf den Steinen.

Er ging darauf zu. Ein paar Schritte weiter funkelte etwas. Er bückte sich und hob eine kleine juwelenbesetzte Haarnadel auf.

Er folgte dem Pfad bis zu den Bäumen, deren Kronen eine Blütenwolke bildeten, die Tausende von Bienen umschwirrten. Das Summen der Insekten konnte das Geflüster von Liebenden übertönen. Kaotsung wußte das. Er hielt den Atem an und lauschte. Hatte er da nicht ein kurzes Lachen gehört? Er stützte sich gegen einen Baum.

Wieder ertönte das Lachen und brach dann abrupt ab. Der Kaiser schlich in die Richtung, aus der es gekommen war, blieb dann stehen und blickte aufmerksam in alle Richtungen. Langsam drehte er sich um die eigene Achse. Dort, am Ende einer Baumreihe, wo der Garten in den Wald überging, hatte sich im hohen Gras etwas bewegt. Ein Fuß vielleicht, oder eine Hand. Wieder ertönte das leise, kurze Lachen.

Er ging die Reihe entlang und hielt sich so dicht wie möglich an den Bäumen. Sein Herz pochte schneller, und kalter Schweiß trat ihm auf die Stirn. Nun hob sich das Stimmengemurmel von dem Summen der Bienen ab und drang leise, aber deutlich an sein Ohr.

Er sah den Rand eines Teppichs, ein Bündel Kleider und einen Arm – einen Männerarm.

Er trat näher, aber sein Herz pochte so laut, daß er das Gemurmel nicht verstehen konnte. Zitternd stand er da und sah hinab auf die beiden nackten Leiber, die auf den ausgebreiteten Kleidern im Gras lagen.

Wu lag auf der Seite, den Kopf auf den Ellbogen gestützt, und sah in diesem Augenblick zum Kaiser auf. Der dunkelhäutige Mann lag auf dem Rücken, drehte den Kopf und sah ihn ebenfalls an, dann wandte er den Blick wieder ab und nahm eine von Wus Brüsten in die Hand, während Wu lächelte und dem Mann die Schulter leckte. Kaotsung zog den Schuh aus seiner Tasche und hob ihn an seine Nase.

Wu liebkoste den Mann noch ein paar Augenblicke, dann klopfte sie ihm kurz und kräftig auf die Brust. Träge und ohne jede Hast setzte er sich auf, suchte seine Sachen zusammen und stand auf. Ohne Kaotsung eines Blickes zu würdigen, warf er sich die Kleider über den Arm und schlenderte davon, wobei er sich ab und zu kratzte oder an den Blüten eines Zweiges schnupperte. Wu hatte sich unterdessen auf den Rücken gewälzt und lächelte Kaotsung einladend an, der daraufhin seinen Spazierstock fallen ließ und ungeduldig an seinen Kleidern zerrte, die ihm plötzlich lästig geworden waren.

»Ich könnte ihn heilen«, sagte Nagaspa zu Wu. »Ich könnte ihn völlig wiederherstellen, als sei er niemals krank gewesen.«

»Mein kleiner Zauberer«, sagte Wu zärtlich.

»Ich habe ihn genau beobachtet. Er wird mir nie gestatten, ihn zu berühren, und wie oft habe ich mir schon gewünscht, seinen genauen Augenabstand zu messen, die Breite seines Schädels von Schläfe zu Schläfe, und den Winkel, in dem sich die Stirn über seine Nase erhebt.«

»Und was wüßtet Ihr dann?« fragte Wu und drehte die Lampe ein wenig höher.

»Die Seele steuert das Wachstum der Knochen, Herrin«, antwortete Nagaspa, »und gibt durch deren Form ihren Zweck, ihre Bestimmung, ihr Karma preis. Besonders am Kopf. Ah! Der Kopf allein sagt uns so viel! Ich habe die Schädel von toten Männern in den Händen gehalten und das Wesen gespürt, das sie im Leben waren – ja, ich habe praktisch mit ihnen gesprochen!«

»Und was, glaubt Ihr, würdet Ihr über meinen Gatten erfahren?« fragte Wu, zündete ein Weihrauchstäbchen in der Flamme der Lampe an und setzte es auf den kleinen Altar vor ihnen.

»Allein durch Beobachtung habe ich schon einiges herausgefunden. Messungen sind zwar wünschenswert, wenn man nähere Einzelheiten erfahren will, doch mit einiger Übung ist es möglich, den Kopf eines Mannes zu deuten, nur indem man ihn anschaut. Er besitzt kein hohes Maß an Lebenskraft. Ein Teil seiner Seele blickt schon in die nächste Welt.« Er zuckte mit den Achseln. »Außerdem ist er ein unvollständiger Herrscher. Ein Teil von ihm fehlt – so, als sei er ohne einen Arm oder ein Bein geboren worden. Ihr, Herrin, habt die Stelle dieses fehlenden Teils eingenommen. Ohne Euch könnte er nicht regieren.« Nagaspa sah Wu in die Augen.

Dann hob er die Hände an Wus Kopf und legte die Finger an ihre beiden Schläfen, aber so leicht, daß sie die Berührung auf ihrer Haut kaum spürte. Dann bildete er mit Daumen und Zeigefinger einen Zirkel und maß den Abstand vom Nasenrücken bis zum Haaransatz und die Breite ihres Gesichts von einem Wangenknochen zum anderen. Mit zusammengekniffenen Augen tastete er ihren Kopf ab, und sie wartete geduldig lächelnd auf sein Urteil. »Es ist, wie ich dachte, Herrin«, sagte er schließlich und nahm die Hände von ihrem Kopf. »Ihr macht ihn vollständig, als Mann und als Herrscher.«

»Wie könnt Ihr so viel wissen?« fragte sie. »Ihr seid doch noch so jung.« Er straffte seine Gestalt, schloß die Augen und sog respektheischend die Luft durch die Nase ein.

»Nur dieser Leib ist jung, Herrin«, antwortete er und öffnete die Augen wieder. »Meine Seele ist uralt, wie die Eure. Und wir sind zu einem ganz bestimmten Zweck hier. Einerseits weiß Euer Gatte um die Größe Eures Geistes, aber andererseits auch wieder nicht. Er gehört nicht zu den Auserwählten.«

Seine schmeichelhaften Worte verfehlten ihre Wirkung nicht, und Wu kam sich mit einem Mal sehr wichtig vor. Sie seufzte ob der Schwere ihrer Verantwortung, und gleichzeitig aalte sie sich in glühender Selbstbewunderung.

»Die ganze Welt weiß es«, fuhr er fort. »Die ganze Welt kennt Eure Größe. Und Ihr macht auch ihn groß. In einer Vision erschien mir ein Name. Zuerst war ich nicht sicher, auf wen sich der Name bezog, aber nun weiß ich mit Gewißheit, daß er für Euch und Euren Kaiserlichen Gatten bestimmt ist.«

»Sagt mir den Namen, mein Zauberer«, sagte sie mit nachsichtigem Lächeln.

»Ein Name für Euch und Euren Gatten, die beiden weisen Zwillingsherrscher: Ich nenne Euch ›Die Zwei Heiligen‹, meine Königin«, sagte er mit gewichtiger Miene.

Einen Augenblick sah sie ihn ernst an, dann warf sie den Kopf zurück und lachte schallend.

Nagaspa machte ein beleidigtes Gesicht. »Warum lacht Ihr, meine Königin?«

»Der Name ist einfach zu albern«, sagte sie kopfschüttelnd. »Selbst für mich. Mit diesem Namen komme ich mir vor wie eine Frau, die sich unvorteilhaft schminkt oder ein schlechtsitzendes Haarteil trägt. Ich könnte ihn niemals aussprechen oder hören, ohne zu kichern.« Nun setzte sie eine übertrieben ernste Miene auf, wie ein Beamter bei Hofe, der ein Gesuch vorträgt. »Die Zwei Heiligen«, sagte sie und lauschte auf den Klang. Ihre Lippen verzogen sich zu einem Lächeln, und wieder lachte sie. Sie wedelte entschuldigend mit den Händen. »Verzeiht, mein Zauberer. Ich will Euch nicht verärgern, aber es ist einfach so lustig. Aber wartet! Ich habe auch für Euch einen Namen.«

»Ich weiß nicht, ob ich ihn hören möchte«, sagte er gereizt.

»Doch, doch! Ihr werdet ihn mögen«, sagte sie in anzüglichem Tonfall und beugte sich vor. »Ihr seid mein Göttlicher Affe.«

Der junge Mann, der zwischen den hohen Mauern des Innenhofes saß, schaute von dem Text auf, den er gerade übersetzte, und blinzelte in die Sonne. Zuerst konnte er die beiden Frauen, die über ihm standen, nicht erkennen, denn eine sah fast wie die andere aus. Für einen Augenblick glaubte er, er habe eine Halluzination. Dann sprach eine der beiden. Er erschrak. Er hatte diese Stimme seit zehn Jahren nicht gehört, aber er erkannte sie sofort. Sie gehörte seiner Stiefmutter, der Kaiserin.

Heute sollten die prunkvollen Festlichkeiten beginnen, mit denen der Bau der neuen Paläste und die Umbenennung der Stadt gefeiert werden sollten. Gerüchten zufolge waren die konfuzianischen Beamten entsetzt darüber, daß die Hauptstadt einen buddhistischen Namen erhalten sollte, und trugen sich mit der Absicht, in großer Zahl zu erscheinen und ihr Mißfallen kundzutun.

In der Bevölkerung breitete sich die Nachricht mit der Geschwindigkeit eines Buschfeuers aus, und es hatte den Anschein, als wollte jeder Mann, jede Frau und jedes Kind in der Stadt der Wandlung das Geschehen aus nächster Nähe miterleben. Die Feierlichkeiten waren eine einmalige Gelegenheit, einen Blick von der Kaiserin Wu zu erhaschen, die für manche die Sonne und den Mond am Himmel ersetzt zu haben schien.

War die Kaiserin nicht eine wahre Volkskaiserin? fragten sie. Brachte sie nicht weibliches Mitgefühl in die Regierungsgeschäfte? War ihre Hand auf der Schulter des Volkes nicht wie die liebende Hand der Mutter auf der Schulter des Kindes? Und verlieh sie der Stadt durch die Anrufung eines heiligen Namens nicht einen magischen Zauber? Gab sie ihr nicht neue Hoffnung? Die Götter, ja, der gesegnete Maitreya selbst, mußten auf die umbenannte Stadt herablächeln, sagten sie sich.

Andere waren etwas skeptischer. Wenn die Kaiserin der Stadt unbedingt einen neuen Namen geben wollte, warum schöpfte sie dann nicht aus altüberlieferten chinesischen Quellen? War es wirklich nötig, einer chinesischen Stadt einen fremdländischen Namen zu geben? Konnte sie ihr nicht ebensogut durch einen taoistischen Namen neue Hoffnung geben?

Wieder andere waren noch skeptischer. Selbst wenn die Kaiserin höchstpersönlich zu ihnen nach Hause käme und sich erböte, ihren Fußboden zu schrubben, so sagten sie, würden sie nicht einmal aufstehen, um sie willkommen zu heißen.

Am Nachmittag hatte sich nahezu die gesamte Einwohnerschaft der Stadt auf dem Gelände um den Palast versammelt. Festliche Musik wurde gespielt, und berittene Wachen, die in ihren prächtigen Uniformen wie Kuan-yins Krieger aussahen, sorgten in den vordersten Reihen für Ordnung. Jede Mauer, jedes Hausdach und sogar jeder Laternenpfahl, der hoch genug war, um einen Ausblick zu bieten, hing voller Menschentrauben. Diejenigen, die nicht nahe genug am Ort des Geschehens waren oder das Glück hatten, einen hochgelegenen Sitzplatz zu ergattern, drängelten, um weiter nach vorne zu kommen. Andere warteten geduldig, denn sie wußten, daß sie nur darauf hoffen konnten, Berichte aus den vordersten Reihen zu erhalten.

Bald machte ein erster Bericht die Runde. Danach hatten sich etwa dreißig ältere Beamte auf der einen Seite versammelt und lasen, einer nach dem anderen, Denkschriften gegen die Umbenennung der Stadt vor. Sie hielten keine flammenden Reden und stießen keine Beleidigungen aus, sondern trugen nur ruhig und entschlossen ihren Protest vor. War dies nicht ein Beweis für die Duldsamkeit und Nachsicht der Kaiserin? Zwar hatten Wachen die Konfuzianer umringt und behielten sie im Auge, doch ließen sie die alten Männer gewähren. Sie durften sagen, was sie zu sagen hatten, auch wenn die Musik und das aufgeregte Geschnatter der Menge ihre Stimmen übertönten und sie das Gefühl hatten, gegen ein Gewitter anzureden.

Als die Musik anschwoll und die Menge nach vorne drängte, wurde nach hinten der Bericht weitergegeben, daß der Kaiser und die Kaiserin in einer prachtvollen Kutsche vorgefahren und ausgestiegen seien. Der Kaiser hinke zwar ein wenig und stütze sich auf einen dicken Stock, gehe aber ohne fremde Hilfe an der Seite der Kaiserin. Bei ihnen sei ein bleicher junger Mann, der einen schüchternen und verwirrten Eindruck mache. Wer mochte das sein? Etwa der berühmte Geschichtsschreiber Shu? Nein, Shu war viel älter, außerdem ein eitler Knirps und alles andere als schüchtern. Und dieser hier blinzelt erstaunt in die Runde, als sei er gerade einem dunklen Keller entstiegen und lange nicht mehr unter Menschen gewesen. Er sehe so verängstigt aus, daß man meinen könne, er werde jeden Augenblick in die Kutsche zurückkriechen.

Aber die Kaiserin, so hieß es, halte ihn fest am Arm und ziehe ihn zu der Stelle, wo sie und der Kaiser den Boden segnen sollten, aus dem die neuen Paläste wachsen würden. Hier, so stand in dem Erlaß, sollte die Wandlung beginnen und dann die Stadt und das ganze Land erfassen. Das Leben, der Himmel, der Geist der Menschen – alles sollte erneuert werden.

Dann lief ein neues Gerücht durch die Menge – eines, an dessen Wahrheit niemand zweifelte: Der junge Mann war ein Prinz. Was für ein Prinz? Einer ihrer Söhne? Nein. Er war kein anderer als

Prinz Jung, der frühere Kronprinz, der vergessene Sohn der abgesetzten Kaiserin. Unmöglich, sagten manche. Ist er nicht seit Jahren tot? Nein, sagten andere, er ist nicht tot, er wird in einem entlegenen Flügel des Palastes gefangengehalten. Ist das nicht unglaublich? Derselbe junge Mann, der einst im Mittelpunkt einer verräterischen Verschwörung stand. Er muß damals ja noch ein Kind gewesen sein! Aber offenbar war jetzt alles vergeben und vergessen. War es nicht großmütig von der Kaiserin, daß sie mit dem Sohn ihrer Rivalin, ihrem einstigen Feind, vor das Volk trat?

Gab sie ihnen damit nicht ein Beispiel, was wahre Wandlung war?

Es war ein außergewöhnlich schöner Frühling, nur selten verhüllten Wolken den Himmel, warme Winde wehten, und Hoffnung lag in der Luft. Die neuen Paläste wuchsen aus dem Boden, als seien sie lebendig, und die Einwohner der Stadt machten es sich zur Gewohnheit, zur Baustelle zu pilgern und die Fortschritte zu bewundern, denn es gab jeden Tag Essen und Geschenke für die Bevölkerung. Es war ungewöhnlich warm für die Jahreszeit, und es wurde von Tag zu Tag wärmer, bis die Leute eines Tages aufwachten und feststellten, daß eine drückende Sommerschwüle über der Stadt der Wandlung lag. Und dabei war es noch nicht einmal Juni.

Die sorglose Stimmung des Frühlings war bald verflogen. Die Menschen wurden gereizt und lustlos, und in den ärmeren Vierteln, wo man den Launen der Natur stärker ausgesetzt war als woanders und die ständige Nähe anderer Menschen an den Nerven zerrte, verloren viele die Beherrschung. Es kam zu gewalttätigen Ausbrüchen, und die Polizisten hatten alle Hände voll zu tun. So wurde erzählt, eine Frau habe ihrem Mann einen Topf mit kochendheißer Suppe ins Gesicht geworfen und dann versucht, sich in den Fluß zu stürzen.

Die Arbeiten am Palast schritten weiter voran, und im Hochsommer waren die gewaltigen Außenmauern bereits fertig und beherrschten mit ihrer Silhouette den Horizont, doch der Strom von Geschenken und Aufmerksamkeiten, der anfangs so reichlich geflossen war, war inzwischen nur noch ein Rinnsal – wie auch die Flüsse in der Stadt. Manche kehrten dem Palast ärgerlich den Rücken, nachdem sie nur ein paar altbackene Kuchen erhalten hatten, und ein Mann spuckte sogar auf den Boden, als er einen Käfer in dem Stück fand, von dem er gerade abgebissen hatte.

Nur die Fischer waren zufrieden, denn obwohl die Flüsse kaum noch Wasser führten, fingen sie ungewöhnlich viele dicke rote Fische, die im Lauf des Sommers sogar immer größer zu werden schienen. Einige waren der Meinung, daß diese Fische ausgezeichnet schmeckten, wenngleich sie mit zunehmender Größe immer mehr an Aroma verloren. Die größten waren sogar regelrecht bitter, und bald warfen die Fischer sie ins Wasser zurück. Aber als sie die Länge eines erwachsenen Mannes erreichten, fing man ein paar von ihnen als Kuriositäten. Ein geschäftstüchtiger Bürger zog ihnen die Haut ab und behauptete, er habe eine Methode gefunden, sie haltbar zu machen. Er werde aus der Haut exotische Gewänder für die Kaiserin herstellen und dadurch ein reicher und berühmter Mann werden.

Am frühen Morgen eines Spätsommertags versammelte sich eine Menschenmenge an den Ufern des größten Flusses der Stadt, und unzählige Augenpaare starrten hinunter ins Flußbett, in dem das Wasser nur noch in Pfützen stand. Überall lag Abfall, und der Gestank der abgestandenen Brühe stieg bis zu ihnen herauf. Aber es war nicht der Müll, der ihre Aufmerksamkeit fesselte. Es war der rote Fisch, der, so lang wie drei Männer, im seichten Wasser lag. Seine fleischigen Kiemen pulsierten, und seine Augen starrten glasig in den blauen Himmel.

Die Hitze dauerte an bis zum Herbst. Dann, es war Anfang Oktober, öffnete der Himmel seine Schleusen, und Regen überschwemmte das Pflaster und füllte die Flüsse. Am selben Tag erschien eine Denkschrift des Geschichtsschreibers Shu in den Gazetten, die in der Stadt der Wandlung zirkulierten, und die wenigen Einwohner, die des Lesens mächtig waren, wurden mehr als einmal aufgefordert, laut vorzulesen. Die Leute standen unter ihren tropfenden Schirmen und lauschten den betrüblichen Worten, schüttelten die Köpfe und schauten betreten zu Boden. Nun, seufzten sie, es ist schrecklich und bedauerlich, aber danken wir dem Heiligen Maitreya, daß dem Kaiser und der Kaiserin nichts geschehen ist.

Die Denkschrift des Geschichtsschreibers Shu

Mit tiefem Bedauern erfahren wir vom Kaiser und von der Kaiserin, daß mit knapper Not eine Katastrophe verhindert wurde. Am Hofe, in dessen Klima der Toleranz stets auch Andersdenkende ihre Meinung kundtun konnten, wurde eine verräterische Verschwörung aufgedeckt. Ihr Anführer war der abgesetzte Kronprinz Jung, der sich, schuldig und feige, wie er war, selbst erhängte. Für die Kaiserin, die, wie viele wissen, dem früheren Kronprinzen freundlich gesonnen war, war dies eine schreckliche Prüfung. Aber sie wird aus ihrem großen Vorrat an Gleichmut schöpfen und den Kummer über den Verrat überwinden. Wandlung, so müssen wir nun erfahren, bringt manchmal auch Leid mit sich, aber wir müssen das Leid hinter uns lassen und in die Zukunft blicken. So sprechen der Kaiser Kaotsung und die Kaiserin Wu, die Zwei Heiligen, die über unser Leben wachen.

13

Im Jahr 667, Frühjahr
Loyang

»Laß mich bitte los, Mutter«, zischte der junge Mann und sah sich verlegen um. Er schälte ihre Finger von seiner abgetragenen Jacke und versuchte gleichzeitig, sie auf die Füße zu stellen, aber sie weigerte sich, aufzustehen. Auch ihre Kleidung war alt und abgetragen, und Di sah das blasse Fleisch ihrer nackten Waden und die Linien ihrer blauroten Venen.

Zorn und Verlegenheit ließen den jungen Mann grob werden.

»Finger weg! Laß mich los! Ich habe dir gesagt, wohin du gehen kannst, alte Frau. Ich habe dich hergebracht, damit du zu ihnen gehst.« Seine Augen blickten nervös zu den farbenprächtig gekleideten Mönchen hinüber, die in kleinen Gruppen auf dem Platz hinter der großen Versammlungshalle beisammenstanden und miteinander sprachen. »Sie werden Mitleid mit dir haben und dir zu essen geben.«

Die alte Frau schluchzte und ließ den Kopf hängen.

»Ich kann dich nicht ernähren. Ich kann mich kaum selbst ernähren!« Seine Stimme klang verzweifelt. »Du bist alt und krank. Ich kann mich nicht mehr um dich kümmern! Los, geh zu ihnen!« Seine Mutter heulte auf und klammerte sich noch fester an ihn.

Eine neugierige Menge, Passanten wie Teilnehmer des Pai-Disputs, die sich in der Mittagspause vor der Schlußsitzung die Füße vertraten, lief zusammen und bildete einen Halbkreis um die Szene.

»Bitte verlaß mich nicht ...«, bettelte die Mutter mit brüchiger Stimme. »Ich werde arbeiten. Ich werde uns Essen beschaffen. Du wirst sehen. Laß mich bei dir bleiben.«

»Du bist zu krank. Du kannst nicht arbeiten, das weißt du ganz genau.« Wieder versuchte er, ihre Hände abzuschütteln.

Nun hatte sie seine Jackentaschen ergriffen. Der Stoff riß, und die Frau sank zu Boden, in jeder Hand einen dünnen Fetzen. Der junge Mann war frei. »Du bist alles, was ich habe«, stöhnte sie. »Bitte, schick mich nicht fort.« Sie rutschte ihrem Sohn auf den

Knien nach, aber er wich ihr geschickt aus und deutete auf die buddhistischen Mönche.

»Nein, du hast die dort«, sagte er. »Sie werden sich um dich kümmern.« Und mit einem Satz war er in der Menge verschwunden, ohne sich noch einmal umzusehen.

Die Frau schluchzte. Die Menge teilte sich, und zwei buddhistische Mönche traten vor, knieten nieder und halfen ihr auf die Beine. Sie zitterte und schien nicht alleine stehen zu können, doch die Mönche stützten sie auf beiden Seiten, sprachen beruhigend auf sie ein und führten sie weg. Di hatte gesehen, daß sie ein schlimmes blaues Auge hatte. Ob der Sohn seine alte Mutter geschlagen hatte? Die traurige Wahrheit war, daß sie bei den Mönchen und Nonnen tatsächlich besser aufgehoben war. Di hatte die Schuldgefühle und die Wut auf dem Gesicht des jungen Mannes gesehen und wußte, daß ihn wahrscheinlich heftige Gewissensbisse quälen würden, zumindest eine Zeitlang. Er schüttelte traurig den Kopf, drehte sich um und verließ den Platz.

Di sollte bald nach der Mittagspause als letzter Redner des konfuzianischen Lagers beim Disput die abschließende Denkschrift vortragen, von der er eine handschriftliche Kopie bereits an den Thron geschickt hatte. Er hatte monatelang an der Denkschrift gearbeitet und jedes Wort sorgfältig abgewogen. Es war eine historische Abhandlung und zugleich eine Beschwerdeschrift gegen das Vordringen einer ausländischen Ordnung. Er nahm das Manuskript aus der Ledertasche, die unter seinem Arm klemmte, betrachtete es im warmen Licht des Frühlingstages und schob es dann wieder hinein. Irgend etwas stimmte nicht.

Er hatte noch etwas Zeit bis zum Beginn der Nachmittagssitzung. Nicht weit von hier hatten Bäcker ihre Verkaufsstände. Der Gedanke war verführerisch, denn das karge Mönchsfrühstück aus trockenen Gerstenküchlein und Tee, das man beim Disput herumgereicht hatte, war kein großes Vergnügen gewesen.

Auf dem Weg zu den Ständen dachte er an die alte Frau und fragte sich, wie ihn wohl seine Söhne behandeln würden, wenn er selbst einmal alt und auf ihre Hilfe angewiesen war. Er ging am Fluß entlang, atmete die frische Luft ein, die süß nach den Blüten der ordentlich gestutzten Pflaumen-, Pfirsich- und Kirschbäume duftete, und in diesem Augenblick beschloß er, niemals vor den Augen seiner Söhne zu altern.

Er blickte auf den Fluß hinaus. Loyang, eine Stadt, die von vielen Wasserstraßen durchzogen wurde, war auch eine Stadt unendlicher Spiegelungen. Auf den ersten Blick sah zwar alles noch genauso aus wie bei seinen seltenen Besuchen in den vergangenen Jahren, aber es war nicht mehr das alte Loyang. Sein Geist und seine Seele waren beschädigt, und Di hatte den Eindruck, daß der abscheuliche neue Name, den die Kaiserin Wu Tse-tien der schönen alten Hauptstadt gegeben hatte – Stadt der Wandlung –, bereits erste Folgen zeitigte.

Überall – in den Restaurants, Teehäusern, Weinschenken, Parks und auf den Märkten – hörte Di die gleichen Gespräche. In vielen verschiedenen Sprachen und Dialekten wurden die gleichen Fragen erörtert, die ihm wie eine Beleidigung der alten Stadt erschienen: Schuldeten die Buddhisten den konfuzianischen Behörden und dem Kaiser Respekt? War ein Mönch, der gelobt hatte, sich von der menschlichen Gesellschaft zu lösen, überhaupt noch der wichtigsten Grundlage der konfuzianischen Ordnung verpflichtet, nämlich dem Respekt vor den Eltern? Oder war er kraft seiner Religion von allen Verpflichtungen gegenüber Kaiser, Staat und Familie befreit und nur an sein eigenes »höheres Gesetz« gebunden? War der Sangha – die Gemeinschaft Zehntausender von Buddhistenklöstern – von der übrigen Gesellschaft getrennt und für ihre Gesetze unerreichbar? Wem schuldete der Sangha Gehorsam? Nur dem Dharma, seinem eigenen buddhistischen Sittenkodex?

Di drängte sich durch die wogende Menge in Richtung des Marktes und spürte, wie ein neuer Entschluß in ihm reifte. Er war zum Pai-Disput gekommen, um den Inhalt seiner Denkschrift vorzutragen, aber nun dankte er dem pflichtvergessenen Sohn, der seine alte Mutter verstoßen hatte, und er dankte auch seinen Söhnen, denn sie hatten ihn daran erinnert, worum es hier überhaupt ging.

Wenn man die religiöse Tünche abwusch, bestand vielleicht gar kein so großer Unterschied zwischen den buddhistischen Scharlatanen und seinen Söhnen. Beanspruchten seine Söhne und ihresgleichen nicht ebenfalls einen Platz außerhalb der Gesetze, die für alle anderen galten? Und hieß das nicht auch, daß sich jeder Gesetzesbrecher mit »religiösen« Gründen herausreden konnte? Nach seiner Erfahrung waren die meisten Verbrecher von dem

Glauben beseelt, im Namen einer höheren oder zumindest anderen Moral zu handeln. Manche glaubten fast ehrfürchtig an ihr Recht, außerhalb des Gesetzes zu leben. Worin bestand der Unterschied zwischen einem falschen Propheten und einem Verbrecher, der sich unter Berufung auf ein falsches Recht fremdes Eigentum aneignete? Beide waren Betrüger, beide weckten ein falsches Vertrauen in falsche Wahrheiten, und beide nutzten auf ihre Weise die Gutwilligkeit ihrer Mitmenschen aus.

Hinter den Äußerlichkeiten dieser fremdländischen Lehre verbarg sich etwas Bedrohliches. Gewiß, es gab Güte, Barmherzigkeit und Mitleid unter den ehrlich praktizierenden Buddhisten. Aber wenn ein großer Gedankenbaum seinem Mutterboden entrissen und an einen fernen Ort verpflanzt wurde, dann mußte er doch zwangsläufig bastardisierte Früchte tragen. Hatte er nicht soeben mitangesehen, wie ein mittelloser junger Mann seine kranke alte Mutter zu den Buddhisten geschickt hatte? Statt dem Beispiel der Barmherzigkeit zu folgen, wie sie vom wahren Buddhismus gelebt wurde, und seine Mutter bis zu ihrem Tod zu pflegen oder sich an die konfuzianische Vorschrift zu halten und seine Eltern zu achten, hatte er weder das eine noch das andere getan. Er hatte seiner Schwäche nachgegeben und seine Verantwortung anderen aufgebürdet.

In Dis Kopf nahm eine neue Idee Gestalt an, eine verlockende Idee, und er tastete nach der weichen Ledertasche unter seinem Arm. Das Gewicht des gefalteten Pergaments, auf dem seine Denkschrift festgehalten war, tröstete ihn. Jetzt wußte er, was er zu tun hatte.

Er kaufte sich an einem Stand in einer engen Marktgasse zwei gebackene Teigtaschen und ging dann weiter auf der Suche nach einem Plätzchen, an dem er in Ruhe essen konnte. Eine steinerne, von zwei kleinen Marmorlöwen flankierte Stufe, auf der einige Blätter klebten, sah recht einladend aus, aber daneben stand eine geschnitzte Bank mit Rückenlehne, die noch bequemer zu sein schien. Die beiden Teigtaschen auf einem öligen Stück Papier balancierend, hatte er die Bank schon fast erreicht, da bemerkte er unter dem Sitz eine schwarze Platte aus Obsidian. Er bückte sich und betrachtete sie genauer.

Oben in die Platte war der Umriß eines Stupa eingraviert, darunter standen mehrere Reihen von Schriftzeichen in Blattgold.

Der Text rühmte die Tugend und Barmherzigkeit der irdischen Dienerinnen des künftigen Buddha Maitreya: der Göttlichen Kaiserin Wu Tse-tien und ihrer Mutter, Frau Yang, der großen Schutzpatronin der buddhistischen Sutras und Lehren. Der übrige Text bestand aus Unsinn folgender Art: »... und wer hier sitzt, der ruht weitab von der Welt des Kampfes und des Leidens im Reich der Wunder und nähert sich mit jedem Tag dem höchsten irdischen Ruhm des kommenden Großen Zeitalters des Gesetzes Buddhas, des Dharmas ...«

Die vom Wasser reflektierten Strahlen der Frühlingssonne fielen auf den glänzenden schwarzen Stein. Das Datum ganz unten auf der Platte war von Spinnweben und Staub verdeckt. Di kniete nieder, legte die Teigtaschen vorsichtig auf die Bank und wischte den unteren Teil des Steins mit seinem Ärmel sauber. Das Datum lag, wie er erwartet hatte, erst wenige Monate zurück. War die Bank samt Platte nur wegen des Disputs aufgestellt worden? Sollte sie dazu beitragen, eine »passende« Atmosphäre zu schaffen?

Es steckte mehr dahinter. Die Namen der Kaiserin und ihrer Mutter waren in Loyang in aller Munde – Frau Yang wurde sogar ehrfurchtsvoll als Heilige Mutter bezeichnet, als großzügige und ergebene Jüngerin Buddhas. Di vermutete, daß die Bänke und all die anderen Dinge, die er in den letzten Tagen gesehen hatte – Brunnen, Gärten und dergleichen –, eine Art sichtbares Zeugnis darstellen sollten; Gaben, die vor dem Volk ausgebreitet wurden. Überall in der Stadt wurden öffentliche Einrichtungen wie Küchen, Spitäler und Waisenhäuser eröffnet, und immer wurden dieselben hochverehrten Namen genannt: Wu und Yang und der gesegnete zukünftige Buddha Maitreya.

Aber was, fragte sich Di, hielt Kaiser Kaotsung von all dem? Wenn er es sich recht überlegte, hatte er den Namen des Kaisers nirgendwo gehört, nur heute morgen, als der Disput eröffnet worden war. Die Namen der beiden Frauen dagegen waren allgegenwärtig.

Plötzlich verspürte Di großen Hunger. Beinahe hätte er vergessen, daß er sich etwas zu essen gekauft hatte. Für einen Augenblick schob er alle Gedanken an Politik, Korruption, Scharlatane und respektlose Sprößlinge beiseite. Er erhob sich aus seiner kauernden Stellung, klopfte sich den Staub von den Knien ab und sank auf die Bank.

Ohne auf seine fettigen Finger zu achten, nahm er das Manuskript für seine Pai-Rede aus der Ledertasche. Wie ein unsichtbarer Finger blätterte ein Windstoß die Seiten um. Wieder nahm er einen Bissen. Was war es nur, das er in dieser großen Stadt, der Stadt der Wandlung, seit seiner Ankunft hörte? Es ging dabei um etwas viel Heimtückischeres als die Machenschaften betrügerischer Äbte. Was er hörte, war viel schlimmer. Es war ein leises und williges Stöhnen.

Eine Hochzeit fand statt, eine Hochzeit zwischen zwei Geschöpfen, die sich niemals hätten begegnen sollen, die aber, nachdem sie sich einmal begegnet waren, unwiderstehlich und zum beiderseitigen Schaden voneinander angezogen wurden: Der Buddhismus war die Braut, und der konfuzianische Staat ihr Bräutigam. Die Braut war ein verführerisches, exotisches Geschöpf, das ihn mit ihrem Duft betörte und mit ihren Launen neckte. Und der Bräutigam war in seiner nüchternen Rationalität möglicherweise zu weit gegangen, war deshalb besonders anfällig und ließ sich nur allzu gern verführen. »Stadt der Wandlung« war der falsche Name für Loyang, dachte Di. Diese schöne Stadt der Gärten, der Gelehrten und der Kaiserlichen Regierung, dieses Kleinod des Reiches, hätte eigentlich in »Stadt der Kapitulation« umbenannt werden sollen.

Di hatte nicht mehr die Absicht, dem Beispiel seiner konfuzianischen Kollegen zu folgen und beim Disput eine weitere langatmige Denkschrift vorzutragen. Dafür war es viel zu spät.

Er stand von der Bank auf und trat ans Ufer. Der Fluß war an dieser Stelle recht tief. Er lehnte sich über die niedere Backsteinmauer und sah ins Wasser. Ein alter Mann starrte aus der Tiefe zu ihm herauf. Wie passend, dachte Di. Das war der richtige Ort.

Er zerriß die Seiten seiner Pai-Rede – Seiten, an denen er fast ein Jahr lang gearbeitet hatte, Seiten voller gelehrter Phrasen und historischer Anspielungen, die ihm nun allesamt wichtigtuerisch und überflüssig vorkamen – und ließ sie Fetzen für Fetzen in das dahinfließende Wasser trudeln.

Nein, Di wollte keine langweilige Rede halten, er wollte eine Warnung aussprechen, eine klare, unmißverständliche Warnung.

Di wartete voller Spannung auf den Augenblick, da er zum Rednerpodium gerufen wurde. Gleich würde es soweit sein. Er musterte die Gesichter der Anwesenden. Viele, die eben noch gelangweilt vor sich hin gedöst hatten, sahen ihn erwartungsvoll an, und die Spannung in der Halle war fast mit Händen zu greifen. Viele Disputanten erwarteten offensichtlich mehr von ihm als einen heruntergeleierten Vortrag, waren nur seinetwegen noch einmal zur Nachmittagssitzung gekommen, und nun durfte er sie nicht enttäuschen.

Dann wurden Dis Familiennamen, sein gesellschaftlicher Rang und sein offizieller Titel verlesen. Mit trockenem Mund stand er von seinem Stuhl im hinteren Teil der Halle auf und schritt durch den langen Mittelgang nach vorn zum Rednerpodium. Hinter ihm begann jemand, rhythmisch auf den Tisch zu klopfen, ein zweiter schloß sich ihm an, und dann fielen immer mehr in den Rhythmus ein, bis schließlich die ganze Halle erdröhnte.

Di warf verstohlene Seitenblicke in die Menge. Die Geistlichen waren auffällig still, hatten wohl mit diesem Ausbruch gerechnet. Er selbst war davon jedoch überrascht. Als er die Stufen des Podiums hinaufstieg, schwoll das Getrommel zu einem großen Crescendo an und brach dann abrupt ab.

Di trat aufs Podium und ließ seinen Blick über die Anwesenden schweifen. Es war so still in der Halle, daß, sobald jemand ein Bein bewegte, ein leises Rascheln von Seide zu hören war. Dann begann er zu reden, und seine Stimme kam ihm dünn und trügerisch vor.

»Ich habe gehört, daß einem Mann sein Ruf vorauseile. Und daß mein bescheidener und unverdienter Ruf mir wie die Kriegstrommler der Provinz Schensi vorausgeeilt sei.« Di suchte nach den passenden Worten, und es wurde ihm noch wärmer. »Nun, das ist wesentlich mehr, als ich erhoffen durfte oder jemals erwartet hätte. Ich bin mit Freude zu dieser hochverehrten Versammlung in die schönste Stadt der Welt gekommen, aber ich bin nicht gekommen, um nette Geschichten zu erzählen, sondern um vor einer Gefahr zu warnen, die dem Gefüge unserer Gesellschaft droht. Meine brillanten Herren Vorredner haben, wie mir scheint, unser dringlichstes Problem nicht angesprochen. Sie haben die wirklichen Fragen, vor denen wir und das ganze Reich heute stehen, nicht aufgeworfen.« Ein Ruck ging durch die Versammlung. Di wartete einen Augenblick und sprach dann weiter.

»Aber wir werden sie nicht dadurch lösen, daß wir sie ignorieren. Es ist nicht nur einfach eine Frage von Pflicht und Pietät.« Wieder machte er eine Pause, um seine ketzerische Bemerkung wirken zu lassen. Ein Gemurmel ging durch die Reihen, überall drehten sich Köpfe.

Zwei buddhistische Mönche sprangen aus dem Schneidersitz auf und stürzten aus dem hinteren Eingang der Halle. Di wartete, bis sie draußen waren, dann sprach er weiter.

»Wenn ich von den Krankheiten spreche, die die Wurzeln des Staates und des Gesetzes befallen haben, so muß ich mich zunächst mit dem Los der Menschen in unserem Land befassen. Ich ersuche unseren erhabenen Kaiserlichen Vater, Erbarmen mit jenen Untertanen zu haben, die in diesem Augenblick, da ich hier stehe und rede, zu Zehntausenden getäuscht und betrogen werden und deren Leben in ewiger Vergessenheit versinkt. Sie alle vereint der naive und irregeleitete Wunsch, den Geboten einer fremden Religion zu folgen und sich deren unzähligen Götzen zu unterwerfen.

Prunkvolle Pagoden und Hallen messen sich mit den imposantesten kaiserlichen Bauten und erfordern einen Aufwand an Mühen und Kosten, der beispiellos ist und die Kräfte dieses Landes überfordert. Und was die Klöster angeht, so stehen viele außerhalb des Gesetzes und fühlen sich über jeden Vorwurf erhaben.

Ich stehe hier vor dieser großen Versammlung, schaue jedem von euch ins Gewissen und in die Seele und sage euch, welche Kosten in Wahrheit auf uns zukommen. Mit magischen Kräften hat das alles nichts zu tun, wiewohl es Mitglieder der Geistlichkeit gibt, die uns das Gegenteil glauben machen wollen. Nein. Wir haben es hier nur mit einer einfachen Wahrheit zu tun: Damit sich wenige bereichern können, müssen viele verarmen.«

Nun sah Di, daß die Mönche, die in der letzten Reihe saßen, von ihren Kissen aufstanden und in Richtung der hinteren Gärten gingen.

»Wenn die Buddhisten dem Volk nicht schaden wollen, und ich bin überzeugt, daß dies nicht in ihrer Absicht liegt, was wollen sie dann? Einem Menschen ist auf dieser Welt nur eine begrenzte Zeit vergönnt, aber die Opfer, die ihm abverlangt werden, scheinen grenzenlos zu sein, obwohl es häufig gerade die ärmsten Familien sind, die diesem hypnotischen Massenwahn erliegen. Alles ist nur ein großer Betrug. Ein Taschenspielertrick von bisher nicht gekanntem Ausmaß. Unfähig, die grenzenlose Gier der Kirche zu befriedigen, wird das Volk zuerst verführt und dann über jedes erträgliche Maß hinaus ausgepreßt. Und wir, meine konfuzianischen Mitstreiter, Kollegen, Gelehrte und Beamte ... lehnen uns tatenlos zurück, während das Land unserem Griff entwunden wird.«

Wieder lief ein Gemurmel durch die Reihen. Jetzt hatte Di seine Zuhörer da, wo er sie haben wollte. »Geht hinaus und seht euch einmal um! Jeder einzelne von euch. Geht durch die Straßen dieser herrlichen Stadt und seht euch um: Was ihr zu sehen bekommt, wird euch nicht gefallen. In jedem Viertel und Bezirk, auf allen Straßen, in allen Gassen werdet ihr auf buddhistische Heiligtümer jedweder Art stoßen. Vor jeder Mauer und unter jedem Markttor stehen unzählige kleine Tempel – kleine Geisterhäuser, die den Menschen die Seelen aussaugen.

Und ich will auch ein weiteres Problem nicht verschweigen, mit dem ich schon allzu oft zu tun hatte: Die Klöster dienen als Zuflucht für Gesetzlose. Diese Menschen – Verbrecher, Mörder, Schurken aller Art – wollen sich dem Gesetz und der Bestrafung entziehen und strömen durch die offenen Tore der buddhistischen Klöster, wo sie sich in Sicherheit wissen. Wie viele Zehntausende namenloser Verbrecher haben sich in die offenen Arme der Klöster geflüchtet? Dank der Ermittlungen der richterlichen Kanzleien in der Hauptstadt und in den Provinzen konnten viele von ihnen verhaftet werden. Aber wie viele andere sind noch auf freiem Fuß? Verbrecher, die sich als Priester, Äbte und Mönche ausgeben und an die fleischlichen Begierden der Männer appellieren statt an die erhabenen Bedürfnisse ihrer Herzen. Und so werden wir Stück für Stück verführt, eine Seele nach der anderen, ein vernünftiger Kopf nach dem anderen. Ja, verführt!« Di ließ das letzte Wort durch den Raum hallen. In den hinteren Reihen erhob sich ein empörtes Murren.

Draußen hatte der Wind aufgefrischt, die grün überhauchten Äste der Bäume bogen sich, und hin und wieder blitzte die Sonne zwischen den Wipfeln durch. Die Unzufriedenheit im Publikum machte sich nun in einem kollektiven Hustenanfall bemerkbar, der zufällig alle Mönche befallen zu haben schien. Sie husteten und japsten und machten sich über den konfuzianischen Redner auf dem Podium lustig, wiegten sich vor und zurück und schlugen einander auf den Rücken, so daß es durch den ganzen Raum hallte. So ging es mehrere Minuten. Dann klopfte vorn jemand auf den Tisch wie zu Beginn von Dis Rede, und andere folgten seinem Beispiel – Dis Anhänger gingen zum akustischen Gegenangriff über.

Di schaute ungläubig ins Publikum. Die Augen der Konfuzianer waren entzückt auf ihn gerichtet, während ihre Fäuste auf die Tische hämmerten. Er hob die Arme, um für Ruhe zu sorgen, aber der Lärm hielt unvermindert an, bis schließlich die Mönche, die den Tumult ausgelöst hatten, in offenes Gelächter ausbrachen, Di hämische Blicke zuwarfen und dann der hinteren Tür zustrebten. Langsam hörte das Klopfen und Lachen auf, und in der großen Halle kehrte wieder Ruhe ein.

»Was ist von einem Mann zu halten, der nicht arbeitet, sondern seinen Lebensunterhalt auf Kosten anderer bestreitet? Ist das nicht Betrug? Und was ist mit jenen, die viel wohlhabender als das gemeine Volk sind und dennoch nicht davor zurückschrecken, die einfachen Leute zu berauben? Ich kann daraus nur schließen, daß diese Welt tatsächlich ein Ort der Leiden ist, wie es uns die Buddhisten predigen. Aber sie ist auch ein Ort der falschen Sutras und Reliquien, der falschen Hoffnungen und Versprechen, die uns wie eine Seuche heimsuchen und mit schwärenden Wunden überziehen.«

Di hob die Augen, um zu sehen, wie seine Worte wirkten. Ein paar gedrechselte Phrasen konnten nicht schaden – aber nur ein paar. Er ließ seinen Blick durch die Halle schweifen. Keiner rührte sich, alle saßen wie gebannt da. Sogar die Geistlichen, soweit sie geblieben waren, waren nun still und hingen an seinen Lippen, als hörten sie zum erstenmal von den Missetaten, die Scharlatane im Namen des volkstümlichen Buddhismus begingen. Und vielleicht war es ja wirklich das erste Mal. Er mußte nun zum entscheidenden Schlag ausholen, bevor sich das Publikum seinem Bann wieder entzog.

»Unser Land steht vor einem Abgrund und droht in der Finsternis des Aberglaubens zu versinken. Alle Haupt- und Nebenstraßen sind von der schwarzen Seide der buddhistischen Kutten verdunkelt, und es scheint, als sei in dieser Stunde der Entscheidung niemand mehr da, der dem Staat zu Hilfe eilen könnte – weil viele tüchtige Männer dieser geistigen Krankheit zum Opfer fallen, gute Männer, auf deren klugen Rat wir uns einst verlassen konnten.

Wenn der Buddhismus eine Religion des Erbarmens ist, dann müssen die guten Buddhisten dieses Erbarmen zur allgemeinen Richtschnur ihres Handelns machen. Und um dem einfachen Volk ein Beispiel zu geben, müssen sie dieses Ideal des Erbarmens mit Leben füllen. Es muß ihr Denken und Handeln bestimmen. Würden sie sich danach richten, so gerieten sie nicht ins Wanken. Aber sie tun es nicht, weil die Religion in den Händen von Scharlatanen liegt … Scharlatanen, die nur dem Gesetz der Habgier folgen und ihren Eitelkeiten frönen.«

Di hielt noch einmal inne. Immer noch herrschte eine fast atemlose Stille in der Halle.

»Wenn wir jetzt nicht den richtigen Samen aussäen, so werden wir Hunger ernten. Ohne die loyale und tatkräftige Unterstützung unserer Beamten wird die Rechtschaffenheit nicht siegen können. Wenn wir weiter den Reichtum des Staates verschleudern und zulassen, daß die Arbeit des Volkes für nichtige Zwecke mißbraucht wird, so wird das ganze Land die unheilvollen Folgen zu spüren bekommen. Doch dann wird es für jede Rettung zu spät sein. Zu spät! Die Geschichtsschreiber werden nur noch vom verlorenen Ruhm der Vergangenheit sprechen – und sie werden uns damit meinen.«

Di schwieg und blickte zu den Türen am hinteren Ende der Halle. Draußen im Garten sah er ein paar Mönche sitzen, die auf jemanden zu warten schienen, ab und zu die Köpfe in Richtung des äußeren Tores drehten und dann wieder aufgeregt miteinander sprachen.

Di wandte seine Aufmerksamkeit wieder den erwartungsvollen Gesichtern der Zuhörer zu und rief sich die abschließenden Worte seiner Rede ins Gedächtnis, die wichtigsten von allen. Sie waren ihm ein paar Stunden zuvor eingefallen, als er an der Bank im Park die Namen von Kaiserin Wu und Frau Yang gelesen hatte.

»Religion ist Aberglaube«, sagte er mit ruhiger Stimme. »Jawohl, Aberglaube! Und der Staat ist die Herrschaft von Vernunft und Gesetz. Beide können nicht zusammen in einem Bett schlafen. Zumindest dann nicht, wenn der Staat sich auch künftig von den Prinzipien der Ordnung, des Anstandes und vor allem der Vernunft leiten lassen soll. Wir waren einmal vernünftige Männer, doch inzwischen zweifeln wir an uns selbst. Wir zweifeln an der Herrschaft von Vernunft und Gesetz. Und weil wir an uns selbst zweifeln, werden wir schwach und lassen zu, daß wir zu Opfern werden. Wir haben uns betören und verzaubern lassen. Wehe uns!

Die Regierungsgeschäfte können und dürfen nicht den abstrakten Launen der Metaphysik unterworfen werden. Niemals! Genausowenig darf das Allgemeinwohl von der mutwilligen Subjektivität geheimnisvoller Lehren abhängen. Trotz aller Mängel gehört der Staat den Menschen und nicht den Gottheiten.«

Damit verließ Di das Podium und ging unter donnerndem Applaus an seinen Platz zurück.

Vielleicht war es der Auftritt des berühmten Mönches, der am Ende des Disputs doch noch zu Ungunsten des konfuzianischen Lagers den Ausschlag gegeben hatte. Di selbst hatte allerdings schon lange vor seiner begeistert aufgenommenen Rede an diesem Nachmittag erkannt, daß die konfuzianische Sache verloren war. Nur das Ausmaß der Niederlage hatte er nicht vorhergesehen. Sie war für ihn eine Katastrophe ersten Ranges, eine Beleidigung des Hauses T'ang und der tausendjährigen Zivilisation des Landes. Zum Abschluß des Disputs war den Buddhisten eine Darbietung gelungen, der die Konfuzianer nichts entgegenzusetzen hatten. Das mußte Di ohne jede Einschränkung zugeben.

Noch bevor der Beifall für Di abgeebbt war, warfen sich die Mönche plötzlich auf die Knie und schlugen ihre Köpfe an den Boden, aber diese Ehrerweisung galt nicht dem Obersten Magistrat von Yangchou. Von draußen erklangen drei lange, tiefe Töne, und mit einem Schlag herrschte Stille in der Halle. Keiner der Anwesenden rührte sich. Dann verkündete die Stimme eines Mönchs den hochverehrten Namen des berühmtesten Jüngers des Buddhismus.

Der große Hsuan-tsang wurde hereingetragen. Wie ein Hohepriester saß er auf seinem mit Pfauenfedern geschmückten Thron, als sei er die Reinkarnation Buddhas. Das also war der berühmte Pilger, dachte Di, dessen abenteuerliche Reisen in barbarische Länder, dessen geheimnisvolle Übersetzungen und religiöse Berichte über die sagenhaften Länder Indien und Tibet bei den chinesischen Buddhisten in aller Munde waren.

Wieder erklangen von draußen die lauten, melancholischen Töne, und nun sah Di die riesigen tibetischen Trompeten. Sie waren fast fünf Meter lang, und ihre gebogenen Enden ruhten auf dem Boden. Gebaut wurden sie im fernen Hochgebirge, wo sie, hoch über den Wolken, eine Stimme von einem Gipfel zum anderen tragen konnten. Hier jedoch, im Flachland, in einem kultivierten städtischen Garten, schienen sie mit ihrem Klang die ganze Welt zu erfüllen.

Einen Moment lang war Di schockiert über Hsuan-tsangs Alter. Natürlich hatte er viel von dem legendären Mönch gehört, aber er hatte ihn sich nie als den weißhaarigen Greis vorgestellt, der nun am Arm zweier Helfer die Stufen erklomm. Eine gebrechliche und ehrwürdige Gestalt. Aber im Grund war es klar, daß er dem Bild des schwarzhaarigen und kräftigen Mannes nicht entsprechen konnte, das Di sich von ihm gemacht hatte. Schließlich erzählte man sich in China schon seit Jahrzehnten Geschichten von seinen Reisen.

Äußerlich unterschied er sich durch nichts von einem traditionellen chinesischen Gelehrten, und die Anwesenden, Mönche wie Beamte, bestaunten ihn mit ehrfürchtigen Blicken. Dann hob Hsuan-tsang seine schmale, fleckige Hand zu einer segnenden Geste und begann zu sprechen. Er sprach leise, doch seine Stimme war erstaunlich voll und kräftig.

»Wir als Volk werden der Erleuchtung in immer größeren Schritten näherkommen. Das ist unsere Bestimmung.« In der Pause, die er nach den einleitenden Worten machte, war sein Atem zu hören. Beim Einatmen blähten sich seine Nasenflügel, und beim Ausatmen bildeten seine Lippen einen eigenartig zischenden Laut. Gegen seinen Willen war Di fasziniert und gefesselt.

»Und in denselben Schritten werden wir lernen, unser Selbst zu verneinen, und in diesem Zustand in eine andere Welt eingehen, in eine Welt des Wissens um die Seligkeit unserer eigenen Göttlichkeit.« Seine Stimme wurde lauter und kräftiger. »Zusammen mit dem zukünftigen Buddha Maitreya, der uns führen wird.« Die Worte des Greises erfüllten die Halle.

»Wir nehmen Zuflucht zu den drei Kleinodien«, verkündete Hsuan-tsang mit glühender Leidenschaft.

»Wir nehmen Zuflucht zu den drei Kleinodien«, riefen ihm die Buddhisten in der Halle nach.

»Wir erfassen das dreifache Juwel der Erleuchtung«, rief wieder der alte Mönch.

»Wir erfassen das dreifache Juwel der Erleuchtung«, sangen seine Anhänger im Chor.

»Ich finde Zuflucht bei Buddha.«

»Ich finde Zuflucht bei Buddha.«

Der einstimmige Singsang der Mönche zog den ganzen Raum in seinen Bann, und Di fühlte sich von den Klängen umhüllt, durchbohrt und fast gelähmt. Die Schwingungen drangen bis ins Mark seiner Knochen und hielten ihn dort fest, wo er stand.

»Ich finde Zuflucht beim Dharma.«

»Ich finde Zuflucht beim Dharma.«

»Ich finde Zuflucht beim Sangha.«

»Ich finde Zuflucht beim Sangha.«

»Ich bitte den zukünftigen Buddha Maitreya um Führung.«

»Ich bitte den zukünftigen Buddha Maitreya um Führung.«

»Ich bete für das Kommen des Zeitalters des Gesetzes.«

»Ich bete für das Kommen des Zeitalters des Gesetzes.«

»Ich bete für das Kommen des Zeitalters des Gesetzes.«

»Ich bete für das Kommen des Zeitalters des Gesetzes.«

Irgendwie schafften es Di und ein paar andere Konfuzianer, für sich den Bann zu brechen und die Halle zu verlassen. Hinter ihnen ging der Singsang weiter. Immer wieder wurde der geheimnisvolle Satz wiederholt, stieg bis zu den Dachsparren der Halle hinauf und von dort in den Himmel: Das war kein Gebet, sondern ein Ultimatum.

14

Im Jahr 667, spätes Frühjahr
Loyang

Richter Di war im Lauf seines Lebens in vielen luxuriösen Häusern zu Gast gewesen, doch im Vergleich mit dem Überfluß, der ihn nun umgab, waren das Lehmhütten mit gestampftem Fußboden gewesen. Er hatte ganz für sich allein zehn Zimmer und einen privaten, von Mauern umgebenen Garten mit Skulpturen und Zierteichen. Nachts konnte er zwischen fünf verschiedenen riesigen Betten auswählen, in mehreren Kommoden lagen kostbar bestickte Seidenjacken für ihn bereit, und Tag und Nacht standen Diener zu seiner Verfügung, die ihm auch den kleinsten Wunsch erfüllten.

Der Pai-Disput war vorüber, Loyang war in Aufruhr, und der »brillante« Richter aus Yangchou war in den Palast bestellt worden. Kurz nach dem Ende des Disputs war Di ein Schreiben überreicht worden, in dem es hieß, daß Kaiser Kaotsung von seinem Ruf, seiner Denkschrift, die er an den Thron geschickt hatte, und seiner Aufsehen erregenden Rede bei dem Disput sehr beeindruckt sei. Kurzum, der Kaiser habe den Wunsch geäußert, den Richter kennenzulernen und eine wichtige Angelegenheit mit ihm zu besprechen. Der Brief schloß mit einer Einladung in den Palast.

Di war verwirrt, fasziniert und neugierig zugleich. Der Kaiser lud ihn als Ehrengast in den Palast ein, gewährte ihm eine Audienz, und doch war das konfuzianische Lager offiziell zum Verlierer einer Debatte erklärt worden, deren Folgen für das Reich möglicherweise verhängnisvoller waren als jede Überschwemmung, Erdbeben oder Springflut.

Ja, all das war sehr seltsam. Nach dem Disput war das Abstimmungsergebnis wie üblich an den Thron gesandt worden: fünfhundertneununddreißig Stimmen für die Position der Geistlichkeit und nur dreihundertvierundfünfzig für die konfuzianische Position. Die Abstimmung, darin war man sich einig, war rein symbolisch – sie sollte lediglich Aufschluß darüber geben, welche Stimmung im Land herrschte, welche Meinung in der wichtigen Frage überwog, was Vorrang hatte: die Loyalität gegenüber dem Dharma oder die Loyalität gegenüber Staat, Familie und Kaiser.

Und dann waren die Buddhisten mit verwirrender Eile und völlig unerwartet von der Loyalität gegenüber dem Gesetz entbunden worden. In Form eines Gesetzes! Offenbar vom Kaiser selbst bestätigt und besiegelt. Niemand konnte es verstehen. Das konnte nur der Einfluß der Kaiserin sein, sagten die einen. Sie allein konnte den Kaiser zu einer so widersprüchlichen Maßnahme bewegen. Andere taten diese Überlegung als unlogisch ab: Warum sollte sich die Kaiserin für ein Gesetz einsetzen, das die Position der religiösen Autokraten stärkte und ihrem Gatten (und ihr selbst) die Herrschaft über einen großen Teil der Bevölkerung entzog? Und doch wurde berichtet, daß sie bei bester Laune sei.

Warum also?

Für Di war die Sache recht durchsichtig, und es wunderte ihn, daß nicht auch andere darauf kamen. Es war ganz einfach: Wu genoß es, daß das alte und verkrustete konfuzianische Weltbild einen Rückschlag einstecken mußte, denn die konfuzianische Sittenlehre wies den Frauen einen Platz hinter den Männern zu. Und nun, in diesem neuen geistigen Klima, konnte Wu dank ihrer engen Bindung an den erstarkten Buddhismus darauf hoffen, daß ihr Einfluß wuchs. Oberflächlich betrachtet hatte sie verloren, aber in Wahrheit hatte sie gewonnen. Es war ganz einfach, dachte Di. Klar, daß sie bei bester Laune war …

Di saß an einem riesigen Schreibtisch in seinen Zimmern im Kaiserlichen Palast und beschrieb Seite um Seite seines Tagebuchs mit den Eindrücken des Disputs und der letzten Tage, die wie im Fluge vergangen waren. Heute sollte er mit der Kaiserlichen Familie zu Abend essen. Er war sehr gespannt und dachte an die merkwürdigen Gerüchte, die über die Kaiserliche Familie kursierten. Gewiß war alles maßlos übertrieben, dachte Di, während er seinen Pinsel säuberte. Übertreibung, Verzerrung und Ausschmükkung lagen in der menschlichen Natur. Heute würde er mit dem Kaiser sprechen und die Wahrheit herausfinden.

Und natürlich war er am meisten auf die Begegnung mit der Kaiserin gespannt.

Tagebucheintrag:

Ich habe verwirrende Gerüchte über die Kaiserliche Familie gehört, aber sie reichen nicht im mindesten an die Wahrheit heran, die ich nun kennengelernt habe. Ich werde alles niederschreiben, was ich gesehen habe, und hoffe, daß diese Worte mich überleben werden. Eines weiß ich mit Sicherheit: Sollten sie entdeckt werden, solange ich noch einen Atemzug tue, dann wird dieser Atemzug mein letzter gewesen sein.

Ich komme soeben von einem Abendessen im Palast zurück. Diesen Abend werde ich nicht so bald vergessen. Ich wurde der erhabenen Familie vorgestellt und hatte zum ersten Mal Gelegenheit, unsere göttliche Kaiserin Wu Tse-tien, die Gemahlin des Himmelssohns, aus nächster Nähe zu beobachten. Vorweg sollte ich vielleicht erwähnen, daß ich auch kurz Gelegenheit hatte, die Söhne des Kaisers kennenzulernen. Die Kaiserin hat ihrem Gemahl nicht weniger als fünf Prinzen geschenkt. Die beiden ältesten sind Zwillinge von etwa dreizehn Jahren und hängen sehr an ihrer Mutter. Die Kaiserin selbst scheint trotz ihrer kultivierten und zierlichen Erscheinung die Konstitution eines Ochsen zu besitzen, denn sie ist schon wieder schwanger und offenbar kerngesund. Die Prinzen machen einen sehr verwöhnten Eindruck und werden wohl mit Liebe überschüttet, und doch frage ich mich im geheimsten Winkel meines Verstandes, ob Kaotsung tatsächlich der Vater von ihnen allen sein kann, denn einer der Prinzen, ein etwa einjähriger Junge, hat auffallend braune Haut. Aber die Kinder waren nicht lange bei uns und wurden schon bald wieder von ihrem Kindermädchen zu Bett gebracht.

Es war ein Essen im engsten Kreis. Außer der Kaiserin, dem Kaiser Kaotsung und der Kaiserinmutter Frau Yang war ein kleines Kerlchen anwesend, Shu Ching-tsung, seines Zeichens Geschichtsschreiber, Chronist und Speichellecker. Er redete der Kaiserin und ihrer Mutter nach dem Mund und kicherte über jeden Unsinn, der zum besten gegeben wurde. Und der Vollständigkeit halber sei noch erwähnt, daß auch einige Mönche, Äbte und merkwürdige heilige Männer zugegen waren. Sie gehören offenbar zu dem ständig wechselnden Gefolge der Kaiserin und zeigen durch ihre Anwesenheit an, in welcher Stimmung sich die Kaiserin gerade befindet und welcher besondere Zustand der »Transzendenz« in dieser Woche angestrebt werden soll.

Transzendenz hin oder her, jedenfalls hat es den Anschein,

daß der Himmelssohn, der Göttliche Kaiser von China, nicht mehr imstande ist, selbständig zu essen, ohne sich zu beklekkern. Inwieweit er damit die Aufmerksamkeit seiner Gemahlin auf sich lenken oder den anderen zeigen will, in welch beklagenswertem Zustand er ist, vermag ich nicht mit Bestimmtheit zu sagen. Das Verhalten des Himmelssohns ist ohne Frage sehr wirkungsvoll, obschon ich bezweifle, daß er damit immer das gewünschte Resultat erzielt, vorausgesetzt, er weiß überhaupt, was er damit bezweckt. Heute abend erzielte er wohl die gewünschten Resultate, denn die Kaiserin widmete sich ihm in aller Ausgiebigkeit.

Es war tagsüber sehr warm gewesen, und dennoch sagte die Kaiserin, sie friere, und hieß die Eunuchen die Kohlenpfannen im Speisesaal anzünden. Kaotsung beschwerte sich im Ton eines verwöhnten, kränklichen Kindes, ihm sei viel zu warm. Darauf antwortete seine Königin, daß er sich irre und daß es im Speisesaal alles andere als warm sei, und um ihm zu beweisen, daß er sich irrte, fragte sie die anderen, ob ihnen warm sei, und alle schüttelten den Kopf. Doch der Himmelssohn war offenbar fest entschlossen, ihr zu widersprechen. Ohne die anderen zu beachten, fragte er sie in herausforderndem Ton und mit erstaunlicher Heftigkeit, warum sie die Kohlenpfannen habe anzünden und die gemauerten Kangs habe befeuern lassen.

Nun – und ich bitte die Nachwelt um Gehör – wurde ich Zeuge, welche Art von Scherzen nach der Kaiserin Geschmack ist: Auf die Frage ihres göttlichen Gemahls erklärte sie, sie habe nur deshalb einheizen lassen, weil er sich vor wenigen Augenblicken beschwert habe, daß ihm kalt sei und daß ihm deshalb das gute Essen nicht schmecke. Dabei sah sie auffordend in die Runde, und die anderen bestätigten ihre Darstellung mit einem freundlichen Nicken oder einem zustimmenden Brummen. Ich war nur der »brillante junge Richter aus Yangchou«, ein bedeutungsloser Besucher in der Verbotenen Stadt, und deshalb gezwungen, den Mund zu halten.

Dann schlug unser Kaiserlicher Vater mit seiner gesunden Hand auf den Tisch und rief, er habe niemals gesagt, daß ihm kalt sei. Und dabei sabberte er ein bißchen – ich weiß nicht, ob aus Wut oder weil er die Kontrolle über sich verloren hatte und sich nicht auf zwei Dinge gleichzeitig konzentrieren konnte. »Kalt?« rief sie und sprang von ihrem Sitz auf. »Der Ärmste muß Schüttelfrost haben. Schnell«, herrschte sie die Diener an, »kümmert euch um das Feuer und wickelt ihn in eine dicke Decke. Die Krankheit hat nun offenbar auch seinen Geist befallen. Er kann sich nicht mehr daran erinnern, daß er befohlen hat, einzuheizen.« Die Eunuchen, arme, verwirrte Geschöpfe, kamen den Wünschen ihrer Herrin nach und wickelten den geplagten Kaiser in eine Decke. Mit der gesunden Hand riß er sie weg und schleuderte sie zu Boden, wo sie liegenblieb, denn die Eunuchen waren vor seinem Zorn unterwürfig zurückgewichen. Nun heulte er (ich schreibe »heulte«, weil mir für das Geräusch, das er von sich gab, kein anderes passendes Wort einfällt), daß er in dieser verfluchten Hitze verbrennen müsse und daß sie, seine Gattin, daran schuld sei. Sie rügte seinen unschicklichen Ton und sagte, daß es ungerecht sei, sie dafür zu tadeln, daß sie um sein Wohlbefinden besorgt sei. Da sagte er, daß es ihm nun nicht mehr warm sei, sondern eiskalt. »Seht ihr«, sagte sie darauf zu den anderen, »der Gute wird vom Fieber geschüttelt und ist vollkommen durcheinander. Ihm wird abwechselnd heiß und kalt.« Sie stand auf, legte ihm die Hand an die Stirn und erklärte, er sei viel zu heiß und müsse sich abkühlen.

Was nun folgte, läßt mich an meinem eigenen Verstand zweifeln. Hat es sich tatsächlich so abgespielt? Oder war ich betrunken? Oder habe ich alles vielleicht nur geträumt? Er müsse sich abkühlen, wiederholte sie und befahl den Sklaven, ihren Kaiserlichen Gemahl auszuziehen. Kaotsung protestierte heftig und stürzte die Sklaven damit in einen tiefen Konflikt. Die Eunuchen gingen händeringend im Kreis und jammerten wie alte Weiber, aber Wu bestand auf der Ausführung ihres Befehls und brüllte, daß sich mir die Nackenhaare sträubten. Wäre ich ein Dichter, so würde ich sagen, ihre Stimme kann Felsen spalten und den Lauf des mächtigen Jangtsekiang verändern, da ich aber keiner bin, will ich es bei der Feststellung belassen, daß die Sklaven ihr schließlich gehorchten. Sie zogen an den Kleidern des Kaisers. Kaotsung setzte sich tapfer zur Wehr und schlug nach ihnen wie nach lästigen Fliegen. Doch dann kamen mir plötzlich Zweifel, ob sein Widerstand ernstgemeint war. Die anderen, die um den Tisch saßen, zeigten keinerlei Reaktion und setzten ihre Gespräche fort, als gehe alles seinen normalen Gang. Aber ich sah Frau Yang an den Augen an, daß das Tun ihrer Tochter ihre uneingeschränkte Zustimmung fand. Während Kaotsung entkleidet wurde, redete Wu in freundlichem Ton auf ihn ein und erklärte, daß diese Maßnahme nur zu seinem Besten sei.

Am Ende lagen die Kleider des Himmelssohnes auf dem Boden, und er selbst saß vollkommen nackt am Tisch. Nun sagte er kein Wort mehr zu seiner kaiserlichen Gemahlin, sondern aß nur noch gierig, und die anderen folgten seinem Beispiel. Wu ist wie ihre Mutter eine tüchtige Esserin, aber das hinderte sie nicht daran, Kaotsung weiterhin mit kleinen Aufmerksamkeiten zu traktieren: »Siehst du, mein Liebster, jetzt geht es dir gleich viel besser. Das Essen wird dein Fieber verscheuchen.« Und so weiter, und so fort. Der Kaiser selbst ließ nur noch ab und zu ein Grunzen vernehmen, wobei ich nicht zu sagen vermag, ob es Eßgeräusche oder Reaktionen auf die Bemerkungen der Kaiserin waren.

Die Asketen am Tisch füllten die entstandene Gesprächslükke, indem sie untereinander eine philosophische Debatte begannen und ihrer vornehmen Gönnerin Frau Yang gelegentlich eine Frage stellten, die sie ihr wie eine heilige Opfergabe darboten. Frau Yang hatte die geschilderten Vorfälle aufgenommen, als gehörten sie zum Alltag des kaiserlichen Familienlebens. Ich selbst fühlte mich mehr als unbehaglich und konnte kaum einen Bissen herunterbringen. Aber bald schenkte mir die Kaiserin ihre Aufmerksamkeit und bekundete großes Interesse an meiner Tätigkeit als »brillanter und hervor ragender Jäger religiöser Scharlatane« (das sind ihre Worte, nicht meine). Wenn sie nicht gerade mit ihrem Mann beschäftigt war, schmeichelte sie mir aufs Unsäglichste. Wu Tse-tien nahm von meiner Verlegenheit keinerlei Notiz und tat alles, damit ich mich wohl fühlte. Sie einfach nur als vielseitige Person zu bezeichnen, würde ihr kaum gerecht werden.

Ich habe mir alle Mühe gegeben, die Geschehnisse des Abends wahrheitsgetreu wiederzugeben, aber ich kann nicht erwarten, daß die Nachwelt mir glaubt, was ich als nächstes und zum Abschluß dieser Geschichte hier niederschreiben werde. Und doch habe ich es mit eigenen Augen gesehen und bin deshalb gezwungen, es ebenso wie alles andere zu Papier zu bringen.

Als das Mahl sich seinem Ende näherte, das mir freilich so weit entfernt schien wie das Ende der Zeit selbst, glaubte ich zu bemerken – nein, ich bin mir ganz sicher –, wie der Kaiser und seine Gemahlin ein verschwörerisches Lächeln austauschten.

Fast hätte ich vergessen, eine Sache zu erwähnen, die mir neben den anderen Ereignissen dieses Abends fast bedeutungslos erschien: Als ich endlich einen Vorwand fand, mich zurückzuziehen, richtete der nackte Kaiser das Wort an mich und teilte mir mit vollem Mund mit, daß ich eine Kaiserliche Ernennung erhalten würde. Als er mir sagte, worum es sich handelte, dankte ich ihm und zog mich zurück. Ich glaube, ich war nie zuvor in meinem Leben so verwirrt und fassungslos gewesen.

»Ihr versteht natürlich, was diese Ernennung bedeutet«, sagte Wu-chi zu Di und strich sich mit dem Zeigefinger nachdenklich über die Oberlippe.

»Zwei Ernennungen«, stellte Di richtig. »Es gab ja dann noch eine.«

Endlich saß Di dem »alten Narren« von Angesicht zu Angesicht gegenüber. Voller Ehrfurcht betrachtete er das letzte überlebende Mitglied des Sechserrates, den Mann, der der Kaiserin entwischt war. Wu-chi hatte ihm soeben die ganze haarsträubende Geschichte erzählt, und nun sah Di das bizarre Abendessen beim Kaiser zwei Tage zuvor in einem ganz anderen Licht.

»Stimmt. Aber uns geht in erster Linie die erste an. Ihr hättet diese Ernennung nicht bekommen, wenn sie es nicht so gewollt hätte.« Der alte Mann sah zum Fenster hinaus. Die Gärten im Kloster des Reinen Lotos nördlich der Stadt Loyang leuchteten an diesem herrlichen Frühlingsnachmittag in allen Farben, und kleine blaue Vögel zankten sich um ein paar rote Beeren an einem Busch. »Eure Ernennung zum Vorsteher des Kaiserlichen Opferamtes wäre niemals gegen ihren Willen erfolgt.«

»Ich nahm an, Kaotsung hätte sich in einigen Bereichen noch eine gewisse Macht erhalten«, antwortete Di, merkte aber sogleich, wie unsinnig das klang. Er wußte im voraus, was Wu-chi antworten würde.

»Nur wenn sie damit einverstanden ist«, entgegnete der alte Mann trocken. »Etwas anderes habt Ihr doch hoffentlich nicht erwartet.«

»Ich wußte nicht, was ich erwarten sollte.«

»Natürlich nicht. Aber jetzt lernt Ihr sie ja immer besser kennen. Es gab eine Zeit, da kannte auch ich sie sehr gut.« Seine Stimme nahm einen traurigen Ton an. »Obwohl es viele Jahre her ist und ich nicht mehr das Vergnügen habe, ihre ... Tatkraft aus nächster Nähe zu beobachten, weiß ich doch genau, mit welcher Entschlossenheit sie alles anpackt.«

Di sah sich mißtrauisch um. Wu-chi schüttelte den Kopf und lächelte.

»In diesen Klostermauern gibt es keine Spione. Ich bin schon so lange hier, daß ich jedes Gesicht und jede Seele kenne. Jeder hier ist ein aufrichtiger und überzeugter Buddhist. Hier gibt es keine Scharlatane oder Verbrecher, die Unterschlupf suchen. Außer mir.« Er lachte leise. »Als ich hörte, daß der große Di in der Stadt sei, wußte ich, daß die Zeit für unsere erste Begegnung endlich gekommen war. Also ließ ich Euch unter meinem buddhistischen Namen herkommen. Sogar Wus Spitzel wußten von nichts. Eure neue Stellung als Vorsteher des Kaiserlichen Opferamtes bringt es unweigerlich mit sich, daß Ihr zahllose Petitionen aus Kreisen der Geistlichkeit erhaltet, aber ich war zuversichtlich, daß Ihr einen Brief von mir erkennen würdet.«

»Natürlich«, sagte Di. »Ich hätte Euch auch so gefunden. Aber um noch einmal auf meine Ernennung zurückzukommen. Ist es denn ganz sicher, daß sie nicht Kaotsungs Werk ist?«

Noch bevor Di geendet hatte, antwortete ihm der alte Mann mit kräftiger Stimme, wobei er ein Eichhörnchen beobachtete, das durch den Garten huschte.

»Ich weiß aus bitterer Erfahrung, daß Wu jeden Schritt des Kaisers kontrolliert. Sie ist die Puppenspielerin und er die Marionette. Ihr, der brillante konfuzianische Beamte und Gelehrte, gehört zwar zu ihren Widersachern – zum alten konfuzianischen Machtapparat, der seit jeher gegen sie war –, aber irgendwie muß sie Gefallen an Euch gefunden haben. Anders kann ich mir die Sache nicht erklären. Sagt mir: Hattet Ihr das Gefühl, daß Eure Gegenwart auf die Kaiserin ... anregend wirkte?« Wu-chi wandte sich vom Fenster ab und sah Di an.

Di konnte sich lebhaft an den Blick der Kaiserin erinnern, mit dem sie ihn angesehen hatte. Tief und unergründlich waren ihre Augen gewesen, ein Strudel, der einen unachtsamen Mann leicht verschlingen konnte, und noch jetzt, in der Erinnerung, spürte Di, wie ihn die Erregung und die Verwirrung heiß durchfluteten. Sein Gesichtsausdruck und sein Schweigen waren für Wu-chi Antwort genug.

Der Alte sah wieder zum Fenster hinaus. »Das dachte ich mir«, sagte er nur. »Aus welchen Gründen auch immer – sie war neugierig auf den Richter aus Yangchou, der hundert Geheimnisse lüften kann. Oberflächlich betrachtet, mag einem das seltsam vorkommen, dabei ist es ganz einfach, mein Freund. Sie hat einen Narren an Euch gefressen. Und wer weiß, vielleicht möchte sie Euch sogar in ihr Bett holen.« Er sah, wie Di erschauderte, und fuhr fort: »Möglicherweise ist es wirklich so banal. Möglich ist aber auch, daß sie wieder etwas ausbrütet, von dem niemand außer ihr etwas weiß. Es gibt nichts auf dieser Welt, was ihr nicht zuzutrauen wäre.«

»Ich verstehe sie nicht«, sagte Di kopfschüttelnd. »Sie ist mir ein Rätsel.«

»Auch wenn Ihr mehr über sie erfahrt, werdet Ihr sie nicht unbedingt besser verstehen. Wenn Ihr jetzt schon verwirrt seid, dann hört Euch einmal Folgendes an. Wie Ihr ja wißt, ist der frühere Vorsteher des Kaiserlichen Opferamtes gestorben.«

»Ja. Ich wurde ernannt, weil durch seinen Tod der Posten frei geworden war.«

»Aber wißt Ihr eigentlich, wie Euer Vorgänger starb?«

Der alte Mann stellte die Frage in einem so merkwürdigen Ton, daß Di ganz unbehaglich zumute wurde. »Der verstorbene Vorsteher des Kaiserlichen Opferamtes war ein korrupter Mann«, antwortete er vorsichtig. »Ich machte vor einiger Zeit bei einem Fest in Yangchou seine Bekanntschaft. Es war ein geistloser, widerlicher Kerl. Er war in die Machenschaften der buddhistischen Banden von Yangchou verstrickt.«

»Ja, das stimmt alles, Richter Di, aber ...«

»Meines Wissens hat er sich erhängt, weil ich ihm bei meinen Ermittlungen auf die Spur gekommen war.«

»Aha! Das klingt sehr einleuchtend! Eine ganz einfache Erklärung! Und absolut glaubwürdig!« Entzückt warf der alte Mann die Arme in die Luft. Das Ratespiel machte ihm offenbar großen Spaß. »Aber merkt Ihr denn nicht, daß Ihr genau das glauben sollt? Ich habe immer noch meine Informanten im Palast, auch wenn sich inzwischen viel verändert hat und meine Verbindungen von Jahr zu Jahr schlechter werden. Aber ich habe noch Verbindungen. Der Sechserrat existiert so lange, wie ich lebe.«

Di nickte zerstreut und dachte an seinen Vorgänger, der ihm fast ein wenig leid tat.

»Wus Häscher haben die Suche nach mir längst aufgegeben und denken wahrscheinlich, ich sei tot und die Würmer hätten mich gefressen wie die anderen. Aber ich lebe, und ich sage Euch: Als die Kaiserin Wu erfuhr, daß der berühmte Richter Di Jen-chieh zu ihrem Pai-Disput nach Loyang kommen würde, wollte sie einen Posten für ihn freimachen.« Wu-chi sah Di fest in die Augen. »Warum? Das wissen wir leider nicht. Aber offenbar wollte sie Euch zuerst persönlich kennenlernen. Sagt mir eines – wann genau habt Ihr an dem Abend bei der Kaiserlichen Familie von Eurer Ernennung erfahren?«

»Kurz bevor ich ging.«

»Genau, wie ich es mir dachte«, sagte Wu-chi. »Sie nahm Euch zuerst in Augenschein und irgendwann im Lauf des Abends gab sie dem Kaiser heimlich die Erlaubnis, Euch von Eurer Ernennung in Kenntnis zu setzen.« Er zuckte die Achseln. »Vielleicht gefielen ihr Eure Augen.«

Der alte Mann verzog keine Miene, und Di sah ihm an, daß er jedes Wort ernst meinte. »Darauf versteht sie sich«, fuhr er fort. »Sie kann einen Menschen entfernen und durch einen anderen ersetzen, ohne sich ein Gewissen daraus zu machen, so wie ein Diener eine Blumenvase durch eine andere ersetzt. Sie zwang Euren Vorgänger Fu Yu-i, sich das Leben zu nehmen, weil er ihr nicht mehr nützlich war.«

»Und ich bin ihr nützlich?«

»Die Göttin geht geheimnisvolle Wege. Warum sie den rührigen Richter und Buddhistenjäger aus Yangchou zum Vorsteher des Opferamtes machen will, kann ich mir nicht denken. Aber offensichtlich ist ihr Interesse geweckt, und es wäre müßig, ihre wahren Absichten erraten zu wollen. Alles, was wir tun können, ist, der Kaiserin auf ihrem verschlungenen Weg zu folgen. Und Ihr seid nun ein beneidenswerter Teil dieses Weges, Richter Di. Ihr tragt nun *zwei* Hüte. Ihr seid nicht nur Vorsteher des Kaiserlichen Opferamtes, sondern auch Oberster Zivilrichter des Hauptstadtbezirks von Loyang, vorausgesetzt natürlich, Ihr nehmt die zweite Ernennung an. Und ich bitte Euch, überlegt es Euch reiflich, bevor Ihr eine Entscheidung trefft. Denn als Richter werdet Ihr in unserer schönen Stadt ganz andere Verhältnisse vorfinden als in Yangchou.« Wu-chi lächelte wehmütig. »Ihr habt jetzt eine neue Geliebte. Und ich rate Euch, seid vorsichtig, wenn Ihr ihr den Hof macht.«

15

Im Jahr 667, Frühsommer.
Loyang

»Seht, wie die Leute mir folgen!« Die schwarzen Augen des großen, schlaksigen Ausländers schienen sich in Dis Augen zu bohren, als habe er seine Worte speziell an ihn gerichtet, aber Di stand ganz hinten in der Menge der Marktbesucher, und es war höchst unwahrscheinlich, daß der Mann ihn persönlich meinte. Er wußte, daß es zu den Fähigkeiten eines Gauklers gehörte, jedem Zuschauer das Gefühl zu vermitteln, er gebe die Vorstellung nur für ihn.

»Sie folgen mir und scharen sich um mich wie dumme Hühner, wie Lämmer, die der Zitze ihrer Mutter nachlaufen!« Wieder blieben die Augen für den Bruchteil eines Augenblicks an Di haften und wanderten dann weiter, schweiften über die Menge und fixierten jeden und niemanden.

»Wie hungrige Schakale, denen der Wind Aasgeruch zugetragen hat!« rief er, und die Leute wichen kichernd und schwatzend ein wenig zurück. Jetzt hat er sie, dachte Di. Der Ausländer erregte bei ihnen genau die richtige Mischung aus Abscheu und Neugier. Jetzt schwenkte er seine hageren Arme über dem Kopf.

»Was werdet ihr tun, wenn ich euch jetzt bei der Hand nehme, zu dem Kanal dort drüben führe und euch sage, daß ihr hineinspringen sollt? Würdet Ihr es tun? Nun? Würdet ihr es tun?« Ein paar mutige Zuhörer verneinten. »Doch«, murmelte der Ausländer traurig, »ich glaube, ihr würdet es tun. Und wenn ich euch zu den Grotten von Longmen führe und auf den Kopf des größten Buddha stelle, dann werdet ihr es ebenfalls tun. Ich glaube, daß ihr es tun würdet!«

Seine Stimme tönte jetzt so laut wie das Trompeten eines Elefanten. »Narren!« schrie er. »Ich *glaube* nicht, daß ihr es tun würdet! Ich *weiß* es! Aber wenn es nicht so wäre, was hätte dann ein Mensch wie ich noch zu tun?«

Der Mann war ein Künstler, dachte Di. Kein gewöhnlicher Gaukler. Er hatte die Menge fest im Griff und spielte mit ihr. Di hatte noch nie eine solche Dreistigkeit erlebt.

»Geht jetzt.« Die Leute traten ein paar Schritte zurück. »Aber du, Junge, bleib hier – genau da, wo du stehst.« Der Ausländer senkte die Stimme wieder und fixierte einen ärmlich gekleideten Bauernjungen. Die Leute um den Jungen wichen zurück, so daß er plötzlich allein dastand.

»Wir kennen uns doch, oder?« fragte der Fremde, kniff die Augen zusammen und nickte nachdenklich. »Ja, wir kennen einander gut. Ich bin mir sicher. Und ich sehe, daß auch du es weißt. Nicht, daß wir einander einmal vorgestellt worden wären! Nein, so meine ich es nicht. Wir haben ein uraltes Wissen. Wir erkennen einander so, wie der Mungo die Kobra erkennt!«

Die Hand des Fremden bewegte sich vor den Augen des Jungen so anmutig wie die eines Tempeltänzers. »Bei jedem guten Gedanken, den du hast«, sagte er, »wird eine Blume durch das Pflaster brechen.« Aus seinen Augen blitzte der Schalk, und im nächsten Moment knisterte eine bunte Papierblume zwischen den Sandalen des Jungen. Der Junge schaute zu Boden und machte erschrocken einen Satz nach hinten.

»Aber auf dieselbe Weise wird ein Rudel stinkender verlauster Ratten über deine nackten Füße laufen, wenn du *böse* Gedanken hegst.« Das Wort »böse« ließ sich der Zauberer auf der Zunge zergehen, als sei es eine Delikatesse. Entsetzt blickte der Bauernjunge wieder zu Boden, aber diesmal geschah nichts.

»Das ist die dingliche Kraft der Gedanken«, fuhr der Zauberer fort, und seine Augen leuchteten auf wie eine Laterne. »Und manchmal, wenn wir wissen, wie wir die Flüsse, die das unsichtbare Universum durchströmen, oder den unsichtbaren Brunnen anzapfen müssen, dann belohnen uns die verborgenen Welten mit den unerwartetsten und unglaublichsten Darbietungen!«

Der Fremde ist auf keinen Fall Chinese, dachte Di. Wahrscheinlich ist er ein Magier und Wahrsager aus dem fernen Westen, der hier im Stadtpark eine Vorstellung gibt. Das Zuschauen ist kostenlos, aber wem er die Zukunft voraussagen soll, der muß eine Kupfermünze bezahlen: Eine dünne Kupfermünze für einen Blick in die graue Zukunft eines jeden kleinen Lebens.

»Tretet zurück! Bitte, tretet zurück«, beschwor er sein Publikum. »Ich brauche Platz zum Atmen. Ihr seid so viele, daß ihr mir die lebenswichtigen Essenzen aus der Luft saugt. Ich muß mich konzentrieren, und das ist außerordentlich schwierig!« Der Zauberer war sehr groß und hager, strahlte aber Anmut und Kraft aus. Er hatte ein kantiges Gesicht und eine dunkle, kupferfarbene Haut, wie sie Di schon bei anderen Ausländern aus dem Westen gesehen hatte, doch es waren seine seltsam leuchtenden Augen, welche die Leute anlockten und fesselten.

Auch Di war von diesen Augen fasziniert. Er hätte den Mann in diesem Augenblick fast alles tun oder sagen lassen. Wären jetzt ein paar Polizisten aufgetaucht und hätten versucht, die Darbietung in irgendeiner Form zu stören, so hätte er sie unter Aufbietung seiner ganzen Amtsautorität daran gehindert. Er wollte unbedingt sehen, was der Mann als nächstes tat.

Di hatte heute die Straßen Loyangs durchwandert, wie er es auch in Yangchou schon getan hatte – als ihr oberster Richter, aber in normaler Straßenkleidung und nicht in seiner offiziellen Amtsrobe. Obwohl er auch Vorsteher des Kaiserlichen Opferamtes war, fühlte er sich nur als Richter in weltlichen Angelegenheiten. Nach reiflicher Überlegung hatte er beschlossen, auch die zweite Ernennung anzunehmen und eine Zeitlang in Loyang zu bleiben – ein Jahr, vielleicht auch zwei oder drei. Er wollte sich diese einmalige Gelegenheit, in der Hauptstadt zu leben und zu arbeiten, gewissermaßen im Herzen des Reiches, nicht entgehen lassen – zumal eine Frau wie Kaiserin Wu die Macht in Händen hielt.

Die Befugnisse des Opferamtes waren weitgehend beschnitten worden, und das einzige Privileg, das Di als Leiter dieses Amtes noch hatte, war das Recht, die Ordination von Mönchen und Priestern zu überwachen und denen die Mönchs- oder Priesterwürde zu entziehen, die ihre Stellung mißbraucht hatten, was allerdings nur selten vorkam. Eigentlich hätte er sich in seiner Eigenschaft als Richter heute morgen mit einem banalen Rechtsstreit befassen müssen, aber das konnte warten. Im Augenblick war er ganz von dem Zauberer in Beschlag genommen.

»Ich muß mich auf den jungen Herrn konzentrieren, der hier vor mir steht«, sagte der Zauberer und machte eine ungeduldige Geste. »Jeder von euch muß vollkommen still sein, damit ich in die Jahre, die vor ihm liegen, hineinlauschen und hineinsehen kann. Ich will jetzt kein Flüstern mehr hören, keinen Atemzug … bitte …«

Die Menge starrte gespannt auf den Magier, der über dem Bauernjungen zu schweben und noch weiter zu wachsen schien. Di mußte an eine große, prächtige Spinne denken, die sich über eine Stubenfliege hermacht. Der Zauberer bückte sich und flüsterte dem Jungen etwas ins Ohr, und Di konnte erkennen, wie die Augen des Jungen sich zuerst zu Schlitzen verengten und dann vor Erstaunen weiteten.

Plötzlich füllte sich die Luft mit rauschendem Flügelschlagen und schwirrendem Weiß – überall Federn ... Flügel ... Vögel! Und dann, verblüffend und unglaublich, war der Zauberer verschwunden!

Von Panik ergriffen, stob die Menge auseinander. Jeder versuchte, zu fliehen, obwohl keiner wußte, wovor. Einer stolperte über den anderen. Di blieb stehen und schaute genau hin. Von seinem Platz aus sah es so aus, als habe sich der Zauberer in einen Wirbel aus weißen Federn aufgelöst. Er spähte in die Menge. Die meisten Zuschauer waren immer noch damit beschäftigt, sich schiebend und stoßend aus dem Gewühl zu befreien. Dann entdeckte er den Zauberer. Aber war er es wirklich? Er trug ganz andere Kleider! Doch, es war der Zauberer, ganz gewiß! Aber wie hatte er sich so schnell umziehen können?

Dann verstand Di. Als alle auf die Vögel gestarrt hatten, war der Mann einfach beiseite getreten und hatte geschickt seine bunte Jacke gewendet, die auf ihrer linken Seite völlig anders und unauffällig aussah. Außerdem ging er jetzt gebückt, und damit war die Verwandlung perfekt. Er sah aus wie ein verwirrter alter Mann, der dem Durcheinander zu entkommen suchte.

Und die Vögel? Mindestens hundert schneeweiße Tauben flatterten an der Stelle, wo eben noch der Zauberer gestanden hatte.

Wie nur ...? überlegte Di. In dem Moment kamen ein paar Nachzügler-Tauben angeflogen und mischten sich unter die anderen. Di schaute in die Richtung, aus der sie gekommen waren, und verstand plötzlich. Es war einfach und gleichzeitig unvorstellbar kompliziert.

Auf der Graskuppe, wo der Zauberer seine »Vorstellung« gegeben hatte, waren, gutgetarnt zwischen Büschen und Steinen, ein paar fallenartige Kisten versteckt. Wie der Mann sie von seinem Standort aus geöffnet hatte, war eine andere Frage, aber gewiß gab es auch dafür eine vernünftige Erklärung.

Es war ein raffinierter Trick. Die Illusion des Zauberers hing allein von der vorhersehbaren Reaktion des Publikums ab, von der unerschütterlichen Neigung der Menschen, nur das zu sehen, womit sie rechneten. Und natürlich von der Fähigkeit des Zauberers, ihre Aufmerksamkeit für einen kurzen Augenblick auf etwas anderes zu lenken. Brillant. Wirklich brillant. Di rieb sich das Kinn. Die einfachsten Dinge waren immer brillant!

Der Taubenschwarm löste sich nun auf, und die Vögel ließen sich auf den umliegenden Bäumen und Dächern nieder. Vorsichtig rückten die Zuschauer wieder näher und deuteten aufgeregt schwatzend auf die Tauben. Sie waren alles, was von dem Magier übriggeblieben war.

»Seht her! Hierher!« ertönte in diesem Augenblick eine Stimme, und alle Köpfe fuhren herum. Auf dem Dach eines zweistöckigen Hauses stand eine große, hagere Gestalt. Die Menge war sprachlos. »Seht ihn euch an, meine lieben getäuschten Freunde, den unwürdigen Scharlatan, der in eurer Mitte steht!« rief der Magier, breitete die Arme aus und ballte die Fäuste. Er hatte seine Jacke inzwischen wieder gewendet und trug sie, wie vor seinem Verschwinden, mit der bunten Seite nach außen. Er trat an den Rand des Daches, öffnete eine Faust und ließ ein paar Kupfermünzen zu Boden fallen.

»Ich bringe es nicht übers Herz, Geld zu behalten, das ich euch mit einem Trick abgenommen habe. Ihr solltet es besser dazu verwenden, die hungrigen Mäuler eurer Kinder zu stopfen. Ihr seid getäuscht worden! Sicherlich nicht zum ersten Mal. Und auch nicht zum letzten Mal! Aber nun sammelt die Münzen auf! Es sind vierzehn Münzen. Kommt nach vorne! Sie sind euer rechtmäßiges Eigentum, obwohl sie eigentlich dem Mann zustehen, der schlau genug war, sie euch abzugaunern. Und mit Recht! Laßt euch das eine Lehre sein! Nehmt jetzt die Münzen und geht!« Aber die Leute zögerten, da sie fürchteten, noch einmal übers Ohr gehauen zu werden, und beäugten mißtrauisch die Münzen, als könnten sie sich an ihnen die Finger verbrennen.

Di setzte sich auf die Graskuppe und nickte zufrieden. Nicht alle Diebe gehen so plump vor, daß sie ihren Opfern über den Schädel schlagen und dann die Börse wegnehmen, dachte er.

Eine Stunde später saß Di mit dem Magier in einem Teegarten. Nach der Vorstellung, als die Menge sich zerstreut hatte, waren sie einander auf der Straße begegnet, und, einer plötzlichen Eingebung folgend, hatte Di ihn angesprochen, sich vorgestellt und ihm zu seiner Darbietung gratuliert. Der Mann war angenehm überrascht gewesen und hatte vorgeschlagen, zusammen eine Kanne Tee zu trinken.

»Früher«, sagte jetzt der große Ausländer, beugte sich vor und blickte sich in dem Teegarten um, bevor er weitersprach, »war der Vorsteher des Opferamtes ein mächtiger Mann, nicht wahr? Lange bevor Ihr den Posten bekamt. Und lange bevor Fu Yu-i und seine korrupte Bande das Amt so in den Schmutz zogen, daß es nicht wiederzuerkennen war. Ihr müßt wissen, Richter, daß ich ebenfalls beim Pai-Disput war und Eure glänzende Rede hörte. Obwohl ich eigentlich zum anderen Lager gehöre, verstand ich Eure Anspielungen auf die verbrecherischen Machenschaften innerhalb der Kirche besser als jeder andere und wußte sie zu würdigen. Ich habe auch von Eurer Arbeit in Yangchou gehört, und daß Ihr die Spur dieser Leute, die alles im geheiligten Namen Buddhas taten, bis an die Schwelle des Opferamtes verfolgt habt.«

»Und noch weiter. Es schmeichelt mir, daß Ihr an meiner bescheidenen Arbeit Anteil nehmt«, sagte Di und betrachtete das Gesicht des Fremden genauer. Tiefe Furchen liefen von seiner Nase zu seinen Mundwinkeln, und seine Augenwinkel waren von Krähenfüßen umrahmt. Di schätzte sein Alter auf fünfundzwanzig bis vierzig – genauer konnte er es nicht sagen. Das Gesicht des Mannes war mindestens so beweglich wie seine langen, eleganten Finger, die er beim Reden über die rauhe Tischkante tanzen ließ. Wäre er nicht so ungewöhnlich groß, dachte Di, so bräuchte er nur seinen Gesichtsausdruck zu ändern, und kaum jemand würde ihn erkennen. Das Wenden der Jacke wäre gar nicht nötig.

Der Mann roch nicht wie ein Straßenbettler, aber wie ein Mensch, der in einem vornehmen Haus lebte, roch er auch nicht. Wahrscheinlich nächtigte er in den verschiedenen Tempeln der Stadt. Und er aß und trank mit einem ganz und gar unasketischen Appetit.

Während sie miteinander sprachen, dachte Di über die verschiedenen Gesichter des Mannes nach und fragte sich, welches wohl das echte sei. Der Magier erzählte ihm, daß er nicht nur ein ganz »passabler Gaukler« sei, wie er es nannte, sondern auch Tempel baue und Gärten gestalte und sich darüber hinaus auch auf eine andere Art der Illusion verstehe – er handle nämlich auch mit seltenen Kosmetika. Er allein, so behauptete er, könne gewisse exotische Lotionen und Salben beschaffen, die alle Spuren des Alterns aus dem Gesicht einer Dame tilgten, so daß sie mit jedem Jahr jünger erscheine. Wenn er erst einmal ins Haus eines Kunden gelangt sei, um beispielsweise einen Pavillon oder eine Gartenanlage zu errichten, so finde sich immer eine Gelegenheit, die wahre Macht im Haus anzusprechen, nämlich die Eitelkeit der Ehefrauen. »Wie ein Taoist, der Elixiere feilbietet, verspreche ich, sie jung zu erhalten. Nur mit dem Unterschied, daß ich mein Versprechen halte«, sagte er selbstbewußt und trommelte mit seinen schlanken Fingern auf den Tisch.

Aber in erster Linie, fuhr er fort, sei er buddhistischer Mönch, Angehöriger eines esoterischen tantrischen Ordens aus Tibet, und müsse im gegenwärtigen Stadium seiner geistigen Reise in die Welt hinausgehen und den Schaden wiedergutmachen, den falsche Propheten des heiligen Wortes anrichteten. »Wir beide tun dieselbe Arbeit«, sagte er zu Di. »Nur gehe ich sie sozusagen von Westen her an, und Ihr von Osten.« Dis Interesse war nun endgültig geweckt. Alles, was der Zauberer sagte, klang ein wenig rätselhaft, aber er schien ein aufrichtiger Mensch zu sein.

»Um der Wahrheit die Ehre zu geben«, sagte der Tibeter, der sich Di mit dem chinesischen Namen Hsueh Huai-i vorgestellt hatte, »bin ich wegen des Pai-Disputs in die Stadt gekommen, genauer gesagt, um den großen Di Jen-chieh zu hören. Kann es sein, daß Ihr ein wenig zu bescheiden seid, Richter Di? Denn schließlich leistet Ihr hervorragende Arbeit. Den Betrügern, die den Aberglauben der armen Leute ausnutzen, wünsche ich in ihrem nächsten Leben recht viel Unannehmlichkeiten.« Er blinzelte, stützte das Kinn in die Hand und trommelte nun mit den Fingern an seine Wange. »Es ist in höchstem Maß verwerflich, meint Ihr nicht auch?«

»Gewiß, mein Freund«, antwortete Di, schenkte dem Mönch eine Schale heißen grünen Tee ein und bediente sich dann selbst.

Hsueh Huai-i schlürfte seinen Tee und lehnte sich träge an die Wand. Dann gurrte er leise vor sich hin, wie im Zwiegespräch mit sich selbst, verschränkte die Arme hinter dem Kopf und blickte nach oben zu den roh behauenen Balken der Überdachung, die über den Teegarten ragte. »So, Richter Di, sollte die Decke eines Klosters aussehen.«

»Wie meint Ihr das?« fragte Di und sah ebenfalls nach oben.

»Einfach und primitiv. Ohne vergoldete Spuren irdischen Reichtums. Reichtum und Macht sind irdische Täuschung, eine Verblendung, eine Lüge, und sie widersprechen den Prinzipien des wahren Buddhismus. Wo bleibt da die Logik?«

»Ja, wo!« antwortete Di. Das Gespräch wurde immer interessanter.

»Der Reichtum der Klöster, die funkelnden Edelsteine, das viele Gold, die Heiligenbilder, all das ist keineswegs ein Sinnbild für die Wahrheit oder ein Widerschein höherer Welten, sondern es verwirrt und blendet die Armen und Unwissenden.«

»Und auch die weniger Armen und Unwissenden«, sagte Di in ironischem Ton, aber Hsueh ließ ihn nicht weiterreden.

»Ich weiß, Richter. Nicht nur im einfachen Volk gibt es Schwache und Leichtgläubige. Sie finden sich in allen Ständen der Gesellschaft.«

»Das ist gewiß richtig«, sagte Di. »Und alle hängen einer abergläubischen Religion an, einer Unmenge von Göttern und bösen Geistern und Dämonen, die alle besänftigt werden wollen oder ausgetrieben werden müssen.«

»Eine schrecklich naive und dümmliche Sicht des Unaussprechlichen«, sagte der Tibeter, setzte sich wieder gerade hin und legte seine Hände flach auf den Tisch. »Aber die einzige, die sie mit ihrem Verstand begreifen können.« Er lächelte, lehnte sich wieder zurück und verschränkte die Arme hinter dem Kopf. »Die schlimmste Sünde besteht darin, aus Gewinnsucht das religiöse Vertrauen der Einfältigen auszunutzen. Niemand darf sich zu Lasten eines anderen Geschöpfes bereichern oder einen Vorteil verschaffen. Korrupte Geistliche, wohlhabende Klöster sind etwas so Widersinniges und Unnatürliches wie, sagen wir, ein fliegendes Schwein!« Seine Hand schoß nach vorn und schlug empört auf den Tisch, daß die Teeschalen hüpften.

»Aber jetzt will ich zur Sache kommen, Herr Di«, fuhr der Mönch fort. »Meine Vorstellung heute nachmittag war eigens für Euch. Sie war sozusagen meine Visitenkarte. Ich wollte nicht einer von vielen Bewunderern sein, die mit Lob und Schmeicheleien an Euch herantreten. Ich wollte zuerst Eure Aufmerksamkeit erregen. Sagen wir, ich wollte Euch ein kleines Geschenk machen.«

Di rückte auf seiner harten Sitzbank etwas zur Seite, um in den Genuß eines warmen Sonnenstrahls zu kommen. Es war spät geworden, und die meisten anderen Gäste waren bereits gegangen. Er dachte über diesen Nachmittag nach und überlegte, ob der Fremde den Ort für seine Darbietung so gewählt hatte, daß er gar nicht anders konnte, als sie mitanzusehen. War das denkbar? Oder improvisierte er jetzt nur, weil er mit dem Richter Di zusammensaß? Die Frage war nicht zu beantworten. Di lächelte. Die Lektion in Leichtgläubigkeit auf dem Hausdach – war die für *ihn* bestimmt gewesen?

»Nun, Herr Hsueh, das weiß ich sehr zu schätzen«, sagte Di. »Es ist Euch in der Tat gelungen, meine Aufmerksamkeit zu erregen.«

Der Mönch lächelte. »Ich bin erst seit ein paar Wochen in der Stadt«, sagte er, »aber ich kenne schon mindestens drei skrupellose Äbte. Einer verkündet ein falsches Sutra und profitiert davon. Der zweite bietet Dieben Unterschlupf: Er kauft Häftlinge von Arbeitskolonnen frei, steckt sie in Mönchskutten und schickt sie dann los, damit sie kleinere Diebstähle begehen. Der dritte steht einem Nonnenkloster vor, das in Wirklichkeit ein Bordell ist. Er redet seinen Novizinnen ein, daß sie eine Art Sakrament vollziehen, wenn sie seinen reichen Kunden zu Willen sind. Die Einnahmen wandern natürlich alle in seine Tasche. Und es gibt noch andere. Viele andere.« Er stieß einen tiefen Seufzer aus und schüttelte den Kopf. »Und so wie der Pai-Disput ausgegangen ist, müssen wir annehmen, daß der Mißbrauch noch beträchtlich zunehmen wird. Skrupellose Leute werden über dieses Land herfallen wie die Küchenschaben!«

»Ich bin ganz Eurer Meinung«, sagte Di und beugte sich gespannt vor. Auch der Mönch beugte sich vor.

»Bedenkt, Herr Di, was wir beide bewirken können, wenn wir uns zusammentun, bei unseren Fähigkeiten und Möglichkeiten! Wir verfolgen dieselben Ziele. Ich, der Mönch und Magier, und Ihr, der Vorsteher des Kaiserlichen Opferamtes und oberste Richter von Loyang! In Yangchou habt Ihr hervorragende Arbeit geleistet, aber in Loyang werdet Ihr noch bessere Arbeit leisten. Der ganze Ruhm wird Euch zufallen, obwohl ich weiß, daß Euch Ruhm nichts bedeutet. Meine Genugtuung liegt allein darin, daß ich bei meiner geistigen Suche ein Stück vorankomme.« Das Licht in den Augen des Mönchs brannte nun noch eine Spur heller. Er zögerte. »Ihr beabsichtigt doch, eine Zeitlang in der Stadt zu bleiben, oder?«

»Ja«, antwortete Di. »Da ich aber noch nicht genau weiß, wie lange, möchte meine Familie zumindest vorerst in Yangchou bleiben.« Er saß da und überdachte den ungewöhnlichen Vorschlag seines Gegenübers. »Ich werde einsam sein.«

»Na, nun habt Ihr ja einen Freund«, sagte der Mönch. »Und einen Partner und Kollegen, wenn Ihr wollt.« Lächelnd senkte er seine Stimme zu einem verschwörerischen Flüstern. »Und einen Spion!«

Di schaute den großen Tibeter an. »Herr Hsueh«, sagte er entschieden und stand auf, »es ist schon spät. Würdet Ihr mir die Ehre erweisen, mit mir zu Abend zu essen? Wir haben viel zu besprechen.«

Der Zauberer stand ebenfalls auf. »Natürlich, Herr Di. Ich fühle mich geehrt.«

Im Jahr 668

Di lebte inzwischen fast ein Jahr von seiner Familie getrennt, aber seine Arbeit ließ ihm kaum Zeit, sie zu vermissen. Nur wenn er spät abends in seinem Haus im Herzen der Stadt zu Bett ging, dachte er an seine Frauen, seine kleine Tochter, die er dem Inder abgekauft hatte, und sogar an seine Söhne, die er seit drei Jahren nicht mehr gesehen hatte. Seine Frauen schrieben ihm lange, ausführliche Briefe. Das kleine Mädchen, das nun fast fünf Jahre alt war, machte sie offensichtlich glücklich, und gelegentlich kam ihm der Verdacht, daß sie ohne ihn ganz zufrieden waren.

Aber vielleicht war es ganz gut, daß sie in Yangchou geblieben waren, denn sie hätten es niemals gutgeheißen, daß er seine Zeit fast ausschließlich der Arbeit widmete. Herr Hsueh hatte mit seiner Prognose recht behalten. Seit dem Pai-Disput vor einem Jahr war die Zahl der Fälle von Amtsmißbrauch innerhalb der Geistlichkeit sprunghaft angestiegen. Alles kam vor, von kleineren Vergehen bis zu meisterhaft geplanten und kunstvoll ins Werk gesetzten Verbrechen. Di hatte mindestens ein Dutzend Äbte ihrer Posten enthoben und mehrere Klöster geschlossen. Hsueh hatte in allen Fällen recht gehabt.

Und auch in anderer Hinsicht hatte Hsueh recht gehabt: Ihre Zusammenarbeit hatte sich als ungemein nützlich erwiesen.

Leicht und geschmeidig bewegte sich Hsueh durch die Welt der Geistlichkeit und der Klöster, schloß hier Freundschaften, knüpfte dort Kontakte und holte für ihn alle Auskünfte ein, die er brauchte. Di kam mit den Verhaftungen und Prozessen kaum noch nach. Kaum hatte er einen korrupten Abt oder falschen Heiligen abgeurteilt, war Hsueh schon dem nächsten auf der Spur. Der Eifer, mit dem er die Reihen der buddhistischen Kirche säuberte, deckte sich vollkommen mit Dis Wunsch, die Gesellschaft von Korruption zu befreien.

Außerdem fand Di den Umgang mit ihm sehr angenehm. Hsueh war nicht nur ein guter Freund, der seine Privatsphäre respektierte, sondern auch ein anregender Gesprächspartner, mit dem er oft bis spät in die Nacht debattierte. Hsueh wollte möglichst viel über rechtliche Fragen und die Arbeitsweise der staatlichen Behörden lernen, und Di wiederum erfuhr von ihm faszinierende Einzelheiten über verschiedene buddhistische Sekten im westlichen Hochgebirge und gelangte durch ihn zu einem besseren Verständnis der Lehren und Praktiken der reinen und unverdorbenen buddhistischen Philosophie.

Di war nicht wieder in den Palast eingeladen worden, aber mehrfach hatte man ihm Sendschreiben der Kaiserin überbracht, in denen sie seine »ausgezeichnete Arbeit« lobte. Sie nannte ihn einen wahren Freund des Glaubens, einen Verfechter der Wahrheit und ähnliches mehr. Hsueh reagierte empört auf diese Schreiben. Niemand, so sagte er, habe der Religion größeren Schaden zugefügt als die Kaiserin.

»Aus den Mauern der Verbotenen Stadt sickern die unglaublichsten Gerüchte durch«, hatte Hsueh einmal erzählt. »Wenn es stimmt, was ich gehört habe, dann treibt es diese Frau mit verschiedenen ›Heiligen‹, und zwar direkt vor den Augen des armen Kaotsung. Damit befriedigt sie mit einem Schlag ihre geistigen *und* fleischlichen Bedürfnisse.«

Hsueh machte dabei ein sehr ernstes Gesicht und erklärte, im Palast hätten sich Würmer und Maden eingenistet, denen er liebend gern persönlich zu Leibe rücken würde – falsche Heilige, die sich bei der Kaiserlichen Familie eingeschlichen hätten und nun von dort ihre giftigen Säfte über das Reich verspritzten und den Buddhismus verunreinigten.

»Wir sollten uns keine unerreichbaren Ziele stecken«, antwortete Di darauf. »So ersparen wir uns Enttäuschungen. Und meint Ihr nicht«, fügte er ein wenig neckisch hinzu, »daß Ihr Euren Krieg gegen die Scharlatane etwas übertreibt? Ihr habt selbst gesagt, daß das Leben letzten Endes nur eine Illusion sei und der Schmutz am Stiefel im Grunde dasselbe wie die Perle in der Hand.«

»Gewiß«, hatte Hsueh dann mit einem Lächeln geantwortet, »aber es gibt eine besondere Kategorie erleuchteter Wesen, die sich bewußt dafür entscheiden, den Fuß mitten in das Böse zu setzen, es wie einen Mantel überzustreifen und von innen heraus zu vernichten. Und wenn ihnen das mißlingt, wenn sie dem Bösen unterliegen, so gibt es in der Hölle einen Platz, der nur für sie reserviert ist.«

Di führte mit Hsueh viele solche anregenden Gespräche, und das half ihm über die Einsamkeit hinweg. Außerdem besuchte er so oft wie möglich Wu-chi und den guten Abt, Herrn Liao, im Kloster des Reinen Lotos, wobei er sich streng an ihren Geheimhaltungsschwur hielt und nicht einmal Hsueh erzählte, wen er besuchte, obwohl er das gerne getan hätte. Vielleicht später einmal, dachte er.

Die Besuche im Kloster waren immer sehr erholsam. Wenn er dort war, fiel alle Anspannung von ihm ab, und sein Geist kam zur Ruhe. Er hatte im Kloster ein eigenes Zimmer, das ihm jederzeit zur Verfügung stand, wenn er für einen oder zwei Tage dem Alltag entfliehen wollte, und mit Vergnügen beobachtete er die Freundschaft zwischen Abt Liao und Wu-chi. Der alte Hofrat spielte immer ein wenig den Gereizten, was der Abt mit viel Geduld und Humor hinnahm. Er war immer bereit, ein Übriges für die Bequemlichkeit und das Wohlbefinden seines Freundes zu tun. Die beiden waren wie ein altes Ehepaar. Jeder kannte die Stärken und Schwächen des anderen und wußte, wie er ihn zu behandeln hatte.

In der Zwischenzeit häuften sich die guten Werke der Kaiserin. Sie führte Armenspeisungen durch, gründete Dutzende von Waisenhäusern und erließ allen Bedürftigen im Reich die Steuern. Das Volk liebte sie. Di grübelte viel über ihre guten Werke nach, aber auch über die bizarren Gerüchte, die Hsueh gehört hatte, und über das, was Wu-chi ihm erzählt und was er mit eigenen Augen gesehen hatte. Die Frau des Himmelssohns war ihm ein Rätsel.

Was für ein Mensch war sie wirklich?

16

Im Jahr 668, früher Winter
Loyang

»Verwandte sind lästig«, sagte Frau Yang. »Man kann sie sich nicht aussuchen und muß sich doch mit ihnen abgeben. Sie sind eine Plage – unglückselige Launen des Schicksals.« Sie lag auf einem Sofa in ihrem kleinen Gartenpavillon und kraulte mit einer Hand das Kinn der großen Tibetkatze, die sich auf ihrem Schoß räkelte.

Es war ein ungewöhnlich warmer und sonniger Tag, und obwohl der Herbst schon lange vorüber war, nahmen Wu und ihre Mutter den Nachmittagstee im Pavillon ein.

Ihre Mutter hatte recht. Verwandte mußten genau überwacht und ständig im Auge behalten werden. Im Moment galt Wus Ärger zwei Neffen und einer Nichte, die zu jener Kategorie von engen Verwandten zählten, auf die sie gerne verzichtet hätte.

»Tatsächlich finden sich in der Geschichte viele einschlägige Beispiele dafür«, sagte Frau Yang und kraulte die Katze kräftig hinter dem Ohr, worauf das Tier genußvoll den Kopf drehte. »Irgendwann einmal muß unser fleißiger Historiker Shu sie alle für uns zusammenschreiben.«

»Da hätte er aber eine Menge zu tun, Mutter«, sagte Wu träge, ohne aufzusehen, denn die Köstlichkeiten auf dem Tisch nahmen sie vollauf in Anspruch.

»Es gibt so viele Geschichten über habgierige, nichtsnutzige und lästige Verwandte, die nichts mit ihrem Leben anzufangen wissen und sich deshalb in die Angelegenheiten anderer Leute einmischen!«

»Unverzeihlich!« nuschelte Wu, die gerade eine eingelegte Litschi verspeiste. »Unentschuldbar!«

»Ist bereits eine Besserung eingetreten?« fragte Frau Yang anzüglich, setzte sich auf und fegte mit einer schnellen Bewegung die Katze von ihrem Schoß. Das Tier, aufgebracht über die plötzliche Verstoßung, leckte sich entrüstet die Pfoten und begann sich eifrig das Gesicht zu putzen.

»Soweit ich das beurteilen kann, nein«, erwiderte Wu. »Obwohl Nagaspa natürlich etwas anderes behauptet. Ich glaube nicht, daß es ihm gelungen ist, den Geist meiner unglücklichen verstorbenen Stiefschwester auszutreiben. Im Gegenteil, ihre Gegenwart ist eher noch stärker geworden.« Nachdenklich spießte sie eine weitere Frucht auf. »Nichte Ho-lan wird ihrer Mutter von Tag zu Tag ähnlicher.«

»Natürlich wird sie das«, sagte Frau Yang. »Mit fünfzehn wird sie langsam erwachsen. Und junge Mädchen schlagen nun mal ihren Müttern nach, wenn sie Frauen werden.«

»Nein, Mutter. Es ist mehr als das. Ho-lans Ähnlichkeit mit meiner Stiefschwester ist mehr als nur eine Familienähnlichkeit.«

»Ja, du hast recht«, stimmte ihr Frau Yang zu. »Und ich freue mich, daß du es auch bemerkt hast. Du hast meinen Scharfblick geerbt.« Sie lockte die Katze mit einem schmalen Streifen getrockneten Fisches, und das Tier stellte sich auf die Hinterpfoten. Frau Yang hielt ihm den Leckerbissen hin und zog ihn dann langsam weg, so daß das Tier gezwungen war, auf zwei Beinen vorwärts zu gehen, während es die Vorderpfoten wie kleine Flossen an den Körper legte. Auf dieses Kunststück war Frau Yang besonders stolz, und wie immer verfehlte es seine Wirkung auf Wu nicht. Ihre Tochter begann zu lachen, was Frau Yang freute. Das Kind war zuweilen viel zu ernst und verdrossen. Sie lockte die Katze weiter mit dem Fisch.

Noch immer lachte Wu. Selten hatte sie die Katze so lange Männchen machen sehen. Und auch Frau Yang begann zu lachen, denn die Bemühungen des Tieres und seine unnatürliche Haltung waren einfach zu komisch. Sie hielt den Fisch etwas tiefer, zog ihn dann aber ruckartig weg, so daß die Katze wie ein Betrunkener ins Torkeln geriet. Beide Frauen lachten noch ausgelassener, doch dann ließ sich Frau Yang erweichen.

»Ich kann meinen Liebling nicht länger leiden sehen«, erklärte sie und warf den Fisch auf den Boden, und sofort war die Katze wieder auf allen vieren, packte den Fisch mit den Zähnen und rannte weg. »Verwandte sind genauso. Gierige kleine Schauspieler, die betteln, wenn wir ihnen etwas hinhalten, und nie genug kriegen. Aber sie sind nicht halb so nett oder unterhaltsam.« Sie bückte sich und schaute unter den Tisch. Die Katze hatte das Festmahl beendet und widmete sich schon wieder der Körperpflege.

»Nicht wahr, mein Kätzchen? Das sind sie fürwahr nicht«, sagte sie in jenem fürsorglichen Ton, den sie nur anschlug, wenn sie mit der Katze sprach. Dann richtete sie sich auf und sah ihrer Tochter ernst ins Gesicht.

»Dein Vater sagte mir, daß die Seele deiner Stiefschwester die Seele ihrer Tochter verzehren werde. Ganz allmählich werde sich deine Nichte Ho-lan in ihre verstorbene Mutter verwandeln.« Während sie sprach, bemerkte sie, wie sich ein Schatten über die Augen ihrer Tochter legte. Das war stets der Fall, wenn sie über gewisse Themen – wie etwa über die verstorbene Herzogin – sprachen. »Und genau das geschieht jetzt«, fügte sie hinzu.

»Das würde einiges erklären«, sagte Wu nach einer kurzen Pause.

Wu hatte bemerkt, wie Kaotsung die zu Besuch weilende Nichte angesehen hatte, wenngleich sie überzeugt war, daß er noch nicht begriffen hatte, welchen subtilen Reiz das Mädchen auf ihn ausübte. Sie sah solche Dinge immer früher als er.

Ho-lan war von einer bezaubernden, kindlichen Unbefangenheit und besaß überdies einen neckischen Verstand, eine Eigenschaft, die Wu besonders störte. Beides unterstrich Ho-lans Ähnlichkeit mit ihrer Mutter. Sie glich einer herrlichen Blume, wo doch Unkraut genügt hätte. Wu hatte allmählich genug von den Beschwörungen Nagaspas, die in diesem Fall offenbar nichts fruchteten. Sie schob eine kandierte Pflaume in den Mund und biß genüßlich in das klebrige, süße Konfekt. Die Nichte machte schon Ärger genug, und jetzt auch noch diese Neffen!

Verwandte!

Die Neffen stammten aus dem fernen Westen, genauer gesagt aus der Provinz Sichuan. Sie hatten dem Kaiserlichen Vater einen Brief geschickt, den Kaotsung allerdings nie zu Gesicht bekommen hatte, denn Wu hatte ihn abgefangen und mit Hilfe ihrer Mutter und des Hofrats Shu ein Antwortschreiben aufgesetzt. Schließlich handelte es sich um eine Familienangelegenheit, und die beiden Neffen gehörten nicht zu Kaotsungs Familie.

Sie waren neunzehn und dreiundzwanzig Jahre alt, und Wu war mit ihnen über die erste Frau ihres Vaters verwandt. Genaugenommen waren sie ebensowenig richtige Neffen wie Ho-lan eine richtige Nichte war, gleichwohl gehörten sie zur Verwandtschaft und weckten unliebsame Erinnerungen an das frühere Leben von

Wus Vater vor seiner Vermählung mit Frau Yang. Die Kaiserin und ihre Mutter waren einander sehr ähnlich, besonders in einem Punkt: Sie wollten nicht wahrhaben, daß es in der Welt Dinge gab, die sich ihrem Einfluß entzogen.

»Verwandte sind wie Gepäckstücke, die man auf einem Wagen verstaut, der bereits überladen ist«, bemerkte Frau Yang eines Nachmittags kurz nach Ankunft der Neffen. »Und entfernte Verwandte«, fügte sie spitz hinzu, »sind eine noch größere Last. Sie haben auf dem Wagen eigentlich gar nichts verloren.«

»Aber Mutter«, sagte Wu, »könnten sie uns nicht auch nützlich sein?«

Frau Yang dachte darüber nach, ehe sie antwortete: »Ja, vielleicht«, stimmte sie zu. »Es wäre immerhin möglich.«

Die jungen Männer besuchten demonstrativ den Altar ihrer verstorbenen Tante, der Herzogin Ssu-lin. Obwohl sie seit Jahren um sie trauerten, hatten sie erst jetzt die lange Reise in die Hauptstadt und die Verbotene Stadt unternommen.

Die Neffen wurden fürstlich empfangen. Sie erhielten luxuriöse Räume im kürzlich erst erweiterten Westflügel des Palastes, in der »Halle der irdischen Gnade Buddhas«, und obwohl Wu sich alle Mühe gab, sie wie lange Zeit verschollene Prinzen aufzunehmen – eine Behandlung, die ihnen sicherlich nicht zustand – waren sie anmaßend und überheblich. Sie ließen es Wu gegenüber zwar niemals an Respekt fehlen und verletzten auch niemals die Etikette, doch machten sie aus ihrer Abneigung gegen sie keinen Hehl.

Frau Yang hatte gleich nach der ersten Begegnung mit den Neffen gesagt, sie habe in ihren Augen offene Verachtung gelesen. Wu hielt das für übertrieben, hatte aber ihrerseits den Eindruck, daß die beiden in ihrer Mutter eine lästige und nutzlose Person sahen, was sie ihr freilich verschwieg, um sie nicht unnötig aufzuregen.

Der Ältere der beiden war dreiundzwanzig Jahre alt, unscheinbar und untersetzt. Mit seinen hervorquellenden Augen, seiner flachen, breiten Nase und seiner bleichen und unreinen Gesichtshaut war er eine unangenehme Erscheinung, und durch seine schlüpfrigen Bemerkungen machte er sich schnell unbeliebt. Der Jüngere war neunzehn Jahre alt und mittelgroß, hatte ein kantiges Gesicht und sah recht gut aus. Der Häßlichere hatte zwar den verächtlicheren Blick, doch Wu war überzeugt, daß der Hübschere der gefährlichere war.

Der Jüngere hatte die störende Angewohnheit, die Augenbrauen zu heben, wenn er anderen zuhörte. Für Wu war das ein Zeichen, daß er jedem mißtraute. Die beiden Frauen waren sich darin einig, daß ein solches Verhalten ganz einfach beleidigend war.

Die Neffen, so hatte es den Anschein, waren nur an den Hof gekommen, um herumzuschnüffeln und alles über die Herzogin in Erfahrung zu bringen. Doch was konnten sie schon herausfinden, fragte Wu ihre Mutter. Schließlich mußten alle Menschen irgendwann einmal sterben. Seit die Neffen am Hofe weilten, war die Atmosphäre vergiftet, denn sie brachten Argwohn und Feindseligkeit in Wus friedliches Reich, und dem mußte Einhalt geboten werden, bevor es zu spät war.

Eines Tages gab Frau Yang bekannt, daß sie für die Familie ein großes Essen geben wolle.

Das Fest sollte in ihrem Stadthaus stattfinden: Einmal bot es eine willkommene Abwechslung zum abgeschiedenen Leben im Palast, und dann lag es näher am Grabschrein der Herzogin. Zu Ehren der Neffen, die eine so weite Reise auf sich genommen hatten, sollten bei dem Essen ausgewählte kaiserliche Musiker spielen. Der Kaiser selbst, so kam man überein, sollte im Palast bleiben. In seinem Zustand war er unleidlich und wäre Wu nur zusätzlich zur Last gefallen.

Kaotsung nahm nicht wahr, daß die Finger seiner rechten Hand in seinem Mund steckten. Speichel lief ihm das Kinn hinunter, doch auch davon merkte er nichts. Auf seinen Knien lag eine kleine, geöffnete Pergamentrolle – Wus Proklamation. Er las die Worte und wollte die Zähne zusammenbeißen, da erst bemerkte er, wo seine Finger waren. Er schrie auf und zog die Hand mit einem Ruck aus dem Mund.

Du benimmst dich wie ein alter Tattergreis, sagte er zu sich. Wo ist er nur, der arme alte Kaotsung, wird man fragen. Was macht er? Er beißt sich in die Finger. Der alte Narr sitzt da, beißt sich in die Finger, macht in die Hosen und merkt es nicht einmal.

Er drückte seine schmerzenden Finger gegen die Lippen und las noch einmal die Proklamation, die bereits als Kaiserliches Dekret in den Amtsblättern der Hauptstadt Loyang veröffentlicht worden war.

Im Jahr 668, Dezember

Mit großem Bedauern erklären wir, daß die Herrschaft des gnädigen Buddhas der Herrschaft des zornigen Buddhas der Rache weichen muß. Die göttliche Kaiserin Wu Tse-tien gibt mit großer Trauer bekannt, daß zwei Verwandte des Herrscherhauses, Neffen zweiten Grades der Kaiserin, hingerichtet werden. Sie wurden für schuldig befunden, die über alles geliebte Halbschwester der Kaiserin, Herzogin Ssu-lin, langsam vergiftet zu haben. Des weiteren wird ihnen zur Last gelegt, die Tochter der Herzogin, die schöne und unschuldige Ho-lan, die noch nicht einmal das sechzehnte Lebensjahr vollendet hatte, auf die gleiche heimtückische Weise ermordet zu haben.

Die Motive der beiden Mörder sind zur Stunde noch nicht im einzelnen bekannt. Ebenso unklar ist, ob die Neffen Komplizen außerhalb der Kaiserlichen Familie hatten. Die Yü-lin-Palastwache und Geheimpolizei der Kaiserin wurden mit der Leitung der Untersuchung betraut und werden sich mit der Aufklärung dieser Fragen beschäftigen. Da die Herzogin außer ihrer Tochter keine Nachkommen hatte und männliche Erben fehlen, ist davon auszugehen, daß die Neffen sich mittels Betrug und vorsätzlichem grausamen Mord ihr Erbe sichern wollten.

Wir trauern um die verstorbene Ho-lan, die während eines Festes im Haus unserer geliebten Kaiserinmutter Frau Yang von uns gegangen ist. Doch wir haben auch Anlaß zur Freude: In dem Moment, als die Seele Ho-lans Körper verließ, wurde eine wunderschöne, schneeweiße Ziege gesehen, die vom Dach des Pavillons in den blauen Winterhimmel aufstieg. Dies ist ein deutliches Zeichen des Himmels, daß ihre Seele in Buddhas reines Land der Glückseligkeit eingegangen ist.

Als Di zu Ende gelesen hatte, blickte er auf und sah Hsueh an, der ihm aufmerksam zugehört hatte.

»Wonach riecht das?« fragte Di den Mönch. Hsueh schürzte nachdenklich die Lippen.

»Jedenfalls nicht nach Pfirsichblüten«, sagte er.

»Nein, fürwahr nicht«, stimmte ihm Di zu. »Ich bin überaus

begierig darauf, mehr über den Tod der Herzogin Ssu-lin zu erfahren.«

»Er liegt schon mehrere Jahre zurück.«

»Für diejenigen, die zu früh aus dem Leben gerissen wurden, spielt die Zeit keine Rolle, mein Freund. Ich spreche aus Erfahrung.«

»Hm«, murmelte Hsueh zustimmend, »da war noch ein weiterer merkwürdiger Todesfall. Kurz bevor Ihr in die Stadt der Wandlung kamt. Ebenfalls ein junger Mensch. Der frühere Kronprinz Jung.«

»Ach ja, die ›Verschwörung‹. Ich habe davon gehört.«

Hsueh zuckte mit den Achseln. »Und natürlich viele alte Männer, und mindestens ein Vorsteher des Opferamtes.«

Di schaute auf und lächelte schwach. »Ihr meint, nur einer bisher.«

»Hm.«

»Mein Freund«, sagte Di bedächtig, »Ihr habt mir einmal gesagt, daß Ihr besondere Fähigkeiten besitzt, die es Euch ermöglichen, Euch unter die Reichen und Mächtigen zu mischen. Wie reich und wie mächtig dürfen sie sein?«

Hsueh schaute Di ungerührt an. »Niemand ist zu reich oder zu mächtig für mich. Schickt mich, und ich werde gehen.«

Di lächelte zurück. Er spürte, wie sich eine seltsame Erregung seiner bemächtigte. »Frau Yang ist schließlich eine große Förderin des Buddhismus. Und Ihr seid ein Mönch und Gelehrter.«

»Das ist wahr, und sie ist eine schöne Frau, die nicht mehr ganz jung ist«, sagte Hsueh mit einem verschmitzten Lächeln. »Und ich handle mit den besten Schönheitsmitteln im ganzen Reich.«

»Hm«, ahmte Di den Mönch nach. Sie lächelten beide.

»Wißt Ihr eigentlich«, sagte der Mönch, »daß vor vielen Jahren das erstgeborene Kind der Kaiserin Wu, ein Mädchen, tot in seiner Wiege gefunden wurde? Es war nicht viel älter als zehn Tage.«

Di schaute ihn einen Moment lang an, dann schüttelte er den Kopf. »Nein, Hsueh, ich weigere mich, so etwas auch nur zu denken. Ausgeschlossen.«

Hsueh zuckte mit den Schultern. »Ich wollte nur, daß Ihr es wißt.«

Di dachte noch einmal darüber nach. »Nein«, wiederholte er mit Nachdruck, »das kann nicht sein.«

17

Im Jahr 669, Januar
Loyang

Jeder, der die klassischen alten Lehren des Buches der Riten kennt, weiß, daß von jeher zwischen Zeremonien für Frauen und Männer unterschieden wurde. Wenn die Menschen vor den Altar eines Gottes oder einer Göttin traten, standen sie immer mit dem entsprechenden Geschlecht in Einklang: Die Männer verehrten die Götter, und die Frauen huldigten den Göttinnen. Doch warum trifft dies nicht auf das Feng-Opfer zu, die wichtigste Zeremonie, die der Wahrung von Ordnung und Anstand zwischen Himmel und Erde dient? Diese Zeremonie – eine Reise zu den heiligen Gipfeln, wo die Gottheit Erde angebetet werden kann – ist von jedem Herrscher und seinem Gefolge seit jenen frühen Tagen zelebriert worden, da alle Ereignisse der Geschichte noch auf Schildkrötenpanzern festgehalten wurden. Und doch – wird bei dieser Zeremonie nicht vor allem die Gottheit Erde angebetet? Und ist diese Gottheit nicht weiblich? Doch noch niemals in der Geschichte war es einer Frau erlaubt, an ihr teilzunehmen. Ist dies nicht ein grober Fehler, der einer Korrektur bedarf? Und ist es nicht rechtens, daß diese große Verantwortung allein der Himmelstochter, der göttlichen Kaiserin Wu Tse-tien, zufällt?

»Der Himmelstochter?« fragte Di ungläubig und warf die kaiserliche Proklamation auf den Tisch.

Loyangs oberster Richter und Ermittler saß am Schreibtisch des Vorstehers des Kaiserlichen Opferamtes.

Er trug nun seinen anderen Hut, wie der alte Hofrat zu sagen pflegte. Aufgrund seiner hohen Position in der Kaiserlichen Verwaltung hatte Di als einer der ersten die Ehre, die ›historische‹ Ankündigung der Kaiserin zu lesen. Sie sollte also als erste Frau ein heiliges Ritual leiten, das bereits Jahrtausende vor der Geburt des Konfuzius abgehalten worden war. Di beunruhigte diese flagrante Mißachtung des Protokolls und der guten Sitten nicht über die Maßen, doch er wußte, daß die wenigen noch in der Regierung verbliebenen Konfuzianer vor Wut toben würden.

Er seufzte. Würde sich die Dreistigkeit der Kaiserin wenigstens auf solche Possen beschränken!

Nein, er hatte weder Zeit noch Lust, sich Gedanken über die Proklamation der Kaiserin zu machen. Vor ihm lag ein Stadtplan von Loyang, auf dem Frau Yangs Haus, in dem das verhängnisvolle Mahl stattgefunden hatte, eingezeichnet war. Mit Befriedigung stellte er fest, daß es außerhalb des Kaiserlichen Bezirks lag.

Nach dem T'ang-Kodex gehörte ihr Anwesen zum Zuständigkeitsbereich des obersten Richters von Loyang, also zu seinem, doch würde er mit seinen Ermittlungen auch vor den heiligen Kaiserlichen Toren nicht Halt machen. Diese Angelegenheit war überaus prekär und gefährlicher als alles, was ihm bisher untergekommen war.

»Verehrter Hsueh«, sagte Di, »jetzt könnt Ihr Euer einzigartiges Talent unter Beweis stellen. Die Vinhajan-Buddhisten halten Frau Yang für eine Halbgöttin und Weltenschöpferin.«

»Ich verstehe voll und ganz, Amtsvorsteher Di«, erwiderte Hsueh mit einem listigen Lächeln und deutete eine Verbeugung an. »Eine sehr prekäre Angelegenheit und eine überaus mächtige Dame.«

»Denkt daran, Ihr wißt von nichts, Ihr schöpft keinerlei Verdacht.«

»Natürlich, Richter.«

»Ich weiß nicht, was Ihr herausfinden werdet«, fuhr Di fort. »Aber ich habe mir bereits überlegt, unter welchem Vorwand Ihr in ihr Haus gelangen könnt, und habe Euch tadellose Referenzen ausgestellt. Ihr werdet Euch für einen frommen Mann aus Tibet ausgeben, und ich glaube nicht, daß sie Euch abweisen wird. Sollten diese Referenzen nicht genügen, werde ich Euch die beeindruckendste aller Empfehlungen mitgeben. Ich habe in den letzten Tagen alles genau durchdacht und mir überlegt, wie Ihr Euch am besten Zugang zum Haus der Kaiserinmutter verschaffen könnt. Doch bevor ich näher darauf eingehe, möchte ich Euer breitestes Tibetisch hören. Ihr könnt es doch noch?« Di lächelte. »Oder könnt Ihr Euch an dieses andere, so weit zurückliegende Leben nicht mehr erinnern?«

»Ihr meint, an meine Kindheit?« fragte der Magier amüsiert.

»Hm, das dürfte nicht schwierig sein. Ich werde es zumindest versuchen, Richter.«

»Und denkt immer an das Wichtigste«, flüsterte Di, obwohl sonst niemand im Raum war. »Es genügt nicht, wenn Ihr Frau Yangs Gewinnsucht und ihre Eitelkeit herausfordert. Ihr müßt Euch auch Zugang zu einem bestimmten Raum in ihrem Haus verschaffen.«

»Ehrwürdiger Vater, ich habe Euch noch gar nicht nach Eurem tibetischen Namen gefragt.«

»Wie nachlässig von mir«, erwiderte ›Lama‹ Hsueh Huai-i mit einem gewinnenden Lächeln. »Ich hätte ihn Euch nennen müssen. Doch für die chinesische Zunge ist er nur schwer auszusprechen – die Sprache bringt ja die erstaunlichsten Lautkombinationen hervor. Ngogpa«, sagte er wichtigtuerisch, »was soviel bedeutet wie Lama von Ngog, Frau Yang. Doch das ist noch nicht alles.« Er legte eine gewichtige Pause ein. »Ngogpa Lhag-tong-pa-nyid. Lama Ngogpa Lhag-tong-pa-nyid«, wiederholte er mit breitem tibetischem Akzent.

»Und das bedeutet ...?« Frau Yang schaute ihn neugierig und entzückt an.

»Der Name bedeutet so viel wie Lama von Ngog, der das Wissen vom Überbewußtsein und von der Klarheit der Gedankenleere sein eigen nennt.« Hsueh studierte einen Moment lang Frau Yangs Züge, in denen sich Bewunderung spiegelte. Offensichtlich hatte er sie tief beeindruckt. »Besser kann ich ihn leider nicht übersetzen, Frau Yang. Er beinhaltet so viel, daß mir leider die Worte fehlen«, sagte er und zuckte mit den Schultern. »Aber Ihr versteht mich sicherlich. Ich muß auf Begriffe aus dem Wortschatz der Taoisten zurückgreifen. Sie sind noch am treffendsten, doch selbst sie genügen nicht ...«

»Es gibt so vieles, was wir nicht wissen«, sagte Frau Yang und schüttelte den Kopf. »Es erfüllt mich mit Demut.«

»Alles wahre Wissen macht demütig«, stimmte Hsueh ihr zu. »Aber das erinnert mich an das Geschenk, das ich Euch mitgebracht habe.« Er flüsterte nun. »Ich werde Euch nun ein Stück wahren Wissens zeigen, das nur für Eure Augen und Ohren bestimmt ist.«

Hsueh drehte sich zum Tisch, auf dem ein dekoratives Kästchen stand, das Frau Yang bislang standhaft ignoriert hatte. Er öffnete den Kasten, hob einen Chörten, einen Reliquienschrein, heraus und stellte ihn mit unendlicher Vorsicht auf den Tisch. Frau Yangs Gesicht blieb ausdruckslos, aber sie fühlte, wie ihr Herz heftig zu schlagen begann. Vor ihr stand ein zylinderförmiger goldener Behälter, der mit zahllosen Darstellungen von fliegenden Ziegen verziert war, und auf dem Deckel prangte der ruhende Buddha Gautama – der wahre historische Buddha –, flankiert von Indra und Brahma.

»Er ist wunderschön, Lama Hsueh«, sagte Frau Yang beherrscht. »Darf ich ihn anfassen?«

»Natürlich, Frau Yang.« Hsueh reichte ihr den Chörten. »Doch die äußere Schönheit dieses alten Gefäßes ist nichts im Vergleich zu seinem Inhalt.« Sie hielt es ans Fenster ins Sonnenlicht und schaute es sich genau an. »Es handelt sich um die Nachbildung eines noch älteren Gefäßes: um die der großen Reliquie von Kanishka aus dem geweihten Stupa in Loriya Tangai im Swattal, im nordindischen Gandhara. Als der große Buddha starb, verließen seine Anhänger sein Heimatland, das Gebiet Doab, und begaben sich in die kühleren Täler von Gandhara …«

»Lama Hsueh, was bedeuten die fliegenden Ziegen?« fragte Frau Yang, während sie mit Daumen und Zeigefinger über die glatten Erhebungen auf den ausgebreiteten Flügeln der Ziegen strich.

»Ihr Flug symbolisiert die Ausbreitung des Gesetzes Buddhas, seines Dharma, bis zu fernen Gefilden.«

»Wie überaus passend für uns in der Stadt der Wandlung.«

»Gewiß, Frau Yang. Doch da ist noch etwas Herrlicheres und, wie Ihr es ausdrückt, Passenderes für die Stadt der Wandlung. Es ist der eigentliche Grund, warum ich mich Euch heute aufgedrängt habe.« Sie stellte das Gefäß auf den Tisch zurück, doch er nahm es nicht wieder an sich.

»Ihr habt Euch nicht aufgedrängt, Lama«, sagte sie. »Wir fühlen uns geschmeichelt, daß ein Mann, der über ein so großes Wissen verfügt wie Ihr, uns die Ehre seines Besuches erweist.«

Hsueh deutete eine Verbeugung an. »Das Gefäß, Frau Yang«, sagte er in vertraulichem Ton, »birgt ein großes Geheimnis, das ich nur Euch, der treuesten Anhängerin des Buddha Gautama in China, anzuvertrauen wage.« Hsueh hob mit quälender Langsamkeit den Deckel der Reliquie. Dann ließ er vorsichtig einen irdenen Zylinder aus dem heiligen Gefäß gleiten und stellte ihn sachte auf den Tisch. Er war blau und rot, und um seine Spitze waren mehrere Reihen winziger Sanskritligaturen eingeritzt.

»Auch das ist ein wunderschöner Gegenstand, Lama«, sagte Frau Yang, die Spannung sichtlich genießend. Sie drehte den Gegenstand um seinen Fuß und blickte in das vergnügte Gesicht des großen Fremden. »Sehr schön«, wiederholte sie, als sei damit schon alles über das geheimnisvolle Geschenk gesagt.

»Wenn Ihr erlaubt.« Er entfernte den Deckel des Zylinders. »Er versteht sein Geheimnis zu wahren. Der unbekannte Künstler, der mit seiner Herstellung betraut war, verstand sein Handwerk. Vielleicht rechnete er damit, daß derjenige, der so klug ist, das heilige Gefäß zu entdecken, und sogar schon den irdenen Zylinder entfernt hat, enttäuscht innehält, weil er annimmt, daß sich darin wieder nur eine zylinderförmige Gebetsmühle mit Inschriften befindet. Aber ...«

Seine Hand verschwand in dem Zylinder und zog einen durchsichtigen blauen Würfel heraus, der genau das quadratische Loch in dem trügerischen Zylinder ausfüllte. Der Würfel war so klar und glatt wie ein makelloser Eisblock. Unwillkürlich weiteten sich Frau Yangs Augen.

»Glas, Frau Yang. Wunderschönes blaues Glas, das vermutlich aus Mazedonien stammt und das Alexander der Große über den Norden Gandharas nach Indien eingeführt hat.« Hsueh reichte ihr den Würfel mit ehrfürchtiger Miene. »Haltet ihn gegen das Licht und schaut hindurch.«

»Er ist kristallklar ... wunderschön!« Sie hielt inne, brachte ihn näher an ihr Gesicht und runzelte die Stirn. »Doch seht. In der Mitte scheint er einen Fehler aufzuweisen – vielleicht ein Riß.« Sie warf noch einmal einen Blick in das Innere des Würfels und hielt ihn Hsueh hin. »Hier, Lama, in der Mitte.«

Hsueh stand noch immer regungslos, die Arme vor der Brust verschränkt, und verzog keine Miene.

»Schaut genau hin, Frau Yang. Ich sagte Euch bereits, daß ich Euch einen einzigartigen Schatz mitgebracht habe. Ich habe die Mutter unserer göttlichen Kaiserin und die heiligste Förderin des Dharma nicht belogen. Was Ihr gesehen habt, ist kein Fehler. Es ist der Schatz, von dem ich sprach.« Sie blickte noch einmal auf den Würfel.

»Es ist weiß. Ist es … ein Knochen?« Sie sah Hsueh überrascht in die Augen. »Lama, Ihr wollt doch nicht andeuten, daß es sich hier um den Knochen eines bedeutenden Lehrmeisters handelt … eines großen Lama oder Mönchs, der schon seit Jahrhunderten tot ist.«

»Das kann ich Euch nicht sagen, Frau Yang.«

»Doch viele Menschen behaupten, daß sie einen Überrest des Erhabenen besitzen.«

»Da mögt Ihr recht haben, Frau Yang. Doch diese Menschen sind das Opfer ihrer eigenen Torheit oder der Täuschung anderer. Es gibt nachweislich nur einen echten Überrest, nur einen, von dem die alten Schüler wußten, daß er echt war. Als die ersten Schüler des Buddha Gautama die Heimat Buddhas in der heißen Region Doab verließen und in den kühleren Norden zogen – in das Gebiet Gandhara –, nahmen sie eine seßhaftere Lebensweise an. Sie errichteten im Namen des Mahajana-Buddhismus große Klöster und über zwanzig Meter hohe Stupas, die von goldenen Schirmen gekrönt waren und im Innern viele farbenprächtige Buddha- und Bodhisattwa-Darstellungen bargen. Doch nur die Mauer des großen Stupas in Gandhara, der heute nur noch als Ruine erhalten ist, enthielt den einzigen echten Überrest des Meisters, von dem selbst alte Texte berichten.« Hsueh trat zurück und atmete tief durch, als habe ihn diese Enthüllung seine ganze Kraft gekostet.

»Aber wie in aller Welt seid Ihr in seinen Besitz gekommen, Lama?« fragte Frau Yang und strich über den heiligen Würfel.

»Das ist eine lange Geschichte, Frau Yang, an die ich mich nicht gern erinnere. Ich will nur so viel sagen: Ich hatte das Gefühl, daß die Gandharaner die wahre Botschaft verloren haben und uns den Zugang zu dem einen Buddha mit ihren unzähligen Metaphern von Bodhisattwas, Göttinnen und Dämonen versperren. Dieser Knochen, Frau Yang, symbolisiert das Gesetz des einen wahren Buddha, das Dharma, das einzige Gesetz, dem wir unterworfen sind. Und ich glaubte, daß wir dafür bis zum äußersten gehen müssen. Ja, bis zum äußersten«, wiederholte er bedeutungsvoll.

»Wollt Ihr damit sagen, daß man auch Menschenleben opfern muß?« fragte sie ernst.

»Vielleicht muß ich für meine Vergehen in einem meiner nächsten Leben büßen«, sagte er sanft. »Vielleicht …«

»Vielleicht was, Lama?« drängte sie ihn.

»Vielleicht ... doch das ist schwierig«, sagte er, faltete seine Hände wie zum Gebet und schaute ihr ernst in die Augen.

»Obwohl der Buddhist alles Leben respektiert, muß er vielleicht eine Ausnahme machen, wenn es nämlich darum geht, das Dharma zu schützen. Dies mag die einzige Ausnahme sein.«

»O ja, da stimme ich Euch zu, Lama«, sagte sie ohne zu zögern. »Das ist vielleicht die einzige Ausnahme. Ich selbst habe oft mit diesem schwierigen Problem gerungen. Wenn es unbedingt notwendig ist, und wenn es gilt, das Dharma zu schützen – was unsere oberste Pflicht ist –, verliert selbst das unantastbare Gesetz, alles Leben zu respektieren, an Bedeutung.« Während sie sprach, hatte sie plötzlich das Gefühl, als könne sie ihm alles sagen. Alles! Sie fühlte plötzlich eine Bedeutung hinter ihren Worten, die ihrer Vergangenheit einen ganz neuen Sinn gab. »Töten in diesem höheren Sinn wäre letztlich ...«, sie suchte erregt nach dem richtigen Wort, »... gerechtfertigt.« Allein schon der Klang des Wortes, das Echo, das es in ihrem Gedächtnis hinterließ, löste bei ihr ein großes Wohlbefinden aus.

»Vielleicht, Frau Yang, vielleicht. Eines Tages werde ich es herausfinden, nicht wahr? Welches Karma mich auch erwarten mag, ich bin dankbar dafür, daß ich Euch diese Gabe zu Füßen legen darf. Ich würde tausend Leben für dieses Privileg opfern. Nun, Frau Yang, als Hüterin des einzigen echten Überrestes der sterblichen Hülle Buddhas werdet Ihr einen noch höheren Rang in diesem Kaiserreich und im irdischen Reich Buddhas einnehmen als zuvor. Und Eure Pflichten Euch selbst und Eurem Haus gegenüber sind nun noch größer. Gestattet mir, daß ich Euch dabei helfe.«

»Natürlich, Lama«, sagte sie glücklich.

»Euer Haus ist von nun an auch Euer Tempel, Frau Yang. Der Mittelpunkt des buddhistischen Weltreichs Jambudvipa. Wenn Ihr erlaubt, werde ich Euch dabei helfen, es zu einem noch vollkommeneren Ort der Kontemplation und Erhöhung des Unbeschreiblichen zu machen, oder wenn Ihr wollt, zu einem noch reiner brechenden Kristall des göttlichen Lichts. Alles muß genau stimmen: sogar die Anordnung der Steine in Eurem Garten, der Winkel, in dem die ersten Strahlen der Morgensonne durch ein Fenster fallen, die feinen Farbabstufungen von Raum zu Raum, die Farben, die Euer makelloses Gesicht noch schöner erscheinen lassen.« Er hielt inne und schaute sich in dem prächtig eingerichteten Raum um. Dann hob er entschlossen den Zeigefinger. »Und ich möchte gern mit Eurer Küche beginnen.«

»Mit meiner Küche, Lama?«

»Wir sprachen von der Ehrfurcht vor allem Leben. Erlaubt, daß ich mich in Eure Küche begebe, um Euer Personal in der Zubereitung streng vegetarischer Gerichte zu unterweisen.«

»Ihr müßt wissen, Hsueh, daß der hochgeschätzte Hofgeschichtsschreiber Shu kein Unbekannter für mich ist.«

»Erzählt mir bitte nicht, daß er ein Freund von Euch ist.«

»Gewiß nicht«, lachte Di. »Doch anscheinend war es uns bestimmt, auf die eine oder andere Art Kollegen zu werden.«

»Und wie habt Ihr diesen werten Herrn kennengelernt?«

»Das war vor vielen Jahren, als ich zusammen mit vielen anderen hoffnungsvollen jungen Männern nach Loyang kam, um mich dort der eingehenden Prüfung von Körper, Geist und Verstand zu unterziehen.«

»Ah, den Kaiserlichen Examina«, sagte Hsueh in einem Ton, der erkennen ließ, daß die bloße Vorstellung ihn erheiterte.

Es war der Tag nach Hsuehs Besuch bei Frau Yang, und sie schlenderten durch eine der gepflegten öffentlichen Parkanlagen Loyangs. Di genoß es, sich unter die Menschen zu mischen, die den ungewöhnlich warmen Januartag, an dem es bereits zu tauen begann, für einen Spaziergang nutzten, obwohl der eine oder andere den großen Magier unverhohlen angaffte.

»Ja, Hsueh, die Examina, die über die Vergabe von Ämtern entscheiden. Euch sind sie glücklicherweise erspart geblieben.«

»Glaubt nicht, daß meine Lehrzeit ein Zuckerschlecken war«, sagte der Magier. »Ich wurde Prüfungen unterzogen, von denen Ihr Euch keine Vorstellung machen könnt.«

»Natürlich, Herr Hsueh. Natürlich«, sagte Di schnell.

»Doch berichtet mir vom Geschichtsschreiber Shu.«

»Ich weiß nicht, ob er sich an mich erinnert, aber ich erinnere mich noch gut an ihn. Als ich in jenem Frühling vor vielen Jahren nach Loyang kam, war Shu bereits dort. Doch für ihn war es nicht das erste Mal. Es war sein dritter und letzter Versuch. Zweimal war er schon durchgefallen, und kein Kandidat wird mehr als dreimal zur Prüfung zugelassen. Scheitert er auch beim dritten Mal ...«

»So ist er gezwungen, seinen Lebensunterhalt auf andere Art zu verdienen«, sagte Hsueh.

»Wie treffend Ihr das formuliert habt, Herr Hsueh. Genau so ist es. Jedenfalls fielen uns die etwas älteren Kameraden auf, die zum dritten und letzten Mal antraten. Sie wirkten unsicher und mischten sich unter uns Jüngere. Vielleicht wollten sie sich von unserem jugendlichen Elan anstecken lassen. Oder sie hofften darauf, von uns die Kenntnisse zu erhalten, die ihnen beim ersten und zweiten Mal gefehlt hatten.«

»Und Geschichtsschreiber Shu war einer von ihnen?«

»Ja. Ich erinnere mich deshalb so gut an ihn, weil er einige jüngere Kandidaten ansprach und ihnen viel Geld bot, wenn sie die Prüfung für ihn ablegten. Er kam auch zu mir. Soviel ich weiß, nahm niemand sein Angebot an, und so war er gezwungen, es selbst noch einmal zu versuchen.«

»Ich nehme an, er fiel durch.«

»Ja. Doch wie Ihr seht, hat ihn das nicht aufhalten können. Wir sprachen bereits davon, daß man seinen Lebensunterhalt auch auf andere Weise bestreiten kann – und Geschichtsschreiber Shu ist in dieser Hinsicht sehr erfinderisch.«

»In der Tat.« Der Magier schnaubte verächtlich.

»Deshalb erinnere ich mich noch so gut an ihn. Es ist aber unwahrscheinlich, daß er sich an mich erinnert, denn ich war ja nur einer von vielen, die er ansprach. Trotzdem bin mir nicht sicher, ob es ratsam ist, ihn daran zu erinnern, daß wir uns schon einmal begegnet sind.«

»Werdet Ihr ihn aufsuchen?« fragte Hsueh mit verhaltener Begeisterung.

Di zuckte mit den Schultern, während sie an einem hübschen Teich stehenblieben, dessen Eisdecke in der Sonne zu tauen begann. »Nach dem, was Ihr mir aus Frau Yangs Haus zugetragen habt«, sagte er und blickte über den Teich, »halte ich das für unabdingbar.« Er wandte sich wieder dem Magier zu. »Ich brauche stichhaltige Beweise, wie es in der Sprache des Gerichts heißt. Ihr erinnert Euch doch gewiß noch an die Proklamation der Kaiserin, in der sie Himmelstochter genannt wird?«

»Wie sollte ich sie vergessen.«

»Unser Amt wurde bevorzugt. Die meisten anderen erhielten gedruckte Exemplare, aber wir bekamen ein Original, vom Geschichtsschreiber Shu höchstpersönlich angefertigt. Es trug sein persönliches Stempelsiegel. Dabei fiel mir etwas auf, eine Kleinigkeit nur, aber sie ist doch so wichtig, daß ich mir gern noch mehr Originale seiner ›Kunst‹ ansehen würde.«

»Sieh an, Richter Di, welch angenehme und unverhoffte Überraschung! Ihr kommt gerade zur rechten Zeit«, sagte der kleine Mann und sprang auf.

»Willkommen!« Er machte eine einladende Handbewegung und führte Di in sein Arbeitszimmer.

Di folgte der freundlichen Einladung mit einem breiten Lächeln. »Ihr habt mich zweifellos schon erwartet, Herr Shu«, sagte er. »Seit unserem Wiedersehen bei dem vorzüglichen Abendessen bei der Kaiserin habt Ihr bestimmt damit gerechnet, daß ich irgendwann einmal vorbeischaue.«

»Wiedersehen?« fragte Shu erstaunt. »Herr Di, ich kann mich nicht entsinnen, daß wir uns davor schon einmal begegnet wären.«

»Nein, natürlich erinnert Ihr Euch nicht daran. Warum solltet Ihr auch«, sagte Di und nahm in einem bequemen Sessel neben Shus großem, mit wunderschönen Schnitzereien verzierten Schreibtisch Platz. »Ich hingegen habe allen Grund, mich an Euch zu erinnern!« Er lächelte freundlich und achtete darauf, daß seine Stimme unverändert freundlich blieb.

»Herr Di, ich bitte Euch! Ihr macht mich nun wirklich neugierig!« sagte Shu, der geschäftig hin und her eilte und einem Diener auftrug, Tee zu bringen, bevor er umständlich sein Gewand ordnete, sich dann in einen Sessel fallen ließ und erwartungsvoll lächelte.

»Die Examina, Herr Shu – vor fast fünfundzwanzig Jahren.« Er bemerkte, wie Shus Lächeln an den Mundwinkeln erstarb, und beugte sich dann vor wie jemand, der seine Gedanken sammelt, weil er eine interessante Geschichte erzählen will. »Ich erinnere mich noch genau an die Nacht, als wir nach den drei aufreibenden Prüfungstagen endlich wieder tun und lassen durften, was wir wollten. Viele von uns wußten, daß sie durchgefallen waren. In dieser Nacht aber, lange bevor die Ergebnisse bekanntgegeben wurden, waren die meisten verrückt vor Freude und betranken sich. Endlich waren die Qualen überstanden. In dem Moment wollten wir nichts weiter als reden, lachen und trinken wie freie Menschen. Bei dem Lärm, den wir machten, konnte niemand in der Stadt schlafen. Wir sangen und tranken, schrien und diskutierten über die verschiedenen Fragen und Probleme, die man uns bei den Examina vorgelegt hatte. Und Ihr, Herr Shu, trankt in dieser Nacht einen Krug Wein mit mir. Deshalb erinnere ich mich so gut an Euch, obwohl Ihr nur einer von mehreren hundert Prüflingen wart.« Di lächelte und schüttelte den Kopf, so als amüsiere ihn die Erinnerung. Shu erwiderte das Lächeln und wartete. »Ihr«, fuhr Di fort, »und nur Ihr wart in dieser Nacht so ruhig und heiter wie ein Stern am Himmel, während wir anderen wie von Sinnen waren. Ich erinnere mich, daß ich mich damals nach dem Grund für Eure Gelassenheit fragte. Später fand ich ihn heraus.«

Di erwärmte sich immer mehr für seine Geschichte und erkannte, daß Shu trotz seines zurückhaltenden Lächelns durchaus ein Mann war, der eine gute Geschichte zu schätzen wußte. Und das war nicht überraschend, dachte Di. Di hatte sich nämlich die Mühe gemacht, alles, was Shu in seiner Eigenschaft als persönlicher Geschichtsschreiber der Kaiserin und ihrer Mutter geschrieben hatte, zu lesen. Und seitdem wußte er, daß dieser Mann zweifellos selbst ein großer Geschichtenerzähler war.

»Viele Wochen später, nach Bekanntgabe der Ergebnisse, als die einen noch feierten und die anderen enttäuscht die lange Heimreise antraten, kursierte in der Stadt ein Gerücht. Ich weiß das deshalb noch, weil es uns vor Neid und Ungläubigkeit den Atem verschlug.« In dem betreffenden Jahr war tatsächlich ein Gerücht umgegangen, das allerdings niemals bestätigt wurde. Di war überzeugt, daß auch Shu davon gehört hatte und sich daran erinnerte. Er zeigte ihm nun sein freundlichstes Lächeln, als wolle er ihn dazu auffordern, die Geschichte selbst zu Ende zu erzählen. »Ich bin sicher, daß Ihr Euch daran erinnert.«

»Verzeiht«, versicherte Shu mit aufrichtiger Offenheit, »aber ich habe keine Ahnung, wovon Ihr sprecht, Herr Di.«

»Niemand wollte es glauben, und doch war es allem Anschein nach wahr. Ein Kandidat, einer von den vielen Tausenden, die sich in jenem Frühjahr und in den Jahren, Jahrzehnten und Jahrhunderten davor der Prüfung unterzogen hatten, hatte etwas erreicht, was normalerweise den Göttern vorbehalten bleibt: Er hatte eine

Prüfung abgelegt, die nicht besser hätte sein können. Ein fehlerfreies Examen! Und dann kam einigen Freunden von mir zu Ohren, daß der Mann, der dies vollbracht hatte, angeblich in einem Weinhaus in der Stadt bei einem Glas Wein feierte. Wir schlichen uns davon, ohne unseren Kameraden davon zu erzählen, denn wir wollten keinen Volksauflauf verursachen. Wir eilten zu dem Weinhaus und spähten durchs Fenster. Da saß er, der Mann, der vollbracht hatte, was noch keiner vor ihm vollbracht hatte und wohl auch keiner nach ihm vollbringen würde.« Er starrte Shu an, als schaue er just in diesem Moment durch das besagte Fenster. Und nun, Geschichtsschreiber, dachte Di bei sich, werde ich eine Geschichte zum besten geben, die Euch sehr gefallen wird. »Ich sah ihn, Herr Shu. Ich erblickte den Mann und erkannte in ihm jenen ruhigen, gelassenen Kameraden wieder, mit dem ich einige Wochen zuvor getrunken hatte.« Er hielt inne, senkte die Augen und richtete sie dann wieder auf Shu. »Ihr habt Euch in dem Vierteljahrhundert, das inzwischen vergangen ist, nicht sehr verändert. Ich habe Euch sofort wiedererkannt, als ich Euch am Kaiserlichen Tisch sitzen sah.«

Shu lächelte, errötete und begann zu stammeln wie eine schüchterne Jungfrau. »Aber nein, Herr Di. Ihr irrt Euch. Ihr glaubt doch nicht etwa, daß ich dieser Mann bin«, widersprach er halbherzig. Er hatte augenscheinlich gar nicht die Absicht, Di von seinem Glauben abzubringen. »Ich habe gut abgeschnitten, gewiß, aber so gut nun auch wieder nicht«, sagte er mit einem zufriedenen Lächeln.

»Lassen wir es dabei bewenden«, sagte Di. »Ich will nicht weiter in Euch dringen. Eure Bescheidenheit weist Euch als wahrhaften Ehrenmann aus.« Er lehnte sich zurück und schaute den großen Gelehrten bewundernd an. »Ich aber kenne die Wahrheit, auch wenn Ihr sie abstreitet. Und ich kann Euch nur zu gut verstehen! Die Leute würden Euch keine Ruhe mehr lassen, wenn es bekannt würde!« Mit einer Handbewegung gebot er dem armen Shu zu schweigen, als dieser wieder einen Einwand erheben wollte. »Macht Euch keine Sorgen, Euer Geheimnis ist bei mir gut aufgehoben. Kein Sterbenswörtchen wird über meine Lippen kommen. Doch gönnt mir die Genugtuung zu wissen, mit wem ich spreche!«

»Nun, Herr Di, ich ...« Shu war so glücklich, daß ihm fast schwindelte.

Di redete schnell weiter, so daß Shu kaum Gelegenheit hatte, seine Gedanken zu sammeln. »Wie es hieß, war nicht nur sein Wissen ohne Fehl, auch seine Schrift soll großartig gewesen sein. Ich widme mich aus Liebhaberei der Kunst der Kalligraphie, doch natürlich bin ich nur ein Dilettant. Ich kam heute in der Hoffnung hierher, daß Ihr mir die Ehre erweist ...«, er hielt inne, ganz so als habe er erkannt, daß die bloße Bitte schon eine Zumutung für einen so gütigen und bescheidenen Mann darstelle.

»Nein! Ich bitte Euch! Herr Di, um was handelt es sich?« sagte Shu eifrig.

»Ich kam in der Hoffnung, einige Kostproben Eurer eleganten Handschrift begutachten zu dürfen.« Di wußte, daß Shu sich tatsächlich mit Kalligraphie beschäftigte und sich vermutlich für einen Meister auf diesem Gebiet hielt. Diese Schmeichelei, die den Tatsachen erheblich näher kam, erzielte genau die von Di gewünschte Wirkung. Shu sprang hinter seinem Schreibtisch hervor und eilte zu einem Wandschränkchen, schloß es auf und öffnete die Türen, hinter denen gebundene Pergamentrollen zum Vorschein kamen. Eifrig nahm er ein paar heraus und legte sie vor Di auf den Tisch, dann rollte er sie aus und beschwerte ihre Ecken mit Figurinen, Schmuckkästchen und Schalen.

»Ihr werdet feststellen, daß ich kein Meister bin, Richter, nur ein Handwerker, der sich nach Kräften bemüht«, sagte er bescheiden.

»Unsinn!« rief Di, während er eifrig die vor ihm ausgebreiteten Schriftstücke studierte. Wie er gehofft hatte, waren einige Originalschriften der verschiedenen Proklamationen und verfälschenden historischen Aufzeichnungen darunter, für die Shu berühmt war. Rasch überflog er die Blätter, wobei er besonders die rechte untere Ecke in Augenschein nahm. Auch Gedichte waren darunter. Shu, der Poet, dachte Di. Nicht zu fassen! Er blätterte den Stapel ehrerbietig durch, als handele es sich um heilige Dokumente, und fluchte dabei still in sich hinein. Er suchte nach einem ganz bestimmten Schriftstück, doch er konnte es nicht finden. Es war nicht dabei.

»Wunderbar«, murmelte Di, als habe er noch nie in seinem Leben eine vergleichbare Arbeit gesehen. »Wie ich es mir vorgestellt hatte.« Die Kalligraphie war nicht schlecht, doch keineswegs von solch erlesener Qualität, daß er in Verzückung hätte geraten müssen. Aber Di ließ sich dadurch nicht beirren. Er war überzeugt, daß Shu nicht protestieren würde.

»Bitte, Herr Di, sagt mir, was Ihr seht!«

»Ich sehe jenes gewisse Etwas, das kein Meister der Kalligraphie seinen Schülern zu vermitteln vermag – er kann lediglich ihre handwerklichen Fähigkeiten dahingehend schulen, daß sie in der Lage sind, ihre Talente, sofern sie welche haben, zur Entfaltung zu bringen, zum Leben zu erwecken. Zuweilen betrachtet man die Arbeit eines handwerklich vollkommenen Kalligraphen und stellt fest, daß sie dem Auge schmeichelt, und doch fehlt ihr die Seele. Hier dagegen – jeder einzelne Eurer Striche teilt dem Betrachter etwas mit und steht im vollen Einklang mit der Bedeutung der zu Papier gebrachten Worte. Seht!«, sagte er und griff eine Proklamation der Kaiserin heraus, in der von Bauprojekten und von der Umbenennung der Stadt die Rede war. »In diesem Dokument wirken die Pinselstriche leicht und forsch, freudig und feierlich, während in diesem«, er zeigte auf die Proklamation, in welcher der Tod des bedauernswerten Kronprinzen Jung bekanntgegeben wurde, »die Striche fast zu weinen scheinen. Ich kann Euren Kummer förmlich spüren!«

Shu war so bewegt, daß er feuchte Augen bekam. »Ja«, stimmte er zu, »ich weinte, als ich das schrieb. Es grenzt an ein Wunder, daß meine Tränen die Tusche auf dem Papier nicht verwischten.«

»Die Tränen sind da, Shu, in jedem Pinselstrich.« Di holte tief Luft und wagte einen weiteren Vorstoß. »Wenn Ihr beim Tod eines jungen Mannes bereits so tief empfandet, so kann ich nur ahnen, welchen Kummer Ihr fühltet, als Ihr über den Tod eines schönen jungen Mädchens schreiben mußtet.«

»Oh, Herr Di«, sagte Shu und schüttelte den Kopf. »Es war mir, als hätte ich den Pinsel mit meinen salzigen Tränen statt mit Wasser benetzt.« Di zügelte seine Ungeduld, als Shu zum Wandschrank zurückging und eine weitere Pergamentrolle herausnahm. Er reichte sie Di und gab ihm durch seine Miene zu verstehen, daß es ihm zu viel Schmerz bereiten würde, sie eigenhändig zu öffnen.

Di rollte sie auf. Es war das Original der Proklamation, in der die Hinrichtung der Neffen und der Tod der Herzogin Ho-lan, der Nichte der Kaiserin, bekanntgegeben wurden. Seine Augen suchten die untere rechte Ecke, noch ehe das Dokument offen vor ihm lag. Er atmete erleichtert auf.

»Oh, Shu«, sagte er mitfühlend. »Welche Überwindung es Euch gekostet haben muß, den Pinsel über das Pergament zu führen!« Shu schüttelte wortlos und traurig den Kopf. »Doch was ist das?« fragte Di und zeigte auf ein Blatt, das ihm schon vorher aufgefallen war. »Ein Gedicht? Seid Ihr etwa auch ein Poet? ›Ode an den Oktobermond‹ «, las er laut vor. »Ja, das war fürwahr ein ganz besonderer Mond. Ich war selbst versucht, ein Gedicht zu schreiben, und ich kann Euch versichern, daß ich keineswegs ein Dichter bin. Betrachtet diese Striche hier«, sagte er schnell. »Sie künden von Frieden, Heiterkeit und göttlicher Eingebung ...« Er sah Shu fest in die Augen. »Von unverfälschter Natürlichkeit.«

»Wie wahr, wie wahr!« stimmte ihm Shu eifrig zu. »Wußtet Ihr, Herr Di, daß ich dieses Gedicht des Nachts schrieb, unter freiem Himmel, und nur der Vollmond schien auf das Papier? Ah! Es war wie ein Traum!«

»Und Euer Herz war noch frei und unbeschwert. Ich sehe noch kein Anzeichen für den Kummer, der Euch bevorstand und der in Euren späteren Pinselstrichen zu erkennen ist. Ihr wart noch ... unberührt«, sagte Di und beobachtete Shu genau.

»Wie meint Ihr das?« fragte der Geschichtsschreiber und zögerte einen Augenblick. »Ja, natürlich. Ihr habt recht«, sagte er dann. »Ich war noch unberührt. Mein Herz war frei und unbeschwert und fand noch Gefallen an diesem frivolen Vergnügen.« Er zögerte und schüttelte den Kopf. »Nein, ich wußte noch nichts von dem Kummer, der mir bevorstand. Wie ist es möglich, daß uns solche Dinge zustoßen, ohne daß wir sie vorher fühlen oder erahnen?«

Di zuckte mit den Schultern. »Der Kummer beschleicht uns so verstohlen und listig wie ein Raubtier«, sagte er, voller Stolz auf das Bild, das ihm plötzlich eingefallen war.

»Ähnliches habe ich über die Inspiration sagen hören, Herr Di«, sagte Shu glücklich. »Es heißt, sie kann springen wie ein Tiger!«

Di lächelte nachdenklich. »Ja, Shu. Wie ein Tiger.«

»Der Mann kann improvisieren, das muß ich ihm lassen«, flüsterte Di. »Die Leichtigkeit, mit der er Geschichten erfindet, gleicht der einer Spinne, die ihr Netz spinnt.«

»Oder der Leichtigkeit, mit der sich eine Ratte durch Papier frißt«, flüsterte der Mönch zurück. »Haltet die Lampe gerade,

Herr Di.« Er stöhnte leise, dann vernahm Di ein metallisches Klicken. Das Schloß hatte nachgegeben, und die Tür zum Arbeitszimmer des Geschichtsschreibers Shu sprang leise auf. Es grenzte an ein Wunder. Türen und Schlösser stellten für den Magier nicht das geringste Hindernis dar.

»Euer Vergleich ist noch treffender«, meinte Di und hielt die Lampe in den Raum. Zielstrebig ging er zum Schreibtisch des Geschichtsschreibers, klappte die mit Scharnieren versehene Platte auf und hielt die Lampe über die Gegenstände, die nun zum Vorschein kamen: Pinsel, Tuschefäßchen, Platten zum Anreiben der Tusche – und die verzierte kleine Dose, nach der sie gesucht hatten. »Hier ist er, Herr Hsueh«, flüsterte er. »Der Beweis für einen Mord, der in einer Hand Platz hat.« Er nahm die Schachtel heraus. »Zumindest glaube ich, daß wir ihn hier finden werden.«

Er stellte die Lampe ab, zog ein Päckchen aus der Tasche, die an seinem Gürtel hing, und wickelte es geschwind auf dem Schreibtisch des Historikers aus. Es enthielt ein Stück Pergament, zwei kleine Phiolen, eine Feder und ein Stück Stoff. Er öffnete die kleine Dose, die er aus dem Schreibtisch genommen hatte, und ließ den geschnitzten Jadestempel des Geschichtsschreibers herausgleiten. Er hielt ihn ins Licht und untersuchte ihn kurz, dann öffnete er eine der Phiolen, tauchte den Pinsel hinein, bestrich den Stempel und drückte ihn auf das Pergament.

Jetzt ging er zu den Fächern, in denen Shu seine Gedichte und Proklamationen aufbewahrte. Er raffte die Papiere zusammen, trug sie zur Lampe und öffnete vorsichtig und schnell eine Rolle nach der anderen. Er stöhnte vor Ungeduld, doch dann hatte er die beiden Dokumente gefunden, nach denen er gesucht hatte: das Gedicht über den Vollmond und die Proklamation zum Tod der kaiserlichen Nichte. Er hielt das Gedicht und das Pergament, auf das er gerade den Stempel des Geschichtsschreibers gedrückt hatte, ans Licht und verglich sie miteinander. Dann nahm er die Proklamation und verglich sie mit den beiden anderen Papieren. Er nahm den Stempel und bestrich ihn erneut mit Tusche, machte einen zweiten Abdruck und hielt ihn neben das Gedicht und die Proklamation. Er prüfte die Papiere einige Minuten lang. Er hörte den Atem des Mönches, der dicht hinter ihm stand.

»Der Beweis für einen Mord, der in einer Hand Platz hat, Herr Hsueh«, wiederholte er befriedigt. »Seht Ihr?« Er deutete auf den

Stempelabdruck unter Shus Gedicht und hielt die beiden Pergamente, die er selbst gestempelt hatte, daneben.

»Hier ist eine Einkerbung«, bemerkte Hsueh. »Ein Teil des Stempels fehlt. Man erkennt es auch auf der Proklamation über die ›Himmelstochter‹.«

»Ja. Wahrscheinlich fiel der Stempel einmal zu Boden, und dabei ist ein Stück herausgebrochen. Doch seht hier!« Er hielt die Proklamation zum Tod von Ho-lan unter die Lampe.

Hsueh blinzelte. »Hier fehlt die Einkerbung!« flüsterte er.

Di legte den neuen Stempelabdruck auf den alten und hielt sie gegen das Licht. »Ja, aber an den kleinen Kratzern, Linien und Unregelmäßigkeiten ist zu erkennen, daß er mit demselben Stempel hergestellt wurde wie der Abdruck unter dem Gedicht – und zwar bevor unser ungeschickter Geschichtsschreiber ihn fallen ließ, mit dem Fuß darauf trat oder was auch immer mit ihm anstellte.«

»Ich glaube, ich beginne zu verstehen«, sagte Hsueh.

»Das Gedicht wurde im Oktober verfaßt. Das Mädchen starb im November. Ihr Tod wurde in den letzten Novembertagen öffentlich verkündet. Hier haben wir den Beweis, daß die Proklamation verfaßt wurde, *bevor* der Stempel des Geschichtsschreibers beschädigt wurde, also *bevor* das Gedicht verfaßt wurde.« Er sah in die bestürzte Miene des Magiers. »Wochen vor ihrem Tod.«

»Ich mag gar nicht daran denken, Herr Di. Ein junges Mädchen, das ohne Argwohn mit den beiden Frauen und dem Geschichtsschreiber verkehrte, mit ihnen die Mahlzeiten einnahm, mit ihnen plauderte und lachte, während ihr Tod bereits beschlossene Sache war und die Proklamation irgendwo in einer Schublade lag. Ich mag gar nicht daran denken.« Im nächsten Moment nahm sein kummervolles Gesicht einen scharfsinnigen Ausdruck an. »Herr Di, wie könnt Ihr sicher sein, daß das Gedicht im Oktober verfaßt wurde? Dieser verabscheuungswürdige Scharlatan wäre zu allem fähig. Er könnte es genausogut letzte Woche oder vorgestern geschrieben haben.«

»Ihr habt recht, Hsueh. Doch ich habe ihm solange geschmeichelt, bis er mir gestand, daß er es in jener Vollmondnacht und nicht erst Wochen später verfaßt hat. Und ich glaube ihm. Ich denke, ich weiß, wann Shu die Wahrheit sagt und wann er lügt. Aber natürlich reicht das nicht. Es ist zwingend, aber eben nicht genug.

Ich brauchte eindeutige Beweise. Deshalb blätterte ich alte literarische Zeitungen durch, die regelmäßig in der Stadt erscheinen. Schließlich fand ich das Gedicht. Es erschien tatsächlich im Oktober.« Er lachte. »Unmittelbar nach besagter Vollmondnacht. Doch ich stieß noch auf etwas anderes. Es steht zwar mit dieser Angelegenheit in keinem Zusammenhang, gibt aber einigen Aufschluß über den Charakter unseres Freundes, des Geschichtsschreibers.«

»Was meint Ihr, Herr Di?«

»Er veröffentlichte das Gedicht unter einem anderen Namen, aus Bescheidenheit natürlich.« Sie lachten beide. Di nahm das Tuch, das er ausgebreitet hatte, befeuchtete es mit Wasser aus der zweiten Phiole und entfernte alle Tuschespuren vom Stempel des Historikers. Dann legte er ihn in die Dose zurück. »Und in der nächsten Ausgabe der Zeitung erschien ein kurzer Kommentar zu genau diesem Gedicht, in dem das literarische Genie des anonymen Dichters in den höchsten Tönen gepriesen wurde. Er stammte vom Geschichtsschreiber Shu.«

Di lachte nur kurz, denn er mußte an das traurige Schicksal des Mädchens denken. »Ho-lan«, sagte er sanft. Zum ersten Mal sprach er den Namen des toten Mädchens laut aus. Ein wunderschöner Name.

In der zweiten Nacht nach dem heimlichen Besuch in Shus Kanzlei lag Di bis zum Morgengrauen wach in seinem Bett. Er fühlte, daß der Geist der Nichte Ho-lan über ihn gekommen war und ebenso beharrlich bei ihm verweilte wie vor Jahren der Geist des toten Gärtners.

Auch du willst mir also nicht meine Ruhe lassen, sagte er und stieg müde aus dem Bett. Er trat an seinen Schreibtisch und schrieb einen Brief an einen Beamten, dessen Name ihm Wu-chi genannt hatte und der zu den letzten Konfuzianern bei Hof gehörte.

In dem Brief, den er von einem persönlichen Boten überbringen ließ, teilte er dem Beamten lediglich mit, daß er mit ihm über eine ›delikate‹ Angelegenheit zu sprechen wünsche, die mit der Kaiserinmutter zu tun habe.

Di sah dem Treffen mit dem Beamten gespannt und zugleich ängstlich entgegen. Der Mann war der Leiter des Zensorats – der höchsten juristischen Instanz im Kaiserreich. Di wußte nicht, ob er eine so hochgestellte Persönlichkeit wie die Kaiserinmutter jemals der Justiz überantworten konnte, und hatte das Bedürfnis, mit jemandem, den er für seinesgleichen hielt, über den Fall zu reden. Die Kaiserinmutter – allein der Gedanke ließ ihn schaudern. Und die Kaiserin ...? Er wagte kaum, daran zu denken. Auf dem Weg zu dem Beamten vergegenwärtigte sich Di, daß Frau Yang nur eine Bürgerin war. Sie war nicht von königlicher Herkunft, und als Bewohnerin der Stadt unterstand sie seiner Gerichtsbarkeit.

Meiner Gerichtsbarkeit, sagte er sich bei jedem Schritt, meiner Gerichtsbarkeit. Aber unterstand sie, wenn die Wahrheit ans Licht kam, überhaupt irgendeiner Gerichtsbarkeit?

Er hatte Beweise. Eindeutige Beweise. Wenn jemand mit solchen Beweisen zu ihm käme, würde er sofort Anklage erheben. Da war zunächst einmal die interessante Entdeckung des Mönchs, die dieser bei seinem Besuch in Frau Yangs Haus gemacht hatte. Er hatte herausgefunden, daß die Kaiserinmutter verschiedene Kochtöpfe, Schüsseln und anderes Geschirr besaß, die gesondert aufbewahrt und in einem Kasten in der Küche sorgfältig unter Verschluß gehalten wurden. Frau Yang hatte Hsueh erklärt, daß der Koch damit das letzte Mahl ihres verstorbenen Mannes zubereitet habe und daß sie es deshalb separat aufbewahre. Die letzten Schüsseln, aus denen ihr Mann gegessen, die letzten Stäbchen, mit denen er die Speisen an seine Lippen geführt habe! Sie könne unmöglich zulassen, daß ein anderer sie jemals benutze.

Doch Hsueh hatte Di erzählt, daß man Küchenutensilien mit Gift behandeln könne, so daß jeder, der aus solchen Schüsseln esse oder ein Mahl zu sich nehme, das in solchen Töpfen zubereitet worden sei, unweigerlich sterben müsse. Im fernen Westen seien solche Dinge wohlbekannt. Er selbst wisse von mehr als einem Fall, und natürlich kenne auch Frau Yang diese fremdländischen Methoden.

Belastend, aber nicht genug, um sie des Mordes anzuklagen, zumal Di nicht im Besitz des Geschirrs war. Hsueh hatte sich erboten, heimlich in das Haus einzudringen, den Kasten zu öffnen und Di das Geschirr zu bringen, doch Di hatte das als viel zu riskant abgelehnt. Schöpfte Frau Yang erst einmal Verdacht, so würde sie sich ihrem Zugriff entziehen und für alle Zeit ihrer gerechten Strafe entgehen.

Du wirst doch nur Kontakt mit dem Beamten aufnehmen, sagte sich Di jetzt und versuchte, seinen rasenden Puls zu beruhigen. Du wirst dich zu keiner Unbesonnenheit hinreißen lassen. Du wirst nur mit ihm reden, nichts weiter. Du wirst dich behutsam und diskret vortasten.

Und die Kaiserin? Immer wieder tauchte die Frage vor ihm auf, doch er schob sie jedesmal beseite. Er war noch nicht bereit, darüber nachzudenken. Beunruhigende Bilder traten vor sein geistiges Auge: Er sah ein Kind, das tot in seiner Wiege lag. Er schüttelte den Kopf, um sich von dem Bild zu befreien. Doch umsonst.

Nein, sagte er sich zum hundertsten Mal. Das konnte einfach nicht wahr sein.

»Es tut mir leid, Richter Di«, sagte der Beamte mit den wässrigen Augen. »Aber mir ist nicht bekannt, wohin der Hofrat gegangen ist.«

»Gestern sagtet Ihr mir, er sei krank«, sagte Di, mühsam seine Ungeduld zügelnd. »Und Ihr sagtet mir auch, daß ich heute wiederkommen solle. Ist er noch krank? Hat er keine Nachricht für mich hinterlassen?«

»Ich weiß es nicht«, sagte der Mann mit einem Achselzucken.

»Vielleicht könnte ich ihn ja auch zu Hause aufsuchen. Wo wohnt er denn?«

»Er ist nicht zu Hause, Richter.«

»Er ist also weder zu Hause noch in seiner Kanzlei. Ja, wo ist er dann?«

»Er befindet sich auf einer Reise.«

»Auf einer Reise! Wir waren doch verabredet! Gestern war er krank, heute ist er verreist! Wohin? Wohin ist er verreist?«

»Er besucht seine alte Mutter, Richter Di. Mehr ist mir nicht bekannt.«

»Wo? Hier in Loyang? Oder in einer anderen Stadt?«

»Ich weiß es nicht, Richter Di.«

»Ist die Mutter tot oder lebt sie noch?« fragte Di.

»Wie meint Ihr das?« fragte der Beamte verwirrt.

»Schon gut«, sagte Di und wandte sich zum Gehen, blieb dann aber stehen. »Wenn Ihr den Hofrat seht, so tut mir den Gefallen und stellt ihm eine Frage.«

»Natürlich, Richter«, sagte der Beamte.

»Fragt ihn, ob *er* noch lebt oder schon tot ist«, sagte er und schritt aus der Kanzlei.

Er rüttelte noch einmal an der Tür. Er wollte nicht recht wahrhaben, was seine Sinne ihm so unmißverständlich mitteilten. Die Tür war verschlossen, und aus der Kanzlei, in der ein anderer hoher konfuzianischer Beamter arbeitete, drang kein einziger Laut. Er blickte an der hohen, mit Schnitzereien versehenen Holztür hinauf und empfand plötzlich das kindische Bedürfnis, sie einzutreten oder dagegenzuhämmern. Nur zu, spöttelten die würdevollen Täfelungen, uns macht das nichts aus, aber für dich wird es äußerst schmerzhaft sein.

Di stieg erschöpft die Treppe zu seinen Gemächern hinauf. Ja, sagte er zu sich, wir wußten schon immer, daß du langsam und begriffsstutzig bist. Begreifst du nun endlich? Es gibt Türen, die nicht einmal der Magier öffnen kann.

Er hatte in vier Ämtern vorzusprechen versucht, bevor ihm schließlich klar geworden war, daß es in der Stadt Loyang keinen einzigen Beamten gab, der seiner schmutzigen kleinen Geschichte Gehör schenken wollte.

Die bloße Erwähnung von Frau Yangs Namen versetzte die Beamten in Aufruhr, und plötzlich war keiner mehr für ihn zu sprechen. Offenbar hatte es sich wie ein Lauffeuer verbreitet: Hütet Euch, Richter Di in Eure Kanzlei zu lassen. Man ging ihm aus dem Weg wie einem zerlumpten, stinkenden Bettler.

Er saß im warmen Licht der Lampe, einen Pinsel in der Hand, und dachte über den Beamten nach, den er zuletzt aufgesucht hatte. Es war ihm tatsächlich gelungen, bis in sein Arbeitszimmer vorzudringen, doch er hatte kaum den Mund aufgetan, als der Mann ihn höflich unterbrach und sagte, daß ihn gerade ein dringendes menschliches Bedürfnis überkomme und daß er gleich zurück sei. Als der Mann nach fast einer Stunde immer noch nicht zurückgekehrt war, hatte sich Di erhoben und war gegangen.

Tagebucheintrag:

Die Ereignisse der letzten Tage haben mich einiges über das Wesen des Gesetzes gelehrt – Dinge, die ich bisher nur aus der Theorie kannte, die nun aber für mich so real sind wie das

Pflaster unter meinen Füßen. Ohne das Zusammenwirken vieler Menschen gibt es kein Gesetz. Ein Gesetz kann erlassen sein, es kann auf dem Papier und in den Büchern stehen, doch wenn niemand ein Interesse daran hat, ihm auch Geltung zu verschaffen, existiert es nicht. Eine Binsenweisheit, ich weiß, aber erst jetzt verstehe ich sie wirklich. Wenigstens hat mir der Mönch seine unbedingte Unterstützung zugesagt. Ich stehe also nicht ganz allein.

Unterdessen hält der Strom von Sutras, der sich aus Tunhuang in unsere Stadt ergießt, unvermindert an. Als ich heute durch die Straßen ging, drehte sich fast jedes Gespräch, das ich zufällig aufschnappte, um die Natur von Paradies und Hölle. Einmal blieb ich sogar stehen, weil mir plötzlich klar wurde, daß Paradies und Hölle nicht zwei unterschiedliche Orte sind. Sie sind miteinander verwoben und verwachsen, sie sind untrennbar miteinander verbunden und existieren hier und heute auf dieser Welt.

18

Im Jahr 669, Februar
Loyang

Di wurde von schlimmen Alpträumen geplagt. Seit er gestern von Hsueh Huai-i die Nachricht erhalten hatte, daß Kaotsung schwer erkrankt sei, nahm seine innere Unruhe von Stunde zu Stunde zu. Aber warum? fragte er sich. War es denn noch von Bedeutung für das Land, ob der Kaiser lebte oder tot war? Doch er kannte die Antwort. Wie unfähig und schwach Kaotsung auch sein mochte, er repräsentierte doch – wenn auch symbolisch – den letzten Rest konfuzianischer Ordnung im Staat.

Diesmal hatte Kaotsung einen schweren Rückfall erlitten, von dem er sich, wie Hsueh geschrieben hatte, möglicherweise nicht wieder erholen würde. Di vermutete, daß der Tod der Nichte Holan zuviel für den Kaiser gewesen war. Sein letzter Funke Lebensfreude war erloschen, sein Geist und sein Wille waren gebrochen. Wu-chi hatte Di gegenüber einmal bemerkt, es grenze an ein Wunder, daß der Kaiser überhaupt so lange lebe. Ein Wunder, in der Tat, sagte sich Di angesichts der Erkenntnisse, die er nun aus erster Hand bekam.

Er bangte um Hsuehs Sicherheit und fragte sich immer wieder, ob es klug gewesen war, ihm die Durchführung seiner geheimen Mission zu gestatten. Vor zwei Wochen hatte sich der Mönch in Frau Yangs Haushalt eingeschlichen und lebte nun unter ihrem Dach, wie es Heilige, Gelehrte und Pilger oft zu tun pflegten. Der große Lama Hsueh war Frau Yangs Ehrengast und gleichzeitig ihr geistlicher Berater. Er überwachte das Küchenpersonal und half ihr bei der Planung von Gartenanlagen und Tempelbauten.

Di hatte sich in diesen zwei Wochen nicht mehr mit dem Magier getroffen, doch der schlaue Mönch hielt ihn stets auf dem laufenden. Er schickte fast täglich einen Brief mit faszinierenden Einzelheiten über das Leben im Haus der Kaiserinmutter. Doch was sollten sie mit den Beweisen anstellen, die sie wahrscheinlich finden würden? Auf diese Frage wußte Di keine Antwort. Aber er war nicht willens, die Sache auf sich beruhen zu lassen. Er hatte keine andere Wahl, er mußte die Wahrheit herausfinden.

In der Nacht hatte Di schlecht geschlafen und war immer wieder aus Alpträumen aufgeschreckt, in denen Feuer eine Rolle spielte. In einem Traum weilte er im Palast und sprach gerade mit dem Kaiser, als ein Feuer sich knisternd auf dem Fußboden ausbreitete, Flammen auf das große Bett übersprangen und die Bettlaken in Brand setzten. Verzweifelt zog Di den gelähmten Monarchen am Arm, doch es gelang ihm nicht, ihn von der Stelle zu bewegen.

An diesem Punkt war Di aufgewacht. Jetzt setzte er seine Füße auf den kalten Fußboden und bestellte beim Diener des Gästehauses heißen Tee.

Zusammen mit dem Tee brachte ihm der Diener einen neuen Brief von Hsueh. Ungeduldig brach er das Siegel auf und las. Der Brief enthielt interessante Neuigkeiten.

Kaotsung, der inzwischen viel zu schwach war, um sich seiner Frau noch zu widersetzen, hatte abdanken wollen – aber sie hatte es ihm nicht erlaubt.

Ihm nicht erlaubt? Ein Kaiser, der nicht abdanken durfte, weil seine Frau es nicht erlaubte! Das war ungeheuerlich.

Ein neuer Tag. Er führte die heiße, mit grünem Tee gefüllte Schale an seine Lippen und hätte sich dabei beinahe die Finger verbrannt. Er blies behutsam in die dampfende Flüssigkeit und sann darüber nach, wie eigenartig doch alles war. Er war gespannt auf den nächsten Brief des Tibeters. Welche Neuigkeiten würde er wohl diesmal enthalten?

Ein hübscher Knabe, dachte Kaotsung, und betrachtete den stattlichen Kronprinzen Hung, der an seinem Krankenbett saß. Fünfzehn Jahre alt ist er jetzt. Wirklich ein hübscher junger Mann, freundlich und höflich. Ich glaube, er sieht mir nicht ähnlich. Doch, vielleicht um den Mund. Die Augen hat er ohne Zweifel von seiner Mutter. Dunkel und unergründlich sind sie, aber ohne diese durchdringende Schärfe.

Der Junge beugte sich nun tief zu ihm herunter, und Kaotsung war sich sicher: Aus dem Dunkel dieser Augen sprach nicht der Wahnsinn der Mutter. Nein, diese Augen zeugten von Lebenskraft. Der Prinz war ein guter Mensch. Die Menschen liebten ihn, weil er so menschlich war und seinen Pflichten als Sohn nachkam.

»Vater ...«, flüsterte der Junge und beugte sich noch tiefer herunter. »Vater ..., nein, versucht nicht zu sprechen.« Ich muß versucht haben zu sprechen, dachte Kaotsung, doch ich kann nur stöhnen und sabbern. Ich sollte eigentlich wissen, daß es keinen Zweck hat, und nur auf all die Hände schauen, die mir mit parfümierten Tüchern das Kinn abwischen.

»Vater, ich weiß, daß Ihr mich hört«, fuhr der Kronprinz fort. »Hört ruhig zu und nickt mit dem Kopf. Das bereitet Euch doch keine Probleme, oder?« Nein, das tut es nicht. Kaotsung nickte.

»Vater, ich fürchte mich vor meiner Mutter«, sagte der Junge mit leiser, ernster Stimme, und Kaotsung nickte wieder. »Es tut mir leid, daß Ihr so krank seid, und ich bete darum, daß Ihr Euch wieder erholt. Aber Ihr müßt mir unbedingt helfen, Ihr müßt mir helfen, Vater, trotz allem.« Hung machte eine Pause und schüttelte den Kopf. »Eure Krankheit kommt ungelegen, Vater.« Ein Lächeln umspielte seine Lippen, und ein Anflug von Humor klang aus seiner Stimme. Trotz allem, dachte Kaotsung und versuchte, das Lächeln zu erwidern.

»Man schickt mich in den Norden. Ich soll im Sommerpalast Unterricht erhalten. In einer Woche soll ich abreisen. So wünscht es meine Mutter ...« Er zögerte und dachte einen Moment nach. »So befiehlt es meine Mutter. Ich soll unter Anleitung Eures alten Tutors mein Studium der Klassiker vertiefen.« Kaotsung nickte. Das war nicht ungewöhnlich. Der Kronprinz verbrachte jeden Sommer dort, das war schon zu Zeiten seines Vaters und Großvaters Tradition gewesen. »Deshalb bleibt mir nicht mehr viel Zeit, Vater. Ich fürchte, daß sich Mutter an einen Vorfall erinnert, der lange zurückliegt, und daß sie die beiden Dienerinnen hinrichten läßt.«

Kaotsung runzelte dabei die Stirn. Besser konnte er sich nicht verständlich machen.

»Ihr erinnert Euch also nicht an sie, Vater?« fragte Hung. »Es ist schon sehr lange her, und die beiden sind so unbedeutend, daß man sie einfach vergessen hat. Jedermann, so scheint es, hat sie vergessen! Wie alle einfachen Menschen, Vater, sind sie unbemerkt durch die Maschen des Lebens geschlüpft. Es war noch vor meiner Geburt ...« Hung bemerkte den verwirrten Ausdruck in den Augen seines Vaters und fügte erklärend hinzu: »Sie sind die letzten, die aus der Zeit von Mutters Vorgängerin übrig geblieben sind. Man hat sie eingesperrt und dann vergessen. Sie waren Dienerinnen der ersten Kaiserin. Aber Ihr fragt Euch jetzt sicher, woher ich von diesem Unrecht weiß.«

Kaotsung schüttelte den Kopf, als ob er neugierig auf die Antwort warte, aber er war ganz und gar nicht erstaunt. Er konnte es sich denken. Jemand, dessen Gewissen nicht länger schweigen konnte – ein Eunuch im Kaiserlichen Dienst oder ein Gefängniswärter, der ihnen das Essen brachte, vielleicht auch eine von den anderen Dienerinnen –, hatte dem weichherzigen jungen Prinzen von der Sache berichtet.

»Es war vor gut einem Jahr, Vater, aber ich hatte keine Möglichkeit, da Mutter immer in der Nähe war und ...« Hungs Stimme versagte für einen Moment. »Aber dann wurdet Ihr krank. Und es schien, als ob der rechte Moment niemals käme. Ihr müßt wissen«, er beugte sich wieder zu seinem Vater vor, »daß einer der Eunuchen vom Inneren Hofstaat die Frauen all die Jahre versorgt hat. Eine der beiden war sehr krank, und er bestand darauf, daß ein Arzt geholt wurde. Doch natürlich fürchtete er um sein Leben ...«

Wer nicht? dachte Kaotsung und nickte langsam, während er seinen Sohn unverwandt anschaute.

»Vater, man hat sie all die Jahre gefangengehalten. Laßt sie frei, bevor Mutter sich an sie erinnert. Mir bleiben noch vier Tage, dann muß ich abreisen. Ich werde die Kaiserlichen Gefängniswärter an Euer Bett holen, und ich werde Euch Euer Siegel bringen. Wenn Ihr bis dahin noch nicht wieder sprechen könnt, so genügt Euer zustimmendes Nicken für den Kaiserlichen Erlaß. Ich werde als Vermittler fungieren und das Siegel halten.«

Die Augen des Jungen leuchteten bei dem Gedanken, die beiden unschuldigen Dienerinnen zu retten, und zugleich freute er sich über seinen Einfall, der einen Ausweg aus der schwierigen Situation eröffnete. »Wir werden ihnen Geld und Geleit geben, und sie werden weit weg sein, bevor Mutter wieder an sie denkt. Ich bezweifle, daß sie in all den Jahren an sie gedacht hat. Sie ist immer so beschäftigt. Aber mein Gefühl sagt mir, daß sie sich bald an sie erinnern wird, da Gerüchte über den Besuch des Arztes im Umlauf sind. Sie wird davon hören, sich an sie erinnern und dann ...«

Kaotsung nickte. Der Junge hatte recht. Wu vergaß nie etwas. Wie die Kaiserlichen Bibliothekare, die längst vergessen geglaubte

Pergamente zu Tage förderten, konnte sie sich plötzlich an die beiden Frauen erinnern. Bei ihr wußte man nie. Ihr war alles zuzutrauen. Es war besser, sich keine großen Hoffnungen zu machen. Oder einfach jede Hoffnung aufzugeben. Dann brauchte man sich auch keine Sorgen zu machen.

Kaotsung brachte ein Lächeln zustande, als sein Sohn vom Stuhl aufstand und ihm die Hand auf die Schulter legte. Er hatte Mitleid mit dem Jungen. Diese Charakterstärke, diese Entschlossenheit, mit der er sich in die Angelegenheiten seiner Mutter mischt! Aber vielleicht ... Wir werden schnell handeln, und niemand wird zu Schaden kommen. Die Gefängniswärter, der Arzt, die Diener, alle werden bestochen. Vielleicht können diese kleinen Leute Wus Jähzorn und Wachsamkeit noch einmal entgehen.

Hsuehs dritter Brief verstärkte Dis nagenden Verdacht, den er schon als zu phantastisch aus seinen Gedanken hatte verbannen wollen.

In den beiden ersten Briefen hatte Hsueh berichtet, wie der großmütige junge Sohn sich bei seinem Vater für das Leben und die Freilassung von zwei Dienerinnen eingesetzt und vorgeschlagen hatte, sie im Schutz der Dunkelheit aus ihren Verliesen zu befreien. Wie Hsueh von dieser Geschichte erfahren hatte, war Di nicht bekannt, aber für derlei Informationen gab es die üblichen Quellen – Diener und Dienerinnen, die auf dem Korridor ein paar Worte aufgeschnappt oder an einer Tür gelauscht hatten. Ein Umstand freilich beunruhigte Di: Es waren zu viele Einzelheiten bekannt, viel zu viele für seinen Geschmack, denn wenn es Hsueh gelungen war, im Haus von Frau Yang hinter diese Geheimnisse zu kommen, so war es mehr als wahrscheinlich, daß sie inzwischen auch bis zur Kaiserin gedrungen waren.

Jetzt, in seinem dritten Brief in dieser Woche, berichtete Hsueh von einer geheimen Proklamation des Palastes. Darin hieß es, daß verschiedene meteorologische Vorzeichen sowie die Sorge um das Wohlergehen des Kronprinzen Hung und die Bedrohung der Kaiserlichen Familie durch aufrührerische Attentäter, die sich in der Verbotenen Stadt versteckten, es ratsam erscheinen ließen, den Kronprinzen samt Gefolge vier Tage früher als ursprünglich vorgesehen zum Sommerpalast in der nördlichen Provinz Hopei zu schicken und auch seine Reiseroute zu ändern.

Di sah von dem Brief auf. Wieder drängte sich ihm das Bild eines Kindes auf, das tot in seiner Wiege lag.

Als schließlich Hsuehs fünfter Brief eintraf, waren der Kronprinz und sein Gefolge mit dem Segen von Wu und Frau Yang schon einige Zeit unterwegs, und Dis Unruhe wuchs mit jedem Tag.

Kaotsung saß in seinem Bett im Kleinen Thronsaal und wartete auf den Besucher, dem er an diesem Morgen eine Audienz gewährt hatte. Er trug eine elegante Staatsrobe, und die Decken um ihn herum waren so drapiert, daß nicht auffiel, wie schwach und hager er geworden war. Er hatte beschlossen, seine Amtsgeschäfte wieder aufzunehmen, und sei es nur für einige Stunden, doch er war sich bewußt, daß er in der Morgensonne, die zum Fenster hereinschien, ein Bild des Jammers bot. Auf der linken Gesichtshälfte, die er immer noch nicht bewegen konnte, spürte er ein unangenehmes Brennen.

»Die Vorhänge«, flüsterte er dem Haushofmeister zu, der dienstbeflissen neben ihm stand. Der Mann rief einige knappe Befehle, darauf huschten die Diener durch den Raum, schlossen die Fensterläden, zogen die Vorhänge vor und sperrten das unbarmherzige Licht aus. Das war zwar besser, dachte Kaotsung, aber immer noch nicht genug. Er fühlte, wie sich seine gesunde Gesichtshälfte unzufrieden verzog.

»Sollen wir Euer Bett verrücken, Eure Hoheit?« fragte der Haushofmeister.

»Ja. Dorthin«, flüsterte er und deutete mit dem Kopf in die andere Ecke des Raumes.

»Aber bedenkt die Wandschirme, Eure Hoheit. Sie sind im Weg. Sie sind schwer, und außerdem sind sie am Fußboden befestigt.«

»Entfernt sie«, befahl er, und eiligst kamen sie seinem Wunsch nach. Sie sind ein wenig überrascht, dachte er. Sie sind es nicht mehr gewohnt, daß der Kaiser ihnen Befehle erteilt.

Tatsächlich waren sie es nicht einmal gewohnt, seine Stimme zu hören. Ebensowenig wie er selbst. Vor zwei Tagen hatte er seine Stimme ganz plötzlich wiedererlangt. Heiser und rauh war sie aus seiner Kehle hervorgebrochen, als man ihm an jenem Nachmittag die Nachricht überbrachte, die ihn wie ein Schlag ins Gesicht getroffen hatte. Und heute morgen empfing er einen Besucher, einen wichtigen Besucher, dessen Bitte um eine Unterredung ihn veranlaßt hatte, Krankheit und Kummer vorübergehend zu vergessen.

Er war begierig darauf, mit dem mutigen Richter aus Yangchou zu sprechen, der um eine Privataudienz beim kranken Kaiser ersucht hatte. Wu war für einige Tage in das Stadthaus ihrer Mutter gezogen, wo sie ungestört weinen könne, wie sie gesagt hatte. Und dann war etwas Merkwürdiges passiert: Kaum war sie fort, ging Richter Dis Audienzgesuch ein. Es schien fast so, als habe der Richter gewußt, daß die Kaiserin nicht im Palast weilte. Wirklich merkwürdig.

Am selben Tag, als er seine Stimme wiedererlangt hatte, war ihm eine Nachricht überbracht worden, die ihn und seine Umgebung in tiefen Kummer gestürzt hatte. An jenem Tag hatte er erfahren, daß sein Sohn einen hohen Preis für seinen Mut und sein Mitgefühl bezahlt hatte. Wie es hieß, hatte sich der Prinz mit seinem Gefolge auf dem Weg zum Palast in Hopei befunden. Doch obwohl er in einer geschlossenen Kutsche fuhr und von einer Eliteeinheit von Lanzenträgern und Bogenschützen beschützt wurde, fiel er einem Attentäter zum Opfer, dessen Pfeil zuerst die Kutsche und dann die Schläfen des Prinzen durchbohrte. Berittene Boten brachten die Kunde auf schnellstem Weg in den Süden, und als die Todesnachricht drei Tage später Kaotsung erreichte, hatte er bereits geahnt, daß etwas Furchtbares bevorstand, denn am Morgen war er mit kaltem Schweiß auf der Stirn aus einem Traum hochgeschreckt, in dem er den Hufschlag galoppierender Pferde gehört hatte.

»Erhabener Vater, erlaubt mir, Eurem ergebenen Diener, Euch bei der Aufklärung der Schicksalsschläge zu helfen, von denen die Kaiserliche Familie heimgesucht wurde.«

Höflich trug Di seine förmliche Bitte vor und blinzelte in den grellen Lichtstrahl, der schräg durch die Vorhänge in den Saal fiel. Kaotsungs goldene Robe schimmerte hell und verlieh dem kränklichen Teint des Kaisers einen unnatürlich gelben Farbton. Di hatte Kaotsung zuletzt bei Kerzenlicht gesehen. Nichts war so unbarmherzig wie Tageslicht, und die Spuren der Verwüstung, die das Leben mit der Kaiserin in Kaotsungs Gesicht hinterlassen hatte, waren nicht zu übersehen.

»Ich kann nicht sagen, wie lange ich brauchen werde, um aufzudecken, wer die Verräter in das Gefolge des Kronprinzen eingeschleust hat, Erhabener Vater. Aber ich werde es herausfinden.« Di machte eine ernste Pause. »Allerdings nur, wenn nicht noch mehr Zeit vertan wird. Wir dürfen nicht länger säumen. Die Zeit ist unser schlimmster Feind.«

»Wie bei allem«, flüsterte Kaotsung.

»Ja, wie bei allem«, sagte Di. »Und besonders bei Ermittlungen dieser Art.« Ja, dachte Di, und wir beide wissen, zu wem uns die Nachforschungen am Ende führen werden, aber wir reden um den heißen Brei herum und tun so, als wüßten wir von nichts.

»Was wollt Ihr, Richter Di?« Die Stimme des Kaisers zitterte vor Anstrengung. Di beugte sich vor, damit er ihn besser verstehen konnte. »Ich habe Euch nicht mehr viel zu bieten.«

»Vielleicht sollten wir damit beginnen, diesen Zustand zu ändern«, sagte Di. Er fürchtete, daß seine Worte wie ein leeres Versprechen klangen.

Der Kaiser schüttelte schwach den Kopf. »Wie die Untersuchung auch ausfallen mag, sie wird unsere Erwartungen nicht erfüllen. Sie wird zu Ende sein, bevor sie überhaupt begonnen hat.« Er zuckte mit den Schultern. »Kein Regierungsorgan wird sie unterstützen, zumindest keines, das unabhängig und unbestechlich wäre.«

»Das ist einer der Gründe, warum ich heute hier bin, Erhabener Vater«, sagte Di, wobei er die Stimme senkte und sich in dem großen leeren Saal umblickte. »Wir brauchen wieder ein unabhängiges Regierungsorgan.« Der Kaiser schaute Di mit müden, fragenden Augen an, als hätte Di soeben vorgeschlagen, die Götter des Himmels auf die Erde zu bitten. »Ich meine den Rat, Erhabener Vater. Wir müssen den Sechserrat wieder einsetzen«, flüsterte Di nun ebenso leise wie der Kaiser, und seine Worte hinterließen eine tiefe Wirkung: Die Augen des Kaisers weiteten sich, und seine Nasenflügel bebten, als schnuppere er einen angenehmen Duft.

»Das könntet Ihr tun?« fragte er.

»Ich denke schon, mit Eurer Hilfe.«

»Sechs ehrliche Männer …?« sagte Kaotsung und schüttelte den Kopf. »Ihr werdet keine finden.«

»Ich habe mit vielen gesprochen«, sagte Di, brach aber gleich wieder ab, denn das war keine überzeugende Antwort, und begann von neuem: »Die Unzufriedenheit unter den Menschen wächst. Ich bin überzeugt, daß ich diese Unzufriedenheit nutzen kann, und dazu brauche ich Eure Unterstützung.«

»Unzufriedenheit«, murmelte Kaotsung. »Das ist nichts Neues. Die Furcht ist viel stärker.«

»Ja, Erhabener Vater, doch ich bin aufrichtig davon überzeugt, daß nach all den Jahren einige wenige bereit sind, an die Öffentlichkeit zu treten. Sie werden den Anfang machen«, sagte Di eifrig, »und andere werden ihrem Beispiel folgen, wenn Ihr sie Eurer Unterstützung versichert.«

»Und Ihr?« fragte Kaotsung und blickte Di ins Gesicht.

»Es käme mir nie in den Sinn, andere einer Gefahr auszusetzen, vor der ich selbst zurückschrecken würde. Ich wäre bereit, das schwierige Amt des Präsidenten des wiedereingesetzten Rates zu bekleiden, vorausgesetzt, Ihr haltet mich einer solchen Aufgabe für würdig. Aber ich will aufrichtig sein, Erhabener Vater. Die Beamten, mit denen ich sprach, haben Angst, große Angst, wie Ihr bereits bemerkt habt. Dennoch glaube ich, daß wir sie für unsere Sache gewinnen könnten.«

Er fragte sich einen Moment lang, ob der Kaiser seine letzten Worte überhaupt gehört hatte, denn seine Miene hatte einen abwesenden Ausdruck angenommen, und sein Blick schien in weite Ferne zu schweifen. »Werdet Ihr darüber nachdenken?« fragte er besorgt und suchte nach einer Reaktion in den Augen des Kaisers.

Der Kaiser nickte langsam, dann senkte er das Kinn auf die Brust, holte tief Luft und hob den Kopf, wobei er Di näher zu sich heran winkte. Sie sahen einander lange schweigend an, dann sagte der Kaiser mit kaum vernehmbarer Stimme:

»Ich werde über Euren Vorschlag nachdenken, den Tod des Prinzen zu untersuchen und den Rat meines Vaters wiedereinzusetzen.« Er hielt inne und verschnaufte, denn das lange Reden strengte ihn sehr an. »Aber ...« Wieder machte er eine Pause. »... ich muß Euch warnen. Ihr müßt Euch über die wahre Natur meiner Krankheit im klaren sein.« Di stockte der Atem. »Es wäre ein Verbrechen gegen die Menschheit, wenn der Himmelssohn sich um seinen Zustand sorgte und dennoch nichts unternähme.« Kaotsung schüttelte traurig den Kopf. »Doch ich fürchte, es ist viel schlimmer, Richter. Meine Krankheit ist ein Vergehen gegen den Himmel, denn sie ist mir gleichgültig.«

Di verbrachte die Nacht in einem der Gästezimmer des Palastes, doch er wagte es nicht, den Kopf auf das Kissen zu legen. Er fieberte dem Morgen entgegen und wartete auf eine Nachricht vom Kaiser.

Bei Sonnenaufgang brachten ihm die Diener Tee, Früchte und Gebäck aufs Zimmer. Außerdem überreichten sie ihm einen Umschlag mit dem kaiserlichen Siegel Kaotsungs. Einer der Diener blieb im Zimmer und wartete, während Di das Schreiben öffnete. Der Inhalt war kurz und bündig:

> An den hochgeschätzten Richter Di Jen-chieh:
>
> Die Kaiserliche Familie weiß Eure Anteilnahme an dieser schweren und furchtbaren Tragödie zu schätzen, doch möchten wir Euch hiermit mitteilen, daß Ihr im Fall des heimtückischen und mysteriösen Mordes an dem Kronprinzen auf seiner Reise nach Hopei von weiteren Ermittlungen abzusehen habt. Die für die innere Sicherheit zuständige Yü-lin-Palastwache wird ohne Euer Dazutun und mit der gebotenen Sorgfalt und Unvoreingenommenheit die nötigen Untersuchungen weiterführen. Des weiteren gelten alle Versuche, abgeschaffte kaiserliche Regierungsorgane wiedereinzusetzen, als häretische Handlungen, die als mangelndes Vertrauen in den kaiserlichen Staatsapparat und als Untergrabung der Glaubwürdigkeit des Himmelssohnes gewertet werden. Solche Versuche könnten als Verrat angesehen werden, der, wie Ihr wißt, mit dem Tode bestraft wird.

Di hörte Waffengeklirr und knirschendes Leder, kurz darauf erschienen vier Männer in der Tür. Sie trugen die Rüstung der Yü-lin-Palastwache und waren mit den Kaiserlichen Symbolen geschmückt. Dis Eskorte. Hinter ihnen schleppten Träger eine Sänfte herein, während Di seine Taschen mit Früchten und Gebäck füllte und hastig einen letzten Schluck Tee nahm. Die Sänfte schickte er weg, da er nicht gedachte, sich zu seiner Kutsche tragen zu lassen. Er zog es vor, diesen, von Wu beherrschten Ort zu Fuß zu verlassen. Er nickte den vier Männern zu, und sie nahmen den ehrbaren Richter in ihre Mitte und geleiteten ihn aus dem Gästequartier.

Als Di die Wendeltreppe hinabstieg, schätzte er sich glücklich, daß er den Palast lebend verlassen durfte. Wie hatte Wu von seiner Audienz erfahren? Seit zwei Tagen war sie fort, und doch wußte sie über alles Bescheid – sie kannte sogar die Vorschläge, die er dem Kaiser unter vier Augen unterbreitet hatte.

Als er in die fahle Wintersonne hinaustrat, atmete er tief durch, dann stieg er in die wartende Kutsche.

Brief von Hsueh:

Wie ich erfahren habe, weilte der Richter von Yangchou unlängst als Gast im Palast und ersuchte um eine Audienz beim Himmelssohn. Mir sind keine Einzelheiten bekannt, doch ich hoffe, bei einem Krug Wein Näheres von Euch zu erfahren.

Es gibt Neuigkeiten aus dem Palast, die Euch vielleicht noch nicht zu Ohren gekommen sind. Sie betreffen einen Vorfall, der sich kurz nach Eurem Besuch ereignet haben muß, aber ich möchte hier nicht näher darauf eingehen. Verzeiht mir meine Geheimniskrämerei, aber morgen werde ich Euch ausführlich berichten. Ihr trefft mich dort, wo wir das erste Mal miteinander sprachen. Kommt am Ende der Stunde des Hasen, zu Beginn der Stunde des Drachen … Bis morgen, Richter, und gebt auf Euch acht …

Gebt auf Euch acht. Diese Worte gingen Di nicht aus dem Sinn, als er in aller Frühe über den Marktplatz eilte. Es war jetzt drei Wochen her, daß er den Mönch zuletzt gesehen hatte, und er fragte sich, warum Hsueh gerade diese Worte unter das Schreiben gesetzt hatte. Oder war es nur eine Floskel, die er nicht überbewerten sollte?

Gebt auf Euch acht! Die Welt war in der Tat ein gefährlicher Ort, und der Tod war dem Menschen vom Augenblick seiner Geburt an gewiß. Der Tod war ein grausamer Scherz, fest in seiner Natur verankert, unausweichlich und unerbittlich wie das Getriebe einer Wasseruhr. Und deshalb suchten die Menschen nach Trost, nach dem Sinn des Lebens, nach der letzten Rettung, und hofften auf Erlösung, auf ein Ende des ewigen Kreislaufs von Leid und Tod auf dieser Welt. Aber selbst in der Frage der Erlösung konnten sie sich nicht einigen und entwickelten verschiedene Lehren. Seit er Hsueh kannte, gingen ihm häufig solche Fragen durch den Kopf. Was der Mönch ihn gelehrt hatte, regte ihn sehr zum Nachdenken an.

Im Hinajana-Buddhismus – der älteren Schule des Buddhismus – galt die Erlösung als rares und schwer faßbares Gut, das nur wenigen vorbehalten blieb. Erlangen konnte sie nur, wer sein Leben nach esoterischen Regeln ausrichtete und sich einer strenger Zucht unterwarf. Den gewöhnlichen Sterblichen, überlegte Di, blieb diese Form der Erlösung weitgehend versagt, und so war es kein Zufall, daß gerade die Oberschicht zum Hinajana-Buddhismus neigte. Wie immer zogen es die vornehmen Menschen vor, sich nicht auf eine Stufe mit dem gemeinen Volk zu stellen. Und Frau Yang war dafür ein Paradebeispiel.

Im Mittelpunkt des Mahajana-Buddhismus – einer der verbreitetsten Richtungen des Buddhismus – stand die Vorstellung, daß nahezu jeder die Erlösung erlangen konnte, und nicht nur die wenigen Auserwählten. Deshalb hatte er auch so viele Anhänger. Es gab zahlreiche Bodhisattwas – Wesen, die bereits die Erlösung erlangt hatten und die, wenn sie wollten, der Welt entsagen und ins Nirwana, das segensreiche Reich des Buddha Amitabha, eingehen konnten. Doch statt dessen zogen sie es vor, in dieser leidvollen Welt zu bleiben, um selbst die geringsten unter ihren Mitmenschen zum Heil zu führen.

Di ging über den lärmerfüllten Markt und versuchte sich vorzustellen, wie es wohl wäre, eines jener erleuchteten Wesen zu sein, die freiwillig einer Welt ohne Fehl entsagten, um sich dem Schmerz dieser Welt zuzuwenden.

Es war eine laute, schmutzige und komplizierte Welt, dachte er. In den vielen Jahren als Richter hatte er menschliche Unehrlichkeit, Dummheit, Grausamkeit und Häßlichkeit in allen nur erdenklichen Formen kennengelernt.

Er fragte sich, wie ihm eine Welt ohne Anfechtungen, Begierden und Leiden, ohne Liebe und Haß, ohne Frauen, ohne Alter, Geburt und Tod wohl gefallen würde. Wäre das nicht eine Welt ohne Herausforderungen? Wäre das Leben und Handeln des Menschen nicht ohne jede Bedeutung, wenn es keine Unvollkommenheit und keinen Schmerz gäbe, wenn der Tod nicht unvermeidlich wäre und wenn der Mensch nicht wüßte, daß ihm nur wenig Zeit bleibt?

Erlösung. Für die Reichen und vom Glück Begünstigten bedeutete sie noch mehr Ruhm und Ehre. Und für die Armen bedeutete sie ein Ende des Leidens und Beistand. Aber diese Erlösung war nur ein Trugbild! Als Di in die letzte schmale Gasse vor dem Teehaus trat, spürte er mit einem Mal ganz deutlich die schweren, holperigen Pflastersteine unter seinen Füßen. Und im gleichen Augenblick sagte ihm eine innere Stimme, daß dies alles war, was die Welt bereithielt.

Und das, so dachte er, war schließlich genug.

Das Teehaus war schon am Morgen sehr voll. Viele Händler, die seit Tagesanbruch auf den Beinen waren, tranken zu dieser Stunde hier ihren Tee, und Di schätzte die Anonymität, den Lärm und die Geschäftigkeit großer Menschenansammlungen. Er mußte sich dicht an den Tibeter lehnen, um jedes Wort zu verstehen.

»Richter, ihr Chinesen sprecht von der Gnade des Himmels …«, begann Hsueh.

»*Wir* Chinesen«, betonte Di, um Hsueh daran zu erinnern, daß er selbst bereits ein halber Chinese war, »sprechen aber auch vom Gegenteil.«

»Dann meine ich das Gegenteil, wenn ich von *ihr* spreche.«

»Mutter oder Tochter, Hsueh?«

»Ich mache da keinen Unterschied mehr. Sie sind nur zwei Gesichter ein und desselben Wesens.« Er dachte nach. »Die beiden Gesichter Chamundas, der Göttin der Vernichtung. Ein Bild des Todes und der Vernichtung im Buddhismus und tibetischen Tantrismus. Aber die Gesichter ihrer Opfer sind immer heiter.« Di hob fragend die Augenbrauen.

»Ja, Richter, heiter. Obwohl die Gemälde und Skulpturen stets zeigen, wie Chamunda ihren Opfern die Arme und Beine ausreißt und in ihre Gedärme beißt, wie ihr dabei das Blut über das Kinn rinnt und die Eingeweide aus dem Mund hängen. Aber die Künstler achten geflissentlich darauf, daß sie den Opfern stets einen ruhigen, friedlichen Gesichtsausdruck verleihen. Manchmal lächeln sie sogar. Nur die Dämonin selbst scheint Höllenqualen zu durchleiden.«

»Heiter und friedlich«, sagte Di und schüttelte den Kopf.

»Vermutlich deshalb, weil die Vorstellung, durch die Hände einer Göttin zu sterben, einer Erlösung gleichkommt.« Hsueh blickte hinunter auf seinen Tee, als müsse er Kraft sammeln. »Ich sagte Euch, daß ich Neuigkeiten hätte.«

Di wartete. Der Mönch blickte auf.

»Kaotsung hat der Kaiserin die Regentschaft übertragen.«

»Die Regentschaft übertragen!« stieß Di ungläubig hervor.

»Ja, künftig wird sie die morgendlichen Audienzen abhalten.«

»Dann hat sie die Regierungsgewalt inne«, sagte Di ruhig. »Wie lange, meint Ihr, wird Kaotsung noch leben? Der Mann ist doch schon so gut wie tot.«

Hsueh nickte. Er führte die Teeschale an die Lippen, verharrte kurz in dieser Stellung und hob sie dann über den Kopf.

»Auf Chamunda«, sagte er und trank.

19

Im Jahr 669, Herbst
Loyang

»Es geht nicht, Frau Yang.«

»Es muß. Überprüft es noch einmal!« befahl Frau Yang.

»Ja«, rief Wu. »Vermeßt den Kopf des Jungen noch einmal!«

»Aber gewiß, meine göttliche Kaiserin. Doch ich bin mir ganz sicher, daß das Ergebnis stimmt. Ich kann doch nicht ...« Er verstummte und schüttelte verärgert den Kopf.

»Nehmt das Gerät dort.« Wu deutete auf einen eigenartigen Zirkel mit gebogenen Schenkeln, der auf dem niedrigen Tisch lag. »Meßt damit noch einmal!«

»Ja, mit dem Zirkel, Nagaspa. Meßt noch einmal. Ihr habt den Stirnansatz nicht richtig markiert.« Frau Yang drückte ihren Finger fest gegen den Kopf des Prinzen. Der Junge, der gerade sechzehn Jahre alt geworden war, schlug gereizt ihre Hand beiseite, doch Frau Yang achtete nicht darauf. »Die Stirn beginnt nicht dort, Nagaspa, sondern hier!« Erneut preßte sie den Finger gegen Hsiens Kopf, diesmal etwas tiefer. Der Prinz zuckte zusammen. »Hier beginnt die Stirn, nicht dort.« Um ihren Worten Nachdruck zu verleihen, tippte sie gegen die Stirn des Jungen, während sie dem kleinen Inder und Liebhaber ihrer Tochter einen mißbilligenden Blick zuwarf.

»Mutter«, rief Wu, »paß doch auf. Du tust dem Jungen ja weh.«

»Unsinn«, sagte Frau Yang. »Dein Nagaspa ist ein barbarischer Scharlatan. Das ist doch der Haaransatz des Jungen und nicht seine Stirn! Er hat so dickes Haar.«

»Paßt diesmal genau auf, Frau Yang«, sagte Nagaspa ungeduldig, während er mit dem Meßgerät an der Stirn des Prinzen hantierte. »Ich setze den Zirkel an der von Euch bezeichneten Stelle an, Frau Yang. Ihr seht ... da ... da ...« Er schwenkte den freien Schenkel des Zirkels zu einem Punkt zwischen den Augen des Jungen, knapp über der Nasenwurzel. »... und da.«

Dann las er die Meßergebnisse ab: »Ben ... Bing ... Li ... I ... Da habt Ihr es, genau wie ich bereits sagte, schlechte Maße. Kronprinz Hsien hat schlechte Maße. Ganz im Gegensatz zu Hung, seinem armen verstorbenen Bruder.«

»Aber Eure Zahlen sagten nicht den tragischen Tod seines Bruders voraus«, sagte Frau Yang verächtlich. »Und da erwartet Ihr, daß wir Euren Messungen Glauben schenken, Nagaspa?«

»Das ist wahr«, pflichtete Wu ihr bei. »Eure Zahlen waren nicht sehr aussagekräftig, Priester.«

»Kronprinz Hungs Tod war ein tragisches Ereignis, das ich nicht voraussagen konnte«, erwiderte Nagaspa. »Dieser Tod war ihm nicht vorherbestimmt. Deshalb zeigte er sich auch nicht in meinen Berechnungen.« Er hielt inne und betrachtete Frau Yang mit einem Ausdruck verletzter Eitelkeit. »Außerdem entdeckte ich tatsächlich eine Unregelmäßigkeit, doch zog ich es damals vor, sie nicht zu erwähnen. Sie erschien mir nicht der Rede wert. Aber die Maße des Jungen sind eindeutig, Frau Yang.« Er sah die Kaiserin hilfesuchend an, doch Wu zuckte nur mit den Schultern. »Hsien ist zum Regieren nicht befähigt«, fuhr er fort. »Aus seiner Kopfform, seinen Gesichtszügen und seinen Maßen geht zweifelsfrei hervor, daß er sich nicht zum Herrscher eignet. Er wird niemals imstande sein, die göttliche Herrschaft auf Erden fortzuführen.« Während er sprach, tastete er den Kopf des Prinzen ab.

Die Hand des Jungen schnellte nach oben, packte das kräftige Handgelenk Nagaspas und drehte es nach unten. »Ich habe genug von Eurem Geschwätz, Priester«, rief Kronprinz Hsien zornig. »Nehmt Eure verfluchten Hände von meinem Kopf!«

»Kronprinz, Ihr tut mir weh. Euer Temperament geht mit Euch durch«, sagte Nagaspa vorsichtig und befreite seine Hand aus dem Griff des Jungen.

»Ich habe genug von seinen blödsinnigen Messungen«, sagte Hsien zu den beiden Frauen.

»Und ich habe genug von seinen kindischen Unverschämtheiten«, rief Nagaspa. »Die Tatsachen sind unwiderlegbar. Er eignet sich nicht zum Herrscher. Er stellt den Dienerinnen nach und hurt in der Stadt herum! Er hat zu wenig Selbstzucht und genießt zu viele Freiheiten. Wenn Ihr meine Meinung hören wollt ...«

»Eure unmaßgebliche Meinung ist weder erwünscht noch gefragt, Ihr Scharlatan«, gab der Kronprinz ärgerlich zurück.

Wu sah ihn an und dachte voller Stolz, daß er ihr genaues Ebenbild war. Das Treffen heute war ihre Idee gewesen. Mit den

Messungen hatte sie dem Jungen eigentlich ein Geburtstagsgeschenk machen wollen, aber nun stellten sie sich als weit weniger unterhaltsam heraus, als sie sich alle erhofft hatten. Nagaspa war offensichtlich fest entschlossen, die Gelegenheit beim Schopf zu packen und sich in ihren Augen wieder Geltung zu verschaffen. Nur deshalb spielte er sich so auf. Wie lästig, dachte sie, irgendwann werden sie alle lästig.

»Ruhe, ihr beiden!« rief Frau Yang und ließ ihre Augen zwischen Nagaspa und dem Kronprinzen hin und her wandern.

»Wie ich bereits sagte, der Junge eignet sich meiner Meinung nach nicht ...«, fuhr Nagaspa fort, wobei er sich nicht einmal die Mühe machte, den aufsteigenden Zorn in seiner Stimme zu unterdrücken.

»Nun seid endlich still, Priester«, rief Wu. »Niemand legt Wert auf Eure Meinung. Mischt Euch nicht in Dinge, die Euch nichts angehen! Euer Gerede ist unverzeihlich.«

»Ich habe Eure groben Worte nicht gehört, meine göttliche Kaiserin.« Nagaspa hielt sich die Ohren zu und schüttelte den Kopf. »Ich ignoriere sie ganz einfach«, sagte er in jenem arroganten Ton, über den sich Wu in letzter Zeit immer häufiger ärgerte. »Ich habe nur gesagt, daß der Junge seine Lebenskraft vergeudet und keine Rücksicht auf sein inneres Gleichgewicht nimmt. Er ist keineswegs ein so vorbildlicher Prinz, wie sein gelehriger Bruder Hung es war. Die Gerüchte über die fragwürdigen Kontakte des jungen Prinzen Hsien mit dem gemeinen Volk erregen außerhalb der Palastmauern beträchtliches Aufsehen.« Selbstgerechtigkeit und Entrüstung gewannen nun in seiner Stimme die Oberhand. »Man erzählt sich, daß er ...«

Wu unterbrach ihn mit einem verächtlichen Lachen. »Was kümmert uns, was das gemeine Volk denkt oder sagt, Priester!«

Frau Yang hob die Augenbrauen und sah zu, wie Wu Nagaspa zur Seite schob und sich schützend neben ihren Sohn stellte. Nagaspa lief ans andere Tischende und warf zornig die Instrumente in seine Tasche.

»Es wird wohl besser sein, wenn wir uns erst einmal beruhigen und in Ruhe darüber nachdenken, was ich ...«

»Haltet den Mund, Priester!« riefen Wu und Hsien im Chor. Sie blickten einander an und lachten.

»Tanzt Euren Zaubertanz und verschwindet aus meinen Augen«, sagte Hsien und schnalzte mit den Fingern. Wütend schloß Nagaspa seine Tasche und stakste aus dem Raum.

Prinz Hsien hatte ein ungewöhnlich gutes Gedächtnis. Er konnte sich noch genau an die Krönung seiner Mutter erinnern, und wenn er sich die Zeremonie vergegenwärtigte, so meinte er noch immer die Hand des Kindermädchens zu spüren, das ihn damals die Treppen zum Thron hinaufgeführt hatte. Das Bild erschien so klar und deutlich vor seinem inneren Auge, daß auch alle anderen Eindrücke von damals wieder in ihm wach wurden, ja er entsann sich sogar, wie schwer es ihm gefallen war, mit seinen kurzen Beinchen die hohen Stufen zu erklimmen. Er sah den geneigten Kopf seiner Mutter, ihr glänzendes Haar und die mit Juwelen besetzte Krone, die kühl und schwer in seinen kleinen Händen gelegen hatte.

Es war sicherlich ein Fluch, daß er ein so gutes Gedächtnis hatte, denn er konnte sich noch genau erinnern, daß er schon im zarten Alter von zwei Jahren gespürt hatte, daß etwas nicht stimmte. Obwohl er noch sehr klein war und kaum sprechen konnte, kam er sich bei den Auftritten seiner Mutter stets wie ein Narr vor, auch wenn er erst viele Jahre später begriff, wie absurd sie tatsächlich gewesen waren.

Auch an andere Dinge aus seiner frühen Kindheit erinnerte er sich mit vollkommener Klarheit – beispielsweise daran, wie das ausgelassene Lachen seiner Mutter unvermittelt in Wehklagen umschlagen konnte – oder umgekehrt. Häufig war er Zeuge, wie sie den Vater mit ihren Gefühlsausbrüchen in die Enge trieb und mal in die eine, mal in die andere Richtung beeinflußte, und er spürte, daß ihr Verhalten für die Anfälle und den schlechten Gesundheitszustand seines Vaters verantwortlich war. Oft mußte er mitansehen, wie sie den wehrlosen Mann so heftig zum Lachen oder zum Weinen brachte, daß er selbst es kaum noch ertragen konnte. Als kleiner Junge dachte er immer, daß der Kopf seines armen Vaters eines Tages wie ein Wasserschlauch platzen würde. Seine Angst war so real, daß er sich jedesmal duckte, wenn Kaotsung in seine Nähe kam.

War seine Mutter nicht wie ein Mensch, der ohne Augen, Arme oder Beine auf die Welt gekommen war? Hatte die Natur nicht einen schrecklichen Fehler begangen, als sie es versäumt hatte, sie mit einem Gewissen auszustatten? Oder war sie nicht von Anfang an so gewesen? Hatte etwas in ihrer Seele Wurzeln geschlagen und war mit der Zeit gewachsen? Hsien wußte es nicht. Als er und sein Bruder ins Mannesalter kamen, hatten sie hilflos zusehen müssen, wie ihre Mutter und ihre Großmutter sich bedenkenlos ihrer Tanten, Kusinen, Vettern und entfernten Onkel entledigten. Und das Furchtbarste daran war, daß sie die meisten Opfer gar nicht persönlich gekannt und folglich auch keinen Grund gehabt hatten, sie zu hassen. Hsien hatte alles genau beobachtet, jede falsche Pose seiner Mutter oder seiner Großmutter, jede selbstzufriedene Geste, jedes verärgerte Schnauben und jedes Rollen ihrer tränennassen Augen. Und tief in seinem Innern wußte er, daß er seine Mutter deshalb so gut verstand, weil er ihr sehr ähnlich war. Wie oft hatte man ihm gesagt, daß er ganz seiner Mutter nachschlage, daß er ihr wahrer Erbe sei, und er wußte, daß es stimmte.

Und nun war sein Bruder tot. Ein Hinterhalt auf dem Weg zum Sommerpalast? Er zweifelte an dieser Darstellung. Kurz nach dem Tod seines Bruders hatte er durch die Tür eine Unterhaltung zwischen Richter Di Jen-chieh, dem berühmten Buddhisten-Jäger, und seinem Vater belauscht. Die beiden sprachen so leise, daß er kaum verstand, was sie sprachen, und so entging ihm einiges. Aber er hörte doch genug, um zu verstehen, daß der Prinz mit seinem Gefolge unmöglich in einen Hinterhalt geraten sein konnte, denn er war zu gut bewacht worden. Und auch eine Palastrevolte war nahezu ausgeschlossen, da Hung für niemanden eine Bedrohung dargestellt hatte. Hung hatte keine Feinde gehabt – er war nie der bevorzugte Sohn gewesen. Er hatte sterben müssen, weil er den kühnen Versuch unternommen hatte, ein altes Unrecht wiedergutzumachen und zwei Dienerinnen, die ihre Mutter in den Kerker hatte werfen lassen, zur Freiheit zu verhelfen.

Das Schlimmste daran war, daß Wu, der alle anderen Opfer gleichgültig waren, Hung wirklich geliebt hatte. Sie hatte ihm viel Aufmerksamkeit geschenkt, große Mühe auf seine Erziehung verwendet, die besten Lehrer für ihn ausgewählt und stets seine Gelehrigkeit gelobt. Ja, sie hatte ihn geliebt, und Hsien war überzeugt, daß die Gefühle, die sie Hung entgegengebracht hatte, genauso echt waren wie ihre Gefühle für seinen Vater Kaotsung. Um so verwerflicher war ihr Verbrechen: So wie ihr Lachen in Wehklagen umschlagen konnte, so konnte sich ihre tief empfundene Liebe in – ja, in was? – verwandeln. Er wußte nicht, wie er es nennen sollte.

Er schauderte, wenn er daran dachte, daß sie auch ihm aufrichtige Zuneigung entgegenbrachte. Wie schnell war sie ihm zu Hilfe gekommen, als er sich gegen ihren Liebhaber, den frommen Gandharaner aus Nordindien, gewehrt hatte, gegen diesen tanzenden Narren Nagaspa, der seinen Kopf hatte vermessen wollen! Hsien verachtete und haßte diesen Priester aus dem Westen mehr als alle anderen frommen Scharlatane, die sich um seine Mutter scharten. Der Mann war nichts weiter als ein kriecherischer Speichellecker, und Hsien hoffte, daß seine Mutter nun endlich genug von ihm hatte. Er selbst war seiner schon lange überdrüssig.

Das erste rosige Licht des Tages erhellte die glatten, vor Nässe glänzenden Pflastersteine auf dem als ›Heiliger Weg der Wandlung‹ bekannten Pfad, der durch dichte Bambus- und Pinienwäldchen führte und zu einem Park an der mit hohen Mauern befestigten Nordgrenze des Kaiserlichen Palastes gehörte. Jeden Morgen kurz vor Sonnenaufgang, zur Stunde des Tigers, wurden die Piniennadeln, Blätter und Tierexkremente weggefegt und die Steine geschrubbt, so daß die Mönche, Nonnen und Äbte, die den Palast aufsuchten, bequem zu den Tempeln, Stupas und Meditationshallen, die Wu in diesem Waldstück hatte errichten lassen, gelangen konnten.

Wie an jedem Morgen reinigten fünf Eunuchen den gewundenen Steinpfad. Einer war den anderen ein Stück voraus und arbeitete an einer Stelle, wo der Weg eine scharfe Krümmung machte, dann steil in eine Senke führte und im Dickicht der Blätter verschwand. Kurz bevor der Weg abfiel, entdeckte der Eunuch einige große dunkle Flecken, die wie Blut aussahen. Ja, es war tatsächlich Blut. Tierblut? Wahrscheinlich von einem Hirsch oder einem Rehbock. Das war nicht ungewöhnlich. Recht häufig kamen Raubtiere und Jäger in diesen stillen Teil des Parks. Der Eunuch tauchte seinen Strohbesen in den Wassereimer und begann, die Steine zu schrubben. Er folgte der Blutspur, die hinab in die Senke führte und an einer Stelle neben dem Wegrand endete, an der die Büsche niedergetreten waren. Plötzlich stieß er einen spitzen Schrei aus. Sein Gehilfe, der einige Schritte hinter ihm gegangen war, eilte an seine Seite. Im nächsten Moment ließ er seinen

Eimer fallen und blieb wie gelähmt stehen, unfähig, seine Augen von dem Bild abzuwenden, das sich im Dickicht am Wegesrand bot.

Das war kein Tier gewesen. Kein Tier verstümmelte sein Opfer auf diese Weise. Zu solch einer grausamen Tat war nur ein Mensch fähig.

Dicht neben dem gepflasterten Weg kniete, in der Haltung eines betenden Mönches, die kopflose Leiche eines Mannes. Und etwa einen Meter daneben lag der Kopf des Mannes. Zumindest war davon auszugehen, daß der Kopf zu der Leiche gehörte, denn die unverzüglich alarmierte Palastwache fand in der Nähe kein weiteres Opfer.

Die Leiche wurde schnell entfernt, so daß nur wenige den grausigen Fund zu Gesicht bekamen, doch die geschwätzigen Eunuchen des Inneren Hofstaates verbreiteten die Nachricht bald überall im Palast, und so ungenau und übertrieben ihre Berichte auch sein mochten, so vermittelten sie doch einen Eindruck von der beispiellosen Grausamkeit der Mordtat.

So erzählten sie, daß der abgetrennte Kopf einen seltsamen Kopfschmuck getragen habe. Wenn sie gefragt wurden, ob das Opfer eine Kappe getragen habe – was ja das Naheliegendste gewesen wäre –, so antworteten sie, nein, um eine Kappe habe es sich ganz gewiß nicht gehandelt. Die Augen des Toten seien nach oben verdreht gewesen und hätten den letzten Gegenstand angestarrt, den der Mann in seinem Leben gesehen habe – ein seltsames Meßinstrument mit zwei Schenkeln, das seinen Schädel umspannt habe.

Ein was? fragten die Zuhörer. Ein Meßinstrument, erwiderten die Eunuchen und nickten bekräftigend. Ja, ja, genau das sei es gewesen. Ein Instrument mit eigenartigen Skalierungen.

Eine Art Zirkel vielleicht? fragten die anderen ungläubig. Ja, ja, eine Art Zirkel, das sei das passende Wort für den seltsamen Kopfschmuck des Mannes.

Zwei Wachen führten den Kronprinzen in die Gemächer seiner Mutter. Hsien schaute stur geradeaus, doch als er die Mitte der Eingangshalle erreichte, senkte er die Augen und blickte auf die schwarzen Schieferplatten.

Die Kaiserin stand neben dem Schreibtisch und würdigte ihren

Sohn keines Blickes. Frau Yang saß in der anderen Ecke auf einem Sofa, direkt vor einem großen bunten Wandschirm, der mit Szenen aus Buddhas Kindheit geschmückt war.

Der kleine Geschichtsschreiber Shu saß mit diskret abgewandten Augen hinter dem Schreibtisch und blätterte mit übertriebenem Eifer in seinen Papieren. Er hatte inzwischen großes Talent darin entwickelt, Wus Zornesausbrüche unbeschadet zu überstehen, und wußte, wann er sich um seine eigenen Angelegenheiten zu kümmern hatte.

»Führt ihn nicht näher«, befahl Kaiserin Wu den beiden Wachen. »Er soll dort stehenbleiben.« Jetzt musterte sie den Kronprinzen von Kopf bis Fuß, dann sagte sie: »Das ist nicht der Sohn, den ich großgezogen habe.« Ihr ruhiger Tonfall ließ Shu die drohende Gefahr erahnen, und wie immer in solchen Momenten überlief ihn ein angenehmer Schauer. Seine Augen huschten von der Mutter zum Sohn.

Der Kronprinz sah aus, als habe er die ganze Nacht kein Auge zugetan. Sein Haar war zerzaust, und unter seinen Augen zeigten sich dunkle Ringe. Er wirkte wie ein erschöpftes, verängstigtes Kind.

»Du, mein wunderbarer Sohn, den ich aufgezogen habe ...«, fuhr Wu fort. Shu sah kurz von seinen Papieren auf, musterte den Jungen und senkte dann wieder seinen Blick. Die Ruhe in Wus Stimme ließ in der Tat nichts Gutes ahnen, zumal er nicht die leiseste Ahnung hatte, worauf sie hinauswollte. Er war nur hier, weil sie nach ihm verlangt hatte, doch sie hatte mit keiner Silbe erwähnt, was sie vorhatte.

»Prinz Hsien, du brillanter Verfasser von Gedichten und Erzählungen und vielversprechender Schüler, du hast also beschlossen, ein Stück deiner eigenen Geschichte zu schreiben.« Der Junge rührte sich nicht und sah nicht auf. »Du hast wohl angenommen, daß dir dein Platz in der Geschichte nicht sicher sei. Also hast du die Geschichte nach deinem Geschmack verändern wollen, nicht wahr?« sagte Wu mit sanfter, ruhiger Stimme.

Der Geschichtsschreiber meinte, in Frau Yangs Augen ein zustimmendes Funkeln zu erkennen. »Du dachtest also, daß dir dein Platz in der Geschichte nicht sicher genug sei«, wiederholte Wu etwas lauter. »Nun, mein Sohn, du bist doch mein Sohn, oder?« Der Geschichtsschreiber bemerkte, daß der Prinz entschlossen sein Kinn vorschob, doch weiterhin auf den Fußboden starrte.

»Du bist doch mein Sohn?« fragte Wu mit einem flehentlichen Ton in der Stimme. Der Geschichtsschreiber holte tief Luft und sortierte die vor ihm liegenden Papiere in sinnlose Stapel.

»Warum? Sag mir, warum!« flüsterte Wu, die Augen fest auf den Jungen gerichtet. »Warum hast du mir das angetan?« Hsien stand wie versteinert vor ihr. Die einzige Bewegung, die Shu an ihm wahrnahm, war ein leichtes Zucken seines Kehlkopfes.

»Warum hast du das getan? Warum bist du mir in den Rücken gefallen – deiner eigenen Mutter?« flehte Wu leise, ihre ganze Pein in die letzten drei Worte legend. Dieser gequälte Ton war Shu nur allzu vertraut, und er summte leise vor sich hin. »Ich bin deine Mutter. Ich habe dir das Leben geschenkt und dich genährt.« Wu hielt inne. Ihr Gesicht lief vor Zorn rot an, doch sie zwang sich zu einem Lächeln, und nach einer Weile fuhr sie fort: »Sprich mit mir. Sag mir alles. Erkläre es mir. Vielleicht werde ich dich ja verstehen.« Shu sah, wie die Muskeln an Wus Kiefer arbeiteten, und für einen Moment stellte er sich vor, wie es wohl wäre, zwischen ihren Zähnen zermalmt zu werden. Er löste ein Stück schwarze Tusche in Wasser auf und legte gemächlich seine Schreibpinsel zurecht. Jetzt war es soweit, er wußte es. Sie war mit ihrer Geduld am Ende.

»Mach den Mund auf! Mach endlich den Mund auf!« schrie Wu so laut, daß alle im Raum erschraken, sogar Frau Yang. Im gleichen Augenblick trat sie zu dem Jungen, packte ihn an den Haaren, riß ihm den Kopf hoch und schlug ihm ins Gesicht. Noch bevor er seinen Kopf senken konnte, schlug sie noch einmal zu, und dann wieder, bis ihm Blut aus der Nase und aus dem Mundwinkel rann. »Und jetzt wirst du deiner Mutter alles erzählen!«

Der Geschichtsschreiber war bei jedem Klatschen zusammengezuckt, und beim dritten Schlag zerbröselte er versehentlich das Tuschestück in dem Gefäß zum Anreiben der Tusche. Als er die einzelnen Teile wieder aus dem Wasser fischte, verfärbte ihm die klebrige Masse die Finger.

»Du bist ein Mörder!« brüllte Wu weiter. »Ein Mörder! Hörst du? Du hast Nagaspa umgebracht. Du hast den weisen, sanften Priester ermordet. Mein Sohn ist ein Mörder! Kein tapferer Soldat. Nein. Mein Sohn, der Kronprinz, ist ein Mörder. Er greift seine Opfer aus dem Hinterhalt an, so daß sie sich nicht wehren können. Mein Sohn Hsien ist ein feiger Mörder!«

»Mutter, ich bin kein Mörder!« sagte Hsien endlich.

»Sei still! Du bist ein feiger Mörder ... Du bist ein feiger, hinterhältiger Mörder!«

»Das ist nicht wahr!« brüllte Hsien zurück und wischte sich mit dem Ärmel das Blut von den Lippen. »Ich habe niemanden umgebracht! Ich ... ich habe nicht einmal gewußt, daß Nagaspa jeden Morgen auf dem Weg spazierenging.« Hsien war blaß und hatte Angst, aber Shu sah ihm an, daß er entschlossen war, sich zur Wehr zu setzen.

Wu kniff die Augen zusammen. Ihr Blick war so kalt, daß selbst der Geschichtsschreiber erschrak. »Und woher weißt du, daß man Nagaspa auf dem Weg gefunden hat?«

»Das weiß doch inzwischen jeder, Mutter«, schrie der Junge.

»Jeder, sagst du? Ich wußte es jedenfalls nicht.« Sie wandte sich an Shu. »Ihr vielleicht?«

Shu tat so, als habe er sich mit anderen Dingen beschäftigt und nur mit halbem Ohr zugehört. »Verzeiht, Kaiserin, was habt Ihr gesagt? Ich war mit meinen Gedanken woanders.« Mit einer lässigen Handbewegung deutete er auf die vor ihm liegenden Papiere.

»Wußtet Ihr, daß Nagaspa jeden Morgen auf dem Weg spazierenging?«

»Mutter, ich habe nicht gesagt ...«

»Auf welchem Weg ...?« fragte Shu.

»Auf dem gepflasterten Weg, der durch den Wald führt, Shu. Ihr kennt ihn doch. Der Heilige Weg der Wandlung.«

»Ja, natürlich. Ein wunderschöner Weg, ideal zum Meditieren«, schwafelte der Geschichtsschreiber. »Doch ich war mit den Gewohnheiten Nagaspas nicht vertraut. Ich mische mich nicht in die Angelegenheiten anderer Leute, müßt Ihr wissen.« Er rollte einige Papiere zusammen und umwickelte sie mit einer seidenen Schnur. »Doch es erstaunt mich nicht, daß ein so weiser und um seine Gesundheit besorgter Mensch wie Euer Nagaspa in aller Frühe spazierenging – in den frühen Morgenstunden ist die Luft besonders klar, Kaiserin. Um diese Zeit zieht noch kein Staub oder Dunst von der Stadt herauf.«

»Nun werde ich meiner Mutter die gleiche Frage stellen«, sagte Wu und blickte zum anderen Ende des Saales hinüber.

Frau Yang nickte, dann zuckte sie mit den Schultern. »Ich wußte nicht, wo sie den armen Wicht gefunden haben«, meinte sie, und in jedem ihrer Worte schwang ihre Verachtung für Nagaspa mit, als spreche sie von einem räudigen Köter, dessen Kadaver man in einer Seitengasse gefunden hatte. »Ich habe nur die Nachricht erhalten, daß er ermordet wurde und daß seine Leiche in irgendeiner Weise verstümmelt war.«

»Siehst du?« sagte Wu und blickte wieder zu Hsien. »Wir wissen nichts Genaues. Aber du, Prinz Hsien. Und warum? Kannst du mir das erklären?« Ihre Stimme war nun wieder ruhig.

»Mutter, ich kannte die Gewohnheiten Nagaspas nicht. Mir war lediglich bekannt – wie jedem anderen auch –, wo die Eunuchen ihn heute morgen gefunden haben.«

Kronprinz Hsien sprach nun genauso flehentlich wie seine Mutter wenige Augenblicke zuvor. Wie ähnlich er doch seiner Mutter war, dachte der Geschichtsschreiber, ganz anders als sein toter Bruder Hung. Er war geistesgegenwärtig und stets in der Lage, sich zu verstellen, ohne daß man ihm etwas anmerkte. Er konnte die Gefühle der anderen ebenso leicht lenken und ins Gegenteil verkehren wie seine eigenen. Er war das Spiegelbild seiner Mutter. Und Wu wußte das – und genau das war es auch, was sie ärgerte.

»Genug, Bürschchen! Genug«, sagte Wu. »Du weißt, warum ich dich habe holen lassen. Vergiß Nagaspa! Er ist nicht so wichtig wie die andere Sache. Ich verzeihe Dir nicht, aber ich hätte wissen müssen, daß du eines Mordes fähig bist. Aber das ...«, sagte Wu verächtlich und zeigte auf die Papiere, die sich vor Shu auf dem Tisch stapelten. »Ich kann es nicht fassen, daß mein eigener Sohn mir so etwas antut. Ich wollte es nicht glauben, ich weigerte mich, es zu glauben. Ich sagte ihnen, daß mein eigener Sohn niemals eine Rebellion gegen seine Mutter anzetteln würde. Doch was fanden die Männer der Yü-lin-Palastwache in deinen Gemächern ...?« Wu ballte die Faust und schlug bei jedem Wort auf den Tisch. »Was fanden sie?«

Hsien senkte den Kopf und starrte wieder auf den Boden. Shu sah ihn an. Anscheinend war der Prinz jetzt bereit, sich seiner Mutter zu fügen. Aber möglicherweise hatte er den Kopf nur gesenkt, um die Anklagen, die jetzt unausweichlich folgen würden, entgegenzunehmen. Er verharrte in Schweigen. Jetzt gab Wu dem Geschichtsschreiber ein Zeichen, die fraglichen Dokumente aus dem Stapel zu nehmen. Shu zog die Papiere hervor, strich sie glatt und wartete auf ein Stichwort der Kaiserin.

»Hebt den Kopf des Verräters«, sagte Wu zu den Wachen. »Er soll mir ins Gesicht sehen.« Die beiden Wachen rissen den Kopf des Jungen ruckartig nach hinten, doch er sah zur Seite und wich dem Blick der Mutter aus.

»Sieh mir ins Gesicht!« befahl sie mit fester, ruhiger Stimme. »Der Geschichtsschreiber wird jetzt die Anklage verlesen.« Shu erhob sich mit übertriebener Dienstfertigkeit.

»Euch wird ein schweres Vergehen gegen den T'ang-Kodex, Artikel zwanzig, Absatz sechzehn vorgeworfen«, begann er in feierlichem Beamtenton. »Ihr werdet beschuldigt, Waffen gesammelt und gelagert zu haben in der Absicht, einen Putsch, eine Rebellion oder Revolte gegen die rechtmäßigen, legitimen und vom Himmel eingesetzten Herrscher anzuzetteln ... Es wurden ...« Shu suchte angestrengt nach der Fortsetzung auf der nächsten Seite, » ...es wurden fünfzig Schwerter, etwa hundert Dolche aus Rhinozeroshorn, dreiundsechzig Piken, die gleiche Anzahl von Streitäxten, einhundertundzweiundzwanzig Bogen, vierzig Armbrüste, dreihundert Eisenbolzen, zweiunddreißig lederne Brustharnische, persische und sassanidische Kettenpanzer in einer Gesamtzahl von ...« Shu hielt inne, als er bemerkte, daß die Kaiserin ihn ungeduldig anblickte. »Ihr wünscht nicht, daß ich fortfahre?« Shu klang verletzt, als betrachte er die Zusammenstellung der Liste als eine große literarische Leistung.

»Das genügt als Beweis für den heimtückischen Verrat, der das Herz dieses Jungen vergiftet hat, Herr Shu.« Wus Stimme klang jetzt völlig teilnahmslos. Genausogut hätte sie über einen Fremden sprechen können. »Verlest den letzten Abschnitt.«

Shu zog ein weiteres Blatt hervor und atmete erst einmal tief durch, ehe er fortfuhr: »Dieses Waffendepot, in dem genügend Waffen gelagert wurden, um die Yü-lin-Palastwache und damit auch die Herrscherfamilie und die Stabilität des Reiches in Gefahr zu bringen, wurde in den Gemächern und Kaiserlichen Ställen des Kronprinzen entdeckt.«

»Prinz Hsien, was hast du zu deiner Verteidigung zu sagen?«

unterbrach Wu die Erklärung des Geschichtsschreibers. Ihr Sohn sah sie an, ohne mit der Wimper zu zucken. »Was hast du zu deiner Verteidigung zu sagen?«

Die Lippen des Jungen öffneten sich einen Spalt weit. Wollte er sprechen? fragte sich Shu. Oder fluchen? In dieser Hinsicht war er wie seine Mutter. Er hatte einen unbeugsamen Willen. Doch er gab keinen Laut von sich, befeuchtete sich lediglich die trockenen Lippen mit der Zunge. Das war alles. Er starrte seine Mutter an, als versuche er, dieses Wesen endlich zu verstehen, das ihm das Leben geschenkt hatte. Und gewiß dachte er keinen Moment daran, daß auch sein schwacher Vater seinen Teil dazu beigetragen hatte.

Nun glaubte Shu, etwas in den Augen des Prinzen zu lesen. Bisher war er sich nicht sicher gewesen, und tatsächlich konnte man in diesem Punkt niemals ganz sicher sein. Doch nun sah er Mordgelüste in den Augen des Prinzen, die nichts mit dem Mord an Nagaspa zu tun hatten. Er sah das Auflodern eines noch größeren Hasses. Und zweifellos bemerkte es auch Wu.

Was Shu sah, oder zu sehen glaubte, war noch nicht die erste Flamme, die auflodern würde, sobald sie Nahrung erhielt. Was er in den Augen des Jungen sah, war nur die erste Glut, eine Glut, die zu einem Feuer entfacht oder aber zu Asche erstickt werden konnte. Vielleicht entsprach die Anklage, die er soeben verlesen hatte, tatsächlich der Wahrheit. Vielleicht hatte er in den Augen des sechzehnjährigen Prinzen den Willen zum abscheulichsten aller Verbrechen entdeckt: den Willen zum Muttermord.

Eine gräßliche Situation, dachte Di. Ein sterbenskranker Kaiser und ein toter Kronprinz. Die sofortige Ernennung eines neuen Kronprinzen war unabdingbar, und die Wahl fiel auf den ältesten der vier verbliebenen Söhne Wus – den dreizehnjährigen Chuitsung. Der Himmel schütze den bedauernswerten Jungen!

Gestern hatte sich Hsueh bei Di dafür entschuldigt, daß er nur spärliche Informationen gehabt hatte, doch er hatte versprochen, ihn heute dafür zu entschädigen.

Während Di im Pavillon auf ihn wartete, schenkte er sich noch eine Tasse grünen Tee ein. Er studierte ungeduldig die Gesichter in der Menge, während er die vielen Fakten und Fragen in seinem Kopf wälzte.

Kronprinz Hsien war auf die Insel Hainan verbannt worden, hatte seinen Bestimmungsort aber nie erreicht. Er hatte Selbstmord begangen.

Entsprachen die ungeheuerlichen Anklagen, die gegen Hsien vorgebracht worden waren, der Wahrheit?

Hatte der junge Kronprinz einen Putsch gegen seine Mutter vorbereitet? Und hatte er tatsächlich Wus tanzenden Nagaspa aus dem Weg geräumt? Oder zürnten Wu und Frau Yang dem Prinzen aus einem ganz anderen Grund? Hatten sie vielleicht entdeckt, daß er seinem toten Bruder Hung geholfen hatte, als dieser versuchte, die gefangengehaltenen Dienerinnen zu befreien? Und hatten Wu und Frau Yang vielleicht selbst den armen Nagaspa beseitigt, weil sie seiner überdrüssig geworden waren, und dann den Kronprinzen dieses Verbrechens bezichtigt? Hatte Hsueh von Frau Yang nicht erfahren, daß es zwischen der Kaiserin und ihrem indischen Liebhaber in den letzten Monaten immer häufiger zu Streit gekommen war?

Hatte der Kronprinz wirklich Selbstmord begangen?

Di hob den Deckel der Teekanne, blickte hinein und leerte den dampfenden Rest in seine Schale. Er nippte nachdenklich und sog den Tee durch die Zähne ein, um die Blätter herauszufiltern. Wieder suchten seine Augen die Menge ab und hielten Ausschau nach der großen Gestalt des Mönches.

Am späten Vormittag wimmelte es auf dem Markt vor dem Pavillon von Menschen, und das Gekläff der Straßenköter und der rhythmische Singsang der Marktschreier verschmolzen zu einer eigenartigen Musik, die sich von den anderen Geräuschen abhob. Heute genoß Di den Lärm, denn er fand Trost in der Normalität. Jedes Lied, jeder Schrei teilte ihm mit, daß der Markt immer Markt bleiben würde, und wenn auch die ganze Welt im Chaos versank.

Was ich auch entdecken werde, dachte er grimmig, ich werde es für die Nachwelt festhalten. Es ist zwar fraglich, ob ich zu meinen Lebzeiten noch etwas mit dem Ergebnis meiner Ermittlungen werde anfangen können. Aber irgendwann wird die Wahrheit ans Licht kommen, auch wenn ich dann vielleicht schon längst tot bin.

Der Mönch hatte ihm seine feste Unterstützung zugesagt. Und das war gut so. Er war froh, daß er in dieser Sache nicht ganz auf sich allein gestellt war.

Er schaute sich um und fragte sich, in welcher Verkleidung Hsueh heute wohl kommen würde. Gestern hatte er Käfige mit kreischenden Vögeln auf den Schultern getragen. Di bestellte sich eine neue Kanne Tee und wartete.

Di brauchte einige Zeit, bis er begriff, daß der Mönch am heutigen Tag nicht erscheinen würde. Als die verabredete Stunde kam und nichts geschah, wich seine Vorfreude langsam einer nervösen Ungeduld, und als dann schließlich die dritte Kanne Tee kalt geworden war, die Luft langsam abkühlte und die Schatten immer länger wurden, verwandelte sich seine Ungeduld in Unruhe. Der Mönch hatte bisher jede Verabredung eingehalten. Dennoch wartete Di, bis im Teehaus die Laternen angezündet wurden und seine Unruhe der Überzeugung Platz gemacht hatte, daß etwas nicht stimmte. Ja, er war fest davon überzeugt, daß etwas nicht stimmte. Er erhob sich von der harten Bank und verließ den Pavillon.

Drei Tage waren seit dem geplatzten Treffen mit dem Mönch vergangen.

Gestern hatte Di einen Boten mit der gefälschten Visitenkarte eines »Glaubensbruders« zu Frau Yangs buddhistischem Hospiz geschickt. Der Torwächter hatte die Karte barsch entgegengenommen, ohne ein Wort darüber zu verlieren, ob Lama Hsueh jemals dort zu Gast gewesen war.

Als Di in seiner Kanzlei im Opferamt saß und die Genehmigungsanträge für zwei neue Klöster prüfte, überlegte er, ob der Mönch Hsueh Huai-i möglicherweise ein weiteres Opfer der unbarmherzigen Wu geworden war.

Doch er weigerte sich, daran zu glauben. Vielleicht hatte der Mönch ja eine Spur entdeckt. Vielleicht war er gezwungen, noch heimlicher als bisher zu ermitteln, und hatte im Moment keine Möglichkeit, mit ihm in Kontakt zu treten. Di wußte, daß er seinen unerschütterlichen Glauben an die außergewöhnlichen Fähigkeiten dieses Mannes nicht verlieren durfte. Er durfte den Mönch nicht aufgeben, denn damit würde er sich einen schlechten Dienst erweisen.

Im Jahr 669, Dezember

Auch ohne die Augen und Ohren Hsuehs, der nun seit drei Monaten verschollen war, hätte Di wissen müssen, was sich innerhalb der Palastmauern abgespielt hatte. Aber die Leichenprozession war im Schutz der Dunkelheit auf dem ›Weg des Geistes‹ zu den Gräbern der Familie Li gezogen, und die Bevölkerung war erst unterrichtet worden, als die Bestattung bereits vorbei war. Nur die nächsten Verwandten und die Diener und Beamten aus dem Palast, die mit der Ausrichtung der Zeremonie betraut waren, durften an ihr teilnehmen. Als überall in der Stadt Flugblätter verteilt wurden, die in knappen Worten von dem Todesfall kündeten, war der Leichnam hinter den versiegelten Türen des Grabmals, tief im Inneren des Grabhügels, bereits erkaltet. Das Volk erhielt keine Gelegenheit, seinen schweren Verlust zu betrauern.

Di wertete dies als klares Zeichen dafür, wie verworren die Angelegenheiten zwischen Himmel und Erde geworden waren. Fast schien es so, als hätten Täuschung und finsterste Autokratie – und was der Kaiserin und ihrer Mutter sonst noch in den Sinn kam – die guten Gepflogenheiten konfuzianischer Herrschaft und Sitte verdrängt. Wie gern hätte Di mit Hsueh über diese Dinge gesprochen! Jetzt erst erkannte er, wie sehr er auf die Weitsicht, Meinung und Freundschaft des Mönches angewiesen war.

Kaiser Kaotsung war zwei Jahre vor seinem fünfzigsten Geburtstag verstorben, und der junge und friedfertige Chui-tsung war zu seinem Nachfolger ernannt worden, doch Di zweifelte ernsthaft daran, ob er den Thron jemals besteigen würde. Gerüchten zufolge wurde der neue Kaiser von China in einem Flügel des Palastes gefangengehalten wie so viele andere Mitglieder der Kaiserlichen Familie vor ihm. Und während er dort von der Welt isoliert und durch ein Schiebegitter mit Nahrung versorgt wurde, herrschte seine Mutter allein über China.

Lang lebe die Kaiserin Wu Tse-tien, schrieb Di an diesem Abend in sein Tagebuch. Und lang leben wir alle!

Zweiter Teil

So groß war die Angst,
die in die Herzen der Menschen einzog,
daß sie einfach abwarteten
und den Atem anhielten …

Tse tshi t'ung-kien
(Der Spiegel der Geschichte)

20

Im Jahr 670, Frühjahr
Loyang

Wu räkelte sich so wohlig in dem dampfenden Wasser, als beabsichtige sie, ihr restliches Leben in der Badewanne zu verbringen. »Oh Mutter«, sagte sie und strich mit den Händen über ihren Körper, »ich fühle mich wie neugeboren, ich lebe wieder. Ich war gefangen, eingeschlossen wie ein Tier in seinen Panzer.«

Frau Yang, die neben der Wanne saß, lächelte nur.

»Wie eine armselige Schildkröte, die bei dem Versuch, die Straße zu überqueren, von einem Wagenrad überrollt wird, das ihren Panzer aufbricht.«

»Was für eine schreckliche Vorstellung«, bemerkte ihre Mutter ruhig.

»Ja. Das Geräusch ist entsetzlich, und der Schmerz ist kaum zu ertragen – und dennoch überlebt das Tier in dem Panzer und siehe da: Es ist erwacht, gestärkt für ein neues Leben! Ah, es ist doch erstaunlich, wie die Natur uns Frauen geschaffen hat. Die Berührung eines Mannes genügt, und schon regt sich etwas in uns!« In Erinnerungen schwelgend streichelte sie ihre Hüften und Brüste. »Ja, genauso ist es. Wir brauchen die Berührung eines Mannes, und je geschickter er ist, desto heftiger reagieren wir und desto größer sind die Veränderungen, die er in uns auslöst. Und ich hatte geglaubt, ich hätte schon vorher fähige Männer gekannt. Oh Mutter!« Sie seufzte.

»Hast du dich nicht immer auf mich verlassen können?« fragte Frau Yang in einem verschwörerischen Ton.

Wu drehte sich im Wasser um und blickte ihr ins Gesicht. »Ja, und dafür bin ich dir auch sehr dankbar. Du hättest ihn schließlich für dich behalten können, ohne mir etwas zu sagen.«

»Nun, meine Liebe, er reicht doch für uns beide, oder?«

Wu sann lächelnd über die Bemerkung ihrer Mutter nach. »Ja«, antwortete sie, »er hat mehr als genug für uns beide.« Sie lachten.

Er war tatsächlich ein großartiger Mann. Im Vergleich zu ihm schnitt der arme tote Nagaspa mit seinem gelehrten Getue jämmerlich ab. Nagaspa war zwar ein ganz passabler Liebhaber gewesen, doch auch in dieser Hinsicht fiel der Vergleich nicht günstig für ihn aus. Gewiß, er war zu einer Zeit in ihr Leben getreten, als ihr Gatte immer kränklicher und unausstehlicher wurde, und deshalb war er ihr wie ein Geschenk des Himmels vorgekommen. Aber so war es immer gewesen, das erkannte sie jetzt: Jedesmal, wenn für sie ein neuer, wunderbarer Lebensabschnitt begann, tauchte ein neuer Mann auf, der alle seine Vorgänger überragte und der es besser als jeder andere verstand, ihre wachsenden Bedürfnisse zu befriedigen.

Eine Zeitlang hatte sie geglaubt, Kaotsung sei der einzige Mann, den sie jemals begehren oder brauchen würde. Aber damals war sie noch jung gewesen, eine knospende Rose, deren Blütenblätter sich erst noch entfalten mußten. Dann, als sie in voller Blüte stand und sich immer mehr dem Regen und der Sonne öffnete, war Nagaspa aufgetaucht. Alles erschien ihr jetzt so klar: Ihr Leben war ein sich entfaltender Prozeß, eine schicksalhafte Aneinanderreihung von Begebenheiten. Zwar fügten sich die vielen anderen Liebhaber, die sie gehabt hatte – Mönche, Gelehrte, Pilger und auch Diener, an deren Namen und Gesichter sie sich kaum mehr erinnern konnte –, nicht so nahtlos in ihre Auslegung der Ereignisse ein, aber schließlich hatten sie nur ihrem Zeitvertreib gedient.

Kaotsung war nun tot, und das einzige, was sie empfand, war Erleichterung. Und Nagaspa – nun, sie gab es zwar nicht gerne zu, aber einige seiner Angewohnheiten waren ihr in letzter Zeit doch sehr auf die Nerven gegangen. Seine Stimme beispielsweise hatte im letzten Jahr immer häufiger einen weinerlichen Ton angenommen, als habe er gespürt, daß sie ihn bald nicht mehr brauchen würde. Doch statt sich nach Erfüllung seiner Aufgabe mit Würde zurückzuziehen, war er so töricht gewesen, sich an seine Stellung zu klammern. An eine Stellung, die sie ihm verschafft hatte! Er hätte wissen müssen, daß er sie nicht auf Dauer behalten konnte. Natürlich tat er ihr ein wenig leid – er hatte sein Schicksal geahnt, als sein Nachfolger aufgetaucht war. Sie selbst hatte jedenfalls sofort gewußt, daß etwas Besonderes und Erhabenes in ihr Leben getreten war.

Ja, der Neue war wunderbar. Und er hatte Arbeit mitgebracht: eine noch unfertige Übersetzung eines in Sanskrit verfaßten Sutra, von dem noch niemand etwas gehört hatte. Allein schon die Art und Weise, wie es in seinen Besitz gelangt war, zeigte wieder einmal, wie verschlungen die Wege des Schicksals waren. Vor einiger Zeit, so hatte er ihr erzählt, war er auf der Straße einem alten Mönch begegnet, der in seinem langen Leben zahlreiche Pilgerreisen nach Indien unternommen hatte. Der Mönch, der den Tod nahen fühlte, bot den Passanten sein ganzes irdisches Hab und Gut, bestehend aus einem Bündel zerlumpter Kleider, einer Bettelschale, einer Gebetsmühle, einer Holzkiste und einem altersschwachen Esel, zum Verkauf an und verlangte nur eine Kupfermünze dafür. Ihr neuer Freund ging ohne Zögern auf den Handel ein, denn er hatte bemerkt, daß den Alten ein eigenartiges Licht umgab.

In der beschädigten, mit Fell ausgeschlagenen Kiste des Alten fand er dann das Sutra und machte sich sogleich an die Übersetzung. »Und dabei«, so hatte er ihr feierlich erklärt, »habe ich erkannt, daß es meine Bestimmung ist, an Eure Seite zu eilen, Kaiserin. Noch kann ich Euch nicht enthüllen, was ich in dem Sutra gefunden habe, dazu ist es noch zu früh. Erst wenn ich die Übersetzung abgeschlossen habe und mir vollkommen sicher bin, was ich entdeckt habe, kann ich sprechen. Ich brauche noch etwas Zeit.« Und sie hatte ihm die nötige Zeit bereitwillig gegeben.

Jetzt spürte sie das sehnsüchtige Verlangen, ihm, sich selbst, ihrer Mutter und all den anderen Menschen, die sie kannte, Gutes zu tun. Irgend etwas reifte in ihrem Innern heran, dessen sie sich bisher nicht bewußt gewesen war. Sie hatte lange in Unwissenheit gelebt, aber nun sah sie alles klar und deutlich vor sich. Ihr neuer Freund hatte es ihr erklärt: Es sei der lebendige Geist Buddhas, der durch sie spreche. Er zwinge sie, nicht nur an ihn zu denken und über ihn zu sprechen, sondern *er* zu sein. Durch ihre Hände, ihre Augen und ihr Leben offenbare sich der Welt das oberste Prinzip des Buddhismus. »Ich bin darüber nicht im mindesten überrascht«, hatte er gesagt. »Aber endgültige Gewißheit werde ich erst haben, wenn die Übersetzung fertig ist.« Bei diesen Worten hatte er ihr fest in die Augen gesehen, und sie hatte eine tiefe Erregung empfunden wie niemals zuvor in ihrem Leben.

Ja, dachte sie entschlossen, sie wollte allen Menschen im Reich ein Beispiel geben. Sie wollte nach den Grundsätzen leben, die gleichsam das Herz des Buddhismus waren. Pathos, Mitgefühl und Ehrfurcht vor dem Leben! Ja, das war ihre wahre Berufung, das entsprach ihrem eigentlichen Wesen, das war etwas, wofür es sich zu leben lohnte.

Di war in seinem Leben selten so verzagt gewesen. Er vermißte den verschwundenen Hsueh Huai-i schmerzlich, denn der Mönch hätte ihm viel unnötige Rennerei ersparen können. In den vorausgangenen Tagen war er kreuz und quer durch die Stadt gelaufen, und jetzt taten ihm die Füße weh, er war erschöpft und voller Sorge. Er hatte die großen Baustellen der Kaiserin aufgesucht, um mit eigenen Augen zu sehen, welche extravaganten Gebäude sie errichten ließ.

Natürlich hätte er auch eine Kutsche nehmen können, doch dann hätte er sich nicht unerkannt unter das Volk mischen können. Er wußte, daß die Leute auf der Straße immer viel zu erzählen hatten, und wenn man mit einem wachsamen Ohr zuhörte, erfuhr man viele wichtige Dinge. Er konnte sich nicht erklären, warum die einfachen Leute immer so gut unterrichtet waren, und wenn sie auch nicht die ganze Wahrheit kannten, so doch zumindest Teile von ihr. Zumindest hatte er mehr von ihnen erfahren als von seinen Kollegen, die ihm auf seine Fragen stets nur vage Antworten gegeben hatten. Natürlich wußte jeder von den ehrgeizigen Plänen der Kaiserin, aber niemand, der Kontakte zu offiziellen Stellen hatte, schien ihm sagen zu können, was und warum gebaut wurde. Auch in dieser Hinsicht hätte ihm Hsueh sicherlich weiterhelfen können.

Gleichwohl hatte Di einige interessante, wenn auch befremdende Entdeckungen gemacht. So hatte er festgestellt, daß die neuen Gebäude nicht die geringste Ähnlichkeit mit den anderen Gebäuden in Loyang hatten. Ganz offensichtlich waren sie buddhistischen Ursprungs, auch wenn sie den Stupas, die er kannte, in keiner Weise ähnelten. Wenn er ihre fremdländischen Silhouetten betrachtete, die hoch in den Himmel ragten, empfand er ein tiefes Unbehagen, als hätten die Truppen einer Besatzungsarmee in ihrer Mitte ihr Lager aufgeschlagen.

Als er am Morgen aufgebrochen war, hatte er nicht geahnt, wieviele dieser Gebäude in der Stadt errichtet wurden, er hatte lediglich gewußt, daß es mehrere waren. Inzwischen hatte er sich Gewißheit verschafft: Es waren insgesamt sieben, und auf jeder

Baustelle waren Hunderte von Zwangsarbeitern beschäftigt. Man konnte förmlich zusehen, wie die Gebäude in die Höhe wuchsen.

Die Leute nannten sie Ahnentempel und behaupteten, daß die Kaiserin sie errichten lasse, um ihre Ahnen zu ehren und sich gleichzeitig öffentlich zu ihrem Glauben zu bekennen. Und sobald die Bauarbeiten abgeschlossen seien, werde es die üblichen Feierlichkeiten geben, mit gutem Essen und Geschenken für alle. Ein anderes merkwürdiges Gerücht besagte, daß die Kaiserin anläßlich der Einweihung einhundert Menschen aus dem einfachen Volk zu Ehrenmitgliedern ihrer Familie ernennen wollte. Diese Menschen sollten für den Rest ihres Lebens die Hüter der Familientempel sein.

Eine zweifelhafte Ehre, dachte Di, als er an diesem Abend zeitig zu Bett ging, da er am nächsten Morgen in aller Frühe zu dem Kloster hinausfahren wollte, in dem sich Wu-chi versteckt hielt. Eine höchst zweifelhafte Ehre, denn nach allem, was er bisher in Erfahrung gebracht hatte, lebte ein Familienmitglied der Kaiserin äußerst gefährlich.

Jedesmal, wenn er das Kloster des Reinen Lotos betrat und das Tor hinter ihm zufiel, überkam ihn ein Gefühl des Friedens, der Ruhe und der Geborgenheit. Wenn es einen Ort gab, an dem der wahre Geist Buddhas weilte, dann hier, dachte er bei sich. Wenn er die verwitterten grauen Steine sah und die Gebete der Mönche hörte, kam ihm die Welt jenseits der Klostermauern mit einem Mal nicht mehr wichtig vor.

Abt Liao entbot ihm wie immer einen freundlichen Willkommensgruß und teilte ihm mit, daß Wu-chi gerade ruhe und mindestens noch eine Stunde schlafen werde. »Aber wenn er aufwacht, wird er sich freuen, Euch zu sehen. In der Zwischenzeit steht Euch die Bibliothek zur Verfügung.« Und so zog sich Di in die Bibliothek zurück, wo die Regale von Büchern, Schriftrollen, Dokumenten, heiligen Schriften und religiösen Abhandlungen überquollen. Heute interessierte er sich für die Schriften von Pilgern, die den fernen Westen und die Bergregionen besucht hatten und mit ausführlichen Schilderungen ihrer Eindrücke zurückgekehrt waren.

Di kam besser voran, als er erwartet hatte. Ein Band enthielt Originalzeichnungen buddhistischer Bauten aus den verschiedensten Ländern, und auf Anhieb sprang ihm die Tuschezeichnung eines Stupa ins Auge, dessen Form und Verzierung ihm bekannt vorkamen. In dem Buch stand, daß es sich um einen tibetischen Stupa handelte.

Er las den Begleittext, fand darin aber nichts Wichtiges. Er sah von dem Buch auf und blickte nachdenklich durch das kleine, mit Spinnweben verhangene Fenster. Viel hatte er bisher nicht erfahren. Fest stand nur, daß die Glaubensbezeigungen der Kaiserin immer esoterischere und fremdländischere Züge annahmen. Dieser Umstand allein war schon verwirrend genug, und so fragte er sich, ob darin nicht eine versteckte Bedeutung lag, die ihm bisher entgangen war. Wieder verfluchte er Hsueh Huai-i. Sein verschwundener Freund hätte ihm eine Menge Zeit und Ärger ersparen können, denn ohne Zweifel hätte er den tibetischen Stil der Bauwerke auf Anhieb erkannt. Wenn jemand wußte, ob dieser Stil ein Geheimnis barg, dann er.

»Ich kann daran nichts Rätselhaftes finden«, sagte Wu-chi, nachdem er Di in seinem kleinen Hof empfangen hatte, wo er in der Sonne saß und nach dem Nickerchen seine Glieder wärmte. »Es ist doch ganz einfach. Sie baut Ahnentempel zu Ehren der Familie Wu. Es sind genau sieben, und sieben ist die Zahl, die ausschließlich der Kaiserlichen Familie vorbehalten ist.« Er hielt die Augen geschlossen und hatte so ruhig gesprochen, daß Di die volle Bedeutung seiner Worte zunächst nicht begriff.

»Dann ist das alles nur Ausdruck ihrer Zügellosigkeit und Anmaßung?«

»Nicht nur«, erwiderte Wu-chi. »Immerhin erhebt sie die Mitglieder der Familie Wu bis zu den frühesten Vorfahren zu Herrschern.« Nun öffnete er die Augen und blickte in Dis erstauntes Gesicht. »Nicht einmal Ihr habt ihr eine solche Kühnheit zugetraut, wic ich sehe. Aber glaubt mir, ich kenne sie.«

Di war sprachlos.

»Ja«, fuhr Wu-chi fort. »Und ich wage sogar eine Prophezeiung. Bald, sehr bald werden wir wieder etwas vom Geschichtsschreiber Shu hören. Dieser schreckliche kleine Mann hat die beängstigende Fähigkeit, die Zukunft vorauszusagen und die Vergangenheit zu verändern.«

»Aber die Familie Li, die Familie des Kaisers ...«, begann Di.

»Es ist nicht schwer, die Toten abzusetzen.« Wu-chi zuckte mit den Schultern. »Und wie wir gesehen haben, stellen auch die Lebenden für sie kein Hindernis dar.«

»Doch was sollen wir von diesem ...«, Di senkte unsicher die Stimme, »... pompösen, fremdartigen Baustil halten?«

»Von ihrem offenen Bekenntnis zum Buddhismus?« fragte Wu-chi und fuhr beruhigend fort: »Habt keine Angst, Ihr könnt hier offen reden. Hier wird sich niemand daran stoßen. Unser guter Abt mißbilligt ihre Schikanen und Exzesse noch mehr als Ihr oder ich, sofern das überhaupt möglich ist.«

»Seit der Kaiser tot ist, geht alles drunter und drüber«, sagte Di. »Tibetische Tempel in der Hauptstadt Chinas! Die öffentlichen Gebäude werden umbenannt und erhalten Namen, die ein Chinese nicht einmal aussprechen kann! Ich nehme an, Ihr habt davon gehört.«

»Ich glaube, ich kann Eure Frage beantworten. Ihr wißt doch sicherlich, daß die Kaiserin seit dem Tode Kaotsungs und dem Mord an ihrem Liebhaber, diesem Quacksalber, nicht allein schläft.«

»Nein, das wußte ich nicht«, sagte Di tonlos. »Seit kurzem habe ich keinen Informanten mehr. Seit ich auf mich allein gestellt bin, erfahre ich immer erst mit einiger Verzögerung, was im Palast geschieht.«

»Ich habe noch immer einige Verbindungen«, sagte Wu-chi. »Und davon abgesehen, hätte ich die Zeichen zu deuten gewußt. Das Feuer der Kaiserin ist geschürt, die Flammen lodern bis zum Himmel.« Und ironisch fügte er hinzu: »Sie hat einen neuen geistlichen Ratgeber.«

Sie verharrten einige Momente in Schweigen. Nur das aufgeregte Zwitschern eines Vogels, der auf einem Ast über ihren Köpfen saß, und der gedämpfte Singsang der betenden Mönche, der über die hohen Mauern in Wu-chis Hof getragen wurde, waren zu hören. »Ja«, fuhr Wu-chi lächelnd fort, »auch ich habe von den Umbenennungen gehört. Und wie mir zu Ohren kam, soll in Kürze eine neue erfolgen. Und sie paßt in eine Zeit der Festlichkeiten und der Erneuerung, wie wir sie gerade erleben ...« Di erwiderte sein Lächeln nur schwach. »Eine neue Regierungsperiode wird ausgerufen. Bald werden wir die Periode der Erleuchtung hinter uns lassen und in die ruhmreiche Periode der Freilegung von Reliquien eintreten.«

»Freilegung von Reliquien«, sagte Di düster. »Ich mag gar nichts davon hören.«

»Ich auch nicht«, stimmte Wu-chi zu. »Aber ich wette, daß der Geschichtsschreiber Shu darüber erfreut sein wird.«

Die Ahnentempel waren in erstaunlich kurzer Zeit fertiggestellt, und als Di hörte, daß die ganze Stadt der Einweihung des ersten Tempels im größten Park von Loyang beiwohnen wollte, beschloß er, ebenfalls hinzugehen. Gerüchten zufolge sollten an diesem Tag die ersten Glücklichen in die Familie der Kaiserin aufgenommen werden, und so war davon auszugehen, daß die Menschen in ihren besten Kleidern erscheinen würden, da sie hofften, den Spionen der Kaiserin aufzufallen, die unerkannt in der Menge weilten und nach möglichen Anwärtern Ausschau hielten. Also beschloß Di, schäbige und zerrissene Kleider anzuziehen, denn er wollte unter allen Umständen vermeiden, daß die Wahl auf ihn fiel. Er zweifelte nicht daran, daß auch viele Verrückte, Bettler und Diebe sich dort einfinden würden. Ereignisse dieser Art lockten sie immer aus ihren Schlupflöchern, und heute würde er ganz einfach einer von ihnen sein.

Als er sich verkleidete, dankte er dem Himmel dafür, daß seine Frauen im fernen Yangchou weilten und nicht sehen konnten, wie mühelos und schnell er sich in einen Vertreter jenes Auswurfs der menschlichen Gesellschaft verwandelte, wie er in jeder Stadt zu finden war.

Im Park und in den umliegenden Straßen und Gassen wimmelte es von Menschen, die alle dem neuen Tempel zustrebten. Di sah überall Eltern, die stolz ihre herausgeputzten Kinder in die Höhe hoben, als wollten sie sagen: Seht her, hier ist unser kleiner Prinz, hier ist unsere kleine Prinzessin! Es herrschte eine feierliche Stimmung, und gleichzeitig lag eine eigenartige Spannung in der Luft. Widerwillig mußte Di der Kaiserin seinen Respekt zollen. Sie hatte den Menschen aus dem einfachen Volk, wenn auch nur für einen Tag, die Illusion gegeben, König oder Königin zu werden, und zynisch dachte er, daß seine Söhne ein idealer Zuwachs für Wus Familie wären.

Während er sich einen Weg durch die Menge bahnte, fiel ihm auf, daß die Menschen ihm verächtliche Blicke zuwarfen, und wenn er sich ihnen näherte, traten sie beiseite, um ja nicht mit seinen schmutzigen Kleidern in Berührung zu kommen. Er wußte, daß er dem Tempel immer näher kam, denn bald stiegen ihm köstliche Gerüche in die Nase, und Musikfetzen wehten an sein Ohr.

Auch viele Diebe waren unterwegs, denn heute war es einfach, die Menschen zu bestehlen und nach vollbrachter Tat in der Menge unterzutauchen. Di schaute ihnen interessiert bei der Arbeit zu und genoß die Freiheit, die ihm seine Verkleidung verlieh. Heute fühlte er sich nicht verpflichtet, nach einem Polizisten zu rufen, Verhaftungen vorzunehmen oder in sonstiger Weise einzugreifen. Er beobachtete einen mageren Jungen, nicht viel älter als elf oder zwölf Jahre, der geschickt einem Mann den Geldbeutel vom Gürtel schnitt, ohne daß sein Opfer etwas bemerkte, und einen Moment lang fühlte er sich an den kleinen Kerl erinnert, der ihn vor vielen Jahren in seiner Kanzlei überfallen hatte. Der Dieb spürte, daß Di ihn ansah, musterte ihn kurz mit seinen Knopfaugen, ging dann ruhig seines Weges und war gleich darauf im Gedränge verschwunden.

Während Di noch zu der Stelle blickte, wo der Junge gerade gestanden hatte, trat jemand auf den Saum seines Umhangs. Die Nähte rissen ein, und beinahe wäre das Kleidungsstück über seine Schulter zu Boden geglitten. Er fuhr ärgerlich herum und blickte in das Gesicht eines Mannes, der offensichtlich betrunken war und noch schäbigere Kleidung trug als er selbst. Der Mann setzte zu einer umständlichen Entschuldigung an, aber Di hörte nur die ersten Worte, denn etwas anderes fesselte seine Aufmerksamkeit.

Etwa vierzig Schritte hinter dem Betrunkenen glitt ein großgewachsener Mann gegen den Strom durch die Menge. Di sah nur seinen Kopf und seine Schultern, aber das Grau seines Gewandes stach von der farbenprächtigen Kleidung der anderen ab.

»Hsueh!« rief Di.

Er versuchte, um den Betrunkenen herumzugehen, doch der Mann stolperte und trat noch einmal auf den Umhang. Der Saum riß noch weiter ein, und der Ärmel ging teilweise ab, dann endlich gelang es Di, den Stoff unter den Füßen des anderen hervorzuziehen.

Mit einem Fluch stieß er den Mann beiseite und reckte verzweifelt den Hals. Wieder sah er in einiger Entfernung den Hinterkopf des großen Mannes, der jetzt so mühelos durch die wogende Menge glitt, als sei sie überhaupt nicht vorhanden. Di drängte vorwärts, doch vergebens. Er nahm in höchst unmanierlicher Weise seine Ellbogen und Knie zu Hilfe, doch das verstärkte nur den Widerstand der anderen, die ihn nun ihrerseits stießen und laut fluchten. Di stellte sich auf die Zehenspitzen und spähte nach vorn, doch der Mann war verschwunden. Da stand er nun, wütend und enttäuscht. Am liebsten hätte er dem Betrunkenen eine Tracht Prügel verabreicht.

Noch immer warfen ihm die Menschen angewiderte Blicke zu, und da fiel ihm wieder ein, wie zerrissen seine Kleider waren und was für ein jämmerliches Bild er zweifellos abgeben mußte. Nur die Ruhe bewahren, dachte er bei sich, laß dich nicht verrückt machen.

Eben war er noch überzeugt gewesen, daß er Hsueh Huai-i in der Menge erblickt hatte, doch jetzt wurde er unsicher.

Vor ihm ragte der Stupa hoch in den Himmel, und eine Welle der Erregung lief durch die Menge. Soeben hatte die Zeremonie begonnen, und einige Schaulustige wiederholten die Worte, die weiter vorn gesprochen wurden. Der Geschichtsschreiber Shu, so sagten sie, halte eine ausgezeichnete Rede. Widerwillig gab Di die Suche nach dem Mönch auf und lauschte den Worten des Geschichtsschreibers:

»In ihrer unendlichen Mildtätigkeit setzt die Kaiserin zur Feier des neuen Zeitalters, das nun angebrochen ist, ihre sieben Gnadenakte in Kraft, mit denen sie dem gemeinen Volk – ganz im Geiste des neuen Zeitalters – das Leben erleichtern will. Sie will euch, die ihr alle zu ihrer großen Familie gehört, beweisen, daß Barmherzigkeit und Mitleid nicht nur leere Worte sind. Aus diesem Grund hat sie angeordnet, die Steuern zu senken, das Land neu zu verteilen, die Zahl der Zwangseinberufungen ins Kaiserliche Heer zu senken, Sklaven und Diener freizulassen, die Todesstrafe abzuschaffen und jeder Familie Reis für ein halbes Jahr zu schenken.

Obwohl heute nur wenige auserwählt werden können, sollt ihr wissen, daß ein jeder von euch der Kaiserin am Herzen liegt und zu ihrer Familie gehört, der alten und ruhmreichen Familie Wu, die, wie ich, Euer ergebener Diener Shu, herausgefunden habe, bis zu den ersten Herrschern der Chou-Dynastie zurückreicht, die vor vielen Jahrhunderten, zu Beginn der glorreichen Geschichte des Kaiserreichs, die Geschicke unseres Landes lenkte. Aus Anlaß dieser Entdeckung haben die Kaiserin und der junge Kaiser erklärt, daß die Dynastie von nun an den Namen Chou tragen soll.«

Die Menge brach in lauten Jubel aus. Di stand wie betäubt da, kein Laut kam über seine Lippen. So einfach war es also? So endeten Dynastien? Konnte sie einfach das Ende der T'ang-Dynastie verkünden, ohne daß sich Widerspruch regte?

In den Regierungshallen herrschte eine merkwürdige Stimmung. Die Beamten blickten zur Seite und verstummten, wenn er an ihnen vorüberkam. Unwillkürlich sah er an sich hinunter, denn für einen kurzen Moment dachte er, er habe versehentlich wieder seine Bettlerkleidung angezogen. Und das hätte ohne weiteres passieren können, denn am Morgen hatte er ein Schreiben vom Leiter des Zensorats erhalten, in dem stand, daß seinem Gesuch um eine Unterredung stattgegeben worden sei, und so war er aufgeregt und in aller Eile der Einladung des hohen Beamten gefolgt, der ja vor ihrer letzten Verabredung plötzlich beschlossen hatte, seine Mutter zu besuchen. Di wagte kaum zu hoffen, daß der Schock über die Ereignisse den Amtsvorsteher wieder zur Besinnung gebracht hatte. Er hatte nur einmal kurz mit ihm gesprochen und wußte nicht, wie er ihn einzuschätzen hatte. Aus diesem Grund hatte er es für das Beste gehalten, unverzüglich zu ihm zu eilen, bevor er seine Meinung wieder änderte.

Di empfand eine bittere Genugtuung, als er in die mürrischen Gesichter der Beamten blickte, denen er auf der Treppe begegnete. Von der festlichen Stimmung, die tags zuvor im Park geherrscht hatte, war nichts mehr zu spüren. Diese Männer waren zwar Feiglinge, aber sie hatten ihr Leben in den Dienst des Staates gestellt und schienen zu begreifen, welch schwere Beleidigung ihnen die Kaiserin zugefügt hatte und daß die Lage für sie allmählich bedrohlich wurde. Zumindest einige begriffen es, aber zweifellos gab es auch andere, die ihr Unbehagen immer noch hinter Selbstgefälligkeit verbargen.

Im Zensorat wurde er von zwei jungen Männern erwartet, die er für die Gehilfen des Mannes hielt, mit dem er verabredet war. Einer saß hinter einem Schreibtisch, der andere stand daneben. Der Mann hinter dem Schreibtisch lächelte ihn freundlich an.

»Seid willkommen, Herr Di. Wir freuen uns, Euch zu sehen! Dürfen wir Euch eine Schale Tee anbieten?«

»Ja, vielen Dank, sehr gerne«, antwortete Di ein wenig brüsk. »Doch sagt mir, ob der Leiter des Zensorats heute zu sprechen ist, wie er mir mitgeteilt hat?«

Die beiden Männer tauschten einen kurzen Blick aus. »Gewiß«, sagte der Mann hinter dem Schreibtisch. »Er kann es kaum erwarten, Euch zu sehen, ebenso wie der Leiter des Kaiserlichen Sekretariats, der von Eurem Kommen weiß. Auch er hat es so eingerichtet, daß er bei dem Treffen zugegen sein kann. Es gibt schließlich viele wichtige Dinge zu besprechen!«

Der Leiter des Kaiserlichen Sekretariats also auch! Auch ihm war Di bisher nur ein- oder zweimal begegnet. Damit hatte er nicht gerechnet, doch er hatte nichts dagegen. Um so besser! Es war an der Zeit zu protestieren, lautstark zu protestieren. Wenn es ihm gelang, nur einige wenige rechtschaffene Männer um sich zu scharen, so konnten sie zusammen ein Memorandum aufsetzen und beim Thron eine Bittschrift einreichen.

»Ausgezeichnet«, sagte Di und machte es sich in seinem Sessel bequem. »Bitte sagt ihnen, daß ich sie erwarte.«

Die beiden Männer sahen einander abermals an. Der Mann, der neben dem Schreibtisch stand, lächelte.

»Aber Herr Di«, sagte er, »Ihr sitzt bereits vor ihnen!«

Verständnislos starrte Di die beiden an. »Wie meint Ihr das?« fragte er vorsichtig.

Der Beamte hinter dem Schreibtisch zuckte mit den Schultern. »Ich bin Wu San-ssu, der Leiter des Zensorats, und das ist Wu Cheng-ssu, der Leiter des Kaiserlichen Sekretariats. Mein Bruder.«

»Unsere Vorgänger sind zurückgetreten«, sagte der andere.

Di stand abrupt auf, schob das Teetablett, das ihm ein Diener gerade reichen wollte, beiseite und sagte kalt: »Darf ich fragen, in welcher Beziehung Ihr zur Kaiserin steht?«

»Nun, wir sind ihre Neffen«, antwortete der Stehende. Di drehte sich um und ging zur Tür. »Herr Di, so wartet doch! Wir haben wichtige Dinge mit Euch zu bereden!«

»Aber ich nicht mit Euch«, sagte Di und stürmte hinaus in die Halle.

Die beiden Männer folgten ihm. »Es handelt sich um die Abdankung der Li-Prinzen!« Di blieb stehen und drehte sich um. Er schaute die beiden an und wartete, was sie ihm sonst noch zu sagen hatten. »Die ganze Sache kann nicht ohne Eure Hilfe erfolgen, denn sie muß sorgfältig geplant und würdevoll abgewickelt werden. Das sind wir den Prinzen schuldig.« Ein Lächeln huschte über das Gesicht des Mannes, der vorhin hinter dem Schreibtisch gesessen hatte. »Ihr seid als einziger dazu in der Lage, Herr Di! Sie brauchen Eure Hilfe! Die Kaiserin würde es Euch hoch anrechnen!«

»Verbannung und der Entzug aller Privilegien, Herr Wu-chi«, sagte Di empört. »Das ist gemeint, wenn die Kaiserin von ›Abdankung‹ und ›Rücktritt‹ spricht. Sie ließ zwanzig Prinzen, Vettern und Neffen aus der Familie des Kaisers wie gemeine Verbrecher einkerkern, um sie dann mit einer Gruppe von ›zurückgetretenen‹ Beamten, die sich beschwert hatten, weil sie unter der Kaiserin nicht arbeiten konnten, auf die Insel Hainan zu verbannen, eintausendfünfhundert Kilometer südlich von hier. Und Ihr wißt, was für eine dampfende Hölle diese Insel ist! Ich habe mich für sie eingesetzt, oder besser gesagt, man hat mir erlaubt, mich für sie einzusetzen. Ich mußte in lächerlich kurzer Zeit für jeden von ihnen einen Platz finden, sonst hätte man sie unweigerlich nach Hainan gebracht. Die Kaiserin wußte, daß mir keine andere Wahl blieb. Ich tat also mein Möglichstes, damit sie verschont blieben. Sie muß es genossen haben, mir zu zeigen, daß sie die Fäden in der Hand hält und Di Jen-chieh wie jeden anderen nach ihrer Pfeife tanzen lassen kann. Schließlich gelang es mir, die Prinzen auf Ländereien in Yangchou unterzubringen, die reichen Freunden von mir gehören. Ich habe sie ›gerettet‹, doch Wu hat das Ganze nur inszeniert, um uns zu verhöhnen, mich und alle anderen.«

»Ich nehme an, sie waren des Verrats angeklagt«, sagte Wu-chi, und Di nickte. »Sie wird nach und nach alle Mitglieder der T'ang beseitigen«, fuhr Wu-chi müde fort. »Sie entfernt die rechtmäßigen Erben aus der Kaiserlichen Familie und ersetzt sie durch eigene Verwandte oder Menschen von der Straße. Sie erhebt ihre unbedeutenden Vorfahren zu Königen. Doch ihr Spott ist in Eurem Fall noch vergleichsweise mild ausgefallen. Bedenkt, was meinen Kollegen widerfahren ist!« Wu-chi blieb für einen Moment regungslos sitzen und hing seinen Erinnerungen nach, dann fuhr er fort: »Tatsächlich bin ich überrascht, wie gnädig sie gestimmt ist. Und ich bin überzeugt, daß sie sich selbst dafür am meisten bewundert. Wie es scheint, ist sie in letzter Zeit bei bester Laune. Ich habe von den sieben Gnadenakten gehört, mit denen Ihre Majestät das Volk beglückt hat. Die ›Abdankung‹ der Li-Prinzen hält sie wohl ebenfalls für einen Gnadenakt. Und nicht ganz zu unrecht, wenn man bedenkt, was alles schon vorgefallen ist.« Er zuckte mit den Schultern. »Immerhin hätte sie alle umbringen lassen können. Ja, sie ist dieser Tage wirklich sehr großzügig und edelmütig gestimmt. Und natürlich kennen wir auch den Grund.«

Di antwortete nicht, sondern ließ nur ein Grunzen vernehmen. Mit diesem Thema wollte er sich nicht befassen. Schon der Gedanke daran war ihm zuwider.

»Mein Abt hat unlängst einen Brief von ihrem ›geistlichen Mentor‹ erhalten«, sagte Wu-chi mit ruhiger Stimme, und diesmal verfehlte seine wie beiläufig hingeworfene Bemerkung ihre Wirkung nicht. Di blickte seinen Freund an.

»Ihr meint, daß ihr ...« Er suchte nach den passenden Worten.

»Ihr Heiliger, ihr Liebhaber«, sagte Wu-chi anzüglich.

Di erschrak. »Der Brief hatte doch hoffentlich nichts mit Euch zu tun!«

»Nein, nein, nicht das geringste«, beruhigte ihn Wu-chi. »Für sie bin ich tot. Nein, in dem Brief wurde meinem guten Abt ein Vorschlag unterbreitet. Wie es scheint, will dieser Heilige zu Ehren des großen neuen Zeitalters, in dem wir alle leben, eine neue Sekte gründen, und zwar mit der Unterstützung und dem Segen der Kaiserin. Ich habe gehört, daß er viele Klöster in der Stadt und in der näheren Umgebung besucht. Er will uns Mönche für seine Sache gewinnen.«

»Und gehe ich recht in der Annahme, daß er den Klöstern großzügige Spenden in Aussicht stellt?«

»Ja, sehr großzügige sogar. Und als Gegenleistung verlangt er nur, daß wir die Novizen der neuen Sekte bei uns aufnehmen. Natürlich wird das Kloster nach und nach in den Besitz seiner Sekte übergehen, und die Lehren werden sich natürlich auch ändern. Das ist doch nicht zu viel verlangt, oder?«

»Und was hat Euer Abt geantwortet?«

»Er hat das Angebot mit der ihm eigenen Güte und Bescheidenheit abgelehnt.«

»Andere, die weniger gütig und bescheiden sind, haben es zweifellos angenommen.«

»Zweifellos.«

»Und welchen Namen trägt diese Sekte, wenn ich fragen darf?«

Wu-chi dachte einen Moment nach. »Sie trägt einen unschuldigen Namen, der so wunderbar sanft klingt wie die Verszeile eines Gedichtes, das eine Dame verfaßt hat. Es ist ein Name, der einem leicht entfallen kann. Laßt mich einen Moment nachdenken. Ah, ja. Weiße Wolke.«

»Weiße Wolke«, wiederholte Di langsam. »Nun Wu-chi, in Euren Ohren mag der Name wie ein sanfter Windhauch klingen. Mich erinnert er eher an das Zischen eines Pfeiles, der vom Bogen eines Höllendämonen schnellt und sich in mein Herz bohrt.«

21

Im Jahr 670, Spätsommer
Loyang

»Es besteht kein Zweifel mehr«, sagte er und starrte Wu durchdringend an. »Ich habe Euch einige Zeit genau beobachtet. Aber ich bin ein vorsichtiger Mensch und neige nicht zu voreiligen Behauptungen. Ich warte, bis ich völlige Gewißheit habe, dann erst spreche ich.« Er drehte ihr Gesicht in das Sonnenlicht, das durch das Fenster hereinfiel.

Ihre Mutter, die ebenfalls zugegen war, lächelte. »Auch ich kann es sehen«, sagte sie. »Wir haben es schon vor geraumer Zeit bemerkt, aber wir kamen überein, nichts zu sagen, bis wir unserer Sache ganz sicher sind.«

»Ja, bis wir ganz sicher sind«, bekräftigte er.

Wu wartete. Ihr wurde ganz warm von den Schmeicheleien. Sie brannte vor Neugier und genoß es, von ihrer Mutter und ihrem Liebhaber auf die Folter gespannt zu werden.

»Aber nun besteht nicht mehr der geringste Zweifel«, fuhr er fort, wobei er so nahe an sie herantrat, daß sie seinen Atem auf ihrer Haut spürte. »Ihr werdet jünger.«

»Unsinn«, protestierte sie, obwohl sie begierig darauf war, noch mehr zu hören.

»Nein, es ist wahr«, sagte ihre Mutter. »Wer könnte das besser beurteilen als ich, deine Mutter? Ich kenne dich seit deiner Geburt. Ich kenne dich besser als jeder andere. Die Jahre kehren sich um, verschwinden allmählich. Es geht genauso langsam vonstatten wie das Älterwerden. Aber ich versichere dir, es ist die Wahrheit.«

»Ja«, sagte er, »und ich meine, daß auch ich befugt bin, es zu sehen, oder?« fügte er mit einem anzüglichen Grinsen hinzu. »Obwohl so etwas natürlich niemand besser beurteilen kann als eine Mutter.« Er lächelte Frau Yang an, und sie lächelte zurück. Wu fühlte, wie Wärme, Kraft und ein Gefühl der Allmacht sie durchströmten, und sie empfand eine ungeduldige Vorfreude auf die Zukunft, die voller wunderbarer Verheißungen war.

»Kompletter Unsinn«, wiederholte sie, doch auch auf ihrem Gesicht erschien nun ein Lächeln.

»Und das ist noch nicht alles«, sagte er, und seine Stimme wurde mit einem Mal wieder ernst. Er nahm seine Hand von ihrem Kinn, trat einen Schritt zurück und schaute sie bewundernd an. »Da ist noch sehr viel mehr, und bald werdet Ihr die Ursache erfahren. Dann werdet Ihr einsehen, daß es wahr ist. Auch das wollten wir Euch nicht sofort sagen. Es begann alles an jenem Tag, als mir der alte Mönch auf der Straße begegnete, mir sein armseliges Hab und Gut verkaufte und dabei so hell erstrahlte wie die Sonne.«

»Ich lehne es ab, mir diesen Unsinn länger anzuhören«, sagte sie, glücklich und entzückt.

»Doch, so hell wie die Sonne«, fuhr er fort. »Und obwohl ich von dem Licht geblendet war und meine Augen schmerzten, trat ich näher und bahnte mir einen Weg zu ihm, denn ich wußte, ich mußte es tun.« Er wandte sich mit ehrerbietig geneigtem Kopf an Frau Yang. »Ich bemerkte das gleiche Licht bei Eurer Mutter, Kaiserin. Ihr, der großen Schutzherrin, fiel die Aufgabe zu, mir Obdach zu gewähren und dafür zu sorgen, daß ich ungestört meinen Meditationen nachgehen konnte, die zum Verständnis der heiligen Schriften, die das Schicksal mir in die Hände gespielt hatte, unerläßlich waren.«

»Das habt Ihr also die ganze Zeit getan«, sagte Wu und lächelte ihre Mutter an. »Ihr habt die heiligen Schriften studiert.«

»Ihr ahnt ja nicht, wie schwierig dieses Studium ist, Kaiserin«, sagte er, wobei er sich zu seiner ganzen imponierenden Größe aufrichtete und stolz die Schultern straffte. »Ihr müßt es Euch wie eine Schachtel vorstellen, die sich in einer Schachtel befindet, welche wiederum in einer noch größeren Schachtel steckt. Jede dieser Schachteln enthält eine verschlüsselte Symbolik in einer Sprache, die selbst in ihrer klarsten Form überraschende Wendungen und komplizierte Formulierungen bereithält. Ich mußte nicht nur jede Schachtel öffnen, ich mußte sie hernach auch wieder zusammenfügen. Denn ich wollte ganz sicher sein. Kurzum, es gibt einen guten Grund, warum man Eurem Gesicht und Eurem Körper die Jahre nicht mehr ansieht.« Er sah sie eindringlich an. »Es ist an der Zeit, der Welt das Weiße-Wolke-Sutra zu enthüllen.«

Konnte die Zukunft noch glorreicher, noch vielversprechender sein? Begierde und Ungeduld flammten nun in ihr auf wie ein Feuer, das sie zu verzehren drohte. Sie fühlte ihren Lebenshunger, wollte seinen Körper spüren, an dem sie sich, wie ihr sein Blick zu verstehen gab, bald würde erfreuen können. Sie strahlte ihn offen und herausfordernd an.

»Kompletter Unsinn«, sagte sie.

Viele Monate nach Fertigstellung der Stupas erkannte Di, wie unbedeutend sie im Vergleich zu dem neuesten Bauvorhaben der Kaiserin waren: Diesmal ließ sie einen Tempel errichten, der beinahe so groß war wie ein Flügel des Palastes. Er sollte das zentrale Heiligtum und der Hauptversammlungsort der neuen Sekte Weiße Wolke werden. Als Leiter des Opferamtes hätte er eigentlich alles über die neue Sekte wissen und zumindest den Namen des Abtes, die voraussichtliche Zahl ihrer Mitglieder, ihre Lehre und den Umfang ihres Vermögens kennen müssen. Schließlich war es die Aufgabe des Opferamtes – und damit auch seine – zu prüfen, ob die Sekte zugelassen werden konnte. Doch alles, was er wußte, war, daß der Tempel den Namen »Weißes Pferd« erhalten sollte und daß auf der Baustelle mindestens tausend Arbeiter beschäftigt waren. Wiederholt hatte er den Abt der Sekte um eine Unterredung gebeten, doch niemals eine Antwort bekommen. Er hätte auch unangemeldet bei ihm vorgesprochen, doch er wußte nicht, wo er zu finden war, außer vielleicht im Schlafzimmer der Kaiserin, aber dort hatte selbst der große Di keinen Zutritt.

Er besuchte die Tempel in der Stadt und im näheren Umkreis, deren Äbte bereit waren, der Weißen Wolke beizutreten. Doch die Äbte, von denen einige, wenn auch nicht alle, einen ehrlichen Eindruck auf ihn machten, konnten ihm nur mitteilen, daß sie eine großzügige Spende erhalten hatten, verbunden mit der Anweisung, erst einmal abzuwarten. Warten worauf? hatte Di gefragt. Auf weitere Anweisungen, hatten sie ihm geantwortet. Auf das Sutra der Sutras, das bald erscheinen werde.

Das Sutra der Sutras?

Ja, das Sutra, das alle anderen übertreffen und von einer neuen Welt künden werde.

Als Di später die Baustelle besichtigte, bestand für ihn kein Zweifel mehr: Der Tempel wurde in einem ebenso fremdländischen Stil errichtet wie die Ahnenstupas. Der Bauplan mußte von demselben Architekten stammen, der bereits die Stupas entworfen hatte. Eines Tages führte Di ein Experiment durch. Er hielt seine

Hände hoch, so daß er die anderen Gebäude in der Umgebung des Tempels nicht mehr sehen konnte. Es fiel ihm nicht schwer, sich dieses exotische Bauwerk an einem ganz anderen Ort vorzustellen, zum Beispiel auf einem Berg in einem fernen Land. Doch es stand hier, in Loyang, und wirkte in der vertrauten Umgebung seltsam deplaziert, wie eine Orchidee in einem Kohlfeld. Und dieser Eindruck war so stark, daß er sich wunderte, warum noch kein anderer darauf gekommen war.

Er besuchte Wu-chi nun immer häufiger. Im Kloster des Reinen Lotos fand er Frieden und Ruhe, während die Welt mit jedem Tag und mit jeder Stunde zunehmend aus den Fugen geriet.

Heute gesellte sich der Abt Liao zu ihm und seinem Freund. Di war nicht der einzige, der sich Gedanken über den Tempel des Weißen Pferdes machte. Der Abt, sonst immer gutgelaunt, war offensichtlich besorgt.

»Letzte Woche hat mich ein Abgesandter der Weiße-Wolke-Sekte aufgesucht«, sagte er mit gerunzelter Stirn. »Sie geben nicht so schnell auf.«

»Aber Ihr habt in Eurem Brief doch unmißverständlich erklärt, daß Ihr der Sekte nicht beizutreten gedenkt?« fragte Di.

»Aber ja«, erwiderte der Abt. »Ich habe mich für das großzügige Angebot bedankt, aber auch klar zum Ausdruck gebracht, daß wir an unserer althergebrachten Lebensweise festhalten wollen. Ich habe betont, daß wir ein besonders einfacher und konservativer Orden sind und keine Änderung wünschen.«

»Und was geschah dann?« fragte Di neugierig.

»Ich war zufrieden, daß ich meinen Standpunkt klar und deutlich dargelegt hatte, ohne jemanden zu verletzen, und erwartete nicht, noch einmal von ihnen zu hören. Auf jeden Fall rechnete ich nicht mit einem Besuch.« Er sah Di und Wu-chi an. »Diesmal unterbreiteten sie mir ein sehr verlockendes Angebot, und vermutlich waren sie fest davon überzeugt, daß ich es annehmen würde. Beim ersten Mal hatten sie mir Geld angeboten, diesmal war es Macht.«

»Macht?« fragte Di ungläubig.

»Ja. Sie sagten, daß die Kaiserin und der Abt der Weißen Wolke beschlossen hätten, die Bezirke und Präfekturen im Reich umzugestalten und die Grenzen neu zu ziehen. Sie wollen die Bezirke in Gemeinden umwandeln und der Verwaltung der örtlichen Tempel der Weißen Wolke unterstellen. Und mein Kloster liegt anscheinend so günstig, daß es einer der bevölkerungsreichsten und wohlhabendsten Gemeinden in der Umgebung von Loyang vorstehen könnte.«

»Gemeinden!« rief Di. »Was haben sie Euch sonst noch gesagt? Wie groß sollen die Gemeinden sein? Wie viele Menschen, wie viele Höfe sind in jeder Gemeinde zusammengefaßt? Müssen sie zusätzlich zu der jährlichen Steuer Abgaben an das Reich entrichten?« Der Ermittler in ihm meldete sich nun zu Wort.

»Richter Di, Ihr stellt scharfsinnige Fragen«, sagte Abt Liao mit einem schwachen Lächeln. »Doch ich weiß darauf keine Antwort, denn natürlich lehnte ich das Angebot ab. Ich konnte nicht zulassen, noch mehr zu hören.«

»Natürlich«, sagte Di, »und Ihr tatet gut daran. Sagt mir, wie nahmen sie es diesmal auf? Nahmen sie die Ablehnung anstandslos hin?«

»Sie blieben freundlich«, antwortete Liao. »Doch ich hatte den Eindruck, daß der Fall für sie damit noch nicht abgeschlossen war. Und tatsächlich sagten sie, daß sie in vierzehn Tagen noch einmal bei mir vorsprechen würden.« Er blickte Di sorgenvoll an. »Und bis dahin, so sagten sie, werde die Welt ein Wunder erleben, das meine letzten Zweifel ausräumen werde.« Di hatte den Abt noch nie so aufgeregt gesehen. »Ein Wunder, Richter Di. Eigentlich sollte ich froh und neugierig sein, doch ich fürchte mich.« Er dachte einen Moment nach. »Und bei unserem nächsten Treffen wird auch der Abt vom Tempel des Weißen Pferdes zugegen sein.«

»Der Abt persönlich!« rief Di aus. Endlich ergab sich eine Gelegenheit! »Guter Vater«, sagte er begeistert, »erlaubt Ihr einem auf Abwege geratenen Richter, für kurze Zeit Eurem Orden beizutreten?« Der Abt schaute ihn einen Moment lang verständnislos an. »Wenn der Abt vom Tempel des Weißen Pferdes kommt, möchte ich hier im Kloster sein, als einer von euch.«

»Ja, aber natürlich«, willigte Abt Liao ein. »Dafür wäre ich Euch sogar sehr dankbar!«

»Ausgezeichnet!« sagte Di, in Gedanken bereits damit beschäftigt, einen Plan zu schmieden.

Wu-chi hatte dem Gespräch bisher schweigend zugehört, doch nun erinnerte er sich an ein Ereignis, das schon lange zurücklag. »Ein Wunder«, sagte er. »Ich ahne nichts Gutes.«

Di blieb nichts anderes übrig, als zu warten. Doch worauf? Was sollte man sich unter einem Wunder vorstellen?

Eines Nachmittags, etwa drei Wochen nach seinem Besuch im Kloster, saß er in einer Weinschenke an einer belebten Durchgangsstraße und las die Botschaft von einem der Li-Prinzen, die er auf den Anwesen von Freunden untergebracht hatte, nachdem sie von der Kaiserin zur Abdankung gezwungen worden waren.

In sicherer Entfernung von Loyang wurden die Gelehrten wieder mutiger. Sie kamen häufig zusammen und debattierten, und natürlich kreisten viele ihrer Gespräche um die Kaiserin. Diese Männer, die niemals in ihrem Leben ihre Stimme, geschweige denn ein Schwert erhoben hatten, deren weiche Hände eher an den Umgang mit Pergament, Teeschalen und Schreibpinseln gewöhnt waren und die vermutlich nicht einmal die Farbe ihres Blutes kannten, planten eine Rebellion. Sie forderten Richter Di auf, sich ihnen anzuschließen und als ihr Verbindungsmann in der Hauptstadt zu fungieren. Dies alles teilten sie Di natürlich nicht offen mit, sondern in einer fast unverständlichen Gelehrtensprache, die praktisch eine eigene Sprache darstellte, mit der er aber bestens vertraut war.

Am liebsten wäre er unverzüglich nach Yangchou gereist und hätte persönlich mit ihnen gesprochen. Wie sollte er von hier aus beurteilen, ob die von ihnen beabsichtigte Erhebung erfolgversprechend war. Hatten sie einen guten Plan ausgearbeitet? Hatten sie überhaupt eine Chance? Oder würde die Kaiserin die Rebellion schon im Keim ersticken?

Er betrachtete noch einmal den Brief. Der Absender war Li Ching-yeh, ein Bekannter von ihm und ein Gelehrter mittleren Alters, der schon bei der kleinsten körperlichen Anstrengung außer Atem kam.

Er schüttelte verwundert den Kopf. Noch heute abend wollte er in der gleichen symbolhaften Sprache ein Antwortschreiben aufsetzen und den Gelehrten raten, nichts zu überstürzen, auf der Hut zu sein und erst loszuschlagen, wenn sie ihrer Sache ganz sicher seien. Eine innere Stimme sagte ihm aber auch, daß es klug sei, einen zweiten Brief an seine Familie in Yangchou zu schreiben und ihr mitzuteilen, daß er sie nach Ch'ang-an bringen lassen werde. Seine Frauen würden sich ganz bestimmt darüber freuen, denn dort lebte ein Großteil ihrer Verwandten. Und er selbst würde ruhiger schlafen können, wenn er sie in sicherer Entfernung einer Stadt wußte, in der möglicherweise bald eine Revolte ausbrach.

Er rollte den Brief zusammen, bezahlte beim Wirt seine Zeche und wollte gerade auf die Straße hinaustreten, als er merkwürdige Laute hörte, die ihm wohl bekannt vorkamen, hier aber völlig fehl am Platz waren. Im nächsten Moment bemerkte er draußen einen Menschenauflauf. Zwei kleine Jungen rannten vorüber, und er wich zurück, um einen Zusammenstoß zu vermeiden. Als er wieder ins Freie trat, sah er noch mehr Menschen, vor allem kleine Jungen und Jugendliche, die an der Spitze einer Prozession die belebte Straße heruntergerannt kamen. Dann sah er safranfarbene Gewänder und kahlgeschorene Schädel, die hoch aus der Menge ragten, und da wußte er, was er vorhin gehört hatte: den Gesang von Mönchen.

Die Mönche waren ungewöhnlich großgewachsen, schauten weder nach links noch nach rechts und kümmerten sich nicht darum, daß es auf der Straße von Menschen wimmelte. Sie marschierten stur geradeaus wie Soldaten und machten so grimmige Gesichter, daß die Menge eingeschüchtert zur Seite wich und eine Gasse für sie bildete. Ihr Gesang wurde immer lauter, und als sie noch ungefähr zwanzig Schritte von Di entfernt waren, konnte er endlich verstehen, was sie sangen. Dann kamen sie vorüber, und Di schloß sich ihnen an, denn er wollte jedes Wort des Refrains hören, den sie mit stampfenden Füßen rhythmisch untermalten:

»Sie ist in diese verderbte Welt zurückgekehrt! Ihr Körper erstrahlt in goldenem und purpurnem Licht! Ihr Licht scheint auf die fünf Lebenspfade! Ein Strahl von den Wurzeln ihrer Haare blendet die Welt! Das Licht ihrer Weisheit befreit uns von der Schöpfung! Sie kommt zu uns aus dem Land Wu-hsiang! Wu-hsiang, das Land der Gedankenleere kommt zu uns! Avalokitesvara ist wiedergeboren! Unbegrenztes Licht – göttlicher Bodhisattwa – unbegrenztes Licht – göttlicher Bodhisattwa! Unbegrenztes Licht, Cakravartin ist wiedergeboren!«

Di lief noch eine Weile neben den Mönchen her, dann blieb er atemlos stehen. Er blickte ihnen nach, bis sie um die nächste Ecke gebogen waren, dann wandte er sich erstaunt an einen alten Mann, der direkt neben ihm stand, doch noch ehe er etwas sagen konnte, beantwortete der Greis seine unausgesprochene Frage.

»Das sind Jünger der Weißen Wolke«, sagte er knapp. »Habt Ihr es etwa noch nicht gehört? Heute ist ein Wunder geschehen.«

»Ein Wunder?« fragte Di fassungslos.

»Ja. Heute wurde ein Flügel des Tempels vom Weißen Pferd eingeweiht, und dabei verwandelte sich eine eigens aus Indien herbeigeschaffte heilige Buddha-Statue in einen Schwarm schneeweißer Tauben. Die Vögel flogen in den Himmel, und die Statue war verschwunden.« Der Mann zuckte mit den Schultern. »Es gab Dutzende von Zeugen. Mein Bruder war ebenfalls dort und hat es mit eigenen Augen gesehen.«

Di fühlte sich, als habe er eine Woche mit Fieber im Bett gelegen. Die ganze Zeit hatte er darauf gewartet, daß jemand mitten in der Nacht an sein Fenster klopfte oder ihm tagsüber auf der Straße heimlich einen Brief in die Hand drückte. Das »Wunder«, von dem die ganze Stadt sprach, konnte nur ein Zeichen von Hsueh Huai-i sein, mit dem er ihm mitteilen wollte, daß er noch unter den Lebenden weilte und sich in die Sekte der Weißen Wolke eingeschlichen hatte. Das hatte er schlau angefangen! Di wußte nun, daß Hsueh der Sekte beigetreten war und sogar eine wichtige Stellung bekleidete, denn man nahm bereits seine Fähigkeiten als Magier in Anspruch, um »Wunder« zu vollbringen.

Aufgeregt dachte Di darüber nach, welche Möglichkeiten sich daraus ergaben. Zweifellos hatte sich Hsueh mit dem Abt des Weißen Pferdes, dem »geistlichen Berater« der Kaiserin, angefreundet, und vielleicht kannte er bereits den inneren Aufbau der Sekte, ihre weiteren Pläne und Vorhaben. Vielleicht kannte er ihre Schwachstellen und wußte, wie man ihr beikommen konnte. Und vielleicht begleitete er am morgigen Tag sogar den Abt der Weißen Wolke. Er mußte eine Gelegenheit finden, heimlich Zeichen mit ihm auszutauschen.

Morgen war nämlich der Tag, an dem er ins Kloster gehen und in die Rolle eines betenden Mönches schlüpfen wollte. Er fragte sich, was für ein Mann der Abt der Weißen Wolke wohl war. War er nur ein Günstling der Kaiserin, wie vor ihm der tote Nagaspa, oder war er ihr ebenbürtig? Wie hatte Wu-chi so treffend formuliert: Dieser Mann hat Wus Feuer geschürt. Wer auch immer er war, er war unerhört dreist. Jedem, der mit den heiligen Schriften nur einigermaßen vertraut war, mußte auffallen, daß sein Sutra eine plumpe Fälschung war, zusammengestückelt aus einer Vielzahl von Quellen. Dreist und in gewisser Weise auch mutig, dachte Di. Wieviel Mut gehörte dazu, in das Bett der Kaiserin zu steigen?

Es war schon spät in der Nacht, und Di hatte ein scharfes Messer, Seife und eine Schale mit heißem Wasser bereitgestellt. Als er nach dem Messer griff, um mit den Vorbereitungen für den morgigen Tag zu beginnen, war er zum zweitenmal innerhalb weniger Wochen dankbar dafür, daß seine Frauen nicht hier waren und ihnen somit der Anblick seines geschorenen Schädels erspart blieb. Als er die erste Strähne abschnitt, fiel ihm wieder ein, wie seine Söhne gegrinst hatten, als sie ihn in Yangchou zum erstenmal mit einem kahlen Schädel gesehen hatten.

Der Abt des Reinen Lotos hatte offensichtlich die ganze Nacht kein Auge zugetan. Seine sonst so heitere Miene war sorgenvoll, und unter seinen Augen hingen große Tränensäcke.

Di war bereits vor Morgengrauen eingetroffen und hatte sich, wie vorher abgesprochen, gleich zu den Mönchen gesellt und am Morgengebet teilgenommen. Sein Freund Wu-chi hatte sich in ein Versteck zurückgezogen. Obwohl er wußte, daß die Kaiserin nicht mehr nach ihm suchen ließ und nicht ahnte, daß er hier war, beunruhigte ihn der Gedanke, daß Abgesandte von ihr ins Kloster kamen.

Nach dem Morgengebet nahm Di mit den Mönchen ein karges Frühstück ein und arbeitete anschließend im Klostergarten. Er genoß die warmen Sonnenstrahlen auf seinem Rücken und beobachtete die Insekten, die über den Boden und das Gemüse krabbelten und emsig ihrem Tagwerk nachgingen. Ein Insektenleben bestand nur aus Arbeit, während andere Tiere zuweilen ruhten. Selbst ein so fleißiges Geschöpf wie das Eichhörnchen erholte sich von Zeit zu Zeit und sprang in den Baumwipfeln von Ast zu Ast. Der Büffel gönnte sich eine Ruhepause, wenn er die Peitsche auf seinem Rücken und das Joch um seinen Nacken nicht mehr spürte. Und Vögel planschten nur zu ihrem Vergnügen in Pfützen. Doch die Insekten hatte die Natur so geschaffen, daß sie ununterbrochen arbeiteten.

Di fand einen auf dem Rücken liegenden und hilflos mit den Beinen strampelnden Käfer, der von Ameisen attackiert wurde, und drehte ihn vorsichtig mit einem Stöckchen wieder um. Kaum wieder auf den Beinen, krabbelte der Käfer davon, als sei er nicht im mindesten davon überrascht, daß ihm das Schicksal einen Retter geschickt hatte. Di hätte ihn genausogut liegen lassen oder gar zertreten können. Ebenso willkürlich griffen die Götter in das Leben der Menschen ein, dachte er, ganz wie es ihnen gerade in den Sinn kam.

Er hatte fast den ganzen Morgen gearbeitet und wischte sich gerade den Schweiß von seinem kahlen Schädel, da sah er, wie der Gehilfe des Abtes Liao näher kam und ihm wortlos ein Zeichen gab, ohne eine Miene zu verziehen. Di straffte seine schmerzenden Glieder, legte in aller Ruhe die Hacke weg und machte sich zusammen mit mehreren anderen auf den Weg zu Liaos Räumen, in denen die Delegation der Weißen Wolke empfangen werden sollte.

Die Besucher hatten das Klostergelände noch nicht betreten, doch Di wußte, daß sie soeben vor dem Tor angelangt waren, denn der gleiche aggressive, rhythmische Gesang, den er letzte Woche in der Stadt gehört hatte, erfüllte nun diesen friedlichen Ort. Als er mit den anderen aus dem Schatten eines Baumes trat, spürte er kalten Schweiß auf der Stirn, und als die marschierenden Füße näher kamen, senkte er den Blick.

Gleich darauf sah er wieder auf und gewahrte etwa zehn auffallend große Mönche, die den Klosterhof überquerten und ihm das Profil zukehrten. Ein metallischer Gegenstand blitzte in der Sonne und blendete ihn. Im gleichen Moment ging ihm ein Licht auf. Er hatte das Rätsel um die hohe Gestalt der Mönche gelöst: Sie waren ausgewählt worden, weil sie ebenso groß waren wie ihr Führer, der Abt des Weißen Pferdes, der Gründer und Vorsteher der Weiße-Wolke-Sekte und Liebhaber der Kaiserin, jener Mann, der gerade an der Spitze der Prozession über den Hof schritt und über seiner schlichten Mönchskutte eine goldene Kette trug.

Di blieb hinter den anderen zurück und drückte sich in einen schattigen Toreingang. Er rang nach Atem und wartete darauf, daß sich sein hämmerndes Herz beruhigte. Er glaubte nicht, daß Hsueh Huai-i ihn gesehen hatte. Aber man konnte nie wissen. Hsueh hatte Augen, die selbst durch Mauern drangen.

22

Im Jahr 671, Frühling
Loyang

Ich muß auf die Stimmen hören, sagte sie leise zu sich. Ich muß lernen, auf die Stimmen zu hören, und darauf vertrauen, daß ich sie hören kann. Sie kniff die Augen zusammen und rief sich ins Gedächtnis, was Hsueh Huai-i zu ihr gesagt hatte.

Zunächst, hatte er gesagt, werdet Ihr kaum einen Unterschied merken zwischen Euren eigenen Gedanken und denen, die Euch der Geist Buddhas eingibt. Doch irgendwann – Ihr werdet es sofort merken – werden alle Zweifel schwinden. Dann werdet Ihr die beiden Stimmen, die in Eurem Kopf um Eure Aufmerksamkeit wetteifern, so klar unterscheiden können wie dumpfe Trommelschläge vom hellen Klang einer Messingglocke. Ihr werdet sie nicht mehr verwechseln. Der Lärm Eurer niederen, weltlichen Gelüste wird auch weiterhin in Eurem Kopf dröhnen, doch daneben werdet Ihr eine andere Stimme hören, eine Stimme, die wie aus weiter Ferne zu Euch dringt, wie eine Tempelglocke, die hinter einem Berg hervorklingt, zuerst leise und dünn in wunderschönen, hohen Tönen, dann immer lauter und voller, bis sie mit ihrer kristallenen Reinheit das Getose der Wasserfälle, das Rauschen der Kiefern und das Heulen des Windes übertönt: »Ping ... Ping ... Ping ...«

Der Tibeter hatte die unterschiedlichen Klänge so genau nachgeahmt und seine Stimme so angehoben, daß wirklich eine Art metallischer Ton entstanden war. Dann hatte er mit tiefen Kehllauten das Ausklingen einer Glocke imitiert, so daß sie tatsächlich gemeint hatte, eine Messingglocke zu hören.

Und heute, in diesem Moment, war sie sicher, jene Stimme zu hören. Sie war da, ruhig und klar wie Hsuehs Klosterglocke. Ja, sie war da! Der wahre Geist Buddhas, die reine Stimme, sprach durch sie. Alles, was sie zu tun hatte, würde ihr die Stimme eingeben. Sie mußte ihr nur Zeit lassen, Zeit, die sie im Augenblick freilich nicht hatte, denn Rebellen hatten in der Kanalstadt Yangchou einen Aufstand angezettelt. Es war zwar nur ein unbedeutender Aufstand, doch er hatte ihren Zorn erregt und sie daran erinnert, was ihre Mutter über unliebsame Verwandte gesagt hatte. Nur, daß es diesmal nicht ihre eigenen Verwandten waren, die ihr Verdruß bereiteten, sondern die ihres verstorbenen Gatten.

Fünfhundert Gelehrte, die sie des Beamtenstandes enthoben hatte – die meisten von ihnen unterhalb der sechsten Rangstufe –, hatten sich den verbannten Prinzen des Kaiserlichen Herrschergeschlechts der Li angeschlossen. Den Prinzen war es gelungen, eine einhunderttausend Mann starke Armee auszuheben, doch waren sie bislang noch nicht nach Norden vorgerückt, sondern standen noch in dem dicht besiedelten Gebiet zwischen dem Großen Kanal und der Jangtsekiang-Mündung. Wie aus den ersten Berichten ihrer Spione hervorging, war die Führung der Aufständischen bereits zerstritten, und auch unter den Prinzen gab es offensichtlich Rivalitäten. Doch im Grunde waren zum gegenwärtigen Zeitpunkt weder die Spione noch Leute aus dem einfachen Volk in der Lage, die dort stationierten Kaiserlichen Milizen von den Rebellenverbänden zu unterscheiden.

Wu sah in der ganzen Affäre keine ernsthafte Bedrohung ihrer Herrschaft und hatte deshalb beschlossen, die Krise mit jener unerschütterlichen Ruhe zu bewältigen, die ihr jene innere Stimme verlieh. Wenn sie ihren inneren Frieden bewahrte und Großmut zeigte, ließ sich für alle Probleme eine Lösung finden. Sie murmelte das geheime Mantra, das Hsueh ihr beigebracht hatte, und während sie es immer und immer wieder vor sich hin sagte, erkannte sie, wie der Sämling von Buddhas Tugend aufging und eine herrliche Blüte trieb.

Shu räusperte sich und las weiter.

› ... und sie ist heimtückisch, böswillig und von einer Schlechtigkeit ...‹

»Nein, nein, nein!« rief Wu in einem so schneidenden Ton, daß der Geschichtsschreiber zusammenzuckte. »Nun beginnt Ihr aber wirklich, mich zu ärgern, Shu!« Sie kniff angewidert ihre Augen zusammen.

»Verzeiht, Majestät«, sagte Shu. »Was ärgert Euch? Die Proklamation des Rebellenführers Li Ching-yeh, die ich wortgetreu vorlese?«

»›Die Proklamation des Rebellenführers Li Ching-yeh?‹«, äffte sie ihn nach. »Nein, Shu, Euer Gebiß, Eure Hakennase, Eure häßlichen, kleinen Augen, Euer zitterndes Kinn. Shu, Ihr seid zu dumm. Ich meine Eure Stimme!«

»Majestät?«

»Shu?«

»Ich verstehe nicht.«

»Natürlich versteht Ihr nicht«, sagte Wu. »Weil Ihr Eure Stimme nicht hören könnt.«

»Nun, ich ...«, begann Shu, doch sie schnitt ihm das Wort ab.

»Oh, Shu, Ihr lest die Proklamation dieses Verräters aus Yangchou so ... so respektvoll vor.«

»Der Kaiserin gefällt nicht, wie ich lese?« fragte Shu verletzt.

»Ja, Ihr lest diesen Unsinn in einem so übertrieben amtlichen Ton vor, daß er fast glaubhaft klingt.«

»Dann ist es wohl für alle Beteiligten das beste, wenn ich ...«

»Unsinn!« unterbrach Wu ihn erneut. »Ihr lest dieses ... dieses Machwerk so vor, als glaubtet Ihr jedes Wort!«

»... wenn ich hier aufhöre und nach Hause gehe«, schloß Shu. »Wenn Ihr etwas geruht habt, könnte ich vielleicht ...«

»Nein, Shu«, sagte Wu. »Ihr werdet bleiben und weiterlesen.«

»Und wie wünscht Ihr, daß ich es vorlese, Kaiserin?«

Wu schlug zornig auf den Tisch. »Ach, das ist mir doch egal! Fahrt endlich fort und lest diesen Unsinn so vor, wie es Euch beliebt.« Sie starrte ihn an. »Vermeidet aber, daß es so ungemein wichtig klingt.«

Shu wartete, bis er sicher war, daß sie ausgeredet hatte, und fragte dann vorsichtig: »Soll ich nun fortfahren?«

»Ja, natürlich«, sagte sie. »Lest endlich weiter, Shu. Ich kann mich nicht ewig mit diesem ... diesem ›Manifest‹ aufhalten.«

Shu räusperte sich und las an der Stelle weiter, wo sein Finger unter den blutroten Zeichen stehengeblieben war:

›... diese Frau Wu, die widerrechtlich die Herrschaft an sich gerissen hat. Sie ist von Natur aus unbeugsam und gefährlich. Ihre Herkunft ist mehr als zweifelhaft ...‹

»Genug, ich will nichts mehr hören.« Wu fuhr aus ihrem Sessel hoch, beugte sich vor und riß Shu die Papiere aus der Hand. »Es ist kompletter Unsinn, Shu, aber Ihr tragt es so vor, als sei jedes Wort wahr.« Sie sah ihn durchdringend an. »Glaubt Ihr das etwa?« fragte sie spitz und warf die Papiere, ohne sie eines Blickes zu würdigen, vor ihn auf den Tisch.

»Kaiserin …«

»Schweigt, Shu.« Sie hielt sich die Ohren zu. »Ich will nicht wissen, was Ihr glaubt, es spielt ohnehin keine Rolle.«

Shu versuchte gar nicht erst, etwas darauf zu erwidern. Er griff nach den Papieren und las weiter.

> ›Früher war sie eine unbedeutende Dienerin T'aitsungs und half ihm beim Umkleiden. Als erwachsene Frau stiftete sie Unfrieden im Palast des damaligen Kronprinzen, des verstorbenen Kaisers Kaotsung. Ihr Verhältnis zu ihm hielt sie geheim. Durch Intrigen verschaffte sie sich Zutritt zu den Kaiserlichen Gemächern … und verleumdete heimtückisch die anderen Frauen …‹

»Weil es nötig war, sie zu verleumden«, warf sie ein und schlug noch einmal auf den Tisch. »Sie waren immer um ihn herum, wie Schweine, die sich in ihrem stinkenden Kot suhlen, Shu.« Erfreut sah sie den mißbilligenden Blick, mit dem der Geschichtsschreiber ihre Worte quittierte. »Warum schreibt er das nicht?« Sie verschränkte trotzig die Arme über der Brust und starrte mit kaltem Blick aus dem Fenster. Shu wartete.

»Nun?« forderte sie ihn auf.

»Äh, ja«, sagte Shu und suchte die Stelle, an der sie ihn unterbrochen hatte. »Ah, ja, hier …«

> › … und verleumdete heimtückisch die anderen Frauen. Mit List und Schmeichelei täuschte sie den Herrscher. Sie verriet T'aitsung, verführte dessen Sohn und eignete sich widerrechtlich die Kaiserlichen Insignien an …‹ «

»Ah, nun hört schon auf, Shu! Hört endlich auf!« schrie sie, schmollte dann einige Momente und sagte schließlich in einem Ton, als spreche sie mit einem ungezogenen Kind: »Ich habe mir die Kaiserlichen Insignien nicht widerrechtlich angeeignet. Ich wurde Kaiserin, weil mein Kaiserlicher Gemahl Kaotsung mich brauchte. Ohne mich hätte er nicht regieren können. Das Land brauchte mich. Wir regierten als die beiden Heiligen, die beiden Weisen. Eine andere Möglichkeit gab es nicht. Jeder weiß, welche Opfer ich für die schwere Bürde der Kaiserwürde gebracht habe.«

»Natürlich, Kaiserin. Natürlich wissen wir das«, sagte Shu unterwürfig. »Aber … vielleicht ist es besser, wenn Hoheit das äh … Manifest selbst zu Ende lesen.«

»Nein, Shu«, sagte sie zutiefst gelangweilt. »Ich wünsche, daß Ihr es mir vorlest. Bitte!«

»Nun gut. Wo war ich stehengeblieben? Ah, ja …«

› … Mit dem Herzen einer Schlange und der Natur eines Wolfes …‹

Sie saß nun still und gleichmütig da, und er las schnell weiter in der Hoffnung, ans Ende zu gelangen, bevor sie weitere Einwände erhob.

› … förderte sie bösartige Schmeichler und setzte loyale Beamte ab. Wir verdächtigen sie des Mordes an ihren eigenen Familienangehörigen. Sie ist Göttern und Menschen gleichermaßen verhaßt …‹

Bei den letzten Worten hielt er den Atem an, doch als sie nichts sagte, las er, fast ohne Luft zu holen, weiter.

› … Weder Himmel noch Erde können sie ertragen, doch noch immer verfolgt sie böse Absichten und plant, dem rechtmäßigen Herrscher den Thron vorzuenthalten. Sie hält den geliebten Kronprinzen Chui-tsung, den ernannten Kaiser und Sohn des verstorbenen Herrschers, in einem Flügel des Palastes gefangen, verbannt alle Mitglieder des Herrschergeschlechts der Li, entläßt ihre ehrlichen Beamten und überträgt die wichtigsten Staatsämter einer Bande von Schurken und Verbrechern … Im Namen der verwaisten Prinzen, des Himmelssohns, auf dessen Grab die Erde noch nicht einmal trocken ist, und des Herrscherhauses Li rufen wir zu einer gerechten Rebellion auf. Wir wollen das Vertrauen der Welt zurückgewinnen, das Reich von dem unheilvollen Omen der Zerstörung befreien, den Altären von Erde und Korn den Frieden zurückgeben ... und das Reich der illegitimen Herrschaft der Wu entreißen ...‹

Er war fertig und wartete. Die tadelnden Worte lagen unausgesprochen in der Luft.

»Und was haltet Ihr davon, Shu? Ihr wißt ja nun, daß Ihr nichts weiter als ein ganz gewöhnlicher Verbrecher seid.« Ihre Stimme hatte einen boshaften Ton angenommen.

»Ich halte gar nichts davon, Majestät«, antwortete Shu würdevoll. »Ich kann mir nicht vorstellen, daß der verruchte Rebell Li Ching-yeh mich damit meint.«

»Aber, aber, mein lieber Shu, dann habt Ihr ihn völlig falsch verstanden«, spottete sie. »Ich glaube vielmehr, daß er nur Euch gemeint haben kann.«

»So ist sie, seit die neuesten Neuigkeiten eingetroffen sind«, sagte Shu, als der große Tibeter an ihm vorbeieilte. »Sie sitzt wie versteinert da und sagt immer nur, daß jeder sie betrogen habe, daß sie niemandem trauen könne und daß ... daß ...«, rief er dem Mönch nach, der sich mit großen Schritten entfernte und die Eingangshalle bereits halb durchquert hatte, »... und daß der Himmel seinen Toten zurückgeschickt habe!«

Als Hsueh den Raum betrat, lag die Kaiserin auf ihrem Sofa, und ihre Mutter saß mit einem angewiderten Gesichtsausdruck auf der Kante des großen Himmelbetts.

»Oh, Lama Hsueh«, sagte Wu und richtete sich auf. »Ich bin so glücklich, Euch endlich zu sehen.«

»Auch ich freue mich, Mönch!« sagte Frau Yang feierlich. »Ich dachte schon, daß sie Euch niemals finden würden.«

»Verzeiht, Hoheiten, ich eilte sofort hierher, als ich davon hörte. Ich war in meine Meditationen und meine Übersetzung vertieft.« Er runzelte entschuldigend die Stirn. »Und wann ist diese letzte ... äh ...« Er suchte nach den passenden Worten. »... Proklamation der Verräter eingetroffen?«

»Sehr spät letzte Nacht, Lama«, sagte Frau Yang. »Die Botschaft kam vom Rebellenstützpunkt Yangchou. Aber der Geschichtsschreiber Shu wollte die Kaiserin nicht wecken.«

»Ach ja, der kleine Geschichtsschreiber Shu. Ich bin ihm eben in der Halle begegnet. Er sagte, daß der Himmel gegen uns sei, oder so etwas ähnliches …«

»Daß der Himmel seinen Toten zurückschickt«, korrigierte ihn Wu und sah ihn eindringlich an. »Ich sagte, daß der Himmel seinen Toten zurückschickt! Denn genau das ist passiert, Hsueh.«

»Seht selbst, Lama«, sagte Frau Yang, stand vom Bett auf und reichte Hsueh ein Papier. Es war zerknittert und feucht, denn sie hatte es den ganzen Morgen in den Händen gehalten. »… die Rebellen behaupten, daß Kronprinz Hsien an ihrer Spitze steht. Lest!«

»Aber, Frau Yang … Prinz Hsien ist doch tragischerweise von eigener Hand gestorben. Was soll das Ganze?«

»Lest, Lama«, sagte Frau Yang.

»Ja, Hsueh. Lest.« Wu gab ihm ein zweites Blatt, auf dem lediglich zwei Reihen kühn geschwungener, großer Schriftzeichen prangten. »Sogar unsere Spione, die sich ganz in der Nähe der Rebellenlager aufhalten, haben den Jungen gesehen. Sie sagen, es sei Hsien. Und die Bürger, mit denen sie gesprochen haben, haben ihn auch gesehen.«

»Würden ihn die Bürger von Yangchou denn überhaupt erkennen?«

»Ja«, sagte Wu, »Hsien reiste jedes Jahr dorthin, um die große Springflut zu sehen. Sie fühlten sich durch seinen Besuch immer sehr geehrt. Jeder wußte, wie er aussah.«

»Sie behaupten, daß der Kronprinz zurückgekehrt sei, um das Haus Li zu rächen«, fügte Frau Yang hinzu.

Hsueh studierte die ›Proklamation‹ eingehend. »Natürlich gibt es dafür eine ganz simple Erklärung«, sagte er schließlich und schaute auf. »Prinz Hsien hat niemals Selbstmord begangen. Der Leichnam, der zur Beisetzung in der Kaiserlichen Gruft überführt wurde, war … nun ja, wie soll ich mich ausdrücken … so schlecht erhalten, daß er nicht mit letzter Sicherheit identifiziert werden konnte.« Er schaute Wu an und neigte ehrerbietig den Kopf. »Ihr nahmt lediglich an, daß Ihr Euern Sohn begrubt.«

»Ich bin überzeugt, daß es mein Sohn war.« Wu warf den Kopf zurück und schaute Hsueh fest an. »Es war mein Sohn. Ich weiß es ganz bestimmt. Und das läßt nur einen Schluß zu.«

»Ihr seht, Lama Hsueh, meine Tochter besteht darauf.« Frau

Yang warf die Hände in die Höhe und ließ sich auf das Bett zurückfallen. »Sie weigert sich, in Betracht zu ziehen, daß die Spione in Yangchou unrecht haben könnten ... daß es möglicherweise einen Doppelgänger gibt, der in Yangchou die Verräter um sich sammelt. Lieber glaubt sie an das Unmögliche.«

»Es gibt keinen perfekten Doppelgänger«, entgegnete Wu. »Meine Leute hätten es gemerkt, wenn es nicht wirklich mein Sohn wäre. Sie kannten ihn! Sie kannten ihn so gut wie ich selbst!«

»Dann müssen sich deine Generäle gegen dich verschworen haben, mein Kind«, sagte Frau Yang. »Sie selbst haben diese beunruhigende Geschichte verbreitet, weil sie dich um den Verstand bringen wollen. Das ist die einzige Erklärung, die deine Logik noch zuläßt, wenn wir nicht daran glauben wollen, daß der Himmel seine Toten zurückschickt.« Ihr schauderte bei dem Gedanken. Wu machte eine vage Handbewegung, mit der sie zu verstehen gab, daß Verrat nicht in Betracht kam.

»Nun«, sagte Hsueh, »wenn kein Verrat vorliegt und wenn es kein Doppelgänger ist, dann gibt es nur noch eine mögliche Erklärung – Hsien ist von den Toten auferstanden. Haltet Ihr das für möglich, Kaiserin?« fragte er spitz.

»Ich halte das Übersinnliche jedenfalls für wahrscheinlicher, als daß meine Spione und Generäle mich betrügen.«

Hsueh hob die Hände, und seine Augen leuchteten, wie immer, wenn er einen Einfall hatte. »Die Armee der Rebellen ist ein bunt zusammengewürfelter Haufen. Sie ist schlecht ausgerüstet und hat Nachschubprobleme. Gestern wurde berichtet, daß sie auf einer Landzunge an der Jangtse-Mündung eingekesselt ist. An unserem unmittelbar bevorstehenden Sieg besteht also kein Zweifel mehr, nicht wahr?«

»Natürlich nicht«, antwortete Wu irritiert.

Die boshaften Augen des Tibeters leuchteten noch heller, während er alle zehn Finger abspreizte und dann mit einer graziösen Bewegung die Hände faltete.

»Nun, so vernehmt die Antwort auf all unsere Fragen. Wenn tatsächlich ein Dämon vom untoten Leib unseres armen, bedauernswerten Hsien Besitz ergriffen hat, dann schlage ich vor, ein altes tibetisches Mittel anzuwenden, das in hartnäckigen Fällen von Besessenheit stets gute Dienste leistet«, sagte er geheimnisvoll. »Und falls es gar keinen Dämonen gibt, sondern nur einen verräterischen Doppelgänger, der sich für den toten Prinzen ausgibt, so werden die Zweifel, die Eure Majestät noch hegt, ebenfalls für immer ausgeräumt werden. Das verspreche ich. So oder so werdet Ihr die Wahrheit herausfinden. Und was die anderen betrifft, die Rädelsführer, die abgesetzten Beamten, die mit ihrem Ungehorsam gegenüber dem Reich dieses alberne Spiel begonnen haben, so schlage ich die gleiche Behandlung vor. Sicherheitshalber.« Hsueh klatschte in die Hände und lächelte selbstzufrieden. Wu und ihre Mutter, deren Neugierde nun geweckt war, sahen einander fragend an. An welches alte tibetische Mittel dachte der Mönch?

»Vertraut Ihr mir?« fragte er. »Vertraut Ihr meiner überlegenen Magie? Die Pforten des Tempels des Weißen Pferdes werden für alle zu einem Ort der Wahrheit werden. Für die Tugendhaften und für die Verdammten. Und die Wahrheit wird als warnendes Beispiel dienen, als Abschreckung für die anderen widerspenstigen Dämonen«, schloß Hsueh und legte die ›Proklamation‹ wieder zurück in Wus Hände.

Wu konnte nun die Stimme hören, die aus ihrem tiefsten Inneren zu ihr sprach, und sie sagte ihr, daß der Mönch Hsueh Huai-i der wahre Anführer ihres Heeres sei, die einzige irdische Macht gegen die vielen Dämonen, die sich überall gegen sie erhoben.

Ja, sie vertraute ihm.

Di hatte nichts mehr von seinem Briefpartner aus Yangchou gehört. Er hatte ihm zu Vorsicht und Zurückhaltung geraten, doch schon in dem Moment, als er diese Worte niedergeschrieben hatte, waren sie ihm unangemessen und nichtssagend vorgekommen. Jetzt konnte er sich nur noch auf Gerüchte stützen.

Einem dieser Gerüchte zufolge hatten die Rebellen aufgegeben. Angeblich hatten sie die Aussichtslosigkeit ihres Kampfes eingesehen und die Waffen gestreckt. Anderen Gerüchten zufolge hatten die Gelehrten eine schlagkräftige Söldnerarmee aufgestellt, die drauf und dran war, das Kaiserliche Heer ins Meer zu jagen. Es sei nur eine Frage der Zeit, bis Rebellenverbände in Loyang einfielen und den Palast stürmten. Einige Leute hielten das für eine ausgemachte Lüge und behaupteten, daß die Kaiserlichen Truppen mit den kriminellen Rebellen kurzen Prozeß machen und sie wie lästige Fliegen zerquetschen würden. Unsinn, sagten wieder andere, wahr sei vielmehr, daß die von der unendlichen Gnade des göttlichen Bodhisattwa erleuchtete Kaiserin ihren Truppen befohlen habe, Nachsicht und Milde walten zu lassen, um den Rebellen zu zeigen, daß überhaupt kein Grund zum Kämpfen bestehe, und sie als reumütige Untertanen, die dankbar dafür waren, daß man ihr Leben geschont hatte, nach Yangchou zurückzuschicken.

Dieses letzte Gerücht hatte Di wieder ein wenig hoffen lassen. Er war zwar davon überzeugt, daß Wu, ganz auf sich gestellt, mit aller Härte gegen ihre Feinde vorgehen würde, aber vielleicht gab es am Hofe jemanden, der ihr blutrünstiges Temperament etwas zügeln konnte. Vielleicht hatte er falsche Schlüsse gezogen, als er Hsueh an der Spitze der Mönche gesehen hatte. Vielleicht hatte er zu früh aufgegeben.

Es war ein heller, freundlicher Morgen. In der Nacht hatte es zwar geregnet, doch nun schien wieder die Sonne. Mit grimmigen Gesichtern schleppten die Gardisten der Kaiserin die sechsundzwanzig Kisten herbei und setzten sie auf den Steinplatten im Außenhof ab. Wu und Hsueh sahen ihnen dabei zu und tauschten ein Lächeln aus.

Der Mönch machte eine Handbewegung, worauf einer der Wächter sich bückte und den Deckel einer Kiste öffnete, die ein wenig abseits von den anderen stand. Mit ausdrucksloser Miene griff der Mann in die Kiste, zog einen Kopf heraus, den er am Schopf gefaßt hatte, und hielt ihn hoch. Wu betrachtete ihn ganz genau. Dunkles Blut tropfte auf die Steine.

»Das ist nicht mein Sohn«, sagte sie. »Er sieht ihm sehr ähnlich, aber er ist es nicht.« Sie wandte sich an den Mönch. »Danke, Lama Hsueh, daß Ihr mir die Wahrheit gebracht habt.«

Der Mönch machte abermals eine Handbewegung. Der Wächter legte den Kopf in die Kiste zurück und schloß den Deckel. Hsueh lächelte die Kaiserin an.

»Und nun, Majestät, werde ich mit Eurer Zustimmung die Gefangenen zum Tempel des Weißen Pferdes eskortieren.«

»Tut das, Lama«, sagte sie. »Sie warten sicher schon ungeduldig darauf, daß sich ihr Schicksal erfüllt.«

Der Morgen nach der regnerischen Nacht war zwar herrlich gewesen, doch am Nachmittag zogen wieder Wolken auf, und die Luft kühlte merklich ab. Di befand sich auf dem Weg zum Tempel, wohin er durch einen Boten bestellt worden war. Er war allein und ging zu Fuß – wie immer in letzter Zeit. In der Botschaft hatte gestanden, daß die Kaiserlichen Truppen in der letzten, entscheidenden Schlacht gegen die Aufständischen von Yangchou Gefangene gemacht hätten, über deren Schicksal heute in einer Verhandlung entschieden werden müsse. Di war der Meinung, daß ein Tempel nicht der geeignete oder übliche Ort für einen Prozeß sei, aber schließlich war in letzter Zeit nichts so gewesen, wie es sein sollte. Er glaubte zwar nicht, daß er mit seiner Gegenwart etwas ausrichten konnte, aber andererseits wollte er die Gefangenen auch nicht im Stich lassen – wie zweifellos viele seiner Kollegen.

Der Wind fegte über die Pflastersteine und wirbelte Staub vor seinen Füßen auf, und als die Tore des Tempels vor ihm auftauchten, setzte Nieselregen ein.

Vor dem Kloster hatte sich eine größere Menschenmenge versammelt, und er sah sogleich, warum – die Tore waren festlich geschmückt. Um die Eisenspitzen waren Blumengirlanden gewunden, und farbenprächtige Seidenbänder, die wohl fröhlich im Wind hätten flattern sollen, hingen naß und traurig herab. Di trug heute seine Richterrobe und seine Kappe, deshalb machten ihm die Leute respektvoll den Weg frei, und er gelangte mühelos in die erste Reihe. In seinem Ärmel hatte er einen scharfen zweischneidigen Dolch versteckt. Er glaubte zwar nicht, daß ihm die Waffe viel nützen konnte, aber völlig schutzlos hatte er nicht hierherkommen wollen.

Mit Freude sah er, daß er nicht der einzige Beamte war, der den Weg zum Kloster gefunden hatte. Er entdeckte mindestens zehn Kollegen, die mit verdrossenen Gesichtern und vom Regen durchnäßt beieinanderstanden. Er nickte ihnen zu und gesellte sich zu ihnen. Wenn sie die Tore öffnen und uns einlassen, dachte Di, werde ich vor all den Leuten verlangen, daß sie nicht wieder geschlossen werden: Ich werde nicht zulassen, daß man uns auf dem Tempelgelände einsperrt.

Der Regen wurde immer heftiger, und nach einiger Zeit bildeten sich erste Pfützen unter ihren Füßen. Di wollte schon fast daran glauben, daß man sich einen dummen Scherz mit ihnen erlaubt hatte, da ging das Tempeltor auf und eine Prozession von singenden Mönchen erschien. Hinter ihnen traten Kaiserliche Gardisten aus dem Tor. Di zählte sie – es waren fünfundzwanzig Mann. Dann erst fiel ihm auf, daß jeder eine Kiste trug.

Die singenden Mönche verteilten sich fächerförmig nach rechts und links, während die Gardisten mit versteinerten Gesichtern vor dem Tor Aufstellung nahmen. Als der letzte herausgetreten war, fiel das Tor wieder zu, und die Menge wich einige Meter zurück. Die Mönche sangen noch einige Minuten weiter, bis schließlich einer von ihnen den Arm hob und die anderen verstummten.

»Wir sind hier, um unseren Kriegsgefangenen einen gerechten und schnellen Prozeß zu machen«, erklärte der Mönch. »Die Kaiserin hat in ihrer unendlichen Gnade angeordnet, daß sie noch einmal angehört werden sollen, bevor über ihr Schicksal entschieden wird.« Di sah keine Gefangenen. Was sollte diese närrische Zeremonie hier im Regen?

»Der erste, über den Gericht gehalten wird, ist Li Ching-yeh«, sagte der Mönch. »Er war einer der Rädelsführer bei der Rebellion gegen die Kaiserin.« Di kannte den Namen. Das war der Mann, der ihm aus Yangchou geschrieben hatte.

Ein Wächter trat vor, öffnete die Kiste, die er auf den Boden gestellt hatte, und zog einen Gegenstand hervor, den Di zunächst nicht erkannte, ja, nicht erkennen wollte. Erst als der Wächter ihn auf eine der schwarzen Eisenspitzen am Tor spießte, sah er, daß es der Kopf von Li Ching-yeh war.

Der Mönch sprach nun zu dem Kopf.

»Ich werde nun die Anklage gegen Euch verlesen«, sagte er.

Noch am Abend desselben Tages erfuhren Di und die anderen Bewohner der Stadt, was in Yangchou wirklich geschehen war. Die Kaiserin hatte dreihunderttausend ihrer besten Soldaten entsandt und die Rebellion erbarmungslos niederwerfen lassen. Die Gelehrten und ihre Truppen hatten die Waffen gestreckt und waren in alle Richtungen geflohen, doch die Kaiserliche Armee hatte sie verfolgt, sogar die Tore von Yangchou gestürmt und jeden getötet, der ihnen in die Hände fiel. Sie hatte keine Gefangenen gemacht. Keine – bis auf fünfundzwanzig.

Tagebucheintrag:

Morgen verlasse ich Loyang, nachdem ich offiziell um meine Versetzung in eine andere Stadt ersucht habe. Ich habe mich für Ch'ang-an entschieden, die westliche Hauptstadt, die dreihundert *li* von hier entfernt liegt. Ich habe Ch'ang-an gewählt, weil es ein Regierungssitz ist und weil ich die Absicht habe, der Regierung die Treue zu halten, wie korrupt sie auch sein mag. Ich halte es für unklug, nach Yangchou zurückzukehren, wo die unglückselige Rebellion begonnen hat. Meine Familie ist natürlich nach Ch'ang-an übergesiedelt, denn mir liegt viel daran, wieder mit ihr vereint zu sein.

Eine unglückselige Rebellion? Welch schwache Worte! Ich hatte doch tatsächlich geglaubt, die Kaiserin würde Milde und Gnade walten lassen! So hartnäckig ist die Hoffnung, daß wir sie auch dann nicht fahrenlassen, wenn alles sinnlos erscheint.

Ich erinnere mich, wie heillos verwirrt ich war, als ich mich im Kloster in einem Türeingang versteckte und begriff, daß Hsueh Huai-i nicht nur die Rolle eines Mönches spielte, sondern der Abt des Tempels des Weißen Pferdes war. Meine Gedanken überstürzten sich. Ich witterte Verrat und fürchtete um die Sicherheit meines Freundes, des alten Narren. Heute bin ich dankbar, daß mich mein Gefühl warnte. Aber schon wenige Tage nach der Begegnung im Kloster wurde ich wieder unsicher und schöpfte sogar neue Hoffnung. Nun, sagte ich mir, Hsueh ist nicht unbedingt verloren, nur weil er der Gründer einer gesetzeswidrigen Sekte ist und mit der Kaiserin schläft. Vielleicht ist alles nur eine raffinierte List von ihm, gegen die deine albernen Maskeraden geradezu lächerlich sind. Vielleicht, sagte ich mir, habe ich ihn maßlos unterschätzt. Vielleicht hat er beschlossen, dieses letzte Opfer zu bringen und die Krankheit, die das Kaiserhaus in ihrem tödlichen Griff hält, von innen heraus zu bekämpfen, auch wenn er dabei sein eigenes Leben aufs Spiel setzt. Und als ich dann das Gerücht vernahm, daß die Kaiserin den Rebellen gegenüber Gnade walten lasse, führte ich das auf seinen Einfluß zurück. Nun endlich, dachte ich, gibt er sich zu erkennen.

Doch jetzt weiß ich, was von solchen Gerüchten zu halten ist. Und das Schlimmste habe ich erst jetzt erfahren: Die fünfundzwanzig Gefangenen waren noch am Leben, als sie in Loyang eintrafen. Gnade und Mitleid? Ich glaube nicht. In der Tat, mein Freund Hsueh Huai-i hat sein wahres Gesicht gezeigt.

Doch natürlich ahnte ich davon noch nichts, als ich der ›Verhandlung‹ im Tempel des Weißen Pferdes beiwohnte. Als ich dort im Regen stand und das Blut auf die Blumen und Bänder tropfen sah, verstand ich auf einmal. Plötzlich waren alle Zweifel wie weggewischt. Ich brauchte nicht länger auf eine Nachricht von Hsueh zu warten, denn hier war sie bereits, vor meinen Augen. Am liebsten hätte ich mich umgedreht und wäre weggegangen, ohne mich auch nur einmal umzusehen, wie die meisten meiner Kollegen. Aber ich blieb, bis man alle fünfundzwanzig Köpfe auf die Eisenspitzen gespießt und jedem einzelnen die Anklage verlesen hatte. Warum ich blieb? Aus demselben Grund, weshalb ich hingegangen war – ich konnte sie nicht im Stich lassen. Nachdem die Mönche und Soldaten wieder im Kloster verschwunden waren, blieb ich noch eine Weile dort stehen und schaute in die Gesichter der Toten, die ich gekannt hatte. Ihre Münder standen offen, ihre Augen stierten in den Himmel oder auf den Boden, das nasse Haar klebte an ihren Schädeln, und da wurde mir auf einmal klar, daß ich Loyang verlassen mußte, und zwar so schnell wie möglich, sonst würde bald auch der Kopf des Richters Di von einer Eisenspitze am Tor des Tempels herunterblicken.

Ich möchte noch eine Entdeckung erwähnen, die möglicherweise von Belang ist und die ich zu einer anderen Zeit und an einem anderen Ort lediglich als ein faszinierendes Detail aus einer esoterischen Lehre angesehen hätte. Ich habe ein paar Nachforschungen angestellt und dabei herausgefunden, daß man in Tibet mit der Enthauptung eines Toten verhindern will, daß ein Geist in den Leichnam fährt und der Leichnam von den Toten aufersteht.

Eine weitere Botschaft von Hsueh? Ich weiß es nicht.

23

Im Jahr 675, später Winter
Loyang

Auf einem kleinen, stabilen Wagen wurde ein schwerer Kohlegrill hereingerollt, auf dem ein großer Kessel mit brodelnder Suppe stand. Die dunkle, fette Brühe verströmte den Geruch von Ingwer, Knoblauch, Frühlingszwiebeln, Lauch, Bohnen und Pilzen. Direktor Lai Chun-chen von der Geheimpolizei der Kaiserin sog den Duft tief ein und forderte seinen Stellvertreter Chou-hsing auf, es ihm gleichzutun. Er lächelte seinen Kollegen wohlwollend an, ohne ihm jedoch in die Augen zu blicken.

»Köstlich!« Lais Nasenlöcher zitterten. »Einfach köstlich, findet Ihr nicht auch, Herr Chou?«

»Ja«, sagte Chou-hsing wenig begeistert und schnüffelte vorsichtig. »Ja, die Brühe riecht wirklich sehr appetitlich. Doch warum so viel Brühe in einem so großen Topf?«

»Nun«, erwiderte Lai nüchtern, »meine Köche sind noch nicht ganz fertig mit der Suppe.«

Chou-hsing musterte die beiden großen, stämmigen Männer, die den Kessel hereingerollt hatten und nun schweigend in den Dampfschwaden standen. Sie sahen gar nicht wie Köche aus.

»Ich verstehe, Direktor Lai«, sagte Chou, obwohl er ganz und gar nicht verstand. »Aber warum ist der Kessel so groß?« Er ließ nicht locker, denn seine Neugierde war geweckt.

»Weil wir Platz für die letzte Zutat benötigen.«

»Und was …?«

»Nun«, nickte Lai seinem Partner zu, »das Fleisch fehlt noch.«

»Was für Flcisch? Schweinefleisch? Ein ganzes Schwein womöglich?« Er legte seine Eßstäbchen aus Rosenholz beiseite und lachte verhalten, wobei er sein Pferdegebiß entblößte.

Lai Chun-chen sagte nichts. Er neigte den Kopf zur Seite und betrachtete seinen Kollegen so abschätzend, als sei dessen Kleidung in Unordnung geraten. Nach einer langen, peinlichen Pause, in der das Lächeln in Chous Gesicht allmählich erstarb, sagte der Direktor: »Wie dumm von mir, Herr Chou. Ihr wißt es also wirklich nicht?«

Chou-hsing zuckte mit den Schultern. Er wurde unruhig, ohne daß er sagen konnte, warum. »Ihr ladet mich zum Essen ein, um unsere Beförderung zu feiern, und dann verlangt Ihr, daß ich die Zutaten jedes einzelnen Gerichts errate«, sagte er und fügte in einem scherzhaften, aber gekünstelt klingenden Ton hinzu: »Ihr laßt mich für jeden Bissen hart arbeiten.« Er schwieg, und nur das Brodeln der Suppe war zu hören. »Es tut mir leid«, sagte er nach einiger Zeit. »Aber ich komme nicht darauf.«

Sein Vorgesetzter senkte einen Moment lang den Blick, dann schaute er ihn lächelnd an. »Die fehlende Zutat seid Ihr, Herr Chou«, sagte er, ohne eine Miene zu verziehen.

»Ich ...?« Chous Blick wanderte zu dem brodelnden Kessel hinüber und dann wieder zu Lai Chun-chen zurück. »Sehr komisch.«

Da gab Lai den beiden Männern hinter dem Kessel ein Zeichen, worauf diese aus den Dampfschwaden hervortraten. »Ich scherze nicht, Herr Chou«, sagte er und zuckte mit den Schultern. »Tatsächlich bin ich selten so ernst gewesen.« Er machte eine Pause und sah Chou bedeutungsvoll an. »Doch zuvor müßt Ihr mir eine Frage beantworten.«

»Das ist doch lächerlich«, sagte Chou bemüht würdevoll, doch seine Stimme zitterte. »Lächerlich!«

»Kanntet Ihr den Rebellenführer Li Ching-yeh schon vor der Gelehrtenrebellion?« fragte Lai. »Den Mann, dessen Kopf zusammen mit denen seiner Komplizen jetzt die Tore des Klosters des Weißen Pferdes schmückt?«

Chou-hsings Augen weiteten sich ungläubig. »Nur flüchtig. Ich wurde ihm einmal vorgestellt. Was soll die Frage?«

Lai Chun-chen gab den beiden Männern ein Zeichen, näher zum Eßtisch zu treten und sich hinter dem kleinen Chou aufzubauen.

»Ich glaube Euch nicht«, sagte er. »Er war also nur ein flüchtiger Bekannter? Wie oft habt Ihr Euch mit ihm getroffen?« fuhr er in einem freundlichen Ton fort, als erkundige er sich nach dem Befinden seines Gegenübers.

»Nur einmal, wie ich bereits sagte. Er war ein entfernter Vetter des verstorbenen Kaisers ... das ist alles, was ich weiß.« Chous Stimme klang nun um einiges schriller. »Er war nur ein entfernter Verwandter, nicht wichtig.«

»Genau wie wir, Herr Chou, solange wir keinen Aufstand gegen die rechtmäßige Regierung der Kaiserin anzetteln. Doch ich glaube Euch noch immer nicht.«

»So glaubt mir doch ... so glaubt mir doch endlich!« flehte der kleine Mann und versuchte, hinter den Tisch zu treten.

»Vergebt mir, Herr Chou«, sagte Lai, und in seiner Stimme schwang ehrliches Bedauern mit. Er schüttelte müde den Kopf. »Ich weiß nicht, warum ich Euch nicht glauben kann. Aber so ist es nun einmal. Und bedauerlicherweise fehlt mir die Energie, Euch weiter zu befragen. Wir haben schon viel zu viele Angehörige der führenden aristokratischen Familien verhört, hochgebildete Menschen, die in der Verwaltung die höchsten Posten besetzt und blockiert haben. Ich bin dieses Spiel leid.« Direktor Lai blickte auf seine Hände hinunter und seufzte, dann sah er wieder seinen Kollegen an, der unruhig auf seinem Stuhl saß.

»Entkleidet ihn!« sagte Lai unvermittelt zu den beiden Männern.

Der eine legte die Hände auf Chou-hsings Schultern. Bleich vor Angst und Fassungslosigkeit versuchte der kleine Mann aufzustehen, aber die kräftigen Hände drückten ihn grob auf den Stuhl zurück.

»Ich ... ich ... weiß nichts, überhaupt nichts! Ich ...« Chou atmete so schwer, daß er kaum noch sprechen konnte. Der Mann, der ihn auf den Stuhl gedrückt hatte, packte nun seine Jacke und zog sie ihm über den Kopf.

»Hört doch endlich auf mit diesem Wahnsinn!« schrie Chou. »Sein Vater hat ... hat ... mir einmal vor vielen Jahren einen Dienst erwiesen. Das ist alles ...«

Lai Chun-chen war von der Antwort seines Kollegen wenig beeindruckt und machte keine Anstalten, seinen beiden Gehilfen Einhalt zu gebieten.

Chou versuchte, aus ihrem Griff freizukommen, und schlug wild um sich, aber mit seinen dünnen Armen kam er gegen die rohe Kraft der beiden Männer nicht an. Der erste zerrte immer noch an seiner Jacke, während der zweite sein langes Gewand packte und vom Kragen bis zum Saum zerriß. Jetzt war es dem ersten gelungen, die Jacke abzustreifen. Er schob seine Arme unter Chous Achselhöhlen durch, verschränkte seine Hände hinter dessen Nacken und drückte ihm den Kopf auf die Brust. Unterdessen streifte ihm der andere die leichte Seidenunterkleidung über die Knöchel und hielt seine zappelnden Beine fest. Zusammen hoben sie den kleinen Mann in die Höhe. Chou-hsing war jetzt splitternackt, nur eine zerrissene Ledersandale baumelte noch am großen Zeh seines rechten Fußes.

»Sein Vater hatte mir einmal geholfen, bevor ich zur Geheimpolizei der Kaiserin kam ...«, schrie Chou. Er keuchte vor Anstrengung, und sein Brustkorb hob und senkte sich heftig.

»Deshalb ... deshalb ...«, schnaufte er, während ihn die beiden Männer zum brodelnden Suppenkessel schleppten.

»Was wollt Ihr mir sagen?« fragte Lai.

»Deshalb ...« Die Worte wollten nicht über Chous trockene Lippen kommen. Er befeuchtete sie mit der Zunge und versuchte es noch einmal. »... deshalb wollte ich dem Sohn ... ein wenig ... helfen ...«

Die beiden Männer hoben Chou über den Kessel, so daß der heiße Dampf über seinen Rücken strich.

Chou wendete den Kopf und blickte zu Chun-chen hinüber, der ruhig am Tisch sitzengeblieben war.

»... deshalb wollte ich mich erkenntlich zeigen! Das ist alles. Ich schickte Agenten zu ihm, die ihm einen Fluchtweg zeigen sollten, bevor ihn die Kaiserlichen Truppen erwischten. Aber nur ihm, keinem anderen. Ich wollte nur sein Leben retten ... Ich bin kein Verräter!«

»Ist das alles?« fragte Lai ruhig.

»Ja ... ja... das ist die Wahrheit. Ich schwöre, das ist die reine Wahrheit!«

»Nun glaube ich Euch«, sagte Lai, dessen Stimme wieder einen freundlichen Ton angenommen hatte. »Ihr seid kein Verräter, Herr Chou. Ich halte es sogar für löblich, daß Ihr Euch für einen Dienst erkenntlich zeigen wolltet.« Er nickte seinen beiden Dienern zu. »Laßt ihn herunter!« Chou-hsing schnaufte schwer, als er unsanft auf die Füße gestellt wurde. Seine Beine zitterten, er war naß, nackt und gedemütigt.

»Seht Ihr, wie einfach dieses Verhör war? Weder die Androhung einer langen Folter noch der Schmerz einer wirklichen Folter hätten so viel bewirkt wie dieses sehr viel einfachere Mittel. Ihr habt es in Eurer ersten Abhandlung über die Folter selbst vorgeschlagen. Ihr habt geschrieben: Das einfachste Mittel, ein Geständnis zu entlocken, sei die Gewißheit eines grausamen und qualvollen

Todes!« Lai hob die Augenbrauen und strahlte zufrieden über seinen Erfolg. »Ich habe nur ausprobiert, wie wirkungsvoll diese Methode tatsächlich ist.«

Der zitternde Chou hüllte sich in die Decke, die ihm einer der beiden Männer umgelegt hatte.

Lai erhob sein Weinglas und prostete ihm zu. »Trinken wir auf unsere Beförderung ins neu geschaffene Amt für Bestrafungen und Nachforschungen im Zensorat.« Er senkte sein Glas. Chou-hsing reagierte nicht, sondern stand noch immer reglos da, während Lai ungerührt und freundlich tadelnd weitersprach, als sei das Ganze nur ein gelungener Streich gewesen. »Nun kommt schon! Es ist doch alles bestens, Herr Chou. Wir müssen für vieles dankbar sein. Unter dem Geschichtsschreiber Shu Ching-tsung und dem geistlichen Ratgeber unserer Kaiserin, dem großen Lama Hsueh Huai-i, treten wir in ein neues Zeitalter ein, in dem die Regierungsarbeit an Effizienz gewinnen wird. In Zukunft wird es keine nutzlosen Gelehrtenrebellionen mehr geben. Denkt nur an die Urnen! Künftig werden wir die Staatsfeinde beizeiten entlarven und verfolgen, noch bevor sie zu einer Bedrohung werden. Wir können uns glücklich schätzen, daß wir durch unsere Arbeit einen wichtigen Beitrag zur Stabilität und zum Wohl des Reiches leisten. Fühlt Ihr nicht auch den Geist des neuen Zeitalters, von dem unsere Kaiserin spricht? Fühlt Ihr nicht auch, wie er durch Eure Adern strömt?« Lai lächelte seinen Stellvertreter wieder an.

Dieser stand immer noch in der Mitte des Raumes, den Körper fest in die Decke gehüllt. Nun endlich wendete er den Kopf und blickte Lai haßerfüllt an.

»Jetzt ist es aber genug, Herr Chou! Kommt wieder an den Tisch, setzt Euch.«

Chou-hsings schmächtiger Körper zitterte vor Wut.

»Ihr müßt schon halb verhungert sein«, drängte Lai und leckte sich die Lippen. »Wir haben noch nicht einmal mit dem ersten Gang, der Suppe, begonnen.«

»Hundesohn«, flüsterte der andere, doch dann ging er zum Tisch und setzte sich, denn er war wirklich hungrig.

Wu-chi legte den Pinsel weg, rieb sich die Augen und las den Brief, den er am nächsten Abend nach Ch'ang-an schicken wollte, im weichen Licht der untergehenden Sonne noch einmal durch. Er vertraute seine Botschaften niemals der offiziellen Post an, sondern gab sie reisenden Bettelmönchen und Pilgern mit, die Abt Liao ihm vorgestellt hatte.

... Ist Yin nun Yang und Yang Yin? Ich weiß es nicht. Aber dafür weiß ich, daß das Böse an die Spitze dieser Gesellschaft steigt wie Öl an die Wasseroberfläche.

Ich sage Euch damit nichts Neues, wie ich wohl weiß. Aber seit Ihr vor nunmehr fast vier Jahren der gesegneten Stadt der Wandlung klugerweise den Rücken gekehrt habt, ist alles noch schlimmer geworden.

Es gibt kaum noch einen Ort, wo man in Ruhe und Frieden leben kann – nicht einmal hier, in diesem ruhigen Bollwerk des wahren Buddhismus. Mein braver Abt ist noch nicht der Weißen Wolke beigetreten, aber er muß schwer dafür büßen. Jeden Monat kommt der Abgesandte eines benachbarten Klosters, dessen Abt der Sekte bereitwillig beigetreten ist, und verlangt von ihm eine hohe Abgabe für das ›Privileg‹, die Ländereien nutzen zu dürfen, die dem Reinen Lotos seit Jahrhunderten gehören ...

Verbrecher, mein Freund, Verbrecher, wo man auch hinsieht. Sie bekleiden die höchsten Regierungsposten – Männer, so schlau und primitiv wie Tiere ...

Wu-chi schaute einen Moment lang auf. Er konnte nur noch wenige Minuten am Stück lesen oder schreiben und mußte seinen Augen zwischendurch immer eine Pause gönnen. Vermutlich, so dachte er, hatte er in den achtzig Jahren, die er nun schon auf der Welt war, einfach zu viel gesehen. Er kniff seine Augen einen Moment lang zu, dann las er weiter.

Die neuen Beamten, die über unser Schicksal entscheiden, sind Lai Chun-chen und Chou-hsing, zwei üble Halunken, die früher die Geheimpolizei der Kaiserin unter sich hatten. Doch die Neffen der Kaiserin im Zensorat (ich glaube, Ihr hattet bereits das Vergnügen, ihre Bekanntschaft zu machen) und natürlich auch Lama Hsueh haben sich für sie eingesetzt, und jetzt leiten sie das neu geschaffene Amt für Bestrafungen und Nachforschungen, das dem Hohen Gerichtshof des Zensorats angegliedert ist. Es scheint, daß Vernunft und Barmherzigkeit zu den ersten Opfern dieses Regierungsorgans gehören.

Ich werde morgen abend weiterschreiben. Dann, so sagt mein braver Abt, werde ich das Privileg gehabt haben, eine jener gesegneten Urnen mit eigenen Augen zu sehen. Ich werde sie Euch genau beschreiben …

In diesem Moment hörte Wu-chi, wie Abt Liao die Treppe heraufstieg und das Abendbrot brachte, das sie seit fast zwanzig Jahren immer gemeinsam einnahmen. Er legte den Pinsel beiseite und setzte seinem Freund zuliebe eine fröhliche Miene auf, auch wenn es ihm schwerfiel.

Wu-chi schaute den Vorgängen, die sich vor seinen Augen abspielten, teilnahmslos zu. Allem Anschein nach blieb nicht einmal das Kloster verschont. Zum Vergnügen von mindestens fünfzig schmutzigen Kindern, die sich im Klosterhof tummelten und auf ihr kärgliches Mahl warteten, wurde vor dem Haupttor eine der Kaiserlichen Urnen aufgestellt. Wie hatte Abt Liao ironisch gemeint: »Das ist nicht irgendeine Urne, sondern ein ›Behälter der Wahrheit‹. So heißen sie nämlich in Wirklichkeit.« Aber seine Stimme hatte müde geklungen. Sein Gleichmut war ins Wanken geraten.

Die Urnen wurden an allen wichtigen Knotenpunkten im Reich aufgestellt und dienten der Sammlung von Informationen. Jeder Untertan war ein möglicher Informant oder ein Feind des Staates geworden. Jeder Bewohner des Reiches hatte jetzt nicht nur die Möglichkeit, Informationen über Freunde, Verwandte oder Nachbarn weiterzugeben, sondern auch die Pflicht, jedes besondere Vorkommnis zu melden. Es gab keine Zufälle mehr. Jedes Ereignis mußte dahingehend geprüft werden, ob es als Omen gedeutet werden konnte, als Hinweis auf Wus göttliche Bestimmung, im Maitreyanischen Zeitalter zu herrschen. Die Menschen waren angehalten, auf Steine mit eigenartigen Inschriften zu achten, die sie in Flüssen fanden, auf Vogelschwärme, deren Formation Ideogrammen glich, auf ungewöhnliche Wettererscheinungen wie Regenbögen und farbige Ringe um Sonne und Mond, ja sogar auf Rüben, die Ähnlichkeit mit der Göttlichen selbst hatten. Jedes

Ding oder jedes Ereignis konnte als Omen verstanden werden, wenn es die richtigen, offiziell abgesegneten Schlußfolgerungen zuließ.

Ich könnte mir auch einige Omen einfallen lassen, dachte Wu-chi, während er zusah, wie die Männer die schwere Messingurne in die richtige Position brachten. O ja, viele sogar! Im nächsten Augenblick klatschte Abt Liao in die Hände und rief die Kinder zur Ordnung, die gerade in den Speisesaal des Klosters geführt wurden, wo sie ihr tägliches, aus Reiskuchen und Gemüsebrühe bestehendes Mahl erhalten sollten, das ihre leeren Mägen zumindest vorübergehend stopfte. Wu-chi wandte den Blick von den Arbeitern ab und folgte den Kindern nach drinnen.

»Barmherzigkeit ist eine ermüdende Sache«, sagte der Abt zu Wu-chi, als sie den Speisesaal betraten. Wu-chi lächelte seinen Freund an. Er wußte, wie schwer die Sorge um die Armen und Ausgestoßenen von Loyang in der kalten Jahreszeit auf dem Abt lastete.

Später, als die Kinder gegangen und die Arbeiter fertig waren, betrachteten Wu-chi und Liao die Messingurne genauer. Der alte Abt zitterte vor Kälte und zog seine Jacke enger um sich.

»Jetzt sind wir alle Staatsfeinde«, sagte Wu-chi und betrachtete das Gefäß, das auf einem kleinen, massiven Pfeiler am Straßenrand stand. Es wirkte ganz harmlos, aber die beiden Männer wußten, daß das Gegenteil der Fall war.

Der obere Teil der Urne bestand aus vier beschrifteten Fächern. Ein Schlitz war für die Berichte bestimmt, die als ›Bewerbungen‹ galten; ein zweiter für ›Kritik an der Regierung‹; ein dritter für ›Beschwerden und Rechtsverletzungen‹. Der vierte und letzte Schlitz trug die Aufschrift ›Katastrophen, geheime Verschwörungen, Pläne und Omen‹.

»Eine interessante Kombination, nicht wahr?« bemerkte Wu-chi und tippte auf den Rand des größten Schlitzes. »Katastrophen, Verschwörungen und Omen. Die Regierung, wenn wir sie so nennen wollen, macht offensichtlich keinen Unterschied zwischen der Aufdeckung von Verschwörungen und der Deutung von Omen.«

Wu-chi kannte Lai Chun-chen und Chou-hsing noch aus ihrer Zeit bei der Geheimpolizei. Ungehobelte, rücksichtslose Kerle, deren auffälligste Eigenschaft ihre Mittelmäßigkeit war. Grausamkeit versteckte sich fast immer hinter Mittelmäßigkeit.

Erst vor ein paar Tagen hatte Abt Liao noch zu ihm gesagt, daß Lai und Chou trotz ihrer Gewöhnlichkeit rührige und ideenreiche Männer seien. So hatten sie unlängst ein Buch mit dem Titel ›Die Kunst des Gerichtsverfahrens: Das Instrument der Überführung‹ fertiggestellt, eine kurze Abhandlung über Foltermethoden und das Erzwingen von Geständnissen. Das Werk, das aus ihren persönlichen Erfahrungen bei der Geheimpolizei der Kaiserin erwachsen war, enthielt die Beschreibung zahlreicher Methoden, die so poetische und ironische Namen wie ›Das Röcheln des sterbenden Schweines‹, ›Der Pulsschlag setzt aus‹ und ›Die Bitte um den Ruin der Familie‹ trugen. Das zentrale Thema dieser völlig neuartigen Abhandlung, die den Autoren viel Ruhm und Lob eingebracht hatte, war eine neue Foltermethode, bei der die Opfer so lange verhört wurden, bis sie vor nervöser Erschöpfung zusammenbrachen.

Dem Verdächtigen wurde dabei kein Haar gekrümmt, und dennoch gestand er alles. Lai und Chou hatten entdeckt, daß die Angst vor dem Schmerz viel wirkungsvoller war als der Schmerz selbst. Die Methode funktionierte hervorragend, und sie war sauber. Die Idee mit den Urnen stammte ebenfalls von ihnen.

Wu-chi begriff sehr schnell, daß die Urnen nicht nur dazu bestimmt waren, die Kaiserin mit Informationen und Omen zu versorgen, sondern für sie und ihre Komplizen auch eine Möglichkeit darstellten, die Bekanntschaft nützlicher Männer zu machen. Die Urnen boten jedem Untertan Gelegenheit, sich von seiner »besten« Seite zu zeigen.

Kaiserin Wu ging immer mehr dazu über, nur noch solchen Bewerbern einen öffentlichen Posten zu verschaffen, die ihr oder dem Lama Hsueh Huai-i zusagten. Und natürlich entpuppten sich die meisten von ihnen als Kriminelle, Lügner und Denunzianten, denn schon bald hatte es sich im ganzen Land herumgesprochen, daß jeder, wenn er nur den Mut und die Unverfrorenheit besaß, vor die Kaiserin zu treten und sie zu beeindrucken, mit einer guten Stellung belohnt wurde.

Wu-chi hatte immer noch Bekannte am Hof, die ihn mit Informationen versorgten, und durch einen von ihnen, einen pensionierten Schreiber, erfuhr er von einem besonders empörenden Fall der Denunziation. Die Geschichte war so widerwärtig, daß er und der Abt sie zunächst gar nicht glauben wollten. Doch sie war nur ein Beispiel von vielen.

Der Schreiber erzählte, daß am Hohen Gerichtshof des Zensorats ein einzigartiges, von Lai und Chou erfundenes »Fahrzeug« benutzt wurde, das es ermöglichte, die Anonymität der Informanten oder Ankläger zu wahren. Jeder Denunziant, der über haarsträubende Dinge zu berichten hatte, konnte auf Wunsch in einem fahrbaren Kasten in den Gerichtshof gerollt werden. Während seiner Befragung konnte er die Gerichtsbeamten durch schmale Schlitze in dem Kasten beobachten, ohne daß er selbst gesehen wurde. Doch der eigentliche Geniestreich war gar nicht der Kasten als solcher, sondern die ›Stimme der Donnereule‹, die an ihm angebracht war.

Der Kasten war eine Erfindung von Lai und Chou, aber glaubhaften Berichten zufolge war der Erfinder der ›Stimme‹ kein geringerer als der schreckliche Lama Hsueh Huai-i.

›Die Stimme der Donnereule‹ war ein raffiniertes Gerät, mit dessen Hilfe der im Kasten verborgene Informant seine Stimme verstellen konnte, und zwar nicht nur vor demjenigen, gegen den er aussagte, sondern auch vor den Mitgliedern des Gerichts. Es war ja immerhin möglich, daß er einen der anwesenden Richter eines Vergehens bezichtigte.

Die ›Stimme‹ bestand aus einer Reihe austauschbarer flötenähnlicher Schilfrohre und engen Schallwänden aus Bambus, die außen am Kasten befestigt waren und dem Kopf des Eulengottes glichen. Die Worte, die im Innern des Kastens gesprochen wurden, waren draußen zwar zu verstehen, aber die Stimme war bis zur Unkenntlichkeit verzerrt. Mit Hilfe der Rohre im Innern konnte die Stimmhöhe nach Belieben angehoben oder gesenkt werden.

Der alte Schreiber berichtete von einem besonders niederträchtigen Denunzianten, der offenbar darauf spekuliert hatte, sich durch die Entlarvung eines Verräters eine Beförderung in die korrupte Gesellschaft des neuen Hohen Gerichtshofes zu verdienen. Der Informant beging allerdings einen Fehler: Er überschätzte das Maß an Schlechtigkeit, das die Richter zu tolerieren bereit waren.

Nachdem man ihn in dem Kasten mit der ›Donnereule‹ in den Saal gerollt hatte, erzählte er dem Gericht, daß sein Vater in einem der vielen Ämter und Ministerien des Kaiserlichen Sekretariats eine hohe Stellung bekleidet habe. Als konfuzianischer Beamter habe er die Regentschaft der Kaiserin abgelehnt und den abgesetzten Beamten und den Oberhäuptern der Familie Li, die den gescheiterten Aufstand der Gelehrten angezettelt hatten, jede moralische Unterstützung zukommen lassen, ohne sich den Rebellen offen anzuschließen.

Während der Aussage des Mannes war es im Gerichtssaal sehr still geworden, und es wurde noch stiller, als er seine eigene Mutter beschuldigte, seinen Vater jahrelang vor den Behörden versteckt zu haben.

Das war mehr, als selbst die Mitglieder von Lais und Chous abscheulichem Gerichtshof zu ertragen vermochten. Dem Informanten wurde mitgeteilt, daß das Gericht sich zu einer kurzen Beratung zurückziehen müsse und daß er solange im Kasten bleiben solle. Dann wurde der Kasten auf den Hof gerollt und stehengelassen. Nach mehrwöchigen Beratungen erklärte das Gericht die Mutter für schuldig. Wie es hieß, hatte man noch zehn Tage lang Schreie aus dem Innern des Kastens gehört. Der Informant selbst wurde posthum verurteilt, weil er nach Meinung des Gerichts seine Sohnespflichten verletzt hatte. Beide Urteile wurden in die Akten aufgenommen.

»Und zweifellos«, sagte der alte Schreiber zum Schluß, »habt Ihr davon gehört, was aus den barmherzigen und milden Gesetzen der T'ang bezüglich der Todesstrafe geworden ist. Jetzt, unter Lais Leitung, dürfen die Bezirksstaatsanwälte jeden Gefangenen ohne Verfahren oder Anhörung auf der Stelle hinrichten lassen. So wird unter Wu Recht gesprochen.«

Wu-chi und Abt Liao hatten lange vor der Urne gestanden, bis schließlich der Abt meinte, daß es kühl geworden sei und zwei alte Männer wie sie bei dieser Kälte nichts mehr draußen verloren hätten. Wu-chi, jäh aus seinen Gedanken gerissen, blickte auf und wollte schon erwidern, daß er durchaus in der Lage sei, selbst auf sich aufzupassen, da bemerkte er, daß es tatsächlich schon Abend geworden war. Er mußte noch seinen Brief an Richter Di zu Ende schreiben.

Er nahm seinen Freund am Arm, und sie gingen gemeinsam zurück. Der Abt sprach von dem köstlichen Mahl, das sein Koch heute abend für sie zubereiten wollte, doch Wu-chi dachte nur an den Brief. Er wollte die Geschichte des Schreibers in allen Einzelheiten schildern. Es war eine schreckliche Geschichte, wenn auch nicht ohne eine gewisse ausgleichende Gerechtigkeit, und er war überzeugt, daß sie seinem alten Freund, dem Richter, gefallen würde.

24

Im Jahr 675, Frühherbst
Ch'ang-an

Zum ersten Mal, seit Di Loyang vor vier Jahren verlassen hatte, dachte er wieder an eine Rückkehr. Nicht etwa, weil er dort wieder leben wollte – die Zeit in Loyang war die Hölle für ihn gewesen –, sondern weil er den brennenden Wunsch verspürte, den vielleicht größten Scharlatan, dem er in seiner langen Laufbahn begegnet war, zu entlarven. Für dieses Ziel war er fast bereit, in die Stadt der Säuberungsaktionen, der Folter und des Terrors zurückzukehren. Er hatte es sogar allen Ernstes erwogen, doch als er an die Unannehmlichkeiten dachte, die ein Umzug mit seinen Frauen mit sich bringen würde, hatte er den Gedanken schnell wieder verworfen. Durch eine Rückkehr nach Loyang würde er sich einer großen Gefahr aussetzen, und er fürchtete, ja, er war sogar fest davon überzeugt, daß er ein zweites Mal nicht mit dem Leben davonkommen würde.

In letzter Zeit spielten sich auf den Straßen Ch'ang-ans Dinge ab, die vielen Bewohnern zu gefallen schienen, auf Richter Di Jen-chieh jedoch eine ganz andere Wirkung hatten. Auf Schritt und Tritt, sei es in den Parkanlagen, auf den breiten Straßen oder in den Seitengassen, sah man Trauben von Menschen, die ganz begierig darauf waren, eines der ›Wunder‹ mitzuerleben, die nun so häufig geschahen, wie ein Mensch niesen mußte.

Mal verharrte die Menge in ehrfürchtigem Schweigen, mal lachte und johlte sie, je nachdem, wie gut die Vorstellung des Gauklers war, um den sie sich geschart hatte. Natürlich hatte es in der Stadt schon immer Gaukler gegeben, doch neuerdings wurden sie von Zauberkünstlern verdrängt, die sich durch ihr gespreiztes Verhalten, ihr überhebliches Gehabe und ihren entrückten Blick von ihren Vorgängern unterschieden, und Di hatte auf Anhieb erkannt, daß sie nichts anderes waren als Karikaturen ihres großen Förderers und Vorbilds, des Mönches Hsueh Huai-i. Zweifellos waren die meisten von ihnen dem Mönch niemals persönlich begegnet, aber sie imitierten ihn und verhielten sich so, wie er in den Gedichten und Liedern, die in der Stadt kursierten, geschildert wurde. Hsueh Huai-i war ein Held, eine Legende – ein Gott.

Heute stand Di auf einem grasbewachsenen Hügel im Schlangenpark und verfolgte die Vorstellung eines jungen Magiers. Der Mann zauberte Münzen aus der Luft herbei und suggerierte den Zuschauern, sie seien so heiß, daß man sie nicht anfassen könne. Dann warf er sie in die ausgestreckten Hände der Leute, und Di beobachtete, wie sie vor Schmerz aufschrien und die Münzen fallen ließen. Ein Wunder, riefen die Umstehenden.

In den letzten Wochen hatte Di viele solcher Gaukler gesehen. Einige waren äußerst geschickt, so wie dieser hier, andere erregten nur sein Mitleid. So etwa der alte Mann, den er heute früh auf einem Markt gesehen hatte. Der Alte hatte Frösche und Schlangen in seinen Ärmeln versteckt und wollte der johlenden Menge weismachen, daß sie aus seinen Körperöffnungen krochen. Oder der junge Kerl, der sich in einen Holzkasten zwängte und die Menge aufforderte, den Kasten mit Schwertern zu durchbohren. Ein übereifriger Zuschauer stieß die Klinge hinein, noch bevor der Zauberer die richtige Position eingenommen hatte, und traf den armen Kerl am Bein. Di hatte seinen schmerzerfüllten Schrei gehört und gesehen, daß er heftig geblutet hatte.

Ja, die Kunststücke des Münzenwerfers waren sicherlich besser als die seiner Kollegen, aber waren es deshalb gleich Wunder? Kopfschüttelnd ging er weiter. Er konnte zwar verstehen, daß die Menschen auf ihrem täglichen Gang zum Markt ein Wunder erleben wollten, aber daß sie sich mit solchen Gaukeleien zufriedengaben! Das eigentliche Wunder war, daß sie tatsächlich an diesen Unsinn glaubten, und sei es auch nur für einen Augenblick.

Und wie kam es, daß die Gaukler ihre Kunststücke ›Wunder‹ nannten und die Menschen ihnen sogar Glauben schenkten? Nun, weil der Mönch in der Stadt der Wandlung, dreihundert *li* von hier entfernt, das gleiche tat, nur in einem größeren Rahmen. Di hatte die Berichte gehört und wußte, daß die »Wunder«, die Hsueh vollbracht hatte, durchaus im Bereich seiner außergewöhnlichen Fähigkeiten lagen, so unglaublich sie auch anmuten mochten.

Der Tibeter flößte der Menge mit seinen grandiosen Zaubertricks großen Respekt ein. Seine Spezialität war die Levitation: Schwere Buddhastatuen schwebten über dem Boden, als seien sie aus Distelwolle, buddhistische Heilige und Engel erschienen in den Wolken, flogen durch die Lüfte und sangen mit schaurigen Stimmen das Große-Wolke-Sutra, Lotosblumen sprossen aus dem Pflaster, entfalteten ihre Blüten und verströmten einen süßen Duft.

Doch am meisten staunten die Menschen über das Tempelwunder. Es war bereits einige Wochen her, da hatte der Mönch erklärt, daß eines Morgens bei Sonnenaufgang gewisse Tempel in der Stadt der Wandlung und in der näheren Umgebung als Schlupfwinkel von Häretikern entlarvt werden würden. Achtet auf die Zeichen, hatte er gesagt, ihr könnt sie nicht übersehen. Und tatsächlich waren eines Morgens elf Tempel vom Dach bis zu den Grundmauern mit Blut beschmiert. Das Blut lief an den Mauern hinab und tränkte sogar die Erde, auf der sie standen. Es stank fürchterlich, und Schwärme von Fliegen schwirrten um die Tempel, während die Mönche unter den anklagenden Blicken der Schaulustigen versuchten, das Blut wieder abzuwaschen. Seit Hsuehs Warnung hatten die Mönche in den Klöstern Nacht für Nacht Wache gehalten, doch keiner hatte etwas gesehen oder gehört. Alles war ruhig und friedlich geblieben, bis die ersten Sonnenstrahlen das blutige »Wunder« offenbart hatten.

Di stemmte sich jetzt gegen böigen Wind, der im Laufe des Nachmittags in Ch'ang-an immer stärker geworden war, und fragte sich, wo Hsueh Huai-i wohl so viel Blut hergenommen hatte. Ekel überkam ihn. Er fragte sich, ob es Menschenblut gewesen sein könnte, doch er verwarf diesen Gedanken sogleich wieder. Obwohl in Loyang jeden Tag viele Menschen starben, hätten Hsueh und die Kaiserin unmöglich so viele Fässer mit Blut füllen können, um alle abtrünnigen Tempel in der Hauptstadt zu beschmieren. Das Blut stammte zweifellos von Tieren, und wäre er jetzt in Loyang, so würde er sofort jeden Schlachthof aufsuchen und die Wahrheit herausfinden. Am liebsten hätte er unverzüglich eine Untersuchung eingeleitet.

Wo auch immer das Blut herstammte, Di hatte mit Erleichterung zur Kenntnis genommen, daß Wu-chis Zufluchtsstätte verschont geblieben war. Vielleicht, so mutmaßte er, weil sie zu weit außerhalb der Stadt lag. Das Aufsehen war natürlich beabsichtigt. Was hätte das Ganze für einen Sinn gehabt, wenn nicht vor jedem Tempel Gaffer zusammengelaufen wären und das Werk des Mönches und Magiers ehrfürchtig bestaunt hätten? Schließlich war es keine Kleinigkeit, in einer einzigen Nacht elf Tempel mit Blut zu beschmieren, nicht einmal für den begabten Hsueh Huai-i. Kein Zweifel, er wollte, daß es viele Menschen sahen, sonst hätte er sich nicht so viel Mühe gemacht.

Di bog jetzt in eine der unzähligen belebten Marktstraßen von Ch'ang-an ein. Hier herrschte tagaus, tagein das gleiche geschäftige Treiben, dem auch das launische Wetter, für das die Stadt berüchtigt war, nichts anhaben konnte. Wenn er doch nur für einige Tage nach Loyang zurückkehren könnte, dachte er und blickte so grimmig drein, daß die Menschen, die ihm entgegen kamen, unwillkürlich zur Seite wichen. Wie gern wäre er bei einem dieser »Wunder« zugegen, denen der Tibeter seinen legendären Ruf verdankte. Wie gern hätte er mit dem nüchternen Blick des Konfuzianers die Mechanik gesehen, die sich hinter den Illusionen verbarg, die öligen und ganz und gar irdischen Getriebe, Seile und Flaschenzüge, mit denen der Mönch seine »Wunder« bewerkstelligte. Aber das war unmöglich. Er wußte, daß an eine Rückkehr nach Loyang vorläufig nicht zu denken war. Immer wieder sah er dieses schreckliche Bild vor sich: sein Kopf auf einer Eisenspitze, die leeren Augen auf die mit Blut befleckten Pflastersteine gerichtet.

Di hatte in den letzten Jahren ein ruhiges Leben geführt. Als Magistrat in der westlichen Hauptstadt bearbeitete er einfache Zivilfälle und war dankbar, daß er über dem täglichen Einerlei die schrecklichen Erinnerungen an seine letzten Tage in Loyang vergessen konnte. Er machte die Menschen glauben, daß das Feuer des leidenschaftlichen Redners, der vor acht Jahren beim Pai-Disput so beherzt gegen die Exzesse der Kirche aufgetreten war, erloschen sei. Er war nur noch ein einfacher Richter, scharfsinnig und unparteiisch zwar, aber ohne den glühenden Eifer von einst. Es war sogar bekannt, daß er mit einem angesehenen buddhistischen Gelehrten und Lehrer verkehrte, und gerüchtehalber war zu hören, daß er, der große Konfuzianer, sich im Buddhismus unterweisen ließ.

Di trat den Gerüchten nicht entgegen. Er ließ die Menschen in ihrem Glauben, damit er ungestört seiner eigentlichen Arbeit nachgehen konnte. In Wahrheit war der Gelehrte für ihn ein wertvoller Verbündeter. Di war nämlich immer noch aktiv und überwachte, wenn auch im stillen, mit Hilfe des Gelehrten die Machenschaften skrupelloser Äbte und anderer Halunken. Zwar vermied er es tunlichst, in irgendeiner Form Aufsehen zu erregen, doch war er über alles auf dem laufenden, was in der Stadt und der näheren Umgebung geschah.

So hatte ihm sein Freund vor Tagen berichtet, daß in Kürze ein Tempel der Weißen-Wolke-Sekte in der Stadt errichtet werden sollte. Die Sekte plante, den Grund und Boden eines wahrhaft barmherzigen Ordens in Besitz zu nehmen, die alten Gebäude niederzureißen und an ihrer Stelle prachtvolle neue zu errichten.

Und der Gelehrte hatte ihm noch einen weiteren Beweis für Hsuehs wachsenden Einfluß gebracht: einen Auszug aus dem neuesten literarischen Meisterwerk des Lama. Er hatte ihn auswendig vorgetragen, denn er besaß die seltene Gabe, sich einen Text bei nur einmaligem Lesen oder Hören Wort für Wort einzuprägen. Eine andere Möglichkeit, das Werk mit dem Titel ›Kommentar über den kostbaren Regen‹ kennenzulernen, hätte Di auch gar nicht gehabt, denn Hsueh Huai-i hatte verboten, es niederzuschreiben, so daß es nur mündlich verbreitet werden konnte. Was Di allerdings nicht daran hinderte, eifrig mitzuschreiben, als der Gelehrte es vortrug, obwohl er wußte, daß er sich dadurch zum Verbrecher machte.

Das Werk nahm direkten Bezug auf das Große-Wolke-Sutra, und Di dachte mit Schaudern daran, was die Mönche in den Straßen Loyangs gesungen hatten: Eine Frau werde kommen und die Welt beherrschen.

Hsueh stellte in seinem Kommentar über den kostbaren Regen in allen Einzelheiten dar, daß Wus Taten als Kaiserin, die Umstände ihrer Geburt und sogar die Farbe ihrer Kleidung mit bestimmten Weissagungen im Große-Wolke-Sutra übereinstimmten – und erbrachte damit den »Beweis«, daß sie, und niemand sonst, die vorherbestimmte Herrscherin war.

Dies war ein weiterer meisterhafter Schachzug Hsuehs, denn das Große-Wolke-Sutra war natürlich das Schriftstück, das er angeblich in der Kiste des Bettlers gefunden hatte.

Unterstützt und ermutigt durch den Lama Hsueh Huai-i, erhob die Kaiserin immer nachdrücklicher den Anspruch, in den Rang einer Göttin gehoben zu werden. War es da verwunderlich, daß sie von dem Gedanken an ihre Unsterblichkeit durchdrungen war? Der Gelehrte hatte Di erzählt, daß sie sich längst nicht mehr damit begnügte, alte Kunstwerke auszugraben, sondern fest entschlossen war, selbst solche Meisterwerke zu schaffen. So hatte man in den Longmen-Grotten südlich von Loyang bereits mit der Arbeit an fünfunddreißig Buddhastatuen begonnen. Wie es hieß, waren sie so riesig, daß zehn Männer auf einem Daumennagel Platz fanden.

Der Gelehrte hatte Di traurig angesehen und gesagt: »Wenn eine Handbewegung von ihr genügt, um der Erde eine neue Gestalt zu geben, kann man sie dann dafür tadeln, daß sie sich für ein übermenschliches Wesen hält?«

Später, als sein Freund gegangen und Di wieder allein in seinem Studierzimmer war, erinnerte er sich daran, was ihm ein gebildeter Mann einmal über die Ewigkeit gesagt hatte: Nimmt man die Zeit, die man braucht, um den Himalaya mit einem Stück Seide, das nur alle tausend Jahre einmal dagegenflattert, zu Staub zu zermahlen, und multipliziert sie mit der Zahl der Sterne am Firmament, so erhält man einen Bruchteil der Zeit, welche die Ewigkeit ausmacht, und dieser Bruchteil ist so groß wie ein einziges Sandkorn im Vergleich zu den Wüsten dieser Welt.

Völlig nutzlos, dachte Di. Belanglos! Was soll das menschliche Gehirn damit anfangen? Welchen Nutzen hatte dieser Zeitbegriff für den Menschen, der in seinem kurzen Leben nur einen winzigen Bruchteil dieser unermeßlichen Zeitspanne zugewiesen bekam? Es war nicht verwunderlich, daß die Menschen ungeduldig wurden und ihre Gottheiten jetzt und hier unter sich wissen wollten. Und ebensowenig verwunderlich war es, daß jemand, der anmaßend und unerschrocken genug war, vortrat und dieses Bedürfnis befriedigte.

Eines Morgens, kurz bevor Di aus dem Haus gehen wollte, klopfte es an seine Schlafzimmertür. Er rief barsch »Herein«, ohne nachzufragen, wer draußen sei. Da er der Tür den Rücken zudrehte, sah er nicht, wer ins Zimmer trat. Er war gerade dabei, seine Jacke anzuziehen, in Gedanken schon bei den Fällen, die er heute zu bearbeiten hatte, als er hörte, wie jemand ein Tablett auf den Tisch stellte. Er freute sich auf seinen Tee, da riß ihn eine vertraute Stimme aus seinen Gedanken.

»Habt Ihr noch einen Wunsch, Herr?«

Di drehte sich verwundert um und sah, daß seine zweite Frau sich mit respektvoll geneigtem Kopf über das Teetablett beugte.

Das war schon ungewöhnlich genug, denn keine seiner Frauen hatte ihm jemals Tee gebracht, geschweige denn an die Tür geklopft, bevor sie ins Zimmer trat. Doch noch verwunderlicher war der Aufzug seiner Frau: Sie trug das Gewand einer Hausdienerin.

»Was soll das bedeuten?« fragte er erstaunt.

»Ich bringe Euch den Morgentee, Herr«, erwiderte sie demütig mit niedergeschlagenen Augen, dann schaute sie auf und lächelte.

»Es macht so großen Spaß!« erklärte sie. »Heute gehe ich in die Küche und schrubbe die Böden. Dann werde ich für das Abendessen Gemüse putzen und schälen und Fisch häuten und ausnehmen, und vielleicht werde ich auch den Eimer mit dem Spülwasser auf die Straße hinaustragen! Dann werde ich die Möbel polieren, die Wäsche waschen und flicken ...«, sie hielt inne und kicherte. «... und vielleicht müssen sogar die Nachttöpfe geleert werden! Ich muß tun, was man mir befiehlt!«

»Wer befiehlt dir was?« fragte Di verwirrt.

»Nun, der Haushofmeister, die Diener oder der Koch natürlich«, erwiderte sie.

Er schaute sie einige Momente lang an, dann fiel es ihm plötzlich wieder ein. »Soll das heißen, daß du bei diesem Unsinn, den sich dieser Scharlatan ausgedacht hat, mitmachst?«

»Du bist spießig und hast keinen Sinn für Humor«, erklärte sie, wandte sich um und wollte aus dem Zimmer gehen.

»Ich und keinen Sinn für Humor?« fragte er erstaunt. »Dieser blutrünstige Heuchler hat keinen Sinn für Humor. Oder besser gesagt, er hat einen so abartigen Sinn für Humor, daß es ihm Vergnügen bereitet, anderen Angst zu machen und Schmerz zuzufügen.«

»Was hat das denn mit Angst und Schmerz zu tun?« fragte sie. »Wir sollen uns in Toleranz üben. Es ist ein Experiment.«

»Für viele wird es zu einer Demütigung. Es ist ein schändliches Experiment.«

»Es ist doch nur für ein paar Tage.«

»Aber es wird nachhaltige Folgen haben.«

»Du bist überhaupt nicht neugierig.«

»Doch, ich bin sogar sehr neugierig. Ich bin überaus neugierig darauf, welche Folgen diese gezielte Schwächung der Gesellschaft haben wird.«

»Schwächung? Es kann der Gesellschaft nur zugute kommen, wenn wir unsere Mitmenschen besser verstehen lernen.«

»Das ist eine sehr naive Sichtweise, meine Liebe«, sagte er und setzte seine Kappe auf.

»Warum naiv?« wollte sie wissen.

Er schnaubte wütend. »Weil die Menschen unvollkommene Geschöpfe sind. Sie brauchen Regeln, Grenzen und eine feste Ordnung, wenn sie mit Würde und Anstand ihren Pflichten nachgehen sollen.«

Sie zuckte mit den Schultern. »Wie ich bereits sagte, du bist spießig und hast keinen Sinn für Humor.«

Da ihm darauf nichts einfiel, nahm er einen Schluck Tee. Sie drehte sich um und ging zur Tür. »Warte«, sagte er scharf, »habe ich dich schon entlassen? Habe ich dir erlaubt zu gehen?«

Sie fuhr herum und sah ihn überrascht und beleidigt an. Er gehörte nicht zu den Ehemännern, die ihre Frauen schikanierten, und keine seiner beiden Frauen hätte ein solches Verhalten auch nur einen Moment lang geduldet. Er lächelte und zuckte mit den Schultern.

»Vergiß nicht«, sagte er, »es ist eine Übung, ein Experiment.« Sie warf ihm einen vernichtenden Blick zu, stapfte aus dem Zimmer und warf mit einem lauten Knall die Tür hinter sich zu. Er seufzte und trank seinen Tee aus.

Als er das Haus verließ, hörte er aus der Küche die Stimme des Haushofmeisters, der seine zweite Frau anfuhr, sie solle pfleglicher mit den Teeschalen umgehen, das seien unersetzliche alte Familienerbstücke. Und dann hörte er, wie seine Frau eine Entschuldigung murmelte. Das letzte, was er vernahm, bevor er die Tür hinter sich schloß, war wieder die Stimme des Haushofmeisters. Er befahl seiner Frau, die Nachttöpfe nach draußen zu tragen und zu säubern.

Di war dankbar, daß er das Haus verlassen konnte, bevor seine Mutter auf der Bildfläche erschien, denn er wußte, daß sie eine solche Geschmacklosigkeit niemals tolerieren würde. Keine Macht der Welt hätte ihn heute dazu zwingen können, daheim zu bleiben.

Heute war der erste Tag der ›Riten ohne Schranken‹. Angeblich handelte es sich dabei um ein althergebrachtes Fest, das der Geschichtsschreiber Shu »wiederentdeckt« und der ruhmreiche Mönch Hsueh Huai-i bekannt gemacht hatte. Für drei Tage sollten alle festen Rollen vertauscht und alle gesellschaftlichen

Schranken aufgehoben werden: Diener gaben ihren Herren Anweisungen, Kinder maßregelten ihre Eltern. Dienstmädchen lackierten sich die Fingernägel und ließen sich von ihren Herrinnen das Haar bürsten. Stallburschen ritten auf edlen Pferden, und Köche saßen an langen Tafeln, aßen von kostbarem Porzellan und ließen vielleicht sogar Speisen in die Küche zurückgehen, wenn sie ihnen nicht mundeten. Wir alle, so hatte der Mönch erklärt, werden lernen, demütig, fügsam und tolerant zu sein.

Di hatte die Proklamation des Mönchs keineswegs vergessen, aber er hatte nicht erwartet, daß seine Familie sich an dem Unsinn beteiligen würde. Seine Menschenkenntnis ließ offenbar zu wünschen übrig. Die Begeisterung seiner Frau hatte ihn völlig überrascht.

Auf dem Weg zur Kanzlei bemerkte er zunächst nichts Ungewöhnliches, dann aber erblickte er eine elegante Kutsche, die eine breite Straße herunterrumpelte. Ein dicker älterer Mann, dem der Schweiß in Strömen über das Gesicht lief, ritt auf einem Pferd neben der Kutsche her, und Di vermutete, daß im Innern der Kutsche ein junger, kräftiger Diener saß, der normalerweise den Vorreiter spielte, sich heute aber anstelle des Dicken auf den Seidenkissen räkelte und dabei genüßlich aus dem kleinen, mit einem Vorhang versehenen Fenster blickte. Bestimmt war es so! Und heute abend würde der Dicke ein heißes Bad nehmen, um den Schmerz seines wunden Hinterns zu lindern, und demütig über die Lektion nachdenken, die er an diesem Tag erhalten hatte.

Und der junge Diener? Was würde er lernen? Daß Seidenkissen bequemer waren als ein harter Ledersattel? Würde er, wenn die Übung vorüber war, mit philosophischer Gelassenheit auf den Luxus verzichten und dankbar dafür sein, das er diese Erfahrung machen durfte?

Als Di sich dem Marktplatz näherte, beschleunigte er seine Schritte, denn seine Neugier war nun geweckt. Die Händler und Bauern, die Gemüse, Obst und Fleisch feilboten, waren schon seit Tagesanbruch auf den Beinen. Es war noch früh am Morgen, und um diese Zeit erledigten für gewöhnlich die Diener die Einkäufe für ihre Herrschaften. Sie feilschten, stritten und erklärten, daß die angebotenen Waren für den menschlichen Verzehr völlig ungeeignet seien, doch die Händler hielten dagegen und beschimpften sie als ignorante Barbaren aus dem Norden, die nicht einmal zwischen Büffelkot und Reispudding unterscheiden könnten. Di genoß solche Szenen immer sehr, denn er schätzte das stillschweigende Einverständnis zwischen Verkäufer und Kunde, die nach alter Sitte um Preise feilschten.

Jetzt steuerte er auf den belebtesten Teil des Marktes zu. Nicht lange, und er erblickte eine zierliche, adlige Dame, die einen Korb über dem Arm trug und den Tränen nahe war, weil ein runzliges altes Weib, das Hühner verkaufte, offenbar eine Grobheit zu ihr gesagt hatte. Da beugte sich ein junges Mädchen, offensichtlich die Dienerin der Dame, aus dem Fenster einer Sänfte und warf dem Marktweib ein paar derbe Beleidigungen an den Kopf. Der Handel wurde getätigt, und die Dame mit dem Korb trottete niedergeschlagen der Sänfte hinterher, die von zwei grinsenden Männern fortgetragen wurde, nach Dis Vermutung die Söhne der adligen Dame, die sich an der Verlegenheit ihrer Mutter weideten.

Natürlich fiel jungen Menschen der Rollentausch leichter, dachte Di, und er bezweifelte, daß die Dame, die er gerade gesehen hatte, bis zum Abend durchhalten würde. Er war froh, daß seine eigenen Söhne als Soldaten im fernen Sichuan weilten und sich deshalb an Hsueh Huai-is Riten ohne Schranken nicht beteiligen konnten. Der Himmel allein wußte, welche Vorteile sie aus der Situation gezogen und welche Gemeinheiten sie ausgeheckt hätten.

Aber nein, sagte er sich, das war ungerecht. Immerhin mußte er ihnen zugute halten, daß sie nun schon seit über zehn Jahren ein untadeliges Leben führten. Nicht daß sie sich in der Armee besonders hervorgetan hätten, aber andererseits waren sie auch nicht degradiert, entlassen oder gar exekutiert worden. Es war lange her, daß ihn der Gedanke gequält hatte, er müsse eines Tages über seine eigenen Söhne zu Gericht sitzen.

Er überquerte zügig den Marktplatz und beobachtete noch einige interessante Szenen. Beispielsweise sah er einen Mann und seine Frau, die noch einen Schritt weiter gegangen waren als die anderen. Die Frau trug das Gewand, die Jacke und die Kappe ihres Mannes, und ihr Gatte hatte ein geblümtes, reich besticktes Kleid an. Sein Gesicht war stark geschminkt, und einige kümmerliche Barthaare, die von seinem Kinn hingen, verliehen seiner lächerlichen Aufmachung den letzten Schliff. Das Paar genoß es sichtlich, daß die Passanten stehenblieben, große Augen machten und über sie lachten. Di bog in die kleine Seitenstraße ein, die zu seiner Kanzlei führte. Vielleicht hatte seine Frau ja recht. Vielleicht war er ja wirklich spießig und verstand keinen Spaß.

Am Ende eines langen Arbeitstages, an dem er sich mit einem Dutzend belangloser Fälle befaßt hatte, dachte er an den bevorstehenden Abend. Sein Haushalt war zweifelsohne in einem chaotischen Zustand, und so mußte er damit rechnen, daß man ihm zusammen mit dem Abendessen eine lange Liste von Klagen servieren würde. Er fühlte bereits, wie es in seinem Magen rumorte, und er verspürte nicht die geringste Lust, noch mehr von dem »gesellschaftlichen Experiment« des Mönches zu sehen.

Auf der anderen Seite erlitt die Gesellschaft wohl durch diese Narretei keinen dauerhaften Schaden. Im großen und ganzen waren die Riten ohne Schranken einfach nur ärgerlich, vor allem für die konservativen konfuzianischen Beamten. Und für einige sogar mehr als das. Ein älterer Kollege, mit dem Di heute gesprochen hatte, sah das Ende von Vernunft und Ordnung gekommen und die Welt unwiderruflich im Chaos versinken. Er hatte Di mitgeteilt, daß er am Abend nicht nach Hause gehen werde, denn er wolle sich den Anblick ersparen, wie seine Diener am Eßtisch saßen, von seinen Tellern aßen, aus seinen Schalen tranken und sich von seinen Töchtern bedienen ließen. Und deshalb habe er beschlossen, für die nächsten Tage in ein nettes, kleines Wirtshaus zu ziehen und erst nach Hause zurückzukehren, wenn diese lächerliche Posse vorüber sei.

Di hielt das für eine ausgezeichnete Idee. Er kannte einen hübschen Gasthof mit Blick auf die Grünanlagen der Stadt. Wie angenehm es doch wäre, dort das Abendessen einzunehmen und früh schlafenzugehen, ohne Streit und Gezänk. Wie friedlich und kultiviert! Seiner Toleranz, so sagte er sich, als er die Kanzlei verließ, konnte das nur förderlich sein.

In dem Gasthof fand er alles so vor, wie er es sich vorgestellt hatte. Hier herrschten noch Ruhe und Ordnung. Der Wirt hieß ihn willkommen, servierte ihm ein köstliches Mahl auf der Gartenterrasse, und Di genoß den Blick auf den gepflegten Park, der nun herbstliche Farben trug. Hier konnte er ungestört den Abend verbringen, ohne mit jemandem reden zu müssen.

Er dachte an die Zeit in Loyang, als er von seiner Familie getrennt gelebt hatte. Damals war er so allein gewesen, wie er es sich heute manchmal wünschte, doch nicht selten hatte er unter dieser Einsamkeit gelitten. Er wollte nie wieder so allein sein. Manchmal hatte er sich vor Sehnsucht nach seiner Familie verzehrt, und dieses Gefühl war immer dann am stärksten gewesen, wenn er durch eine belebte Straße ging oder in einem überfüllten Gerichtssaal eine Verhandlung führte. Was er damals vermißte, war nicht das gute Essen, ein gemütliches Zuhause oder das Gefühl, von Angehörigen umsorgt zu werden. Nein, was ihm fehlte, waren die vertrauten Gewohnheiten, in die man so mühelos schlüpfen konnte wie in alte, abgetragene Schuhe. Was ihm fehlte, waren die Streitigkeiten, die stets um dasselbe Thema kreisten und stets mit den gleichen Argumenten ausgetragen wurden. Darin, so erinnerte er sich, hatte für ihn der wahre Trost gelegen – in den häuslichen Auseinandersetzungen, die festen Gesetzen gehorchten. Und seit seine betagte Mutter bei ihm eingezogen war, konnte er sich über einen Mangel an Unstimmigkeiten in seinem Haus gewiß nicht beklagen.

In früheren Jahren hatte es seine verwitwete Mutter abgelehnt, zu ihm nach Yangchou zu ziehen, und lieber in Ch'ang-an bei der Familie der jüngeren Schwester ihres verstorbenen Mannes gelebt. Nichts konnte sie dazu bewegen, ihre Geburtsstadt zu verlassen, in der sie aufgewachsen war und später auch geheiratet hatte. Hier lag ihr Mann begraben, und hier wollte auch sie begraben werden. Außerdem hatte sie sich bei Di beklagt, daß seine erste Frau sie nicht in ihrem Haus haben wolle. Di hatte ihr zwar mit seiner ganzen Autorität als Haushaltsvorstand entgegnet, daß es immer noch *sein* Haus sei, aber sie hatte nur abgewinkt. Ach was, sagte sie, es seien doch nicht die Männer, die den Haushalt führten. Und was hätte er darauf entgegnen sollen?

Dann aber war die jüngste Schwester seines Vaters ganz unerwartet gestorben, und seine siebenundachtzigjährige Mutter hatte endlich zugestimmt, zu ihm, seinen Frauen und seiner kleinen Adoptivtochter zu ziehen, ein Entschluß, der ihr dadurch erleichtert wurde, daß er sich inzwischen nach Ch'ang-an hatte versetzen lassen. Glücklicherweise war das Haus recht geräumig, so daß man sich aus dem Weg gehen konnte, wenn die Spannungen unerträglich wurden.

Auch heute abend würde es an Nörgeleien und Gemecker in seiner Familie nicht fehlen, das wußte er. Aber heute war ihm nicht danach, und er wertete dies als gutes Zeichen, denn es bedeutete, daß er das Unbehagen, das er seinerzeit in Loyang verspürt hatte, nun endlich überwunden hatte und sich wieder nach Einsamkeit sehnen konnte. Die Abenddämmerung hatte gerade erst eingesetzt, und schon fühlte er, daß er schläfrig wurde. Er stand auf, streckte seine Glieder und freute sich auf einen langen, tiefen Schlaf.

Es war ein schöner Morgen, und Di fühlte sich so wohl wie seit Jahren nicht mehr. Er nahm ein köstliches Frühstück zu sich und trat dann gutgelaunt auf die Straße. Zweifellos war es heute nacht in vielen Häusern der Stadt laut geworden, und er hielt es nachträglich für einen weisen Entschluß, daß er sich das erspart hatte. Heute abend, wenn er von der Arbeit nach Hause kam, würde er heiter und tolerant gestimmt sein.

Als er an einem Marktstand vorüberkam, an dem schönes Obst angeboten wurde, blieb er, einer plötzlichen Eingebung folgend, stehen und kaufte für seine Frauen, seine Mutter und seine Tochter Pfirsiche. Während er bezahlte, dachte er über die Familie im allgemeinen nach: Sie bestand aus Menschen, die, obwohl sie nichts gemeinsam hatten, zusammen unter einem Dach lebten, weil sie durch Blutsverwandtschaft oder Heirat unauflöslich miteinander verbunden waren. Da er keinen Korb dabei hatte und seine Taschen nicht groß genug waren, um die Pfirsiche darin zu transportieren, wickelte sie der Verkäufer in ein Tuch.

Di hatte die Treppe zu seiner Kanzlei noch nicht zur Hälfte erklommen, als oben schon sein Gehilfe erschien. Seine aufgeregte Miene verscheuchte sofort alle Gedanken an Familie und Ehefrauen. Di blieb überrascht stehen, während der Gehilfe die Treppe heruntergerannt kam.

»Wo seid Ihr gewesen?« fragte er atemlos, ergriff Di am Arm und zog ihn die Treppe hinunter. »Wir haben seit Tagesanbruch nach Euch gesucht. Eure Angehörigen wußten nicht, wo Ihr wart. Wir haben nichts angerührt. Wir haben das Haus und das Grundstück versiegelt. Wir dachten schon, Ihr wärt ebenfalls tot. Eure Frauen sind davon überzeugt.«

Di blieb stehen und packte den Mann grob am Arm. »Ist bei mir zu Hause etwas passiert?« fragte er.

»Oh nein«, antwortete der andere. »Bitte verzeiht. Nicht bei Euch. Aber in einem schönen großen Haus im Norden der Stadt.«

»Was ist passiert?« fragte Di wieder.

Der Gehilfe schüttelte den Kopf, als könne er es selbst noch nicht fassen. »Mord«, flüsterte er.

Mord? Di war beinahe erleichtert. Er ließ den Arm des Mannes los. Mord war nichts Ungewöhnliches, und er fragte sich, ob der Mann noch ein Neuling war.

»Aber kein ... gewöhnlicher Mord«, fügte der Gehilfe hinzu. Di blickte ihn an und wartete, aber der junge Mann tat sich offenbar schwer, die rechten Worte zu finden. »Ihr müßt es mit eigenen Augen sehen.« Er deutete auf die Tür unter dem Treppenaufgang. »Hinten wartet eine Kutsche auf Euch.« Er ging voraus, doch nach ein paar Stufen drehte er sich um und sagte: »Eine Familie, eine ganze Familie.«

25

Es war ganz einfach zuviel. Di trat in die offene Tür und starrte nach draußen, die Hände gegen die Schläfen gepreßt. Als er sich umdrehte und wieder ins Haus zurückkehrte, bemerkte er, daß seine Beine zitterten.

Er versuchte, seine Gedanken zu ordnen. Es war unfaßbar. Im Haus lagen aufgereiht nebeneinander sechs Tote, fünf Erwachsene – Mutter, Vater, Großmutter, Großvater und ein weiterer alter Mann, vermutlich ein Onkel – und ein etwa elfjähriger Junge. Alle, mit Ausnahme des Jungen, lagen mit den Gesichtern nach unten in einer großen Blutlache, hatten die Arme um die Köpfe geschlungen und waren vollständig bekleidet. Nur der Junge war nackt. Seine offenen Augen starrten zur Decke, und seine linke Körperhälfte war mit grüner Farbe bemalt. Er wies keinerlei Anzeichen von Gewaltanwendung auf. Ganz in seiner Nähe lagen, Seite an Seite, die beiden Schoßhunde der Familie mit durchschnittenen Kehlen. Der Boden und die Teppiche waren mit blutigen Fußabdrücken übersät, und die gesamte Einrichtung war demoliert worden.

»Denkt an meine Anweisungen«, schärfte Di seinen Polizisten ein, die den Raum und die Opfer nach Beweisstücken absuchten. »Laßt alles, wie es ist! Seid sehr vorsichtig! Wir wissen noch nicht, was wichtig ist und was nicht. Alles kann von Bedeutung sein.«

Dis Hauptwachtmeister, ein kleiner buckliger Mann, trat zu ihm und stellte sich ruhig an seine Seite.

»Was meint Ihr? Haben wir es hier mit einem Akt sinnloser Zerstörungswut zu tun oder ...«

»Ich glaube nicht«, sagte Di.

»Ich auch nicht«, erwiderte der Bucklige. »Wenn ich es nicht besser wüßte, so würde ich sagen, daß hier ein Rudel hungriger Leoparden gewütet hat.« Sie betrachteten die umgeworfenen Möbel, die zerbrochenen Vasen, die auf dem Boden verstreuten Bücher und Blumen, die zerfetzten Wandschirme, die zerrissenen Vorhänge. »Leoparden«, wiederholte er und ließ hilflos die Arme hängen.

»Aber in Ch'ang-an gibt es keine Leoparden«, antwortete Di beunruhigt. »Was ist mit der Dienerschaft?«

Der Polizist zuckte die Achseln. »Keinem ist ein Haar gekrümmt worden. Sie haben nichts gehört und nichts gesehen, sagen sie. Sie haben erst heute morgen nach dem Aufstehen entdeckt, was geschehen ist.«

Diese Worte brachten Di auf eine Idee, die ihm wenig behagte. »Findet heraus, ob jemand aus dem Haus bei den Riten ohne Schranken mitgemacht hat.«

Der Bucklige begriff, worauf sein Vorgesetzter hinauswollte, und sah ihn scharf an. »Ja«, sagte er, »eine ausgezeichnete Idee.«

Di betrachtete die nackte Leiche des Jungen, dann sah er sich noch einmal in dem verwüsteten Raum um. Auf den ersten Blick mochte man meinen, hier habe ein Kampf auf Leben und Tod stattgefunden. Doch nun, da er Gelegenheit hatte, genauer hinzusehen, bemerkte er, daß dem nicht so war. Die Täter hatten die gesamte Einrichtung demoliert, als habe es ihnen nicht genügt, die Hausbewohner zu ermorden, als müßten sie ihre Wut auch noch an den unschuldigen Gegenständen auslassen. Besonders erschreckte Di der Kontrast zwischen der ungezügelten Zerstörungswut und der Sorgfalt, mit der man die Leichen behandelt hatte, besonders die des Kindes. Der Junge sah ganz so aus, als habe man ihn für ein obskures Begräbnisritual zurechtgemacht. Begräbnisritual, ja, das mußte er sich merken. Es war zumindest ein Anhaltspunkt.

»Was ist mit den anderen Zimmern?« fragte Di.

»Nichts«, sagte der Bucklige. »Alles ist noch an seinem Platz. Alles ist so sauber und ordentlich, als habe die Hausherrin Gäste zum Tee erwartet.«

»So etwas habe ich noch nie gesehen«, sagte Di. »Ich habe Raubüberfälle erlebt, Fehden zwischen Familien und Clans, aber so etwas ist mir noch nie untergekommen.«

»Mir auch nicht«, erwiderte der Polizist.

Di trat ein paar Schritte vor, kniete nieder, kratzte ein wenig von der eigenartigen grünen Farbe am Körper des Jungen ab und tat sie in einen irdenen Krug, den er vorsichtig beiseite stellte. Dann teilte er Pinsel, Wassertassen und Tuschestücke an seine Polizisten aus. Während er eine grobe Skizze des Zimmers anfertigte und die Lage der Leichen darauf einzeichnete, zogen die Polizisten mit Tusche die Umrisse der Leichen auf dem Boden nach. Man konnte die Leichen nicht mehr allzu lange so liegen lassen, und Di wollte möglichst viele Gedächtnisstützen haben.

Als die Polizisten mit ihrer Arbeit fertig waren, befahl Di, die Toten fortzuschaffen.

Zwei Polizisten näherten sich widerwillig der Leiche der alten Großmutter und versuchten, ihr die Arme vom Kopf zu nehmen, doch sie war schon steif. Di schloß daraus, daß der Tod vor vielen Stunden eingetreten sein mußte – vielleicht schon am Abend des gestrigen Tages. Als seine Männer die alte Frau hochhoben, wandte er sich ab, denn der Anblick einer starren Leiche hatte ihm schon immer ein besonderes Mißbehagen verursacht. Während er seine Skizze fertigstellte, fiel ihm plötzlich auf, daß es hinter ihm still wurde und alle Aktivitäten zum Erliegen kamen.

»Richter, das müßt Ihr Euch anschauen«, sagte der Bucklige mit ungläubiger Stimme. Di drehte sich um. Die Männer blickten auf die alte Frau hinab, die nun auf dem Rücken lag. Ihre Augen waren weit aufgerissen, und ihr Mund war zu einem schrecklichen Grinsen verzerrt, das buchstäblich von einem Ohr zum anderen reichte.

»Was ist das?« flüsterte Di und kniete nieder. »Das ist ja abscheulich.«

Jemand hatte die Mundwinkel der alten Frau auf beiden Seiten bis zu den Backenzähnen aufgeschlitzt, das Fleisch aufgerollt und mit einem schwarzen Seidenfaden vernäht.

»Was ist mit den anderen?« fragte Di und stand wieder auf. Die Polizisten drehten die übrigen Leichen um. Alle wiesen die gleiche Verstümmelung auf, nur der Junge war verschont geblieben. Gütiger Himmel, dachte Di. Eben noch hatte er über den Kontrast zwischen der Zerstörungswut und der Sorgfalt nachgedacht, mit der man den Körper des Jungen bemalt hatte. Die Täter hatten gewiß Stunden gebraucht, um die Münder ihrer Opfer zu vernähen. Es war eine Botschaft, ganz bestimmt.

Doch was hatte sie zu bedeuten?

Nachdem die Leichen weggebracht worden waren, suchten Di und seine Männer das Grundstück, die Gärten und Außengebäude nach Spuren ab. Doch die merkwürdigste Spur wurde nur durch Zufall entdeckt, obwohl sie buchstäblich vor ihrer Nase lag. Wie war es nur möglich, daß die vielen an der Untersuchung beteiligten Polizisten und Hilfspolizisten sie übersehen hatten? Und wie um alles in der Welt hatte sie dem scharfen Auge des berühmten Richters aus Yangchou entgehen können?

Die Lichtverhältnisse waren daran schuld. Die Spur war da, draußen im Korridor, der das Mordzimmer mit dem übrigen Haus verband, zwischen den blutigen Fußabdrücken, die in alle Richtungen führten. Aber niemand bemerkte sie zunächst.

Als Di den Korridor zum ersten Mal nach Spuren absuchte, fiel grelles Morgenlicht durch die Fensterläden. Alles war voller Blut, und er konnte kein besonderes Muster ausmachen.

Später aber, bevor er die Ermittlungen für diesen Tag beendete, warf er noch einmal einen Blick in den Korridor. Jetzt herrschten ganz andere Lichtverhältnisse, und da sah er sie: eine versetzt angeordnete Reihe von blutigen Halbmonden, sichelförmigen Abdrücken, die von einer großen Blutlache wegführten. Er trat näher und betrachtete sie genauer. Es war ganz eindeutig, daß ein Lebewesen durch die Blutlache gewatet war, doch das Ungewöhnliche daran war: Die Spuren stammten nicht von einem Menschen.

Es waren Abdrücke von einem Tier. Viel zu groß für eine Ziege, aber … Er blickte sich um. Der Korridor war viel zu schmal für ein größeres Tier. Er trat nun vollends in den Korridor, öffnete die Fensterläden und ließ die Strahlen der untergehenden Sonne herein. Er kniete sich auf den Boden.

Ja, es gab keinen Zweifel mehr. Es waren Hufabdrücke, die Hufabdrücke eines unbeschlagenen Pferdes.

Ch'ang-an, die westliche Hauptstadt, war mit ihren mehreren Millionen Einwohnern und ihrem blühenden Handel die größte Stadt der Welt. Hier flossen nicht nur Straßen, Kanäle und Flüsse zusammen, die zweitausend *li* in jede Richtung führten, hier lebten auch Menschen unterschiedlichster Nationalität – Einheimische und Zugewanderte aus vielen Ländern. Die Bewohner waren abergläubisch und pflegten ihre alten Bräuche, die ebenso exotisch waren wie diejenigen, die im tiefsten Dschungel oder im Hochgebirge ferner Regionen anzutreffen waren.

Die Angst der Menschen hatte viele Farben und Formen, und ungezügelte Angst war ein fruchtbarer Boden für Mißverständnisse unter den Volksgruppen, die hier in der Stadt zusammenlebten.

Und nun, angefacht durch die Gerüchte über den mysteriösen und bestialischen Mord an einer der reichsten Familien Ch'ang-ans, breiteten sich Angst und Fremdenhaß in der Stadt wie ein Steppenbrand aus.

Jede Nationalität, jede Gruppe von Immigranten mißtraute der anderen. Die Mongolen und Türken aus dem Norden – die Sogdier, die Kitan, die Dschurdschen, die Uiguren und Tanguten – haßten die südlichen Yao und Miao aus Lingnan und dem Hochland von Nam Viet. Und die Miao wiederum mißtrauten den verschiedenen ›Barbaren‹ aus dem Dschungel von Lingnan. Jeder hielt die Magie des anderen für schwarz und böse. Und vor gar nicht allzu langer Zeit war aus dem fernen Persien noch eine weitere Gruppe eingewandert: die Sassaniden, die an einen eigenartigen zoroastrischen Dualismus von Gut und Böse glaubten.

Der Mord beflügelte die Phantasie der Stadtbewohner. Einige Einzelheiten über die Bluttat waren durchgesickert, und waren die Tatsachen an sich schon grausig genug, so wurden sie nun noch übertrieben und verzerrt dargestellt, und es dauerte nicht lange, bis erste Gerüchte über schwarze Magie kursierten. Keine Gruppe blieb verschont, jede war verdächtig.

Einige behaupteten, man habe den Opfern nicht die Münder, sondern die Bäuche aufgeschlitzt, die Eingeweide wie Seile um die Körper gewickelt, wie Blumengirlanden drapiert oder straffgezogen und auf dem Boden ausgelegt wie rätselhafte taoistische Schriftzeichen. Andere wollten erfahren haben, daß den Toten die Köpfe gefehlt hätten. Wieder andere erzählten, daß man an Wänden und Decken blutige Abdrücke von Tieren gefunden habe.

Gerüchte dieser Art versetzten die Bewohner der Stadt in Angst und Schrecken, aber Di konnte ihre Verbreitung nicht verhindern. Obwohl niemand wußte, wer sie in die Welt setzte, gewann er zunehmend den Eindruck, daß sie sich vor allem gegen die Sassaniden aus Persien richteten, die von allen am fremdartigsten aussahen. Dieser Volksgruppe wurde nachgesagt, sie hätten Zauberer in ihren Reihen, die nach Belieben die bösen Dämonen der Unterwelt heraufbeschwören könnten.

Einer der vielen Götter im zoroastrischen Pantheon war der Dämon Aschi-Dahaka, ein abscheuliches Wesen mit drei Köpfen, sechs Augen, drei Mäulern und Schultern, aus denen sich Schlangen wanden. Einige Leute waren überzeugt, daß ein persischer

Magier den Dämon aus persönlichen Rachemotiven herbeigezaubert hatte. Und paßte das nicht ausgezeichnet ins Bild? Schließlich war es eines der vielen Laster des Aschi-Dahaka, daß er täglich Menschenhirn essen mußte. Und hatte nicht allen Leichen das Gehirn gefehlt? Und war der Aschi-Dahaka nach seinem schrecklichen Mahl nicht durch das gleiche Tor aus Rauch wieder verschwunden, durch das ihn der persische Magier herbeigezaubert hatte? Das würde vieles erklären, worauf die staatlichen Stellen keine Antwort wußten.

Die Gerüchte folgten ihrer eigenen Logik. Einige Gruppen brachten auch die Juden und ihren strengen, eifersüchtigen Gott, der unentwegt nach Opfern verlangte, mit dem Verbrechen in Verbindung. Bestand dieser Gott nicht darauf, daß der wahre Gläubige allen anderen Göttern entsagte? Verlangte er nicht auch Menschenopfer als Beweis für den unerschütterlichen Glauben seiner Anhänger? Und natürlich waren da noch die Tibeter, die aus den Bergen eigenartige Sitten und Gebräuche mitgebracht hatten und über Tod und Sterblichkeit spotteten. Die Morde, so mutmaßten einige, entsprachen genau dem, was sich die Tibeter unter einem gelungenen Scherz vorstellten.

Die Gerüchte verstummten nicht, da die Behörden ihnen nichts entgegenzusetzen hatten. Di und seine Mitarbeiter waren ratlos. Die Befragung der vielen Freunde und Bekannten der verstorbenen Familie hatte nichts ergeben: kein Rachemotiv, kein Streit, keine dunklen Geschäfte, die mit dem Mord in Verbindung gebracht werden konnten. Und es gab keinerlei Hinweise auf eine Familienfehde. Auch Raub kam als Motiv nicht in Frage. Der oder die Täter hatten nichts gestohlen. Soweit sich feststellen ließ, hatte die Familie überhaupt keine Feinde gehabt. Eine vornehme und großzügige konfuzianische Familie, die hohes Ansehen genoß. Zunächst hatte Di die Riten ohne Schranken als eine mögliche Erklärung für die Vorfälle in Betracht gezogen. Möglicherweise hatte der Rollentausch versteckte Ressentiments zum Vorschein gebracht. Doch bei näherer Betrachtung hatte er den Gedanken wieder fallengelassen. Es gab nicht den geringsten Hinweis darauf, daß die Mitglieder des Haushalts überhaupt an dem Ritual teilgenommen hatten oder daß die Dienerschaft unzufrieden oder unloyal gewesen wäre. Bei der Vernehmung der Diener und Dienerinnen kam nur heraus, daß ihnen nichts Ungewöhnliches aufgefallen war und daß sie nur verschwommene Erinnerungen an den Abend vor dem Mord hatten. Nach Abschluß der Verhöre war Di überzeugt, daß keiner von ihnen etwas zu verbergen hatte, wenngleich es ihn befremdete, daß sie nur so vage Auskünfte geben konnten. Vielleicht hatten sie am fraglichen Abend zuviel Wein getrunken: Wie sonst war es möglich, daß sie von dem brutalen Verbrechen nichts bemerkt hatten?

Di fand für viele Dinge einfach keine Erklärung, um so einfallsreicher waren die Bewohner die Stadt. Mit erstaunlicher Erfindungsgabe und Hartnäckigkeit füllten sie die Lücken, die der Richter und oberste Magistrat nicht zu schließen vermochte. Hatten zunächst die rundäugigen Perser und Juden im Mittelpunkt ihrer Geschichten gestanden, so richteten sie ihr Augenmerk bald auf andere Gruppen, die noch mehr Angriffspunkte boten.

Eine dieser Gruppen waren die der Einwanderer aus dem Dschungel von Nam Viet. Nach ihrem Glauben nahm eine Serie von Unglücksfällen nur dann ein Ende, wenn man einen Schamanen beauftragte, bestimmte Opferhandlungen vorzunehmen, wobei die einheimischen Chinesen nicht so recht daran glauben mochten, daß die Schamanen nur Schweine oder Kühe schlachteten. Hartnäckig hielt sich das Gerücht, daß sie auch Menschen opferten, obwohl die Schamanen solche Verdächtigungen weit von sich wiesen. Menschenblut, so sagten sie, rühren wir niemals an.

Und wenn es nicht die Schamanen waren, dann eben die Anhänger der Ku-Magie, die von allen magischen Ritualen der Menschen aus Nam Viet zweifellos das unheimlichste war und einer Kultur entstammte, die kaum als zivilisiert bezeichnet werden konnte. Im fernen Nam Viet wurde die schwarze, sternlose Nacht von Naturgeistern bevölkert, die ebenso zahlreich und gefährlich waren wie die Tiere, die den Dschungel bewohnten. Die Ku-Dämonen entsprangen den tiefsten Fieberphantasien, den finstersten Abgründen der menschlichen Seele.

Zum Vivarium der Ku-Magie gehörten auch die gefürchteten Reptiliengeister des Schicksals. Obwohl niemand wußte, warum jemand solche Kräfte auf die ermordete Familie hätte loslassen sollen, sah doch ein jeder ein, daß hier der Schlüssel zu dem Geheimnis lag. Es paßte alles zusammen. War das Phantomreptil erst einmal freigesetzt, schlüpfte es in sein Opfer, biß es und lähmte es. Das würde auch erklären, warum die Dienerschaft nichts gesehen oder gehört hatte. Das Opfer war zwar bei vollem Bewußtsein, konnte aber keine Gegenwehr leisten, während der Reptiliengeist seine Eingeweide fraß, sich in seinem Innern wand und mit dem stachligen Schwanz die Bauchhöhle, die Kehle und zuletzt den Schädel aufschlitzte. War das Opfer tot, nahm die Kreatur wieder Gestalt an und schlüpfte durch die Mundöffnung heraus. Und waren die Münder der Opfer nicht aufgerissen gewesen?

Der Aberglaube und die Fremdenfeindlichkeit der Stadtbewohner nahmen immer groteskere Formen an, und Di hatte nichts in der Hand, womit er dieser Entwicklung entgegentreten konnte, weder eine Theorie noch irgendeinen Beweis. Traurig sann er darüber nach, wie weit sich China von jener rationalen Gesellschaft entfernt hatte, die ihm als Konfuzianer am Herzen lag.

Selbst seine Mutter ließ sich zweimal wöchentlich in einer Sänfte zum Markt tragen und kaufte Zaubermittel, Münzen, Krallen, Puder und Glücksbringer aller Art. Di gab ihr ärgerlich zu bedenken, daß er der oberste konfuzianische Beamte der Stadt sei und daß sie ihn mit ihrem Aberglauben lächerlich mache. Doch sie tat seine Einwände ab und verwies auf ihr fortgeschrittenes Alter, das Beweis genug sei für die Richtigkeit ihres Tuns.

Außerdem warf sie ihm vor, daß er unfähig sei, das Verbrechen aufzuklären. Und natürlich tat sie das lautstark in aller Öffentlichkeit, so etwa, wenn er sie bei ihren Einkäufen begleitete. Und obwohl er innerlich kochte, mußte er den Passanten, die sich vor ihm verneigten und so taten, als hätten sie nichts gehört, freundlich zulächeln.

Solche Vorfälle trugen natürlich nicht zur Entspannung der häuslichen Atmosphäre bei. Oft aß er früh zu Abend und kehrte danach unter dem Vorwand, er habe noch zu arbeiten, in seine Kanzlei zurück. Gewiß, es gab viel zu tun, aber recht häufig saß Di nur im Dunkeln, dachte nach und starrte durch das Fenster auf die Straße hinunter.

Es war vor allem ein Gedanke, der ihn quälte: Er wußte, daß er die Morde erst aufklären konnte, wenn er irgendein Muster entdeckte. Aber das war nur möglich, wenn noch ein weiterer Mord dieser Art geschah. Di wartete auf das Unvorstellbare.

Eines Morgens, als Di nach einer langen Nacht, in der er vor lauter Sorgen kaum ein Auge zugetan hatte, seine Kanzlei betrat, fand er dort einen Umschlag vor, den ein Bote in aller Frühe gebracht hatte.

Nichts Gutes ahnend, studierte Di das kaiserliche Siegel und suchte zwischen den unordentlichen Papierstapeln nach seinem Brieföffner aus Silber und Jade.

Eine böse Vorahnung beschlich ihn. Doch warum, fragte er sich, reagierte er so heftig auf einen noch ungeöffneten Umschlag? Weil er dick und schwer war? Aber das war nicht ungewöhnlich für offizielle Schreiben. War es sein Geruch? Aber er roch doch nur nach Seide und Pergament. Der Tuschegeruch war längst verflogen. Und dennoch konnte er ihn riechen. Als er den Umschlag endlich mit der scharfen Klinge aufschlitzte, sagte ihm das leise Geräusch, daß die dreihundert *li*, die Ch'ang-an von der Stadt der Wandlung trennten, nicht mehr genug waren.

Es war nun schon zwei Tage her, daß Di die Blätter mit den ausführlichen Instruktionen und Plänen entfaltet hatte, doch er war überzeugt, daß das Erstaunen, das er dabei empfunden hatte, immer noch an seinem Gesicht abzulesen war.

Mitten in Ch'ang-an sollte zu Ehren der Kaiserin und des zukünftigen Buddha Maitreya eine achtzig Meter hohe Säule aus »weißem Eisen« mit einer Kugel aus Kristallquarz auf der Spitze errichtet werden.

Doch wie war es möglich, soviel Eisen und Silber zu einer so hohen Säule zu verarbeiten? Wie um alles in der Welt sollte man in so kurzer Zeit eine solche Menge Erz finden, schürfen und verarbeiten? Und wer sollte diese Arbeit tun? Hatte sie etwa die Absicht, eine ganze Armee von Handwerkern hierherzuschicken, die ihnen bei der Durchführung helfen sollten? Wenn ja, so müßten diese Leute bereits Erfahrung mit der Errichtung solcher Säulen gesammelt haben. Er stellte sich vor, wie Mönche der Weißen Wolke, Hunderte und Aberhunderte dieser hochgewachsenen und disziplinierten Fanatiker, in die Stadt einfielen, Erz einschmolzen, bearbeiteten und polierten …

Doch nein! Die Wahrheit war noch weit schlimmer. Die Zusammenstellung des Bautrupps war ganz allein seine Aufgabe. Wie bei früheren öffentlichen Arbeiten mußte der oberste Magistrat der

Stadt ein Heer unbezahlter Arbeiter zwangsverpflichten. Nur sollte er sie diesmal nicht aus dem einfachen Volk holen, das ohnehin schon unter der steuerlichen Last stöhnte, sondern aus den Gefängnissen. Den Kriminellen, so hieß es in den Anweisungen, sollte Gelegenheit gegeben werden, sich durch die Arbeit an dem heiligen Bauwerk von ihren Sünden zu läutern.

Doch das war unmöglich, denn in den Straflagern der Stadt und der angrenzenden Gebiete gab es nicht annähernd genug Häftlinge, um die Arbeit überhaupt in Angriff nehmen zu können. Dis erfolgreiche Bemühungen der letzten Jahre, einen Großteil der Sträflinge wieder zu ihren Familien zurückzuführen, drohte ihm nun zum Verhängnis zu werden. Wo sollte er die Arbeitskräfte hernehmen?

Inzwischen waren zwanzig Tage seit den Morden an einer der angesehensten Familien Ch'ang-ans vergangen. Es war spät am Abend, und Di arbeitete noch in seiner Kanzlei. Er hatte eingesehen, daß es nur eine Möglichkeit für ihn gab, genügend Arbeiter für den Bau der lächerlichen Säule zu bekommen: Er mußte sich an das Heeresministerium und an das Abgabeamt wenden. Vielleicht konnte man ihm Kriegsgefangene aus den jüngsten Feldzügen in Tibet und Korea zur Verfügung stellen. Unter den gegebenen Umständen sah er keinen anderen Ausweg. Gleich morgen wollte er einen Boten zur Präfektur schicken. In dieser Nacht ging er erst spät nach Hause und begab sich sofort zu Bett.

Frühmorgens, am einundzwanzigsten Tag nach den Morden, trat ein junger Diener in Dis Zimmer und schüttelte ihn sanft am Oberarm.

»Herr ... Herr ...«, flüsterte der Diener. Di stöhnte, öffnete das linke Auge einen schmalen Spalt, drehte sich auf die Seite und schlief sofort wieder ein. Zaghaft schüttelte ihn der Diener ein zweites Mal, dachte bange an die vielen Menschen, darunter auch die Frauen seines Herrn, die ungeduldig in der Eingangshalle warteten. Niemand hatte den Richter wecken wollen, und so hatte man ihn, der allen anderen gehorchen mußte, mit der unangenehmen Pflicht betraut.

»Weck ihn!« hatte der Haushofmeister von der Türschwelle aus gezischt. »Sie kommen schon herauf!«

Als erste traten Dis Frauen ins Vorzimmer. Sie hatten ihre Gewänder eng um sich geschlungen, denn im Haus brannte noch kein Feuer, und es war kalt. Hinter ihnen stapften, angeführt von dem buckligen Polizisten, drei Hilfspolizisten herein. Sie sprachen laut miteinander, verstummten aber sofort, als sie bemerkten, daß ihr Vorgesetzter noch schlief.

»Warum schläft er noch?« rief eine alte Stimme, und ihre Besitzerin nahm die Sache nun in die Hand. »Laßt mich zu ihm!« rief sie und zwängte sich zwischen den anderen hindurch ins Schlafgemach.

»Di Jen-chieh, wach jetzt endlich auf!« rief sie und schaute auf ihren Sohn herunter. Dann ergriff sie mit ihrer fleckigen Hand eine Strähne von Dis losem Haar, zerrte ganz ungeniert daran, wie es nur einer Mutter erlaubt ist, und brüllte ihm direkt ins Ohr: »Sie ermorden deine ganze Stadt.«

Mit einem Schrei fuhr Di aus dem Schlaf hoch und blickte in ein grimmiges schwarzes Augenpaar. Erschreckt warf er den Kopf zurück und schlug gegen das Kopfende des Bettes.

»Verflucht!« sagte er, dann sah er an seiner Mutter vorbei und erblickte hinter ihr die Polizisten und seine beiden Frauen.

»Richter Di«, sagte der bucklige Polizist. »Wir bitten für dieses unentschuldbare Eindringen in Eure Privatgemächer um Vergebung, aber ...«, er hob hilflos die Hände, »... wir wußten uns nicht anders zu helfen.«

»Sie ermorden die ganze Stadt, das habe ich doch bereits gesagt«, wiederholte Dis Mutter. »Was also gedenkst du zu tun? Willst du etwa weiterschlafen, Richter Di?«

»Mein armer Gatte schläft überhaupt nicht mehr«, sagte Dis erste Frau.

»Und wie mir scheint, wird er von nun an noch weniger schlafen«, entgegnete die Mutter.

»Ich bin ja schon wach«, sagte Di und setzte sich auf.

Der Diener erschien wieder mit einem Teetablett und stellte es auf den Tisch neben dem Bett. Der Richter schlüpfte hastig in seinen Morgenmantel und seine Pantoffeln und setzte sich auf die Bettkante, während die anderen um das Bett standen und ihm dabei zusahen.

»Sie wollen es dir nicht sagen, Di Jen-chieh«, sagte seine Mutter, »denn sie alle haben sich mitschuldig gemacht. Ich habe euch gewarnt, daß das wieder passieren würde, wenn ihr nicht auf diese persischen Barbaren aufpaßt.«

»Ich weiß, Mutter«, sagte Di beschwichtigend, während ihm der Diener eine Schale Tee in die Hand drückte. Er blies in die dampfende Schale, nahm vorsichtig einen Schluck und blickte zu den Polizisten. »Warum sagt mir denn niemand, was geschehen ist? Wie viele sind es diesmal?«

»Fünf, in der Familie Chen«, sagte der Bucklige, nachdem er respektvoll abgewartet hatte, ob Dis Mutter zuerst sprechen wollte. »Und wir ...«

»Es waren doch mehr, Polizist«, unterbrach ihn die alte Frau. »Sagt ihm endlich, wie viele Menschen die persischen Geisterbeschwörer diesmal ermordet haben. Die Familie Chen hatte eine Hochzeitsgesellschaft zu Besuch, sechs Angehörige der Familie Lao. Zwei der besten und ältesten Familien von Ch'ang-an!«

»Perser?« fragte Di scharf.

»Es waren keine Perser«, sagte Dis erste Frau verächtlich. »Das ist nur ein Hirngespinst deiner Mutter.«

»Unsinn«, fauchte die alte Frau. »Was weißt du schon davon. Du bist noch viel zu jung und dumm. Du kannst überhaupt nicht beurteilen, wie sich alles verändert hat, seit diese Ausländer in Ch'ang-an leben.«

»Ich weiß mehr, als du denkst«, gab Dis Frau zurück, doch die alte Frau hörte nicht hin und wandte sich wieder Di zu.

»Das alles wäre nicht passiert, wenn mein Sohn auf seine alte Mutter gehört hätte. Ich habe ihn jeden Tag vor diesen Barbaren und ihrer Zauberkraft gewarnt.«

»Ruhe bitte!« flehte Di. »Meine Herren, ich bitte darum zu erfahren, wie viele Opfer es diesmal sind und was die Perser damit zu tun haben!« sagte er und blickte seinen Hauptwachtmeister an.

»Insgesamt elf Personen, einschließlich der Familie Lao, die in den Gästezimmern einquartiert war.«

»Und die Dienerschaft?« fragte Di.

Der Bucklige zuckte mit den Schultern und machte ein verdrießliches Gesicht. »Das gleiche wie beim letzten Mal. Nichts. Sie haben nichts gesehen, nichts gehört. Sie haben die Toten bei Tagesanbruch entdeckt.«

Di nahm die Nachricht gleichmütig auf. »Ist schon alles versiegelt?« fragte er und erhob sich.

»Das Untersuchungsgericht der Wache im Schlangenviertel kümmert sich darum. Der Hilfsrichter ist ein tüchtiger Mann.«

»Gut. Sehr gut. Und in welchem ... Zustand sind die Leichen?« Di warf einen schnellen Blick auf seine Frauen, aber sie rührten sich nicht. Offensichtlich wollten sie es hören. Und natürlich wich auch seine Mutter nicht von der Stelle.

»Sie sind gräßlich verstümmelt«, sagte der Polizist und blickte verlegen zu den Damen. »Bis zur Unkenntlichkeit. Wir haben die Einzelheiten ...«

»Natürlich hat man die armen Menschen gräßlich verstümmelt«, sagte Dis Mutter. »Was hast du denn erwartet, Di Jen-chieh? Die Göttin der Barmherzigkeit? Das kommt dabei heraus, wenn man die Mächte der Finsternis beschwört. Das Böse! Hah! Da siehst du es! Ich habe dich gewarnt, Di Jen-chieh. Du nennst mich ein törichtes altes Weib. Aber ich habe dich vor den Persern und ihren bösen Schamanen gewarnt!«

»Mutter, ich danke dir für deine unschätzbare Hilfe«, sagte Di höflich. »Aber jetzt entschuldige mich bitte, ich muß mich anziehen.«

Die alte Frau schnaubte vor Entrüstung und stapfte aus dem Zimmer, und auch Dis Frauen zogen sich zurück, als der Haushofmeister Di warme Kleider und eine Schüssel mit heißem Wasser brachte.

»Gibt es Zeugen?« fragte Di seine Männer, während er sich das Gesicht wusch. »Brauchbare Hinweise? Wie wurde das Verbrechen entdeckt?«

Der Bucklige hob die Augenbrauen und rieb sich das Kinn. »Die Nachbarn alarmierten die Wache, weil der alte Haushofmeister hysterisch durch die Straßen rannte und wirres Zeug redete. So hat man das Blutbad entdeckt. Aber sonst ...«

»Alles ist wie beim letzten Mal«, warf der zweite Hilfspolizist ein, und der dritte nickte zustimmend. »Niemand hat etwas gesehen oder gehört. Alle, die als Zeugen in Frage kämen, scheinen das Verbrechen verschlafen zu haben.«

»Hat der alte Haushofmeister nichts gesehen?« hakte Di nach.

»Doch, er hat schon etwas gesehen, das heißt ...« Der bucklige Polizist zögerte. »... das heißt, er will etwas gesehen haben, bevor er vom Balkon sprang. Zum Glück landete er im Karpfenteich, der zwar nicht besonders tief ist, dafür aber voller Schlamm.«

»Und was hat er gesehen?« fragte Di ungeduldig und schlüpfte hastig in seine Kleider. Warum ließ sich der Polizist jedes Wort einzeln aus der Nase ziehen?

»Nun ja, er will gesehen haben, wie eine Klaue mit sieben Krallen aus der Wand kam. Der Rest ist dummes Geschwätz.«

Di starrte den Polizisten einen Moment lang an, dann deutete er zur Tür. »Gehen wir, meine Herren.«

26

Loyang

Die Prozession begann vier Tage nach der vertraulichen Zusammenkunft des Geschichtsschreibers Shu mit den fünfundzwanzig Geomantern. Shu hatte eine Gazette in hoher Auflage drucken und verteilen lassen, in der das Ereignis ausführlich angekündigt wurde. Die alte Kunst des Feng Shui, so erklärte er darin, die unfehlbare Lehre der Geomantie, die es ermögliche, segensreiche und geeignete Orte für den Bau von Häusern und die Errichtung von Grabstätten zu finden, werde nun auf eine letzte Probe gestellt. Unter Hunderten von begeisterten Freiwilligen, die sich beworben hätten, habe man die fünfundzwanzig begabtesten Meister dieser Kunst ausgewählt, die nun – und er schätze sich glücklich, dies ankündigen zu dürfen – den heiligsten Ort im Universum ausfindig machen würden.

Dann erinnerte Shu noch einmal daran, wie sich Wus Göttlichkeit Stufe um Stufe offenbart habe: Das Große-Wolke-Sutra habe angekündigt, daß im kommenden Zeitalter des künftigen Buddha Maitreya eine große Herrscherin regieren werde, und der Kommentar über den kostbaren Regen, jene göttlich inspirierte Schrift des Lama Hsueh, habe offenbart, daß der weibliche Bodhisattwa, dessen Kommen das Sutra prophezeit habe, hier und jetzt in der Person der Kaiserin Wu unter ihnen weile.

»Wie die Welt weiß«, fuhr Shu fort, »liegt in der Mitte des heiligen Landes Jambudvipa Wu-hsiang, das Land des Nichtdenkens. Und in der Mitte von Wu-hsiang liegt unsere hochverehrte Stadt der Wandlung. Wir befinden uns also in der Mitte der Mitte der Mitte. Doch wir müssen noch präziser werden. Aufgabe der Geomanter wird es sein, die Mitte der Mitte der Mitte der Mitte zu bestimmen. Wenn wir diesen Punkt finden, kennen wir den Mittelpunkt des Himmels. Und dort, am Angelpunkt des Universums, errichten wir einen Megalithen, der alle Zeiten überdauern wird.

Niemand weiß, wo dieser Punkt sich befindet – vielleicht liegt er in einem großen Park, in einem Fluß oder in einem Regierungsgebäude – vielleicht sogar in einem der Armenviertel. Doch die fünfundzwanzig Geomanter werden ihn finden. Ein denkwürdiger Tag in der ruhmreichen Geschichte der Chou-Dynastie steht uns bevor, ein Tag, an den man sich ewig erinnern wird, ein Tag, an dem man der Ankunft des großen Bodhisattwa gedenken wird. So wie dem Bewohner eines Hauses eine günstige Zukunft winkt – oder dem Bewohner einer Grabstätte ein angenehmes Leben nach dem Tod –, wenn der Geomanter den richtigen Ort gewählt hat, so werden das Reich und seine Bewohner von den gemeinsamen Anstrengungen der fünfundzwanzig Auserwählten profitieren.«

Als die Geomanter bei Tagesanbruch aus dem Tor des Palastes traten, wurden sie bereits von einer Menschenmenge erwartet. Jeder trug mit feierlicher Miene seinen Kompaß wie einen Talisman vor sich her. Hinter ihnen folgten ein Trommler, der einen gemächlichen Rhythmus schlug, und sieben Mönche, die gesenkten Hauptes Gebete murmelten. Kaum hatten sie das Tor durchschritten, wandten sie sich nach Westen, worauf ein erregtes Flüstern durch die Menge ging: Der Sog des Drachenbluts mußte sehr stark sein, wenn die Geomanter keinen Augenblick zögerten.

Im Takt der Trommel schritt die Gruppe die breite Hauptstraße hinunter, und die Schaulustigen folgten ihr. Hinter ihnen blitzten die ersten Sonnenstrahlen zwischen den Häusern hervor, und nach etwa hundert Schritten ertönte eine laute Stimme: »Jetzt zieht das Wasser!« Die Prozession bog rechts in eine schmale Seitenstraße und folgte ihr in nordwestlicher Richtung. »Der Sog des Wassers wird stärker«, rief die Stimme, und die Gruppe schwenkte direkt nach Norden, so daß die Sonne nun von der Seite die Gesichter beschien. Der Trommler beschleunigte kaum merklich das Tempo, die Mönche murmelten unbeirrt ihre Gebete, und die Geomanter blickten stur geradeaus.

Der alte Geomanter Ling-shih, der seine Kunst seit mehr als fünfundvierzig Jahren ausübte, brauchte seine Kollegen nicht anzusehen, um zu wissen, daß sie sich schämten, denn auch er schämte sich. Jeder einzelne von ihnen brachte heute Schande über sich und seinen Berufsstand – und dennoch hatte es keiner gewagt, zu Hause zu bleiben. Sie marschierten gehorsam in die Richtung, die ihnen die Stimme diktierte.

Wir sind also die fünfundzwanzig Geomanter, die man aus »Hunderten von begeisterten Freiwilligen« ausgewählt hat, dachte er bitter. In Wahrheit war es ganz anders gewesen. Direktor Lai

Chun-chen und sein Stellvertreter Chou-hsing vom Amt für Bestrafungen und Nachforschungen hatten ihn zu einer Unterredung mit dem Geschichtsschreiber Shu gebeten – zwei Soldaten der Kaiserlichen Wache überbrachten ihm die »Einladung« an einem kühlen, windigen Morgen. Mit ungutem Gefühl verließ er das Haus, und eine Stunde später saß er zusammen mit den anderen vierundzwanzig schweigend in einem Raum, dessen Ausgänge von Soldaten bewacht wurden, und wartete auf die »Unterredung« mit Shu. Das war vor vier Tagen gewesen.

Inzwischen hatten sie die Straße, die ins Armenviertel der Stadt führte, verlassen und gingen nach Norden. Wenn sie diese Richtung beibehielten, so mußten sie irgendwann auf den Großen Kanal stoßen. Ling-shih hörte, wie die Menge um ihn herum Spekulationen anstellte. War es der Kanal, der sie anzog? Jedermann wisse, sagten die einen, daß alle Segnungen aus dem Norden kämen. Andere meinten, daß eine Wasserstraße, die den Weg in ostwestlicher Richtung kreuze, diesen Vorteil zunichte machen könnte, und wieder andere erklärten, das Gegenteil sei der Fall, die Nähe eines Gewässers sei immer ein Segen.

Bald jedoch waren alle Spekulationen hinfällig, denn wieder ertönte die Stimme aus der Mitte der Geomanter. »Wasser wird zu Holz!«, und der Zug bog in die nächste Straße ein, die nach Osten führte. Nun schien die Sonne den Geomantern direkt ins Gesicht, so daß sie blinzeln mußten. »Der Drache kommt näher!« sagte die Stimme, und die Menschen hoben die Köpfe und bemerkten, daß die Hügellinie am Horizont, die ab und zu zwischen den Häusern auftauchte, tatsächlich dem gekrümmten Rücken eines Drachen ähnelte. Begeisterung griff um sich, der Trommler beschleunigte das Tempo, und das Murmeln der Mönche wurde lauter. Die Sonne stieg höher und verströmte ihr warmes Licht, und mit dem Jagdfieber einer Jägers, der seine Beute in die Enge getrieben hatte, drängte sich die Menge immer dichter um die Prozession.

Der fast vierundachtzig Jahre alte Prinz Li I-yen, ein Vetter von T'aitsung, dem Vater des verstorbenen Kaisers Kaotsung, lag auf seinem Bett und begann sein allmorgendliches Ritual. Vorsichtig hob er das rechte Bein und bog das steife Knie, wobei er vor Schmerz aufstöhnte. Er verharrte einige Augenblicke in dieser Stellung, dann setzte er das Bein wieder ab und wiederholte dieselbe Prozedur mit dem linken Bein. Das linke Bein war heute morgen steifer als das rechte, und der Schmerz war fast unerträglich. Er hielt das Bein angewinkelt, kniff die Augen zusammen und zählte, wobei er unwillkürlich an alte rostige Scharniere denken mußte, die quietschten und ächzten, wenn man sie mit Gewalt bewegte. Schließlich setzte er es wieder ab, blieb einen Moment liegen und hob erneut das rechte. Er zwang sich jeden Morgen zu diesem Ritual, denn nur so kam er aus dem Bett.

Er setzte das rechte, jetzt etwas gelockerte Bein wieder ab und wollte gerade das widerspenstige linke Bein bewegen, da vernahm er ein irritierendes Geräusch. Er lag ganz still und horchte. Doch er hörte nur die vertrauten Geräusche des erwachenden Hauses: Ein Karren wurde über den Hof geschoben, im Saal knarrte der Fußboden unter den Schritten eines Dieners. Er sah zu seinem kleinen Hund hinunter, der mit flehenden Augen darum bettelte, heraufkommen zu dürfen. Prinz Li bückte sich ungelenk, schob die Hand unter seinem Bauch durch und hob ihn hoch. Das Tier, das in Hundejahren gerechnet genauso alt war wie er, war nicht mehr in der Lage, allein aufs Bett zu springen, dabei war Li schon ein ergrauter alter Mann gewesen, als der Hund noch ein Welpe war.

In Gedanken schon beim Morgentee, wollte er gerade aufstehen, als das Tier erstarrte und die Ohren spitzte. Der kleine Kopf drehte sich ruckartig nach Westen, die Ohren zitterten.

»Was ist los, Dieb?« fragte Prinz Li und kraulte ihn am Hals.

Der Hund ließ die Ohren fallen, wandte seinem Herrn wieder die volle Aufmerksamkeit zu und wedelte schwach mit dem Schwanz, doch schon im nächsten Augenblick erstarrte er erneut und stieß ein ängstliches Wimmern aus, das bald in ein lautes Knurren überging.

Die Menge bebte vor Erregung. Die meisten Menschen, die der Prozession folgten, hatten noch nie einen Fuß in diesen Stadtteil gesetzt, dessen Bewohner auf ihren weitläufigen Anwesen hinter hohen Toren ein beschauliches Leben führten. Doch jetzt waren sie hier und marschierten mit ausdrücklicher Billigung der Kaiserin und sozusagen in göttlichem Auftrag durch diese ruhigen Straßen, und niemand konnte sie aufhalten.

Der Gesang der Mönche schwoll zu einer lauten Klage an, der

Rhythmus der Trommel wurde noch schneller, nur die Geomanter schritten unbeirrt weiter. »Der Drache bewegt sich!« ertönte wieder die Stimme. Die Menschen reckten die Köpfe, um in der Silhouette der Hügelkette, auf der die Anwesen lagen, vielleicht den Hals, die Ohren oder den Kopf des Drachen zu erkennen – dieses mächtigsten aller Geschöpfe, mit denen die Geomanter in Verbindung standen. Doch viel mehr als Bäume, Mauern und gelegentlich ein anmutig geschwungenes Dach vermochten sie bei dem Gedränge nicht zu sehen. Die feinfühligen Geomanter hatten, wie jedermann wußte, sehr viel schärfere Augen.

»Der Drache zieht sich zurück!« ertönte die Stimme und veranlaßte die Prozession, ihre Richtung zu ändern und in die nach links abzweigende Straße einzubiegen, die auf beiden Seiten hohe Mauern säumten. Zuweilen öffnete sich ein Portal, und das ängstliche Gesicht eines Dieners erschien in dem Spalt, doch kaum näherte sich die Menge, fiel das Tor wieder zu.

»Der Herzschlag des Drachen wird ohrenbetäubend!« rief die Stimme jetzt aufgeregt, als der Zug vor einem hohen Portal, vielleicht dem schönsten in der ganzen Stadt, anlangte. Der Trommler hielt seinen Rhythmus, doch seine lauten Schläge wirkten jetzt entschlossen und zielstrebig. Dann ging es weiter, und vor dem nächsten Tor blieb man abermals stehen. Ein Raunen ging durch die Menge: Waren die Trommelschläge nicht ein wenig leiser geworden? »Der Herzschlag des Drachen wird schwächer.« Die Menge zog weiter, bis sie das letzte Tor in der Straße erreicht hatte. Die Trommelschläge wurden noch leiser und langsamer. »Er wird schwächer! Der Drache zieht sich zurück! Aus dem Weg! Macht Platz! Wir müssen atmen!«

Die Menge gehorchte und wich zurück. Die Geomanter und die Mönche machten kehrt, und während sie den gleichen Weg zurückgingen, den sie soeben gekommen waren, wurde die Trommel wieder lauter. Der Geomanter Ling-shih spürte, wie Angst in ihm aufstieg. Gleich darauf standen sie wieder vor dem schönen hohen Tor, und wieder klang die Trommel besonders laut und eindringlich. Sie waren am Ziel: Hier war die Mitte der Mitte der Mitte der Mitte, das Zentrum des Himmels.

Das Tor schwang auf, und ein kleiner Hund sprang heraus und bellte die Fremden an. Hinter ihm erschien ein hagerer alter Mann, noch im Nachtgewand, mit ungekämmtem Haar und Bart.

»Dieb!« rief der alte Mann, bückte sich, packte den Hund und drückte ihn an die Brust. Auf das Zeichen eines Mönches hin hörten die Trommelschläge abrupt auf.

»Wer seid Ihr?« fragte der Mönch den alten Mann.

»Ich bin Prinz Li I-yen«, antwortete der Gefragte mit zitternder Stimme. »Was wollt Ihr?«

»Eurem Haus, Prinz Li, wird heute eine große Ehre zuteil, denn es liegt im heiligen Zentrum des Universums. Laut Dekret der göttlichen Kaiserin Wu, der fleischgewordenen Kuan-yin, wird hier das größte Bauwerk entstehen, das je von Menschenhand errichtet wurde, und für alle Zeiten diese göttliche Achse markieren. In ihrer unendlichen Weisheit und Gnade gewährt die Kaiserin Euch zehn Tage, um Euch und Eure Habe von dem Gelände zu entfernen.«

Der Prinz kniff sprachlos vor Empörung und Verblüffung die Augen zusammen. Da machte der Hund einen Satz, sprang zu Boden, stürzte sich auf den Mönch und biß ihn in die spindeldürre Wade. Der Mönch heulte laut auf vor Schmerz, trat wild um sich und versuchte, den Hund abzuschütteln, doch der ließ nicht lokker, obwohl er kein Bein mehr auf dem Boden hatte und sein Körper wie eine Fahne am Bein des Mönches flatterte.

Keine zwei Wochen später erinnerte nichts mehr daran, daß hier jemals ein Haus gestanden hatte. Zweihundert Arbeiter hatten alles dem Erdboden gleichgemacht. Die Öffentlichkeit durfte natürlich zusehen, und die Zuschauer gingen nicht leer aus – flinke Hände trugen alles fort: Ziegel und Steine, Dachplatten, geschnitzte Türen, Balken, Leisten, Geländer und Fensterläden, aber auch Möbel, Skulpturen, Lampen, Teppiche, Gewänder, Antiquitäten, Geschirr, Küchengeräte und sogar Pflanzen und Sträucher aus dem Garten. Bald war jede Spur von Prinz Lis Haushalt für alle Zeiten getilgt.

In Festtagslaune unternahmen die Menschen Ausflüge zu dem Gelände, und viele hatten sogar Proviant dabei und kamen mit robusten Karren und Handwagen, auf denen sie ihre Beutestücke nach Hause transportierten. Mit großem Interesse verfolgten sie, wie das Gelände geräumt und eine Grube ausgehoben wurde, und nur wenige fragten sich, was wohl aus dem alten Prinzen geworden war. Wie es hieß, hatte er sich zur Ruhe gesetzt und war aus Gesundheitsgründen in eine wärmere Gegend gezogen.

Besonders aufregend war, daß immer wieder Abgesandte der Kaiserin auf dem Platz erschienen. Auf einem hohen Podium, hoch über den Köpfen der Zuschauer und außerhalb ihrer Hörweite, führten sie lange und offensichtlich wichtige Gespräche mit den leitenden Architekten und verantwortlichen Ingenieuren, entrollten Karten und Pläne und diskutierten, während das Volk gebannt zuschaute, überzeugt, einem historischen Augenblick beizuwohnen.

Und heute war die Aufregung noch größer als sonst: Der Beamte mit der auffällig gefärbten Robe, der schon seit dem frühen Morgen auf dem Gelände weilte, war nämlich kein geringerer als der berühmte Geschichtsschreiber Shu Ching-tsung. Er lächelte und winkte in die Menge, und einige erwiderten seinen Gruß. Während die Arbeiter emsig die Grube vertieften und mit Schubkarren den Aushub aus Steinen und Erde fortschafften, fanden auf dem Podium die üblichen Beratungen statt.

Mit gereckten Hälsen verfolgten die Menschen das Geschehen, als sei der Anblick wichtiger Persönlichkeiten, die ins Gespräch vertieft waren, ein seltenes Schauspiel – was es natürlich auch war. Da ertönte aus der Tiefe der Grube ein Schrei. Der leitende Ingenieur, der auf dem Podium weilte, entschuldigte sich bei seinem hohen Besuch und kletterte sofort den steinigen Abhang hinunter. Die Menge drängte nach vorne, um etwas zu sehen. Wieder waren Rufe zu hören. Die Arbeiter hatten etwas gefunden. Was ist es? fragten die Menschen begierig. Ein Stein. Eine Steinplatte. Ein behauener Stein, so groß wie ein Mensch. Aber kein beliebiger Stein.

Ein Stein mit einer Inschrift.

Was nun geschah, löste eine Welle der Erregung aus: Geschichtsschreiber Shu stieg vom Podium, raffte sein Gewand und stieg vorsichtig in die Grube hinunter. Arbeiter fegten mit den Händen den letzten Schmutz von dem Stein, und der Geschichtsschreiber kniete nieder und untersuchte ihn. Viele Minuten verstrichen, und die Spannung wurde schier unerträglich, dann endlich erhob er sich wieder und gab dem neben ihm stehenden Ingenieur einen Befehl. Der Mann kletterte eilends aus dem Loch.

»Übersetzer«, rief er den Gehilfen zu, die oben auf ihn warteten. »Schickt einen Boten zum Palast, die Übersetzer sollen sofort hierherkommen. Die Inschriften sind nicht in chinesisch.« Nicht in chinesisch? wunderte sich die Menge.

Nein, nicht in chinesisch. In Sanskrit.

»Und was tust du, wenn sie die Einladung annehmen?« fragte Frau Yang ihre Tochter, die mit erhobenen Armen im Zimmer stand, während die Hofnäherinnen ihr Gewand kürzten. »Was tust du, wenn sie kommen und verköstigt und unterhalten werden wollen?«

»Dann werde ich sie eben verköstigen und unterhalten«, antwortete Wu. »Aber du weißt doch ebensogut wie ich, daß sie nicht kommen werden. Doch lies mir die Einladung noch einmal vor.« Ihre Mutter saß an dem kleinen Schreibtisch und strich das Pergament glatt.

> Ihre Königliche Hoheit Kaiserin Wu Tse-tien übersendet hiermit Eurem Haus eine freundliche Einladung, die Ihr hoffentlich mit Freuden annehmen werdet. Es ist ihr Kaiserlicher Wunsch, daß Ihr an einer Feier teilnehmt, die in hundert Jahren nicht ihresgleichen finden wird. Mit dieser Feier wird eine neue und glorreiche Regentschaft beginnen …

Frau Yang hielt inne. »Hast du schon entschieden, wie deine Regentschaft heißen soll?« fragte sie ihre Tochter.

»Ach, das spielt doch keine Rolle.« Wu ließ die Arme fallen. Die Näherinnen legten ihr das prächtige Gewand aus bestickter blauer Seide um und steckten es mit Nadeln fest. »Wie wäre es mit ›Regentschaft des kostbaren Drachendungs‹?« Die Mutter lächelte. »Oder wie findest du ›Regentschaft der schrumpeligen alten Hoden‹?«

»Nein, mein Kind«, lachte die Mutter. »Die Regentschaft der schrumpeligen alten Hoden geht gerade zu Ende. Das hast du wohl vergessen. Wir brauchen etwas völlig Neues.«

»Geschichtsschreiber Shu soll sich einen Namen ausdenken«, sagte Wu leichthin. »Das ist schließlich seine Aufgabe, oder? Mir ist es gleichgültig. Lies weiter.«

> Die Kaiserin wünscht, daß Ihr und Eure Familie einen Festtag mit köstlichen Speisen genießt …

Wieder unterbrach Wu ihre Mutter.

»Festtag und köstliche Speisen. Das ist sehr gut. Vielleicht sollten wir die Speisen noch mehr herausstellen. ›Die Kaiserlichen

Küchenchefs werden nur für Euch erlesene Gerichte zubereiten, wie die Welt sie noch nicht gesehen hat‹– irgendeinen Unsinn in dieser Art. Geschichtsschreiber Shu wird schon eine hübsche Formulierung finden.«

Ihre Mutter markierte die Stelle mit einem kleinen Pinsel, der zu diesem Zweck bereitlag, und las weiter.

> … da für das Reich und die Welt nun eine Ära beispielloser göttlicher Gnade und Barmherzigkeit anbricht. Erst Eure geschätzte Anwesenheit macht eine solche Feier möglich und verleiht ihr Glaubwürdigkeit, denn nur dann finden das Alte und das Neue in Eintracht und Harmonie unter einem Himmel zusammen, nur dann können wir feiern, auf die Zukunft anstoßen und Frieden miteinander schließen.

»Ja, sehr gut – ›erst Eure geschätzte Anwesenheit macht eine solche Feier möglich‹, ›nur dann können wir Frieden miteinander schließen‹«, sagte Wu, deren Stimme nun gedämpft klang, weil ihr die Näherinnen gerade das halbfertige Kleid über den Kopf zogen: »›Unter einem Himmel.‹ Das ist ausgezeichnet. Das dürfte genügen.« Sie schlüpfte in ihren Morgenmantel und sah ihre Mutter an. »Was würdest du von einer solchen Einladung halten? Wäre dein Vertrauen gewonnen? Würdest du sofort einen Boten mit einer Antwort losschicken und die Einladung dankbar annehmen? Oder hättest du Bedenken? Würdest du vielleicht sogar … zögern?«

Die Mutter überlegte kurz.

»Sehe ich aus wie eine Närrin?«

Der sechsundsiebzig Jahre alte Prinz Li Cheng-i, ein Vetter von Prinz Li I-yen, hielt das Sendschreiben, das am Morgen eingetroffen war, noch einen Augenblick in seinen zittrigen Händen, dann legte er es weg und betrachtete es mit Abscheu, so wie er einen Brief betrachtet hätte, der ihm Ort und Stunde seines Todes prophezeite.

Sein armer Vetter Prinz Li I-yen war verschwunden, als habe er niemals existiert und als seien die vierundachtzig Jahre seines Lebens nur ein flüchtiger Traum gewesen. Wo einst sein schönes Haus gestanden hatte, wuchs nun eine Säule aus Eisen und Silber in die Höhe, deren Spitze bis zu den Wolken reichen sollte, wenn sie erst einmal fertig war. Wie eine riesige häßliche Lanze durchbohrte sie die Erde.

Prinz Li Cheng-i hatte nur Gerüchte über den Verbleib seines älteren Vetters gehört, doch er wußte sofort, daß sie der Wahrheit entsprachen: Li I-yen, so hieß es, brauche nie wieder darunter zu leiden, daß die Kälte in seine schmerzenden Gelenke krieche oder der Winterfrost seine gichtigen Finger blau anlaufen lasse.

Nein, dachte Li Cheng-i, er wird nie mehr unter der Kälte zu leiden haben. Statt dessen wird ihm der Schweiß von der Stirn tropfen, und Schwärme von Insekten werden ihm das Blut aussaugen. Über Nacht werden grüne und schwarze Pilze in seinen Hausschuhen wachsen, und natürlich muß er sich angewöhnen, morgens und abends seine Gewänder auszuschütteln, wenn er kein haariges, langbeiniges und giftiges Geschöpf erschrecken will, das sich in Ärmel oder Saum eingenistet hat. Außerdem muß er die Sprache der Affen und ihrer Brüder, der grinsenden Wilden, lernen, wenn er im Dschungel nicht völlig vereinsamen will. Und wenn ihn früher oder später das Fieber befällt, so wird er sich schwitzend auf einer Matte wälzen und vergessen, daß er nicht immer auf der grünen Insel Hainan, 3000 *li* südlich der Heimat, gelebt hat – dorthin schickt die Kaiserin unbequeme alte Männer nämlich am liebsten.

Vorausgesetzt natürlich, er überlebt die Reise dorthin. Eine schier endlose Fahrt in einem Holzkarren über holprige Wege, oder, schlimmer noch, ein Fußmarsch.

Es wäre ein Wunder, wenn der alte Vetter die Reise übersteht, und ein noch größeres Wunder, wenn er länger als einen Monat auf der Insel überlebt. Wunder! Was für einen schlechten Beigeschmack dieses Wort in letzter Zeit bekommen hat, dachte Li Cheng-i angewidert.

Tatsächlich geschah immer, wenn von einem »Wunder« die Rede war, bald darauf etwas Schreckliches. Die Possen des Mönchs Hsueh Huai-i waren schon schlimm genug, doch sie waren nichts gegen das Wunder des sprechenden Steines. Und natürlich war das Wunder echt. Schließlich waren Hunderte von Zeugen dabeigewesen, als man die Steinplatte entdeckt hatte – in der Mitte des Universums, in der Tiefe der Erde, dort, wo einst das Haus eines der letzten T'ang-Prinzen gestanden hatte. Die eilends herbeigerufenen Übersetzer, drei alte Priester, waren in das Loch geklettert und berieten sich dort mit ehrfurchtsvollen Stimmen.

Alles lauschte gespannt, bis endlich ein Schrei aus der Grube drang. Man hatte eine außergewöhnliche göttliche Reliquie gefunden, einen Stein, der seit mindestens tausend Jahren hier vergraben lag. In den Stein waren Worte gemeißelt – Worte, die wundersamerweise fast wörtlich mit der Prophezeiung in Hsueh Huai-is Kommentar über den kostbaren Regen übereinstimmten. Der Himmel selbst, so schien es, hatte der Kaiserin ihren Herrschaftsauftrag offenbart.

Wenn schon nach kleinen alltäglichen Wundern Erniedrigung und Herabsetzung folgten, so fragte sich Prinz Li Cheng-i, welche Katastrophe stand dann jetzt bevor? Der Brief aus feinem Pergament, bei dessen Berührung seine Hände gezittert hatten und der nun vor ihm auf dem Tisch lag, trug das Kaiserliche Siegel. Absender war die Kaiserin persönlich.

Prinz Li Cheng-i saß im matten Licht einer Lampe am Schreibtisch in seinem Schlafgemach, tauchte den Pinsel in die Tusche und starrte auf das leere Pergament, das vor ihm lag. Seine Hand zitterte so stark, daß er kaum schreiben konnte. Heute nachmittag, einen Tag, nachdem die Einladung der Kaiserin eingetroffen war, hatte er einen Brief von seinem entfernten Vetter Prinz Li Chu-tao erhalten. Beim Lesen war ihm aufgefallen, daß die Pinselstriche etwas unsicher wirkten, was gewiß nicht allein dem Alter des Vetters – er war zweiundachtzig Jahre alt – zuzuschreiben war. Der Brief enthielt nur eine kurze Anfrage, und doch hatte er Li Cheng-i zutiefst beunruhigt.

»Lieber Vetter«, hieß es darin, »ich habe eine sehr ungewöhnliche Einladung erhalten. Sie hat meine Neugier geweckt, und so würde ich nun gerne erfahren, ob Du ebenfalls eine solche Einladung erhalten hast. Außerdem wüßte ich gerne, ob weitere Angehörige unserer in alle Winde zerstreuten und dezimierten Familie in den Genuß dieser Ehre gekommen sind.«

Prinz Li Cheng-i wollte ihm nun schreiben, daß in der Tat auch andere Mitglieder der Familie eine solche Einladung erhalten hatten, doch seine Hände zitterten so stark, daß daran im Moment nicht zu denken war. Vor Stunden hatte ihn sein Bruder aufgesucht und gefragt, ob er es für klug halte, an einer solchen Feier teilzunehmen. Außerdem hatte er ihm von einem weiteren Vetter berichtet, der ebenfalls Bedenken hatte.

Am Spätnachmittag des folgenden Tages horchte Prinz Li Cheng-i ungeduldig auf ein Geräusch, das von der Ankunft eines Boten in seinem Haus kündete. Am Morgen hatte er einen Brief an seinen Vetter geschickt und ihm darin mitgeteilt, welche Familienmitglieder seines Wissens eine Einladung erhalten hatten. Außerdem hatte er ihn gefragt, ob eine höfliche Ablehnung wohl möglich sei oder ob ihnen nichts anderes übrigbleibe, als teilzunehmen.

Seither lief er ruhelos auf und ab, blieb immer wieder stehen und horchte, doch es kam kein Bote, nicht am Nachmittag und nicht am Abend. Schließlich fand er sich damit ab, daß er sich bis zum nächsten Morgen würde gedulden müssen, und ging zu Bett.

Am späten Vormittag des folgenden Tages war seine Geduld erschöpft. Er griff zum Pinsel und schrieb einen zweiten Brief, in dem er dringend um Antwort bat. Wieder zitterte seine Hand, erst nach zwei Gläsern Wein ging es besser. Der zweite Brief war gerade abgeschickt, da merkte er, daß er ein weiteres Glas Wein brauchte. Jetzt zitterten nicht mehr nur seine Hände, sondern sein ganzer Körper.

Am frühen Abend schreckte ihn ein leises Klopfen an der Tür seines Arbeitszimmers aus dem Schlummer. Er hob den Kopf von der Schreibtischplatte und blickte einen Moment lang verstört um sich. Erst allmählich fiel ihm wieder ein, wo er war.

»Ja, ja, ich komme ja schon«, flüsterte er, erhob sich hastig und strich seine Kleider galt. Er bückte sich gerade nach seiner Kappe, die zu Boden gefallen war, als es abermals klopfte.

Vor der Tür stand sein Vetter Prinz Li Chu-tao mit sorgenvoller Miene. Prinz Li Cheng-i ließ ihn herein und schloß hinter ihm die Tür.

»Ich konnte nicht länger warten«, sagte Prinz Li Chu-tao. »Als ich keine Antwort auf meinen Brief erhielt, wurde ich unruhig. Und als du auch auf meinen zweiten nicht geantwortet hast ...« Er verstummte und sah müde seinen Vetter an. Die Angst stand ihm ins Gesicht geschrieben. Wie eigenartig, dachte Prinz Li Cheng-i, daß alte Männer, denen nur noch ein paar Jahre bleiben, den Tod ebenso fürchten wie junge, die noch ihr halbes Leben vor sich haben.

»Aber ... ich habe dir geantwortet«, sagte er zu Prinz Li Chutao. »Umgehend. Und ich habe mir aus dem gleichen Grund Sorgen gemacht wie du.«

Sie sahen einander an, und die Unruhe der letzten zwei Tage machte einer quälenden Angst Platz. Da standen sie nun, schlotterten am ganzen Leib, und ihre alten Herzen hämmerten vergeblich den Befehl: Fliehe, renne, bringe dich in Sicherheit.

Die Kaiserin und der Mönch Hsueh lagen nackt nebeneinander, und der sanfte Lufthauch, der durch die offenen Flügeltüren hereinwehte, trocknete den Schweiß auf ihren Körpern. Wu war nicht nach Sprechen zumute. Ihr Herz und ihre Seele waren so offen wie die Türen zu ihrem Garten, und sie spürte, wie ein Gefühl der Unendlichkeit sie durchströmte.

Als der Mönch zu sprechen begann, hielt sie die Augen geschlossen. Er lachte leise. »Das hätte ich nie für möglich gehalten, wenn ich es nicht selbst erlebt hätte.« Wieder lachte er. »Wo kommt Ihr her?« flüsterte er ehrfurchtsvoll und strich ihr mit dem Finger von der Stirn über das Gesicht bis zum Hals. Sie lag unbeweglich und antwortete nicht, als sei sie in tiefer Trance. »Mir könnt Ihr es nicht verheimlichen«, fuhr er fort. »Ich weiß, wer Ihr seid.« Beinahe hätte sie gelächelt, doch sie beherrschte sich und verzog keine Miene. »Eure Mutter weiß es.« Seine Stimme wurde jetzt noch leiser. »Und Ihr wißt es auch, glaube ich.«

Sein Finger wanderte ihren Körper hinunter, und vor ihrem inneren Auge sah sie, wie eine schmale Lichtspur den Weg des Fingers erhellte. Das war immer so, wenn er sie berührte. Licht und Hitze durchfluteten sie. Und je näher er ihr war, desto heller war das Licht, desto größer die Hitze. Ja, er hatte recht. Sie wußte, wer sie war.

»Außerdem glaube ich, daß auch andere wissen, wer Ihr seid.« Dann war sein Finger weg, und sie spürte, wie er sich zur Seite beugte. Sie hörte das Rascheln von Papier, dann fühlte sie ihn wieder neben sich. »Ich habe ein Geschenk für Euch«, sagte er.

Sie lag still da und wartete. Als er dann mit der brüchigen Stimme eines alten Mannes vorzulesen begann, mußte sie ihre ganze Kraft zusammennehmen, um ein Lachen zu unterdrücken.

»›Mein Vetter, wir sind nicht die einzigen. Tatsächlich wurde diese zweifelhafte Ehre noch weiteren Mitgliedern unserer Familie zuteil. Mein Bruder Prinz Li Cheng-yu hat mir dieselbe Frage gestellt und mir mitgeteilt, daß auch Vetter Li P'ei sich in dieser

Angelegenheit an ihn gewandt hat. Meines Erachtens sollten wir uns unbedingt treffen, so viele wie möglich. Ich beuge mich Deiner größeren Erfahrung in solchen Dingen: Läßt uns das Protokoll die Möglichkeit einer Absage? Oder haben wir keine Wahl?‹«

Bei den letzten Sätzen zitterte die Stimme des Mönches überzeugend echt, und Wu hätte schwören mögen, daß jetzt nicht mehr der große, muskulöse Körper, der gerade noch über ihr geschwebt hatte, neben ihr lag, sondern ein Greis mit grauem Haar, eingefallenem Brustkorb und faltigem Bauch.

»›Mein Vetter‹«, fuhr der Mönch mit verstellter Stimme fort, doch diesmal war sie tiefer, nicht ganz so brüchig und klang nach einem Mann, der ein paar Jahre jünger war als der erste. »›Vielleicht habe ich nicht deutlich genug zum Ausdruck gebracht, wie dringlich die Angelegenheit ist. Ich fühle mich daher genötigt, Dich nochmals um sofortige Rückantwort zu bitten. Meines Erachtens erfordert die Lage unverzügliches Handeln.‹«

Dann sprach wieder der erste alte Mann, und seine Müdigkeit und Besorgnis waren deutlich herauszuhören: »›Ich kann nur hoffen, daß Du bei bester Gesundheit bist und meinen ersten Brief nicht etwa deshalb unbeantwortet ließest, weil eine Krankheit oder ein Unglücksfall Dich am Schreiben hindern. Sollte dies der Fall sein, so verzeih meine Aufdringlichkeit. Andererseits kann ich nicht genug betonen, wie wichtig es in der gegenwärtigen Lage ist, daß wir uns sofort miteinander in Verbindung setzen.‹« Wu hätte schwören können, daß jetzt noch ein alter Mann mit auf dem Bett saß und sorgenvoll die Stirn runzelte.

Dann eine dritte Stimme, langsam, gemessen und würdevoll: »›Ich möchte hier und jetzt erklären, daß ich Angebote und Einladungen jedweder Art, soweit sie aus der Kaiserstadt kommen, in aller Entschiedenheit ablehne. Mein Standpunkt ist fest und unverrückbar, und ich ersuche alle anderen Familienmitglieder dringend, nicht zu vergessen, wer wir sind, sondern weiterhin in treuer Verbundenheit zueinanderzustehen, denn sonst, so fürchte ich, werden weder wir noch das Reich überleben.‹«

Wieder hörte Wu das Rascheln von Papier und spürte, wie Hsueh das Blatt neben sich auf den Boden oder den Tisch legte. Voller Vorfreude wartete sie darauf, daß sein Finger die unterbrochene Reise auf ihrem Körper fortsetzte.

Schwere Fußtritte hallten durch den Flur, der zu seinem Flügel des Hauses führte, und Prinz Li Cheng-i wußte, daß der heutige Tag der letzte in seinem langen Leben war. Er hatte auf diesen Tag gewartet, und jetzt, wo er da war, fiel alle Angst von ihm ab, und vollkommene Ruhe erfüllte ihn. Die Natur wird es richten, hatte einst sein Vater zu ihm gesagt. Er rückte seine Kappe zurecht, strich sein Gewand glatt und drehte sich zur Tür. Er war bereit. Er hoffte nur, daß auch die anderen bereit waren.

Ein Großteil der Zuschauer wohnte nicht zum ersten Mal einer Hinrichtung bei, doch keiner hatte mit dem Anblick gerechnet, der sich ihnen heute bot. Keiner hatte es jemals ausgesprochen oder sich auch nur bewußt gemacht, und doch waren alle wie selbstverständlich davon ausgegangen, daß stets nur jüngere Männer hingerichtet wurden, Männer, die in der Blüte ihrer Jahre standen.

Aber einige der Männer, die an diesem feuchten Morgen enthauptet werden sollten, waren schon so alt, daß sie nicht ohne Hilfe niederknien konnten. Sie mußten von den Wachen auf das Pflaster gedrückt werden, doch was normalerweise ein Stoß oder Tritt besorgte, geschah heute fast behutsam. Ein tief verwurzeltes Gefühl für Anstand veranlaßte die Soldaten, die alten Männer mit einer gewissen Ehrfurcht zu behandeln. Auf ihren harten Gesichtern lag ein Ausdruck des Unbehagens. Vielleicht dachten sie an ihre Großväter.

Auch die Zuschauer wirkten nachdenklich: Elf alte Männer, die achtzig oder gar neunzig Jahre lang allen Gefahren des Lebens getrotzt hatten, erwarteten ihr gewaltsames Ende. In diesem Moment trat ein Beamter vor und verlas die Anklage.

»Hört, Ihr altersschwachen und senilen Prinzen des entehrten Hauses Li. Am heutigen Tage werdet Ihr für Eure schweren, die Gefühle des Reiches und des Himmels beleidigenden Vergehen büßen. Wegen verbrecherischer Verschwörung mit dem Ziel, zu Hochverrat und Rebellion aufzuhetzen, was Euer abscheulicher Briefwechsel zur Genüge beweist, verstößt die Kaiserin, der fleischgewordene barmherzige und allwissende Bodhisattwa, Euch, die Feinde des Dharma, aus ihrem Reich …«

Einer der alten Männer erhob sich halb auf seine schwachen Beine und spuckte dem Beamten vor die Füße. Normalerweise ahndeten die Wachen ein solches Verhalten unverzüglich, doch heute blieb die Strafe aus. Der Beamte stutzte kurz und fuhr dann fort.

»Wie das Haus des alten Prinzen fallen mußte, damit der Stein, der unter ihm in der Erde lag, ans Licht kommen und seine große und geheimnisvolle Wahrheit preisgeben konnte, so müssen auch das Haus der Li und die Dynastie der T'ang fallen und dem Haus der Wu und der Dynastie der Chou Platz machen.« Er betrachtete die vor ihm knienden Greise. »Und so müßt auch Ihr fallen«, schloß er, machte kehrt und eilte mit wehender Robe davon, als müsse er zu einer wichtigen Verabredung. Die Menge drängte näher, als der Henker sein blitzendes Schwert über dem ersten grauen Haupt erhob.

Die Kaiserin, Frau Yang und Geschichtsschreiber Shu spazierten an diesem sonnigen Tag, an dem ein lauer Wind wehte, durch die Kaiserlichen Gärten. Vor ihnen auf den Steinplatten trottete mit wackelndem Hinterteil ein kleines graues Schwein. Sie lächelten über den komischen Anblick, denn das Schwein schien nicht nur genau zu wissen, wohin es wollte, sondern trug auch noch eine kleine Robe und eine Kappe, die exakt der Amtstracht der hohen konfuzianischen Beamten nachgebildet waren.

Das Schwein folgte dem Weg, bis sie an den von dichtem Gestrüpp durchwucherten Wald des Parkes gelangten, der an den Garten angrenzte.

»Wohin gehen wir eigentlich?« fragte die Kaiserin, während sie ohne Rücksicht auf die Zweige, die unter ihren Füßen knackten, zügig weitermarschierten, um das Schwein nicht aus den Augen zu verlieren. Hier war weit und breit kein Weg, doch das Schwein schien das nicht zu kümmern.

»Mich dürft Ihr nicht fragen«, antwortete Shu und lächelte ihr geheimnisvoll zu. »Fragt das Schwein.« Der Geschichtsschreiber bog einen tief herunterhängenden Ast zu Seite und ließ die Kaiserin passieren. Dann gelangten sie endlich auf eine Lichtung. Die Kaiserin hielt vor Freude den Atem an.

Vor ihnen lag ein kleiner, von Bäumen umschlossener Steingarten, ein friedlicher, beschaulicher Ort, der förmlich zum Meditieren einlud. Alte, etwa ein Meter hohe Buddhafiguren strahlten eine tiefe Ruhe aus, und zwischen ihren Armen und Beinen wuchs Moos empor, als ob sie seit Jahrhunderten in diesem Wald säßen. Drei Marmorstufen führten zu einem Steintempel, der gerade so groß war, daß ein einzelner Mensch vor dem Altar darin niederknien konnte. Stille lag über dem Garten, nur das Zwitschern der Vögel und das Plätschern eines kleinen Baches waren zu hören. Die Kaiserin schaute sich mit leuchtenden Augen um.

»Bedankt Euch nicht bei uns«, sagte der Geschichtsschreiber schnell. »Bedankt Euch bei ihm.« Er deutete auf das Schwein, das nahe dem kleinen Tempel mit der Schnauze in der Erde wühlte. Die Kaiserin schaute wieder ihre Begleiter an. Beide lächelten, und so warf sie den Kopf zurück und lachte laut vor Vergnügen.

Das Schwein wühlte etwas aus dem Boden und schob es grunzend mit der Nase vor sich her. Jetzt erkannten sie, was es war: ein kleines, hübsch verziertes Kästchen. Das Tier warf das Kästchen solange hin und her, bis der Deckel aufsprang und ein flacher, etwa faustgroßer Stein herausfiel. Der Geschichtsschreiber bückte sich und betrachtete ihn.

»Er scheint beschriftet zu sein«, sagte er mit gespieltem Ernst zu seinen Begleiterinnen und warf den Stein dem Schwein zu, das ihn sanft zwischen die Zähne nahm und dann mit ihm die Stufen zu dem Tempel hinaufwackelte. »Es will uns anscheinend etwas vorlesen«, sagte Shu zu der Kaiserin und richtete sich wieder auf. »Vielleicht ist es etwas Wichtiges.« Das Schwein verschwand in dem kleinen Gebäude.

Dann ertönte eine Stimme aus dem Inneren des Tempels, ein hoher, fremdartiger Singsang mit einem eigenartigen Lispeln. So mochte wohl die Stimme eines Schweins klingen, das sich der menschlichen Sprache bediente.

»Die fruchtbare schwarze Erde offenbart uns die Absichten des luftblauen Himmels«, sagte die Stimme, und die Augen der Kaiserin strahlten vor Freude. »So vollkommen ist die Harmonie zwischen Himmel und Erde, daß selbst die Steine an die Oberfläche drängen und das Licht des Tages suchen. Die Wahrheit bedrängt uns, regnet auf uns hernieder, wächst aus dem Boden wie die Blumen im Frühling. Das goldene Zeitalter ist angebrochen, denn unter uns weilt ein göttliches Geschöpf, der Bodhisattwa, der das männliche und das weibliche Element der Schöpfung verkörpert, in dem Avalokitesvara und Kuan-yin gemeinsam wohnen, ein weibliches Geschöpf von überwältigender und erlesener Schönheit, in dem das machtvolle männliche Wesen steckt. Der heilige Geist göttlicher Herrschaft ist unter uns.«

Nun steckte das Schwein den Kopf wieder durch die Tür des Tempels und trabte die Stufen herunter. Vor der Kaiserin, dem Geschichtsschreiber und Frau Yang blieb es stehen, schaute sie mit lustig wackelndem Schwanz an und erwartete augenscheinlich eine Belohnung. Die Kaiserin schlich heimlich um den Tempel, um den Mönch zu überraschen, doch obwohl kaum eine Minute verstrichen war, seit das Schwein seine »Verkündigung« beendet hatte, war er bereits verschwunden. Sie suchte mit scharfem Auge die unteren Äste der Bäume ab, die nur wenige Schritte hinter dem Tempel die Lichtung begrenzten. Und obwohl sie keinen wehenden Saum im Gebüsch verschwinden sah und weder das Rascheln von Gras noch das Knacken von Zweigen hörte, glaubte sie zu erkennen, daß die Blätter an den Ästen kaum merklich zitterten, als seien sie gerade erst wieder zur Ruhe gekommen.

Von Glück überwältigt, die warme Sonne auf ihrem Rücken, stand sie in dieser Zauberwelt der sprechenden Schweine und geheimnisvollen Steine, in welche die Natur selbst ihren Namen gemeißelt hatte. Auch wenn sie den Mönch nicht sehen konnte, er war überall – in der vibrierenden Luft, im plätschernden Wasser, in den aus Stein gehauenen Gesichtern der Buddhas, die mit ihren zur Mudra des Friedens und des Mitleids erhobenen Händen voll Heiterkeit über die Ewigkeit nachsannen, in dem anmutig geschwungenen Dach des kleinen Tempels, in den dicken weißen Wolken, die am Himmel hinzogen, in dem gierigen Hunger, der ihre Glieder und Eingeweide verzehrte.

»Was für ein außergewöhnliches Schwein«, rief sie in die Stille des Waldes. »Ich werde es heiraten!«

Abt Liao vom Kloster des Reinen Lotos blickte nach Süden, dorthin, wo die Stadt lag. Sein Gesicht war von Schmerz verzerrt, und Wu-chi erkannte in ihm kaum den Menschen wieder, den er vor vielen Jahren kennengelernt hatte.

»Ich schwöre, ich rieche Blut«, sagte der Abt zu Wu-chi. »Der Wind trägt den Geruch aus der Stadt empor. Riecht Ihr es auch?« Sie standen auf einem Hügel am Rande des Klosters. Bei ihrem üblichen Abendspaziergang war der Abt plötzlich stehengeblieben und hatte seine Hand auf Wu-chis gelegt.

»Und ich meine das ganz wörtlich«, sagte der Abt. »Ich kann es wirklich riechen. Ich kenne den Geruch aus meiner Kindheit. Mein Vater war Schlächter.« Er legte den Kopf zurück und hielt wie ein Hund die Nase in den Wind. Der Anblick brachte Wu-chi aus der Fassung, er wandte sich ab und sah über die Hügel.

»Es riecht scharf, fast wie das Meer, nur salziger«, sagte der Abt. »Metallisch und stechend. Es ist ...« Die Stimme versagte ihm. »Es ist unbeschreiblich. Man muß es erleben.«

Zögernd und ängstlich sog Wu-chi die Luft ein, doch er roch nur den Rauch von dem angrenzenden Feld eines Bauern, Kuhdung und frisches Heu.

»Ich muß gestehen, ich rieche nichts«, sagte Wu-chi. »Obwohl ich weiß, daß ich etwas riechen sollte.«

Tatsächlich war er fast überrascht, daß das Blut nicht bis zu ihren Füßen schwappte. Jeden Tag erhielten sie Nachricht von weiteren Scheinprozessen, Säuberungen, Hinrichtungen und Verbannungen ganzer Familien in die Dschungelgebiete des Südens. Beim Gedanken an die Kaiserin stellte er sich einen fetten Blutegel vor oder eine träge, mit Blut vollgesaugte Zecke. Wann, so fragte er sich, ist ihr Durst endlich gestillt? Überdies hatte in der Stadt heute eine Zeremonie stattgefunden. Eine Krönungszeremonie. Die beiden Männer hatten nach dem Abendessen davon erfahren, doch in ihrer Verblüffung bislang kein Wort darüber gewechselt. Schließlich brach der Abt das Schweigen.

»Sie ist erfinderisch, das muß man ihr lassen. Nun hat sie die letzte Hürde genommen.« Er schüttelte den Kopf. »Die allerletzte und scheinbar unüberwindliche Hürde. Die einzige, die ihrer unumschränkten Herrschaft noch im Wege stand – die Tatsache, daß sie eine Frau ist. Man hat der Welt verkündet, daß ein männliches Wesen in ihrem weiblichen Körper wohne. Avalokitesvara und Kuan-yin, beide vereint in ihrem Leib. Sie ist jetzt nicht mehr nur eine Kaiserin. Sie ist etwas ganz anderes.« Er schauderte, als habe ihm ein Windhauch erneut den blutigen Geruch in die Nase getragen. »Heute hat sie sich den Titel Heiliger Geist Göttlicher Herrschaft verleihen lassen, doch trotz des neuen Namens bleibt sie, was sie wirklich ist.« Die beiden sahen einander an. Abt Liao brachte es nicht über sich, das Wort laut auszusprechen, und so flüsterte er nur: »Sie ist der Kaiser von China.«

Und da war noch ein anderes Thema, das die beiden Männer

nur ungern berührten. Die Nachricht war zusammen mit dem Bericht über die Krönung eingetroffen. Danach hatte die Kaiserin nach der Zeremonie ein Dekret erlassen: Im Einklang mit den Geboten des Mitleids und der Barmherzigkeit hatte sie im gesamten Reich das Schlachten von Schweinen verboten.

27

Im Jahr 675, Herbst
Ch'ang-an

Tagebucheintrag:

Heute habe ich die Freunde und Bekannten eines Mannes befragt, der zusammen mit seiner gesamten Familie ermordet wurde. Es ist der dritte Fall dieser Art. Ich wurde frühmorgens in sein Haus gerufen, wo ich die Leichen sämtlicher Familienmitglieder vorfand. Obwohl ich sie mir lange angesehen habe – Frau, Söhne, Großvater und Großmutter, die junge Tochter –, kenne ich ihre Gesichter nicht, denn ihre Köpfe waren durch Schweinsköpfe ersetzt. Die Leichen saßen ordentlich gekleidet und wie lebend auf Sofa und Sesseln. Welch gräßliche Karikatur einer Familienzusammenkunft! Das Gewand des Vaters, des Haushaltsvorstandes, stand vorne offen, so daß man seinen dicken Bauch sah, der über und über mit roten Punkten bemalt war. Ich war fast froh, daß der Kopf des Mannes fehlte, so blieb mir wenigstens der Anblick seiner Augen erspart. Ich nahm ein Protokoll auf und hatte dabei wieder das eigenartige Gefühl, daß die Mächte der Finsternis hinter meinem Rücken über mich lachten.

Nach dem ersten Mord war ich den unangenehmen Gedanken nicht mehr losgeworden, daß mir nur ein zweiter Mord einen brauchbaren Hinweis liefern würde. Ich hoffte auf einen Anhaltspunkt, ein Muster, einen Fehler der Verbrecher. Und als mein »Wunsch« schließlich in Erfüllung ging und man mich aus dem Bett an den Schauplatz des zweiten Mordes zerrte, was fand ich dort? Wieder eine ermordete Familie. Doch diesmal waren die Münder der Leichen nicht zu einem höllischen Grinsen verzerrt, diesmal waren alle Leichen splitternackt, und man hatte ihnen die Schädel kahl rasiert und die Nasen abgeschnitten. Wieder gab es keine Zeugen, wieder hatten die Täter keine Beweisstücke wie Waffen oder Kleidungsstücke zurückgelassen. Und offenbar auch nichts gestohlen.

Mein »Wunsch« ging noch einmal in Erfüllung. Jetzt haben wir den dritten Mord. Zwar lassen sich gewisse Gemeinsamkeiten erkennen, doch im Grund verstehe ich jetzt noch weniger als zu Beginn dieses Alptraums. Alle drei Familien waren reich, alle lebten in demselben Vorort. Jedes Mal wurden alle Mitglieder des Haushalts ermordet. In keinem Fall gab es Anzeichen für ein gewaltsames Eindringen der Täter, und immer wurden einzelne Räume des Hauses verwüstet. In allen drei Fällen fanden wir zahlreiche Spuren, die von nackten Füßen stammten. Und natürlich die Hufabdrücke.

Zunächst war ich verblüfft, als ich Abdrücke eines Pferdehufes in dem Durcheinander entdeckte, doch nach sorgfältigen Untersuchungen kam ich zu dem Ergebnis, daß der Flur, in dem die Spuren gefunden wurden, wie auch die Türen an beiden Seiten für ein Pferd durchaus nicht zu eng waren. Nun gut, dachte ich, jemand ist auf einem Pferd durch das Haus geritten. Nach allem, was ich gesehen hatte, war das keine große Überraschung mehr. Ich überprüfte die Kutschpferde der Familie. Ihre Hufe wiesen jedoch keine Blutspuren auf, außerdem waren sie größer als die Abdrücke im Haus. Folglich mußten die Mörder das Pferd, das die Spuren hinterlassen hatte, mitgebracht haben.

Im zweiten Fall gab es weniger Blutspuren als im ersten, doch auch diesmal fanden wir Abdrücke von nackten Menschenfüßen. Zuerst bemerkte ich keine Hufspuren, doch dann fand ich sie – nicht in dem Zimmer, wo die Leichen lagen, sondern im Eßzimmer. Sie führten von einer Flügeltür zu anderen. Ich ging nach draußen, um im Garten nach Spuren zu suchen, mußte jedoch feststellen, daß gepflasterte Wege zu den Türen führten. Vor einer Tür fand ich eine Blutlache. Hier begannen die Hufspuren und führten zum Haus. Da in der Nähe keine weiteren Blutspuren zu finden waren, mußte ich – welch abscheuliche Vorstellung! – daraus schließen, daß man das Blut absichtlich dort ausgeschüttet hatte und dann mit dem Pferd durch die Lache zum Haus geritten war. Wer immer das getan hatte: Er wollte, daß die Spuren gefunden wurden. Im Haus fiel mir dann auf, daß wir es nicht mit einem gewöhnlichen Pferd zu tun hatten: Obwohl auf den Möbeln, Tischen und Regalen zahlreiche Statuen, Vasen und andere zerbrechliche Nippsachen standen, war nichts zerbrochen oder in Unordnung gebracht worden. Das läßt nur einen Schluß zu: Es muß sich um ein dressiertes Pferd handeln, ein Pferd, wie man es in einem Wanderzirkus sieht.

Bei dem dritten Mord war viel Blut vergossen worden, und nichts deutete darauf hin, daß man absichtlich Blut ausgeleert hatte, damit das Pferd hineintreten konnte. Die Abdrücke fanden sich überall zwischen den anderen Spuren und im Unterschied zu den anderen Fällen nicht nur in einem Raum. Sie führten vom ersten Zimmer in praktisch alle Räume dieses Haustrakts und dann wieder zurück zum Tatort. Auch diesmal war zu erkennen, daß es in der Absicht der Täter gelegen hatte, deutliche Spuren zu hinterlassen.

Ich habe natürlich Nachforschungen über die religiösen Gewohnheiten der Familien angestellt, bin jedoch auf nichts gestoßen, was von Bedeutung sein könnte. Die Großmutter der einen Familie hatte einen kleinen Buddha in ihrem Schlafzimmer stehen, ihre Angehörigen waren dagegen konfuzianischen Glaubens. Einige Mitglieder der beiden anderen Familien beschäftigten sich mehr oder weniger ernsthaft mit dem Taoismus oder dem Buddhismus, andere wiederum schienen keinem Glauben anzuhängen. Das bringt mich nicht weiter.

In der Stadt gehen unterdessen die wildesten Gerüchte um. Mir ist aufgefallen, daß die Menschen geradezu fasziniert sind. Kein Zweifel: Sie genießen das Spektakel. Da die meisten als Opfer kaum in Frage kommen, warten sie begierig auf das nächste Verbrechen. Angst haben nur die reichen Familien in bestimmten Stadtvierteln. Sie sind entsetzt und hoffen, daß die Mörder schnell gefaßt werden. Doch meines Erachtens wären die meisten Menschen enttäuscht, wenn wir morgen verkündeten, daß das Rätsel gelöst sei.

Natürlich haben sie noch nie solche Zeiten erlebt und noch nie soviel Gesprächsstoff gehabt. Ich übrigens auch nicht. Und nun, da bekannt wurde, daß die Kaiserin das letzte Hindernis aus dem Weg geräumt hat und wir dazu angehalten sind, sie als unseren »Kaiser« zu betrachten, wissen wir, daß wir in einer außergewöhnlichen Zeit leben – und anscheinend auch an einem außergewöhnlichen Ort. Letzteres zeigen meines Erachtens die monströsen Säulen der Kaiserin, die mir

Gelegenheit gaben, mir selbst zu beweisen, daß meine Kombinationsgabe noch nicht völlig erschlafft und nutzlos geworden ist: Die Säule, die hier in Ch'ang-an entsteht, wird nicht die einzige bleiben. Ich weiß natürlich, daß auf dem früheren Anwesen des alten Prinzen Li I-yen in Loyang die gleiche Säule errichtet wird. Und als ich erfuhr, daß in der weit im Osten gelegenen Stadt Pien Chou eine dritte gebaut wird, nahm ich eine Karte des Reiches zur Hand und erkannte, daß die drei Städte Ch'ang-an, Loyang und Pien Chou auf einer Ost-West-Achse liegen. Ich studierte die Karte und suchte nach weiteren möglichen Standorten. Ich entschied mich für zwei Städte, eine südlich, die andere nördlich von Loyang, und Nachforschungen eines Boten ergaben, daß ich recht hatte. Zwar hat man in beiden Städten noch nicht mit dem Bau begonnen, doch die zuständigen Beamten haben bereits die Anordnung erhalten, Arbeiter und Material bereitzustellen. Der Zweck der Säulen ist so offensichtlich, daß ich fast nicht darauf gekommen wäre. In den heiligen buddhistischen Schriften wird wiederholt das Reich Jambudvipa erwähnt, das vier Ecken und eine Mitte hat. Die Kaiserin – oder sollte ich sagen der Heilige Geist Göttlicher Herrschaft – steckt ihr buddhistisches Reich auf Erden ab.

Sagte ich, wir lebten in einer eigenartigen Welt? Dann muß ich mich verbessern: Wir sind die Bewohner einer Welt, die verrückt geworden ist.

Eine Stunde, nachdem Richter Di sein Haus verlassen hatte, klang ihm noch immer das hysterische Geschrei seiner Mutter und seiner Frauen in den Ohren. Seine Mutter hatte behauptet, daß ihre Familie die nächste sei, die man auslöschen werde. »Ich habe es im Traum gesehen. Durch schwarze Magie wird man unsere Körper auf Puppengröße schrumpfen lassen. Ich packe meine Sachen und reise noch heute morgen ab.«

»Du machst mich ganz krank, Alte«, brüllte daraufhin seine erste Frau, »du stiftest immer nur Streit und Unfrieden. Geh doch und laß uns in Ruhe! Ich helfe dir gerne beim Packen.«

»Sprich nicht so mit einer alten Dame«, sagte seine zweite Frau. »Sie ist schließlich die Mutter deines Gatten. Dein Mangel an Respekt ist ekelhaft!«

»Bitte, hört auf zu streiten«, mischte Di sich ein, »das hilft uns nicht weiter. Wir wollen doch respektvoll miteinander umgehen! Bewaffnete Diener stehen Tag und Nacht Wache.«

»Und was, wenn diese Diener Mörder sind?« fuhr seine Mutter ihn an. »Wenn sie uns mit denselben Waffen töten, mit denen sie uns beschützen sollen?«

»Versteht ihr jetzt, was ich meine?« Seine erste Frau kochte vor Wut. »Sie ist nie zufrieden. Sie läßt sich einfach nichts sagen.«

»Aber das ist noch lange kein Grund, sie auf die Straße zu setzen«, gab seine zweite Frau zurück.

»Und du«, sagte die erste Frau an Di gewandt, »wann faßt du endlich die Mörder, damit wir wieder ruhig schlafen können?«

»Und wann«, fragte seine zweite Frau, »nimmst du dir endlich Zeit für deine alte Mutter, wie es sich für einen guten Sohn gehört, und machst ihr klar, daß sie keine Angst zu haben braucht? Hast du keinen Respekt vor dem Alter?«

Di ließ daraufhin die bewaffneten Diener holen, und seine Mutter mußte jedem in die Augen schauen und sagen, ob sie ihn für einen Mörder halte. Mit der strikten Anweisung, seine Mutter nicht aus dem Haus zu lassen, schickte er die Diener zurück auf ihre Posten und ging. Als er das Tor hinter sich zuzog und auf die Straße trat, hörte er, wie die drei Frauen im Haus immer noch miteinander stritten. Nur seine Adoptivtochter, ein stilles Kind von fast vierzehn Jahren, hatte ihm beim Abschied zugeflüstert, sie werde bei der Großmutter bleiben und versuchen, sie zu beruhigen.

Jetzt ging er durch die Straßen und dachte, daß andere Männer gehorsame und vernünftige Söhne hatten, mit denen sie ihre Last teilen konnten. Und wo waren seine Söhne? Weit weg, bei der Armee in den Westprovinzen, so der letzte ihm bekannte Stand der Dinge. Sie waren wohl noch am Leben, hatten aber seit Jahren nichts mehr von sich hören lassen. Auf jeden Fall waren sie ihm keine Hilfe.

Normalerweise munterte ihn das geschäftige Treiben in der Stadt immer auf, doch heute befiel ihn eine große Müdigkeit, als er sich einen Weg durch das Gedränge bahnte und daran dachte, wie mühselig das Leben mitunter doch war.

Du bist wahrlich in bester Stimmung heute morgen, sagte er sich. Sei doch froh, daß dein Kopf noch auf deinen Schultern sitzt und die Gehilfen der Polizisten dein Blut noch nicht aufgewischt haben. Für ein paar Dinge muß man schließlich dankbar sein.

Als er sich dem Marktviertel näherte, stieg ihm ein köstlicher Duft in die Nase, und schon hellte sich seine Stimmung etwas auf. Er kaufte sich einen würzigen Knödel und nahm gerade den ersten Bissen, als er Mönchsgesang hörte. Seit es in Ch'ang-an den neuen Tempel des Weißen Pferdes gab, war das nichts Ungewöhnliches, und Di war nur deshalb überrascht, weil er gerade über ganz andere Dinge nachgedacht hatte. Er wartete, und der Teig in seinem Mund verwandelte sich in einen fettigen, geschmacklosen Klumpen, den er gehorsam kaute und hinunterschluckte. Da er wirklich hungrig war, hob er automatisch die Hand und nahm noch einen Bissen. Im selben Moment erblickte er die Prozession der singenden Mönche.

Statt der großen stolzen Männer mit den scharfgeschnittenen Gesichtern, die er erwartet hatte, erblickte er eine Gruppe von mißgebildeten Gestalten, wie er sie noch nie gesehen hatte. Er und die anderen Passanten blieben wie angewurzelt stehen und starrten sie gebannt an, als sie ganz dicht an ihnen vorüberzogen. Manche hatten einen deformierten Schädel oder eine mächtig hervortretende Stirn, andere hängende Schultern, verkrüppelte Arme und Beine, entstellte Gesichter oder vorspringende Kiefer. In einem langsamen Klagerhythmus skandierten sie das Große-Wolke-Sutra.

Erst als die Prozession vorüber war, schluckte Di den Bissen, den er noch im Mund hatte, hinunter. Er glitt wie ein Stein in seinen Magen. Der Anblick von einem oder zwei Krüppeln war eine Sache, aber gleich sechzehn auf einem Haufen! Noch dazu, wenn sie mit krächzenden Stimmen das Große-Wolke-Sutra sangen! Aber eines mußt du zugeben, sagte er zu sich, die neue Sekte hat zumindest ein Gutes: Diese bemitleidenswerten Mißgeburten haben eine Zuflucht gefunden.

28

Loyang

Chou-hsing sprang die drei langen Marmortreppen zur Halle der Gerechtigkeit im Zensorat hinauf, ohne auch nur einmal stehenzubleiben. Er war kein starker Mann. Im Gegenteil, er war schwach und ermüdete schnell, aber heute fühlte er sich stark und mächtig wie ein Tiger.

»Er hat nicht nur das Hirn eines Spatzen, er ist auch so zerbrechlich und leicht wie ein Spatz.« Das also hatte Direktor Lai Chun-chen über ihn gesagt, der Leiter des Amtes für Bestrafungen und Nachforschungen, das in Fällen von Amtsmißbrauch und Korruption ermittelte. Ja, das paßte zu Lai Chun-chen. So würde er sich wohl ausdrücken, wenn er sich herabließe, Chou im engsten Kreis seiner Vertrauten zu beschreiben. Wer gehörte wohl zu diesem Kreis? fragte sich Chou. Wahrscheinlich die aalglatten Neffen der Kaiserin, die am Gericht hohe Posten bekleideten und die ihn noch nie hatten leiden können. Solchen Speichelleckern war zuzutrauen, daß sie mit Lai verkehrten und mit ihm zusammen Intrigen gegen ihn spannen. Hatte er in letzter Zeit nicht des öfteren gesehen, wie sie im Garten die Köpfe zusammensteckten und miteinander tuschelten? Vor allem der ältere Neffe Wu Cheng-ssu war gefährlich. Aber sie hatten sich in ihm gründlich verrechnet. Er würde es ihnen allen zeigen.

»Diesem Leichtgewicht wird es nicht schwerfallen, in den Himmel aufzusteigen«, hatte Lai außerdem über ihn gesagt. »Wenigstens dafür eignet er sich. Ja, der kleine Narr wird fliegen. Nur so kann er beweisen, was er wert ist. Nur so kann er beweisen, daß er wenigstens ein nützlicher Narr ist.« Chou stellte sich vor, welch hochmütiges und selbstzufriedenes Gesicht Lai bei diesen Worten gemacht hatte. So also will er mit seinem treuesten Gehilfen umspringen, dachte er, und wieder überkam ihn eine unbändige Wut. Ich werde ihm beweisen, was für ein Narr ich bin!

Drei oder vier Stufen auf einmal nehmend, erklomm Chou-hsing die letzte Treppe in wenigen Sekunden. Er faßte nach dem Dolch unter seinem schweren Brokatgewand und fühlte den geschnitzten Griff. Die sanfte Berührung erinnerte ihn daran, daß er seinem Vorgesetzten nie trauen durfte. Und nie getraut hatte.

»Zweifellos werden ihn die Flügel aus Bambus, Seide und Pergament wie eine Feder im Wind emportragen ... Wir schicken seine kleine, unbedeutende Gestalt hinauf zu den Vögeln und Fliegen ...« Und dann, so hatte man Chou berichtet, hatte Lai noch eine weitere Beleidigung hinzugefügt: »Und dort kann er endlich unter Geschöpfen Hof halten, die mit seiner Intelligenz ausgestattet sind.«

Chou-hsing stieß die hohe beschlagene Tür zu der Empfangshalle auf, hinter der die Kanzlei von Lai Chun-chen lag, durchquerte die Halle und betrat die eigentliche Kanzlei. Direktor Lai lag, genau wie er es zu dieser späten Stunde erwartet hatte, mit dem Rücken zur Tür auf seinem Sofa und blickte gedankenverloren auf den Hof hinaus.

Chou mußte also zu dem Hinterkopf seines Vorgesetzten sprechen, wie gewöhnlich. Auf einmal merkte er, wie erschöpft er war. Seine Lunge schmerzte, sein Atem keuchte, und sein Herz pochte heftig. Er spürte keinen Boden mehr unter den Füßen.

Obwohl er sich wochenlang auf diesen Moment vorbereitet hatte, drohte ihn nun der Mut zu verlassen. Er stand wie gelähmt im Eingang, etwa vierzig Schritte von dem Sofa entfernt. Er mußte unbedingt seine Fassung wiedererlangen, bevor er Lai Chun-chen ansprach. Nach einer halben Ewigkeit nickte Lai auf seine übliche unangenehme Art, womit er ihm zu verstehen gab, daß er sein Kommen bemerkt habe und daß er nun sein Anliegen vorbringen solle. Er durfte nicht länger zögern.

»Ich ... ich habe etwas ... für Euch, Herr Lai«, stotterte Chou, wütend und beschämt, weil ihm die Stimme versagte. Doch Lai schien nichts aufzufallen.

»Ich ... ich ... ich glaube«, sagte Chou und rang um Selbstbeherrschung, »daß es sehr wichtig und aufschlußreich ist.« Der Direktor nickte wieder bedächtig. Er sagte selten etwas, wenn er Chou zuhörte. Vielleicht, dachte Chou, tut er nur so, als interessiere er sich für das, was ich zu sagen habe. Vielleicht war sein Interesse von Anfang an nur geheuchelt. Und möglicherweise hat er sich die ganze Zeit hinter meinem Rücken über mich lustig gemacht. Ja, so ist es wahrscheinlich gewesen. Und wieder spürte Chou, wie Wut in ihm aufstieg.

Da Lai offensichtlich nichts sagen und nur durch Kopfnicken seine Aufmerksamkeit kundtun wollte, trat Chou-hsing näher. Etwa sechs Schritte vor dem Sofa blieb er stehen und starrte auf Lais Hinterkopf, wobei ihm auffiel, daß sein Vorgesetzter immer noch das kräftige, seidig glänzende Haar eines jungen Mannes hatte, während sein eigenes sich bereits stark gelichtet hatte und ergraut war. Chou sah nur Lais Haarknoten, sein Nacken und seine Schultern waren unter dem hohen Kragen seiner Hermelinrobe verborgen. Doch das war kein Hindernis. Er schaute sich vorsichtig um. Sie waren allein im Raum, nur in der Vorhalle standen Wachen.

»Ja«, sagte er mit ruhiger Stimme. »Ich glaube, es wird Euch sehr interessieren.« Lai sagte immer noch nichts und neigte nur leicht den Kopf.

»Ich habe hier etwas Außergewöhnliches, das uns erst heute erreicht hat.« Chou griff tief in seine Robe. Er faßte wieder Mut. Verriet die Haltung seines Vorgesetzten nicht eine gewisse Spannung? Chou lächelte in sich hinein und zog eine kleine Rolle mit goldenem Juwelierdraht aus der Innentasche. Dann wickelte er den Draht ab, schlang die Enden um seine Handflächen und spannte ihn. Er hatte diese Bewegung in der letzten Woche tausende Male geübt, und immer hatte er dabei an Lais Beleidigungen gedacht.

»Und hier ist es, Herr Lai Chun-chen.« Bei diesen Worten legte er den Draht blitzschnell von hinten um Lais Hals und zog dann mit aller Kraft nach oben, bevor Lai um Hilfe schreien oder auch nur einen Laut von sich geben konnte. »Eine uralte Erfindung«, jubelte er keuchend, »doch immer noch so wirkungsvoll wie am ersten Tag!«

Mit zusammengebissenen Zähnen zog er den Draht noch etwas fester. Gleich würde Lai Chun-chen, der Leiter des Amtes für Bestrafungen und Nachforschungen, tot zusammensacken. Dann wollte er ihm den Dolch in die Hand legen, die Klinge tief in den Hals stoßen und ihn so zurichten, daß die durch den Draht verursachten Male nicht mehr zu sehen wären. Selbstmord, würden die Gerichtsbeamten befinden und vermuten, daß die Kaiserin Lai seines Amtes entheben wollte.

Schon nach wenigen Sekunden hing Lais Kopf schlaff herunter. Kein Kampf, keine Gegenwehr. Irgend etwas stimmte nicht.

Das war kein Fleisch, was der Draht umschlang. Chou ließ den Draht fallen und trat neben das Sofa, so daß er die Gestalt von vorn sehen konnte. Aus dem leblosen Gesicht einer Puppe sprang ihm ein groteskes aufgemaltes Lächeln entgegen.

Dann sah er den dünnen schwarzen Faden, der am Kinn der Puppe befestigt war, und folgte ihm mit den Augen. Er lief zum Boden hinunter, dort durch eine Öse aus Metall, dann über den Teppich, wieder durch eine Öse und verschwand schließlich im dekorativen Schlitz eines Wandschirms aus Teakholz. Während Chou noch benommen hinüberstarrte, spannte und lockerte sich der Faden, und der Kopf hob und senkte sich. Er nickte!

»Herr Chou, Ihr überrascht mich«, tönte hinter dem Wandschirm die vertraute spöttische Stimme hervor. »Ts, ts, ts! Begrüßt man so einen Freund?« Ein leises Glucksen war zu hören. »Ich zitiere aus Band eins, Kapitel eins der ›Kunst des Gerichtsverfahrens‹: ›Man sieht das, was man zu sehen erwartet.‹ Zitat Ende. Ihr, Herr Chou, habt wieder einmal die Richtigkeit der Beobachtung bewiesen, die wir gemeinsam zu Papier gebracht haben. Ich bedaure, daß ich unsere fruchtbare Zusammenarbeit beenden muß. Noch mehr bedaure ich allerdings, daß sich die Gerüchte über Eure Mordpläne in jeder Hinsicht bestätigt haben. Was für ein leicht durchschaubarer kleiner Mann Ihr doch seid!«

Chou dachte gerade angestrengt über eine scharfe Entgegnung nach, da hörte er ein metallisches Klicken und spürte einen stechenden Schmerz im Nacken. Er hob die Hand und fühlte die gerundeten Kanten eines Armbrustpfeils aus seinem Fleisch ragen. Mit der anderen Hand griff er sich an den Hals. Er fühlte sich warm und feucht an. Die Pfeilspitze trat genau unter dem Kinn wieder aus. Er zog die Hand hastig zurück und betrachtete seine Finger. Sie glänzten dunkelrot von Blut.

»Aber man sagte mir doch«, stieß er heiser hervor, »daß Ihr mich wie einen Vogel fliegen lassen wolltet …« Er sank auf die Knie.

»Was?« rief Lai.

»Daß Ihr mich … mit einem Eurer Drachen … die Menschen tragen können … fliegen lassen wolltet … damit ich am Boden zerschmettert werde …«

»Herr Chou!« Lais Stimme wirkte nun ehrlich erstaunt und verletzt. »So etwas habe ich nie gesagt, Herr Chou. Ich hatte nichts dergleichen mit Euch vor! Das ist die Wahrheit, mein Freund!« Lai verstummte nachdenklich.

Chou-hsing sackte vornüber, ein tiefes Gurgeln entstieg seiner Kehle, seine Stirn schlug auf den Boden.

»Ich glaube«, sprach Lai weiter, »man hat uns gegeneinander aufgehetzt wie … wie die gierigen kleinen Affendämonen in Buddhas lehrreichen *Jataka*-Gleichnissen. Ja, so muß es wohl gewesen sein, Herr Chou. Offensichtlich hat sich jemand einen Spaß daraus gemacht, daß wir uns gegenseitig an die Kehle gehen. Und ich glaube, ich weiß auch, wer.« Der spöttische Ton war aus seiner Stimme verschwunden. Sie klang jetzt ernst, verstört und nachdenklich.

Chou-hsing hob mit letzter Kraft den Kopf und versuchte zu sprechen, doch sein Mund ging nur stumm auf und zu wie ein Fischmaul. Lai sprach zuerst.

»Ich hätte nie gedacht, daß ich jemals so etwas sagen würde, aber ich werde Euch vermissen. Doch mich trifft keine Schuld. Glaubt mir, nicht ich habe Euch umgebracht.«

Chou schleppte sich die wenigen Meter zu dem Wandschirm, hinter dem Lai nun hervortrat. Er schnappte nach Luft und versuchte angestrengt, noch etwas zu sagen. Doch es war zu spät. Was er noch sagen wollte, war für immer verloren.

Die neue Pagode im Garten erstrahlte im goldgelben Licht der Spätsommersonne, und Wu verfolgte zerstreut, wie ein paar Bauarbeiter letzte Hand anlegten. Hinter der Pagode ragte Hsueh Huai-is Lagerhaus empor – dieses riesige Gebäude barg ein Geheimnis, das Hsueh erst am Tag eines großen Festes enthüllen wollte. Obwohl dort jeden Tag Hunderte von Handwerkern ein- und ausgingen, die der Mönch zu strengstem Stillschweigen verpflichtet hatte, drängten ihn weder Wu noch ihre Mutter, er möge doch Einzelheiten preisgeben. Sie ließen sich gerne überraschen. Außerdem hatte Wu im Augenblick anderes im Kopf.

Auf die höheren Beamten im Hohen Gerichtshof des Zensorats, Wus höchstem Regierungsorgan, war immer weniger Verlaß. Zuerst hatte sie Hsueh nicht geglaubt, als er das Thema angeschnitten hatte, doch dann hatte er sie vom Gegenteil überzeugt. »Ehrgeizige kleine Ratten habt Ihr Euch da aufgehalst«, hatte er gesagt, »und ich werde Euch beweisen, wie einfach es ist, sie gegeneinander aufzuhetzen. Die Ämter und Personen, die Euch einst dienten, sind inzwischen nutzlos geworden. Wenn sie fähig sind, sich gegenseitig zu verschlingen, werden sie früher oder später auch über Euch herfallen.« Und Hsueh hatte Wort gehalten. Er brauchte nur einmal in das Nest zu stoßen, und schon fielen Lai und Chou übereinander her. Wie erschreckend einfach es war. Und dabei waren Lai Chun-chen und Chou-hsing einst die besten Freunde gewesen! Offensichtlich war die Lage außer Kontrolle geraten. Und jetzt kursierten sogar Gerüchte, wonach Lai und ihre beiden Neffen im Zensorat ein unheilvolles Bündnis eingegangen waren. Doch sie und Hsueh hatten ein Mittel gegen die schleichende Krankheit gefunden, und dieses Mittel war so einfach und wirkungsvoll, daß sie selbst überrascht war.

Nun, da die Verwaltung von allen unliebsamen Elementen gesäubert war, ihre Helfer die letzten Spuren beseitigt hatten und sie eine beliebte, anerkannte und unumstrittene Herrscherin war, konnte sie es sich leisten, einige sorgfältig ausgewählte Posten wieder mit tüchtigen konfuzianischen Beamten zu besetzen, die sie vor Jahren entlassen hatte. Ein taktisch ungemein kluger Schachzug. Sie hatte den Plan mit Hsueh gründlich durchgesprochen, und er war wirklich gut. Eine neue Rebellion der Gelehrten war nicht zu befürchten. Sie hatte unmißverständlich gezeigt, welche Folgen solche Torheiten nach sich zogen. »Das sind genau die Männer, die wir brauchen«, hatte Hsueh gesagt. »Nützliche Staatsdiener, die gewissenhaft ihre Pflicht erfüllen und vor Glück darüber, wieder in Amt und Würden zu sein, nicht einmal daran zu denken wagen, uns irgendwelche Schwierigkeiten zu machen. Natürlich müssen wir diese Männer sorgfältig auswählen und im Auge behalten, doch das ist die beste Lösung für unser Problem. Mit den konfuzianischen Beamten werden wir zurechtkommen. Doch Männer wie Lai Chun-chen, der verstorbene Chou-hsing oder Eure Neffen halten sich nicht an unsere Weisungen, und deshalb ist ihnen nicht zu trauen. Mit solchen Leuten kann man keine starke Regierung bilden. Eure Neffen sind undankbar und zu ehrgeizig. Wir müssen an die Zukunft denken.«

Und nun hatte Wu sich also etwas einfallen lassen, einen neuen, wunderbaren Plan. Zusätzlich zu der Rehabilitierung einiger hoher Beamter wies sie das Ministerium für Beamtenernennungen an, die Eingangsprüfungen für Bewerber gründlich zu überarbeiten. Künftig sollten strengere Examina gewährleisten, daß nur die besten und brauchbarsten Kandidaten zum Zuge kamen. Bei den Bewerbern für die beiden höchsten Rangstufen Chin Shih und Ming Ching sollte künftig mehr Gewicht auf Leistung als auf ihre familiäre Herkunft gelegt werden.

Doch das war nur der erste Teil ihres Plans. Zusätzlich ordnete sie per Dekret eine dritte Prüfung an: Kandidaten für die höchsten Beamtenlaufbahnen sollten in Zukunft nicht nur in klassischer Dichtung, Politik und Literatur geprüft werden, sondern auch ein Examen namens Jataka ablegen, bei dem sie fundierte Kenntnisse der buddhistischen Schriften, Philosophie, Ethik, Kunst, Architektur usw. nachweisen sollten.

Natürlich würden die Anhänger der alten Ordnung nörgeln und jammern. Aber früher oder später würden sie sich damit abfinden müssen, und das Jataka-Examen würde wie die anderen konfuzianischen Examina Jahrhunderte überdauern und zu einem festen Bestandteil der Weltordnung werden. Betonte Geschichtsschreiber Shu nicht immer wieder, daß am Beginn jeder Tradition die Tat eines einzelnen stehe?

Mit Freude erfuhr Hsueh Huai-i von der Kaiserin, daß er das neue Jataka-Examen ins Werk setzen solle. Er fiel auf die Knie, küßte der Kaiserin ehrerbietig die Hand und sagte, mit diesem Examen kündige sich Wus neues Zeitalter an, das Kommen des zukünftigen Buddha. In weiser Voraussicht habe sie die alte chinesische Regierungsform ihren neuen religiösen und ethischen Ansichten angepaßt. Das neue Zeitalter, das ewig mit ihrem Namen verknüpft bleibe, ruhe auf den festen Säulen Pragmatismus, Menschlichkeit und Vernunft.

Wu fühlte eine animalische Wärme ihren Körper durchströmen, wie früher, als sie noch jung gewesen war. Und während sie Hsuehs Hand drückte, dachte sie daran, wie lange sie schon nicht mehr die Freuden gegenseitiger Berührung genossen hatten, doch Hsueh reagierte heute nur mit einem zerstreuten Blick. In letzter Zeit wirkte er immer müde, was bei seinen vielen geheimen Vorhaben und der Fülle seiner sonstigen Aufgaben auch nicht verwunderlich war. Sie hatte dafür Verständnis und schluckte ihren Ärger hinunter. Nun gut, ein anderes Mal. Aber bald, das schwor sie sich.

In der Woche darauf gab die Kaiserin ihre Entscheidungen bekannt. In einem Dekret des Palastes hieß es, daß die verhängten Strafen streng, aber gerecht seien und den Geist des neuen Zeitalters der Barmherzigkeit widerspiegelten: Wus Neffen wurden in eine Grenzprovinz im Norden verbannt, wo sie bei einer Einheit des Milizheeres auf Lebenszeit Zwangsarbeit leisten mußten. Obwohl sie nicht auf Begnadigung hoffen durften, fiel ihre Strafe noch milde aus.

Auf Anordnung der Kaiserin wurde Lai Chun-chen wegen übermäßiger Grausamkeit zum Ehemaligen Direktor des Amtes für Bestrafungen und Nachforschungen degradiert, ein Titel, den er für den Rest seines Lebens führen sollte. Außerdem sollte er ein Gestell tragen, das die Hofschmiede nach Maß für ihn anzufertigen hatten: eine eiserne Maske, an deren Innenseite Zapfen eingearbeitet waren, die den Träger daran hinderten, mehr als nur eine begrenzte Anzahl von Stellungen einzunehmen. Besonders schmerzhaft waren alle Ruhestellungen, das Liegen und natürlich das Schlafen.

Das sei eine leichte Aufgabe für die Hofschmiede, betonte Wu, denn schließlich habe der Ehemalige Direktor Lai in seinem vielbändigen Werk *Die Kunst des Gerichtsverfahrens: Das Instrument der Überführung* detaillierte Pläne und Skizzen für den Bau und die Verwendung dieses Apparats vorgelegt. Die Schmiede hätten also alles, was sie brauchten.

Schlimmer noch als die Maske selbst war der Umstand, daß Lai Tag und Nacht bewacht werden sollte. Diese Idee stammte ironischerweise von dem verstorbenen Chou. Die Wachen hatten nicht nur dafür zu sorgen, daß dem Träger der Maske alle lebensnotwendigen Dinge zur Verfügung standen, sondern auch zu verhindern, daß er Selbstmord beging.

Doch »übermäßige Grausamkeit« war nicht der wirkliche Grund für Lai Chun-chens Bestrafung. Im Beisein von Shu, Frau Yang und Lama Hsueh erklärte Wu, daß sie ihn deshalb so hart bestrafe, weil er das abscheulichste aller Verbrechen begangen habe: »Lai Chun-chen hat gegen die heiligste aller Regeln verstoßen, die ich, Kaiserin Wu, jemals aufgestellt habe. Er hat die im Kaiserlichen Palast bestehenden Grenzen von Schicklichkeit und Anstand überschritten. Mit dem Mord an seinem Freund und Kollegen hat er die Kühnheit besessen, in den geheiligten Hallen meines Palastes des Friedens und der Barmherzigkeit Blut zu vergießen.«

»Ein Jammer«, sagte Wu später zu ihrer Mutter, »daß die meisten versuchen, sich aufzuspielen.«

»Aber tun sie das nicht alle?« erwiderte Frau Yang.

»Wie langweilig«, seufzten sie beide.

»Mutter Yang, erratet Ihr, was ich mit dieser prächtigen Statue des Erleuchteten vorhabe?« lächelte Hsueh schelmisch, und seine Augen glänzten geheimnisvoll.

»Das also ist die Buddha-Statue, an der Ihr so lange unter strengster Geheimhaltung gearbeitet habt. Ihr wart so geheimniskrämerisch, daß Ihr nicht einmal mit mir darüber sprechen wolltet. Großartig, Lama. Wirklich großartig. Sie wird uns großen Segen bringen.« Frau Yang traute ihren Augen kaum, als sie zu der imposanten Statue emporblickte. Deshalb also war dieses riesige Lagerhaus, das sie heute zum ersten Mal betrat, errichtet worden. Ehrfurchtsvoll betrachtete sie das schwindelerregend hohe Gerüst und die weit gewölbte Decke.

Hsueh verschränkte die Arme und trat stolz zurück. »Dreißig Meter lang und fünfzehn Meter hoch, Frau Yang. Der große Buddha ruht auf der rechten Seite, und wie Ihr seht, streckt er seine übereinandergeschlagenen Beine der Länge nach aus.« Seine tiefe Stimme hallte von den Wänden wider. Dann breitete er die Arme über dem Kopf aus, als wolle er die ganze Statue umarmen, und fuhr in seinen Erläuterungen fort: »In dieser Stellung meditierte Buddha, als er seinen irdischen Tod erwartete. Mehr als fünfhundert der besten Handwerker des Reiches haben ein ganzes Jahr lang daran gearbeitet.« Er strich liebevoll über das glänzende Holz und ließ seinen Blick langsam zu den Knien des Buddha hinaufwandern, die wie vorstehende Felsen einer Klippe über ihren Köpfen hingen. »Teakholz, Mahagoni, Rosenholz mit Intarsien aus Silber, Gold, Jade und Perlmutt ...«

»Wunderbar ... überwältigend ...«, stotterte Frau Yang auf der Suche nach den passenden Worten, »ich traue meinen Augen kaum, Lama.« Sie war tatsächlich verwirrt. »Nein, Lama, ganz ehrlich, ich kann nicht glauben, was ich sehe.« Sie schritt um den Sockel der Statue. »Wir werden einen Palast aus Marmor und Jade bauen und das Kunstwerk darin für die Nachwelt aufbewahren. Hier, an dieser Stelle. Wir werden den Palast um das Lagerhaus herumbauen, und das Lagerhaus dann von innen her niederreißen ...«

»Das wird nicht nötig sein«, unterbrach Hsueh und hielt kurz inne. »Wißt Ihr, warum ich diese Statue in Auftrag gegeben habe, Frau Yang? Sie heißt ›Der Buddha im Augenblick seines irdischen Todes‹ «, sagte er, wobei er das letzte Wort besonders betonte.

Frau Yang schnappte verblüfft nach Luft, trippelte in ihren Pantoffeln um den Sockel herum und starrte Hsueh entgeistert an.

»Soll das etwa bedeuten, daß Ihr dieses unsterbliche Kunstwerk ... diese erstaunliche Huldigung an den großen Buddha ... zerstören wollt?«

Hsueh nickte stumm und streckte die Hände wie im Gebet zu der gewölbten Decke.

»Gerade wegen unserer demütigen Verehrung zerstören wir dieses Meisterwerk, Frau Yang«, sagte er. »Es ist einfach. Sehr einfach. Welchen Nutzen hätte Buddha von weltlichem Reichtum, von einem großen Kunstwerk? Nun? Reichtum in seinem Namen? Nein! Wir werden ihm unsere irdischen Mühen opfern. Das ist etwas völlig anderes. Ein Zeichen, daß wir seine Lehren achten, daß wir begriffen haben, daß alle Dinge, alle irdischen Wünsche und Bindungen, daß das Leben selbst vergänglich ist! Der ›Tod‹ dieses Buddha symbolisiert den Tod des historischen Buddha, den Augenblick seiner Erleuchtung, seinen Eintritt in das Nirwana, mit dem er Platz macht für den zukünftigen Buddha! Es steht alles in den Schriften. Und ich habe beschlossen, daß dieser Buddha an dem Tag, den die Geschichtsschreiber als Buddhas Todestag ansehen, vor den Augen der Öffentlichkeit in Flammen aufgehen soll!«

Frau Yangs zweifelnder Blick wich nun glühender Zustimmung.

»Eine großartige Idee, Lama. Ausgezeichnet. Aber nichts anderes erwarten wir von Euch, unserem unvergleichlichen Lehrmeister.«

»Frau Yang, was wäre ich ohne meine geschätzte und brillante Gönnerin«, erklärte Hsueh. »Aber natürlich wißt auch Ihr, daß ich meine Inspirationen allein dem Erleuchteten verdanke.«

»Natürlich.«

»Ich rechne zwar damit, daß die symbolische Bedeutung den Unerleuchteten weitgehend verborgen bleiben wird, meine aber, daß das Ereignis auch für sie von Nutzen sein wird. Unser Tag des heiligen Feuers wird eine noch weitreichendere Bedeutung haben. An diesem Tag wird das neue Zeitalter erleuchteter Herrschaft beginnen. Und das ist noch nicht alles.« Hsuehs Augen glühten. »Überlegt doch, Frau Yang! Das erste irdische Hinscheiden des Buddha kündigt gleichzeitig seine Rückkehr in vielen verschiedenen Inkarnationen an, in der Gestalt seltsamer Tiere und irdischer Herrscher! Das ist der wichtigste Teil! Versteht Ihr?« sagte er in einem geheimnisvollen Ton.

Er tätschelte liebevoll das glatte Holz. »Mit dem Tod dieses Buddha wird der Weg frei für den zukünftigen Buddha Maitreya und den Beginn des neuen Zeitalters.«

Tod des Buddha

Ananda, der Vetter und Lieblingsjünger des Erleuchteten, hatte dem Buddha zwischen zwei heiligen Sala-Bäumen ein Lager bereitet. Und er weinte. Die Zeit der Blüte war noch nicht gekommen, und dennoch schmückten himmlische Blüten in bezaubernden Farben den Baum wie durchsichtige Seide und zehntausend mal zehntausend Juwelen und Diamanten. Und die Blätter der himmlischen Blüten, ein Regenbogen aus Wohlgerüchen und Licht, fielen auf den Körper des Erleuchteten nieder, als ob auch sie, die Sala-Bäume, weinten wie Ananda, der die Lehren des Meisters vergessen zu haben schien: »Weine nicht, trauere nicht um meinen Tod, denn meine irdischen Bindungen sind zerrissen. Ich bin erlöst. Meine Seele fliegt.« Und der Himmel über ihnen war erfüllt von den süßen Melodien der Apsaras und Gandharas ...

Der Buddha meditiert und gleitet aus der Trance in das Nirwana. Er stirbt auf der rechten Seite liegend, die übereinanderliegenden Beine der Länge nach ausgestreckt. Auch seine Schüler, die um ihn versammelt sind, weinen, trotz der letzten Ermahnung des Erleuchteten. Doch niemand schluchzt so bitterlich wie Buddhas Neffe, der in seiner unerschütterlichen Treue und Zuneigung weit entfernt ist von dem Zustand der Losgelöstheit ...

29

Im Jahr 675, Ende Oktober
Nahe Loyang

Di stand im Schutz einer hohen Kiefer vor einer kleinen Poststation, zwölf *li* südlich von Loyang. Regen tröpfelte aus tiefhängenden grauen Wolken. Di hätte drinnen warten können, aber er wollte jeden unnötigen Kontakt mit anderen Menschen vermeiden. Gespannt und ungeduldig starrte er zu der Stelle, wo die Straße aus dem Wald kam. Jeden Augenblick mußte dort der Eselskarren mit Wu-chi und Abt Liao auftauchen.

Schon vor Monaten hatte ihm Wu-chi geschrieben, daß er und Liao einen heimlichen Ausflug zu den Grotten von Longmen vor den Toren der Stadt planten, um die gewaltigen Statuen, die Wu dort errichten ließ, mit eigenen Augen zu sehen, und vorgeschlagen, Di solle sie inkognito begleiten. Der Plan war Di verlockend erschienen, zumal er sich als Leiter des Opferamtes ohnehin verpflichtet fühlte, die Höhlen zu besuchen und seine Eindrücke für die Nachwelt festzuhalten. Doch dann hatten die Morde und der Bau der Säule seine ganze Aufmerksamkeit beansprucht.

Da die Ermittlungen aber nicht vorankamen und die Säule mittlerweile fast fertiggestellt war, hatte Di sich nun doch zu der Fahrt entschlossen. Er rechnete eigentlich mit einem vierten Mord, hatte aber das unbestimmte Gefühl, daß während seiner Abwesenheit nichts geschehen würde. Er hoffte auf ein wenig Ablenkung und war überaus neugierig auf Wus Buddhafiguren, doch den Ausschlag für seine Entscheidung hatte etwas anderes gegeben: Wu-chi hatte in seinem letzten Brief die Einladung erneuert und beiläufig erwähnt, daß sein dreiundachtzigster Geburtstag bevorstehe. Vier Jahre waren inzwischen vergangen, seit Di Loyang verlassen und Wu-chi zum letzten Mal besucht hatte. Wenn ich jetzt nicht gehe, hatte er sich gesagt, werde ich meinen alten Freund vielleicht nie wiedersehen.

Abt Liao hielt die Zügel, und Di und Wu-chi saßen, als Bettelmönche verkleidet, hinter ihm, einer dem anderen gegenüber. Jedesmal, wenn der Eselskarren durch ein Loch rumpelte, stießen sie mit den Knien zusammen.

»Wir sind immer als Mönche verkleidet, wenn wir uns sehen«, schmunzelte Di. »Fast möchte man meinen, daß wir tatsächlich einem religiösen Orden angehören.«

Sie sprachen zunächst über die Mordserie in Ch'ang-an, wobei Di seine tiefe Ratlosigkeit eingestand, dann schilderte Abt Liao den Verlauf der Bauarbeiten an der Säule in Loyang. Di griff das Thema auf und berichtete, was er über die anderen Säulen wußte, die im Land errichtet wurden, und wie er zu dem Schluß gelangt war, daß Wu mit ihnen die Grenzen ihres buddhistischen Reiches abstecke. Die Bauarbeiten in Loyang waren inzwischen abgeschlossen, und in Ch'ang-an war man zu etwa drei Vierteln fertig. Bei Dis Abreise hatten die Ingenieure noch auf weitere Anweisungen gewartet.

»Ich muß zugeben«, sagte Abt Liao, »daß ich die Säule inzwischen beinahe gern sehe, obwohl man für ihren Bau natürlich sinnlos Geld und Arbeitskraft verschwendet hat.«

»Ihr wart schon immer ein alter Narr«, bemerkte Wu-chi. »Naiv und leicht zu beeindrucken. Für Menschen wie Euch vollbringt die Kaiserin ihre Wunder.«

Der Abt lachte. »Unter rein ästhetischen Gesichtspunkten betrachtet, so meine ich, ist die Säule eine hübsche Neuerung im Stadtbild.«

»Ich bin nur froh«, entgegnete Wu-chi, »daß der alte Prinz Li, dessen Haus man wegen der Säule niedergerissen hat, Euch nicht hören kann.«

Dann sprachen sie über das Schicksal von Lai, Chou und Wus Neffen und brachten ihre Hoffnung zum Ausdruck, daß die grausame Schreckensherrschaft bald ein Ende finden möge. Wu-chi und Abt Liao erzählten Di, was sie von Augenzeugen über die Spektakel gehört hatten, die der Lama veranstaltete: so etwa über die Verbrennung des riesigen ruhenden Buddha und andere »Wunder«, die er in der Umgebung der Hauptstadt vollbracht hatte. Di schüttelte nur den Kopf bei dem Gedanken, wie sinnlos und kostspielig dies alles war.

»Wie lange es wohl noch dauert, bis Ihre Majestät von unserem Lama Hsueh genug hat?« sagte Wu-chi ganz unvermittelt.

»Vielleicht will er mit seinen ausgefallenen Vorführungen gerade das verhindern«, antwortete Di. »Wenn es überhaupt einen Mann gibt, der die Kaiserin mit seinen Einfällen bei Laune halten kann, dann Hsueh.«

»Ihr solltet einmal sehen, was ich alles anstellen muß, damit es unserem alten Hofrat in meiner Gesellschaft nicht zu langweilig wird«, warf der Abt über die Schulter zurück, und alle drei lachten. Lachen, das hatte Di in letzter Zeit fast verlernt.

Dem Abt fiel ein Zügel aus der Hand. Murrend beugte er sich hinunter und tastete nach der Leine, während der Esel ungerührt weitertrottete.

»Was braucht Ihr Zügel?« fragte Di. »Wie es scheint, ist der Esel ein frommer Buddhist. Er findet den Weg zu den Höhlen auch ohne fremde Hilfe.«

Wu-chi, Abt Liao und Di schauten zu, wie an einer riesigen sitzenden Buddhafigur gearbeitet wurde: Der Buddha Vairocana, Symbol der Schöpfung, thronte inmitten eines Hofstaats von Bodhisattwa-Schülern, himmlischen Königen, Halbgöttern und furchteinflößenden Lokapala-Wächtern. Sie bewunderten das Geschick der Bildhauer, die es trotz der unglaublichen Ausmaße der Figur schafften, das fließende Gewand in äußerst feinen Formen herauszuarbeiten. Die hohe Kalksteinwand, aus der die fast vierzig Meter hohe Figur herausgemeißelt wurde, schien sich in wallende Seide verwandelt zu haben.

»Der Stil der Statuen hat sich auffallend gewandelt«, meinte Di, als sie die vielen Nischen mit Buddhafiguren abschritten. »Die früheren Statuen wirken plump und steif im Vergleich zu den eleganten Figuren, die Wu in letzter Zeit hat anfertigen lassen. Das hat zweifellos mit Wus Eitelkeit zu tun. Sie will wohl ihr Spiegelbild verewigen. Vielleicht steckt auch der Tibeter hinter dieser Hinwendung zu mehr Sinnlichkeit und Weiblichkeit«, schloß Di, und die anderen nickten zustimmend.

Als sie die Höhlenschreine erreichten, hatte sich eine schwarze Wolke vor die Sonne geschoben, und die wenigen Pilger suchten in den kleinen Felsnischen, die nicht größer waren als eine Türöffnung, Schutz vor dem drohenden Regen. Es gab Tausende solcher Nischen, und in ihre Wände waren Reihen von kleinen, etwa zwei Handbreit hohen Buddhas gehauen, Miniaturversionen der großen Plastiken. Inzwischen gab es hier ungefähr sechzig- bis siebzigtausend sitzende und stehende Figuren, doch heute ruhte die Arbeit fast überall, und nur hier und da hämmerten und meißelten noch ein paar Handwerker. Das heraufziehende Unwetter hatte selbst die vielen Händler veranlaßt, ihre Stände zu schließen.

Der Himmel verfinsterte sich weiter. Das stählerne weiße Licht, das durch die Wolkentürme drang, überzog den Kalksteinfelsen mit einer eigenartigen Farbe, und mit einem Mal wirkten die Gesichter und Gesten der Statuen auf Di nicht mehr anmutig und graziös, sondern beunruhigend, ja sogar unheimlich. Nein, dachte er, für ihn hatte die Felswand mit ihren vielen tausend Figuren nichts Transzendentes. Hier gab es keine Gnade. Es war zuviel auf einmal, und er spürte, wie ihn der Aberglaube der Unerleuchteten mit übersinnlicher Macht in seinen Bann schlug.

Er war erleichtert, als endlich schwere Regentropfen auf den gepflasterten Weg klatschten und in der Ferne ein Donner grollte. Ein unheilschwangerer Geruch hing in der Luft. Immer lauter prasselten die Tropfen, und das Grollen kam näher. Dann erhob der Drache seine Stimme, und ein heftiger Donnerschlag zerriß den Himmel. Blitze zuckten am Himmel, und der Regen verdichtete sich zu einem undurchsichtigen Vorhang.

Di, Wu-chi und der Abt zogen die Kapuzen über die Köpfe, und der Abt rief den anderen zu: »Ihr könnt euch glücklich schätzen, daß ihr einen Führer wie mich habt. Ich bringe euch nicht nur an einen Ort, wo ihr euch unterstellen könnt, ich führe euch auch zu einem der berühmtesten Höhlenheiligtümer. Wir sind gleich dort.«

Als sie den Höhlentempel endlich erreichten, waren sie völlig durchnäßt, doch sie sollten ihre tropfenden Kleider bald vergessen. Ein kleiner hagerer Mönch begrüßte sie und sagte, er verteile Lampen und geweihte Opferkerzen, damit Besucher, Bettelmönche und Pilger die außergewöhnlichen Werke auch an bedeckten Tagen bestaunen könnten, insbesondere die Werke im hinteren Teil. Abt Liao, der die Höhle kannte, nickte zustimmend und sagte zu Di gewandt: »Im Innern der Höhle erwarten uns in der Tat einige wunderbare Kunstwerke. Sie sind einmalig auf der Welt.«

Zwei schmale Gänge führten von der Eingangshalle in den hinteren Teil der Höhle. Sie waren von hübschen kleinen Statuen gesäumt, Apsaras mit sinnlichen Formen, die von einer Fülle geschnitzter Blüten, Palmetten, Yakshas, Devas, Musikanten, Strahlenkränzen, Drachen, Vögeln und anderenTieren umgeben waren.

Die Wände auf beiden Seiten schmückten großartige Fresken. Sie stellten eine Prozession von Buddhas und Höflingen dar, die durch einen mit herrlichen Blumen bestreuten Himmel und Wolken aus flatternden Bändern schritten, über denen engelhafte Wesen schwebten.

»Das ist alles sehr hübsch, guter Mann«, sagte Abt Liao zu dem Hüter der Höhle, »doch wir sind gekommen, um die Kunstwerke im inneren Heiligtum zu betrachten.«

»Ja, Euer Gnaden.« Der Mann verneigte sich gehorsam und übergab dem Abt eine irdene Öllampe, dann betraten sie durch eine schmale Tür das Höhleninnere. Auf den in die Höhlenwände gehauenen Altären flackerten Hunderte von Opferkerzen und erfüllten den Felsentempel mit einem matten Licht. In der kühlen Luft regte sich kein Hauch. Es roch nach feuchtem Gestein und Weihrauch. Der Abt ging voran und blieb bei einer steinernen Figurengruppe stehen, die vor der Rückwand des großen Raumes thronte.

Die Figuren waren in unterschiedlichen Haltungen dargestellt: mit erhobenen Armen, mit gekrümmten Körpern, teils laufend, teils springend. Bodhisattwas, die mörderische Dämonen jagten, vermutete Di, vielleicht auch ein schwebender Engel und ein oder zwei himmlische Könige. Er trat näher und wartete, daß der Abt die Lampe hob.

Der alte Abt ging hinter Di und Wu-chi vorbei, so daß die Öllampe lange Schatten der beiden an die hintere Wand warf. Das flackernde Licht huschte über die Schultern einer der Figuren, mehr sah Di noch nicht.

»Nun also ... ich stelle die Lampe hierher«, sagte Abt Liao und setzte sie auf einem Sims vor dem Sockel der Statuen ab. »Bringt mir ein paar Kerzen von dem Altar dort drüben«, sagte er zu Wu-chi. »Dies hier ist ein außergewöhnliches Kunstwerk. Vor allem der Gesamteindruck ist überwältigend, man sollte deshalb alle sechzehn Figuren zusammen sehen. Ja, eigentlich darf man nur alle gleichzeitig betrachten!« Er seufzte in tiefer Bewunderung, richtete sich auf und nahm Wu-chi die Kerzen aus der Hand.

»Wenn wir dem Künstler gerecht werden wollen«, fuhr er fort,

»müssen wir den Gesamtrhythmus des Meisterwerkes beachten, das wunderbare Zusammenspiel seiner Arhats, Lohans oder Schüler – Ihr könnt sie nennen, wie Ihr wollt.« Di ging und holte weitere Kerzen, und Wu-chi und der Abt stellten sie in einem Halbkreis auf dem Boden auf, wobei letzterer, der sich mehr und mehr für sein Thema erwärmte, mit seinem Vortrag fortfuhr. »Beachtet das Feingefühl, mit dem der Künstler diese Gruppe von sechzehn Figuren – das ist die korrekte Zahl, wie sie in den Sutras steht, glaube ich – dargestellt hat. Der gesamte Raum wird in perfekter Harmonie genutzt: Wo ein Arhat-Schüler sich nach rechts dreht, dreht sich ein anderer nach links. Wo einer klein ist, ist ein anderer groß, so daß sie gemeinsam den Raum ausfüllen. Man könnte sagen, sie erfüllen gemeinsam eine himmlische Aufgabe, von der wir nichts wissen.« Der Abt lächelte. »Dorthin, Herr Di. Sehr gut. Stellt die anderen Kerzen weiter nach vorne und gesellt Euch dann zu uns.«

Di kniete nieder und tat, wie ihm geheißen, dann erhob er sich und trat zu dem Abt, der vor den Figuren stand und sie bewunderte, als habe er sie soeben selbst geschaffen.

»Was besonders erstaunt«, sagte Liao, »ist das Groteske, das wunderbar Mythische, das Märchenhafte ihrer Züge. Jeder für sich ist auf seine Weise bizarr.«

Di blieb stehen und starrte auf die sechzehn Statuen aus schwarzem, poliertem Stein. Er betrachtete die Gesichter, die nun das Kerzenlicht beschien, und konnte nicht glauben, was er sah. Er war wie gelähmt. Er spürte, wie ihm der Atem pfeifend durch die Nase strich, und meinte, die Augen müßten ihm aus dem Kopf fallen, doch er brachte kein Wort hervor. Liao und Wu-chi schauten ihn verwundert an. Der Abt hatte offensichtlich nicht erwartet, daß das Kunstwerk einen so tiefen Eindruck auf den Richter machen würde.

»Also wie ich bereits sagte …«, versuchte Liao, den Faden wieder aufzunehmen, doch er konnte nicht den Blick von Di abwenden, dessen erste Überraschung sich jetzt in einen Schock zu verwandeln schien. »… äh … diese sechzehn äußerst bizarren und entzückenden Figuren stellen die *Arhats* dar …« Er brach ab, blinzelte jetzt ernsthaft besorgt und beugte sich zu dem Richter hinüber, der immer noch wie versteinert dastand und keinen Laut von sich gab. »Fehlt Euch etwas, Richter Di?« Di legte den Kopf von einer Seite zur anderen. Der Abt und Wu-chi tauschten besorgte Blicke aus. Sollte Di tatsächlich einen Schock erlitten haben? Oder einen Anfall anderer Art?

»Seid Ihr sicher, daß Euch nichts fehlt, Richter?« fragte Wu-chi und legte besorgt seine Hand auf Dis Schulter. In diesem Moment hob Di plötzlich die Hände, packte seinen überraschten Freund an beiden Armen und drückte fest zu.

»Es tut mir leid ...«, sagte er, und das Funkeln in seinen Augen ließ den alten Mann zurückschrecken. »... aber ich fürchte, ich muß nach Ch'ang-an zurück.« Er ließ Wu-chis Arme wieder los. »Und zwar sofort.«

Ohne einen weiteren Blick auf die Figurengruppe zu werfen, drehte er sich um und eilte hinaus in den strömenden Regen.

Er hatte üppigen Reichtum erwartet, um so überraschter war er, daß der neue Tempel des Weißen Pferdes in Ch'ang-an einen fast spartanischen Eindruck auf ihn machte. Und das lag nicht nur daran, daß das Kloster gerade erst fertiggestellt und noch keine Gärten angelegt worden waren.

Es war still, wie in allen Klöstern, die Di kannte, doch hier herrschte nicht die kontemplative Ruhe, die er aus dem Kloster des Reinen Lotos kannte, sondern eine andere Stille, ein erzwungenes Schweigen. Alles, die Zweckmäßigkeit der Anlage, die schlichte Kleidung der Mönche, ihre Disziplin und ihre Eile erinnerten ihn an eine Kaserne – oder an ein Gefängnis. Der Tempel in Loyang war eine Oase der Nachsicht und Güte. Doch dies hier war ein Außenposten, und zwar in jeder Bedeutung des Wortes. Er kam sich vor, als dringe er heimlich auf feindliches Gebiet vor.

Di musterte die Mönche, die einzeln oder in Gruppen an ihm vorüberhuschten und dabei den Blick senkten. Es waren viele junge Gesichter darunter, und die meisten waren von Armut und Entbehrung gezeichnet. Er kannte diese Züge, denn er hatte sie in den Gesichtern junger Soldaten gesehen, denen das Leben nichts geschenkt hatte und die deshalb zum Militär geflohen waren, wo sie wenigstens Essen und Kleidung bekamen. Manche der älteren Mönche hatten harte, verschlossene Gesichter, wie Di sie von Sträflingen kannte, und er malte sich aus, vor welchem Schicksal sie wohl geflohen sein mochten, um hier in der Sekte der Weißen Wolke unterzuschlüpfen.

Er war sicher, daß hier eine gewisse Rangordnung herrschte. Die meisten Mönche, die er sah, waren von normaler Statur. Daneben gab es aber auch hochgewachsene Mönche mit scharf geschnittenen Gesichtern, die eine deutliche Ähnlichkeit mit Hsueh Huai-i hatten. Diese Mönche blieben unter sich und mischten sich nicht unter die anderen. Ihrem ganzen Auftreten war anzumerken, daß sie hier eine privilegierte Stellung einnahmen. Und sogar ihre Kleidung war anders: Sie waren in Gewänder aus feinem Stoff gehüllt, während die anderen Kutten aus grobem Tuch trugen. Im übrigen würdigten sie Di keines Blickes, und er war dankbar dafür. Niemand sprach ihn an, niemand hielt ihn auf. Es war, als sei er überhaupt nicht vorhanden.

In der Hoffnung, die Klosterbibliothek zu finden, ohne jemanden fragen zu müssen, folgte Di einem breiten gepflasterten Weg. Da entdeckte er in einer entgegenkommenden Gruppe von Mönchen ein Gesicht, das ihm inzwischen vertraut war: eine bizarr gewölbte Stirn. Das übrige Gesicht des Mannes war zusammengedrückt wie bei einem Embryo, und aus dem Schatten unter der Stirn schauten kleine Augen hervor. Der Mann ging wie die anderen an Di vorbei, ohne ihn anzuschauen. Di beschleunigte seine Schritte und bemühte sich, keine Miene zu verziehen.

Er steuerte auf den Haupttempel zu und wollte ihn gerade betreten, als die Tür aufschwang. Ein Mönch trat heraus und ging so nah an Di vorüber, daß er alle Kraft zusammennehmen mußte, um nicht zurückzuschrecken. Das Gesicht des Mannes sah aus, als gehörten die rechte und die linke Gesichtshälfte zwei verschiedenen Menschen, als hätten sich die Götter beim Zusammenfügen einen boshaften Scherz erlaubt. Und jede Seite des Gesichts schien nach der ihr fehlenden Hälfte zu suchen: Ein Auge lag zwei Fingerbreit höher als das andere und starrte zudem in eine völlig andere Richtung; die Nase schien an der Nasenwurzel noch nach links zu streben, änderte aber in der Mitte des Gesichtes die Richtung und wies scharf nach rechts; außerdem war der Kiefer stark nach einer Seite verschoben. Direkt hinter ihm ging ein Mann, der offensichtlich starke Verbrennungen im Gesicht erlitten hatte: Die Augenlider fehlten, was seinen Augen einen starren Blick verlieh, und das Narbengewebe hatte die Haut so zusammengezogen, daß der Mund zu einem häßlichen Grinsen verzerrt war und die Lippen gelbe Zähne entblößten. Verblüfft hielt Di den beiden Männern die Tür auf, und sie gingen vorbei, ohne ihn anzuschauen. Dis Herz klopfte heftig, als er den kühlen, dunklen Saal betrat.

Jetzt war er sich seiner Sache ganz sicher: Er hatte diese drei monströsen Gestalten schon zweimal gesehen. Einmal in Fleisch und Blut, dann in Stein gehauen. Und er war überzeugt: Könnte er den ganzen Tag auf dem Klostergelände zubringen, so würde er früher oder später noch dreizehn weitere Männer dieser Art finden – und jeder würde einem der furchteinflößenden Arhats ähneln, die er in Longmen gesehen hatte.

Es war, als sei den Figuren in der Höhle Leben eingehaucht worden, als seien sie aus ihren Felsnischen geklettert und ihm bis nach Ch'ang-an gefolgt. Doch er wußte, daß es genau umgekehrt war. Die Männer gehörten zu den sechzehn Mönchen, die er vor ein paar Wochen gesehen und bedauert hatte, als sie singend durch die Straßen gezogen waren. Und alle sechzehn, das wußte er nun mit Sicherheit, waren gerade wegen ihrer Ähnlichkeit mit jenen legendären Gestalten ausgewählt worden. Sechzehn Mal diese perfekte Ähnlichkeit – das konnte nur bedeuten, daß Hunderte, vielleicht Tausende von Bewerbern zur Auswahl gestanden hatten. Eine widerwärtige und zugleich faszinierende Vorstellung.

Di befahl den Polizisten, die wie er verkleidet waren und ihm so unauffällig wie möglich folgten, in Rufweite zu bleiben. Er hatte inzwischen die Bibliothek gefunden, und sofort trat der Bibliothekar aus einer dunklen Ecke und fragte ihn, ob er Hilfe benötige.

Abt Liao hatte ihm eingeschärft, was und wie er fragen sollte. Er verbeugte sich also und begann seine sorgfältig vorbereitete Rede.

»Ich bin auf Pilgerfahrt, um meine Berufung zu finden, und suche nach einem Orden, dem ich mich anschließen kann. Ich habe einen weiten Weg zurückgelegt, denn man sagte mir, daß Euer Tempel eine der schönsten Sammlungen von Reliquien und alten Schriften im ganzen Reich besitze.« Und das entsprach der Wahrheit, denn man hatte fast alle Tempel in Ch'ang-an geplündert und ihre wertvollsten Schätze hierhergebracht. Di machte eine kurze Pause, verneigte sich wieder demutsvoll und brachte dann seine Bitte vor. »Ich bin gekommen, auch wenn meine Suche vielleicht vergeblich ist. Es wäre mein sehnlichster Herzenswunsch, den wertvollsten aller Schätze zu betrachten, die Blätter des heiligen Bodhi-Baumes.«

Der Bibliothekar schaute ihn prüfend an. »Zeigt mir Eure Hände«, sagte er, und Di tat, wie ihm geheißen. »Tut mir leid«, sagte der Mann und rümpfte die Nase, »Eure Hände sind nicht sauber genug. Ihr dürft nichts berühren. Doch Ihr dürft sie anschauen. Ich werde Euch begleiten und Eure Fragen beantworten.« Dann drehte er sich um und bedeutete Di, ihm zu folgen.

Dis Hände waren wirklich nicht sehr sauber, aber das war Absicht. Um seiner Verkleidung als Bettelmönch den letzten Schliff zu geben, hatte er sich schwarzen Ruß unter die Fingernägel und in die Handflächen gerieben. Kein umherziehender Asket, der sich überall, wo er Unterschlupf fand, schlafen legte und auf die Großzügigkeit von Fremden angewiesen war, konnte so saubere Hände haben wie ein Beamter. Di überlegte, ob er darum bitten sollte, sich die Hände waschen zu dürfen, verwarf den Gedanken aber sogleich wieder. Er konnte froh sein, daß er überhaupt so weit gekommen war. Er war in Ch'ang-an zwar längst nicht so bekannt wie in Loyang und vertraute darauf, daß niemand seine Maskerade durchschauen würde, aber er wollte das Glück nicht zu sehr herausfordern. Gehorsam folgte er dem Bibliothekar.

»Ich weiß natürlich zu würdigen, wie selten die Blätter des Bodhi-Baumes sind, fast so selten wie ein Blick auf das Gesicht des lebenden Buddha«, schmeichelte er dem Bibliothekar, doch der zeigte keinerlei Reaktion, kehrte ihm weiterhin den Rücken zu und ging einfach weiter. »Ich habe schon mehrere Tempel besucht, die keine heiligen Blätter besaßen. Vielleicht habt auch Ihr keine. Das wäre nur zu verständlich. Niemand würde den Tempel des Weißen Pferdes deshalb geringer schätzen«, plapperte Di weiter, doch der Bibliothekar ließ sich nicht anmerken, ob er überhaupt zuhörte.

Sie gingen durch kühle Gänge, vorbei an unzähligen Regalen, in denen Buch an Buch stand. Aus vielen Büchern hingen bunte seidene Buchzeichen, die der Luftzug, den die beiden Männer im Vorübergehen verursachten, sachte emporhob. Di war beeindruckt, als er ein besonders altes Exemplar des *Kanjur* entdeckte, jener äußerst seltenen, hundertvierbändigen Sammlung der Worte Buddhas. Er erkannte die Bände, denn der Abt des Reinen Lotos war ebenfalls im Besitz der Sammlung. Unwillkürlich fragte sich Di, in welchem anderen Kloster nun wohl ein Regal leer stand.

Der Bibliothekar blieb so unvermittelt stehen, daß Di ihn beinahe gerammt hätte. Er zeigte auf einen Schreibtisch.

»Stellt Euch dorthin«, befahl er. »Und laßt die Hände im Ärmel.« Dann schloß er einen hohen Schrank auf, entnahm ihm mehrere große, in Seide eingeschlagene Folianten und legte sie ehrfurchtsvoll auf den Tisch. Er hob kurz die Augen und vergewisserte sich, daß Dis Hände in den Ärmeln steckten, dann schlug er den Folianten auf. Wieder fragte sich Di, welche Sammlung man wohl geplündert hatte: Zwischen zwei dicken Seidenstücken kamen die anmutig geschwungenen Blätter eines Bodhi-Baumes zum Vorschein, jenes Baumes, unter dem Buddha die Erleuchtung gefunden hatte. Jedes Blatt zierte ein mit großer Meisterschaft angefertigtes Bild, ein Porträt, genau wie Di es nach der Beschreibung seines Freundes Liao erwartet hatte. Die Blätter selbst interessierten Di nicht, nur die Bilder und die dazugehörigen Begleittexte. Sie waren der eigentliche Zweck seines Besuches.

Die Porträts zeigten die sechzehn Arhats aus den buddhistischen Geschichten und Legenden. Anders als ihre steinernen Ebenbilder, deren Häßlichkeit beklommen machte, zeigten diese Porträts zwar böse, grimmige Gesichter, doch die Köpfe waren nicht wirklich deformiert. Di entdeckte den Mann mit der gewölbten Stirn und den Mann mit dem gespaltenen Kiefer. Und da waren auch der Arhat mit den furchteinflößenden Augenbrauen, der andere mit den starren Glupschaugen und ein dritter, dessen Gesicht so schmal war wie die Klinge eines Messers. Di entnahm dem Text, daß die besondere Aufgabe der Arhats darin bestand, die Feinde des Dharma, die Devadhatta, zu töten. Er betrachtete die bemalten Blätter eingehend, prägte sich jede Einzelheit ein und las die winzigen Inschriften, ging aber mit keinem Wort auf die Porträts ein. Im Gegenteil, er tat so, als beachte er sie überhaupt nicht und interessiere sich nur für die Blätter.

Er stellte dem Bibliothekar einige nebensächliche Fragen nach dem Klima, in dem der Bodhi-Baum gedieh, wollte wissen, wie alt der Baum wurde, ob diese Blätter überhaupt von dem Originalbaum stammen konnten, wie sie gesammelt worden waren und ähnliches mehr. Der Bibliothekar beantwortete seine Fragen pedantisch genau und in wohlgesetzten Worten, doch Di registrierte nur die leiernde Stimme des Mannes, nicht aber den Inhalt seiner

Rede, denn etwas anderes beanspruchte seine Aufmerksamkeit: Er starrte auf eine Zeichnung, die der Bibliothekar beim Durchblättern der Folianten zufällig aufgedeckt hatte.

Die Zeichnung zeigte das legendäre heilige Land Jambudvipa mit den vier Eckpunkten des buddhistischen Reiches. Di sah sie nur wenige Sekunden, dann hatte der Bibliothekar die Seite umgeblättert, doch diese kurze Zeitspanne genügte ihm, um in der linken oberen Ecke eine geschlängelte schwarze Linie zu erkennen. Und auch die Beschriftung hatte er entziffern können: Die Linie symbolisierte den im Reich der Devadhatta entspringenden Schwarzen Fluß der Gefahr.

»Nun, Richter Di, Ihr habt also beschlossen, noch einmal aktiv zu werden«, sagte der buddhistische Gelehrte, als Di ihn in sein Arbeitszimmer in Ch'ang-an führte. Di schloß die Tür hinter ihnen, nahm jedoch nicht Platz, sondern ging unruhig auf und ab. Seit er am heutigen Nachmittag die Bibliothek im Tempel des Weißen Pferdes verlassen hatte, ließ ihn das Gefühl nicht mehr los, daß die Situation sofortiges Handeln verlangte.

»Nun ja, ›beschlossen‹ ist vielleicht nicht das richtige Wort«, antwortete Di. »Ich wurde gewissermaßen dazu gezwungen.«

»In der Tat«, meinte sein Freund verständnisvoll. »Es scheint, daß wir in gewissen Zeiten zu Werkzeugen von Mächten werden, die viel stärker sind als wir und die unser Leben, unseren Geist und unseren Körper für ihre Zwecke benutzen.«

Di sah seinen Freund einen Augenblick lang schweigend an, und für einen Moment spürte er die Wahrheit in seinen Worten. Dann blinzelte er und wandte seine Aufmerksamkeit wieder dem Stapel von Notizen auf dem Tisch zu. Irgendwie mußte er die Einzelteile zusammenfügen. Selbst wenn die Menschen nur Werkzeuge waren, so trugen sie doch Verantwortung, und diese Verantwortung war eine schwere Bürde.

»Mit Eurem außerordentlichen Gedächtnis und Eurem Wissen könntet Ihr mir eine große Hilfe sein«, sagte Di. »Ich könnte wochen- und monatelang die heiligen Schriften studieren, und mit etwas Glück würde ich das, was ich suche, vielleicht sogar irgendwann finden. Doch mein Gefühl sagt mir, daß mir nicht sehr viel Zeit bleibt. Ich will etwas über die Arhats und die Devadhatta wissen. Ich weiß bereits, daß sie die Beschützer und die

Feinde des Dharma sind. Doch wer – und was – sind sie sonst noch?«

»Die Devadhatta«, antwortete sein Freund langsam und nachdenklich, »sind gewissermaßen eine Metapher für die menschliche Schwäche. Als Feinde des Dharma werden sie, so steht es geschrieben, im Zeitalter des entarteten Gesetzes erscheinen, das auf das Zeitalter des wahren Gesetzes folgt. Im Zeitalter des wahren Gesetzes, das mit der Erleuchtung Buddhas begann, waren die Lehren des Weisen neu und die Menschen rein und gläubig. Im Zeitalter des entarteten Gesetzes hingegen haben die fehlbaren Menschen und die Zeit die Lehren des Weisen bereits verfälscht, und der Einfluß der Devadhatta nimmt zu. In dieser Periode wird der Maitreya wiederkehren, und die Arhats erheben sich und vernichten die Devadhatta.«

»Und wie lange dauern diese Zeitalter?« fragte Di.

»Jedes dauert tausend Jahre. Vor etwa zwölfhundert Jahren ging Buddha ins Nirwana ein.« Er zuckte die Achseln. »Wir befinden uns also ungefähr im zweihundertsten Jahr des Zeitalters des entarteten Gesetzes.«

»Und die Arhats ...?« Di betrachtete seinen Freund voll gespannter Erwartung, als sei die Antwort auf alle Fragen an seinem Gesicht abzulesen.

»Nach den Prophezeiungen könnte unsere Zeit durchaus die Zeit der Arhats sein«, antwortete der Gelehrte, dachte kurz nach und fuhr dann mit hochgezogenen Augenbrauen fort: »Wenn wir daran glauben, daß die Ankunft des Maitreya bevorsteht, dann müßten die Arhats jetzt unter uns sein, den Feind vernichten und dabei helfen, die verderbte Welt zu reinigen.«

»Wenn wir daran glauben, daß die Ankunft des Maitreya bevorsteht«, wiederholte Di.

»Die Arhats haben im Verlauf der Geschichte eine Wandlung durchgemacht«, fuhr sein Freund fort. »Früher wurden sie als schöne, anmutige Geschöpfe dargestellt, als Einsiedler und wahre Jünger Buddhas. Erst seit kurzem – seit etwa sechzig Jahren – erscheinen sie als häßliche, furchterregende Rächer. Ich habe den Mann, der mit seinem Werk dazu beigetragen hat, daß sich dieses Bild durchsetzen konnte, persönlich kennengelernt. Erinnert Ihr Euch an Hsuan-tsang?«

Hsuan-tsang, der berühmte Pilger und Übersetzer, der aus dem fernen Indien und Tibet Tausende von rätselhaften heiligen Schriften mitgebracht hatte. Diesen Namen würde Di sein Leben lang nicht vergessen. Er brauchte nur die Augen zu schließen, und schon tauchte das Bild des gebrechlichen alten Mönchs vor ihm auf, der beim Pai-Disput die Menge vom Podium herunter ermahnt hatte.

»Hsuan-tsang hat die Anschauung verbreitet«, fuhr sein Freund fort, »daß wir im Zeitalter des entarteten Gesetzes leben, und er hat einige obskure Schriften übersetzt, in denen die Arhats als entstellte, häßliche Kreaturen dargestellt werden. Doch gerade diese Häßlichkeit verlieh ihnen einen hohen Rang, denn durch sie unterschieden sie sich von der Masse. Hsuan-tsangs Beschreibungen haben die Künstler inspiriert, von denen die Porträts auf den Bodhi-Blättern und die Figuren stammen, die Ihr in den Höhlen gesehen habt. Insgesamt waren es achtzehn. Keiner glich dem anderen, und jeder protzte mit seiner Häßlichkeit, als gebe es nichts Schöneres.«

Di fühlte sich an die Haltung der ungestalten Mönche erinnert: stolz, arrogant und reserviert – als ob man ihnen, nachdem sie ein Leben lang nur bemitleidet worden waren, königliche Privilegien verliehen habe. Kein sehr angenehmer Gedanke.

»Achtzehn?« fragte Di. »Ich habe nie mehr als sechzehn gesehen – die Figuren, die Porträts, die Mönche, immer waren es sechzehn.«

»Die Chinesen sind immer von achtzehn Arhats ausgegangen«, sagte sein Freund. »Sechzehn ist die Zahl, die wir von den esoterischen Schulen kennen. Insbesondere von den Tibetern.«

Di ging von einer Ecke des Zimmers zur anderen. Die Tibeter. Bei allen Göttern, die Tibeter. Er drehte sich abrupt seinem Freund zu.

»Erinnert Ihr Euch an das Gespräch, das wir vor einigen Monaten führten? Wir fragten uns, ob die Kaiserin, ihre Mutter und der Mönch wirklich glauben, was sie tun. Ihr sagtet, wer irdische Macht habe, erliege leichter dem Irrglauben an die eigene Unsterblichkeit und Göttlichkeit. Weil jeder, der große Macht ausübt, sich irgendwann für allmächtig hält. Und Ihr sagtet, daß man niemals wissen könne, inwieweit solche Menschen tatsächlich an ihre Göttlichkeit glaubten, und daß sie es wahrscheinlich nicht einmal selbst wüßten. Ich glaube, daß wir jetzt zumindest einige

Fragen beantworten können. Nehmt den Mönch Hsueh Huai-i. Er kennt die Vorlieben und Sehnsüchte der Kaiserin wie kaum ein anderer. Er nährt bei ihr die Illusion, sie sei eine Göttin, und lenkt ihre Gedanken Schritt um Schritt in diese Richtung. Zuerst legt er das Fundament mit seinem gefälschten Große-Wolke-Sutra, mit diesem Unsinn über eine weibliche Herrscherin. Dann bestätigt er die Prophezeiung in seinem dreisten Kommentar über den kostbaren Regen. Schließlich redet er ihr ein, sie sei eine Inkarnation von Kuan-yin und Avalokitesvara, und gibt diesem Irrglauben ständig neue Nahrung. Er hat ihr nicht nur eingeredet, sie sei ein Bodhisattwa-Jünger – nein, er läßt sie sogar glauben, sie sei der zukünftige Buddha Maitreya persönlich!«

»Aber das Große-Wolke-Sutra ist keine Fälschung«, sagte sein Freund.

Di blickte ihn verständnislos an. »Natürlich ist es eine Fälschung«, sagte er. »Der Unsinn, den die Mönche auf der Straße singen. Angeblich hat Hsueh Huai-i das Sutra unter der Habe gefunden, die er einem alten Bettler abgekauft hat.«

»Gewiß, er ist sehr erfinderisch«, sagte Dis Freund. »Mit seinen dramatischen Geschichten entflammt er den Glauben der Menschen. Und er verändert die heiligen Worte solange in seinem Sinn, bis sie im Denken des Volkes verwurzelt sind. Doch das, was die Mönche der Weißen Wolke singen, beruht auf einem echten Sutra, einem sehr alten Sutra, das seit Jahrhunderten existiert. Ich dachte, Ihr wüßtet das. Ich erkannte es gleich, als ich es das erste Mal hörte. Wahrscheinlich haben es nur wenige erkannt. Es ist schwerverständlich – aber es ist echt.«

Verblüfft sah Di zu, wie sein Freund die Augen schloß, was er immer tat, wenn er in die Tiefen seines Gedächtnisses eintauchte. Und dann begann er zu rezitieren. Di ließ sich auf einem Stuhl nieder und lauschte hingerissen.

> ... der Ehrwürdige sprach: Wenn Bhagavat wiedergeboren ist, wird er alles Böse vernichten. Junge Devi mit goldenen Ruten werden kommen und alle hochmütigen und widerspenstigen Menschen bestrafen. Der Ehrwürdige wünscht, daß Maitreya ihm eine Stadt der Wandlung baue, überragt von einer Säule aus weißem Silber, an deren Fuß eine Inschrift eingemeißelt ist. Von der Spitze des Turmes wird die Goldene

Trommel allen Jüngern die wahre Botschaft verkünden. Alle, die gläubig sind, vernehmen die Botschaft, und seien sie auch zehntausend *li* weit weg, doch all die anderen, die nicht an dieses Gesetz glauben, hören nichts, und seien sie auch ganz nahe.

Eine heilige Mutter wird über die Menschheit herrschen, und ihre Herrschaft wird ewigen Wohlstand bringen. Sie ist wahrhaftig ein Bodhisattwa, hat einen weiblichen Körper und wird alle Wesen verwandeln. Ein Buddha streicht ihr über das Haar und prophezeit ihr die Zukunft, und sie wird die Menschen lehren und bekehren, wo immer sie herrscht. Sie vernichtet den Irrglauben und alle Irrlehren. Sie bekommt ein Viertel des Reiches der Cakravartin. Sie erlangt die höchste Macht. Die Menschheit wird eine Blüte erleben, beschützt vor Verzweiflung, Krankheit, Sorgen, Not und Angst. Alle Länder des Jambudvipa werden unter ihrer Herrschaft geeint, und es wird keine Feinde in fernen Ländern geben. Sollte es irgendwo auf der Welt zu einer Erhebung kommen, so wird sie unweigerlich scheitern.

Sie wird vom Land Wu-hsiang aus regieren, das man auch das Land des Nichtdenkens nennt. In jenem Land gibt es einen Fluß, der Schwarzer Fluß heißt. In der Zeit des Niedergangs des wahren Gesetzes wird, getragen von den faulen Winden, die aus jenem Fluß aufsteigen, ein Heer von Dämonen kommen, und Mara wird versuchen, das wahre Gesetz zu vernichten.

Ein Mann aus dem Volk wird diese Inschrift entdecken. Doch erst die weise Herrscherin wird sie lesen.

Dis Freund öffnete die Augen und blickte ein wenig verwirrt um sich, als tauche er aus tiefer Trance auf. Auch Di hatte gebannt den Worten des Sutra gelauscht. Die Quelle, aus der Hsueh seine Ideen schöpfte, war also gefunden: die Säule, die »entdeckten« Inschriften, Wus angebliche Bestimmung zur göttlichen Herrscherin. Tausend Fragen lagen Di auf der Zunge. Wo sollte er beginnen?

»Mara?« fragte er schließlich. »Wer oder was ist Mara?«

»Mara, auch Kamadeva genannt. Er führt das Dämonenheer an, die Zerstörer des Gesetzes. Die Devadhatta sind nichts anderes als das Dämonenheer des Mara.«

Einen Augenblick später waren die anderen Fragen, die Di noch hatte stellen wollen, wie weggeblasen, denn etwas Namenloses, Formloses beunruhigte ihn im Innersten. Er stand so hastig auf, daß er sich das Knie am Tisch anstieß und den Stuhl umwarf.

»Dämonenheer!« sagte er. »Was sagen die heiligen Schriften über das Dämonenheer?«

»Sehr wenig. Und alles ist schwerverständlich. Selbst ich kann mich nur undeutlich daran erinnern. Ich werde jetzt eine besondere Übung durchführen, die das Gedächtnis stimuliert. Ich muß in mich gehen und die richtige Stelle finden. Die Korridore meines Geistes«, sagt er lächelnd, »sind wie die Korridore einer staubigen alten Bibliothek. Die Schriften liegen bereit, sind sorgfältig eingeräumt und lückenlos vorhanden. Man kann auf der Suche nach einem Text einen Korridor nach dem anderen durchwandern. Doch das nimmt sehr viel Zeit in Anspruch. Es gibt Wege, die schneller zum Ziel führen.«

Di erlebte nun eine außergewöhnliche Vorstellung. Sein Freund schloß die Augen und erstarrte in Bewegungslosigkeit. Dann glitt er von seinem Stuhl, ging in die Hocke und drehte sich um die eigene Achse, als lasse er seinen Blick über eine Landschaft schweifen, die er nur mit geschlossenen Augen sehen konnte. Ab und zu hielt er in der Drehung inne, als habe er etwas erspäht oder gehört, dann nahm er seine kreiselnde Bewegung wieder auf. Urplötzlich stieß er einen Schrei aus, so daß Di vor Schreck zusammenzuckte.

»DANN SETZTE ER SICH NIEDER UND ZOG SEINE GLIEDER AN SICH, SO DASS ER AUSSAH WIE EINE SCHLAFENDE SCHLANGE, UND ER RIEF: ›SO WERDE ICH AUF DER ERDE VERHARREN, BIS ICH MEIN LETZTES ZIEL ERREICHT HABE!‹« Dis Freund hatte förmlich gebrüllt, doch nun senkte er die Stimme wieder und fuhr fort: »Da brachen die Himmelsbewohner in großen Jubel aus ... Tiere und Vögel gaben keinen Laut von sich, und die Bäume wiegten sich still im Wind, als der Heilige sich niederließ ...« Dis Freund griff mit einer Hand hinter sich, fand einen Stuhl und setzte sich. Er hatte die Worte, die noch fehlten, gefunden.

»... und als der große Weise, dessen Väter und Großväter königliche Weise gewesen waren, sich niedersetzte, fest entschlossen, das höchste Wissen zu erlangen, jubelte die ganze Welt. Doch Mara, der Feind des guten Gesetzes, hatte Angst ...«

Di trat an seinen Schreibtisch und nahm einen Pinsel und einen Bogen Pergament zur Hand. Er schrieb jedes Wort seines Freundes mit, und bald war die erste Spalte von oben bis unten mit Zeichen gefüllt.

»... er, den sie auf der Erde Kamadeva nennen, er, der viele Waffen besitzt, er mit den Pfeilen aus Blumen, der Herr des Begehrens, er, den sie auch Mara nennen, der Feind der Befreiung. Seine drei Söhne – Frohsinn, Stolz und Aufruhr – und seine drei Töchter – Lust, Freude und Begierde – fragten ihn nach dem Grund seiner Verzagtheit, und so gab er ihnen Antwort. Das war seine Antwort: ›Jener Weise sitzt dort drüben und trägt die Rüstung der Entschlossenheit, denn er will mein Reich erobern. Gelingt es ihm, mich zu besiegen, verkündet er der Welt den Weg zu höchster Glückseligkeit, und mein Reich wird leer werden.‹ Dann rief Mara sein Heer herbei, und seine Anhänger, die den Weisen stürzen wollten, schwärmten aus. Sie nahmen unterschiedliche Gestalt an und trugen Pfeile, Speere, Knüppel und Schwerter.«

Di konnte mit dem Pinsel kaum mithalten. Sein Freund holte tief Atem, und dann beschrieb er die Dämonen aus der Armee des Herrn des Begehrens so lebendig und in allen gespenstischen Einzelheiten, daß sie in dunklen Ecken des Zimmers Gestalt anzunehmen schienen. Di war wie gefangen und lauschte so gebannt, daß er vorübergehend sogar das Schreiben vergaß. Doch schon im nächsten Moment kam er wieder zu sich, und sein Pinsel flog über das Blatt.

Stunden später saß Di allein und in Gedanken versunken in seinem Arbeitszimmer. Beim Abschied hatte der Freund ihm lange in die Augen geschaut und dann etwas gesagt, das ihm nicht mehr aus dem Kopf ging. »Es scheint fast«, hatte der Gelehrte gesagt, »als habe die ganze Angelegenheit eine Dimension angenommen, die niemand von uns vorhergesehen hat. Es scheint fast, als wäret Ihr, Richter Di, der wahre Arhat, der wahre Hüter des Gesetzes in dieser Zeit des Niedergangs.« Dann war er lächelnd gegangen und hatte Di allein zurückgelassen, allein mit seinen Papieren, seinen hastig hingeworfenen Kritzeleien, seinen zahllosen Fragen und dem namenlosen, formlosen Ding, das in seinem Innern allmählich Gestalt annahm und ihn zunehmend beunruhigte.

Am folgenden Abend bat sich Di absolute Ruhe im Haus aus und gab Anweisung, ihn unter keinen Umständen zu stören, denn er müsse sich konzentrieren. Zur Sicherheit steckte er sich noch kleine Stoffknäuel ins Ohr. Vor ihm auf dem Schreibtisch lagen ein Stadtplan von Ch'ang-an und das Sutra, das er am Vorabend mitgeschrieben hatte. Alle Notizen waren sauber abgeschrieben und geordnet. Außerdem lagen ein frischer Bogen Pergament, Pinsel und Tusche bereit.

Er nahm den Pinsel, tauchte ihn in die Tusche und setzte ihn auf der oberen linken Ecke des Bogens ab. Nachdenklich sah er zu, wie sich ein Rinnsal aus den feinen Borsten schlängelte. Dann blickte er kurz auf. War da nicht ein leises Kratzen an der Tür? Er lauschte. Nein, er mußte sich getäuscht haben. Er wandte sich wieder der schwarzen Linie zu und dachte über jenen symbolischen Fluß nach, den Schwarzen Fluß der Gefahr, den Fluß der Leidenschaften, der Geburt und des Todes.

Dann hob er ruckartig den Kopf. Jetzt war er sicher, daß jemand an der Tür kratzte. Warum respektierten sie seine Wünsche nicht? Hatte er nicht unmißverständlich klargemacht, daß er nicht gestört werden wollte? Jetzt bereute er es, daß er sich nicht ohne jede Erklärung in sein Arbeitszimmer zurückgezogen und einfach die Tür hinter sich geschlossen hatte. Nur weil er unbedingte Ruhe verlangt hatte, störte man ihn schon jetzt. Er nahm sich fest vor, das Kratzen zu ignorieren, und las mit halblauter Stimme das Dämonen-Sutra.

Einen Augenblick später war er auf den Beinen und riß sich wutschnaubend die Stoffknäuel aus den Ohren. Jetzt kratzten sie nicht mehr, sie klopften. Er stürzte zur Tür und riß sie auf.

Im Gang stand seine Mutter. Er sah den Ausdruck in ihrem Gesicht und verkniff sich den Fluch, der ihm auf der Zunge gelegen hatte. Hinter ihr stand der bucklige Polizist und sah ihn mit dem schuldbewußten Blick eines Hundes an, der etwas Unerhörtes getan hat. Hinter ihm gewahrte Di zwei kräftige Wachleute. »Wieder ein Mord?« fragte er.

»Nein, Richter Di, kein Mord«, antwortete der Polizist, und Di erkannte sofort seinen Irrtum, denn die beiden Wachleute waren keine Polizisten, sondern Soldaten der Kaiserlichen Garde.

Di brauchte keine weiteren Erklärungen. Er wußte, daß die beiden Gardisten gekommen waren, um ihn zu verhaften. Er erwog seine Fluchtchancen: ein schneller Sprung auf die Terrasse, dann durch den Garten, über die Mauer und hinaus auf die dunkle Straße. Vor vielen Jahren, als er noch jung und stark gewesen war, hätte er es wahrscheinlich getan. Doch jetzt spürte er, daß ein Fluchtversuch sinnlos war. Außerdem las er aus dem flehenden Blick des Buckligen, daß es ihn buchstäblich den Kopf kosten konnte, wenn er mit leeren Händen zurückkam.

»Es tut mir leid«, begann der Bucklige, doch Di schnitt ihm das Wort ab.

»Laßt es gut sein«, sagte er knapp, trat hinaus und schloß die Tür hinter sich, während er sorgenvoll an die Papiere auf seinem Schreibtisch dachte. »Ihr könnt mir später alles berichten«, fügte er in freundlicherem Ton hinzu und leistete keinen Widerstand, als ihn die beiden Gardisten an den Armen packten. »Gehen wir.«

30

Die Tür öffnete sich quietschend einen Spalt, und eigentlich erwartete Di, seinen Freund, den Polizisten, am Schreibtisch sitzen zu sehen. Der Polizist ließ die Zellentür gewöhnlich angelehnt, weil Di sich dann nicht so eingesperrt vorkam – draußen standen ja ohnehin Wachen, und er wußte, daß Di niemals einen Fluchtversuch unternehmen würde, weil er ihn damit nur in Gefahr brächte.

Doch nicht der gutmütige Bucklige saß an dem Schreibtisch, sondern ein dicker, häßlicher Mann mit einem breiten Gesicht und kleinen mißtrauischen Augen, die ein wenig zu eng beieinander standen. Der Dicke schaute vom Tisch hoch und blickte finster zu Di herüber.

»Ihr seid also wach, Richter.« Der Mann hatte eine tiefe, heisere Stimme, aber sie klang bei weitem nicht so unfreundlich, wie seine Miene hätte vermuten lassen.

Ja. Jetzt erkannte Di den Mann. Oder doch nicht? Seine Erinnerung an den gestrigen Abend war verschwommen, als hätte er zu viel Wein getrunken. Vielleicht war es ja so gewesen. Vielleicht hatte der Mann ihm Wein eingeflößt, um ihn zum Sprechen zu bringen. Nein, das konnte nicht sein, sonst hätte er jetzt einen dicken Kopf. Und doch war der Mann dort derselbe, der ihn gestern abend verhört hatte. Oder nicht? Er war doch letzte Nacht verhört worden? Diesen dicken, häßlichen Kerl konnte man doch nicht vergessen.

»Habt Ihr noch einmal über eine Zusammenarbeit mit uns nachgedacht, Richter? Gestern nacht wart Ihr nicht sehr kooperativ. Mit dieser Widerspenstigkeit schadet Ihr nur Euch selbst, das solltet Ihr wissen.« Der Mann gab sich ungezwungen, und seine Stimme klang immer noch freundlich.

»Was wolltet Ihr von mir wissen?« fragte Di, der sich an keine Frage mehr erinnern konnte. Er rieb sich die Augen und sah durch die offene Tür zum Schreibtisch hinüber.

»Nur Euren vollständigen Familiennamen, Richter. Nichts weiter«, antwortete der Mann mechanisch und wandte sich wieder seiner Schreibarbeit zu.

»Meinen Namen?«

»Das ist alles. Eine einfache Frage.«

»Ja. Ich heiße … Ich weiß, wie ich heiße. Gebt mir einen Augenblick Zeit. Mein Name ist … ist …«

»Aber, aber, Richter«, sagte der Dicke, ohne von seinen Papieren aufzublicken. »Das können wir doch besser, nicht wahr?«

»Mein Name.« Di war wütend und kramte verzweifelt in seinem Gedächtnis. Er gab sich alle Mühe, doch es gelang ihm nicht, seinen Namen auszusprechen. »Er liegt mir auf der Zunge. Mein Name ist … Ich bin Richter … Verflucht … Er fällt mir nicht ein …«

»Das wird Euch nichts nützen, Richter. Entweder Ihr sagt uns jetzt Euren Namen, oder wir töten jeden Tag einen Eurer Angehörigen, bis er Euch wieder einfällt.«

»Aber jeder in der Stadt kennt meinen Namen …«

»Das nützt uns nichts. Wir müssen ihn von Euch erfahren«, sagte der Mann so beiläufig, als habe er Di angewiesen, die Zelle auszufegen. »Heute abend fangen wir mit Eurer Mutter an. Es liegt bei Euch, Richter.«

»Nicht meine Mutter.«

»Mit wem sollen wir dann beginnen? Mit einer Eurer Frauen?«

»Nein!«

»Sie kommen alle dran, bis niemand mehr von Eurer Familie übrig ist.« Der Mann zuckte bedauernd die Achseln. »Es liegt ganz bei Euch.«

Als Di aus dem schlimmen Traum erwachte, sah er das unglückliche Gesicht seines Polizisten über sich.

»Schon wieder, Richter?« fragte sein buckliger Freund und sah ihn so traurig und mitleidvoll an, daß Di das Gefühl hatte, er müsse ihm etwas Aufmunterndes sagen. Der arme Mann machte sich mehr Sorgen um Di als um seinen eigenen Kopf.

»Es war nichts.« Di hob lächelnd den Kopf von der Matte, setzte sich auf und lehnte sich an die Wand. »Ich habe es schon vergessen. Ja, ich fühle mich heute morgen frischer als gestern.« Er rieb sich das müde, graue Gesicht. »Bringt mir den Tee, bitte.« Er stand ein wenig zittrig auf und ging zum Waschtisch.

»Jawohl, den Tee, sofort, Richter.« Der Polizist ging zum Schreibtisch und kehrte mit einem Tablett zurück, auf dem eine Schale und eine dampfende Kanne standen. Er hatte den Tee bereits zubereitet, denn Di wachte immer zur selben Zeit auf, ob er schlecht geträumt hatte oder nicht. Während Di sich das Gesicht wusch, stellte der Polizist das Tablett auf den Tisch.

»Kann ich sonst noch etwas für Euch tun?« fragte er. »Braucht Ihr vielleicht etwas von zu Hause? Etwas Besonderes zu essen? Oder sonst etwas, damit Ihr Euch wohler fühlt?« Di hörte aus den Fragen heraus, wie peinlich dem Mann die Situation war und wie sehr er sich um ihn sorgte. Der Polizist wußte genau, daß die Lage immer bedrohlicher und leider auch immer aussichtsloser wurde. Doch er mühte sich tapfer, sein Unbehagen zu verbergen, um seinem Vorgesetzten nicht noch mehr Kummer zu bereiten.

Der Polizist wußte auch, daß Di einige entscheidende Entdekkungen gemacht hatte, doch sie waren stillschweigend übereingekommen, keine Einzelheiten zu besprechen, und das nicht nur, weil sie möglicherweise belauscht wurden, sondern weil sie beide spürten, daß die Theorie, die im Kopf des Richters Gestalt annahm, sich wie ein schlechter Traum verflüchtigen könnte, wenn er sie schon jetzt in Worte faßte. Obwohl er die meisten Teile des Puzzles in der Hand hielt, tappte er noch in vielerlei Hinsicht im dunkeln. Darin lag sicherlich auch der Grund für den unangenehmen Traum, den er heute morgen gehabt hatte: eine tief verwurzelte Angst, daß alles Wissen, selbst sein Name, ihm in einem Augenblick der Unaufmerksamkeit wieder entschlüpfen könnte.

»Ich denke nicht, daß der Gouverneur der Provinz Shensi in seinem Haftbefehl dergleichen verboten hat«, sagte der Polizist. »Ich meine Dinge, die zu Eurem Wohlbefinden beitragen ...«

Sehr großzügig von dem guten Mann, dachte Di. Nein, wirklich, er ist sehr rücksichtsvoll, er hat mich nicht einmal mit dem wahren Grund für meine Verhaftung belästigt.

»Ich danke Euch«, sagte Di freundlich, »Eure Umsicht war und ist mir eine große Hilfe. Ich kann Euch in der Tat nicht genug dafür danken, wie Ihr Euch um meine Familie kümmert.« Doch in Gedanken war Di noch bei dem Gouverneur. Wenn der Haftbefehl, den man ihm der Form halber vorgelesen hatte, tatsächlich von diesem Mann ausgestellt worden war, dann mußte ihn jemand dazu gezwungen haben. Alle Papiere hatten sein Siegel getragen, aber das war auch schon alles. »Doch Ihr könntet mir noch einen großen Gefallen tun«, sagte Di und legte in seine Stimme einen verschwörerischen Ton, der den Polizisten sofort aufhorchen ließ.

»Natürlich, Richter, was Ihr wollt. Das heißt, wenn es in meiner Macht steht. Mir sind die Hände gebunden ...«

»Natürlich, mein Freund, mir auch«, sagte Di und fügte flüsternd hinzu: »Doch nur im Augenblick, das dürfen wir nicht vergessen.« Er versuchte, zuversichtlich zu wirken, doch seine Stimme klang nicht sehr überzeugend, am wenigsten für ihn selbst.

»Natürlich werde ich alles tun, was in meiner Macht steht«, sagte der Polizist etwas zögerlich, als befürchte er, Di könnte eine waghalsige und heroische Tat von ihm verlangen. Doch Di sah ihm an, daß er zu allem bereit war.

»Bringt mir noch eine Schale von der köstlichen Fischsuppe, die Ihr mir gestern abend serviert habt. Außerdem brauche ich noch eine Decke, wenn das nicht zuviel verlangt ist, und einen Kamm, einen Schreibpinsel und ... vereinbart für mich eine Privataudienz mit dem Gouverneur, hier bei mir in der Zelle. Ich brenne darauf, mit dem Mann zu reden.«

Der Polizist sah ihn einen Moment verdutzt an, dann lächelte er. »Ich auch, Richter.« Er lachte trocken. »Ich auch.«

Die Tage verstrichen, lange Tage, an denen Di jedes Gefühl zwischen Erregung und Langeweile durchlebte, Tage voller Ahnungen und Erinnerungen, die ihn seit Jahren nicht mehr bewegt hatten. Aber er wußte, daß die Hilflosigkeit, die er angesichts seiner widerrechtlichen Verhaftung verspürte, nichts war im Vergleich zu der Ohnmacht, welche die Mordopfer in der Tatnacht empfunden haben mußten.

Wenigstens kam er jetzt zum Nachdenken. Welch bittere Ironie, daß er ausgerechnet hier die Ruhe fand, die ihm zu Hause immer gefehlt hatte. In der nächtlichen Stille der Zelle war es ihm durch angestrengte Konzentration gelungen, sich fast alle Einzelheiten der Notizen und Zeichnungen, die er auf seinem Schreibtisch hatte zurücklassen müssen, wieder ins Gedächtnis zu rufen. Er hatte an die Übung gedacht, mit deren Hilfe sich sein gelehrter Freund versprengte Erinnerungen ins Bewußtsein rief, und obwohl er in dieser Technik ungeübt war, hatte er sie ausprobiert. Er hatte die Augen geschlossen und sich die Papiere vergegenwärtigt, bis wie von selbst erstaunlich detaillierte Bilder vor seinem inneren Auge erschienen waren.

Wer immer ihn hier eingesperrt hatte, er hätte früher handeln und ihn schneller von seinen Notizen trennen müssen. Irgend jemand mußte ihn erkannt haben. Aber wer? Und wo? Eigentlich kamen nur zwei Orte in Frage: die Höhlen oder der Tempel des Weißen Pferdes. Solange er nur gegen Banden, Schamanen, Räuber und ähnliche Leute ermittelt hatte, war er in Ruhe gelassen worden. Kaum aber beschäftigte er sich mit der Sekte der Weißen Wolke, wurde er verhaftet. Dieser Umstand allein bestätigte seinen Verdacht. Außerdem hatte er durch die Verhaftung Zeit gewonnen: Möglicherweise hätte er viele Tage damit zugebracht, vage Theorien zu wälzen. So aber wußte er mit Sicherheit, daß er auf dem richtigen Weg war.

Aber warum, fragte er sich, hatten sie ihn nur verhaftet? Warum hatten sie ihn nicht getötet? Darauf gab es mehrere plausible Antworten, doch jede führte ihn wieder zu seiner ungeheuerlichsten Hypothese: Er glaubte, voraussagen zu können, welche Familie den Mördern als nächste zum Opfer fallen würde.

Wann es geschehen würde, wußte er allerdings nicht. Wahrscheinlich aber schon sehr bald.

Er wälzte sich unruhig auf seinem harten Lager. Er wußte, daß man ihn nur deshalb hier gefangenhielt, weil der nächste Mord unmittelbar bevorstand. Jemand wollte, daß er von dem Mord erfuhr und dann unter seiner quälenden Ohnmacht litt. Wahrscheinlich hatte man ihn deshalb auch noch nicht verlegt. Man wollte ihn hier haben, hier in der Stadt, wo der Mord geschehen sollte.

Als die zweite Woche seiner Gefangenschaft zu Ende ging, drohte Di in tiefer Mutlosigkeit zu versinken. Die Energie der ersten Tage war verflogen. Morgens beim Aufwachen fühlte er sich wie zerschlagen, und oft war er so müde, daß er kaum die Kraft aufbrachte, sich aufzusetzen. Immer häufiger wurde der Schlaf seine letzte Zuflucht. Gerüchteweise hatte er gehört, daß er demnächst verlegt werden sollte, doch es gelang ihm nicht, Genaueres zu erfahren. Auch der Polizist wußte nicht mehr als er.

Er sehnte sich nach einem erquickenden Spaziergang durch die Stadt. So ein Spaziergang war eine Wohltat für Leib und Seele. Obwohl er hier in der Zelle auf alle Annehmlichkeiten verzichten mußte, die er als reicher Mann gewohnt war, fühlte er sich vor allem deshalb als Gefangener, weil er nicht an die frische Luft konnte. Der Herbst war sehr stürmisch gewesen, und oft genug hatte er bei seinen Streifzügen durch die Stadt gegen den Wind ankämpfen müssen, doch auch bei einer solchen Witterung zog es ihn nach draußen. In der fensterlosen Zelle wußte er nicht einmal, ob es regnete oder die Sonne schien. Auch das trug sicherlich zu seiner melancholischen Stimmung bei.

Eines Morgens, als der Polizist wie üblich den Tee brachte, fragte er ihn: »Sagt mir, wie war das Wetter?«

»In der letzten Woche? Oder heute?« fragte der Polizist erfreut, da der Richter seit Tagen kaum den Mund aufgetan hatte.

»Heute und in den letzten Tagen.«

»Nun, Richter, Ihr seid noch nicht lange genug in Ch'ang-an, um unser Wetter zu kennen.« Der Bucklige strahlte über das ganze Gesicht, da er nun endlich wieder mit dem Mann plaudern konnte, den er zutiefst bewunderte. »Eigentlich war das Wetter ungewöhnlich freundlich für diese Jahreszeit. Normalerweise haben wir im Spätherbst schwere Stürme. Aber dieses Jahr war es nicht so schlimm.« Di, der aufmerksam zuhörte, benetzte nun sein Gesicht mit eiskaltem Wasser.

»Ja, Richter, den letzten wirklich schweren Sturm hatten wir vor einigen Wochen. Vor Eurer ... Verhaftung. Ihr erinnert Euch wahrscheinlich. Seither war es ziemlich ruhig. Zumindest für diese Jahreszeit. Windig und frisch, aber nicht besonders stürmisch.«

»Dann würde ich heute also einen Spaziergang machen, was meint Ihr?« fragte Di und rieb sich mit einem Handtuch kräftig das Gesicht trocken.

»Ja«, antwortete der Bucklige. »Vermutlich schon. Ihr müßtet allerdings bald losgehen. Im Moment scheint die Sonne, doch als ich heute morgen hierherkam, blies mir ein heftiger Wind in den Rücken. Noch nicht schlimm, aber das könnte sich ändern. Heute nachmittag oder morgen ist es vielleicht schon zu stürmisch für einen Spaziergang.«

»Aha«, sagte Di und setzte seine Kappe auf. »Heute haben wir also gutes Wetter, wenigstens im Moment. Aber morgen wäre ein Spaziergang vielleicht kein Vergnügen mehr.«

»Wahrscheinlich nicht, Richter, obwohl ...«, er überlegte kurz und spann dann Dis kleine Geschichte weiter. »Man kann nie wissen. Vielleicht erleben wir eine angenehme Überraschung, und das Wetter bessert sich. Vielleicht ist es morgen ideal zum Spazierengehen.« Er zuckte die Achseln. »Doch der Wind ist unberechenbar. Genausogut kann es auch schlechter werden.«

Der alte Mönch zog die Kapuze tief ins Gesicht, um sich vor dem Staub zu schützen, den der Wind aufwirbelte. Er empfand es immer als eine lästige Unterbrechung, wenn er auf den Hof des Klosters des Weißen Pferdes treten mußte, denn er liebte seine eigentliche Arbeit, das Kopieren von Sutras, bei der er im Pförtnerhaus bleiben konnte. Er prüfte den Windmesser auf dem Dach der großen Halle und murrte vor sich hin. Je heftiger es stürmte, desto öfter mußte er nach draußen. Und heute würde er den Gang noch einige Male machen müssen.

Wenn der Nordwestwind eine bestimmte Stärke erreichte, fiel die erste der drei unterschiedlich schweren Figuren um, die Buddha-Jünger darstellten. Blies der Wind heftiger, kippte die zweite Figur. Und wenn die dritte umfiel, mußte man sich in Ch'ang-an auf schwere Stürme aus den Bergen gefaßt machen.

Als der Mönch an diesem Morgen zum vierten Mal ins Freie trat, war der zweite Jünger umgekippt. Er war schon fast wieder in seinem Pförtnerhaus, als eine heftige Böe durch den Klosterhof fuhr und das Laub im Kreis herumwirbelte. Er drehte sich um und blickte zum Dach der Halle hinüber. Nein, der dritte Jünger war noch nicht umgefallen.

Er hatte genaue Anweisungen: Wenn es soweit war, sollte er auf einem kleinen Bogen Pergament notieren, an welchem Tag und um welche Stunde der dritte Jünger umgekippt war. Anschließend mußte er den Bogen falten, sorgfältig versiegeln und einem Kurier übergeben, der sich sofort auf den Weg machte. Er wußte nicht, was das alles zu bedeuten hatte, und es kümmerte ihn auch nicht. Er tat, was ihm aufgetragen war, und ging dann wieder in aller Ruhe der Beschäftigung nach, der seine ganze Liebe galt: dem Kopieren.

Gerade hatte er wieder im Pförtnerhaus Platz genommen, da ließ ein Windstoß das Gebälk erzittern. Er hob die Augen. Nein, immer noch nicht. Er war überzeugt, daß der Wind manchmal sein Spiel mit ihm trieb. Er wusch sorgfältig seinen Pinsel aus, glättete die Borsten und tauchte sie dann in das Tuschefaß. Er schrieb weiter an seinem Sutra und wartete.

Der Polizist hatte recht. Der Wind wurde tatsächlich immer stärker. Jedes Mal, wenn Di aus dem Schlaf hochschreckte, heulte der Sturm bedrohlicher. Er konnte ihn durch die dicken Mauern hören, und er spürte, wie die Fundamente des Gefängnisses bebten. Seine Mutter hatte oft von den Stürmen erzählt, die zuweilen über Ch'ang-an hinwegfegten, Dächer abdeckten und Bäume entwurzelten. Wenn das so weitergeht, dachte Di, als er im Morgengrauen erwachte, werden wir bald einen solchen Sturm haben. Er schloß die Augen, zog sich die Jacke über den Kopf und versuchte, wieder einzuschlafen.

Kurz darauf fuhr er wieder hoch, und die Jacke fiel hinunter. Was war das? Er lauschte aufmerksam dem Brausen des Windes: Da war es wieder. Ein tiefer, wehklagender Ton, als hätten die Geister der Unterwelt ihren ganzen Kummer in eine Stimme gelegt.

Er setzte sich auf und blickte sich in der Zelle um. Alles war wie immer. Die wenigen Dinge, die er hier besaß, standen an ihrem gewohnten Platz. Überzeugt, daß er nicht geträumt hatte, setzte er die Füße auf den kalten Boden. Ein Frösteln durchlief ihn, er lauschte: Wieder der heulende Ton, nur länger und jammervoller als vorhin. Das war Wirklichkeit. Bedrohliche Wirklichkeit.

Im nächsten Augenblick war er auf den Beinen und stand an dem kleinen Guckloch in der Zellentür. Er schob das hölzerne Gitter zur Seite, so daß er den Gang hinuntersehen konnte. Da niemand zu sehen war, rüttelte er an dem Holzgitter und rief nach dem Polizist. Mit müden Augen schlurfte der Bucklige um die Ecke.

»Was ist das für ein entsetzliches Geräusch?« fragte Di.

Der Bucklige rieb sich die Augen. »Gespenstisch, nicht wahr?« sagte er und horchte. »Wir haben gerade darüber gesprochen. Es heißt, es sei ein … ein Horn.«

»Ein Horn?« fragte Di ungläubig.

»Ja, ein riesiges Horn, wenn es stimmt, was die Männer mir heute morgen sagten. Es soll riesengroß sein. So lang wie drei Männer. Es kommt wohl aus den Bergen Tibets. Ich habe vergessen, wie es heißt.«

»Ein Tungchen«, sagte Di.

»Ja! Das ist das Wort!«

»Warum hören wir das Tungchen?« fragte Di. »Die Arbeiten an der Säule sind beendet, und man hat das Instrument an ihrer

Spitze befestigt, knapp unterhalb der Stelle, wo die Scheibe hinkommen soll. Man hat es so angebracht, daß es nur erklingt, wenn der Wind eine bestimmte Stärke erreicht und aus der richtigen Richtung bläst. Und anscheinend ist das heute der Fall. Wir wissen nicht, wozu das gut sein soll. Doch eines steht fest: Wir werden einen unruhigen Winter erleben ...« Er verstummte, weil er merkte, daß Di nicht mehr zuhörte.

»Mein Freund«, sagte Di langsam und nachdenklich. »Aus welcher Richtung bläst der Wind heute morgen?« Der Bucklige überlegte kurz und schüttelte dann den Kopf.

»Das weiß ich nicht genau. Ich muß die Männer fragen.« Damit verschwand er für einige Minuten. Di hielt die Gitterstäbe umklammert. Grauenvolle Bilder schossen ihm durch den Kopf. Da tauchte der Bucklige schon wieder auf.

»Nordwest, Richter. Der Wind bläst aus Nordwest.«

»Mein Freund«, flüsterte Di, »kommt näher.« Di faßte durch den Schlitz, packte den Polizisten am Gewand und zog ihn ganz dicht an die Tür. »Hört mir zu.« Das Heulen draußen ließ für einen Moment nach. Di sah dem Polizisten fest in die Augen. »Ich muß hier raus«, sagte er, wobei er jedes einzelne Wort betonte. »Ich weiß, wann der nächste Mord geschehen wird.«

»Ich kann nichts für Euch tun, Richter«, sagte der Polizist verzweifelt. »Ich bedauere es sehr. Ich würde alles tun, wenn ich könnte. Ich würde mich für Euch sogar in Gefahr begeben. Doch dazu ist es jetzt zu spät.« Er sah unendlich traurig aus. »Ich werde heute morgen versetzt.«

»Was? Versetzt?«

»Ja. Ich soll den Bezirk am Westmarkt übernehmen. Ich muß bald gehen. Meine Nachfolger sind bereits hier. Sie waren es, die mir von dem Horn erzählten.«

»Was sind das für Leute?« fragte Di. »Und warum sind es so viele?«

»Ich kenne sie nicht«, flüsterte er.

Di fluchte vor Enttäuschung. »Mein Freund«, wiederholte er leise und eindringlich, »ich ... muß ... hier ... raus.«

Der Mann schaute ihn verzweifelt an. Da hörte Di, wie die Männer, von denen der Bucklige soeben gesprochen hatte, den Gang entlangkamen und ließ das Gewand des anderen los. Das tibetische Horn auf der Säule der Kaiserin klagte jämmerlich.

»Richter Di«, sagte der Bucklige jetzt in normaler Lautstärke, »wir haben weitere Befehle erhalten. Morgen früh werdet Ihr in ein größeres Gerichtsgebäude im Süden der Stadt verlegt. Ihr geht zu Fuß dorthin. Diese Wachen werden Euch begleiten.« Mit kummervoller Miene hielt er inne. »Dort werdet Ihr auf Eure Verlegung nach Loyang warten.«

Nachdem der Polizist gegangen war, dachte Di nur noch über eine Fluchtmöglichkeit nach. Alle Teile des Puzzles paßten nun zusammen, und das Bild, das sie ergaben, war noch grauenvoller als seine schlimmsten Alpträume. Doch es war kein Alptraum. Es waren Tatsachen, und der Ort des Geschehens war eine Stadt, in welcher der Schlaf für einige Privilegierte zu einem Spiel mit dem Tod geworden war. Es blieben ihm noch ein, höchstens zwei Tage, um aus dieser Zelle herauszukommen und die Mörder auf frischer Tat zu ertappen.

Das große Horn war inzwischen verstummt, und Di dankte den Göttern dafür. Der Sturm hatte sich gelegt. Der Nachmittag ging allmählich zu Ende, und die Zeit der bösen Träume rückte wieder näher. Wieder stand Ch'ang-an eine unruhige Nacht bevor.

Am frühen Abend, nur wenige Stunden, nachdem sich der Polizist verabschiedet hatte, erschien ein Besucher im Gefängnis: ein Junge, der süßen Sesam, Obst und Gebäck mit süßer Bohnenpaste verkaufte. Di hörte, wie er im Wachraum die Qualität seiner Waren pries. Die Wachen lachten gutgelaunt und kauften offensichtlich auch einige Leckereien. Während sie aßen und den Bäcker lobten, plapperte der Junge unablässig weiter.

Dann hörte Di, wie die Stimme des Jungen näher kam, begleitet von den schweren Schritten der Wachen. Offenbar wollte der Junge sein Glück auch bei dem vornehmen Gefangenen versuchen, und das wollten sich die Wachleute nicht entgehen lassen. Gerade erklärte ihnen der Junge, daß die zwei Kupfermünzen, die er von ihnen erhalten habe, ein guter Preis seien. Meistens bekomme er nur ein Kupferstück, und er sei froh, daß er den Rat seines Vaters befolgt habe und in die Wache gekommen sei, denn Männer von Rang wüßten die Qualität seiner Waren viel besser zu würdigen.

Der Junge wird es noch weit bringen, dachte Di. Schon jetzt beherrscht er sein Fach meisterhaft, lullt seine dümmlichen Kunden mit Schmeicheleien ein und lockt ihnen so das Geld aus der Tasche.

»Für ein Kind wie dich ist es aber schon sehr spät, um allein nach Hause zu gehen«, sagte einer der Wachmänner jetzt ganz nahe bei Dis Zelle.

»Bis zur Sperrstunde verkauft mein Vater auf dem Ostmarkt, hier ganz in der Nähe«, antwortete der Junge. »Außerdem sind die Straßen auf meinem Nachhauseweg wegen der vielen Läden immer belebt und gut beleuchtet.«

Nun wurde die Zellentür aufgeschlossen, und der Junge trat ein, während die Wachen draußen stehenblieben. »Herr«, sagte der Junge und verbeugte sich, »mein Vater bat mich, Euch eine Spezialität zu bringen. Einen außergewöhnlichen Kuchen. ›Der wird uns reich und berühmt machen‹, sagt mein Vater. Und er hat recht, denn kein anderer Bäcker aus der Zunft von Ch'ang-an kann solche Kuchen backen.« Der Junge trat noch einen Schritt näher, und die Wachen schauten schmunzelnd zu. »Er hat den Kuchen mit Sesampaste, Bohnencreme, Honig, Ingwer und Pflaumenwein gefüllt. Aber ...« Der Junge schaute Di, der im Morgenrock auf der Bank saß, direkt in die Augen und stellte seinen Korb auf den Tisch. »Aber sie sind nicht ganz billig, Herr. Ein Kuchen kostet drei Kupfermünzen, denn die Zutaten sind sehr teuer. Außerdem sind die Kuchen viel größer als die anderen.«

»So, so, drei Kupfermünzen willst du haben! Das müssen wirklich besondere Kuchen sein.« Dis Miene hellte sich ein wenig auf. »Oder sind sie noch mehr wert? Vielleicht sogar vier Kupfermünzen?« Bei diesen Worten holte er fünf Münzen aus seiner Geldbörse und legte sie auf den Tisch. Als der Junge das kleine Vermögen sah, begannen seine Augen zu leuchten. Er kippte den Korb etwas nach vorne, damit sich Di einen Kuchen aussuchen konnte. Sie sahen wirklich sehr appetitlich aus, und jeder war in der Mitte mit einem hübschen Zeichen aus Zuckerguß verziert, das dem Käufer Glück, Gesundheit, Wohlstand und ein langes Leben wünschte.

»Das ist eine Spezialität meines Vaters«, sagte der Junge, als er Dis bewundernden Blick sah. Dann schielte er zu den Münzen auf dem Tisch. »Ich kann zwar nicht lesen, Herr, aber ich kann zählen. Ihr habt mir fünf Münzen gegeben statt vier.« Er zählte noch einmal und hielt dem Richter dann eine Münze hin.

»So, habe ich das«, sagte Di und tat erschrocken. »Wie konnte ich nur? Doch weil du so ehrlich bist, mein Junge, will ich dir noch eine dazu geben.« Er ließ eine sechste Münze in die kleine Hand gleiten. Der Junge sah ihn groß an. Ohne sich zu bedanken oder die Gabe abzulehnen, legte er das Geld rasch in ein Holzkästchen. Während er einen Kuchen aus dem Korb nahm, lächelte Di den Wachmännern über seinen Kopf hinweg zu, und sie erwiderten sein Lächeln.

»Seht selbst, Herr, ist das nicht ein schöner Kuchen? Mit weißem Zuckerguß, wie ein schneebedeckter Berg im Winter, sagt mein Vater.« Er setzte den Kuchen, der mit einem Stück Pergament unterlegt war, vorsichtig auf den Tisch, um die zierliche Zuckerguß-Schrift darauf nicht zu zerstören. »Ein Gedicht«, sagte der Junge. »Mein Vater hat ein Gedicht über den Winter geschrieben. Ein Gedicht über Schneeflocken.«

Di beugte sich vor, um das Gedicht zu lesen. Da bemerkte er, wie ernst das Gesicht des Jungen mit einem Mal geworden war. Das unschuldige Kind war verschwunden. Di blickte verstohlen zur Zellentür, doch die Wachmänner unterhielten sich und achteten nicht auf das Geschehen in der Zelle. Der Junge legte einen Finger auf den Mund, und Di schaute auf den Kuchen hinunter, schob die Lampe näher und las das »Gedicht«. Es bestand aus fünf Zeichen: HILFE. FLUCHT. FAMILIE LING. DANK.

»Ah, ja«, sagte Di, der sich schnell wieder gefaßt hatte. »Wie schön: ›Schneeflocken verwandeln Bäume in weißbärtige Greise‹ «, dichtete er aus dem Stegreif und nickte dem Jungen zu. Der Richter hatte die geheime Botschaft erhalten.

Die Wärter konnten zwar sicherlich weder lesen noch schreiben, doch Di wollte kein Risiko eingehen. Er tat, als sei er sehr hungrig, nahm den Kuchen und biß ein großes Stück ab.

»Köstlich«, sagte er mit vollen Backen kauend. »Eine Schande, ein solches Kunstwerk zu ruinieren, aber dafür ist es ja schließlich da, oder? Wunderbar! Sag deinem Vater, er ist ein ausgezeichneter Bäcker, wirklich der beste, den ich kenne.« Er verschlang den restlichen Kuchen mit einem großen Bissen.

Der Junge, ein geborener Schauspieler, strahlte vor Freude über das Lob für seinen Vater.

»Solche Kuchen werden mich im Gefängnis bei Kräften halten. Und das ist auch nötig, denn morgen soll ich verlegt werden.« Di drehte sich zur Zellentür und fragte die ins Gespräch vertieften Wärter mit lauter Stimme: »Es stimmt doch, daß ich morgen ins Schlangenviertel verlegt werde, oder?«

Die Wärter nickten kurz und nahmen dann ihre Unterhaltung wieder auf.

»Sag deinem Vater, daß seine Kuchen ausgezeichnet sind. Ich hoffe, daß er mir auch welche ins Schlangenviertel bringt. Sag ihm, es ist ein *langer Weg* dorthin, ich werde also müde sein und eine Stärkung brauchen. Und sag ihm, daß er sie mir so *schnell wie möglich* bringen soll. Hast du verstanden?«

Der Junge nickte. Was für ein kluges Kind. Di dachte kurz an seine Söhne, als er sich mit einem feuchten Tuch die süße Bohnencreme von den Lippen wischte. Die Wärter sprachen immer noch miteinander. Der Junge zögerte ein wenig, als sei ihm etwas eingefallen.

»Das war ausgezeichnet.« Di war besorgt, bemühte sich aber, ungezwungen zu wirken, und betupfte weiter seine Lippen. »So etwas Gutes habe ich selten gegessen.«

»Herr, vielleicht darf ich nicht bis ins Schlangenviertel gehen. Dann wird Euch mein älterer Bruder die Kuchen bringen. Sagt mir, welches Gewand Ihr morgen tragen werdet, wenn Ihr hier weggeht, damit ich Euch meinem Bruder beschreiben kann.« Di verstand sofort, was der Junge meinte. Entweder er war tatsächlich sehr klug, oder er hatte die Anweisungen seines Vaters gut behalten.

»Ja, also, laß mich nachdenken ...« Di ging zu dem Kleiderständer in der Ecke hinter seinem Lager und betrachtete seine wenigen Gewänder. »Wahrscheinlich den grauen Wintermantel mit der Kapuze und dem Pelzkragen, zum Schutz gegen den Wind.«

Der Junge warf einen kurzen Blick auf den Mantel, knüllte dann das fettige Pergamentpapier zusammen und fegte die Krümel vom Tisch. Als er den Korb aufnehmen wollte, fiel sein Blick auf Dis vollen Geldbeutel, der auf der Holzkiste lag. Er schaute Di fragend an.

»Bis zum Schlangenviertel ist es ein weiter Weg«, sagte Di. »Das soll deinen Vater für die Mühe entschädigen. Vielleicht möchte er dir einen neuen Wintermantel kaufen.« Der Junge packte die Geldbörse in den Korb, verbeugte sich höflich und verließ die Zelle. Ein prachtvoller Bursche, dachte Di. »Ich freue mich schon auf deinen Besuch«, rief er ihm nach. »Sag deinem Vater, daß ich auf die Kuchen nicht verzichten kann ...«

Dann war der Junge gegangen.

Es war kalt heute morgen. Di sah zwar das frostige Blau des Himmels von seiner Zelle aus nicht, doch er konnte es sich vorstellen. Schon beim Aufwachen hatte er die Kälte gespürt, obwohl alle Öfen im Gefängnis brannten. Die Wärme, die sie ausstrahlten, war zwar angenehm, wurde aber von den kalten, feuchten Wänden geschluckt.

Die Wärter wollten ihm kurz vor dem Abmarsch Bescheid sagen. So blieb ihm noch genug Zeit, um sich zu waschen, anzuziehen und seine Sachen zusammenzupacken. Warum er wohl zu Fuß in das andere Gefängnis gehen mußte? Normalerweise transportierte man Gefangene auf Karren. Darauf gab es zwei mögliche Antworten: Entweder wollte man ihn öffentlich demütigen – der große Richter Di Jen-chieh wird wie ein Krimineller durch die Straßen geführt –, oder der Bucklige hatte ihm die Erlaubnis beschafft, weil er wußte, daß er gern spazierenging.

Er betupfte sich ganz behutsam mit dem eiskalten Wasser, als säubere er eine Wunde. Der Tag der Entscheidung war gekommen. Entweder kam er frei, oder er war heute abend ein toter Mann – er und wer weiß wie viele andere. Das Waschen kam ihm heute morgen noch unangenehmer als sonst vor, doch das war gut so. Er fühlte sich hellwach und munter wie schon lange nicht mehr. Und das mußte er auch sein, denn er wußte nicht, was der Bäcker vorhatte. Sie verließen sich darauf, daß er bereit war, wenn es passierte. Hoffentlich war er der Aufgabe gewachsen.

Er zog sich mit großer Sorgfalt an, denn er wollte am Tag seiner Befreiung nicht wie ein Bettler aussehen. Er betrachtete den langen grauen Kapuzenmantel mit den Hermelinbesätzen. Er war das einzige Zeichen seiner Stellung, das ihm geblieben war. Oder war heute der Tag, an dem ihn ein übereifriger Wächter mit einer Lanze durchbohren sollte? Er kämmte sich den spärlichen Bart. Je mehr er wie ein würdevoller Beamter aussah, desto unwahrscheinlicher war letztere Möglichkeit. Zum Schluß setzte er sorgfältig seine Kappe auf und strich noch einmal sein Gewand glatt.

Die kalte Morgenluft war überwältigend. Die nervöse Anspannung der letzten Tage war augenblicklich verschwunden. Erstaunlich, dachte Di, wie sehr ihm die zwei Wochen im Kerker zugesetzt hatten! Nie war er für Farben, Geräusche und Gerüche so empfänglich gewesen wie heute. Wie sich wohl ein Mann fühlte, der nach zehn oder zwanzig Jahren aus dem Gefängnis kam? Er konnte es sich nicht vorstellen. Er fühlte sich noch ein wenig steif und unsicher auf den Beinen, schritt jedoch rasch aus und atmete tief ein. Wie schön, daß eine so weite Strecke vor ihnen lag! Er gab keinen guten Häftling ab, das wußte er. Sein Leben lang hatte er es verabscheut, den Launen anderer ausgeliefert zu sein.

Ab und zu sah er Menschen, die er kannte, Händler, mit denen er bei seinen Ausflügen im Vorübergehen ein paar Worte gewechselt hatte, doch sie wichen seinem Blick aus. War es ihnen peinlich? Oder hielten sie ihn tatsächlich für einen Verbrecher?

Er beobachtete verstohlen die Gesichter der vier Revierpolizisten, die ihn begleiteten. Waren sie in den Plan eingeweiht? Wenn ja, so war ihren Gesichtern jedenfalls nichts anzumerken. Sie stapften schweigend vor sich hin. Di überdachte noch einmal das Gespräch mit dem Jungen. Hatte er etwas übersehen? Er strengte sein Gedächtnis an und ging noch einmal den gesamten Wortlaut ihrer Unterredung durch. Noch einmal sah er vor seinem inneren Auge die Worte auf dem Kuchen, ihre in Zucker und Honig verquirlte Botschaft der Hoffnung: Hilfe. Flucht. Familie Ling. Dank.

Familie Ling. Er konnte den Namen immer noch nicht einordnen.

Sie waren noch nicht lange durch die Gassen hinter dem Ostmarkt gegangen, als sie plötzlich aufgebrachte Stimmen vernahmen. Hinter den Marktbuden zu ihrer Rechten wurden wüste Beschimpfungen ausgestoßen, und dann hörten sie, wie Geschirr zerschlagen wurde. Dis Bewacher schenkten dem Lärm keine Beachtung, und auch Di ging zunächst weiter, ohne einen Blick zur Seite zu werfen, ein Verhalten, das er sich angewöhnt hatte, um nicht als Schlichter in Streitereien hineingezogen zu werden. Doch der Tumult schien ihnen zu folgen, auch wenn wegen der Verkaufsstände nichts zu sehen war.

Die Stimmen der Streitenden wurden immer lauter und erregten nun doch Dis Neugier. Offenbar war dort hinten eine regelrechte Rauferei im Gang. Direkt vor ihnen, beim Bäckerstand, schienen sich die Dinge zuzuspitzen: Die Plane an seiner Rückseite wackelte bedenklich. Im nächsten Moment wurde sie heruntergerissen, und zwei ineinander verknäulte Gestalten stürzten hervor und landeten auf dem Boden der Bäckerbude. Bretter, Pfannen, Mehlsäcke und Töpfe fielen von den Regalen und begruben die beiden Streithähne, die sich schreiend auf dem Boden wälzten und einander an Kleidern und Haaren zerrten, unter sich.

Der Bäckerstand brach zusammen, Kuchen und Brötchen rollten auf die Straße, und Pfannen mit heißem Öl ergossen sich zischend auf das Pflaster. Jetzt war auch das Interesse der Polizisten geweckt. Sie lächelten einander zu und verlangsamten das Tempo, um auch einen Blick auf die Rauferei zu erhaschen.

Gerade rollte das Paar, ein Mann und eine Frau, auf die Straße hinaus. Beide waren über und über mit Mehl und Teigklumpen bedeckt, und die Passanten sprangen kreischend aus dem Weg. Der Bäcker kam wütend herbeigelaufen, schwang drohend einen langen Holzlöffel und verfluchte die Übeltäter mitsamt ihren Ahnen, weil sie seinen Stand demoliert hatten. Bald hatte sich eine dichte Menge gebildet, und die Schaulustigen lachten höhnisch und feuerten die Kampfhähne an. Die Frau war jung und sehr hübsch, selbst jetzt, wo der Zorn ihre Züge verzerrte. Die Polizisten achteten kaum noch auf ihren Gefangenen, so sehr fesselte sie der Anblick der Frau, deren Kleider unter den Händen ihres Gegners in Fetzen gingen. Da sie nicht auf Streife waren, hatten sie nicht die Pflicht, den Streit zu unterbinden – was ihnen offensichtlich sehr gelegen kam.

Die Frau ohrfeigte den Mann und schlug auf ihn ein, während er Schmähungen ausstieß und an ihrer dünnen Bluse zerrte. Als er ihr die letzten Stoffetzen vom Leib gerissen hatte und sie barbusig weiterkämpfte, hatten die vier Polizisten Di völlig vergessen. Die Menge johlte nun vor Begeisterung, und weitere Marktleute stürzten sich ins Gewühl, bis schließlich ein einziges Chaos herrschte.

Di stand immer noch da, wo die Polizisten ihn zurückgelassen hatten, und hielt verzweifelt nach einem Zeichen Ausschau. War es das? Sollte er jetzt losstürzen? Was sollte er tun? Wohin sollte er sich wenden?

Einen Augenblick später erfüllte das wehmütige Klagen unzähliger Hsiao-Flöten und Sheng-Pfeifen die Gasse, und kaum dreißig Schritte vom Bäckerstand entfernt bog eine Leichenprozession um die Ecke, deren Teilnehmer Klagelieder sangen und sich die Haare rauften. Vor dem Blau des wolkenlosen Himmels flatterten weiße Fahnen, auf denen leuchtende Schriftzeichen prangten. Der Tote mußte ein reicher und bedeutender Mann gewesen sein, denn der Zug war unglaublich lang. Und er hielt genau auf Di zu.

Dis Bewacher waren inzwischen mitten ins Getümmel geraten und hatten buchstäblich alle Hände voll zu tun. Sie packten diesen und jenen am Kragen, versuchten, die Kampfhähne zu trennen, und mußten obendrein aufpassen, daß sie nicht selbst von einer Faust getroffen wurden. Kaum hatten sie einen Streit geschlichtet, kugelten schon die nächsten fünf oder sechs aus der Menge auf die Straße, und alles begann von vorne. Lebensmittel, Schüsseln, selbst Stühle, Tische, Fensterläden und Vorhänge flogen durch die Luft. Doch Di, der immer tiefer in die Menge der schreienden Zuschauer gedrängt wurde, dachte nur daran, wie er die wackeren Kaufleute für die Kosten und Mühen, die sie auf sich genommen hatten, jemals würde entschädigen können.

Dann war der Leichenzug da und drängte alles und jeden zur Seite. Di wurde buchstäblich davongetragen. Als er später an diesen Morgen zurückdachte, wußte er nicht mehr, wann er keinen Boden mehr unter den Füßen gespürt hatte. Niemals aber würde er vergessen, wie man ihm den auffälligen Mantel von den Schultern zog und auf die Straße warf und wie dann Hunderte von Füßen über ihn hinwegtrampelten und ebensoviele Räder von blumengeschmückten Ochsenkarren über ihn hinwegrollten. Es war der schönste Leichenzug, den er je erlebt hatte. Und auch die Klagelieder der Trauernden sollte er niemals vergessen. In seiner Erinnerung verwandelten sie sich in himmlisch süßen Engelsgesang.

Am Nachmittag saß Di in einem kleinen Zimmer irgendwo in der Nähe der südlichen Stadttore, nicht weit von den Vorstädten der Reichen entfernt, und schaute zu seinem buckligen Freund auf. Der Polizist beugte sich über ihn, während er den Stadtplan ausrollte, auf dem die verschiedenen Stadtviertel eingezeichnet waren. Als Di mit dem Finger die Grenzen der südlichen Viertel umfuhr und versuchte, sich zurechtzufinden, legte ihm der Polizist wortlos eine Hand auf die Schulter. Diese Geste wirkte beinahe väterlich auf ihn, und plötzlich begriff er, daß er an die Grenzen seiner Möglichkeiten gestoßen war, aber auch, wie sehr sich diese Männer auf ihn verließen.

Jeder der etwa zwanzig Anwesenden hatte schon mit Di zusammengearbeitet und schätzte ihn, doch keiner von ihnen war jemals in einer Situation gewesen, die mit der augenblicklichen vergleichbar war. Sie wußten, daß Di sie nur unzureichend auf die vor ihnen liegende Aufgabe vorbereiten konnte, da er selbst nicht wußte, was sie erwartete. Sie kannten natürlich alle Einzelheiten der bisherigen Morde. Außerdem hatte Di ihnen in aller Kürze seine phantastisch anmutende Theorie dargelegt und gesagt, was sie zu tun hatten, sobald sie am Tatort eingetroffen waren. Doch mehr wußten sie nicht, und er spielte weder den Helden, noch gab er sich Mühe, sie aufzumuntern. Das wäre verlogen gewesen, und ohnehin war für solche Dinge jetzt keine Zeit. Alle spürten Dis Anspannung, als er jetzt, in der elften Stunde, noch einmal seine Berechnungen überprüfte und zum wiederholten Male seine Notizen durchging, die man erst heute aus seinem Haus geholt hatte.

Auch wenn die Männer nicht alle Tatsachen kannten, so hatte doch jeder seine Gründe, warum er hier war, und sie wußten, daß sie die heutige Nacht das Leben kosten konnte. Sie sprachen nur wenig und widmeten sich ganz den Vorbereitungen, schärften die Klingen ihrer Dolche und Schwerter und prüften die Sehnen ihrer Bogen auf ihre Festigkeit. Es genügte ihnen zu wissen, daß sie bald einem gefährlichen Gegner gegenüberstehen würden: der Dunkelheit, die Ch'ang-an in Angst und Schrecken versetzte.

Gerade hob Di den Kopf von seinen Papieren und rieb sich die müden Augen. Anscheinend war ihm etwas eingefallen, denn er wandte sich an den hinter ihm stehenden Buckligen.

»Mein Freund, wer ist die Familie Ling?«

Da lächelten viele der Männer, und manche lachten sogar laut auf.

»Ich heiße Ling Ming-lo«, erhob sich eine Stimme im Hintergrund. »Ich möchte mich bei Euch revanchieren, weil Ihr meiner Familie vor langer Zeit in Yangchou einen großen Dienst erwiesen habt. Ihr habt verhindert, daß unser Name entehrt wurde.«

Di drehte sich um und musterte den Sprecher, einen Mann Anfang Dreißig, der jetzt noch hinzufügte: »Ihr kennt mich als den Bäcker.« Ja, Di erkannte jetzt den Mann, der über dem kämpfenden Paar gestanden und mit seinem Holzlöffel gedroht hatte, und dessen Marktbude zu Bruch gegangen war. »Mein Vater war Gärtner in Yangchou«, erklärte der Bäcker, und bevor Di etwas erwidern konnte, fuhr er fort: »Einige Eurer Männer waren dagegen, daß ich an dieser ... Aktion teilnehme, aber ich wollte unbedingt.« Hier und da wurde leise protestiert. »Schließlich habe ich eine Zeitlang beim Militär gedient. Ich kann kämpfen und mich verteidigen, und ich weiß, was Gehorsam bedeutet.«

»Das bezweifle ich nicht«, sagte Di. »Und ich stehe in Eurer Schuld. Doch wie ...?«

»Für den Moment soll es genügen, daß Euer braver Polizist mich in Eure Dienste genommen hat.«

»Sehr gut«, sagte Di. »Und ich möchte meine Dankesschuld abtragen, indem ich Euch die zweifelhafte Ehre erweise, in einem bunt zusammengewürfelten Haufen unter einem alternden General zu dienen.« Einige Männer lachten über Dis kleinen Scherz, und die allgemeine Spannung löste sich ein wenig.

»In meiner langen Dienstzeit habe ich in Ch'ang-an viele Freunde gefunden«, sagte der Polizist zu Di, »doch Ihr seid erst seit kurzem hier und wart der Meinung, daß Euch die wenigsten kennen. Doch die Menschen, denen Ihr auf Eurem täglichen Gang durch die Stadt begegnet seid, haben Eure Güte und die Freundlichkeiten, die Ihr ihnen erwiesen habt, nicht vergessen. Niemand wollte wissen, warum man Euch verhaftet hatte. Das war nebensächlich. Die Menschen haben Vertrauen zu Euch, Richter, und das sagt wohl alles, denn sonst vertrauen sie niemandem. Sie wissen, daß sich in den höchsten staatlichen Stellen die Korruption eingenistet hat. In den allerhöchsten Stellen.«

»Ja, aber so viele Menschen«, staunte Di und dachte dabei an die Rauferei, das Gedränge auf der Straße und den Leichenzug. »Und in so kurzer Zeit!«

»Ihr habt viele Freunde im Viertel um den Ostmarkt«, sagte der Bucklige. »Außerdem sind die Menschen doch für jede kleine Abwechslung dankbar, nicht wahr? Jeder Anlaß für einen lustigen Streich oder eine Feier ist willkommen, besonders wenn es auf Kosten der Behörden geht!«

»Wollt Ihr damit sagen, daß auch die Beerdigung nur Theater war? Das kann doch nicht sein!«

»Nein«, sagte der Bäcker traurig. »Ihr habt recht. Die Beerdigung war echt. Ihr kennt ja meinen jüngsten Sohn – derselbe, der Euch die Kuchen brachte.«

»Nein!« sagte Di. »Soll das heißen, daß …?«

»Nein, nein, Richter. Meinem Sohn geht es gut. Ich mußte ihm das Blaue vom Himmel versprechen, sonst hätte er sich aus dem Haus geschlichen und wäre mitgekommen. Nein. Die Beerdigung war für seine Katze. Eine grauweiße Straßenkatze mit sechs Zehen an beiden Vordertatzen. Ein kluges und anhängliches Tier mit dunklen, auffallend grünen Augen. Allerliebst. Es hatte viele Freunde in der Gasse, in der man Euch befreit hat. Versteht Ihr …?«

Di nickte lachend und dachte an den kleinen Hund, den er vor vielen Jahren gehabt hatte. »Ich verstehe, Herr Ling. Möge dieser Seele eine gute Reise beschieden sein!« Dann wandte er sich wieder dem Stadtplan zu, fuhr mit dem Finger an einem gewundenen Weg durch den Schlangenpark entlang und machte dann bei einem kleinen Kreis halt, einer Sackgasse nahe dem Südtor des Roten Spatzen.

»Da müssen wir hin, Freunde.« Er deutete auf die Stelle. »Das Anwesen der Familie Sung. Ich denke, wir werden unsere Besucher dort bald in Empfang nehmen können.« Er hob den Kopf. Niemand gab einen Laut von sich. »Seht zu, daß ihr ausreichend bewaffnet seid. Das würde doch ein General jetzt sagen, nicht wahr?« Er zuckte entschuldigend die Achseln. »Leider kann ich euch nicht sagen, für was für eine Art von Kampf ihr euch bewaffnen sollt.« Di schob seinen Stuhl zurück und stand auf. »Alles, was ich euch sagen kann, wißt ihr bereits. Ein Vergnügen wird die Sache jedenfalls nicht.«

31

Loyang

Die Kaiserin lag unter dem trägen Körper des Mönchs Hsueh Huai-i und hörte, wie sein Atem langsamer wurde. Er war ohnehin kaum außer Atem gekommen, nicht mehr als nach ein paar Sprüngen eine Treppe hinauf. Am Anfang, in der ersten Verliebtheit, war das noch anders gewesen: Brüllend und keuchend erreichte er den Höhepunkt, sein ganzer Körper zitterte vor Ekstase, und gleich danach wurde er wieder hart, und alles fing von vorne an. Er war ein Spielzeug in ihren Händen, mit dem sie machen konnte, was sie wollte. Ein ums andere Mal, stundenlang manchmal, hatte er alle ihre Wünsche befriedigt.

Eine Treppe hinauf, dachte sie verächtlich, nicht sonderlich beeindruckend. Er atmete schon wieder ruhig. Auf der anderen Seite des Zimmers lagen die beiden flachnasigen Möpse auf dem Diwan und hechelten hörbar. Sie hatten das Geschehen mit Interesse verfolgt, und die nassen rosa Zungen hingen ihnen weit aus den geöffneten Mäulern. Die ganze Sache hatte von Anfang bis Ende höchstens ein paar Minuten gedauert.

Wochenlang war Hsueh nicht mehr im Palast gewesen, und die Kaiserin hatte seine Rückkehr mit wachsender Sehnsucht erwartet. Beim Abendessen wirkte er zwar etwas müde und zerstreut, doch sie vertraute darauf, daß er ihre Begierde spürte, und zumindest einmal glaubte sie ein erwartungsvolles Leuchten in seinen Augen zu sehen. Sie bereitete sich sorgfältig auf seinen Besuch vor und empfing ihn voller Vorfreude in ihrem Schlafgemach, doch kaum war er eingetreten, klagte er schon in völlig unangemessener Weise über ihre Hunde Tanzender Kreisel und Drachenmaul.

»Ich kann es nicht leiden, wie sie dort sitzen und uns anstarren«, sagte er.

»Sie starren uns nicht an«, entgegnete sie. »Sie interessieren sich einfach für das, was die Menschen tun. Schließlich müssen sie sich auf ihre Wiedergeburt in menschlicher Gestalt vorbereiten.« Sie wollte keine ernsthafte Diskussion.

»Nun, ich mag es nicht, wenn man mich beobachtet«, sagte er

kalt. »Außerdem finde ich es ekelhaft, wie sie schniefen. Da vergeht einem ja die Lust.«

»Sie schniefen nicht«, fuhr sie ihn daraufhin an. »Sie können nichts dafür, daß ihr Atem so laut ist. Das liegt an ihren Nasen.«

»Nun, und ich kann nichts dafür, daß es mich ekelt. Sie müssen doch nicht unbedingt hier sein.«

»Ach, laßt doch die Hunde«, hatte sie schließlich gesagt und angefangen, ihn mit Küssen zu bedecken.

Jetzt lag sie schweigend unter ihm, erbost und wütend darüber, daß er heute offenbar nicht in Stimmung war für ausgefallene Genüsse. Fast mechanisch hatte er ihren Körper bedient. Das war im letzten Jahr einfach zu oft vorgekommen. Hoffentlich rührte er sich nun bald und raffte sich zu weiteren Taten auf.

Doch sein Atem klang verdächtig flach und regelmäßig. Immer noch wartete sie. Dann wurden seine Glieder schwer, ein eindeutiges Zeichen, daß er in den Schlaf glitt, in die Welt der Träume eintauchte, und sie spürte das volle Gewicht seines entspannten Körpers auf sich. Da stieß sie ihn mit einem heftigen Schlag zur Seite, und auf einmal war er wieder wach und sah sie verblüfft an.

»Was glaubt Ihr eigentlich, was ich bin? Ein Sessel vielleicht? Ein Möbelstück?« Einer der Möpse japste kurz und aufgeregt, denn er spürte die Wut und Verbitterung in ihrer Stimme. »Kusch!« rief sie zu den Hunden hinüber.

»Was ist los mit Euch?« sagte Hsueh benommen und verärgert. »Ich bin sehr müde.«

»Das glaube ich gerne. Bei Euren vielen Reisen und all dem. Da müßt Ihr natürlich erschöpft sein.« Sie stützte sich auf den Ellbogen. »Ihr habt mich noch nicht befriedigt!«

Ihr Gesicht war dicht über seinem, doch in dem dämmrigen Licht konnte sie seine Züge erkennen. Sie wartete auf eine Antwort, doch nur wenige Augenblicke später vernahm sie ein sanftes Schnarchen. Angewidert drehte sie sich um, löschte die Lampe und versuchte zu schlafen, doch es dauerte noch mindestens eine Stunde, bis sie endlich eindöste. Drüben auf dem Diwan kratzten und scharrten die Hunde, und neben ihr schnarchte der große Magier und Heilige Hsueh Huai-i und schmatzte geräuschvoll.

»Die Frauen sind daran schuld«, sagte Wu am nächsten Tag zu ihrer Mutter, die mit ihr vor dem Schminktisch saß.

»Ja«, stimmte Frau Yang zu. »Sie haben sicherlich damit zu tun.«

»Junge Mädchen, wißbegierige Jungfrauen. Sie sind für ihn wie Pfirsichbäume, vollbehängt mit taufrischen Früchten, die nur darauf warten, gepflückt zu werden.« Sie sah hinunter auf die schwarze, flache Schnauze von Tanzender Kreisel, der zu ihren Füßen lag und aufmerksam zu ihr aufblickte. Der mißmutige Ton ihrer Stimme beunruhigte ihn. Sie mußte an einen rosaroten, saftigen Pfirsich denken, und das Bild wurde so plastisch, daß erneut die Wut in ihr aufstieg.

Sie sprach natürlich von den jungen Frauen, die Hsueh Huai-i in allen Provinzen für die Kuan-yin-Klöster anwarb. Schon vor Monaten hatte er damit begonnen. Angeblich wollte er zu Ehren der Kaiserin die Zahl der frommen Frauen erhöhen. In einer eindrucksvollen Rede hatte er dargelegt, wie wichtig es in der Ära der Heiligen Herrscherin-Mutter sei, daß die göttliche Energie durch weibliche Körper fließe und daß jede Novizin, die er in den Schoß der Kirche führe, ihren Rang erhöhe und ihre Autorität vergrößere. Sein Name war natürlich im ganzen Land bekannt, und so bot man ihm überall, wohin er kam, in den Dörfern, in den Städten, bei den Reichen wie bei den Armen, Mädchen für die Nonnenklöster an, ja man drängte sie ihm geradezu auf. Mitunter kam es sogar vor, daß wohlhabende Eltern ihren Töchtern eine »Mitgift« mitgeben wollten.

»Er ist für sie wie ein Gott«, sagte Wu zu ihrer Mutter, »unfehlbar und unwiderstehlich.«

»Wie für dich früher.«

»Für mich!« schrie Wu auf. »Du meinst für dich! Wer war es denn, der seine ›Begabungen‹ entdeckt hat?« Sie sah ihre Mutter scharf an. »Und wie lange ist es her, seit er dich das letzte Mal besucht hat?«

Ihre Mutter hielt ihrem Blick stand, ohne mit der Wimper zu zucken. »Solche Dinge sind mir nicht mehr so wichtig wie dir«, antwortete sie. »Ich bin fast fünfundsechzig Jahre alt, bitte vergiß das nicht.«

»Ach was«, schnaubte Wu. »Das sagst du nur, wenn es dir gerade paßt und nützlich erscheint. Doch wie du dich bewegst, wie du aussiehst, nein, du wirkst überhaupt nicht älter als ich. Im Gegenteil, du wirkst sogar jünger. Ja, wenn ein Fremder uns zusammen sähe, müßte er annehmen, daß ich die Mutter bin und du die Tochter. Welchen magischen Verjüngungstrank er auch besitzen mag, er scheint ihn an dir auszuprobieren. Ich weiß noch sehr gut, wie ihr beide dort vor mir standet und mir einreden wolltet, daß ich mit jedem Tag jünger würde. Aber natürlich habe ich Euch kein Wort geglaubt.«

»Das sagst du jetzt«, erwiderte ihre Mutter, »doch damals fühltest du dich geschmeichelt, eitel, wie du bist. Ich kenne dich zu gut.« Der laute Wortwechsel machte Drachenmaul Angst, und er begann zu jaulen und zu winseln. Auch Tanzender Kreisel stimmte aufgeregt ein.

»Kusch! Seid endlich still!« fuhr Wu die Hunde an, die sich daraufhin sofort duckten und sie mit ihren hervorquellenden Augen ansahen. »Dieses Theater damals war doch nur zu deinem eigenen Wohl«, sagte sie zu ihrer Mutter. »Zu deinem und zu seinem. Ich kenne dich doch.« Sie betrachtete ihr Spiegelbild. »Und ich kenne ihn.«

Sie nahm einen Schwamm und tupfte aus einem der über hundert Töpfchen Schminke auf ihr Gesicht. Sie dachte an Nagaspa, der seit vielen Jahren tot war, und sogar an ihren Ehemann Kaotsung. Wie dankbar war sie gewesen, als die beiden zum richtigen Zeitpunkt aus ihrem Leben verschwanden und sie wieder frei war und in das nächste wunderbare Erlebnis eintauchen konnte, das ihr das Schicksal zutrug, jenes Schicksal, das einst so bemüht schien, ihr Befriedigung zu verschaffen.

Ist das nicht genau das, was jung sein bedeutet? fragte sie sich. Das Schicksal kommt auf dich zu. Das Schicksal macht den ersten Schritt, trägt Geschenke an deine Haustür, begehrt dich, umwirbt dich hartnäckig und galant. Es ist unwichtig, wie dein Gesicht jetzt im Spiegel aussieht – das ist nicht der wahre Maßstab für dein Alter. Der wahre Maßstab ist, wie sehr das Schicksal dich mit Geschenken umwirbt. Oder, um es deutlicher zu sagen, wie sehr du das Schicksal jetzt locken mußt, es daran erinnern mußt, daß du noch da bist. Das Blatt hat sich gewendet, das ist nicht zu leugnen. Ob allein die Zeit daran schuld ist? Ist es immer nur eine Frage der Zeit, bis das Schicksal das Interesse verliert? Was wäre beispielsweise, wenn du jahrhundertelang lebtest, ohne äußerlich zu altern? Hätte das Schicksal dann noch Interesse an dir? Würde sich das Rad vielleicht in eine andere Richtung weiterdrehen, ganz gleich, wie du aussiehst? Oder hat das Schicksal sich erst von dir abgewendet, als dein Fleisch zu erschlaffen begann?

Sie verteilte die Schminke auf Wangen und Hals und neigte ihren Kopf, so daß sie sich im Spiegel von ihrer besten Seite betrachten konnte. Seit wann sie selbst um die Gunst des Schicksals »werben« mußte, wußte sie nicht mehr genau, doch es war schon eine geraume Zeit her. Alles veränderte sich in langsamen Schritten, und der einzelne Schritt blieb unbemerkt, doch irgendwann sah die Welt dann anders aus. Gebirge wuchsen, Täler gruben sich in die Erde, und das glatte makellose Gesicht einer jungen Frau verwandelte sich in die Fratze eines alten Weibes, das die Männer nicht länger begehrten und nach dem sich das Schicksal nicht mehr umdrehte. Wu betrachtete sich kritisch. Nein, noch war sie kein altes Weib. Noch durfte sie versuchen, das Schicksal zu locken. Vielleicht war auch das ein interessanter Lebensabschnitt.

Dann sah sie das Spiegelbild ihrer Mutter, die hinter ihr saß und sie gleichmütig beobachtete.

»Weißt du, was ich glaube, Mutter? Ich glaube wirklich, daß du jünger bist als ich und mich überleben wirst.«

»Unsinn«, antwortete ihre Mutter, doch Wu meinte, in den Augen ihrer Mutter etwas anderes zu lesen.

Sie hatte sich mit der Sorgfalt einer Pantomime-Tänzerin geschminkt und die Fältchen um Augen und Mund geglättet, wie man Risse im Holz repariert. Zuerst trug sie eine Schicht feiner weißer Schminke auf das Gesicht auf, dann stäubte sie Puder darüber. Zum Schluß malte sie hoch geschwungene Augenbrauen auf ihre Stirn, schminkte ihre Lider tiefblau und umrahmte ihre Augen mit einer feinen schwarzen Linie. Das immer noch glänzend schwarze Haar kämmte sie straff zurück und steckte es hoch.

Dann arrangierte sie die Lampen so, daß weiches, schmeichelhaftes Licht den Raum erfüllte. In den Ecken herrschte samtener Schatten, und goldene Kegel beleuchteten ihre kleinen Schätze und Kunstwerke, die alle bewußt so ausgewählt und plaziert waren, daß sie das Prunkstück unter all diesen seltenen Schönheiten in vollem Glanz erstrahlen ließen – sie selbst. Tanzender Kreisel und Drachenmaul saßen auf dem Sessel und sahen zu, wie ihre Herrin die letzten Vorbereitungen traf. Dann scheuchte sie die Hunde ins Vorzimmer und schloß die Tür.

Der Mönch mußte jeden Moment kommen. Er hatte heute abend ziemlich viel getrunken, wollte sie aber dennoch aufsuchen, wie er ihr gesagt hatte. Sie fühlte sich stark genug, ihr Schicksal selbst in die Hand zu nehmen, so wie sie es immer getan hatte. Sie betrachtete mit Genugtuung ihr Spiegelbild und rückte dann die Lampen auf beiden Seiten des Spiegels zurecht. Nein. Das Schicksal war noch nicht fertig mit ihr.

»Ihr versteckt Euch unter dieser Bemalung«, sagte Hsueh Huai-i und fuhr mit zittriger Hand über ihren Schminktisch, so daß Tiegel und Töpfe reihenweise umfielen. Einige landeten klirrend auf den Fliesen und zerbrachen, andere ergossen ihren Inhalt auf den polierten Rosenholztisch, von dem nun ein exotisches Duftgemisch aufstieg.

»Ihr versteckt das Alter, das allmählich über Euer Gesicht kriecht ...« So grob hatte er noch nie zu ihr gesprochen. »All dieser ... Mist nützt Euch wenig, nicht wahr?« Der Mönch schwankte und verschränkte die Hände, als gebe es nichts mehr zu sagen. Er torkelte nach hinten und stieß gegen den Tisch, so daß noch mehr zu Bruch ging. »Verzeihung«, entschuldigte er sich bei dem Möbelstück und richtete sich wieder auf.

Wu hatte zu seiner Beleidigung noch kein Wort gesagt und wandte ihm weiterhin den Rücken zu. Dann hob sie behutsam eine noch heile Flasche mit Hsuehs berühmtem Schönheitsmittel auf, die über den Boden neben ihren Fuß gerollt war, und verfolgte im Spiegel, wie er die Arme ausstreckte und sich zur Tür wandte. Sie drehte sich um, schleuderte die Flasche nach ihm und traf ihn genau zwischen die Schulterblätter. Er zuckte zusammen und blieb auf der Stelle stehen, drehte sich jedoch nicht um. Sie wußte, daß er große Schmerzen haben mußte.

»Was für ein Schwein Ihr seid«, sagte sie ruhig. »Ein verlogenes, verhurtes Schwein.«

»Was soll dieser kindische Gefühlsausbruch, meine Liebe?« Hsueh war zwar betrunken, doch er traf genau den richtigen Ton zwischen Beleidigung und Unverschämtheit. Er drehte sich um und erhob die Hände zu einer Geste, die sowohl Waffenstillstand bedeuten konnte wie auch seine Bereitschaft, weitere Flaschen, die geflogen kamen, abzuwehren.

»Und was sollte dieser kindische Gefühlsausbruch, mein Lieber?« äffte Wu ihn nach und deutete auf die Verwüstung, die er auf ihrem Schminktisch angerichtet hatte.

»Ich wollte Euch lediglich einen Gefallen tun«, sagte Hsueh. »Ich habe Euch von diesen unnützen Dingen befreit. Wozu weiter die Wahrheit verleugnen, Kaiserin, Wiedergeburt des Avalokitesvara-Buddha-Maitreya?« Wu zielte ein zweites Mal. Der Mönch trat beiseite, die Flasche krachte an die gegenüberliegende Wand.

»Unnütze Dinge? Ihr habt sie mir doch gegeben. Ihr habt mir doch eingeredet, diese ›geheimen‹ Tinkturen könnten das Altern verhindern!«

»Ich habe Euch belogen«, sagte er ruhig.

»Das wußte ich bereits.«

»Ihr seid ein Gott. Oder war es eine Göttin? Ich habe es vergessen ... Wie auch immer, jedenfalls braucht Ihr keine Schminke.« Er hob die Augenbrauen. »Euer Leben dauert unzählige Kalpas.« Er zeichnete einen hohen, weiten Bogen in die Luft, wobei er fast wieder das Gleichgewicht verlor. »Noch eine Geburt, noch eine Wiedergeburt, und ... wie wunderbar! Die Falten sind verschwunden! Oder habt Ihr vergessen, wie man es macht?«

»Ich habe nichts von dem vergessen, was Ihr mir gesagt habt«, antwortete sie ruhig. »Wie könnte ich? Ihr plappert ja unaufhörlich. Der große aufgeblasene Hsueh Huai-i. Mönch! Lehrer! Magier!« Sie legte mehr und mehr Verachtung in ihre Worte. »Der Lama aus den geheimnisvollen Bergen des Westens! Wie solltet Ihr Euch irren?« Ihre Stimme wurde spöttisch, hochmütig und nahm einen gefährlichen Ton an.

»O weh!« stieß der Mönch hervor. »Wie konnte ich nur?« Er drehte die Augen zur Decke und schüttelte kummervoll den Kopf. »Ich habe versagt. Ich konnte nicht voraussehen, daß Ihr so schnell altern würdet.«

Sie schwieg. Von diesem Trunkenbold würde sie sich nicht unterkriegen lassen.

»Nicht so schnell und nicht so stark ...«, fügte er hinzu und deutete auf die zerbrochenen Flaschen. »Solche Tinkturen können zwar, bildlich gesprochen, den Lauf von Bächen umkehren, Gnädigste, und vielleicht auch den Lauf von Flüssen. Aber die Gezeiten des Meeres aufhalten?« Er breitete die Arme aus, als müsse er eine Niederlage eingestehen, kniff dann, zufrieden mit seiner Vorstellung, die Augen zusammen, wiegte sich sachte hin und her und dachte über die schlichte Schönheit seiner Metapher nach. »Die Gnädigste ist jetzt ... über fünfzig«, sagte er fast beiläufig. »Ts, ts, ts ... Die Zeit hat es fürwahr nicht gut mit Euch gemeint ...«

»Ihr irrt, Lama«, sagte Wu nach kurzem Schweigen. »Die Zeit war sehr gut zu mir, und es wird noch besser werden. Nicht ich, Ihr seid gealtert. Euer Fleisch ist schlaff geworden. Und Eure Einfälle schal. Gesabber, zu mehr seid Ihr nicht mehr fähig. Natürlich ist das verständlich, wo Ihr doch so überlastet seid und eine Arbeit übernommen habt, die eigentlich ein viel jüngerer Mann ...«

»Genug!« Er hob warnend die Hand. Sie hatte wohl einen empfindlichen Nerv getroffen. »Genug davon. Wollt Ihr wissen, woran es liegt? Was unser eigentliches Problem ist?« Er trat drohend näher. »Wollt Ihr es wissen? Nun gut, ich werde es Euch sagen.« Sie wartete. Er blieb vor dem Stuhl, auf dem sie saß, stehen, dann kniete er nieder, beugte sich vornüber und schnüffelte mit angeekelt gerümpfter Nase in alle Richtungen. »Es ist der Geruch«, flüsterte er. »Der Geruch widert mich an.«

»Der Geruch?« Wieder stieg unbändige Wut in ihr hoch. »Was für ein Geruch?« Ihre Augen funkelten ihn herausfordernd an.

»Ihr wißt, welchen Geruch ich meine«, sagte er. »Ich habe es Euch schon viele Male gesagt. Ist Euch nicht aufgefallen, daß ich Euch in letzter Zeit immer häufiger Parfüm geschenkt habe? Nun, das ist der Grund.« Bei diesen Worten faßte er in die klebrige Flüssigkeit, die aus einer der zerbrochenen Flaschen floß, hob die Hand zur Nase und atmete tief ein. »Selbst mit dem Zeug an der Hand rieche ich es noch überall hier im Zimmer.«

»Riecht Ihr was, Lama?« Ihre Stimme klang bedrohlich. Hsueh rieb seine Hand an der Rückseite von Wus Diwan ab, dann hielt er sich wieder die Finger vor die Nase, tat, als atme er tief ein, und verzog angeekelt das Gesicht. »Was riecht Ihr?« wiederholte sie mit zusammengebissenen Zähnen.

Er seufzte und atmete aus. »Die Hunde«, sagte er schließlich. »Eure schniefenden, glupschäugigen Hunde. Ich ertrage diese stinkenden Köter nicht. Überall verbreiten sie ihren Geruch ... alles riecht nach schmutziger Wäsche.« Wu entspannte sich ein wenig und lehnte sich zurück. Er roch wieder an seinen Fingern, während die Hunde im Vorzimmer, aufgeschreckt durch die lauten Stimmen, bellten und jaulten. »An allem haftet ihr säuerlicher Geruch«, sagte er. »Am Bett, an den Sofas, den Sesseln, den Wandbehängen, den Teppichen. Und an Euch, Gnädigste. Ich kriege keinen Bissen mehr hinunter, ohne daß es mich würgt. Und da erwartet die Gnädigste einen aufregenden Liebhaber.«

»In Anbetracht der Möglichkeiten erwartet die Gnädigste gar nichts, Lama.« Sie lächelte. Die Wut wirkte auf sie wie ein Stärkungstrank, verlieh ihr Klarheit und Kraft. Sie war ihm eine ebenbürtige Gegnerin. »Könnte es nicht sein, daß dieser Brechreiz, über den Ihr klagt, eher die Folge eines Leidens ist, das man gemeinhin Unersättlichkeit nennt? Der faule Geruch Eurer eigenen Ausdünstung, der Ausdünstung eines Aasfressers, steigt Euch in die Nase, Lama. Natürlich riecht Ihr es überall. Natürlich riecht Ihr es an den Möbeln, an Euren Händen. Natürlich könnt Ihr dem Geruch nicht entfliehen. Und schuld daran ist nicht nur Eure Gefräßigkeit.« Sie blickte auf seinen Schoß hinunter. »Ich rieche nämlich etwas an Euch.« Sie atmete tief ein. »Im Vergleich zu diesem Gestank duften meine Hunde wie Jasminblüten. Ich rieche Frauen an Euch, Mönch.«

»Wenn die Gnädigste ihre widerlichen Hunde fortschafft, wird sie ihren Geliebten zurückbekommen.«

»Die Gnädigste wird ihre Hunde nicht fortschaffen. Und vielleicht will die Gnädigste ihren Geliebten gar nicht wiederhaben.«

Hsueh tat so, als habe er ihre letzte Bemerkung überhört, und sie fuhr fort: »Meine Hunde sind treue kleine Freunde. Ganz anders als ein gewisser hochnäsiger Scharlatan, der sich für einen Heiligen ausgibt. Meine Hunde tun nicht so, als seien sie im Besitz der göttlichen Weisheit – dabei könnte jeder von ihnen ein ebenso großer Lama werden wie Ihr – *Hundejunge.*« Höhnisch nannte sie ihn bei dem Namen, den man ihm als Kind in Tibet gegeben und den er ihr vor langer Zeit in einem Moment der Schwäche anvertraut hatte. Jahre, so hatte er damals gesagt, habe er gebraucht, um den Namen loszuwerden. Sie lachte. »Vielleicht seid ihr Brüder, Ihr und meine Hunde.«

Sie berührte seine wundesten Punkte, und sie wußte es. Sie genoß es, ihn als Schwindler zu beschimpfen, denn trotz seiner Klugheit war er äußerst empfindlich, wenn es um seine Stellung oder seinen Ruf ging. Sie sah, daß es ihn große Anstrengung kostete, ihre letzte Beleidigung zu übergehen.

»Ich kenne kein Tier, kein Haustier und kein wildes Tier, das beim Fressen so widerliche Geräusche macht«, sagte Hsueh. »Selbst ein Tiger oder ein Bär, der seine Beute zerfleischt, macht nicht solche Geräusche wie diese Hunde. Doch wahrscheinlich ist genau das der Grund, warum sie für Euch, Gnädigste, die besten Gefährten sind.«

»Diese Geräusche sind besser als das, was aus Eurem Mund kommt, Mönch.«

»Selbstverständlich habt Ihr das kaiserliche Vorrecht zu wählen, Gnädigste. Wenn Ihr die Anwesenheit dieser Schoßhunde im Thronsaal meiner führenden Hand vorzieht ...«

»Danke, Mönch. Ihr macht mir die Wahl leicht.«

»Selbstverständlich ist es Euer kaiserliches Vorrecht ...«

»Es war ebenfalls mein kaiserliches Vorrecht, mir einen großspurigen Narren namens Hsueh Huai-i zu halten«, brauste sie wütend auf. »Das stimmt doch, Mönch, oder? Der Mann, der von sich behauptet, er sei das Sprachrohr Buddhas. Der Mann, den Einbildung und Selbsttäuschung verblendet haben. Wenn ich der Bodhisattwa Avalokitesvara-Kuan-yin bin und darüber hinaus der fleischgewordene zukünftige Buddha Maitreya, wer, verflucht nochmal, seid dann Ihr?«

Hsueh stand mit dem Rücken zu ihr. Sie hatte seine Eitelkeit verletzt, und Eitelkeit war seine größte Schwäche. Gut! Sollte er doch in seinem eigenen Saft schmoren. Sie hatte es ihm gezeigt, und sie fühlte sich ausgezeichnet. Ein wunderbares Gefühl. Er war wirklich lästig geworden, ein großspuriger Quälgeist, dessen Nützlichkeit in keinem Verhältnis zu dem Verdruß stand, den er ihr bereitete. Irgendwann ging es mit allen so. Schade.

Hsueh drehte sich plötzlich um und sah sie mit einem Blick an, der so fremd und wild war, daß sie unwillkürlich zurückzuckte. Das war nicht mehr derselbe Mensch, nicht mehr der unverschämte Mönch, der sie in seiner Trunkenheit beleidigt hatte. Sein Gesicht war zwar rot vor Zorn, doch seine Augen waren leer und ausdruckslos, zwei schwarze Löcher, hinter denen sich ein seelenloses Inneres auftat. Noch nie hatte sie ihn so gesehen.

»Ich werde Euch sagen, wer ich bin.« Hsuehs Stimme klang heiser und drohend. »Ich werde es Euch sagen.« Er packte Wu an den Schultern. Sie versuchte sich loszureißen und aufzustehen, doch er stieß sie zurück. Sie versuchte es noch einmal, doch im selben Moment ergriff er ihre Handgelenke und drehte ihr die Arme auf den Rücken. Dann versetzte er ihr einen brutalen Stoß, so daß sie rückwärts auf den Diwan fiel. Er warf sich über sie und blickte ihr in die Augen.

»Ja, ich werde Euch sagen, wer ich bin.« Er richtete den Oberkörper auf und stützte sich auf seine langen Arme. Er war jetzt todernst, und was er sagte, hatte nichts mehr mit den Beleidigungen von vorhin zu tun. Er wollte, daß sie ihm glaubte, und sie spürte es.

»Ich bin der Pfad, der Führer. Durch mich kommen *sie* zu *Euch*. Dadurch wird für *ihn* der Weg frei, und er kann in Eurem minderwertigen weiblichen Körper wiedergeboren werden.«

Lächelnd beugte er seine Arme und ließ sie sein Gewicht spüren. »Ist es das, was Ihr wollt?« Er preßte sein steifes Glied gegen ihre Schenkel, und einen Moment lang schien es, als wolle sie sich fügen. Sie entspannte ihre Muskeln und stieß einen tiefen Seufzer aus. »Ihr hättet mich nicht so beleidigt, wenn Ihr nur wüßtet.«

»Wenn ich was wüßte, Lama?« fragte sie und zog das eine Bein leicht an, damit er bequemer lag.

»Ihr würdet mir keine derartigen Lügen ins Gesicht schleudern ... Ihr würdet keine derartig erbärmlichen Anschuldigungen gegen mich erheben.« Wu spürte, daß die Gefahr vorüber war. Er sah jetzt traurig und verletzt aus. Doch das überzeugte sie nun nicht mehr. »Wenn Ihr nur ahntet«, fuhr er fort, »was ich alles getan habe, damit Ihr als die ruhmreiche Wiedergeburt Avalokitesvaras, als die Hüterin des Dharma herrschen könnt ...«

»Was habt Ihr für mich getan?« Sie sprach jetzt mit sanfter Stimme und lockte ihn wie eine Frau, die bereit ist, ihren Geliebten zu empfangen. Als er sein Glied an ihren Bauch preßte, streckte sie ihr anderes Bein aus und schlang es fest um ihn.

»Ihr könnt es natürlich nicht wissen«, sagte er lächelnd. Da war er wieder, der alte, selbstzufriedene Hsueh. Widerlich, wie er die Zähne bleckte. Wu zog sachte die Knie zurück. »Ihr könnt nicht wissen, was ich für Euch tue, damit Ihr, Wiedergeburt Avalokitesvaras, im neuen Zeitalter des Gesetzes herrschen könnt.« Er stemmte sich ein wenig höher und verlagerte das Gewicht, um eine günstigere Position zu finden. Wu fühlte, daß er sehr erregt war. Seit Monaten begehrte er sie zum ersten Mal wieder heftig und ungeduldig wie ein junger Liebhaber. Und das war gut. Die Leidenschaft würde ihn jede Vorsicht vergessen lassen. Sein Atem ging flach und stoßweise, die Lust übermannte ihn.

»Und ich werde Euch sagen, was ich für Euch getan habe, Mönch«, sagte Wu mit sanfter Stimme. »Hört Ihr zu?« Auf einem Arm balancierend, blinzelte Hsueh sie an. Aus seinem Mundwinkel tropfte Speichel, während er angestrengt versuchte, mit der freien Hand das Band zu lösen, das seine seidenen Hosen hielt. Wie unangenehm er schnaufte! Sein Atem roch nach klebrigem süßen Wein. Er machte immer noch ungeschickte Versuche, sein steifes Glied, das sich in der Hose verklemmt hatte, freizubekommen. Gleichzeitig stieß er schnell und gefühllos sein Becken gegen ihren Bauch.

Jetzt war sein Wille in zwei Teile gespalten, dachte Wu, und beide wollten in verschiedene Richtungen. Mönch und Glied gehörten nicht mehr zur selben Person, sie waren wie zwei betrunkene Freunde, die lüstern um dieselbe Beute kämpften. Beide drängten rücksichtslos in ihr Schlafzimmer, wo ohnehin kein Platz mehr für sie war. Daß der Mönch in seiner Gier so dumm war, machte es ihr um so leichter. Jetzt bog er seinen Körper weit zurück und zerrte an seinen Hosen, bis sie schließlich nachgaben. Wu blickte an seinem Körper hinunter. Endlich tauchte über dem Hosenbund die violett glänzende Eichel auf – und schon schoß auch der Samen hervor.

Dieser hitzköpfige Wichtigtuer, dachte Wu, dieser dumme, hochmütige Narr. Jetzt bekleckerte er auch noch ihren seidenen Morgenmantel. Er hatte nicht einmal versucht, ihn hochzustreifen.

Erschöpft und befriedigt sank der Mönch auf sie nieder. Wu wußte genau, wohin sie zielte. Schnell und präzise zog sie ihr linkes Knie hoch. Aufheulend krümmte Hsueh sich zusammen und rollte auf den Boden. Im selben Moment sprang die Tür auf, und die Hunde schossen herein und fielen mit schrillem Kläffen in das Jammern des Mönches ein. Wu lachte und lachte, bis ihr Tränen über das Gesicht liefen.

»Da seht Ihr es, Mönch, sie möchten auch etwas von dem Spaß haben, mehr nicht.« Wu, vom Lachen erschöpft, beugte sich über den Diwan und ergötzte sich an dem Schauspiel. Das Gekläff der Hunde war ohrenbetäubend. Sie wußte, daß es dem Mönch verhaßt war, und gerade darum klang es in diesem Augenblick wie Musik in ihren Ohren.

»Sind sie nicht süß, Mönch?« Sie schaute zu, wie er sich aufrappelte und nach den Hunden trat, die immer wieder nach ihm schnappten und sich dann blitzschnell zurückzogen. »Genug!« brüllte Wu so laut sie konnte, und die Hunde waren sofort still. »Raus hier, Mönch. Ich habe jetzt genug von Euch!«

»Wenn Ihr wüßtet ...«, stieß er keuchend hervor, doch sie ließ ihn nicht zu Ende sprechen.

»Raus, elender Schwindler!«

Mit einem Knall warf er die Tür hinter sich zu. Kaum war er fort, griff sie sich an die Kehle. Sie war heiser vom Schreien. Viele, viele Jahre war es her, seit sie zum letzten Mal ihre Wut hinausgeschrien hatte. Es tat gut.

Und nie zuvor hatte sie ihn angeschrien.

»So sind die Männer eben – vergeßlich und unaufmerksam«, sagte Frau Yang. »Du darfst nicht denken, daß sein Benehmen mit dir persönlich zu tun hat.«

Wu schwieg. Sie beugte sich zu ihrem Hund hinunter und kraulte ihm den Bauch.

»So sind sie eben«, wiederholte Frau Yang. »Du darfst ihm deshalb nicht böse sein. Schimpfst du denn mit deinen Hunden, weil sie bellen und sich kratzen?« Da ging ein Lächeln über Wus Gesicht. Und auch Frau Yang lächelte. Sie hatte ihre Worte gut gewählt. »Sein ... Geschäker mit den jungen Nonnen kümmert mich nicht. Und du solltest dir deshalb auch keine Sorgen machen.« Sie schwieg und wartete auf eine Antwort.

Wu streichelte weiter den Bauch des Hundes. Mit ihren langen Fingernägeln zupfte sie ihm einen Floh aus dem Fell, betrachtete ihn kurz, zerquetschte ihn zwischen den Fingern und schnippte ihn fort. Dann fuhr sie fort, den Hund zu kraulen, der sich genüßlich krümmte und mit dem Schwanz wedelte.

»Vielleicht läßt seine Potenz tatsächlich nach«, sagte Frau Yang. »Vielleicht liegt es an der großen Verantwortung, die wir ihm aufgebürdet haben.« Sie machte eine Pause. »Männer sind in diesem Punkt empfindlich, viel empfindlicher, als wir Frauen meinen. Wir Frauen meinen, ein Mann müßte immer bereit sein. Doch so einfach ist das nicht. Und du – du solltest dir um diese Dinge auch nicht mehr so viele Gedanken machen, in deinem Alter.« Wu warf ihr einen vernichtenden Blick zu.

Frau Yang seufzte und fuhr dann fort: »Du hast ja recht, er war in letzter Zeit ziemlich eigensinnig. Sein Benehmen ist alles andere als untadelig, und er nimmt sich ein bißchen zu wichtig. Doch er ist charmant, unterhaltsam und hat viele neue Ideen. Er zeigt uns ständig neue Möglichkeiten.« Wu hob nachdenklich die Augenbrauen. »Und davon abgesehen, arbeitet er sehr gut mit dem Geschichtsschreiber Shu zusammen.«

Der zweite Mops trottete zu Frau Yang hinüber und rollte sich vor ihr auf den Rücken. Offensichtlich hoffte er auf eine ähnliche Behandlung wie sein Bruder. Als Frau Yang sich zu ihm hinunterbeugte und ihm den Bauch kraulte, strampelte er vor Vergnügen.

»Genau darum geht es, Mutter«, sagte Wu kopfschüttelnd. »Das ist es, was ich dem Tibeter nicht verzeihen kann.« In letzter Zeit nannte sie ihn nie bei seinem Namen, sondern immer nur verächtlich »den Tibeter«. »Er arbeitet mit Shu nur zusammen, wenn er sich davon einen Nutzen verspricht. Und wenn wir alleine sind, nennt er ihn einen unausstehlichen Zwerg mit einem Hundegesicht. Er macht sich über Shu lustig. Er verachtet ihn.«

»Aber hängt das nicht mit ihren Persönlichkeiten zusammen?« sagte Frau Yang. »Beide sind tatkräftige Männer voller Ideen, da können Spannungen nicht ausbleiben.«

Wu warf ihr einen kurzen Blick zu. »Shu war es, der unserer Familie wieder zu Ruhm und Ehre verholfen hat, nicht der Tibeter.« Sie setzte sich zurück, ohne den Hund zu beachten, der sich zu ihren Füßen wälzte, dann wieder aufstand und sie hingebungsvoll anblickte. »Wenn der Tibeter so über Shu spricht, was meinst du, was er dann über uns sagt?« Sie schaute ihre Mutter an. »Das würde Vater nicht gefallen. Das würde ihm ganz und gar nicht gefallen.«

Frau Yang seufzte resigniert und nickte. Sie nahm das faltige Gesicht des Mopses zärtlich zwischen die Knie und kraulte ihn hinter den Ohren.

Ihre Tochter hatte recht, natürlich. Ihrem Mann gefiel das gar nicht – er hatte ihr sein Mißfallen schon kundgetan. Dennoch schwieg sie und wartete ab. Sie hatte den Tibeter nach Kräften verteidigt. Sie hatte ihre Pflicht getan, der langjährigen Freundschaft zuliebe. Aber was nun geschah, lag nicht mehr in ihrer Hand.

Ihr Gemahl hatte es klar und deutlich ausgedrückt. Er hatte die Beschränkungen des körperlichen Seins überwunden und konnte Anfang und Ende der Dinge gleichzeitig sehen. Manchmal, so hatte er zu ihr gesagt, sei ein bestimmtes Ende einfach nicht zu vermeiden.

32

Im Jahr 675, November
Ch'ang-an

Außer der Großmutter hatte kein Familienmitglied Di und seinen Helfern den geringsten Widerstand geleistet. Als der berühmte Richter an ihre Tür klopfte und erklärte, sie seien mit großer Wahrscheinlichkeit die nächste Familie in Ch'ang-an, die ermordet werden sollte, packten sie sogleich das Nötigste in ein paar Körbe. Im Schutz der Dämmerung waren sie mitsamt der streitbaren Großmutter, ihren Dienern und Gärtnern in das Haus eines Verwandten in den Bergen geflüchtet.

Di, der sich Watte unter die Kleider gestopft hatte, um dem korpulenten Hausherrn ähnlich zu sehen, saß nun auf dem Stuhl des Familienoberhaupts am Eßtisch und führte einen Löffel Suppe zum Mund. Der Mann zu seiner Linken konnte nur sein alter Vater sein, und einen Platz weiter saß der Bruder des Alten und ließ sich gerade von einem Diener das Essen servieren. Am unteren Ende des Tisches stocherten der Sohn des Hauses und seine Frau auf ihren Tellern herum. Ihnen gegenüber saßen die Dame des Hauses und die gebeugte, hochbetagte Großmutter, die für eine alte Dame einen erstaunlichen Appetit zeigte.

Di warf seinem buckligen Polizisten einen mahnenden Blick zu. »Mutter«, sagte er leise, »deine Tischmanieren lassen heute wirklich zu wünschen übrig.« Die »alte Dame« lächelte schwach und nahm von nun an nur noch kleine Happen zwischen die Stäbchen. Di blickte in die Runde. Außer dem Polizisten schien niemand großen Appetit zu haben. Vergeblich umrundete der »Diener« den Tisch und bot das Tablett mit den Speisen an.

»Eßt, Männer«, forderte Di sie auf. »Laßt es euch schmecken. Das wird euch ein wenig beruhigen.«

»Ich würde schon essen«, sagte der »Vater« zu seiner Linken, »wenn die Speisen nicht so fettig wären. Außerdem schmeckt es angebrannt.«

Di probierte einen Bissen. »Es ist zwar kein Hochgenuß«, befand er dann, »aber man kann es durchaus essen. Der Leutnant und seine Helfer in der Küche geben sich bestimmt alle Mühe.

Wir wollen nicht zu streng mit ihnen sein, sonst entmutigen wir sie nur.«

»Und das wollen wir auf keinen Fall«, sagte der Bucklige. »Sonst rutscht womöglich auch uns das Herz in die Hose.« Dann beugte er sich über die Schale und aß weiter. Einige »Familienmitglieder« am Tisch lächelten.

Zur gleichen Zeit gingen Dis schwerbewaffnete Männer, als Diener oder Gärtner verkleidet, im Haus und im Garten den Arbeiten nach, die in einem großen Haushalt wie diesem üblicherweise anfielen, und ab und zu zeigte sich sogar ein Dienstmädchen an einem beleuchteten Fenster oder am Eingang. An den Toren und an mehreren Stellen auf dem Grundstück waren Männer als Wachleute postiert, wie sie inzwischen fast jede wohlhabende Familie in diesem Vorort von Ch'ang-an zu ihrem Schutz angeheuert hatte. Andere wachten in den Quartieren der Dienstboten, in der Hütte des Gärtners und in der Küche, während im Speisezimmer laut gesprochen und lebhaft gestikuliert wurde, so daß die Silhouetten der Beteiligten von draußen durch die seidenen Vorhänge zu sehen waren.

Di stellte fest, daß der Umgangston unter den Männern im Lauf des Abends seltsam höflich und distanziert wurde, als wachse jeder in seine Rolle hinein. Bald zog sich einer nach dem anderen in sein Zimmer in den verschiedenen Flügeln des Hauses zurück, und als der Bucklige im Kostüm der alten Großmutter den anderen eine gute Nacht wünschte und aufstand, sah Di der gebückten Gestalt so besorgt nach, als stecke tatsächlich eine zerbrechliche alte Dame in den bestickten Gewändern und nicht ein zäher, wieselflinker kleiner Mann, der Augen und Ohren hatte wie ein Luchs und sehr wohl für sich selbst sorgen konnte.

Di selbst suchte das Arbeitszimmer des Hausherrn auf, das ein langer Gang vom Rest des Hauses trennte. Er trat in das Halbdunkel, ließ die Tür aber vorsichtshalber einen Spalt breit offen. Er lauschte und atmete die fremden Gerüche ein. Sie erinnerten ihn an sein eigenes Arbeitszimmer, nur die Mischung war eine andere: Es roch nach Sandelholz, Lampenöl, alten Möbeln, Papier und, nicht unangenehm, nach modriger Feuchtigkeit. Er blieb noch einen Augenblick stehen. Das Zimmer war leer, da war er sicher. Zu Hause hätte er sich auch im Dunkeln zurechtgefunden. Dort drüben der Schreibtisch, hier der Sessel, dahinter das Fenster.

Er tastete sich vorwärts, fand Lampe und Feuerstein und machte Licht. Der Hausherr, ein adeliger Großgrundbesitzer, war ein ordentlicher Mensch, wie er auf den ersten Blick sah. Der Schreibtisch war aufgeräumt, anders als seiner, auf dem sich oft Berge von Papier türmten und viele Pinsel herumlagen. Die Bücher in den Regalen wirkten unbenutzt, als habe der Mann sie von einem verstorbenen Verwandten geerbt und nur aus Pietät aufgestellt, ohne jemals eines herunterzunehmen.

Die Teppiche waren seltene Stücke von erlesener Qualität, ebenso die Bilder an den Wänden. Di hob die Lampe und betrachtete die Arbeiten. Er war sehr beeindruckt, als er das Wasserzeichen des großen Malers Ku K'ai-chih erkannte. Der Mann hatte wirklich einen ausgezeichneten Geschmack. Als er vor die Regale trat, um ihren Inhalt näher in Augenschein zu nehmen, mußte er lächeln. Da stand eine kleine, aber offensichtlich echte Tempelschnitzerei einer Apsaras. Die Figur stammte zweifellos aus der Schmuggelware, die über die Kanäle von Yangchou ins Reich gelangt war. Sicherlich war sie durch viele Hände gegangen, ehe sie als Kuriosität im Arbeitszimmer dieses reichen Mannes gelandet war. Möglicherweise hatte sie sogar dem Verkehrsminister gehört, der vor vielen, vielen Jahren ermordet worden war. Wieviel Zeit und Kraft hatte dessen Tod den jungen Di doch gekostet!

Di nahm die Apsaras vorsichtig in die Hand und betrachtete ihr kunstvoll geschnitztes Gesicht. Als er die Kurven ihrer Brüste und Hüften befühlte, versuchte er die Faszination wieder heraufzubeschwören, die ihn damals überkommen hatte. Er erinnerte sich, wie das geschnitzte Holz sich in seiner Hand in weiche braune Haut verwandelt hatte und wie auch der Schmuck der Apsaras lebendig geworden war, ja er hatte sogar das Funkeln von Rubinen und Smaragden wahrgenommen. Er wußte noch genau, wie heiß ihm geworden war.

Er betrachtete sie stumm. Sie war wunderbar, aber eben nur ein Stück Holz. Die Kraft des Künstlers, der die Figur geschaffen hatte, war noch spürbar, doch sie erschien ihm wie eingesperrt in dem weichen Holz. Erst die Glut eines viel jüngeren Mannes würde die Figur wieder zum Leben erwecken.

Und das war gut so, dachte Di und stellte die Figur auf das Regal zurück. Dieser kurze Moment der Verzauberung, diese eine Sekunde der Unachtsamkeit hatte ihn schließlich beinahe das Leben gekostet. Was war wohl aus dem heimtückischen Jungen geworden, mit dem er damals gerungen hatte? Ob er noch lebte?

Er blickte in den Raum hinter sich. Er war jetzt in einer ähnlichen Situation wie damals, und er hatte sich geschworen, denselben Fehler nicht noch einmal zu begehen. Doch das Zimmer war leer. Er setzte sich in den Stuhl des reichen Kaufmanns und überließ sich noch einmal seinen Phantasien, diesmal jedoch nur zu seiner Zerstreuung und Unterhaltung.

Er fühlte, wie er langsam zu dem Mann wurde, dessen Gewänder er trug, auf dessen Stuhl er saß und dessen Schätze ihn umgaben. Wie er strotzte vor Selbstzufriedenheit, Pflichtbewußtsein und Ehrgefühl! Doch plötzlich überkam ihn ein neues Gefühl, und er stand auf und ging wieder im Zimmer auf und ab: Nur ein oder zwei Herzschläge lang, aber klar und deutlich hatte er gespürt, daß etwas auf ihn zukam, sich ihm näherte. Er mußte daran denken, wie bereitwillig der Mann und seine Familie ihr Heim verlassen hatten. Hatte er gerade einen Hauch der bösen Vorahnungen gespürt, die schon seit längerem die Atmosphäre im Haus belasteten? Auf einmal wußte er, daß er heute abend nicht allein sein wollte. Er brauchte Gesellschaft. Er zündete eine Kerze an, löschte die Lampe und verließ das Arbeitszimmer.

Auf seinem Weg durch das Haus sprach er leise zu den Männern, die überall postiert waren, und machte kleine Scherze, um sie aufzumuntern, vor allem aber, damit sie wußten, wer er war.

Endlich fand er seinen buckligen Polizisten, der zusammen mit einem anderen im Zimmer der Großmutter ausharrte. Der Bucklige hatte ihn kommen hören und erwartete ihn an der Tür.

»Folgt mir«, sagte Di.

Im schwachen Licht der Kerze gingen sie schweigend den Korridor entlang. »Es war ziemlich unheimlich im Zimmer der alten Dame«, sagte der Polizist. »Ich kam mir vor, als hätte ich schon siebenundachtzig Jahre gelebt. Auf einmal wußte ich, was es heißt, immer nur winzige Portionen zu essen, jede Nacht nur zwei oder drei Stunden zu schlafen und bis tief in die Nacht wachzuliegen. Ich verstehe jetzt, warum alte Leute so wenig schlafen: Es ist Zeitverschwendung für sie, im Grab bleibt ihnen dazu noch genügend Zeit. Ich hatte überhaupt keine Angst vor dem Tod, in welcher Gestalt er auch kommen mochte.«

Tatsächlich hatte die alte Dame den Wunsch geäußert, in ihrer vertrauten Umgebung zu bleiben, und sie wäre sicherlich geblieben, wenn ihr Sohn sie nicht mit sanfter Gewalt zum Mitkommen gezwungen hätte. Sollen sie mich doch umbringen, hatte sie gemurrt, es ist mir egal, ich begrüße den Tod. Wie anders war dagegen Dis Mutter. Sie klammerte sich an das Leben, hatte eine lebhafte Phantasie und ängstigte sich schnell.

»Mir ging es ähnlich«, sagte Di. »Ich bin nicht nur in die Kleider dieses Mannes geschlüpft, sondern gewissermaßen auch in seine Seele. Aber im Gegensatz zu seiner Mutter hat er noch keine Lust zu sterben.«

Während sie weitergingen, überlegte Di, was wohl die anderen für Erfahrungen machten – die Männer, die den Vater, den Onkel, den jung vermählten Sohn oder die Hausherrin, »seine Frau«, spielten. Er hatte das eigenartige Gefühl, etwas Unschickliches zu tun. Sie drängten sich in das Leben fremder Menschen, steckten ihre Nasen in ihre Schränke und Kommoden, die sie nichts angingen, und hantierten mit persönlichen Dingen, die ihnen nicht gehörten. Im Arbeitszimmer des Hausherrn hatte er den Impuls unterdrücken müssen, in den Papieren auf dem Schreibtisch zu blättern.

Bei ihrem Rundgang durch das Haus machten sich Di und der Bucklige noch einmal mit den Örtlichkeiten vertraut und wechselten ein paar Worte mit den Männern, die in der Dunkelheit wachten. Bei der Besprechung am Nachmittag hatte Di ihre Gesichter genau beobachtet. Er hatte ihnen seine Theorie dargelegt, und ihre Blicke hatten ihm deutlich gesagt, daß sie jeden anderen für einen Spinner gehalten und seine Theorie als Schauermärchen abgetan hätten. Jetzt, in der Dunkelheit, unter dem eigenartigen Bann dieses Hauses, bestand kaum die Gefahr, daß einer von ihnen einschlief. In jedem Winkel des Hauses lauschten aufmerksame Ohren, wachten scharfe Augen. Sie waren der Köder für die Mörder.

Nachdem Di und der bucklige Polizist Haus und Garten abgeschritten hatten, zogen sie sich in den Salon zurück. Im flackernden Licht einer Kerze saßen sie zusammen und redeten bis tief in die Nacht. Di lauschte fasziniert, als der kleine Bucklige von seiner Kindheit erzählte, die er in einem Armenviertel im Westen der großen Stadt verbracht hatte.

»Ich war ein schönes Kind mit einem geraden Rücken, bis ich acht Jahre alt wurde. Da begann sich mein Rückgrat zu krümmen wie ein Schneckenhaus. Der Buckel schien meine ganzen Wachstumskräfte aufzusaugen – ab dem zwölften, dreizehnten Lebensjahr wuchs ich praktisch nicht mehr, wie man sieht. Ich schlug mich mehr oder weniger ehrlich durchs Leben und beging kleinere Diebstähle. Als mein Buckel nicht mehr weiterwuchs, fiel es mir leichter, genug zum Leben zu verdienen. Ich bettelte einfach auf den Straßen.

Eines Tages, ich war etwa elf Jahre alt, lud mich ein Herr in sein Haus ein. Weil ich neugierig war und meine Eltern mich verlassen hatten, ging ich mit. Ich blieb drei Jahre lang. In dieser Zeit bekam ich genug zu essen und ordentliche Kleidung. Als Gegenleistung wurde von mir lediglich erwartet, daß ich für die Gäste meines reichen Herrn den Narren spielte. Manchmal ließen er oder seine Frau mir das Hemd ausziehen, damit die Gäste meinen Buckel betrachten konnten. Wer wollte, durfte ihn sogar anfassen. Ich war zwar klein, aber ich wurde ein Mann, und irgendwann hatte ich genug von dem Herrn und seiner Frau. Eines Abends stahl ich mich einfach davon und lebte wieder auf der Straße. Einmal erhielt ich von einem Polizisten eine Belohnung, weil ich ihm durch einen Hinweis bei der Aufklärung eines Mordes geholfen hatte. Da begriff ich, was meine Berufung im Leben war. Ich ging bei diesem Polizisten in die Lehre und stellte fest, daß ich gute Voraussetzungen für diesen Beruf mitbrachte. Und jetzt sitze ich hier und habe die Ehre, mit dem berühmten Richter Di zusammenzuarbeiten. Ich habe sogar eine Frau gefunden, die sich nicht an meinem Buckel stört. Mein Sohn ist zwei Köpfe größer als ich.«

»Ich habe auch Söhne«, sagte Di, »doch ich habe sie seit vielen Jahren nicht gesehen.«

»Das müssen prächtige junge Männer sein«, sagte der Bucklige.

»Ich hoffe es«, antwortete Di.

Dann erzählte er dem Buckligen von seinem Leben in Yangchou. »Es gibt Augenblicke in unserem Leben, an die wir uns noch nach vielen Jahren so genau erinnern, als sei es gestern gewesen. Zum Beispiel kann ich mich jetzt, in diesem Augenblick, noch genau an den Geschmack des Kanalwassers erinnern, das ich in jener Nacht in großen Mengen schluckte, als der falsche

Abt mir den Arm um den Hals legte und versuchte, mich zu ertränken. Ich glaube, seither ist mir immer ein wenig übel. Das Essen hat mir nie mehr so gut geschmeckt wie vor jener Nacht, und in jedem Schluck Wein entdecke ich den Geschmack des Kanalwassers wieder.«

Sie sprachen viele Stunden lang miteinander. Irgendwann stand Di auf und streckte sich. Die Nacht war fast vorüber. Seine Glieder schmerzten, doch das war belanglos. Er wußte, daß niemand mehr kommen würde. Es war nicht die richtige Nacht.

Oder sie waren im falschen Haus.

Der Bucklige erzählte ihm von einem Fall, bei dem er einen ganzen Tag und eine ganze Nacht in einer Kiste hatte zubringen müssen, um ein paar gefährliche Verbrecher zu überführen, doch Di hörte kaum hin. Was, wenn man bei Tagesanbruch die Bewohner eines anderen Hauses niedergemetzelt fand? Wenn eine andere Familie ermordet worden war, während er und seine Männer unweit davon die ganze Nacht gewacht hatten? Eine entsetzliche Vorstellung!

Er trat hinaus auf den Flur. Hinter den hohen Fenstern graute bereits der Morgen. Eine weitere Möglichkeit fiel ihm ein. Es war ein absurder und verrückter Gedanke, doch er mußte sichergehen.

Er betrat ein Zimmer, in dem einige seiner Männer auf der Lauer lagen, und wartete. Leise rief er sie beim Namen.

Zu seiner Erleichterung antworteten sie sofort. Genauso war es in allen anderen Zimmern, die er überprüfte. Er hatte gedacht, daß die Mörder möglicherweise lautlos ins Haus eingedrungen waren und seine Männer umgebracht hatten, während er und der Bucklige sich unterhielten. Natürlich wäre das unmöglich gewesen. Seine Männer waren keine alten Damen oder verfetteten Aristokraten. Doch die Möglichkeit war ihm so real erschienen, daß er sich vom Gegenteil hatte überzeugen müssen. Besaßen die Mörder nicht schier übernatürliche Kräfte? Auch in den anderen Häusern hatten sie ein Blutbad angerichtet, ohne die Diener zu stören.

Er fand seine Notizen und Papiere dort wieder, wo er sie am Vorabend sorgfältig versteckt hatte, und nahm sie mit in das Arbeitszimmer, um alles noch einmal gründlich durchzugehen. Er mußte sich noch einmal davon überzeugen, daß seine Berechnungen korrekt waren.

Als etwa eine Stunde später fahles Morgenlicht den Raum erfüllte, hatte Di seine Notizen zum hundertsten Male genauestens studiert und bis zur Erschöpfung über dem Stadtplan, den Sutras und den anderen Papieren gebrütet, ohne auch nur den geringsten Hinweis darauf zu finden, daß sie im falschen Haus wären. Auch die Zeit mußte ungefähr stimmen. Allerdings war die Zeit ein schwer einzuschätzender Faktor. Sie mußten also ihre ganze Geduld zusammennehmen und sich auf weiteres Warten einstellen.

Die Nachricht von seiner Flucht hatte sich mittlerweile bestimmt in der ganzen Stadt herumgesprochen. Er erwog die Möglichkeit, ob die Mörder deshalb ihre Pläne geändert hatten, kam aber zu dem Schluß, daß das aus zwei Gründen unwahrscheinlich war: Der erste hing mit den Zielen der Mörder zusammen, deren Logik er durchschaut zu haben glaubte, der zweite mit zeitlichen Erwägungen. Der Befehl, das Unternehmen abzubrechen oder den Plan zu ändern, konnte eigentlich nur aus dem dreihundert *li* entfernten Loyang kommen. Ein Bote, der die Nachricht von seiner Flucht überbrachte, brauchte für diese Strecke mindestens einen Tag und noch einmal die gleiche Zeit für den Rückweg nach Ch'ang-an.

Obwohl er seine Berechnungen genauestens überprüft hatte, schickte er am Morgen einen als Diener verkleideten Mann in die Stadt, der sich auf Umwegen zum Gerichtsgebäude begeben und dort fragen sollte, ob es etwas Neues gebe. Der Mann kam eine Stunde später zurück.

Nichts, berichtete er. Keinerlei Neuigkeiten.

Di schickte seine Männer zu Bett, denn sie mußten wenigstens ein paar Stunden schlafen. Jetzt, am Vormittag, war ein Besuch äußerst unwahrscheinlich. »Wir schlafen abwechselnd heute vormittag und nachmittag. Ich werde mit ein paar Leuten bis zum Mittag wachbleiben. Ihr geht schlafen. Dann sind wir an der Reihe. Wenn es losgeht, sollten wir einigermaßen ausgeruht sein, damit wir sicher sein können, daß es nicht nur ein Hirngespinst ist.«

Es war ein schöner Morgen, klar und sonnig, doch für solche Schönheiten war Di jetzt nicht empfänglich. Nach der durchwachten Nacht fühlte er sich wie gerädert und seinen Ängsten und Sorgen hilflos ausgeliefert. Er stand in der Flügeltür, die vom Arbeitszimmer in den Garten hinausführte. Es war kühl, wenn auch um einiges milder als gestern. Auch der Hausherr würde an einem solchen Morgen sicherlich einen Spaziergang machen. Di trat hinaus.

Die Sonne schien warm auf seine Schultern und seinen Rücken. Hier, im hellen Licht, fühlte er sich auf eigenartige Weise losgelöst von allem, was um ihn herum vorging. Mit langsamen Schritten, seine Kräfte sorgfältig einteilend, ging er den gepflasterten Weg entlang. Ein taubenetztes Spinnennetz glitzerte in der Sonne, und in einigen schattigen Winkeln war der Boden noch feucht. Wie gerne wäre er in so ein dunkles Eckchen gekrochen, hätte sich auf dem Boden zusammengerollt und geschlafen wie ein Tier! Doch obwohl er zum Umfallen müde war, widerstand er der Versuchung und ging weiter. Der Garten war geschmackvoll und großzügig angelegt. Hier lockte ein elegant geschwungener Torbogen den Spaziergänger auf einen neuen Pfad, dort lag ein kleiner Karpfenteich mit einer Steinbank, die zum Sitzen einlud.

Di betrachtete den Torbogen. Eine Bewegung, so flüchtig wie ein Gedanke, ließ ihn aufmerken. Zuerst dachte er, er habe sich geirrt, doch gerade, als er weitergehen wollte, sah er es wieder. Er trat näher. Ein Haar, ein langes schwarzes Haar bewegte sich leicht im Wind und glitzerte in der Sonne. Es hatte sich an einer rauhen Stelle im Holz des Torbogens verfangen. Das Haar war von mittlerer Stärke und lang, sehr lang, viel länger, als er zunächst gedacht hatte. Als er es mit den Händen an beiden Enden faßte, mußte er die Arme weit spreizen, bevor es gespannt war. Er wickelte es auf und befühlte es prüfend. Ein so langes Haar hatte er noch nie gesehen.

Seine Müdigkeit war wie weggeblasen. Er ließ den Blick über die trockenen Steinplatten zu seinen Füßen gleiten, entdeckte aber keine Spuren. Er schaute den gewundenen Pfad hinunter, der hinter dem Torbogen begann und in einem weiten Kreis durch den ganzen Garten führte. Wenn er ihm folgte, mußte er irgendwann wieder zu dem Punkt kommen, wo er jetzt stand. Er marschierte los.

Er hatte den größten Teil des Weges bereits hinter sich, ohne etwas gefunden zu haben, und näherte sich nun dem Karpfenteich mit der Bank. Da er sich einen Augenblick setzen und seine Gedanken sammeln wollte, bog er vom Hauptweg ab und ging die wenigen Stufen zum See hinunter.

Er setzte sich und ließ den Blick über das Wasser schweifen. Plötzlich sprang er auf: Dort, nur ein paar Schritte von ihm entfernt, an der Stelle, wo ein kleiner Bach in den Teich mündete, war auf dem feuchten Boden ein Abdruck zu sehen. Er ging in die Knie und beugte sich weit nach vorn. Größe und Form weckten böse Erinnerungen in ihm: Es war ein einzelner Hufabdruck, und er war frisch. Er betrachtete das Haar in seiner Hand. Nein, ein so langes Haar hatte er noch nie gesehen.

Außer am Schweif eines Pferdes.

Doch für ein Pferdehaar war es nicht dick genug. Oder doch? Er rollte es wieder zwischen den Fingern.

Er schauderte. Mit einem Mal kam ihm sein Nacken nackt und verwundbar vor. Langsam stand er aus der Hocke auf und blickte sich um. Die Landschaft hatte sich verwandelt – hatte sie eben noch friedlich und heiter auf ihn gewirkt, so empfand er sie jetzt als düster und bedrohlich. Der Garten mit seinen schönen Herbstfarben kam ihm vor wie eine finstere, stinkende Gasse im verrufensten Viertel der Stadt.

Als er auf dem Pfad zum Haus zurückeilte, liefen ihm eisige Schauer über den Rücken.

Er ging mit dem Buckligen ins Arbeitszimmer und berichtete ihm, was er im Garten gefunden hatte.

»Sie waren hier und wissen, daß wir Schwindler sind«, sagte er zu seinem Freund. »Sie haben ihre Pläne geändert und werden heute nacht woanders zuschlagen.«

»Nicht unbedingt«, entgegnete der Bucklige. »Wer weiß, vielleicht schicken sie immer zuerst Kundschafter vor. Wahrscheinlich haben sie uns durch die Fenster beobachtet, aber damit hatten wir ja gerechnet.«

»Aber ich fand nur einen einzigen Hufabdruck. Da sind keine anderen Spuren, weder von Menschen noch von Tieren. Es war nur einer, und er saß auf einem Pferd. Falls es mehrere waren, so haben sie sorgfältig darauf geachtet, nur die trockenen Steinplatten zu betreten. Warum sollten sie das Risiko eingehen, in das Anwesen einzudringen, ohne ihr Vorhaben auszuführen? Und wie gelang ihnen das, ohne gesehen oder gehört zu werden? Unsere Männer waren die ganze Nacht wach, und keiner hat etwas bemerkt. Es kann nur ein einzelner gewesen sein. Und warum kam er auf einem Pferd?«

Der Bucklige dachte kurz nach, dann sagte er: »Wir müssen

unsere Fragen im Licht Eurer Theorie betrachten. Nur so erhalten wir Antworten.«

»Ganz recht, beunruhigende Antworten zwar, doch immerhin Antworten.«

Beunruhigend ist kaum das richtige Wort, dachte Di. Zum ersten Mal in seinem Leben hoffte er, daß sich eine seiner Theorien nicht bewahrheiten möge.

Kurz nach Mittag hatte der Bucklige Di gedrängt, sich wenigstens für eine Stunde hinzulegen. »Ich werde solange für Euch die Augen und Ohren offenhalten. Ich bin überhaupt nicht müde. Ich setze mich auf den Stuhl im Vorzimmer und passe auf. Wenn es sein muß, kann ich tagelang ohne Schlaf auskommen.« Und mit einem Augenzwinkern hatte er hinzugefügt: »Das ist einer der Vorteile, wenn man klein und verkrüppelt ist.« Di hatte das Angebot dankbar angenommen.

Jetzt lag er auf dem Diwan im Arbeitszimmer, kniff die Augenlider zu und atmete mehrmals tief ein. Ja, es schien, als würde sich seine Theorie bewahrheiten, ob es ihm nun gefiel oder nicht. Doch ein Teil paßte nicht in das rätselhafte Puzzle: die Hufabdrücke. Bei seinen Ermittlungen hatte er keinen Hinweis gefunden, der sie mit den anderen Fakten in Verbindung brachte. Etwas stimmte mit ihnen nicht, und das beunruhigte ihn zutiefst. Es wäre weit weniger schlimm gewesen, wenn die Abdrücke von einem wirklich gefährlichen Tier stammten – einem Tiger, einem Wolf oder einem Schakal. Aber sie stammten von einem Pferd. Irgendwie hatte sich das edelste aller Tiere, der Diener des Menschen, in etwas anderes verwandelt. Verwandlung. Das Wort selbst hatte sich verwandelt. Die ganze Welt hatte sich verwandelt, dachte Di und glitt langsam in den Schlaf.

Im Traum war er ein riesiger Raubvogel, der bei strömendem Regen durch die Nacht flog. Seine gewaltigen Schwingen trugen ihn mit kräftigen, gleichmäßigen Schlägen voran. Unter ihm lag eine wilde, zerklüftete Landschaft, und vor ihm ragten hohe Berge auf. Er konnte sie wegen des Regens und der Dunkelheit nicht sehen, doch er wußte, daß sie da waren, und das genügte. Im berauschenden Gefühl seiner Macht glitt er dahin, er, der Herr dieser dunklen, unsichtbaren Welt.

Er wollte auftauchen. Wie ein Mann, der unter dem Eis eines zugefrorenen Sees schwimmt, suchte er verzweifelt nach einer Öffnung. Er blickte in das milchige Licht, das durch das Eis fiel, bis er schließlich erkannte, daß es gar kein Eis war, sondern der Fußboden in dem Haus, in dem er und seine Männer warteten. Etwas bewegte sich über ihm, und Laute drangen an sein Ohr, ein tiefes, pulsierendes Summen, das aus der Mitte der Erde zu kommen schien, als summten alle Toten in ihren Gräbern unablässig denselben Ton. Über ihm Füße. Nein, keine Füße. Hufe. Die Hufe liefen ihm direkt über das Gesicht. Er sah, wie ein dunkler Schatten näherkam, dann wieder verschwand und von neuem auftauchte, so wie das Tier die Hufe hob und absetzte, hob und wieder absetzte. Das Summen wurde lauter.

Er wachte abrupt auf. Das Licht des Spätnachmittags warf lange Schatten an die Decke. Äste schlugen leise gegen die Wände. Wie lange hatte er geschlafen? Zu lange. Er schüttelte den Kopf, um die letzten Traumbilder zu verscheuchen: Er hörte ein tiefes Summen, so tief, das es kaum noch wahrnehmbar war.

Hinter sich vernahm er einen Seufzer. Mein treuer Polizist, dachte er, drehte sich um und wollte etwas sagen. Doch die Worte blieben ihm im Hals stecken. Am Fenster stand ein nackter Mann. Ein Buckliger.

Fasziniert starrte er auf das Rückgrat, das sich unter der Haut wie eine Schlange ringelte. Er stutzte. Wie eigenartig! Warum hatte sein Polizist die Kleider abgelegt und stand nun dort mit dem Rücken zu ihm? Dann verstand er. Das war nicht sein Polizist, sondern ein Fremder.

Die Gestalt drehte sich um. Dieses Gesicht hatte Di schon einmal gesehen, und zwar im Kloster des Weißen Pferdes: der Mann mit dem verbrannten Gesicht, die furchterregende Maske aus Narbengewebe. Damals, dachte Di flüchtig, ist mir gar nicht aufgefallen, daß er auch einen Buckel hat.

Er sprang vom Diwan hoch und zog sein langes Messer unter dem Gewand hervor. Ein Staunen huschte über das Gesicht des Mannes. Von einem Familienvater, der aus dem Schlaf hochschreckte, erwartete man kaum, daß er bewaffnet war. Doch die Verblüffung des anderen hielt nicht lange an.

Im nächsten Moment fiel er über Di her und schlang seine Arme um ihn, noch bevor er sein Messer ganz gezogen hatte. Sie fielen zu Boden. Der andere hielt ihn so fest umklammert, daß er die Arme nicht rühren konnte. Das vernarbte Gesicht schwebte nur wenige Zentimeter über ihm, und immer, wenn er ausatmete, drückte der Mann noch fester zu und preßte die Luft aus ihm heraus. Langsam schwanden ihm die Sinne. Gelbe Augen starrten ihn an, ein stinkender Atem blies ihm ins Gesicht, und ein Mund mit langen gelben Zähnen grinste ihn an. Nein, dachte er, das ist kein Mensch, das sind nicht die Arme eines Menschen, in denen ich ermatte, das ist ein anderes Geschöpf, ein Dämon, kein Dämon aus der Hölle, nein, ein Dämon aus meinem eigenen Geist und Herzen, ich habe ihm Leben, Gestalt und Kraft gegeben, und jetzt kommt er zurück, um seinen Schöpfer zu umarmen.

Sein Gesichtsfeld schrumpfte immer mehr, bis er nur noch die gelben Augen sah. Es brauste in seinen Ohren. Von weit, weit her hörte er Schritte durch das Brausen, und dann spürte er, wie der Körper seines Angreifers steif wurde, als ob man ihm einen Schlag versetzt habe. Der Dämon stöhnte und lockerte die Umklammerung. Di rollte zur Seite, er rollte und rollte einen steilen Abhang hinunter, die Welt um ihn drehte sich, alles wirbelte durcheinander, bis er schließlich gegen etwas Hartes stieß.

Den Körper gegen die Wand gepreßt, öffnete er die Augen und erblickte eine Szene aus der Hölle: Ein nackter Dämon und eine gebeugte alte Frau umkreisten einander. Aus dem Buckel des Dämons ragte der Griff eines Messers, Blut lief seinen Körper hinunter, und ein lautes Stöhnen entrang sich seiner Kehle. Die alte Frau hielt mit dem festen Griff eines geübten Kämpfers ein langes Schwert in der Hand. Ihre Blicke bohrten sich ineinander.

Blitzschnell stieß Dis Polizist zu, doch ebenso schnell packte der Dämon die Klinge des Schwertes mit bloßen Händen und hielt sie fest. Das Stöhnen des Dämons wurde lauter, sein Mund stand offen, seine Hände bluteten. Der Polizist war starr vor Verblüffung. Mit aller Kraft stieß der Dämon das Schwert zur Seite, so daß der Polizist ins Straucheln geriet.

Doch inzwischen war Di wieder auf den Beinen. Er ergriff eine schwere Messingfigur und schlug sie dem Dämon mit aller Kraft auf den Kopf. Der Dämon sackte zusammen. Nun hatte sich auch der Polizist wieder aufgerappelt, und gemeinsam warfen sie sich auf den Betäubten und banden ihm mit einer festen Vorhangkordel aus dem Arbeitszimmer des Hausherrn Hände und Füße zusammen. Wie besessen zogen sie Knoten um Knoten fest. Kein Mensch hätte sich aus diesen Fesseln jemals befreien können, doch sie hatten auch nicht das Gefühl, einen Menschen überwältigt zu haben.

Endlich waren sie fertig und schöpften Atem. Sie zitterten am ganzen Leib, und das Herz schlug wie wild in ihrer Brust. Als sie nun auf das Geschöpf hinunterblickten, das gefesselt und blutend vor ihnen lag, mußten sie erkennen, daß es doch nur ein Mensch wie alle anderen war.

»Es ... es tut mir leid«, stotterte der Polizist. »Ich muß wohl eingeschlafen sein. Ich weiß nicht, wie er an mir vorbeigekommen ist.«

Di und der Polizist sahen einander an. Jetzt, da der Kampf vorüber und wieder Ruhe eingekehrt war, merkten sie, daß von allen Seiten ein merkwürdiges Geräusch an ihre Ohren drang, ein stetes, durchdringendes Summen. Es war das gleiche Summen wie in Dis Traum, weit weg und fast unhörbar, und doch schien es gleichzeitig aus allen Richtungen zu kommen.

»Kommt«, sagte Di leise und stand auf. Den gefesselten Gefangenen zurücklassend, schlichen sie zur Tür und spähten den langen Korridor hinunter, der das Arbeitszimmer vom Rest des Hauses trennte.

Der Gang war leer. Wenn noch mehr Fremde im Haus waren, so hatten sie den Kampf im Arbeitszimmer offensichtlich nicht gehört. Mit pochenden Herzen und gezückten Schwertern gingen Di und der Polizist, begleitet von dem Summen, zurück ins Arbeitszimmer. Di zeigte auf den Gefangenen am Boden. Der Polizist wußte sofort, was er meinte, und gemeinsam packten sie ihn an Schultern und Beinen und hoben ihn hoch. Di fühlte sich schwach auf den Beinen, und jeder Schritt kostete ihn große Anstrengung. Jetzt ließ er die Füße des Mannes zu Boden gleiten und öffnete mit zitternden Händen geräuschlos die Flügeltür zum Garten. Sie trugen den Mann hinaus und versteckten ihn im Gebüsch. Dann blieben sie noch eine Weile regungslos stehen und horchten: Auch hier das Summen, durchdringend und verwirrend. Wenn sie nach der einen Seite lauschten, schien es, als komme es aus dem Haus, doch wenn sie nur leicht den Kopf wendeten, war es ihnen, als hätten sie sich getäuscht, als sei die Geräuschquelle irgendwo im

Freien. Einen Moment lang glaubte Di, es komme aus dem Boden und lasse seine Knochen vibrieren. Wieder befiel ihn eine unerklärliche Schwäche, und alle Energie wich aus seinem Körper. Es fehlte nicht viel, und er wäre auf der Stelle zu Boden gesunken und unter Gras und Blättern eingeschlafen.

Dem buckligen Polizisten ging es wohl ähnlich. Di sah ihm an, daß er kaum noch die Augen offenhalten konnte. Er packte ihn fest am Arm, so fest, daß es schmerzen mußte. Der Polizist riß die Augen auf und sah ihn verdutzt an. Sicherheitshalber versetzte ihm Di noch einen kräftigen Stoß, so daß der Polizist leise aufschrie, dann kniff er sich selbst in die Innenseite des Unterarms. Sein Kopf wurde wieder klar. Er bedeutete dem Polizisten, ihm zu folgen, und schlich im Schutz der Ziersträucher an der Außenwand des Korridors entlang, der zum Arbeitszimmer des Hausherrn führte. Sie näherten sich dem großen Salon, neben dem das Speisezimmer lag.

Dort angekommen, kroch Di langsam und vorsichtig zu den Flügeltüren. Trotz des trüben Lichts hatte er einen guten Blick in das Zimmer. Er preßte das Gesicht gegen die Scheiben.

Eine Sekunde später prallte er entgeistert zurück und trat dem Polizisten auf den Fuß, dem darauf unwillkürlich ein Schrei entfuhr. Di verlor das Gleichgewicht, doch der Bucklige fing ihn auf.

»Sagt mir, ob ich träume oder ob ich verrückt geworden bin!« flüsterte Di und schob den Polizisten vor die Flügeltür.

Sie spähten zusammen hinein. Di wußte nicht, was der Polizist dachte, aber er selbst kam sich vor wie in einem Alptraum.

Durch den eleganten Salon schlichen nackte Dämonen, deren mißgebildete Gestalten durch das geriffelte Glas noch unförmiger wirkten, gräßliche Geschöpfe, die aussahen, als seien sie durch einen Erdspalt aus der Unterwelt entwichen. Da war der Kerl mit der vorspringenden Stirn, dort der Mann, dessen Kieferknochen wie ein Schiffsbug aus dem Gesicht ragten, und weiter hinten das unglückliche Geschöpf mit den zwei Gesichtshälften, die überhaupt nicht zusammenpaßten. Manche hatte Di noch nie leibhaftig gesehen, und dennoch waren sie ihm vertraut, denn sie glichen den Figuren in den Longmen-Grotten. Auf dem Teppich ausgestreckt lagen einige Mitglieder von Dis »Familie«: der verkleidete Großvater, der Bruder, der Sohn. Tot, dachte Di im ersten Schrekken, doch dann bemerkte er, daß sie ab und zu träge die Arme und Beine bewegten und die Köpfe drehten, als ob sie schliefen. Nein, sie sahen nicht aus, als seien sie niedergeschlagen worden. Sie waren nicht bewußtlos, sie schliefen tatsächlich.

Di wäre fast aufgesprungen und hätte losgebrüllt, als jetzt ein Dämon mit dem Gesicht und den Ohren einer Fledermaus durch die gegenüberliegende Tür ins Zimmer trat und seinen wackeren Leutnant hereinführte. Gehorsam wie ein Kind am Arm des Vaters schlurfte der Leutnant mit hängendem Kopf herein, fiel neben den anderen auf die Knie und sank schließlich zu Boden, als falle er in sein Bett.

Die nackten Mißgestalten gingen langsam und bedächtig durchs Zimmer und bewegten dabei ihre Münder, doch sie sprachen nicht miteinander. Allmählich verstand Di, was hier vor sich ging, und er wußte, daß sie keine Zeit mehr verlieren durften. Er zerrte den Polizisten zu Boden.

»Die Wachen, die anderen Posten«, flüsterte er und grub seine Finger fest in den Arm des Buckligen. »Wir müssen zu ihnen. Wir haben nur noch wenig Zeit. Schlagt sie. Kneift sie. Tretet sie. Ganz gleich was, wenn sie nur wach werden!« Der Polizist hatte sofort begriffen, was Di meinte, und wandte sich zum Gehen, doch Di hielt ihn am Gewand fest. »Beeilt Euch. Bleibt in Dekkung, wenn möglich. Haltet Euer Schwert bereit. Und ...« Er tastete mit der freien Hand über den Boden, bis er schließlich fand, was er suchte: Moos. Er riß ein Polster heraus und warf es dem Polizisten zu. »Steckt Euch das in die Ohren. Die anderen müssen es auch tun.« Der Polizist tat, wie ihm geheißen, dann huschte er fort. Zitternd vor Schwäche richtete Di sich auf. Er stopfte sich ebenfalls die Ohren zu und steckte sich eine Handvoll Moos in die Tasche, dann machte er sich auf den Weg.

Er schlich gebückt an der Hauswand entlang und eilte im Schutz der Sträucher zum Dienstbotenflügel. Zweige zerkratzten sein Gesicht, dann war er bei der Küchentür. Sie war nur angelehnt. Vorsichtig stieß er sie auf und schlüpfte hinein. Drinnen war es still. Kein Geräusch drang durch den Pfropf in seinem Ohr. Er hörte nur seinen schnellen Atem und sein klopfendes Herz.

Er ging weiter. Als er um den langen Arbeitstisch in der Mitte bog, stolperte er beinahe über zwei Männer, die ausgestreckt auf dem Boden lagen. Einer war der tapfere Bäcker. Tot, dachte er, doch als er sich bückte, sah er, daß die Brustkörbe der beiden sich friedlich hoben und senkten. Er kniete nieder und hielt dem Bäcker Mund und Nase zu, bis er erwachte. Der Bäcker blickte ihn benommen an. Di packte ihn am Arm und drückte mit aller Gewalt zu. Der Bäcker riß die Augen weit auf und wollte schreien, doch Di preßte ihm fest die Hand auf den Mund. Erst als er sah, daß der Bäcker ihn erkannt hatte, ließ er los. Er legte warnend den Finger auf die Lippen, und dann weckte er den anderen auf dieselbe Weise.

Er deutete auf seine Ohren und warf jedem der Männer ein Stück Moos zu. Sie verstanden, was er meinte, und verstopften sich die Ohren. Zu dritt krochen sie aus der Küche in die angrenzenden Schlafquartiere der Dienstboten.

In jeder Kammer fanden sie Männer, die offensichtlich dort, wo sie gerade gesessen oder gelegen hatten, vom Schlaf überrascht worden waren. Sie weckten einen nach dem anderen, indem sie sie zwickten oder an den Haaren zogen. Di warf jedem einen strengen Blick zu, stopfte ihm Moos oder ein Stück Stoff, das er hastig von einem Ärmel abgerissen hatte, in die Ohren und bedeutete ihm, den anderen zu folgen.

Sie krochen von Kammer zu Kammer, bis Di schließlich neun Männer an seiner Seite hatte. Noch immer spürte er das eigenartige Vibrieren in den Knochen, das ihm alle Kraft zu rauben drohte. Mit bangem Herzen holte er den Moospfropf aus seinem linken Ohr und streckte vorsichtig den Kopf auf den dunklen Gang hinaus. Keine Sekunde später zog er ihn wieder zurück. Er hatte schwere, schlurfende Schritte gehört. Er gab den anderen ein Zeichen, sich zu verstecken. Sie kauerten nieder und duckten sich in dunkle Ecken. Di lauschte. Die Schritte kamen näher. Jetzt hörte er den Atem des Mannes, einen röchelnden Atem, in den sich das tiefe Summen mischte. Er sah weder den Mund noch die Nase, die diese Geräusche hervorbrachten, doch das Bild vor seinem inneren Auge war klar und deutlich.

Der Mann blieb auf der Schwelle stehen, verharrte einen Augenblick lang im Halbdunkel und trat dann ein. Im selben Moment bekam er von hinten eine Schlinge um den Hals gelegt. Ein kurzes Röcheln, und Sekunden später lag er gefesselt und geknebelt am Boden. Gleichermaßen entsetzt wie fasziniert starrten Dis Männer den Gefangenen an. Es war der Mann mit dem Fledermausgesicht. Tags zuvor hatte Di noch versucht, seine Männer auf den Anblick, der sie erwartete, vorzubereiten, doch jetzt mußte er erkennen, daß seine Worte wenig gefruchtet hatten.

Di dachte an den Mann, den er und der bucklige Polizist im Gebüsch vor dem Arbeitszimmer zurückgelassen hatten. Es war nur eine Frage der Zeit, bis seine Gefährten ihn vermissen und nach ihm suchen würden. Und das galt auch für diesen hier. Er packte den Bäcker am Arm und gab ihm durch Zeichen zu verstehen, daß er seine Hilfe brauchte. Sie versteckten den Gefangenen in einem dunklen Winkel hinter einem Möbelstück.

»Raus«, formte er unhörbar mit den Lippen, und der Bäcker gab den Befehl an die anderen weiter. Widerstrebend wandten sie ihre Blicke von dem Dämon am Boden ab und folgten Di durch die Küche ins Freie. Draußen angelangt, blieb Di stehen, verschnaufte kurz und zog den Moospfropfen aus dem zweiten Ohr. Er lauschte. Das Summen war nur noch ganz schwach, und die Richtung, aus der es kam, war jetzt eindeutig zu orten. Er schüttelte den Kopf, um wieder klar zu werden, und horchte nach allen Seiten, doch im Garten blieb es still. Er hatte sich nicht getäuscht. Das Summen kam jetzt nur noch aus dem Haus.

Hinter ihm knackten Zweige. Sein Kopf fuhr herum. Erleichtert atmete er auf: Es war sein buckliger Polizist, und er war nicht allein. Er hatte die Wachen mitgebracht. Die meisten sahen verwirrt und erschöpft aus.

»Wir müssen uns beeilen«, flüsterte Di. Der Bucklige starrte ihn zunächst verständnislos an, dann holte er das Moos aus seinen Ohren. »Wir müssen uns beeilen«, wiederholte Di. Er blickte verzweifelt um sich, bückte sich und hob einen Stein auf, obwohl er keine Ahnung hatte, was er mit ihm anfangen wollte. »Das Zimmer in der Mitte! Beeilt euch!«

Sie hatten sich gerade in Bewegung gesetzt, da drang ein neues Geräusch an Dis Ohr. Es kam aus einem anderen Teil des Gartens, und es versetzte ihn in Angst und Schrecken. Hufe klapperten über den gepflasterten Weg und hielten geradewegs auf das Haus zu. Di konnte nichts erkennen, denn es begann bereits zu dämmern und Bäume und Sträucher versperrten ihm die Sicht, doch er hörte, wie das Tier jetzt das Ende des Weges erreichte und durch die offene Tür ins Haus trabte. Im nächsten Moment trommelten die Hufe über den Holzboden im Korridor, der vom Arbeitszimmer zum großen Salon führte.

Di und seine Männer rannten, so schnell sie konnten. Dann waren sie bei der Flügeltür, durch die er und der Polizist vorhin gespäht hatten. Di preßte das Gesicht an die Scheibe. Endlich sah er das Wesen, das die blutigen Hufspuren hinterließ, das Geschöpf, das im Traum über ihn getrampelt war und ihn seit vielen Wochen beschäftigte. Er starrte es an und wußte noch immer nicht, was er eigentlich vor sich hatte.

Was er sah, wirkte auf ihn wie eine groteske Parodie auf eine Pferdenummer im Zirkus. Das Wesen tänzelte durch den Salon und trabte behende über die Körper, die ausgestreckt auf dem Boden lagen. Jetzt drehte es ab und kam nahe an die Scheibe, und Di sah für einen Moment ein runzliges, langes Pferdegesicht, aus dem eine Reihe stumpfer gelber Zähne ragten. Dann sah er, wie einer der Männer auf dem Boden mühsam dem Arm hob, während ein nackter Dämon einen dünnen Draht zwischen den Händen spannte und sich über ihn beugte. Das Pferd tanzte weiter in wilder Schadenfreude umher, und die anderen Dämonen schauten ihm dabei zu und bewegten die Lippen, als ob sie Gebete murmelten.

Di trat einen Schritt zurück, zielte und warf den Stein, den er vorhin aufgehoben hatte, mit aller Kraft durch das Glas. Die Scheibe zersprang mit einem lauten Klirren. Dann griff er hinein und öffnete von innen die Tür. Eine Glasscherbe schnitt ihm tief ins Fleisch, doch er achtete nicht darauf, denn im nächsten Moment drängten er und seine Männer in den Salon. Die Dämonen hatten sich inzwischen von ihrem ersten Schrecken erholt und stimmten ein wütendes Geheul an.

Di stand mit fünfzehn Männern fünf Dämonen gegenüber. Und auf einmal waren es noch zwei Dämonen mehr: Zwei Männer, an deren Füßen getrocknete Pferdehufe befestigt waren, schlüpften aus dem Pferdefell mit dem langen schwarzen Schweif, und einer von ihnen hielt einen mumifizierten Pferdekopf. Er holte aus, schleuderte den Kopf nach Di und traf ihn direkt in den Magen. Noch im Fallen stieß Di das gräßliche Ding von sich. Im nächsten Moment sprang eine Gestalt über ihn hinweg und warf sich auf den Dämon. Nach Atem ringend, erkannte Di, daß es sein buckliger Polizist war.

Der Dämon und der Polizist wälzten sich auf dem Boden. Gerade versuchte der Dämon, seinen Gegner in die tödliche Umklammerung zu nehmen, die auch Di beinahe das Leben gekostet hätte, da trat ein anderer hinzu, versetzte dem Dämon einen Schlag auf den Hinterkopf und zog ihn von dem Polizisten herunter. Zu zweit überwältigten sie ihn. Die anderen Dämonen kämpften, als gelte ihnen das Leben nichts. Obwohl sie unbewaffnet waren und einer erdrückenden Übermacht gegenüberstanden, setzten sie sich verzweifelt zur Wehr, kratzten, bissen und schlugen um sich. Dis Leute kämpften mit Netzen, Seilen und Messern, und nach wenigen Minuten hatten sie alle Gegner überwältigt. Einige hatten sie in ihren Netzen gefangen, die anderen drückten sie mit Füßen und Knien zu Boden.

Di fand nur eine Waffe: ein Messer. Es lag neben einem blutigen Sack auf dem Boden. Er kroch hinüber, öffnete den Sack und entdeckte darin abgetrennte Gliedmaßen von Tieren. Er wußte, wozu diese Kadaverteile gedacht waren, und auch, was das Messer bedeutete. Er schloß den Sack wieder und sank auf den Teppich. Er war am Ende seiner Kräfte.

Mühsam wandte er sich an seinen buckligen Polizisten.

»Sind das alle ...?« stieß er keuchend hervor. »Es müßten ... sechzehn ... sein.«

Der Polizist, der selber nach Luft schnappte, nickte. »Sieben sind hier ... einer im Haus, einer draußen im Gebüsch ... und ... sieben im Garten. Wir haben sie alle.« Er beugte sich vor und atmete ein paar Mal ruhig durch, dann sah er Di an. »Die sieben im Garten waren rund ums Haus verteilt und sangen.«

»Sie sangen?« fragte Di.

»Es war mehr als eigenartig, Richter«, sagte der Bucklige. »Trotz der Kälte waren sie nackt.« Er schüttelte verwundert den Kopf. »Und sie waren unbewaffnet.«

»Ja«, sagte Di. »Sie haben nicht damit gerechnet, daß sie Waffen brauchen. Nur das dort.« Er deutete auf das Messer.

Im Jahr 675, Dezember

Tagebucheintrag

Nicht zum ersten Mal gehe ich ein großes Risiko ein, doch wenn ich morgen meine Reise antrete, steht sicherlich mehr auf dem Spiel als jemals zuvor in meinem ganzen Leben.

Müssen diejenigen, die meine Worte dereinst vielleicht lesen werden, nicht denken, daß ich völlig verrückt geworden bin, wenn ich hinzufüge, daß ich zu einer Privataudienz der Kaiserin nach Loyang reise? Und daß ich glaube, daß sie mich herzlich willkommen heißen wird? Und daß ich ihr einen besonderen Vorschlag unterbreiten werde?

Nein, sie werden es wahrscheinlich nicht glauben, und so ist es besser, wenn ich fortfahre und etwas mehr über die Angelegenheit berichte, damit sie genügend Stoff haben, wenn sie die traurige Geschichte meines Irreseins erzählen.

Letztlich veranlaßt mich ein Brief von Wu-chi, in die Stadt der Wandlung zurückzukehren. Ein Brief, und ein langes schwarzes Haar.

Nach der Festnahme der sechzehn Arhats, das heißt der sechzehn Mönche der Weißen Wolke, als die dankbaren Bürger von Ch'ang-an mich mit Ehrungen überhäuften und als es so schien, als hätte ich endlich alle Teile des Puzzles zusammen, da dämmerte mir, daß meine Probleme gerade erst begonnen hatten. Denn jetzt wußte ich mit Gewißheit, was ich seit meinem Besuch in den Longmen-Höhlen nur geahnt hatte: Mein alter Freund Hsueh Huai-i hatte es weit, sehr weit gebracht, so weit, daß er für den Arm des Gesetzes nicht mehr erreichbar war. Seit dem Augenblick der Wahrheit in den Höhlen, seit den Tagen, als ich die ersten Entdeckungen machte und besessen war von der Theorie, die in meinem Kopf Gestalt annahm, hatte ich kaum eine ruhige Minute, um darüber nachzudenken, wie ich ihn vor Gericht bringen sollte. Woher nahm ich eigentlich den Glauben, Anklage gegen Hsueh Huai-i erheben zu können, nachdem ich zu der Überzeugung gelangt war, daß er hinter der Mordserie steckte? Und warum war ich mir so sicher, daß er mich nicht würde töten lassen? Gegenwärtig gibt es in Ch'ang-an keinen Polizisten, der mich verhaften, und keinen Richter, der mich einsperren lassen würde, doch offiziell bin ich immer noch ein entflohener Häftling, nach dem gefahndet wird. Hsueh würde sicherlich keine Sekunde zögern, diesen Umstand gnadenlos gegen mich auszunutzen, oder, falls das nicht fruchten sollte, einem Spießgesellen zu befehlen, mir in einer dunklen Gasse die Kehle durchzuschneiden und meine Leiche in den Kanal zu werfen.

Aus diesem Grund habe ich vor der Welt noch nichts über Hsueh Huai-i gesagt und lasse die Menschen in dem Glauben, daß die sechzehn Mönche auf eigene Faust gehandelt haben. Auch habe ich keine Einzelheiten bekanntgegeben. Die sind nur für die Ohren der Kaiserin bestimmt. Sie wird alles von mir erfahren – daß die Arhats die Morde praktisch am hellichten Tage begingen, was sie zu ihren Taten veranlaßte, wer ihnen die Kenntnisse beibrachte, die sie dazu befähigten, und auch, wie ich ihnen durch angestrengtes Nachdenken auf die Spur kam.

An diesem Punkt wird wohl jeder, der meine Worte liest, zu dem Schluß kommen, ich sei übergeschnappt. Und vielleicht bin ich das auch. Tatsache ist aber: Ich bin das Opfer meiner eigenen Logik.

Einige Tage nach der Verhaftung der Mönche bekam ich einen Brief vom alten Wu-chi. Wie immer wußte er viele interessante Dinge zu berichten. Unter anderem erwähnte er – wahrscheinlich nur, um mich etwas aufzuheitern –, daß Hsueh Huai-i einen ziemlich eigenartigen Plan verfolge, offensichtlich erneut mit dem Ziel, Aufmerksamkeit zu erregen und sich für alle Ewigkeit einen Platz in den Annalen zu sichern. Und dieser Plan war so dreist, daß er alle bisherigen Machenschaften des Mönches in den Schatten stellte.

Hsueh fabrizierte »Reliquien«, die, wie er wohl hoffte, auf immer mit seinem Namen verbunden bleiben würden, und verteilte sie in großer Zahl an alle Klöster in und um Loyang, darunter auch an das Kloster des Reinen Lotos. Die Äbte sollten sie bei ihren anderen Schätzen aufbewahren, damit auch noch in hundert, zweihundert oder dreihundert Jahren Pilger staunend davorstünden und sich fragten: Wer war Hsueh Huai-i?

Wie mir Wu-chi schrieb, handelte es sich bei den Reliquien um »Pferdeschweife«, die Hayagriva symbolisierten, das mythische Pferd, das Avalokitesvara zur Seite stand, dem Beschützer des Dharma unter der Heiligen Mutter Göttlicher Herrschaft, der Kaiserin Wu. Natürlich dachte ich sofort an das lange Haar, das ich an jenem Nachmittag im Garten gefunden hatte. Ich hatte das Haar, das mir rätselhaft und auf faszinierende Weise fremdartig erschien, zusammengerollt und in einem Stück Seide aufbewahrt. Nach der Lektüre von Wu-chis Brief holte ich es sofort hervor und untersuchte es. Ich stellte ein paar Vergleiche an und kam zu dem Schluß, daß das Haar nicht von einem Tier, sondern von einem Menschen stammte. Es war zwar ziemlich dick und erstaunlich lang, aber es war zweifelsfrei ein Menschenhaar. Es war von derselben Art wie Hsuehs »Pferdeschweife« und stammte vom Schweif des Dämonenpferdes, das den Arhats geholfen hatte.

Welche weiteren Schlüsse waren daraus zu ziehen? Erstens konnte das Haar angesichts seiner Länge nur vom Kopf einer Frau stammen; zweitens, angesichts seiner Dicke und Farbe, nur vom Kopf einer jungen Frau. Da man große Mengen solcher Haare brauchte, um so viele »Schweife« daraus zu fertigen, kam ich zu dem Schluß, daß der Lama Hsueh Huai-i mit einer großen Zahl junger Frauen Kontakt haben mußte. Und wie konnte ein großer Lama sich das Haar von so vielen jungen Frauen beschaffen? Der nächste logische Schritt war einfach: Es mußte etwas mit einem Nonnenkloster und dem zeremoniellen Abschneiden der Haare zu tun haben.

Ich hörte mich ein wenig um und erfuhr, daß ich recht hatte. Seit einigen Monaten widmete Hsueh einen Großteil seiner Zeit nur noch einem Ziel: Er will den Kuan-yin-Nonnenklöstern, die lange nur ein Verwahrungsort für alte Frauen waren, junge Novizinnen zuführen und dadurch zu neuem Ansehen verhelfen. Er will ihnen eine neue Bestimmung geben. Im ruhmreichen Zeitalter der Heiligen Mutter Göttlicher Herrschaft sollen sie die Rolle der Frauen hervorheben, ihre unschätzbaren Beiträge bei der Durchsetzung der neuen Ordnung bekanntmachen und durch barmherzige Werke der Menschheit dienen.

Und sie sollen, da bin ich sicher, den Lama mit dem frischen und zarten Fleisch junger Frauen versorgen.

Einige Zeit später setzte ich mich abends hin und arbeitete eine Formel aus, eine Gleichung, könnte man sagen, basierend auf den bekannten Faktoren, die da sind: der monströse Egoismus der Kaiserin; ihre wohlbekannten unstillbaren Gelüste; ihr Alter – sie ist jetzt fünfzig; Hsueh Huai-is Alter – er ist sechsunddreißig; die Zahl der Jahre, die sie miteinander verbracht haben – es sind fast sechs; die ehrgeizigen Ziele des Mönches und seine maßlose Selbstüberschätzung. Wenn mich meine Menschenkenntnis nicht trog, so mußte sich in der Beziehung zwischen den beiden nach all den Jahren eine gewisse Ernüchterung eingestellt haben. Und das hieß, daß jetzt der ideale Zeitpunkt gekommen war, meine Geschichte der Kaiserin vorzutragen.

So reise ich also morgen nach Loyang ab. Und da ich den Schutz der Stadt Ch'ang-an verlassen und durch Gebiete fahren muß, in denen ich immer noch gesucht werde, reise ich inkognito. Diesmal jedoch nicht als Mönch verkleidet. Nein, ich habe mich von den jüngsten Ereignissen inspirieren lassen und werde mich diesmal wohl als Frau verkleiden. Als einfache alte Frau, die längst nicht mehr in der Blüte ihrer Jahre steht und vielleicht nicht mehr ganz richtig im Kopf ist – die Sorte Frau, die man in Ruhe läßt und ungehindert passieren läßt.

Bin ich verrückt? Das wird sich sehr bald herausstellen.

33

Im Jahr 675, Dezember
Nahe Loyang

Es war ein schöner Tag Anfang Dezember. Die Sonne schien von einem blauen, wolkenlosen Himmel, und Di lehnte mit geschlossenen Augen an einem alten Gartenmäuerchen im Kloster des Reinen Lotos und badete sein Gesicht in den warmen Strahlen.

Er war mit einer festen Absicht nach Loyang gereist, und er gedachte, sie auch auszuführen. Sein Entschluß war unwiderruflich. Und doch hätte er jetzt am liebsten die Zeit angehalten, um wenigstens für eine Weile hier in der warmen Sonne sitzen zu können, ohne nachzudenken und frei von dem Druck, bald handeln zu müssen.

Bei seiner Ankunft letzte Nacht hatte er das Kloster unverändert vorgefunden. Es war noch immer eine Oase der Ruhe. Schon beim ersten Atemzug innerhalb seiner Mauern hatte er tiefe Freude und Dankbarkeit empfunden und gefühlt, wie ihm leichter ums Herz wurde, wie sich seine Gedanken ordneten und wie alle Anspannung von ihm abfiel. Er aß mit Wu-chi und dem Abt zu Abend und erzählte ihnen die ganze Geschichte, und sie hörten ihm schweigend und andächtig zu. Danach war er zu Bett gegangen und hatte friedlich geschlafen wie ein Kind. Jetzt lehnte er an der Mauer, und zum ersten Mal seit vielen Monaten ließ er seinen Gedanken freien Lauf, statt sich das Gehirn zu zermartern und fieberhaft nach Lösungen zu suchen.

Er dachte an die Gebeine der Mönche, die auf dem Friedhof des Klosters lagen, nicht weit entfernt von der Stelle, wo er saß. Wie angenehm es doch sein mußte, frei von allen Sorgen und Ängsten unter der schwarzen Erde zu ruhen, alle Pflichten und Wünsche hinter sich zu lassen, mit all diesen Dingen endgültig abzuschließen. Wie unrecht doch die Menschen hatten, die sich vor der Kälte und Einsamkeit des Grabes fürchteten. Im Moment erschien ihm das Grab als ein einladender Ort – warm und gemütlich wie ein Bett in einer Winternacht. Dort hatte man seine Ruhe. Niemand kam, rüttelte einen an der Schulter und verlangte, daß man aufstand und seiner Arbeit nachging.

Er seufzte, denn er wußte, daß diese Idylle bald ein Ende haben würde. Ein Vertrauter Wu-chis und des braven Abtes hatte am Morgen eine Botschaft in den Palast gebracht, und er erwartete stündlich die Antwort.

Di zog den Vorhang der Kutsche, die durch Loyangs Straßen rumpelte, zurück und spähte nach draußen. Die Stadt der Wandlung hatte sich nicht sehr verändert. Trotz ihres Namens war sie immer noch so, wie er sie in Erinnerung hatte, heiter und angenehm mit ihren vielen Flüssen und Parkanlagen und ihren unzähligen anmutigen Brücken.

Di hatte nicht lange auf eine Antwort warten müssen. Sie traf noch am Spätnachmittag desselben Tages ein. In dem Schreiben stand, daß ihn eine Kutsche an einem Ort seiner Wahl abholen würde. In seiner Rückantwort gab er ausführliche Instruktionen, und am nächsten Morgen fuhr er verkleidet in die Stadt, denn noch immer hielt er es für zu riskant, die Aufmerksamkeit auf Wu-chis Versteck zu lenken. Die Kutsche las ihn an einem kleinen Teehaus beim Park auf. Der Kutscher und die Vorreiter taten so, als sei es nichts ungewöhnliches, alte Frauen in Teehäusern abzuholen. Di stieg ein und öffnete während der Fahrt das mitgeführte Bündel mit Kleidern und anderen Gegenständen, denn er hatte vor, sich wieder in den Richter Di Jen-chieh zu verwandeln. Als er gerade seine Kappe aufsetzen wollte, hielt er inne, überlegte kurz und packte die Kleider wieder zusammen. Warum eigentlich nicht! Er lächelte.

Sicherlich hätte er das nicht getan, wenn er auf dem Weg zum Palast gewesen wäre – doch das war nicht der Fall. Die Kutsche brachte ihn woanders hin. Er hatte ausdrücklich auf dem Ort bestanden, weil man ihn dort nicht so leicht in eine Falle locken konnte – sofern man das überhaupt vorhatte, was er allerdings nicht glaubte. Er war sich seiner Sache ziemlich sicher.

Er spähte noch einmal durch den Spalt zwischen den Vorhängen. Sie fuhren gerade durch einen der wohlhabensten Vororte Loyangs. Welche Ironie des Schicksals, dachte er. Er war auf dem Weg zu jenem Haus, in dem Hsueh Huai-i den ersten Kontakt hergestellt hatte, der ihm die Tür zu einem neuen Leben geöffnet hatte. Er selbst hatte ihn dorthin geschickt, und er war überzeugt, daß in diesem Haus mindestens ein gräßliches Verbrechen geschehen war. Aus diesem Grund hatte es schon immer seine Neugier erregt, denn er hatte es noch nie betreten: das Haus von Frau Yang.

Doch heute kam er nicht in der Absicht, nach Beweisen zu suchen oder einen alten Mordfall wieder aufzurollen, vielmehr wollte er einen Handel abschließen. In diesem Moment neigte sich die Kutsche leicht zur Seite und bog in eine Auffahrt ein. Sie waren am Ziel.

Di war einen Moment lang völlig verwirrt, denn er wußte nicht, ob die Frau vor ihm die Kaiserin oder Frau Yang war. Schon vor Jahren war die Ähnlichkeit verblüffend gewesen, doch die Umstände hatten nie Zweifel aufkommen lassen, wen er vor sich hatte. Heute aber, in dieser besonderen Umgebung und nach so vielen Jahren, hatten sich die Unterschiede soweit verwischt, daß er sprachlos in das schöne Gesicht starrte.

Sie betrachtete die seltsame alte Frau, die zu ihr in die Eingangshalle geschlurft kam, und stutzte einen Augenblick. Dann warf sie den Kopf zurück und lachte herzhaft.

»Di Jen-chieh«, sagte sie. »Seid mir herzlich willkommen. In Eurer Gegenwart fühle ich mich wieder jung und schön.«

Kaum hatte er ihre Stimme gehört, da verflog seine Verwirrung. Er zog den schwarzen Schal vom Kopf und verneigte sich.

»Kaiserin«, war alles, was er hervorbrachte.

Er konnte sich nicht erinnern, jemals eine so aufmerksame Zuhörerin gehabt zu haben. Die Kaiserin lauschte interessiert seinen Worten und verfolgte mit wachsender Spannung seine Geschichte. Ihren lebhaften Reaktionen entnahm er, wie dramatisch seine Schilderung war.

Er erzählte ihr von seinem aufschlußreichen Besuch in den Grotten, von seiner überstürzten Rückreise nach Ch'ang-an, von seiner Gefangenschaft, seiner Flucht, von der Evakuierung der aristokratischen Familie aus ihrem Haus, von seinem bösen Traum und dem leisen Summen, von der unerklärlichen Müdigkeit, die ihn und seine Männer befallen hatte, und war gerade an der Stelle angelangt, wo er sich Moos in die Ohren steckte und seinen Polizisten zwickte, damit er nicht einschlief, als sie sich vorbeugte, ihn mit ihren großen, dunklen Augen ansah und sagte: »Es muß der Gesang gewesen sein.«

»In der Tat, Kaiserin, Ihr habt recht. Ihr könnt Euch gar nicht vorstellen, wie erstaunt ich über diese Entdeckung war. Ich hatte Angst und bemühte mich, einen klaren Kopf zu behalten, denn ich mußte meine Männer vor dem sicheren Tod retten. Mir dämmerte, daß hier der Schlüssel zu dem Geheimnis lag, das mich über Wochen gequält hatte. Die ersten Morde hatten uns ein unlösbar scheinendes Rätsel aufgegeben: Wie waren die Mörder in die Häuser gelangt, ohne von der Dienerschaft bemerkt zu werden? Und wie hatten sie es fertiggebracht, nach vollbrachter Tat genauso unbemerkt wieder zu verschwinden? Aber nun wußte ich mit einem Mal, daß der Gesang die Wachposten auf dem Gelände in einen schlafähnlichen Zustand versetzt hatte und daß die Arhats einfach an ihnen vorbeispaziert waren. Einige Eindringlinge postierten sich an verschiedenen Stellen auf dem Grundstück und setzten ihren Gesang fort. Die anderen, die ins Haus eindrangen, sangen ebenfalls weiter, so daß der Gesang aus allen Richtungen zu kommen schien. Doch wie ich bereits sagte, es war weniger ein Gesang als vielmehr eine Art Vibration, die in einer ganz bestimmten Tonhöhe gehalten wurde. Sie machte uns so müde und matt, als habe man uns einen Zaubertrank eingeflößt. Bei besonders empfänglichen Menschen können solche Vibrationen sogar Halluzinationen hervorrufen.« Di dachte dabei an den alten Diener, der nach einem der ersten Morde eine Klaue durch die Wand hatte kommen sehen.

»Doch wie kam es«, fragte die Kaiserin, »daß alle anderen dem Zauber erlagen, aber Ihr und Euer Polizist nicht? Warum wart Ihr nicht bereit, Euch ebenso willenlos abschlachten zu lassen wie die anderen?«

»Eine gute Frage!« sagte er. »Genau das habe ich mich auch gefragt, als ich durch die Büsche im Garten kroch, während die Arhats im Haus herumschlichen. Die Antwort ist so einfach wie naheliegend. Ich kam später darauf, als alles vorbei war, und ich endlich Zeit zum Nachdenken hatte. Meine Vermutung erwies sich im übrigen als richtig, denn einer der Arhats bestätigte sie, als ich ihn danach fragte.« Er machte eine Pause und trank einen Schluck Wein, wobei er verstohlen über den Rand des Bechers spähte. Er sah ihr an den Augen an, daß er sie nicht länger auf die Folter spannen durfte.

»Ihr müßt wissen, Kaiserin«, fuhr er fort und stellte seinen Becher wieder auf den Tisch, »daß dem Gesang niemand widerstehen kann – das gilt aber nur, wenn man ihn im Wachzustand hört.« Er schaute sie an, während sie über seine letzten Worte nachdachte.

»Natürlich«, sagte sie dann und klopfte auf den Tisch. »Ihr habt geschlafen! Ihr habt ein Nickerchen gehalten!«

»Richtig. Und mein Polizist offenbar auch. Er hatte, wie soll ich mich ausdrücken, seine Kräfte überschätzt und wurde nach der durchwachten Nacht vom Schlaf übermannt.«

»Und da die anderen allesamt dem Zauber verfielen ...«, begann sie.

»Wiederum richtig. Es ist davon auszugehen, daß sie ihre Pflicht erfüllten, wie sie gelobt hatten, und die ganze Zeit über wach waren. Sie schliefen auch zu dem Zeitpunkt nicht, als der Gesang begann. Ihr müßt nämlich wissen, daß die Arhats nicht mitten in der Nacht kamen, wie wir erwartet hatten. Nein, sie kamen am späten Nachmittag, als alle Hausbewohner wach waren. Und darauf waren wir natürlich nicht gefaßt.«

Sie lehnte sich ungläubig zurück und atmete langsam aus.

»Nein«, sagte sie, »natürlich nicht, und die Arhats konnten nicht damit rechnen, daß um diese Stunde jemand schlief. Aber Ihr tatet es, weil Ihr die ganze Nacht gewacht hattet.«

»Ja. Unter normalen Umständen hätte um diese Zeit niemand geschlafen, und die Arhats hätten die Familie mitsamt der Dienerschaft in Trance versetzt und ihre Opfer dann in aller Ruhe ermordet. Sie hätten die ganze Nacht Zeit gehabt, um die Leichname ... herzurichten, und die Diener wären am nächsten Morgen aufgewacht, ohne sich daran erinnern zu können, wie sie am Abend zuvor schlafen gegangen waren. Die Mörder wählten ihre Opfer sorgfältig aus. Den Bediensteten wurde niemals ein Haar gekrümmt.«

»Aber sahen die Eindringlinge nicht, daß Ihr und Eure Männer nicht die echten Familienmitglieder waren? Fiel ihnen nicht auf, daß die Frauen in Wirklichkeit verkleidete Männer waren? Sie müssen doch bemerkt haben, daß etwas nicht stimmte.«

»Ihr habt zweifellos recht. Doch was wäre die logische Konsequenz gewesen? Keine Frage, sie mußten uns töten, und genau das war auch ihre Absicht. Die Geschichte hätte sich wie ein Lauffeuer in der ganzen Stadt verbreitet – Di Jen-chieh und seine Männer ermordet!«

»Sagt mir noch eins. Wie gelang es Eurem Polizisten, die Wachen zu wecken und wieder zum Haus zurückzukehren, ohne den Männern draußen aufzufallen?«

»Nun, meine Männer waren deutlich in der Überzahl. Tatsächlich waren nur sieben Arhats vor dem Haus. Sie überwältigten einen nach dem anderen in aller Stille. Weil sie sangen, konnten sie meine Männer nicht hören. Außerdem waren sie praktisch unbewaffnet und nackt.« Er zuckte die Achseln.

»Unbewaffnet und nackt«, staunte sie. »Wie bei einer Art ...«, sie schüttelte den Kopf und suchte nach den richtigen Worten, »... geistiger Übung!«

»Ganz recht, Majestät«, sagte Di, der ihre rasche Auffassungsgabe bewunderte. »Es war beinahe eine rituelle Handlung ... Sie meinten, die einzigen Waffen, die sie benötigten, seien ihre Hände und Stimmen.«

»Hände und Stimmen«, wiederholte sie ungläubig. »Doch wie konnten sie am hellichten Tag auf das Grundstück gelangen? Und noch dazu nackt, mitten im November! Sie sind doch auch nur Menschen, nicht wahr?« Sie zweifelte immer noch an seiner Geschichte.

Er blickte in seinen Weinbecher, dann wieder in ihr Gesicht.

»Ein Meister hat sie ausgebildet«, sagte er nur. »Ein Meister für tibetanische tantrische Magie, derselbe, der sie auch das ›Summen des Vergessens‹ gelehrt hat.«

Ihre Reaktion verblüffte ihn. Wieder warf sie den Kopf zurück und lachte, und Di kam nicht umhin, ihr makelloses weißes Gebiß zu bewundern, in dem nicht ein Zahn fehlte. Beinahe neidisch fuhr er mit der Zunge über die zahlreichen Lücken in seinem eigenen Mund.

»Ja«, sagte sie. »Er ist kein bloßer Scharlatan, Richter. Inzwischen meine ich das beurteilen zu können. Von Zeit zu Zeit haben wir in unserem Haus Heilige beherbergt, die über ein unterschiedliches Maß an Talent und Bildung verfügten.« Das war sicherlich eine Untertreibung, dachte Di, setzte aber eine höflich interessierte Miene auf.

»Vor Jahren hat ein Inder aus Gandhara unseren Hof beehrt«, sagte sie, und ein amüsiertes Lächeln spielte um ihre Lippen. »Er bezeichnete sich als Nagaspa und behauptete, er beherrsche eine mächtige tibetische Magie. Aber er war ein Betrüger, nichts weiter. Im Gegensatz zu ihm besaß Lama Hsueh zweifellos gewisse … esoterische Fähigkeiten.«

»Das kann ich nur bestätigen«, sagte Di. »Immerhin habe ich eine Zeitlang mit ihm zusammengearbeitet. Zuweilen hätte ich schwören können, daß er sich in einen Geist verwandeln kann. Alles hängt von der Wahl des richtigen Zeitpunkts ab, pflegte er zu sagen. Man bewegt sich nur, wenn die Aufmerksamkeit der anderen Person abgelenkt ist, selbst wenn es nur um ein Augenzwinkern geht. Doch schon damals ahnte ich, daß weit mehr dahintersteckte. Ich war nicht lange genug mit ihm zusammen, um einige Kniffe von ihm zu lernen, aber ich weiß, wozu er fähig ist.« Da fiel ihm eine Frage ein. »Hat er Euch eigentlich erzählt, daß wir eine Zeitlang zusammengearbeitet haben?«

Und daß ich ihn in dieses Haus geschickt habe, um nach Beweisen für einen Mord zu suchen, dachte er bei sich. Er beobachtete ihr Gesicht.

»Er erwähnte, daß er Euch kennt«, antwortete sie mit einem geheimnisvollen Lächeln. »Ich hatte oft das Gefühl, daß er Euch in gewisser Weise bewundert und vielleicht sogar ein wenig beneidet.« Sie zog die Brauen hoch. »Eine Kombination, die Euch zwangsläufig zu seinem Feind machte.«

»Ich glaube«, sagte Di, »daß ihn nur unsere alte Bekanntschaft davon abhielt, mich umbringen zu lassen. Als ich in Ch'ang-an im Gefängnis saß, war das übrigens einer der Gründe, die meinen Verdacht gegen ihn erhärteten. Bei meiner Festnahme rechnete ich eigentlich damit, daß man mich umbringen würde. Aber man ließ mich am Leben, und so kam mir der Verdacht, daß er die Gelegenheit dazu benutzen wollte, mich herauszufordern. Später, als ich Gelegenheit hatte, mit den Arhats zu sprechen, stellte sich heraus, daß ich richtig vermutet hatte. Er steckte tatsächlich hinter der ganzen Sache.«

Sie schaute ihn mit dem gleichen Gesichtsausdruck an wie bei ihrer ersten Begegnung vor vielen Jahren. Sie hatte damals gewußt, wer er war und welche Ziele er sich gesetzt hatte, und doch hatte sie Gefallen an ihm gefunden und ihm, da er ein ebenbürtiger Gegner war, Respekt entgegengebracht. Er hatte fest darauf gebaut, daß sich ihre Gefühle in all den Jahren nicht geändert hatten.

»Aber Richter Di«, sagte sie und sah ihm fest in die Augen, »was machte Euch so sicher, daß nicht auch andere ... in die Sache verwickelt waren? Ich, zum Beispiel, hätte Euch doch aus ähnlichen Gründen verschonen können, oder? Woher nehmt Ihr den Mut, hierherzukommen und ausgerechnet mir das alles zu erzählen?« Er verstand sofort, was sie meinte.

»Majestät«, sagte er und hielt ihrem Blick stand, »ich wußte, daß Ihr viel zu pragmatisch für diese Verbrechen seid. Oder anders ausgedrückt: Ich sah keinen praktischen Nutzen hinter den Morden.« Er zuckte die Achseln. »Den Morden lagen ganz besondere und ziemlich undurchsichtige Motive zugrunde, hinter die ich erst später kam. Und diese Motive trugen ...«, er wählte seine nächsten Worte sorgfältig, »... nicht Eure Handschrift. Außerdem habe ich Euch während unseres heutigen Gesprächs genau beobachtet. Ich bin mir nun ganz sicher, daß das, was ich Euch über die Morde erzählt habe, neu für Euch war.«

»Und wenn das nicht der Fall gewesen wäre?«

»Ich wage zu behaupten, daß ich unseren Freund auch dann noch für den eigentlichen Anstifter hielte. Ja, ich wage sogar zu behaupten, daß ich Euch trotzdem bitten würde, mir dabei zu helfen, ihn vor ein Gericht zu bringen. Denn«, sagte er und senkte den Blick, »ich fühle und glaube, daß er Euch nicht mehr nützlich ist.«

Sie sah ihn lange fragend an, und Di wußte, daß sie nun auf ein Thema zu sprechen kamen, das noch heikler war als die Morde. Ihr Gesicht verfinsterte sich, und zum ersten Mal kamen ihm ernsthafte Zweifel, aber die Gewitterwolke zog vorüber, ohne sich zu entladen, und ihre Miene hellte sich wieder auf.

»Ihr habt ganz recht«, sagte sie fast amüsiert. »Aber wie seid Ihr darauf gekommen?«

»Ich habe Euch ein Geschenk mitgebracht«, sagte er, öffnete sein Bündel und entnahm ihm ein Paket. Er löste die Schnur, zog langsam eine Strähne prächtiger schwarzer Haare hervor, legte sie schwungvoll vor ihr auf den Tisch und strich sie glatt. Wieder überraschte ihn ihre Reaktion. Sie beugte sich lächelnd vor und streichelte die Haare, und während er ihr dabei zusah, dachte er an den armen verstorbenen Kaotsung und all die anderen, die sie mit dieser Hand liebkost hatte: die kleine Tochter, die schon so viele Jahre tot war, den Sohn. Er wandte die Augen von ihrer Hand ab und bemerkte, daß sie ihn beobachtete.

»Eine seiner wertvollen Reliquien«, sagte sie. »Richter Di, Eure Kombinationsgabe ist bewundernswert. Doch sagt: Woher habt Ihr dieses besondere Exemplar?«

»Es stammt vom Schwanz Hayagrivas.«

Sie hob fragend die Augenbrauen.

»Hayagriva ist eine pferdeköpfige Schutzgottheit«, antwortete er. »Er hilft den Arhats, das Dharma zu schützen, und versetzt seine Feinde in Angst und Schrecken.« Er sah ihr ins Gesicht. »Er spielt besonders in der lamaistischen Tradition Tibets eine große Rolle.«

»Richter Di«, sagte sie bestimmt, erhob sich von ihrem Stuhl und ging zum Fenster. »Ich werde Euch gestatten weiterzumachen. Und ich sage Euch meine Hilfe zu. Aber Ihr müßt Euch verpflichten, bestimmte Bedingungen einzuhalten, die ich Euch stellen werde.«

Sie drehte sich um und sah ihm in die Augen. Ihr Miene hatte sich wieder verfinstert. Was auch immer sie ihm vorzuschlagen gedachte, er wußte, daß es ihr sehr ernst damit war und daß er die Vereinbarung, die sie nun treffen würden, unbedingt einhalten mußte, sonst würde sein Kopf doch noch auf einer Eisenspitze an einem Klostertor enden.

»Einverstanden, Majestät«, sagte er nur, denn er ahnte, was sie im Sinn hatte, ja, er hatte sogar damit gerechnet. Und als in diesem Moment Frau Yang den Raum betrat und ihn durch ihre verblüffende Ähnlichkeit mit ihrer Tochter verwirrte, wußte er es mit Bestimmtheit.

Frau Yang sprach kein Wort, sondern setzte sich nur auf einen Stuhl am Tisch und schaute ihn unverwandt an, während ihre weißen Hände mit den langen Fingernägeln gefaltet in ihrem Schoß ruhten. Das einzige, was sie von Wu unterschied, waren einige weiße Haare an ihren Schläfen und ihr Blick, der noch verschleierter war als der ihrer Tochter.

»Aber zuerst«, sagte die Kaiserin und nahm wieder Platz, »müßt Ihr mir noch eine Kostprobe Eurer einmaligen Kombinationsgabe geben. Ich möchte, daß Ihr mir ausführlich berichtet, wie Ihr die mysteriösen Mordfälle aufgeklärt habt.«

»Aber gern«, sagte er und bückte sich wieder zu seinem Bündel auf dem Boden, während Frau Yang aufmerksam jede seiner Bewegungen verfolgte. Er zog seine Papiere heraus, entrollte den

Stadtplan von Ch'ang-an und seine handschriftliche Kopie des Dämon-Karita-Sutra und legte beides auf den Tisch.

Als Di spätabends ins Kloster zurückkehrte, wartete Wu-chi schon begierig darauf, Einzelheiten über seine Audienz bei der Kaiserin zu erfahren. Wie ein verlassener Liebhaber, der nach seiner früheren Geliebten fragt, wollte er alles über Wus Gesicht, ihre Stimme, ihre Erscheinung und ihre Haarfarbe wissen. Grübelnd ging er neben Di her und lauschte aufmerksam jedem Wort des Freundes.

»Sie ist immer noch schön«, sagte Di. »Wunderschön sogar. Und man spürt ihre unbändige Lebenskraft. Ich könnte sie mir ohne weiteres in ganz anderen Verhältnissen vorstellen, beispielsweise als zähe, alte Bäuerin in den fernen Provinzen. Sie wäre bestimmt die einflußreichste Person im Dorf. Ganz unabhängig von ihrer Herkunft wäre sie auf jeden Fall eine Art Königin geworden.«

»Ihr habt recht«, bemerkte Wu-chi. »Sie könnte fünfhundert Jahre alt werden.«

»Es ist interessant, von Angesicht zu Angesicht einer Mörderin gegenüberzusitzen«, sagte Di. »Man kommt sich irgendwie nackt vor. Ich hatte das Gefühl, mein Leben sei nur ein Geschenk von ihr. Was ja auch durchaus den Tatsachen entspricht, denn schließlich hätte sie mich schon vor Jahren für meine unerwünschte Einmischung umbringen lassen können. Doch sie hat es nicht getan. Und deshalb verdanke ich ihr mein Leben. Und diese Tatsache war uns beiden bewußt.« Er dachte kurz nach. »Sie erlaubt mir, weiterzumachen. Aber sie hat mir einige harte Bedingungen gestellt.«

»Laßt mich raten«, sagte Wu-chi düster.

Di war unglücklich über diesen Teil der Geschichte, aber er mußte Wu-chi davon berichten, es ließ sich nicht vermeiden. »Es war die einzige Möglichkeit, Wu-chi«, sagte er mit aufrichtigem Bedauern.

»Ich weiß«, sagte Wu-chi mit einer Geste der Resignation, die erkennen ließ, daß er seine Hoffnung auf Vergeltung endgültig aufgegeben hatte.

»Sie will mir gestatten, den Mönch Hsueh Huai-i zu verhaften und vor Gericht zu stellen. Doch sie knüpft an diese Erlaubnis bestimmte Bedingungen.« Er sah zu Boden. »Die Bedingungen sind ganz einfach. Ich darf weder gegen sie noch gegen Frau Yang oder irgendeinen Komplizen, der ihr bei früheren ›Taktlosigkeiten‹ zu Diensten war, ermitteln. Als Gegenleistung darf ich nicht nur weitermachen, sondern auch auf die Unterstützung eines neu gebildeten Zensorats zählen.« Er hatte diese Neuigkeit bis zuletzt aufgehoben, weil er hoffte, sie würde Wu-chi über die Enttäuschung hinweghelfen, obgleich er wußte, daß sie nur ein schwacher Trost für ihn war. »Vielleicht«, so schlug er vor, »könnt Ihr Euch entschließen, ins politische Leben zurückzukehren, Wu-chi.«

Doch Wu-chi schüttelte nur den Kopf. »Nein, Richter Di. Ich glaube nicht.«

Di wollte ihn umstimmen, ihm Mut machen, ihm sagen, daß die Regierung einen Mann wie ihn dringend brauche und ähnliches mehr. Aber der alte Mann blickte ihn so abwesend an und schien mit seinen Gedanken so weit weg, daß ihm alle Argumente plötzlich albern vorkamen.

»Auch ich hegte in all den Jahren gewisse Hoffnungen, Wu-chi«, sagte er. »Und ich konnte mich nur schweren Herzens von ihnen trennen. Lieber hätte ich mir die Hand abgehackt. Doch wir müssen den Tatsachen ins Auge sehen. Wir sind machtlos gegen die Kaiserin und ihre Mutter, und Ihr wißt es. Aber dafür können wir uns an den Mönch halten. Zumindest im Moment. Sie hätte ihn ohnehin bald umbringen lassen, davon bin ich überzeugt, und dann hätten wir ihn niemals für seine Verbrechen zur Rechenschaft ziehen können. Und das wäre jammerschade gewesen! Auf der Fahrt von Ch'ang-an nach Loyang plagte mich unentwegt die Sorge, daß der Mönch bei meiner Ankunft vielleicht schon tot sein könnte. Ihr wißt ja, wenn die Kaiserin zuschlägt, dann rasch und gründlich.« Er hob flehend die Hände. »Ich habe mein Leben dem Kampf gegen den Mißbrauch der Religion gewidmet. Ich habe Scharlatane, Betrüger und Kriminelle aller Art erlebt, die die Leichtgläubigkeit der Menschen skrupellos ausgenutzt haben. Aber er ist bei weitem der schlimmste.«

»Er war einmal Euer Freund«, bemerkte Wu-chi.

»Das war er tatsächlich.«

»Und er war der Liebhaber der Kaiserin.«

»Ja.«

»Und sie will Euch bei seiner Festnahme helfen?«

»Ja.«

»Oh, wie tief wird er fallen«, sagte Wu-chi. »Er könnte einem fast leid tun.«

»Das sollte er nicht«, sagte Di. »Er ist genauso ein Mörder wie die Kaiserin.«

»Nicht ganz«, sagte Wu-chi, und Di verstand sofort, was er meinte. Er dachte an die Gerüchte, die vor so vielen Jahren umgegangen waren, an die ungeheuerlichen Anschuldigungen, die zwar in aller Munde waren, die aber niemand so recht glauben wollte: ihre eigenen Kinder, ihren Sohn, ihre kleine Tochter!

»Aber Ihr habt natürlich recht«, fuhr Wu-chi fort. »Ihr dürft nicht zulassen, daß der Mönch durch das Leben geht, ohne für seine Greueltaten zu büßen. Aber bevor ich es vergesse: Heute ist eine Botschaft aus Ch'ang-an für Euch eingetroffen.« Seit seiner Abreise stand Di mit seinen Polizisten in der westlichen Hauptstadt durch Kuriere in ständiger Verbindung. »Ein paar Komplizen des Mönches sind bereits verhaftet worden – die Boten, die zwischen den beiden Tempeln des Weißen Pferdes in Loyang und in Ch'ang-an Botschaften übermittelten. Offensichtlich war im Tempel von Ch'ang-an ein Streit wegen ihrer Bezahlung entbrannt. Die Boten waren nämlich gedungene Verbrecher, keine Mönche. Die Mönche des Tempels des Weißen Pferdes haben sie verhaften lassen. Die Polizei hat sie in Gewahrsam genommen und wartet auf Anweisungen von Euch, was mit ihnen geschehen soll.«

»Ausgezeichnet«, sagte Di. »Ich werde sie hierherbringen lassen. Ihre Aussage wird mir bestimmt weiterhelfen. Nicht mehr lange, Wu-chi, und ich werde Hsueh wie einen gewöhnlichen Verbrecher verhaften und für seine Vergehen vor Gericht stellen. Doch wir werden keine gewöhnliche Verhandlung erleben, das verspreche ich Euch. Das würde einem solchen Mann nicht gerecht werden. Ich habe einige Überraschungen für ihn.«

»Ihr meint, Ihr und die Kaiserin«, verbesserte ihn Wu-chi.

»Ja«, sagte Di. »Sie und ich sind Verbündete geworden. Wir ziehen jetzt gewissermaßen an einem Strang.«

»Wie sonderbar die Welt doch ist, Richter Di.«

»Fürwahr, das ist sie, Wu-chi.«

Die Dunkelheit brach herein. Sie wußten, daß der alte Abt mit einem guten Abendessen auf sie wartete, und Wu-chi schlug den Weg zu den Räumen des Abtes ein. Mit einem Mal begriff Di, weshalb Wu-chi das Kloster niemals verlassen und in sein früheres Leben als hoher Staatsbeamter zurückkehren würde. Sicherlich spielten auch sein hohes Alter und seine Resignation eine gewisse Rolle, aber der wahre Grund war, daß er seinen Freund, den Abt, nicht verlassen wollte. Sie waren schon zu lange zusammen.

Der Geschichtsschreiber Shu versuchte es noch einmal. Er runzelte angestrengt die Stirn, stieß aber gleich darauf einen Seufzer aus und schüttelte den Kopf. Nein, so ging es nicht.

Die Morgensonne, die vor einer Stunde noch so freundlich ins Zimmer geschienen und ihn inspiriert hatte, war nun so grell, daß sie ihn von der Arbeit ablenkte. Nein, es war einfach unmöglich. So konnte er nicht an der Schrift arbeiten, mit der er seine Laufbahn zu krönen gedachte. Er mußte sich ganz auf die Arbeit konzentrieren können. Er wies seine Diener an, die Jalousien herunterzulassen.

Heute war kein gewöhnlicher Morgen, so wie auch der gestrige Abend kein gewöhnlicher Abend gewesen war. Es war lange her, daß er mit der Abfassung eines so wichtigen Dokumentes betraut worden war, und selten hatte er eine Aufgabe so gern übernommen. Daß er nun für die große Kaiserin Wu wie auch für den berühmten Richter von Ch'ang-an arbeiten durfte, war eine unerwartete Ehre, die ihm einen prickelnden Schauder der Vorfreude über den Rücken rieseln ließ.

Das Wiedersehen mit seinem alten Freund Di Jen-chieh hatte ihm gutgetan. Er hatte fast schon vergessen, wie wohl er sich in der Gesellschaft des großen Beamten und Gelehrten fühlte. Wie ähnlich sie einander doch waren! Waren sie nicht beide kultivierte Männer, die knifflige Probleme zu lösen verstanden? Und war Richter Di mit den Feinheiten der Literatur, den blumigen Prosagedichten und den strengen Abhandlungen der Klassiker nicht ebenso vertraut wie er?

Es war schon etliche Jahre her, daß der Richter ihn in seiner Kanzlei mit seinem Besuch beehrt hatte, doch er hatte diesen Tag niemals vergessen. Er hatte die Erinnerung an diesen Besuch wie ein kostbares Kleinod gepflegt, und noch immer dachte er mit besonderer Freude daran, wie sie über die aufreibenden Literaturexamina ihrer Jugend und einige Gedichte geplaudert hatten, die er kurz zuvor verfaßt hatte. Ja, es war ein denkwürdiger Tag gewesen.

Und nun hatte Shu die große Ehre, für diesen großen Mann ein Schriftstück abzufassen. Gemeinsam hatten sie eine wichtige Mission zu erfüllen.

Die Diener hatten die Jalousien inzwischen geschlossen, und im Raum herrschte ein Halbdunkel, das dem Denken Shus förderlich war. Er hielt den Pinsel über das Pergament und wartete auf die Inspiration, von der er wußte, daß sie nicht lange auf sich würde warten lassen. Er würde Richter Di und die Nachwelt nicht enttäuschen. Die Geschichte benötigte Korrekturen, und Shu wollte seine ganze Kraft in den Dienst dieser Aufgabe stellen. Richter Di hatte selbst gesagt, daß kein anderer dafür so geeignet war wie er.

Shu klingelte nach dem Haushofmeister. Eine weitere anregende Tasse grünen Tees, und er war bereit, den Pinsel über das Papier zu führen und das zu tun, was nötig war, um den arroganten Tibeter in seine Schranken zu weisen. Natürlich würden Richter Di und die wiedereingesetzten Gerichte sich des heiligen Mannes annehmen. Doch Shu kam die Aufgabe zu, ihn für alle Zeiten zu vernichten. Ein für alle Mal.

Seltsame Kräfte waren in dieser Welt am Werk, dachte Di, und oft war es besser, sie unerforscht zu lassen – so wie die Kräfte, die ihn mit der Kaiserin und nun auch mit dem kleinen Geschichtsschreiber zusammengeführt hatten. Die Kaiserin hatte den Wunsch geäußert, den Magier, der nun in einem Kuan-yin-Nonnenkloster residierte, öffentlich zu demütigen, und der Geschichtsschreiber war ganz erpicht darauf, ihr diesen Wunsch zu erfüllen. Di hatte dem Vorhaben zugestimmt, denn er wußte, daß es den Mönch ablenken, ihn aus der Reserve locken und ihm selbst die Arbeit ein wenig erleichtern würde. Außerdem entbehrte das Ganze nicht einer gewissen Komik, und Di sah keinen Grund, warum er den Mönch verschonen sollte. Tatsächlich war er sogar begeistert von der Idee. Shu hatte einige seiner Vorschläge bereitwillig übernommen und in die Schrift eingearbeitet, so daß auch Di dazu beitragen durfte, dem Mönch einen neuen Platz in der Geschichte zuzuweisen. »Da er vermutlich ein erleuchtetes Wesen ist«, hatte er zu Shu gesagt, »dürfte er eigentlich keinen Unterschied zwischen den höchsten und den niedrigsten irdischen Aufgaben machen. So sei ihm in unserer Biographie eine angemessene Beschäftigung vergönnt.« Der kleine Mann hatte entzückt gekichert und Dis Idee sogleich zu Papier gebracht.

Di mochte Shu, auch wenn er sich nicht erklären konnte, warum, denn schließlich kannte er seine Fehler. Deshalb war er unverzüglich auf die Forderung der Kaiserin eingegangen, daß ihr treuer Geschichtsschreiber, offizieller Verleumder, Chronist ihrer Herrschaft und Verunglimpfer ihrer Feinde ebenfalls nicht belangt werden sollte.

Shu haßte Hsueh Huai-i. Das war offensichtlich. Die jahrelange demütigende Behandlung durch den Tibeter hatte in der Seele des kleinen Mannes tiefe Spuren hinterlassen. Zwar hatte der Geschichtsschreiber seine wahren Gefühle stets verborgen, doch hatte dies die Verachtung, die der Magier für ihm empfand, nur noch verstärkt. Er wußte, daß der Tibeter ihn für zu einfältig hielt, um sie überhaupt zu bemerken. Doch dieses Opfer hatte er bringen müssen, um sein gutes Verhältnis zur Kaiserin und zu Frau Yang, die er beide verehrte, nicht zu gefährden. Doch nun, da dieses Opfer nicht mehr nötig war, machte er aus seinen Gefühlen keinen Hehl mehr. Er haßte den Magier dafür, wie er ihn und die Kaiserin behandelt hatte. Sein Pinsel huschte nur so über das Papier, und wenn er sich auch darüber im klaren war, daß aus jedem Wort, das er niederschrieb, sein verletzter Stolz sprach, so war das Ergebnis doch beeindruckend, und Di dankte dem Himmel dafür, daß er sich den Geschichtsschreiber Shu Ching-tsung niemals zum Feind gemacht hatte.

Das Leben eines Heuchlers

Große Menschen sind unweigerlich von Schmarotzern, Speichelleckern, Blutsaugern, Opportunisten und anderen Menschen umgeben, die an Selbstüberschätzung leiden. Dieses Gesetz schreibt das Leben. Aber natürlich wissen die wahrhaft großen Menschen um dieses Phänomen, und die Natur hat sie mit allen nötigen Fähigkeiten ausgestattet, ihm zu begegnen.

Das Leben und die Taten eines zwielichtigen Mönches namens Hsueh Huai-i sollen in diesen historischen Aufzeichnungen zur Veranschaulichung dieser Wahrheit herangezogen werden. Die Werke dieses Mönches sind völlig unbedeutend, und so darf mit Recht eingewandt werden, daß sie eigentlich keinen Platz in den Annalen der Unsterblichkeit verdient hätten. Sie werden nur deshalb erwähnt, weil sie vom Scharfblick der großen Kaiserin Wu Tse-tien zeugen.

Dieser Mann besaß wenige gute Eigenschaften, doch er war wagemutig und schlau. Seine Herkunft liegt im Dunkeln. Man nimmt an, daß er im fernen Westen geboren wurde und einer Familie entstammte, die seit Generationen dem Alkohol verfallen war und einen gewissen Hang zum Kriminellen hatte. Da er offenbar den Wunsch verspürte, seine Stellung zu verbessern oder zumindest ein angenehmeres Leben zu führen, als er aufgrund seiner niedrigen Herkunft erwarten durfte, verließ er bereits in jungen Jahren seine Heimat und begab sich auf den Weg in den Osten. Er reiste durch Länder, in denen die unterschiedlichsten Völker lebten, und begegnete Heiligen und Asketen aller Art, von denen er sich ein oberflächliches Wissen aneignete. Freilich muß man sagen, daß seine Schlauheit ihn befähigte, eine Reihe von Kunststücken, Zaubertricks und die Sprache der Frommen zu erlernen, so daß ihn naive und leichtgläubige Menschen für einen gelehrten und erleuchteten Weisen hielten.

Von maßlosem Ehrgeiz erfüllt, strebte er eine Stellung auf Erden an, die nur eine Stufe unter der des Himmels liegt: jene an der Seite der Heiligen Mutter Göttlicher Herrschaft, der Kaiserin Wu Tse-tien. Offenbar wollte ihn das Schicksal in seine Schranken weisen. Und so geschah es auch.

Klug und einfallsreich, wie er ist, verschaffte er sich Zugang zum Palast, indem er sich den Bediensteten in der Palastküche als Lieferant seltener Kräuter vorstellte. Zunächst bekleidete er die bescheidene Stellung eines Eimerträgers, dann stieg er langsam in der Rangordnung auf, bis ihm erlaubt wurde, das Gemüse für den kaiserlichen Haushalt zu putzen. Da er um die tiefe Frömmigkeit Ihrer Kaiserlichen Hoheit wußte, ließ er den Leibkoch der Kaiserin wissen, daß er auf seinen Reisen erfahren habe, was der Erleuchtete unmittelbar vor seinem Eingang ins Nirwana gespeist hatte, und äußerte den Wunsch, das gleiche Mahl für die Kaiserin zuzubereiten. Aus Neugier nahm unsere weise und huldvolle Kaiserin das Angebot an. Der Mönch ergriff die sich ihm bietende Möglichkeit beim Schopf und suchte die Kaiserin mit Kunststücken, Taschenspielertricks und der ihm eigenen Zungenfertigkeit davon zu überzeugen, daß er nichts weniger sei als ein Heiliger, ein bedeutender buddhistischer Gelehrter und Lehrer.

Die Kaiserin, die über ein unvergleichliches Urteilsvermögen verfügt, spürte sofort, daß er ein Betrüger war. Da sie aber nicht eindeutig beweisen konnte, daß er ein Betrüger war, beschloß sie, ihm eine Gelegenheit zu geben, sich zu bewähren, denn vielleicht war er am Ende doch das, wofür er sich ausgab. Falls sich aber herausstellte, daß er doch der gewissenlose Heuchler und Scharlatan war, für den sie ihn hielt, so sollte er für seine Dreistigkeit in angemessener Form erniedrigt werden.

Ihre Erhabene Majestät gewährte ihm eine Audienz, berief ihn in den Kaiserlichen Dienst und ernannte ihn zum Nachttopfwächter der Kaiserinmutter im Inneren Hofstaat. In ihrer unendlichen Weisheit hatte die Kaiserin erkannt, daß, wenn er wirklich ein erleuchteter Buddhist war, ihn diese demütige Aufgabe nicht weniger beglücken würde, als die Welt zu beherrschen oder einen Strauß duftender Blumen zu pflücken. War er aber nur ein Scharlatan, der auf schändliche Weise die Massen betrog, so konnte es keine geeignetere Strafe für ihn geben.

Wie die Kaiserin vermutet hatte, verrichtete er seinen Dienst nur wenige Tage, ohne zu klagen. Und als die erste Unmutsäußerung über seine Lippen kam, verbannte ihn die Kaiserin für alle Zeiten aus dem Palast. Wie der Inhalt der Eimer und der kaiserlichen Nachttöpfe, die zu tragen er die Ehre gehabt hatte, wurde er hinausgeworfen. Er verschwand in der Versenkung und tauchte nur noch dann und wann bei öffentlichen Ereignissen oder Feiern auf, bei denen er seine abgedroschenen und bis zum Überdruß wiederholten Kunststücke vorführte. Inzwischen dem Trunke ergeben, merkte der Mönch Hsueh Huai-i infolge seines fortschreitenden geistigen Verfalls nicht, daß die wenigen, die sich dazu herabließen, seinen langweiligen Vorstellungen beizuwohnen, dies nur aus Mitleid taten oder um über ihn lachen zu können. Mehr als einmal wurde er für geringfügige Vergehen wie Diebstahl und Erregung öffentlichen Ärgernisses verhaftet. Gerüchten zufolge war sein Verfall nicht nur auf übermäßigen Weingenuß zurückzuführen, sondern auch auf eine fortschreitende Krankheit, die ihn zusätzlich schwächte. Soweit bekannt ist, führte diese Krankheit dazu, daß er schwachsinnig wurde. Er starb als Wächter der barmherzigen Schwestern von Kuan-yin und phantasierte bis zu seinem Ende von seiner Erleuchtung.

Dies trägt der Geschichtsschreiber Shu Ching-tsung im Januar 676 in die offiziellen Biographien der T'ang-Geschichtsbücher ein, auf daß die Nachwelt die Wahrheit erfahre.

Hsueh Huai-i warf das Pamphlet verächtlich auf den Boden. Die beiden jungen Nonnen, die es ihm gebracht hatten und in der Mitte des Raumes knieten, unterdrückten ein Kichern, als er von seinem Sessel aufstand, mit funkelnden Augen nähertrat und vor ihnen stehenblieb. Er starrte auf sie hinunter und fletschte verächtlich die Zähne, worauf die jungen Frauen erschrocken ihre Gesichter bedeckten.

»Ein Wächter der barmherzigen Schwestern von Kuan-yin, wie?« rief er und stapfte ans andere Ende des Raumes. »Sie weiß es zwar nicht, aber sie hat mich auf eine Idee gebracht. Auf eine gute Idee!« Er wirbelte herum und kehrte langsam zu den Nonnen zurück. Die wütende Grimasse in seinem Gesicht hatte einem listigen Lächeln Platz gemacht. Eine der Nonnen beugte den Oberkörper vor, preßte beide Fäuste gegen den Mund und kicherte nervös, während die andere den Kopf auf den Boden legte und mit beiden Armen bedeckte.

Er trat so nahe an sie heran, daß sie die Luft durch seine Nasenlöcher strömen hörten. »Seid Ihr bereit, die göttliche Inspiration von Avalokitesvara zu empfangen?« flüsterte er. »Schreiber!« rief er mit lauter Stimme dem Diener in der Halle zu. »Schick mir den Schreiber!«

Di hob vorsichtig die Augen von dem Schriftstück und sah die Kaiserin an. Sie war merkwürdig still, und das beunruhigte ihn.

Ihr Gesicht war ausdruckslos und leer, und er fühlte sich an das erinnert, was ihm einmal ein Bärenführer erzählt hatte. Bären, so hatte der Mann gesagt, sind die gefährlichsten Tiere, mit denen man arbeiten kann, denn sie lassen sich nichts anmerken und greifen ohne jede Vorwarnung an. Der Hund fletscht die Zähne, der Tiger faucht, das Pferd legt die Ohren an und zeigt das Weiße seiner Augen. Aber das Gesicht des Bären bleibt unverändert, bis er plötzlich auf dich losgeht und seine Krallen in dein Fleisch bohrt.

Die Kaiserin schaute ihn an und strich mit einer Hand über die Armlehne. Di rutschte unruhig hin und her.

»Lest bitte weiter, Richter«, sagte sie mit einer Stimme, die ebenso ausdruckslos war wie ihr Gesicht. Di räusperte sich, suchte die Stelle, wo er unterbrochen hatte, und fuhr fort:

»... aufgrund einer angeborenen Schwäche des weiblichen Mediums, das von Anbeginn an unempfänglich und ungeeignet für die heilende männliche Kraft war, offenbart sich das männlich-weibliche Doppelwesen von Avalokitesvara und Kuan-yin nicht mehr länger in der Person der Kaiserin Wu ...«

Er blickte noch einmal verstohlen zur Kaiserin. Sie strich sich gerade mit der Hand über Kinn und Hals, blickte ihn aber unverwandt an.

»... statt dessen mußte es weiterziehen, wie ein Vogel, der ein unwirtliches Klima vorfindet und deshalb fortfliegt. Es ist an jenen Ort zurückgekehrt, an dem es sich zum ersten Mal auf dieser Welt offenbart hat, an seinen Ausgangspunkt, sein Tor zur Welt. Dort verharrt es in einer unverdorbenen und gastlichen Umgebung, unbeugsam und unbefleckt, bis zu dem Tag, an dem man es ruft ... Der leiblichen Hülle des Lama Hsueh Huai-i, die durch strenge Meditation und Abstinenz so rein geblieben ist wie eine bescheidene Hütte, die geputzt, gescheuert und gewischt wird, um den königlichen Besucher zu empfangen, fällt die Ehre zu, dem göttlichen Wesen als Medium zu dienen ... Der Lama, der diese schwere Verantwortung auf sich nimmt, hat gelobt, sich voll und ganz der Meditation zu widmen, damit sich das göttliche Wesen willkommen fühlt und der Welt zum Wohle der Menschheit erhalten bleibt ...«

Die Kaiserin schnaubte verächtlich.

»Soll ich ...?« fragte Di ehrerbietig. Mit einer ungeduldigen

Handbewegung gab sie ihm zu verstehen, daß er zu Ende lesen solle.

»... Das göttliche Wesen, keineswegs entmutigt durch den fehlgeschlagenen ersten Versuch, hat den Wunsch geäußert, ein weiteres Mal durch ein weibliches Wesen zu sprechen ... Die Erfordernisse sind nun besser bekannt ... Dieses weibliche Wesen muß frei sein von niedrigem Ehrgeiz und zügelloser Lüsternheit, und es muß die Kraft und Reinheit der Jugend ...«

Di räusperte sich verlegen, sah kurz auf und fuhr dann fort:

»... sowie den unberührten und unverdorbenen Schoß einer Jungfrau besitzen.«

Diesmal wagte er es nicht, zur Kaiserin hinzublicken. Er hörte nur das Rascheln ihrer Seidengewänder, als sie ihre Haltung auf dem Stuhl veränderte.

»... Deshalb wird hiermit bekanntgegeben, daß der Lama Hsueh Huai-i gnädig eingewilligt hat, den unendlich teilbaren göttlichen Funken an die Anhängerinnen des Kuan-yin-Klosters weiterzugeben und bei jeder Novizin, die ihn empfangen möchte, selbstlos den heiligen Akt der Besamung zu vollziehen. Diese Zeremonie soll an jedem dritten Tag der zweiten Woche jeden Monats abgehalten werden ...«

Di betrachtete verstohlen die Kaiserin. Kein Stirnrunzeln, kein Lächeln. Sie rührte sich nicht und schwieg. Er überlegte kurz, wie um alles in der Welt er auf den Gedanken verfallen war, sich der Gnade dieser Frau auszuliefern. Ihre dunklen Augen waren starr auf ihn gerichtet, und wieder kam er sich seltsam nackt vor, wie schon bei der Begegnung im Haus ihrer Mutter. Und mit einem Mal verstand er dieses Gefühl: Als Mörderin besaß sie eine Art fleischliches Wissen, das er nicht kannte. Sie war erfahren, er war unschuldig.

»Richter, seid Ihr endlich bereit, gegen ihn vorzugehen?« fragte sie ihn mit kalter Stimme.

»Noch nicht ganz, Majestät.«

»Woran fehlt es noch?« fragte sie, und er spürte die Ungeduld hinter jedem ihrer Worte. Er dachte kurz nach. Tatsächlich hatte er die Entscheidung der Kaiserin, den Mönch gerichtlich zu verfolgen, voll für seine Zwecke ausgenutzt und auf die Wiederherstellung des alten Regierungssystems hingewirkt. Er hatte sich nicht damit begnügt, in diesem einen Fall zu ermitteln, sondern alles in seiner Macht Stehende getan, um die Stellung des wiedereingesetzten Zensorats zu festigen und ehrliche Beamte ins Amt zu berufen. Doch er hielt es noch immer für klug, ihr zu verschweigen, wie weit die Dinge schon gediehen waren.

»Ich brauche nur noch einige rechtschaffene Männer für die Bildung des Gerichts zu gewinnen, die Beweise zu ordnen und ...« Er zuckte die Achseln, »... die Verhaftung vorzunehmen.«

»Ich glaube, daß der Mönch selbst den Ort und den Zeitpunkt seiner Verhaftung bestimmt hat. Seid ihr nicht auch dieser Meinung, Richter?« Nun lächelte sie. Ohne es auszusprechen, hatte sie ihm mitgeteilt, was sie im Sinn hatte. Ihre Idee war hinterhältig, aber gut.

Der Mönch wußte nicht, daß Di in Loyang weilte und sich mit der Kaiserin getroffen hatte, und war zweifellos noch immer von seiner Immunität überzeugt. Aber wie sollte er auch ahnen, daß Di das Wagnis eingegangen war, sich an die Kaiserin persönlich zu wenden? Di dachte über den Einfall der Kaiserin nach. Er war nicht nur hinterhältig, sondern besaß auch einen deutlichen Vorteil – der Mönch war völlig ahnungslos. Die Falle würde in einem Moment zuschnappen, wo er am allerwenigsten damit rechnete.

»Ich stimme zu, Majestät«, sagte Di.

»Und, Richter Di«, sagte sie, indem sie sich vorbeugte und sein Handgelenk umfaßte, »ich will, daß er nackt zu mir gebracht wird.«

Di nickte stumm, da ihm keine Antwort darauf einfiel. Ihre Finger hatten nur eine oder zwei Sekunden seine Haut berührt, doch diese Stelle würde für den Rest seiner Tage gebrandmarkt sein.

War er selbst auf diese Idee gekommen? Oder hatte ihn die Kaiserin mit ihrer abgrundtiefen Schlechtigkeit angesteckt? Er war sich nicht sicher. Jedenfalls war ihm die Idee in der Nacht nach ihrem letzten Gespräch gekommen – als die Stelle, wo sie ihn am Arm berührt hatte, immer noch juckte und kribbelte –, und in den darauffolgenden Tagen war sie ihm einfach nicht mehr aus dem Sinn gegangen.

Heute war der zweite Tag der vom Mönch abgehaltenen göttlichen Besamungszeremonie. Offenbar hatte er nicht nur leere Versprechungen gemacht, als er erklärt hatte, daß er alle Teilnehmerinnen zufriedenstellen werde. Nach den offiziellen Mitteilungen, die das Nonnenkloster regelmäßig herausgab – Di war überzeugt, daß sie einzig für die Kaiserin bestimmt waren –, hatte er die »göttliche Kraft« bereits auf neun Frauen übertragen. Zwischen den einzelnen zeremoniellen Akten schöpfte er neue Kraft, ruhte und meditierte. Di war davon nicht wenig beeindruckt. Obwohl der Mönch mit seinen siebenunddreißig Jahren noch keineswegs alt war, stand er doch nicht mehr in der Blüte seiner Manneskraft. Aber die Kaiserin selbst hatte ja eingeräumt, daß er nicht in jeder Hinsicht ein Scharlatan war.

Di hatte eine Gruppe bewaffneter Polizisten zusammengestellt, die ihn zum Kuan-yin-Tempel begleiten sollte. Geplant war, kurz nach Einbruch der Dunkelheit zuzuschlagen, und heute sollte der große Tag sein. Selbst wenn ein göttlicher Geist den Mönch Hsueh Huai-i mit einer übernatürlichen Potenz ausstattete, so war er doch aus Fleisch und Blut, und es war wichtig, daß er die Zeremonie nicht für beendet erklärte oder vor Erschöpfung zusammenbrach, bevor Di Gelegenheit hatte, ihm seine Aufwartung zu machen.

Di und seine Männer fanden vor den Toren des Kuan-yin-Klosters eine große Menschenansammlung vor. Die meisten der Wartenden waren Frauen, junge und weniger junge, aber Di entdeckte auch einige Mädchen, die noch halbe Kinder waren und sich in Begleitung ihrer Mütter und Väter befanden. Die Kunde hatte sich offenbar schnell herumgesprochen, dachte Di, als er durch die Menge schritt. Einige Frauen schienen schon lange zu warten und saßen erschöpft am Boden, offenbar in der Hoffnung, irgendwann doch noch eingelassen zu werden und vom Mönch die göttliche »Inspiration« zu empfangen. Besonders entsetzt war Di über die Eltern, die ihre Kinder gebracht hatten. Was dachten sie sich eigentlich!

Di trug dieselben Kleider, in denen er nach Loyang gereist war und die ihn auch heute wieder in eine alte Frau mit Bündel und Kopftuch verwandelten. Doch anders als damals wurde er diesmal von bewaffneten Gardisten begleitet. Die Menschen wichen erstaunt zur Seite, als sie im Licht der Laterne eine einfach gekleidete, grimmig dreinblickende alte Frau an der Spitze der Gruppe sahen. Di wußte, daß er ihre Verwirrung ausnutzen und schnell weitergehen mußte, bevor sie Zeit zum Nachdenken oder Handeln hatten. Eine zweite Chance würde er nicht bekommen. Ohne nach rechts oder links zu blicken, führte er die Männer zum Haupttor, wo zwei Eunuchen Wache hielten, die ihn verständnislos anblickten. Noch bevor einer der beiden den Mund aufmachen konnte, blieb Di vor ihnen stehen und sagte etwas, das sie vor Erstaunen einen Schritt zurücktreten ließ, genau wie er es erwartet hatte.

»Ich bin die Mutter des Lama«, sagte er, wobei ihn der Klang seiner Stimme an seine eigene Mutter erinnerte.

Im nächsten Moment war er mit seinen Männern durch das Tor getreten und ging schnell durch einen schwach beleuchteten Korridor zum Betraum. Es war nicht schwierig herauszufinden, wo der Mönch gerade weilte. Eine lange Reihe wartender Nonnen, die in andächtiger Haltung beteten, wies ihnen den Weg zu einer Doppeltür. Aus ihren Meditationen aufgeschreckt, hoben sie die Augen und sahen die Eindringlinge verwirrt an. Im Vorbeigehen murmelte Di beruhigende Worte, die ihm gerade einfielen, und berührte hier und da eine Schulter oder einen Kopf.

»Keine Sorge«, sagte Di, »alles hat seine Richtigkeit, er erwartet mich. Ich hoffe nur, daß ich nicht zu spät komme.« Er ging direkt auf die Tür zu, legte die Hand auf die Klinke und drückte. Die Tür schwang leise nach innen auf, und Di betrat an der Spitze seiner Männer den Betraum.

Ein betäubender Geruch nach Schweiß und Weihrauch schlug ihm entgegen und zeugte von der großen Anstrengung, die hier vollbracht worden war. Di sah mehrere Reihen flackernder Kerzen und die umgestellten Möbel, und er begriff, daß der Mönch keine leeren Versprechungen gemacht hatte. Wie es aussah, widmete er sich der göttlichen Besamung, die er sich selbst zur Aufgabe gesetzt hatte, mit großer Gründlichkeit.

Die beiden Musikerinnen, die auf ihren Saiteninstrumenten eine monotone Melodie gezupft hatten, unterbrachen bei Dis Eintritt erschrocken ihr Spiel.

Vor dem Altar hing ein Vorhang, und Di gewahrte, daß das Geschehen hinter dem Brokat sofort zum Stillstand kam. Er hatte das deutliche Gefühl, daß der Mönch genau wußte, wer den Raum betreten hatte. Einige Augenblicke war es ganz still hinter dem Vorhang, dann wurde er mit einem Ruck zur Seite gezogen, und vor ihm stand Hsueh Huai-i, nackt und außer sich vor Wut.

Di trat vor, damit der Mönch ihn besser sehen konnte, und verneigte sich.

»Es war überaus rücksichtslos von Euch«, sagte Di, »mich an jenem Tag im Teehaus so lange warten zu lassen, Herr Hsueh. Ich fror und wurde mutlos. So behandelt man doch keinen guten Freund!«

»Ihr müßt mir vergeben, Herr Di«, entgegnete der Mönch. »Doch es war nicht zu ändern. Wie Ihr wißt, hatte ich wichtige Geschäfte zu erledigen.«

»Ja, das hattet Ihr tatsächlich.«

Die beiden musterten einander. Der Mönch wirkte noch größer und hagerer, als ihn Di in Erinnerung hatte, und er hatte einen eigenartig hohlen Blick, von dem Di glaubte, daß er früher nicht dagewesen war. Er dachte flüchtig an den Anblick, den er selbst dem Mönch bieten mußte: grauer, älter, dazu der merkwürdige Aufzug. Und was gaben seine Augen preis?

Vor der Tür hatte sich unterdessen eine große Menschenmenge gebildet – die Eunuchen vom Tor, die Nonnen und einige der Mutigeren vom Hof. Di dachte an die Forderung der Kaiserin: Ich will, daß er nackt zu mir gebracht wird. Er gab seinen Wachmännern einen Wink, die daraufhin vortraten und den Mönch an den Armen packten. Hsueh versteifte sich unter ihrem Griff, ballte die Fäuste und sah Di mit hochmütiger Miene an.

»Glaubt Ihr, Ihr könnt mich festnehmen?« höhnte er. »Dazu seid Ihr nicht befugt!«

Di zog ein Dokument hervor. Kaum hatte der Mönch das Papier erblickt, drehte er die Augen zur Decke und begann, laut zu singen, fest entschlossen, Di zu übertönen.

»Bringt ihn zum Schweigen!« befahl Di, und einer der Männer legte dem Mönch von hinten seine Hand, die in einem dicken Handschuh steckte, auf den Mund, während die anderen ihren Griff verstärkten. Doch die Hand des Wachmannes konnte ihn nicht völlig zum Schweigen bringen. Er warf den Kopf hin und her und heulte und stöhnte, während Di das Dokument verlas.

»Ihre Erhabene Majestät, Kaiserin Wu Tse-tien, erklärt den früheren Lama Hsueh Huai-i hiermit zu einem Feind des Reiches. Sie befiehlt und wünscht inbrünstig, daß er für das verabscheuungswürdige Verbrechen des Mordes festgenommen und eingekerkert wird …«

Trotz des Lärms, den der Mönch machte, schien er Dis Worte verstanden zu haben, denn er hörte auf zu heulen und schaute Di mit blutunterlaufenen Augen an. Di nickte dem Wachmann zu, der daraufhin Hsuehs Mund freigab.

»Mord!« schnaubte der Mönch verächtlich. »Das ist so, wie wenn die Krähe die Hyäne einen Aasfresser schimpft!« bellte er. »Ihr wißt, was für ein Mensch sie ist, nicht wahr?«

Di las weiter.

»… Das Folgende wird ordnungsgemäß in die T'ang-Geschichtsbücher eingetragen, auf daß die Nachwelt die Wahrheit erfahre: Die Lebensgeschichte des Mönches Hsueh Huai-i, vom Geschichtsschreiber Shu Ching-tsung niedergeschrieben, muß in diesen wenigen, aber äußerst wichtigen Punkten ergänzt werden: Im Jahre 683 wurde er wegen Mordes festgenommen. Richter Di Jen-chieh machte ihm den Prozeß und verurteilte ihn zum Tod durch Zerstückelung, der schlimmsten und schmerzhaftesten Exekutionsart, die der T'ang-Kodex für vielfachen Mord vorsieht …«

Der Mönch lachte höhnisch auf. »Ihr wißt, was für ein Mensch sie ist, nicht wahr?« Er blickte Di von der Seite an und schüttelte den Kopf. »Ihr wißt, mit wem Ihr Euch verbündet habt? Mord!«

»Abführen«, befahl Di, und die Wachmänner zerrten den Mönch in Richtung Tür. Di trat einen Schritt zurück, um ihnen Platz zu machen, und als sie an ihm vorüberkamen, blickte der Mönch auf seinen rechten Arm und grinste.

»Wir sind ältere Freunde, als ihr glaubt, Richter. Sagt, ist der Abdruck meiner Zähne auf Eurem Arm noch zu sehen?«

Zuerst wußte Di nicht, was Hsueh meinte, doch dann nahm das Gesicht des Mönches einen überraschten und erschreckten Ausdruck an. Sie starrten einander an. Für einen kurzen Augenblick schienen fast dreiundzwanzig Jahre vergessen, und Di blickte in das Gesicht eines vierzehnjährigen Jungen mit wilden Augen und Stoppelhaaren, den er trotz heftiger Gegenwehr an die Wand gedrückt hatte, der aber gleich darauf über den Balkon entflohen war, nachdem er die vielversprechende Laufbahn des jungen Di Jen-chieh um ein Haar vorzeitig beendet hätte.

Im nächsten Moment entspannten sich die Züge des Mönches

wieder. Er grinste, und die Wachmänner schleppten ihn zur Tür hinaus.

Di war sprachlos. Diesmal hatte der Mönch das letzte Wort behalten.

Der Tag vor dem Prozeß war schwül und grau. Ausgezeichnet, dachte Di, als er zur Kanzlei des Zensorats ging. Ich hoffe, daß das Wetter so bleibt. Ich hoffe, daß der Himmel auch morgen wolkenverhangen ist, denn an jenem Morgen vor vielen, vielen Jahren, als man den Gärtner hingerichtet hat, ist der Himmel genauso gewesen.

Ihr habt ganz recht, Lama Hsueh. Wir sind ältere Freunde, als ich annahm. Ältere sogar, als Ihr meint. Obwohl wir uns erst an jenem Abend in meiner Kanzlei begegnet sind, hatte ich von dem Moment an nach Euch gesucht, als der empörte Geist des Gärtners seinen toten Körper verließ. Und nun, nach all den Jahren, führt Euch der große Di Jen-chieh der Gerechtigkeit zu. Vergeßt, daß beinahe ein Vierteljahrhundert vergangen ist und daß in der Zeit, die Ihr auf freiem Fuß wart, unendlich viel Blut vergossen wurde – der große Richter hat Euch endlich erwischt.

Wir werden natürlich den Geschichtsschreiber Shu beauftragen müssen, eine seiner fachmännischen Berichtigungen zu verfassen. Es wäre sicherlich nicht angebracht, wenn die Nachwelt das abgetragene und fadenscheinige Gewebe sähe, aus dem Richter Dis Leben und Arbeit besteht, die ausgefransten Säume, die klaffenden Löcher. Nein, das wäre unpassend und unschicklich. Geht an die Arbeit, Herr Shu, kleidet mich in prächtige Seide und herrliche Gewänder, die von meiner Tugend und meinen überragenden Fähigkeiten zeugen. Kleidet mich für meine Reise in die Zukunft, damit ich jederzeit vorzeigbar bin.

Di hatte die ganze Nacht darüber nachgedacht, was er mit Hsueh vor dessen Verschwinden alles unternommen hatte, und versucht, sich an jede Einzelheit zu erinnern: an die Gespräche, die sie geführt, an die Weinhäuser, in denen sie gesessen, an die Plätze, die sie aufgesucht hatten, ja sogar an das Wetter, das an den Tagen ihres Zusammenseins geherrscht hatte. Und die ganze Zeit hatte das Wissen zwischen ihnen gestanden, und Di hatte es nicht bemerkt: Das Wissen, daß Hsueh ihn einst beinahe umgebracht hätte und daß er der Mörder des Verkehrsministers von

Yangchou war, jener Unbekannte also, der über dem Toten gestanden und dessen Nachmittagsimbiß aufgegessen hatte und dabei die Krümel auf den Boden hatte fallen lassen. Jener Mann, an dessen Stelle ein Unschuldiger hatte sterben müssen.

Und nun habe ich Euch endlich gefunden, Hsueh, auf meine langsame und stümperhafte Art, dachte Di, während er die lange Treppe zum Zensorat hinaufstieg. Vergeßt, daß wir Verbündete waren, vergeßt, daß ich es war, der Euch die Möglichkeit eröffnete, ein einflußreicher Mann zu werden. Wenn morgen der Prozeß beginnt, wird alle Welt glauben, daß es um die Morde in Ch'angan geht. Und natürlich stimmt dies auch – zumindest teilweise. Doch wir beide werden die Wahrheit kennen: Ihr werdet eine längst überfällige Schuld an den Geist des toten Gärtners zurückzahlen.

In den Kanzleien des Zensorats herrschte an diesem Morgen fieberhafte Geschäftigkeit. Die aufwendigen Vorbereitungen auf den Prozeß neigten sich ihrem Ende zu. Die Beweisaufnahme war abgeschlossen, die Berichte verfaßt, und die Schreiber des Zensorats hatten die passenden Paragraphen aus dem T'ang-Kodex herausgesucht und abgeschrieben. Die Richter und Beamten, die Di wiedereingesetzt hatte, berieten sich. Von der bedrückenden Atmosphäre, die hier so lange geherrscht hatte, war nichts mehr zu spüren. Die Männer schauten sich um und erkannten, daß sie nun endlich frei sprechen durften. Die »Belagerung« war vorüber, und sie brauchten keine Repressalien mehr zu fürchten, wenn sie offen ihre Meinung vertraten.

Als Di durch die Kanzleien ging, lächelten ihm die Männer zu und verneigten sich ehrerbietig vor ihm. Di antwortete mit einer schüchternen Handbewegung, wich aber ihren Blicken aus, denn er wollte vermeiden, daß sie sich in Lobeshymnen und Schmeicheleien ergingen. Er glaubte nicht, daß er das ertragen hätte. Schließlich habe ich es nicht verdient, dachte er und verschwand schnell in seiner Kanzlei.

Er schloß die Tür hinter sich und nickte seinem Gehilfen zu.

»Guten Morgen, Richter«, sagte der Mann und schaute von seinem Schreibtisch auf, wandte sich aber sogleich wieder seiner Arbeit zu. Di schenkte sich eine Schale Tee ein und nahm Platz. Als der Mann mit seiner Schreibarbeit fertig war, schaute er wieder auf.

»Wir kommen gut voran, Richter, und ich bin zuversichtlich, daß wir bis morgen fertig werden. Ich habe mich um die besonderen Details gekümmert, wie Ihr es gewünscht habt. Die Arbeit ist im Moment noch in vollem Gange.«

»Gut«, sagte Di.

»Außerdem sind die Gefangenen, deren Überführung aus Ch'ang-an Ihr angeordnet hattet, angekommen. Sie warten auf Euch.«

»Ach ja, die Boten. Die gedungenen Verbrecher, die Todesboten. Ich würde sie gerne vernehmen. Ist einer der Schreiber im Moment frei?«

»Ja.«

Di wollte die Sache rasch hinter sich bringen, damit er sich wieder den anderen Vorbereitungen widmen konnte, denn er wollte sicherstellen, daß dies kein gewöhnlicher Prozeß wurde. Nicht einmal der Geschichtsschreiber Shu mit seiner blühenden Phantasie hätte sich so etwas ausdenken können. Der Prozeß sollte Dis Geschenk an die »Geschichte« werden.

Die Gefangenen warteten in einer Amtsstube auf dem nächsten Stockwerk. Während Di mit seinem Gehilfen und einem Schreiber die Treppe hinaufstieg, sprachen sie über einige der Überraschungen, die den Lama Hsueh am morgigen Tag erwarteten. Selbst die Kaiserin hatte einige Ideen beigesteuert. Di hatte es als aufschlußreich empfunden zu sehen, wie ihre Augen sich vor Vergnügen weiteten, als sie sich Strafen für ihren ehemaligen Liebhaber ausdachte. Fast hätte er Mitleid mit Hsueh empfunden.

»Hier hinein, Richter«, sagte der Gehilfe und wies auf eine Tür. Di trat ein. Die beiden Gefangenen waren mit Fußeisen gefesselt und saßen zusammengesunken auf ihren Stühlen. Als die Tür aufging, hoben sie müde die Köpfe.

Die Hand an der Tür, blieb Di wie angewurzelt stehen. Das ist Hsuehs Meisterstück, dachte er, das übertrifft selbst die schwebenden Buddhas, die fliegenden Engel, die Schwärme magischer Tauben und die blutverschmierten Tempel. Die Arhats, das Summen des Vergessens, die Stimme der Donnereule, die Jataka-Geschichten und die brennende Riesenstatue des Erleuchteten mit ihren hoch in den Himmel lodernden Flammen sind nichts im Vergleich zu dem hier.

Er starrte noch einen Moment in die Gesichter seiner Söhne,

dann drehte er sich um und schloß die Tür hinter sich. Sein Gehilfe fragte ihn etwas, doch er verstand kein Wort, ja er konnte sich nicht einmal darauf besinnen, an welchem Ende des Korridors die Treppe lag. Fassungslos blickte er in die fragenden Gesichter seiner beiden Begleiter.

»Es wird kein Verhör geben.« Mehr brachte er nicht hervor. Damit eilte er fort, die Treppe hinunter.

34

Im Jahr 676, Frühling
Ein halbes Jahr nach dem Prozeß gegen Hsueh Huai-i
Nahe Loyang

An einem solchen Tag konnte man fast an die Existenz einer vollkommenen Welt glauben. Als Di über die sich kräuselnde Wasseroberfläche blickte und den süßen, vom nahen Ufer herüberwehenden Blütenduft einsog, dachte er, daß es nicht nur möglich war, an die Existenz einer vollkommenen Welt zu glauben. An Bord dieses himmlischen Schiffes war er sogar für Momente davon überzeugt, tatsächlich in einer solchen Welt zu leben.

Der anmutige Bug des großen Drachenbootes mit seinen mehrstöckigen goldenen Pavillons schob sich durch dichte, wohlriechende Lilienteppiche, die sich zuerst teilten und dann im schäumenden Kielwasser des Hecks wieder rein und unbefleckt schlossen.

Nun glitt das Boot durch hohe, im Wind sich wiegende Wasserpflanzen und steuerte auf die Mitte des Sees zu. Oben auf dem Balkon schickten zwanzig Flöten ihre sanften Klänge in die Frühlingsluft, und Windglockenspiele erschollen über Dis Kopf und übertönten das Plätschern des Wassers. Das Ufer rückte in immer weitere Ferne, und der aufsteigende Dunst verwischte die Konturen der Felsen und der Kiefernwälder an ihrem Fuß.

Als sie tieferes Gewässer erreichten, begann das Boot zu schaukeln, zuerst nur ganz sanft, doch dann, als der Wind stärker wurde und die Strömung des Flusses, der hier in den See mündete, sie erfaßte, immer heftiger. Das Boot machte unter Dis Füßen einen Ruck und riß ihn aus seinen Gedanken. Er stieß mit dem Ellbogen gegen die Reling und geriet ins Straucheln, fand aber im letzten Moment wieder Halt. Sein Ellbogen schmerzte, aber er wagte es nicht, ihn zu massieren, denn dazu hätte er die andere Hand von der Reling nehmen müssen. Er wartete, bis der Schmerz nachließ, blickte noch einmal auf die Wellen, von deren spitzen Kämmen der Wind weiße Schnüre wegwehte, und entfernte sich dann mit vorsichtigen Schritten von der Reling.

Wenige Meter von ihm entfernt saß der Geschichtsschreiber

Shu. Er hatte sich bei dem Ruck des Schiffes mit einem schrillen Schrei an seinen kleinen Schreibtisch geklammert und hielt jetzt seine Papiere in die Höhe, um sie vor dem auslaufenden Wasser seines Pinselgefäßes, das umgekippt war, in Sicherheit zu bringen. Die Papiere enthielten die Gedichte, die er heute, am siebten Mai 676, zum fünfundsechzigsten Geburtstag von Frau Yang und anläßlich des jährlich stattfindenden Drachenbootfestes verfaßt hatte. Im nächsten Augenblick traf eine zweite Welle das Boot. Die bunten Laternen schaukelten, und Di suchte an der mit Schnitzwerk versehenen Tür Halt, während Shu auf seinem Stuhl mühsam um sein Gleichgewicht rang.

Nun, da sich der kleine Mann nicht länger mit Wus Skandalen zu befassen brauchte, konnte er sich ganz der unschuldigen Kunst der Poesie widmen, der schon immer seine Liebe gegolten hatte. Und vielleicht, so dachte Di, war dieser glückliche Mann, der seiner wahren Leidenschaft frönte, der wahre Shu Ching-tsung.

»Dieses rauhe Wetter kommt völlig unerwartet, nicht wahr, Herr Shu?« sagte Di, während er sich gegen den Türrahmen drückte.

»O nein, Richter. Es ist ganz und gar nicht ungewöhnlich, daß man mitten auf diesem See den Ozean spürt. Der Tai-See ist bekannt für dieses einzigartige Phänomen. An seinen tiefsten Stellen ist das Wasser fast immer so aufgewühlt und närrisch ...« Shu genoß es sichtlich, in die Rolle des Poeten zu schlüpfen. »Sie inspirieren uns, meint Ihr nicht auch? Ich spreche von den Naturkräften. Und heute ist ein vergleichsweise ruhiger Tag, Richter. Wir sind alle so verletzlich, habe ich nicht recht?«

Ja, dachte Di, närrisch, unberechenbar und verletzlich. Aber ich habe genug von diesen Naturkräften.

»Dann wart Ihr also schon einmal hier auf dem See, Geschichtsschreiber?« fragte Di, der selbst wenig Erfahrung mit der Schiffahrt hatte.

»O ja«, antwortete Shu. »Viele Male, Richter. Die Kaiserin und ihre Mutter lieben diesen See. Deshalb ist das Kaiserliche Boot auch so groß. Man will sich schließlich nicht den unberechenbaren Strömungen aussetzen. Wir sind jedes Jahr zum Drachenbootfest und zu Frau Yangs Geburtstag hier auf dem See. Gewiß, es ist überaus umständlich, den Hofstaat hierher zu verlegen, doch bisher hat sich die Mühe immer gelohnt.«

Während Shu seinen angenehmen Erinnerungen nachhing, mußte Di an die armen Männer unter Deck denken, die schwer schufteten, um die großen Schrauben anzutreiben, die das träge Boot durch das aufgewühlte Wasser bewegten. War es nur ein Zufall, daß er auf dem Oberdeck war und alle Privilegien genoß, während sie unter Deck hart arbeiten mußten? Oder hatten die Buddhisten recht, die an einen ewigen Kreislauf von Geburt und Wiedergeburt glaubten? Würde er in einem seiner nächsten Leben vielleicht mit einem der Männer da unten den Platz tauschen?

Di bemerkte, daß die liebliche Musik, die das Orchester auf dem Balkon gespielt hatte, verklungen war. Die Festgesellschaft war offensichtlich nach drinnen gegangen. Nun knatterten die Fahnen im Wind, und die eisige Gischt der Wellen fegte über das Deck. Das Ufer war mittlerweile ganz im Dunst verschwunden. Hier, mitten auf dem See, gab es keine Blumenteppiche mehr, nur die Dünung und schäumende Wellen, und kalte, feuchte Luft drang in Dis Lunge. In einiger Entfernung schaukelten die kaiserlichen Kriegsdschunken, die das große Drachenboot begleiteten, und ihre Segel blähten sich unter der steifen Brise.

»Ich habe jetzt genug von dem Wind«, seufzte Shu, rollte seine Papiere zusammen und klemmte sie unter den Arm. Er versuchte erst gar nicht, seine Pinsel und Schalen aufzusammeln, sondern ließ sie einfach liegen. »Ich gehe hinein. Vielleicht wollt Ihr Euch mir anschließen. Die Kaiserin und ihre Mutter warten bestimmt schon auf Euch.«

Drinnen spielte das Orchester eine kecke und eingängige Melodie mit dem passenden Titel »Das Spiel des Windes und der Wellen«. Im Schein der Laternen schwirrten ein Dutzend junger, gutaussehender Männer um die Kaiserin und ihre Mutter herum, die in gegenüberliegenden Ecken des Raumes auf farbenprächtigen Satinkissen ruhten und von Jade- und Silbergeschirr aßen, das auf niedrigen Drehtischen stand.

Frau Yang genoß an ihrem fünfundsechzigsten Geburtstag die Dienste der jungen Männer, die ihr Füße, Hände, Nacken und Schläfen massierten und zwischendurch immer wieder köstliche Häppchen darboten. Natürlich gehörten die Männer zu Wu, aber die Kaiserin war stets überaus großzügig, wenn es darum ging, mit ihrer Mutter zu teilen.

Eine ruckartige Bewegung des Bootes bewirkte, daß Shu in die

Kissen neben Frau Yang stolperte und einen Serviertisch mit ein oder zwei Schalen darauf umwarf. Als er merkte, daß alle Anwesenden lachten, zeigte er ein verlegenes Lächeln und blickte sich ängstlich im Raum um. Dann aber sah er, daß Frau Yang am lautesten lachte, und stimmte in ihr Gelächter ein, offenbar glücklich darüber, daß er an ihrem Geburtstag den Narren spielen durfte.

Er ließ sich auf den Kissen nieder, griff in seinen Ärmel und zog die Papiere heraus, die er an Deck vor Wind und Wasser in Sicherheit gebracht hatte. Seine Ankündigung, er wolle nun die soeben verfaßte Ode an Frau Yang vortragen, fand allgemeine Zustimmung.

Wu, die sich, umringt von ihren Liebhabern, am anderen Ende des langen, schmalen Raumes räkelte, warf Di einen auffordernden Blick zu. Di betrachtete sie und dachte darüber nach, wie sehr die Welt sich in den letzten Monaten verändert hatte. Er wußte, daß Hsueh jahrelang der einzige Mann an ihrer Seite und in ihrem Bett gewesen war. Der Tibeter duldete keinen Rivalen, und nach allem, was er in Erfahrung gebracht hatte, war ihm Wu völlig hörig gewesen. Doch das hatte durchaus ihren eigenen Wünschen entsprochen, und sie hatte kein Verlangen verspürt, seine hypnotische Macht über sie zu brechen. Natürlich hatte sie immer die Fäden in der Hand gehabt – das war ihm jetzt klar. Sie war Hsuehs Zauber nur erlegen, weil sie selbst es gewollt hatte. Und als sie beschloß, dem ein Ende zu machen, war der Zauber sogleich gebrochen. Sie war wie eine Löwin, die, wenn es an der Zeit ist, unsentimental ihre Jungen verläßt und nicht mehr an sie denkt.

Als Di auf die Kaiserin zuging, erschien ein Lächeln auf ihrem Gesicht. Sie stand auf und schüttelte die jungen Männer ab, die aufgesprungen waren, um ihr zu helfen. Mit einer Hand hielt sie sich an der Wand fest, und mit der anderen gab sie Di ein Zeichen, ihr nach oben in den eleganten Pavillon zu folgen, der ausschließlich für sie reserviert war.

Di hielt sich vorsichtig am Geländer fest, als er hinter der Kaiserin die Treppe hinaufstieg. Sie betraten den Pavillon, und sie forderte ihn auf, sich zu setzen.

»Shu hat mir dies heute gegeben«, sagte sie und setzte sich auf ein gepolstertes Sofa. »Er ist besonders stolz auf die Arbeit, die er geleistet hat. Er will, daß Ihr sie seht. Wenn Ihr sie für gut befindet, wird sie in die offiziellen Geschichtsbücher aufgenommen.«

Sie reichte ihm ein mit Shus Siegel versehenes Dokument.

Di machte eine Verbeugung, lehnte sich gegen die Reling und las das von Shu verfaßte Schriftstück, wobei er sich bewußt war, daß die ganze Zeit ihr Blick auf ihm ruhte.

Die Hinrichtung des Mönches Hsueh Huai-i wird den Menschen allezeit eine große Lehre sein. Obwohl sie einen schrecklichen Anblick bot, verschaffte sie dem Chronisten die seltene Gelegenheit, Zeuge einer Zerstückelung zu werden. Diese Hinrichtungsart bereitet dem Verurteilten einen langsamen und qualvollen Tod. Doch Hsueh Huai-i hinterging die göttliche Herrscherin Chinas und übte auf die Seele des Reiches einen verderblichen Einfluß aus, und deshalb verdiente er diese Strafe. Es kommt immer wieder vor, daß der Himmel eine solche Hinrichtung verlangt, denn sie ist die einzige Möglichkeit, ein Ungleichgewicht auf der Welt zu beseitigen. Und so war es auch in diesem Fall.

Tod durch Zerstückelung bleibt den schlimmsten Verbrechern, die eine in Unordnung geratene Welt hervorbringt, vorbehalten, Verbrechern, deren Seele unwiderruflich verdorben ist. Der Tod tritt so langsam ein, daß der Geist des Opfers aus den klaffenden Wunden entweicht. Von den beiden Seelen *hun* und *p'o* wird die höhere Atemseele *hun* beim Zerstückeln am Austritt aus dem Körper und am Aufstieg zum Himmel gehindert. Sieht man von der körperlichen Pein ab, so ist das Zerstückeln auch aus diesem Grund eine der grausamsten und furchtbarsten Hinrichtungsarten überhaupt. Aber so schlecht war der Scharlatan Hsueh Huai-i, Verfälscher des wahren buddhistischen Glaubens – der Himmel allein kennt seinen wahren Namen –, daß er diese Strafe wirklich und wahrhaftig verdiente.

Die Zerstückelung Hsueh Huai-is begann bei Anbruch des festgesetzten Tages und dauerte bis zur Stunde des Pferdes, als die Sonne bereits hoch am Himmel stand. Zu dieser Stunde tat Hsueh Huai-i seinen letzten Atemzug auf Erden. Immer, wenn der Henker die Klinge über sein Fleisch zog, schrie er vor Schmerz auf. Er wurde an einhundert verschiedenen Stellen seines Brustkorbs, seines Rückens und seiner Beine geschnitten, während er an seinen Handgelenken hing und seine Füße mit Lederriemen an das Untergestell gefesselt waren.

Hsueh Huai-i wimmerte, klagte und heulte so durchdringend vor Schmerz, daß die Berge bebten und jeder, der ihn hörte, erschauderte. Er lachte nicht mehr und redete auch nicht mehr von seiner glücklichen Wiedergeburt. Er litt so sehr, wie ein Mensch nur leiden kann, vielleicht noch mehr. Es wäre besser gewesen, wenn sein Geist viel früher aus seinem Körper entwichen wäre, doch das stand nicht in Hsueh Huai-is Sternen. Hsueh Huai-i lebt nicht mehr, und wir können hören, wie die Erde selbst einen tiefen Seufzer der Erleichterung tut.

Am gleichen Tag hat uns der Richter Di Jen-chieh, Vorsteher des nationalen Opferamtes, auf den Pfad konfuzianischer Vernunft und menschlicher Rechtschaffenheit zurückgeführt, alle Tempel des Weißen Pferdes im Reich für gesetzeswidrig erklärt und ihre Geistlichen auf Lebenszeit verbannt.

Dies schreibt der Chronist der Herrschaft von Kaiserin Wu Tse-tien, der offizielle Geschichtsschreiber Shu Ching-tsung, am letzten Tag des unglückseligen Winters 675/676.

Di seufzte, und ohne sich dessen bewußt zu sein, faltete er Shus Bericht über die Hinrichtung Hsueh Huai-is zusammen. Schließlich legte er ihn auf den Tisch, sagte aber nichts. Er hatte versucht, zu den Geschehnissen der letzten Monate Abstand zu gewinnen. Doch nun stellte sich heraus, wie nutzlos seine Bemühungen gewesen waren. Die Ereignisse hatten sich unauslöschlich in seine Seele eingegraben.

»Meine Vermutung war also richtig, Richter«, sagte Wu. »Ihr kanntet den Text noch nicht. Shu schrieb ihn nur wenige Tage, bevor wir hierhergereist sind. Das ist also das Ende, Richter. Wir feiern das Drachenbootfest. Zurückgetretene Beamte nehmen ihre hohen Ämter wieder auf, und das Böse, von dem der Lama Hsueh so häufig sprach, ist tot.«

Sie spulte diese Sätze so mechanisch herunter, daß Di vor Entsetzen – und nicht etwa weil das Schiff so heftig schaukelte – weiche Knie bekam und sich in einen Stuhl fallen ließ. Ohne seine willige und verführbare Komplizin wäre der Lama ein unbedeutender Mann geblieben, nun redete Wu ganz unbeteiligt über sein Ende. Diese Gefühllosigkeit erschreckte Di. Hsueh Huai-i war ein Ungeheuer gewesen, gewiß, doch was hatte er der Kaiserin bedeutet? Hatte er lediglich der Befriedigung ihrer fleischlichen Lust gedient? Sie versuchte nicht einmal, Gefühle vorzutäuschen. Das einzige, was er ihrer ausdruckslosen Stimme entnehmen konnte, war, daß die Angelegenheit für sie nun endgültig abgeschlossen war. Ihr Blick wanderte über die Papiere auf dem Tisch, als suche sie nach grammatischen Fehlern, dann zurück zu Di und schließlich zum Fenster hinaus auf den See.

Für einen kurzen Moment hatte Di das Gefühl, in ihr Herz eingedrungen zu sein, und er meinte, nur Leere und Kälte zu spüren. Vielleicht existierte diese Leere nur in seiner Einbildung. Aber vielleicht hatte er auch ganz richtig erkannt, daß sie niemals wirklich etwas gefühlt hatte.

Was war Hsueh für sie gewesen? Eine Art Zauberspiegel, in dem sie sich selber erblickt und bewundert hatte? Sie hatte Hsueh genährt, so wie er sie genährt hatte, und er hatte bei ihr Eigenschaften geweckt, die schon immer in ihr geschlummert hatten. Aber auch ihre wohltätigen Werke, die sie dem einfachen Volk unvergeßlich machen würden, waren ein Vermächtnis Hsuehs. Wu war strafende Göttin, Racheengel und mitfühlende Erlöserin in einer Person. Aber hatte dies Hsueh nicht die ganze Zeit gewußt? Und war sie nicht auf erschreckende Weise echt? Hatte der Mönch nicht Sutras entdeckt, die, obwohl schon vor Jahrhunderten verfaßt, ihr Kommen prophezeiten? Und nun, als sie Di den Bericht über Hsuehs Tod reichte, war es ihm, als habe sie einen Teil ihrer selbst geopfert.

Nach einer langen Pause sagte Di: »Der Geschichtsschreiber Shu hat Euch wertvolle Dienste geleistet, Majestät.« Es war ein halbherziger Anfang, doch er war entschlossen, fortzufahren.

Wu tat so, als sei sie in die Betrachtung der Wellen versunken, die tief unter ihnen gegen den Bug schlugen. Sie schwieg, und als ihre Augen über die schwarze, aufgewühlte Wasseroberfläche glitten, führte sie ihre Hand unbewußt zum Mund und begann, mit dem Zeigefinger die Haut über ihrer Oberlippe zu kneten. Di erkannte darin eine der vielen kosmetischen Massagen des Tibeters wieder, die ihr im Lauf der Zeit in Fleisch und Blut übergegangen waren.

»Ihr seid noch immer sehr schön, Majestät«, sagte er und meinte es aufrichtig.

»Ich danke Euch für dieses freundliche Kompliment, Richter, doch das Alter ist eine strenge Gebieterin.« Sie hörte auf, ihre Haut zu kneten, und ließ die Hand wieder fallen. »Ich besitze nicht mehr die taufrische Haut der Jugend.«

»Trotzdem.«

»Ich sage ›Gebieterin‹, weil nur eine Frau so gemein sein kann.«

»Wie?« Er wartete, gespannt darauf, was jetzt folgen würde. Er hatte ihre Bemerkungen über die Geschlechter schon immer sehr aufschlußreich gefunden.

»Wenn man dem Alter eine symbolische Gestalt geben wollte, so müßte man es als Frau darstellen, denn es besitzt nur weibliche Eigenschaften. Wenn Männer ein Unheil anrichten, handeln sie viel direkter und entschlossener. Ein Mann, selbst der abgefeimteste Betrüger, verfolgt mit seiner Grausamkeit ein ganz anderes Ziel. Sie entspringt einem ganz anderen Teil der Seele. Meint Ihr nicht auch?« Di antwortete nicht und ermutigte sie mit einem unbestimmten Schulterzucken zum Weitersprechen.

»Frauen sind heimtückisch, grausam und rachsüchtig.« Sie faltete die Hände und schaute Di an, als warte sie auf seine Zustimmung.

»Ich glaube nicht, daß es da große Unterschiede gibt.«

»Oh, Richter«, antwortete sie mit kalter Stimme, »für einen Mann, der soviel über das menschliche Herz weiß, enttäuscht Ihr mich.«

Wu verschränkte die Arme, wandte sich wieder der Reling zu und starrte hinaus auf das Wasser. Soeben waren vereinzelte Sonnenstrahlen durch den Dunst gebrochen und glitzerten in den Segeln der Kriegsdschunken, dic neben ihnen durch die Wellen glitten.

»Wenn Ihr meint, daß mir das menschliche Herz vertraut sei«, fuhr Di fort, »dann gewährt mir einen Wunsch. Ich bin nämlich auch ein Mensch, der erst zufrieden ist, wenn er alle Rätsel gelöst hat. Sicherlich wißt Ihr von dieser meiner Schwäche.«

Wu blickte kurz zu Di herüber und sah dann wieder auf den See hinaus. Das Boot erreichte jetzt wieder flacheres Gewässer, und das Schaukeln ließ merklich nach. Di stand auf und trat an die Reling.

»Die Neugier läßt mir keine Ruhe. Ungelöste Rätsel machen mich zornig, Majestät. Sie sind wie Häuser, die schlampige Maurer gebaut haben. Überall sind Löcher, durch die es hereinregnet und durch die der Wind pfeift. Ich habe mich immer nach Kräften bemüht, Majestät, aber ich will ehrlich sein: Meine Motive waren durchaus nicht immer uneigennützig. Vieles habe ich um meiner selbst willen getan – aus dem einfachen Grund, weil ich ungelöste Rätsel nicht ertragen kann. Deshalb akzeptiere ich die Ehre, die Ihr mir großzügigerweise zuteil werden ließet ... wenn Ihr mir dafür einen kleinen Gefallen erweist. Ihr wißt, daß ich bereit bin, von einer offiziellen Untersuchung Eurer ... früheren Angelegenheiten abzusehen. Das habe ich Euch bereits versprochen. Doch helft mir, mein zugiges Haus auszubessern, und beantwortet mir einige offene Fragen.«

Sie blickte ihn amüsiert an. »Aber Richter, warum sollte der große Detektiv Di Jen-chieh ausgerechnet meine Hilfe benötigen?«

»Majestät, der Ausdruck ›großer Detektiv‹ stammt von Euch, nicht von mir. Tatsache ist, daß ich Eure Hilfe benötige, wenn ich jemals die Wahrheit erfahren will.«

Sie schien einige Momente lang über seinen Vorschlag nachzudenken. »Meine Mutter und ich würden sehr gerne mehr über Eure legendären Taten in Yangchou erfahren, Richter. Vielleicht an einem der nächsten Tage, bei einem gemeinsamen Abendessen.« Sie lächelte. »Doch ich fürchte, daß wir, im Gegensatz zu Euch, keine Anekdoten aus unserer Vergangenheit zum besten geben können.«

Das goldene Licht der Nachmittagssonne verlieh der Kaiserin ein unpassend unschuldiges Aussehen. Di betrachtete die Konturen ihres Gesichts.

»Di Jen-chieh«, sagte sie bestimmt. »Ich unterliege einer Verantwortung, die selbst meine Pflichten als Kaiserin von China übertrifft. Ich bin zuallererst einmal Frau Yangs Tochter. Und ich nehme meine Kindespflicht viel zu ernst, als daß ich eines unserer Geheimnisse preisgeben könnte. Noch nicht. Ich werde nicht zulassen, daß etwas enthüllt wird, bevor meine Mutter im Himmel ist, Richter. Als guter Konfuzianer werdet Ihr das sicherlich verstehen. Die fehlenden Teile in Eurem Puzzle können noch nicht eingefügt werden. Ich bedauere, daß Ihr noch eine Weile mit Eurem ›zugigen Haus‹ vorlieb nehmen müßt. Zumindest solange meine Mutter noch am Leben ist.«

Di war enttäuscht, aber er faßte sich schnell wieder. »Möge die Kaiserinmutter, die heute ihren Geburtstag feiert, noch zehntausend Jahre leben«, sagte er mit einer zu diesem Anlaß passenden Fröhlichkeit. Insgeheim hatte er zu rechnen begonnen. Frau Yang war fünfundsechzig, acht Jahre älter als er selbst und vierzehn Jahre älter als ihre Tochter.

Er hatte den ruhelosen Geist des Gärtners beschwichtigt, aber in letzter Zeit waren andere lästige Schatten erschienen, die mit jedem Tag mehr seine Aufmerksamkeit beanspruchten. Die Herzogin. Wus Nichte. Ihre Söhne. Der unglückliche Nagaspa. Und die schwächste Stimme von allen, die in der Nacht am eindringlichsten in sein Ohr flüsterte, das leise Wispern eines Geistes, der nur kurze Zeit auf dieser Welt geweilt hatte: Wus erstgeborene Tochter ...

Wie lange würde er warten müssen?

Tagebucheintrag:

Nun gut, ich muß warten. Ich muß mich auf unbestimmte Zeit in Geduld üben wie ein Asket. Obwohl mich Neugier und Ungeduld plagen, weiß ich, daß ich keine andere Wahl habe. Die Kaiserin allein entscheidet, wann die Zeit des Wartens vorbei ist. Das wenigstens habe ich herausgefunden.

Ich weiß auch, daß der geschätzte Geschichtsschreiber Shu mit großem Eifer dabei ist, die außergewöhnlichen Ereignisse der jüngsten Vergangenheit für die Nachwelt festzuhalten. Ich habe nicht die Absicht, mich einzumischen oder ihn in irgendeiner Weise zu beeinflussen. Nun, da ich weiß, daß Wahrheit ein dehnbarer Begriff ist, werde ich ihm gestatten, seine Version der Ereignisse zu Papier zu bringen, wenngleich ich mich verpflichtet fühle, meine eigene Sicht der Dinge niederzuschreiben. Wer die beiden Darstellungen in ein oder zwei Jahrhunderten liest und miteinander vergleicht, wird zweifellos vor einem interessanten Rätsel stehen. Doch genug davon: Hier nun die Ereignisse, wie sie sich den Augen und Ohren Di Jen-chiehs darboten, der, obwohl er in mancherlei Hinsicht versagt hat, doch immer bemüht war, der Wahrheit die Ehre zu geben.

Die hohen Beamten des Hofes hatten sich am Tag des Prozesses gegen Hsueh Huai-i schon früh vor dem Gerichtsgebäude des Zensorats versammelt. Sie hatten gehört, daß ich die Absicht hatte, ihnen ein ungewöhnliches Schauspiel zu bieten: eine Kostprobe tibetischer Mystik, die, wie ich hoffte, die Aufmerksamkeit des Lama wecken würde.

Als die zahlreichen Zuschauer im Saal Platz genommen hatten und endlich zur Ruhe gekommen waren, bemerkte ich zu meiner Freude, wie sie neugierig zu den geheimnisvollen Vorhängen am hinteren Ende des Saales blickten und darüber spekulierten, was wohl dahinter verborgen sei. Ihre Blicke wanderten unaufhörlich zwischen dem Mönch Hsueh Huai-i, der vor dem Podium kniete und still in sich hineinlachte, und den Vorhängen hin und her.

Ich erwartete natürlich nicht, Anzeichen von Reue in Hsueh Huai-is Gesicht zu entdecken, und genausowenig glaubte ich, daß der offizielle Teil der Verhandlung ihn sonderlich beeindrucken würde. Wenn er überhaupt über etwas nachdachte, dann wohl darüber, daß seine Verhaftung und ihre Folgen nichts weiter waren als Unannehmlichkeiten oder lästige Hindernisse für sein weiteres Wirken.

Tatsächlich zeigte der Mönch nicht das geringste Interesse an den Vorgängen im Gerichtssaal. Er war ganz mit sich selbst beschäftigt und nahm an dem Geschehen um ihn herum keinerlei Anteil. Er war offensichtlich frei von all jenen Werten, die wir Moral und Ethik nennen und die das Verhalten anderer Menschen lenken.

Zuweilen hatte ich den Eindruck, daß der Mönch dem Gang der Verhandlung folgte. Er saß trübsinnig da und schien aufmerksam zuzuhören. Doch ich lernte bald, mich nicht so leicht täuschen zu lassen. Denn gänzlich unerwartet und in denkbar unpassenden Momenten erschien ein wildes Grinsen auf seinem Gesicht, und ein eigenartiges Feuer blitzte in seinen Augen auf, als sei ein Dämon aus seinem Körper gefahren, nur um einem anderen Platz zu machen. Ich habe das gleiche Grinsen vor langer Zeit einmal bei einem Wahnsinnigen gesehen. Es war ein selbstzufriedenes Grinsen, das ausdrücken sollte, daß nicht er, sondern wir diejenigen waren, die einer Täuschung erlagen.

Ich hatte ausgiebig Gelegenheit, Hsueh zu beobachten. Tatsächlich war es schwer, den Blick von ihm abzuwenden. Von Zeit zu Zeit zuckte er mit den Schultern und lachte still in sich hinein. Dann wieder zog er sich ganz in sich zurück, schlug die Augen nieder und kniete still und ernst wie eine Statue auf seinem Kissen. Der Prozeß nahm einen ruhigen Verlauf, und die ganze Zeit hatte man den Eindruck, als gingen die Aussagen der Zeugen und die Fragen der Richter Hsueh überhaupt nichts an. Das Gericht kam nicht an ihn heran. Er war wie ein glitschiger Fels in einem reißenden Fluß.

Ich muß gestehen, daß es mir lieber war, wenn der Mönch ausfällig wurde und auf die Fragen der Beamten mit Schmähungen antwortete, wobei er einmal sogar versuchte, auf meine Schuhe zu spucken. In solchen Momenten hatte ich wenigstens das Gefühl, daß er geistig anwesend war und von dem, was mit ihm geschah, nicht unberührt blieb. Wenn er dann wieder vor sich hin kicherte und leise Selbstgespräche führte, spürte ich, daß er sich in gewisser Weise entzog. Aber ich sah keinen Grund, warum er geschont werden sollte.

Doch seine Wutanfälle dauerten nie lange an, denn die Wachmänner brachten ihn rasch zum Schweigen. Mehr als einmal mußten sie ihn knebeln und ihm die Arme an die Schenkel binden, damit er aus seiner knienden Haltung nicht aufstehen konnte.

Aber letztlich machte es keinen Unterschied, ob er geknebelt war oder nicht, denn er ignorierte jede gezielte Frage, die man ihm stellte, schwieg entweder oder erging sich in weiteren Schmähungen. Ich konnte nur vermuten, welche Wirkung das Schauspiel, das ich mir für den Schluß aufgespart hatte, auf ihn haben würde, aber ich hoffte doch, ihn zu beeindrukken. Gleichwohl wußte ich, daß ich ein Wagnis einging, denn ich hatte vor, mich an dem symbolischen Spiel des Mönches zu beteiligen.

Am Ende wurde Hsueh der verabscheuungswürdigsten Verbrechen gegen die Menschheit, den Staat und den Himmel für schuldig befunden. Das formale Verfahren des Zensorats war damit beendet. Es war an der Zeit, das Urteil zu fällen. Mein großer Moment war gekommen.

Auf einen Wink von mir wurden die langen Vorhänge, hinter denen mein Geheimnis verborgen war, aufgezogen. Zunächst herrschte absolute Stille im Saal. Die Anwesenden waren so überrascht, daß nicht einmal ein Hüsteln oder Räuspern zu hören war. Jeder zerbrach sich den Kopf, was der große Spiegel, der soeben enthüllt worden war, zu bedeuten hatte.

Auf meinen Befehl hin packten die Gerichtsdiener den sich sträubenden Lama Hsueh und legten ihm einen Holzkragen um Hals und Arme. Dann schleppten sie ihn durch den Saal und zwangen ihn, auf dem Kissen vor dem Spiegel niederzuknien. Was ich mir für diesen Tag hatte einfallen lassen, war dem buddhistischen und tantrischen Symbolismus entlehnt. Nun, da über die leibliche Hülle des Mönches, sein irdisches Ich, das Urteil gesprochen war, ging ich daran, gemäß seinen eigenen verdrehten Vorstellungen seine Seele abzuurteilen. Ich begann mit lauter und gebieterischer Stimme, die verschiedenen Stufen der acht heißen Höllen der Abhidharmakosa-Sutras aufzuzählen. Dieser symbolische Hinweis, so meinte ich, würde unseren Lama aufhorchen lassen. Ich spielte sein eigenes Spiel:

»... Die Hölle des gleichen Lebens, die jenen Sündern vorbehalten ist, die dazu verdammt sind, noch einmal die gleiche Gestalt anzunehmen und fünfhundert Jahre lang alle ihre Sünden zu wiederholen ... Die Hölle der schwarzen Fesseln, in der der Sünder gefesselt und in Stücke geschnitten wird und eintausend Jahre lang Salz in die Wunden gestreut bekommt ... Die Hölle, in der er zweitausend Jahre lang unter gewaltigen Felsen zerquetscht wird ... Die Hölle, in der ihm achttausend Jahre lang jämmerliche Schreie in den Ohren gellen ... Die Hölle der großen Hitze, in der er zehntausendundsechzig Jahre lang sengenden Flammen ausgesetzt wird ... Die Hölle der letzten Hitze, in der acht Millionen vierhunderttausend Jahre lang geschmolzenes Blei über ihn gegossen wird ... Was Euch betrifft, Hsueh Huai-i ...« Ich machte eine Pause. Alle im Saal hielten den Atem an.

Das Gesicht des Mönches war nicht mehr leer und ausdruckslos. Ich sah, daß er die Kiefermuskeln anspannte und die Fäuste ballte, aber wenn ich sein Verhalten richtig deute, so geschah das mehr aus Verlegenheit darüber, daß ich seine eigenen geheimen Instrumente und Symbole gegen ihn verwendete, denn aus Angst um sein Leben. Dazu war er der Wirklichkeit vielleicht schon zu weit entrückt.

»Das sind nur einige der Höllen, die Euch erwarten. Nun ist es an der Zeit, das Urteil zu fällen.« Ich hielt kurz inne und ließ meinen Blick durch den Saal schweifen, bevor ich von neuem meine Stimme erhob.

»Von den abscheulichen Verbrechen, die Ihr in Eurer langen Laufbahn begangen habt, spreche ich Euch hier und jetzt frei.«

Ein Murren erfüllte den Saal, und eine Welle der Empörung lief durch die Reihen. Ich hob die Hand und mahnte die Anwesenden zur Ruhe.

»Ich spreche Euch von den Morden in Ch'ang-an frei. Ich spreche Euch von den Morden und dem Leid frei, das Ihr in den Jahren Eures Aufstiegs anderen zugefügt habt und das nicht aufgerechnet werden kann. Ich spreche Euch von all den anderen Verbrechen frei, von denen Ihr allein Kenntnis haben könnt. Ich spreche Euch von allen Morden frei, die Ihr in Eurem Leben begangen habt.«

Wieder machte ich eine Pause. Das Murren wurde noch lauter. Ich hob abermals die Hand und übertönte mit meiner Stimme die Unruhe im Saal.

»Mit Ausnahme eines einzigen. Ich verurteile Euch, Hsueh Huai-i, für einen vor langer Zeit verübten Mord, bei dem Ihr nicht einmal anwesend wart und von dem Ihr möglicherweise nicht einmal wißt.« Mit einem Mal wurde es im Saal wieder still.

»Ihr seid schuldig am Tod eines Gärtners aus Yangchou, der vor vielen Jahren, als Ihr noch ein Knabe wart, zu Unrecht hingerichtet wurde. Es war weder möglich, den Gärtner vor diesem Schicksal zu bewahren, noch seiner Familie die öffentliche Schande zu ersparen, die das Fehlurteil mit sich brachte. Nicht er, sondern Ihr habt den Mord an dem Verkehrsminister begangen. Und für den Tod des Gärtners soll Euch Yama, der Totengott und Richter der Unterwelt, in die letzte Hölle, die Hölle Avici, schicken, und dort sollt Ihr sechzehn Millionen achthunderttausend Jahre lang ununterbrochen gefoltert werden.

Mönch Hsueh Huai-i, Ihr sollt an dem Tag, der auf den morgigen folgt, die Pforten von Avici durchschreiten. Die göttliche Kaiserin Wu Tse-tien ist nicht gewillt, einen weiteren Aufschub zu dulden, und hat deshalb verfügt, daß Ihr kein Gnadengesuch an sie richten dürft. Darum, Mönch Hsueh Huai-i, bereitet Euch darauf vor, den qualvollsten aller Tode auf dieser Erde zu erleiden.«

Ich hielt wieder inne und atmete noch einmal tief durch, bevor ich meine Schlußworte sprach. »Doch bevor man Euch aus dem Gerichtssaal führt, werdet Ihr Eure Sünden erblikken ...« Ich hob die Hand und zeigte auf Hsuehs Spiegelbild.

Die Gerichtsdiener waren angewiesen worden, Hsueh mit Gewalt dazu zu zwingen, in den Spiegel zu blicken, genauso wie man die Unglücklichen in den esoterischen Schriften dazu zwang, damit sie die Sünden sahen, für die sie zu ewiger Folter verurteilt wurden. Doch der Mönch hatte sich bereits freiwillig umgedreht und betrachtete sein Spiegelbild. Im nächsten Moment begann er, leise in sich hineinzulachen, aber diesmal, so schien es, richtete sich sein Lachen gegen etwas, das er im Spiegel sah. Die Wachmänner machten Anstalten, ihn wieder zu knebeln, doch ich winkte sie zurück.

Statt seine Unschuld zu beteuern, ließ Hsueh ein albernes Kichern ertönen und wiegte sich trotz der lästigen Halskrause vor und zurück. »Ich habe gewonnen«, flüsterte er. »Hundejunge hat die Wette gewonnen, Linker Fuß!« Er lachte und bebte vor Vergnügen. »Ich weiß, daß du dich noch an unsere Abmachungen erinnerst, alter Gauner! Fang schon mal an, die Schläge deines Herzens zu zählen, oder was immer sonst in deiner Brust schlägt. Das heißt, wenn es überhaupt eine Zahl gibt, die dafür groß genug ist. Du hast viel Zeit, Linker Fuß. Viele lange Leben, auf die immer wieder neue Leben folgen werden. Und für den Anfang sollst du tausendmal als Küchenschabe leben. Als elende, kleine Küchenschabe.« Beim letzten Wort brach er in albernes Gelächter aus, gewann aber nach wenigen Augenblicken seine Fassung zurück und wurde wieder ernst. »Ich dagegen ...« Er schloß die Augen und lächelte erhaben. »... Ich dagegen werde goldene Flügel erhalten, die Gestalt eines Adlers annehmen und hoch in die Lüfte aufsteigen. Ich werde zweitausend Jahre lang über Wolken und über Berggipfel dahinsegeln, deren Wälder ein smaragdgrünes Gewand bilden und die Eis und Schnee wie ein Diamanthalsband tragen ...«

Nach diesen Worten wandte sich der Mönch von seinem Spiegelbild ab und schaute mich an. Ein ruhiger, zufriedener Ausdruck lag auf seinem Gesicht. Erst in diesem Moment erkannte ich deutlich, daß Hsueh wahnsinnig war. Alles andere war nur Tarnung gewesen. Nun sah ich es wirklich. Er lächelte mich freundlich an und war wieder mein alter Freund, mit dem ich lange Nachmittage verbracht und in Teehäusern gesessen hatte.

»Ich danke Euch für meinen Tod, Richter-König, denn Ihr verkürzt die Zeit bis zu meiner nächsten Wiedergeburt.« Und dann verbeugte er sich, als sei der schwere Holzkragen über seinen Schultern ein Mantel aus dünner Seide.

Meister Shu hat mich wissen lassen, daß er an einer Reihe von Schriften arbeitet, mit denen er mein Leben und Werk ehren will. Er hat mir sogar schüchtern ein oder zwei Auszüge gezeigt. Ich las sie höflich durch, nickte beifällig, zog mich dann aber eilends in meine Räume zurück und machte mich an meine Arbeit. Wenn Shu die Richtung beibehält, die er eingeschlagen hat, dann ist es meine Pflicht, dafür zu sorgen, daß seine Schriften nicht unkommentiert an die kommenden Generationen weitergereicht werden. Mein nüchterner Tatsachenbericht über die Aufklärung der Morde von Ch'ang-an wirkt neben Shus poetischer Darstellung ebenso schmucklos wie ein grauer Esel neben einem langmähnigen Pferd mit polierten Hufen und farbenprächtigen Seidenbändern. In dem Auszug, den er mir gezeigt hat, war von unheilvollen Träumen, ungewöhnlichen Visionen und mythisch anmutenden Heldentaten die Rede. In Wahrheit verdankte ich die Aufklärung des Falles verschiedenen glücklichen Umständen, meiner Hartnäckigkeit und nicht zuletzt der unschätzbaren Hilfe eines guten Freundes. Es gab immer wieder Momente, in denen ich mich fürchtete und an mir selbst zweifelte. Dies hat in Shus glorifizierender Fassung natürlich nichts zu suchen. Aber lassen wir ihn gewähren, denn ich habe gelobt, mich nicht einzumischen. Doch ebensowenig kann er mich daran hindern, das zu schreiben, was ich für richtig halte. Und das bedeutet, daß die Nachwelt sich abermals zwischen zwei Versionen wird entscheiden müssen.

Zu der Zeit, als die tragischen Ereignisse Ch'ang-an erschütterten, waren Morde hierzulande natürlich keine Seltenheit. In Loyang waren Hinrichtung, Folter und Verbannung an der Tagesordnung, doch zwischen den dortigen Geschehnissen und den Morden in Ch'ang-an bestand keinerlei Zusammenhang. Den Morden in Loyang lagen politische Motive zugrunde. Natürlich waren sie schockierend und zutiefst verwerflich, doch sie waren leicht zu durchschauen, denn sie dienten einem bestimmten Zweck.

In Ch'ang-an lagen die Dinge ganz anders. Was mir zuerst ins Auge sprang und mich zutiefst erschreckte, war die Tatsache, daß die Verbrecher einerseits sehr methodisch vorgingen, andererseits aber ein Chaos hinterließen. Es war, als hätten sie am Tatort eine Orgie der Zerstörung gefeiert. Man denke nur an die gräßlich verstümmelten Leichen, an die vernähten Münder der Toten im ersten Fall! Wer auch immer das getan hatte, er war mit großer Sorgfalt zu Werke gegangen.

Jeder neue Mord bestätigte mir, daß hinter den Morden ein bestimmtes System steckte, doch die Verstümmelungen führten uns immer weiter von dem weg, was unserer Vorstellung von Logik entsprach. Kurz und gut: Mir wurde klar, daß ich mich in die abartige Logik eines Unbekannten hineindenken mußte.

Als ich die Figuren bei den Höhlen sah, war ich immer noch ahnungslos. Als ich dann aber die in Stein gemeißelten Gesichter jener Männer erblickte, denen ich einmal auf den Straßen Ch'ang-ans begegnet war, fühlte ich die kalte Hand des Schicksals in meinem Nacken. Ich war nicht einmal sicher, was ich sah, aber ich wußte, daß ich unverzüglich nach Ch'ang-an zurückkehren mußte. Ich mußte noch einmal in diese Gesichter blicken und mich davon überzeugen, daß ich nicht verrückt geworden war. Doch als ich das Kloster des Weißen Pferdes betrat, die mißgestalteten Mönche wieder leibhaftig vor mir sah und begriff, daß sie keineswegs bemitleidenswerte Kreaturen waren, wie ich zunächst naiverweise angenommen hatte, sondern hochmütige und arrogante Kerle, da wußte ich, daß ich meine Sinne noch beisammen hatte. Sie hatten tatsächlich die gleichen Gesichter wie die Figuren in der Höhle. Ich begriff, daß sie eine Art Elitetruppe bildeten und ohne Zweifel gewissenhaft ausgewählt worden waren.

Doch noch immer tappte ich im dunkeln. Dann, als ich in der Bibliothek die Blätter des Bhodi-Baums mit den aufgemalten Porträts betrachtete, erkannte ich wieder eine große Ähnlichkeit. Die Inschrift lautete: Arhats, Mörder der Devadhatta. Mörder ... Ich ließ mir zwar nichts anmerken, aber das Herz schlug mir bis zum Hals, als ich einen kurzen Blick von einer Zeichnung erhaschte, auf der das mythische Reich Jambudvipa dargestellt war. Seine vier Ecken waren gekennzeichnet, und der Schwarze Fluß der Gefahr entsprang im Reich der Devadhatta im äußersten Nordwesten. In diesem Moment, so glaube ich, bekam ich eine erste Ahnung von der Logik eines Wahnsinnigen.

Ich wußte noch immer nichts, und ich fühlte, daß ich keinen entscheidenden Schritt weitergekommen war. Doch zumindest war mir klar geworden, daß die Pfeiler, die an den vier Ecken des Reiches emporragten, das Reich Jambudvipa begrenzten – und daß Ch'ang-an, der Schauplatz der Morde, der nordwestlichste Pfeiler war.

War es möglich, so fragte ich mich, daß die bedauernswerten Opfer, die keinerlei Verbindungen zur Unterwelt, zu religiösen Sekten oder gar zur herrschenden Schicht in Loyang gehabt hatten, irgendwie diese ... Devadhatta repräsentierten, in deren Reich der Schwarze Fluß der Gefahr entsprang? Waren jene mißgestalteten Männer zu Devadhatta-Jägern ernannt worden?

Der Wahnsinnige, dessen Logik ich allmählich zu verstehen begann, erhielt nun langsam ein Gesicht. Doch ich wagte noch immer nicht, meinen Verdacht laut auszusprechen, nicht einmal vor mir selbst. Wohl dachte ich an einen ganz bestimmten Mann, doch sein Name wollte mir nicht über die Lippen kommen. Irgend jemand hatte seinen ganzen Einfluß spielen lassen und aus Hunderten, ja Tausenden von Bewerbern jene sechzehn Männer ausgewählt, und dieser Jemand hatte keine Mühe gescheut. Die sechzehn häßlichen Mönche schienen der Stolz des Tempels des Weißen Pferdes in Ch'ang-an zu sein. Und wer war der Herr über alle Tempel des Weißen Pferdes im Reich, der Gründer der Weiße-Wolke-Sekte und der geistige Führer von vielen tausend Menschen?

In der Zurückgezogenheit meines Arbeitszimmers machte mich mein Freund, der buddhistische Gelehrte mit dem phänomenalen Gedächtnis, mit einer geheimnisvollen Welt bekannt, die für einen kranken Geist eine wahre Fundgrube darstellte. Bei unserem Gespräch über die Arhats, die Devadhatta und die Theorie vom Zeitalter des entarteten Gesetzes mußte ich erkennen, daß das Große-Wolke-Sutra keine Fälschung war. Obwohl Jahrhunderte vor der Geburt der Kaiserin entstanden, sagte es scheinbar ihre Herrschaft voraus. In diesem Sutra stand alles geschrieben. Hsueh Huai-i brauchte den Menschen nur noch glaubhaft zu machen, daß das, was für gewöhnlich nur bildlich verstanden wurde, wörtlich gemeint war. Sagte ich bereits, daß ich eine erste Vorstellung von der Logik eines Wahnsinnigen erhalten hatte? Nun, jetzt hatte ich das Gefühl, daß diese Logik mich an den Füßen festhielt und versuchte, mich niederzuwerfen. Am Ende seiner Rezitation des Große-Wolke-Sutras erwähnte der Gelehrte zum ersten Mal den Namen Mara, und die Tür schwang weit auf.

Mara, Führer des Dämonenheeres, der Zerstörer des Gesetzes und der Feinde des Dharma, auch Devadhatta genannt …

Das brachte uns natürlich auf das Dämon-Karrita-Sutra. Ursprünglich war dieses Sutra zweifellos in der Absicht verfaßt worden, jene zu disziplinieren, die in ihrem Glauben ins Schwanken geraten und den fleischlichen Gelüsten erlegen waren, die sie in der Welt von Geburt und Wiedergeburt, einer Welt voller Leiden, gefangenhielten. Aber die Bilder, mit denen diese Gelüste veranschaulicht werden sollten, entsprangen einem finsteren und angsteinflößenden Bereich der Seele. Wer sie für bare Münze nahm, konnte ohne weiteres dem Wahnsinn verfallen.

Ich werde niemals vergessen, wie diese Verse über die Lippen meines Kollegen flossen, ohne daß er auch nur einmal ins Stocken geriet oder sich versprach. Ich nahm nicht einmal wahr, wie er Luft holte. Die Verse beschworen die Kreaturen der Versuchung herauf, welche die Ruhe des Erleuchteten bedrohten, der gelassen und unerschütterlich in ihrer Mitte saß:

»… die Schwerter und Speere von Maras Dämonenlegionen sollen wie Blumengirlanden vor seine Füße gelegt werden, und ihre Steine und Pfeile sollen wie weiße Tauben um sein heiliges Haupt fliegen …«

Der Gelehrte rezitierte, und ich schrieb fieberhaft mit:

»Dann rief Mara seine Armee zusammen, da er wünschte, den Sakya-Heiligen zu besiegen. Seine Anhänger, die von unterschiedlichster Gestalt waren und Pfeile, Wurfgeschosse, Knüppel und Schwerter in Händen trugen, schwärmten in alle Richtungen aus …

Sie hatten die Gesichter von Keilern, Fischen, Pferden, Eseln und Kamelen, von Tigern, Bären, Löwen und Elefanten. Einige hatten nur ein Auge, andere drei Köpfe, verstümmelte Gesichter oder monströse Münder, wieder andere waren halbseitig grün …

Einige hatten zerzauste Haare und Arme, die länger waren als Schlangen. Andere hatten keine Nasen und keine Haare, wieder andere hatten vorstehende Zähne, waren so groß wie Kinder oder trugen kopflose Rümpfe …

Einige waren kupferrot und hielten baumgroße Keulen in den Händen, andere trugen Speere und zogen finstere Mienen, wieder andere hatten dicke, gesprenkelte Bäuche und grinsende Schweinsgesichter …

Einige waren mit Stoßzähnen und Klauen bewehrt, hatten große Elefantenohren und gelbes oder rauchfarbenes Haar, trugen Kleider aus ranzigem Leder und Gürtel mit klimpernden Glöckchen, waren mit Tierexkrementen beschmiert und nahmen die Gestalt von Ziegen an …

Einige machten beim Gehen wilde Sprünge, andere tanzten einer über dem anderen, wieder andere tollten im Himmel herum oder schritten über die Wipfel der Bäume …

Einer schwang einen Dreizack, ein anderer einen Knüppel, einer hüpfte vor Freude wie ein Bulle und bei einem anderen loderten Flammen aus jedem einzelnen Haar …«

Als mein Freund seine Rezitation beendet hatte, war nicht nur die Tür weit aufgeschwungen, sondern ich war auch durch sie hindurchgetreten.

Am Ende eines jeden Verses erkannte ich die armen ermordeten Familien wieder: halbgrüne Körper, monströse Münder, dicke gesprenkelte Bäuche, Köpfe ohne Nasen und Haare, grinsende Schweinsgesichter. Ihre verstümmelten Leichen waren die Abbilder von Maras Dämonenheer, die auf einem unsichtbaren Opferaltar dargeboten wurden. Irgend jemand führte einen unerbittlichen Krieg, der nichts, aber auch gar nichts mit irdischer Politik zu tun hatte. Ich war fassungslos über die Glaubensverirrung, die den Morden zugrunde lag.

Ich bat meinen Freund, den fünften Vers noch einmal zu wiederholen. Die letzten Worte überließen nur wenig der Phantasie: »... und nahmen die Gestalt von Ziegen an ...« Ich konnte mir unschwer ein Bild davon machen, was für die nächsten Opfer vorgesehen war. Und ich mußte verhindern, daß dieses Bild jemals Wirklichkeit wurde.

Bisher war der Krieg gegen das Dämonenheer konsequent und folgerichtig geführt worden. Hinter dem Ganzen steckte eine schreckliche Ordnung, und ich hatte einen Teil – aber wirklich nur einen Teil – zu fassen bekommen. Zwar wußte ich nun, welches Schicksal der nächsten Familie drohte, aber wie sollte ich jemals herausfinden, wer die Opfer waren oder wann das Verbrechen stattfinden sollte? Ich stand von meinem Stuhl auf und ging hilflos auf und ab.

»Drei Familien sind bereits tot«, sagte ich zu meinem Freund. »Und bald wird eine vierte folgen. Gibt es noch andere Hinweise auf dieses Dämonenheer? Irgend etwas, das uns bei der Aufklärung der Verbrechen helfen könnte?«

»Laßt mich nachdenken«, sagte mein Freund.

Wenn ein Mann mit seinem Gedächtnis so etwas sagt, ist es besser, man schweigt. Er schloß die Augen und dachte lange nach. Ich stellte mir vor, wie er sich in die Korridore seines Gedächtnisses zurückzog, die er mir einmal beschrieben hatte, und wartete. Plötzlich gab er mir durch Gesten zu verstehen, daß er meinen Pinsel und Papier benötigte. Ich reichte ihm beides über den Tisch.

Gespannt sah ich zu, wie er eine Skizze anfertigte, zuerst langsam, dann immer schneller. Oben, in die Mitte des Blattes, zeichnete er einen großen Buddha. Dann zog er mehrere waagrechte und senkrechte Striche, bis schließlich ein Gitter entstanden war. Die Fläche, die der Buddha in Anspruch nahm, bildete ein großes Rechteck, umgeben von kleineren Rechtecken. Dann begann er, in die kleinen Rechtecke winzige Figuren zu zeichnen. Ich umrundete den Tisch, trat leise hinter ihn und schaute ihm über die Schulter: Es waren Dämonengestalten, halb Mensch, halb Tier, mit häßlichen Fratzen. In jedes Rechteck kam ein Dämon. Inzwischen waren mir Maras Streiter fast so vertraut wie alte Freunde.

Ich unterbrach ihn nicht, aber wie ich so dastand und ihm über die Schulter sah, fiel mir etwas auf. Um ihn nicht in seiner Konzentration zu stören, schlich ich auf Zehenspitzen an meinen Platz am Tisch zurück und zog meinen Stadtplan von Ch'ang-an hervor. Dann trat ich wieder hinter meinen Freund und verglich den Plan mit seiner Zeichnung. Vor Aufregung verschlug es mir fast den Atem.

Dann endlich legte er den Pinsel aus der Hand. »Maras Heer«, sagte er. »Ich sah es vor vielen Jahren einmal auf einem alten Gemälde, das den Erleuchteten bei einer Belagerung zeigte. Ein sehr seltenes Kunstwerk. Ich prägte mir alle Einzelheiten genau ein.« Er lachte. »Nicht einmal ich weiß, was in den entlegenen Winkeln meines Gedächtnisses verborgen ist.«

Ich legte meinen Plan neben seine Zeichnung. Er sah mich überrascht an, dann verglich er die Zeichnung mit der Karte. Die beiden Blätter zu betrachten war, als sehe man zweimal dieselbe Person, einmal bekleidet und einmal unbekleidet.

Auf dem Gitternetz des Stadtplans, das aus einer Reihe sich kreuzender Linien bestand, waren die rechteckigen Bezirke Ch'ang-ans eingezeichnet, und oben, in der Mitte, war ein großes Rechteck zu sehen. Dort, wo sich auf der Zeichnung der Buddha befand, war an entsprechender Stelle auf dem Plan der Palastkomplex. Mit zitternden Händen zählte ich die senkrechten und waagrechten Linien, zuerst auf dem Plan, dann auf der Zeichnung, und stellte fest, daß ihre Zahl identisch war: jeweils elf senkrechte und zehn waagrechte.

»Und nun«, sagte ich ruhig, »müssen wir nur noch die Dämonen finden, die zu der Beschreibung am Ende der ersten drei Abschnitte des Sutras passen.«

Er betrachtete seine Zeichnung ein oder zwei Minuten

lang, dann tauchte er seinen Pinsel wieder ein und brachte in einigen Rechtecken am rechten unteren Rand der Zeichnung mehrere kleine Markierungen an. »Das sind die Möglichkeiten, die in Frage kommen«, sagte er. »Wir müssen versuchen, sie einzugrenzen.«

»Das müßte möglich sein«, sagte ich. »Hättet Ihr Eure Markierungen an den entsprechenden Stellen auf meinem Stadtplan angebracht, so wären sie auf die wohlhabenden Vororte im Südosten gefallen.«

Die Vororte im Südosten der Stadt, wo die Mordopfer gelebt hatten ...

Auf meinem Stadtplan waren die Bezirke, wo die Häuser der Mordopfer standen, natürlich genauestens vermerkt. Ich zählte die Rechtecke genau ab, so daß ich einen Anhaltspunkt hatte. Als ich das gleiche mit den Rechtecken auf der Zeichnung tat, stellte sich heraus, daß ich dort nicht nur in jedem Fall einen Dämon vorfand, der voll und ganz den Dämonen aus dem Sutra entsprach, sondern auch die gleichen Verstümmelungen aufwies wie die Opfer, deren Häuser in den entsprechenden Rechtecken auf dem Stadtplan eingezeichnet waren.

Doch ich sah sofort ein neues Problem auf uns zukommen. Auf jedem Rechteck der Zeichnung war nur ein Dämon, während in den entsprechenden Rechtecken des Stadtplans, die in Länge und Breite gut eineinhalb *li* entsprachen, die Häuser mehrerer Familien eingezeichnet waren. Die besondere Lage der Häuser, in denen die ermordeten Familien gelebt hatten, ließ keine Rückschlüsse zu. Damit war eines klar: Die Lage innerhalb des Rechtecks gab nicht den Ausschlag, wer zu Maras Dämonenheer gehörte. Es mußte etwas anderes sein, etwas, das nicht so einfach zu durchschauen war.

Auf der Zeichnung war tatsächlich ein Dämon mit den behaarten Armen und Beinen eines Tieres zu sehen. »Sie nahmen die Gestalt von Ziegen an«, hatte es im vierten Vers geheißen, und so ermittelten wir den Bezirk, in dem der nächste Mord stattfinden mußte. »Hier«, sagte ich und zeigte mit dem Finger auf den Plan. »In diesem Sektor, in dem sieben Häuser stehen, wird der nächste Mord stattfinden. Wir müssen unbedingt herausfinden, welches es sein wird.«

Möglicherweise standen die ermordeten Familien im nationalen Register an oberster Stelle und zählten zu den einflußreichsten Familien in ihrem jeweiligen Bezirk. Wir sahen im Register nach und stellten fest, daß wir richtig vermutet hatten. Daraufhin prüften wir nach, welche Familie aus diesem Bezirk in der Liste an erster Stelle aufgeführt war. »Das muß sie sein«, sagte ich.

»Ja«, antwortete mein Freund. »Möglicherweise wissen wir jetzt, welche Familie als nächste an der Reihe sein wird. Doch da ist noch ein weiteres Problem: Wir wissen nicht, wann.«

Die Erfahrung hat mich gelehrt, daß ein Detektiv und ein religiöser Fanatiker viel gemeinsam haben. Zum Beispiel haben beide einen ausgeprägten Sinn für Ordnung. Ich hatte herausgefunden, daß die Morde in Ch'ang-an einer strengen Ordnung folgten. Nun mußte ich mich darauf verlassen, daß Hsueh Huai-i – inzwischen zweifelte ich nicht mehr daran, daß er hinter der ganzen Sache steckte – diese Ordnung auch beibehielt, was er dann ja auch tat, wie wir heute wissen. Letztlich konnte ich nur deshalb seiner habhaft werden. Damals freilich konnte ich nur hoffen, daß er von seinem starren Schema nicht abwich, denn sonst wäre ich verloren gewesen.

Nachdem mein Freund an jenem Abend gegangen war, ließ ich mir alles noch einmal durch den Kopf gehen. Ich suchte verzweifelt nach einem Hinweis, den ich möglicherweise übersehen hatte und der mir Aufschluß über den Zeitpunkt des nächsten Mordes geben konnte.

Und genau in diesem Moment wurde ich festgenommen. Erst in der Zelle fand ich heraus, wann der Mord stattfinden würde, und gewann dabei Einblick in das abstruse Denken eines Wahnsinnigen.

Meine Verhaftung war für mich natürlich eine deutliche Bestätigung, daß Hsueh der Täter war. Jeder andere hätte mich umbringen lassen. Da wir aber früher gute Freunde gewesen waren und er der Versuchung nicht widerstehen konnte, seine Späßchen mit mir zu treiben, ließ er mich nur verhaften. Ich glaube, daß er mich bis zum nächsten Mord gefangenhalten wollte, denn der Gedanke, daß ich aus meiner Zelle hilflos würde zusehen müssen, bereitete ihm großes

Vergnügen. Nach den Morden hätte er mich zweifellos beseitigen lassen.

Der Zeitpunkt meiner Verhaftung ließ darauf schließen, daß mich jemand bei meinen Ermittlungen erkannt hatte. Dafür kamen nur zwei Orte in Frage: die Höhlen oder das Kloster des Weißen Pferdes. An dem Tag, als wir die Höhlen besuchten, regnete es. Deshalb waren nur wenige Menschen dort, zudem waren unsere Köpfe fast immer bedeckt. In der Höhle selbst waren nur Wu-chi, Abt Liao, der Führer und ich. Nein, es mußte im Kloster geschehen sein. Jemand mußte mich beim Betreten der Bibliothek gesehen haben. Und so war es auch, wie sich später herausstellte. Nachdem das Opferamt die Schließung des Klosters angeordnet hatte, meldete sich ein Mann und protestierte heftig dagegen, daß man ihn seiner Stellung beraubte. Ich brauchte ihm nur ins Gesicht zu blicken und seine Stimme zu hören, da wußte ich, wer es war. Es war kein anderer als Diamantenauge, den ich vor vielen Jahren in Yangchou verurteilt hatte. Er hatte im Kloster des Weißen Pferdes als Reliquienwächter eine bequeme, leichte Arbeit gefunden. Wo genau er mich gesehen hatte, wollte er nicht sagen, aber ich vermute, daß es in dem Moment war, als die Arhats meine ganze Aufmerksamkeit fesselten. Alte Freunde verlieren sich eben nie ganz aus den Augen …

Im nachhinein glaube ich, daß mich die Ungewißheit über den Zeitpunkt des nächsten Mordes mehr beunruhigte als mein eigenes Schicksal. Ich war regelrecht besessen. Doch zum Glück hatte Hsueh schon immer einen Hang zur Effekthascherei. Sie sollte ihm zum Verhängnis werden. Er hatte mich in seiner Gewalt, und ich hätte nicht das geringste gegen ihn ausrichten können, wenn er nur – ja, wenn er nur Ruhe bewahrt hätte. Doch Ruhe und Bescheidenheit waren noch nie seine Sache gewesen.

Also ließ er an Wus Säule in Ch'ang-an den großen Tungchen anbringen. Dies war vielleicht sein letzter öffentlicher Akt. Dieses Instrument, das nur dann ertönte, wenn kräftige Nordwestwinde wehten, lenkte meine Aufmerksamkeit natürlich auf die Bedeutung dieser Winde.

An jenem Morgen, als mich der schauderhafte Wind und ein entsetzlicher Lärm aus dem Schlaf rissen, lag ich mit geschlossenen Augen auf meinem Lager und dachte an einen der Schlußverse des Karita-Sutra. Ich hatte ihn doch tatsächlich vergessen, weil mich die Beschreibungen der Dämonen zu sehr gefesselt hatten. Er lautet: »... Ein heftiger Wind blies in alle Richtungen und ließ die Nacht noch dunkler erscheinen. Und die Dämonentruppen umzingelten die Wurzel des Bodhi-Baumes und warteten nur auf den Befehl ihres Herrn, sie zu packen und zu zerstören ...

Und warteten nur auf den Befehl ihres Herrn ... Der Wind, natürlich, dachte ich und sprang auf. Ich überlegte und versuchte mich zu erinnern, ob in den Tagen vor den Morden tatsächlich ein starker Wind geweht hatte. Wieviele Tage hatten zwischen dem Auftreten des Windes und den Morden gelegen? Einer? Zwei? Ich konnte es nicht mehr mit Bestimmtheit sagen. Ich wußte nur noch, daß es vor den Verbrechen immer recht stürmisch gewesen war. Als mir mein buckliger Polizist bestätigte, daß der Wind aus Nordwesten gekommen war – aus jener Richtung also, in der das mythische Reich der Devadhatta lag – und daß das Horn nur dann ertönte, wenn der Nordwestwind besonders stark blies, wußte ich Bescheid.

Ich glaube, ich habe bereits erwähnt, daß der absonderlichste Aspekt im Denken des wahnsinnigen Täters sich mir erst offenbarte, als ich herausfand, wann der nächste Mord stattfinden würde. Ch'ang-ans berüchtigte Winde, die jedes Jahr im Spätherbst und Winter über die Pässe vor den Toren der Stadt bliesen, waren zum Symbol für den Schwarzen Fluß der Gefahr geworden, und auf Gemälden, die das buddhistische Reich darstellten, entsprang dieser Fluß im Nordwesten. Das alles wußte ich bereits, als ich aus dem Gefängnis freikam. Später sollte ich noch tiefere Einblicke gewinnen, denn die von uns überwältigten Arhats erwiesen sich als sehr hilfreich.

Anfangs verweigerten sie die Aussage, doch nach und nach gaben sie alles preis, was sie wußten. Freilich mußte ich ein wenig nachhelfen. Ich fälschte eine Botschaft ihres geistlichen Führers, in der ihnen mitgeteilt wurde, daß ihr Leben nicht länger von Nutzen sei.

Ich übergab ihnen diese »Botschaft« aus Loyang noch am selben Abend beim Verhör im Gefängnis, und sie enthielt offenbar so viele richtige Details, daß sie nicht an ihrer Echtheit zweifelten. Unter anderem wurde ihnen darin mitgeteilt, daß das Böse, das sie bekämpft hatten, ihre Seelen nun ebenfalls so verdorben habe, daß sie aus diesem Leben und aus dem Kreislauf einer besseren Wiedergeburt ausgeschlossen werden müßten. So oder so ähnlich lautete die Botschaft. Ich war stolz darauf, daß ich ihren Glauben so gut verstand und mir zunutze machen konnte. Nach der Lektüre waren sie davon überzeugt, daß ihr Lama keine Verwendung mehr für sie hatte und glaubte, daß sie der Sache nur schaden würden. Da sie um ihr Leben fürchteten und darauf hofften, daß ich ein Auge zudrücken würde, wenn sie mit mir zusammenarbeiteten – schließlich hatten sie ihrem Vorgesetzten schon immer bedingungslos gehorcht – enthüllten sie mehr, als ich zu hoffen gewagt hatte. Und was sie sagten, bestätigte meine schlimmsten Befürchtungen.

Ihr Geständnis vermittelte mir tiefe Einblicke in die Lehre, die ihnen der Lama beigebracht hatte. Unter Hsuehs geistiger Führung waren sie stolz auf ihre Häßlichkeit geworden. Im Gegensatz zu ihnen hatten die Devadhatta aus Maras Dämonenheer immer versucht, in die Körper normaler, schöner Menschen zu schlüpfen. Die Arhats mußten nicht nur diejenigen ausfindig machen, die von den Dämonen besessen waren, sondern auch ihre Leiber zerstören, damit nie wieder ein Dämon von ihnen Besitz ergreifen konnte. Durch die besondere Art der Verstümmelung machten sie deutlich, welchen Dämon aus dem Karrita-Sutra sie besiegt hatten. Die Arhats glaubten, daß der Wind – der ätherische Schwarze Fluß – das Böse in die Herzen der Mordopfer trug und daß die heulende Trompete das Kommen der Dämonengeister ankündigte, die schon bald darauf die Seelen der ahnungslosen Opfer aus ihren Körpern vertreiben und ihren Platz einnehmen würden.

Ein Blick in den blutverschmierten Beutel, den die Arhats mit sich geführt hatten, bestätigte meine Vermutung, daß sie an jenem Tag tatsächlich vorgehabt hatten, den vierten Vers des Sutra in die Tat umzusetzen: Der Beutel der Arhats enthielt die abgetrennten Glieder mehrerer Ziegen. Mit der einzigen Waffe, die sie besaßen, einem langen, scharfen Messer, hätten sie die unschuldigen Hausbewohner – also uns – in die

Devadhatta aus dem Sutra verwandelt: »... sie nahmen die Gestalt von Ziegen an.«

Die Arhats glaubten fest an ihre Mission und meinten, in göttlichem Auftrag zu handeln. Ich kann mich noch ganz genau an das erste Verhör der sechzehn Männer erinnern. Ich war so erschöpft, daß ich mich kaum noch auf den Beinen halten konnte, aber die Aufregung verscheuchte meine Müdigkeit. Vielen meiner Gehilfen ging es noch schlechter als mir, denn ich hatte wenigstens ein oder zwei Stunden geschlafen.

Ich erinnere mich noch gut an den Geruch nach Weihrauch und Schweiß, den ihre Körper verströmten. Ich sehe sie noch vor mir, wie sie nackt in der Empfangshalle standen und zu meinem großen Erstaunen trotz der Kälte schwitzten. Dies war ein deutliches Zeichen dafür, daß sie in Trance waren. Dieser Zustand hatte sie unempfindlich gegen die Kälte gemacht und ihnen die übermenschliche Kraft verliehen, die sie zu den Taten, die man ihnen befohlen hatte, befähigte. Der Weihrauchgeruch ließ darauf schließen, daß sie, bevor sie zur Erfüllung ihrer Mission aufgebrochen waren, im Kloster des Weißen Pferdes rituelle Zeremonien abgehalten hatten.

Als wir sie später aus dem Haus führten, bemerkte ich, daß der Bann, unter dem sie standen, allmählich brach. Sie begannen vor Kälte zu zittern und mit den Zähnen zu klappern und hüllten sich eng in die Decken, die wir ihnen gegeben hatten. Als sie in einer Reihe an mir vorbeigingen, sah ich, daß die rosige Farbe aus ihren Gesichtern gewichen war und ihre Lippen sich blau verfärbt hatten.

Meine Gehilfen hatten sie mit Stricken aneinander gefesselt, so daß es sie große Anstrengung kostete, die schmalen Gassen hinunterzugehen. Viele hatten einen merkwürdig schleppenden Gang, hinkten oder zogen einen Fuß nach. Mehrmals gerieten sie ins Straucheln, stießen aneinander und fielen hin. Ich werde diesen Anblick nicht so schnell vergessen. Der Zug glich einer großen, häßlichen Raupe, und obgleich meine Wachmänner die Arhats scharf bewachten, wichen die wenigen Passanten entsetzt zurück, wenn diese groteske Gesellschaft im Schein der Laternen vorüberkam.

Ich war zum Umfallen müde, doch obwohl meine Beine

zitterten und mehr als einmal nachgaben, war ich bei klarem Verstand. Ich hatte sogar schon beschlossen, wie ich die Arhats bestrafen wollte. Die Idee war mir gekommen, als ich sah, wie sie im Gänsemarsch die Straße hinunterstolperten.

Gleich nach unserer Ankunft im Bezirksgefängnis im Südteil der Stadt begann ich, die Männer zu verhören. Dabei erfuhr ich von ihnen noch mehr über die Bedeutung der bösen Winde.

Als ich sie jedoch fragte, wann die ›geistigen Invasionen‹ nach dem Aufkommen des Windes erfolgten, schauten sie mich alle ungläubig an, vorausgesetzt, ich deutete den Ausdruck auf ihren verunstalteten Gesichtern richtig. »Soll das heißen, daß Ihr es nicht wißt?« fragte derjenige, der ihr Anführer zu sein schien. Seine Stimme klang so mitleidig, als müsse er einer begriffsstutzigen Person erklären, wieviele Beine ein Hund habe.

»Wißt Ihr tatsächlich nicht, wie lange eine Dämonenseele benötigt, um in ihr Opfer zu fahren?« nuschelte er, nachdem er mich lange gemustert hatte. Mir wurde unbehaglich zumute, und ich beschloß, nichts zu verraten. Der Mund des Mannes war besonders verunstaltet, so daß ich Mühe hatte, alles zu verstehen, was er sagte, doch ich antwortete so gut ich konnte, wobei ich meine Überraschung über seine unverhohlene Arroganz verbarg.

»Ich muß zugeben«, antwortete ich, »daß ich wenig von diesen Dingen verstehe.« Kaum hatte ich das gesagt, da huschte ein Ausdruck des Mitgefühls über ihre Gesichter. Sie blickten einander an, schüttelten ihre häßlichen Köpfe und tuschelten miteinander. Zweifellos sollte ich nicht hören, was sie sagten, doch ein paar Brocken schnappte ich auf: »Arme, unwissende Narren.« Oder: »Sie werden schon noch merken, wie unvorbereitet sie sind, wenn das Zeitalter des Gesetzes anbricht.« Doch am häufigsten hörte ich Fragen wie: »Wie können sie von uns erwarten, daß wir sie schützen?« Und: »Was werden sie tun, wenn wir nicht mehr sind?«

»Jetzt ist alles in Ordnung, meine Herren«, sagte ich. »Eure Wache ist vorbei. Eure Arbeit wird hier nicht mehr benötigt. Von heute an müssen wir selbst auf uns aufpassen.« Zu dem Zeitpunkt hatte ich natürlich schon beschlossen, was mit ihnen geschehen sollte. Ich wollte sie auf einen der hohen Berge in Tibet verbannen. Aneinander gekettet und von Soldaten bewacht, sollten sie dort in mühseliger Arbeit eine große Mauer errichten, die verhindern sollte, daß »böse Geister« nach China eindrangen.

Ich darf mit Genugtuung feststellen, daß sie auch heute noch dort sind und, wie mir berichtet wurde, bereits einige hundert Meter Mauerwerk fertiggestellt haben. In der klaren Gebirgsluft, so hoffe ich, haben sie genug Arbeit für ihr ganzes restliches Leben und für viele tausend kommende Leben.

Zuerst war ich dumm genug, stolz auf meine schlagfertige Antwort zu sein. Die Arhats hatten offensichtlich angenommen, ich könne ihr heimliches Getuschel nicht verstehen, denn sie schienen aus allen Wolken zu fallen, als ich so schnell antwortete. Damals glaubte ich, ihre Mienen deuten zu können, und so war ich überzeugt, daß gut die Hälfte von ihnen sich über meine Bemerkung ärgerte. Daher beschloß ich, sie zu überrumpeln und ihnen zu sagen, was ich über ihre Pläne wußte. Ich wollte sie aus der Fassung bringen und ihnen zeigen, daß ich ihnen einen Schritt voraus war.

»Das Zeitalter des entarteten Gesetzes«, sagte ich, »ist bereits angebrochen, meine Herren. Vielleicht ist das der Grund, warum die Unerleuchteten immer noch siegen.« Doch sie waren nicht im mindesten überrascht, als sei es ganz selbstverständlich, daß ich von diesen bedauerlichen Umständen wußte. Und aus ihrer Sicht hatte ich natürlich recht: Die Dummen und Unwissenden hatten gesiegt.

Sie stimmten mir müde zu und nickten traurig, bevor ich sie abführen ließ. Ihre Reaktion auf meinen Schlußsatz war nicht ganz so ausgefallen, wie ich es mir erhofft hatte. Aber im Grunde hätte ich wissen müssen, daß ich gegen die innere Überzeugung von Verrückten nichts würde ausrichten können.

Zum Schluß sehe ich mich gezwungen, die Tragödie zu rekapitulieren, die dazu geführt hatte, daß diese sechzehn Männer an jenem kalten Abend auszogen, um zu morden. Zwar kenne ich nicht das Schicksal aller sechzehn, denn ihre Lebensgeschichten wurden mir nur bruchstückhaft erzählt. Doch obwohl das wenige, das ich über jeden einzelnen von ihnen in Erfahrung bringen konnte, bestenfalls einen oberflächlichen Eindruck zuläßt, so reicht es doch aus, sich ein Bild von dem erbärmlichen Zustand der Menschheit zu machen. Die Buddhisten (und nun beziehe ich mich auf die Anhänger des wahren Glaubens) haben in der Tat recht, wenn sie sagen, daß das physische Dasein nur mit Leid verbunden sei.

Für einen Menschen, der normal aussieht – ob er nun schön ist oder nicht –, ist es schwierig, wenn nicht gar unmöglich, sich in die Lage einer häßlich verunstalteten Person zu versetzen. Können wir uns vorstellen, was es heißt, bei einem so alltäglichen Vorgang wie einem Spaziergang bei den Mitmenschen nur Abscheu, Mitleid und Spott zu erregen? Wie würden wir mit dem Wissen leben, daß alle Menschen, ob sie uns nun unhöflich anstarren oder wegsehen, das gleiche denken? Nämlich daß es besser wäre, eine solche Mißgeburt zu verstecken und in einem Keller einzuschließen. Sie fühlen sich durch unseren Anblick belästigt, er verdirbt ihnen den Appetit. Und doch müßten wir weiterleben und, wie jeder andere Mensch auch, den unzähligen Aufgaben nachgehen, die das Leben uns abverlangt.

Einige dieser Geschöpfe hatten einen schweren Unfall gehabt, der sie für das ganze Leben entstellte, wie etwa jener Kerl mit dem verbrannten Gesicht. Andere kamen schon so häßlich auf die Welt, und man kann sich nur wundern, warum die Eltern sie am Leben ließen. Sie erlaubten, nein, sie zwangen ihr Kind zum Weiterleben, denn das wird in dieser Welt von uns erwartet. Doch natürlich merkte das Kind sehr schnell, daß es nicht so war wie die anderen. Ständig wurde es daran erinnert, daß es ein Aussätziger war. Wie, so frage ich mich, hätte sich ein solcher Mensch nicht für eine Idee begeistern sollen, die ihn gerade wegen seiner Häßlichkeit über die Masse der anderen erhob und sein Aussehen damit erklärte, daß es einem höheren Zweck diente? Und diese Idee war natürlich um so verführerischer, als sie ihnen ein Mann vermittelte, der die wahre Natur von Ungeheuern auf dieser Welt verstand.

Wäre es für diese bedauernswerten Geschöpfe nicht besser gewesen, Hsueh Huai-i, wenn sie in ihren Gräbern gelegen hätten?

Ich erfuhr viel von meinen sechzehn Freunden, unter anderem auch ein Detail, welches das Schicksal von mindestens drei Personen in dieser Geschichte verändern sollte. Wie bereits erwähnt, hatten mich die Arhats gefragt, ob ich nicht wüßte, wie lange eine Dämonenseele benötige, um auszuziehen und von einem Menschen Besitz zu ergreifen. Aus purer Neugier fragte ich sie schließlich, wie lange es dauerte, denn ich hatte mir die Wetteraufzeichnungen vom Herbst angesehen und dabei festgestellt, daß die Zeitspanne zwischen dem Auftreten der größten Windstärke und den Morden nicht immer gleich war. Sie betrug mindestens einen Tag, manchmal auch mehr. Mir war natürlich bekannt, daß, wenn eine bestimmte Windstärke erreicht war, berittene Boten einen versiegelten Brief vom Kloster in Ch'ang-an nach Loyang gebracht hatten. Die Botschaft, die dann von dort zurückkam, enthielt genaue Instruktionen, wann die Arhats losschlagen sollten. Es schien so, als sei der Zeitpunkt, an dem die Devadhatta-Dämonen angriffen, willkürlich festgelegt worden. Nur ein Mann war gerissen genug, den richtigen Zeitpunkt zu bestimmen, und dieser Mann war natürlich der Lama Hsueh Huai-i.

Ich sagte zu den Arhats, daß sie sich diesmal mehr Zeit gelassen hätten als bei den vorigen Morden. Immerhin waren zwischen dem Moment, als mir in der Zelle ein Licht aufgegangen war, und ihrem Erscheinen im Haus zweidreiviertel Tage vergangen.

»Nun«, sagten sie, »wir waren schon vorher dort, doch nur um die Reinigungsrituale durchzuführen.« Ich erinnerte mich an das lange Haar und die Hufabdrücke, die ich nach der durchwachten Nacht im Garten gefunden hatte. »Doch Ihr habt recht«, warf einer der Arhats ein, »diesmal war tatsächlich mehr Zeit verstrichen, als wir erwartet hatten. Denn unser Meister hatte uns mitgeteilt, daß wir unsere Mission sogleich nach Auftreten der Winde erfüllen sollten.«

Aha, dachte ich. Hsueh Huai-i wußte, daß ich eingesperrt war, und wollte mich nur auf die Folter spannen.

»Doch Ihr müßt wissen«, fuhr der Arhat fort, »daß die Anweisungen unseres Meisters erst mit Verspätung aus Loyang eintrafen. Die Boten waren unterwegs aufgehalten worden, genauer gesagt, sie hatten getrunken und gehurt.« Er machte ein angewidertes Gesicht. »Sie kamen viele Stunden zu spät. Wir wären einen ganzen Tag früher gekommen, wenn diese ungläubigen, sündigen Narren nicht gewesen wären.«

Mit anderen Worten: Die Arhats hätten sehr leicht vor meinen Männern und mir im Haus sein können. Wären die sündigen Narren nicht gewesen, von denen der Arhat so verächtlich sprach, so wären wir wahrscheinlich zu spät gekommen und hätten nur noch Leichen im Haus vorgefunden. Die sündigen Narren, meine Söhne ... So soll denn in die Geschichtsschreibung eingehen, daß Di Jen-chieh seine eigenen Söhne verurteilte. Daß sie eine verhältnismäßig milde Strafe bekamen – sie werden für zwanzig Jahre in den fernen Westen verbannt und die Grenze zu Tibet bewachen –, hat nichts, aber auch gar nichts damit zu tun, daß ich ihr Vater bin. Das Urteil kam nur deshalb zustande, weil sie unwissentlich das Leben der vierten Familie gerettet hatten.

Doch noch ein anderes Urteil fiel milder aus. Die lebendige Schilderung der Hinrichtung Hsueh Huai-is war natürlich nichts weiter als ein kleines Geschenk an die Kaiserin. Die Todesschreie, die angeblich bis in alle Ewigkeit nachhallen werden, hatte es nie gegeben. Wir wissen nicht mit letzter Sicherheit, ob sie die Geschichte wirklich glaubt. Wir gehen aber davon aus, daß sie es tut. Wir fragen sie nicht, und sie äußert sich nicht dazu. Sie ist zufrieden, daß Hsueh Huai-i für alle Zeit verschwunden ist und daß sie, soweit die Nachwelt davon erfahren wird, keine Gnade gezeigt hat. Sie bat nicht darum, der Hinrichtung beizuwohnen, und sie wollte auch hinterher den Kopf nicht sehen, wie sie ursprünglich verlangt hatte.

Hsueh Huai-i wurde auf Lebenszeit aus dem Reich verbannt. Nach meinen Berechnungen hat er in diesem Moment wohl schon viele hundert *li* auf seinem Weg nach Tibet, den er unter Bewachung zurücklegen muß, bewältigt. Wenn er jeden Tag, Winter wie Sommer, Frühling wie Herbst, wandert, wird er in etwa zwei Jahren wieder zu Hause sein. In seinem Fall ließ ich nicht deshalb Milde walten, weil wir früher einmal Freunde gewesen waren, sondern weil meine eigenen Söhne in seinen Diensten gestanden hatten. Wie konnte ich Hsueh Huai-i zum Tode verurteilen, wenn ich mich selbst verschonte? Hatte ich nicht ebenso schuld wie er? Meine Tochter, jenes Kind, das ich vor vielen Jahren dem Inder abgekauft habe, versuchte zwar unentwegt, mich vom Gegenteil zu überzeugen, und zuweilen glaube ich ihr beinahe, doch dann fällt mir wieder ein, daß sie ihren noblen Charakter nicht von mir geerbt hat, sondern von zwei mir unbekannten Bauern. Gleichwohl ist sie mein einziger Trost.

Einige Teile dieses Tagebuchs werde ich gleich nach der Niederschrift vernichten. Sie dienen meiner müden Seele nur als Übung, das ist alles. Der Bericht des Geschichtsschreibers Shu über die Hinrichtung soll so stehen bleiben. Späteren Generationen zuliebe, die seine glorreichen Geschichten einmal lesen werden, werde ich ihm erlauben, noch ein weiteres Märchen zu erfinden.

Ich habe ihn gebeten, mich in seinem Bericht über mein Leben als guten Vater zu schildern.

35

Im Jahr 706
Loyang

Der im Ruhestand lebende Richter Di Jen-chieh hatte den Brief erst vor wenigen Stunden erhalten. Die Kaiserin, so stand darin, sei bereit, ein altes Versprechen einzulösen und bitte ihn deshalb, unverzüglich in den Palast zu kommen.

Di konnte sich nur an ein einziges Versprechen erinnern. Er hatte nicht gehört, daß die Kaiserinmutter gestorben oder auch nur krank sei, aber schließlich hatte sie in diesem Frühjahr ihren fünfundneunzigsten Geburtstag gefeiert. Viele alte Kollegen und Freunde von Di lebten inzwischen nicht mehr. Wu-chi war vor achtundzwanzig Jahren gestorben, und sein treuer Freund, der brave Abt Liao, hatte ihn nur um ein knappes Jahr überlebt. Der Geschichtsschreiber Shu war schon seit zehn Jahren tot, und da waren noch andere, viele andere. Doch Frau Yang schien nicht sterben zu wollen. Sie wurde immer älter, während alle um sie herum fielen wie Bäume im Wald.

An diesem Morgen machte sich Di dankbar auf den Weg zum Palast. Die Kaiserin hatte ihm angeboten, eine Kutsche zu schikken, doch er hatte abgelehnt und es vorgezogen, zu Fuß zu gehen. Vor zwanzig Jahren hätte er den Weg noch in der Hälfte der Zeit zurückgelegt. Doch obwohl er längst nicht mehr so gut zu Fuß war wie früher, spazierte er bei schönem Wetter, wenn seine Gelenke nicht allzu sehr schmerzten, immer noch gern durch die Straßen der Stadt. Und heute war er so gespannt auf das, was ihn erwartete, daß er seine Schritte beschleunigte und fast vergaß, daß er schon beinahe sechsundachtzig Jahre alt war.

Die Kaiserin, die sich mit den Jahren immer mehr aus der Regierung zurückgezogen hatte, war offenbar zufrieden, die Staatsgeschäfte in den Händen von Sechserrat und Zensorat zu wissen. Di dachte an ihre letzte Begegnung, die schon mindestens fünf Jahre zurücklag. Er selbst war vor dreißig Jahren mit seiner Familie nach Loyang gezogen und lebte seitdem in der Stadt. In all den Jahren hatte es keine öffentlichen Geburtstagsfeiern oder ähnliches mehr gegeben. Die Kaiserin und ihre Mutter lebten vollkommen zurückgezogen. Die einzigen Besucher, die sie in ihrem weitläufigen Flügel des Palastes empfingen, waren, so erzählte man sich, taoistische Schamanen. Es war lange, sehr lange her, daß ein Lama oder ein anderer buddhistischer Geistlicher sie aufgesucht hatte. Wie es schien, hatte die Kaiserin nach Hsueh Huai-is Verschwinden das Interesse am Buddhismus verloren. Nun, im Alter, erwartete sie Zerstreuung und Beistand von einer Sache, die so chinesisch war wie die Bauern, die das Land seit viertausend Jahren bestellten. Auch der Name »Stadt der Wandlung« war nicht mehr gebräuchlich. Di hatte ihn schon seit mindestens zehn Jahren aus keinem Mund mehr gehört. Die großen Säulen der Kaiserin standen zwar noch, waren aber kaum mehr als architektonische Kuriositäten. Es gab sogar Pläne, die Säule in Ch'ang-an niederzureißen. Einige Ingenieure waren offenbar der Meinung, daß sie eine Gefahr darstelle und daß das wertvolle Metall, das sie enthielt, für nützlichere Dinge verwendet werden könne. Wo auch immer sich das unsichtbare Reich Jambudvipa befand, es lag nicht mehr im chinesischen Reich.

Di ging noch ein bißchen schneller. Das einzige, was sich in all den Jahren nicht verändert hatte, war seine Neugier.

Die Dienerin, die Di in das Schlafgemach geführt hatte, entfernte sich und schloß geräuschlos die Türen hinter sich. Er trat vor und blickte auf die Greisin, die mit geschlossenen Augen reglos in dem großen Bett lag. Er starrte sie einen Moment lang an und empfand dann ein Gefühl der Enttäuschung, als er bemerkte, daß ihr Brustkorb sich langsam hob und senkte. Sie war nicht tot, sie schlief nur. Er betrachtete die faltige Haut, die tiefen Augenhöhlen, die spärlichen weißen Haare und die Umrisse des Schädels, die sich häßlich unter der Haut abzeichneten. Die Frau war ein wenig zurechtgemacht: Das Haar war gekämmt und hochgesteckt, das Gesicht sorgfältig gepudert. Doch fünfundneunzig Jahre, dachte Di, konnte kein Mittel dieser Welt kaschieren.

Ein kurzer Schnarcher kam aus dem leicht geöffneten Mund. Gerade erhaschte Di einen Blick auf die makellos weißen Zähne hinter den welken Lippen, da ging die andere Tür zu dem Gemach auf, und eine Frau erschien, die noch älter war als die, die im Bett lag. Di wußte sofort, daß er einer Täuschung erlegen war. Es war nicht die Kaiserinmutter, deren Kopf vor ihm auf dem Kissen ruhte, sondern die Kaiserin selbst. Die Greisin, die ohne fremde Hilfe in das Gemach trat, war Frau Yang.

Bevor Di etwas sagen konnte, gebot sie ihm mit einer Handbewegung zu schweigen und wies auf einen Stuhl am Fußende des Bettes. Gehorsam nahm er Platz, während sie sich auf einen Stuhl am Kopfende setzte und liebevoll das Gesicht ihrer Tochter streichelte.

Die Kaiserin öffnete die Augen. Frau Yang half ihr, sich aufzusetzen, stopfte ihr ein Kissen hinter den Rücken und hielt ihr eine Schale mit heißem Tee an die Lippen. Es war vielleicht das ungewöhnlichste Bild, das Di in seinem langen Leben gesehen hatte: Eine Mutter pflegte ihre an Altersschwäche sterbende Tochter. Er sah Frau Yang an und wußte, daß sie nicht nur die Kaiserin, sondern auch ihn selbst überleben würde.

In diesem Moment gewahrte die Kaiserin die Gestalt am Fußende des Bettes. Sie erkannte Di und lächelte ihn an. Wieder sah er die erstaunlich großen, weißen Zähne in ihrem verfallenen Gesicht. Zähne und Krallen, dachte er. Diese Worte waren einmal gleichbedeutend mit dem Namen der Kaiserin gewesen, aber sie hatte die Krallen schon vor so vielen Jahren eingezogen, daß die Menschen sie beinahe vergessen hatten. Aber Di hatte sie ebensowenig vergessen wie die Fragen, die er ihr stellen wollte und die er all die Jahre mit sich herumgetragen hatte.

»Richter«, sagte die Kaiserin und streckte ihm eine knochige Hand entgegen. »Rückt Euren Stuhl näher ans Bett, damit ich Euch besser sehen und hören kann.« Er gehorchte, und sie sah ihn prüfend an. »Ich sehe ... Fragen auf Euren Lippen«, sagte sie. »Ihr wirkt ein wenig ungeduldig.«

Er rutschte unruhig hin und her und fragte sich, ob ihm das wirklich so deutlich anzusehen war.

»Seht mich nicht so schuldbewußt an«, fuhr sie fort. »Ich weiß, was Ihr denkt. Und Ihr habt ganz recht. Ich bat Euch hierher, weil ich das Versprechen, das ich meiner Mutter gab, nicht halten kann. Ich kann nicht warten, bis sie aus diesem Leben geschieden ist, bevor ich Euch unsere kleinen Geheimnisse enthülle. Ihr fragt Euch wohl, ob ich vor Euren Augen das Zeitliche segnen werde, bevor ich Eure Fragen beantwortet habe.«

Sie schloß kurz die Augen und trank noch einen Schluck Tee. Di musterte sie mit einem abschätzenden Blick. Sie sah nicht so aus, als würde sie heute nachmittag oder morgen sterben. Dennoch durfte er keine Zeit verschwenden. Aber wo sollte er anfangen? Er hatte viele Jahre lang darüber nachgedacht, welche Fragen er ihr stellen wollte, und nun sah er sich außerstande, sie taktvoll zu formulieren. Doch die Kaiserin ergriff die Initiative.

»Ihr seid nicht der einzige, der Fragen hat, Richter. Meine Mutter und ich sind neugierig darauf zu erfahren, welche Schlüsse Ihr gezogen habt. Wir fragen uns, wie nah Ihr in jenen Tagen, als Ihr Euch – wie soll ich mich ausdrücken? – für uns interessiert habt, der Wahrheit gekommen seid.«

Von Interesse kann man wohl kaum sprechen, dachte Di. Doch er war dankbar, daß sie es ihm leichter machte.

»Nun, Majestät«, sagte er höflich. »Ich halte es für schicklich und angemessen, wenn Ihr die erste Frage stellt.«

Sie wechselte einen Blick mit ihrer Mutter, und Di spürte, daß die beiden einander auch ohne viele Worte verstanden.

»Nun gut, Richter«, sagte die Kaiserin. »Da ist vor allem eine Frage, die wir uns immer wieder gestellt haben. Wir haben uns ihretwegen sogar gestritten.« Die beiden Frauen sahen einander wieder an. »Wem von uns beiden schreibt Ihr den Tod meiner jungen Nichte zu?«

»Ah«, sagte Di, senkte seinen Kopf und dachte daran, wie leicht er den Geschichtsschreiber Shu dazu gebracht hatte, unbeabsichtigt zuzugeben, daß der Tod des armen Mädchens vorsätzlich herbeigeführt und von langer Hand geplant worden war. »Unsere ...« Er hielt inne, denn er erinnerte sich an ihre stillschweigende Übereinkunft, den Namen des Lama Hsueh Huai-i nie wieder zu erwähnen. »... Meine Ermittlungen ergaben zweifelsfrei, daß sie vorsätzlich ermordet worden war.«

Er erzählte von seinem Besuch beim Geschichtsschreiber Shu, dessen albernem Gedicht, davon, wie schamlos er dem kleinen Mann geschmeichelt hatte, von dem beschädigten Stempel und seinem nächtlichen Einbruch in Shus Kanzlei. Er wählte sorgsam jedes Wort, vermied es geflissentlich, den Mönch zu erwähnen, und legte sich jeden Satz zurecht, bevor er ihn aussprach.

»Sie starb unter ähnlichen Begleitumständen und am gleichen Ort wie ihre Mutter«, sagte er unter Anspielung auf Frau Yangs Haus. »Dies ließ nur den einen Schluß zu, daß Ihr, Frau Yang, ihren Tod herbeigeführt hattet.«

»Aber Richter«, entgegnete Wu, »Ihr wußtet doch, daß die Herzogin von schwächlicher Gesundheit war. Es war bekannt, daß sie zeitlebens an ernsten Verdauungsbeschwerden gelitten hatte. Und ihrer Tochter erging es ähnlich.«

»Ja, ihr erging es ähnlich«, wiederholte Di mit einem Anflug von Ironie in der Stimme. »Natürlich. Verdauungsbeschwerden. Und die Herzogin starb kurz nach dem Essen, genau wie ihre Tochter wenig später. Aber ... ich glaube mich zu erinnern, daß Frau Yang ganz besondere Teller und Becher besaß, die in einem verschlossenen Korb aufbewahrt wurden.« Er hob flehend die Hände. »Das veranlaßte mich zu dem Schluß, daß das Geschirr mehr als nur ein Andenken war.« Das letzte Geschirr, von dem ihr verstorbener Mann gegessen habe, hatte Frau Yang zu Hsueh Huai-i gesagt.

»Sehr scharfsinnig, Richter«, schaltete sich Frau Yang ein, die bisher geschwiegen hatte. Sie sprach nur eine Nuance leiser als ihre Tochter, und ihre Stimme klang heiser, als sei sie es nicht mehr gewohnt zu sprechen. »Obwohl das Geschirr durchaus einen Erinnerungswert für mich hatte. Es war ein Geschenk meines Mannes. Er bat mich, es aufzubewahren, bis ich es wirklich brauchte. Aber er selbst«, fügte sie mit dem Anflug eines Lächelns hinzu, »hat nie davon gegessen.«

»Nein«, sagte Di, für einen Augenblick fasziniert von dem Lächeln einer fünfundneunzigjährigen Mörderin, die von ihren Missetaten sprach, als seien es längst vergessene dumme Streiche. »Da bin ich mir ganz sicher.«

»Aber Mutter«, sagte die Kaiserin gereizt, »es ist nicht richtig von dir, daß du Richter Di in dem Glauben läßt, du allein seist für alles verantwortlich. Schließlich war die Idee von mir. Und das weißt du sehr wohl.«

»Gewiß«, erwiderte ihre Mutter, »aber vergiß nicht, wer die lästigen Vettern beseitigen ließ, die überall ihre Nase hineinsteckten. Ehre, wem Ehre gebührt, wenn ich bitten darf.«

Die unglücklichen Vettern. Di dachte an die beiden jungen Männer, die für den Mord an der Herzogin und ihrer Tochter hingerichtet worden waren. Die ganze Intrige, daran bestand kein Zweifel, war eine Meisterleistung gewesen. Er blieb ganz ruhig, denn er wollte das bemerkenswerte Schauspiel nicht stören, bei dem die beiden Greisinnen darum wetteiferten, wer die Hauptschuld an den Verbrechen trug. Endlich kamen die schauerlichen Einzelheiten aus ihrer Vergangenheit ans Licht.

»Natürlich war das dein Verdienst, Mutter. Doch gerechterweise mußt du zugeben, daß wir uns in nichts nachstehen. Denk doch nur an die beiden anderen lästigen Jungen!«

Welche anderen lästigen Jungen? fragte sich Di. Meinte sie Hung und Hsien? Konnte sie so gefühllos von ihren eigenen Söhnen sprechen? In diesem Moment blickte Wu auf und wandte sich an ihn.

»Meine Mutter vergißt, daß auch ich einen Sinn für das Praktische habe«, sagte sie. »Auf einer Reise, zum Beispiel, ergibt sich immer eine günstige Gelegenheit für die Regelung gewisser Notfälle.«

Di dachte an den jungen Prinzen Hung, der an Kaotsungs Krankenbett um Gnade für zwei Dienerinnen gebeten hatte und anschließend auf dem Weg zum Sommerpalast durch den Pfeil eines Attentäters ums Leben gekommen war. Er hatte jahrelang nicht mehr an seinen Besuch bei dem sterbenskranken Kaiser gedacht, doch nun erinnerte er sich wieder an jede Einzelheit. Er hatte dem Kaiser angeboten, den Verräter im kaiserlichen Gefolge zu entlarven – und war am nächsten Morgen ohne Vorwarnung aus dem Palast gewiesen worden.

Natürlich wußte ich in dem Moment, wer für den Tod des jungen Mannes verantwortlich war, dachte er und schaute die Kaiserin an. Und nun, nach so vielen Jahren gibt sie mir indirekt zu verstehen, daß ich recht hatte.

Und was war mit Hungs Bruder Hsien, der im Exil Selbstmord beging, nachdem man ihn der versuchten Rebellion gegen seine Mutter und anderer Verbrechen bezichtigt hatte?

Di und Hsueh hatten oft darüber gesprochen. Die Kaiserin war wutentbrannt über den Jungen hergefallen, wie sie beide wußten, und hatte ihn des Mordes an ihrem ehemaligen Liebhaber, dem indischen Nagaspa, angeklagt, den man tot, mit einem Zirkel auf dem abgetrennten Kopf, im Park gefunden hatte.

»Nagaspa«, sagte Di laut. »Was geschah mit dem armen Nagaspa?«

»Das müßt ihr uns jetzt sagen«, sagte die Kaiserin mit einem listigen Blick. »Zu welchem Schluß kommt der scharfsinnige Di Jen-chieh?«

»Nun gut«, sagte er, da er kein Spielverderber sein wollte. »Um ehrlich zu sein, Majestät, glaube ich, daß Ihr selbst den Wahrsager beseitigt habt. Ich vermute, daß ihr einen Vorwand brauchtet, um gegen Prinz Hsien vorzugehen. Wahrscheinlich hatte er seinem Bruder geholfen, die Dienerinnen zu befreien. Außerdem«, fügte er achselzuckend hinzu, »wart Ihr Nagaspas überdrüssig.« Sie sah ihn amüsiert an und war augenscheinlich begierig darauf, noch mehr zu hören. »Natürlich bestand immer noch die Möglichkeit, daß der Junge Nagaspa umgebracht hatte. Schließlich waren die beiden miteinander verfeindet. Doch andererseits galt es zu bedenken, daß man in den Gemächern des Prinzen ein geheimes Waffenversteck gefunden hatte. Genau das wurde ihm offiziell zur Last gelegt. Entweder plante er tatsächlich einen Staatsstreich, oder die Waffen waren nur dort versteckt worden, um diesen Eindruck zu erwecken.«

Sie wartete noch immer auf sein endgültiges Urteil.

»Ich glaube«, fuhr Di fort, »daß in den Gemächern des Jungen gar keine Waffen gefunden wurden. Ich glaube, daß der Vorwurf, er plane eine bewaffnete Rebellion, Euch sehr gelegen kam. Obwohl ich andererseits nicht verstehe, weshalb so viele Umstände gemacht wurden. Es hätte doch genügt, ihn des Mordes an Nagaspa anzuklagen. Aber vielleicht wolltet Ihr an ihm ein Exempel statuieren. Ich habe mich immer wieder gefragt, ob sein Tod wirklich Selbstmord war. Andere ...« Wieder vermied er es, Hsueh Huai-is Namen auszusprechen. »... nahmen an, daß der Junge Nagaspa tatsächlich umgebracht hatte und aus Wut und Trauer über den Tod seines Bruders tatsächlich eine Rebellion plante.«

Die Kaiserin stieß einen tiefen Seufzer aus. Zeigte sie nun endlich Gefühle? Bereute sie ihre Taten?

»Es überrascht mich, daß Ihr niemals die Wahrheit erraten habt, Richter«, sagte sie. »Nein, weder ich noch mein Sohn, wie ich zuerst vermutet hatte, haben Nagaspa beseitigt. Ich kannte ja die lächerlichen Bemerkungen des Wahrsagers über die Kopfform des Prinzen und wußte, daß die beiden nicht gut aufeinander zu sprechen waren. Doch sagt: Wer hat behauptet, daß der Prinz Nagaspa umgebracht hat?«

Sie ließ ihm keine andere Wahl, als den verbotenen Namen auszusprechen. Er zögerte. Sie sah seine Verwirrung und kam ihm zu Hilfe.

»Der Mönch Hsueh Huai-i natürlich«, sagte sie. »Wollt Ihr

etwa behaupten, daß Euch nie eine andere Möglichkeit in den Sinn kam?« fragte sie. Di schaute sie nur fragend an, denn er wußte immer noch nicht, was sie meinte. Sie zuckte die Schultern. »Auch ich wußte es nicht. Erst viele Jahre später erfuhr ich von dem Tibeter die Wahrheit. Er selbst hatte Nagaspa beseitigt.«

Di lehnte sich zurück. Damit hatte er nicht gerechnet. Er dachte an jenen Nachmittag im Teehaus, als er vergeblich auf Hsueh Huai-i gewartet hatte, nicht ahnend, daß der Mönch bereits mit anderen, wichtigeren Dingen beschäftigt war. Natürlich: Der Mönch, der ihm bei der Aufklärung eines Mordes half, war selbst in Versuchung gekommen. Er hatte begriffen, daß seine große Stunde gekommen war. Er mußte Nagaspa töten und ihm den Zirkel auf den Kopf setzen, damit der Verdacht auf Hsien fiel. Damit war der Platz an der Seite der Kaiserin frei, und er konnte ein neues Leben beginnen. Er zögerte keinen Moment. Nach vollbrachter Tat führte er eine Zeitlang ein Doppelleben, traf sich weiterhin mit ihm, gab Informationen an ihn weiter und erörterte mit ihm bestimmte Theorien. Aber was hatte ihn an jenem Nachmittag davon abgehalten, zu ihrer Verabredung zu erscheinen?

Di kannte die Antwort: An jenem Nachmittag hatte der Mönch mit der Kaiserin das Bett geteilt. Er hatte endgültig ein neues Leben begonnen, auch wenn es noch eine Weile dauern sollte, bis die Welt davon erfuhr.

»Und was Prinz Hsien betrifft«, sagte die Kaiserin, »so plante er tatsächlich einen Staatsstreich, auch wenn Ihr der Meinung wart, ich hätte die Geschichte in die Welt gesetzt. Der Mönch hatte übrigens nichts damit zu tun. In diesem Punkt sagte er Euch die Wahrheit. Hsien war ganz mein Sohn, er war mir von allen meinen Kindern am ähnlichsten. Deshalb konnte ich natürlich nicht zulassen, daß er im Palast blieb.« Sie schwieg einen Moment lang. »Ja, er war ganz mein Sohn. Und er hat wirklich selbst Hand an sich gelegt.«

Die drei alten Menschen schwiegen. Das Gespräch hatte nicht lange gedauert, und ihre Stimmen, in denen Erregung, Bedauern und Leidenschaft mitschwangen, waren nur unmerklich lauter geworden. Alle Geheimnisse waren enthüllt, bis auf ein kleines, unbedeutendes, das anzusprechen Di nicht den Mut aufbrachte. Ihnen allen war nicht mehr viel Zeit auf dieser Welt vergönnt, wenngleich Di ernsthafte Zweifel kamen, wenn er Frau Yang ansah. Er hätte schwören können, daß sie noch mindestens zehn Jahre zu leben hatte. Der Kaiserin gab er allenfalls noch einige Monate. Was ihn selbst anging, so war er sich seiner Sache weniger sicher. Er gab sich noch zwei, vielleicht drei Jahre.

Er sah nachdenklich auf seine Schuhspitzen, da bemerkte er, wie die Kaiserin die Hand zum Auge führte. Er hob den Kopf und sah sie an. Eine Träne aus den Augen der Kaiserin Wu Tse-tien war so selten wie ein Zahn des wahren Buddha, und einen Augenblick lang spielte er mit dem Gedanken, den Tropfen in einer kleinen Flasche einzufangen, sie zu versiegeln und in eine Sammlung seltener Artefakte zu geben.

Um wen hatte sie geweint? Weder ihre Söhne noch ihre Nichte, ihre Schwester, ihre Liebhaber oder ihr Ehemann hatten ihr bisher ein Zeichen der Rührung entlockt.

Frau Yang schien zu verstehen. Wortlos streckte sie die Hand aus und wischte ihrer Tochter Augen und Nase mit einem Seidentuch ab. »Da war noch jemand, Richter«, sagte die Kaiserin. »Jemand, von dem Ihr möglicherweise gar nichts wißt.« Di stockte der Atem.

»Meine Tochter«, fuhr die Kaiserin mit tränenerstickter Stimme fort und hob die Augen zu ihrer Mutter. »Meine Erstgeborene.« Frau Yang schüttelte mißbilligend den Kopf, als wolle sie ihre Tochter ermahnen, sich nicht unnötig aufzuregen und ihre schwindenden Kräfte zu vergeuden. Di bemerkte, wie die beiden Frauen wortlos eine Übereinkunft trafen. Über diesen Tod sollten keine Einzelheiten mehr gesagt werden. Er sollte für allezeit ihr Geheimnis bleiben.

»Manchmal«, sagte die Kaiserin, die sich wieder gefaßt hatte, und blickte Di an, »stelle ich mir vor, was wohl aus ihr geworden wäre.«

Im Jahr 706, Herbst
Ch'ang-an

Tagebucheintrag:

Ich hatte noch einen weiteren Punkt mit der Kaiserin zu besprechen, doch ich hob ihn mir für einen anderen Tag auf. Ich ging ein Risiko ein, denn ich wußte, wie wenig Zeit mir und ihr noch blieb, doch die Angelegenheit war sehr delikat, und ich wollte nicht den Fehler begehen, die Kaiserin zu drängen. Und doch war sie wichtig. Ich wollte der Kaiserin erst ein paar Tage Ruhe gönnen, bevor ich wieder an ihr Bett zurückkehrte.

In den Jahren nach Hsueh Huai-is Weggang war die Kaiserin ein anderer Mensch geworden. Sie führte einen frivolen Lebenswandel und verlor nach und nach jedes Interesse an den Regierungsgeschäften. Eine Zeitlang unterhielt sie ihr sogenanntes »Storcheninstitut«, einen Harem gutaussehender junger Männer, von denen die Brüder Chang am bemerkenswertesten waren.

Die Changs waren zwei Herren, die den intimen Kontakt untereinander dem Kontakt zu anderen Menschen vorzogen. Wir werden niemals erfahren, ob sie wirklich Brüder waren. Es ist ohne Bedeutung und sei hier nur vermerkt, weil es einem oberflächlichen historischen Interesse dient. Wie alle Männer in Wus Leben schienen auch die Changs Gewalt über sie zu haben, aber dieser flüchtige Eindruck konnte nur entstehen, weil sie es selbst so wünschte.

Wie alle ihre Liebhaber hatten auch die Changs einen gewissen Einfluß auf ihre Regierungsarbeit, doch nicht in gleicher Weise wie ihre Vorgänger. Sie weckten in unserer Kaiserin ein lebhaftes Interesse für magische und mystische Dinge, für den Taoismus und erfreulicherweise auch für alte chinesische Bräuche. Wieder ließ sie Hallen, Pavillons, Märchengärten und zauberhafte Paläste errichten, doch diesmal nur zu ihrem persönlichen Vergnügen. Und obwohl ich sie mehrmals ermahnen mußte, die Ausgaben, die das Volk zu tragen hatte, so niedrig wie möglich zu halten, war ich doch froh, daß diese Bauten keine versteckte unheilvolle Bedeutung hatten.

Ich war erleichtert, daß sie mit ihrem Zeitvertreib keine religiösen Ziele verfolgte, und konnte mich anderen Dingen zuwenden, die wichtiger waren. Ich kürzte die Militärausgaben, indem ich unnütze Feldzüge und Grenzerweiterungen, die auf Kosten des Allgemeinwohls gingen, unterband. Und obwohl ich nicht viel von Politik verstand, war mir doch mancher Erfolg beschieden.

Ein Problem freilich machte mir schwer zu schaffen und

raubte mir den Schlaf. Es betraf die Thronfolge: Wie konnte man die T'ang wieder in ihre angestammten Rechte einsetzen?

Die Chou-Dynastie bestand schon seit zwanzig Jahren nicht mehr. Doch bisher war noch kein Nachfolger bestimmt worden, der nach dem Tod der Kaiserin den Thron besteigen sollte. Ihre im Exil lebenden Söhne waren nicht für dieses Amt vorgesehen. Ein Versehen? Vielleicht. Doch ich halte es für wahrscheinlicher, daß die Kaiserin ihre Pläne, der Familie Wu die Thronfolge zu sichern, niemals ganz aufgegeben hatte. Sie wollte das Reich in die Hände einer Familie geben, die keinen legitimen Anspruch darauf hatte.

Sie war zwar keine Despotin mehr, aber immer noch so dickköpfig wie in jungen Jahren. Obwohl ihr Neffe Wu Cheng-Ssu, der im Zensorat mit dem berüchtigten Lai Chunchen zusammengearbeitet hatte, und dessen Bruder, der weniger ambitionierte Wu San-Ssu, verbannt worden waren, wußte ich aus meinen Gesprächen mit ihr, daß sie die beiden als mögliche Kandidaten in Betracht zog. Es war pure Dickköpfigkeit von ihr, daß sie an die vier rechtmäßigen Erben aus dem Hause Li, die Söhne Kaotsungs, nicht einmal einen Gedanken verschwendete. In dieser Beziehung war sie ganz die alte.

Das also war das Problem, das mir den Schlaf raubte: Wie konnte ich ihren Söhnen den Thron zurückgeben, und wie konnte ich den blutigen Konflikt vermeiden, der zwangsläufig folgen mußte, wenn die Narren aus der Familie Wu den Thron bestiegen? Diese quälende Frage wurde zur letzten großen Herausforderung in meiner langjährigen Laufbahn.

Eines Morgens, wenige Tage nach meinem aufschlußreichen Besuch bei der Kaiserin, wachte ich auf, und da war sie, die Antwort, wie ein unverhofftes Geschenk. Ich wußte: Mit einigen passenden Worten würde ich die sterbende Kaiserin dazu überreden können, ihre Söhne – insbesondere Chungtsung, denn er gab zu den größten Hoffnungen Anlaß – in den Palast zurückzuholen.

Ich wußte, daß sie an der Schwelle des Todes stand und sich deshalb um ihre Stellung im künftigen Leben sorgte. Daher nahm ich mir vor, ihr einen letzten Besuch abzustatten und sie an eine einfache Regel des kosmischen Plans zu erinnern: Nur der Mutter und nicht etwa der Tante eines Kaisers stand ein Platz im Ahnenschrein zu, und nur ihr war ewige Verehrung gewiß. Nur die Wiederherstellung der rechtmäßigen T'ang-Dynastie und die Einsetzung ihrer Söhne als Thronfolger konnten gewährleisten, daß die Gebete, die der zukünftige Kaiser für sie gen Himmel schickte, ihr Ziel auch erreichten. Diese Gebete waren ihre einzige Gewähr, daß sie kein ruheloser Geist wurde.

Meiner Strategie war, wie die Geschichtsschreibung heute weiß, Erfolg beschieden. Auf ihrem Sterbebett unterschrieb die Kaiserin die Proklamation, in der sie ihren Sohn Chungtsung zum Kronprinzen ernannte.

Als ich sah, wie sie ihr Siegel auf die Seite setzte, die ich ihr mit zitternden Händen hinhielt, fürchtete ich einen Augenblick lang, sie würde das Papier zerreißen und die Fetzen auf den Boden werfen. Doch sie tat es nicht. Ich hatte ihr Innerstes berührt. Sie setzte ohne Zögern ihr Zeichen auf das Papier. Es war vollbracht, und ich atmete erleichtert auf. Die T'ang-Dynastie war wiederhergestellt. Nun konnte ich endlich schlafen.

Epilog

Einhundert Jahre später
In der Nähe eines buddhistischen Klosters
Im Hochhimalaya Tibets

Der Mönch sang leise ein Lied, und die beiden Jungen lauschten, bis sie schließlich einzelne Worte des Textes verstanden:

»Sei meine Zuflucht und vergebe mir meine Missetaten,
die ich voll Reue offenbare
und die ich gelobe, nie wieder zu begehen,
und koste es mein Leben …«

Der Mönch zog seine Peitsche über die dicken Nacken der Ochsen, während seine Augen den vor ihm liegenden steinigen Weg absuchten.

»Warum singt Ihr den Ochsen die heilige Vajrasattva-Rezitation vor?« fragte der größere der beiden Novizen mit einem frechen Grinsen. Doch der Mönch ging ungerührt weiter, ohne sein Lied zu unterbrechen.

Der Junge faßte das Schweigen des Mönches als Ermutigung auf und setzte hinzu: »Schließlich sind es doch nur dumme Tiere.« Er fing einen warnenden Blick seines Freundes auf, der ungefähr in seinem Alter war. Anscheinend wollte er ihm zu verstehen geben, daß er sich mit seinen Fragen nur Ärger aufhalste. Doch der erste Junge, der mutigere von beiden, ignorierte ihn.

Der Mönch sagte nichts, ja, er schien von den Bemerkungen des Jungen nicht einmal Notiz genommen zu haben, doch er hatte aufgehört, den Tieren vorzusingen. Er sah jetzt zu den Gebetsfahnen des Klosters hinauf, das soeben hinter dem Bergkamm aufgetaucht war. Sie waren bald am Ziel. Er ließ seine Peitsche knallen und schnalzte mit der Zunge, um das Gespann anzutreiben, das den mit Steinen und Holzbalken beladenen Karren den steilen Weg zum Kloster hinaufzog.

Dann endlich drehte der Mönch sich um und blickte den vorlauten Novizen spöttisch an.

»Du bist doch ein schlaues Bürschchen, nicht wahr?«

Der Junge suchte nach einer Antwort, während sein Kamerad ihn vorwurfsvoll anblickte, als wollte er sagen: Siehst du, ich habe dich gewarnt.

»Du bist ein närrisches Kind«, fuhr der Mönch fort, und der Getadelte senkte verlegen den Blick. »Doch ein Kind muß so sein«, sagte der Mönch gutmütig. »Denn es hat noch sehr viel zu lernen.«

Der Mönch ließ erneut die Peitsche knallen, ergriff die Riemen am Maul des rechten Ochsen und schüttelte sie leicht. Das Tier drehte seine großen, wässrigen Augen nach hinten, blickte ihn ärgerlich an und schnaubte. Der Mönch schnalzte wieder mit der Zunge, denn vor ihnen lag das steilste Stück des Weges. Die letzten Schritte, pflegte er zu sagen, fielen immer am schwersten, ganz gleich, wohin sie führten.

»Du sagst, es sind doch nur dumme Tiere, doch dann kannst du die Schriften nicht genau gelesen haben«, fuhr der Mönch tadelnd fort. »Für einige wäre eine Wiedergeburt als Ochse ein Schritt zurück, für andere ein Schritt nach vorne.«

»Doch was hat das alles damit zu tun, daß Ihr ihnen vorsingt?«

»Wenn ich singe, fällt ihnen die Arbeit leichter.«

»Aber sie können Euch doch gar nicht verstehen. Der Rhythmus und das Summen beruhigen sie, das ist alles.«

»Ach ja?« erwiderte der Mönch. »Und woher weißt du, daß nicht auch die Worte sie beruhigen? Es sind Worte der Ermutigung, des Lobes und der Lehre.« Diesmal hob der andere Junge, der bisher geschwiegen hatte, die Brauen und schaute den Mönch fragend an. Der alte Mann fuhr fort: »Ja, sie verstehen jedes Wort. Ich bin mir ganz sicher. Der alte Gelehrte hier, der mit dem großen braunen Fleck auf der Nase, wird sehr zornig, wenn ich einen Fehler mache. Man merkt es ihm sofort an, denn dann schnaubt er laut. Doch nicht nur das.« Jetzt hatte er die Neugier der Jungen geweckt. Sie sahen ihn mit zweifelnden Blicken an, und der vorlaute lächelte sogar.

»Der andere«, sagte der Mönch und zeigte mit seiner Peitsche auf den Kopf des linken Ochsen, »der alte Weise, kennt über tausend Gebete auswendig. Und was den mürrischen alten Gelehrten mit dem braunen Fleck angeht …« Der Mönch hob schulmeisterlich den Finger und klopfte dem Tier dann auf die flache Stirn zwischen den großen gebogenen Hörnern. »… der kennt alle

Sutras auswendig. Wenn er in der Lage wäre, einen Pinsel zu halten, könnte er sogar selbst einige verfassen.«

Die beiden Jungen lachten ungläubig. »Nun geht Ihr wirklich zu weit«, sagte der vorsichtigere.

»Jedes Wort ist wahr, ich schwöre es«, beteuerte der Mönch und ging um sie herum, bis er neben dem alten Weisen stand. Er beugte sich zu dem Tier hinüber und sagte ein Gebet auf. Der Ochse wackelte mit den Ohren, stapfte aber unbeirrt weiter.

»Seht ihr? Der alte Weise tut so, als höre er mir nicht zu. Lieber tut er so, als sei er ein ganz normaler Ochse. Er sieht nicht einmal zu mir her, wenn ich mit ihm spreche. Er tut so, als sei er ein dummes Tier, als ob ich es nicht besser wüßte. Aber der hier …«, er deutete mit der Peitsche auf das andere Tier, »… der störrische alte Gelehrte, wird mir einen bösen Blick zuwerfen oder sogar nach mir treten, wenn ich es wage, ihm bei der Arbeit ein Sutra ins Ohr zu sprechen.« Die Augen der Jungen weiteten sich erstaunt und ungläubig. »Der alte Gelehrte will keine Sutras hören. Er hält nichts von diesem Spaß.«

»Von was für einem Spaß?« fragte der ruhigere Junge.

»Ja, von was für einem Spaß?« wollte auch der andere wissen. »Und wie kommt es, daß diese Tiere so viel wissen?«

»Tja …« Der Mönch strich sich über das Kinn. »Nun hast du endlich die wichtigste, die entscheidende Frage gestellt, mein Junge. Die Ochsen wissen deshalb so viel, weil in ihnen die Seelen von zwei Männern wohnen.«

»Von welchen zwei Männern?« fragten die Jungen im Chor.

»Vor vielen Jahren schlossen zwei Männer eine Wette ab. Ein Junge und ein alter Mann, wenn ihr es genau wissen wollt. Der Junge war ungefähr in eurem Alter, und der Mann hatte nur noch wenige Monate zu leben. Einer der beiden meinte, er habe die Wette gewonnen. Er lachte angesichts seines Sieges in den Himmel. Aber …«, der Mönch schüttelte den Kopf und klopfte dem alten Gelehrten auf die Stirn, »… er hatte nicht gewonnen. Tatsächlich hat keiner von beiden gewonnen. Sie haben beide verloren. Ihr müßt nämlich wissen, daß beide sehr eingebildet waren. Sie mischten sich in das Leben anderer Menschen ein. Doch davon werde ich euch später erzählen. Vielleicht lassen wir heute abend das Studium der heiligen Schriften ausfallen, und ihr werdet statt dessen eine wahre Geschichte hören, die jungen Männern wie euch eine Lehre sein wird.« Der Mönch lächelte. »Und nun wieder an die Arbeit.«

Die Jungen lächelten einander zu. Sie freuten sich schon darauf, eine der vielen Geschichten des Mönches zu hören. Sie wußten, daß seine Geschichten nicht wahr sein konnten, aber sie waren sehr gut.

Der Mönch ließ die Peitsche über den Köpfen der Ochsen knallen, hob den Blick zu den bunten Fahnen des Klosters, die vor dem unermeßlichen Blau des Himmels flatterten, und stimmte wieder seinen Gesang an.

Auf daß ausgelöscht werde
alles Karma, alle Beschmutzungen der Seele, ...
die üble Laune und alle Dämonenplagen,
der Sünde dunkle Schatten, die Saat des Bösen –
in mir und in jedem Reich ...

Anhang

Nachwort

Die Geschichte, die in diesem Buch erzählt wird, ist so ungewöhnlich, daß viele Leser sich fragen werden: Wieviel davon ist eigentlich wahr?

»Die eiserne Kaiserin« ist zwar ein fiktionales Werk, doch basiert es auf historischen Fakten, die in vielerlei Hinsicht weit merkwürdiger sind, als wir sie hätten erfinden können. Kaiserin Wu war tatsächlich der erste und einzige weibliche Kaiser von China. Im siebten Jahrhundert verdrängte sie das rechtmäßige Herrscherhaus der T'ang-Dynastie und gründete die kurzlebige Chou-Dynastie. Sie regierte mit Hilfe so grausamer und skrupelloser Männer wie Chou-hsing und Lai Chun-chen, die als Chefadministratoren ihrer Schreckensherrschaft riesige Bespitzelungsbehörden und Ämter für Folter und Bestrafung ins Leben riefen. Sie ließ Tausende von Beamten, zahlreiche Mitglieder der legitimen Adelshäuser und sogar eigene Angehörige ermorden, ja, sie verschonte nicht einmal Säuglinge und Kinder (einige ihrer Opfer werden in unserer Geschichte erwähnt).

Unbestritten ist, daß Kaiserin Wu einen gewissen inneren Frieden wahrte und einiges für das gemeine Volk tat, das nationale Clan-System reformierte und das Prüfungssystem für Beamtenanwärter verbesserte. Doch der Preis war viel zu hoch. Tausende wurden verfolgt, verbannt und gefoltert, Rebellionen blutig niedergeschlagen, unzählige Köpfe auf Pfähle gespießt. Und die Urnen, die von ihrem Amt für Innere Sicherheit aufgestellt wurden, versetzten das Land in Angst und Schrecken. Jahrhunderte, bevor die diktatorischen Regime der Gegenwart die Technik für ihre Zwecke mißbrauchten, hatten die Wände im alten China Augen und Ohren.

Bei ihrem Aufstieg stützte sich Kaiserin Wu tatsächlich auf nicht autorisierte »Auslegungen« traditioneller buddhistischer

Schriften. Autor dieser beispiellosen Interpretationen war ihr geistlicher Berater Hsueh Huai-i, der sie auch im ganzen Land verbreiten ließ – nicht von ungefähr hat man ihn mit dem berühmten russischen Mönch und Zarenberater Rasputin verglichen. Mit seinem Kommentar zum Große-Wolke-Sutra (Kommentar über den kostbaren Regen) schuf er für seine Kaiserin und ihre Chou-Dynastie ein eindrucksvolles literarisches Werk. Dieser Hsueh Huai-i hat tatsächlich gelebt, und obwohl seine Epoche an Merkwürdigkeiten gewiß nicht arm war, schildern ihn zeitgenössische Historiker als einen bizarren, furchteinflößenden Mann, der zahlreiche »Wunder« vollbrachte, gefälschte Schriften »entdeckte« und die Tempel des Weißen Pferdes gründete. Er war es auch, der das Kommen des großen Erlösers Bodhisattwa und des zukünftigen Buddha Maitreya in Gestalt einer Frau voraussagte. Daß er am Ende der Schreckensherrschaft dem Wahnsinn verfiel und von Richter Di verbannt wurde, haben wir hinzugedichtet.

Chinas einzige weibliche Herrscherin mußte in der uralten konfuzianischen Männergesellschaft erbittert um ihre Anerkennung kämpfen. Es ist bekannt, daß sie eine schwierige Frau war – sprunghaft, schwärmerisch, launisch und von einer geradezu phänomenalen Fruchtbarkeit. Bei der Gestaltung unserer Romanfigur schöpften wir aus vielen fiktionalen und historischen Quellen lebender und toter, bekannter und weniger bekannter Autoren. Nach Auffassung der Historiker war sie eine ungemein starke Persönlichkeit und verfolgte ihre Ziele mit leidenschaftlicher Besessenheit – Eigenschaften, ohne die sie sich kaum gegen die konfuzianische Übermacht durchgesetzt hätte. Diesen Aspekt legten wir der Gestaltung unserer Romanfigur zugrunde.

Ihr Gegenspieler ist unser Held, der Magistratsbeamte Ti Jenchieh – oder Richter Di, wie ihn der niederländische Sinologe Robert van Gulik nannte, der ihm mit seinen Detektivromanen in den späten fünfziger Jahren zur Unsterblichkeit verholfen hat. Aber was ist wahr? Professor van Gulik schuf einen gelehrten, scharfsinnigen Detektiv, der durch persönliche Integrität bestach, und siedelte ihn in einer Zeit an, die nicht an das siebte Jahrhundert der T'ang-Dynastie erinnert, sondern an eine viel spätere Epoche.

In einem Punkt jedoch hatte van Gulik sicherlich recht: Der historische Magistrat Di verfolgte die Ausbreitung »ausländischer« Religionen und abergläubischer Bräuche mit Mißtrauen. In seiner Eigenschaft als hoher Beamter im Ritenministerium und Opferamt ließ er Zehntausende von illegalen Tempeln, Heiligtümern und Klöstern schließen und geißelte den parasitären Charakter der buddhistischen Gemeinden – ihren Reichtum, ihre rechtliche Sonderstellung und ihren riesigen, unproduktiven Klerus, dessen Mitglieder es mit der Ehrlichkeit nicht immer so genau nahmen. Die Übersetzung eines Originaltextes des Magistrats Di aus der T'ang-Zeit findet sich im Anschluß an dieses Nachwort.

Magistrat Ti (Di) Jen-chieh avancierte im siebten Jahrhundert zum einflußreichsten Minister Chinas. Er genoß das uneingeschränkte Vertrauen der Kaiserin, stellte die legitime Erbfolge wieder her und beendete die kostspieligen Eroberungskriege gegen die Tibeter, Türken und Koreaner. Unsere Darstellung seines Charakters beruht auf den wenigen Fakten, die wir über ihn haben. So wissen wir, welche Literaturexamina er ablegte und in welchen Städten und Regionen er lebte und wirkte. Und wir kennen seine antireligiösen Denkschriften und die verschiedenen Stationen seiner Karriere, die ihn schließlich in die höchsten politischen Organe des Landes führten – darunter das Opferamt (das gegen Ende des Jahrhunderts unter diesem Namen bekannt wurde) und der große Sechserrat. In der Tradition van Guliks beließen wir ihn in der Rolle des Detektivs, die bereits Millionen von Lesern vertraut ist, und entwickelten einen Großteil unserer Geschichte um diesen Sherlock Holmes des siebten Jahrhunderts.

Von all den historischen Tatsachen, die wir in die Geschichte eingearbeitet haben, faszinierte uns eine ganz besonders: Der redliche Magistrat Di hatte mehrere Söhne, und wenn man der Geschichtsschreibung glauben darf, brachten ihn zwei dieser Söhne gehörig in Verlegenheit. Sie wurden korrupte und unbotmäßige Beamte. Obwohl es bereits mehrere Jahre her ist, erinnern wir uns noch genau an den Tag und sogar an den Moment, als wir diese Entdeckung machten. Wir legten die dicken Geschichtswerke beiseite, hoben die Augenbrauen und lächelten. Wir wußten, daß die beiden mißratenen Söhne in unserer Geschichte über das Leben und die Zeit des Magistrats Di eine wichtige Nebenrolle spielen würden. Und wir fragten uns: Hätten diese Söhne nicht gelebt, hätten wir sie dann erfunden?

Übersetzung einer Mitte des siebten Jahrhunderts entstandenen Denkschrift des Magistrats Di gegen die Exzesse des populären Buddhismus und seiner Scharlatane

Wenn ich von den Krankheiten spreche, welche die Wurzeln von Staat und Gesetz befallen haben, so muß ich mich zunächst mit dem Los der Menschen in unserem Land befassen. Ich ersuche unseren Erhabenen Kaiserlichen Vater, Erbarmen mit den vielen Untertanen zu haben, die in diesem Augenblick, da ich hier stehe und rede, zu Zehntausenden getäuscht und betrogen werden. Obwohl sie nicht tot sind, fällt ihr Leben der Vergessenheit anheim. Sie alle vereint nur der törichte Wunsch, die Gebote der buddhistischen Religion zu befolgen und sich ihren unzähligen Götzen zu unterwerfen.

Ist es nicht eine Tatsache, daß die prunkvollen Pagoden und Hallen der Buddhisten sich mit den imposantesten kaiserlichen Bauten messen können und allein durch ihre Art tiefe Ehrfurcht einflößen und übermäßige Kosten verursachen? Und ist es nicht eine Tatsache, daß die Mönche und Nonnen Wohltäter und Spender für ihre Klöster benötigen?

Menschen, die der Lehre des Buddha teilhaftig werden wollen, um in das ersehnte Land der Glückseligkeit zu gelangen, werden dazu aufgerufen, die buddhistischen Gemeinden mit Spenden zu unterstützen und somit deren Einkünfte zu mehren und zu ihrem Fortbestehen beizutragen. Und was die Klöster selbst angeht, so stehen sie außerhalb des Gesetzes. Sie unterliegen nicht den Vorschriften des Palastes und seiner rechtmäßigen, vom Himmel eingesetzten Regierung. Sie fühlen sich über jeden Vorwurf erhaben.

In ihrem Wunsch nach Luxus – ein Wunsch, der zuweilen grenzenlos ist – haben die Angehörigen der buddhistischen Kirche die ohnehin schon überforderten Kräfte unserer Handwerker und Künstler gewissenlos strapaziert und protzen mit Götzenbildern, die mit kostbaren Edelsteinen aller Art verziert sind und in großen Gebäuden untergebracht werden, für deren Bau riesige Mengen an wertvollen Grundstoffen unseres Landes verbraucht werden.

Mit magischen Kräften hat das nichts zu tun, wiewohl es Mitglieder der Geistlichkeit gibt, die uns das Gegenteil glauben machen wollen. Aber wenn nicht mit magischen Kräften, womit dann? Woher kommt die Arbeit für diese aufwendigen und nutzlosen Bauten? Jedenfalls ist es nicht die Arbeit von Geistern, sofern es so etwas überhaupt gibt. Nein, hier wird die Arbeitskraft der breiten Masse ausgebeutet. Und wenn die Mittel und Materialien nicht der Himmel geschickt hat, woher kommen sie dann? Und woher stammt das Land, auf dem die Tempel und ausgedehnten Klosteranlagen errichtet werden? Es sind Ländereien, die im Zuge der gleichmäßigen Landverteilung den einfachen Bauern zugewiesen wurden. Damit wenige sich bereichern, müssen viele verarmen. Ist es nicht so?

Wenn die Buddhisten der breiten Masse nicht schaden wollen, und ich bin überzeugt, daß dies nicht in ihrer Absicht liegt, was wollen sie dann? Einem Menschen ist auf dieser Welt nur eine begrenzte Zeit vergönnt, aber die Opfer, die ihm abverlangt werden, scheinen grenzenlos zu sein. Zwar erliegen auch die Reichen diesem Massenwahn, der unser Land so teuer zu stehen kommt, doch oft sind es gerade die ärmsten Haushalte, die diese Einrichtungen unterstützen und ihnen unermüdlich ihre Dienste anbieten. Und doch gelingt es ihnen nicht, die grenzenlose Gier der buddhistischen Kirche zu befriedigen. Die Massen, die armen irregeleiteten Massen, verlangen ihren geschundenen Körpern das Letzte ab und leiden bereitwillig für diese trügerische Sache … und verweigern keine zusätzliche Last, die ihnen in deren Namen aufgebürdet wird.

Und was ist mit jenen, die freiwillig das Klosterleben wählen, den sogenannten Bettelmönchen reinen Herzens? Sie behaupten von sich, sie hätten allen irdischen Begriffen von Erfolg und Mißerfolg entsagt. Sie entledigen sich ihrer eitlen Haartracht, gehen mit kahlgeschorenen Köpfen einher und tauschen ihre weltliche Kleidung, in der sie nur sinnlosen Putz sehen, gegen schlichte Priesterkutten ein, und doch konnte ich bei meinen vielen Begegnungen keine Veränderung ihres inneren Wesens feststellen. Sie sorgen sich immer noch um die Nichtigkeiten, von denen wir alle besessen sind, und schämen sich ihrer Schwächen. Innerlich sind sie die alten geblieben.

Zudem gibt es unter diesen Mönchen, Priestern, Bettelmönchen und Einsiedlern einige, die unter Blutsverwandten Zwietracht säen, Fremde und Angehörige gleich behandeln, sich ungeachtet der Folgen gegen die Frauen und Töchter anderer Freiheiten herausnehmen und, während sie sich ganz dem Kodex ihres buddhistischen Dharma unterwerfen, ihre Mitmenschen täuschen und irreführen.

Seht euch einmal um. Geht durch die Straßen dieser herrlichen Stadt. In jedem Viertel und Bezirk, auf allen Straßen und Alleen, in allen Gassen werdet ihr auf buddhistische Heiligtümer jedweder Art stoßen. Vor jeder Mauer und unter jedem Markttor stehen merkwürdige kleine Tempel, kleine Geisterhäuser. Diejenigen, die unter dem Vorwand des Buddhismus angelockt und allzu oft verführt und irregeleitet werden, kehren dem weltlichen Leben den Rücken und verweigern dem Kaiserlichen Gesetz fortan jeden Gehorsam und Respekt. Und gleichzeitig werfen sie sich in die alles umschließenden Arme des buddhistischen Sangha und befolgen strikt seine Regeln.

Und was ist mit den Tempeln, was mit dem Ackerland, das sie zum Leben brauchen? Einrichtungen dieser Art entziehen dem Gemeinwohl so viel nützliches Eigentum und fruchtbares Land, so viele Getreidemühlen und Gemeindeparzellen, daß sich der Schaden kaum abschätzen läßt. Und ich will auch ein anderes Problem nicht verschweigen, mit dem ich schon allzu oft zu tun hatte: Die Klöster dienen nicht nur den Rechtschaffenen, sondern auch den Gesetzlosen als Zuflucht. Diese Menschen – Verbrecher, Gewalttäter und Kriminelle aller Art – wollen dem Gesetz und der Bestrafung entgehen und strömen durch die offenen Tore der buddhistischen Klöster, wo sie sich in Sicherheit wissen. Wie viele Zehntausende namenloser Verbrecher haben sich in die Klöster geflüchtet? Dank gründlicher Ermittlungen der richterlichen Kanzleien in der Hauptstadt und in den Provinzen konnten schon viele Tausende, die sich auf diese Weise dem Zugriff des Gesetzes entziehen wollten, verhaftet werden. Doch wieviele sind noch auf freiem Fuß? Kriminelle und Scharlatane, die sich als Priester, Äbte und Mönche ausgeben und an die niederen fleischlichen Begierden des Menschen appellieren statt an die erhabenen metaphysischen Bedürfnisse seines Herzens, seines Geistes und seiner Seele.

Und da ist noch ein weiteres Problem. Was ist von dem Mann zu halten, der nicht arbeitet, sondern seinen Lebensunterhalt auf Kosten anderer bestreitet? Ist das nicht Betrug? Und was ist mit jenen, die viel wohlhabender als die breite Masse sind und dennoch nicht davor zurückschrecken, die einfachen Leute zu berauben? Ganz zu schweigen von jenen, die falsche Sutras und Reliquien, falsche Hoffnungen und Versprechungen verkaufen. Ich kann aus all dem nur schließen, daß diese Welt tatsächlich ein Ort des Schmerzes und Leidens ist, wie uns die Buddhisten predigen.

Wohin ihr auch kommt: Ihr werdet feststellen, daß der Buddhismus in seinen mannigfaltigen Erscheinungsformen zur Zeit eine Blüte erlebt. Er wächst und gedeiht und breitet sich aus. Aber könnte es nicht sein, daß die wohltätigen Werke der Buddhisten die Reichtümer aufwiegen, die man dem Volk geraubt hat? Und daß die Menschen ebensoviel zurückerhalten, wie man ihnen im Namen des Buddhismus genommen hat? Überall säumen Klöster und Tempel die Straßen. Sie sind zahlreicher als die schäumenden Wellen des Huai-Flusses und allgegenwärtiger als der Nebel, der die heiligen Gipfel der Wutai-Berge umhüllt.

Unser Land befindet sich in einer Krise und versinkt immer tiefer in der Finsternis des Aberglaubens. Alle Haupt- und Nebenstraßen sind von der schwarzen Seide der buddhistischen Kutten verdunkelt, und es scheint, als sei niemand mehr da, der Kaiser und Staat in dieser Krisenzeit beistehen könnte – weil alle tüchtigen Männer dieser Krankheit des Geistes zum Opfer fallen, Männer, auf deren klugen Rat wir uns einst verlassen konnten.

In den vergangenen Jahren haben trockene Winde weite Gebiete in den zentralen westlichen Provinzen mit Staub bedeckt. Andere Landesteile wurden wiederholt von Überschwemmungen und Dürren heimgesucht, ohne daß Gegenmaßnahmen ergriffen wurden. Und es besteht kaum Aussicht auf eine Besserung der Lage. Allenthalben gerät der Bauer in immer größere Not. Das ist der Lauf der Welt. Sein Elend, seine Sorgen und Nöte sind grenzenlos und seine Leiden unerträglich. Ich verbeuge mich vor der Größe unseres Hofes und vor seinen unschätzbaren Verdiensten ... aber wie soll er ein Problem dieses Ausmaßes bewältigen? Wie kann er eine solche Vergeudung an Arbeit, Mühen und Mitteln zulassen?

Einzelne Mönche häufen Reichtümer an. Geld, von dem hundert andere leben könnten, ist für einen kaum genug.

Wer den Reichtum eines Landes schützt, so sagt man, bewahrt sein Volk vor dem Verderben. Was aber wollen die Buddhisten? Wenn dieser weise Satz stimmt, wie kommt es dann, daß sie dieses Land seiner Schätze berauben und die Gutgläubigkeit der Menschen ausnutzen? Sie sagen uns, daß irdischer Reichtum eine Illusion sei und daß sie nach höheren Reichtümern streben. Aber warum verschlimmern sie dann im Namen der Barmherzigkeit die allgemeine Not?

Wenn der Buddhismus eine Religion des Barmherzigkeit ist, dann müssen sie die Barmherzigkeit zur allgemeinen Richtschnur ihres Handelns machen. Und um dem einfachen Volk ein Beispiel zu geben, müssen sie das Ideal der Barmherzigkeit mit Leben füllen. Es muß ihr Denken und Handeln bestimmen. Würden sie sich nach ihm richten, so gerieten sie nicht ins Wanken. Aber sie tun es nicht. Sie folgen dem Gesetz der Habgier. Wie sonst könnten sie danach trachten, durch die Arbeit unseres Volkes die Mittel für ihr eitles und nutzloses Blendwerk aufzubringen? Als Religion der Barmherzigkeit sollte der Buddhismus dem Volk keine solchen Anstrengungen abverlangen. Und doch tut er es.

Wenn wir jetzt nicht den richtigen Samen aussäen, so werden wir und unsere Nachkommen Hunger ernten. Ohne die loyale und tatkräftige Unterstützung unserer Beamten wird die Rechtschaffenheit nicht siegen können. Wenn wir weiter den Reichtum unseres Landes verschleudern und zulassen, daß die Arbeit des Volkes für nichtige Zwecke mißbraucht wird, dann wird das ganze Land die unheilvollen Folgen zu spüren bekommen. Doch dann wird es für eine Rettung zu spät sein. Die Geschichtsschreiber werden nur noch vom verlorenen Ruhm der Vergangenheit sprechen – und sie werden uns damit meinen.

Hsin T'ang Shu
(Neue Geschichte der T'ang)

Danksagung

Unser besonderer Dank gilt unseren Angehörigen und Freunden:

Unseren Eltern, Gwendda, Donna, Lesli Houser, Marcelee und Sharon Gralapp, Jeff und Joan Stanford sowie Lettie Cowden.

Besonderer Dank auch an Carolyn Morrow, die uns in den vergangenen zwei Jahren eine große Hilfe war.

Für Unterstützung bei den Recherchen und bei der Vorbereitung des Manuskripts danken wir:

Der Western Washington University und dem Center for East Asian Studies.

Harvard University Press sowie dem Präsidenten und den Mitarbeitern des Harvard College.

Bruce Levine, Telion Software und Wordstar International.

Spezieller Dank an MicroSolutions.

Und nicht zuletzt allen Freunden und Tieren, die wir nicht erwähnt haben: Linnis und unseren vierbeinigen Freunden Pekoe, Timmy und Frankie mit den sechs Zehen. Wir werden euch vermissen.

Ferner danken wir den tapferen Umweltschützern, die die letzten alten Wälder im amerikanischen Nordwesten verteidigen: Wir begrüßen ihren mutigen Widerstand gegen Firmen, die Raubbau an den wertvollen Ressourcen unseres Landes betreiben und die Arbeitsplätze unserer Holzfäller und Sägewerksarbeiter vernichten.

Postskriptum

Möge die Welt niemals die Größe und den Mut all jener vergessen, die sich erhoben und auf dem Platz des Himmlischen Friedens starben.

GOLDMANN

Lisa Tuttle

Geschichten, die von Frauen handeln. Und von Angst. Stories, die unter die Haut gehen. Romane von Lisa Tuttle, der modernen Queen des Horrors. Leise. Eindringlich. Außergewöhnlich und beklemmend realistisch.

Gefangen 8089

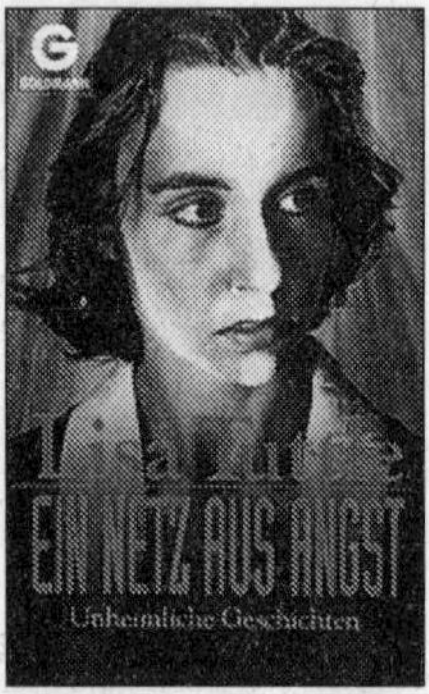

Ein Netz aus Angst 8106

Hexenmond.
Frauen schreiben Horror 8085

Gabriel 8093

Goldmann · Der Taschenbuch-Verlag